中國古典戲曲論著集成（八）

中国戏曲研究院 编

CHINA THEATRE PRESS
中国戏剧出版社

目錄

雨村曲話

清·李調元著

雨村曲話提要

曲話二卷，淸李調元著。李調元，字羹堂，又字贊庵、鶴洲，號雨村，別號童山蠢翁；四川綿州人。一七六三年（乾隆二十八年）進士，由吏部主事遷考功司員外郎。後官直隸通永道，因彈劾永平知府，反遭攻訐，被發遣到伊犂。不久，因母老得贖歸，此後一直家居二十餘年，從事著述，至嘉慶間卒。調元自幼好學，喜搜集金石、古籍，曾著有奇字名、蜀碑記補、全五代詩、諸家藏書簿、諸家藏畫簿等數十種，又輯刻自漢代以來四川人士著作一百六十餘種，成爲函海二十四集。他的詩也很負盛名，有童山詩集四十卷。又好留心地方風土及民間文藝，兩次任廣東學官，曾搜集當地民歌，編爲粵風；也很喜歡戲曲，作有曲話、劇話。

曲話二卷，上卷談元代作家、作品，下卷談明淸作家、作品。其中多轉引前人著作，而附以己見，頗有所得。

雨村曲話現有下列各種版本：

（一）　函海本　函海，淸李調元輯刻。有一七八四年（乾隆四十九年）初刻本，嘉慶中重校本，道光中重校本，光緒七——八年（一八八一——一八八二年）廣漢鍾登甲樂道齋重刻本。

（二）曲話三種本　曲話三種，無名氏鈔輯，鈔輯年代，約在清末。內容有李調元曲話二卷，梁廷枏曲話五卷。此外一種，乃是雜鈔各筆記中談曲文字，共三卷。

（三）曲苑本。

（四）重訂曲苑本。

（五）增補曲苑本。

以上三種，乃係直接或間接出於函海本。

雨村曲話序

予輯曲話甫成，客有謂予曰：『詞，詩之餘，曲，詞之餘，大抵皆深閨、永巷，春傷、秋怨之語，豈鬚眉學士所宜有！況夫雕腎琢肝，纖新淫蕩，亦非鼓吹之盛事也，子何爲而刺刺不休也？』予應之曰：『唯，然。然獨不見夫尼山删詩，不廢鄭、衛；輶軒采風，必及下里乎？夫曲之爲道也，達乎情而止乎禮義者也。凡人心之壞，必由於無情，而慘刻不衷之禍，因之而作。若夫忠臣、孝子、義夫、節婦，觸物興懷，如怨如慕，而曲生焉，出於綿渺，則入人心脾；出於激切，則發人猛省。故情長、情短，莫不於曲寓之。人而有情，則士愛其緣，女守其介，知其則而止乎禮義，而風醇俗美；人而無情，則士不愛其緣，女不守其介，不知其則而放乎禮義，而風不淳，俗不美。故夫曲者，正鼓吹之盛事也。彼瑤臺、玉砌，不過雪月之套辭；芳草、輕烟，亦祇郊原之泛句，豈足以語於情之正乎？此予之所以不能已於話也。而何誚之深也？』客曰：『是則善矣，子之言未必其無弊也。乃執月旦以平章曲府，司三寸管而低昂之，得無過當乎？』予曰：『人之妍，非己之妍也；人之媸，非己之媸也。雙眸具在，亦存其論而已矣。』

綿州童山蠢翁李調元撰。

雨村曲話 卷上

清·李調元著〔註〕

朱晦菴云：『古樂府只是詩中泛聲。後人怕失那泛聲，逐一添箇實字，遂成長短句——今曲子便是。』

困學紀聞：『古樂府者，詩之旁行也；詞曲者，古樂府之末造也。』

王弇州云：『宋未有曲也。自金、元而後，半皆涼州豪嘈之習，詞不能按，乃爲新聲以媚之。而一時諸君，如馬東籬、貫酸齋、王實甫、關漢卿、張可久、喬夢符、鄭德輝、宮大用、白仁甫輩，咸富有才情，兼喜音律，遂擅一代之長。所謂宋詞、元曲，信不誣也。』按：貫酸夫、張可久、宮大用祗工小令，不及馬、王、關、喬、鄭、白遠甚，未可同年語也。

北曲原本樂府歌行。胡應麟莊嶽委譚：『宋詞、元曲，咸以昉于唐末，然實陳、隋始之。蓋齊、梁月露之體，矜華角麗，固已兆端。至陳、隋二主，並富才情，俱湎聲色，叔寶之後庭花，煬之春江玉樹，宋、元人沿襲濫觴也。』

絃索辨訛：『三百篇後變而爲詩，詩變而爲詞，詞變而爲曲。詩盛于唐，詞盛于宋，曲盛于元之北。北曲不諧于南而始有南曲。南曲則大備于明。明時雖有南曲，祇用絃索官腔；至嘉、隆間，崑山有魏良輔者，乃漸改舊習，始備衆樂器而劇場大成，至今遵之。』所謂南曲，卽崑曲也。

嘯餘譜有新定樂府十五體名目：一、『丹丘體』，豪放不羈。二、『宗匠體』，詞林老作之詞。三、『黃冠體』，神遊廣漠，寄情太虛，有餐霞服日之想，名曰『道情』。四、『承安體』，華觀偉麗，過於洪樂。承安，金章宗正朔。五、『盛元體』，快然有雍熙之治，字句皆無忌憚。又曰『不諱體』。六、『江東體』，端謹嚴密。七、『江南體』，文彩煥然，風流儒雅。八、『東吳體』，清麗華巧，浮而且艷。九、『淮南體』，氣勁趣高。十、『玉堂體』，公平正大。十一、『草堂體』，志在泉石。十二、『楚江體』，曲抑不伸，攄忠訴志。十三、『香匳體』，裙裾脂粉。十四、『騷人體』，嘲譏戲謔。十五、『俳優體』，詭喩淫虐。卽淫詞。按：此十五體，不過綜其大概而言；其實視撰詞人之手筆，各自成家，如馬致遠之『朝陽鳴鳳』則豪爽一路，王實甫之『花園美人』則細膩一路，各自成體，不必拘也。

涵虛曲論，古今羣英樂府各有其目：馬東籬如朝陽鳴鳳，張小山如瑤天笙鶴，白仁甫如鵬搏九霄，李壽卿如洞天春曉，喬夢符如神鰲鼓浪，費唐臣如三峽波濤，宮大用如西風鵰鶚，王實甫如花間美人，張鳴善如彩鳳刷羽，關漢卿如瓊筵醉客，鄭德輝如九天珠玉，白無咎如太華孤峯，貫酸齋如天馬脫韁，鄭玉賓如幽谷芳蘭，滕玉霄如碧漢閒雲，鮮于去矜如奎壁騰輝，商政叔如朝霞散彩，范子安如竹裏鳴泉，徐甜齋如桂林秋月，楊淡齋如碧海珊瑚，李致遠如玉匣昆吾，鄭廷玉如佩玉鳴鑾，劉廷信如摩雲老鶻，吳西逸如空谷流泉，秦竹村如孤雲野鶴，馬九皋如松陰鳴鶴，石子章如蓬萊瑤草，盍西村如清風爽籟，朱庭玉如百卉爭芳，庾吉甫如奇峯散綺，楊立齋如風煙花柳，楊西菴如花柳芳妍，胡紫山如秋潭孤月，張雲莊如玉樹臨風，元遺山如窮崖孤松，高文秀如金瓶牡丹，阿魯威如鶴唳青霄，呂止菴如晴霞結綺，荊幹臣如珠簾鸚鵡，薩天錫如天風環珮，薛昂夫如雪窗翠竹，顧均澤如雪中喬木，周德清如玉笛橫秋，不忽麻如閒雲出岫，杜善夫如鳳池春色，鍾繼先如騰空寶氣，王仲文如劍氣騰空，李文蔚如雪壓蒼松，楊顯之如瑤臺夜月，顧仲清如雕鶚沖霄，趙文寶如藍田美玉，趙明遠如太華晴雲，李子中如清廟朱瑟，李取進如壯士舞劍，吳昌齡如庭草交翠，武漢臣如遠山疊翠，李直夫如梅邊月影，馬昂夫如秋蘭獨茂，梁進之如花裏啼鶯，紀君祥如雪裏梅花，于伯淵如翠柳黃鸝，王庭秀如月印寒潭，姚守中如秋月揚輝，金志甫如西山爽氣，沈和甫如翠屏孔雀，睢景臣如鳳管秋聲，周仲賓如平原孤隼，吳仁卿如山間明月，秦簡夫如峭壁孤松，石君寶如羅浮梅雪，趙公輔如空山清嘯，孫仲章如秋風銕笛，岳伯川如雲林樵響，趙子祥如馬嘶芳草，李好古如孤松掛月，陳存甫如湘江雪竹，鮑吉甫如山蛟泣珠，戴善甫如荷花映月，張時起如雁陣驚寒，趙天錫如秋水芙蕖，尙仲賢如山花獻笑，王伯成如紅鴛戲波，王子一如長鯨飲海，劉東生如海嶠雲霞，王文昌如滄海明珠，谷子敬如崑山片玉，藍楚方如秋風桂子，陳克明如九畹芳蘭，李唐賓如孤鶴鳴皐，穆仲義如洛神凌波，湯舜民如錦屏春風，賈仲民如錦帷瓊筵，楊景言如雨中之花，蘇復之如雲林文豹，楊彥華如春風飛花，楊大奎如匡廬疊翠，夏均政如南山秋色，唐以初如仙女散花。前九十八人，已經題目。此外一百五人，並稱傑作，其名爲：董解元、姚牧庵、景元啓、曾瑞卿、李伯瑜、吳克齋、李德載、王和卿、杜遵禮、程景初、趙彥暉、王敬甫、鄧學可、沙正卿、趙明道、王仲誠、夢簡、李邦基、呂天用、睢元明、王仲元、高安道、張子友、侯正卿、史九敬先、李寬甫、彭伯成、李行道、趙君祥、汪澤民、陸顯之、孔文卿、狄君厚、張壽卿、費君祥、陳定甫、劉唐卿、阿里耀卿、王愛山、奧敦周卿、渚察善長、范冰壺、施均美、黃德潤、沈珙之、劉聰、張九、廖宏道、陳彥實、吳中立、錢子雲、高敬臣、曹明善、張子堅、王日華、王舉之、陳德和、邱士元……。按：曲話惟此最先。自王弇州曲藻以前，未有論及者。今各家曲雖多失傳，存此猶有考其萬一。

雕蟲館曲選，論『元取士有塡詞科，若今括帖然，取給風簷寸晷之下，故一時名士雖馬致遠、喬夢符輩，至第四折往往強弩之末。』又謂：『主司所定題目外，止曲名及韻。其賓白則演劇時伶人自爲之，故多鄙俚蹈襲之語。如西廂，亦五雜劇，皆出詞人手裁，不可增減一字，故爲諸曲之冠。』

太和正音譜云：『西廂記，元進士王實甫撰。』按：王實甫，見元人百種。曲目十三本，以西廂爲首。世有謂關漢卿撰者，妄也。漢卿亦元進士，撰曲有六十三本，不載西廂，可據。王元美云：『實甫原本至「碧雲天，黃花地」而止，此後乃漢卿所補。』則續鄭恆事，乃漢卿筆也。世又謂『至草橋驚夢而止』，非。按：元天台陶宗儀輟耕錄：『金章宗時，有董解元所編西廂記，世代未遠，尙罕傳者，況今雜劇中曲調之冗乎？』據此，則西廂爲董解元作。而嘯餘譜載元劇作一百五人，以董解元居首，但注『仕元，始作北曲』，並未載撰西廂記。陶九成，元人，相去未遠，必有所據。意董原本而王、關爲潤色之歟？董解元，一作金人。

西廂工于駢儷，美不勝收。如『雪浪拍長空，天際秋雲捲；竹索纜浮橋，水上蒼龍偃。』又『法鼓金鐃，二月春雷響殿角；鐘聲佛號，半天風雨灑松梢。』又『繫春心情短柳絲長，隔花陰人遠天涯近。』又『哭聲兒似鶯囀喬林，淚珠兒似露滴花梢。』又『香銷了六朝金粉，瘦減了三楚精神。』又『玉容寂寞梨花朵，臙脂淺淡櫻桃顆。』又『他做了影兒裏情郎，我作了畫兒裏愛寵。』他傳奇不能道其隻字，宜乎爲北曲壓卷也。

西廂『淡黃楊柳帶棲鴉』，本宋賀方回浣溪紗詞也，王實甫用之與『嫩綠池塘藏睡鴨』作對，天然巧妙，可謂青出于藍。

實甫又有離亭宴煞云：『閒來膝上橫琴坐，醉時林下和衣臥，暢好快活，樂天知命隨緣過。爲伴侶只三箇：明月、清風共我。再不把利名侵，且須將是非躲。』此麗春堂劇曲，牌名離亭宴煞也。今人多入勸世小說，不知爲實甫作也。

馬致遠號東籬，元人曲中巨擘也。其滿庭芳句有『知音到此，舞雩點也，修禊羲之』，語最工。致遠越調天淨沙云：『枯籐、老樹、昏鴉，小橋、流水、人家，古道、西風、瘦馬，夕陽西下，斷腸人在天涯。』數語爲秋思之祖。

東籬陳摶高臥云：『紙窗明覺曉，布被暖如春。』又『丹砂好鍊養閒身，黃金不鑄封侯印。戴不得幞頭緊；穿不的公裳坌。不如我這拂黃塵的布袍，漉渾酒的綸巾。』字句、音律，瀏亮動人。

致遠曲多俊語：『霜淸紫蟹肥，露冷黃花瘦』，九日俊語也；『細研片腦梅花粉，新剝眞珠豆蔻仁』，咏茶俊語也；『天地安排詩句就，雲山失色酒杯寬』，金山寺俊語也。

馬東籬離亭宴煞：『蛩吟一覺纔寧貼，雞鳴萬事無休歇。爭名利何年是徹？密匝匝蟻排兵，亂紛紛蜂釀蜜，鬧穰穰蠅爭血。裴公綠野堂，陶令白蓮社，愛秋來那些：和露摘黃花，帶霜烹紫蟹，煮酒燒紅葉。人生有限杯，幾箇登高節？囑付俺頑童記者：便北海探吾來，道東籬醉了也。』周德淸云：『此方是樂府。不重韻，無襯字，無險語；押韻兼平、上、去，無一字不妥。萬中無一，後輩宜法。』按：馬致遠名曲極多，如寨兒令云：『數聲柔櫓江灣，一鈎香餌波寒。回頭觀兎魄，失憶放漁竿，看，流下蓼花灘！』又沉醉東風云：『黃蘆岸白蘋渡口，綠楊堤紅蓼灘頭，點秋江白鷺沙鷗。傲殺人間萬戶侯，不識字烟波釣叟。』又撥不斷隱居云：『紅塵不向門前惹，綠樹偏宜屋角遮，青山正補墻頭缺，竹籬茅舍。』又水仙子云：『一聲梧葉一聲秋，一點芭蕉一點愁，三更歸夢三更後。』又『閒花醖釀蜂兒蜜，細雨調和燕子泥。』又『錦字香粘新淚粉，彩箋紅漬舊啼痕。』又『怕黃昏不覺又黃昏，不銷魂怎地不消魂！新啼痕壓舊啼痕，斷腸人憶斷腸人。』又『西風吹老鱸魚興』，又『長江有盡思無盡』；皆人不能道也。

東籬寄生草云：『長醉後方何礙，不醒時有甚思？糟醃兩箇功名字，醅淹千古興亡事，麯埋萬文虹蜺志。不達時皆笑屈原非，但知音盡屬陶潛是。』命意造詞，俱臻絕頂。

致遠黃粱夢，周德清取鴈兒落爲定格，云：『洞賓出世超凡，本有神仙分。一抹條，九陽巾。君人，眞人！』謂『此調極罕，伯牙琴也。』今曲譜首句無『洞賓』二字，『分』字下作『繫一條一抹條，戴一項九陽巾。君，敢作個眞人！』與此不同。

東籬岳陽樓頭摺詞云：『黃鶴送酒仙人唱，主人無量醉何妨。』周德清云：『俊語也。有不識文義，以送爲齎送之義，改爲對舞。殊不知黃鶴用仙人以榴皮畫鶴一隻以報酒家事，初無雙鶴，豈能對舞？且失飲酒之意。送者，吳姬壓酒之謂。甚矣，俗士之不可醫也！』

致遠塞鴻秋云：『腕冰消鬆却黃金釧，脂粉殘淡了芙蓉面。紫霜毫蘸濕端溪硯，斷腸詞寫在桃花扇。風輕柳絮天，月冷梨花院。』音律瀏亮，周挺齋極稱之。

臨川陳克明春粧曲云：『自將楊柳品題人，笑撚花枝比較春。輸與海棠三四分。再偷勻，一半兒胭脂一半兒粉。』後遂名此調為一半兒。周挺齋評云：『作者雖衆，音律獨先。』周德清務頭定格載廬山朝天子云：『早霞，晚霞，粧點廬山畫。仙翁何處鍊丹砂？一縷白雲下。客去齋餘，人來茶罷，嘆浮生，指落花。楚家，漢家，作了漁樵話。』通首完稱，對偶音律俱好。末句『楚家漢家』，與『鼎足三分半腰折，魏耶？晉耶？』同一格律。

元人雁兒落得勝令咏指甲云：『宜將鬬草尋，宜把花枝浸，宜將綉線勻，宜把金針紝。宜操七絃琴，宜結兩同心，宜托腮邊玉，宜圈鞋上金。難禁，得一掐通身沁；知音，治相思十個針。』咏物俊詞也。挺齋云：『得勝令務頭在起句，頭字要屬陽。後必要扇面對方好。』此曲是也。

尚仲賢歸去來詞：『西風落葉山容瘦，呀呀的鴈過南樓。』俊語也。

鄭德輝倩女離魂曲中有『忒楞楞騰』、『疎刺刺沙』、『廝琅琅湯』、『吉丁丁當』、『撲通通擊』，皆四字成句，蓋元人俗語也。

德輝王粲登樓迎仙客云：『雕簷紅日低，畫棟彩雲飛，十二玉闌天外倚。望中原，思故國，一片鄉心碎。』挺齋謂：『迎仙客累百，無此調也。美哉，德輝之才，名不虛傳！』然余尤喜其『一片鄉心碎』之句。曲藻：『何元朗極稱元人鄭德輝㑳梅香、倩女離魂、王粲登樓，以為出西廂之上。㑳梅香雖有佳處，而中多陳腐措大語，且套數、出沒、賓白皆剽西廂；王粲登樓事實可笑，亦厭常喜新之病。』然㑳梅香雖不出西廂窩臼，其秀麗處究不可沒。元朗名良俊，號柘湖，明松江人。以選貢授南京翰林孔目。

『雨過池塘肥水面，雲歸巖谷瘦山腰』，德輝曲中名語。

喬夢符金錢記：『王孫乘駿馬，金鞭拂柳花；遊人問酒家，青旗插杏花。』四句用隔句對法，句句用韻，却不傷氣。又『名利酒吞蛇，富貴夢迷蝶』，亦錬。

徐甜齋紅綉鞋：『一榻白雲竹徑，半窗明月松聲』，又『青猿藏火棗，黑虎聽黃庭』，皆險譚妙句。

鮑吉甫衡靈公劇：『四邊風凜冽，一望雪模糊，行過小溪橋，迷却前村路。』居然唐賢風韻。

費唐臣貶黃州云：『新婦磯頭、鷗鷺鄉中、女兒浦口、鸚鵡洲邊，漲一竿春水，帶一抹寒烟，掉一隻漁船，黑甜一枕睡，燈火對愁眠。』句調甚別。

花李郎曲，即娼夫詞也，句頗工鍊。有黃粱夢云：『幽窗下寒敲竹葉，前村外冷壓梅梢。撩亂野花低，微茫江樹杳。』咏雪好句也。

周德清曲不多見。有句云：『雨晴花柳新梳洗。』不愧陽春曲。

范子安竹葉舟劇煞云：『月黑雲愁，風狂雨驟。甚時候！白漭漭銀濤不斷流，那裏也楚尾吳頭？』數語氣勢不凡。

酹江集載羅貫中風雲會云：『黃道烟迷，瑞靄盤旋飛鳳椅；紫垣風細，御香繚繞袞龍衣。』四句俱用韻，却用隔句對法。

元遺山有小令云：『湘燕擫雛弄語，有高柳鳴蟬相和。驟雨過，珍珠亂撒，打徧新荷。』一時傳播。今入曲，易牌名驟雨打新荷。

元人咏馬嵬事無慮數十家，白仁甫梧桐雨劇爲最。古鮑老云：『紅牙筯趁玉音聲着梧桐按。嫩枝柯猶未乾，更帶着瑤琴聲範。出幾點瓊珠似汗。』雋妙乃爾。

王伯成號丹邱先生，所撰天寶遺事，如『侍晨粧翠圍紅簇，恐要侍兒扶，宜寫在孋粧圖』，風流蘊藉，不減白仁甫也。

琵琶記，元末永嘉高則誠撰。百川書志作『元永嘉先生撰』，蓋因則誠永嘉人而隱其名也。此曲體貼人情，描寫物態，皆有生氣，且有裨風敎，宜乎冠絕諸南曲，爲元美之亟贊也。或謂：爲王四而作，故以琵琶隱四王字；則誠元本止書館相逢，其賞月、掃松二闋，爲朱敎諭所補。王已譏其非實。曲藻云：『嘗見人歌「浪暖桃香欲化魚，期逼春闈，詔赴春闈；郡中空有辟賢書，心戀親闈，難捨親闈」。頗疑兩下句意各重。又曰詔、曰書，都無輕重。後得一善本，上下句作「期逼春闈，難拾親闈」，下下句作「心戀親闈，難赴春闈」。意旣不重，而與上句各相呼應，益見作者之工。』

琵琶燒夜香句云：『樓臺倒影入池塘，綠樹濃陰夏日長，一架荼蘼滿院香。』寫景俊語也。

明太祖嘗稱：『琵琶如珍玉百味，富貴家不可缺。』拜月亭，元施君美撰。何元朗謂勝琵琶，却無裨風敎，不似琵琶能使人墮淚也。如荊釵雖動人而俗，香囊雖不動人而雅，亦琵琶之類，未可廢也。

衡曲麈譚：『屠赤水爲辭古鬱，曇花一記，具見婆心。吳載伯、凌初成淸言楚楚，詞林之彥。』

吳騷合編：『王伯良、卜大荒、袁鳧公皆生動圓轉，聲傳三籟。』

臧懋循，字晉叔，號顧渚，長興人，萬歷庚辰進士。所選元人雜劇百種二十卷，元一代之曲借以不墜，快事也。嘗云：「『曲自元始有南北，各十七宮調，而北西廂諸雜劇無慮數百種，南則幽閨、琵琶二記而已。自高則誠琵琶，首爲「不尋宮數調」之說以掩覆其短，今遂藉口，謂「曲嚴于北而疏于南」，豈不謬乎？大抵元曲妙在不工而工，其精者採之樂府，而粗者雜以方言。至鄭若庸玉玦，始用類書爲之。而張伯起之徒，轉相祖述爲紅拂記，則濫觴極矣。何元朗評施君美幽閨遠出琵琶上，王元美謂好奇之過。夫幽閨大半已雜贋本，不知元朗能辨此否。余嘗于酒次論及琵琶梁州序、念奴嬌序二曲不類永嘉人口吻，當是後人竄入，元美尙津津稱許，惡知所謂幽閨！』」

荊釵一記，晉叔自謂得元人秘本。信韻叶矣，然如『草舍茅簷』一曲，本用監咸險韻，而又有一二犯韻，何也？至『莫忘雌炊扊』一語，句則妙矣，然一望而知非元人面目也。

曲不欲多，白尤不欲多駢偶。如琵琶黃門諸篇，業且厭之；而屠長卿曇花白終折無一曲，梁伯龍浣紗、梅禹金玉合終本無一散語，其謬彌甚。湯義仍紫釵四記中間，北曲駸駸乎涉其藩矣，獨音韻少諧，不無鐵綽板唱大江東去之病；南曲絕無才情，若出兩手，何也？伯龍名辰魚，字少白，明崑山人，國學生。

明以南曲名于江左者，如祝允明（字希哲，號枝山，長洲人，中鄉榜，倅南京兆。）唐寅（字伯虎，吳人，中解元。）及吳人鄭若庸，皆首選也。希哲能爲大套，才情富而多雜；伯虎小詞，翩翩有致；鄭所作玉玦記最佳，他未稱是。曲藻評論如此。鄭特工于用筆耳。紅拂句如『春眠乍曉，處處聞啼鳥，問開到海棠多少』，又『章柳路渺，天涯何處無芳草』，皆嫌于用成句太熟。

東郭記全以一部孟子演成，其意不出『求富貴利達』一語，蓋罵世詞也。劇目俱用孟子成語，不出措大習氣，曲中之別調也。

明珠記卽無雙傳，明陸天池采所撰，乃兄浚明給事助成之。王氏以爲未盡善。余以爲元美特走馬看花耳，未細加涉獵也。曲中佳語雖少，其穿插處頗有巧思，工俊宛展，固爲獨擅，非梁、梅輩派頭。其北尾云：『君王的兀自保不得親家眷，窮秀才空望着京華淚痕滿。』直逼元人矣。元美以爲未盡善，以其不用故實也。中有『鳳尾箋』、『鮫綃帕』、『芙蓉帳』、『翡翠堆』等語，未脫時尚，故見曲藻；不然則不齒及矣。我謂：未盡善正在此，不在彼也。

洞天元紀、陶情樂府、續陶情樂府，俱新都楊升菴撰。流膾人口，北曲爲多，而頗不爲當行所許。王元美譏爲『蜀人多用川調，不諳南北本腔』，妄也。蜀何嘗有『川調』之名？南、北九宮譜、中原音韻，世所通行之譜，豈獨吳人許用而蜀人不許乎？各分町畦，互相攻擊，雖文人相輕，亦小人黨習也。其佳句如『費長房縮不就相思地，女媧氏補不完離恨天。別淚銅人共滴，愁腸蘭焰同煎。和愁和悶，經歲經年』；又『傲霜雪鏡中紫髯，任光陰眼前赤電，仗平安頭上青天』：皆生別不拾人牙慧。乃元美摭拾其『嫩寒生花底』數語，以爲『抄錄元人秘本，掩爲己有』。噫，是何腑腸！必不容升菴出一頭地也？亦褊之至矣。

北曲在明，如李空同、王渼川、何粹夫、韓宛洛、何太華、許少華，皆有樂府，未盡傳。曲藻云：『所知者李先芳、張重、劉時達，皆可觀。馮惟敏獨爲深出，其板眼、務頭、攛搶、緊緩，無不曲盡，而才氣亦足發明；祇用本色過多，北音太繁，爲白璧微纇耳。』

作曲最忌出情理之外。王舜耕所撰西樓記，于撮合不來時，拖出一須長公，殺無罪之妾以劫人之妾爲友妻，結構至此，可謂自墮苦海。舜耕，高郵人。

西樓工于調謔。其第六齣私契所白『見了錦帆樂府，日夜稱頌大名』，乃舜耕自負，故云『語兒曹：陽春古奏，和者甚寥寥』。

湯顯祖，字義仍，號若士，臨川人，萬歷癸未進士。所著『玉茗四種』：還魂記、南柯記、邯鄲夢、紫釵記；以還魂爲第一部，俗呼牡丹亭，句如『雨絲風片，烟波畫船』，皆酷肖元人。惜其使才，于韻脚所限，多出以鄉音，如『子』與『宰』叶之類；其病處在此，佳處亦在此。
武功康德涵海以附劉瑾敗，家居。能自彈琵琶唱新詞。有侍郎楊廷儀者——新都楊介夫廷和弟，即升菴叔也——以使事北上，過康置酒。廷儀徐謂：『家兄恆相念。但得一書，吾爲道地史局。』語未畢，康大怒罵：『若伶人我耶？』手琵琶擊之，格胡牀，迸碎。楊踉蹌走避。康猶口咄咄：『蜀子！』更不相見。『蜀子』，詈語也。『子』者，蜀人罵人之賤稱，今猶有『湖廣子』、『陝西子』、『江西子』之語。與康同時有王敬夫，鄠杜人。劉瑾以鄉人，爲吏部，掌文選；瑾敗，貶壽州州同。爲人傲睨。工詞曲。所編有杜少陵遊春傳奇，劇罵李文正公。館閣皆謂其輕薄。人讒之于李，遂褫官，不復用。二公皆工樂府。敬夫將塡詞，以厚貲募國工，杜門學按琵琶、三絃，盡其技而後出。每敬夫曲成，德涵爲奏，云雖老樂師不逮也。然敬夫作南曲『且盡杯中物，不飲青山暮』，以『物』爲『護』，王元美謂南北混淆。然元美但知『護』非南音，不知『物』非『護』音，而『護』亦非北音。評者以敬夫秀麗雄爽，康大不如；至謂『聲價不在關漢卿、馬東籬下』。二公皆陝人，工詞，皆以瑾敗，亦異事也。
谷繼宗，濟南人。所爲樂府，頗有才情，倘出諸公之下。此外如趙王之『紅箋驛使梅』，楊遂菴之『指冷鳳凰笙』，陳石亭之梅花序，顧未齋之單題梅，皆膾炙人口；然較之專門，終有間也。
王威寧越黃鶯兒，只是諢語，然頗佳。常明卿有樓居樂府，雖詞氣豪逸，亦未當家。（俱見曲

藻）

臧賢，正德嬖伶也。時有號髯仙者，樂府不能如陳大聲穩協，而俠少推爲渠帥。正德南征，髯仙夤緣賢薦，得幸，令調提六院事。髯仙名霖，失其姓。賢復薦楊南峯循吉，應制成打虎曲，稱旨，授官如霖，楊大愧駭。曲今存；不大佳。信乎鬱輪袍之不獨王摩詰也。

陳大聲，金陵將家子。曲多蹈襲。梅花一闋，爲世所傳，然只可供絃索三弄而已。

金白嶼鑾，有名北里。曲爲當家所貴，氣弱而才薄。元美賞其『石橋下水粼粼，蘆花上月紛紛』之句，亦老生常話耳。

王渼陂有『一天霜雪曉排衙』句，爲人傳播。然多粗句，如『翻身跳出麒麟洞』，大似秦腔。王元美議之，不爲苛。

徐文長自號天池生，所著有四聲猿。袁石公令錢塘，見之，以爲明第一曲。四聲猿者，四劇也，一咏禰衡，一咏玉禪師，一咏木蘭，一咏黃崇嘏，取杜詩『聽猿實下三生淚』而名也。應以禰衡劇爲最。

尋親記詞雖稍俚，然讀之可以風世。又有後尋親，盡收拾前記所未結諸色末。余曾見演者，亦復可觀焉。

曲始於元，大略貴當行不貴藻麗。蓋作曲自有一番才料，其修飾詞章，塡塞故實，了無干涉也。

故荆、劉、拜、殺爲四大家，而長才如琵琶猶不得與，以琵琶漸開琢句修詞之端也。明如湯菊莊、馮海浮、陳秋碧輩，雖無專本，而製曲直闖其藩，元音未絕。自梁伯龍出，始爲工麗濫觴。蓋其生嘉、隆間，正七子雄長之會，詞尚華靡；弇州於此道不深，徒以維桑之誼，盛爲吹噓，不知非當行也。故吳音一派，竟爲勦襲，靡詞如繡閣羅幃、銅壺銀箭、紫燕黃鶯、浪蝶狂蜂之類，啓口即是，千篇一律。甚至使僻事，繪隱語，不惟曲家本色語全無，即人間一種眞情話，亦不可得，元音之所以塞而不開也。不知以藻繢爲曲，譬如以排律諸聯入陌上桑、董妖嬈樂府諸題下，多見其不類，又何曲之足云！

白兎、殺狗二記，今世所傳本，謬誤至不可讀，皆後人竄改。蓋其詞原太質，人於方言不諳處，輒改之，面目全失矣。荆、拜二記亦然，然所存原筆處，多有後人不能辨也。元美責拜月，以爲無詞家大學問，正謂其無吳中一種惡套耳，豈不冤甚！觀元美於西廂祇取『雪浪拍長空』、『東風搖曳垂楊線』等句，其所尚可知矣，安不擊節於『新篁池閣』、『長空萬里』二曲，而謂其在拜月上乎？

沈伯英審於律而短於才，亦知用故實、用套詞之非宜，欲作當家本色俊語，却又不能；直以淺言俚句，掤拽牽湊，自謂獨得其宗，號稱詞隱。而越中一二少年，學慕吳趨，遂以伯英爲開山，私相伏膺，紛紜競作。非不東鐘、江陽，韻韻不犯，一稟德清；而以鄙俚可笑爲不施脂粉，以生硬稚率爲出之天然，較之套詞、故實一派，反覺雅俗懸殊。使伯龍、禹金輩見之，益當千金自享家帚矣！

張伯起小有俊才，而無長料。頗有一二眞語，氣亦疏通；一嵌故實，便堆砌拼輳，亦是傚伯龍使然。自恐寂寥，有意塗飾，是其病處。

紅梨花一記，其稱琴川本者，大是當家手，佳思律句，直逼元人。惜逸其名。所作北詞，乃點竄元張壽卿腔，然其文足觀也。有武林本，甚不堪。

改北調爲南曲者，有李日華西廂。增損字句以就腔，已覺截鶴續鳧，如『秀才們聞道請』下增『先生』二字等是也。更有不能改者，亂其腔以就字句，如『來回顧影，文魔秀士欠酸丁』是也。本『風欠』，删去『風』字，復成何語！蓋西廂爲詞宗，欲歌南音，不得不取李本，亦無可奈何矣。

魏良輔曲律云：『簫管以尺工，猶琴之勾剔。』

吳騷合編云：『俗刻遴奇振雅、南詞韻選，大略雷同。』

譚曲雜劄：『玉環記「隔紗窗日高花弄影」，改元劇喬夢符筆也。喬煞尾末句云：「比及你見邪負心薄倖，多管我一靈先到洛陽城。」此等語不但慘慽回環，抑且以之作收，力有萬鈞。今以混入猫兒墜中，急腔唱過，大減分數矣；而尾聲末句，則以「專聽春雷第一聲」收之，豈不村殺！

然此記賓白及曲中佳處，亦能彷佛，非近時脚手。』

譚曲雜劄：『呂勤之序彼中蕉帕記，有云「詞隱先生之條令，淸遠道人之才情」。又云「詞隱取程於古詞，故示法嚴；淸遠翻抽於元劇，故遣調俊」。又云「詞忌組練而晦，白忌堆積駢偶而寬」。其語良當。勤之，越人，卽所稱蔚藍生者也，頗嗜曲而亦見一斑者，故其語若此；乃其所校訂友人諸戲，殊少合作。卽蕉帕一記，頗能不塡塞；間露一二佳句，而每每苦稚；至尾必雙收，則弋陽之派，尤失正體。』

衡曲塵譚：『袁凫公奉譜嚴整，謂「九宮詞譜」。』

五倫全備記三本，瓊臺邱濬撰，凡二十八段，所述皆名言。天下大倫大理，盡寓于是；言帶詼諧，不失其正。蓋邱文莊公假此以勸善者。（見百川書志）

綵毫記，屠赤水隆作。其詞塗金繢碧，求一眞語、雋語、快語、本色語，終卷不可得。

紅拂記，明張伯起所撰。王元美謂『潔而俊，失在輕弱』，亦未必然。如『春絲未許障紅樓，簾櫳淨掃窺星斗』，吐氣自不凡也。元美賞其『愛他風雪』等句，則不但襲宋人朱希眞詞，亦本未見出色。

驚鴻、臥冰二記，俱詞句鄙俚，曲之最下乘也，宜乎其人亦不傳。

閱世道人，不著氏名。所輯有六十種曲，大抵皆南曲也。但不列撰人姓名。除可考已見前記外，其餘撰人皆不可考。今記其全目，以備觀覽。雙珠記、尋親記、東郭記、金雀記、焚香記、荆釵記、霞箋記、精忠記、浣紗記、琵琶記、南西廂、幽閨記、明珠記、玉簪記、紅拂記、還魂記、紫釵記、邯鄲夢、南柯夢、北西廂、春蕪記、琴心記、玉鏡記、懷香記、綵毫記、運甓記、鸞鎞記、玉合記、金蓮記、四喜記、三元記、投梭記、鳴鳳記、飛丸記、紅梨記、八義記、西樓記、牡丹亭、繡襦記、青衫記、錦箋記、蕉帕記、紫簫記、水滸記、玉玦記、灌園記、種玉記、雙烈記、獅吼記、義俠記、千金記、殺狗記、玉環記、龍膏記、贈書記、曇花記、白兔記、香囊記、四賢記、節俠記。

李漁音律獨擅，近時盛行其笠翁十種曲。十種者，憐香伴、風箏誤、意中緣、鳳求凰、奈何天、比目魚、玉搔頭、巧團圓、愼鸞交、蜃中樓。勾吳虞巍序而行之，稱『笠翁妻妾和諧，雖長貧賤，不作白頭吟，另具紅拂眼』。亦可取也。世多演風箏誤。其奈何天，曾見蘇人演之。

阮大鋮，自號百子山樵，所撰燕子箋，名重一時。然其人心術既壞，惟覺淫詞可憎，所謂亡國之音也。

洪昉思昇作長生殿，盡删太眞穢事，時朱門、綺席、酒社、歌樓，非此曲不奏纏頭。宮詹趙執信以聽演去官，不復起，有『可憐一夜長生殿，斷送功名到白頭』之句，可想其工。其彈詞爲一篇警策，所謂：『白頭宮女在，閑坐說玄宗。』

孔東塘桃花扇，今盛行。其曲包括明末遺事；所寫南渡諸人，而口吻畢肖，一時有紙貴之譽。其首演者，李本菴總憲也，班名金斗。

董恆岩芝龕記，特爲秦忠州、沈道州二奇女行傳，全寫蜀中事。北京棉花七條衚衕有石芝龕，爲四川會館，其遺蹟也。而明季史事，一一根據，可爲杰作；但意在一人不遺，未免失之瑣碎，演者或病之焉。

顧天臺小忽雷傳奇，亦董恆岩筆。董工詞而顧工音，故爲詞家所尚。

今所傳若耶野老載花舲、香草吟二本，詞調卑靡，頗不足觀。而香草吟全以藥名演成傳奇，雖其家數略小，亦具靈思，曲中之另一體也。

張漱石有玉燕堂四種：夢中緣、梅花簪、懷沙記、玉獅墜也。懷沙撮合國策而成，堪稱曲史。

杭州夏綸有無瑕璧、杏花村、瑞筠圖、廣寒梯、南陽樂、花萼吟六種。其南陽樂作諸葛武侯禳星獲生，滅魏、吳以成一統，意本之翻精忠，以平人心；詞更慷慨激昂，可歌可頌。

金椒聞臯所撰旗亭記，爲詩人爭聲價。詞雖欠老，亦樂府中之一大楔子也。

鉛山編修蔣心餘士銓曲，爲近時第一。以腹有詩書，故隨手拈來，無不蘊藉，不似笠翁輩一味優伶俳語也。余往粵東，過南昌——其時蔣已入京——其子知廉來謁。問其詩，已付水伯。以所著空谷香、冬青樹、香祖樓、雪中人四本見貽。余詩曾有『空谷香中人去遠』之句，蓋懷心餘也。

舟中爲批點一過，不覺日行數百里，但見靑山紅樹，雲烟奔湊，應接不暇，揚帆直過十八灘，渾忘其險也。心餘與余交最契。其再補官也，爲貧而仕，非其本懷。壬寅相見於順城門之撫臨館，歡甚。曾許題余醒園圖。未幾，病痺，右手不能書。今已南歸矣。然聞其疾中尙有左手所撰十五種曲，未刊。蔣與武陵袁枚，時人有兩才子之目。晚年俱落落不得志。余嘗欲選二家詩爲袁蔣探驪，不果。袁詩曾爲選刊粵中。蔣詩竟棄波濤，良可惜也！

銓部錢塘韓朝衡開雲有詠□京官曲九摺，皆寫宅內家人日用瑣事。曾記其中二闋云：『公堂事了，拜客去西頭路須親到，借債去東頭舖須親造。甎歸家，柵閉溝開沿路遶去聲。淡飯兒剛一飽，破被兒剛一覺，怎當得有箇人兒細把家常道。道則道：「非絮叨，你淸俸無多用度饒：房主的租銀絕早，家人的公食嫌少。這一隻破鍋兒等米淘，那一隻寒爐兒待炭燒。且休管小兒索食傍門號，怎當得這啞巴生口無夫草？況明朝幾家分子，典當沒絲毫。」』情眞、景眞，聞者莫不絕倒。惜忘其六摺。糞溝開，京中四月事。韓曲不多見，惟此最傳。

〔註〕每卷前原題『綿州李調元童山撰』。

雨村曲話後記

本編所重印的李調元曲話，是用無名氏鈔本曲話三種本作底本。這個鈔本將函海本的錯誤、遺漏或不可解的地方，均已做了校補，因此校勘記從略。

劇話

清·李調元著

劇話提要

劇話二卷，上卷漫談戲曲的制度沿革，下卷雜考戲曲所演的故事。著者李調元，其生平事略，已見雨村曲話提要。

劇話的著作年代，約在一七七五年（淸乾隆四十年）左右，其時正是各種地方戲曲開始興盛的時候。一般文人，對於這些新興起的劇種，還多不屑於記載敍述，李氏在劇話裏，却對於『弋腔』、『秦腔』、『吹腔』、『二簧腔』、『女兒腔』等，作了簡要的介紹，這是本書中最値得珍視的部分。

一七九二年（乾隆五十七年），魏長生由揚州回到成都，寫信去問候李調元，李曾有詩記載這件事情。由此得知魏和李是很好的舊友，同時也說明李是一個地方戲的愛好者。李調元雖然愛好戲曲，但相傳祇有春秋配一劇是他的手筆。

劇話祇有兩種版本：

（一）函海本　按：劇話二卷，祇有一七八四年（乾隆四十九年）初刻本函海收入，總目題『四卷』，實爲『二卷』。以後各本均抽去。

（二）新曲苑本　此本據某氏傳鈔函海本排印。此傳鈔本已有改動，與原書不盡相符。

劇話序

劇者何？戲也。古今一戲場也；開闢以來，其爲戲也，多矣。巢、由以天下戲，逢、比以軀命戲，蘇、張以口舌戲，孫、吳以戰陣戲，蕭、曹以功名戲，班、馬以筆墨戲，至若偃師之戲也以魚龍，陳平之戲也以傀儡，優孟之戲也以衣冠，戲之爲用大矣哉。孔子曰：『詩可以興，可以觀，可以羣，可以怨。』今舉賢奸忠佞，理亂興亡，搬演於笙歌鼓吹之場，男男婦婦，善善惡惡，使人觸目而懲戒生焉，豈不亦可興、可觀、可羣、可怨乎？夫人生，无日不在戲中，富貴、貧賤、天壽、窮通，攘攘百年，電光石火，離合悲歡，轉眼而畢，此亦如戲之傾刻而散場也。故夫達而在上，衣冠之君子戲也；窮而在下，負販之小人戲也。今日爲古人寫照，他年看我輩登場。戲也，非戲也；非戲也，戲也。尤西堂之言曰：『二十一史，一部大傳奇也。』豈不信哉！夫百間之屋，非一木之材也；五侯之鯖，非一雞之跖也。書不多不足以考古，學不博不足以知今，此亦讀書者之事也。予恐觀者徒以戲目之而不知有其事遂疑之也，故以劇話實之；又恐人不徒以戲目之因有其事遂信之也，故仍以劇話虛之。故曰：古今一戲場也。

劇話 卷上

清・李調元著〔註〕

唐杜牧西江懷古詩：『魏帝縫囊眞戲劇』。『劇』，卽『戲』也。『戲劇』二字入詩，始見此。後山詩話：『范文正岳陽樓記用對語說時景，世以爲奇。尹師魯讀之，曰：「此傳奇體耳。」傳奇，唐裴鉶所著小說也。』胡應麟云：『唐所謂傳奇，自是書名，雖事藻繢，而氣體俳弱，然其中絕無歌曲。若今所謂戲劇者，何得以爲唐時？或以中事跡相類，後人取爲戲劇張本，因展轉爲此稱耳。』

楊維楨鐵崖集有詩云：『昨夜阿鴻新進劇，黃金小帶荔枝〔一〕裝。』元人工劇，此一徵也。

王陽明傳習錄：『古樂不作久矣。今之戲本，尙與〔二〕古樂意思相近。韶之九成，便是舜一本戲子，九變，便是武王一本戲子。所以有德者聞之，知其盡善盡美。後世作樂，只是做詞調，于風化絕無干涉，何以返朴也？』此論最爲得旨。『子』，古文『子』字。

胡應麟莊岳委談：『優伶戲文，自優孟抵掌孫叔敖，實及漢宦者傅脂粉侍中郎，後世裝旦之漸〔三〕。樂府雜錄：「開元中黃幡綽、張野狐善弄參軍。」卽後世副淨矣。又「范傳康、上官唐卿、呂敬遷三人弄假婦人」。卽裝旦矣。至後唐莊宗自敷粉墨稱「李天下」，而盛其搬演，大率與近世同；特所演多是雜劇，非近日戲文也。雜劇自唐、宋、金、元迄明皆有之。唐所謂優伶雜劇、裝服耷數，觀蘇中郎〔四〕、踏搖娘二事可見。宋雜劇亦然。元世曲調大興，凡諸雜劇，皆名曲寓焉。教坊名妓多習之。淸歌妙舞，悉隸是中。一變而贍縟，遂爲戲文。西廂，戲文之祖也。西廂雖出金董解元，然猶絃唱、小說之類；至元王、關所撰，乃可登場搬演。高氏又一變而爲南曲。嗣是作者迭興〔五〕，古昔所謂雜劇、院本，幾于盡廢。』沈德符顧曲雜言：『元曲總只四折，自北有西廂，南有拜月，雜劇變爲戲文，以致琵琶遂演爲四十餘折，幾十倍于雜劇矣。』涵虛〔六〕論元雜劇有十二科：『一、曰神仙道化，二、曰隱居樂道，三、曰披袍秉笏，四、曰忠臣烈士，五、曰孝義廉節，六、曰斥奸罵讒，七、曰逐臣孤子，八、曰撥刀捍棒——卽脫膊雜劇，九、曰風花雪月，十、曰離合悲歡，十一、曰烟花粉黛——卽花旦雜劇，十二、曰神頭鬼面——卽神佛雜劇。』其科猶可考也。

祝允明猥談：『南戲出于宣和之後，南渡之際，謂之「溫州雜劇」。予見舊牒，有趙閎〔七〕榜禁，頗著名目。如趙貞女蔡二郎等，亦不甚多。以後日增，今遂遍滿四方。輾轉改益，蓋已略無音律腔調。愚人蠢工，徇意更變，妄名如「餘姚腔」、「海鹽腔」、「弋陽腔」、「崑山腔」之類，趁逐悠揚，杜撰百端，眞胡說耳。』

葉子奇草木子：『戲文始于王魁，永嘉人作之。識者曰：「若見永嘉人作相，宋當亡。」及宋將亡，乃永嘉陳宜中作相。其後元朝南戲尚盛行。及當亂，北院本特盛，南戲遂絶。』莊岳委談：『今王魁本不傳而傳琵琶。琵琶亦永嘉人作，遂爲今南曲首。然葉當國初著書，而云「南戲絶」，豈琵琶尚未行世耶？』按：南戲肇始，實在北戲之先，而王魁不傳，胡氏〔八〕王實甫關漢卿西廂爲戲文祖耳。今戲曲合用南北腔調又始于杭人沈和甫，見鍾氏點鬼簿〔九〕。

雲麓漫鈔：『金源官制，有文班、武班。若醫、卜、倡優，謂之「雜班」。每宴集，伶人進，曰「雜班上」。』按：此優伶呼『班』之始。武林舊事載宋雜劇每一甲有八人者，有五人者。『甲』，猶『班』也。五人，蓋院本之製。八人爲班，明湯顯祖撰牡丹亭猶然；多至十人，乃近時所增益。

青籐山人路史：『高則誠琵琶有第一齣、第二齣。考諸韻書，並無此字，必「齣」之誤也。牛食呑而復吐曰「齣」，似優人入而復出也。』按：「齣」音「笞」，又音「師」，無讀作「折」音者，豈其字形既誤，而音讀亦因之誤耶？』

莊岳委談：『今優伶輩大率八人爲朋，生、旦、淨、末，副亦如之。元院本無所謂生、旦者。雜劇旦有數色：謂裝旦，即今正旦也；小旦，即今副旦也。或以墨點其面，謂之「花旦」，今惟淨、丑爲之。觀安節樂府雜錄稱「范傳康等弄假婦人」，則唐未有旦名。宋雜劇名惟武林舊事足徵。每甲八人者，有戲頭，有引戲，有次淨，有副末，有裝旦；五人者，第有前四色，而無裝旦。

蓋旦之色目，宋已有之，而未盛。元雜劇多用妓樂名妓，如李嬌兒爲「溫柔旦」，張奔兒〔一〇〕爲「風流旦」，時旦色直以婦人爲之也。以今憶之，宋之所謂「戲頭」，即生也；「引戲」，即末也；「副末」，即外也；「次淨」，即丑；「裝旦」，即旦。而元雜劇之末，乃今戲中之生，即宋所謂「戲頭」也。鄭德輝倩女，關漢卿竇娥，皆以末爲生。今西廂以張珙爲生，當是國初所改。又傳奇以戲爲稱，其名欲顛倒而無實也。故曲欲熟而命以生也，婦宜夜而命以旦也，開場始事而命以末也，塗污不潔而命以淨也。』猥談：『生、淨、旦、末等名，有謂反稱，又或托之唐莊宗，皆謬也。此本金、元闤闠談吐，所謂「鶻伶聲嗽」，今云「市語」者也。生即男子，旦曰「裝旦色」，淨曰「淨兒」，末乃「末泥」，孤乃官人：即其土音，何義理之有！』太和譜曾略言之。堅瓠集：『樂記注謂：「優俳雜戲，如獼猴之狀。」乃知：「生」，「狌」也。「旦」，「狚」也——莊子：「猨〔一一〕猵狚以爲雌。」「淨」，「狰」也——廣韻：「似豹一角五尾。」「丑」，「狃」也——廣韻：「犬性驕。」謂俳優如獸，所謂「獶雜子女」也。』丹邱云：『雜劇有正末、副末、狚、狐、靚、鴇、猱、捷譏、引戲九色之名。正末者，當場男子能指事者也，俗謂之「末泥」。副末執磕瓜以扑靚，即昔所謂「蒼鶻」是也。當場之妓曰「狚」。「狚」，「猵」之雌者，其性好淫。今俗訛爲「旦」。狐，當場粧官者是也。今俗訛爲「孤」。靚，敷粉墨獻笑供諂者也。粉白黛綠，古稱「靚粧」，故謂之「粧靚色」。今俗訛爲「淨」。妓女之老者曰「鴇」——似鴈而大，無後趾，虎文，喜淫而無厭，諸鳥求之即就，是呼「獨豹」者是也。凡妓女總稱曰「猱」。「猱」亦「猸」屬，喜食虎肝腦。虎見而愛之，輒負背。猱乃取蝨遺虎首，即死，取其肝腦食焉——以喻少年愛色者亦如遇猱然，不致喪身不止也。捷譏，古謂之「滑稽」，雜劇中取其便捷譏謔，故云。引戲，即院本中之「狚」也。』

菊坡叢話：『北曲中有全賓、全白。兩人對說曰「賓」，一人自說曰「白」。』西河詞話：『元曲唱者祇一人。若他雜色人，第有白而無唱，謂之「賓白」；賓與主對，以說白在賓，而唱者自有主也。』按：曲白不欲多。惟雜劇以四折寫傳奇故事，其白有累千言者。觀西廂二十一折，則白少可見。

遼史伶官傳：『打諢的不是黃幡綽。』道山淸話：『劉貢父言每見介甫字說，便待打諢。』古今詩話：『山谷云：「作詩如雜劇，臨了須打諢，方是出場。」』石林詩話：『東坡「繫懣割愁」之語，大是險諢，何可屢打！』按：唐書元結傳：『諸官、顚臣，怡愉天顏。』李栖筠傳：『賜百官宴曲江，教坊倡顚雜侍。』呂氏童蒙訓云：『「顚」，即「諢」字。』李肇國史補云：『顚語始自賀蘭廣、鄭涉。』

元雜劇，凡出場所應有持、設、零雜，統謂『砌末』，如東堂老、桃花女以銀子爲砌末，兩世姻緣以鏡、畫爲砌末，灰闌記以衣服爲砌末，楊氏勸夫以狗爲砌末，度柳翠以月爲砌末。今都下戲園猶有『鬧砌末』語。

丹邱曲論云：『枸肆中〔一二〕戲出入之所，謂之「鬼門道」；言其所扮者皆已往昔人，故云「鬼門」〔一三〕。愚俗無知，以置鼓于門，改爲「鼓門」，後訛「鼓」而爲「古」，皆非也。』蘇東坡詩：「搬演古人事，出入鬼門道。」』

陶九成輟耕錄：『唐有傳奇，宋有戲曲、唱諢、詞說，金有院本、雜劇、諸宮調。院本、雜劇，其實一也。國朝院本、雜劇始釐而二之。院本則五人：一曰副淨，古謂之「參軍」；一曰副末，古謂之「蒼鶻」——鶻能擊鳥〔一四〕，末可打副淨，故云〔一五〕。一曰引戲，一曰末泥〔一六〕，一曰孤裝〔一七〕。又謂之「五花爨弄」。或曰：「宋徽宗見爨國來朝，衣裝、鞋履、巾裹、傅粉墨〔一八〕、動如此，使優人效之以爲戲。」又有「燄段」，亦院本之意，但差簡耳，取其如火燄易明而易滅也。其間副淨有散說，有道念，有筋斗，有科汎。教坊色長魏、武、劉三人鼎新編輯。魏長于念誦，武長于筋斗，劉長于科汎。至今樂人皆宗之。偶得院本名目，用載于此，以資博識者之一覽。』其名目有『和曲院本』，如月明法曲等十四目；『上皇院本』，如壺春堂等十四目；『題目院本』，如柳絮風等二十目；『霸王院本』，如悲怨霸王〔一九〕等六目；『諸雜大小院本』，如喬記孤等二百零八目；『諸雜院爨』，如鬧夾棒六么〔二〇〕等一百零二目；『衝撞引首』，如打三十等一百零七目；『拴搐豔段』，如襄陽會等九十四目；『打略拴搐』，如星象名等二十八目；〔二一〕『官職名』，如說駕頭等四目；『飛禽名』，如青鵲〔二二〕等四目；『花名』，如石竹子等三目；『喫食名』，如廚難偌等二目；『佛名』，如成佛板等二目；『難字兒』，如盤驢等四目；『酒下拴』，如如數酒等二目；『唱尾聲』，如孟姜女等四目；『猜謎』，如杜大伯等二目；『和尚家門』，如禿醜生等四目；『先生家門』，如入口鬼〔二三〕等四目；『秀才家門』，如大口賦等十目；『列良家門』，如說卦象等六目；『禾下家門』，如萬民快樂〔二四〕等四目；『大夫家門』，如三十六風等八目；『卒子家門』，如針兒線等四目；『良頭家門』，如方頭賦等二目；『邦老家門』，如脚言脚語〔二五〕等二目；『都子家門』，如後人收等三目；『孤下家門』，如朕聞上古三目；『司吏家門』，如罷筆賦等二目；『仵作行家門』，如一片生活一目；『撅倈家門』，如受胎成氣一目；『諸雜砌』，如摸石江等二十九目。以上，今樂人皆不知其名。九成元人，所紀皆元曲套數，博雅者所當考也。

元人劇本，見於百種曲僅十分之一。考陶宗儀輟耕錄所載，陸顯之、李取進、于伯淵、岳伯川〔二六〕、康進之、王廷秀、石子章、趙子祥、范子安、李好古、曾瑞卿、狄君厚、張壽卿、孔文卿十四人，共三十五本。及涵虛子編元羣英：馬致遠、王實甫、關漢卿、白仁甫、喬孟符、費唐臣、宮大用、尚仲賢、庾吉甫、高文秀、鄭德輝、李文蔚、侯正卿、史九敬先〔二七〕、孟漢卿、戴善夫、張時起、李寬甫、彭伯成〔二八〕、趙公輔、李行道、趙君祥、費君祥、紀君祥、趙天錫、梁進之、汪澤民、楊顯之、陳定甫、李壽卿、王伯成、孫仲章〔二九〕、趙明遠〔三〇〕、劉唐卿、李子中、武漢臣、王仲文、姚守中、李直夫、吳昌齡、石君寶、金志甫、陳存甫、睢景臣、周仲彬、沈和甫、鮑吉甫、趙文寶、孫子羽、秦簡夫、張鳴善、鄭廷玉、范冰壺〔三一〕、丹邱〔三二〕、王子一、劉東生、谷子敬、湯舜民、楊景言、賈仲名、楊文奎、羅貫中、李致遠、楊景賢、張國寶〔三三〕、顧仲清〔三四〕、無名氏，以上六十七人，共五百四十九本；又娼夫不入羣英，如趙明鏡、張酷貧、紅字李二〔三五〕、花李郎四人，共十一本。以上劇本〔三六〕，半皆失傳，可知此外所佚多矣。中如馬致遠、李致遠，關漢卿、孟漢卿，趙君祥、紀君祥、費君祥，陸顯之、楊顯之，張壽卿〔三七〕，名多相同，必有訛舛；而一曲〔三八〕或兩人撰，如世所傳韓文公雪擁藍關記，太和正音譜紀君祥有韓退之記，趙明遠又有韓湘子。各劇中〔三九〕昇仙會記究不知何人所撰。蓋元曲已失，可唱者尚流傳人間爾。

趙松雪子昂云：『院本中有娼夫詞，名曰「綠巾」詞〔四〇〕，雖有絕佳者，不得並稱樂府。如黃幡綽、鏡敬磨、雷海青皆古名娼，止以樂名呼之，亘世無字。今趙明鏡訛傳趙文敬，張酷貧訛傳張國賓，皆非也。』又云：『良家子弟所扮雜劇，謂之「行家生活」；倡優所扮，謂之「戾家把戲」。蓋以雜劇出于鴻儒、碩士所作，皆良家也，彼娼優豈能辨此？』『故關漢卿以爲：「不過供笑獻勤以奉我輩耳。子弟所扮，是我一家風月。」雖復戲言〔四一〕，甚合于理。〔四二〕』按：倡夫自春秋之世有之，蓋異類托姓者。今流傳趙明鏡有啞觀音、錯立身、武王伐紂三本，張酷貧有汗衫記、高祖還鄉、薛仁貴衣錦還鄉三本，紅字李二有板踏兒[四三]、病楊雄、武松打虎三本，花李郎有釘一釘、相府院二本，多不傳；獨薛仁貴、武松二曲，尙屬原撰，不可廢也。

輟耕錄：『達達樂器如箏、纂、琵琶、胡琴、渾不似之類，所彈之曲與漢人曲調不同。其大曲牌名有十五調：一、哈八兒圖，二、口溫，三、也葛倘兀，四、畏兀兒，五、閔古里，六、起土苦里，七、跋四土魯海，八、舍舍弼，九、搖落四，十、蒙古搖落四，十一、閃彈搖落四，十二、阿耶兒虎，十三、桑哥兒苦不丁江南謂之「孔雀雙手彈」，十四、答罕謂之「白翎雀雙手彈」，十五、苦之把天「品絃」。其小曲牌名有十七調：一、阿斯闌扯弼「四塊曲雙手彈」，二、阿桑捺「花紅」，三、哈兒火失哈赤「黑雀兒叫」，四、洞洞伯，五、曲律買，六、者歸，七、牝疇兀兒，八、把擔葛失，九、削浪沙，十、馬哈，十一、相公，十二、仙鶴，十三、阿丁水花，十四、回回曲，十五、伉里，十六、馬黑某當當，十七、清泉當當。』凡此，皆達達所彈曲調也。不可解者，半皆番語。[四四]

劉念臺人譜類記：『今之院本，卽古之樂章。每演戲時，見有孝子、悌弟、忠臣、義士，雖婦人牧豎，往往涕泗橫流。此其動人最切，較之老生擁皐比[四五]、講經義，老衲[四六]登上座、說佛法，功効百倍。近時所撰院本，多是男女私媟之事，深可痛恨，而世人喜爲搬演，聚父子兄弟，並幃其婦人而觀之。稍不自制，便入禽獸之門，可不深戒！』

沈寵綏度曲須知：『北化爲南，凡腔俱起于洪武而兼祖中州，一時有「海鹽腔」、「義烏腔」、「弋陽腔」、「青陽腔」、「四平腔」、「樂平腔」、「太平腔」之殊，雖口法不等，而北曲消亡矣。嘉、隆間有豫章魏良輔者，流寓婁東、鹿城之間，生而審音，憤南曲訛陋，別開堂奧，調用水磨，拍捱冷板，聲則平、上、去、入婉協，字則頭、腹、尾音畢勻，啓口輕圓，收音純細，所度曲皆「折梅逢使」〔四七〕、「昨夜春歸」諸名筆，採于傳奇則有「拜星月」、「花陰夜靜」等詞，氣無煙火，別有腔板，絕非戲場聲口，名曰「崑腔」。自有良輔，而曲詞已極抽秘逞妍，後世依爲鼻祖，洵曲聖也。』〔四八〕據此，則『崑腔』者，實魏良輔一人所創也。

樂郊私語：『海鹽少年多善歌，蓋出于澉浦楊氏。其先人康惠公梓與貫雲石交善，得其樂府之傳。今雜劇中豫讓吞炭、霍光鬼諫、敬德不伏老，皆康惠自製。家僮〔四九〕千指，皆善南北歌調，海鹽遂以擅歌名浙西。』今俗所謂『海鹽腔』者，實法于貫酸齋，源流遠矣。

『弋腔』始弋陽，卽今『高腔』，所唱皆南曲。又謂『秧腔』，『秧』卽『弋』之轉聲。京謂『京腔』，粵俗謂之『高腔』，楚、蜀之間謂之『淸戲』。向無曲譜，祇沿土俗，以一人唱而衆和之，亦有緊板、慢板。王正祥謂『板皆有腔』，作十二律京腔譜十六卷，又有宗北歸音四卷以正之，謂：『「高腔」卽樂記「一唱三嘆」，有遺風之意也。凡曲藉乎絲竹者曰「歌」，一人發其聲曰「唱」，衆人成其聲曰「和」，其聲聯絡而雜于唱和之間者曰「嘆」——俗謂「接腔」。

「嘆」，卽今「滚白」也。曲本混淆，罕有定譜，所以後學憒憒，不知整曲、犯調者有之，予故定爲十二律，以爲唱法，亦竊擬正樂之各得其所云。』皆立論甚新，幾欲家諭而戶曉；然欲以一人、一方之腔，使天下皆欲倚聲而和之，亦必不得之數也。

俗傳錢氏綴白裘外集，有『秦腔』。始于陝西，以梆爲板，月琴應之，亦有緊、慢，俗呼『梆子腔』，蜀謂之『亂彈』。金陵許苞承云：『事不皆有徵，人不盡可考。有時以鄙俚俗情，入當場科白，一上氍毹，卽堪捧腹。此殆如冬烘相對，正襟捉肘，正爾昏昏思睡，忽得一詼諧訕笑之人，爲我羯鼓解穢，快當何如！此外集所不容已也。』其論亦確。按：詩有正風、變風，史有正史、霸史，吾以爲曲之有『弋陽』、『梆子』，卽曲中之『變曲』、『霸曲』也。又有『吹腔』，與『秦腔』相等，亦無節奏〔三〇〕，但不用梆而和以笛爲異耳。此調蜀中甚行。

『胡琴腔』起于江右，今世盛傳其音，專以胡琴爲節奏〔三一〕，淫冶妖邪，如怨如訴，蓋聲之最淫者。又名『二簧腔』。

『女兒腔』亦名『弦索腔』，俗名『河南調』。音似『弋腔』，而尾聲不用人和，以絃索和之，其聲悠然以長。

文選長笛賦：『聽篴弄者，遙思于古昔。』注云：『篴弄，蓋小曲。』按：漢樂府滿歌行等篇，謂之『大曲』。『小曲』，當對『大曲』言之，非若今之小曲也。

南史徐勉傳：『武帝擇後宮吳聲、西曲女妓各一部，賚勉。』通典：『梁有吳安泰，善歌，後爲樂令，初改西曲，以別江南上雲樂。』樂府詩集：『西曲歌出于荆、郢、樊、鄧之間，因其方俗，謂之「西曲」。』按：今以山、陝所唱小曲曰『西曲』，與古絕殊，然亦因其方俗言之。

今演劇多演神仙鬼怪以眩人目，然其名多荒誕。張果曰『張果老』，及劉海蟾曰『劉海戲蟾』，此類甚多，備見神仙傳及雲笈七籤。此不足論。取其略有依據者，別爲後卷。

劇　話　卷下

『太公封神傳』劇，按唐書禮儀志：『武王伐紂，雪深丈餘。五車二馬，行無轍跡，詣營求謁。武王怪而問焉。太公曰：「此必五方之神，來受事耳。」遂以名召入，各以其職命焉。』太公金匱亦詳其事。此封神所由來。

考程嬰、屠岸賈事，始見說苑復恩篇。公孫杵臼，別見新序節士篇。左傳無一字及之。今八義劇所演鉏麑、提彌明、靈輒三事，乃詳宣二年傳中；而晉因韓厥之言以立趙武，則在成公四年傳。

西施浣紗記劇，按羅點聞見錄：『世傳西施隨范蠡去，不見所出，因杜牧「西子下姑蘇，一舸逐鴟夷」而附會也。』修文御覽引吳越春秋逸篇云：『吳亡後，西子江令隨鴟夷』〔五三〕。杜牧乃有此句。考越絕書：『越王句踐得採薪二女西施、鄭旦以獻吳王。』實未言浣紗也。

元人凍蘇秦劇及金印記，兄弟五人：代、厲、秦、辟、鵠。秦行第三，故云季子。俗乃謂行二，與史傳注文不合。

蝴蝶夢劇，見莊子齊物論。其鼓盆、髑髏二事，見至樂篇。

蘇武牧羊記劇，見漢書蘇建傳，特常惠紿辭〔五三〕，非實爲也。其餘若嚙雪、咽氈、臥起、操節，皆實事。

救青劇，事見漢書衛青傳：『青姊子夫得入宮，有身。長公主聞而妬之，使人捕青，欲殺之。其友騎郎公孫敖與壯士往篡之，故得不死。敖義渠人，後封合騎侯。』按：今院本演此事，謂敖爲鐵力奴，未詳所自。

庚吉甫買臣負薪〔五四〕劇，見漢書。今俗傳此事，大略相符；而言買臣既貴，妻再拜馬前求合，買臣取盆水覆地，示其不能更收之意，妻遂抱恨死，此則太公望事，詞曲家所撮合也。

張時起昭君出塞、馬致遠漢宮秋劇，見韓子蒼昭君圖序：『漢時呼韓邪來朝，言願壻漢氏。元帝以後宮良家子王昭君字嬙者配之，生二子；株累立，復妻之，生二女。』至范書始言『入宮久不見御，因掖庭令請行單于。臨辭大會，昭君豐容靚飾，竦動左右。帝驚悔，欲復留而重大信』。班書皆不合〔五五〕。西京雜記又言：『元帝使畫工圖宮人，昭君獨不行賂，乃惡圖之。既行，遂按誅毛延壽。』琴操又言：『本齊國王襄女〔五六〕，年十七，進之。帝以地遠，不幸。及欲賜單于美人，嬙對使者越席請往。後不願妻其子，吞藥而卒。』蓋其事雜出，無所考正。至元人琵琶劇〔五七〕，石崇王明君辭序云：『昔公主嫁烏孫，令琵琶馬上作樂以慰其道路之思。其送昭君，亦必爾也。』石崇既有此言，後人遂以實之昭君，誤矣。

漁家樂劇，馬融女馬瑤草事。按後〔五八〕漢書，融女有三：長女不可考；其一字倫，爲袁隗妻；一女名芝，女有才義，少喪親，長而追感，作申情賦。今劇場所演云馬瑤草者，未知何屬。袁氏世爲三公，隗少歷顯官，富奢特甚，馬氏裝遣亦極珍麗，與劇場簡生事適相反。其子〔五九〕久稽良匹，或不爲融所受〔六〇〕乎？然瑤草字與『芝』義合，疑所指爲芝。

高則誠琵琶記，見青溪暇筆：『元末永嘉高明字則誠，避世鄞之櫟社，以詞曲自娛。見陸放翁有「死後是非誰管得，滿村聽唱蔡中郎」之句，因編琵琶記，用雪伯喈之恥。國朝遣使徵辟，不就。既卒，有以其記進者，上覽畢，曰：「五經、四書，在民間如五穀不可缺；此記如珍羞百味，富貴家其可無耶！」其見推許如此。』留青札記：『時有王四者，能詞曲。高則誠與之友善，勸之仕。登第後，卽棄其妻而贅于太師不花家。則誠恨之，因借此記以諷。名琵琶者，取其四王字爲王四云耳。元人呼牛爲「不花」，故謂之牛太師。而伯喈曾附董卓，乃以之托名也。高皇微時，嘗賞此戲；及登極，捕王四，置之極刑。』〔六一〕『據說郛載唐人小說云：「牛相國僧孺之子繁，與蔡生文字交，尋同舉進士。才蔡生，欲以女弟適之。蔡已有妻趙矣，力辭不得。後牛氏與趙處，能卑順自將。蔡官至節度副使。」其姓相同，一至于此，則誠何不直舉其人，而顧誣衊賢者耶？〔六二〕僧孺二子，曰蔚、曰藂〔六三〕，無所謂繁者，恐說郛所載不實。』按：蔡邕父名稜字伯直，見後漢書注。其母袁氏，曜卿姑也，見博物志。琵琶記作蔡從簡、秦氏，其故爲謬悠歟？抑未考歟？

劉關張桃園結義劇，據三國志關羽傳：『先主與羽、飛二人，寢則同牀，恩若兄弟；而稠人廣坐，侍立終日。』世俗由此敷演。至秉燭達旦劇，則前無所據見，少室山房筆叢駁之最詳。秉燭達旦劇，元尙仲賢所撰也〔六四〕。關漢卿單刀會劇，見三國志魯肅傳有『但諸將軍單刀俱會』之語。

月下斬貂蟬劇，見升庵外集：『世傳呂布妻貂蟬，史傳不載。李長吉〔六五〕呂將軍歌：「榼榼銀龜搖白馬，傅粉女郎大旗下。」似有其人也。元人有關公斬貂蟬劇，事尤悠謬。然羽傳注稱「羽欲娶布妻，啓曹公。公疑布妻有殊色，因自留之」。則亦非全無所自。』按：原文關所欲娶乃秦氏婦，不得借爲貂蟬證也。

截江奪阿斗劇見蜀志劉封傳：『孟達與封書曰：「自立阿斗爲太子已來。」』〔六六〕四字本此。

白仁甫祝英臺劇，見宣室志：『英臺，上虞祝氏女，僞爲男裝游學，與會稽梁山伯者同肄業。山伯，字處仁。祝先歸二年，山伯訪之，方知其爲女子，悵然如有所失；告其父母求聘，而祝已字馬氏子矣。山伯後爲鄞令，病死，葬鄮城西。祝適馬氏，再過墓所，風濤不能進。問知有山伯墓，祝登號慟，地忽自裂陷，祝氏遂并埋焉。晉丞相謝安奏表其墓曰「義婦冢」。』

祝髮記劇，事見陳書徐陵傳：『孝克，陵第三弟也。梁末寇亂，京師大飢。孝克養母，饘粥不能給。妻臧氏，甚有容色。孝克謂之曰：「今飢荒如此，供養交缺，欲嫁卿與富人，望彼此俱有濟，不知卿意如何？」其妻臧氏弗許也。時有孔景行者，爲侯景將，富于財，孝克密因謀者陳意。景行多從左右，逼而迎之，臧氏涕泣而去，所得穀帛，悉以供養。孝克剃髮爲沙門，改名法整，兼乞食以充給焉。後景行戰死，臧伺孝克于途，曰：「往日之事，非爲相負；今既得脫，當歸供養。」孝克還俗，更爲夫妻。』今祝髮記所演，多與此符。

達磨渡江劇，見傳燈錄：『菩提達磨，南天竺國香至王第三子也。從波若多羅，法明心要。多羅曰：「吾滅後，汝當往震旦設大法乘〔六七〕，直接上根。」貽偈有「路行跨水復逢羊，獨自栖栖暗渡江」句。梁武帝迎至金陵。時魏明帝正光庚子也。止嵩山少林寺，面壁而坐。〔六八〕』按：達磨自庚子渡江，至戊申逝，凡九年。今謂『九年皆面壁』，失實。

『尉遲恭打朝裝風』劇，見舊唐書：『尉遲敬德婞直，頗以激切自負。嘗侍宴慶善宮，有班在其上者，怒曰：「爾何功合坐我上？」任城王道宗解喻之，敬德勃然，拳毆道宗，目幾至眇。太宗不懌，罷。召讓之，致仕。後聞太宗將征高麗，上言：「夷貊小國，不足枉萬乘，願委之將佐。」帝不納。詔以本官爲左一馬軍總管。師還，復致仕。』〔六九〕按：劇場演敬德事，有曰『打朝』，『裝風』，打朝實，裝風虛也。又『單雄信追秦王』劇，見舊唐書李密傳及新書尉遲敬德傳。

『薛仁貴白袍』劇，見舊唐書：『仁貴自恃驍勇，欲立奇功，乃異其服色，著白衣。帝遣問：「先鋒白衣者誰？」召見，嗟異。』按：元張國賓雜劇稱仁貴『白袍將』，亦實。

吳昌齡西天取經劇，見獨異志：『沙門玄奘〔七〇〕，姓陳氏。唐武德初，往西域取經。行至罽〔七一〕賓國，道險虎豹，不可過。奘不知所爲，鎖門而坐。至夕開門，見一老僧，莫知所由來。奘禮拜勤求，僧口授多心經一卷，令奘誦之，遂得道路開闢，虎豹潛形，魔鬼藏跡。至佛國，取經六百餘部而歸。』其多心經至今誦之。雙樹幻抄〔七二〕：『玄奘〔七三〕以貞觀三年冬抗表辭帝，出玉關，抵高昌。高昌王護送達于罽賓〔七四〕。隨歷大林國、僕抵國〔七五〕、那伽羅國、祿勒那國〔七六〕至麴闍國。麴闍王有勝兵十萬，雄冠〔七七〕西域，其俗以人杞天。奘至，被執。以風度特異，將戮以祭。俄大風作，塵沙漲天，晝日晦冥。彼衆驚異，釋之。至中天竺，入王舍城，彼已預聞奘至，具禮郊迎，安置那蘭陀寺。見上方戒賢論師——賢時春秋一百有六，道德爲西土宗師，號「正法藏」——奘啓以求法意，賢曰：「吾頃病且死，忽夢文殊〔七八〕謂我曰：『後三年，震旦有大沙門從汝受道。』自爾以來，今三稔矣。」于是慰喜交集。奘從賢窮探大乘，日益智證。至貞觀十六年，乃發王舍城，入祇羅國。國王迎問：「而國有聖人出世，作小秦王破陣樂，可爲我言之。」奘粗陳帝神武大略，其主大驚，即以青象、名馬，助奘馱經而還。以貞觀十九年至長安。文帝驚喜，手詔飛騎迎之，親爲經文作序，名聖敎序云。』按唐藝文志有王玄策〔七九〕中天竺國行記十卷，法苑珠琳謂：『玄策〔八〇〕官金吾將軍，奉詔偕玄奘往西域取經，歸撰此記。』今佚不傳。輟耕錄記元人雜劇有唐三藏一段。莊岳委談云：『聖敎序雖有「三藏要文」等語，匪玄奘〔八一〕號也。其以稱奘，蓋以唐僧不空號無畏三藏而譌耳。』

唐明皇遊月宮劇見明皇雜錄：『上與太眞及葉法靜八月望日遊月宮，見龍樓、鳳堞、金闕、玉扃〔八二〕冷氣逼人。後西川奏其夕有天樂過。』龍城錄：『葉法善與明皇遊月宮，聞天樂。上問曲名，曰：「紫雲回也」。上密記音調，歸爲霓裳羽衣曲。』又見集異記、異聞錄，小異。

『李白令高力士脫靴』劇，見舊唐書李白傳。

『郭子儀滿床笏』劇，據舊唐書崔義元傳：『開元中，神慶子琳、珪、瑤等皆至大官，羣從數十人，趨奏省闥。每歲時家宴，組珮輝映，以一榻置笏，重叠于其上。』按：流俗以此事屬郭汾陽，謬。

雙紅劇，一、紅綃，見崑崙奴傳所稱奴磨勒負崔生至一品院，與歌妓紅綃會，逾十重垣，雙負出，撾殺猛犬者也。一、紅線，見甘澤謠——潞州節度使薛嵩家青衣盜田承嗣金合，一夜去來，辭嵩不知所往者也。沈德符顧曲雜言：『梁伯龍有紅線、紅綃二雜劇，頗稱諧愜；今被俗優合爲一大本南曲，謂之雙紅，遂成惡趣。』

『鄭元和繡襦』劇，據白行簡李娃傳：『天寶中，常州刺史滎陽公有子弱冠，應秀才舉，父豐其給。抵長安，游鳴珂曲，見娃憑一青衣而立，徘徊不能去；密徵于友，往諧歡好，並止其家。囊空，鬻駿乘及家童以繼。歲餘，蕩然。娃母意怠，設詭計紿生他出，徙宅去。生往來徵詰，無晉。返舊邸，與人爭較。生父方入計在京，所隨老豎見之，遽持其袪至父所。父怒其辱門，拉至曲江東，以馬捶鞭之斃，棄而去。有歌師往瘞，經宿而活。捷處潰爛，穢甚。同輩復惡而逐焉，遂持破甌巡里閭，乞食爲事。一旦大雪，生冒雪乞，聲甚苦。經娃之宅，生不知也。娃辨其音，連步而出。見生枯瘠疥癘，殆非人狀，遽前抱頸，以繡襦擁而歸之。母大駭，趣令迫逐。娃侃詞諍，且以積貲自贖，與生稅屋別居，勸以溫習囊業。三歲，業大就。一赴禮，應直言極諫科，名第一，授成都府參軍。時生父由常州拜成都尹，生投謁，大驚；命登階，撫背慟哭，父子如初。娃留于劍門，築別館處之。尋遣媒氏，備六禮，迎爲夫婦。生後歷仕數郡，娃封汧國夫人。』按：此與今劇場所演，事事相符；惟傳不著名，而今云李亞仙、鄭元和，乃別見于元石君寶花酒曲江池劇；其殺千金五花馬，取版腸以供妓饌，則以元王元鼎與順時秀〔八三〕事牽入。馬致遠黃粱夢劇，見李泌枕中記所云：開元十九年，盧生遇呂翁于邯鄲邸舍，以枕授之。生于寐中列登鼎鉉，欠伸而寤，主人蒸黃粱尚未熟也。按：此呂翁非呂洞賓也。洞賓生貞元十四年，舉咸通進士，翁則開元時已度人矣。元馬致遠黃粱夢劇謂洞賓遇鍾離，此卽影襲盧生事。雜劇例多張冠李戴，不必疑也。明湯若士以世多熟夢邯鄲，復演盧生，付伶人歌舞之。又呂洞賓戲白牡丹劇，乃宋人顏洞賓事，亦誤爲呂洞賓。續仙傳：『呂洞賓居岳州白鶴寺，有老人自松梢下，曰：「某松之精也。」』元谷子敬有城南柳劇，乃訛『松』爲『柳』。

西廂記，元王實甫撰。考元稹會眞記詳其事。輟耕錄以爲生卽張子野。宋王性之著傳奇辨正云：『微之作姨母鄭氏墓志，言其「既喪夫，遭軍亂，微之爲保護其家」。又白樂天微之母鄭氏志言：「鄭濟女」。唐崔氏譜：「永寧尉鵬，娶鄭濟女。」則鶯鶯乃崔鵬之女，于微之爲中表也。』傳奇言〔六四〕『生年二十二』，微之樂天墓志，決爲微之無疑；特鄭恆爭姻之說，不可曉。按：鶯鶯後實歸恆。金石文字記載唐鄭恆暨夫人崔氏墓誌銘，大中十二年秦貫撰文：『崔年七十六，有子六人，與鄭合葬。』此銘可證。

白兔記李洪義劇，五代史漢家人傳：『高祖皇后李氏，晉陽人也。其父爲農。高祖少爲軍卒牧馬晉陽〔六五〕，夜入其家刼取之。高祖已貴，封魏國夫人，生隱皇帝。』宋史：『漢李后弟六人，長洪信，少洪義，皆位至軍相。洪義本名洪威，後以避周諱改。周祖起兵，漢少帝詔洪義扼河橋。及周兵至，洪義就降。漢室之亡，由洪義也。』按：今白兔劇醜詆洪義，或緣其降周故耶？又何以誤指爲后兄也？

雪夜訪趙普劇，見宋史趙普傳。

『楊六郎』劇，據宋史：『楊業以驍勇聞，人號「無敵」。契丹望見業旌旗，輒引去。主將戍邊者，多忌之。雍熙三年，以雲州觀察使副潘美北征。契丹國母蕭氏領衆十萬陷寰州，業議未可與戰，護軍王侁沮之。業因指陳家谷言：「請于此張步兵爲左右君翼。俟業轉戰至此，卽以兵來擊救之；不然，無遺類矣。」美卽與佺領兵陣谷口〔八六〕。自寅至巳，佺使人登臺望之，以爲契丹敗走，欲爭其功，乃離谷口；俄聞業敗，卽麾兵却。業力戰，至暮，果至谷口，望見無人，拊膺大慟，再率帳下士戰，身被數十創，士卒殆盡，馬重傷不能進，遂爲契丹所擒。其子延玉亦沒焉。業不食三日，死。詔贈太尉、大同軍節度，錄其子延朗爲崇儀副使，次子延浦、延訓爲供奉官，延環、延貴、延琳爲殿直。延朗後改名延昭，眞宗嘉其用兵有父風，在邊防二十餘年，官至保州防禦使，契丹憚之，目爲「楊六郎」。』按史，延昭當爲長子，而目爲六郎，六似非行次矣。業凡七子，延玉先沒契丹，或總其見在之兄弟六人歟？潘美，今劇中誤爲潘仁美。

『梁灝八十二歲及第』劇，見錦字箋：『灝謝表有云：「皓首窮經，少伏生之八歲；青雲得路，多太公之二年」。』遯齋閑覽：『灝登第詩：「天福三年來應試，雍熙二載始成名。饒他白髮巾中滿，且喜青雲足下生。」』又一梁灝，登科最早，見容齋隨筆。

『呂蒙正破窰』劇，避暑錄：『文穆爲父所逐，衣食不給。龍門寺僧識其貴人，延至寺中，鑿山岩爲龕〔八七〕居之，凡九年。後諸子卽石龕爲祠堂。』按：元關漢卿、王實甫俱撰蒙正風雪破窰記。貢性之有風雪破窰圖詩。破窰，當卽石龕。又據宋史，與蒙正共淪躓者，母劉氏也，今傳奇乃謂蒙正妻。又飯後鐘事，見北夢瑣言，乃段文昌事——摭言傳爲王播事——今以移屬呂文穆，乃自元人馬致遠始。又彩樓劇饐瓜事，見邵伯溫聞見錄。

『王曾三元』劇，見宋史：『曾字孝先，咸平中由鄉貢試禮部，廷對，皆第一。』按：今謂曾爲三元，信也；至謂曾子復爲右榜三元，則無稽矣。曾無子，以弟融之子繹爲後。

包龍圖各劇，據宋史：『包拯嘗除龍圖閣直學士。立朝剛毅，貴戚宦官爲之斂手。京師語曰：「關節不到，有閻羅包老。」凡訟訴，徑開正門，使得至前陳曲直，吏不敢欺。』按：今童婦輩凡言平反寃獄，輒稱『包龍圖』，或稱『包待制』，且言『死作閻羅』，因『包老』一言也。

平妖傳，見居易錄：『今小說演義記貝州王則事，其中人多有依據。如馬遂擊賊被殺，見宋史。使馬遂乃賈魏公，借作潞公耳。所云成都神醫嚴三點者，江西人，見癸辛雜志。其「多目神」，借用李文靖事。』楊文奎王魁不負心。按：王魁見齊東野語：『嘉祐中，王俊民〔八八〕爲應天府發解官，得狂疾，取交股刀自裁。左右抱持之。免出試院，醫云有痰，以藥吐之，中夜洞泄而死。其父訴關道士〔八九〕，道士傳冥中語云：「爲五十年前打殺謝、吳、劉不結案事。」因託夏噩姓名作王魁傳。實其事皆不然。』書錄解題：『陳翰，唐末人〔九〇〕，王魁乃本朝事，當是後人剿入之。』草木子：『俳優戲文，始于王魁』。卽此人。

『蔡襄建洛陽橋』劇，見說郛洛陽橋記附錄，又見筠廊偶筆，云：『明鄞人蔡錫爲泉州太守，欲修洛陽橋，以文檄海神。一醉卒趨而前曰：「我能齎往」。乞酒飲，大醉，自投于海。若有人扶掖之者，俄而以「醋」字出。錫意必廿一日酉時，遂是日興工。語載錫本傳中，人乃以其事附蔡端明也。』

『陳造懼內』劇，見蘇詩：『龍邱居士亦可憐，談空說有夜不眠。忽聞河東獅子吼，拄杖落手心茫然。』黃魯直亦有與季常簡，曰：『公暮年來想漸求清淨之樂，姬媵無新進矣，柳夫人比何所念以致疾耶？』又一帖，云：『河東夫人亦能哀憐老大，一任放不解事耶？』則柳氏之妬，固已。按：今南劇搬演『跪池』一事，未免已甚；北劇至有變羊劇，尤誕——然亦有本，但不屬陳季常。藝文類聚：『一士人婦大妬，常以長繩繫夫足。士與巫謀，乘婦睡，以繩繫羊。婦覺，牽繩而羊至。大驚，問巫。巫曰：「能悔，可祈請。」婦因悔，誓不妬，巫乃令七日齋，舉家詣神禱祝。士徐徐還。婦見，泣曰：「多日作羊，不辛苦耶？」士曰：「猶憶噉草不美。」婦後略妬，士即伏地作羊鳴。婦驚起，永謝不敢。』

元吳昌齡『東坡、蘇小妹』〔九〇〕。按歐陽文忠集蘇明允墓志云：『君三女，皆早卒。』按：明允一女適其母兄程濬之子之才，一女適柳子玉；而世俗云小妹適秦少游，不見傳記，豈明允之最小女耶？惟元吳昌齡東坡夢雜劇爲是言，並云其妹之名曰『子美』。

水滸劇見游覽志餘：『錢塘羅貫中，南宋時人，編撰小說數十種，而水滸傳敍宋江等事，機巧甚詳，壞人心術，其子孫三代俱啞。』七修類稿：『宋江乃施耐菴編。昨見點鬼簿〔九一〕載宋江傳記之名，則亦有本，因而編成，故曰：「編」。』莊岳委談：『水滸傳所稱三十六天罡〔九二〕，見宋史張叔夜傳：「宋江起河朔，轉略十郡，官軍莫敢攖其鋒」。』癸辛雜志載龔聖予宋江三十六人贊，備列名號，曰：『呼保義宋江、智多星無學究、玉麒麟盧俊義、大刀關勝、活閻羅阮小七、尺八腿劉唐、沒羽箭張青、浪子燕青、病尉遲孫立、浪裏白跳張順、船火兒張橫、短命二郎阮小二、花和尙魯智深、行者武松、鐵鞭呼延綽、混江龍李俊、九紋龍史進、小李廣華榮、霹靂火秦明、黑旋風李逵、小旋風柴進、插翅虎雷橫、神行太保戴宗、先鋒索超、立地太歲阮小五、靑面獸楊志、賽關索楊雄、一直撞董平、兩頭蛇解珍、美髯公朱仝、沒遮攔穆宏、拚命三郎石秀、雙尾蝎解寶、鐵天王晁蓋、金鎗班徐寧、撲天鵰李應。』較小說多孫立、晁蓋，無公孫勝、林冲；其吳學究不著名，尺八腿、一直撞綽號大異，鐵鞭、先鋒、賽關索、金鎗班小異；先後次第，尤多不同。宣和遺事盧俊義作李俊義，楊雄作王雄，關勝作關必勝，並載花石綱等事，皆似是水滸事本，而呼保義等號無之。宋鑑劉豫所害關勝，或卽大刀也。其燕靑贊云：『平康巷陌，豈是知名？太行春色，有一丈靑。』然則時固有一丈靑者，而不在數中，果復有所謂七十二地煞乎？又高俅事，見居易錄：『乃東坡小史，以屬王晉卿詵。詵遣俅送篦刀子于端王邸，令對蹴，大喜，幷送人皆留。逾月，王登大寶，眷渥日厚，數年間持節至使相。傳所云「小蘇學士」卽東坡，而稍變其文耳。都尉，卽詵也。』至誤走妖魔事，見錢氏私志：『河北賊方定，蔡京謂徐神翁曰：「且喜天下太平！」徐曰：「天上方遺許多魔君下生人間，作壞世界。」蔡曰：「如何得識其人？」徐笑曰：

「太師亦是」。』按：此段卽是水滸楔子所由演。

續水滸諸劇，見甕天脞語載：『宋江潛至李師師家，題詞于壁。』按：陸友仁題宋江三十六人畫讚云：『睦州盜起塵連北，誰挽長江洗兵革？京東宋江三十六，懸賞招之使擒賊。後來報國收戰功，捷書夜奏甘泉宮。』則江降後自有攻討方臘等事，續傳不爲無因。

麒麟記韓蘄王夫人，見鶴林玉露：『夫人本娼。嘗于廟柱下見一虎蹲臥，驚走出。復往視之，乃一卒也。因蹴起，問姓名，爲韓世忠，心異之，告其母，約爲夫婦。後封梁國夫人。』按：今麒麟記演其事。

岳武穆精忠傳何立至酆都事，見雲谷淡墨，所謂『告相公，東窗事發也』。又掃秦劇，見江湖雜記：『檜旣殺武穆，向靈隱祈禱，有一行者亂言譏檜。檜問其居址，僧賦詩有「相公問我歸何處，家在東南第一山」之句。』其事又見邱氏遺珠。元張光弼有詠何立事詩。

荆釵劇見鶴林玉露：『龜齡及第甚晚，已有二子，並非新娶，而其母已沒。』今之荆釵傳奇，乃史氏妄作也。天祿志餘謂：『玉蓮，王梅溪女。孫汝權，宋進士，與梅溪友善。先生劾史浩八罪，汝權實慫恿之，爲史氏所最切齒，遂妄作荆釵傳奇，謬其事以蠛之。南宋〔七四〕餘姚許浩嘗賦荆釵百詠，卽其事也。』楊升庵外集謂：『潛說友乃宋安撫使，與賈似道同時。』今傳奇王十朋有此人，訛以爲錢，反以爲梅溪前輩，謬也。

玉簪劇見古今女史：『宋女貞觀〔九五〕尼陳妙常年二十餘，姿色超羣，詩文俊雅，工音律。張于湖授臨江令，宿觀中，調之，妙常不納。——載名媛璣囊。後與于湖友潘法成私通情洽，密告于湖，以計斷爲夫婦。』

月明度柳翠劇，見姚靖西湖志：『宋紹興間，柳宣教履臨安尹任，僧玉通不赴庭參，柳便用紅蓮計破其戒。玉通慚悔而死，托生于柳，隸樂籍，報之。久之，皐亭山僧清了以化緣詣柳翠，爲戴面具現身說法，示彼前因。翠悟，沐浴而化。』清了一名月明，故云『月明和尚度柳翠』也。元李壽卿撰曲，見臧晉叔選百種曲中。考咸淳臨安志、五燈會元，皆無柳宣教、月明之名。今所演，蓋武林舊事所載元夕舞隊之耍和尚也。

黃孝子尋親〔九六〕劇，見元史孝義傳：『黃覺經〔九七〕，建昌人，五歲遭亂失母。稍長，誓天願求母所在。願渡江涉淮，行乞而往。至汝州梁縣春店，得其母以歸。』

『沈萬三』劇，見明史高后傳：『吳興富民沈秀者，助築都城三之一，又請犒軍。太祖怒，欲誅之。后諫曰：「民富敵國，民自不祥，天將災之，何誅焉？」乃釋秀。』秀卽沈萬三也。明巨富者，謂之「萬戶三」。沈本名富，字仲榮。柳亭詩話云：『金陵水西門有豬龍爲患，相傳明祖以沈仲榮聚寶盆鎭之，乃止，故名「聚寶門」。仲榮得張三丰罐火之術，致富敵國。盆，卽鼎器也。』

鐵冠圖劇見宋景濂集張中傳：『中字景善，撫之臨川人。舉進士不第，遇異人授以太極數學。帝下豫章時，因鄧愈薦，遣使召問。後言事往往奇中。嘗戴鐵冠，人因號「鐵冠子」。』按雜說云：『明祖諭道人：「汝能先知。試言我國事，直述無諱。」道人口誦數十語，其後多驗，即劇所謂鐵冠圖也。』

唐賽兒劇見明史成祖紀：『永樂十八年二月，蒲臺妖婦唐賽兒作亂，安遠侯柳升帥師討之。三月辛巳，敗賊于卸石，賽兒逸去。』好事者演其事，謂之女仙外史，演劇者本之。

海瑞市棺劇，見明史本傳：『上疏時，先市一棺，訣別妻子。』故俗有『海瑞棺材，擡去擡來』之諺，由此。

十五貫劇況青天，見縣笥瑣探：『蘇州太守況鍾剛果練達，多有惠政。九載去任，人呼曰「況青天」。』

唐伯虎三笑姻緣劇秋香，見姚旅露書，乃吉道人事：與宦家婢秋香遇于虎邱，因道人有姊喪，白衫內服紫裩，風動裾開，秋香見而含笑。道人乃鬻身為宦家奴，伴其子讀書，具得歡意。問其欲，求秋香為妻。許之，具數百金裝，送秋香歸道人。道人名之任，字應生，江陰人；本姓華為母舅趙子。按：今演其事為劇，移以屬唐寅。

〔註〕每卷前原題『綿州李調元童山』。

劇話校勘記

本編所重印的劇話，是用函海本作底本。因爲祇有這一種版本，無從比勘；但原刻頗有脫譌，今就編者所見比較顯然的地方，逕加改正，仍附註說明；疑誤的地方，則僅加註明，未敢擅動。

〔一〕『荔枝』，原作『茘支』。

〔二〕『倘與古樂意思相近』，『與』原作『有』。

〔三〕『優伶戲文，自優孟抵掌孫叔敖，實及漢宦者傅脂粉侍中郎，後世裝旦之漸。』按莊嶽委談原文作：『優伶戲文，自優孟抵掌孫叔，實始濫觴；漢宦者傅脂粉侍中，亦後世裝旦之漸也。』此處所引，略有變動，但後二句亦應作『漢宦者傅粉侍中，實後世裝旦之漸。』

〔四〕『蘇中郎』，原作『蕃中郎』。

〔五〕『嗣是作者迭興』，原作『詞是作者迭興』。

〔六〕『涵虛』，原作『滋虛』。

〔七〕「趙閑」，應作「趙閑夫」。

〔八〕「胡氏」二字下，似應有「遂以爲」三字。

〔九〕「點鬼簿」，應作「錄鬼簿」。

〔一〇〕「張奔兒」，原作「張奔」。

〔一一〕「撥」，原作「撥」。

〔一二〕「枸肆中」，原作「枸肆申」。

〔一三〕「鬼門」，原作「鬼道」。

〔一四〕「鷂能擊鳥」，原作「一能禽鳥」。

〔一五〕「故云」，原作「古云」。

〔一六〕「一曰末泥」，原作「一曰末」。

〔一七〕「一曰孤裝」，原作「一曰孤」。

〔一八〕「傅粉墨」，原作「傅粉墨」。

〔一九〕「悲怨霸王」，原作「悲怨霸王」。

〔二〇〕「鬧夾棒六么」，原作「鬧夾捧六么」。

〔二一〕「官職名」之前，還應有「賭撲名，照天紅等七目」一句。

〔二二〕『青鶡』，原作『青鴉』。

〔二三〕『入口鬼』，原作『合鬼』。

〔二四〕『萬民快樂』，原作『萬民快』。

〔二五〕『脚言脚語』，原作『脚語』。

〔二六〕『岳伯川』，原作『丘伯川』。

〔二七〕『史九敬先』，原作『史九敬』。

〔二八〕『彭伯成』，原作『彭伯城』。

〔二九〕『孫仲章』，原作『孫仲立』。

〔三〇〕『趙明遠』，原作『韓明遠』。

〔三一〕『范冰壺』，原作『范玉壺』。

〔三二〕『丹邱』，原作『何丹丘』。

〔三三〕『張國寶』，原作『張國瑤』。

〔三四〕『顧仲清』，原作『顧仲卿』。

〔三五〕『紅字李二』原作『紅字李』。

〔三六〕『劇本』，原作『剽本』。

〔三七〕『張壽卿』下，應有『李壽卿』三字。

〔三八〕『一曲』，原無『一』字。

〔三九〕『各劇中』，似應作『今劇中』。

〔四〇〕『綠巾詞』，原缺『詞』字。

〔四一〕『戲言』，原作『戲宮』。

〔四二〕『故關漢卿』至『甚合於理』一段，乃涵虛子語，李氏書中也誤作是趙子昂所說。

〔四三〕『板踏兒』，原作『板杏兒』。

〔四四〕此段引文有誤。按原書雖各本之間也有不同，但小曲阿厮鬪扯弼之下小字註，都作『回盞曲雙手彈』。又十四回回曲，乃和大曲、小曲一樣屬於類名，不是曲名。故此上文『其小曲牌名有十七調』，應作『……十三調』。

〔四五〕『阜比』，原作『阜北』。

〔四六〕『老衲』，原作『老袖』。

〔四七〕『折梅逢使』，原作『析梅逢使』。

〔四八〕此段原文作：『北化爲南……凡腔調與字面俱南，字則宗洪武而兼祖中州。腔則有「海鹽」、「義烏」、「弋陽」、「青陽」、「四平」、「樂平」、「太平」之殊派。雖口法不等，而北氣總已消亡矣，……』劇話所引，字句有變動。與原意已不相符。又下文亦有删略，但無大關係。惟『花陰月靜』，誤作『花影月靜』，已改。

〔四九〕『家僮』，原作『家僮』。

〔五〇〕〔五一〕『節奏』，原作『節湊』。

〔五二〕按此段，原文作：『吳亡後，越浮西施於江，令隨鴟夷以終。』

〔五三〕『特常惠給辭』句，應作『雁書事特常惠給辭。』

〔五四〕『買臣負薪』，原作『買臣買薪』。

〔五五〕『班書皆不合』，似應作『與班書皆不合。』

〔五六〕『齊國王襄女』，原作『齊國王嬙女』。

〔五七〕『至元人琵琶劇』，似應作『至元人劇中馬上彈琵琶事』。

〔五八〕『後』字，原缺。

〔五九〕『子』，似應作『季』。

〔六〇〕『受』，似應作『愛』。

〔六一〕『據說郛載唐人小說云』之上，應有『莊嶽委談云』一句。

〔六二〕此處原有『莊岳委談』四字，删去。

〔六三〕『蘖』，原作『業』。

〔六四〕按元尚仲賢所作雜劇，祇有秉燭旦一種，其題目、正名曰：『飢寒雪裏讀書人，浚興花前秉燭旦。』此劇雖不傳，但從題目、正名看來，絕對不可能是關羽秉燭達旦故事。

〔六五〕『李長吉』，原作『李白長吉』。

〔六六〕『四字本此』之上，應有『阿斗太子』四字。

〔六七〕『法乘』，原作『法蘗』。

〔六八〕『止嵩山少林寺，面壁而坐』之下，應有『後渡江往魏』一句，語意才能明白。

〔六九〕『師還，復致仕。』原作『師復還致仕。』

〔七〇〕『玄奘』，原作『元奘』。

〔七一〕『罽』，原作『罽』。

〔七二〕『雙樹幻抄』，原作『雙樹幻鈔』。

〔七三〕『玄奘』，原作『元奘』。

〔七四〕『罽賓』，原作『罽賓』。

〔七五〕『僕抵國』，原作『僕抵國』。

〔七六〕『祿勒那國』，原作『祿鄰那國』。

〔七七〕『雄冠』，原作『雄寇』。

〔七八〕『文殊』，原作『大殊』。

〔七九〕〔八〇〕『玄策』，原作『元策』。

〔八一〕『玄奘』，原作『元奘』。

〔八二〕『玉扃』，原作『玉扇』。

〔八三〕『順時秀』，原作『國順秀』。

〔八四〕『傳奇言』，原作『傳言』。

〔八五〕『晉陽』，原作『晉人』。

〔八六〕『陣谷口』，原缺『口』字。

〔八七〕『爲龜』，原作『有龜』。

〔八八〕『王俊民』，原作『王俊名』。

〔八九〕『闕道士』，原作『問道士』。

〔九〇〕『唐末人』，原作『唐宋人』。

〔九一〕『東坡、蘇小妹』，似應作『東坡夢劇蘇小妹』。

〔九二〕『點鬼簿』，應作『錄鬼簿』。

〔九三〕「三十六天罡」，原缺「六」字。

〔九四〕「南宋」，原作「南史」。

〔九五〕「女貞觀」，原作「女觀」。

〔九六〕「黄孝子尋親」，原作「王孝子尋親」。

〔九七〕「黄覺經」，原作「王覺經」。

劇說

清·焦循著

劇說提要

劇說六卷，清焦循著。焦循，字里堂，江蘇甘泉人。生於一七六三年（乾隆二十八年）。自幼好學。壯年從阮元在山東、浙江各處作幕賓。一八〇一年（嘉慶六年）中舉人。有人勸他去應禮部試，他因生母年老多病，堅辭不往。母喪之後，閉戶著書，名其居曰半九書塾，築書樓曰雕菰，凡十餘年，足跡不入城市，一八二〇年（嘉慶二十五年）卒。

焦氏精於經學及算術，生平著作有：雕菰樓易學、易餘籥錄、孟子正義、六經補疏、里堂學算記等數十種。此外又有足徵錄、邗記、里堂道聽錄、讀書三十二贊及雕菰樓集、詞、詩話。

焦氏尤好戲曲，著有曲考、劇說及花部農譚。曲考今不傳，但可於揚州畫舫錄所載曲海目一條見其大概。花部農譚，已收入本編。

劇說一書，是輯錄散見於各書中的論曲、論劇之語而成。卷前所列引用書目共一百六十六種，實際還不止此數，其中並有不少罕見的珍本，爲研究古典戲曲彙集了相當豐富的參考資料。

劇說流傳的版本有：

（一） 讀曲叢刊本。

（二）曲苑本。

（三）重訂曲苑本。

（四）增補曲苑本。

（五）國學基本叢書本　一九三九年上海商務印書館出版。

（六）中國文學參考資料小叢書本　劇說一種，爲第二輯第九種，一九五七年七月，上海古典文學出版社出版。

以上各種版本，曲苑及重訂曲苑本是根據讀曲叢刊本景印，增補曲苑本和國學基本叢書本是根據曲苑本、讀曲叢刊本排印，中國文學參考資料小叢書本是根據讀曲叢刊本排印，加以標點，同時還有小部分的校勘。

讀曲叢刊本，來源未詳。劇說從未見刻本，讀曲叢刊所根據的，不是原稿本，就是傳鈔本了。

北京圖書館藏有焦循劇說稿本六卷，有『焦循手錄』和『里堂』兩圖章，確是焦氏手稿，但不如讀曲叢刊本完整，或許此稿本還不是最後的定稿。

引用書目

樂府雜錄 唐段安節
猥談 明祝允明
轂塵山房筆塵 明于愼行
駭姝由筆 明徐充
塵史 宋王得臣
癸辛雜誌 宋周密
水東日記 明葉盛
客座贅語 明顧起元
武林舊事 宋周密
嘉祐雜志 宋江休復
聞見近錄 宋王鞏

教坊記 唐崔令欽
道聽錄
近峯聞略 明皇甫錄
國初事跡 明劉辰
霏雪錄 明鎦績
齊東野語 宋周密
谿山餘話 明陸深
眞珠船 明胡侍
錄鬼簿 元鍾嗣成
知新錄 王棠
唐闕史 唐高彥休

輟耕錄 元陶宗儀
莊嶽委談 明胡應麟
雲麓漫鈔 宋趙彥衛
紫桃軒雜綴 明李日華
四朝聞見錄 宋葉紹翁
都城紀勝 宋耐得翁
彙苑詳註 明王世貞
警心錄
碧雞漫志 宋王灼
懷鉛錄
金樓子 梁孝元皇帝

名義考 明周祈
復齋漫錄 明許浩
應庵隨錄 明羅鶴
宋史新編 明柯維騏
說圃識餘 王元徽
樂郊私語 元姚桐壽
蝸亭雜訂 徐又陵
西河詞話 毛奇齡
鐵圍山叢談 宋蔡絛
古杭夢遊錄 元李有
清波雜誌 宋周煇

委巷叢談明田汝成
河上楮談明朱孟震
賸園雜志吳陳琰
留青日札明田藝衡
雕邱雜錄梁清遠
甄江逸志勞大輿
南窗閒筆
山居新話元楊瑀
黎瀟雲語
隨事諷諫
歸潛志元劉祁
古今女史趙世杰
南園漫錄明張志淳
詞苑叢談徐釚
古夫于亭雜錄王士禎
閒燕常談宋董弅
錢塘遺事宋劉一清
詩辨坻
大園索隱
在園雜志劉廷璣
聽雨筆記
譚輅明張鳳翼
睽車志宋郭彖
芳畬詩話
香祖筆記王士禎
疑耀明張萱
西閣偶談喬鏵
洞天玄記明楊慎
繭甕閒話
桐下聽然朱季美
明史紀事本末谷應泰
筆談明張元長
曲藻明王世貞
瑣細錄
靜志居詩話朱彝尊
冬夜箋記王崇簡
洛陽伽藍記後魏楊衒之
春浮園偶錄明蕭士瑋
邵氏聞見錄宋邵伯溫
湧幢小品明朱國楨
金陵瑣事周暉
玉壺清話宋釋文瑩
歸元鏡
酒邊瓚語王鑨瑒
亦巢偶記
宙載明張合
書影周亮工
南濠詩話明都穆
閒中今古錄明黃溥言
茶餘客話阮葵生
天祿識餘高士奇
天香樓偶得虞兆漋
近事叢殘明沈瓚
堯山堂外紀明蔣一葵
游宦餘談明朱孟震
貫餘齋筆記
藝苑卮言明王世貞
聞見卮言
蕉窗雜錄宋稼軒居士
秋田聞見錄

曠園偶錄
明史稿 王鴻緒
桯史 宋岳珂
湖海搜奇
浣水續談 明朱孟震
內省齋文集
讀書堂文集
秦淮劇品 潘之恒
邱氏遺珠
流寇長編
菊莊新話 史承謙
板橋雜記 余懷
瑯嬛記 元伊世珍
徐文長集 明徐渭
露書 明姚旅

越巢小識
甬上詩傳 李杲堂
智囊 明馮夢龍
池北偶談 王士禎
鶴林玉露 宋羅大經
虎薈 明陳繼儒
錦繡萬花谷
宣和遺事
湖壖雜志 陸次雲
碉房蛾述堂閒筆
極齋雜錄
今世說 王晫
見聞錄 徐岳
葦航紀談 宋蔣津
諧史 明徐渭

四友齋叢說 明何良俊
毛西河先生傳 盛唐
寄園寄所寄 趙吉士
柳南隨筆 王應奎
著陂繼世紀聞
明詩綜 朱彝尊
續筆談 明胡應麟
西京雜記 晉葛洪
雨村詩話 李調元
筠廊偶筆 宋犖
蓴鄉贅筆 董含
西橋野記 明侯甸
丹鉛錄 明楊慎
已瘧編 明劉玉
玉劍尊聞 梁維樞

弇州史料 明王世貞
隻麈談 胡承譜
鮚埼亭續集 全祖望
說楛 明焦周
臺閣名言 明張合
菽園雜記 明陸容
詞旨 明梅鼎祚
江湖紀聞 郭霄鳳
此木軒雜著 焦袁熹
西陂類稿 宋犖
宦遊紀聞 明張誼
邊州聞見錄 陳聶恒
操觚十六觀 陳鑑
談芬 明徐渭

耳新　明鄭仲夔

夢焦詩話　游潛〔一〕

劇說卷一

清・焦循撰〔註〕

乾隆壬子冬月，於書肆破書中得一帙，雜錄前人論曲、論劇之語，引輯詳博，而無次序。嘉慶乙丑，養病家居，經史苦不能讀，因取前帙，參以舊聞，凡論宮調、音律者不錄，名之以『劇說』云。穀雨日記。

樂記云：『新樂進府退府，姦聲以濫，溺而不止，及優侏儒，獶雜子女，不知父子，樂終不可以語，不可以道古。』注云：『獶，獼猴也，言舞者如獼猴戲也，亂男女之尊卑。「獶」，或爲「優」。』疏云：『漢書檀長卿爲獼猴舞，是狀如獼猴。』左傳襄公二十八年：『慶氏以其甲環公宮。陳氏、鮑氏之圉人爲優。慶氏之馬善驚，士皆釋甲束馬而飲酒，且觀優，至於魚里。』正義云：『優者，戲名也。』史游急就篇云：「倡優俳笑。」是優俳一物而二名。今之散樂，戲爲可笑之語而令人笑是也。』史記滑稽列傳：『優孟者，故楚之樂人也，爲孫叔敖衣冠，抵掌談語；歲餘，像孫叔敖，楚王及左右不能別也。莊王置酒，優孟前爲壽，莊王大驚，以爲孫叔敖復生也，欲以爲相。』又：『優旃者，秦倡朱儒也，善爲笑言，然合於大道。』然則優之爲技也，善肖人之形容，動人之歡笑，與今無異耳。

樂府雜錄云：『開元中黃幡綽、張野狐弄參軍——始自漢館陶令石耽。耽有贓犯，和帝惜其才，免罪。每宴樂，即令衣白夾衫，命優伶戲弄辱之，經年乃放。後爲參軍，誤也。』

教坊記云：『凡欲出戲，所司先進曲名。上以墨點者，即舞；不點者，即否。謂之「進點」。』按今演戲，伶人呈戲目於尊客，以墨選之，曰『點戲』，仍古之遺稱。

教坊記又云：『大面出北齊蘭陵王長恭——性胆勇而貌婦人，自嫌不足以威敵，乃刻木爲假面，臨陣著之，因爲此戲　亦入歌曲。』按：今淨稱『大面』，其以粉、墨、丹、黃塗於面以代刻木而有是稱耶？然戲中亦間用假面。

輟耕錄云：『唐有傳奇，宋有戲曲、唱諢、詞說，金有院本、雜劇——其實一也，元朝院本、雜劇始釐爲二。院本則五人：一曰副淨，古謂之「參軍」；一曰副末，古謂之「蒼鶻」——鶻能擊禽鳥，末可打副淨，故云；一曰引戲；一曰末泥；一曰孤裝。又謂之「五花爨弄」。或曰：「宋徽宗見爨國人來朝，衣裝、鞵履、巾裹、傅粉墨、舉動如此，使優人效之以爲戲。」又有「艷段」，亦院本之意，但差簡耳，取其如火焰易明而易滅也。其間副淨有散說，有道念，有筋斗，有科汎。教坊色長魏、武、劉三人鼎新編輯。魏長於念誦，武長於筋斗，劉長於科汎。至今樂人宗之。』

名義考云：『今戲角有生、旦、淨、丑之名，嘗求其義而不得。偶思樂記注「如獮猴」之說，乃知：「生」，「狌」也，猩猩也——山海經：「猩猩人面；豕聲，似小兒啼。」「旦」，「狚」也，猵狚也——莊子：「猨，猵狚以爲雌。」「淨」，「猙」也——廣韻：「似豹，一角，五尾。」又云：「似狐，有翼。」「丑」，「狃」也——廣韻：「大性驕。」又：「狐狸等獸迹。」謂俳優之人如四獸也，所謂「獶雜子女」也。末猶「末厥」之「末」，外猶「員外」之「外」。』猥談云：『生、淨、丑、末等名，有謂反其事而稱，又或托之唐莊宗，皆謬也。此本金、元閭閻談吐，所謂「鶻伶聲嗽」，今所謂「市語」也。生卽男子，旦曰「妝旦色」，淨曰「淨兒」，末曰「末尼」，孤乃官人：卽其土音，何義理之有！南戲出於宣和以後，南渡時，謂之「溫州雜劇」。後漸轉爲「餘姚」、「海鹽」、「弋陽」、「崑山」諸腔矣。』道聽錄云：『元人院本，打者：一副淨，一副末，一引戲，一末泥，一孤裝，猶梨園之有生、旦、外、末、淨、丑、貼。七字之義，或云：反語。生爲「熟」，丑爲「好」，旦爲「夜」，貼爲「蟄」，淨爲「鬧」，末爲「始」，可也；若外爲「內」，則牽強矣。』莊嶽委談云：『凡傳奇以戲文爲稱也，無往而非戲文也，故其事欲謬悠而無根也，其名欲顚倒而無實也；反是而求其當焉，非戲也。故曲欲熟而命以生也，婦宜夜而命以旦也，開場始事而命以末也，塗汙不潔而命以淨也：凡此，咸以顚倒其名也。中郎之耳順而婿卓也，相國之絕交而娶崔也，荆釵之詭而夫也，香囊之幻〔三〕而弟也：凡此，皆以謬悠其事也。近爲傳奇者，若良史焉，古意微矣。古無外與丑，丑卽副淨，外卽副末也。』又云：『今優伶輩呼「子弟」，大率八人爲朋，生、旦、淨、丑、副亦如之。元院本止五人，故有「五花」之目：一曰副淨，古之參軍也；一曰副末，又名蒼鶻——可擊羣鳥，猶副末可打副淨；一曰末泥；一曰孤裝；而無所謂生、旦者，蓋院本與雜劇不同也。元雜劇旦有數色：所謂「裝旦」，卽正旦也；「小旦」，卽今副旦也；以墨點破其面，謂之「花旦」——今惟淨、丑爲之。』

樂府雜錄云：『蘇中郎——後周士人蘇葩，嗜酒，落魄，自號「中郎」。每有歌場，輒入獨舞。今爲戲者，著緋，戴帽；面正赤，蓋狀其醉也。』

復齋漫錄云：『張景交通曹人趙諫，斥爲房州參軍。景爲屋壁記，略曰：「近制，州縣參軍無員數，無職守，悉以曠官敗守、違戾政教者爲之。凡朔望饗宴，使與焉。人一見之，必指曰：「此參軍也。」」当爲其罪矣。至於倡優爲戲，亦假爲之以資玩笑，況眞爲者乎？』

穀城山房筆塵云：『優人爲優，以一人幞頭衣綠，謂之「參軍」；以一人鬆角敝衣，如僮僕狀，謂之「蒼鶻」。參軍之法，至宋猶然，似院本及戲文裝淨之狀，第不知其節奏耳。』

近峯聞略云：『參軍至唐，爲故事，名「副淨」。』

雲麓漫抄云：『近日優人作「雜班」，似雜劇而簡略。金官制有文班、武班；若醫、卜、娼、優，謂之「雜班」。每宴集，伶人進，曰「雜班上」。故流傳至此。』

應菴隨錄云：『古之優人，於御前嘲笑，不但不避貴戚大臣，雖天子后妃亦無所諱，如唐中宗時內宴唱回波詞是也。』

暖姝由筆云：『有白有唱者，名「雜劇」；用弦索者，名「套數」；扮演戲文，跳而不唱，名「院本」。』

國初事蹟云：『洪武時，令樂人張良才說評話，良才因做場擅寫「省委教坊司」招子，貼市門柱上。有近侍言之，太祖曰：「賤人小輩，不宜寵用！」令小先鋒張煥縛投於水。』

莊嶽委談云：『古教坊有雜劇而無戲文者，每公家開宴，則百樂具陳，兩京六代，不可備知。唐、宋小說，如樂府雜錄、教坊記、東京夢華錄、武林舊事等編，錄頗詳。唐制，自歌人之外，特重舞隊；歌舞之外，又有精樂器者，若琵琶、羯鼓之屬；此外俳優雜劇，不過以供一笑，其用蓋與傀儡不甚相遠，非雅士所留意也。宋世亦然。南渡稍見淨、丑之目，其用無以大異，前朝浸淫勝國，崔、蔡二傳奇迭出，才情既富，節奏彌工，演習梨園幾半天下，雖有衆樂，無暇雜陳矣。』

紫桃軒雜綴云：『張鎡，字功甫，循王之孫，豪侈而有清尚。嘗來吾郡海鹽，作園亭自恣。令歌兒衍曲，務爲新聲，所謂「海鹽腔」也。』菽園雜記云：『嘉興之海鹽，紹興之餘姚，寧波之慈谿，台州之黃巖，溫州之永嘉，皆有習爲倡優者，名曰「戲文子弟」。』

宋史新編云：『理宗在位久，董宋臣、盧允升作夫容閣、蘭香亭，宮中進倡優、傀儡，以奉帝遊宴。』

宋史樂志云：『女弟子隊，六、曰「採蓮隊」，衣紅羅生色綽子，繫裙，戴雲鬟髻，乘彩船，執蓮花。』

塵史云：『衣冠之制，上下混一。嘗聞杜祁公欲令人吏、技術等官，少爲差別。後韓康公又議改制，如人吏公袍倍加襈，俗所謂「黄義襴」者是也。襆頭合帶牛耳者，今之優人多爲此服。』

霏雪錄云：『宋高宗時，饔人瀹餛飩不熟，下大理寺。優人扮兩士人相貌，各問其年。一曰：「甲子生。」一曰：「丙子生。」優人曰：「此二人皆合下大理。」高宗問故，對曰：「餃子、餅子皆生，與餛飩不熟者同罪耳。」上大笑，赦原饔人。』

四朝聞見錄云：『韓用兵既敗，須鬢皆白，莫知所爲。伶優因上賜宴，設樊遲、樊噲，旁一人曰「樊惱」。問樊遲：「誰與取名？」對以：「孔子所取。」又揖問樊噲，曰：「爾誰取？」曰：「漢高所命。」又揖樊惱，曰：「誰名汝？」對曰：「樊惱自取。」』

說圃識餘云：『一伶人作不識字官，稱：「難做！」吏曰：「官不過判耳。每判日，當先書案上，但依畫判之。」從一日至三日，皆依畫判去；至四日，不能；至五六日，擲筆下走，曰：「做不成！一日難似一日矣！」』

陸務觀云：『嘗記先人說：紅鞋飾帶，始唐莊宗施之優人。』

癸辛雜志云：『嘗聞梨園舊樂工云：「凡大燕集，樂初作，必先奏引子。如大石調引子，則自始至終，凡絲竹歌舞，皆爲大石調。直至別奏引子，方隨以改爲耳。」又云：「凡燕集初作，或用上字，或用工字，然必須衆樂皆然，是謂『諸和』；或有一時煞尾參差不齊，則謂之『不和』，必有口舌不樂等事；前後驗之，無不然者。」以此推之，則樂之關乎治亂，爲不誣矣。』

齊東野語云：『女冠吳知古用事，內宴，演參軍。敎坊輩請簽文書，參軍怒曰：「我方聽齋栗！」』

都城紀勝云：『雜劇中先做熟事一段，名曰「艷段」。次做雜劇。或添二人，名曰「裝孤老」。凡影戲，乃京師人初以素紙雕鏃，後用裝色裝皮爲之，其話本與講史書者頗同，大抵眞假相半。公忠者雕以正貌，奸邪者與之醜貌，蓋亦寓褒貶於世俗之眼戲也。』

輟耕錄云：『稗官廢而傳奇作，傳奇作而戲曲繼。金季、國初，樂府猶宋詞之流；傳奇猶宋戲曲之變，世謂之雜劇。金章宗時董解元所編西廂記，世代未遠，尚罕有人能解之者，況今雜劇中曲詞之冗乎？』

筆塵云：『杜佑曰：「窟儡子，亦曰「傀儡子」，本喪雅也，漢末始用之於嘉會，北齊高緯尤好之。」今俗懸絲而戲，謂之「偶人」，亦傀儡之屬也。又有以手持其末，出之幃帳之上，則正謂之「窟儡子」矣。』又云：『漢有魚龍百戲。齊、梁以來，謂之「散樂」。樂有舞盤伎、舞輪伎、長蹻伎、跳劍伎、吞劍伎、擲倒伎，今敎坊百戲，大率有之，惟擲倒不知何法，疑卽「翻金斗」。

「翻金斗」字義，起於趙簡子之殺中山王——以頭委地，而翻身跳過，謂之「金斗」。』按：今之演劇者，以頭委地，用手代足，憑虛而行，或縱或跳，旋起旋側，其捷如猿，其疾如鳥，令見者目炫心驚，蓋卽古人擲倒伎也。

樂郊私語云：『海鹽州少年，多善樂府，其傳多出於澉川楊氏。當康惠公存時，節俠風流，善音律，與武林阿里海涯之子雲石交善。雲石翩翩公子，無論所制樂府、散套，駿逸爲當行之冠；卽歌聲高引，上徹雲漢。而康惠獨得其傳。今雜劇中有豫讓吞炭、霍光鬼諫、敬德不伏老，皆康惠自製，第去其著作姓名。』

水東日記云：『今書坊相傳射利之徒，僞爲小說雜書。南人喜談如漢小王光武、楊六使文廣，北人喜談如繼母大賢等事，甚多。農、工、商販，抄寫繪畫，家畜而人有之。痴騃女婦，尤所酷好，好事者因目爲「女通鑑」。甚者，呂文穆、王龜齡諸名賢，百態誣衊，作爲戲劇，以爲佐酒樂客之具。士大夫不以爲非，亦相率而推波助瀾，遂汎濫而莫之救。』

谿山餘話云：『歌詞代各不同，而聲亦易亡。元人變爲曲子，今世踵襲，大抵分爲二調：曰南曲，曰北曲。胡致堂所謂「綺羅香澤之態，綢繆宛轉之度」，正今日之南詞也；「登高望遠，舉首高歌，而逸懷浩氣超乎塵垢之表」者，近於今日之北詞也。』

彙苑詳注云：『曲者，詞之變。金、元所用北樂，緩急之間，詞不能按，乃更爲新聲以媚之。而諸君如貫酸齋、馬東籬輩，咸富有才情，兼善音律，遂擅一代之長。但大江以北，漸染北語，時時採入，而沈約四聲，遂闕其一。東南之士，未盡顧曲之周郎，逢掖之間，又稀辨撾之王應，稍稍復變新體，號爲「南曲」，高拭則誠，遂掩前後。大抵北主勁切、雄麗，南主清峭、柔遠，雖本才華，務諧音律。譬之同一師承，頓、漸分教；俱爲國臣，文、武異科。今談曲者往往合而舉之，良可笑也。』

嘉、隆間，松江何元朗畜家僮習唱，一時優伶俱避舍，然所唱俱北詞，尚得祘酪遺風。何又教女鬟數人，俱善北曲，爲南教坊頓仁所賞。頓隨武宗入京，盡傳北方遺音，獨步東南；暮年流落，無復知其伎者。其論曲，謂：『南曲簫管，謂之「唱調」，不入弦索，不可入譜。』沈吏部南九宮譜盛行，而北九宮反無人問。頓老又云：『弦索九宮，或用滾弦，或用花和、大和，釤弦皆有定則；若南九宮，無定則可依。且笛管稍長短其聲，便可就板；弦索若多一彈，少一彈，卽稔板矣。』『吳下以三弦合南曲，而又以簫管叶之，此唐人所云『錦襖上著簑衣』也。簫管可入北詞，而弦索不入南詞，蓋南曲不仗弦節奏也。北詞中亦有不叶弦索者，如鄭德輝、王實甫，間亦不免。元人多嫺北調，而不及南音。成、弘間，沈青門、陳大聲輩，南詞宗匠；同時康對山、王渼陂，俱以北擅場。王初學塡詞，先延名師，學唱三年而後出手。章邱李太常中麓，亦以塡詞名，與康、王交，而不嫺度曲，如所作寶劍記，生硬不諧，且不知南曲之有入聲，自以中原音韻叶之，以致見誚吳儂。同時惟馮海浮差爲當行。此外吳中詞人，如唐伯虎、祝枝山、梁伯龍、張伯起輩，縱有才情，俱非本色矣。今傳誦南曲，如『東風轉歲華』，云是元人高則誠，不知乃陳大聲與徐髯翁聯句也。陳名鐸，號秋碧，大聲其字也，金陵人，官指揮使。（節錄蝸亭雜訂。）

客座贅語云：『萬歷以前，公侯與縉紳及富家凡有燕會、小集，多用散樂，或三四人，或多人，唱大套北曲；若大席，則用教坊打院本——乃北曲四大套者——中間錯以撮墊圈、觀音舞，或百丈旗，或跳隊子。後乃變而盡用南唱，歌者止用一小拍板，或以扇子代之，間有用鼓板者——今則吳人益以洞簫及月琴，益爲悽慘，聽者殆欲墮淚。大會則用南戲，其始止二腔——「海鹽」、「弋陽」，後則又有「四平」。近又有「崑山腔」，較「海鹽」更爲清柔而婉折也。』〔三〕

眞珠船云：『元曲如中原音韻、陽春白雪、太平樂府、天機餘錦等集，范張雞黍、王粲登樓、三氣張飛、趙禮讓肥、單刀會、敬德不服老、蘇子瞻貶黃州等傳奇，率音調悠揚，氣魄雄壯。後有作者，鮮與爲京。蓋當時，台省元臣、郡邑正官及雄要之職，中州人多不得爲之，每沈抑下僚，志不得伸，如關漢卿乃太醫院尹，馬致遠行省務官，宮大用釣台山長，鄭德輝杭州路吏，張小山首領官，其他屈在簿書、老於布素者，尙多有之，於是以其有用之才，而一寓之乎聲歌之末，以抒其拂鬱感慨之懷，所謂「不得其平而鳴焉」者也。』又云：『古之四方皆有音，今歌曲但統爲南、北二音。如伊州、涼州、甘州、渭州，本是西音，今並爲北曲。由是觀之，則擊壤、謳歌、卿雲、南風、白雲、黃澤之類，詩之篇什，漢之樂府，下逮關、鄭、白、馬之撰，雖詞有雅、鄭，並北音也。若南音，則孺子、接輿、越人、紫玉、吳歈、楚艷以及今之戲文，皆是。然三百篇無南音，周南、召南皆北方也。』

警心錄云：『陳淳祖爲賈似道之客，守正爲諸客所疾，內人亦惡之。一日，諸姬爭寵，密竊一姬鞋，藏淳祖牀下，意欲並中二人。賈入齋，見之，心疑；夜驅此姬至齋門誘之，淳祖不答，繼以大怒，賈乃知其無他，遂勘諸姬，得其情。由是極契淳祖，後遂有知南安軍之命。金、元院本演其事。』

楊用修云：『漢郊祀志優人爲假飾伎女，蓋後世裝旦之始也，然未必如後世雜劇、戲文之爲，緣其時郊祀皆奏樂章，未有歌曲耳。』

西河詩話云：『明玉熙宮承應，有御前王留子雜劇。王留子，見元曲。或云天啓六年，有鐘鼓司僉書王進朝，綽號王瘤子，善抹臉詼諧，如舊時優伶。「留子」，卽「瘤子」。』

丹邱先生論曲云：『雜劇有正末、副末、狚、狐、靚、鴇、猱、捷譏、引戲九色之名。正末者，當場男子能指事者也，俗謂之「末泥」。副末執磕瓜以扑靚，卽古所謂「蒼鶻」是也　當場之妓曰「狚」；狚，猨之雌者也，其性好淫，今俗譌爲「旦」。狐，當場裝官者也，今俗譌爲「孤」。靚，傅粉墨戲笑供諂者也，粉白黛綠，古稱「靚妝」，故謂之「妝靚色」，今俗譌爲「淨」。妓女之老者曰「鴇」；鴇似雁而大，無後趾，虎文，喜淫而無厭，諸鳥求之卽就，世呼「獨豹」者是也。凡妓女總稱曰「猱」；猱，亦猨類，喜食虎肝腦，虎見而愛之，輒負於背，猱乃取蝨遺虎首，虎卽死，取其肝腦食焉，以喻少年愛色者，亦如遇猱然，不至喪身不止也。捷譏，古謂之「滑稽」，雜劇中取其便捷譏謔，故云。引戲，卽院本中之「狚」也。』又云：『構肆中戲房出入之所，謂之「鬼門道」，言其所扮者皆已往昔人，出入於此，故云「鬼門」。愚俗無知，以置鼓於門，改爲「鼓門道」，後又譌爲「古」，皆非也。元曲或言「向古道」，或言「向古門道」。蘇東坡詩有云：「搬演古人事，出入鬼門道。」』

周挺齋論曲云：『良家子弟所扮雜劇，謂之「行家生活」；倡優所扮，謂之「戾家把戲」，蓋以雜劇出於鴻儒碩士、騷人墨客所作，皆良家也，彼倡優豈能辦此？故關漢卿以爲：「非是他當行本事、我家生活，他不過爲奴隸之役，供笑獻勤，以奉我輩耳。子弟所扮，是我一家風月。」雖復戲言，甚合於理。』又云：『院本中有娼夫之詞，名曰「綠巾詞」，雖有絕佳者，不得並稱樂府。如黃幡綽、鏡新磨、雷海靑輩，皆古名娼，止以樂名呼之，亙世無字。今趙明鏡譌傳趙文敬，張酷貧譌傳張國賓，皆非也。』〔四〕

武林舊事所列『官本雜劇段數』，曰六么，曰瀛府，曰梁州，曰伊州，曰新水，曰薄媚，曰大明樂，曰降黃龍，曰胡渭州，曰逍遙樂，曰石州，曰大聖樂，曰中和樂，曰萬年歡，曰熙州，曰道人歡，曰長壽仙，曰法曲，曰延壽樂，曰賀皇恩，曰採蓮。『採蓮隊』見宋史樂志，其餘可類推矣。又有所謂『爨』者，如鍾馗爨、天下太平爨之類；有所謂『孤』者，如思鄉早行孤、迓鼓孤之類；有所謂『妲』者，如襤哮店休妲、老姑遣妲之類；有所謂『酸』者，如襤哮負酸、眼藥酸之類。輟耕錄所列『院本名目』，所謂法曲、伊州、新水、瀛府、逍遙樂、萬年歡、降黃龍，屬『和曲院本』；所謂孤酸旦等，目爲『諸雜大小院本』。考元人劇中，其題目、正名有云『還牢末』者，則正末當場也；有云『貨郎旦』者，則正旦當場也。錄鬼簿關漢卿有㨶水澆花旦中秋切鱠旦，吳昌齡有貨郎末泥，倘仲賢有沒興花前秉燭旦，楊顯之有跳神師婆旦，其義亦同。孤，謂『官』；酸，謂『秀士』。凡稱『酸』，謂正末扮秀士當場也。至有云『酸孤旦』者，則三色當場；有云『雙旦降黃龍』者，則兩旦當場；云『旦判孤』，云『老孤遣旦』，皆可類推。

莊嶽委談云：『世謂秀才爲「措大」。元人以秀才爲「細酸」，倩女離魂首折，末扮細酸爲王文舉是也。細酸字面僅見此。今俗倘有此稱。』按：今元曲倩女離魂雜劇中，無『細酸』二字。

元曲皆四折，或加楔子。惟趙氏孤兒五折，又有楔子。

生、旦、淨、丑，考元曲無『生』之稱，末卽『生』也。有正末，又有冲末、副末、小末，任風子劇中冲末扮馬丹陽，正末扮任屠，碧桃花冲末扮張珪、副末扮張道南，貨郎兒冲末扮李彥和、小末扮李春郎是也。小末亦稱『小末尼』，東堂老『正末同小末尼上』是也，冲末又稱『二末』，神奴兒冲末扮李德義，後稱李德義爲『二末』是也。今人名劇，或稱『曉生』，或稱『曉末』、『昔末』，或稱『昔生』，然則『生』與『末』通稱，倘爲元人之遺歟？旦有正旦、老旦、大旦、小旦、貼旦、色旦、搽旦、外旦、旦兒諸名。中秋切鱠正旦扮譚記兒、旦兒扮白姑姑，碧桃花老旦扮張珪夫人、正旦扮碧桃、貼旦扮徐端夫人，張天師夜斷辰鈎月〔三〕搽旦扮封姨、旦兒扮桃花仙、正旦扮桂花仙，救風塵外旦扮宋引章，貨郎旦外旦扮張玉娥，玉壺春貼旦扮陳玉英，神奴兒大旦扮陳氏，陳摶高臥鄭恩引色旦上，悞入桃源小旦上云『小妾是桃源仙子侍從的』是也。有單稱旦者，抱妝盒正旦扮李美人、旦扮劉皇后、旦兒扮寇承御，倩女離魂旦扮夫人、正旦扮倩女是也。丑、淨、外三色，名與今同，乃碧桃花外扮薩眞人，外又扮馬、趙、温、關天將，是同場有五外；陳州糶米外扮韓魏公、呂夷簡，爭報恩外扮趙通判，外又扮孤，楚昭王疎者下船外扮孫武子、伍子胥，小尉遲認父歸朝外扮徐茂公、房元齡，皆同場有二外；謝金吾詐拆清風府外扮焦贊、孟良、岳勝，是同場有三外。百花亭二淨扮雙解元、柳殿試鬧上，舉案齊眉二淨扮張小員外、馬舍上，殺狗勸夫、東堂老並二淨扮柳隆卿、胡子傳，合汗衫淨扮卜兒、淨扮陳虎，陳州糶米淨扮劉衙內、淨扮小衙內，皆同場有二淨。副淨之名，見竇娥冤之張驢兒。墻頭馬上冲末扮裴尚書引老旦扮夫人上，第二折夫人同老旦嬷嬷上，是當場有二老旦；蝴蝶夢外引冲末扮王大、王二，范張雞黍正末扮范巨卿同冲末扮孔仲仙、張元伯，是當場有二冲末；桃花女小末扮石留住，又小末扮增福，第四折石留住、增福同場，是當場有二小末；陳州糶米丑扮楊金吾，又二丑扮二斗子，是同場有三丑。末、旦、淨、丑之外，又有孤、倈兒、孛老、邦老、卜兒等目。貨郎旦冲末扮孤，殺狗勸夫外扮孤，勘頭巾淨扮孤，扮孤者無一定也；金線池搽旦扮卜兒，秋胡戲妻、王粲登樓並老旦扮卜兒，合汗衫淨扮卜兒，是扮卜兒者無一定也；貨郎旦淨扮孛老，瀟湘雨外扮孛老，薛仁貴榮歸故里正末扮孛老，硃砂擔冲末扮孛老，是扮孛老者無一定也。蓋孤者，官也；卜兒者，婦人之老者也；孛老者，男子之老者也。倈兒多不言以何色扮之，惟貨郎旦李春郎前稱『倈兒』，後稱『小末』，則前以小末扮倈兒。蓋倈兒者，扮爲兒童狀也；春郎前幼，當扮爲兒童，故稱『倈兒』；後已作官，則稱『小末』耳。邦老之稱，一爲合汗衫之陳虎，一爲盆兒鬼之盆罐趙，一爲硃砂擔之鐵旛竿白正，皆殺人賊，皆以淨扮之，然則邦老者，蓋惡人之目也。

殺狗勸夫『祇從取砌末上』，謂所埋之死狗也；貨郎旦『外旦取砌末付淨科』，謂金銀財寶也；梧桐雨『正末引宮娥挑燈拿砌末上』，謂七夕乞巧筵所設物也；陳摶高臥『外扮使臣引卒子捧砌末上』，謂詔書、纁幣也；㝹家債主『和尚交砌末科』，謂銀也；誤入桃源『正末扮劉晨、外扮阮肇各帶砌末上』，謂行李包裹或採藥器具也；又『淨扮劉德引沙三王留等將砌末上』，謂春社中羊酒紙錢之屬也。

近安慶『帮子腔』劇中，有桃花女與周公鬬法、沈香太子劈山救母等劇，皆本元人。又義兒恩，兒問罪在獄，適兒赦而盜殺，母誤盜屍爲兒屍，全本蝴蝶夢趙頑驢偸馬殘生送一折也。又有五雷轟〔六〕者，演孫臏事，內有卜子夏，此正本元人劇馬陵道中有卜商也。

裴少俊墻頭馬上，白仁甫作，錄鬼簿作鴛鴦簡墻頭馬上。便宜行事虎頭牌，李直夫作，錄鬼簿作武元皇帝虎頭牌。李素蘭風月玉壺春，武漢臣作，錄鬼簿有鄭瓊娥梅雪玉堂春，無此目。陶學士醉寫風光好，戴善夫作，錄鬼簿無此目。翠紅鄉兒女兩團員，楊文奎作，錄鬼簿無此人。半夜雷轟薦福碑，馬致遠作，錄鬼簿無此目。包待制三勘蝴蝶夢，關漢卿作，錄鬼簿無此目。河南府張鼎勘頭巾，孫仲章作，錄鬼簿陸登善有此目，孫仲章無此目。李太白匹配金線記，喬孟符作，錄鬼簿題爲唐明皇御斷金錢記；別有柳眉兒金錢記，平陽人石君寶作。楊氏女殺狗勸夫，不傳作者名氏，錄鬼簿題有王翛然〔七〕斷殺狗勸夫，是蕭德祥作；今此劇孤自稱王翛然，當即蕭作。張天師斷風花雪月，吳昌齡作，錄鬼簿作張天師夜祭辰鉤月。趙盼兒風月救風塵，關漢卿作，錄鬼簿作煙月舊風塵，『舊』蓋『救』之譌。同樂院燕青博魚，李文蔚作，錄鬼簿題有報寃臺燕青撲魚及燕青射雁二目，無燕青博魚。

元曲止正旦、正末唱，餘不唱。其爲正旦、正末者，必取義夫、貞婦、忠臣、孝子，他宵小市井，不得而於之。余謂：時文入口氣，代其人論說，實同於曲劇。而如陽貨王驩等口氣之題，宜斷作，不宜代其口氣。吾見近人作此種題文，竟不啻身爲孤裝、邦老，甚至助爲訕謗、口角，以偏肖爲能，是當以元曲之格度爲法。

虎頭牌旦扮茶茶，金、元人多呼女爲『茶茶』。

西河詞話云：『古歌舞不相合，歌者不舞，舞者不歌；卽舞曲中詞，亦不必與舞者搬演照應。自唐人作柘枝詞、蓮花鏇歌，則舞者所執，與歌者所措詞，稍稍相應，然無事實也。宋末有安定郡王趙令畤者，始作商調鼓子詞，譜西廂傳奇，則純以事實譜詞曲間，然猶無演白也。至金章宗朝，董解元——不知何人，實作西廂搊彈詞，則有白有曲，專以一人搊彈並念唱之。嗣後金作清樂，仿遼時大樂之製，有所謂「連廂詞」者，則帶唱帶演，以司唱一人、琵琶一人、笙一人、笛一人，列坐唱詞，而復以男名末泥、女名旦兒者，並雜色人等，入句欄扮演，隨唱詞作舉止，如「參了菩薩」，則末泥祇揖，「只將花笑撚」則旦兒撚花類。北人至今謂之「連廂」，曰「打連廂」，「唱連廂」，又曰「連廂搬演」。大抵連四廂舞人而演其曲，故云；然猶舞者不唱，唱者不舞，與古人舞法無以異也。至元人造曲，則歌舞合作一人，使句欄舞者自司歌唱，而第設笙、笛、琵琶以和其曲，每入場，以四折爲度，謂之「雜劇」。其有連數雜劇而通譜一事，或一劇，或二劇，或三、四、五劇，名爲「院本」。西廂者，合五劇而譜一事者也，然其時司唱猶屬一人，仿連廂之法，不能遽變。往先司馬從寧庶人處得連廂詞例，謂：「司唱一人，代句欄舞人執唱。」其曰「代唱」，卽已逗句欄舞人自唱之意；但唱者止二人，末泥主男唱，旦兒主女唱也。若雜色入場，第有白無唱，謂之「賓白」。「賓」與「主」對，以說白在賓，而唱者自有主也。至元末明初，改北曲爲南曲，則雜色人皆唱，不分賓主矣。少時觀西廂記，見一劇末必有絡絲娘煞尾一曲，於演扮人下場後復唱，且復念正名四句，此是誰唱，誰念？至末劇扮演人唱清江引曲齊下場後，復有隨煞一曲，正名四句，總目四句，俱不能解唱者、念者之人。及得連廂詞例，則司唱者在坐間，不在場上，故雖變雜劇，猶存坐間代唱之意。」

王實甫西廂記不標淨、旦、丑之名，曰『紅』，曰『鶯』，曰『本』，曰『惠』，曰『生』，曰『杜』，曰『飛』，然則曰『生』者，謂『張生』，非優人脚色之名爲『生』也。琵琶記則生旦爲類矣。乃西廂第一折：『末上云：自家是狀元坊店小二哥』。以下但標『小二』。『末上』二字，自亂其例。

碧雞漫志云：『伊州見於世者凡七商曲：大石調、高大石調、雙調、小石調、歇指調、林鍾商、越調。六么行於世者四：曰黃鍾羽，即般涉調；曰夾鍾羽，即中呂調；曰林鍾羽，即高平調；曰夷則羽，即仙呂調。元微之法曲詩云：「明皇度曲多新態，宛轉浸淫易沈著。赤白桃李取花名，霓裳羽衣號天樂。」樂天亦云：「法曲法曲歌霓裳。」按明皇改婆羅門爲霓裳羽衣，屬黃鍾商，即今之越調。宮伎佩七寶瓔珞舞此曲，曲終珠翠可掃。歐陽永叔云：「人間有瀛府、獻仙音二曲，瀛府屬黃鍾宮。」鐵圍山叢談云：「唐開元時有若望瀛法曲者傳於今，實黃鍾之宮。」嘉祐雜志云：「同州樂工翻河中黃幡綽霓裳譜，鈞容樂工程士守別依法曲造成。教坊伶人花日新見之，題其後云：『法曲雖精，莫近望瀛。』」」觀此，則武林舊事、輟耕錄所謂六么、瀛府、法曲、伊州之類，皆以音調分別之，如今之『崑腔』、『弋腔』及『安慶』、『湖廣』、『秦腔』、『京腔』等也。六么中有所謂孤奪旦六么，法曲中有孤和法曲，則優伶、色目，各腔皆有也。

輟耕錄有『邦老家門』，邦老，疑即『鮑老』之譌聲。相傳有詩云：『鮑老當年笑郭郎，笑他舞袖太郎當。若教鮑老當筵舞，舞更郎當袖轉長。』一曰脚言脚語，一曰則是便是賊；『孤下家門』，一曰朕聞上古，一曰刀包待制，一曰絹兒來；『撅倈家門』，一曰受胎成氣；『都子家門』，一曰後人收，一曰桃李子，一曰上一上。

教坊記曲名有綠腰、涼州、薄媚、伊州、甘州。綠腰，即『六么』也，唐、宋、元相承，尚可尋究。

知新錄云：『合生，即院本、雜劇也。唐書武平一傳云：「中宗宴殿上，胡人襪子、何懿唱合生，而歌言淺穢。平一上書曰：『比來妖伎、胡人、街童、市子，或言妃主情貌，或列王公名賢，歌詠舞踏，號曰「合生」。始自王公，稍及閭巷。』」按此，則知唐明皇梨園之戲，又本於此。』

又懷鉛錄云：『古梨園傳粉墨者，謂之「參軍」，亦謂之「艶」，艶，廣韻云：「妝飾也。」今傳粉墨謂之「淨」，蓋「靘」之僞也。扮婦人者謂之「狚」，又與「獺」通。莊子云：「猨，猵狙以爲雌〔八〕。」束廣微云：「獶以獺爲婦。」蓋喻婦人意，遂省作「旦」也。蒼鶻謂之「末」者，周禮：「四夷之樂有靺。」東都賦云：「傑、休、兜離，罔不畢集」。蓋優人作外國裝束者也。一曰「末泥」，蓋倡家隱語，如「爆炭」、「崖公」之類，省作「末」。又云「末泥色主張，引戲分付，副末色打諢」。又都城紀勝：「雜扮，或名『雜旺』，又名『鈕元子』，又名『拔和』，乃雜劇之散段，多是借裝爲山東、河北村人以資笑，今之『打和鼓』、『撚梢子』、『散耍』，皆是也。」今之丑脚，蓋「鈕元子」之省文。古杭夢遊錄作「雜班」、「扭元子」、「拔和」。又云：『演戲而以班名，自宋雲韶班起。考宋敎坊外，又有鈞容直、雲韶班二樂。宋太祖平嶺表，得劉氏閹官聰慧者八十人，使學於敎坊，初賜名簫韶部，後改名雲韶班。鈞容直，軍樂也，在軍中善樂者，初名引龍直，以備行幸騎導，淳化中改爲鈞容直。後世總稱爲班也。』

聞見近錄云：『南京去汴河五里河次，謂之「河市」，凡郡有宴設，必召河市樂人。故至今俳優曰「河市樂人」者，由此也。』

唐闕史云：『咸通中，優人李可及者，滑稽諧戲，獨出輩流。嘗因延慶節，緇黃講論畢，次及倡優爲戲，可及乃儒服斂巾，褒衣博帶，攝齊以升崇座，自稱「三敎論衡」。其隅坐者問曰：「旣言博通三敎，釋迦如來是何人？」對曰：「是婦人。」問者驚曰：「是何也？」對曰：「金剛經云：『敷座而坐。』或非婦人，何煩夫坐然後兒坐也？」上爲之啓齒。又問曰：「太上老君何人也？」

對曰：「亦婦人也。」問者益所不喻，乃曰：「道德經云：『吾有大患，是吾有身。』倘非婦人，何患於有娠乎？」上大悅。又曰：「文宣王何人也？」對曰：「婦人也。」問者曰：「何以知之？」對曰：「論語云：『沽之哉，沽之哉，我待價者也。』向非婦人，待嫁奚爲？」上意極歡，寵錫甚厚。』

金樓子云：『有人以優師周穆王，甚巧，能作木人，趨走俯仰如人，鎖其頤則可語，捧其手則可舞。王與盛姬共觀，木人瞚其目招王左右侍者。王大怒，欲誅優師。優師大怖，乃剖木以示王，皆附會革木所爲，五臟完具。王大悅。乃廢其肝，則目不能瞚；廢其心，則口不能語；廢其脾，則手不能運。王厚賜之。』〔九〕

清波雜志云：『宣和間，鈞天樂部焦德者，以諧謔被遇，時借以諷諫。蔡京以鄰地爲西園，毀民屋數百間。一日，京在園中，顧謂德曰：「西園與東園何如？」德曰：「東園嘉木繁陰，望之如雲；西園人民起離，淚下如雨。可謂『東園如雲，西園如雨』。」語聞，抵罪。』

樂府雜錄云：『咸通以來，有范傳康、上官唐卿、呂敬遷等三人弄假婦人。』案：此優人作旦之始。

委巷叢談云：『紹興間內宴，有優人作善天文者云：「世間貴官人，必應星象，我悉能窺之。法當用渾儀、設玉衡，若對其人窺之，見星而不見其人。玉衡不能猝辦，用銅錢一文亦可。」乃令窺光堯，云：「帝星也。」秦師垣，曰：「相星也。」韓蘄王，曰：「將星也。」張循王，曰：「不見其星。」衆皆駭，復令窺之，曰：「中不見星，只見張郡王在錢眼內坐。」殿上大笑。俊最多貲，故譏之。』

聞燕常談云：『政和中，何執中爲首台，廣殖貲產，邸店之多，甲於京師　時有以舊印行吉觀國所試爲君難小經義稱爲上皇御製者，人競傳誦。會大宴，伶官爲優戲，相謂曰：「官家萬機之暇何所爲？」曰：「不過燕樂爾。」曰：「不然，亦如舉子作文義。」問：「何以知之？」遂舉爲君難義誦一過，乃以手加額，北鄉贊歎，說：「聖意匪獨俯同韋布之士，留神經術，仰見兢兢圖治，不安持守之深意。天下幸甚！」又問：「宰相退朝之暇何所爲？」曰：「亦作文義。」問：「何義」？曰：「爲臣不易義」。乃批其頰曰：「日掠百二十貫房錢，猶自不易裏！」蓋俚語以貧窶爲「不易」也。』

明史紀事本末云：『汪直用事久，勢傾中外，天下凜凜。有中官阿丑，善詼諧，恆於上前作院本，頗有譎諫風。一日，丑作醉者酗酒狀，前遣人佯曰：「某官至！」酗罵如故。又曰：「駕至！」酗亦如故。曰：「汪太監來！」醉者驚迫帖然。旁一人曰：「駕至不懼，而懼汪太監，何也？」曰：「吾知有汪太監，不知有天子。」又一日，忽效直衣冠，持雙斧，趨蹌而行。或問故，答曰：「吾將兵惟仗此兩鉞耳。」問：「鉞何名？」曰：「王越、陳越也。」上微哂。』

宙載云：『湖廣志：「安陸州董仲，漢董永子，母乃織女，生仲而靈異，數篆符，鎭邪怪。」近日院本以董仲舒爲永子，不知仲舒生於西漢，永爲東漢末人，不惟相隔遠甚，亦且侮褻先儒。或以永子名仲，遂以仲舒當之耶？』莊嶽委談云：『今傳奇有所謂董永者，詞極鄙陋，而其事實本搜神記，非杜撰也。』又云：『連環亦本元曲。或稱李長吉詩「榼銀龜騎白馬，傳粉美人大旗下」，以爲即呂布美人，殊不知傳粉自說呂貌，非姬妾也。』按元曲：呂布美人貂蟬 小字紅昌。河上楮談云：『世俗戲文、小說，有斬貂蟬、關索鮑三娘等記，流傳傅會，眞僞混淆；然蜀有關索嶺，又有鮑家莊，不知何也。』

錄鬼簿載白仁甫所作劇目有祝英臺死嫁梁山伯，宋人詞名亦有祝英臺近。錢塘遺事云：『林鎭屬河間府有梁山伯、祝英臺墓』。乾隆乙卯，余在山左，學使阮公修山左金石志，州縣各以碑本來。嘉祥縣有祝英臺墓碣文，爲明人刻石。丙辰客越，至寧波，聞其地亦有祝英臺墓。載於志書者詳其事，云：『梁山伯、祝英臺墓，在鄞西十里接待寺後，舊稱「義婦冢」。』又云：『晉梁山伯，字處仁，家會稽。少遊學，道逢祝氏子，同往。肄業三年，祝先返。後山伯歸訪之上虞，始知祝爲女子，名曰英臺；歸告父母求姻，時已許鄮城馬氏。山伯後爲縣令，嬰疾弗起，遺命葬鄮城西清道原。明年，祝適馬氏，舟經墓所，風濤不能前。英臺臨冢哀痛，地裂而埋璧焉。事聞於朝，丞相謝安封「義婦冢」。』此說不知所本，而詳載志書如此。乃吾郡城北槐子河旁有高士，俗亦呼爲『祝英臺墳』。余入城必經此。或曰：『此隋煬帝墓，謬爲英臺也。』

鍾嗣成作錄鬼簿，以董解元居首，云：『以其創始，故列諸首。』又云：『胡正臣，杭州人，董解元西廂記自「吾皇德化」，至於終篇，悉能歌之。』筆談云：『董解元西廂記，曾見之盧兵部許，一人援絃，數十人合座，分諸色目而遞歌之，謂之「磨唱」。盧氏盛歌舞。然一見後無繼者。趙長白云：「一人自唱」。非也。』按：今之『馬上戳』，本此。

輝縣褚邱，去百泉四十里，有白馬將軍祠，土人多崔姓，而近又有鄭村。有演崔鄭傳奇者，土人以石擊之。（見書影。）曠園雜志云：『唐鄭太常恆暨崔夫人鶯鶯合祔墓，在淇水之西北五十里，曰舊魏縣，蓋古淇澳也。明成化間，淇水橫溢，土崩石出，秦給事貫所撰志銘在焉。犂人得之，鬻諸崔氏，爲中亭香案石。久之，尋得其家，有胥吏名吉者識之，白於縣令邢某，置之邑治。志中盛傳夫人四德咸備，乃一辱於元微之會眞記，再辱於關漢卿、王實甫之西廂記。歷久而志銘顯出，爲崔氏洗冰玉之恥，亦奇矣。』詩辨坻云：『陳仲醇品外錄載唐鄭府君夫人崔氏合祔墓志銘，秦貫所撰也，陳因據此辨會眞之誣，用意可謂長者。後余見此搨本，楷書微兼隸體，筆意遒古，而詞亦質雅。第志稱府君諱遇不諱恆，而眉山黃格復以會眞年月參之，此碑所謂崔氏者，其生平尙長雙文四歲。蓋滎陽、博陵，世通昏姻，誌中崔、鄭，不必便爲鶯、恆，仲醇但欲爲雙崔之地而弗深攷耳。』

西廂記始於董解元，固矣；乃武林舊事雜劇中有鶯鶯六么，則在董解元之前。錄鬼簿王實甫有崔鶯鶯待月西廂記，同時睢景臣有鶯鶯牡丹記。王實甫止有四卷，至草橋店夢鶯鶯而止，其後乃關漢卿所續（詳見曲藻及南濠詩話）。李日華改實甫北曲爲南曲，所謂南西廂，今梨園演唱者是也。王實甫全依董解元，惟董以張珙用法聰之謀，攜鶯奔於杜太守處；關所續則杜來普救寺也。日華南曲則一沿王、關耳。偣父漫譏漢卿所續之非，蓋未見董詞也。查伊璜以關所續未善，更作續西廂四折，大槩仍用董、關，而增以應制、賦詩，即用『待月西廂』之句；又夫人欲以紅娘配鄭恆，紅娘不許而欲自縊。事皆蛇足，曲亦村拙，遠不及漢卿矣。碧蕉軒主人作不了緣四折，則本『自從別後減容光』一詩而作也：崔已嫁鄭恆；張生落魄歸來，復尋蕭寺訪鶯鶯，不可復見——情詞悽楚，意境蒼涼，勝於查氏所續遠甚，董、關而外，固不可少此別調也。明人又有續西廂昇仙記，序稱盱江韻客所撰，謂紅娘成佛，而寫鶯鶯之妬；鄭恆訴于陰官，鬼使擒鶯、紅來救之；意在懲淫、勸善，但詞意未能雅妙耳。

卓珂月有新西廂，其自序云：『崔鶯鶯之事以悲終，霍小玉之事以死終：小說中如此者，不可勝計，乃何以王實甫、湯若士不能脫傳奇之窠臼耶？余讀其傳而慨然動世外之想，讀其劇而靡然與俗內之懷，其爲風與否，可知也。紫釵記猶與傳合，其不合者止復甦一段耳，然猶存其意。西廂全不合傳，若王實甫所作，猶存其意；至關漢卿續之，則本意全失矣。余所以更作新西廂也，段落悉本會眞，而合之以崔鄭墓碣，又旁證之以微之年譜，不敢與董、王、陸、李諸家爭衡，亦不敢蹈襲諸家片字，言之者無飾，聞之者足以歎息。蓋崔之自言曰：「始亂之，終棄之，固其宜也。」而微之自言曰：「天之尤物，不妖其身，必妖於人。」合二語可以蔽斯傳也。』

琵琶記，說者各不同。留青日札云：『高明，溫州瑞安人，以春秋中元至正四年乙酉第，授處州錄事，改調浙東閫幕都事，轉江西行臺掾，又轉福建行省都事。方國珍留幕下，不從。旅寓明州櫟社，以詞曲自娛。因感劉後村詩，作琵琶記。有王四者，以學聞。則誠與友善，勸之仕。登第後，棄妻周氏，贅太師不花家。則誠作此以諷，取琵琶上四字爲王四云爾。元人呼牛爲「不花」，故謂牛太師；而伯喈曾附董卓，乃以之托名焉。高祖微時，常奇此戲文；御極，召則誠，以疾辭。使者以記上，於是捕王四，置極刑。東嘉後卒於寧海。』曲藻云：『高則誠琵琶記，其意欲以譏當時一士大夫，而托名蔡伯喈，不知其說。偶閱說郛所載唐人小說：「牛相國僧孺之子繁，與同人蔡生邂逅文字交，尋同舉進士，才蔡生，欲以女弟適之。蔡已有妻趙矣，力辭不得。後牛氏與趙處，能卑順自將。蔡仕至節度副使。」其姓事相同，一至於此，則誠何不直舉其人，而顧誣衊賢者至此耶？』毛德音評琵琶記，引大圜索隱云：『高東嘉名則誠，元末人，與王四相友善。王四亦當時知名士，後以顯達改操，遂棄其妻周氏而坦腹於時相不花氏家。東嘉欲挽救，不可得，乃作此書諷之；而托名蔡邕者，以王四少賤嘗爲人傭菜；趙五娘者，以姓傳自「趙」至「周」而適五也；牛丞相者，以不花家居牛渚也；記以琵琶名，以有四「王」字也；所謂張太公者，東嘉自寓也。』又眞細錄云：『明祖彙刪元人詞曲，偶見琵琶記而異之。後廉知其爲王四而作，遂執王四付之法曹。』二說與留青日札同。吾里徐坦菴則主牛僧孺事。余按：宋人詩云：『斜陽古柳趙家莊，負鼓盲翁正作場。死後是非誰管得，滿村聽說蔡中郎。』輟耕錄所列雜劇之目，亦有蔡伯喈。意者，高則誠之作琵琶，當本於宋、元以來所相承，如西廂之本於鶯鶯六么耳。僧孺之女，固爲適合；王四之諷，亦未足憑。閒中今古錄云：『元末永嘉高明，字則誠，登至正元年進士，歷任慶元路推官，文行之名，重於時。見方谷珍來據慶元，避世於鄞之櫟社，以詞曲自娛。因劉後村有「死後是非誰管得，滿村聽唱蔡中郎」之句，因編琵琶記，用雪伯喈之恥。洪武中，徵辟，辭以心疾，不就。使復命，上曰：「朕聞其名，欲用之，原來無福！」既卒，有以其記進，上覽畢，曰：「五經、四書，如五穀，家家不可缺；高明琵琶記，如珍羞百味，富貴家豈可缺邪！」其見推許如此。』

雕邱雜錄云：『則誠琵琶記，閉閣謝客，極力苦心，歌詠久則吐涎沫不絕，按節拍則脚點樓板皆穿。』書影云：『虎林昭慶寺僧舍中有高則誠爲「中郎傳奇」時几案，當拍處痕深寸許。』在園雜志云：『琵琶記，高東嘉撰於處州郡城之西姜山上懸藜閣中。』靜志居詩話云：『則誠填詞，燒雙燭。至喫糠一齣，句云「糠和米本一處飛」，雙燭花交爲一。』道聽錄云：『琵琶乃詞曲之祖。嘗見李中麓寶劍記序云：「永嘉高明初編琵琶時，坐高樓中，每夜秉二絳燭於前，詐云神助，以冀其傳。曲成自歌，疊足爲節，樓板至有足痕。」』

茶餘客話云：『蔣仲舒堯山堂外紀言：「撰琵琶者，乃高拭，字則成，別是一人。」按：涵盧子曲譜有高拭，無高明，蔣氏或別有據。』

甌江逸志云：『王十朋，字龜齡，年四十七魁天下，以書報其弟夢齡、昌齡曰：「今日唱名，蒙恩賜進士及第，惜二親不見，痛不可言！嫂及聞詩、聞禮，可以此示之。」詩、禮，其二子也。此二語者，上念二親而不以科名爲喜，特報二弟而不以妻子爲先，孝弟之意可見矣。爲御史，首彈丞相史浩。今世所傳荊釵記，玉蓮乃梅溪女孫，汝權乃梅溪同榜進士，史客故謬其說耳。又一說：「玉蓮實錢氏，本倡家女。初王與之狎，錢心許嫁；後王狀元及第歸，不復顧，錢憤，投江死。」』聽雨筆記云：『孫汝權乃宋朝名進士，有文集行世。玉蓮則王十朋女也。十朋劾史浩八罪，乃汝權嗾之，理宗雖不聽，而史氏子姓怨兩人刺骨，遂作荊釵記，以玉蓮爲十朋妻，而汝權有奢酕之事，其實不根之謗也。』冬夜牋記、天祿識餘與此略同。按：史載陳之茂嘗毀史浩，浩擬之茂進職，上曰：『卿以德報怨邪？』曰：『臣不知有怨。若以爲怨，而以德報之，是有心也。』莫濟詆浩尤甚，浩薦濟掌內制，上曰：『濟非議卿者乎？』浩曰：『臣不敢以私害人。』浩寬厚如此，何其容獨惡於龜齡而見諸詞曲耶？書影亦辨之，云：『荊釵，後人謂史之黨爲之以詈王者，宋時安得有傳奇也？』南窗閒筆云：『錢玉蓮，宋名妓，從孫汝權。某寺殿成，梁上題「信士孫汝權同妻錢玉蓮喜捨」。』此亦以玉蓮爲妓；而前則以爲王不顧而投江，此則以爲從孫而施寺，恐皆緣傳奇而傅會耳。河上楮談云：『或謂高作琵琶，陳留人多病之，乃作荊釵。蓋王梅溪、孫汝權皆永嘉人，故欲以報也。』升菴集云：『潛說友，宋之安撫使。今傳奇王十朋有此人，譌爲「錢」。』〔一〇〕

宋楊文公才思敏給。北朝致祭皇后文，楊捧讀，空紙無一字，隨自撰曰：『惟靈：巫山一朵雲，閬苑一團雪，桃源一枝花，秋空一輪月。豈期雲散、雪消、花殘、月缺！』仁宗大喜。此數語謂之一時敏給則可，謂之是祭皇后文，輕褻失體矣。柯丹邱荊釵記曲中用之，作梅溪祭玉蓮，確當不可易。今坊本荊釵記無此祭文。

荊、劉、拜、殺，爲劇中四大家。荊釵，柯丹邱作；白兔，卽劉也；拜月施今美作（君美名惠，元武林人），今名幽閨記；殺狗，俗名玉環，徐晒仲由作。（仲由，淳安人，洪武中徵秀才，至藩省，辭歸。有巢雲集。自稱曰：『吾詩、文未足品藻，惟傳奇、詞曲，不多讓古人。』）

譚輅云：『荊釵相會處，不佳。後人改婦姑遇於舟中，愈於原本。』

河上楮談云：『高則誠琵琶，止於書館相逢。賞月、掃松，爲朱教諭所補。』

莊嶽委談云：『琵琶記「崑山有良璧」詩「黃允何其愚」，說者以漢末有二王允，一誅董卓，一乃棄妻再娶，非也。蓋謂黃允，非王也——黃允黜遣其妻，見後漢書黨錮傳——今本多誤。又「正是此曲才堪聽，又被風吹別調間」，用高駢詩；曰「正是」者，其引用古人也。』

新唐書：『張士貴，虢州盧氏人，本名忽峍，彎弓百五十斤，左右射無空發。降唐，從征伐有功；又從平洛，封虢國公、右屯衞大將軍。貞觀七年，爲龔州道行軍總管，破反獠還，太宗聞冒矢石先登，勞之曰：「嘗聞以忠報國者不顧身，於公見之。」累遷左領軍大將軍。』然則士貴者，唐之良將也。元張國賓作薛仁貴榮歸故里雜劇，乃謂張士貴冒薛之功，經徐勣辨明，斥士貴爲民。史又稱：『薛仁貴，絳州龍門人，少貧賤，以田爲業。其妻柳，以天子自征遼東，求猛將，勸仁貴圖功名，仁貴乃往見將軍張士貴，應募，至安地。』雜劇言仁貴妻柳氏本莊農人，與史合；而士貴之冒功，則謬悠其說也。潘美，宋之功臣也。宋史楊業傳云：『雍熙三年，大兵北征，以潘美爲雲應路都部署，命業副之，以西上閤門使王侁、軍器庫使劉文裕護其軍。師次桑乾河，會曹彬敗績，諸路班師。契丹國母蕭氏與耶律漢寧等領衆十萬陷寰州，業言不可與戰，侁斥其懦，令其直趨雁門北川中。業泣謂美曰：「此行必不利。」因指陳家谷口曰：「諸軍於此張步兵、強弩爲左右翼以待，俟業轉戰至此，卽以步兵夾擊援之；不然，無遺類矣。」美與侁領麾下兵陳於谷口。自寅至巳，侁使人登托邏臺望之，以爲契丹敗走，欲爭其功，領兵離谷口，美不能制。業力戰，自午至暮，至谷口，見無人，拊膺大慟。率帳下士再戰，身被數十創，士卒殆盡。業手刃數十百人，馬傷不能進，遂被擒。其子延玉亦沒焉。業不食三日，死。帝聞之，痛惜甚，贈太尉，錄其諸子。潘美降三官，王侁、劉文裕除名。』是役也，王侁爭功，以致業敗，美之罪在不能制侁耳；元人朱凱作孟良盜骨殖，則云業與北番交戰，被圍虎口交牙谷，命第七兒楊延嗣乞師於潘，潘攢箭射死，業因不能脫。夫同沒者延玉，此名延嗣；果以乞師而潘射之，則潘之惡甚矣。至今婦人、孺子，無不唾罵張士貴、潘美爲奸者，而史之所書則如此。若近來所演，則爲業報恨者，正爲王侁，尤與正史相反矣。然則殺業父子者，果侁不用命也？抑美殺之而移禍於侁耶？張士貴、潘美皆一代勳臣，史官爲之粉飾，未必不有之，則傳奇之事，故老相傳，或轉有如洛中隱士趙逸者耶？洛陽伽藍記載：『趙逸，晉武時人。晉朝舊事，多所記錄。云：自永嘉以來，二百餘年，建國稱王者十有六君，皆遊其都邑，目見其事；國滅之後，觀其史書，皆非實錄，莫不推過于人，引善自向。苻生雖好勇，嗜酒，亦仁而不殺。觀其治典，未爲兇報；及詳其史，天下之惡皆歸焉。』夫以潘美之才，豈不能制侁者？且侁與業之言，成敗顯然，美何聽侁而不聽業耶？業死時，大呼：『爲奸臣所害！』謂侁耶？謂美耶？吾詳錄史文以證雜劇之誣，而不能無疑焉。

元人樂府有村裏迓鼓之名，琵琶記中有此曲。琵琶白有『打十三』之說，元人常用之，本宋制：徒刑有五，徒一年者杖脊十三；杖刑有五，杖六十者折臀杖十三。

知新錄釋西廂疑義云：『「文魔秀士，風欠酸丁」。元人蕭淑蘭劇云：「改不了強文撇醋饑寒臉，斷不了詩云、子曰酸風欠。」欠作「欠伸」之「欠」，亦可。張生寄書，有云「遂易前因」，因與「姻」通。南史王元規傳：「姻不失親，古人所重，豈敢輒婚非類。」「量著這大小車如何載得起。」大小，謂「多少」也。藍采和劇：「出來的偌大小年紀。」北人鄉語盡然。邵康節云「程明道兄弟大小聰明」是也。「顛不剌的見萬千」。不剌，北人襯語。顛卽「顛倒」，猶言「沒頭緒」也。不剌二字，隨字可襯，如舉案齊眉劇「破不剌碗兒」是也。萬曆四年，張江陵當國，將太祖南京所藏寶玩取上京師，中有「顛不剌」寶石一塊，重七分，老米色，若照日只見石光，所以爲寶也。著〔二〕西廂劇文，以顛不剌爲美女，不知何據。（見金陵瑣事。）「惹的心漾」，心蕩也。元詞：「花柳中使人心漾」。「既不沙」，猶云「若不然」，如勘頭巾劇「既不沙怎無個收拾慈悲」，黃粱夢劇「既不沙可怎生蝶翅舞飄飄」。「湯他一湯。」湯，去聲。金線池劇：「休想我指尖兒湯著你皮肉」。今俗亦有此語。「今夜淒涼有四星」。徐天池云：「製秤之法，末梢存四星。隱語，『下梢』也。」兩世姻緣劇：「我比卓文君有了上梢，沒有四星。」可證。

「鶻伶渌老不尋常」。北詞，伶俐謂之「鶻伶」，或作「胡伶」，或作「鶻鴿」。渌老，謂眼也，亦作「睩老」。老是襯字，如身爲「軀老」、手爲「爪老」是也。鶻伶二字不專指眼，隨在可用，如宋方壺詞「鶻伶惜惺惺」，王和卿詞「假聰明逞胡伶」，是也。』

天香樓偶得云：『兀剌赤，元人掌車馬者之稱。故拜月有云：「兀剌赤，兀剌門外等多時。」山居新語云：「中途有酒車百餘，乘其回車之兀剌赤，多無禦寒之衣。」此掌車馬者稱兀剌赤之證。』

靜志居詩話云：『何元朗、臧晉叔皆精音律。元朗許拜月出琵琶上，王元美目爲好奇之過。晉叔謂琵琶梁州序念奴嬌序二曲不類高則誠口吻，當是後人竄入；元美大不以爲然，津津稱詡不置。晉叔歎曰：「是烏知所謂幽閨者哉！」嘗從黃州劉延伯借元人雜劇二百五十種，又購得楊廉夫仙遊、夢遊、俠遊，冥遊彈詞，悉鏤板以行。序言鄭若庸玉玦、張伯起紅拂等記，以類書爲傳奇；屠長卿曇花，道白終折無一曲；梁伯龍浣紗、梅禹金玉合，道白終本無一散語：均非是。日言：「汪伯玉南曲失之靡，徐文長北曲失之鄙，惟湯義仍庶幾近之而失於疎。」其持論斷斷不爽如是。』

明人南曲，多本元人雜劇：如殺狗、八義之類，則直用其事；玉茗之還魂記，亦本碧桃花、倩女離魂而爲之者也。又睽車志載：『士人寓三衢佛寺，有女子與合。其後發棺復生，遁去。達書於父母，父以涉怪，忌見之。』柳生、杜女始末，全與此合，知玉茗四夢皆非空撰，而有所本也。齊東野語言：『嘉、熙間有宰宜興者，縣齋前紅梅一樹，極美麗華粲。一夕酒散，見紅裳女子，自此恍然若有所遇。有老卒頗知其事，白曰：「昔聞某知縣之女有殊色，及笄未適而殂。其家遠在湖湘，因藁葬于此，樹梅以識之。」遂發之，其棺正蟠絡老梅根下，兩和微蝕，一竅如錢，若蛇鼠出入者。啓而視之，顏貌如玉。妝飾衣衾，略不少損。眞國色也。令見，爲之心醉，舁至密室，加以茵藉，而四體亦和柔，非尋常僵屍之比，于是每夕與之接。既而氣息惙然，瘦茶不可治文書。其家憂之，乃乘間穴壁取焚之，令遂屬疾而殂。』靜志居詩話云：『義仍塡詞，妙絕一時，牡丹亭曲尤極情摯。世或相傳，云「刺曇陽子而作」。然太倉相君實先令家樂演之，且云：「吾老年人，近頗爲此曲惆悵。」相君雖盛德有容，必不反演之於家也。』按：弇州史料云：『女曇陽子，以貞節得仙，白日昇舉。』未必如俗所傳也。王師事仙子，湯或卽以此詬王耶？春浮園偶錄載：『婁江王相國偶出家樂演牡丹亭，周明行中丞曰：「吾老矣，近頗爲此曲惆悵。」』則非相君語也。吳江沈瓚近事叢殘一書，載曇陽事甚詳，謂：『太倉王學憲鼎爵於瓜洲娶一婢，名曰瓜秀。學憲卒後，其家人某者，托他人名轉娶爲己妾，深藏於鄉莊邃屋中。久之，漸傳播於外，恐主知之，乃轉售於人，遂爲娼於浙中。有浙狂生某者與之狎，問知其鄉里，又能言相公家事，異之，曰：「子莫非卽往年所稱曇陽乎？」曰：「是也。」於是狂生揚言於人，自稱爲王壻，且爲詩歌以彰之，遂有流言於世，可恨哉！』又云：『曇陽仙，太倉王相公之次女也，產時無血。少許聘徐少參廷祼子。方相公在朝時，時當乙亥、丙子間，徐氏子卒於家。未有信至，女已先知，取白衣服之。父母問其故，曰：「徐氏子某日死矣。」未幾，書至，大驗。因謂父母曰：「女欲學道求仙，不復從人間事矣。」父母聽之。每日有雲衣、鶴駕諸仙眞從窗檻中入，與聚談，倏忽不見。能書蟲、魚、禽、鳥諸篆文。相公有所疑，從之質問，女爲開示，出人意表。公大信服，亦稱爲師。江陵公聞之，公述其概。江陵公曰：「果爾，不特爲仙，且近佛矣。」公恐在京日久，宮中聞之，或有宣召，乃遣與母先歸。而次年丁丑，公忤江陵公，亦歸。女漸能出陽神，隨意所往。又有一蛇在旁，仙所至蛇必與俱，以「護龍」呼之。一日，至郡城南濠陸某家，謂爲可度，收爲弟子，其人市井，又行使僞銀，無他可取，後亦迄無所成。又一日，遣人持一緘送弇州公，曰：「公可學道。」弇州公欣然事爲師。久之，及門者漸衆，且欲翀舉以去。其父謂之曰：「汝爲女子，須留蛻以解人疑」。至庚辰九月重陽日，化去，送者萬人。拄劍瞑目而逝，年二十餘耳。龕隨髹鍵，迎置城隅，立菴尊奉之，號「曇陽菴」——蓋自謂蕭梁時曇鸞菩薩後身也。又先剪一髮以殉徐氏子之葬，故自稱「左髻曇陽子」云。傳有八戒二歌。弇州公爲立傳，傳於世。』

黎瀟雲語云：『內江一女子，自矜才色，不輕許人，讀還魂而悅之，逕造西湖訪焉，願奉箕帚。湯若士以年老辭，女不信。一日，若士湖上宴客，女往觀之，見若士皤然一翁，傴僂扶杖而行，女歎曰：「吾生平慕才，將托終身；今老醜若此，命也！」因投於水。』張某俞娘傳云：『婁江俞娘，麗人也，行二，幼婉慧。體弱常不勝衣，迎風輒頓。十三，疽苦左脇，彌連數月；小差，而神愈不支，媚婉之容，不可逼視。年十七，夭。當俞娘之在牀蓐也，好觀文史，父憐而授。且讀且疏，多父所未解。一日，授還魂記，凝睇良久，情色黯然，曰：「書以達意，古來作者，多不盡意而出，如生不可死，死不可生，皆非情之至。斯眞達意之作矣！」飽研丹砂，密圈旁注。往往自寫所見，出人意表。如感夢一齣，注曰：「吾每喜睡，睡必有夢，夢則耳目未經涉者皆能及之。杜女故先我著鞭耳。」俞娘有妹落風塵中，一時稱「仙子」。』靜志居詩話云：『婁江女子俞二娘，酷嗜牡丹亭曲，斷腸而死，故義仍作詩哀之，云：「畫燭搖金閣，眞珠泣繡窗。如何傷此曲，偏只在婁江？」』此三說，蓋一事而傳聞異詞也。又相傳：張江陵欲以鼎甲畀其子，羅海內名士以張之，令諸郎因其叔延致湯、沈兩生，湯臨川獨不往，而宣城沈君典遂與江陵子懋脩偕及第。邯鄲夢中字文，卽指江陵也。兩夢中吊打、欽定諸劇，皆極詆訕，至云『狀元能値幾文來』，憤悵極矣。瘠心餘太史本此諸事，作臨川夢傳奇。

明武宗幸太原，取晉府樂工楊騰妻——劉良女，大喜之，攜以遊幸。江彬及八黨輩，皆以母事之。及南征，劉氏以一簪贈武宗爲信，馳馬失去。比至臨淸，召劉氏，劉氏以無信不肯行；輕舸疾至潞河，挾以俱往。笠翁玉搔頭傳奇本此。胡纘宗亦有詩詠其事：『驚喜君王至，西華夜啓扉。後車三十乘，載得美人歸。』

筆談云：『魏良輔別號尙泉，居太倉南關，能諧聲律，若張小泉、季敬坡、戴梅川之類，爭師事之。梁伯龍起而效之，考訂元劇，自翻新調，作江東白紵、浣紗諸曲，又與鄭思笠精研音理，唐小虞、鄭梅泉五七輩雜轉之，金石鏗然，譜傳藩邸、戚畹金紫熠爚之家，取聲必宗伯龍氏，謂之「崑腔」。張進士新勿善也，乃取良輔校本，出青於藍，偕趙瞻雲、雷輿民與其叔小泉翁，踏月郵亭，往來唱和，號「南馬頭曲」；其實稟律於梁而自以其意稍爲韻節，「崑腔」之用不能易也。』蝸亭雜訂云：『梁伯龍風流自賞，修髯，美姿容，身長八尺，爲一時詞家所宗。艷歌清引，傳播戚里間；白金、文綺、異香、名馬、奇技淫巧之贈，絡繹於道；歌兒、舞女，不見伯龍，自以爲不祥也。其敎人度曲，設大案，西向坐，序列左右，遞傳疊和。所作浣紗記，至傳海外，然止此不復續筆。浣紗初出，梁遊青浦，時屠隆爲令，以上客禮之，卽命優人演其新劇爲壽。每遇佳句，輒浮大白，梁亦豪飲自快。演至出獵，有所謂「擺開、擺開」者，屠厲聲曰：「此惡語，當受罰！」蓋已預儲汙水，以酒海灌三大盂。梁氣索，強盡之，吐，委頓。次日，不別竟去。』靜志居詩話云：『梁大伯龍塡浣紗記，王元美詩所云：「吳閶白面冶遊兒，爭唱梁郎雪艷詞」是也。又有陸九疇、鄭思笠、包郎郎、戴梅川輩，更唱迭和。淸詞、艷曲，流播人間，今已百年。傳奇家別本，弋陽子弟可以改調歌之，惟浣紗不能，固是詞家老手。』芳畬詩話云：『梁辰魚，字伯龍，以例貢爲太學生。虯鬚、虎顴，好輕俠，善度曲。世所謂「崑山腔」，自良輔始，而伯龍獨得其傳。

著浣紗傳奇，梨園子弟多歌之。同里王伯稠贈詩云：「彩毫吐艷曲，粲若春花開。斗酒清夜歌，白頭擁吳姬。家無擔石儲，出多年少隨。」』

書影云：『呂文穆公父龜圖，與母不相能，並文穆逐出之。羈流於外，衣食殆不給，龍門寺利涉院僧識其爲貴人，延至寺中，爲鑿山岩爲龕居之。文穆處其間九年，出而廷試第一。七年，爲參知政事。其後諸子卽石龕爲祠堂，名曰「肄業」，富韓公爲作記。公旣登第，擕其母見父，雖許納之，終不與相見，乃同堂異室而居。今所傳文穆傳奇，似影響於此，且以母事爲妻事，大可噴飯矣。』譚輅云：『呂蒙正母劉氏與父不睦。其妻自姓宋氏。』莊嶽委談邵氏見聞錄並載：『呂蒙正微時，於洛陽龍門利涉院土室中與溫仲舒讀書。一日，行伊水上，見賣瓜者，意欲得之，無錢可買。其人偶遺一枚於地，公悵然取食之。後作相，買園洛城東南，下臨伊水，起亭以「饐瓜」名焉。』考宋史：呂實起寒微；土室、饐瓜，多有之。堯山堂外紀云：『呂蒙正朝罷歸衙，偶片雪沾衣，欲斬執役人，夫人因舉撥灰詩諷之，乃已。又隨事諷諫，嘗題鵾吻云：「獸頭原是一團泥，做盡辛勤人不知。如今臺在青雲裏，忘却當年窰內時。」』香祖筆記云：『避暑錄言：「父逐蒙正，龍門僧鑿龕以居。」今傳奇有破窰之說，亦沿俗論；但言窰而不言龕。』

譚輅云：『紅線一傳，雖虞初之談，其說本於淮南楚將子發事。友人梁伯龍據其傳作院本。』湧幢小品云：『紅線雜劇，乃梁伯龍所著，今時所用。不知胡懋禮已先之，更勝於梁。』客座贅語云：『胡秋宇先生在翰林日，以言忤政府，出爲藩參。先生文雅風流，不操常律。所著小說書數種，多奇艷，間亦有閨閣之靡，人所不忍言，如蘭芽等傳者，今皆秘不傳。所著紅線雜劇，大勝梁辰魚所作。』

張鳳翼伯起，長洲人，與其弟獻翼——幼于並有才名。吳人語曰：『前有三皇，後有三張。』伯起老於公車，好度爲新聲。所著紅拂記，梨園子弟皆歌之。游宦餘談云：『虬髯客傳，紀遇李衛公於靈右旅店，約往太原見州子於汾陽橋候之。余入太原初過靈石縣，次汾陽橋，無所謂「靈右」者，意傳奇中所云者，乃抄錄相傳之誤，而張伯起紅拂記因之。』曲藻云：『張伯起紅拂記一佳句云：「愛他風雪耐他寒」，不知爲朱希眞詞也，其起句云：「檢盡曆頭冬又殘，愛他風雪耐他寒，拖條竹杖家家酒，上個籃輿處處山。」亦自瀟灑。』

蝸亭雜訂云：『張伯起少時作紅拂記，演習之者遍國中。丙戌上太夫人壽，作祝髮記，則年六十矣。播事奏效，大將楚人李應祥者以金求作傳奇，以侈大其勳，利其潤筆，而誇之過當，未免蛇足，今其曲亦不行。』

麒麟閣中換簡一折，亦有所本。秦瓊本傳云：『從秦王夾擊美良川，破尉遲敬德，功最居多。』蓋鄂公之驍勇，惟胡公能埒之。其後多病，常自云：『吾生平苦戰，出血不下數斗，焉能不病乎？』瓊善鋧。鋧，音『簡』，短兵也，形似小鑿。歐公粲憚傳云：『憚善劍及鐵簡，力過數人。』歸潛志言：『王副樞晦以鐵簡迎擊僧，腦出而斃。』山居新語云：『有以馬鞭獻文貞王者，製作精最。拔靶取之，一鐵簡在焉。』胡氏筆叢辨鞭、簡之說，絕爲不根。

曲藻云：『明珠，卽無雙傳，陸天池采所成，乃兄浚明給事助之，亦未盡善。』南音三籟云：『陸天池作南西廂，悉以己意自創，不襲北劇一語，志可謂悍矣；然元調在前，豈易角勝耶！其所爲明珠，尖俊、宛轉處，在當時固爲獨勝，非梁梅派頭，故南西廂不及遠甚。』芳畬詩話云：『陸采，字子元，年十九作王仙客無雙傳奇。』

疑耀云：『今俗演繡襦，鄭元和殺驄馬奉伎人李亞仙，乃元翰林學士王元鼎與妓人順時秀事也。』莊嶽委談云：『繡襦記，事出唐人李娃傳，皆據舊聞，第傳止稱其父滎陽公而鄭子無名字，後人增益之耳。』靜志居詩話云：『鄭若庸字中伯，崑山人，曳裾王門，妙擅樂府。嘗塡玉玦詞以訕院妓，一時白門楊柳，少年無繫馬者。羣妓患之，乃醵金數百，行薛生近兗作繡襦記以雪之，秦淮花月，頓復舊觀。』金陵瑣事云：『徐霖塡南北詞，大有才情，余所見戲文繡襦諸本行世。』然則鄭元和、李亞仙事，自元人石君寶作曲江池雜劇外，徐與薛兩人各有繡襦記矣。

蝸亭雜訂云：『鄭之文，字應尼，南城人。公車下第，薄遊長干曲中。馬湘蘭負盛名，與王百穀諸公爲文字飲，不禮應尼；應尼恨之，與吳非熊輩作白練裙雜劇，極爲譏訕；聚子弟演唱，召湘蘭觀之，湘蘭微笑而已。定湘傳司業淸嚴訓士，一日，召應尼跪東廂下，數之曰：「舉子當爲經蛺蝶耶？」收以櫝楚。後應尼舉進士，官南部郎，遷某郡太守。』貫餘齋筆記云：『馮開之爲南祭酒，東南名士，雲集金陵。屠長卿新奉恩詔復冠帶，亦作寓。公慕狹邪寇四兒之名，先以纏頭往；至日，具袍服頭踏，呵殿而至，踞廳事南面，呼媼出拜，令寇姬旁侍行酒。六院喧傳，以爲談柄。江右孝廉鄭豹先名之文者，素以才自命，遂作一傳奇名曰白練裙，摹寫屠憨狀曲盡。時吳下王百穀亦在留都，曾召名妓馬湘蘭，馬已年將耳順，王則望七矣，兩人尙講衾裯之好，鄭亦串入其中，備列醜態，一時爲之紙貴。按：屠令青浦時，上海孝廉俞顯卿以事干謁之，屠不聽，且加侮慢。俞心恨甚，及爲刑部主事，論劾長卿云：「日中爲市，交易而退。翠館侯門，青樓郎署。」上覽之，大怒。得旨，兩人俱革職。此言其詔復冠帶後仍有寇四兒之事。』

張孝祥于湖，宋紹興甲戌狀元，高宗謂爲『謫仙人』。天性倜儻，勇于爲義。每作詩文，輒問門人：『視東坡何如？』謝堯仁謂：『以先生筆力，讀書十年，吞東坡有餘矣。』高深甫作玉簪，假于湖以資談笑，當亦如琵琶之蔡邕、荆釵之王十朋耳。古今女史云：『宋女貞觀陳妙常尼，年二十餘，姿色出衆，詩文俊雅，工音律。張于湖授臨江令，宿女貞觀，見妙常，以詞調之；妙常亦以詞拒之。詞載名媛璣囊。後與于湖故人潘法成通，潘密告于湖，以計斷爲夫婦。』即今所傳玉簪也。此言陳爲尼，而玉簪作道姑。蓋以尼必削髮，於當場爲不雅，本元人鄭彩鸞作道姑耳。乃其曲云『從今孽債緇衣』，又云『姑娘在禪堂打坐』，則隱寓其爲尼也。笠翁譏之，非是。洒閑偶談云：『溧陽有潘必正墓』。

斷殺狗勸夫之王翛然，歸潛志云：『金朝士大夫以政事著名者，曰王翛然，嘗同知咸平府，攝府事，時遼東路多世襲猛安謀克居焉，其人皆功臣子，驁亢奢縱不法，公思有以治之。會郡民負一世襲猛安者錢，貧不能償，猛安者大怒，率家僮強入其家，牽牛以去。公得其情，令一吏呼猛安者，猛安盛陳騎從以來。公朝服，召至廳事前，詰其事，趨左右械繫之，乃以強盜論，杖殺於市。一路悚然。後知大興府，素察僧徒多游貴戚家作過，乃下令：「午後僧不得出寺，街中不得見一僧。」有一長老犯禁，公械之。長老者，素爲貴戚所重，皇姑某國公主使人詣公請焉。公曰：「奉主命，卽令出。」立召僧，杖一百死。自是京輦肅清。世宗深見知，故公得行其志也。至今人云：「過宋包拯遠甚。」』

玉壺清話云：『樊知古，江南人，無鄉里之愛。舉於鄉，不獲第，因謀北歸。以釣竿漁於采石江，凡數年。橫長絙量江水之廣、深。絙或中沈，陰有物波底助起，心知其國之亡，遂仗策謁太祖，送學士院本科及第。遣湖南督匠造黃、黑龍船於荆南，破竹爲索，數千艦由荆南而下。舟旣集，就采石磯試焉，密若胼脅，不差尺寸。』池陽韋雲氏作量江記傳奇，於量江一齣，用龍王鬼卒助之，本此，非他傳奇假借鬼神之例也。史稱李後主送知古家口於樊，傳奇言後主執之，用爲劇中波瀾耳，然而誣後主矣。

藝苑卮言云：『正德間，有妓女失其名，於客所分詠，以骰子爲題云：「一片寒微骨，翻成面面心，自從遭點汚，抛擲到如今。」元人關漢卿雜劇載錢可、謝天香事亦有之，特後人稍易其語耳。』

南園漫錄云：『予郡有符、丁二姓，相友善。丁後病，而有子支漫不事生產，丁乃以白金若干託符，曰：「子支漫不事生產，恐身後卽耗，煩爲密收，而訓使治生，改則畀之，不可改則君之物矣。」符許諾，日過其子，告以其父命之篤，子稍改悟，曰：「恨無貲以營生計。」符許借之。借而叩之，果不費，則勗之焉。踰時，再詢而叩之，曰：「恨少耳。若多假焉，生彌遂矣。」則再借之。如是者三，子曰：「若得若干，業可成矣。」符知其可也，則曰：「汝當具牲醴來，吾爲汝轉假。」其子如命往，符則以其牲醴置丁之靈几前，爲文告曰：「君不鄙予，托予以子而委我以財。今君之子克家矣，財凡若干兩，盡以付君之子，君可以無慮矣。」遂歸。時丁頗裕，而符更窶，財不相負而又能忠誨其子，俾可成，可謂難矣。郡人盡能道其事。』按：是書爲嘉靖間雲南永昌張志淳所撰，其事頗似元人秦簡夫東堂老雜劇。

洞天玄記寫形山道人收崑崙六賊事，所以闡明老氏之旨；歸元鏡寫沈蓮池爲僧事，所以發攄禪氏之談：於傳奇中別一蹊徑。〔三〕

茶餘客話云：『元人尙仲賢，眞定人，工詞曲，嘗作海神廟王魁負桂英曲。所演焚香記，蓋藍本於此。』

茶餘客話又云：『石崇明君詞敘：「昔公主嫁烏孫，令琵琶馬上作樂，以慰其道路之思。其送明君用琵琶，不過爾爾。」觀此，則琵琶自是烏孫公主事。今人作詩，專以昭君爲故實，豈非雜劇誤之耶？』又云：『「大業間杜寶常修水飾圖經十五卷。煬帝觀於曲水，有神龜負八卦進伏羲，黃龍負圖、元龜銜符、大鱸銜籙授黃帝，丹甲靈龜銜書獻蒼頡，鳳皇負圖、赤龍載籙授堯，龍馬銜中赤文授舜，舜觀河渚五老人來告，帝期陶河濱，黃龍負黃文符璽之圖，禹濟江而黃龍負舟，元夷蒼水使者以山海經來……其類七十有二，以七十二航貯之，此水戲之始。元人關漢卿有隋煬帝牽龍舟樂府，卽此。』〔一四〕

今村中演劇，有清風亭認子，爲張繼保忘義父之恩，爲雷殛。按此事本之北夢瑣言：『張裼尙書典晉州，外貯所愛營妓，生一子。其內子妬忌，不敢取歸，乃與所善張處士爲子，居江津間，常致書題問其存忘。及漸成長，教其讀書。有人告以「非處士之子。爾父在朝官高」。因竊其父與處士緘劄，不告而遁。歸京國，名仁龜，有文，性好學脩詞，應進士舉及第，歷侍御史。因奉使江浙，於候館自經而死，莫知所爲。先是張處士悵恨而終，必有冥訴，罹此禍也。』

演小青故事爲傳奇者，有療妬羹、風流院兩種，當以徐野君春波影爲最。聞見卮言云：『馮千秋，浙中名士，崇正乙亥拔貢，頗以詩文擅名。家素封，因無子，買妾維揚小青。後以妻妬，置之别室，似亦處之得當，不意小青才雋而年夭。時人詩傳傳奇，詩歌贊歎。而吳石渠炳之療妬羹，朱价人京藩之風流院，易千秋爲馮致虛。以千秋之才，因小青而反沒，不亦冤哉！松陵徐電發載酒放鶴亭，求小青墓不得，作詩云：「青青芳草瘞紅顏，愁對雙峯似翠鬟。多少西陵松柏路，銷魂一半是孤山。」注云：「小青，廣陵人，爲虎林某生妾，早卒。戔戔居士爲之作傳，而所錄天仙子、南鄉子詞，多不可考。」所謂某生，卽馮千秋也。千秋名延年，能詩，有文譽，名列復社。粲花主人演作楮大郎。吳某紫雲歌小序云：「馮紫雲爲維揚小青女弟，歸會稽馬髦伯。」諸所謂小青者，歷歷可據；惟姓馮，則與千秋爲同姓矣。』書影云：『昔在秣陵，見支小白如增，以所刻小青傳徧貽同人。鍾陵支長卿語余曰：「實無其人，家小白戲爲之耳。」後王勝時語余：「小青之夫馮某，尙在虎林。」則實有其人矣。或云：「小青本無其人，其邑子譚生造傳及詩爲戲。」或曰：「小青者，離『情』字也。或言姓鍾，合成『鍾情』字也。」予意當時或有其人，以夫在，故諱其姓字。其詩文或亦有一二流傳者，衆爲緣飾之耳。但以爲出譚生手，而余適見小白持以貽人，其譚生爲之，小白梓之耶？抑竟出小白手耶？』

卓人月，字珂月，作小青雜劇，序云：『天下女子，飲恨有如小青者乎？小青之死未幾，天下無不知有小青者。而見之於聲歌，則有若徐野君之春波影、陳季方之情生文。斯豈非命耶？傳小青之事者，始於戔戔居士。居士之文，淋漓宛轉，已屬妙手；而野君復從而塡北劇焉，季方復從而塡南曲焉。』

詞苑叢談云：『吳玉川夫人龐小畹蕙纕，詩、詞、書法，擅絕當時，片紙隻字，莫不珍惜。有青蓮女伎小青者，色藝皆精，嘗演劇，入後堂，持扇叩唾香閣乞書，夫人卽調桂枝香一闋，有「浪萍飛絮前生果，別是傷心一小青」之句。』

藕甕閒話云：『琥珀匙，吳門葉稚斐作。斐名陶佛奴，卽傳奇中翠翹故事。中有句云：「廟堂中有衣冠禽獸，綠林內有救世菩提。」爲有司所恚，下獄幾死。』酒邊瓚語云：『琥珀匙五般宜云：「我的老骨頭應該作賤，他的嫩皮肉何堪拋閃！」又會河陽云：「叮嚀聲到我喉間哽，灰心血到我胸前冷。」又越恁好云：「眼覷眼三兩兩相看定，手扣手一雙雙相持緊。」本色處，綺語艷詞退避三舍。』又云：『後西廂，葉稚斐作八折而病，朱雲從補成。稚斐所作傳奇，尙有七種：三舉節、英雄概、開口笑、女開科、遜國疑、八翼飛、人中人。』

邱文莊濬作五倫全備傳奇，王端毅謂：『理學大儒，不宜留心詞曲。』邱大恨之。因南太宰王倎爲端毅作大司馬生傳，稱許太過，遂云：『若有豪傑駁之，禍且不測。』又端毅所刻疏稿，凡成化間留中疏，俱書不報，邱又謂：『王故彰先帝拒諫之失。』御醫劉文泰得邱語，因挾仇特疏，而王遂去位。所以報五倫之怨也。南園漫錄云：『邱文莊所著鍾情麗集，雖以所私擬元稹，而浮猥鄙褻，尤倍於稹；所撰五倫記，雖法高明，而謔浪戲笑，尤甚高明。』

蘇州知府況鍾，字伯律，南昌靖安人。始由小吏事呂尚書震。呂薦其才，授禮部主事，進郎中。時仁廟初政，令在京五品以上舉所知，鍾舉左春坊左中允張宗璉。召問楊文貞公士奇曰：『人皆薦外任下僚，鍾何乃舉朕宮官？』楊對曰：『臣與王直方欲擬薦宗璉，不意遂爲鍾所先耳。』仁廟大喜，曰：『鍾知宗璉，亦可謂賢矣！』即日擢宗璉大理寺丞。蓋已有用鍾意。宣廟即位，大臣奏蘇州等九大郡繁劇難治，遂擢鍾等九人爲知府，皆授璽書以行。公至蘇，廉察官吏，去太甚者四五人。嚴禁狡猾，而惠愛窮弱。執勢家侈恣不法者，立杖殺之。吏民大驚，奉行惟謹。又表除京運米二十餘萬，儒生孤寒者，多有所給，於是爭獻詩頌。鄒亮獻二十詩，鍾獨稱賞。欲薦其才於朝，會有匿名書數亮過失，潛揭於府治大門者，鍾得書，笑曰：『彼欲阻吾薦，正速成亮名耳。』遂奏亮才學可用。召試，有驗，授吏、刑二部司務，轉監察御史。其勇於爲義，類如此。歲滿去，吏民叩闕請留者八萬人。有儒生爲歌曰：『況太守，民父母。早歸來，慰童叟。』又曰：『況青天，朝命宣。早歸來，在明年。』時已有代鍾者，竟易去。文貞公贈以詩云：『十年不媿趙清獻，七邑重迎張益州。』又數年，鍾卒，吏民多垂泣送櫃歸。其政績具見張修撰洪所著傳，及楊穆西墅雜記。今所演雙熊夢劇，雜見稗官小說，而『況青天』實本於此；賓白詞曲，俱極當行，一名十五貫。

朱素臣文星現傳奇中事，多有據，唱蓮花落、乞酒，本堯山堂外紀；挾伎調文衡山，本說圃識餘；傭書宦家，本蕉牕雜錄。

山陰孟稱舜，字子若。其柳枝集有花前一笑雜劇，卽唐伯虎遇侍婢事。卓珂月本其事作花舫緣，改華爲沈，改秋香爲申慵來。古夫于亭雜錄又謂：係江陰吉道人，非伯虎；秋香乃上海大家，非吳興華學士。桐下聽然云：『華學士鴻山，嘗〔一四〕艤舟吳門，見鄰舟一人，獨設酒一壺，斟以巨觥，科頭向之極罵。既而奮袂舉觴，作欲吸之狀，輒攢眉置之，狂叫拍案。因中酒欲飲不能故也。鴻山注目良久，曰：「此定名士。」詢之，乃唐解元子畏。喜甚，肅衣冠往謁，子畏科頭相對，談謔方洽，學士浮白屬之，不覺盡一觴，因大笑極歡。日暮，復大醉矣。當談笑之際，華有小姬隔簾窺之，子畏作嬌女篇貽鴻山，鴻山作中酒歌答之，後人遂有「傭書配秋香」之誣；小說傳奇，竟成佳話。』

茶餘客話云：『雜劇中唐解元三笑姻緣故事，王阮亭嘗辨爲江陰吉道人，非伯虎也。吉父爲御史，以建言謫譎。道人於洞庭遇異人，得幻術。遊虎邱時，有兄喪，上襲麻衣，內著紫綾褌。適上海某攜宅眷遊山，有小婢秋香見吉衣紫，笑而顧。吉以爲悅己，變姓投爲僕。久之，竟得婢爲室。一日遯去。某知爲吉，認爲翁壻。』

卓珂月花舫緣、春波影二劇序云：『友人有唐解元雜劇，易奴爲傭書，易婢爲養女，余以爲反失英雄本色，戲爲改正。野君見獵心喜，遂作小青雜劇以見「幸不幸事，天地懸隔若此」！』

譚元春序想當然云：『盧楠，字次楩，作想當然而託名於陸尙書。尙書始治濬令，出次楩於嘉肺中。陸歸，盧隨之，客於吳。書成得名，不復自珍，旋又棄去。次楩生平倚酒漫駡，無故人、知己；遺文散而不收，至今始流傳，余見之吳人客楚者篋中。或曰：「此陸少年所爲，以其官久而高，不便以詞曲傳；得意之文，又不忍廢，詭云次楩耳。」』書影云：『元人作劇，專尙規格，長短既有定數，牌名亦有次第。今人任意增加，前後互換，多則連篇，少惟數闋，古法蕩然矣。惟余邗江門人王漢恭光魯所作想當然，猶有元人體裁。其曲分視之則小令，合視之則大套，插入賓白則成劇，離賓白亦成雅曲，不似今人全賴賓白敷衍。想當然托盧次楩之名以傳，實出漢恭手。』

宋杜默下第夜歸，就項羽廟宿，以其文質神前痛哭，大呼曰：『千古如大王不能得天下，有才如杜默而見放於有司，豈非命哉！』神像淚出，泥界於面。霸亭秋雜劇，演其實也。見和州志。尤展成鈞天樂亦有哭廟一折，則易其名矣。詞苑叢談云：『吳江張倩倩，適同邑沈自徵。沈負才任俠，所著霸亭秋、鞭歌伎、簪花髻，名漁陽三弄，與徐文長並傳。』古夫于亭雜錄云：『吳江沈君庸自徵作霸亭秋、鞭歌伎二劇，瀏灕悲壯，其才不在徐文長下。』靜志居詩話云：『吳江沈氏多才：詞隱生訂正九宮譜，爲審音者所宗；副使珫子自徵，字君庸，亦善詞曲，所撰霸亭秋、鞭歌伎諸雜劇，慨當以慷，世有續錄鬼簿者，當目之爲第一流。』

王辰玉鬱輪袍劇，考官故折摩詰詩曰：『香烟豈有情想？萬國定何名目？』維歎曰：『詩豈如是論者！』毛大可譏東坡『鴨先知』之句，正不啻試官語。

亦巢偶記云：『張元鑒，名國經，嘉定婁塘人。少任俠，好拳勇，皆稱「婁塘張二」。偶爲青衿所斥，遂專心時藝，得補弟子員。與少年名士交，仍以俠氣著名。西樓記中胥長公，即其人也。所云「談笑起風波」者，指趙鳴陽也。』秋田聞見錄載：『鳴陽，江南吳江人，明時孝廉，能文。以救隣鋪獲罪，戍雲南。明亡，遁迹桂嶺。孫延齡逆命，召之，堅辭不赴。與渾融、性因爲方外交。』據此，則鳴陽人品，豈箨菴所可及！相傳：西樓記初成，就正馮猶龍，馮不置可否。袁卽席餽百金，爲入錯夢一折。乃西樓爲馮所改之本名楚江情，刻墨憨齋諸劇中，凡改處皆自標於闌上。如胥長公之妾輕鴻，改爲伎女鴻寶兒，本識池生，遂歸於池；又趙不將聞于叔夜登第，卽至父處爲之作伐，娶素徽爲室，以贖前愆：皆勝籜菴原作。至錯夢一齣，極口贊其『神化不可思議』，未嘗有改易之說，則錯夢正出袁手，不可誣也。穆素徽相傳姓木，本名白美，有故址在吳門秀野園旁。貌不甚美，特工於韻語。

曠園偶錄云：『袁于令生平得意在金鎖，而今人盛行西樓——文詞甚平，但叶調當行，當時無兩。』按：籜菴製四折雜劇，如戰荆軻之類，杜茶村甚之云：『舌本生硬，江郎才盡耶？』

袁籜菴作瑞玉傳奇，描寫逆璫魏忠賢私人巡撫毛一鷺及織局太監李實搆陷周忠介公事甚悉。甫脫稿，卽授優伶唱演。是日諸公畢集，而袁尙未至。優人請曰：『李實登場，尙少一引子。』於是諸公各擬一調。俄而袁至，告以優人所請，袁笑曰：『幾忘之！』卽索筆書卜算子云：『局勢趨東廠，人面翻新樣。織造頻添一段忙，待織造迷天網。』語不多，而句句雙關巧妙。諸公歎服，遂各毀其所作。一鷺聞之，持厚幣倩人求袁改易，袁易一鷺曰『春鋤』。

曹銀臺子淸撰表忠記，載明季忠烈及卑汙諸臣極詳備。塡詞五十餘齣，游戲皆示勸懲。以邊長白大綬爲終始，開場卽演掘闖賊祖墳。掘墳事人皆知長白所爲，不知實賈煥成之也。當闖賊猖獗，其兄李自祥改姓張，仍爲米脂縣役。時長白爲令，一日方視事，有一人赴訴賣蒜爲兵所搶。當堂窮究，其人匍匐膝前，陽作哀訴，陰以手按令足，令解其意。呼至後堂，賣蒜者請屛左右，乃脫帽裂縫，出封函，曰：『吾實內監，此密旨也。』令拜讀，乃命掘闖賊祖墳之詔旨。隨揮之出，其時闖賊逆燄已熾，令憂升堂，僞償其價而遣之。然闖賊祖墳實難尋問，又係密旨，不敢聲張。其時闖賊逆燄已熾，令憂形於色，寢食俱廢。門子賈煥，素所親信，乘間請曰：『竊見日來形色舉止，大異往常，似有大憂鬱而不能解者，曷不見告，或可效犬馬乎？』令察其辭色懇篤，且自念舍此無可告，遂詳吐前事。煥曰：『事未可驟圖也。今在官捕快張自祥者，本李姓，闖賊親兄。而縣役某某等二十人，皆歃血結盟，共約賊兵一至，卽爲內應。煥實二十人之一也。令欲知彼祖墓，須與自祥結納，可徐察之。』詰旦，傳自祥入，笑問曰：『爾本姓李，何以易張？』彼方置辯，煥出謂曰：『吾已細陳底裏，不必遮掩。』令曳之起，曰：『時事已不可爲，天意有在。爾輩皆應時豪傑，予身家方賴保全，何必相隱？』遂偕煥結拜，入則弟兄，出則官役。久之，乘醉托言素曉堪輿，叩其墓所形勢。自祥乃以出獄爲名，邀之同往，盡知其所。越數日，闖賊將犯潼關，令出七千金付自祥先行投款軍前，『吾俟入關後卽至』。復遣其黨十餘人，衛其輜重。自祥去，偕煥並家人潛往伐墓。墓上有大樹一株，紫藤垂滿。掘至棺，藤根包裹千帀。以巨斧斫斷其藤，棺開，有小白蛇一，頭角已成龍形，止一眼，其身尙未變。遍屍皆生黃毛，二三寸不等。枯骨，血潤如生。隨並蛇斫碎，焚之，揚灰訖。考剖棺之日，適闖賊兵敗河南，一目爲流矢所中。掘畢，煥曰：『此地不可久居。乘今闖賊新敗，縱有報聞，亦不暇及。今已爲朝廷立此大功，何不掛印歸山？』遂棄官。煥亦他適。越數年，長白閒居京邸絨線衕衕，一老僧叩門求見。長白出，僧卽跪哭。長白訝其爲讙，僧曰：『公忘賈煥耶？』乃相持而泣。固留之，不可；與之金，亦不受；爲製衣裝，一痛而別，不知所終。出在園雜誌，言親得之長白侄桂岩別駕聲威者，較長白自記虎口餘生，更爲詳備。吾郡郭于宮觀演表忠記詩云：『碧血餘威照管弦，忠臣劇賊兩流傳。笑他江左夷吾輩，一卷陰符燕子箋。』

相傳阮圓海作燕子箋，是刺倪鴻寶。

越巢小識云：『楝翁七子緣傳奇，亦名詩緣記，關白甚整。通部不用旦色，自是高手。七子，謂弘治時北地李夢陽、信陽何景明、武功康海、鄠杜王九思、吳郡徐徵卿、儀封王廷相、濟南邊貢。其間串合，以對山救空同爲主；而楊文襄與張永謀誅劉瑾，亦與其中。』

茶餘客話云：『東林點將錄，乃吏部尚書陝人王紹徽所輯，魏忠賢乾兒也，當時稱爲「王媳婦」，都人撰百子圖傳奇刺之。』

彙苑詳注云：『劉瑾以擴清政務爲〔三〕名，諸翰林悉出補部屬。鄠杜王敬夫，其鄉人也，獨爲吏部郎，不數月，掌文選。會瑾敗，謫同知壽州。敬夫有儁才，尤長於詞曲，而傲睨多疏脫。人或譏李文正，謂敬夫嘗譏其詩。御史追論敬夫，褫其官。敬夫編杜少陵遊春傳奇以譏文正。李聞之，益大恚。雖館閣諸公，亦謂敬夫輕薄。遂不復用。』蝸亭雜訂云：『長沙當國時，王九思以少年屏斥，永錮不用，無所發怒，作杜甫遊春雜劇，力詆西涯，流傳關、隴，羣相和附。嘉靖初纂修實錄，議起用九思。有言於朝曰：「遊春記李林甫固指西涯，楊國忠得非石齋，賈婆婆得非南塢耶？」吏部聞之，縮舌而止。或謂馮汝行梁狀元不服老雜劇，當在王渼陂杜甫遊春之上。四友齋叢說云：「渼陂杜甫遊春雜劇，雖金、元人猶當北面，何況近代？」按：文人之意，往往托之塡詞。王九思杜甫遊春指李西涯、楊石齋、賈南塢三相，康對山之中山狼則指李空同，李中麓之寶劍記則指分宜父子，王辰玉之哭倒長安街則指建言諸公。相傳湯若士之紫簫，亦指當時秉國首揆，纔成其半，卽爲人所議，因改爲紫釵。』

康山在吾郡城內，相傳對山遊揚州時，於此地彈琵琶數曲，後人因壘土成山。種黃楊三五株，今尙存。董元宰書『康山草堂』扁。對山性孝友，親族待而舉火者，不可勝數。因救李空同，與劉瑾酬酢，遂罹淸議。被放後，肆意詞曲，有沈醉東風曰：『裝幾車兒羊毛筆管，載幾車兒各樣花牋，鳳陽墨三兩房，天來大三台硯，請孔門弟子三千，一夜離情寫半年，添硯水盡都是離情淚點。』讀之可傷。呂柟作對山墓表，張治道作對山行狀，俱載對山救空同事。薛應旂憲章錄，黃佐作董大理傳，亦載之，而說多異同。何元朗云：『李空同爲韓道貫草疏，極爲切直。劉瑾切齒，必欲置之於死，賴康滸西營救而脫。後滸西得罪，空同議論嚴刻，馬中錫作中山狼以詆之。』戒菴云：『中山狼傳，馬左都中錫撰，刺李空同悖德康對山脫劉瑾之害耳。刻者雜之唐、宋稗官諸傳之列，讀者豈了其意之所屬哉！』朱竹垞云：『中山狼乃東田馬中錫作，今載其集中。世傳皆獻吉者，數其負德涵也。考之，康、李未嘗隙末。黃才伯有讀林見素救空同奏疏詩云：「憐才不是雲莊老，愁殺中山獵後狼。」然則當日所嘗，乃負見素耳。』王阮亭云：『中山狼傳，見馬中錫東田集。東田，河間故城人。正德間，空同、對山，皆其門生也。按對山集有讀中山狼傳詩云：「平生愛物未籌量，那記當年救此狼！」則此傳爲刺空同無疑。』其說之不同如此。大抵對山意氣高邁，救李一事，尤爲獨絕，故士君子樂道之。小說載：『對山奔喪，過內邸，盜劫其貲。劉瑾聞之，責捕甚急，詭言：「劫者，瑾所寄橐也。」有司懼，歛民財償之。』此事亦見弇州史料。明史稿載入甯杲傳。貧士被盜，有司往往視之漠然，至假權勢以致償，亦可慨矣。弇州謂其累有司，何哉？靜志居詩話云：『德涵坐援獻吉，遂掛清議。歸田之後，耽心詞曲。其小令云：「眞個是不精不細醜行藏，怪不得沒頭沒腦受災殃。從今後花底朝朝醉，人間事事忘。剛方，徯落了膺和滂；荒唐，周旋了籍與康。」論者原其心而悲之。歿時，家無長物，腰鼓多至三百副。』藝苑卮言云：『王敬夫將塡詞，以厚貲募國工，杜門學按琵琶、三弦，習諸伎藝而後出之。康德涵於歌彈尤妙，每敬夫曲成，德涵爲奏之，卽老樂師無不擊節歎賞。』又云：『康德涵既罷官居鄠杜，葛巾野服，自隱聲酒。時有楊侍郎廷儀者——少師之弟——以使事過康。康故契分不薄，大喜置酒。至醉，自彈琵琶唱新詞爲壽。楊徐謂：「家兄居恆相念君，但得一書，吾爲道地史局。」語未畢，康大怒罵：「若伶人我耶！」手琵琶擊之，胡牀迸碎。楊踉蹌走免。康遂入，口咄咄，更不相見！』

蝸亭雜訂云：『康德涵旣罷免，以山水、聲伎自娛。間作樂府小令，使二青衣歌以侑觴。遊於四方，停驂命酒，自歌其曲。嘗生日，邀名伎百人爲百年會。酒闌，各書小令一闋，命送諸王邸，曰：「此差勝錦纏頭也。」四友齋叢說云：「對山嘗與伎女同跨一蹇驢，令從人齎琵琶自隨，遊行道中，傲然不屑。」敬夫、德涵同里同官，以瑾黨放逐沜東鄠杜之間，相與過從談讌，徵歌度曲，以相娛樂。萬曆中廣陵顧小侯所建遊長安，訪求曲中七十老妓，令歌康、王樂府。其流風遺韻，關西人猶能道之。』

弇州史料中楊忠愍公傳略，與傳奇不合。相傳：鳴鳳傳奇，弇州門人作，惟法場一折是弇州自塡。詞初成時，命優人演之，邀縣令同觀。令變色起謝，欲亟去。弇州徐出邸抄示之曰：『嵩父子已敗矣。』乃終宴。

分宜在相位，江右士大夫往往號之爲父。外省亦稍有效之者，趙文華其最也。文華旣以父分宜位至尙書，得上寵眷，乃稍欲結知人主，不稟其命。一日，密進藥酒方，言：『授之仙，飮可不死。獨臣與嵩知之。』上曰：『嵩有此方不奏，文華奏我。』分宜聞之，大懼且恨，立召文華問之曰：『若何所獻？』對曰：『無有。』分宜取進酒疏示之，文華長跽頓首。分宜怒叱之，不起。呼左右拽出，命門者無敢爲文華通。當時分宜一睚眦者，立族矣。文華日夜憂懼，不知所出，從世蕃乞哀。世蕃憐之，爲白夫人。夫人以其兒也，殊不忍其觳觫。一日，相君洗浴，諸義子皆來起居，置酒堂上。相君夫人上座，義子及世蕃列侍，惟文華不得入，乃曲路左右，伏於軒檽之間。酒中，夫人曰：『今日一家皆在目中，何少文華？』相君曰：「噂！阿奴負人，那得在此！」夫人因宛轉白，相君色微和，文華遽走入，伏席前涕泣。相君不得已，遂留侍飲，盡歡而出。見于文定公筆塵。鳴鳳記上壽一折，本此。

秦檜擅權久，大誅殺以脅善類。末年因趙忠簡之子汾以起獄，謀盡覆張忠獻、胡文定，論諸族。棘寺奏牘上矣，檜時已病，坐格天閣下，吏以牘進，欲落筆，手顫而汗，亟命易之，至再，竟不能字。其妻在屏後搖手曰：『勿勞太師！』見岳珂桯史。今傳奇精忠記有奏本一折，本此。

傳奇中有雙忠廟，係男生乳、女生鬚事，爲保孤佳話。雲間周冰持稱廉作。其男扮女、女扮男，大略與贈書記相似。

甬上詩傳云：『周朝俊，字夷玉，工填詞。所撰有詞曲十餘種，惟紅梅花最傳。』

毛西河先生傳云：『崇禎末，士林好爲社。每社必集數百人，考鍾伐鼓。入社者爲名士，出則否。先生品目過嚴峻，人忌之。至是編輯郡人詩，作越郡詩選。會稽王庶常自超從賊中歸，投以詩。先生選其四，中有鄲城夜走及哭周介生赴西市題，因以右丞、司戶評其篇，實惜之。庶常父大恚，聚諸出社者歃血，首先生抗命，今又抗試；且以頭陀居士林觥壞名教，罪當死。讞者察其妄，不坐。順治八年，浙三舉鄉試，同社章貞登賢書，偕同籍舉人昌言：「毛生在江東抗命時，義不受籍以旌之，使乃爲諸生，辮頂候試。」提學翟君是其言，而怨家洶洶。會布政司使張君以從賊歸，命爲今官，搆者謂先生評文時，曾及其六等，定罪狀授僞朝典例，君大恨。提學張君阿伺君意旨，仍奪其籍。先生工爲詞，取元人無名氏所傳賣嫁、放偷二劇而反之，曰不賣嫁、不放偷，作連廂詞，改其事，謂庶幾可正風俗，有裨於名教。提學購得之，誣謂：「放偷，縱從賊；賣嫁者，歸命本朝，不待聘而自呈其身也；反之者，我不然也。狂生失志，訕上官，不敬。」上之制府，下寧紹分巡王君籍捕之。制府以爲寃，釋置不理。』

隻塵談云：『芙蓉劍傳奇，汪子雲樵作也。汪名愷，江寧人，精研聲律之學。』

隻塵談又云：『徽歙間，某年月嫁娶日，適兩新婦輿同憩周道。一極貧女，一極富女。始而皆哭，久而貧女哭獨哀。富女曰：「遠父母，哭固當。若是其哀歟？」命伴媼與側叩之。貧女曰：「聞良人饑餓莫保，今將同倂命耳，奚而不哀！」富女心惻，解荷包贈之，蓋上輿時祖母遺嫁物也。貧女止哭，未及道姓氏，各散以去。抵門，景況蕭索，新郎掩欵迎婦入，忍淚告曰：「吾家固貧，塡溝壑分也；今以累君，奈何？」婦以荷包付之。開視，則黃金二錠，重四兩許。易銀三十餘兩，以其零市錢米酒饌，行合巹禮。問金之所來，婦語以故。乃合夥經商，一歲中獲利數倍，凡貿遷無不如志。不十年，成巨富。苦不知贈金者何人，心懷歉恨。于宅後起樓，供荷包祀之，以誌不忘。顧富家女於歸後，夫家、父家，連被回祿，繼以疾疫，屢遭破敗。十年以內，如水刷沙，貲財立盡。貧女財既豐，又得男，謀所以乳之者，偏覓無當意者。媒嫗以富家女薦之，甚合。兩婦相見，彼此敬愛，誼如姊妹，都不知途中曩日事。越一歲，乳娘抱兒往後樓禮拜，見荷包，覗之，所繡花物，類己針法，忽念舊事，不覺淚下。婢詗之，告主婦。問哭之故，則曰：「記嫁時途中曾以此物贈貧女，不料吾今日之貧。感慨今昔，故酸心耳。」主婦語其夫，明日請族長、四鄰，及乳媪之翁，奉酒安位，肅若上賓，夫婦再拜曰：「愚夫婦以待塡溝壑之身，藉此享有今日。日思報德，靡道之從。今天誘其衷，幸賜識認。貲財若干物，皆荷包中物也。物歸原主，宜也。」乳媪曰：「是何言歟？發富是君家大福分，我何與焉？荷包倘在我家，亦同盡耳。必欲成君高誼，還荷包原贈物倍之，足矣。」衆賓曰：「前玆道旁之贈，仁也；今玆傾家之還，義也。仁至義盡，加以辭讓，德之美也。衆賓與有光寵焉。願居間剖分之，俾仁義各不相傷，可乎？」乃依衆賓剖分之，而世爲婚姻，以仁義世其家。』朱青川云：『此事若付洪昉思、孔云亭諸君，佐以曲子、賓白，竟是一本絕好傳奇矣。』余嘗閱桯史中望江二翁事，及輟耕錄所載釋怨結婚事，及此，思爲三院本付之伶人，以寬鄙而敦薄。錄二事於左，以待暇時獲此願也。望江二翁事云：『舒之望江有富翁曰陳國瑞，以鐵冶起家。嘗爲其母卜地，靑烏之徒輻集，莫適其意。有建寧王生者，以術聞，延之。踰年，始得吉於近村，爲張翁者之業。國瑞治家，未嘗問有無，一以諉其子。王生乃與其子計所以得地，且曰：「陳氏卜葬，環數百里莫不聞，若以實言，則壟斷取貲，未易厭也。」於是僞使其治之隸，如張翁家議圈豕，若以禱者，因眺其山木之美而譽之曰：「吾治方乏炭，此可鬻以得貲，翁許之乎？」張翁固弗疑也，曰：「諾」，居數日，復來，遂以三萬錢成約。國瑞始來相其山，大喜，築垣繕廬，三閱月而大備，遂葬之。明年清明拜墓上，王與子偕，忽顧其子曰：「此山得之何人？厥直凡幾？」子以實告。又顧王曰：「使不以計勝，則爲直當幾何？」曰：「以時價商之。雖廉猶三十萬也。」國瑞亟歸，命治具輊馬，謁張翁而邀之。至則館焉，盛殽醞，相與款洽者幾月，語不及他。翁既久留，將告歸，復張正堂而讌之。酒五行，輦錢緡三百置之阼，實縑於籠，酌酒於斝而告之曰：「余葬余母，人謂其直之賤。請以此爲翁壽。」翁錯愕曰：「吾他日伐山而薪，不盈千焉。三萬過矣，此惡敢當？」國瑞曰：「不然。葬而買地，宜也；詭以爲治，則非也。余子利一時之微，以是紿翁。人皆曰直實至是，用敢以爲請。凡余之爲，將以愧吾子之見利忘義者。」翁卒辭曰：「當時固已許之，實又過値。子欲爲君子，老夫雖賤，可強以非義之財耶？」固授之，往反撐拒。詰旦，拂衣去。國瑞乃怒其子曰：「汝實爲是，必爲我致之。」不得已，密召其子畀焉，曰：「是猶翁也。」翁竟不知。』釋怨結姻事云：『揚州泰興縣馬駝沙農夫司大者，其里中富人陳氏之佃家也，家貧不能出租以輸主，乃將以所佃田轉質於他姓。陳氏田傍有李慶四者，亦業佃種，潛賂主家兒，約「能奪田與我，而不以與陳氏者，以所酬錢十倍之一分之。」家兒棄用事，因以利啗其主。主聽，奪田歸李氏。司固無可奈何。旣以穀田不相侔轉其直十之一，司愈不平。會歸，而李與嘗所用力及爲劵者殺鷄飲酒，司因隨所之。李欲却司，輒先將一巵酒飲之，司忿恨去。對妻語所以與李怨仇之故，妻苦口諫曰：「吾之窮，命也，奈何仇人哉！」不聽。夜持炬火往燒其家，忽聞得內有人娩，司竊念：「吾所讐者，其家公也，何故殺其母子？」遂棄火溝中而歸。司無以爲養生計，卽所償錢爲豆乳，釀酒貨賣以給食。久之，不復乏絕，更自有餘。而李日益貧。更十年，李復出所佃田質陳氏，司還用李計復其田。過種之錢，比前又損其一。爲劵悉値前人，相視驚歎。司計爲李所辱時，今幸可一報復，遂具鷄酒亦如之。李忘前過，不自責，反怨薄己，怒甚。歸，積膏火破盎中，夜抵司家。司妻方就蓐。李猶豫間，聞人啓戶，懼事覺，遺火亟走。而司家實不有人。旦，得火器場中，驗器底有「李」字，因悟：「昔我焚彼家，以其家人產子，不欲焚；今彼焚我家，而我之妻亦產子，而不被焚。此天也，非人也。持錢五千往李曰：「昨日小人無狀，失禮義，不得共飲。茲願少伸謝意，幸毋督過。」李疑，紿以疾，臥不起。強請不已，遂同之酒家，邀酤兒與飲。酒半，自起酌酒勸李曰：「子之孫某年月日夜子時生，而吾子亦夜者子時生。怨仇之事，愼勿復爲。」具白前所仇事，擧酒爲誓。語酤兒曰：「子識之，試用此警世間人，不善愼勿爲也。」劇飲盡歡，乃更約爲婚姻。自是，李亦不貧。兩家至今豐給。」

自有西廂，續者不一而足矣。然關漢卿之續，乃補其未完之書，如琵琶、拜月，續者皆然。若尋親記又有續尋親記，必言張員外之發配，亦到金山，而爲其子誤殺；一捧雪又有後一捧雪，必言莫成、雪艷之登仙，莫昊之婚於戚少保；牡丹亭又有後牡丹亭，必說癩頭黿之爲官淸正，柳夢梅以理學與考亭同貶：凡此者，果不可以已乎？乃余則欲爲續邯鄲夢以寫宋天保事。相傳：『宋天保者，紹興人。罷官過邯鄲，謁盧王廟，以詩題壁，有「要與先生借枕頭」之句。時年羹堯征靑海，出都，亦過此，見詩，曰：「吾當借以枕頭。」即檄浙撫徵宋至軍前，閉局一寺中，一軍將伴之，時其飲食，不容出闥。如是數年，憂疑已甚。問軍將，則不答。一日，忽啓門，言已得知府，即委署，令走馬即之任。至任所則妻女奴婢先在，詫甚，問之，曰：「自君出門後，不時有家信寄銀歸，頗賴以溫飽。今又得君書，言接來此上任。」宋益詫異，姑理知府事。署事數月，又署他所。凡三任，公廉辦事，甚得民譽。忽有摘印者至，鎖拿，不容與妻子別。執至軍前，有訊之者，責以誤軍事，當斬。宋茫然不知所措，亦不容辨，囚諸獄。凡數月，向者相伴之軍將來，放之使歸。有一字札封錮，屬其至家開視；先開視，恐得禍。宋乃歸紹興，則妻子奴婢已在家。問之，對曰：「自君被執去，一家倉皇無措。有持君書，言事已白，但罷官，令我等先歸也。」宋開札視之，則向年邯鄲題壁之詩耳，方恍然。十餘年，眞不啻身在夢中。』

余嘗慽元人曲不及東方曼倩事，或有之而不傳也。明楊升菴有割肉遺細君一折，又茅孝若撰『辟載諫羞儷』事，皆本正史演之。唯笨菴孫原文餓方朔四齣，以西王母爲主宰，以司馬遷、卜式、李陵、終軍、李夫人等串入，悲歌慷慨之氣，寓於俳諧戲幻之中，最爲本色。〔一六〕

明張佳允令滑，有巨盜任敬、高章僞稱錦衣使來謁。延入後堂，敬拉公左手，章擁背，同入室，坐炕上。敬掀髯笑曰：『我灞上來。聞公帑有萬金，願以相借。』遂出匕首置公頸。公不爲動，從容語曰：『卽不匕首，吾書生能奈爾何？且旣稱朝使，奈何自露本相？』賊以爲然，遂袖匕首。公曰：『爾兩人橐金，何策出此舍？』賊曰：『械公如逮故事，俟吾躍馬去，乃釋公。』公曰：『逮我晝行，人必困爾，不若夜行便。』又曰：『帑金易辨識，非爾利。願貸之富民，旣不累吾官，爾亦安枕。』二賊益善公計。公爲章傳語召吏劉相來。相者，心計人也。相至，公謬語曰：『吾不幸遭意外事，若速去，死無日矣。今錦衣公有大氣力，能免我。吾欲以五千金爲壽。吾令汝爲貸。』遂取紙筆書某上戶若干、某中戶若干，共九人。九人，素善捕盜者也。又語相曰：『天使在此，宜使盛服謁見。』相會意，去。公以酒食酬酢，先自飲啖，以示不疑。酒半，九人各鮮衣爲富客，以紙裹鐵器，手捧之，陸續門外。公呼天平來。又嫌几小，索庫中長几，橫之後堂。二僚亦至。公與敬隔几爲賓主，而章不離公左右。公乃持法馬語章曰：『汝不當代較覷輕重耶？』章稍稍就几，而九人者競前。公乘間脫走，大呼：『擒賊！』敬起撲公，不及，自刎樹下。生縛章。又得王保等三賊主名，爲上狀緹帥陸炳，盡捕誅之。事詳見智囊。永團圓劇中設謀擒賊一齣，全本此，而以蔡文英當張佳允，以張千當劉相，以任金剛當任敬。香祖筆記云：『順治初，京師有賣水人趙遜者，未有室。同輩醵金，謀爲娶婦。一日，於市中買一婦人歸，去其帕，則髮毿毿白，居然嫗也。遜曰：「嫗長我且倍，何敢犯非禮？請母事之。」居數日，嫗感其忠厚，曰：「醵錢本欲得婦耳，今若此，反爲君累，且奈何？吾幸有藏珠一囊，紉衣中，當易金爲君娶婦，以報德。」越數日，於市中買一少女子，入門，見嫗，相抱痛哭，則嫗之女也。蓋母子俱爲旗丁所掠而相失者，至是，皆歸遜所。嫗即爲之合巹成禮。嫗又自言：「洪洞人，家有二子。今尙存珠數顆，可鬻之爲歸計。」乃攜壻及女俱歸。二子者固無恙，一家大喜過望。嫗乃三分其產，同居終其身。』李笠翁演此事爲奇團圓。〔七〕

寄園寄所寄載耳談云：『王生世名，武義人。父良爲其族儉毆死，已成訟，而傷暴殘父屍，從族尊者之議，割畝以謝，則受之；而歲必封識其畝値藏之，人不知也。仇以好來，亦好接之，不廢禮也。而已陰鑄劍，鏤曰「報仇」，自佩矣。其繪父像，亦繪持劍者在側，則己也。人問之，曰：「古人出必佩也。」凡四五載，得游泮而兼抱子矣，始謂婦曰：「有此呱呱，王氏之先不餒。所以隱忍至此者，正有需也。今固死日。上有太夫人，下有嬰兒，責在汝。」遂仗劍出，斬仇頭於蝴蝶山下。歸拜母曰：「兒死父，不得侍母膝下矣！」盡出其所封識之値及劍，自造縣請罪。是日，邑中無不人人髮竪者。尹陳君傷之，令且就閑室，以聞於諸大吏。諸大吏以屬金華尹汪君大受決之。汪君廉得其狀，益用惋悼，曰：「法必觀其父屍；父傷重，則子罪緩。」蓋欲生之也。生曰：「始惟不忍殘暴父屍，故自死；不然，仇死耳。豈有造罪彌天而復失初志者？何愚也！今日宜自殺，造邑庭來受法耳。但母恩未斷，暫歸別母。」汪君從之歸，而身隨之，猶欲伸法如前議。生友兩邑諸生數百人，皆慫恿之曰：「必如議。」乃生已不食，觸階死矣。兩尹皆爲下泣，諸生哭聲震天。當生之飲恨於嘻笑而誓必報也，他人不知，婦俞氏獨知之，曰：「君能爲孝子，妾能爲節婦。」生曰：「汝何易其言耶？」婦曰：「安見女子而非男子者！」及生且死，已欲從地下。生曰：「已屬汝堂上、褢中矣，何死爲？」婦曰：「爲君忍三歲。逾三年，非君所能禁也。」逾三歲，婦果絕食死。直指馬君以其事聞於朝，至下旌門之詔曰「孝烈」。』夏惺齋本此爲杏花村傳奇，而以汪大受出生之罪爲收場，亦傳奇家之恆事也；乃於婦之節，轉未克彰。予欲依此本事寫之，而以其子作團圓收場，當更生雄快耳。

毛西河作擬元兩劇序云：『蕭山王叔盧，曾譜唐人事，擬元詞兩劇，一傷蓮勺棄故劍，一慨武成主者並不識司空世族，皆有爲而發，原非汎汎。』西河又有何孝子傳奇引，言：『謝氏所作。馬玉起云舊有傳奇名湘湖記者，卽此也。』西河作何孝子傳，云：『孝子名競，蕭山人。父舜賓，成化己丑進士，擢南京、湖廣道監察御史。嘗理畿甸渠道，與權有力忤，謫成廣西慶遠衞，遵赦還里，邑有湘湖，宋縣令楊時爲溉田作也，歲久浸湮。前此魏文靖驥已經擴復，而豪家不法，仍肆牟食。舜賓故文靖門下士也，至是，慨然曰：「吾不能治渠，吾當治湖。」遂發湖民私佔者，揭縣具奏。當塗鄒魯，以御史謫宰蕭山。湖民憾者，爭賂魯謀變其事。舜賓語侵魯，魯恨，誣以「盜署事官印妄奏，不經由署事官；且身絓戍逃，無遇赦牒，冒濫冠帶，應押解原衞廉理。」揭下所司治，所司不可。魯念舜賓終害己；且宿驕悍，惡舜賓敢枝柱；又詗舜賓陰具實封，將入奏。會舜賓門下士憂居訓導童君顯章知魯陰事，魯陷以他罪，論絞。獄上，憲司疑之，更下府覆驗。道舜賓家，魯嗾解人押顯章過舜賓，隨遣里老、皂隸、蒯捕等五百餘人尾而迣，執器圍其家，曰：「舜賓篡取重囚」。毀門而入，剽所具實封，並成化二十三年原給赦牒，及緣例冠帶憑照。縛舜賓、顯章去，各箠四十。下顯章獄，立爲文解舜賓原衞廉理。不俟詳核，搴械舜賓，狠狽督蒯捕任觀等十一人，執器押就道。魯必欲置之死，續遣田敏、胡紀等十三人，諭意，追之三衢，屏去服食，驅侵之。過玉山，屏舟押之。步至餘干，宿昌國寺，反禿袖蒙面，氣絕，乃故爲白官相視，楬置而歸。此弘治十一年戊午七月日也。先是舜賓就道時，魯捕其家人者四出。孝子方患癰，力疾負母朱，提其妻虞，入夜伏莽中。凡三夜，達其女兄夫福建僉事縣長山當玹家。既而捕者危及之，孝子仰天者再。念其父爲御史時，有同年友常熟王鼎爲南京刑曹，相親重，嘗於廣坐中指語人曰：「吾生平交滿天下，所可托妻孥、寄死生者，吾元勳一人而已。」元勳，鼎字也，至是已爲廣東布政司參政，歸里。孝子由龕山渡江，凡五日，達王鼎家。方是時，孝子思安置母妻，跳身扞父。及餘干問至，孝子乃擗踊頓絕。鼎號泣而讓之曰：「競！爾旣死，如狗豕耳，誰爲汝復讎者耶？」孝子甦。旣而孝子跪辭曰：「請歸復讎。」鼎曰：「孺子何言之易也？方翼虎而思批其爪，大難！且爾非其人也。」居久之，察孝子驚可用。孝子晝侍母坦坦，夜閉一室，繞牀周遭行。枕匏甖蘆，雖就寢未嘗寐；第寐，從外呼之，未嘗不應。如是者數月。一日，孝子曰：「如競者，斯可以報讎矣乎？」鼎曰：「殆可也，顧有母在；爾兄懦，存亡未可知；壁中婦雖有娠，尙未分也，念誰爲何氏後者？且聖天子方在上，詎無國法乎？待之。」旣而魯遷山西按察司僉事，鼎乃曰：「可矣。」顧孝子曰：「交友之讎，視從父昆弟，吾當執兵以從爾，顧爾能不煩吾行也。」餞於庭。豫爲圓緋骰，投之，得六緋，遂行。弘治十二年四月二日，魯旣已禪印，詣省取憑，灑輿而西。孝子先一日歸匿族父何寧家，假族父命，召故人親暱，飲之酒。酒行，謂曰：「魯酒將行，而御史獨飲恨未泄，邦植流落，報無所，奈何？」皆曰：「豈無共酬之者乎？」因相顧泣。再行，又曰：「酒至，則令行。脫邦植在，必欲甘心此魯酒將誰應之？」皆曰：「有令而爲之應，誰辭？」三行，主者出席跪，衆皆跪。遍酬以觴。旣坐，又曰：「事急矣，吾與諸公決。脫邦植果在，云何？」曰：「在，卽從之。」孝子躍出叩頭曰：「競在也！」於是除二室，請曰：「願從者左，否者右。幸勿歸！」皆左。至是，魯出，伏道傍園。導盡，將過輿，孝子手鐵尺直前，衆二十人白衣手杖皆前，騶從分散馳，揪魯仆輿，倮之，杖一齊下，呼號震天地。矐其目，剔其鬣髮，相更溺之，取食棵，盛溲灌中，偃箯登舟。孝子拔佩刀呼曰：「殺吾父者，賊耶？」斫其左股。衆止之。抵渡，用〔一八〕鹹水濯其血，孝子與魯並項鏁，預令族父何澤二負黃袱赴闕訟寃。度出關，鼓鳴，控按察司。時鎮守司設監中，監巡按御史及布政分守諸司咸聞變，眙愕不知所爲。而按察司判狀發分巡僉事蕭翀簡閱。翀故黨魯，至是乃刑孝子，令其誣服。孝子不堪，蹶起大言曰：「必欲殺競，競固非畏死者也。顧人孰無父母耶！且競既已訟於朝，恐非爾所得擅殺者。」噬臂肉擲案上。魯引手摩案，若將厭肉。孝子乃大呼，含血噀翀面，一堂皆驚，翀亦拂拭動容，顧念魯已肓廢，絕助者望，而孝子氣直不可詘，乃覘魯曰：「是肉非爾所能食矣。」遽起。於是鎮監御史各委司道等會質，孝子與魯各執詞不相下，審者不得決。獨布政司楊峻慨然具由，略曰：「伏讀律例：部民毆本屬長官，杖且徒，傷而後流，折傷而後絞；若毆非本管，則三品以上傷者徒，折傷而後絞；其五品以上，減二等矣。今鄒魯久禪印，何競之毆乃遲之給憑之際，此非本管也。且魯聞遷後，競母及競各出籲詞籲守巡所，特未理耳，則兩造而已，此非平人毆五品官也。所爭者，施讎之由耳。」時鎮巡以下，聞者懽動，然終忌之，日參論，齗齗不已。而何澤二訟闕下者，遣郎中李時、給事中李舉會巡按治之。審者既各持兩端，而胡紀等亦私念罪重，隱其實，乃擬：「魯故屏人服食，至死。競部民，毆本屬長官篤疾。俱絞。」孝子不伏。其母朱赴鼓院撾鼓，復命大理寺寺正曹廉會巡按覆治。廉曰：「爾奈何毆縣官？」孝子曰：「競知父讎，不知縣官，況去任者也。但恨毆之，勿殺之耳！」言畢，涕淚俱下。廉爲之惻然，乃曰：「獨念致死無所蹤，如何？」遣州前衛指揮僉事，同本縣知縣就楬櫝驗。孝子故疑櫝有詐，將易棺，已具歛具。至是，啓櫝，孝子號呼嚙指血瀝骨，驗其眞。觀者皆哭。然後籍仵易衣歛，報傷。而解人任觀慷慨檢實，具言其狀，且出舜賓臨命所付血書若干字，於是衆皆伏。左驗無異，乃改擬：「魯造意謀殺人，斬。競毆傷五品以上官，加凡人二等，徒三年。田敏、胡紀，絞。其助魯爲惡，及競親黨當充軍者十人，擺站六人，贖徒杖及枷號五十人。餘所逮二百餘人，准徒贖杖有差。」獄上，上令法司議。刑部尚書閔珪等議：「魯罪當，獨競宜仿唐孝子梁悅例，充軍。其前審官畢、時等審勘不詳，各罰俸。」准擬，於是辟魯，戍孝子福建福建衛。或曰：「凡孝子所爲，一稟王鼎，如素定者。」正德改元，赦歸。又九年，甲戌，卒。孝子自復讐至是，凡十六年，服衰終其身。』

明末嵩明州牧錢房仲卒於滇，叔子美恭奉母居鄞，日夜號咷，告母欲求其父，而家無一錢，奮足出門。適有伶人演院本所云尋親記者，孝子曰：『是我也。』乃習之。業成，買鼓板一副，每逢市鎮輒唱之，宛轉哀動行路。稍稍得錢，則又前行；錢罄，復住。望門唱記數日，則又得錢。聽者訝其度曲之神，不知其爲寫心也。遂展轉依人，得入粵中。而一病於廣東，再病於廣南，瀕於死者數矣。及至滇，蹤跡茫然；遇士人之知者，始得使君死問及其葬地。而眷屬不知流落何所，哀哭無措。又遇士人之知者，得導至其舊僕所居，得展使君墓下，並求庶母仲弟而見之。展轉乞哀告貸，又求爲人記室以得傭値，凡閱七年，始得歸骨。嗣是以後，寧人演院本者，不忍復奏尋親之曲，比之王裒門下之廢蓼莪。事見全榭山鮚埼亭續集。

劇說 卷四

近伶人所演陳仲子一折，向疑出東郭記；乃檢之，實無是也。今得楊升菴所撰太和記，是折乃出其中。甚矣，博物之難也。

輟耕錄云：『千夫長李某戍天台縣日，一部卒妻郭氏有令姿，見之者無不嘖嘖稱賞，李心慕焉。去縣七八十里，有私盜出沒處，李分兵往戍，卒遂在行。既而日至卒家，百計調之，郭氏毅然莫犯。經半載，夫歸，具以白；爲屬所轄，罔敢誰何。一日，李過卒門，卒邀入治茶，忽憶得前事，怒形於色，亟轉身持刃出，而李幸脫走，訴於縣，縣捕繫窮竟案議「持刃殺本部官，罪死」。桎梏囹圄中。從而邑之惡少年與官之吏胥、皂隸輩，無不起覬覦之心者。郭氏躬餽食於卒外，閉戶業紡績以資衣食，人不敢一至其家。久之，府檄調黃巖州一獄卒葉其姓者至；尤有意於郭氏，乃顧視其卒，日飲食之，情若手足。卒感激入骨髓。忽傳有五府官出。五府之官，所以斬決罪囚者。葉報卒知，且謂曰：「汝或可活，我與爲義兄弟；萬一不保，汝之妻尚少，汝之子若女纔八九歲耳，奚以依賴？我尙未娶，寧肯俾爲我室乎？若然，我之視汝子女，猶我子女也。」卒喜，諾。

葉遂令郭氏私見卒。卒謂曰：「我死有日。此葉押獄性柔善，未有妻，汝可嫁。」郭氏曰：「汝之死，以我之色，我又能貳適以求生乎？」既歸，持二幼痛泣而言曰：「汝爹行且死，娘死亦在旦夕，我兒無所怙恃，終必死於飢寒。我今賣汝與人。娘豈忍哉，蓋勢不容已，將復奈何！汝在他人家，非若父母膝下比，毋仍如是嬌癡爲也。天苟有知，使汝成立，歲時能以卮酒奠父母，則是我有後矣。」其子女頗聰慧，解母語意，抱母而號，引裾不肯釋手。遂攜二兒出市，召人與之，行路亦爲之墮淚。邑人有憐之者，納其子女，贈錢三十緡。郭氏以三之一具酒饌，攜至獄門，謂葉曰：「願與夫一再見。」葉聽入。哽咽不能語，既而曰：「君擾押獄多矣，可用此少禮答之。又有錢若干，可收取自給。我去一富家執作，爲口食計，恐旬日不及看君故也。」相別垂泣而出。走至仙人渡溪水中，危坐而死。此處水極險惡，竟不爲衝激倒仆。人有見者，報之縣　縣官往驗視，得實，皆驚異失色。爲具棺斂，葬於死所之側山下。又爲申達上司，仍表其墓曰「貞烈郭氏之墓」，大書刻石墓上。至正丙戌，朝廷遣奉使宣撫循行列郡，廉得其事，原卒之情，釋之，人遂付還子女。終身誓不再娶。』此事描摹令人欲泣。雙珠記本此。

村中演劇，每演包待制勘雙釘事，一名釣金龜。此事亦見輟耕錄：『姚忠肅爲遼東按察使，武平縣民劉義訟其嫂與其所私同殺其兄成。縣尹丁欽以成屍無傷，憂懣不食。妻韓問之，欽語其故。韓曰：「恐頂顖有釘，塗其迹耳。」驗之，果然。獄定，上讞，公召欽諦詢之，欽因矜其妻之能。

公曰：「若妻處子耶？」曰：「再醮。」令有司開其夫棺，毒與成類。並正其辜。欽悸卒。時比公爲宋包孝肅公拯云。』

萊州閻瀾與柳某善，有腹昏之約。及誕，閻得男曰自珍，柳得女曰鸞英，遂結夙契。柳登進士，仕至布政；而瀾止歲貢，得敎職以死，家貧不能娶。柳欲背盟，鸞英泣告其母曰：『身雖未往，心已相諾。他適之事，有死而已。』鸞英度父終渝此盟，乃密懇鄰媼往告自珍：『妾有私蓄，請以某日至後圃，持歸，姻事可成。遲則爲他人先矣。』自珍與其師之子劉江、劉海言之。江、海設酒賀自珍，醉於學舍，如期詣柳氏。鸞英倚圃以望，以物付之，而小婢識非自珍，曰：『此劉氏子也。』鸞英詈曰：『狗奴何以詐吾財！速還則已，否則告官。』江、海恐事洩，遂殺鸞英及婢而去。自珍夜半醉醒，悔失約，黑夜直入圃中，踐血屍而蹪。臭之腥氣，懼而歸。衣履沾血。達曙，柳氏覺女被殺，而不知主名。官爲遍詢，鄰媼遂首女約。自珍至，血衣尙在，不容置辨，論死。會御使許公出巡至郡，夢一無首女子泣曰：『妾鸞英，身爲賊劉江、劉海所殺，反坐吾夫。幸公哀憐此獄，死且不朽！』明旦，召問自珍，具述江、海留飲事。許捕二兇訊之，具服，誅於市而釋自珍，爲女建坊以表之。釵釧傳奇所由作也。此見湖海搜奇。乃釵釧記以閻爲皇甫，以劉爲韓，以許御史爲李若水，轉令本事姓氏不彰，每爲之憾。

閩中洛陽橋圯，發石，有刻文云：『石頭若開，蔡公再來。』鄞人蔡錫者，永樂癸丑鄉試中式，仁廟時以學行授兵科給事中，陞泉州知府。錫至，欲修橋。橋跨海，工難施。錫無可爲計，欲以文檄海神。一醉卒趨而前曰：『我能齎檄往。』復乞酒飲，大醉，自投於海，若有神擎捧之者，俄而以『醋』字出。錫意必八月二十一日酉時也，遂於是日舉工。潮旬餘不至，工遂成。載錫本傳。此實事也，人不知，而以事附蔡端明，且以爲傳奇中戲妄之語，非也。

冬夜箋記云：『王晉少孤，鞠於叔氏；無子，以弟之子澤爲後。而百順記傳奇則載其具慶生子事。』

王阮亭奉命祭江瀆，方伯熊公設宴餞之，弋陽腔演擺花張四姐。問所本，阮亭默然。公語人曰：『誰謂王阮亭博雅？今日爲我難倒！』

稗畦居士洪昉思昇，仁和人，工詞曲，撰長生殿雜劇，薈萃唐人諸說部中事及李、杜、元、白、溫、李數家詩句，又剌取古今劇部中繇麗色段以潤色之，遂爲近代曲家第一。在京師塡詞初畢，選名優譜之，大集賓客。是日國忌，爲臺垣所論。與會凡數人，皆落職。趙秋谷時官贊善，亦罷去。秋谷年二十三，典試山西，回時，驛車中惟攜元人百種曲一部，日夕吟諷。至都門，値長生殿初成，因爲點定數折。昉思跌宕孤逸，無俗情。年五十餘，墮水死。毛西河長生殿院本序云：『洪君昉思，好爲詞。以四門弟子遨遊京師，初爲西蜀吟，既而爲大晟樂府，又既而爲金、元間人曲子，自散套、雜劇以至院本，每用作長安往來歌詠酬贈之具。嘗以不得事父母，作天涯淚劇以寓其思親之旨。應莊親王世子之請，取唐人長恨歌事，作長生殿院本，一時勾欄多演之。越一年，有言日下新聞者，謂：「長安邸第，每以演長生殿曲，爲見者所惡。會國恤止樂，其在京朝官大紅小紅已浹日，而纖練未除，言官謂：『遏密讀曲，大不敬。』賴聖明寬之，第褫其四門之員，而不予以罪。然而京朝諸官，則從此有罷去者。」』

通州張孝廉巽賓擢士，康熙初爲崖州知州，有感於寇萊公事，作崖州路傳奇，詞甚奇崛，賓白整齊。又作麒麟夢、鴛鴦榜、黃金盆三種。

元人吳昌齡西遊詞，與俗所傳西遊記小說小異。曹楝亭曰：『吾作曲多效昌齡，比於臨川之學董解元也。』

池北偶談云：『袁崇冕，字西野，工金、元詞曲，所著春遊、秋懷諸曲，足參康、王之座。同時有高應玘者，亦工詞曲，其北門鎖鑰雜劇，論者以爲詞人之雄。又有張國壽者，善金、元詞曲，所著有脫穎、茅廬、章臺柳、韋蘇州、申包胥等劇，在袁西野、李中麓伯仲間。皆章邱人。又有張自愼者，字敬叔，商河人，著金、元樂府三十餘種。太原萬修伯曰：「北曲一派，海內索解人眼中不得，獨見張就山耳。」就山，自愼別號也。』

香祖筆記云：『吾宗鶴尹兄抃，工於詞曲。作籌邊樓傳奇，一褒一貶，字挾風霜。至於維州一案，描摹情狀，可泣鬼神。傳奇小技，足以正史家論斷之謬誣也。鶴尹大父縱山先生，作鬱輪袍及裴湛和合二曲，詞曲家稱爲本色當行。』

周冰持，雲間才士，狂誕不羈，善填詞，時最稱其珊瑚玦。開場西江月云：『秀才之苦苦無加，黃虀、黃連之下，作者偶然寄托，看官切莫疑嗟。周郎亦是秀才家，肯減了自家聲價？』茶餘客話云：『華亭周綸字膺垂，才士不偶。有子名稚廉，字冰持，少年以錢塘觀潮賦知名。除夕署門云：「論家世如閣帖、官窰，可云舊矣；問文章似談箋、顧繡，換得錢無？」二物皆松江產。稚廉好食生蝸牛。』

曠園雜誌云：『錢塘沈孚中有宰戍記傳奇，直逼元人，爲明曲第一。』陸次雲作沈孚中傳云：『沈嵊，字孚中，居武陵北墅。填詞奪元人席，所存者獨息宰河、綰春園傳奇，尤爲詞場稱豔。』柳南隨筆云：『予所居徐市，徐大司空槩族處也。前明之季，其族有二人並擅高貲：一最豪奢；一最慳嗇者，則爲諸生啓新，其族人陽初爲作一文錢傳奇以誚之，所謂盧至〔一九〕員外者，指啓新也。』又云：『徐復祚，字陽初，大司空栻之孫，工詞曲，若紅梨、投梭、祝髮、宵光劍、一文錢、梧桐雨，至今流傳於世。』按祝髮見張伯起陽春六集，非陽初作。南音三籟云：『紅梨，逸其名。』

酒邊瓚語云：『顧大典，字道行，吳江人，著清音閣傳奇四種：青衫、葛衣、義乳、風教編，而葛衣最傳。』

知新錄云：『覆水事，乃姜太公少婿馬氏，已離矣，見太公封齊，妻拜求合，公取覆水云云，故戰國策姚賈對秦王曰：「太公望，齊之逐夫。」今以覆水爲買臣事，非也。』

吾邑鄭超宗鴛鴦棒題詞云：『香令先生遺書，以夢花酣、鴛鴦棒二劇屬予序。一爲至情者，一爲不及情者。嗟乎，人情百端俱假，閨房之愛獨眞；至此愛復移，無復有性情者矣！覽薛季衡、錢媚珠事，使人恨男子不如婦人、達官不如乞兒、文人不如武弁，其重有感也夫？』又夢花酣題詞云：『夢花酣與牡丹亭情景略同，而詭異過之。如蕭斗南者，從無名、無象中結就幻緣，安如是，危如是，生如是，死如是，受欺、受謗如是，能使無端而生者死、死者生，又無端而彼代此死、此代彼生。楡柳一詩，千吟百諷。蛋和尚提放傀儡，碧桃花喬作轉輪，所謂「思之思之，鬼神通之」，未有如斯之如意者也。嗚呼！湯比部之傳牡丹亭，范駕部之傳夢花酣，皆以不合時宜，而所謂「寓言十九」者，非耶？』

滿牀笏，一名十醋記，合肥龔司寇門客作。中入龔節度十折，於本文無關，蓋爲橫波出色煊染也。

明祁參政承㸁，集元、明傳奇八百餘部；益以本朝，則益多矣。其中三家所撰最多。朱良卿三十三本：大極奏、四奇觀、五代榮、雙和合、九蓮燈、蓮花筏、快活三、玉數珠、青風寨、飛龍鳳、虎囊彈、建皇圖、黨人碑、龍燈賺、萬壽冠、照膽鏡、瑞霓羅、元宵鬧、御雪豹、石麟鏡、吉慶圖、漁家樂、乾坤嘯、寶曇月、纓絡會、牡丹圖、奪秋魁、血影石、一捧花，餘四本未詳。李元玉一笠菴二十九本：一捧雪、人獸關、永團圓、占花魁、五高風、雙龍鳳、昊天塔、兩鬚眉、三生果、牛頭山、武當山、麒麟閣、虎邱山、長生像、千里舟、眉山秀、連城璧、千忠會、掛玉帶、意中緣、鳳雲翹、洛陽橋、太平錢、萬里圓、風雲會、羅天醮、麒麟種、萬民安、禪眞會。元玉係申相國家人，爲孫公子所抑，不得應科試，因著傳奇以抒其憤，而一、人、永、占尤盛傳於時。其一捧雪極爲奴婢吐氣，而開首即云：『裘馬豪華，恥爭呼貴家子。』意固有在也。沈寧菴屬玉堂二十本：紅渠、埋劍、十孝、分錢、雙魚、合衫、義俠、鸞衾、桃符、分柑、四異、鑿井、珠串、奇節、結髮、墜釵、博笑、翠屏山、望湖亭、耆英會。寧菴字伯英，號詞隱生，吳江人。

說楛云：『邵宏治，荆溪人，作香囊傳奇，至「落日下平川」，不能續。其弟應聲曰：「何不云『歸人爭渡喧』乎？」時邵方與弟爭田，因大喜，劃界之，今名「渡喧田」。』

說楛又云：『玉簫傳奇有云：「眼波眉黛不分明」，今教坊多作「眼皮眉黛」。何元朗嘗正之矣，而不知所謂。按南唐張泌江城子云：「浣花溪上見卿卿，眼波明，眉黛輕。」始知元人雜劇，無一字無來處也。』

南音三籟云：『玉環記「隔紗牕日高花弄影」，改元劇喬夢符筆也。喬煞尾末句云：「比及你見我那負心薄倖，多管我一靈先到雒陽城。」此等語不但慘戚，抑且以之作收，力有萬鈞。今以混入貓兒墜中，急腔唱過，大減分數矣。』

浣水續談云：『今傳奇有三元記，載馮當世父商還妾，歸生當世，將誕，閭里皆夢鼓吹迎狀元，然考之方輿勝覽：「馬湄，南部人，父從政歸妾，感上帝，得子。」而當世父名式，爲左侍禁以終，非商也。然則因馬氏事而誤以爲馮也？事載鶴林玉露。似爲失實。』按鶴林玉露云：『馮京，字當世，鄂州咸寧人。其父，商也，壯年無子。將如京師，其妻授以白金。京師買一妾，立券償錢矣，問妾所自來，泣涕言：「父有官，因綱欠折，鬻以爲賠償之計。」遂不忍犯，遣還其父，不索其錢。及歸，妻問買妾安在，具告以故。妻曰：「君用心如此，何患無子！」果生京。』

金陵瑣事云：『段炳，字虎臣，秀才，和元人馬東籬「百歲光陰」一套，足以壓倒東籬。』又云：『張四維，字治卿，號五山秀才，有溪上閒情藏於家，友人刊其雙烈記、章臺柳兩種。』

箸陵繼世紀聞云：『劉瑾奸險，素疾文臣，與同類屢在上前言：「弘治年間，朝權俱爲內閣文臣所掌，朝廷虛名而已。」每行諸戲劇。』臺閣名言云：『嘉靖甲辰，給事中呂時中劾順天鄉試主考浦應麒通賄，至形諸戲劇。』

譚略云：『姜詩傳奇，相傳是學究陳罷齋所作，雖粗淺，然塡詞亦親切有味，且甚能感動人，似有裨於風化，不可以其膚淺而棄之。』

錢塘女史梁夷素，字孟昭，工詩畫，嘗作相思硯傳奇行世。錢御史石城芙蓉峽傳奇，亦其夫人林亞清作。婦人塡曲，前代未有。林名以寧，有集，詩極工。

湯來賀云：『先年樂府如五福、百順、四德、十義，躍鯉、卧冰之類，皆取古人之善行譜爲傳奇，播諸聲容，使兒童婦女見而樂之，皆有所向慕而思爲善事，則是飲食歌舞，俱有益於風化，古人之用心如此，何其厚也！自元人王實甫、關漢卿作俑爲西廂，其字句音節，足以動人，而後世淫詞紛紛繼作。然聞萬歷中年，家庭之間猶相戒演此；近日若紅梅、桃花、玉簪、綠袍等記，不啻百種，皆杜撰詭名，絕無古事可考，且意俱相同，毫無可喜，徒創此以導邪，予不識其何心也。』說見內省齋文集。

顧景星虎媒劇序云：『封邵宣城太守不仁則化虎，左飛龍編工曹不職則化虎，鄭襲爲門下騶無狀則化虎，游章、范端爲里役等人受錢則化虎，譙平不孝則化虎，牛哀不弟則化虎，藺庭妹、袁州僧好竊盜則化虎，李積私孀殺命則化虎，人之不忠孝、詐僞無厭者，往往形未化而心已獸矣。至於本虎也，反若知仁義，邑有賢吏，則渡江出境；有高士，則負籠受騎，啣鹿供食；襄陽秦孝子病，則往乳之。今黔峽間虎媒神祠者，相傳乾元初張鎬尙書女事也。又天寶末漳浦勤自勵妻杜氏，大歷中鄭元方妻盧氏，亳州人，聘曷氏女，皆父母奪志，磨笄待死，向非虎馱，必至玉碎。而鎬女不過遠譎愆期，何勞於菟？惟是時，豬龍作禍，士女仳偶，墮虎狠之口，不可枚舉，而神靈變化，使人知虎狠中猶有仁義者，此造化之用心，而吾友卜子傳奇所由作也。』按虎薈載張鎬事云：『唐乾元初，吏部尙書張鎬貶辰州司戶。先是鎬在京，以次女德容與僕射裴冕第三子前藍田尉越客結婚，已尅迎日，而鎬左遷，遂改期來歲之春季。其年，越客速裝南邁。抵辰百里，鎬喜越客遵約而至，因命家族宴於花園，德容亦隨姑妹姊遊焉。山郡蕭條，竹樹荒密，忽有猛虎出自竹間，遂擒德容跳入翳薈。衆驚駭，奔告張。夜色巳昏，計力俱盡。擧家號哭，莫知所爲。及曉，大發人徒，求骸骨山野。是夕之夜，越客行舟去郡三十二里，尙未知妻爲虎暴，召僕夫十數輩，登岸徐行，其船亦隨焉。不二三里，遇水次板屋，屋內有榻，因憩焉。俄聞有物來自林木之間。微月之下，見猛虎負一物至，衆皆惶撓，共闞喝之。其虎徐行，俯於板屋側，留下所負物。共闞，是人，尙有餘喘。舁之登船，列燭熟視，乃十六七美女也。越客深異之，遣羣婢看診，雖髻髮披散、衣服破裂，而身膚無少損。以湯飲灌之，卽微微入口。久之，神爽安集，俄復開目。與之言語，莫有應。夜久，卽有自郡至者，皆云：張尙書次女昨夜春園爲暴虎所食，至今求其殘骸未獲。聞者遽以之告於越客，卽遣羣婢具詢，然而德容因啼號不止。越客卽具以其事告於鎬。鎬凌晨躍馬而至，旣悲且喜。則與同歸，而婚媾果尅其期。自是黔峽往往建立虎媒之祠焉。』又白茅堂集有虎媒歌贈張子一首云：『張郎感激何爲乎？燈前夜語長欷歔，新翻樂府調吳歈。』

明詩綜云：『梅鼎祚，宣城人。周見洽聞，兼精傳奇。所塡韓君平玉合記，爲詞家所賞，有云：「風中絮，陌上塵，嘆韶光何曾戀人？」人盛稱之。』又云：『王翃介人，嘉興布衣，能詩。沈山子云：「介人所居，止破屋一間。種牽牛花小庭中，曉露未晞，對花吟詠，日課數詩。旁精詞曲，有紅情言、榴巾怨、詞苑春秋、博浪沙諸傳奇。」』

明詩綜又云：『黄孔昭，字含美，吳縣人。舉崇禎癸酉鄉試，選授大姚知縣。仳離天末，久不得還，其子向堅字端木，有懷二人，眼枯足繭，蹈白刃尋之，卒御以歸吳中。好事者編萬里圓傳奇演之。』按黄端木有尋親紀程、滇還紀程，今刻知不足齋叢書中。崑山歸元恭節錄其紀行，爲黄孝子傳。余苦其尚繁冗，更節之於左：『順治八年辛卯十二月朔，擔一囊、一蓋、一草屨，從吳江入浙，歷嚴、衢，入江西。至湖廣武岡州，觸冰雪風雨，陷泥淖，涉深溪峻嶺。手常擊蓋，趾瘃不能舉；足重繭，痛不可忍，或血瘀赤腫，則刺血出之，復行。往往僵臥道旁。壬辰二月，由楚入黔。黔自丁亥以後，境內殘破。其地苗、獠雜處，耕者皆持矛負弩矢自衞。荒茅漲沙之中，每得虎跡。次平溪，有關帥府在焉，以孝子短髮吳晋，疑爲奸細，執之。涕泣以情告，得免。以後凡遇官吏，無不盤詰。江南風俗變革六七載，忽睹此，如異國焉。自平溪，一路險如鬼窟。土人云：「往時苗常出爲行旅害；今十里立一塘，而塘兵又多爲虎所食。」孝子惴惴至貴陽，遇徽州人程姓者，得知父無恙，已掛冠五年矣。程姓導孝子至王府，給令票，復前。途中兵馬紛擁驗票，或擊破其蓋，自是不能蔽雨。登關索嶺，至半，喘甚，力盡而仆。有老僧飲以茶。久之，強起，踰嶺而西。既下，則人馬旌旗徧野。一騎執之入營，驗票，爲設食。問之，曰：「安西前營也。」行數里，復遇後營，如前。遂入雲南之平夷衞，遇故陽宗知縣浙東鐘士曠，於是知父在白鹽井。五月望日，至白鹽井，拜見父母。時所攜弟之子從外負薪歸，兄弟相拜泣。昔日僮僕，無復存矣。久之，孝子啓父母，作還家計。父曰：「乙酉秋，滇中猶鄉試，我分房得士八人，嘗累之爲行資。」孝子持父書詣諸門生家。歷楚雄，遇地震，幾不免。奔走四月，遇者三人，皆贐贈，而未足。詣府遞告歸文書。具籃輿，二親乘，己與弟步從。至黑鹽井，詣門生家，得資斧。時南北戰爭不息，坐旅中度歲。詣將軍府，得給票，出歸化關。黔中雨雪四十日，雪深至馬腹，樹介如刀劍。已而雪消流潦，瘴霧蔽天。及平壩，有騎兵擄婦女數百千從廣西來。又敗兵數千，擁一象，踉蹌散走，無復部伍，從四川來。蓋是時安西戰勝於桂林，撫南敗於保寧，皆道黔中也。孝子慮貴陽有阻，乃迂道從龍場驛而北，渡烏江，入四川，及清浪，入湖廣界。所在潰兵暴掠，從間道行，及新化，方脫險。爲父改易服色，舍陸從水而歸，爲六月十八日。自始出門至是，越三年，計五百三十餘日，歷京、省七府，三十有三州、縣，計行二萬五千里有奇。」

屠長卿作彩毫記，以李太白自命，沈景倩譏之。

如皋黃振字瘦石，自號柴灣村農，以『張幼謙囹圄報捷』事演爲石榴記。

王龍光跋雙報應傳奇云：『吾友抱犢山農（抱犢山農，無錫嵇留山也，名永仁，從范忠貞公死于難。詳見余道聽錄中。）著作甚富，尤留心經濟。與余同罹於難，慨慨犴狴之中，豪氣未除，文采散於筆墨。嘗作續離騷四折，以破千古未破之牢騷。同難林翁，因備述建寧城隍揭公、建寧郡守孫公，判斷貧生錢可貴、奸淫王文用二案：「陰陽互理，靈爽顯赫，此殆得之目覩，不可不亟爲表章之。」山農曰：

「此固余之素志也。吾聞揭公節義昭著，英英千古。亡友袁黎嵐受其國士之遇，曾托吾表著其事，而碌碌未能；今藉此以畢其素志，可乎？」乃援筆而敷陳其大槩，曰雙報應。』今按劇中：孫名裔昌，字鹿園，山東沾化人；揭卽揭公重熙。錢生以逋欠官銀，賣妻，得銀三十兩，失於縣堂，爲皂隸陳黑所拾。生禱於城隍，復訴於府。孫正持茗，有塵落椀中，茗爲之黑。檢縣中值日花名簿，得陳黑名，訊之，供拾銀狀。生妻賣張貢生家，張知爲錢生妻，不敢與宿，願還婦而不索其金。王文用者，以所私婦謀熇其夫者也。城隍神示夢於孫，而寃賴以理。孫公眞不愧爲民牧者矣。跋中言得之目覩，蓋非幻設。爲撮其大略，以俟考。

鈕玉樵記吳六奇將軍事云：『海寧查孝廉培繼，字伊璜，家居，歲暮命酒獨酌。一丐者避雪廡下，強直而立，孝廉異之，呼入坐而問曰：「我聞街市間有手不曳杖，口若銜枚，敝衣楬腹而無寒餓之色，人皆稱爲『鐵丐』者，是汝耶？」曰：「是也。」「能飲乎？」曰：「能。」傾甌與飲，立盡。又盡三十餘甌，無醉容。查醉，丐出仍宿廡下。孝廉酒醒，謂家人曰：「鐵丐衣藍縷，何以禦寒？亟以我絮袍與之。」丐披袍去，亦不求見致謝。明年，孝廉寄寓杭之長明寺，遇前丐於放鶴亭側，露肘跣足，昂首獨行。詢以舊袍，曰：「已質付酒家矣。」孝廉奇其言。問：「曾讀書識字否？」曰：「不讀書識字，不至爲丐也。」孝廉悚然心動，薰沐而衣履之。諗其姓氏里居，丐曰：「僕系出延陵，心儀曲逆，家居粤海，名曰六奇。祇以早失父兄，性好博進，遂到落拓江湖，流轉至此。因念叩門乞食，昔賢不免，僕何人斯，敢以爲汚！不謂獲遘明公，賞於風塵之外。僕雖非淮陰少年，然一飯之惠，其敢忘乎？」孝廉亟起而捉其臂曰：「吳生海內奇傑。以酒友目吳生，失吳生矣。」盤桓累月，贈以資，遣歸粵東。六奇世居潮州，爲吳觀察道夫之後。略涉詩書。寄身郵卒，於關河形勝，無不諳熟。維時天下初定，王師由浙入廣，六奇請見主帥，備陳：「粵中形勢，傳檄可定。奇有義結兄弟三十八，擁衆據土。請假游劄三十道，先往馳諭。近降遠應，不踰月而破竹之形成矣。」如其言行之，粵地悉平。由是征閩、討蜀，屢立奇功，數年之間位至通省水陸提督。康熙初，開府循州，卽遣牙將持三千金存孝廉家，奉書幣致孝廉來粵。供帳舟輿，俱極腆備。將度梅嶺，吳公子已迎候道左，執禮甚恭。樓船簫鼓，由胥江順流而南。凡轄下文武僚屬，無不願見查先生。去州城二十里，吳躬自出迎。至府，則蒲伏泥首，自稱：「昔年賤丐，非遇先生，何有今日！」居一載。軍事傍午，凡得查先生一言，無不立應。義取之貲，幾至鉅萬。先是苕中富人莊廷鉞購得朱相國史概，博求三吳名士增益修飾，刊行於世。前列參閱姓氏十餘人，以孝廉夙負重名，亦借列焉。未幾，私史禍發，凡有事於是書者，俱置極典。吳力爲孝廉奏辨，得免。孝廉嗣後益放情詩酒。盡出橐中金，買美鬟十二，敎之歌舞。夫人亦妙解音律，親爲家伎拍板，正其曲誤。以此查氏女樂，遂爲浙中名部。孝廉之在幕府也，園林極勝。中有英石峯一座，高可二丈許，嵌空玲瓏，若出鬼製，孝廉極所心賞，題曰「縐雲」。閱旬往視，忽失此石，則已命載巨艦送至孝廉家矣。』鉛山蔣清容太史本此作雪中人傳奇。江都張山來云：『聞將軍乞食時，好以荻莖於地上判某日及草「封」字。』雪中人第二齣，吳云：『幾日不曾演習判字，待我在雪地上試寫一回。』本此。蔣太史又有桂林霜、空谷香、香祖樓、四弦秋、一片石、第二碑、冬青樹、臨川夢諸劇。

菽園雜記云：『高公穀無子，置一妾。夫人素悍，每間之，不得近。一日陳學士循過焉，留酌。聚話及此，夫人於屏後聞之，卽出詬罵。陳公掀案作怒而起，以一棒撲夫人，至不能興，且數之曰：「汝無子，法當棄汝。今置妾，汝復間之，是欲絕夫後也。汝不改，吾當奏聞，置汝於法。」自是妬少衰。生中書舍人峘，乃陳公一怒之力也。』馮猶龍本此作萬事足傳奇。余嘗謂：萬事足之陳循卽瑞筠圖之陳循，一人而生、淨各判，閱者參觀之，可以自警。然萬事足之末，繫以周約文一札云：『友生周禮拜上德遵賢契閣下：古云「器滿則欹，月盈則虧」。閣下位登首輔，恩寵已極，値此太平無事之時，久踞高巍，卽使無忝其職，亦乖知足知止之義。老夫年踰八旬，足力未衰，尙冀閣下急流勇退，同尋山中之盟。伏爲熟思。』陳唱云：『知幾久讀疏生傳，但君恩未報暫流連。』按清波雜志載蔡京云：『京衰老宜去，而不忍遽乞身者，以上恩未報也。』此曲本之。蓋隱隱以蔡京比陳循矣。陳苟明知足之義，何至以粉面登場如瑞筠圖之遺臭耶？

夏惺齋取忠、孝、節、義事爲六種曲：無瑕璧寫鐵氏二女事，杏花村寫王世名報父仇事，見明史；

瑞筠圖寫韋綸母守節及綸直諫事；南陽樂言武侯相北地王諶，滅魏、吳，復興漢祚，蓋寓言也；花萼吟寫鄭虎臣殺賈似道，亦本宋史；廣寒梯則言科場事，謂：一生行善，一生行不善。善者夢中五名，語不善者，不善者訴於監臨。發榜時，監臨以所訴，令抽去五名，而別以一卷補之。抽者正不善生，補者則行善生也。此事亦有所本。然韋綸母金節婦『誰云妾無夫』一詩，或謂爲高季迪作。鐵司馬二女入教坊，其長女詩（鐵氏二女詩，見王鏊震澤紀聞。）乃吳人范昌期題老伎卷作（見張士瀹國朝文纂）。同時杜瓊用嘉亦有次韻詩。

新齊諧有醫妬一則，云：『軒轅孝廉，常州人，年三十無子。妻張氏，奇妬。其座主馬學士贈以一姬，張怒。會學士喪偶，張訪某村女世以悍聞，賄媒嫗說馬娶爲夫人。馬知其意，欣然往娶。合巹畢，羣姬拜見夫人。問：「何人？」曰：「妾也。」叱曰：「安有堂堂學士而置妾者乎？」卽棒羣姬。馬命羣姬奪而毆之。夫人力不勝，罵且哭，羣姬各擊鐃鼓亂之。夫人不得已，揚言將自盡，則侍者以一刀一繩進，羣姬各敲木魚念往生咒嘈嘈然。夫人故女豪，自分虛疑、恫喝計已盡，乃轉作喜，正色曰：「君眞丈夫，我服矣。請改事君，君亦宜待我以禮。」學士命羣姬謝罪叩頭。以家事托夫人主之，一月之間，家政肅雍，內外無間言。居無何，學士手百金贈軒轅生曰：「明春將會試，宜早入都。」生然之。甫登舟，馬遣人迎至家，扃後園中，而陰遣媒說張氏乘軒轅生外出，賣其妾。張曰：「此吾心也，須賣之遠方。」有陝西布客，負三百金以姬去。姬大呼投水中，學士早備小舟迎至園，與軒轅生同室矣。張聞姬投河，方驚疑，而西客已罵於門，索原銀三百去。一日，有白髮藍縷男婦兩老人哭來，稱爲女之父母，與張索女命，隣佑勸解去。一日，武進縣捕役持牌來，言姬之父母告於縣，張愈恐。忽有白帽踉蹌奔呼至者，曰：「軒轅生死於路矣。我縣夫也，來報。」張氏大慟，成服治喪。且招訟師，謀緩其獄。訟事小停，而家已蕩然，日食不周矣。前媒媪又來，勸其改嫁；引一美少年，盛飾與觀。張大喜，卽嫁少年。方合巹，房內一醜婦持大杖出，罵曰：「我正妻也。何處賤婢，敢來爲妾？」痛毆之。張悔被媒紿，飲泣不能聲。諸賓朋勸醜婦去，秉花燭引張氏入臥室。甫揭簾，見軒轅生坐牀上，大駭，以爲鬼，絕於地。軒轅生笑語以故，張大悟，慚且恨。於是修德改行，卒與某村女同爲賢妻。』按此卽伏虎韜傳奇也。文人詭筆，非實有其事。簡齋得諸傳聞，未悉其所本耳。槐西雜志所載囊家誘少年賭，勒書鬻字之劵，其父償金焚劵，發篋得紙鋌金事。此亦李笠翁無聲戲中一則，非實事也。

今戲劇演時遷偷鷄，科諢有『皮包骨頭人』之語。按：宋張元嘗與客飲驛中，一客邂逅至，顧元曰：『彼何人斯？』元厲聲曰：『皮裹骨頭肉人斯！』應聲以鐵鞭鞭之而死。（見王定國聞見近錄。）

萬樹，字紅友，爲粲花主人之甥。其所作傳奇，詳山陰吳秉鈞所作風流棒序，云：『余從紅友山翁遊，由閩而粤。耳其緒論，與家小阮雪舫共以學塡詞，請探其篋，得覩所譜諸劇：幽秀若空青石，俊爽若錦塵帆，奇橫若念八翻，新穎若十串珠，剪裁點綴若黃金甕、金神鳳。最後讀賓齊鑑，以卷帙大重，急難開演，已請山翁節而傳之。其他小劇，若珊瑚毬、舞霓裳、藐姑仙、青錢賺、焚書鬧、罵東風、三茅宴、玉山菴，俱令家優試之氍毹上。余因操觚爲電目書一種，雪舫亦作赤豆軍、美人丹。惟時藥菴呂君，亦有回頭寶、狀元符、雙猿幻、寶鏡緣。藥菴令叔守齋，亦攜金馬門曲出示。丙寅春，客有言某閨詞之僞者，余謂此可入劇，索山翁塡之。不半月，而風流棒出成。茶郎之顛，林風之韻，菊人之摯，及連、霍之周圓，董、賴之醜報，刻畫畢肖，可稱觀止矣。』

劇中演趙太祖，每持棒，或侍臣持棒從之。按鐵圍山叢談云：『太上以政和六七年間，始講漢武帝期門故事。初出，侍左右官者，必攜從二物以備不虞，其一玉拳，一則鐵棒也。鐵棒者，藝祖从微時以至受命後所持鐵桿也。棒純鐵耳，生平持握既久，而爪痕宛然。』

相傳：有訟棍戴興邦者，年六十，止一子。適有諸少年殺姦婦死而姦夫逸去。謀於戴，戴曰：『何不靜守村口，候孤身男子過，執而殺之，以姦報。』諸惡少大喜，挽入室，酬以酒肉。已而果有孤身者過，衆殺之，則正戴之子也。惺齋杏花村傳奇中訟棍單興邦，卽戴興邦。『單』音『丹』，與『戴』正爲轉音耳。按：元人曲中，如良吏必包拯，公人用董超、薛霸，惡人用柳隆卿、胡子轉，伎女用王蠟梅，兒女用賽娘、僧住，蓋必實有其人。杏花村用單興邦，尙其遺意也。

劇之有所原本，名手所不禁也。王實甫之本董解元，尙矣。他如本竇娥寃而作金鎖，本翠鸞女而作桃符，本曲江池而作繡襦，本合汗衫而作破羅衫，本張生煮海、柳毅傳書而作蜃中樓，本劉晨阮肇而作長生樂；他如本元人而故變化出之者，則如黃粱夢之呂岩化爲盧生，麗春堂之四丞相化爲尉遲敬德。或有用其一節者，若龐居士之羅和，長生殿之唐明皇，雖不能青勝於藍，然亦各有所見。惟夢釵緣一劇，直襲西廂、西樓而合之，已爲傖父可笑。又有玉劍緣者，亦有彈詞一齣。夫洪昉思襲元人貨郎旦之九轉貨郎兒，其末云『名喚春郎身姓李』。洪云『名喚龜年身姓李』。至玉劍緣又云『名喚珠娘身姓李』，生吞活剝，可稱笑柄。近則有爲富貴神仙者，竟至襲玉劍緣，與夢釵緣之襲西廂、西樓同，若此，又何必爲之？聊舉一二於此，爲之戒。

泰州張良御太史作陸吳州墓碑云：『公以餘力作爲詞曲。一帆、雙鴦，流傳名部，皆取辦於杯茗立談之間。』

卓珂月作孟子塞殘唐再創雜劇小引云：『作近體難於古詩，作詩餘難於近體，作南曲難於詩餘，作北曲難於南曲。總之，音調、法律之間，愈嚴則愈苦耳。北如馬、白、關、鄭，南如荆、劉、拜、殺，無論矣。入我明來，塡詞者比比，大才大情之人，則大恣大謬之所集也，湯若士、徐文長兩君子其不免乎？減一分才情，則減一分恣謬，張伯起、梁伯龍、梅禹金，斯誠第二流之佳者。乃若彈駁恣謬，不遺錙銖，而無才無情，諸醜畢見，如臧顧渚者，可勝笑哉！必也具十分才情，無一分愆謬，可與馬、白、關、鄭、荆、劉、拜、殺頡之頏之者，而後可以言曲，夫豈不大難乎？求之近日，則袁凫公之珍珠衫、西樓夢、竇娥寃、鷫鸘裘，陳廣埜之麒麟罽、靈寶刀、鸚鵡洲、櫻桃夢，斯爲南曲之最；沈君庸之霸亭秋、鞭歌伎、簪花髻，孟子塞之花前笑、桃源訪、眼兒媚，斯爲北曲之最。余平時定論蓋如此。今冬遘凫公、子塞於西湖，則凫公復示我玉符南劇，子塞復示我殘唐再剏北劇，要皆感憤時事而立言者。凫公之作，直陳崔、魏事，而子塞則假借黃巢、田令孜一案，刺譏當世。夫北曲之道，聲止於三，齣止於四，音必分陰、陽，喉必用旦、末，他如楔子、務頭、襯字、打科、鄉談、俚諢之類，其難百倍於南，而子塞研討數年，其謹嚴又百倍於昔。至若釀禍之權璫，倡亂之書生，兩俱磔裂於片楮之中，使人讀之，忽焉嘻噓，忽焉號呶，忽焉纏綿而悱惻，則又極其才情之所之矣。於我所陳諸公十餘本之內，豈不又居第一哉。子塞將還會稽，別我於桃花巷中，酒杯在手，輿夫在旁，匆匆書此。』

卓珂月又有百寶箱傳奇引云：『昔者玉玦之曲，風刺寓焉，刻畫青樓，殆無人色。嗣賴洴國一事，差爲解嘲，然後漸出墨池而登雪嶺。乃余覽白行簡所述李娃始末，頗多微詞者，何歟？歸自竹林，慰於姨宅，目笑手揮，以他語對蟬蛻之局，娃與聞之矣。迨夫雪中抱頸，擁人西廂，懼禍及身，非得已也。必可以生青樓之色、唾白面之郎者，其杜十娘乎？此事不知誰所覩記，而潘景升錄之於亘史，宋秋士採之於情種，今郭彥深復演之爲百寶箱傳奇，蓋皆傷之甚也。』

詹允龍雷岸有瓊花夢雜劇，河陽趙士麟爲之序，見讀書堂文集。又作詹允詩序云：『雷岸未顯時，著有瓊花夢傳奇劇本。予早年讀之，訝曰：「此言夢也，而非夢者能言之也。」既而雷岸以博學宏詞薦，由檢討而宮允。文章、詞賦，冠絕一時。』

尤西堂鈞天樂自記云：『丁酉之秋，薄游太末。主人謝客，阻兵未得歸。逆旅無聊，追尋往事，忽忽不樂。漫塡詞爲傳奇，率日一齣。齣成，則以酒澆之，歌呼自若。閱月而竣，題曰鈞天樂。家有梨園，歸則授使演焉。明年科場弊發，有無名子編爲萬金記。制府以聞，詔命進覽，其人匿弗出。臬司某，大索江南諸伶雜治之。適山陰姜侍御還朝，過吳門，亟徵予劇。同人宴之申氏堂中。樂既作，觀者如堵墻，靡不咋舌駭歎。而邏者亦雜其中，疑其事類，馳白臬司。臬司以爲奇貨，即檄捕優人，拷掠誣服。既得主名，將窮其獄，且徵賄焉。會有從中解之者，而予已入都，事得寢。己亥大計，臬司以貪墨亡命，竄極典，籍其家，聞者快之。』西堂又有讀離騷、弔琵琶、桃花源、黑白衛、李白登科記五種。李白登科記：白狀元，杜甫榜眼，孟浩然探花，立格最奇。

西堂題北紅拂記云：『忽謂元人北曲，若以南詞關目參之，亦可兩人接唱，合場和歌，中間間以蘇白，插科打諢，無施不可，又爲梨園子弟別闢蠶叢。此意無人解者，今於荔軒先生遇之。唐人小說傳衛公、紅拂、虬髯客故事，吾吳張伯起新婚，伴房一月而成紅拂記，風流自許。浙中淩初成更爲北劇，筆墨排奡，頗欲睥睨前人；但一事分爲三記，有疊牀架屋之病。荔軒復取而合之，大約撮其所長，決其所短，又添徐洪客採藥一折，得史家附傳之法。」玉鏡臺演溫太眞事，投梭記演謝幼輿事，花筵賺合太眞、幼輿而演之。投梭筆墨雅潔，情詞婉妙爲勝。

偶於市間得一寫本種鱗書屋外集，兩劇：一、蓬島瓊瑤，爲余本忠收服海寇事；一、花目題名，則品題花目，以郁李爲狀元、海桐爲榜眼，紅梅爲探花，木樨爲傳臚，杜鵑下第，而以丁香配郁李，卷首題田民撰。

孫俣，字商聲，詩、古文簡潔有法度。性孤冷，不喜諧俗。每就研席，輒怒其館主，不合而去。所著海棠緣傳奇，痛詆傖父，蓋以此也。

戰國策云：「齊軍破淖齒，殺閔王於鼓里，太子乃解衣免服，逃太史氏家，爲溉園。君王后，太史氏之女，知其貴人，善事之。田單復齊，遽迎太子於莒，立之以爲王，君王后以爲后。」史記田敬仲世家云：『樂毅出臨淄，湣王出亡之衞，衞君辟宮舍之，稱臣而共具。湣王不遜，衞人侵之，湣王去，走鄒、魯，有驕色，鄒、魯君弗內，遂走莒。楚使淖齒將兵救齊，遂殺湣王，而與燕共分齊之侵地。湣王之遇殺，其子法章變名姓爲莒太史敫家庸。太史敫女奇法章狀貌，以爲非恆人，憐而嘗竊衣食之，而與私通焉。襄王既立，立太史氏女爲王后。太史敫曰：「女不取媒因自嫁，非吾種也，汙吾世！」終身不覩君王后。君王后賢，不以不覩故失人子之禮。』張伯起全本此以作灌園記。馮猶龍刪改正之，序云：『奇如灌園，何可無傳？而傳奇如世所傳之灌園，則吾謂其無可傳，且憂其終不傳也。法章以亡國之餘，父死人手，身爲人奴，此正孝子枕戈、志士臥薪之日，不務憤悱憂思，而汲汲焉一婦人之是獲，少有心肝必不乃爾。且五六年間，音耗隔絕，驟爾黃袍加身，而父仇未報也，父骨未收也，都不一置問，而惓惓焉訊所思得之太傅，又謂有心肝乎？君王后千古女俠，一再見而遂失身，即史所稱陰與之私，談何容易！而王孫賈子母忠義，爲嗣君報終天之恨者，乃棄不錄。若是，則灌園而已，私偶而已！灌園、私偶，何奇乎？而何傳乎？伯起先生云：「吾率吾兒試玉峯，舟中無聊，率爾弄筆，遂不暇致詳。」誠然歟？誠然歟？自余加改竄，而忠、孝、志、節，種種具備，庶幾有關風化而奇可傳矣。』馮氏此言，可爲傳奇之式，故錄之。然太史敫可稱潔士，故迎后登車一折，寫君王后別母，而敫不與見，曲云：『只得遙拜著鐵錚錚的家主，恕饒了癡騃騃的女娃。』以脚色不足，故太史敫以淨扮之耳。

知新錄云：『元曲有呂布、貂蟬及奪戟爭鬭事。按：呂布傳言：「布小失意，卓拔手戟擲布；布拳捷，避之。」又言：「布與卓侍婢私通，恐事發覺，心不自安；布因朝會，手刃刺卓。」想侍婢當即貂蟬也。元曲所云必有所據。』

呂翁祠在邯鄲縣北二十里黃粱店。李長沙詩云：『舉世空中夢一場，功名無地不黃粱。馮君莫向癡人說，說與癡人夢轉長。』端溪王崇慶詩云：『曾聞世有盧生夢，只恐人傳夢未眞。一笑乾坤終有歇，呂翁亦是夢中人。』乃元人馬致遠黃粱夢雜劇，爲鍾離度呂洞賓事，夢中呂作元帥，征吳元濟，則憲宗時事矣。湯若士本之作邯鄲夢，則爲呂度盧生，而爲開元時事。按：呂洞賓，關右人，唐咸通中舉進士不第，値巢賊爲梗，攜家隱終南山。錦繡萬花谷引此，言出見雅言雜載，則憲宗時已非，開元時尤非。眞仙通鑑有盧生事，恐未然耳。

鄭庭玉作後庭花雜劇，只是本色處不可及。沈寧菴演爲桃符，排場、賓白、用意，遜鄭遠矣。宮大用范張雞黍第一折，乃一篇經史道德大論，抵多少宋人語錄。曲中用『隨邪』二字，乃玉茗所本。

西河詞話云：『宋孫明復嚳白，李文定請以弟之女妻之，孫曰：「相女不以嫁公侯，乃以嫁山谷衰老，古無有之。」其曰「相女」者，相門之女，正以李復古曾爲相故也。西廂末劇有「自古相女配夫」，世多不解，烏知實本諸此。』又云：『西廂久爲人更竄。予求其原本正之，逐字核實，其書頗行。其中尚有不能詳處，如第四折內有「和尚們回施些幽期密約」句，予向所釋，但曰：「施僧曰『布施』，反乞僧施曰『回施』。」後友人有論及者，堅謂「回」作「曲」解，是「委曲周旋」意，雜引「回」、「曲」二字作證。曾記北史：「北齊李庶無鬚，人謂天閹，崔諶嘗戲庶曰：『教弟種鬚法：取錐刺面爲竅，而插以馬尾，當效。』是時崔族多惡疾，庶因答曰：『請先以方回施貴族，藝眉有效，然後種鬚。』」然則「回施」，「反施」矣。蔡子伯曰：「施，晉賜。今俗稱『回賜』者，即『回施』之謂。」尤較直捷。』

喬夢符兩世姻緣曲中云：『俺主人酒盃賺煞春風凹。』從唐人『酒凹讋心翻』出。

桯史云：『秦檜以紹興十五年四月丙子朔賜第望仙橋，丁丑賜銀絹萬匹、兩，錢千萬，綵千縑。有詔就第賜宴，假以教坊優伶，宰執咸與　中席，優長誦致語退，有參軍者前，褎檜功德。一伶譟場屋，胡以不稱於禮遇也？」怒，物色爲首者盡繫獄。韋布益不平。既拆號，例宴主司以勞還；得。」或又咎其誤，曰：「第二場更不敢也。」蓋一時祈脫之詞。移〔二〇〕時稍定，試司申：「鼓闈木如拱，皆折。或入於房，執考校者一人毆之，考校者惶遽，急曰：「有雨頭也得，無雨頭也之對，應曰：「如字。」廷中大譁，浸不可制，譟而入曰：「試官誤我三年，利害不細！」簾前者用「霈」「沛」各半。明日將試論，語籍籍傳，凡用沛字者皆窘，復扣簾。出題者初不知昨日非，增一雨頭無害也。」揖而退，如言以登於卷。坐遠於簾者，或不聞知，乃仍用前字，於是試曰：「是」，閧然叩簾請。出題者偶假寐，有少年出酬之，漫不經意，亶云：「禮部韻注義既爲『顛沛』，一爲『沛邑』，注無『沛決』之義；惟它有『霈』字，乃從『雨』，爲可疑。」衆先達，每在廣場，不廢請益焉。晡後，忽一老儒摘禮部韻示諸生，謂：「沛字惟十四泰有之，一賦題，出孟子「舜聞善若決江河」，而以「聞善而行沛然莫禦」爲韻。士既就案矣，蜀俗敬長而尙袍入試，茗卒饋漿，公庖繼肉，坐案寬潔。執事恪敬，誾誾于于，以鬯於文，士論大愜。會初場死者。』又云：『胡給事既新貢院，嗣歲庚子，適大比，乃侈其事，命供帳考校者悉倍前規：鵠曰：「爾但坐太師交椅，取銀絹例物，此環掉腦後可也。」一座失色。檜怒，明日下伶於獄，有行伍之巾，後有大巾環爲雙疊勝。伶指而問曰：「此何環？」曰：「二勝環。」遽以朴擊其首以荷葉交椅從之。詼語雜至。賓歡既洽，參軍方拱揖謝，將就倚，忽墜其幞頭，乃總髮爲髻，如畢三爵，優伶序進。有儒服立於前者，一人旁揖之，相與詫博洽，辯古今，岸然不相下，因各求挑試所誦憶。其一問：「漢四百載，名宰相凡幾？」儒服以蕭、曹而下枚數之，無遺。羣優咸贊其能。乃曰：「漢相吾能言之矣，敢問唐三百載名將帥何人也？」旁揖者亦詘指英、衞以及季葉，曰：「張巡、許遠、田萬春。」儒服奮起爭曰：「巡、遠，是也；萬春姓雷，攷史牒未有以雷爲田者。」揖者不服，撐拒滕口。俄一綠衣參軍自稱教授，前據几。二人敬質疑，曰：「是故雷姓。」揖者大詬，袒裼奮拳。教授遽作恐懼狀，曰：「有雨頭也得，無雨頭也得。」坐中方失色，知其風已也。忽優有黃衣者，持令旗躍出稠人中，曰：「制置太學給事台旨：試官在坐，爾輩安得無禮！」羣優亟斂容趨下，喏曰：「第二場更不敢也。」俠爬皆笑。席客大慙，明日遁去。遂釋繫者。胡意其爲郡士所使，錄優而詰之，杖而出諸境。然其語盛傳迄今。』

續筆談云：『元人女狀元黃崇嘏春桃記，今不傳，僅輟耕錄有其目，大抵如琵琶等記。』

詩辨坻云：『北西廂古本，陳實菴點定者爲佳。別本多所改竄，如「東閣玳筵開」爲「帶烟開」，「馬兒迍迍行」爲「逆逆行」，穿鑿可笑。「請字兒不曾出聲，去字兒連忙答應」，或謂：「請未出聲，如何答應？」改作「請字兒方才出聲」，索然無味矣。「梵王宮殿夜撞鐘」，撞，平聲，田水月改作「聲鐘」。聲鐘是何等語！』

詞旨載：『西廂警策，不下百十條，如「竹索纜浮橋」、「檀口搵香腮」等語，不知皆撰自董解元西廂，竹索上有「寸金」二字，「檀口」句則曰「檀口微微，笑吐丁香舌，被郎輕嚙，却更增人劣」。較漢卿奇麗、精采十倍。（見黃嘉惠董解元西廂記序。）案：王實甫長亭送別一折，稱絕調矣；董解元云：「莫道男兒心如鐵，君不見滿川紅葉，盡是離人眼中血。」實甫則云：「曉來誰染霜林醉？總是離人淚。」淚與霜林，不及血字之貫矣。又董云：「且休上馬，若無多淚與君垂，此條情緒你爭知。」王云：「閣淚汪汪不敢垂，恐怕人知。」董云：「馬兒登程，坐車兒歸舍，馬兒往西行，坐車兒往東拽，兩口兒一步兒離得遠如一步也。」王云：「車兒投東，馬兒向西，兩處徘徊，落日山橫翠。」董云：「我郎休怪強牽衣，問你西行幾日歸。著路裏小心呵，且須在意：省可裏晚眠早起，冷茶飯莫吃，好將息。我專倚著門兒專望你。」王云：「到京師服水土，趁程途，節飲食，順時自保揣身體。荒村雨露宜眠早，野店風霜要起遲。鞍馬秋風裏，最難調護，須要扶持。」董云：「驢鞭半裊，吟肩雙聳。休問離愁輕重，向個馬兒上馱也馱不動。」王云：「四圍山色中，一鞭殘照裏。人間煩惱填胸臆，量這大小車兒如何載得起！」董云：「帝里酒釅花濃，萬般景媚，休取次共別人便學連理。少飲酒，省遊戲。記取奴言語，必登高第。妾守空閨，把門兒緊閉，不拈絲管，罷了梳洗。你咱是必把音書頻寄！」王云：「你休憂文齊福不齊，我只怕停妻再娶妻。一春魚雁無消息，我這裏青鸞有信頻宜寄，你切莫金榜無名誓不歸。君須記：若見異鄉花艸，再休似此處棲遲。」董云：「一個止不定長吁，一個頓不開眉黛；兩邊的心緒，一樣的愁懷。」王云：「他在那壁，我在這壁，一遞一聲長吁氣。」兩相參玩，王之遜董遠矣。若董之寫景語，有云「聽塞鴻，啞啞的飛過暮雲重」；有云「回首孤城，依約青山擁」；有云「柳堤兒上把瘦馬兒連忙解」；有云「一徑入天涯，荒涼古岸，衰艸帶霜滑」；有云「驢腰的柳樹上有漁槎，一竿風旆茅簷上掛，澹烟消洒，橫鎖著兩三家」；有云「淅零零地雨打芭蕉葉，急煎煎的促織兒聲相接」；有云「燈兒一點，甫能吹滅，雨兒歇，閃出昏慘慘的半牕月」；有云「披衣獨步在月明中，凝睛看天色」；有云「野水連天天竟白」；有云「東風兩岸綠楊搖，馬頭西接著長安道。正是黃河津，要用寸金竹索，纜著浮橋」。前人比王實甫爲詞曲中思王、太白，實甫何可當？當用以擬董解元。李空同云：「董子崔張劇，當直繼離騷。」』

曲藻云：『偶見歌伯喈者云：「浪暖桃香欲化魚，期逼春闈，詔赴春闈；郡中空有辟賢書，心戀親闈，難捨親闈。」頗疑兩下句意各重。後得一善本，乃「浪暖桃香欲化魚，期逼春闈，難捨親闈；郡中空有辟賢書，心戀親闈，難赴春闈」。意既不重，益見作者之工。』談輅云：『嘗見琵琶記草本，辭扶歸「綵筆本潤」二句，改作「詞源倒流」二句，今刻本已從之矣。又見一本，「三不從做成災禍一似天來大」，改云「三不從把好事翻成禍」，惜未有從之者。改筆皆草書旁注，意必東嘉手筆。』秦淮劇品云：『曲引之有呼韻，自趙五娘之呼「蔡伯喈」始也；而無雙之呼「王家哥哥」，西施之呼「范大夫」，皆有悽然之韻。』

相傳臨川作還魂記，運思獨苦。一日，家人求之不可得；遍索，乃臥庭中薪上，掩袂痛哭。驚問之，曰：『填詞至「賞春香還是舊羅裙」句也。』

填詞高手如陳大聲、沈青門之屬，俱南北散套，不作傳奇；惟周憲王所作雜劇，名誠齋樂府，往往調入弦索，有金、元風範。南曲如四節、連環、繡襦之屬，出於成、弘間，稍爲當時所稱。嘉靖間，陸天池名采者，所撰有王仙客明珠記、韓壽偷香記、陳同甫椒觴記、程德遠分鞋記，惟明珠記行於世。鄭若庸玉玦記遊西湖一套，當時膾炙人口。（見蝸亭雜訂。）

南音三籟云：『作曲須先識字，否則往往誤用。如梁伯龍浣紗金井水紅花云：「波冷濺芹芽，濕裙釵。」釵字法用平聲。然釵，箭袋也；若衣釵之「衩」，屬去聲。李義山詩：「十歲去踏青，夫容作裙衩。」是爲明證。此其失自陳大聲散套節節高之「蓮舟戲女娃，露裙衩」始耳。湯臨川懶畫眉「荼蘼抓住裙衩綫」，亦誤。僅陳玉陽玉抱肚云「打毬回，紛紛衩衣」，獨是。又浣紗劉潑帽云：「娘行聽俊還嬌倩，勝江南萬馬千兵。」不知倩有二音：一「顧倩」之「倩」，作去聲讀；一作「茜」，卽「巧笑倩兮」之「倩」，言美也。此曲字義，當作「茜」音，今却押庚青韻中。他若癭之爲「穎」音，頸瘤也，鄭虛舟玉玦記「却教愧煞癭瘤婦」，是認作平聲矣。又莊子「藐姑射之山」，射音「亦」；巾櫛之「櫛」，音「率」；而汪南溟高唐記與雪、滅同押，至以纖、殲、鹽三字並押車、遮，是徽州土音也。又云「招魂未得，空歌楚些」，些音「蘇箇」切，惟「些少」

之「些」乃作平聲，今以「楚些」作平聲，何也？伯龍以些與飛同押，又認些字作「西」字音，爲蘇州土音也。又有舉世皆誤而爲不可解之字者：今列戲目，而曰第一齣，字或作「折」，或作「出」，問從何來，則默不能對也。蓋字書從無此字，惟牛食已復出曰「齝」，音「笞」，傳寫者誤寫「台」爲「句」，以「齣」作「齝」。「齝」原作「齣」，以「齣」作「齣」，在屈筆毫釐之間，以致展轉傳誤，不若古劇第幾折爲妥也。』

雋區云：『傳奇當以張伯起爲第一，若紅拂、竊符、灌園、祝髮四本，巧妙悉敵。次則推梁伯龍浣紗、梅禹金玉合，當與琵琶、西廂分路揚鑣。若湯若士之邯鄲夢、屠緯眞之曇花，別是傳奇一天地，然識者有患其才多之譏。裴淑英記，彤管流馨，足風閨德。彩毫、紫釵、南柯三傳，俱出屠、湯手筆，而往往以學問爲長，徒令人驚雕績滿眼耳。虎符亦屬張伯起作，而風致視四本大相懸絕，自是詞曲第二流之佳者。幽閨爲元人曲，淡而絕眞。他如明珠、繡襦、投筆、四節、紅梅、葛衣、玉環、玉玦，點綴俱不入俗。玉簪幾於淫矣，而措詞亦有可觀。此外新聲如林，吾無暇概及矣。』

繡襦記中鵝毛雪一折，皆乞兒家常口頭語，鎔鑄渾成，不見斧鑿痕跡，可與古詩孔雀東南飛、唧唧復唧唧並驅。沈寧菴謂此爲元人筆，非鄭虛舟所能辦也。然元人鄭元和雜劇無此曲。

吳石渠十二三時，便能塡詞。一種情傳奇乃其幼年作也，恐爲父呵責，托名粲花。粲花者，其司書小隸也。今所傳者四種：療妬羹、畫中人、西園記、綠牡丹。

務頭者，南北同法。苟遇緊要字句，須揭起其音而宛轉其調，如俗所謂『做腔』處，每曲或一句或二三句，每句或一字或二三字，卽是務頭。宜施俊語，否則便爲『不分務頭』，非曲所貴。（見九宮譜定論說。）曲藻云：『作詞之法：一、造語，二、用事，三、用字，四、陰陽，五、務頭，六、對偶，七、末句，八、去上，九、定格。』解務頭云：『要知某調某句某字是務頭，可施俊語於上。楊用修乃謂務頭是「部頭」，可發一笑。』

古杭夢遊錄云：『唱賺：在京師只有「纏令」、「纏達」，中興後張五牛大夫遂撰爲「賺」。賺者，「悞賺」之意，令人正堪美聽，不覺已至尾聲。』

吾友談星符名泰，江寧人，乾隆丙午舉人，深於音律之學。生平愛牡丹亭，詳爲注釋。嘗語余曰：『冥判一齣用胡判官，蓋釋典中八月判官姓胡；杜小姐八月死，故用此也。』

熙朝名劇三種：芙蓉樓、廣寒香、易水歌。芙蓉樓題『雙溪鷹山塡詞』，廣寒香題『蒼山子編』。

吾鄉徐又陵，號坦菴，塡詞入馬東籬、喬夢符之室，所作有大轉輪、買花錢、拈花笑、浮西施、胭脂虎、珊瑚鞭、九奇逢。詞評云：『宋高宗在德壽宮，遊聚景園，偶步入一酒肆，見素屏有俞國寶書風入松一詞，嗟賞之。誦至「明日重攜殘酒，來尋陌上花鈿」，曰：「未免酸氣！」改「明日重扶殘醉」，仍卽日予釋褐。』坦菴買花錢雜劇本此。

兩紗雜劇，題元成子作。一爲紅紗，謂試官閲卷，紅紗照眼也；一爲碧紗，本唐王播木蘭院故事也。紅紗中試『若耶美人曉起梳頭詩』，主司之式，要翻空，取言外之神。故天字號秀才以『徵實描寫』被斥，地字號秀才以『筆意虛寫』見賞，脱盡應試科諢。毛西河作來元成墓志銘云：『君諱集之，字元成。自爲誌云：「予所著有某書及雜劇之兩紗、秋風三疊而已。」案：兩紗、三疊，史志皆不載，顧予知君事。君以崇禎己巳赴童試，縣斥之，粘其文於門。庚午再試，再斥之。然而府試拔第一。時年二十七，始附學。於是作兩紗劇：一、紅紗，謂以紗幛目眯五色也；一、碧紗，則紗蒙其舊所爲詩，貴與賤易觀也。夫通塞之難憑如此！』

山水隣四大癡傳奇：酒癡爲姜應詔得不義之財，遂以酒敗家；色癡爲莊子扇墳，其妻劈棺事；財癡爲臭盧員外一文錢事；氣癡爲黃巢以不第造反事。酒癡，一名酒懂，爲武林李逢時撰。一文錢亦刻名家雜劇中，稱『破慳道人作』。

如是我聞云：『吳雲巖家扶箕，其仙稱「邱長春」。一客問曰：「西遊記果仙師所作以演金丹奧旨乎？」曰：「然。」又問：「仙師作書於元初，其中祭賽國之「錦衣衛」，朱紫國之「司禮監」，滅法國之「東城兵馬司」，唐太宗之「大學士」、「翰林院」、「中書科」，皆同明制，何也？」』按：邱長春，登州棲霞人。元太祖自奈蠻國遣侍臣劉仲祿召詣行在，自東而西，故有西遊記，非演義之西遊記。演義之西遊記，本唐玄奘西域志。白馬馱經，松枝西指，亦有所本；若猿、龍等，則目連救母戲中亦有之。今揆作者之意，則亦老於場屋者憤鬱之所發耳。黃袍怪爲奎宿所化，其指可見。尤西堂鈞天樂，奎星始扮鬼狀，如繪畫塑像形；後則白面扮之，稱『奎星之位，向爲鬼奪』。與西遊記黃袍怪用意正同。

茶餘客話云：『舊志稱：「吳射陽性敏多慧，爲詩文，下筆立成，復善諧謔。所著雜記幾種，名震一時。」今不知雜記爲何名，惟淮賢文目載先生撰西遊通俗演義。是書明季始大行里巷，細人皆樂道之，而前此亦未之有聞。世稱爲「證道書」，有合金丹大旨。』按：射陽去修志時不遠，未必以世俗通行之小說移易姓氏，其說當有所據。觀其中方言、俚語，皆淮之鄉音街談，巷弄市井童孺所習聞，而他方有不盡然者，其出淮人之手尤無疑。然此特射陽遊戲之筆，聊資村翁童子之笑謔；必求得修煉祕訣，亦鑿矣。

吳興董說，字若雨。後爲僧，號月涵。每一出遊，有書五十擔隨之。著西遊補一書，俱言孫悟空夢遊事。鑿天、驅山，出入莊、老；而未來世界，曆日先晦後朔，尤奇。

鬧門神雜劇，爲茅僧曇孝若撰，謂除夕夜新門神到任，舊門神不讓相爭也。曲中紫花兒序云：『誰將俺畫張紙裝的五彩？冷面皮意氣雄赳，豎劍眉闊口髭鬣；手擎著加冠進爵，刀斧彭排。奇哉，剛買就遍街人驚駭，盡道俺：龐兒古怪，滿腹精神，倜儻胸懷。』金蕉葉云：『俺且眼偸瞧桃符好乖。那戴頭盔將軍忒呆呆，你幾年上都剝落了顏色，甚滋味全無退悔？』小桃紅云：『少不得將苕帚兒刷去塵埃，把舊門神摔碎，扯紙條兒滿地踹，化成灰。非俺沒面情挈帶，只你風光過來，威權頹歇，到今日回避也應該。』

鄭西神，名瑜，有汨羅江、黃鶴樓、滕王閣三種。黃鶴樓末收江南一曲，柳問呂答，與徐文長翠鄉夢未同。滕王閣則全以王子安一序作曲。汨羅江則以離騷經作曲，讀原文一段，歌曲一段，立格甚奇，得未曾有。

義俠、水滸二傳，本施耐菴水滸小說，而施耐菴則本宣和遺事。其略云：朱勔運花石綱，分差楊志、李進義、林冲、王雄、花榮、柴進、張青、徐寧、李應、穆横、關勝、孫立十二人爲指使，搬運花石至京。楊志在潁州待孫立不來，貧餓，賣所佩刀，與惡少交口，志殺之，配衛州軍城，孫立等十一人於黃河岸上劫往大行山爲盜。又宣和二年五月，北京留守梁師寶以十萬貫金珠珍寶，使縣尉馬安國齎至京，爲蔡太師壽。至五花營堤上歇涼，遇大漢八人，有擔酒者，縣尉與衆買飲，被迷，失去所齎物。獲其酒桶，訴于知縣尹大諒；尹驗酒桶，上有『酒海花家』四字。捉事人王平捉花家名約者，付吏張大年勘問，花約供云：『三日前午時，有大漢八人來我家裏喫酒，道是往嶽廟燒香，借去此桶。八人，爲首者鄆城縣石碣村晁蓋，帶領吳加亮、劉唐、秦明、阮進、阮通、阮小七、燕青等。』即下鄆城縣根捉。其押司宋江夜走報，晁蓋逃去，邀約楊志等往梁山濼爲盜；思宋押司之恩，使劉唐以金釵酬謝。宋江以釵予妓女閻婆惜，告以來歷。值因父病，給假歸家，遇捕魚人杜千、張岑與索超、董平飲酒——平因不獲晁蓋被杖，超故爲盜者——宋作書送四人於梁山濼晁蓋處入夥。已而父病愈，入城，至閻婆惜家，見閻女與吳偉打睃，懫取刀殺兩人而題其壁。巡檢王成帥大兵弓手至宋家莊上捉江，江走入屋後元女廟，於案上得一卷文書，寫云：『破國因山木，兵刀用水工。一朝充將領，海內聳威風。』又列三十六人：智多星吳加亮、玉麒麟李進義、青面獸楊志、混江龍李海、九紋龍史進、入雲龍公孫勝、浪裏白條張順、霹靂火秦明、活閻羅阮小七、立地太歲阮小五、短命二郎阮進、大刀關必勝、豹子頭林冲、黑旋風李逵、小旋風柴進、金鎗手徐寧、撲天雕李應、赤髮鬼劉唐、一直撞董平、插翅虎雷横、美髯公朱同、神行太保戴宗、賽關索王雄、病尉遲孫立、小李廣花榮、沒羽箭張清、沒遮攔穆横、浪子燕青、花和尚魯智深、行者武松、鐵鞭呼延綽、急先鋒索超、拚命三郎石秀、火船工張岑、摸著雲杜千、鐵天王晁蓋。後一行云：『天書付天罡院三十六員猛將，使呼保義宋江爲帥，廣行忠義，殄滅奸邪。』江乃同朱同、雷横、李逵、戴宗、李海奔梁山濼上。時蓋已死，遂以江爲首，殺牛大會。吳加亮稱晁蓋臨終時言：『政和年間，夢寨上得三十六數。若果應數，須助行忠義，衛護國家。』宋江言：『今會中但少三人，乃花和尚魯智深、一丈青李横、鐵鞭呼延綽。』於是劫掠州縣，攻奪淮陽、京西、河北三路二十四州八十餘縣。朝廷命呼延綽爲將，領投降海賊李横等出師收捕，屢戰屢敗。朝廷督責甚嚴，呼延綽、李横乃叛投江。江喜三十六人巳足，遂往朝東嶽，賽取金爐心願。張叔夜招誘歸順，朝廷各授武功大夫，分注諸路巡檢使。後遣收方臘，有功，封節度使。周密癸辛雜識載龔聖與所作宋江等三十六贊，聖與序云：『宋江事見於街談巷語，不足采著。雖有高如、李嵩輩傳寫，士大夫亦不見黜。余年少時壯其人，欲存之畫贊，以未見信書載事實，不敢輕爲。及異時見東都事略中載侍郎侯蒙傳，有書一篇，陳制賊之計，云：「宋江以三十六人橫行河、朔，京東軍官數萬，無敢抗者，其才必有過人，不若赦過招降，使討方臘，以此自贖，或可平東南之亂。」余然後知江輩眞有聞於時者。於是卽三十六人，人爲一贊，而箴體在焉。』其所列三十六人，與宣和遺事小異：智多星吳加亮作吳學究，玉麒麟李進義作玉麒麟盧俊義，赤髮鬼劉唐作尺八腿，大刀關必勝作關勝，火工張岑作船火兒張橫，沒羽箭張青作張淸，急先鋒索超作先鋒索超，金鎗手徐寧作金鎗班，短命二郎阮進作短命二郎阮小二，混江龍李海作李俊，賽關索王雄作楊雄；無入雲龍公孫勝、豹子頭林冲、一丈青張橫，而有兩頭蛇解珍、雙尾蝎解寶。又宣和遺事三十六人不數宋江，此則連宋江爲三十六。在宋時所傳聞，異詞已如此。宋史於宣和三年書：『淮南盜宋江等犯淮陽軍，又犯京東、江北，入楚海州界，命知州張叔夜招降之。』又於是年書：『忠州防禦使辛興宗擒方臘於淸溪。』張叔夜傳言『宋江降』而不言降後之事。侯蒙傳亦載其疏『詔宋江平方臘』語，而不詳其允否。則當時用蒙議，命張叔夜降之，使隸辛興宗平方臘於淸溪，未可知也。史書：『建炎二年十二月，金人犯泲南府，守臣劉豫以城降。』劉豫傳云：『金人攻泲南，遣人說豫，豫殺守將關勝，率百姓降金。』關勝卽大刀關勝耶？則已爲守將，非以功進秩歟？而爲豫所殺，則忠義以衛國家者，信矣。元人劇中多及宋江事：李致遠風雨還牢末劇中有宋江、劉唐、李逵、史進、阮小五五人，康進之李逵負荆劇中有宋江、吳學究、魯智深、李逵四人，李文蔚燕青博魚劇中有宋江、吳學究、燕青三人，無名氏爭報恩三虎下山劇中有宋江、關勝、徐寧、花榮四人，皆三十六人贊中所有。高文秀作黑旋風雙獻功劇，宋江白云：『某、姓宋，名江，字公明，綽號及時雨。幼年爲鄆城縣司吏，因帶酒殺了閻婆惜，脊杖六十，迭配江州牢城，經過梁山濼，晁蓋救某上山。晁蓋因三打祝家莊身亡，衆拜某爲頭領。聚三十六大夥，七十二小夥。』施耐菴演義有一百八人及打祝家莊、配江州等事，蓋本此。又錄鬼簿，高文秀雜劇黑旋風雙獻頭外，又有黑旋風詩酒麗春園、黑旋風大鬧牡丹園、黑旋風敷衍劉耍和、黑旋風鬬鷄會、黑旋風窮風月、黑旋風喬教學、黑旋風借屍還魂；楊顯之有黑旋風喬斷案；紅字李二雜劇有病楊雄、板踏兒黑旋風、折擔兒武松打虎三種；康進之李逵負荆外，又有黑旋風老收心一種。甕天脞語載：『宋江潛至李師師家，題一詞於壁，云：「天南地北，問乾坤何處可容狂客？借得山東烟水寨，來買鳳城春色。翠袖圍香，鮫綃籠玉，一笑千金值。神仙體態，薄倖如何消得！想蘆葉灘頭，蓼花洲畔，皓月空凝碧。六六雁行連八九，只待金鷄消息。義胆包天，忠肝蓋地，四海無人識，閒愁萬種，醉鄉一夜頭白。」（見升菴詞品所引。）』

王昭君事，見漢書。西京雜記有誅畫工事。元、明以來，作昭君雜劇者有四家。馬東籬漢宮秋一劇，可稱絕調；臧晉叔元曲選取爲第一，良非虛美。但西京雜記謂王嬙自恃容貌，不肯與工人，乃醜圖之。工人下專指毛延壽。所誅畫工，延壽而外，又有安陵陳敞，新豐劉白、龔寬，下杜陽望、樊育，同日棄市。東籬則歸咎毛延壽一人。又本靑塚事，謂昭君死於江，而以元帝一夢作結。薛旦反此，作昭君夢，則謂已嫁單于，而夢入漢宮也。惟陳玉陽昭君出塞一折，一本西京雜記，不言其死，亦不言其嫁，寫至出玉門關卽止，最爲高妙。尤西堂作弔琵琶，前三折全本東籬，末一折寫蔡文姬祭靑塚，彈胡笳十八拍以弔之，雖爲文人狡獪，而別致可觀。元人張時起有昭君出塞劇，今不傳。

陳玉陽文姬入塞一折，南山逸史亦作中郞女雜劇，曹瞞不用粉面，以外扮，亦取其片善之意。

江湖紀聞云：『檜旣殺武穆，向靈隱祈禱，有一行者亂言譏檜。檜問其居址，僧有「家在東南第一山」之句，檜令隸何立物色。立至宮殿，見僧坐決事。立問，答曰：「地藏王決檜殺岳飛事。」卒引檜至，身荷鐵枷，囚首垢面，呼告曰：「東窗事發矣。」』邱氏遺珠云：『有方士伏章，見檜與万俟卨俱荷鐵枷。檜囑方士曰：「傳語夫人，東窗事發矣。」』湖壖雜志云：『秦檜遇風僧於冷泉亭事，不載乘誌，余於鴻書見之，亦非無因之說。至今廚中秦檜齋僧鍋尙存。』秦徵蘭宮詞注云：『天啓時，上設地炕於懋勤殿。御宴演戲，嘗演金牌記，至風魔和尙罵秦檜，魏忠賢趨匿壁後，不欲正視。』一點鬼簿（三）：孔文卿有秦太師東窗事犯劇，金仁傑亦有之，惜不傳。

黃醒狂有陌花軒雜劇，凡十折：曰倚門，一折；再醮，一折；淫僧，一折；偷期，一折；督妓，一折；變童，一折；懼內，一折：皆舉市井敝俗，描摹出之。

武進蔣孝廉調，號竹塘，每日持穢迹金剛咒。咒云：『唵嚤咈必咭哇嘔孤嗶利摩訶鉢般囉若摩訶鉢囉佷恨那把哃戲吻奴汁則吻醯嘻摩尼徽咭旣微摩那丫棲唵暗斫夕急雜那奴烏深暮摩嘔孤嗶利吽㖿吽吽泮泮泮吽吽莎訶。』萬紅友作空青石傳奇，內有穢迹金剛登場，即念此咒。紅友又有風流棒，第一齣荆茶郎登場，攜考具，衣青氈，作鄉試入闈狀，此從來未有者。

徐文長本古樂府木蘭歌，演爲雌木蘭雜劇，與狂鼓史、翠鄉夢、女狀元爲四聲猿。然木蘭歌不詳木蘭之所終，而徐文長則有『王郎成親』之科白。考商邱志，有孝烈將軍祠，在城東南營郭鎮北，一名木蘭祠。元人侯有造作孝烈將軍祠像辨正記云：『將軍魏氏，本處子，名木蘭，亳之譙人也。世傳：可汗募兵，孝烈痛父耄羸，弟妹皆稚騃，慨然代行。服甲冑，鞬櫜，操戈躍馬，馳神攻苦，鈍剉戎陣，膽氣不少衰，人莫窺非男也。歷年一紀，交鋒十有八戰，策勛十二轉。天子喜其功勇，授以尙書。隆寵不赴，懇奏省親。擁兵還譙，造父室，釋戎服，復閨妝，擧皆驚駭，咸謂自有生民以來，蓋未見也。以異事聞於朝，召復赴闕。欲納宮中，將軍曰：「臣無媲君禮制。」以死誓拒之。勢力加迫，遂自盡，所以追贈有「孝烈」之謚也。至治癸亥冬，歸德幕府官孫思榮來自完州，附郡儒韓彥舉所述完志，謂：古完廟貌凡五，今所存者四。歲遇四月八日，有司率耆士邦民，大享祀此。故太子贊善劉廷直所撰完碑：「睢陽郡南東距八十里曰營郭，卽古亳方域，孝烈之故墟也，亦建祠像。士人亦以四月八日致祭，乃將軍生朝，沿習古老之云也。元統甲戌，曲陽梁君思溫、尹睢陽力贊、耆老湯德等捐己財，礱石備工。」歸德府倅中山馬公德麟謂余言：「將軍塚廟居完城東者，所謂五廟之一，孝烈遺骸安厝此。塚距吾家九十里。其廟刊木爲像，烏帽紅顏，服紫腰金，神目電灼，儼然如在其上。遇旱澇，有禱卽應。邦人輩致降神，盤桓水面，驅人風飛。吾目擊顯靈如此。」又云：「木蘭詩惟先尊緝山先生家藏。宋儒陳仁、王德翁詩統，列於隋詩之下。此詞唐朔方節度使韋元甫始得於民間。可汗之稱，始自突厥。突厥世居朔塞；將軍譙人，譙卽今亳州也，校彼去此，何啻數千里之遙？詩稱『點兵』、『問欲』，皆云『可汗』。遍考國史，隋恭帝義寧〔三〕，突厥立劉武周爲定楊〔三〕可汗；立梁師都爲始畢可汗，國號梁，改元永隆，師都乃迎突厥居河南之地，故此境之兵稱隸可汗之繇也。」又云：「孝烈追贈，乃唐之諡；贊咏詩什，杜牧之首倡。決以將軍之爲隋人。」』按：此考辨精確，而所傳木蘭之烈，則未嘗適人者；傳奇雖多謬悠，然古忠、孝、節、烈之跡，則宜以信傳之。因文長有『王郎成親』之科白，而詳之於此。

樂府雜錄云：『明皇朝，有韋青，本是士人，嘗有詩：「三代主綸誥，一身能唱歌。」官至將軍。

開元中，內人有許和子者，本吉州永新縣□家女也，選入宮，卽以永新名之，籍於宜春院。旣美且慧，善歌，能變新聲。明皇嘗獨召李謩吹笛逐其歌，曲終管裂，其妙如此。一日，賜大酺於勤政樓，觀者數千，萬衆諠譁聚語，莫得魚龍百戲之音。上怒，欲罷宴。高力士請：「命永新出樓歌一曲，必可止諠。」上從之。永新乃撩鬢舉袂，直奏曼聲，至是廣場寂寂，若無一人。洎漁陽之亂，六宮星散，永新爲一士人所得。韋青避地廣陵，日夜憑闌於上河之上，忽聞舟中奏水調者，曰：「此永新歌也！」乃登舟，與永新對泣久之。青始亦晦其事。後士人卒，與其母之京師，竟殁於風塵。』此一事也。又云：『大曆中有才人張紅紅者，與其父歌於衢路丐食，過將軍韋青所居——在昭國坊南門裏——青於街牖中聞其歌者喉音寥亮，仍有眉首，卽納爲姬。其父舍於後戶，優給之。乃自傳其藝，穎悟絕倫。嘗有樂工自撰歌——卽古長命西河女也，加減其節奏，頗有新聲——未進聞，先侑歌於青。青召紅紅於屏風後聽之，紅紅乃以小豆數合記其拍。樂工歌罷，青入問紅紅何如，云：「已得矣。」青出云：「有女弟子久曾歌此，非新曲也。」卽令隔屏風歌之，一聲不失。樂工大驚異，遂請相見，云：「此曲先有一聲不穩，今已正矣。」尋達上聽。翌日，召入宜春院，寵澤隆異，尋爲才人。一日，內史奏：「韋青卒。」上告紅紅，乃咽嗚奏云：「妾本風塵丐者，一旦老父死，有所歸，致身入內，皆自韋青。妾不忍忘其恩。」乃一慟而絕。上嘉嘆之，卽贈昭儀。』此又一事也。汪廷訥作廣陵月雜劇，以張紅紅、許永新爲一人，名爲張永新，又以樂工爲李龜年。

杜牧之竇烈女傳云：『竇氏，小字桂娘。父良，建中初爲汴州戶曹掾。李希烈破汴州，使甲士取桂娘以去。將出門，顧其父曰：「愼無戚。必能滅賊，使大人取富貴於天子。」桂娘旣以才色在希烈側，復能巧曲取信，凡希烈之密，雖妻子不知者，悉皆得聞。希烈歸蔡州，桂娘謂希烈曰：「忠而勇，一軍莫如陳先奇。其妻竇氏，先奇寵且信之，願得相往來，以姊妹敍齒，因徐說之，使堅先奇之心。」希烈然之。桂娘因以姊事先奇妻。嘗間曰：「爲賊兇殘不道，遲晚必敗，姊宜早圖遺種之地。」先奇妻然之。興元元年，希烈暴死，其子不發喪；欲盡誅老校以俾少者代之，計未決。有獻含桃者，桂娘白希烈子，請分遺先奇妻，且以示無事於外。因爲蠟帛書，曰：「前日已死，殯在後堂。欲誅大臣，須自爲計。」以朱染帛如含桃。先奇發丸見之，言於薛育，各以所部譟於牙門，請見希烈。希烈子迫出，拜曰：「願去僞號，一如李納。」先奇曰：「爾父悖逆，天子有命。」因斬希烈及妻子，函匕首以獻，暴其尸於市。後兩月，吳少誠殺先奇，知桂娘謀，因亦殺之。』張來宗本此作櫻桃宴雜劇；然必謂桂娘扮男子爲希烈內官，蓋諱其爲賊寵耳。然桂娘自是息夫人一流，杜牧以權、智、烈贊之，是也。唐書稱『李希烈爲先奇毒藥死』。雜劇有『陳山甫進丸藥』科白，本此。

江東勝樂道人〔四〕作長命縷傳奇，演單符郎與邢春娘重逢故事，本宋王明清摭青雜說。但春娘已落倡家作妓，而傳奇則有懷貞等劇，此亦勸善維持風俗之一端，固不必其事之實耳　按雨村詩話：江夏崔抴圖應階客東京時，亦本此事作烟花債傳奇，盛行於時。

紀伯紫見周樹所作馮驩市義雜劇，擐之行，曰：『合肥龔宗伯病渴甚，余戒其讀書，屏一切圖籍；然所以祛宗伯疾者，其在此書矣。』宗伯得而讀之，果霍然已，以謂孔璋之檄，能愈頭風，不是過也。（事見此木軒雜著。）周延儒被召，阮大鋮以家優來演自所作賜恩環傳奇，跪泣求昭雪。延儒以『逆案難翻，而君意中人爲誰？』大鋮以馬士英對。遂於戍籍薦起爲鳳陽總督。（事見流寇長編。）

讓觴閙破愁四劇，周元公作，謂酒、色、財、氣也。沈湎者，酒化血；宣淫者，女化骷髏；慳悋者，銀化紙錠；健訟、行賭者，囚化木：事可解頤，詞頗醒世。

吟風閣雜劇中有寇萊公罷宴一折，淋漓慷慨，音能感人。阮大中丞巡撫浙江，偶演此劇，中丞痛哭，時亦爲之罷宴。蓋中丞亦幼貧，太夫人實教之；阮貴，太夫人久已下世，故觸之生悲耳。

齊東野語云：『三山蘇大璋，治易有聲。戊午鄉舉，夢爲第十一人，數爲人言之，以爲必如夢告。既試，將揭榜，同經人訴於郡，謂其「自許之確如此，必將與試官有成約。萬一果然，乞究治之」。及申號，至十一名，果易也。帥攜此狀入院，遍示考官，謂：「設如此言，諸公將何以自解？不若以待補首卷易之。」衆皆以爲然。既折號，則自待補爲正解者，大璋也；由正解而易爲待補者，乃投牒之人也。』夏惺齋作廣寒梯，本此。

王澹人工詞曲，所著有焚笒記、太平園、吉慶釵三種，皆寓微意，而焚笒尤佳，曾在京集諸人陶然亭演之。

閨媛塡傳奇，古人所少。長安女史王筠，幼閱書，以身列巾幗爲恨。嘗撰繁華夢傳奇，自抒胸臆。以女人王氏登場生於二齣始出，亦變例也。以上二條，出雨村詩話。

葉憲祖，字美度，別號六桐，明萬曆己未進士，生平至處在塡詞。一時玉著、太乙，人所膾炙，而粉奩黛器，高張絕絃，其佳者亦是搜牢元人成句。公古澹本色，街談巷語，亦化神奇，得元人之髓，如鸞篦借賈島以發二十餘年公車之苦，固月明第一手。吳石渠、袁令昭，詞家名手，石渠院本求公詆訶，然後敢出；令昭則槲園弟子也。花晨月夕，徵歌按拍，一詞脫稿，即令伶人習之，刻日呈伎，使人猶見唐、宋士大夫之風流。槲園，公塡詞別號也，見黃梨洲作外舅廣西按察使六桐葉公墓誌銘。

磵房蛾術堂閒筆云：『杭有女伶商小玲者，以色藝稱，於還魂記尤擅場。嘗有所屬意，而勢不得通，遂鬱鬱成疾。每作杜麗娘尋夢鬧殤諸劇，眞若身其事者，纏綿淒婉，淚痕盈目。一日演尋夢，唱至「待打併香魂一片，陰雨梅天，守得個梅根相見，盈盈界面」，隨聲倚地。春香上視之，已氣絕矣。臨川寓言，乃有小玲實其事耶？』

陸次云輅通判撫州，半載掛冠，重建玉茗堂於故址，落成，大宴郡僚，出吳兒演牡丹亭雜劇二日，解纜去。四方名士，爲賦詩紀之。王漁洋詩云：『落花如夢草如茵，弔古臨川正暮春。玉茗又聞風景地，丹青長憶綺羅人。瞿塘回櫂三生石，迦葉聞箏累劫身。酒罷江亭帆已遠，歌聲猶繞畫梁塵。』

江斗奴演西廂記於勾欄，有江西人觀之三日，登場呼斗奴曰：『汝虛得名耳！』指其曲謬誤，並科段不合者數處。斗奴恚，留之。乃約明旦當來；而斗奴不測，以告其母齊亞秀。明旦，俟其來，延坐，告之曰：『小女藝劣，勞長者賜教。恨老妾瞽，不及望見光儀。雖然，倘有耳在，願高唱以破寂愁。』客乃抱琵琶而歌。方吐一聲，亞秀卽曰：『乞食漢非齊寧王教師耶，何以紿我？』顧斗奴曰：『宜汝不及也。』客亦大笑。命斗奴拜之。留連旬日，盡其藝而去。

一貴官爲母稱觴，演辭朝。始以爲曲文完美。伶人唱至『母死王陵歸漢朝』，忽怃然，遂當場易以『母在華堂兒在朝』七字，主人大悅。一時名重。今梨園盡宗此，殊不知改者一時權變，其文固自妙耳。

曠園雜志云：『錢唐周通政詩，以嘉靖己酉領解浙闈，年才二十一。榜前一夕，人皆爭踏省門候榜發，周獨從隣人觀劇。漏五下，周登場歌范蠡尋春。門外呼「周解元」者聲百沸，周若弗聞。歌竟下場，始歸。又龍游余太史恂，順治辛卯發解時，亦登場演蔡邕別親一齣，觀者謂蔡解元雖僞造，余已爲之兆也。』

蕭齋日記云：『赴龍幼玉山人招，供頓淸饒，劇演繡襦。我輩消受一夜，不知山人忙却幾晝矣。座中楊邦彥，年六十餘，欲揮數百金買歌伎，自歎「生死無常，爲歡幾何」。陳煥宇先生已及耋矣，每詠「可惜歡娛地，都非少壯時」，凄然久之。』

篛廊偶筆云：『袁籜菴于令以西樓傳奇得盛名，與人談及，輒有喜色。一日，出飲歸，肩輿月下過一大姓門，其家方燕客，演霸王夜宴。輿人曰：「如此良夜，何不唱『繡戶傳嬌語』？」籜菴狂喜，幾墮輿。』

宋景文公會賓客於廣廈中，外設重幕，內列寶炬，名曰『不夜天』。相傳阮大鋮長日演劇，亦用此法。阮所著傳奇有牟尼合、忠孝環、桃花笑、井中盟、獅子賺、燕子牋、春燈謎、雙金榜。西陂類稿云：『侯朝宗與貴池吳應箕、宜興陳貞慧善。阮大鋮者，故魏閹義兒，屏居金陵，謀復用，諸名士共爲檄檄大鋮罪，應箕、貞慧實主之。大鋮愧且恚，然度無可如何。詗知朝宗與二人者相厚善也，私念：得結交侯生，因侯生以結交於二人，事當已。乃屬其客陰交懽朝宗。朝宗覺之，謝客不與通。而大鋮家故有伶一部，以聲伎擅名，能歌所演劇號燕子箋者。會諸名士以試事集金陵，朝宗置酒高會，趣徵阮伶。大鋮心竊喜，立遣伶往，而使他奴詗之。方度曲，四座互稱善；奴走告，大鋮心益喜。已而抗聲論天下事，箕踞叫呶；語稍及大鋮，遂戟手駡詈不絕口。大鋮聞之，乃大怒，而恨三人者尤刺骨。』

菊莊新話云：『王載揚書陳優事云：「陳優者，名明智，吳郡長洲縣甪直鎭人也，爲村優淨色，獨冠其部中。居常演劇村里，無由至士大夫前，以故城中人罕知之。時郡城之優部以千計，最著者惟寒香、凝碧、妙觀、雅存諸部。衣冠讌集，非此諸部勿觀也。會有召寒香部演劇者，至期而淨色偶闕。優之例：凡受值，劇十色各自往。一色或遘疾，或以事不得與，則專責諸司衣筒者，別徵一人以代，謂之『拆戲』。然優人徇名，每名部闕人，亦必更徵諸他名部，無濫拆者。是日也，適諸名部之爲淨者胥勿暇再徵，諸次部亦然，司筒者汗面而奔於吳趨之坊，遇相識者具告之。

而陳適在城中，相識者因以陳薦。筲者急索其人，則見衣藍縷，攜一布囊，貿貿然來，筲者不暇審也，牽之急走而已。至演劇家，則衣笥俱舁列兩廂，九色已先在矣。迎問筲者曰：『淨已拆乎？今安在？』指陳曰：『此人是也。』羣優皆愕眙。凡爲淨者，類必宏嗓、蔚跂者爲之。陳形眇小，言復吶吶不出口，問以姓氏里居及本部名，又俱無人識者。於是羣訴筲者。陳弗敢置喙，默坐於衣笥，而置其布囊於旁。少頃，羣優飯於廂。禮必遜拆色先坐，羣優勿陳遜。筲者曰：『爾亦就坐共飽。』陳勿應。未幾，堂上張明燈，報客齊。主人安席訖，請首席者選劇，則千金記也。淨色當演項王，爲千金要色，其嗚咽咄吒，轟霍騰擲，卽名優頗難之，於是筲者亦惴恐。而闔部之鶻者、徠者、參軍者、孤旦者、絃管者、主檀板者、鳴鉦鼓者，環叩陳於衣笥前曰：『君能演楚霸王否？第以實告，吾等當共額主人翁，諷客易他劇。筲人許君貲若干，明當悉與汝，勿汝吝也。』陳乃起曰：『固常演之，勿敢自以爲善。』衆曰：『若是，且速汝裝！』陳始胠其囊，出一帛抱肚，中實以絮，束於腹，已大數圍矣；出其韡，下厚二寸餘，履之，軀漸高；援筆攬鏡，醮粉墨，爲黑面，面轉大。羣優乃稍釋，曰：『其畫面頗勿村！』既而兜鍪繡鎧，橫矟以出，升氍毹，演起霸齣。起霸者，項羽以八千子弟渡江故事也。陳振臂登場，龍跳虎躍，傍執旗幟者咸手足忙蹙而勿能從；聳喉高歌，聲出征鼓鐃角上，梁上塵土簌簌墮肴饌中。座客皆屏息，顏如灰，靜觀寂聽，俟其齣竟，乃更鬨堂笑語，嗟歎以爲絕技不可得。陳至廂，衆方驚謝，忽以盥水去粉墨，曰：『某止能爲此齣，恐敗君部名，勿敢竟矣。』於是鶻者、徠者、參軍者、孤旦者、絃管者、主檀板者、鳴鉦鼓者共告曰：『吾等負罪深矣，明當謝過。冀君始終光此劇耳。』陳乃竟其劇。明日，闔部醵金置酒爲陳壽，坐陳上座，固請其舍村部以就之，而卻其故淨。自此，陳遂爲寒香班淨，復冠其部中，聲稱士大夫間。以其來自甪直也，謂之『甪直大淨』云。居久之，聖祖南巡，江蘇織造臣以寒香、妙觀諸部承應行宮，甚見嘉獎。每部中各選二三人，供奉內廷，命其教習上林法部，陳特充首選。越二十年，陳淨以年老，乞骸南返，賜七品冠服。瀕行，請建普濟堂於吳之虎邱之半塘，上允其請，且預給『普濟羣黎』扁額，載之以歸。大吏及薦紳皆助之，輸鏹、施田者恐後。陳用是更獲名，謂之『陳善人』。庚子秋，余偶至郡城，值陳於閶門友人家，見其鬚髮皓白，舉止方雅，殊不類優人也。友述其本末如是。」按吳中傳此事爲小金山。小金山者，優之名也，未識即陳否。周釆岩言小金山本吳中名優，出遊多年，落魄而歸。筍者故識之，而羣優不知，而共誚其衣貌之不揚；及演項王，始驚異。優之老者曰：「此演法、唱法，非小金山不能，君得毋爲小金山耶？何一貧至此？」答曰：「然。」衆乃矜服。與王載揚傳小異，並記之。

海鹽有優者金鳳，少以色幸於嚴東樓，晝非金不食，夜非金不寢也。嚴敗，金亦衰老，食貧里中。比有所謂鳴鳳記，金又塗粉墨身扮東樓矣。阮大鋮自爲劇，命家優演之。大鋮死，優兒散於他室。李優者，但有客命演阮所演劇，輒辭不能，復語其同輩勿復演。詢其故，曰：『阿翁姓字，不觸彪倘免不得人說；每一演其劇，笑罵百端，使人懊惱竟日，不如絕以不能爲善也。』此人勝金鳳遠矣。漁洋云：『金鳳事，較馬伶傳更奇。』按：金優何足道，李優有類中文定公家優兒鐵墩，可以媿士大夫之寡廉鮮恥者。周鐵墩傳，鄭桐菴作。

侯朝宗馬伶傳云：『馬伶者，金陵梨園部也。金陵爲明之留都，梨園以技鳴者無論數十輩，而其最著二：曰興化部，曰華林部。一日，新安賈合兩部爲大會，遍徵金陵之貴客、文人，與夫妖姬、靜女，莫不畢集。列興化於東肆，華林於西肆，兩肆皆奏鳴鳳——所謂「椒山先生」者。迨半奏，引商刻羽，抗墜疾徐，幷稱善也。當兩相國論河套，而肆之爲嚴嵩相國者曰李伶，東肆則馬伶，坐客乃西顧而歎，或大呼命酒，或移坐更近之，首不復東。未幾，更進，則東肆不復能終曲。詢其故，蓋馬伶恥出李伶下，已易衣遁矣。馬伶者，金陵之善歌者也，既去，而興化部又不肯輒以易之，乃竟輟其技不奏。而華林部獨著。去後且三年，而馬伶歸，遍告其故侶，請於新安賈曰：「今日幸爲開讌，招前日賓客，願與華林部更奏鳴鳳，奉一日歡。」既奏，已而論河套，馬伶復爲嚴嵩相國以出，李伶忽失聲，匍匐前，稱弟子。興化部遂凌出華林部遠甚。其夜華林部過馬伶，曰：「子天下之善技也，然無以易李伶。李伶之爲嚴相國，至矣，子又安從授之而掩其上哉？」馬伶曰：「固然，天下無以易李伶，李伶即又不肯授我。我聞今相國某者，嚴相國儔也。我走京師，求爲其門卒，三年日侍相國於朝房，察其舉止，聆其語言，久乃得之，此吾之所爲師也。」

華林部相與羅拜而去。馬伶名錦，字雲將，其先西域人，當時猶稱「馬回回」云。』

王弇州史料中楊忠愍公傳略，與傳奇不合。相傳：鳴鳳傳奇，弇州門人作，惟法場一折是弇州自填。詞初成時，命優人演之，邀縣令同觀。令變色起謝，欲亟去。弇州徐出邸報示之曰：『嵩父子已敗矣。』乃終宴。〔三〕

相傳：周忠介蓼洲先生初釋褐，選杭州司理，杭人在都者置酒相賀，演岳武穆事，至奸相東牕設計，先生不勝憤怒，將優人捶打而退。舉座驚駭，疑有開罪。明日托友人問故，先生曰：『昨偶不平打秦檜耳。』極齋雜錄云：『吳中一富翁宴客，演精忠記。客某見秦檜出，不勝憤恨，起而捶打，中其要害而斃。衆鳴之官，官憐其義，得從末減。』蕁鄉贅筆云：『楓涇鎭爲江、浙連界，商賈叢積。每上巳，賽神最盛。築高臺，邀梨園數部，歌舞達旦。曰：「神非是不樂也。」一日，演秦檜殺岳武穆父子，曲盡其態。忽一人從衆中躍登臺，挾利刃直前，刺檜流血滿地。執縛見官，訊擅殺平人之故，其人仰對曰：「民與梨園從無半面，一時憤激，願與檜俱死，實不暇計眞與假也。」』顧彩髯樵傳云：『明季吳縣洞庭山鄉有樵子者，貌髯而偉，姓名不著，絕有力，目不知書，然好聽人談古今事。常激於義，出言辨是非，儒者無以難。嘗荷薪至演劇所，觀精忠傳，所謂秦檜者出，髯怒，飛躍上臺，摔秦檜毆，流血幾斃。衆驚救，髯曰：「若爲丞相，奸似此，不毆殺何待！」衆曰：「此戲也，非眞檜。」髯曰：「吾亦知戲，故毆；若眞檜，膏吾斧矣！」』

馮南谷，吳門博徒，善詼諧。嘗負博錢十萬，匄貸豪門。時王弇州在座，戲以優人風流帽襲其首，云：『能詩，當如所請。』馮卽朗吟：『天下風流少，區區帽上多。䰂邊齊拍手，恰似按笙歌。』弇州欣然贈十金，一時座客爲充囊而去。風流帽，亦稱『不倫帽』，圍如束帛，兩旁白翅不搖而自動，惟白兔記李洪義、八義記樂人戴之。此條見朱季美所作桐下聽然。又相傳：張幼于門客某欲告貸於幼于，浼其兄伯起爲言。幼于諾之，復曰：『以不倫帽爲題，吟詩一首，能則與。』伯起復於客，客求伯起代作詩。明日，客見幼于，伯起在坐。客言其情，幼于初命題，毫不思索，隨口詩成。幼于曰：『非汝所能。』幾不與。伯起婉言，得如所請。恐卽一事而傳聞異耳。

宦遊紀聞云：『嘉靖己丑，有遊食樂工乘騎者七人至縣州，未詳何省人。其所攜服飾，整潔鮮明；拋戈擲甕，歌喉宛轉，腔調琅然，咸稱有遏雲之態。適余憲副至，舉城士大夫商賈無不忻悅，以爲奇遇，搬作雜劇，連宵達旦者數日。久而情洽。一日，浼衆曰：「今日改作雜劇，以新視聽。」遍索富室，陳列珍玩器具，衣著織金彩服，乃令縣城樂工代司鼓樂。至夜闌人靜，催迫鼓樂喧震，作鷄鳴度關。七人以次入甕，久之寂然。破甕索之，無所得。騙銀至數百兩。惟司鼓樂者枉受刑罰而已。』

張南垣精於壘石，而善滑稽。吳梅村起用，士紳餞之，演爛柯山傳奇。至張石匠，伶人以南垣在座，改爲李木匠。梅村以扇确几，曰：『有竅！』鬨堂一笑。及演至買臣妻認夫，唱『切莫題起朱字』，南垣亦以扇确几，曰：『無竅！』滿堂爲之愕眙，而梅村失色。（事見黃梨洲文集。）

板橋雜記云：『丁繼之扮張驢兒，張燕筑扮賓頭盧，朱維章扮武大郎，皆妙絕。』

李如穀官武昌郡守，荆州曹叔方以所編樂府投之。會李坐黃堂上，立取梁州序親自度曲，以扇代拍。時隸役百十輩，皆屏息而聽，寂若無人。歌罷，卽出千金贈曹。（事見今世說。）

古夫于亭雜錄云：『掖縣張大司寇北海忻夫人陳，大學士文安公端母也。張與胡中丞爲姻家。胡故有優伶一部。一日，兩夫人宴會，張謂胡云：「聞尊府梨園最佳。」胡古樸，不曉文藝，輒應曰：「如何稱梨園，不過老棗樹幾株耳。」同人因號胡氏班爲「老棗樹班」。』

香祖筆記云：『兗州陽穀縣西北有塚，俗呼「西門塚」。有大族潘、吳二氏，自稱是西門嫡室吳氏、妾潘氏之族。一日，社會登臺演劇，吳之族使演水滸記，潘族謂辱其姑，聚衆大鬨，互控於縣令。令大笑，各扑一二人，荷校通衢，硃批曰：「無恥犯人！」然二氏終不悟也。』

順治戊子，有呼優人往鄉演戲者，至其地，已黃昏矣。座上賓主七人，皆峨冠博帶，非時服式。上座者爲楊解元廷樞、徐翰林汧；而主席則上方五通神也，爲次者將納寵而宴客。坐次談及其事，楊公正言力阻。長者曰：『舍弟敢不從命。』卽命從人：『喚回迎親人役，不必到某家去矣！』其始，衆皆昏迷；乃大鳴金鑼，宮室人物皆不見，箱在曠野中，急收拾歸。跡至其家，女方大病，倏然而愈。（事見西橋野記。）又邊州聞見錄云：『康熙初年，有延致伶人者，恍忽引入孟獲城。

場上見男婦或無頭，又或自揭其首，怪之，乃爲閻羅王及關帝狀，倏忽無所見。歌臺在萬木之顚，皆驚仆；嘔出蟲豸無算，其所與飲食也。』

涵虛子言：『雜劇有十二科：神仙道化、林泉邱壑、披袍秉笏、忠臣烈士、孝義廉節、叱奸駡讒、逐臣孤子、鏺刀趕棒〔二六〕、風花雪月、悲歡離合、烟花粉黛、神頭鬼面。』雕邱雜錄云：『傳奇十二科，激勸人心，感移風化，非徒作，非苟作，非無益而作也。洪武初年，親王之國，必以詞曲一千七百本賜之。』

新齊諧云：『乾隆年間，廣東三水縣前搭臺演戲。一日，演包孝肅斷烏盆，淨方扮孝肅坐，見有披髮帶傷人跪臺閒作申冤狀，淨驚起避之。臺下人相與譁然，其聲達於縣署。縣令著役查問，淨以所見對。令傳淨至，囑：「仍如前裝。如再有見，可引至縣堂。」淨領命。其鬼果又見，淨云：「我僞作龍圖也，不若引汝至縣。」淨起，鬼隨之。至堂，令不見鬼，怒欲責淨。淨見鬼起立外走，以手作招勢。淨稟令，令卽著淨同皂役二名尾之，視往何處。淨隨鬼行數里，見入一塚中，塚乃邑中富室王監生葬母處，淨與皂將竹枝插地誌之。令乘輿往，嚴訊王監生，生請開墓以明己冤。開未二三尺，見一屍顏色如生。以詰監生，生云：「其時送葬人數百，共覩下土，並無此屍；卽有此屍，必不能盡揜衆口，數年來何默默無聞，必待此淨方白耶？」令韙其言。復問：「汝視封土畢歸家否？」監生曰：「視母棺下土後，卽返家，以後事皆土工爲之。」令曰：「得之矣。速喚衆土工來！」見其狀貌兇惡，喝曰：「汝等殺人事發覺，毋庸再隱！」衆土工大駭服。蓋王監生歸家後，有孤客負囊乞火，利其囊中物，以鋤碎其首，埋王母棺上，加土填之。並無知者。令乃盡致之法。相傳謀命時，衆謂曰：「要得伸冤，除非包龍圖再世。」故藉淨扮龍圖來伸冤云。」

嫏嬛記云：『絳樹一聲能歌兩曲。二人細聽，各聞一曲，一字不亂。人疑其一聲在鼻。竟不測其何術。』

王思任作米太僕萬鍾傳云：『出優童娛客，戲兀尤，刀械悉眞具，一錯不可知，而公喜以此驚坐客。』吾鄉江蕉畦恂作令淸泉時，嘗請禁眞刀演戲，云：『一、演戲擅用眞刀之悍習，宜嚴禁也。查演戲雖非古禮，然民間迎神、報賽、宴客、娛賓，亦所不禁。第名之曰「戲」，衣冠笑語不必皆眞，卽遇有鬬武敵愾之劇，刀、鎗、劍、戟，均不過竹木爲質，裹以紙箔，存其形似。乃近日梨園子弟競尙新奇，多有搬演眞刀，詡爲絕技，偶或失手，卽致傷生。卑職前見邸報內：「四川省蔣天奇扮演蕭氏忤逆父母、破肚抽腸一齣，李榮貴扮鬼卒，持刀向戳，致刀尖誤傷胸膛殞命。」此演戲用眞刀傷命之明證也。伏查私藏軍器，本有應禁之條，雖刀鎗不在禁限，但白刃利鋒，視爲兒戲，無論手足踈虞，戕人性命，死者枉遭慘斃，生者復罹重刑，民命所關，固當愼重；且搬演刀鎗，類皆敵武之戲，若持此可以殺人之具，明助其兇猛之形，市井浮囂，炫異驚奇，適足以長其悍惡不馴之氣，揆之興感之義，亦有未合；況人心叵測，保無有懷挾私仇，藉此戕害以妄希矜減者？是更不可不防其漸也。卑職見在出示曉諭，將各戲班內眞刀等件，盡行追出銷燬，令其改用竹木，以免意外之虞，不致誤戕人命；如有仍行擅用者，卽嚴拿重處。」

帝王聖賢之像不許扮演，律有明條。牛太守翊祖知徐州時，優有扮孔子者，牛立拿班頭重懲之。吾郡江大中丞蘭，每於公宴見有演扮關侯者，則拱立致敬。嘉慶壬戌，余在京師，拜王君引之太夫人壽，適演劇，優冠珊瑚頂，扮顯貴。副憲陳公嗣龍立命褫去其頂，曰：『名器何可令優伶褻之！』

公宴時，選劇最難。相傳：有秦姓者選琵琶記數齣，座有蔡姓者意不懌；秦急選風僧一齣演之，蔡意始平。歲乙卯，余在山東學幕，試完，縣令送戲，幕中有林姓者選孫臏詐風一齣，孫姓選林冲夜奔一齣，皆出無意，若互相誚者。主人阮公之叔阮北渚鴻解之曰：『今日演桃花扇可也。』

懷寧粉墨登場，演闖丁、闖榭二齣，北渚拍掌稱樂，一座盡歡。

見聞錄云：『一梨園子弟腹漸膨大，時轉動，宛如懷孕。一日正演劇，痛甚，下一胞，中有肉長三四寸，似人形。其人以不勝痛楚，卒。乾隆壬寅、癸卯間，吾邑優人范姓者亦有此事，但未死。事見趙觀察翼甌北詩集。』

袁中郎云：『今人文字不佳，只爲喜人道好、畏人姍笑耳。昔有禪人爲老衲所姍笑，羞澀不能出一語。次日請益，老衲曰：「汝見登場傀儡乎？」曰：「見。」曰：「汝不及也。」禪者悚然間故，曰：「渠愛人笑，汝畏人笑耳。」』又云：『齊有優娥者，館於泰山之逆旅，龜蒙先生分室而寢。夜半聞娥謂弟子曰：「予初入排場時，村叟有聚觀者，余面若塗血，心若累石，口噓噓不能終折。已遊三街六衢，與諸少年狎，視村叟之觀者蔑如也。又過達人貴官之家，分杯連席，謔浪終日，歸而見市井少年，猶奴隸也。已而入京師，隸籍樂部，出入掖廷，聲遍長安，王侯公子爭爲挾箏負琴，視達官貴人猶家鶩庭鳥也。今余又出京十年餘，高賢大士，游公猥賈，閱歷既多，處萬人場有若幽室，籠指撚撥，隨手應歌，盤旋不拘本腔，人無不擊節者。何則？不見己焉耳，不見人焉耳。」』

乾隆二十九年，西洋貢銅伶十八人，能演西廂一部。人長尺許，身軀、耳、目、手、足，悉銅鑄成；其心、腹、腎、腸，皆用關鍵湊接，如自鳴鐘法。每齣插匙開鎖，有一定準程，俁開則坐、臥、行、止亂矣。張生、鶯鶯、紅娘、惠明、法聰諸人，能自行開箱著衣服，儼然如生，惟不能歌耳。一齣演畢，自脫衣臥倒箱中；臨値場時，自行起立，仍上戲毯。（見新齊諧。）

溫引年坐李元仲席上，元仲置酒設劇，召賓客四十餘日。引年無所避，然竟不一觀劇。趙孝子名希乾，字仲易，南豐河東人。家人嘗觀優爲劇，見安安事，卽用呼希乾小字安安。

板橋雜記云：『嘉興姚壯若，用十二樓船，於秦淮招集四方應試知名之士百有餘人，每船選名伎四人佐酒，梨園一部，燈火笙歌，爲一時盛事。』

李于田縱橫聲伎，放誕不羈。女伶登場，至雜伶人中持板按拍。主人知而延之上座，恬然不爲怪。又胡白叔幼而穎異，以狐旦登場，四座叫絕。（並見明詩綜注。）板橋雜記言：『沈公憲以串戲見長，同時推爲第一。王式之中翰、王恆之水部，異曲同工。』

周憲王者，定王子，好臨摹古書帖。曉音律，所作雜劇凡三十餘種，散曲百餘，雖才情未至，而音調頗諧。李獻吉汴中元宵絕句云：『齊唱憲王新樂府，金梁橋上月如霜。』又牛左史恆詩云：『唱徹憲王新樂府，不知明月下樊樓。』（見曲藻及堯山堂外紀。）

丹鉛錄云：『陳大聲嘗爲武弁，以運事至都門，客召宴集，命教坊子弟度曲侑之。大聲隨處雌黃，其人拒不服，蓋未知大聲之精於音律也。大聲乃手攬其琵琶，從座上快彈唱一曲，諸子弟不覺駭服，跪地叩頭曰：「吾儕未嘗聞且見也！」稱爲「樂王」。』

元賚唐臣有蘇子瞻貶黃州傳奇。謝憲使朝鮮，正德初以御史陞浙之憲副。始上任，開宴，優人以前傳奇呈。未幾，謝入覲，以遺『徹宴疏』貶黃州判。（見眞珠船。）

李馘尚書夜登越城樓，聞歌曰：『雁門關上雁初飛。』其聲激切。召至，乃去籍之伎盛小叢也，曰：『汝歌何善乎？』曰：『是梨園供奉南不嫌女甥所唱之音，乃不嫌敎之。』（見閒居筆記。）

李袞善歌，名動京師。崔昭入朝，密載而至，乃廣延賓客以爲盛會。袞喉轉一聲，衆大驚，曰：

『李八郎也！』盛會之名，實本於此。（見徐文長集。）

韓邦奇作其弟邦靖行狀，末云：『恨無才如司馬子長、關漢卿者以傳其事。』吾友葉霜林嘗云：『古人往矣，而賴以傳者有四：一、敍事文，一、畫，一、評話，一、演劇。道雖不同，而所以摹神繪色、造微入妙者，實出一轍。』霜林善評話，故有是云。

亦巢偶記云：『俗呼薰猪耳〔三七〕爲「俏冤家」，不知何所取，里巷至今傳之。一日，予同一二友至虎邱游行，久之，思飲甚切。然所擕杖頭極非，因思薰猪兒價輕，令僮買之佐酒。不至，一友忽唱云：「俏冤家何時還不到？」衆大噱。按葦航紀談云：「閱煙花記：『冤家之說有六：情深意濃、彼此牽縈、寧死無二，一也；兩情相繫、阻隔萬端、心想魂飛、寢食俱廢，二也；長亭短亭、臨岐分袂、黯然魂消、悲泣良苦，三也；山遙水遠、魚雁無憑、夢寢相思、柔腸寸斷，四也；憐新拋舊、辜恩負義、恨切惆悵、怨深刻骨，五也；觸景悲傷、抱恨成疾，六也。』」余謂：冤家，猶呼「奴家」、「哀家」、「咱家」，方言如是，非有義理可尋。』

已瘧編云：『丞相胡惟庸畜猢猻十數，衣冠如人，客至則令供茶行酒。能跪拜、揖讓。吹竹笛，聲尤佳。又能執干戚舞蹈。人稱之爲「孫慧郎」。』

何元朗早歲入南都，隨顧東橋游讌，多習舊聞。東橋每宴集，輒用教坊樂，以箏、琶侑觴。當康陵南巡日，樂工頓仁隨駕之北京，得金、元人雜劇。元朗妙解音律，令家中小鬟盡傳之。置酒留賓，恆自度曲。有李節者，善箏歌，元朗品爲教坊第一，於時名彥，賦詩留贈，黃淳父詩所云『十四樓中第一聲』也。其後引歸。海上倭亂，避地靑溪，然文酒之會，未嘗廢絲竹。其買宅句云：『一須焦革鄰舍，二要秦靑對門。』唐荆川半醉作文，先高唱西廂惠明『不念法華經』一齣，手舞足蹈，縱筆伸紙，文乃成。（見操觚十六觀。）

露書云：『琉球居常所演戲文，則閩中子弟爲多。其宮眷喜聞華音，每作，輒從簾中窺。識天使，恆跪請與雅題目。如拜月、西廂之類，皆不演；卽岳武穆破金，班定遠破虜，亦以爲嫌；惟金釵、姜詩、王祥之屬，則所常演，每嘖嘖歎華人之節孝云。』

相傳：徐文貞之兄少司寇隲假歸，朝貴會送，江陵與焉。酒酣，各乘騎而行。少司寇以扇叩江陵肩云：『去時還有張老來相送。』江陵深銜之。又松江郡守生日，郡紳集賓館稱祝，有一年少太學輿座，衆不識，共問之，答曰：『當朝宰相爲岳父。』又金給諫士希，本西域人，失偶再娶，科中相賀曰：『這回好箇風流壻。』諸史云：『有公會而分宜子世蕃後至，坐間問曰：「何爲來遲？」世蕃曰：「偶傷風耳。」王元美唱琵琶曲曰：「爹居相位，怎說得傷風！」』

崇禎癸巳，吳中諸公子〔二八〕習武，爲江南撫臣朱鑑塘所訐，謂諸公子且反，其贈答詩云：『君實有心追季布，蓬門無計托朱家。』爲謀反確證。給事趙完璧因據以上聞。時三相皆吳、越人，疏請行撫按會勘虛實。有代爲解者，云：『此拜月傳奇中陀滿興福投蔣世隆，蔣因有此句。』因取坊間刻本證之，果然。諸公子獄始全解。按：今本拜月，即幽閨記，無此兩句。

曠園雜志云：『袁籜菴與數客謁合肥公，久之不出，使人報曰：「平昔未相識，不便接見。」袁大不懌。少頃，公出，長揖曰：「從來不認得于叔夜。」舉座絕倒。相傳籜菴在荆州時，某巡道謂曰：「貴府衙中有二聲：棊子聲，唱曲聲。」對曰：「老大人也有二聲：天平聲，竹片聲。」某默然。未幾，籜菴遂掛彈章，罷歸，流寓金陵，落魄不得意。吳梅村贈以詩云：「詞客開元擅盛名，蕭條鶴髮可憐生。劉郎浦口潮初長，伍相祠邊月正明。擊筑悲歌燕市恨，彈絲法曲楚江情。善才已死秋娘老，濕盡青衫調不成。」』

康熙朝，靳文襄議開十字河，督臣董默菴知其不便，難以片言而析。有山陽鄒公子者，豪華喜結納公卿，董公令其得開河不便狀。公子用訟師徐北山之計，遣黠奴通靳幕中人，陰竊摘由號簿。蓋時赴河臣呈告不便者七千餘人，其狀皆具於簿。董公見此，大喜，曰：『是不須口舌爭矣。』次日，會議郡庠尊經閣下，先演劇楊椒山寫本一齣，伶唱至『烈烈轟轟做一場』，董公拍案大笑，點首自唱『烈烈轟轟做一場』。四座瞪目愕眙。將弁行酒者，相視失色。（事詳茶餘客話。）

玉劍尊聞云：『高則誠居崇儒里，弟名誠，字則明，亦有文名。時號「兩難」。』

堯山堂外紀云：『楊邃翁壽日，嘉定沈練塘作還帶記以侑觴，曲中有「昔掌天曹，今爲地主」等語，遂翁喜，圈此八字。』

楊文襄在正德末以次揆少傅居丹陽，適武宗南巡，以征寧庶人爲名，幸其第，留車駕。凡三至焉。上賦絕句十二首賜之，楊以絕句如數賀上。又有應制篇，刻爲車駕幸第錄。吳中王文恪侈其事，最後一律云：『漫衍魚龍看未了，梨園新部出西廂。』

邱瓊山過一寺，見四壁俱畫西廂，曰：『空門安得有此！』曰：『老僧於此悟禪。』（見談芬。）又相傳：『明弘治末，泉州府學教授，南海人，頗立崖岸。一日，設宴明倫堂，搬演西廂雜劇。翼日，有無名子書一聯於學門，云：「斯文不幸，明倫堂上除來南海先生；學校無光，敎授館中搬出西廂雜劇。」某出見之，赧然，故態頓去。』

耳新云：『熊潮善戲術，凡梨園子弟至其地，必先禮謁，始多獲利市；否則登場時以手指之，雖善歌者，啞然失聲。明日來謝過，再四懇求，潮笑曰：「偶然耳。曲在若口，他人安能使緘邪？」歌者聲卽如故。』

夢蕉詩話云：『優工以鬆塑爲神鬼面像而戴之以弄，叫嘯踴躍，百狀惟怪，望之可爲辟易，然其本來面目，終莫得而揜焉。李若虛嘗於席間戲爲吟云：「鐵面虬髯戟似霜，人人道是四金剛。一回戲臉都拋却，仍是郎當老郭郎。」』

吾里中徐坦菴作珊瑚鞭傳奇成，邀袁籜菴觀之，作拂霓裳詞云：『儘商量，人生萬事熱黃粱，收拾在春風錦繡一奚囊。英雄啼有淚，兒女笑生香。杜韋娘，趁當筵歌舞拂霓裳。風流況，是客座上有周郎。摧拍了，不教絃管誤宮商。調高人語靜，燭短酒杯長。謾端相，繡簾開，明月遶歌梁。』

坦菴任元美題其叔買花錢雜劇，作風流子詞，云：『千秋同抱怨，風流事知否幾人經？羡座上酒豪，佳人意許；樓前詩句，天子情傾。相逢處，眼波嬌欲溜，眉宇韻偏生。雅調唱酬，價價閨閣；才華灩瀲，價重墀庭。借于生佳話，傳幽憤不覺彩筆縱橫。意近叩壺王子，擊筑荆卿。愛清商響若，九皋唳鶴，新詞柔似，百囀流鶯。咳唾盡成珠玉，高調誰賡？』

吳薗次題尤悔菴清平調雜劇減字木蘭花云：『仙子供奉，豈藉尋常科第重？失却珊瑚，只笑唐家結網疎。知君寄托，掃盡里兒容做作。爛醉沈香，此後誰堪七寶牀？』題讀離騷雜劇采桑子云：『瀟湘千古傷心地，歌也誰聞？怨也誰聞？我亦江邊憔悴人！青山剪紙歸來晚，幾度招魂？幾度銷魂？不及高唐一片雲！』題醉桃園雜劇清平樂云：『山空石古，遮斷桃花塢。采菊東籬杯自舉，獨把義熙留取。門生兒子籃輿，有時直上匡廬。人道賢哉隱者，不知禪也、仙乎？』

田山薑新秋雨夕卞司寇齋中觀尤展成李白登科傳奇詩云：『四條弦動第三廳，一闋霓裳酒未停。偶爾清歌天便妬，秋鐙寒雁雨淋鈴。』

新安呂履恆字元素，夢月巖詩餘有念奴嬌題秣陵春傳奇云：『六朝如夢，誰解道野老江頭歌哭？

海思雲愁還寄托，舊部霓裳法曲。瑤水筵前、翠微宮裏，夙世仙緣卜。非空非色，個中人自如玉。爭奈身作盧舟，心同明鏡，形影交相逐。劫火雖燒蓮性在，不怕罡風顛撲。撥盡鵾弦，搊殘羯鼓，淚斷聲難續。曲終人遠，數峯江上猶綠。』

龔合肥邀顧黄公看丁繼之演水滸赤髮鬼。丁年已八十。顧卽席贈以詩云：『左右看君正少年，翠鬟紅袖並花前。按歌傳遍青樓曲，作使當場白打錢。酒態慣撩監史罰，舞腰猶博善才憐。貞元朝士今無幾，却有民間地上仙。』

韓山子朱潮遠四本堂座右編云：『豫督張公自德，先巡鹽淮揚以「黄粱夢」徵詩。予偶投句云：「從前熟讀爛柯經，不免邯鄲此道行。桃葉洞中遇漢、魏，白雲枕上建功名。十年宰相身原在，一夢河山飯未成。蛙市蜂衙烏兔疾，金鞭指我過蓬、瀛。」公一見，卽折節造謝。』

吾郡閨秀徐淑則觀演長生殿詩云：『鈿合金釵事渺然，徒勞瀛海問神仙。可憐空有他生誓，何處重逢七夕緣？宮監歸來頭似雪，梨園老去散如烟。今宵聽奏霓裳曲，誰賜開元舊寶錢？』〔二九〕

〔註〕　原題「江都焦循」。

劇說校勘記

本編所重印的劇說，是用讀曲叢刊本作底本。此本雖然較爲完整，但仍有一些錯訛。現在，凡此本誤而稿本不誤的地方，逕據稿本改正；兩本均誤的地方，就編者所見，或參考它書訂正，或僅僅加註以說明。稿本有已刪去的幾處，有被刻本所略去的兩點，現仍補收在註中。

中國文學參考資料小叢書本，已附有一部分校勘，本編參用了其中的西河全集、桐下聽然兩條。其餘僅是刻本誤而稿本不誤，故不再採用。又小叢書本對於劇說所引樂府雜錄各條，多據錢熙祚校本加以校註，因本編已收有增補錢校樂府雜錄，故從略。

〔一〕引用書目中，有幾處誤筆，如暖姝由筆的作者本是徐充而誤作『徐光』，鄭仲夔的著作祇有耳新却誤作『耳聞』，今均代爲改正，幷識於此。又古杭夢遊錄和都城紀勝本是一書，也不應重列。

〔二〕『香囊之幻』，原『幻』字作『詭』，今據莊嶽委談改。

〔三〕刻本此段末尾作：『……大會則用南戲，其始止二腔，較「海鹽」更爲淸柔而婉折也。』刪節過甚，語意不明，今從稿本。

〔四〕『周挺齋論曲云』一段，乃是涵虛子太和正音譜中文，應加更正。

〔五〕『辰鈎月』，原作『辰句月』。

〔六〕『五雷轟』，後來均稱『五雷陣』，不知『轟』字似否有誤。

〔七〕『王翛然』，原脫一『然』字。

〔八〕『雌』，原作『妻』。

〔九〕按：此段節引列子湯問篇，誤『偃師』爲『優師』。

〔一〇〕稿本此處多一行註文：

『潛說友嘗撰臨安志，甚佳。』

〔一一〕『著』，疑是『註』字。

〔一二〕稿本此處多一行註文：

『洞天元記，楊慎作。』

〔一三〕按：茶餘客話所引杜寶水錦圖經，不但刪節過甚，且有誤句、誤字。可參閱太平廣記二百二十六，伎巧二。

〔一四〕『嘗』，原作『察』，據桐下聽然改。

〔一五〕『爲』字，據藝苑卮言加。

〔一六〕稿本此條原很長，删節後，同於刻本。今錄删去之文如下：

「李艾塘作歲星記傳奇，余爲之序云：（首一段同刻本）「歲乙丑，訪李君艾塘于防風館，見其近作歲星記傳奇，本列仙傳『東方朔爲歲星之精』也。夫曼倩在孝武時，文章不讓相如，詼諧同於長孺。二句本方正學先生。班生專爲立傳，而明辨當時所傳他事奇言怪事之非，則『歲星』之說，爲孟堅所不信。然而惟嶽降神，生甫及申。一代非常之人，未有不鍾毓于星辰河嶽之靈者，曼倩之爲歲星，何獨不然？艾塘此作，可與升庵、孝若、笨庵諸曲，比肩伯仲，夫又何疑？艾塘此記成，旋付歌兒。較曲者以不合律，請改。艾塘曰：『令歌者來，吾口授之。』且唱且演，關白唱段，一一指示，各盡其妙。嗟呼！論曲者每短琵琶記不諧於律，惜未經高氏親授之耳。湯若士云：『不妨天下人拗折嗓子。』此諢語也。豈眞拗折嗓子耶？」」

〔一七〕按李笠翁有巧團圓傳奇。此作『奇團圓』，疑誤。

〔一八〕此處衍一『用』字，據毛西河原文删去。

〔一九〕『盧至』，原作『盧止』。按：柳南隨筆即誤作『盧止』。

〔二〇〕『移』字，刻本缺，稿本作『稍』，今據桯史。

〔二一〕『點鬼簿』，似應作『錄鬼簿』。

〔二二〕刻本『寧』下空一字，稿本字句淆亂不明。按：所缺當是『初』字。

〔二三〕『定楊』，原作『定陽』。

〔二四〕『勝樂道人』，原作『樂勝道人』。

〔二五〕此條已見卷三，今重出。

〔二六〕『趕棒』，原作『趕棍』。

〔二七〕『薰豬耳』，原作『董豬兒』。

〔二八〕『諸公子』，原作『諸公』。

〔二九〕稿本此卷中有已刪去者一條，今錄於下：

「班中演長生殿者，每忌全演，相傳全演則班必散。乾隆三十幾年，長白伊公按鹺兩淮，故令春台班演全部長生殿以試之，乃是秋春台班竟以他故散去。趙仰葵所云。」

花部農譚

清·焦循著

花部農譚提要

花部農譚一卷，清焦循著。焦循事跡，已見劇說提要。清李斗揚州畫舫錄云：『兩淮鹽務，例蓄「花」、「雅」兩部，以備大戲。雅部卽崑山腔，花部爲京腔、秦腔、弋陽腔、梆子腔、羅羅腔、二簧調：統謂之亂彈。』花部農譚，乃是就花部所演的一些著名劇目，敍其本事，並加以考證和評論。從來文人談戲，多側重在南、北曲，認爲地方戲曲鄙俚不足道，而焦循却特別推崇表揚，這一方面可以看出在十八世紀末葉時候的民間戲曲，已然有了一定高度的發展和興盛，同時，也說明焦氏是別具眼光的。

花部農譚，今存有焦氏原稿本及懷豳雜俎所收本，文字全同。懷豳雜俎，徐乃昌輯刻，有淸宣統三年序。

花部農譚

清·焦循撰

梨園共尚吳音。『花部』者，其曲文俚質，共稱爲『亂彈』者也，乃余獨好之。蓋吳音繁縟，其曲雖極諧於律，而聽者使未覩本文，無不茫然不知所謂。其琵琶、殺狗、邯鄲夢、一捧雪十數本外，多男女猥褻，如西樓、紅梨之類，殊無足觀。花部原本於元劇，其事多忠、孝、節、義，足以動人；其詞直質，雖婦孺亦能解；其音慷慨，血氣爲之動盪。郭外各村，於二、八月間，遞相演唱，農叟、漁父，聚以爲歡，由來久矣。自西蜀魏三兒倡爲淫哇鄙謔之詞，市井中如樊八、郝天秀之輩，轉相效法，染及鄉隅。近年漸反於舊。余特喜之，每攜老婦、幼孫，乘駕小舟，沿湖觀閱。天既炎暑，田事餘閒，羣坐柳陰豆棚之下，侈譚故事，多不出花部所演，余因略爲解說，莫不鼓掌解頤。有村夫子者筆之於册，用以示余。余曰：『此農譚耳，不足以辱大雅之目。』爲芟之，存數則云爾。嘉慶己卯六月十八日立秋，雕菰樓主人記。

花部所演有鐵邱墳者，一名打金冠，爲薛剛打殺僞太子，夷其三族，逮其兄薛猛於陽河誅之。僞太子者，武氏私幸薛懷義所生，所爲驢頭太子者也。徐勣閔薛氏之鬼餒而，乃自以其子易薛之子而撫育之。其觀畫一齣，竟生吞八義記。乃八義之程嬰，本諸太史公之晉世家，嬰乃趙氏家臣，以己子易趙子，見其忠於所事；若勣於薛氏，既非故主，亦非深交，而公然以己之子易薛之子，在己大爲不仁，於薛亦不足爲義，豈非無稽之至者哉！而何苦爲之？及細究其故，則妙味無窮，有非八義記所能及者。觀畫之後，薛氏子去之韓山，起義師，直入長安討武氏。韓山者，邗上也，卽徐敬業起兵之事也。今則不曰徐敬業而曰薛交，若曰：以徐勣之人，豈得有此忠義之子，能起義兵爲國討亂？當日所謂徐敬業，實薛氏子薛交也。是徐勣之子也，而非徐勣之子也。徐勣之人，焉得有此忠義之子！作此戲者，假八義記而謬悠之，以嬉笑怒罵於勣耳。彼八義記者，直抄襲太史公，不且板拙無聊乎？

龍鳳閣慷慨悲歌，此戲當出於明末。擊宮門一齣，卽隱移宮之事也。李娘娘，卽選侍也；楊波卽楊漣，漣之爲波，其意最明；徐量卽是徐養諒。但故謬爲神宗事耳；神宗太后雖亦姓李，其父李偉有賢稱。

陳家谷口之敗，楊無敵與子延玉並死於難，其端由於王侁忌功不救。時督師者潘美。業本欲待時而動，美不能用其謀；及侁遁，美不能禁，美亦沿河而去。業力戰谷口，見無人，乃大呼：『奸臣誤我！』還戰遂死。則美之陷業可知，不盡關乎侁也。美，良將也，豈一王侁不能制？自此敗之後，國威大損。宋之弱，實由於美矣。後太宗以足創甚，召寇準於靑州，而壽王之位定；澶州一役，庶洗從前之恥。花部有兩狼山劇，演楊業死事，則全歸獄於美。延昭愬枉於朝，召寇準讞定其獄，而潘之害賢，寇之嫉惡，淋漓慷慨，豪髮畢露，若曰：業之死，向令得準斷之，則美之罪當不止於奪官而已。宋之於遼，自潘而弱，自準而振，且恨當時未有忘身狥國、秉道嫉邪如準者訊之，杖之，大聲指罵之，假鬼神嬲弄之，乃使美得逃其咎也。尤可謬悠者，則潘方統重師，朝廷遣官逮之，莫敢動，適王侁怨美殺其兄，乃擒美致檻車，而侁卽統其軍。蓋美陷業而委其罪於侁，史如其所委者書爾；而特於楊業口中出奸臣二字，美之爲奸臣，實以此互見之，有春秋之嚴焉。爲此戲者，直並將侁洗去，使罪專歸於美，與史筆相表裏焉。侁，音莘，演者或誤爲仈聲，非是。

唐張仁龜，本張尙書之庶子，其嫡不容，尙書乃使遠爲張處士之子，有手書爲據。仁龜稍長，漸知其爲尙書子，乃竊據而逃之京師；既登第，仕爲官，遂忘處士養育之義。處士以無據，鬱恨而死。已而仁龜出使，自縊於驛亭，相傳爲張處士冥訴陰譴之。事載北夢瑣言。花部中演爲淸風亭劇，張處士仍姓張，仁龜則謬爲薛氏子。其本末略同：處士夫婦以織屝磨豆爲生。拾得此子，有血書乞人收養，處士力貧撫育，得存活。至十數歲，適其生母過此，乃竊血書逃去，登第，出使矣。張自此子出逃，其婦日詬，以思兒得疾，不復能磨豆。張日扶其病婦至清風亭望此兒歸。蓋年皆七十許矣。久之，愈衰老，困苦行乞，而食暇則仍延頸於清風亭。一日，傳有貴官至，將憩於亭。坊甲洒掃見二老人，因曰：『吾昨見此官，殊與翁媼之逃子面相似。明日官憩此，翁媼其潛於近處。吾驗視誠然，來爲翁媼告也。』二老人喜甚。明日，坊甲驗視不錯，乃欣然招二老人。二老人欣然至，入亭視之，良是。往呼兒，其子怒曰：『是何乞兒，妄謬至此！』翁媼乃歷述十數年養育事，仍不動，惟曰：『持據來！』據則已竊去，固無有也。於是二老人乃蒲伏叩頭曰：『公貴人，我小民豈敢以撫育微勞冒認父子；但十數年相依，姑作一家僕乳婢，攜我兩人，生食之，死棺之，免餓斃於路，他無敢望矣。』其侍從奴僕感動，跪代爲乞。此子曰：『此兩乞丐，得二百錢足矣。』乃以錢二百給之，搊於亭外。媼讓翁曰：『兒恨爾，爾素督責其讀書過切；我則保持之，雖長，未嘗一日離諸懷也。爾姑退，我獨求之，伊當憐念我。』媼復入，此子怒詈益甚。媼大哭，以錢擊其面，觸亭而死。翁見媼久不返，往視，見媼死，亦大慟，以首觸地死。此子轉訶斥坊甲勾引，坊甲亦強項不服。此子竟搊騶從去。乃作天雷雨狀，而此坊甲者冒雨至亭下，見有披髮跪者，乃雷殛死人也。視之，則前之貴官，右手持錢二百，左手持血書。坊甲乃大聲數其罪而責之。此卽張處士鬱恨而死、仁龜得陰譴之所演也。鬱恨而死，淋漓演出，改自縊爲雷殛，以悚懼觀，眞巨手也。據崑腔劇中，雷殛二事：一爲雙珠之李克成、張有得。克成以營長謀姦營卒之婦，羅致卒死罪，致其婦以死明節——此事見輟耕錄——卒雖因婦死得釋，所賣子亦歸，惟營長未有報，故思得天雷殛之爲快耳。然作雙珠劇者，營卒妻賣子、投淵之後，旣得神救不死，父子夫妻後俱完聚，則李克成固亦天所不必誅也，故雙珠之李克成、張有得雖遭雷殛，尙不足以警動觀者。至西樓之趙不將，祇以口筆之嫌構其父，父禁于叔夜不許私妓，在趙固洩私忿，而其言非不讜正，以是而遭雷殛，眞爲枉矣。蓋袁于令與趙鳴陽素隙，心恨之，思得雷殛乃快，西樓之趙不將，卽指鳴陽也。鳴陽人品學問，豈袁所及，故馮猶龍删改西樓，毅然删去此折，是也。余憶幼時隨先子觀村劇，前一日演雙珠天打，觀者視之漠然。明日演淸風亭，其始無不切齒，旣而無不大快。鐃鼓旣歇，相視肅然，罔有戲色；歸而稱說，浹旬未已。彼謂花部不及崑腔者，鄙夫之見也。

王霸之子王英，旣邂逅郭后，迎奉於山。后命往市中招集義兵，市中人欣然從之，爭延王將軍酒食。此從王霸遭市人揶揄反面搬演。英往說姚剛，辭嚴氣直，百挫不撓，作人忠義之氣。魏氏春秋云：『夏侯元、何晏名盛於時，司馬景王亦預焉。晏嘗曰：「惟深也，故能通天下之志，夏侯泰初是也；唯幾也，故能成天下之務，司馬子元是也；惟神也，不疾而速，不行而至，吾聞其語，未見其人。」蓋欲以神況諸己也。』子元卽司馬師也。師在正始間與泰初、平叔並稱名士，則其風流元譚，可想見矣。今平叔論語集解高列學官，與聖經同不朽；而泰初所爲樂毅論，得王右軍書之，學僮稍能習字，皆旦夕撫臨，無不知有夏侯泰初者；而子元則花部中大淨爲之，粉墨青紅，縱橫於面，雄冠劍佩，跋扈指斥於天子之前，居然高洋、爾朱榮一流，所謂『幾能成務』之風，莫之或識矣。晉書景帝紀稱子元『饒有風采，沈毅多大略』，設令準此而以生、末爲之，幅巾鶴氅，白面疏髭，誰復信爲司馬師乎？

花部中有劇名賽琵琶，余最喜之。爲陳世美棄妻事。陳有父、母、兒、女。入京赴試，登第，贅爲郡馬，遂棄其故妻，並不顧其父母。於是父母死。妻生事、死葬，一如琵琶記之趙氏；已而挈其兒女入都，陳不以爲妻，並不以爲兒女。皆一時艷羨郡馬之貴所致。蓋旣爲郡馬，則斷不容有妻，有兒女也。妻在都，彈琵琶乞食，卽唱其爲夫棄之事。爲王丞相所知。適陳生日，王往祝，曰：『有女子善彈琵琶，當呼來爲君壽。』至，則故妻也。陳彷徨，彊斥去之，乃與王相詬。王盡退其禮物，令從人送旅店與夫人、公子，陰謂其故妻曰：『爾夫不便於廣衆中認爾，余當於昏夜送爾去，當納也。』果以王相命，其閽人不敢拒。陳亦念故，乃終以郡主故，仍強不納。妻跪曰：『妾當他去，死生唯命；兒女則君所生，乞收養之耳。』陳意亦愴然動。再三思之，竟大冒，使門者搊之出。念妻在非便，卽夜遣客往旅店刺殺妻及兒女。幸先知之，店主人縱之去，匿於三官堂神廟中。妻乃解衣裙覆其兒女，自縊求死。三官神救之，且授兵法焉。時西夏用兵，以軍功，妻及兒女皆得顯秩。王丞相廉知陳遣客殺妻事，甚不平，竟以陳有前妻欺君事劾之，下諸獄。適妻帥兒女以功歸，上以獄事若干件令決之，陳世美在焉。妻乃據皋比高坐堂上。陳囚服縲絏至，匍匐堂下，見是其故妻，慚怍無所容。妻乃數其罪，責讓之，洋洋千餘言。說者謂：西廂拷紅一齣，紅責老夫人爲大快，然未有快於賽琵琶女審一齣者也。蓋西廂男女猥褻，爲大雅所不欲觀；此劇自三官堂以上，不啻坐淒風苦雨中，咀荼齧檗，鬱抑而氣不得申，忽聆此快，眞久病頓甦，奇癢得搔，心融意暢，莫可名言，琵琶記無此也。然觀此劇者，須於其極可惡處，看他原有悔心。名優演此，不難摹其薄情，全在摹其追悔。當面詬王相、昏夜謀殺子女，未嘗不自恨失足。計無可出，一時之錯，遂爲終身之咎，眞是古寺晨鐘，發人深省。高氏琵琶，未能及也。

義兒恩之兒，爲其母前夫之子。母攜來爲人妾，而思以毒藥謀殺其嫡。値妾兒至，嫡以妾所饋酒肉食之，兒中毒死，妾乃稱嫡殺其兒。爲此兒者，誠難自處矣，黨其親母則枉殺嫡，鳴嫡枉則殺其親母，乃自認毒殺其舅。此子眞孝子也，故曰『義兒』。行刑日，與一大盜同縛，盜斬而赦至。其嫡持斂席來收兒屍，見盜首大慟。此本元人趙頑驢偸馬殘生送。

雙富貴之藍季子，以母苦其嫂，潛代嫂磨麥。又潛入都爲嫂尋兒，行李匱乏，赤身行乞，叫化於街。觀之令人痛哭。

紫荊樹之枯死，竟爲田三之妻斧斤所致。田大士人也，二則胥隸耳。樹死鵶散，終不肯析居，在田二尤難得者矣。

曲話

清·梁廷枏著

曲話提要

曲話五卷，清梁廷枏著。廷枏，字章冉，別號藤花主人。廣東順德人。副貢生，官澄海縣訓導。因參加修海防彙覽，得熟悉當時國際形勢。林則徐任兩廣總督，特聘他共商戰守計劃。一八五一年（咸豐元年）升內閣中書，加侍讀銜；一八六一年卒，年六十六。

廷枏治學，是以史學和金石爲主，更兼通音律詞曲。他生平的重要著作，有南漢書、金石稱例、曲話等，彙刻爲藤花亭十種。此外又有圓香夢、江梅夢、斷緣夢、曇花夢雜劇四種，稱爲『小四夢』；傳奇，有了緣記一種。

曲話五卷，第一卷列舉雜劇傳奇名目，不過就錄鬼簿和曲海目而另加排比；第四卷多談格律譜法，第五卷側重在論音韻，但也多引前人舊話；惟有二、三兩卷，品評各家名作，能不因襲一般談曲論曲慣習，或從史書去追究本事，或就文章來專談詞藻，而多從劇情結構以評論得失短長，這是作者別具眼光的地方。

梁廷枏曲話，有下列各種版本：

（一）藤花亭十種本　藤花亭十種，有一八三〇年（清道光十年）刻本。

（二）曲話三種本。

（三）曲話　一九一六年上海有正書局鉛印本。

（四）曲苑本。

（五）重訂曲苑本。

（六）增補曲苑本。

以上三、四、五、六四種本子，都是直接或間接出於藤花亭十種本，故此實際上祇存兩種不同的本子。

去歲梁子韋冉以圓香夢樂府寄予，淒切淸豔，情止乎義，有風人之遺，予題詞復之。今年秋，自大良泛舴艋，檥珊瑚洲，登岸謁予，譚次，以所著曲話質。自元、明暨近人院本、雜劇、傳奇無慮數百家，悉爲討論，不黨同而伐異，不榮古而陋今，平心和氣，與作者揚搉於紅牙、紫玉之間，知其用力於此道者邃矣。扶犂、擊壤後有三百篇，自是而騷，而漢、魏、六朝樂府，而唐絕，而宋詞、元曲，爲體屢遷，而其感人心移風易俗一爾。蓋文之至者，傾肺腑而出，其詞明白坦易，雖婦人孺子莫不通曉，故聞忠、孝、節、義之事，或軒鼕而舞，或垂涕泣而道；而南北曲者，復以妙伶登場，服古冠巾，與其聲音笑貌而畢繪之，則其感人尤易入也。顧世之論曲者，不以文，以律，曰『某字宜平而仄，與五聲乖也』，曰『某字宜陽而陰，與九宮戾也』，夫律則何譜之有？三百篇之與韶、武，不啻遠矣，而孔子絃歌以合之律，果有譜乎？予觀荊、劉、拜、殺暨玉茗諸大家，皆未嘗斤斤求合於律；俗工按之，始分出襯字，以爲不可歌；其實得國工發聲，愈增韻折也。故曲無定，以人聲之抑揚抗墜以爲定。是書亦間論律，而終以文爲主，其所見尤偉，誠足爲曲家之津梁也已。嘉應李黼平序。

曲話卷一

清·梁廷枏著[註]

古人作曲本，多自隱其名氏；而鄙俚不文之作，又往往詭託於古之詞人及當代名流而出之；又或原有姓名，相傳既久，不免失脫者：故曲本之考證最難也。

作曲人自一種至數十種，有姓氏可考及或隱其本名而寓以他稱者，以雜劇言之，其人各一種者，元人如：李文蔚作燕青博魚，李直夫作虎頭牌，岳伯川作鐵拐李岳，楊文奎作翠紅鄉，戴善甫作風光好，李壽卿作伍員吹簫，孫仲章作勘頭巾，高文秀作雙獻功，王仲文作賢母不認屍，王實甫作麗春堂，宮大用作范張雞黍，范子安作竹葉舟，張壽卿作紅梨花，李行甫作灰闌記，谷子敬作三度城南柳，曾瑞卿作留鞋記，楊景賢作劉行首，王子一作誤入桃源，孟漢卿作魔合羅，石子章作竹塢聽琴，紀君祥作趙氏孤兒，康進之作李逵負荆，李致遠作還牢末，李好古作張生煮海，王曄作桃花女，朱凱作昊天塔；明人如：梅鼎祚作崑崙奴，凌初成作虬髯翁，王九思作曲江春，康海作中山狼，汪廷訥作廣陵月，僧湛然作魚兒佛，王應遴作逍遥游，林章作青虬記，北海馮氏作不伏老，幔亭仙史作雙鶯傳，竹癡居士作齊東絕倒，澹居士作櫻桃夢，蘧然子作蕉鹿夢，秦樓外史作男王后，破慳道人作一文錢，函三館作紅蓮債，蘅蕪室作再生緣；國朝如：卽空觀主人作蘼忽姻緣，二鄉亭主人作祭皐陶，鄒兌金作空堂話，孟稱舜作眼兒媚，查繼佐作續西廂，陸世廉作西臺記，堵廷棻作衛花符，土室道民作鯁詩讖，黃家舒作城南寺，碧蕉軒主人作不了緣，張來宗作櫻桃宴，張龍文作旗亭燕，孫源文作餓方朔，高應玘作北門鎖鑰。其人各二種者，元人如：吳昌齡之風花雪月、東坡夢，秦簡夫之趙禮讓肥、東堂老，楊顯之臨江驛、酷寒亭，石君寶之李亞仙、秋胡戲妻，白仁甫之梧桐雨、牆頭馬上；明人如：徐翽之絡冰絲、春波影，梁伯龍之紅線女、紅綃，徐陽輝之脫囊穎、有情癡，陳與郊之昭君出塞、文姬入塞；國朝如：嵇留山之揚州夢、讀離騷，蝸寄居士之笳騷、長生殿補闕，田民之蓬島瓊瑤、花木提名。其人各三種者，元人如：喬孟符之金錢記、揚州夢、玉簫女，張國賓之合汗衫、薛仁貴、相國寺，鄭廷玉之楚昭公、後庭花、忍字記，武漢臣之老生兒、生金閣、玉壺春，鄭德輝之倩女離魂、王粲登樓、㑳梅香，賈仲名之意馬心猿、玉梳記、蕭淑蘭，尚仲賢之單鞭奪槊、氣英布、柳毅傳書；明人如：沈自徵之鞭歌妓、簪花髻、霸亭秋，楊愼之洞天元記、蘭亭會、太和記；國朝如：黃石牧之褻航遇仙、張旭觀公孫大娘舞劍、鬱輪袍，元成子之藍采和、阮步兵、鐵氏女，蔣士銓之四絃秋、一片石、忉利天，南山逸史之半臂寒、長公妹、中郎女。其人各四種者，明人如：徐渭之女狀元、雌木蘭、翠鄉夢、漁陽弄，汪道昆之遠山戲、高唐夢、洛水悲、五湖游，王衡之鬱輪袍、哭倒長安街、眞傀儡、沒奈何；國朝如：徐又陵之買花錢、大轉輪、浮西施、拈花笑，尤侗之讀離騷、弔琵琶、黑白衛、清平調，韋玉山樵之盧從史、老客歸、長門賦、燕子樓，林於閣之義犬記、淮陰侯、中山狼、蔡文姬。其人各五種者，明人如：孟稱舜之桃花人面、英雄成敗、死裏逃生、花舫緣、紅顏年少；國朝如：張國籌之脫穎、茅廬、章臺柳、韋蘇州、申包胥。其人各六種者，國朝如：黃方印之倚門、再醮、淫僧、偷期、督妓、孌童、懼內。其人各七種者，元人如：馬致遠之漢宮秋、薦福碑、三醉岳陽樓、陳摶高臥、黃粱夢、青衫淚、三度任風子；明人如：許潮之武陵春、龍山宴、午日吟、南樓月、赤壁游、同甲會、寫風情，葉憲祖之碧蓮繡符、丹桂鈿盒、北邙說法、團花鳳、夭桃紈扇、素梅玉蟾、易水寒。其人各八種者，元人如：關漢卿之玉鏡臺、謝天香、望江亭、救風塵、金線池、竇娥冤、蝴蝶夢、魯齋郎；國朝如：萬樹之珊瑚珠、舞霓裳、藐姑仙、青錢賺、焚香閙、罵東風、三茅宴、玉山宴。以傳奇言之，其人各一種者，元人如：董解元作絃索西廂，明人如：高則誠作琵琶，柯丹邱作荆釵，蘇復之作金印，王雨舟作連環，邵給諫作香囊，周夷玉作紅梅，周螺冠作錦箋，端鏊作屒屪，梁伯龍作浣紗，梅鼎祚作玉合，龍膺作藍橋，余聿文作量江，馮夢龍作雙雄，黃伯羽作蛟虎，陸弼作存孤，李鳴雷作清風亭，謝讜作四喜，陳與郊作鸚鵡洲，許潮作泰和，張太和作紅拂，錢直之作忠節，章大綸作符節，金无垢作呼盧，陸濟之作題橋，張午山作雙烈，吳世美作驚鴻，王世貞作鳴鳳，徐叔回作八義，祝金粟作題紅，顧懋仁作五鼎，顧懋儉作椒觴，汪錂作春蕪，喬夢符作金縢，呂天成作神鏡，湯賓陽作玉魚，陸江樓作玉釵，朱春霖作牡丹，楊柔勝作綠綺，盧鶴江作禁煙，庚生子作歌風，兩宜居士作鋸鋙，秋閣居士作奪解，王恆作合璧，鹿陽外史作雙環，朱鼎作玉鏡臺，吳鵬作金魚，張從懷作純孝，王玉峯作焚香，吳大震作龍劍，黃惟楫作龍綃，心一子作遇仙，顧懷琳作佩印，朱期作玉丸，李玉田作玉鐲，月榭主人作釵釧，楊之炯作玉杵，張瀨濱作分釵，趙心武作溉園，鄒海門作覓蓮，汪宗姬作丹管，馮之可作護龍，沈祚作指腹，黃廷章作白璧，邱瑞吾作合釵，龍渠翁作藍田，陽初子作紅梨，太華山人作合劍，盧次楩作想當然，涵陽子作策杖，施君美作幽閨，顧景星作虎媒，沈孚中作宰戍；國朝如：吳偉業作秣陵春，袁令昭作西樓，洪昉思作長生殿，釋智達作傳燈錄，張世漳作玉麟記，吉衣道人作玉符記，尤侗作鈞天樂，蒼山子作廣寒香，雪龕道人作五倫鏡，陳貞禧作梅花夢，孚中道人作息宰河，白雪道人作醉鄉記，石牧作忠孝福，他山老人作陰陽判，介石逸叟作宣和譜，薦清軒作合扇記，夢覺道人作鴛鴦合，蝸寄居士作英雄報，吳浘玉作河陽觀，曹巖作風前月下，王介人作紅情言，朱龍田作壺中天，去村作三生錯，秘留山作雙報應，月鑑主人作月中人，李本宣作玉劍緣，王墅作拜針樓，研露老人作雙仙記，楊國賓作東廂記，勝樂道人作長命縷，周冰持作雙忠廟，女道士姜玉潔作鑑中天，離幻老人作添繡鞋，朱京樊作風流院，鄭含成作富貴神仙，錢唐女史梁夷素作相思硯，錢夫人林亞青作芙蓉峽。

其人各二種者，明人如：李開先之寶劍、斷髮，任誕先之櫻桃夢、靈寶刀，卜世臣之乞麾、冬青，單槎仙之蕉帕、露綬，戴子晉之韎韐、青蓮，車任遠之彈鋏、四夢，陳汝元之金蓮、紫環，程文修之玉香、望雲，高濂之節孝、玉簪，史叔考之夢磊、合紗，楊夷白之龍膏、錦帶，謝天祐之狐裘、靖虜；國朝如：史集之之清風寨、五羊皮，毛大可之放偷、買嫁，王香裔之非非想、黃金臺，鷹山之廣寒香、易水歌，耶溪野老之香草吟、載花舲，可笑人之珊瑚玦、元寶媒，研雪子之翻西廂、賣相思，沈嵊之綰春園、息宰河，徐復祚之梧桐雨、一文錢，張漱石之玉獅墜、懷沙記，崔應堦之煙花債、情中幻，盧見曾之旗亭，玉尺樓。其人各三種者，明人如：姚靜山之雙忠、金丸、精忠，沈練川之千金、還帶、四節，鄭若庸之玉玦、大節、繡襦，屠赤水之彩毫、曇花、修文，鄭之文之白練裙、旗亭、芍藥，胡全菴之奇貨、三晉、犀珮；國朝如：馬亘生之梅花樓、荷花蕩、十錦塘，劉晉充之羅衫合、天馬媒、小桃源，馮猶龍之萬事足、風流夢、新灌園，陳二白之雙冠誥、稱人心、彩衣歡，陳子玉之三合笑、玉殿元、歡喜緣，朱良卿之四奇觀、血影石、一捧花。其人各四種者，明人如：邱瓊山之五倫、投筆、舉鼎、羅囊，顧大典之葛衣、義乳、青衫、風教編，沈鯨之雙珠、鮫綃、青瑣、分鞋，王翊之紅情言、榴巾怨、詞苑春秋、博浪沙；國朝如：吳石渠之畫中人、療妬羹、綠牡丹、西園，盛際時之人中龍、飛龍蓋、胭脂雪、雙虬判，石恂齋之兩度梅、錦香亭、天燈記、酒家傭，張異資之崖州路、麒麟夢、鴛鴦梳、黃金盆。其人各五種者，明人如：湯顯祖之紫簫、紫釵、還魂、南柯、邯鄲，葉憲祖之金鎖、玉麟、四艷、雙卿、鸞鎞，陸采之明珠、南西廂、懷香記、椒觴、分鞋，阮大鋮之雙金榜、牟尼盒、忠孝環、春燈謎、燕子箋；國朝如：范香令之花筵賺、鴛鴦棒、倩畫姻、勘皮靴、夢花酣。其人各六種者，國朝如：薛旣揚之書生願、醉月緣、戰荆軻、蘆中人、昭君夢、狀元旗，畢萬侯之紅芍藥、竹葉舟、呼盧報、三報恩、萬人敵、杜鵑聲，夏惺齋之花蕚吟、杏花村、南陽樂、無瑕璧、廣寒梯、瑞筠圖，蔣士銓之香祖樓、雪中人、臨川夢、桂林霜、冬青樹、空谷香。其人各七種者，明人如：張鳳翼之紅拂、虎符、竊符、扊扅、祝髮、平播、灌園；國朝如：邱嶼雪之虎囊彈、黨人碑、百福帶、幻緣箱、歲寒松、御袍恩、鬧勾闌。其人各八種者，國朝如葉稚斐之琥珀匙、女開科、開口笑、三擊節、遜國疑、英雄槩、八翼飛、人中人，萬樹之風流棒、空青石、念八翻、錦塵帆、十串珠、黄金甕、金神鳳、資齊鑑。其人各九種者，明人如：汪廷訥之種玉、獅吼、天書、長生、同昇、三祝、高士、二閣、投桃，金懷玉之繡被、香裘、妙相、八更、望雲、完福、寶釵、桃花、摘星。其人各十二種者，國朝如：周坦綸之太白山、竹漉籬、八仙圖、火牛陣、竟西廂、福星臨、指南車、綈袍贈、萬金資、鏡中人、金橙樹、玉鴛鴦，朱雲從之靈犀鏡、齊案眉、照膽鏡、人面虎、石點頭、小蓬萊、別有天、龍燈賺、赤龍鬚、兒孫福、兩乘龍、萬壽鼎。其人得十四種者，國朝高奕之春秋筆、雙奇俠、貂裘賺、千金笑、聚獸牌、錦中花、擥香園、古交情、四美坊、眉仙嶺、如意册、風雪緣、固哉翁、續情樓。其人各十五種者，國朝如：朱素臣之振三綱、一着先、萬年觴、錦衣歸、未央天、狻猊璧、忠孝閭、四聖手、聚寶盆、十五貫、文星見、龍鳳錢、瑤池宴、朝陽鳳、全五福，李漁之奈何天、比目魚、蜃中樓、憐香伴、風箏誤、愼鸞交、凰求凰、巧團圓、玉搔頭、意中緣、偸甲記、四元記、雙錘記、魚籃記、萬全記。按：李漁閒情偶寄自稱：『巳經行世，有前後八種，巳塡未刻之內外八種，共十六種。』其人得十六種者，國朝張心期之如是觀、醉菩提、海潮音、釣魚船、天下樂、井中天、快活三、金剛鳳、獺鏡緣、芭蕉井、喜重重、龍華會、雙節孝、雙福壽、讀書聲、娘子軍。其人至二十一種者，明人沈璟之桃符、義俠、埋劍、分柑、十孝、分錢、結髮、珠串、雙魚、博笑、四異、墜釵、合衫、奇節、鴛衾、鑿井、紅渠、耆英會、翠屏山、望湖亭、一種情。其一人而多至三十一種者，國朝李元玉之一捧雪、人獸關、永團圓、占花魁、麒麟閣、風雲會、牛頭山、太平錢、連城壁、眉山秀、昊天塔、三生果、千忠會、五高風、兩須眉、長生像、鳳雲翹、禪眞會、雙龍珮、千里舟、洛陽橋、虎邱山、武當山、淸忠譜、掛玉帶、意中緣、萬里緣、萬民安、麒麟種、羅天醮、秦樓月。按：此就大略言之，考證當不止此。俟再補入。

其餘無名氏可考，亦無別寓他名，而其曲仍行於世者，以雜劇言，元人有馮玉蘭、碧桃花、貨郎旦、看錢奴、連環計、抱粧盒、百花亭、盆兒鬼、度柳翠、梧桐葉、誶范叔、漁樵記、馬陵道、淸風府、神奴兒、小尉遲、凍蘇秦、硃砂擔、龐居士、鴛鴦被、殺狗勸夫、風魔蒯通、陳州糶米、合同文字、舉案齊眉、寃家債主、隔江鬬智、三虎下山，明人有相思譜、錯轉輪，國朝有勘鬼獄、瑤池會、翠微亭、補天夢、可破夢、王維、裴航、飲中八仙、杜牧。以傳奇言，元人有伏虎縧，明人有王煥、張叶、牧羊、教子、孤兒、玉環、綵樓、百順、鸞釵、白兎、躍鯉、雙紅、四景、尋親、金雀、水滸、鷞釵、雙孝、玉佩、千祥、羅衫、麒麟、異夢、七國、黑鯉、題門、殺狗、東郭、投梭、金花、錦囊、情郵、瑞玉、蟠桃、吐絨、衣珠、四豪、三桂、花園、青樓、磚渠、紅絲、霞箋、犀盒、赤松、鑲環、綈袍、墜篌、東牆、江流、鴛簪、五福、離魂、菱花、金臺、南樓、臥冰、節俠、飛丸、四賢、琴心、運甓、雙紅、目蓮救母，國朝有精忠旗、麒麟罽、綱常記、芝龕記、鐵面圖、北孝烈、義貞記、四大癡、蝴蝶夢、鳳求凰、納履記、丹忠記、十義記、赤壁游、魚水緣、藍橋驛、飲中仙、夢中緣、石榴記、化人游、財神濟、雙翠圓、翠翹記、續牡丹亭、慈悲願、芙蓉樓、千忠祿、雷峯塔、典春衣、爛柯山、浮邱傲、落花風、埋輪亭、籌邊樓、隋唐、壽爲先、盤陀山、十錯記、後漁家樂、十美圖、鬧花燈、倭袍、長生樂、大吉慶、杜陵花、清風棄、陀羅尼、百福帶、兩情合、蟠虎釧、情中岸、七才子、東塔院、一枝梅、三奇緣、百子圖、鴛鴦結、錦繡旗、黃鶴樓、倒銅旗、燕臺筑、上林春、瑤池宴、金蘭誼、逍遙樂、文星劫、錦衣歸、合虎符、蟠桃會、長生樂、安天會、萬倍利、元寶湯、江天雪、沉香亭、花石綱、四屏山、翻浣紗、平妖傳、西川圖、黎匡雪、續尋親、狀元香、昭君傳、風流烙、紫金魚、贅人龍、報恩亭、平頂山、翻七國、玉燕釵、三異緣、歲寒松、鸞鳳釵、快活仙、八寶箱、補天記、祥麟現、珍珠塔、姊妹緣、奉仙緣、醉西湖、三鼎爵、英雄槩、遍地錦、雙瑞記、梅花簪、玉杵記、後一捧雪、定天山、南樓月、山堂詞餘、雄精劍、還帶記、後西廂、飛熊兆、紫瓊瑤、賜繡旗、齊天樂、翡翠園、玉麟符、粉紅閘、喜聯登、狀元旗、雙和合、三笑姻緣、碧玉燕、九曲珠、四奇觀、後繡襦、折桂傳、飛熊鏡、白鶴圖、白羅衫、乾坤鏡、還魂記、後珠球、好逑傳、四大慶、青蛇傳、四安山、天然福、摘星樓、雲合奇蹤、萬花樓、醉將軍、描金鳳、吉祥兆、續千金、劉成美、青釭嘯、軟藍橋、天緣配、桃花寨、雙錯卺、沉香帶、鴛鴦幻、三世修、文章用、造化圖、硯家莊、綵樓記、鳳鸞裳、陰功報、福鳳緣、觀星臺、督亢圖、征東傳、北海記、三俠劍、千秋鑑、千里駒、雙珠鳳、十大快、鸞釵記、禪眞逸史、春富貴、翻天印、黃河陣、古城記、月華緣、五虎寨、五福傳、昇平樂、賜錦袍、百花臺、爲善最樂、雙蝺璧、遍地錦、雙姻緣、鬧金釵、三鼎甲、鴛鴦被、天貴圖、錕鋼俠、一疋布、封神榜、滄浪亭、二龍山、天平山、河燈賺、玉麒麟、通天犀、碧玉串、錢弓鞋、未央天、二十四孝、千祥、佐龍飛、順天時、混元盒、彩衣堂、珍珠旗、元都觀、金花記、金瓶梅、後嶽傳、合歡慶、三鳳緣、太平錢、合歡圖、鴛鴦孩、開口笑。

古今曲本有命名相同者。元喬孟符雜劇有揚州夢而國朝嵇留山亦有揚州夢，關漢卿有玉鏡臺而明朱鼎亦有玉鏡臺傳奇，朱凱有昊天塔而國朝李元玉亦有昊天塔傳奇，關漢卿有蝴蝶夢而國朝無名氏亦有蝴蝶夢傳奇，白仁甫有梧桐雨而國朝徐復祚亦有梧桐雨傳奇，明陸采傳奇有分鞋記而沈鯨亦有分鞋記，張鳳翼傳奇有紅拂記而張太和亦有紅拂記，端鏊傳奇有扊扅記而張鳳翼亦有扊扅記，程文修傳奇有望雲而金懷玉亦有望雲，康海雜劇有中山狼而國朝林於閣亦有中山狼，王衡雜劇有鬱輪袍而國朝黃石牧亦有鬱輪袍，許潮雜劇有赤壁游而國朝無名氏傳奇亦有赤壁游，破慳道人雜劇有一文錢而國朝徐復祚亦有一文錢，葉憲祖傳奇有玉麟記而國朝張世漳亦有玉麟記，王翊傳奇有紅情言而國朝王介人亦有紅情言，明鄭之文傳奇有旗亭記而國朝盧見曾亦有旗亭記，明無名氏傳奇有綵樓記而國朝無名氏亦有綵樓記，湯顯祖傳奇有還魂記而國朝無名氏亦有還魂記，國朝尤侗雜劇有讀離騷而嵇留山亦有讀離騷，李漁傳奇有鳳求凰而無名氏亦有鳳求凰，李漁傳奇有意中緣而李元玉亦有意中緣，薛旣揚傳奇有狀元旗而無名氏亦有狀元旗。

一曲而數人合作者：王實甫作西廂記，關漢卿續之；國朝西泠野史與無枝甫合作雜劇四種，一曰鈿盒奇緣，二曰蟾蜍佳偶，三曰義妾存孤，四曰人鬼夫妻；朱皠、過孟起、盛國琦三人同作傳奇一種，曰定蟾宮。

西廂作自元人，董解元作絃索西廂，王實甫作西廂記，關漢卿作續西廂記。明陸采作南西廂。國朝周坦綸作竟西廂，研雪子作翻西廂，無名氏作後西廂，查繼佐作續西廂。

以曲牌名名曲，如元人之風光好，國朝人之天下樂、錦上花、快活三、齊天樂之類，頗覺耳目一新。

閨秀撰曲：國朝吳江女史葉小紈作鴛鴦夢，錢塘女史梁夷素作相思硯，錢夫人林亞靑作芙蓉峽，長安女史王筠作繁華夢。

方外撰曲：明僧湛然作魚兒佛，國朝僧智達作傳燈錄——卽歸元鏡也。女道士姜玉潔作鑑中天，此又方外而兼閨秀者。

娼夫撰曲，元人多有之。趙明鏡作啞觀音、錯立身、武王伐紂，張酷貧作合汗衫、薛仁貴、高祖還鄉，紅字李二作板踏兒、病楊雄、武松打虎，花李郎作相府院釘一釘。

元曲同本而異名者：誤入桃源卽誤入桃園，望江亭卽切鱠旦，對玉釵卽對玉釧，黃花峪卽萬花堂，錢太尹卽鬼報錢太尹，單鞭奪槊卽三奪槊，黑旋風三獻功卽三獻頭，㑳梅香卽翰林風月，玉壺春卽玉堂春，救孝子卽不認屍，留鞋記卽才子佳人悞元宵，張天師卽辰勾月，賞黃花卽黃花峪按：此爲吳昌齡撰，與萬花堂不同。史魚屍諫卽衛靈公，東堂老卽破家子弟，楚昭公卽疎者下船，四馬投唐卽駟馬奔陳，悞入桃源卽劉阮天台，花間四友卽燕鶯蜂蝶，羅李郎卽大鬧相國寺，謝金吾卽私下三關，朱砂擔卽朱砂記，桃花女卽智賺花女，昊天塔卽孟良盜骨，神奴兒卽大鬧開封府，飛刀對箭卽跨海東征，相府院卽勘吉平，金銀交鈔卽三告狀。以上各種，元人本各異名，至臧晉叔刻元曲選，始以其可合者合之，如楚昭公疎者下船之類是也。

臧晉叔元曲選，首列元人雜劇，與予所考，多不同，且有較予爲多者，今並錄之。馬致遠十三種：

漢宮秋、任風子、薦福碑、岳陽樓、青衫淚、黃粱夢、陳摶高臥、誤入桃源、酒德頌、齋後鐘、歲寒亭、戚夫人、踏雪尋梅，王實甫二十二種：西廂記五本、芙蓉亭、麗春堂、破窰記二本、多月亭、販茶船二本、明達賣子、陸績懷橘、七步成章、麗春園二本、于公高門二本、進梅諫二本、雙題怨，關漢卿六十種：救風塵、玉鏡臺、謝天香、望江亭、蝴蝶夢、竇娥冤、金線池、緋衣夢、對玉梳、哭魏徵、裴度還帶、哭存孝、復落娼、黃花峪、哭香囊、三負心、鬼團圓、進西施、春衫記、立宣帝、拜月亭、劉夫人、鷓鴣天、汴河冤、勘龍衣、雙駕車、宣華妃、三撇嵌、牽龍舟、癩馬記、救啞子、哭昭君、雙赴夢、酹江月、調風月、江梅怨、認先皇、三嚇赦、鬧邢州、狄梁公、柳絲亭、王皇后、玉簪記、破窰記二本、錢大尹、救周勃、姻緣簿、銅瓦記、鑿壁偷光、綠珠墜樓、管寧割席、敬德歸唐、織錦迴文、孫康映雪、高鳳漂麥、陳母教子、擔水澆花旦二本、降生趙太祖、金銀交鈔、單刀會，白仁甫十七種：梧桐雨、牆頭馬上、流紅葉、錢塘夢、銀箏怨、崔護謁漿二本、祝英臺、斬白蛇、幸月宮、東牆記、高祖歸莊、蕭翼賺蘭亭、燈月鳳凰船、絕纓會、閻師道趕江二本，喬孟符八種：金錢記、揚州夢、兩世姻緣、黃金臺、認玉釵、勘風情、節婦碑、荆公遺妾，費唐臣三種：斬鄧通、貶黃州、韋賢籝金，宮大用六種：范張雞黍、托公書、釣魚臺、汲黯開倉、越王嘗膽、御賞鳳凰樓，尙仲賢十種：柳毅傳、單鞭奪槊、張生煮海、崔護謁漿、秉燭旦、王魁負桂英、越娘背燈、歸去來兮、諸葛論功，庾吉甫十六種：薦馬周、淩波夢、蘭昌宮、青陵臺、華清宮、覓宴怨、蘂珠宮、罵上元、麗春園二本、買臣負薪、雞鳴度關、周處三害、琵琶怨、江月錦帆舟、裴航遇雲英，高文秀三十五種：誶范叔、黑旋風雙獻功、謁魯肅、打瓦罐、鬬雞會、論杜康、問啞禪、並頭蓮、打呂胥、鎖水母、牡丹園、潘安擲果、廉頗負荆、趙堯辭金、張敞畫眉、班超投筆二本、霸王舉鼎、子胥走樊城、門神訴冤、風月害夫人二本、趙元遇上皇、養子不及父、敷演劉耍和、黑旋風喬教學、麗春園二本、窮秀才、雙棄瓢、劉先主襄陽會、豹子秀才不當差、豹子令史乾請俸、謊秀才、黑旋風借屍還魂、窮風月，鄭德輝二十二種：㑳梅香、倩女離魂、王粲登樓、細柳營二本、紫雲娘、秦樓月、採蓮舟、哭晏嬰、伊尹扶湯、無鹽破環、月夜聞箏、梨園樂府、周公攝政、太后摔印、指鹿道馬、三戰呂布二本、玉樹後庭花、哭孫子，李文蔚九種：燕青博魚、圯橋進履、金水題紅怨、燕青射雁、魚雁傳情、謝玄破苻堅、漢武帝哭李夫人、蔡消閑醉寫石州慢、盧亭亭擔水澆花旦，侯正卿一種：燕子樓，史九敬先一種：莊周夢，孟漢卿一種：魔合羅，戴善夫五種：風光好、紫雲亭、翫江樓、紅衣怪、伯瑜泣杖，張時起三種：別虞姬、鞦韆怨、昭君出塞，李寬甫一種：問牛喘，彭伯城一種：京娘怨，趙公輔四種：倩女離魂二本、東山高臥二本，李行道一種：灰欄記，趙君祥一種：春夜梨花雨，費君祥一種：菊花會，紀君祥八種：趙氏孤兒、韓退之、松陰夢、錯勘贓二本、販茶船二本、驢皮記，趙天錫二種：何郎傅粉、金釵剪燭，梁進之四種：于公高門二本、進梅諫二本，汪澤民一種：糊突包待制，楊顯之十種：瀟湘夜雨、酷寒亭旦末二本、師婆旦、黑旋風喬斷案、劉泉進瓜、小劉屠、蒲魯忽、劉屠大拜門，陳定甫一種：兩無功，李壽卿十一種：伍員吹簫、斬韓信、歎骷髏、臨歧柳、鑑湖亭、船子和尚秋蓮夢，王伯成二種：貶夜郎、張鶱浮槎，張仲辛三種：張鼎勘頭巾、白頭吟、遺留文書，趙明遠二種：韓湘子、范蠡歸湖，劉唐卿一種：麻地傍印，李子中二種：韓壽偷香、崔子弒齊君，武漢臣十二種：老生兒、生金閣、玉壺春、魯義姑、錯勘贓二本、天子班、關山怨、三戰呂布二本、韓信築壇、掛甲朝天，王仲文十一種：救孝子、五丈原、錦香亭、石守信、王孫賈、諸葛祭風、董宣強項、張良辭朝、韓信乞食、王祥臥冰，陸顯之一種：宋上皇碎多凌，李取進三種：欒巴噀酒、復奪受禪臺、窮解子破雨傘，于伯淵六種：小秦王、武三思、珍珠旗、斬呂布、鬼風月、餓劉友，岳伯川二種：鐵拐李、夢斷楊貴妃，康進之二種：李逵負荊、黑旋風老收心，王廷秀四種：細柳營、焚典坑儒、鹽客雙告狀、石頭和尚草庵歌，石子章二種：竹塢鳴琴、竹窗雨，趙子祥三種：石守信二本、崔和擔生，范子安三種：竹葉舟、曲江池，杜甫遊春，李好古四種：張生煮海二本、鎮凶宅、巨靈神劈華山，曾瑞卿一種：留鞋記，狄君厚一種：火燒介子推，張壽卿一種：紅梨花，孔文卿二種：東窗事犯，姚守中三種：逢萌掛冠、扯詔立中宗、郝廉留錢，李直夫十三種：虎頭牌、水渰藍橋、孝諫鄭莊公、歹鬬娘子勸丈夫、伯道棄子、火燒祆廟、夕陽樓、占斷風光、念奴教樂、錯立身二本、壞盡風光、風月郎君怕媳婦，吳昌齡十五種：張天師、東坡夢、西天取經六本、賞黃花、搜胡洞、眼睛記、抱石投江、狄青博馬、夜月走昭君、貨郎末尼，石君寶十種：曲江池、秋胡戲妻、哭周瑜、雪香亭、紫雲亭、歲寒三友、柳眉兒金錢記、士女秋香怨、呂太后醢彭越、窮解子紅綃傘，金志甫八種：西湖夢、追韓信、蔡琰還漢、東窗事犯二本、韓太師、鼎鑊諫、抱子設朝，陳存甫二種：悞入長安、錦堂風月，睢景臣三種：屈原投江、千里投人、牡丹記，周仲彬五種：蘇武持節、孫武教兵二本、杜韋娘、戲諫唐莊宗，吳仁卿三種：子房貨劍、手卷記、火燒正陽門，顧仲清二種：火燒紀信、陵母伏劍，沈和甫六種：樂昌分鏡、燕山逢故人、朱蛇記、郭興阿楊、歡喜冤家、瀟湘八景，鮑吉甫八種：史魚屍諫、曹娥泣江、宋宏不諧、班超投筆、哭秦少游、比干剖腹、楊震畏金、爲富不仁，趙文寶六種：孫武教女兵二本、姜肱曲被、糜竺收資、七德舞、執笏諫，孫子羽一種：月夜紫鸞簫，秦簡夫四種：東堂老、趙禮讓肥、剪髮待賓、玉溪館，張鳴善二種：煙花鬼、夜月瑤琴怨，鄭廷玉二十一種：忍字記、楚昭公、冤家債主、智勘後庭花、雙教化、王公綽、打李渙、送寒衣、金鳳釵、鳳凰兒、復勘贓、四馬投唐、貶揚州、欒城驛、哭韓信、漁父辭劍、孫洛遇猿、劉斌料到底、風月七眞堂、因禍致福、貧兒乍富，范冰壺一種：鷫鸘裘，柯丹邱十二種：私奔相如、九合諸侯、豫章三害、勘妒婦、瑤天松鶴、白日飛昇、獨步大羅、肅清瀚海、辯三教、煙花判、客窗夜話、楊娭復落娼，王子一四種：悞入桃源、海棠風、楚岫雲、花間四友，劉東生三種：嬌紅記二本、月下老世間配偶，谷子敬三種：城南柳、枕中記、雪恨鬧陰司，楊舜民二種：嬌紅記、風月瑞仙亭，楊景玄二種：風月海亭、史教坊斷生死夫妻，賈仲名一種：金安壽，楊文奎四種：兒女團圓、玉盒記、王魁不負心、封陟遇上元，羅貫中一種：龍虎風雲會，李致遠一種：還牢末，楊景賢一種：劉行首，張國瑤一種：羅李郎，無名氏可考者，百又五種：馬陵道、氣英布、賺蒯通、凍蘇秦、連環計、謝金吾、朱砂擔、貨郎旦、陳琳抱粧盒、殺狗勸夫、桃花女、盆兒鬼、鴛鴦被、昊天塔、舉案齊眉、神奴兒、飛刀對箭、存孝打虎、醉寫赤壁賦、敬德不伏老、病打獨角牛、劉宏嫁婢、醉走黃鶴樓、霍光鬼諫、拂塵子、夢天台、望思臺、邢臺記、燕山夢、博望燒屯、彩扇題詩、火燒阿房宮、蘇秦還鄉、豫讓吞炭、田單火牛、托妻寄子、袁覺托笆、收心猿意馬、趙宗讓肥、月夜杜鵑啼、秋夜雲窗夢、留鞋記、張千贊殺妻、智賺三件寶、罟罟旦、滴水浮漚記、敬德撾怨鼓、四國旦、張順水裏報怨、京娘盜果、任貴五顆頭、繼母大賢、紙扇記、還牢旦、一丈青鬧元宵、智賺鬼擘口、錢神諭、搥碎黃鶴樓、章臺柳、馮讙焚券、蟠桃合、包待制雙勘丁、詐遊雲夢、斬陳餘、盧仝七碗茶、千里獨行、賢孝牌、夜月荊娘墓、卓文君駕車、昇仙會、白蓮池、複奪衣襖車、打毬會、刀劈史鴉霞、楊香跨虎、打陳平、田眞泣樹、祭三王、策立陰皇后、螺獅末尼、魯元公主、聖姑姑、黃魯直打到底、三賢婦、明皇村院會佳期、搬運太湖石、雙鬬醫、任千四顆頭、化胡成佛、風流娘子兩相宜、桂花精、柳成錯背妻、雪裏報冤、黃花寨、蔡順分椹、佳人寫恨、水簾寨、銷金帳、陶侃拿蘇峻、風雪待制、望香亭、才子留情、郭桓盜官糧、哀哀怨怨後庭花、危太僕衣錦還鄉。所刻多至五百九十餘本。惜其選刻止於百種，故所遺者今不傳。然以予論之，元人之曲，如今之制義，當時作者累萬盈千，不可數計，此五百餘種，大抵皆噪名一時，所以能傳之明代。觀晉叔所選之百種，不必其盡爲絕唱，懸知所遺而不刻者，亦未必盡屬巴詞也。蓋傳與否，固有幸、有不幸矣。同一故事，且同一正名，而人各一本，疑爲當時主司所定題目。今傳世者，卽其科場之選本，若今之魁墨然。

漢宮秋混江龍云：『料必他珠簾不掛，望昭陽一步一天涯。疑了些無風竹影，恨了些有月窗紗。他每見絃管聲中巡玉輦，恰便似斗牛星畔盼浮槎。』是誰人偸彈一曲，寫出嗟呀。莫便要忙傳聖旨，報與他家，我則怕乍蒙恩把不定心兒怕。驚起宮槐宿鳥，庭樹棲鴉。』又賺煞云：『你是必悄聲兒接駕，我則怕六宮人攀例撥琵琶。』寫景，寫情，當行出色，元曲中第一義也。中有可議者：尚書勸元帝以昭君和番，駕唱云：『怎下的教他環珮影搖青塚月，琵琶聲斷黑江秋？』明妃死於北漠，其葬地生草，後人因以『青塚』名之。未出塞時，安得有此二字？且其第三折昭君跳死黑龍江，番王明云：『就葬此江邊，號爲「青塚」者。』此白又與曲自相矛盾矣。

以白引起曲文，曲所未盡，以白補之，此作曲圓密處，元人百種多未見及。金錢記第三折韓飛卿占卦白中，連篇累牘，接下紅繡鞋一曲，並未照應一字。後人每事勝前人，卽此一節已然矣。還魂記云：『轉過這芍藥欄前，緊靠着這湖山石邊。』通曲已膾炙人口，而不知實以喬夢符金錢記『我見他恰行這牡丹亭，又轉過芍藥圃薔薇後』數語爲藍本也。

關漢卿玉鏡臺，溫嶠上場，自點絳唇接下七曲，只將古今得志不得志兩種人鋪敍繁衍，與本事沒半點關照，徒覺滿紙浮詞，令人生厭耳。律以曲法，則入手處須於泛敍之中，略露求凰之意，下文情歆彼美，計賺婚姻，文義方成一串；否則突如其來，閱之者又增一番錯愕也。荆、劉、拜、殺，曲文俚俗不堪。殺狗記尤惡劣之甚者，以其法律尚近古，故曲譜多引之。元無名氏有殺狗勸夫雜劇，四折中已覺鋪敍費力，況仲爲全部，無怪其一覽無餘味也。

吳昌齡風花雪月一劇，雅馴中饒有韻致，吐屬亦清和婉約。帶白能使上下串連，一無滲漏；布局排場，更能濃淡疎密相間而出。在元人雜劇中，最爲全璧，洵不多觀也。

繡襦記傳奇、曲江池雜劇，皆鄭元和、李亞仙事也。元和之父曰鄭公弼，爲洛陽府尹；繡襦記作鄭儋，爲常州刺史：各不相符。曲江之張千，卽繡襦之來興。曲江以元和授官縣令，不肯遽認其父；繡襦則謂以狀元出參成都軍事，父子萍逢。兩劇雖屬冰炭，要於曲義無關。惟亞仙刺目勸學一事，繡襦極意寫出，曲江概不敍入，似乎疎密判然。第雜劇限於四折，且正名以『李亞仙花酒曲江池』爲題，似此閒筆，亦可無庸煩縷也。

鄭廷玉作楚昭公雜劇，第一、二折，曲詞平易，尚無大出色處；至昭公送申包胥乞師秦國，云：『你去後，我夜夢到明，明憂到晚。若是那秦公子將卿傲慢，你則索將火性兒全然都放坦，是必休便冒瀆容顏。』數語已暗逗起七日哭庭之意。第三折以下，則字字珠璣，言言玉屑。自尾倒會，漸入佳境。論者謂『元人雜劇至第四折爲強弩之末』，未盡然也。

言情之作，貴在含蓄不露，意到卽止。其立言，尤貴雅而忌俗。然所謂雅者，固非浮詞取厭之謂。此中原有語妙，非深入堂奧者不知也。元人每作傷春語，必極情極態而出。白仁甫牆頭馬上云：『誰管我衾單枕獨數更長？則這半牀錦褥枉呼做鴛鴦被。流落的男游別郡，躭閣的女怨深閨。』偶爾思春，出語那便如許淺露。況此時尙未兩相期遇，不過春情偶動相思之意，並未實着誰人，則『男游別郡』語，究竟一無所指。至云：『休道是轉星眸上下窺，恨不的倚香腮左右偎，便錦被翻紅浪，羅裙作地席。既待要暗偸期，咱先有意。愛別人可捨了自己。』此時四目相覷，閨女子公然作此種語，更屬無狀。大抵如此等類，確爲元曲通病，不能止摘一人一曲而索其瑕也。其鵲踏枝一曲云：『怎肯道負花期，惜芳菲，粉悴胭憔也綠暗紅稀。九十春光如過隙，怕春歸又早春歸。』如此，則情在意中，意在言外，含蓄不盡，斯爲妙諦。惜其全篇不稱也。

元人雜劇多演呂仙度世事，疊見重出，頭面強半雷同。馬致遠之岳陽樓，卽谷子敬之城南柳，不惟事蹟相似，卽其中關目、線索，亦大同小異，彼此可以移換。其第四折，必於省悟之後，作列仙出場，現身指點，因將羣仙名籍，數說一過，此岳伯川之鐵拐李、范子安之竹葉舟諸劇皆然，非獨岳陽樓、城南柳兩種也。岳陽樓水仙子云：『這一箇是漢鍾離現掌着羣仙籙，這一箇是鐵拐李髮亂梳，這一箇是藍采和板撒雲陽木，這一箇是張果老趙州橋倒騎驢，這一箇是徐神翁身背着葫蘆，這一箇是韓湘子——韓愈的親姪，這一箇是曹國舅——宋朝的眷屬；則我是呂純陽，愛打的簡子、愚鼓。』城南柳水仙子云：『這箇是攜一條鐵拐入仙鄉，這箇是袖三卷金書出建章，這箇是敲數聲檀板游方丈，這箇是倒騎驢登上蒼，這箇是提笊籬不認椒房，這箇是背葫蘆的神通大，這箇是種牡丹的名姓香；貧道因度柳呵，道號純陽。』鐵拐李二煞云：『漢鍾離有正一心，呂洞賓有貫世才，張四郎、曹國舅神通大，藍采和拍板雲端裏響，韓湘子仙花臘月裏開，張果老驢兒快；我訪七眞、游海島，隨八仙、赴蓬萊。』竹葉舟十二月云：『這一箇倒騎驢疾如下坡，這一箇吹鐵笛韻美聲和，這一箇貌娉婷笊籬手把，這一箇鬇鬡鬆鐵拐橫拖，這一箇藍關前將文公度脫，這一箇綠羅衫拍板高歌。』又堯民歌云：『這一箇是雙丫髻，常喫的醉顏酡；則俺曾夢黃粱一晌滾湯鍋，覺來時蚤五十載闇消磨，纔知道呂純陽是俺正非他。』湯若士邯鄲夢末折合仙，俗呼爲『八仙度盧』，爲一部之總匯，排場大有可觀，而不知實從元曲學步，一經指摘，則數見者不鮮矣。混江龍云：『一箇漢鍾離雙丫髻蒼顏道扮，一箇曹國舅八采眉象簡朝紳，一箇韓湘子棄舉業儒門子弟，一箇藍采和他是箇打院本樂戶官身，一箇拄鐵拐的李孔目又帶些殘疾，一箇荷飯笊何仙姑挫過了殘春，眼睜着張果老把眉毛褪。』通曲與元人雜劇相似。然以元人作曲，尚且轉相沿襲，則若士之偶爾從同者，抑無足訝譏矣。

唐李泌枕中記：開元十九年，呂翁經邯鄲道上，以枕授盧生，使於夢中歷盡榮適，醒後旅主人蒸黃粱未熟，生憮然悟，拜謝而去。若士本此，演爲邯鄲記，其中層折，一依枕中記所載而稍潤色之。馬致遠黃粱夢乃作漢鍾離度脫呂公，一夢十八年黃粱未熟，豈漢鍾離度呂而呂復度盧，皆此邯鄲道耶？抑統是一事，而元人所演爲空中樓閣耶？范子安竹葉舟亦作呂仙自云：『偶然間經過邯鄲，逢師點化，黃粱醒後，因此上把塵心一筆都勾。』據此，則元人多主度呂一說，非致遠所獨創矣。

予幼時戲作了緣記，有云：『聲喚不如歸，恰似孤燈枕畔、寒風窗裏，怯聽子規啼。』有曲客見之，笑曰：『是必從尤展成鈞天樂「教我琵琶怎抱，行不得也哥哥」句脫化來也。』不知此等句法，元曲中已先有之。石君寶秋胡戲妻雜劇云：『你待要諧比翼，你也曾聽杜宇？他那裏口口聲聲，攛掇先生不如歸去。』鄭德輝倩女離魂云：『只聽的花外杜鵑聲，催起歸程。』此在元曲，偶一見之，尚覺新巧動人；近時人則多解爲此，反索然矣。

元曲多有以本人名姓直入句中，讀之愈覺情文眞切者。然亦止可一部中偶爾一用，多則易傷俚俗。如武漢臣之玉壺春云：『顧你個李素蘭常風韻，則這個玉壺生永結緣。』又云：『則這個玉壺生更和這素蘭女，則索告你個柳青娘。』又云：『這的是玉壺生小詞章。』又云：『玉壺生拜辭了素蘭香。』一劇中凡數見，固不如其已也。

四書語入曲，最難巧切，最難自然，惟元人每喜爲之。西廂『仁者能仁』等語，固屬大謬不倫，馬致遠薦福碑云：『我猶自不改其樂，後來便爲官也富而無驕。』又云：『誰似晏平仲善與人交。』又云：『誰肯學有朋自遠方來。』又云：『想吾豈匏瓜也哉。』又云：『無錢的子張學干祿。』又云：『又不會巧言令色。』鄭德輝㑳梅香云：『他文質彬彬才有餘，和俺這相府潭潭德不孤，更怕甚文不在茲乎。』又云：『留心在九大經，吾日三省。』又云：『早掙個束帶立於朝。』尚仲賢單鞭奪槊云：『尉遲恭威而不猛。』以上等語，幾成笨伯矣。

薦福碑云：『如今這聰明越受聰明苦，越癡呆越享了癡呆福，越糊塗越有了糊塗富。』則這有銀的陶令不休官，無錢的子張學干祿。』此雖憤時嫉俗之言，然言之最爲痛快。讀至此，不泣數行下者，幾希矣。

倩女離魂，通劇中無甚出色，在元曲可列中等。惟末折喜遷鶯云：『據才郎心性，莫不是向天公買撥來的聰明？』二語靈心慧舌，其妙無對，較之『小姐多丰采，君瑞濟川才』，眞霄壤矣。

喬孟符揚州夢有那吒令云：『天有情，天亦老；春有意，春須瘦；雲無心，雲也生愁。』張壽卿紅梨花一煞云：『你休愁我衾寒、枕剩、人孤另，我則怕你酒醒、燈昏、夢不成。』皆一劇中之警句也。

今人每一曲中疊用一字爲韻脚，其法亦本元人。揚州夢那吒令云：『倒金缾鳳頭，捧瓊漿玉甌；蹴金蓮鳳頭，並凌波玉鈎；整金釵鳳頭，露春纖玉手。』氣英布那吒令云：『嗜道你這三對面先生來瞅我，那裏是八拜交仁兄來訪我，多應是兩賴子隨何來說我。』薦福碑叨叨令云：『往常我靑燈黃卷學王道，剗地來紅塵紫陌尋東道，如今十個九個人都道，都道是七月八月長安道。』傷梅香混江龍云：『孔安國傳中庸、語、孟，馬融集春秋祖述着左丘明，演周易關西夫子，治尙書魯國伏生，校禮記氼謟揚子雲，作毛詩箋注鄭康成：無過是闡大道發揚中正，紀善言答問詳明。』元人曲詞，每多腐語，如此等類，直是一幅策論，豈復成聲律耶！又況其出自閨閣兒女之口也？

灰闌記、留鞋記、蝴蝶夢、神奴兒、生金閣等劇，皆演宋包待制開封府公案故事，賓白大半從同；而神奴兒、生金閣兩種，第四折魂子上場，依樣葫蘆，略無差別。相傳謂扮演者臨時添造，信然。漁樵記劇劉二公之於朱買臣，王粲登樓劇蔡邕之於王粲，舉案齊眉劇孟從叔之於梁鴻，凍蘇秦劇張儀之於蘇秦，皆先故待以不情，而暗中假手他人以資助之，使其銳意進取；及至貴顯，不肯相認，然後旁觀者爲說明就裏：不特劇中賓白同一板印，卽曲文命意遣詞，亦幾如合掌，此又作曲者之故尙雷同，而非獨扮演者之臨時取辦也。

傷梅香如一本小西廂，前後關目、插科、打諢，皆一一照本模擬：張生以白馬解圍而訂婚姻，白生亦因挺身赴戰而預聯婣好，一同也；鄭夫人使鶯鶯拜張生爲兄，裴亦使小蠻見白而改稱兄妹，二同也；張生假館於崔而白亦借寓於裴，三同也；鶯鶯動春心不使紅娘知而紅娘自知，樊素亦逆揣主意而勸使遊園，四同也；張生琴訴衷曲，白亦琴心挑逗，五同也；張生積思成病，白亦病眠孤館，六同也；張生向紅娘訴情，白亦於樊素前盡傾肺腑，七同也；張生跪求紅娘，白亦向樊素折腰，八同也；張生倩紅傳寄錦字，素亦與白密遞情詞，九同也；鶯鶯窺簡佯怒，小蠻亦見詞罪婢，十同也；紅娘佯以不識字自解，樊素亦反問詞中所語云何，十一同也；紅見責而戲言將告夫人，樊亦被詰而詐爲出首，十二同也；鶯鶯答詩自訂佳期，小蠻亦答詩私約夜會，十三同也；張生誤以紅娘爲鶯鶯，白亦誤將樊素作小蠻，十四同也；鶯鶯燒香，小蠻亦燒香，十五同也；崔夫人拷紅，裴亦打問樊素，十六同也；紅娘堂前巧辯而歸罪於崔，樊素亦據理直權而諉過於裴，十七同也；崔夫人促張應試，裴亦使白赴京，十八同也；鶯鶯私以汗衫、裹肚寄張，小蠻亦有玉簪、金鳳贈白，十九同也；張衣錦還鄉，白亦狀元及第，二十同也。不得謂無心之偶合矣。

百種雜劇目，正名、題目各一句，多用七字。其八九字者，雖有而少。惟城南柳、風光好、蝴蝶夢、勘頭巾等劇正名題目各二句耳。

百種中，第一折必用仙呂點絳唇套曲，第二折多用南呂一枝花套曲，餘則多用正宮端正好、商調集賢賓等調。蓋一時風氣所尚，人人習慣其聲律之高下，句調之平仄，先已熟記於胸中，臨文時或長或短，隨筆而赴，自無不暢所欲言；不然，何以元代才人輩出，心思才力，日趨新異，獨於選調一事不厭黨同也？

㑳梅香，鄭德輝撰，載白敏中父參裴度軍，陣中救度，受傷頻死，度以女小蠻許字敏中。度死，度妻韓夫人將背前約。有侍婢樊素者，從中撮合，始克成婚。其大致如此。按雲溪友議：『白居易有妓樊素，善歌；小蠻，善舞。嘗爲詩曰：「櫻桃樊素口，楊柳小蠻腰。」年既邁，而小蠻方豐艷，因作楊柳詞以託意。』又按女世說：『樊素二十餘，綽綽有歌舞態，善唱楊柳。樂天以己年高，將放之。適馬有名駱者，同時議鬻，馬出而首反顧。素聞馬嘶，泣拜曰：「駱將去，其鳴哀；素將去，其辭苦；豈主君獨無情哉！」』然則兩人爲樂天愛妾，恩至義盡，具有明徵。敏中爲樂天從祖弟，史稱其與樂天相友愛者，乃妄以其兄之妾爲其弟之妻，且婢，使千古而下閱者，疑敏中有陳平爲盜之謗，朕棲欲治之心。顛倒倫常，莫斯爲甚。彼琵琶之厚誣伯喈者，抑無論矣。

擬元兩劇，蕭山王叔盧撰。以質吳江沈長康，謂不合宮調，令其改作。及改而仍不合，乃就毛西河商之。無何，叔盧死，西河哀其志而爲更定其詞。會兵變，失去。夜臥嵩山，夢叔盧來，曰：『予詞寄君所，未見還。』醒而異之。後復購得其稿。會病，又夢叔盧曰：『脫君死，予詞奈何？』因中夜力疾起，校補而梓行之。故西河序其首，謂：『靈均作涉江、懷沙，慮其遺亡，乃於晉咸安之季，白晝見形，向顧珏自誦之。』以比叔盧之入夢。夫身後之名，才人所愛，雖至死而其魂魄猶將戀戀，且雖詞曲小技，而鄭重珍惜，一至於此，是誠不可解者矣。

曲話　卷三

乾隆中，高宗純皇帝第五次南巡，族父森時服官浙中，奉檄恭辦梨園雅樂。先期命下，即以重幣聘王夢樓編修文治塡造新劇九折，皆即地即景爲之，曰三農得澍，曰龍井茶謌，曰祥徵冰繭，曰海宇謌恩，曰燈燃法界，曰葛嶺丹爐，曰仙醞延齡，曰瑞獻天台，曰瀛波清宴。選諸伶藝最佳者充之，在西湖行宮供奉。每演一折，先寫黃綾底本，恭呈御覽，輒蒙褒賞，賜予頻仍。今日重披法曲，猶仰見當年海宇乂安，民康物阜。古稀天子省方問俗，桑麻阡陌間與百姓同樂，一種雍熙氣象，爲千古所希有，眞盛典也。

紅樓夢工於言情，爲小說家之別派，近時人艷稱之。其書前夢將殘，續以後夢，卷牘浩繁，頭緒紛瑣。吳洲仲雲澗取而刪汰，並前後夢而一之，作曲四卷，始於原情，終於勘夢，共得五十六折。其中穿插之妙，能以白補曲所未及，使無罅漏，且借周瓊防海事，振以金鼓，俾不終場寂寞，尤得本地風光之法。惟以副淨扮鳳姐，丑扮襲人，老旦扮史湘雲，脚色不甚相稱耳。近日荆石山民亦塡有紅樓夢散套，題止歸省、葬花、警曲、擬題、聽秋、劍會、聯句、癡誄、譜誕、寄情、走魔、禪訂、焚稿、冥昇、訴愁、覺夢十六折而已，其實此書中亦究惟此十餘事言之有味耳。其曲情亦淒婉動人，非深於四夢者不能也。

番禺令仲拓菴振履卸事後，寓省垣，作雙鴛祠八折，卽別駕李亦珊事也。起伏頓挫，步武井然，惜點譜一折，入手太閒；謌賽一折，收場太重。通體八齣，雜劇則太多，傳奇又太少，古今曲家無此例也。

金陵張漱石懷沙記，依史記屈原列傳而作，文詞光怪。全部楚詞，隱括言下。著騷、大指、天問、山鬼、沉淵、魂游等折，皆穿貫本書而成，洵曲海中巨觀也。惟尤西堂讀離騷不然，不屑屑模文範義，通其意而肆言之，陸離斑駁，不可名狀，至云：『便百千年難打破悶乾坤，只兩三行怎弔盡愁天下！』發千古不平於嬉笑怒罵中，悲壯淋漓，包以大氣，與懷沙立意不同，然固異曲同工也。漱石又有玉獅墜，設想甚奇。其毀奩一折，如蟻穿九曲，愈折愈深。如云：『你要我無瑕體自比玉潔，便河東吼不迭？豈眞有竹杖爲龍，那便捷似鳥成梟，沒些差別，負的我騰空飛越，管籠鴿脫離羈紲？怕終做不分玉石焚身烈，提掇向樓前墜也！』一玉獅耳，想出如許情緒，第一猜效其守貞，二猜可以因而脫禍，三猜默示以殉身，魯公書筆，力透紙背矣。

錢唐夏惺齋綸作六種傳奇。其南陽樂一種，合三分爲一統，尤稱快筆。雖無中生有、一時游戲之言，而按之直道之公，有心人未有不拊掌呼快者。第三折，誅司馬師，一快也；第四折，武侯命燈倍明，二快也；第八折，病體全安，三快也；第九折，將星燦爛，四快也；十五折，子午谷進兵，偏獲奇勝，五快也；十六折，殺司馬昭，六快也；擒司馬懿，七快也；十七折，曹丕就擒，八快也；殺華歆，九快也；十八折，掘曹操疑塚，十快也；二十二折，誅黃皓，十一快也；二十五折，陸伯言自裁，十二快也；孫權投降，十三快也；孫夫人歸國，十四快也；三十折，功成歸里，十五快也；三十二折，北地受禪，十六快也。立言要快人心，惺齋此曲，獨得之矣。

惺齋作曲，皆意主懲勸，常舉忠、孝、節、義，各撰一種。以無瑕璧言君臣，教忠也；以杏花村言父子，教孝也；以瑞筠圖言夫婦，教節也；以廣寒梯言師友，教義也；以花萼吟言兄弟，教弟也。事切情真，可謌可泣。婦人孺子，觸目驚心。洵有功世道之文哉！

李笠翁云：『湯若士之牡丹亭、邯鄲夢傳奇得以盛傳於世，吳石渠之綠牡丹、畫中人得以偶登於場，皆才人僥倖之事，非文至必傳之理也。』語見所著閒情偶寄。石渠才情綺麗，撰曲四種，甚爲藝林所稱。笠翁引與玉茗並論，不爲無見。

笠翁十種，曲、白俱近平妥。行世已久，姑免置喙。近人惟綵州李太史調元最深喜之，謂『如景星慶雲，先覩爲快』，家居時常令謌伶搬演爲樂。其第十種名比目魚，有自題詩云：『邇來節義頗荒唐，盡把宣淫罪戲場。思借戲場維節義，繫鈴人授解鈴方。』太史謂：『讀是詩，方知其繡曲心苦。』蓋通十種中，命意結穴在此也。客有笑其偏嗜笠翁曲者，太史嘗誦此詩答之。

笠翁以琵琶五娘千里尋夫，隻身無伴，因作一折補之，添出一人爲伴侶，不知男女千里同途，此中更形曖昧。是蓋矯琵琶之弊，而失之過；且必執今之關目以論元曲，則有改不勝改者矣。笠翁痛詆南西廂，其論誠正；至欲作北琵琶以補則誠之未逮，未免自信太過，毋論其才不及元人，即使能之，亦殊覺多此一事也。

石渠四種中，以綠牡丹爲最，療妬羹、畫中人次之。療妬羹題曲一折，逼眞牡丹亭。如云：『一任你拍斷紅牙，拍斷紅牙，吹酸碧管，可賺得淚紛沾袖，總不如牡丹亭一聲河滿便潛然。』『四壁如秋，半響好迷留，是那般憨愛，那些㾸瘦。只見幾陣陰風涼到骨，想又是梅月下俏魂游。天那！若都許死後自尋佳耦，豈惜留薄命，活作羈囚！』此等曲情，置之還魂記中，幾無復可辨。

西園記，亦石渠四種之一也。末道場一折，車遮韻，純用入聲，尖刻流利，允稱神技。

旗亭記作王之渙狀元及第，語雖荒唐，亦快人心之論也。沈歸愚尙書題詞，云：『特爲才人吐奇氣，鴛鶵卑伏忽飛騫。科名一準方千例，地下何妨中狀元。』按：琵琶記以蔡邕爲狀元，彼時原無此名，故令閱者爲之絕倒。唐時雖已有狀元之名，其實授官始於宋代，初階不過僉判、廷評，歷俸既深，然後入館承制，馴至宰執，非若今之狀元，甫經釋褐，即躋清華如登仙，爲科名之冠也。然則唐之狀元，於之渙何關輕重？作是曲者，亦如尤西堂之扮李白登科，徒爲多事矣。顧青蓮不必登科，而以玉環考試，則不妨作第一人想；若『黃河遠上』之詞，雙鬟久具隻眼，又何論之渙之狀元不狀元乎？

燕子箋一曲，鸞交兩美，燕合雙妹，設景生情，具徵巧思；春燈謎之十錯認，亦似有悔過之意，隱然露於楮墨外。然其人既已得罪名敎，即使陽春白雪，亦等諸彼哉之例，置而不論可矣，況其文章之未必能醉人心脾耶！

蜀鵑啼，蘇州邱園爲成都令吳志衍作也。志衍爲梅村之兄，攜家之任，由滇入蜀，值北都城陷，西土淪亡，全家死之，邱故撰是劇。尤西堂跋所謂：『爰有邱生，聞之累息。問弱弟之奔喪，傷心哭雁；弔孤臣而流涕，染血啼鵑』者也。梅村詩觀蜀鵑啼劇有感云：『紅豆花開聲宛轉，綠楊枝動舞婆娑。不堪唱徹關山調，血汚游魂可奈何！』其詞之感人故深矣。

錢唐洪昉思昇撰長生殿，爲千百年來曲中巨擘。以絕好題目，作絕大文章，學人、才人，一齊俯首。自有此曲，毋論驚鴻、綵毫空慚形穢，即白仁甫秋夜梧桐雨亦不能穩佔元人詞壇一席矣。如定情、絮閣、窺浴、密誓數折，俱能細針密線，觸緒生情，然以細意熨貼爲之，猶可勉強學步；讀至彈詞第六、七、八、九轉，鐵撥銅琶，悲涼慷慨，字字傾珠落玉而出，雖鐵石人不能爲之斷腸，爲之下淚！筆墨之妙，其感人一至於此，眞觀止矣！

梧桐雨與長生殿亦互有工拙處。長生殿按長恨謌傳爲之，刪去幾許穢跡；梧桐雨竟公然出自祿山之口。長生殿驚變折，於深宮歡燕之時，突作國忠直入，草草數語，便爾啓行，事雖急遽，斷不至是；梧桐雨則中間用一李林甫得報、轉奏，始而議戰，戰旣不能而後定計幸蜀，層次井然不紊。

梧桐雨第一折醉中天云：『我把你半嚲的肩兒凭，他把箇百媚臉兒擎。正是金闕西廂扣玉扃，悄悄迴廊靜，靠着這招彩鳳，舞靑鸞，金井梧桐樹影，雖無人竊聽，也索悄聲兒海誓山盟。』第二折普天樂云：『更那堪滻水西飛雁，一聲聲送上雕鞍。傷心故園，西風渭水，落日長安。』第三折殿前歡云：『是他朵嬌滴滴海棠花，怎做得鬧荒荒亡國禍根芽！再不將曲彎彎遠山眉兒畫，亂鬆鬆雲鬢堆鴉。怎下的磣磕磕馬蹄兒臉上踏，則將細裊裊咽喉掐，早把條長攙攙素白練安排下。他那裏一身受死，我痛煞煞獨力難加。』數曲力重千鈞，亦非長生殿可及。

長生殿至今，百餘年來，歌場、舞榭，流播如新。每當酒闌燈炧之時，觀者如至玉帝所聽奏鈞天法曲，在玉樹、金蟬之外，不獨趙秋谷之『斷送功名到白頭』也。然俗伶搬演，率多改節，聲韻因以參差，雖有周郎，亦當掩耳而過。近日古吳馮雲章起鳳撰爲吟香堂曲譜，以縹緲之音，度娟麗之語，迎頭拍字，按板隨腔，允稱善本。且其宮調、字音，多加考訂，毫無遺漏，謂之長生殿第一功臣，可也。石太史韞玉爲之序云：『謂非嬴女吹簫，馮夷擊鼓，不能使笑者解頤，泣者俯首。』如是信然。

桃花扇筆意疎爽，寫南朝人物，字字繪影繪聲。至文詞之妙，其艷處似臨風桃蕊，其哀處似着雨獨花，固是一時傑構。然就中亦有未愜人意者：福王三大罪、五不可之議，倡自周鑣、雷演祚，今阻奸折竟出自史閣部，則與設朝折大相逕庭，使觀者直疑閣部之首鼠兩端矣。且既以媚座為二十一折矣，復如入孤吟一折，其詞義猶之『家門大意』，是為蛇足，總屬閒文。至若曲中詞調，伶人任意刪改，亦斯文一大恨事。然未有先慮其刪改，而特於作曲時為俗伶豫留地步者。今桃花扇長者七八曲，其少世四五曲，未免故走易路；又以左右部分正、間、合、潤四色，以奇偶部分中、戾、餘、煞四氣，以總部分經、緯二星，毋論有曲以來，萬無此例，即謂自我作古，亦殊覺淡然無味，不知何所見而云也。然峯川霍顛鶴歸來曲首折發端、末折收場，似倣桃花扇為之，不特從來院本所未有，亦院本所不必有也。

桃花扇以餘韻折作結，曲終人杳，江上峯青，留有餘不盡之意於煙波縹緲間，脫盡團圓俗套。乃顧天石改作南桃花扇，使生旦當場團圓，雖其排場可快一時之耳目，然較之原作，孰劣孰優，識者自能辨之。

石榴記，如皋黃瘦石振作也，詞白都有可觀。神感諸折，晤以牡丹亭作譜子；至夢圓折，則明白落玉茗窠臼。顧其自然情韻，即未必青出於藍，而模山範水，庶幾亦步亦趨也。

陽羨萬紅友樹蘐食元人，深入堂奧，得其神髓，故其曲音節嘹喨，正襯分明。吳雪舫稱為六十年第一手，信知言也。生平所作甚富，如錦塵帆、十串珠、黃金甕、金神鳳、資齊鑑、珊瑚毬、舞霓裳、藐姑仙、青錢賺、焚書鬧、罵東風、三茅宴、玉山庵等作，幾於汗牛充棟。而稿多散失不存，今世合刻者，空青石、念八翻、風流棒，稱擁豔三種而已。紅友爲吳石渠之甥，論者謂其淵源有自，其實平心論之：粲花三種，情致有餘，而豪宕不足；紅友如天馬行空，別出機杼。宗旨固不同也。

紅友關目，於極細極碎處皆能穿插照應，一字不肯虛下，有匣劍帷燈之妙也。曲調於極閒極冷處，皆能細斟密酌，一句不輕放過，有大含細入之妙也。非龍梭、鳳杼，能令天衣無縫乎？

紅友之論曰：『曲有音，有情，有理。不通乎音，弗能歌；不通乎情，弗能作；理則貫乎音與情之間，可以意領不可以言宣。悟此，則如破竹、建瓴，否則終隔一膜也。』今觀所著，莊而不腐，奇而不詭，豔而不淫，戲而不虐，而且宮律諧協，字義明晰，尤爲慣家能事。情、理、音三字，亦惟紅友庶乎盡之。

蔣心餘太史士銓九種曲，吐屬清婉，自是詩人本色。不以矜才、使氣爲能，故近數十年作者，亦無以尙之。其至離奇變幻者，莫如臨川夢，竟使若士先生身入夢境，與四夢中人一一相見。請君入甕，想入非非；娓娓清言，猶餘技也。桂林霜、一片石、第二碑、冬青樹四種，皆有功名敎之言。忠魂、烈魄，一入腕中，覺滿紙颯颯，尙餘生氣。香祖樓、空谷香兩種，於同中見異，最難下筆。蕊夢蘭與淑蘭皆淑女也，孫虎與李蚓皆繼父也，吳公子與扈將軍皆樊籠也，紅絲、高駕皆介紹也，成君、裴畹皆故人也，且小婦皆薄命而大婦皆賢淑也，使出自俗筆，難免雷同，乃合觀兩劇，非惟不犯重複，且各極其錯綜變化之妙，故稱神技。四絃秋因青衫記之陋，特創新編，順次成章，不加渲染，而情詞悽切，言足感人，幾令讀者盡如江州司馬之淚濕青衫也。雪中人一劇，寫吳六奇，頰上添毫，栩栩欲活；以花交折結束通部，更見匠心獨巧。心餘強袁子才觀其所撰曲，曰：『先生只當小病一場，寵賜披覽。』袁不得已，觀之。次日，問：『可有得意處否？』袁曰：『「任爾忒聰明，猜不出天情性」，惟兩語極佳耳。』心餘笑曰：『畢竟先生是詩人，非曲客。「造物豈憑翻覆手，窺天難用揣摩心。」此商寶意聞雷詩，爲予曲之藍本也。』

乾隆十六年，恭逢皇太后萬壽，江西紳民遠祝純嘏雜劇四種，亦心餘手編。第一種曰康衢樂，第二種曰忉利天，第三種曰長生籙，第四種曰昇平瑞。徵引宏富，巧切絕倫，倘使登之明堂，定爲承平雅奏，不僅里巷風謠已也。

吳穀人先生詞學，近時人不多觀，病除凡響，壁壘一新。集中南北曲數套，妙墨淋漓，幾欲與元人爭席。所作漁家傲樂府，詞壇、藝苑，交口稱之。其自序云：『余游富春之渚，經七里之灘。萬竹光中，斜陽曬網；一波折處，細雨施罛。緬懷高寄之蹤，指點歸耕之處，徑路或迷於黃葉，人家全在乎翠微，弄水相思，尋烟欲問，臺高百尺，其釣維何？祠閱千秋，伊人宛在。祇覺風流之足慕，敢辭水調之難工，忝我楮毫，被之絃索，演逸民之列傳，寫漁父之家風，人將讀之而解頤，吾亦因之而寄傲也。』

錢竹初明府，亦工音律，所著鸚鵡媒、乞食圖二種，不及心餘之爽豁，心餘亦不及其清麗也。曲中佳句，如：『只恐半腔愁，都被春風吹破。』又：『若不是嫦娥流彩，怎峯將對月顏開。難比說書生稔色，他往常間眼不輕擡。』又：『則這簾外幽禽，還喚的俺俏書生夢兒遠。』又：『這羞態能禁架，玉容淺霞，早則是消盡溫存憐煞他。』又：『你人前只管嬌眠罷，休問俺雲蹤那答，則這一幅花枝可也障的咱。』以上鸚鵡媒。『婚姻簿料來夢幻，骨肉恩如何割忍，除非是歸來環珮，認我夜深魂。』又：『怎知他水邊梅影窺愁破，還有俺門畔桃花望眼多，些兒箇，一樣的毫端知己，嵌入心窩。』以上乞食圖。

西樓記爲姑蘇袁凫公白賓作。于叔夜者，凫公託名也。按：宋牧仲筠廊偶筆云：『袁籜菴以西樓傳奇得名。』蘇州府志云：『袁于令，字令昭，號籜菴。』堯峯文鈔：『袁袞曾孫于令，官荆州知府。』吳梅村集有贈荆州守袁大韞玉詩四首，云：『詞客開元擅盛名。』又云：『彈絲法曲楚江情。』然則西樓作於籜菴。于叔夜者，以名爲姓耳。凫公之稱，僅見近人詩話。凫公短身、赤鼻，長於詞曲。穆素徽不過中人之姿，面微麻，性耽筆墨。故兩人交好，爲趙萊所忌，因假趙不將以刺之。此康熙中年事，王子堅先生猶得親見。所云絕代佳人者，妄也。按：艮齋雜説：『籜菴守荆州，謁某道，卒然問曰：「聞貴府有三聲。」謂棋聲、牌聲、曲聲也。袁徐應曰：「下官聞公亦有三聲。」』詢詰之，曰：「算盤聲、天平聲、板子聲。」袁竟以此罷官。』又按：順治十年三月，湖廣撫臣題參袁于令等官十五員侵盜錢糧。據此，則西樓之作當在奪職以後。其同邑人龍子猶有重定本，多所刪節，較六十種曲所刻尙覺簡當。楚江情一闋，原乏佳處，其膾炙人口，實所不解。

筠廊偶筆載：『籜菴與人談及西樓記，輒有喜色。一日，出飲歸，月下肩輿過一大姓門，其家方燕賓，演霸王夜宴。輿人云：「如此良夜，何不唱『繡戶傳嬌語』，乃演千金記耶！」籜菴聞之，狂喜，幾至墜輿。』吳之紀春日袁荆州過訪百花洲口占二絕云：『契闊經今兩白頭，建牙吹角古荆州。東山嘯咏西樓夢，故國重逢話昔游。一曲方成傳樂府，十千隨到付纏頭。當時記得輕分手，王粲高樓鸚鵡洲。』西樓記爲一時所重如此。

龍氏有墨憨齋傳奇定本十種：新灌園、酒家傭、女丈夫、量江記、精忠旗、雙雄記、萬事足、夢磊記、灑雪堂、楚江情（即西樓記），皆取近時名曲，再加刪訂而成，頗稱善本。

鳴鳳記河套一折，膾炙人口；然白內多用駢儷之體，頗礙優伶搬演。上場純用小詞，亦新耳目；但多改用古人名作爲之，大雅所弗尙也。至爭寵一折，赤肚子不上場，只用道童答應，省却許多頭緒。在俗手必於末折作神仙示現報應，又多一番結束矣。

集牌名成曲，最難自然。明珠記煎茶折長相思云：『念奴嬌，歸國遙，爲憶王孫心轉焦，楚江秋色饒。月兒高，燭影搖，爲憶秦娥夢轉迢，漢宮春信悄。』運用自然情致。春蕪記阻遇折偶一爲之，頗覺新異。至鳴鳳之狀子、精忠之頌，雖皆集曲名而成，然支離牽扯，不足數矣。

玉茗四夢，牡丹亭最佳，邯鄲次之，南柯又次之，紫釵則強弩之末耳。南柯情著一折，以法華普門品入曲，毫無勉強，毫無遺漏，可稱傑構。末折絕好收束排場處，復盡情極態，全曲當以此爲冠冕也。

牡丹亭對宋人說大明律，春蕪記楚國王二竟有『不怕府縣三司作』之句，作者故爲此不通語，駭人聞聽；然插科打諢，正自有趣，可以令人捧腹，不妨略一見之。至若元人雜劇，凡駕唱多自稱廟謚，如漢某帝、唐某宗之稱，眞堪噴飯矣。

琴心記欒返折紅衲襖曲『捕魚翁錯認酒家敲』，又『怎許詩人帶月敲』，一曲兩用敲韻。明珠記禁怨折，一曲兩用『怨』韻，荊釵堂試折，亦一曲兩用『錢』韻。

明曲齣目多四字，國朝多二字。惟東郭記皆用孟子語爲之；玉鏡臺則或二字，或三四字，參差不一，蓋變例也。

懷香記佳會折，全落西廂窠臼。而解袍歡、山桃紅數曲，在旁眼偸窺，寫得歡情如許美滿，較十二紅正不啻青出於藍而過於藍。余嘗謂：『小姐多丰采，君瑞濟川才』，爲元曲中之最庸惡陋劣者，緣落想便俗故也。

紫釵記最得手處，在觀燈時卽出黃衫客，下文劍合自不覺突，而中借馬折避却不出，便有草蛇灰線之妙。稍可議者：旣有門楣絮別矣，接下折柳陽關，便多重疊，且墮惡套；而款檄折兩使臣皆不上場，亦屬草率。

金雀記苦無丑、凈，至強以左太冲、張孟陽當之，亦不善挪虛步，閲之輒不滿人意。

荆釵曲白都近自然，惟赴試折家國離情，路上自不必向朋輩喁喁絮語，且末、凈合唱『蒙囑咐，牢記取，教我成名先寄數行書』，又居然與王十朋心事關照，殊嫌着相。焚香記寄書折，關目與荆釵記大段雷同。金員外濟隨來東，孫汝權亦下第留京，一同也；賣登科錄人寄書，承局亦寄書，二同也；同歸寓所寫書，同調開肆中飲酒，同私開書包，同改寫休書，無之不同，當是有意剿襲而爲之。

曲有覆述上文，仍襲用前曲，如西廂之鎖南枝，焚香之玉交枝，皆不復增減一字。

浣沙記第十三折之虞美人、第十五折之浪淘沙引，皆竊古人名詞，改易數字。雖與本曲情節相同，按之原詞，究多勉強。其十三折羈囚石室，以間一曲爲一日，關目尤欠分明也。

雙珠記通部細針密線，其穿穴照應處，如天衣無縫，具見巧思。惟每人開口，多用駢白，頭面雷同，且中有未盡合口吻者，乃爲美玉之玷。

明珠記別母折老旦曲云：『正憶情人在網籠，又傷嬌女去漂篷。』情人二字，施之白頭兩老，稱謂甚怪。作曲者偶然失檢，便予人可擬，可見此道，一字不容苟下也。

曲話卷四

樂府興而古樂廢，唐絕興而樂府廢，宋人詩詞興而唐之詩詩又廢，元人曲調興而宋人詩詞之法又漸積於廢。詩詞空其聲音；元曲則描寫實事，其體例固別爲一種，然毛詩氓之蚩蚩篇綜一事之始末而具言之，木蘭詩專蹟首尾分明，皆已開曲伎之先聲矣。作曲之始，不過止被之管絃，後且飾以優孟。元人院本，至今傳者寥寥數種，其實雜劇爲多。明以後則傳奇盛行，下筆動至數十折，一人多至數本、十數本、數十本。其始大旨亦不過歸於勸善、懲惡而已，及其末流，淫侈競尙。蓋自明中葉以後，作者按譜填字，各逞新詞，此道遂變爲文章之事，不復知爲律呂之舊矣。推此以論，則雖謂『今曲盛而元曲之聲韻廢』，亦無不可也。

元人百種，佳處恆在第一、二折，奇情壯采，如人意所欲出。至第四折，則了無意味矣。世遂謂：『元人以曲試士。百種雜劇，多出於場屋。第四折爲強弩之末，故有工拙之分。』然考之元史選擧志，固無明文。或亦傳聞之誤也。按：明沈德符撰顧典雜言，謂：『元人未滅南宋以前，以雜劇試士。』吳梅村序蔚正譜，亦謂：『當時以此取士，皆傅粉墨而踐排場，一代之人文，皆從此描眉、畫頰、訴譜、調笑而出之，固宜其擅絕千古。』是二說者，固皆有所本也。

雕蟲館曲選，亦謂：『元取士有塡詞科，主司所定題目外，止曲名及韻。其賓白出於演劇伶人一時所爲，故鄙俚蹈襲之語爲多。』予謂：『此蓋論百種雜劇然耳。若西廂等本，其白爲曲人所自作，關目恰好，字句亦長短適中，迥不侔也。』

北曲有名同詞異者，如：黃鍾宮有古水仙子，而商調及雙調皆有水仙子，有古神仗兒，而仙呂亦有神仗兒；有古寨兒令而越調亦有寨兒令，有柳葉兒而仙呂及商調皆有柳葉兒，有侍香金童而商調亦有侍香金童，有賀聖朝而中呂及商調皆有賀聖朝，有女冠子而大石亦有女冠子；正宮有端正好而仙呂亦有端正好，仙呂有上京馬而商調亦有上京馬，有祆神急而雙調亦有祆神急；中呂有鬬鵪鶉而越調亦有鬬鵪鶉，有紅芍藥而南呂亦有紅芍藥，有思三台而越調亦有思三台。

工、尺、四、上，樂之聲也，而不知其字已見於楚詞。大招云工尺字譜『四上競氣』，則來歷已久矣。

樂以詩爲本，詩以聲爲用。隋、唐以來，三百篇中僅傳鹿鳴、關雎十二章。宋趙彥肅將句子配協律呂，因垂作譜，於鹿鳴等六詩爲黃鍾清宮，注云：『俗稱正宮』；關雎等六詩爲無射清商，注云：『俗稱越調』。人但知南、北曲有正宮、越調，而不知實麗於風、雅也。說本虞山周祥鈺。

四聲二十八調者，宮聲七調，曰正宮、高宮、中呂宮、道宮、南呂宮、仙呂宮、黃鍾宮；商聲七調，曰大石調、高大石調、雙調、小石調、歇指調、商調、越調；羽聲七調，曰般涉調、高般涉調、中呂調、平調、南呂調、仙呂調、黃鍾調；角聲七調，曰大石角、高大石角、雙角、小石角、歇指角、商角、越角。此二十八調之分，統於四聲也。按宋志：『以夾鍾收宮、商、角、閏四聲。閏爲角，其正角、變徵、正徵皆不收，而獨用夾鍾爲律本。』

曲譜長短句法，自一字至十餘字，其源皆起於古之歌詞，可取而證。賡歌『都』、『俞』，一字之始也；風之『祈父』、雅之『肇禋』，二字之始也；『江有沱』、『思無斁』，三字之始也；五、六、七字爲句，所在多有，姑不具論；『我不敢效我友自逸』爲八字之始；唐堯山垤之戒曰：『人莫躓於山而躓於垤。』爲九字之始；孔氏銘曰：『饘於是粥於是以餬予口。』爲十字之始。七字而外，句法雖長，皆可讀矣。

調有大石，大石本外國名；有般涉，般涉即般贍，譯言般贍，華言『曲』也。語見續文獻通考。

按：顧曲雜言謂：『遼史樂志大食調，曲譜誤作大石，因有小石以配之。』不知小石之名，自宋已有，王珪詩號『至寶丹』，秦觀詩號『小石調』，不由曲譜之誤也。

四時聲律，其分配各有所宜。如：春季屬木，其氣疎達，則聲宜嘽緩而駘宕，若仙呂之醉扶歸、桂枝香，中呂之石榴花、漁家傲，大石之長壽仙、芙蓉花、人月圓之類是也；夏季屬火，其氣恢台，則聲宜洪亮震動，若越調之小桃紅、亭前柳，正宮之錦纏道、玉芙蓉，普天樂之類是也；秋之氣，颯爽而清越，若南呂之一江風、浣溪紗，商調之山坡羊、集賢賓之類爲宜；冬之氣，嚴凝而靜止，若雙調之朝元令、柳搖金，黃鍾之絳都春、畫眉序，羽調之四季花、勝如花之類爲宜。

合南北曲所存燕樂二十三宮調諸牌名，審其聲音以配十二月。正月用仙呂宮、仙呂調，二月用中呂宮、中呂調，三月用大石調、大石角，四月用越調、越角，五月用正宮、高宮，六月用小石調、小石角，七月用高大石調、高大石角，八月用南呂宮、南呂調，九月用商調、商角，十月用雙調、雙角，十一月用黃鍾宮、黃鍾調，十二月用羽調、平調。按：羽調，即黃鍾調。蓋調缺其一，故兩用之。而十一月爲子，子當夜半，介兩日之間，於義亦宜。閏月則用仙呂入雙角。按：仙呂，即正月所用；雙角，十月所用。合而一之，履端於始，歸餘於終之義也。如此，則聲音、氣象，自與四序相合矣。

吳門李元玉有一笠菴廣正九宮譜，採元人各種傳奇散套及明初諸名人所著之北詞，依宮按調，彙爲全書。於牌名、體格同異處，辨證甚屬精詳。所收尤博，多今未見者。先是華亭徐于室輯有原稿，李氏取而參訂之。吳梅村爲之序，稱爲『騷壇鼓吹，堪與漢文、唐詩並傳不朽』，可謂知言。按：雍熙樂府列黃鍾、正宮、大石、小石、仙呂、中呂、南呂、雙調、越調、商調、商角、般涉十二調，其商角及般涉有目無詞。李氏書雖多道宮、高平、歇指、宮調、角調五類，而歇指及宮、角三調皆有目無詞，核其體例，實以雍熙樂府爲本，偶有增益，亦因彼而推廣之耳。

九宮譜定，不知誰氏所作，但署『東山釣史、鴛湖逸者仝輯』，蓋隱其名矣。所論皆南曲。篇首諸

論，多能切中。其論務頭云：『凡曲遇揭起其音而宛轉其調，如俗之所謂做腔處，即是務頭。』其
論甚創。按：中原音韻於北曲之務頭臚列甚詳，而南曲務頭絕無道及。又按：嘯餘譜載務頭一卷，然於務頭二字究未說明。
李笠翁謂『二字既不得其解，當以不解解之，不得爲謎語欺人者所惑』。此說良當。如云：『各調皆有引子，獨羽調
無引子，當借仙呂引子用之。』又云：『犯曲只宜犯本宮。或偶犯別宮，則音調必稍異。如醉太
師、猫兒出隊之類，只宜直作本曲之名，不必分作犯體。』又云：『大套必用尾，惟仙呂之木丫
牙等調、大石之一撮棹等調、商呂之鎖窗寒等調、黃鍾之刮地風等調、商調之啄木鸝等調，或二
或四，皆可不必用尾。』擇取亦淸，洵稱善本，非深入其域者不能道也。
是書論平仄有過寬者，如引幽閨之黃鍾絳都春云：『得到今朝』，謂『可用平平平去』。正宮普
天樂云：『割得斷兄妹腸肚』，謂『可用入平平平入平平』。仙呂卜算子云：『病染身着地』，
謂『可用仄仄仄平平』。琵琶之中呂菊花新云：『封書遠寄到親闈，又見關河朔雁飛。』謂『二
句可用仄仄平平仄仄平，平平平仄平仄平』。荆釵之南呂臨江仙云：『渡水登山須子細』，謂『可
用仄仄平平仄仄平』。牧羊之越調云：『甚日信復中郎將』，謂『可用仄仄平平平仄仄』。臥冰
之商調逍遙樂云：『入阻陽臺煙霞暝』，謂『後三字可用去平平』。雙調眞珠簾云：『停針久』，
謂『可用上平平』。綵樓之仙呂入雙調金水令云：『娘子志誠，兩意相投』二句，謂『可用仄仄
平平，平仄平仄』。幽閨之羽調排歌云：『不忍聽』，謂『可用平平仄』。如此類可以互易者，

不可枚舉。須知曲有一定之平仄；中有數曲，幷仄中之上去亦不可改。其平可以使仄、仄可以使平者，必古曲音律不諧，而後善謳者酌而改之，此雖有，而不多見，豈能任意互易，而云無礙耶！持論雖活，然或病其過活也。

莊親王博綜典籍，尤精通音律，能窮其變而會其通，所著九宮大成南北宮譜，多至數十卷，前此未有也。其持論有特識，精卓不刊，能闢數百年詞家未闢之秘。如南譜舊有仙呂入雙調一門，其音聲迴不相合；今譜中將仙呂歸仙呂，雙調歸雙調，而用南仙呂步步嬌北雙角新水令等曲合成套數，別爲閏卷。又詞家以各宮牌名彙而成曲，俗稱犯調；譜中以犯字意義無本，更其名曰『集曲』，其集曲有名義可取，而聲律失調者，有節奏克諧而名義欠雅者，悉爲釐正，不拘於古人成式。又中原音韻入聲分派三聲之內，但止於平聲分陰陽而上去不分，尚欠精晰；譜中每字定以工尺，而陰陽自分，可補周德清之所未備。又舊譜俱限七字爲句，無論文義如何，皆截爲襯字，幾不成文理；今譜中多留一二正字，全其文義，除去正文中間作讀，章句益覺完美。又譜中有一牌名同、字異者，以至先者爲正體，餘爲又一體，亦洗嘯餘譜第一體、第二體之陋，確爲有見。凡此皆創例也。

康熙五十四年，命詹事王奕清等撰曲譜十四卷——蓋與詞譜同時而成——北曲四卷，南曲八卷，附失宮犯調各曲一卷。曲文每句、注句字，韻、注韻字。每字旁注四聲按：九宮大成每曲文注句，注讀；

於用中原韻處注韻；沈韻所通，注叶；中原韻所無，沈韻不通者，注押。與此少異。於入聲字或宜作三聲者，皆一一詳注。舊譜譌句，亦一一爲之辨證，以附於後。

曲話以涵虛曲論爲最先，取詞客九十八人而品題之。如云：『馬東籬如朝陽鳴鳳，張小山如瑤天笙鶴，白仁甫如鵬搏九霄，李壽卿如洞天春曉……』等類。其題目雖佳，然未必人人切當不移也。

王實甫之撰西廂，見太和正音譜。王弇州曲藻謂：『實甫原本，至碧雲、黃花而止矣，後所續爲關漢卿筆；世謂止於草橋驚夢者，非也。』今按：漢卿所撰曲，多至六十餘本，其目不載西廂，且續本多鄙陋不倫之句，尤可疑也。

陶宗儀輟耕錄謂：『董解元西廂作於金章宗時，世代未遠，尚罕傳者，何況今曲之冗。』按：董解元，嘯餘譜首引之，止稱『始作北曲』，並未及西廂也。永嘉高則誠作琵琶，故百川書志稱：『永嘉先生作』。原本止於書館相逢。賞月、掃松，爲朱教諭所補。

近日高伯陽作續琵琶記，空虛結撰，出奇無窮，一雪中郎之冤。吳穀人先生爲之序云：『伯陽借一家之衣鉢，拓千古之心胸，姱飾勝緣，掞張廢事，如織女之酬郭令，如青洪之贈歐明，遂使銀鹿坐兒，金龜得壻，科名草長，旌節花開，但爭春夢之長，不厭夏雲之幻。』數語，曲中大致，包括無遺矣。

曲有句譜短促，又爲平仄所限，最難諧叶者。李笠翁謂：『遇此等處，當以成語了之。』是固一較春撫說。但強押亦難巧合。如還魂記之『煙波畫船』，何嘗不是絕妙好詞，何嘗不平仄諧叶，較春撫之『心愁意慵』等語，豈止上、下床，直是天淵之隔矣。國朝惟萬紅友長此。如仙呂之長拍中，有四上聲字爲句，最難自然，紅友則肆應不竭，愈出愈奇，如『睍睆好鳥』、『祇我與爾』、『我有斗酒』等句，皆異常巧合，能奪天工者。

紅友院本中有佛曲，甚佳。按：佛曲、佛舞，在隋、唐時已有之。李唐樂府有普光佛曲，日光明佛曲等八曲，入婆陀調；釋迦文佛曲、妙花佛曲等九曲，入乞食調；大妙至極曲、解曲入越調；摩尼佛曲入雙調；蘇密七俱佛曲、日光騰佛曲入商調；邪勒佛曲入徵調；婆羅樹佛曲等四曲入羽調；遷星佛曲入般涉調；提梵入移風調。固不始於金、元也。

北人有所謂『打連廂』、『唱連廂』者。蓋連廂詞作於元曲未作之先。其例：專設司唱者一，雜設諸執器色者，笙、笛、琵琶各一人，排坐場端，吹彈數曲；而後敷白道唱，男名末尼，女名旦兒，并雜色人等，上場扮演，依唱詞而作舉止。毛西河有擬連廂詞，曰賣嫁，曰放偸，古法猶存。今人不復能也。古人歌者、舞者各自爲一，兩不照應；至唐人柘枝詞、蓮花鏇歌，則舞者所執與歌人所歌之詞稍有相應矣，猶羌無故實也；至宋趙令畤作商調鼓子詞，譜西廂傳奇，始有事實矣，然尙無演白也；至董解元作西廂搊彈詞，曲中夾白，搊彈、念、唱統屬一人，然尙未以人扮演也；金人仿遼大樂之製而作清樂，中有連廂詞，則扮演有人矣，猶然司舞者不唱、司唱者不舞也；至元曲則歌舞合於一人，然一折自首至末皆以其人專唱，非正末則正旦，唱者爲主而白者爲賓，則連廂之法未盡變也；今之雜色上場，無不可唱，此實起於元末、明初，其由來亦已久矣。

元曲疊字多新異者，今摘錄之：响丁丁、冷淸淸、黑嘍嘍、虛飄飄、各刺刺雕輪碾落花、撲騰騰、寬綽綽、笑呷呷、香馥馥、鬧炒炒、輕絲絲黃柳帶棲鴉、碧茸茸、煖溶溶、靜巉巉的綠愁紅怨、氣昂昂、醉醺醺、呆鄧鄧把衣裳袒裸、亂蓬蓬、叫吖吖、白鄧鄧、黑突突、戰欽欽、慌張張、昏慘慘，疎剌剌的風雨飾、舞旋旋、叫喳喳，撲碌碌、惡狠狠、哭啼啼、淚紛紛、黑黯黯、戰兢兢、白茫茫、寒森森、滴溜溜絆我個合撲地、篤簌簌、密濛濛、亂紛紛、稀刺刺草戶扃、破殺殺磚窰靜、喜孜孜、明晃晃、眼睁睁、可撲撲膽驚心慄、亂慌慌、忙劫劫、慌速速、急煎煎、翻滾滾、悲切切、痛煞煞、急忙忙、苦孜孜、淚絲絲、磣可可停着老子、撲咚咚、窮滴滴、淚漣漣、亂烘烘、粗坌坌幾根柴、顫欽欽惹的我心兒渾、冷丁丁、羞答答、實丕丕與你情親、心恐恐、淸耿耿、香滾滾、赤歷歷那電光掣、不明明在鐵門額上顯、分朗朗、雄赳赳、喜都都、瘦懨懨、乾剝剝、足律律、惱憿憿閑聖旨、黃甘甘、惡哏哏、撲碌碌、篤速速眼跳、心切切、眼巴巴、困騰騰、惡噭噭、慢憿憿愁萬縷、信拖拖、另巍巍手中擎、曲躬躬、翻滾滾、可丕丕、甘剝剝、悶懨懨、沉默默、淚汪汪、青滲滲、黃穰穰、嗔忿忿、急攘攘、淚盈盈、夜迢迢、星耿耿、笑欣欣、暖溶溶、苦懨懨、悶沉沉、火匝匝把衣服緊揝着、鬧抄抄、凍欽欽、病懨懨、天澄澄、人紛紛、鬧火火、靜悄悄、困騰騰、步遲遲、恨緜緜、笑哈哈、酸溜溜、韻悠悠、笑哈哈、舞飄飄、撲簌簌、骨碌碌、合刺刺轆轤響、各瑯瑯的搗碓聲、淅零零、急騰騰、急旋旋、碧遙遙、喝嘍嘍、七林林過曲欄、沉默默、勢雄雄、威糾糾、齊臻臻、鬧垓垓、濕浸浸、磕擦擦登山嶺、緝林林、志昂昂、氣騰騰、興悠悠、嬌滴滴、樂陶陶、曲彎彎、高聳聳、明朗朗、響潺潺、香噴噴、鬱沉沉、碧油油、黑漫漫、焰騰騰、絮叨叨、假惺惺、不鄧鄧、撲鼕鼕、響璫璫、忽剌剌、不騰騰、磣磕磕、密匝匝、笑微微、立欽欽、醉醄醄、支楞楞、低矮矮、羞怯怯、風颯颯、怒忿忿、顫兢兢、黃登登、氣撲撲、淚簌簌、沸瀼瀼、直挺挺、鬧嚷嚷、綠茸茸、吃登登催着玉驄、恨匆匆、廝踏踏、赤力力、骨都都、各支支、烟支支的撒滯滯、涎鄧鄧、情默默、望迢迢、青湛湛、細濛濛、忒楞楞、氣哈哈、冷清清、意懸懸、嘴巴巴、碧冷冷、玉鏗鏗、綠依依、碎紛紛、可擦擦、穩丕丕、粗刺刺、黑婁婁、鐵屑屑。

金聖嘆強作解事，取西廂記而割裂之，西廂至此爲一大厄；又以意爲更改，尤屬鹵莽。驚豔云：『你道是河中開府相公家，我道是南海水月觀音院。』改爲：『這邊是河中開府相公家，那邊是南海觀音院。』借廂云：『我若共你多情小姐同鴛帳，怎捨得你疊被鋪床。』改爲：『我若與你多情小姐同鴛帳，我不教你疊被鋪床。』又：『你撇下半天風韻，我捨得萬種思量。』改爲：『你也掉下半天風韻，我也颩去萬種思量。』酬韻云：『隔牆兒酬和到天明，方信道惺惺自古惜惺惺。』改爲：『便是惺惺惜惺惺。』又：『便是鐵石人，鐵石人也動情。』删去疊『鐵石人』三字。寺警云：『便將蘭麝熏盡，只索自溫存。』改爲：『我不解自溫存。』又：『果若有出師的表文、嚇蠻的書信，但願你筆尖兒橫掃了五千人。』改爲：『他眞有出師的表文、下燕的書信，只他這筆尖兒敢橫掃五千人。』請宴云：『受用些寶鼎香濃、繡簾風細、綠窗人靜。』改爲：『你好寶鼎香濃。』又：『請字兒不曾出聲，去字兒連忙答應。』改爲：『我不曾出聲，他連忙答應。』賴婚云：『誰承望你即即世世老婆婆，教鶯鶯做妹妹拜哥哥。』改爲：『眞是即世老婆婆，甚妹妹拜哥哥。』前候云：『一納頭安排着憔悴死。』改爲：『一納頭只去憔悴死。』鬧簡云：『我也回頭看，看你個離魂倩女，怎發付擲果潘安。』改爲：『今日爲頭看，看你那離魂倩女，怎生的擲果潘安。』拷艷云：『我只神鍼法灸，誰承望燕侶鶯儔。』改爲：『定然是神鍼法灸，難道是燕侶鶯儔？』『猛凝眸，只見你鞋底尖兒瘦。』改云：『怎凝眸』。又：『那時間可怎生不害半星兒羞。』改爲：『那時間不曾害半星兒羞。』哭宴云：『兩意徘徊，落日山橫翠。』改爲：『兩處徘徊，大家是落日山橫翠。』驚夢云：『愁得陡峻，瘦得啅嘹，却早掩過翠裙三四稽。』改爲：『愁得陡峻，瘦得啅嘹，半個日頭早掩過翠裙三四稽。』此類皆以意爲更易。又有過爲刪減者。借廂云：『過了主廂，引入洞房，你好事從天降。』刪爲：『曲廂洞房。』又：『軟玉溫香，休道是相偎傍。』刪爲：『休言偎傍。』請宴云：『聘財斷不爭，婚姻立便成。』刪爲：『聘不見爭，親立便成。』琴心云：『靡不有初，鮮克有終。』刪爲：『靡不初，鮮有終。』驚夢云：『瞧一瞧着你化爲醯醬，指一指教你變做醬血，騎着一匹白馬來也。』刪去三『一』字。近日嘉應吳石華學博，以六十家本、六幻本、琵琶本、葉氏本與金本重勘之，科白多用金本，曲多用舊本。原序以六十家以下爲舊本。取金本所改，錄其佳者。如借廂云：『若今生難得有情人，則除是前世燒了斷頭香。』改爲：『若今生不做並頭蓮，難道前世燒了斷頭香。』寺警云：『學得來一天星斗煥文章，不枉了十年窗下無人問。』改爲：『我便知你一天星斗煥文章，誰可憐你十年窗下無人問。』又：『你那裏問小僧敢也那不敢，我這裏啓大師用僧那不用僧。』改爲：『你休問小僧敢去也那不敢，我要問大師眞個用僧也不用僧。』又：『劣性子人皆慘，捨着命提刀仗劍，更怕我勒馬停驂。』改爲：『就死也無憾，我便提刀仗劍，誰還勒馬停驂。』又：『我將不志誠的言詞賺，倘或紕繆，倒大羞慚。』改爲：『便是言詞賺，一時紕繆，半世羞慚。』琴心云：『則爲那兄妹排連，因此上魚水難同。』改爲：『將我鴈字排連，着他魚水難同。』賴簡云：『恁的般受怕擔驚，又不圖甚浪酒閒茶。』改爲：『我也不去受怕擔驚，我也不圖浪酒閒茶。』又：『從今悔非波卓文君，你與我學去波漢司馬。』改爲：『小姐你息怒回波俊文君，張生你遊學去波渴司馬。』後候云：『將人的義海恩山，都做了遠水遙岑。』改爲：『甚麽義海恩山，無非遠水遙岑。』又：『雖不會法灸神鍼，猶勝似救苦難觀世音。』改爲：『他不用法灸神鍼，他是一尊救苦觀世音。』哭宴云：『留戀別無意，見據鞍上馬，閣不佳淚眼愁眉。』改爲：『留戀應無計，一個據鞍上馬，兩個淚眼愁眉。』其實聖嘆以文律曲，故每於襯字删繁就簡，而不知其腔拍之不協。至一牌畫分數節，拘腐最爲可厭。所改縱有妥適，存而不論可也。李笠翁從而稱之，過矣。

畫解元西廂，今傳者爲楊升菴定本，繪象則唐伯虎筆，刻極工緻。石華最賞其『愁何似，似一川烟草黄梅雨』二語，謂『似南唐人絶妙好詞』，可謂擬於其倫。其後王實甫所作，蓋探源於此。

然未免瑜瑕不掩，不如解元之玉璧全完也。石華手錄佳晉十餘調，附刻所定西廂記後，較元本詞字，略有增損。如『燈兒一點被風吹滅』，元作『……甫能吹滅』；又『披衣獨步冷清清，看那斷橋月色』，元作『披衣獨步在月明中，凝睛看天色』；又『待趕上個夢兒，睡也再睡不着』，元作『媚媚的不乾，抑也抑得着』。所改特饒神韻，竈白邵子言學博亦亟稱之。

世傳實甫作西廂，至『碧雲天，黃花地，西風緊，北雁南飛』，搆想甚苦，思竭，扑地遂死。平心論之，四語非不佳妙，然此等句法，元人所不尙，故元曲中亦少見，今則以爲小家取巧矣。

周德淸中原音韻，全爲北曲而設。以入聲叶入三聲，亦有所本。檀弓：『子辱與彌牟之弟游。』注謂：『文子名木，緩讀之則爲彌牟。』古樂府江南曲，以『魚戲蓮葉北』韻『魚戲蓮葉西』，注亦稱：『北讀爲悲』。是以入叶平也。春秋『盟于蔑』，穀梁傳作『盟于昧』；『定姒卒』，公羊傳作『定弋卒』。是方言相近，上、去、入可以轉通也。蓋北方之音，舒長遲重，不能作收藏短促之聲，凡入聲皆讀入三聲，自是風土使然。作北曲自宜歌以北音，德淸之書，亦因其節之自然而爲之耳。

詞曲本里巷之樂，初無正聲。其體雖創自唐代，然唐無詞韻。初唐回波諸篇、唐末花間集所用韻，皆與詩同。至宋，始有以入代平、以上代平之例，然三百年來，絕無詞韻一書，不過稍叶以方音而已。蓋唐時去古尙未遠，方言猶與韻合；宋雖去古已遠，而諸方各隨其土語，不能定爲一格：

故兩代均無專書。元則北曲立爲專門，勢不得不定爲韻譜。義各有當，時使之然也。周韻以上支、紙、寘分作支思韻，下支、紙、寘分作齊微韻，上麻、馬、禡分作家麻韻，下麻、馬、禡分作車遮韻，而入聲隸之平、上、去三聲，則曲韻不可與詞韻混也。乃胡文煥文會堂詞韻，平、上、去三聲用曲韻，入聲用詩韻。是韻行而作曲者或捨周韻而就之，而此道漸有歧途之惑。沈去矜著詞韻，以正當世誤用曲韻之病，如肱、轟、崩、烹、盲，弘、鵬等字，沈韻收入庚梗韻而周韻收入東鍾韻；浮字沈韻收入尤有韻，而周韻收入魚模韻，詞韻平聲獨用，上、去通用，有三聲通押者而入聲不與，周韻則四聲通用。是周韻之斷不可通於詞韻明矣，而近時詞家間以周韻爲詞韻。夫作詞可用周韻，作曲何不可用胡韻乎？此中界限原易明悉，而誤者紛出，所不解也。

毛西河作韻學要指，謂：『古今無二韻，自上古至今，經史載籍，以至矢口所誦，俱無有二；所巋然特出，別成一例者，秖元人北曲韻耳。若詩餘、南曲，卽無一不與五部、三聲、兩界、兩合、四門相符，故宋人亦並無有造詞曲韻者。今人妄作詞韻以律宋、元人爲詩餘者，且有以南曲無韻，強將中原音韻北曲之韻責之南曲，（如西樓記以中原音韻註每折下，南詞新譜反判古曲爲失韻之類。）是欲冠夏人以幧頭、衣周嬪以窮袴也。』又云：『詩餘、南曲，亦俱有支、魚一界。嘗論元人曲詞：「迢迢路不知是那裏，前途去未審安身在何處。」此界韻也。後在白門聽伎，有歌「何處」爲「何地」

者，此又近論韻家所改竄字。』按：南曲固無專韻，然如西河言，則南曲韻究無定主，故九宮大成選古詞以補南曲所無。其南詞凡例謂：『詞韻與曲韻不同，度曲者仍用中原韻塡之。夫南曲既可用中原韻，是仍以四聲通用爲正矣。梅嶺記之傾杯序云：「霧鎖烟林映峭壁，巖巒峯巒翠。」散曲之傾杯賺云：「紅裝素態擎淸露，景堪錄。縈百索，衫裁艾虎。」此皆南曲以入聲與三聲並押之證。』

順治末，武林陳次升作南曲詞韻，欲與周韻並行，緣事中輟。李笠翁謂：『南韻深渺，卒難成書。塡詞家卽將周韻就平、上、去三音中，抽出入聲字另爲一聲，備南曲之用。』是又一說。

南北曲聲調雖異，而過宮、下韻則一。自高則誠作琵琶，創爲『不尋宮數調』之說以掩己所短，後人遂藉口謂『北曲嚴而南曲疎』。臧晉叔譏之，是也。

何元朗評施君美幽閨記，稱其『遠出琵琶上』。王元美譏之，以爲『元朗好奇之過』。臧晉叔則以琵琶梁州序、念奴嬌序二曲不類永嘉口吻，意爲後人竄入，謂『元朗稱許琵琶，自不識所謂幽閨』。不知作曲各得其性之所近，閱曲者亦嘉其性之所近。卽如若士之才，不可一世，而紫釵一記，亦長於北而短於南。倘必膠一己偏執之見，輾轉譏彈，務求必勝，亦古人之不幸也。

臧晉叔家藏元人秘本雜劇最多，復從劉延伯借所錄御戲監本二百種，參伍校訂，擇其佳者百種，以甲乙釐爲十集梓行，今所傳元曲選也。其所棄而不入者，不可得見，亦一恨事。

曲白不欲多。西廂二十一折，原白本自寥寥也。白無駢偶則直，駢偶多則詞意又晦。琵琶之黄門諸篇，已覺取厭，而曇花記終折竟無一曲，浣紗、玉盒終折無一散白，更無謂矣。但非所論於雜劇。雜劇以四折敍傳奇故事，其白不得不密，不得不多。然亦有至累千百言者，則作者之妄也。

予幼喜讀曲，今成癖矣。消愁遣悶，殆勝小說。每欲即所見各爲點論，彙選千種，成曲海巨觀，未果也。上秋游頂湖，阻風肇慶，孤篷悄坐，輒雜憶而隨記之，了無倫次。歸乃補綴成帙。甲申臘盡，枏記。

〔註〕每卷前原題「滕花主人梁廷枏撰」。

曲話後記

本編所重印的梁廷枏曲話，是用無名氏鈔本曲話三種本做底本。這個版本比現存的其他五種版本的詞句都要完整；其他各本有遺漏、錯訛或不可解的地方，此本均曾做了校補。故採用此本。籐花亭十種本雖然是最初的刻本，但經過校勘之後，并沒有可以補正鈔本的地方，因此校勘記從略。

中國古典戲曲論著集成

㊈

中国戏曲研究院 编

中國戲劇出版社
CHINA THEATRE PRESS

中國古典戲曲論著集成 九

目錄

梨園原

清·黄旛綽等著

梨園原提要

梨園原一卷，據本書序文說：在清代乾、嘉時候，有一位名叫黃旛綽的老藝人，彙集他生平所得，著成一書，名曰『明心鑑』。後來又經他的朋友胥園居士（莊肇奎）增加了一些考證，改名爲『梨園原』，有一八一九年（嘉慶二十四年）序。書成未刻，原稿保存不善，頗有傷損。到道光時候，黃的弟子俞維琛、龔瑞豐得到這一殘稿，並各出心得，托友人秋泉居士（葉元清）代爲修正增補，再度成書，有一八二九年（道光九年）序。但仍未能刊行。一向祇有鈔本流傳。一九一七年，夢菊居士彙輯了兩種鈔本，並加以校訂，才初次鉛印出版。此後上海出版的兩種石印本（一種附在梨園大全之內），北京中華印字館出版的一種鉛印本（附老狠討封），都是根據夢菊居士本重印的。

在古代談論戲曲的著作之中，以表演技術爲主的，這是僅見的一部，尤其作者又是一個藝術修養很深的演員。雖然書中也還有些展轉鈔引的材料，迹近神話的傳說，難以置信，但其中藝病十種、曲白六要、身段八要，以及寶山集八則等，都是非常精鍊而扼要的實際經驗之論。

梨園原序

樂記云：『古者，樂部有樂師，分五音六律，以定四時八節之聲，以備享廟之用。』樂部之設，所由來也。今日梨園樂雖無金聲玉震、蕢木貫珠，然亦作於朝廟，達乎鄉國，何爲乎以娼優例之，豈不負此梨園一業也！觀胥園居士贈黃旛綽先生梨園序，論梨園出處數則，皆有先聖先賢，證據班班可考，梨園之不應例入娼優也明矣。孟子有言曰：『今之樂，猶古之樂也，能無重？』余本陋劣無知，略明大義，爰敘數語以弁首。

嘉慶二十四年己丑望日，惕菴居士題。

惕菴居士姓鄭，名錫瀛，順天大興縣人。己亥科舉人，乙巳科進士。

胥園居士贈黃旛綽先生梨園原序

『鬼門道』者，乃戲房出入之所。謂之鬼門道者，言其扮演者代鬼行事，故謂之鬼門道。愚俗不知，因戲場置鼓於門，即訛傳爲『鼓門道』，於理無據；又曰『古門道』，皆非也。東坡詩云：『扮演古人事，出入鬼門道。』正此謂也。趙子昂曰：『戲曲，良家子弟所扮演者，謂之「行家生活」；娼優所扮者，謂之「戾家把戲」。』或問其故，予曰：『戲文者，出於鴻儒、碩士、騷人、墨客，其所作者，娼優豈能扮乎？推其門，正其理，娼優故以爲戾家也。良家子弟扮者，雖亦有風花雪月，然均合乎情理。當太平之盛，雍熙之治，欲追昔感今，故取良家子弟通於音律者，扮演戲曲，以飾太平，隋謂之「康衢戲」，唐謂之「梨園戲」，宋謂之「華林戲」，元謂之「昇平樂」。梨園樂者，唐明皇所賜；至於娼優，乃勾欄中樂工也。愚俗不明，呼爲一類，實未明其原耳。』

胥園居士姓莊，名肇奎，順天宛平人，乾隆癸酉科舉人。

修正增補梨園原序

乙丑之歲，余旅京師。暑夏長晝，頗厭塵囂。梨園中有俞維琛、龔瑞豐者，雅通文墨，於逆旅中時相過從。余每嘆其藝之精也，俞、龔謙抑特甚。處久之。一日，龔謂余曰：『吾子不嘗許吾之技爲可觀乎？』余曰：『然，誠絕技也。』龔曰：『吾之技，皆吾師教誨有方之力也。吾師黃旙綽先生，本江南書香，以家寒棄儒習樂，竟享大名。嘗彙其生平所得，筆之於書，名曰明心鑑。有胥園居士佳其志，助其考古證今。凡有關於梨園一業，雖片紙隻字，皆續載於是書。經數年之久，乃臻完美，復更其名曰梨園原。余幼孤，賴吾師鞠養，及長，教之以技，每出示梨園原使讀之。嘗謂：『梨園之業，非賤業也。切須束身勿邪以自重，虛心勿怠以精其技。勿負吾言。』其後余出遊南省，數載始歸，而吾師已作古人矣。余弔其家，贈其賫。詢以是書，乃其後人不知愛護，鼠嚙蠹食，殆過半矣。余攜之歸，每欲修補以供後人，又苦不文。今吾子不以下交爲辱，敢布腹心，欲出此殘書，並平生所得，乞君撰補，吾子其亦概許乎？』余欣然答之曰：『余於戲曲，固不了了，然心喜之深矣。況供撰繕之役，尚可勉爲無已。謹任執筆之勞，以成君之志。』翌日，龔出其書。

殘缺處，余代修補之；舛誤處余代考證之；龔、俞之所心得，余代撰述之。凡數十日，始告厥成。文不求工，但取其淺而易解。貽笑大方，是所不計。嗚呼！戲曲小道，精奧乃爾，可輕視乎？書成，爰序數語，以誌。道光九年，歲次乙丑，季夏，秋泉居士題。

梨園原

清·黄旛綽等著〔註〕

論戲統

古時戲，始一出鬼門道，必先唱紅芍藥一詞。何也？因傳奇內必有神、佛、仙、賢、君王、臣宰及說法、宣咒等事，故先持一咒，以釋其罪；兼利諸己——隔宿昧爽，因喉音閉塞，故齊聲而揚。古製云：『太子千秋歲，春園晝錦堂。一株紅芍藥，開遍滿庭芳。』取其曲牌名爲引口詞。後人因其單薄，添倒垂蓮，套其體也。

老郎神

老郎神卽唐明皇。逢梨園演戲，明皇亦扮演登場，掩其本來面目。惟串演之下，不便稱君臣，而關於體統，故尊爲老郎之稱。今遺有唐帽，謂之老郎盔，卽此義也。戲中所抱小娃，謂之喜神，取其善而利於技，非卽老郎。今人供翼宿星君爲老郎，其義未詳。

謝阿蠻論戲始末

戲者，以爐中坐戈。漢陳平刻木人禦城退白登事，後爲之效，名曰『傀儡』。至唐明皇，選良家子弟，於梨園中演習戲文，分爲『生』、『旦』、『淨』、『末』、『丑』、『外』、『小旦』、『小生』，此八名爲正，而後增『付淨』、『作旦』、『貼旦』、『老旦』，共十二人爲全角，餘皆俟侍從者。現身說法，表揚忠、孝、節、義，才子、佳人，離、合、悲、歡，揚善、懲惡，此亦大美事也。至宋、元則尤盛矣。董解元有曰：『扮演古人事，出入鬼門道。』以四方之音傳戲，各從土語所傳，不可訛錯。習者擇之而取焉。

王大梁詳論角色

角色者，言其本角之物色也。生者，主也，凡一劇由主而起，一軼之事在其主終始，故曰生。旦者，乃於寅刻之先，以男扮女，是男非男，似女非女，見時不能分，因其扮粧時在天甫黎明，故曰旦。丑者，即醜字，言其醜陋匪人所及，撮科打諢，醜態百出，故曰丑。淨者，靜也，言其鬧中取靜，靜中取鬧，故曰淨。外者，以外姓人有尊崇之色者，故曰外。老旦，其所司母、姑、乳婆，亦應於黎明扮粧，老少雖不同，以其男女則一也，故曰老旦。末者，道始末也，先出場述其家門，言其始末，故曰末。小生或作主之子姪，或作良朋故舊，或作少年英雄，或作浪蕩子弟，故曰小生。小旦或作侍妾，或養女，或娼妓，或不貞之婦，故曰小旦。貼旦，即副旦也。凡男女角色，既粧何等人，即當作何等人自居。喜、怒、哀、樂、離、合、悲、歡，皆須出於己衷，則能使看者觸目動情，始爲現身說法，可以化善懲惡，非取其虛戈作戲，爲嬉戲也。

論鼓板樂式

雷海青傳古樂器云：『瑟、管、絃、絲、竹、塤、篪、鼓，文廟祀丁之日，合全樂奏之。漢武帝時，有東方曼倩其人，能識神鳥，能解鳥語〔一〕，善戲謔談笑，帝寵爲大夫。同朝之臣，惡其諂主，遣其他出。忽一日，鳥至殿，身羽五色，尾長三尺，朗鳴於庭。鳴時，雙目開閉不定，昂頭，立一足，伸一足，鳥尾搖擺。良久始去。帝詔朝臣問之，無一能識者。乃詔曼倩歸。帝述神鳥，曼倩答曰：「此神鳥，名十二鴻也。其鳴，乃歌也；其立，乃舞也。歌之時閉左目，出陽聲；閉右目，出陰聲。擺尾，乃分板眼。其尾分十二支，乃按十二月之數；加閏月生者，則十三支也。立一足、伸一足者，乃舞耳」。帝未深信。又過旬日，其鳥復至，朗鳴如前。帝使曼倩聽之。倩曰：「其所歌者，昇平之詞也。」帝命記其詞，大悅。即日命諸臣作歌、作詞，而使曼倩作曲。於是曼倩按天文、地理、人物、宮室，分門編其牌名，依名塡詞。其後有毘陵蔣維忠先生，名孝，嘉靖進士，製十三詞調譜；又有松陵詞隱先生，姓沈，名璟，萬歷進士，撰九宮曲譜〔二〕，辨陰陽，爲世所傳。此乃曲詞之始。至笙、管、笛、簫，古製有鳥頭，掩孔出字，卽如十二鴻閉目出陰、陽聲。笛有兩垂鬚，蓋卽鳥足之義。琴、瑟在同時就有，始三十六絃、二十四絃、二十六絃，後九絃、七絃。月琴四絃。琵琶四絃，彈出曰琵，彈進曰琶。琴、瑟調和，取「仙翁」二字和協。絃子箏調，俗曰「堂」。諸樂器分爲尺、工、五、凡、六、合、四、一、上九字，而一、凡爲半音，六、合爲高低合音。此外尙有鼓、板、鑼。鼓之式，中心記黑、紅月，分陰、陽釘，蓋卽取十二鴻眼眶肉粟。古製有數尺見圓者，後來愈化愈小，故失釘數。板，古式十二塊，刻羽文在上，卽如十二鴻鳥尾。鑼乃點靜塞鬧，古製：進兵鼓、退兵鑼。今人亂爲敲鑼，可謂非法極矣。總之，各種樂器，均仿於十二鴻神鳥，依式草創耳。」

論曲原

王伯良曰：「曲者，樂之支也。自康衢、擊壤、黃澤、白雲以降，於是越人、易水、大風、瓠子之歌繼作，聲漸靡矣。樂府之名，仿於西漢，其屬有鼓吹、橫吹〔三〕、相和及淸商雜調諸曲。入唐而以絕句爲曲，淸平調、鬱輪袍、梁州、水之類；又創爲憶秦娥、菩薩蠻等曲，蓋太白、龜年輩實爲作俑。入宋而詞始大振，周侍御、屯田其最也。入元而益漫衍其製，北聲北曲，遂擅一代，顧未免滯於絃索，且多染胡語。迨明季又變爲南曲，婉麗嫵媚，一唱三歎，於善、美兼至，極聲調之能事。始猶南、北畫地相角；近年以來，燕都之歌童舞女，咸棄其捍撥盡效南聲，而北調幾廢。何元朗謂：「更數世後，北曲必且失傳矣。」

明心鑑

詞曰：閑來仔細看端詳，關心音韻論幾莊：三仄還應分上去，兩平要辨陰陽。辨一番形狀、腔、白、情、文理，揣摩曲意詞合章。要將關目作家常，宛若古人一樣。樂處顔開喜悅，悲哉眉目怨傷，聽者鼻酸淚兩行，直如眞事在望。個個點頭稱讚，人人拍手聲揚，余前多受良方，今日始知無恙。

夫除恙者，非除人染病之恙，乃除梨園藝病之恙也。人病用藥療之，藝病豈可不求療治之法。求療治之法如何？必須於書中求之。可嘆人不知自己之藝病，不肯虛心，遂染成各種難改之藝病。病根一深，則雖欲再治，但恐不易耳。我梨園子弟務須愼之謹之。不必求其有功，只求無有藝病，日久技術必精，則可成爲上好之角色。卽如人，不必求身體何等強壯，如能善養，使其永久無病，則自然日見強壯矣。技藝之道亦然。

藝病十種

曲踵腿彎也。白火說白過火。錯字認字不眞。訛音將字音念訛。口齒浮口齒無力。强頸項頸不動。扛肩聳肩。腰硬腰不活動。大步行步太忙。面目板臉上不分喜怒。

曲　踵

無論踢腿、抬腿、坐時、立時，必須將腿伸直，不可曲灣。而行走時更須腿直、身不動，方能合乎台步。萬不可如平人隨便走路，曲直不定也。

白　火

說白固須字字淸楚，不可含混，然而要分出陰陽、輕重、急徐，按其文之緩急，查當時之情形，應念急則急，應緩念則緩，方爲上乘。若一意急念，用力過猛，必致不合乎戲文；日久習慣，則成過火之病也。

錯　字

每讀劇本之時，必須字字斟酌。如有不認識者，或領敎於人，或查閱字彙，必使其字音、字義全然了了，然後出口。總之，虛心好問，卽無此病矣。

訛音

訛音者，似是而非也。比如『遺詔』念成『一道』，『舞蹈』念成『無道』，均係以訛傳訛，不但其音不對，聽者無從解釋，而其義亦無法講解也。

口齒浮

唱曲、說白，凡必須口齒用力，一字重千斤，方能達到聽者之耳；不然，廣園曠地，人數衆多，未必能人人聽清。

强頸

凡唱念之時，總須頭頸微搖，方能傳出神理；若永久不動，則成傀儡矣。

扛肩

聳肩則覺項短，於台下視之，尤不美觀。

腰硬則全身不靈活。文則如上馬、下馬，武則如舞弄刀、槍，皆仗腰間之靈活，方能出色。

大步

台步須大、小合宜。大則野，小則遲。行走過忙，勢必全身搖動，冠帶散亂，殊不雅觀。

面目板

凡演戲之時，面目上須分出喜、怒、哀、樂等狀。面目一板，則一切情狀俱難發揮，不足以感動人心，則觀者非但不啼不笑，反生厭惡也。

以上十病，皆係平素怠惰而得，切宜早日醫治。有詩如下：藝病渾身染，多因舊日惰。虛心當藥餌，病則立除却。

曲白六要

音韻。句讀（音逗）。文義。典故。五聲。尖團。

音韻

每發一字，先審其唇、齒、喉、舌、鼻，或半唇、半喉，或半舌、半齒，或半齒、半鼻，均須辨明。各有一定部分，不可強使歸於他部。特製出一表列下。按表類推，則不致有悞矣。

唇——非夫奉微
齒——至恥是射
喉——號與靠歐
舌——黎樓亮列
鼻（無純乎鼻音，皆係與他音相輔者。如：）西一令進

按上表所列類推之，則發出之音，自然字正音圓，不致有唱者爲『天』聽者爲『焉』，唱者爲『地』聽者爲『息』，唱者爲『元』聽者爲『言』，唱者爲『黄』聽者爲『旁』之弊也。

句讀

句者，一整句也；讀（音逗）者，半句也。唱曲時不分句、讀，倘有腔調以繩之；惟說白必須句、讀分明，方能達出本意。如『豈不知聖人云』，『豈不知』三字爲讀，至『聖人云』始爲一句。說

白至讀時，略微一頓，不可過久；至一句，則稍久亦無妨也。

文義

曲白須先知其講解。又有字同義不同、字同音不同之別。

字同義不同：容易　從容　容貌

字同音不同：華山（音畫）　華夏（音划）　華蕚（音花）

以此類推，虛心研習，可免訛字、訛音之疵。

典故

詞曲說白之內，往往引用古人典故，務須查明出處，心中了了，則可以傳神。

五聲

五聲係陰平、陽平、上、去、入是也。唱曲不知發聲、收聲之理，則其字音出口即變。要知五音之別，須將下列之表讀熟千遍，然後逢字即知陰陽矣。

五聲表

陰平	陽平	上	去	入
風	縫	諷	奉	父
煙	言	眼	宴	易
聲	繩	省	盛	是
書	贖	屬	樹	朔

陰平——由高而低。發音高，收音低。

陽平——由低而高。發音低，收音高。

上——其音向上。

去——其音向前。

入——其音短而急。

凡工尺短者，可以脫口而出；工尺長者，須將一字分爲數音，如『人』字，若工尺長，則可分爲『任』、『惡』、『恩』，徐徐吐之。惟陰平字不宜分音。神而明之，得其三昧矣。

尖團

尖字、團字之分，近日罕有知其據者，往往團字變爲尖字，實爲曲白之大病。夫尖字係半齒音，如酒、箭、線，乃半齒音，故應用尖；久、鉫、現則不然，非隨意可以念成尖字也。近時多不察之。

身段八要

辨八形。分四狀。眼先引。頭微幌。步宜穩。手爲勢。鏡中影。無虛日。

辨八形——身段中有八形，須細心分清。

貴者：威容　正視　聲沉　步重

富者：歡容　笑眼　彈指　聲緩

貧者：病容　直眼　抱肩　鼻涕

賤者：冶容〔四〕邪視　聳肩　行快

痴者：呆容　吊眼　口張　搖頭

瘋者：怒容　定眼　啼笑　亂行

病者：倦容　淚眼　口喘　身顫

醉者：困容　糢眼　身軟　脚硬

分四狀——四狀爲：喜、怒、哀、驚。

喜者：搖頭爲要　傻眼　笑容　聲歡
怒者：怒目爲要　皺鼻　挺胸　聲恨
哀者：淚眼爲要　頓足　呆容　聲悲
驚者：開口爲要　顏赤　身戰　聲竭

但看兒童有事物觸心，則面發其狀，口發其聲；喜、怒、哀、驚現於面，歡、恨、悲、竭發於聲。

眼先引——凡作各種狀態，必須用眼先引。故昔人有曰：『眼靈睛用力，面狀心中生。』

頭微愰——頭須微愰，方顯活潑；然只能微愰，不可大愰及亂愰也。

步宜穩——台步不可大，盡人皆知矣，然而亦不可過小。總之，須求其適中，以穩爲要；雖於極快、極忙時，亦要清楚。

手爲勢——凡形容各種情狀，全賴以手指示。

鏡中影——學者宜對大鏡演習，自觀其得失，自然日有進益也。

無虛日——言其日日用功，不可間斷；間斷一日，則三日不能復原。學者切記之。

寶山集八則

聲。曲。白。勢　觀相。難易。寶山集。宜勉力。

聲

聲歡：降氣　白寬　心中笑
聲恨：提氣　白急　心中燥
聲悲：噎氣　白硬　心中悼
聲竭：吸氣　白緩　心中惱

各聲雖皆從口出，若無心中意，萬不能切也。

曲

曲者，勿直。按情行腔。陰陽緩急，板眼快慢，當時情理如何，身段如何，與曲合之爲一，斯得之矣。

白

白病數字。數字者，卽按字直念也。昔人有詞曰：『說白病數字，佳者四聲全。（四聲乃歡、恨、悲、竭。）長、短、高、低語，官、私、緊、慢言，有如家常語，還同事樣般。聽者有興趣，能泣亦能歡。』

勢

樑勢也。昔人有詞曰：『勢貴如眞，要在虛心。對鏡去病，日見增新。』

觀相

學者於私下粧作古人，對鏡自觀。其品行忠直者，正直爲之；奸逆者，邪曲爲之。有意有情，一臉神氣兩眼靈。喜則令人悅，怒則使人惱，哀則動人慘，驚則叫人怯，如同古人一樣，始謂之眞戲。視聽之學，寔私下工夫也。有等登場者，意亂心荒，胆怯神散，雖認眞演唱，觀者惡之矣。

難易

概曰：『難』。余曰：『不難』。夫學者，必先難而後易。除是跨海、越山，餘無難事耳。能篤志學習，時時不倦，未登場之前愼思之，既歸場之後審問之，焉有不日新日精者？若私下無工而妄想得大名者，未之有也。

寶山集

寶山集云：『曲唱千回腔自轉，白將四聲練如眞，狀多鏡里形容也，勢向三光觀影身。（三光乃日、月、燈之光也。影中勤練，看勢好歹。）』曲唱千遍，其身自轉。

宜勉力

寶山集云：『生、旦、淨、丑、末，雖分理一般。少年宜勉力，廢寢與忘餐。苦心天不負，技藝日加善。一朝聞妙道，夕死心也干。』

寶山集載六宮十三調

六宮

仙呂宮　清新綿邈　　南呂宮　感歎悲聲

中呂宮　高下閃轉　　黃鐘宮　富貴纏綿

正　宮　惆悵雄壯　　道　宮　飄逸清幽

十三調

大石調　風流醖藉　　小石調　旖旎嫵媚
高平調　滔滉漾　　歇指調　急併虛歇
般涉調　惆悵頓挫　　商角調　悲傷宛轉
角　調　嗚呼悠揚　　宮　調　典雅沉重
徵　調　搖曳閃轉　　商　調　悽愴怨慕
羽　調　纏綿幽逸　　水　調　清幽委婉
雙　調　健捷激昂

涵虛子論雜劇十二科

一曰　神仙道化　　二曰　山林泉壑
三曰　披袍秉笏　　四曰　忠臣烈士
五曰　孝義廉節　　六曰　叱奸罵讒
七曰　逐臣孤子　　八曰　鏺刀趕棒
九曰　風花雪月　　十曰　離合悲歡
十一曰烟花粉黛　　十二曰神頭鬼面

書成何所名？名曰明心鑑。要訣盡其中，莫作等閒看。留贈後進者，暇時仔細參。天下無難事，惟須立志堅。大清道光九年，歲次己丑，夏日，秋泉居士撰文。梨園後學俞維琛、龔瑞豐口述。

秋泉居士姓葉，名元清，字瑩子，保定府人。

重修梨園原序

余客京師，近十年矣。每於公餘之暇，留心社會。全國首都，百凡優美，而更以戲曲爲各埠冠，故酷好之。丙辰夏，訪余友逸菴於其齋，適有梨園老伶鄭蕙舫者，持抄本梨園原求售。蓋是書爲梨園前輩所撰述，後學視爲珍寶，秘不示人者。前清咸、同時代，三慶班名伶盧勝奎（俗名盧台子）獨藏此本。鄭爲盧之弟子，故得抄錄一册。迨至今日，乃成獨本。余素聞其書，無由得靚，乃囑吾友代購之。暇而披閱，始知遺漏甚多，深以爲憾。今歲孟秋，偶遊東曉市，見殘書堆中有抄本梨園原四頁，購之以歸。與舊本詳校，乃竟係舊本所缺者，欣喜過望。於是求助於逸菴，正其訛，考其誤，不半月是書乃成。並請於吾友，精印成書，以爲梨園後起之鄉導，顧曲者茶餘之談助。爰敍顛末，以爲重修是書之序。

中華民國六年十月上旬鄂人夢菊居士題。

〔註〕 原本無著者題名。

梨園原校勘記

本編所重印的梨園原，是用無名氏所鈔校的夢菊居士輯印本作底本。此本比較最爲完整，錯譌也最少。但仍有幾處顯然的錯字和脫字，已經改正，附識如下：

〔一〕『解鳥語』，原脫一『語』字。

〔二〕『九宮曲譜』，原作『九宮詳曲』。

〔三〕『横吹』，原作『簧吹』。

〔四〕『冶容』，原作『藹容』。

顧誤錄

清·王德暉 徐沅澂 同著

顧誤録提要

顧誤録，清王德暉、徐沅澂合著。王德暉字曉山，山西太原人，著有曲律精華；徐沅澂字惺字，北京人，編有顧誤。兩書都不曾刊行。公元一八五一年，他二人在北京相遇，以同道知音，各出手稿，互相參校，合爲一書，標名作顧誤録。

顧誤録全書共四十章，其中約三分之一是談説律呂宮調的，多是陳陳相因之言，無甚精采；其它三分之二講論度曲方法，大體是綜合了度曲須知和樂府傳聲兩書而加以簡練的，但對於發聲、出字、收韻等法，該贍精當，頗有發明，亦足供研究我國戲曲歌唱法的參考。

顧誤録的版本祇有一八五一年（清咸豐元年）北京篆雲齋刻本。

序

凡物之秘，根乎氣，發乎聲，而皆可節之以語言文字。無心而聽之，則雖韶頀鏗鏘，何知其節奏；有意以求之，則即里巷謳啞，盡入於管絃。古人定律呂，別陰陽，編雅頌，理性情，譬如和羹者劑之以酸鹹，而莫名其酸鹹之妙，無非先得我心而已，故曰耳之於聲也，有同聽也。歷代之樂，損益有差矣。其求合乎旋宮者，大抵各由一徑，而同歸於入室。唐太宗集古樂之遺，翻成崑弋，蘊藉和平，允推雅正，迄今幾千百年，而僻壤荒陬，尙知學步，豈非莊子所謂天籟無方者乎？然而傳之不得其人，求之不盡其道，雖陽春白雪，幾於『下里巴人』等。何也？無樂書以爲之經，無律本以爲之緯。無韻學以爲之辨。他若梨園脚本，襲謬沿訛，荆野土風，偸腔換氣，求其聲聲合拍，不愧古人者，能幾何耶？惺宇徐君，於讀書出宰之餘，輯成顧誤一編，探六律之源，闡九宮之秘，證今稽古，釐正詳明。其友曉山王君，素稱同調，辛亥歲遇於京邸，因出所著曲律精華，互相參校，付之剞劂。其將望大雅之有作，而進此道於依永和聲之盛，所以發明音律，而不與古樂俱泯者，亦僅僅賴此乎？余乃得觀其書，推其志，蓋恐後人之鹵莽滅裂，而愈深其誤，更冀後人之反復詳求，而續正其誤，於以知此道之不可以語言文字盡者，亦在賞音者之各領其旨趣也夫。

咸豐元年辛亥花朝日山陰少白弟周棠拜手謹書。

顧誤録目録

顧誤錄

清·王德暉
徐沅澂同著〔註〕

四聲紀略

蓋聞四聲之分，始於齊周彥倫四聲切韻，沈約因之作四聲類譜，而四聲始判。梁武帝以之詢周捨，捨以天子聖哲對之。至隋陸法言著切韻一書，唐孫愐增損之而爲唐韻，其學始盛行。元和韻譜云：平聲哀而安，上聲厲而舉，去聲清而遠，入聲直而促。後人爲切韻而設，又分平聲爲陰陽，陰平聲低而悠，陽平聲高而揚。樊氏五方元音，以陰平爲上平，陽平爲下平，誤矣。昔詞隱先生論曲，謂去聲當高唱，上聲當低唱，平聲當酌其高低，不可令混。其說良然。凡唱平聲，第一須辨陰陽，陰平必須平唱、直唱，若字端低出而轉聲唱高，便肖陽平字面矣。陽平由低而轉高，陰出陽收，字面方准；所謂平有提音者是也。上聲字固宜低唱，第前文遇揭字高腔，及曲情促急時，勢難過低，則初出口不妨稍高，轉腔即可低唱，平出上收。亦有上聲字面，所落低腔，宜短不宜長，與丟腔相做，一出即頓住，所謂上有頓音者是也。去聲宜高唱，尤須辨陰陽。如翠、再、世、殿、到等字，屬陰聲者，則宜高出，其發音清越之處，有似陰平，而出口即歸去聲，方是陰腔。如被、敗、地、動、義等字，屬陽聲者，其音重濁下抑，直送不返，取其一去不回，是以名去。然初出口不妨稍平，轉腔乃始高唱，則平出去收，字面方能圓穩；所謂去有送音者是也。若出口便高揭，必將被涉貝音，敗涉拜音，地涉帝音，動涉凍音，義涉意音，陽去幾訛陰去矣。俗云：逢去必滑；是送足必有餘音上挑，方是去聲口氣，然宜小不宜大，一有痕跡，失之穿鑿矣。入聲唱法，毋長吟，毋連腔，出口即斷；至緊板之曲，更宜一出便收，要無絲毫粘滯，方是入聲字面。否則，唱長則似平，唱高則似去，唱低則似上矣。惟平出可以不犯上去，短出可以不犯平聲。至於北曲無入聲，派叶平上去三聲中，此爲詞家廣其押韻而設，非爲歌者而言，然詞中旣叶三聲，歌時已無入韻。神明於北曲者，尤宜於呼吸之間，別其爲北曲之入，斯爲上乘。凡此皆登歌者所宜亟講，苟能細加體會，四聲當無遺憾，稍不經意，或賣弄太過，必致扭上作平，混入爲去，雖具繞梁，終不足取，吾願質之同好者。

五音總論

按五行之在天地間，無往不具。音之有五，亦猶行之有五也。天以五行化生萬物，物各具一五行。人之五音，卽合乎五行，並應乎四時，配乎五方，通乎性情，准乎政事，動乎五臟，故宋史樂志云：盛德在木，角聲乃作；盛德在火，徵聲乃作；盛德在金，商聲乃作；盛德在水，羽聲乃作；

盛德在土，宮聲乃作；此合乎五行也。禮記月令云：春其音角，夏其音徵，中央土其音宮，秋其音商，冬其音羽；角在東，徵在南，宮在中，商在西，羽在北，此應乎四時，配乎五方也。劉向五經通義云：聞宮聲使人溫良而寬大，聞商聲使人方廉而好義，聞角聲使人惻隱而好仁，聞徵聲使人恭儉而好禮，聞羽聲使人樂養而好施。白虎通云：宮者容也，含也，商者張也，角者躍也，徵者止也，羽者舒也，此通乎性情也。魏書樂志云：宮爲君，商爲臣，角爲民，徵爲事，羽爲物。樂記云：聲音之道，與政相通，必君、臣、民、物、事，五者各得其理而不亂，則聲音和諧而無怗懘矣。此准乎政事也。史記樂書云：宮動脾而正聖，商動肺而正義，角動肝而正仁，徵動心而正禮，羽動腎而正智；此動乎五臟也。可見聲音之道，感發性天，純乎天籟。昔者堯廷奏樂，百獸率舞，垓下聞歌，楚兵盡散，信有然也。

五音口訣

楊升菴曰：合口通音謂之宮，開口吐聲謂之商，張牙湧唇謂之角，齒合唇開謂之徵，齒開唇聚謂之羽。至於二變音，蓋因五音之中，宮與商，商與角，徵與羽，相去各一律，角與徵，羽與宮，相去二律；相去一律，則其音和，相去二律則其音遠，故角徵之間，近徵收一律，故謂之變徵，比徵稍殺，羽宮之間，近宮收一律故謂之變宮，比宮稍高，統謂七音。周以黃鐘爲宮，太簇爲商，姑洗爲角，林鐘爲徵，南呂爲羽，應鐘爲變宮，蕤賓爲變徵。後人謂：宮音舌居中，商音口開張，角音舌縮卻，徵音舌拄齒，羽音撮口聚，與升菴之論吻合。今摘錄樊騰鳳五方元音一則，分列於左，以便初學。

喉音土脾宮，如烘、荒、呼、昏、歡是也。

齒音金肺商，如春、窗、初、攙、抄是也。

牙音木肝角，如經、堅、交、加、姜是也。

舌音火心徵，如丁、當、都、低、端是也。

脣音水腎羽，如崩、班、包、奔、波是也。

十二律集說

五音之本，生於律呂。陽聲六律，陰聲六呂，皆候氣管名。呂助律以宣氣，陰統於陽，故亦稱律。十二律中，以黃鐘爲律本，故黃鐘爲五音之宮。然旋相爲宮，則其餘十一律皆可爲宮。宋樂家用四清聲，合正律十二而爲十六。今太常仍循其舊，而所用者止黃鐘之合、太簇之四、姑洗之一、中呂之上、林鐘之尺、南呂之工、黃鐘淸之六。其餘不用，猶隋所謂啞鐘也。其長短之序、相生之理、陰陽之位，及各調圖形，以及旋宮轉調之法，繪圖如左：

十二律長短次序夏尺分寸

黃鐘	一尺	用合
大呂	九寸四分三厘八毫	
太簇	八寸九分零八毫	用四
夾鐘	八寸四分零八毫	
姑洗	七寸九分三厘七毫	用一
仲呂	七寸四分九厘一毫	用上
蕤賓	七寸零七厘一毫	
林鐘	六寸六分七厘四毫	用尺
夷則	六寸二分九厘九毫	
南呂	五寸九分四厘六毫	用工
無射	五寸六分一厘二毫	
應鐘	五寸二分九厘七毫	
黃鐘清	五寸	用六

大呂清　四寸七分一厘九毫
太簇清　四寸四分五厘四毫
夾鐘清　四寸二分零四毫

十二律相生

黃鐘　下生　林鐘
林鐘　上生　太簇
太簇　下生　南呂
南呂　上生　姑洗
姑洗　下生　應鐘
應鐘　上生　蕤賓
蕤賓　下生　大呂
大呂　上生　夷則
夷則　下生　夾鐘
夾鐘　上生　無射

無射	下生	仲呂
仲呂	上生	黄鐘

黄鐘第一宫，下生林鐘爲徵，上生太簇爲商，下生南吕爲羽，上生姑洗爲角，下生應鐘爲變宫，上生蕤賓爲變徵。餘倣此。三分損一爲下生，三分益一爲上生。

十二律陰陽方位

孟春	太簇	寅陽	角
仲春	夾鐘	卯陰	角
季春	姑洗	辰陽	角
孟夏	中呂	巳陰	徵
仲夏	蕤賓	午陽	徵
季夏	林鐘	未陰	徵
中央	黄鐘		宫
孟秋	夷則	申陽	商
仲秋	南呂	酉陰	商

季秋	無射	戌陽	商
孟冬	應鐘	亥陰	羽
仲冬	黃鐘	子陽	羽
季冬	大呂	丑陰	羽

自林鐘未至應鐘亥，皆在子午東故謂下生。其餘在子午西，故謂上生。子午下生

七調方圖

尺	上	一	四	六	凡	工徵
尺	上	一	四	六	變徵凡	工
尺	上	一	四	羽六	凡	工
尺	上	一	宮四	六	凡	工
尺	上	變宮一	四	六	凡	工
尺	商上	一	四	六	凡	工
角尺	上	一	四	六	凡	工

七調圓圖

七調旋十二律圖

十二律旋宮圖

黃鐘左旋隔八位，下生林鐘徵，徵右旋隔六位，上生太簇商，商生南吕羽，羽生姑洗角，角生應鐘變宫，變宫生蕤賓變徵，此黃鐘爲宫所用之七律也。如旋相爲宫，以大吕爲宫，則以夷則爲徵，夾鐘爲商，無射爲羽，中吕爲角，黃鐘爲變宫，林鐘爲變徵。餘俱倣此。查十二律中，有變徵，無變宫，兼倍律、半律而後七聲始備焉。

七聲叶律全圖

聲	律	管	弦
下羽（半太簇、半夾鐘）	倍夷則、倍南呂	一尺一寸二分二厘六毫；一尺零六分六厘六毫	八十五分小餘三；七十九分小餘八九
宮	黃鐘、大呂	九寸；八寸四分二厘七毫	八十一分；七十五分小餘八五
商	太簇、夾鐘	八寸；七寸四分九厘一毫	七十二分；六十七分小餘四二
角	姑洗、中呂	七寸一分一厘一毫；六寸六分五厘九毫	六十四分；五十九分小餘九二
變徵	蕤賓、林鐘	六寸三分二厘；六寸	五十六分小餘八九；五十三分小餘一五
徵	夷則、南呂	五寸六分一厘八毫；五寸三分二厘四毫	五十四分；五十分零五六
羽	無射、應鐘	四寸九分九厘四毫；四寸七分四厘	四十八分；四十四分小餘九四
變宮（倍無射、倍應鐘）	半黃鐘、半大呂	四寸五分；四寸二分一厘三毫	四十二分小餘六六；三十九分小餘九四

制律之則，長律生短律，皆隔八下生，三分去一，卽短律之度；短律生長律，皆隔六上生，三分益一，卽長律之度。此古制也。今此圖以陽律陰呂之五聲二變，與絃度清濁二均之七分，分列於七聲之下，凡十四律，又益下羽二律，尤便旋宮轉調。其數下生隔九，上生隔七，管絃聲律皆叶，爲審音捷法。

十二律宮調論

古昔邁用雅樂，詳考載籍，久已失傳。至宋時已用燕樂行世。査宋史樂志，乃以夾鐘爲律本，以律爲經，以音爲緯。七音之中，不收徵音，不列二變，僅省爲四，曰宮、商、閏、羽，閏卽角音。以音之四，乘律之十二，合而爲四十八調。凡以宮聲乘律者，皆呼曰宮，以商、角、羽乘律者，皆呼曰調。除去中管五律，僅用黃鐘、大呂、夾鐘、中呂、林鐘、夷則、無射七律，而成二十八調矣。宮聲者，生於黃鐘；商聲者，生於太簇；羽聲者，生於南呂；角聲者，生於應鐘。今其調已多散失。査續通考云：大石本外國名，與道宮、歇指，俱不多概見。般涉調卽般贍，譯言般贍，華言曲也，亦祇寥寥數曲而已。姑列其目如左，以存餼羊之意。

十二律宮調目

黃鐘
宮名正宮　商名大石調
角名大石角調　羽名般涉調

大呂
宮名高宮　商名高大石調
角名高大石角調　羽名高般涉調

太簇
宮名中管高宮　商名中管高大石調
角名中管高大石角　羽名中管高般涉調

夾鐘
宮名中呂宮　商名雙調
角名雙角調　羽名中呂調

姑洗
宮名中管中呂宮　商名中管雙調
角名中管雙角調　羽名中管中呂調

仲呂
宮名道調宮　商名小石調
角名小石角調　羽名正平調

蕤賓
宮名中管道調宮　商名中管小石調
角名中管小石角調　羽名中管正平調

林鐘　宮名南呂宮　商名歇指調
角名歇指角調　羽名南呂調（即高平調）

夷則　宮名仙呂宮　商名商調
角名商角調　羽名仙呂調

南呂　宮名中管仙呂宮　商名中管商調
角名中管商角調　羽名中管仙呂調

無射　宮名黃鐘宮　商名越調
角名越角調　羽名黃鐘調（一名羽調）

應鐘　宮名中管黃鐘宮　商名中管越調
角名中管越角調　羽名中管羽調

查大成九宮譜所載北曲十七宮調、南曲十三宮調，皆出於此。

十二月宮調

正月用　仙呂宮　仙呂調
二月用　中呂宮　中呂調

三月用　大石調　大石角
四月用　越調　越角
五月用　正宮　高宮
六月用　小石調　小石角
七月用　高大石調　高大石角
八月用　南呂宮　南呂調
九月用　商調　商角
十月用　雙調　雙角
十一月用　黃鐘宮　黃鐘調
十二月用　羽調　平調
閏月用　仙呂入雙角

九宮大成云：諸譜皆載仙呂入雙調之名。宮調並無是名，不知何做。今選仙呂宮南詞、雙角北詞合套爲閏月，是爲仙呂入雙角，蓋取正月十月合而一之，履端於始，歸餘於終之義也。十二月所用羽調，卽黃鐘調，因缺其一，故兩用之。子分夜半，於義亦合。

音節所宜

正宮、宜惆悵雄壯。　大石調、宜風流醞藉。
高大石調、宜拾掇坑塹。　中呂宮、宜高下閃賺。
雙調、宜健捷激裊。　道宮、宜飄逸清幽。
小石調、宜旖旎嫵媚。　南呂宮、宜感歎傷悅。
歇指調、宜急併虛歇。　仙呂宮、宜清新綿邈。
商調、宜悽愴怨慕。　商角調、宜悲傷宛轉。
黃鐘宮、宜富貴纏綿。　越調、宜陶寫冷笑。

以上音節，與曲情吻合，方不失詞人意旨，否則宮調雖叶，而對景全非矣。此製譜與登歌者，所亟宜審究而體玩者也。今人常有將就喉嚨，將曲矮一調唱，是歡樂曲痛哭而歌，悲戚曲嬉笑而唱也。切宜戒之。

度曲得失

凡人聲音不等，見解亦不同，或於此有所長，於彼即不能無所短。如唱得雄壯的，往往失之村沙。

唱得醞藉的，失之乜斜。唱得纖巧的，失之寒賤。唱得本分的，失之老實。唱得用意的，失之穿鑿。又有專於磨擬腔調，而不顧板眼。或又專主板眼，而不審腔調，均係一偏之病。惟腔與板兩工，唱得出字眞，行腔圓，歸韻清，收音准，節奏細體乎曲情，淸濁立判於字面，久之嫺熟，則四聲不召而自來，七音啓口而卽是，洗盡世俗之陋，傳出古人之神，方爲上乘。以下十病，八法，六戒，乃爲初學不求甚解者針砭，知音者幸勿以其淺近而忽之也。

度曲十病

方音

天下之大，百里殊音，絕少無病之方，往往此笑彼爲方言，彼嗤此爲土語，實因方音乃其天成，苦於不自知耳。入門須先正其所犯之土音，然後可與言曲。西北方音之陋，犯字固不可更僕數；南方吳音，所稱犯字最少，而庚青盡犯眞文。其餘各處土音，亦難枚舉。愚竊謂中原實五方之所宗，使之悉歸中原音韻，當無僻陋之誚矣。

犯韻

同一方音，又有各人單犯某韻。如北人多犯支思，南人多犯江陽，只須較正數字，其餘盡可隅反。未經道破時，更正似難，一經指明，易如反掌也。

截字

一字出口，無論幾許工尺，必得唱完，口不改樣，至尾方收本字之韻，方是此字音節。若中間略一張合，已將字截爲兩處，單字唱成叠字矣。或工尺未完，收口太早，下餘工尺，僅有餘腔，並無字面，此病最易忽略，亟宜審究。

破句

句法乃文理所關，切忌誤連誤斷，割裂詞旨，稍不經意，識者笑之。

誤收

某字收某韻，乃一定之理，人所盡知。常有出字並不舛誤，及至行腔，自恃喉音清亮，縱情使去，遂至往而莫返，收音時信口所之，不知念成何字。此爲曲中第一大病，雖名優老伶，皆所不免。

不收

一字唱完，須交代清楚，再唱下字，方是本字之音。如出而不收，張而不閉，是僅有上半字，無下半字，欲其入聽，不亦難乎？此病與上誤收，犯者極多。然最易治，一經道破，即可立改，稍爲留意，即不再犯。

爛腔

字到口中，須要留頓，落腔須要簡淨。曲之剛勁處，要有稜角；柔軟處，要能圓湛。細細體會，方成絕唱，否則稜角近乎硬，圓湛近乎䌛，反受二者之病。如細曲中圓軟之處，最易成爛腔，俗名『䌛花腔』是也。又如字前有疣，字後有贅，字中有信口帶腔，皆是口病，都要去淨。

包音

卽音包字是也。出字不清，腔又太重，故字爲音所包，旁人聽去，有聲無辭，竟至唱完，不知何曲。此係僅能用喉，不能用口之病。喉音到口，須用舌齒唇鼻，別其四聲，判其陰陽，全在口上用勁，方能字清腔正。若聽喉發音，不用齒頰，雖具繞梁，終成笑柄。

尖團

北人純用團音，絕鮮穿齒之字，少成習慣，不能自知。如讀湘爲香，讀淸爲輕，讀前爲乾，讀焦爲交之類，實難備舉。入門不爲更正，終身不能辨別。然而不難，要知有風卽尖，無風卽團，分之亦甚易易。

陰陽

四聲皆有陰陽，惟平聲陰陽，人多辨之。上聲陰陽，判之甚微，全在字母別之，曲家多未議及。入聲陰陽，中州全韻分之甚細，可以逐類旁通。至於去聲陰陽，最爲要緊，輕淸爲陰，重濁爲陽，如凍、洞、壯、狀、意、義、帝、地、到、道之類，不可不審。

度曲八法

審題

曲有曲情，卽曲中之情節也。解明情節，知其中爲何如人，其詞爲何等語，設身處地，體會神情而發於聲，自然悲者黯然魂銷，歡者怡然自得，口吻齒頰之間，自有分別矣。觀今之度曲者，大抵背誦居多，有一生唱此曲，而不知所言何事，所指何人者，是口中有曲，心內無曲，此謂無情之曲，與童蒙背書無異。縱令字正音和，終未能登峯造極，此題之不可不審也。

叫板

曲牌不同，故起板各異。如集賢賓、二郎神、傾盃序、繡帶兒、小桃紅等曲，起板在一二句之後。如桂枝香、解三酲、鎖南枝、駐馬聽等曲，一二字卽起板。其未起板之前，無論幾字，萬不可拖長，務須連唱、快唱，使之一氣呵成，緩則節奏散漫，上板處不能扼要矣。須於上板之前一字，蓄勢叫板，庶緩急可以自操，不受管弦束縛，否則爲和我者所制，緩急焉能自主。

出字

每字到口，須用力從其字母發音，然後收到本韻，字面自無不准。如天字則從梯字出，收到焉字；巡字則從徐字出，收到雲字；小字則從西字出，收到咬字；東字則從都字出，收到翁字之類。可以逐字旁通，尋繹而得，久之純熟，自能啓口卽合，不待思索，但觀反切之法，卽知之矣。若出口卽是此字，一洩而盡，如何接得以下工尺？此乃天籟自然，非能扭捏而成者也。

做腔

出字之後，再有工尺則做腔。闊口曲腔須簡淨，字要留頓，轉彎處要有稜角，收放處要有安排，自然入聽，最忌粗率村野。小口曲腔要細膩，字要清眞。南曲腔多調緩，須於靜處見長。北曲字多調促，須於巧處討好。最忌方板，更忌乜斜。大都字爲主，腔爲賓。字宜重，腔宜輕。字宜剛，腔宜柔。反之，則喧客奪主矣。至於同一工尺，有宜大宜小，宜連宜斷，宜中宜縮之處，則在歌者之自爲變通，隨時理會。

收韻

何字歸何韻，乃一定之理，往往一不經意，信口開合，則歸入別韻，不成此字，實爲笑談。此條最易忽略，犯者十居八九，差之毫釐，失之千里，歌者盲心，聽者棘耳。常有名優老伶，以此貽羞而不自覺者，皆苦於無人道破也。

換板

曲之三眼一眼，本係一體，原可無須頭末眼，如納書楹僅載中眼，已足爲法。蓋緣頭末眼本無定處，可以聽人自用，今譜爲初學立法，故增之爲容易地步。至換板之說，乃配宮調者，此牌板數不足，須加板方合格局，或板數已足，須撤板以符定數，度曲到此，須將氣勢搬足，順其自然節奏，總成一板，方無拗折之患。凡尾聲疊板之下，接唱處皆然。

散板

曲之有板者易，無板者難。有板者，聽命於板眼，尺寸自然合度。無板者，須自己斟酌緩急，體會收放，過緩則散慢無律，過急則短促無情，須用梅花體格，錯綜有致；有停頓，有連貫，有抑有揚，有中有縮，方能合拍。

擻聲

曲之擻處，最易討好。須起得有勢，做得圓轉，收得飄逸，自然入聽。最忌不合尺寸，並含混不清，似有如無，令人莫辨。即善於用擻者，亦不可太多，多則數見不鮮矣。

學曲六戒

不就所長

人聲不同，須取其與何曲相近，就而學之，既易得口氣，又省氣力。往往有絕細喉嚨，而喜闊口曲冠冕，嫌生旦曲扭捏者。又有極洪聲音，而喜生旦曲細膩，嫌闊口粗率者。舍其所長，用其所短，焉能盡善？是首戒也。

手口不應

初學入門，必宜手拍板眼，口隨音節，方易純熟。且板路一順，日後不致有舛。若自負口有尺寸，竟不拍板，或信手亂拍花點，最爲誤事，經久必有板眼模糊之病。又有手雖拍板點眼，而與口中不合，不能手口如一者。須先令其將手習準，不至爲口之累，然後再爲授曲。

貪多不純

此人之通病，穎悟者爲尤甚。曲詞並未成誦，板眼亦未記清，即要看譜上笛。略能記憶，即想再排二支，此套未完，又想新曲。如此學法，焉能盡善？且轉眼即忘，必至一生之曲，並無一套完全者。切宜戒之。

按譜自讀

此穎悟者之病。略解工尺之高下，即謂無須口授，自己持曲按讀，於細膩小腔，纖巧唱頭，不知理會，縱能合拍，不過背誦而已。甚至有左腔別字，缺工少尺之處，罔不自覺。而於曲情字眼，節奏口氣，全然未講，不知有何意味？

不求盡善

今人聲歌，雖屬陶情之事，然既性躭於此，爲何不求甚解？苟能曲盡其妙，亦人生快事也。何以半生所好，猶不解四聲，莫辨陰陽；甚至油口爛腔，俗伶別字，俱不更正，同流合汙，有何樂趣？識者告之，反覺多事，吾不解其何心也。

自命不凡

亦人之通病。恃自己聲音稍勝於人，加以門外漢贊揚，箇中人事故，遂眞覺此中之能事畢矣。其實並未入門。此等人，於人之長處，必漠不關心，己之短處，更茫不自解。又復逢人技癢，不肯藏拙，從此學盡詞山曲海，永無進境，實爲可惜！

中原韻出字訣

一東中，舌居中。
二江陽，口開張。
三支思，露齒兒。
四齊微，嘻嘴皮。
五魚模，撮口呼。
六皆來，扯口開。
七眞文，鼻不吞。
八寒山，喉沒攔。
九桓歡，口吐丸。
十先天，在舌端。
十一蕭豪，音甚清高。
十二歌戈，莫混魚模。
十三家麻，啓口張牙。
十四車遮，口略開些。
十五庚青，鼻裏出聲。
十六尤侯，音出在喉。

十七侵尋，閉口眞文。十八監咸，閉口寒山。
十九廉纖，閉口先天。

辨聲捷訣

切韻先須辨四聲。五音六律次兼行。
難呼語句皆爲濁。易紐言詞盡屬淸。
闢口班豹碧邠剝。舐舌當帝滴都丁。
口含呼虎烏胡顧。舌捲伊幽乙謁英。
口撮尊春書呂出。齒齊之時始實成。
正齒止征眞志只。穿牙租摘塞箏笙。
通喉勾狗侯鷗厄。逆鼻蒿豪好赫亨。
齶上囂妖嬌矯轎。舌根機結計堅經。
縱唇休朽求鳩九。送氣查拏詫宅棖。
口合甘含咸監甲。唇開何可我哥覺。
字母貫通三十六。要分淸濁重和輕。

會得此中眞妙訣。　世間無字不知音。

南北曲總說

曲源肇自三百篇，國風雅頌，變爲五言七言，詩詞樂章，化爲南歌北劇。自元以塡詞制科，詞章既夥，演唱尤工，往代未之踰也。迨至世換聲移，風氣所變，北化爲南。蓋詞章既南，則凡腔調與字面皆南，韻則遵洪武，而兼祖中州。腔則有海鹽、義烏、弋陽、青陽、四平、樂平、太平之分派。嘉隆間，有豫章魏良輔，憤南曲之陋，別開堂奧，謂之『水磨腔』，『冷板曲』，絕非戲場聲口；腔名『崑腔』，曲名『時曲』，歌者宗之，於今爲烈。至北曲之被絃索，始於金人完顏，盛於婁東，然巧於彈頭，未免疎於字面，而又弦繁調促，向來絕鮮名家。邇來詞人頗懲紕謬，聲析調，務本中原各韻，於是絃索之曲，始得於南曲並稱盛軌。於今爲初學淺言之：南曲務遵洪武正韻，北曲須遵中原音韻，字面庶無遺憾。唱法：北曲以遒勁爲主，南曲以圓湛爲主。北曲字多而調促，促處見筋，詞情多而聲情少；南曲字少而調緩，緩處見眼，詞情少而聲情多，故有磨腔絃索之分焉。至於南曲用五音，北曲多變宮變徵；南曲多連，北曲多斷；南曲有定板，北曲多底板；南曲多於正字落板，而襯字亦少，北曲襯字甚多，皆可一望而知者也。

南北方音論

方音之不同，或誤於不分母，或誤於不分韻。如北音尖團倒置，則香、廂、姜、將、羌、槍之類，無所區別。南音雖辨尖團，而於商、桑、章、臧、長、藏之類，亦不能分。此母不分也。北音於陳、程、銀、盈、勤、檠、神、繩、林、靈、貧、平、民、鳴、親、青、賓、兵、奔、崩、根、庚、眞、蒸、新、星、賀、貨、個、過等字，分之甚細，南或合而爲一；南於饅、蠻、豌、彎、官、關、氈、詀、潘、攀、般、班、堅、艱、賢、閑、延、顔等字，分之甚清，北或合而爲一。此韻不分也。又如詳、徐、鼠、初四字，北音讀邪洋、邪于、審五、穿烏切，皆與等韻同。南音則讀晴陽、全魚、喘武、村舒切，皆與等韻異。又如詩、書、知、朱、城、池六字，南音則讀如思、蘇、兹、租、層、慈，此不同之顯者。如年、娘、女三字，北音舌舐上腭而出，南音則舌舐下腭，疑北方爲土音。幸詞隱先生追考正韻，窮源到底，而土音之冤始辨，此不同之微者。其餘天下之大，百里異音，卽南與南，北與北，亦有大相懸絕之處，何可勝言哉。

南北宮調說

宮調之說微渺矣，周德淸習焉而不察，沈詞隱語焉而不詳，其雜見於歷代韻書者，筆難殫述。第撮其要：蓋古以十二律乘七音，得八十四調，復以律自爲經緯乘之，得百四十有四聲。後世不勝其繁，減去徵音及二變，省爲四音，乘十二律而爲四十八宮調。自宋以後，仍不能具存，而僅存中原音韻所載六宮十一調，曰：仙呂宮，南呂宮，中呂宮，黃鍾宮，正宮，道宮，大石調，小石調，高平調，般涉調，歇指調，商角調，雙調，商調，角調，宮調，越調，總之所謂十七宮調也。自元以來，北亡去道宮、歇指調、角調、宮調，南亡去商角調，僅存十二宮調，惟北曲用之。南曲又變爲九宮十三調，盡去宮聲不用：其中所列仙呂等六宮，皆呼爲調。蓋以仙呂爲一宮，羽調附之，正宮爲一宮，大石調附之，中呂爲一宮，般涉調附之，南呂爲一宮，黃鍾爲一宮，越調爲一宮，商調爲一宮，小石調附之，雙調爲一宮，仙呂入雙角爲一宮，共十三宮調，變之最晚。調有出入，詞則略同，而與十七宮調，不妨並用者也。

聲調論

古制律呂，陰陽各六。其生聲之理，陽律六音而繼以半律，陰呂六音而繼以半呂，各得七聲，至八而原聲復，是律呂雖有十二，而用之於七也。五聲二變，合爲七音。近代用工尺等字以名聲調，四字調乃爲正調，卽宮音也。是調皆從正調而翻。七調之中，乙字調最下，上字調次之，五字調最高，六字調次之。今度曲者，用工字調最多，以其便於高下。惟遇曲音過抗，則用尺字調，或上字調。曲音過哀，則用凡字調，或六字調。今譜中仙呂調爲首調。工尺調法，七調俱備，高不過五，下不過乙，旋宮轉調，自可相通。

工尺即反切論

反切始於魏孫炎，其實出於西域梵僧。以兩字相合而成一聲，上字爲母，取其反母，故謂之反；下字爲韻，取其切韻，故謂之切。禮部韻略云：音韻展轉相協謂之反，亦作翻，兩字相摩以成聲謂之切，其實一也。蓋取反覆切摩以成音之義也。愚謂曲之工尺以度其音，猶字之反切以得其韻，如曲中有二工尺之字，乃天然反切，絕無纖毫假借。即字用一工尺者，亦出口之字，與收音之字，與反切脗合，不殊此理。至工尺多者，無論幾字，試去其中間工尺，只取首字之音，與末字之音，合而讀之，即本字之反切也。出乎天籟，毫髮不差，如明晳其理，尙有未准之字音乎？

頭腹尾論

字各有頭腹尾，謂之聲音韻。聲者出聲也，是字之頭；音者度音也，是字之腹；韻者收韻也，是字之尾。三者之中，韻居其殿，最爲重要。計算磨腔時刻，尾音十居五六，腹音十有二三，若字頭之音，則十且不能及一。蓋以腔之悠揚，全用尾音，故爲候較多，顯出字面，僅用腹音，故爲時稍促。至於字頭，乃幾微之端，發於字母，爲時曾不容瞬，於蕭字則似西音，於江字則似幾音，於尤字則似衣音，卽字頭也。由字頭輕輕發音，漸轉字腹，徐歸字尾。其間運化，既貴輕圓，猶須融貼，腔裹字則肉多，字矯腔則骨勝，務期停匀適聽爲妙。

紅黑板論

板、卽古之拍也。魏晉之代，有宋纖者善擊節，始製爲拍，唐黃番綽造爲之。蓋凡曲句有長短，字有多寡，調有緊慢，一視板以爲節制，故謂之板眼。初啓口卽下者爲實板，亦曰劈頭板。字半下者爲掣板，亦曰腰板。聲盡而下者爲截板，亦曰底板。場上前人唱前調末一板，與後人接唱次調頭一板，齊下爲合板。此古法也。後人分板爲五：、爲頭板，」爲腰板，一爲底板；三者皆爲正板。×爲頭贈板，|×爲腰贈板。葉廣明納書楹分之最細，俗稱紅黑板。是以正板爲紅板，贈板爲黑板也。惟南曲用之。大抵紅黑間用，無論何樣板起，末字必須紅板住也。次曲抽去贈板，取其便易，如首次曲牌名俱同，再次曲可以抽板矣。有贈板中唱散板一句者，或贈板中忽唱無贈板者，又或末二句唱無贈板者，此皆演家取其便處，並非正格。至於浪板，原爲跌宕曲情而設，雖清唱亦不可少，如活捉思凡撈月羅夢之類，被弦索者，皆宜用之；但要審度音節，不可濫用耳。

襯字論

古詩餘無襯字。曲之有襯字，猶語助也。凡對口曲，不能不用襯字，以暢達文理，而不可當作正文。俗譜不能辨別，將襯字亦下實板，致主客不分，體格錯亂，句法參差，後人認作實字，襲謬承訛，伊於胡底。

尾聲論

尾聲乃經緯十二律，故定十二板。式律中積零者爲閏，故亦有十三板者。句僅三句，字自十九字至二十一字止，多卽不合式矣。如四夢傳奇之尾聲，多不入格局，至有三十餘字者。度曲不顧文義，删落字句，遵依尾聲格式，則兩失之矣。

煞尾論

北調煞尾，最爲緊要，以之收拾一套之音節，結束一篇之文情。宮調旣分，體裁各判，在仙呂調曰賺煞，在中呂調曰賣花聲煞，在大石角曰催拍煞，在越角曰收尾。諸如此類，皆秩然不紊。至於賸餘，乃諸調煞尾之別名，用者尋其本而自得之。

毛先舒陰陽略

四聲俱有陰陽，惟上聲不講可以無礙，其餘三聲，俱當細細體認，使之判然有別，方不致拗喉棘耳。其法每部以四字爲准，諧聲尋理，逐類可通。

陰平聲，沖、該、箋、腰。　陽平聲，蓬、陪、全、潮。

陰去聲，貢、介、霰、釣。　陽去聲，鳳、賣、電、廟。

陰入聲，轂、七、妾、鴨。　陽入聲，軌、亦、爇、蠟。

沈衣仲養氣論

度曲者得四聲之是，雖拙亦佳，非徒取媚於聽者之耳也。如陽平拖音稍長卽類陰，陰平發音稍重卽類陽矣。去聲亢矣，過文宜抑而復揚。入聲促矣，出字貴斷而後續。雖有一定之腔，亦有鏗鏘以就韻，雖有不移之板，亦宜辨别以成文。而其要領，在於養氣。譚子化書云：氣由聲也，聲由氣也。氣動則聲發，聲發則氣振。如陽音以單氣送之則薄，陰音以雙氣送之則滯。將收鼻音，先以一絲之氣引入，而以音繼之，則悠然無跡矣。

曲中厄難

聽曲者，須於字面腔調，及收放齒頰之間：辨歌者工拙，若一聞喉音清亮，便擊節稱賞，人早知其爲門外漢矣。或有並不聽歌者優劣，稍記曲詞，卽從旁隨聲附和，其聲反高於歌者之聲，不容歌者盡其所長。又或强作解事，信手代拍板眼，以致歌者節奏不能自主。甚至從旁喧嘩閧鬧，行令猜枚，以及烟氣薰人，使吹唱者氣咽不能張口，凡此皆是曲中厄難。遇此等時，只好停歌罷吹，不必免强從事。

韻書源流

漢魏以上無韻書。晉陸機文賦曰：收百世之闕文，采千載之遺韻。文人言韻，始見於此。隋陸法言撰切韻五卷，唐郭知元附益之。天寶末，陳州司馬孫愐，以切韻爲謬，復略加删正，别爲唐韻之名。宋眞宗祥符元年，改唐韻爲廣韻，以行於世。學者多言韻書本於沈約，隋書藝文志，有約所著四聲類譜一卷。不知約書，實本於齊中書郎周彥倫四聲切韻而作。隋志舊唐志亦載聲類等凡十餘家，末有李登聲類，呂靜韻集，始判清濁宮羽。是約之前，已有此書，約特小有更定耳。宋景祐四年，著禮部韻略五卷。淳熙監本禮部韻略五卷，乃翰林學士丁度所修，止九千五百九十字，申明續降一百八十三字，止爲科舉之用；其曰略者，不備之稱也。又按宋時有集韻一書，乃實元二年詔宋祁鄭戩同修，而丁度李淑典領之，書成賜名集韻。元初黃公紹，纂韻會舉要一百七卷，後之詞人相承用之。

陰去聲摘錄

中原十九韻，上去入三聲，不分陰陽。中州二十二韻，四聲盡分陰陽。不分者未免混淆，盡分者又多牽涉，學者幾於無所適從。因思曲字陰陽，惟去聲辨之宜審，而北人口中，盡係陽去，並無陰聲，故將陰去聲之恒見者，摘錄於左，以便查考。

東鐘

凍都弄切。 棟 蝀 痛土弄切。
送蘇粽切。 宋 縱祖送切。 貢孤瓮切。
供 空枯貢切。 控 甕烏貢切。
諷夫貢切。 衆阻瓮切。 種 中
迸逋孟切。 閧胡貢切。 哄

絳家漾切。
喪思葬切。
相西向切。
當刀漲切。
葬遭喪切。
瘴
抗
況花誑切。
帳
戇
搊

江陽

降
誑孤放切。
向奚漾切。
擋
髒
帳
曠枯妄切。
晛
暢
上升帳切。
愴又妻喪切。

支時

虹又叶紅。
將嗟相切。
嚮
放夫妄切。
嶂張去聲。
漲
壙
唱車讓切。
鬯
尙中州歸陰。
怏衣盎切。

邉他漲切。
醬
謗巴放切。
盎衣漲切。又烏漲切。
障
亢考妄切。
纊
倡
壯擉讓切。
創窗去切。
胖鋪謗切。

試 詩主切。
帝 又叶翅。叶帝。
泗 思漬切。
筍
恣 資四切。
觶 張世切。
志
熾

弑
次 倉四切。
駟
伺
漬
識
贄
質

使
刺
賜
肆
滓
誌
摯
識

始
廁 作四非。
思
四
至 之是切。
痣
幟

齊微

記 皆意切。
既
驥
髻
企

計
暨
繼
繫 又叶戲。
契

季
冀
寄
氣 區意切。
禊

悸
薊
忌
棄
憩

器
締
替湯利切。
祭精細切。
細西計切。
倚
篩欣計切。
蔽
沸方未切。

砌妻計切。
禘
剃
際
壻作絜非。
瘞
戲
臂北叶貝。
譬品謎切。

妻
蒂
涕
霽
意陰計切。
縊
陛邦謎切。
秘
屁

帝滴意切。
蝃
嚏
濟
裔
謚
閉
嬖

歸　回中原此韻入齊微

桂孤畏切。
檜
誨
晦

貴
獪
悔
繪

饋
儈
諱
畏溫貴切。

膾
賄胡畏切。
會以下三字，斛要作陽。
穢

尉　綴阻税切。　税　對當畏切。　翠粗畏切。　誶蘇畏切。　祟　邃　配滂妹切。　霈

慰　贅　銳　碓　脆　碎　遂以下四字，韓嬰作陽。　貝邦妹切。　轡　帔

塊哭畏切。　吹出畏切。　蜕　最尊畏切。　毳又初瑞切。　粹　隧　背　沛　墜之瑞切。

愧　說尸畏切。　帨又叶兌。　醉　吹初瑞切。　歲　穗　輩　旆

知　如中原此韻入齊微

注張恕切。　澍　世申智切。

註　鑄　勢

炷　紵　處昌恕切。

駐　著又北叶潮。南叶灼。　製張世切。

制　致　置　智
緻

居魚（中原此韻合蘇徒爲魚模）

踞（居遇切。）　距　鋸　倨
據　遽　句　娶（全聚切。）
趣　覷　絮（須句切。）　去（區遇切。）
恕（書務切。）　庶　戍

蘇徒

固（光誤切。）　顧　蠱　故
庫（枯故切。）　袴　惡（翁故切。）　汚（又平聲。）
數（霜故切。）　疏（又平聲。）　妒（東兎切。）　蠹
吐（湯路切。）　兎　做（足務切。）　措（粗務切。）
醋　錯（北叶草。）　素（蘇故切。）　遡

訴　怖　訃　賦

塑　餔烹暮切。　富　傅

布卜務切。　付方故切。　赴

佈　咐　副

皆來

介江隘切。　誡　帶當額切。　貸中州陰陽變收。　態　蔡　隘乙愛切。　蓋各愛切。　慨克愛切。

芥　界　戴　太湯額切。　再臧愛切。　賽桑載切。　拜邦賣切。　丐　愛阿蓋切。

疥　解又叶械。又上聲。二音。　襶　汰　載又上聲。　塞北叶死。　派旁賣切。　溉　怪光外切。

戒　屆　紿又叶太。又音上聲。　泰　菜倉賽切。　寨又之愛切。陽音亦收。　湃　概　壞呼外切。

快匡外切。　塊　蒯　帥朔愛切。

率南入拍陌韻。　曬雙愛切。　殺　嘬抽怪切。

蘁　債謠愛切。

眞文

鎭之認切。　振　震　賑

娠　趁痴忍切。　櫬　襯

舜書悶切。　瞬　頓都論切。　褪土損切。

晉臍印切。　進　縉　信西晉切。

迅　汎　訊　俊疽醞切。

雋　駿　峻旬去聲。　濬

徇下二字，轉要歸陽。　殉　寸粗遜切。　遜孫去聲。

巽　印衣覲切。　釁希印切。　慍紆訓切。

醞　蘊　訓需悶切。　鬢賓去聲。

殯　搢　奮分去聲。　僨

憤　糞　分又平聲。　棍姑醞切。

困苦搵切。　閫　搵烏棍切。　艮哥恨切。

寒山

幹干去切。　看康幹切。　按阿幹切。　案

漢呵幹切。　慣光患切。　丱　串又叶釧。

篡粗按切。　間江限切。　澗　諫

歎湯爛切。　炭　贊臧散切。　讚

瓚陽亦收。　粲倉散切。　璨　燦

散桑讚切。　晏衣澗切。　訕山去聲。　絆邦按切。不叶伴。

扮　盼滂慢切。　泛方扮切。　販

限希按切。陰陽雙收。　腕烏慣切。　誕當按切。　旦但入陽。

歡桓

喚火慣切。　渙換入陽。　煥　貫戈玩切。

灌　觀　鸛　盥
冠　斷當亂切。陰陽雙收。　爨倉算切。　竄
算桑喚切。　蒜　半波漫切。　亂郎斷切。
鑽祖算切。　彖湯亂切。　判舖幔切。　叛辦要入陽。
泮伴、畔、俱入陽。

先天

殿爹燕切。陰陽雙收。　箭嗟線切。　薦　餞
濺賤入陽。　茜且燕切。　倩又青去聲。　線西燕切。同綫。
霰　燕衣見切。　宴　嚥
咽又對入聲。　獻希見切。　憲　怨於香切。
片皮面切。　騙　戰遮怨切。　眴
扇奢釧切。　煽　絢虛怨切。　眩
徧邦面切。　變　釧船去聲。　換梯線切。
見鷄燕切。　建　麪　勸區怨切。

劵
卷
轉又上聲。

眷居怨切。
選須怨切。又上聲。

狷
譴邱燕切。

絹
囀朱怨切。又上聲。

蕭豪

肖桑要切。
眺湯料切。
釣
操
燥
鈔尺奧切。
靠康告切。
套湯澇切。
悄又上聲。
誥

笑
跳
豹邦奧切。
竃茲傲切。
奧阿告切。
少傷照切。又上聲。
犒
竅邱要切。
醮臧笑切。
耗亨告切。

嘯
耀
報
躁
懊又上聲。
哨
票披要切。
帩倉笑切。
要衣叫切。
好又上聲。

稍
弔底要切。
造倉竈切。
噪桑告切。
噢
燒又平聲。
剽
俏
告岡奧切。
照張奧切。

詔　罩　叫江要切。　教又平聲。

覺又叶角。　較　校又叶效。　到當滂切。

倒　孝希要切。　砲滂奧切。

歌羅

箇干賀切。　个　過官涴切。　課康個切。

坷　唾拖去聲。　做臧箇切。　佐

左又上聲。　貨呼臥切。　破頗去聲。　播補貨切。

剁多去聲。　挫倉箇切。　些鎖去聲。又西磋切。

家麻

稼江亞切。　嫁　架　駕

價　假又上聲。　亞央駕切。　婭

迓　訝　霸班罵切。　壩

靶　卦關化切。　掛　怕攀罵切。

帕　胯　衩又入聲來、歌韻。　唬

化荒卦切。　岔產詐切。　凹瓦去聲。又叶天。

詐莊價切。　姹　嚇香亞切。

跨苦化切。　汊　罅

車遮

這張舍切。　柘　卸仙借切。

蔗　舍申蔗切。　瀉

蹠　赦　趄親夜切。

炙又叶隻。　借兹夜切。

庚青

敬基映切。　映伊敬切。　磬　定

覺　應　罄　錠

徑　滕　訂低分切。　聽亭去聲。

鏡　慶溪映切。　釘　磴當映切。

橙
興奚映切。
症
勝
掤
甑增去聲。

鐙
正知映切。
諍爭去聲。
清妻性切。
聘披命切。

性西映切。
政
掙
更雞應切。又平聲。
秤痴聖切。

姓
証
聖除正切。
柄比命切。
稱又平聲。

鳩由

救鷄幼切。
疚
幼衣救切。
嗅希救切。
彀
覯
叩

究
鬭當漏切。
宿西幼切。又叶粟。
臭又抽去聲。
構
覆方構切。
寇

廐
透湯漏切。
秀
姤岡候切。
購
扣康垢切。
蔻

灸又上聲。
奏增漱切。
繡
詬
遘
鉤
鷇何垢切。

奮之獸切。　咒　狩尸咒切。　獸

瘦　縐莊扣切。　甃　皺

漱思奏切。　嗽　湊倉嗽切。

侵尋

沁妻廕切。　浸　寖躋廕切。　廕陰去聲。

陰　暗　罯　飲又上聲。

禁斷廕切。　噤　讖初廕切。　譖簪去聲。

滲尸讀切。　闖痴廕切。

監咸

監家暗切。又平聲。　鑑　勘可暗切。　紺戈暗切。

淦　贛　檜當暗切。又平聲。　暗阿紺切。

諳諸韻入平。韓要雙收。　站之暗切。　蘸　懺初暗切。

探湯暗切。又平聲。　瞰溪監切。　嵌

纖　廉

僭尖去聲。　塹妻厭切。　厭衣僭切。　饜
占遮厭切。　劍江厭切。　欠斯厭切。　店當厭切。
玷　墊　坫　點又上聲。

北曲入聲字

嘗考平上去三聲，南北曲十同八九，其迥異者，入聲字面也。諸韻皆叶入三聲中，惟范氏多所較正，第有歸本音處，亦有不歸本音處。然視諸家已爲善本，故仍其舊，並採沈詞隱正吳編入聲字，重增較辨，宗洪武正韻，分八韻附入，便於查考。

屋　讀入魚模尤侯

獨徒祿切。北叶徒。　讀　犢　牘
瀆　瀆　匵　讟
毒八字同上。　突豚咄切。北叶徒。　篤徒祿切。北叶堵叶徒　伏馮縮切。北叶扶。

茯
縛又入歌羅、蕭豪。同上。
轂二字同上。
孰
术
續同上。
濮
瀑又入蕭豪。五字同上。
促三字同上。
觳
速松足切。北松古切。
叔
幅
紼
拂

袱
彿焚弗切。北叶扶。
蜀誰叔切。北叶殊。
塾魚模、鳩由雙收。
述
逐蟲孰切。北叶除。
樸
族叢足切。北叶徂。
谷官兀切。北叶古。
梏
簌
菽
蝠
髴
馥十字同上。

復
鵠洪谷切。北叶胡。
贖
熟
術九字同上。
軸二字，魚模、鳩由俱收。
暴又入蕭豪。
鏃
縠
告又入蕭豪。
餗二字同上。
束又入鳩由。三字同上。
弗
腹
卜崩木切。北叶補。

服四字同上。
斛
屬
淑
俗宋速切。北叶徐。
僕蓬木切。北叶蒲。
曝又入蕭豪。
蹴
骨
牿六字同上。
縮霜肉切。北叶暑。
福風伏切。北叶甫。
黻
覆又入鳩由。
不同上。

局扃却切。北叶舉。　鞫　曲　祝　燭又入鳩由。　沃　肅　忽　哭空沃切。北叶苦。　畜又叶許。　矗五字同上。　蓄三字同上。　禿通綠切。北叶土。　醁　沐

菊　鞠　麯二字同上。　粥　築　兀　宿又入鳩由。　惚二字同上。　卒咀扃切。北叶祖。　怵　旭凶菊切。北叶許。　鬱于橘切。北叶宇。　祿盧篤切。北叶路。　陸又叶慮。　穆

掬　橘六字同上。　簇匆速切。北叶粗上聲。　竺　筑七字同上。　杌三字同上。　夙三字同上。　恤雪力切。北叶須上聲。　足宗速切。北叶疽羽切。　黜　勗　尉同上。　鹿　六又叶溜。五字同上。　睦

躅　屈穹郁切。北叶邱羽切。　竹忠蜀切。北叶主。　囑　屋翁谷切。北叶五。　粟松足切。北叶須上聲。　笏昏骨切。北叶虎。　戌同上。　出充肉切。北叶杵。　觸又入鳩由。　洫　撲烹木切。北叶普。　簏　木蒙卜切。北叶暮。　沒

牧

綠瓏篤切。北叶盧。

律綸聿切。北叶慮。

褥同上。

欲

慾

鬻十字同上。

目

錄

勿文弗切。北叶務。

入如聿切。北叶如去聲。

育

峪

肉戎竹切。北叶柔去聲。

殁

戮

物同上。

玉容菊切。北叶豫。

浴

蓐

猝初肉切。北叶取。

鬻又音務。八字同上。

勠三字同上。

辱戎竹切。北叶如去聲。

獄

郁

鵒

卹律入齊微

弼閉密切。北叶兵迷切。

駜四字同上。

斥

佚

譯

掖

鼻

闢平覓切。北叶疲。

勅三字同上。

易

嶧

益

逼

尺稱式切。北叶耻。

逸寅急切。北叶異。

驛

液

溢

愎

赤

佾

繹

腋

鎰

鎰
疫
弋
憶
蜮三十字同上。

翼
逆
域
臆

翌
亦
邑
億

役
弈
揖
抑

質

直入支思齊微

十神失切。北叶失移切。
食
姪陳日切。北叶征移切。
值
窒又入車遮。五字同上。
集
寂
席

實
拾
秩
擲
疾秦一切。北叶齊。
緝四字同上。
楫三字同上。
襲

石
碩
帙二字同上。
殖
嫉
籍情積切。北叶齊。
夕錫昔切。北叶星西切。
隰四字同上。

射
什七字同上。
直澄集切。北征移切。
植
蒺
藉
習
狄亭力切。北叶題。下同。

获
矱
惑洪國切。北叶回。
及鷄一切。北叶鷄移切。
得登勒切。北叶登美切。
則增塞切。北叶兹美切。
匿湯勒切。北叶湯美切。
嫡二字同上。
析
媳
吸欣急切。北叶喜。
壁兵覓切。北叶比。
必
踢
吉巾一切。北叶巾以切。

敵
迪
或同上。
極
德同上。
國皈或切。北叶鬼。
忒同上。與特通用。
昔星席切。北叶洗。
淅
舄
隙
璧
畢
剔
激

逖
滌
賊曾則切。北叶兹眉切。
給又上聲。
黑亨克切。北叶亨美切。
克阬黑切。北叶可美切。
的丁力切。北叶底。
惜
晳
悉
檄
碧
愊六字同上。
偪三字同上。
擊

笛
覿上九字，中原丁𨹔切。
核亨額切。北叶亨梅切。
汲及上聲。三字同上。
赫同上。
尅同上。
滴
息
錫
膝十字同上。
綌三字同上。
惕汀力切。北叶體。
辟
叱稱式切。北叶耻。
棘

戢
汲
緝
卽津悉切。北叶將洗切。
蹟
瘠
訖二字同上。
謐
櫪
櫟
栗
壹
勒楞德切。北雷妹切。
溺又尼娶切。又叶義。
癖

急
亟九字同上。
戚
慨
稷
幘九字同上。
日人質切。北人智切。
覓三字同上。
靂
立
慄
乙三字又作上聲。
肋
昵三字同上。
霹三字同上。

給
七親悉切。北叶妻上聲。
刺又音次。
積
跡
乞欺一切。北叶豈。
密民必切。北叶謎。
歷零滴切。北叶利。
嚦
粒
礫十二字同上。
殛擊益切。北叶技。
溺二字同上。
匹品密切。北叶痞。
筆賓密切。北叶邦美切。

級
漆
葺五字同上。
績
脊
泣
蜜
瀝
力
笠
一因急切。北叶以去聲。
劇同上。
匿女益切。北女計切。
劈
北崩墨切。北叶邦美切。

別笔一切。北叶避。
只
炙
室
拭

質眞日切。北叶知以切。
執
織
濕
識

隲
埶
職九字同上。
釋
適

汁
隻
失申日切。北叶申以切。
式
飾八字同上。

拍陌入皆來

白朋白切。北叶排。
澤
獲同上。
策撑色切。北叶叙上聲。
拆
百
格梗厄切。北叶解。
馘光獲切。北叶拐。

帛
擇
拍烹陌切。北叶烹買切。
册
坼
柏
革
虢

舶二字同上。
翟又丁離切。三字同上。
珀
測
栅六字同上。
迫
隔
幗二字同上。

宅橙責切。北叶柴。
畫胡劃切。北叶懷。
魄又入蕭豪。二字同上。
惻
伯崩陌切。北叶擺。
擘四字同上。
膈三字同上。
率疎白切。北叶疎矮切。

蜂同上。
客阬厄切。北叶楷。
刻又康黑切。同上。
責爭色切。北叶之靄切。
嘖
摘
譎
側
仄
昃六字同上。
色生責切。北山靄切。
嗇
檣
索又入蕭豪。
濇四字同上。
櫛茲色切。北叶之靄切。
厄恩革切。北叶矮。
塞僧則切。北叶死。
澀詩日切。北叶史。
瑟
蝨二字同上。
麥蒙百切。北叶賣、叶妹。
陌
貊
幕
脈
墨五字同上。
額昂厄切。北叶陽介切。
默蒙北切。北叶妹。

約略入蕭豪

鶴杭各切。北叶毫。
貉
涸二字同上。
濁牀捉切。北叶牀嘲切。
鐲
擢二字同上。
鐸唐洛切。北叶桃。
愯
度又叶渡。二字同上。
薄旁莫切。北叶巴乇切。
亳
雹
箔三字同上。
學巷角切。北叶奚爻切。
著長弱切。北叶潮。
鑿臧作切。北叶曹。
昨
作上三字，又入歌羅。
酢三字同上。
嚼牆爵切。北叶樵。

矱黃郭切。北叶黃高切。
芍舒涸切。北叶韶。
覺又叶去聲。
捉莊朔切。北叶沼。
桌
灼八字同上。
雀同上。
橐
郭姑兀切。北叶古襖切。
朔霜捉切。北叶稍。
駁
錯倉索切。北叶草。
郝同上。
卻
握

鑊
杓又叶標。
脚
卓
斫
爍商酌切。北叶少。
託湯落切。北叶討。
柝
槨二字又叶果。
溯
搏
各鬬惡切。北叶果。
綽昌弱切。北叶昌襖切。
恪三字同上。
幄三字同上。

穫
削襄爵切。北叶小。
擢
琢
酌
鵲槍削切。北叶俏。
托
鐸五字同上。
廓枯兀切。北叶匡襖切。
數又入蘇模。二字同上。
博三字同上。
閣同上。
殼腔約切。北叶巧。
約央角切。北叶杳。
惡烏各切。北叶襖，叶務。

鑊三字同上。
角姜約切。北叶皎。
蹻又叶敲。四字同上。
啄
妁
爵將削切。北叶勦。
魄又叶柏。
搡桑作切。北叶嫂。
擴同上。
剝邦莫切。北叶飽。
作臧索切。北叶早。
壑罕各切。北叶好。
確
渥
謔女角切。北叶曉。

岳鶚角切。北叶囉。
躍
諾□落切。北叶鬧。
幕
落郎托切。北叶澇。
酪
鶚
若又入車遮。同上。

嶽
鑰
莫忙博切。北叶冒。
膜
絡
樂
諤
略良藥切。北叶料。

樂
鸑六字同上。
寞
模
烙
駱六字同上。
愕三字同上。
掠同上。

藥
虐娘約切。北叶要。
漠
末六字同上。
洛
蓦昂惡切。北叶傲。
弱穰酌切。北叶日皓切。

曷　跋入歌羅

合寒葛切。北叶何。
曷
勃
葛干渴切。北叶果。
撥潘末切。北叶叵。

盍
褐五字同上。
渤三字同上。
割同上。
璞滂莫切。北叶叵。

盍
跋盤木切。北叶婆。
活桓聒切。北叶禾。
鉢搬末切。北叶跛。
聒官兀切。北叶果。

闔
鈸
奪團捋切。北叶陀，叶多。
撥同上。
括同上。

渴看遏切。北叶可。
脫端捋切。北叶妥。
秣同上。
磕同上。
霍荒郭切。北叶火。
闊寬斡切。北叶寬火切。
喝罕葛切。北叶罕果切。
撮粗兀切。北叶倉果切。
抹瞞卜切。北叶磨，叶罵。

豁 達入家麻

達墶辣切。北叶他拏切。
滑胡刮切。北叶華。
柙
洽
伐
雜殘匝切。北叶殘牙切。
甲覲鴨切。北叶賈。
恝又叶介。四字同上。
搨
煞
撻
猾同上。
峽
轄
筏
卡同上。
夾
塔攤辣切。北叶他上聲。
闥四字同上。
霎二字同上。
蹋
狎閑甲切。北叶價。
俠
黠八字同上。
閥
閘棧札切。北叶茶。
戛
獺
匝子鴨切。北叶子沙切。
劄盞殺切。北叶盞雅切。
遝三字同上。
匣
狹
乏煩髮切。北叶煩巴切。
罰四字同上。
拔旁末切。北叶爬。
蛺又入車遮。
榻
殺山札切。北叶山詐切。
札

紮二字同上。
插
髮二字同上。
颯商匣切。北叶商雅切。
瞎香甲切。北叶香雅切。
鴨央甲切。北叶痖。
刮姑穵切。北叶寡切。
拉
衲

察產殺切。北叶產傻切。
鍤四字同上。
答丹辣切。北叶打。
撒
恰強鴨切。北叶強雅切。
押
刷拴穵切。北叶拴瓦切。
辣
捺二字同上。

擦
法翻伐切。北叶夫瓦切。
搭
薩
掐同上。
壓二字同上。
臘闌笪切。北叶闌大切。
刺四字同上。
襪晚法切。北叶瓦去聲。

剎
發
妲二字同上。
卅三字同上。
穵窮刮切。北叶瓦。
八班末切。北叶把。
蠟
納難笪切。北叶難大切。
豁胡襪切。北叶胡瓦切。

屑轍入車遮

協奚結切。北叶奚爺切。
絜四字同上。
杰
牒

叶
竭虔謁切。北叶茄。
傑四字同上。
蝶

脅
碣
疊田列切。北叶爹。
堞

挾
桀
迭
鰈

垤
蹀
闋
涉二字同上。
絕疽日切。北叶疽靴切。
掣産熱切。北叶昌惹切。
屑仙節切。北叶西也切。
媟
紲八字同上。
結堅謁切。北叶堅也切。
頰
孑八字同上。
節箋屑切。北叶姐。
癤
脅二字同上。

凸
跌十一字同上。
倔三字同上。
捷前節切。北叶前斜切。
穴需厥切。北叶靴，陽平。
澈
薛
屧
竊妻屑切。北叶且。
桔
鋏
怯溪謁切。北叶溪也切。
幯
睫五字同上。
血需月切。北叶需也切。

瓞
掘權越切。北叶瘸。
折善設切。北叶蛇。
截同上。
轍長舌切。北叶長蛇切。
徹
燮
卨
妾
潔
莢
愜
鯽
歇奚結切。北叶奚也切。
缺區曰切。北叶區也切。

耋
撅
舌
別冰篾切。北叶冰爺切。
蟄同上。
撤三字同上。
泄
褻
切二字同上。
刦
訐
慊二字同上。
接
蠍
闋

闋二字同上。
訣
鐵天列切。北叶天也切。
瞥偏篾切。北叶偏也切。
拙朱爇切。北叶朱惹切。
摺
啜川爇切。北叶川惹切。
咽又入先天。
爇然哲切。北叶然夜切。
臬
捻
業
蔑
烈
鬣六字同上。

玦居月切。北叶居也切。
蹶
帖
撤同上。
茁
浙二字同上。
歠同上。
噎
踅徐月切。北叶徐呆切。
蘖又叶夜。
孽又叶夜。
拽二字同上。
鑊三字同上。
列
月于厥切。北叶于夜切。

決
厥
鷩
鼈必篾切。北叶必也切。
輟二字同上。
設時熱切。北叶時惹切。
雪胥月切。北叶須也切。
壓三字同上。
爇如月切。北叶如蔗切。
聶
囓七字同上。
滅米葉切。北叶迷夜切。
列離跌切。北叶連夜切。
獵
曰

譎
獗六字同上。
貼三字同上。
犡同上。
哲之熱切。北叶者。
攝同上。
謁衣結切。北叶野。
說書熱切。北叶書惹切。
捏泥葉切。北叶泥夜切。
躡
葉延結切。北叶夜。
篾
裂
躐
刖

悅　閱
鉞　粵八字同上。
軏　越
劣閱月切。北叶呂夜切。

南北韻逕庭字

前所遵字音，惟中原音韻一書，迨後塡詞競工南曲，而登歌者遂尙南音，入聲仍歸入唱，盡反中原之音，一遵洪武正韻。其改之未盡者，猶帶中原音響；其趨承太過者，又甚至以南音溷投北詞，遂至南北混淆。其後沈寧菴王伯良諸公，釐正字音，究心於此者，稍知分別。要知南宗洪武，北准中原，自無舛誤，然二韻之中，亦有相逕庭之字，今錄如左：

醾中原叶梅。洪武叶迷。
謀中原叶謨。洪武叶茂平聲。
袖中原叶囚去聲。洪武叶思救切。
犬中原叶萱上聲。洪武叶勸上聲。
話中原叶化，屬陰。洪武叶胡掛切，屬陽。
向中原叶奚降切，屬陽。洪武叶許亮切，屬陰。
誓中原叶申智切，屬陰。洪武叶時智切，屬陽。
彼中原叶比。洪武叶卑上聲。
棼中原叶焚。洪武叶分。
倫中原叶驢敦切。洪武叶龍春切。
鳳中原叶夫貢切，屬陰。洪武叶馮貢切，屬陽。
幼中原叶右，屬陽。洪武叶伊謬切，屬陰。
待中原叶帶，屬陰。洪武叶度奈切，屬陽。
按中原叶昂幹切，屬陽。洪武叶厄幹切，屬陰。

擋中原叶徒滚切，屬陽。洪武叶丁滚切，屬陰。

俗唱正訛

龍閭容切。南北俱同。
濃尼容切。不作農。
慵中原叶蟲。中州叶庸。
鼕叶同。不作冬。
勷饒張切。
詳似羊切。不作牆。
頏叶杭。
巷奚橑切。
骯上聲。
盪他滚切。
防叶房。不作旁。
棲叶西。不作妻。

隆同上。
穠同上。
崇中原叶蟲。中州叶從。
弄盧湅切。
鏹叶講。不作強。
祥
龐叶忙。
項同上。俱不作何滚切。
髒中原作上。中州作去。
蕩桃滚切。
釀尼滚切。
嘶叶西。不作斯。

窿同上。
噥叶農，不作濃。
盲叶蒙。
捧上聲。
樅同上。
翔
龎叶忙。作[illegible]，叶旁。
仰叶痒。
誑光去聲。
宕同上。
恣資四切。
撕同上。

橫叶紅，不作行。
榮叶容。
甍同上。
觥叶工。
帑叶倘。不作弩。
庠三字同上。
妄叶望。
晌叶賞。
餉上去雙收。不作享。
擋刀滚切。
使上聲。
笞赤衣切。

俟叶四。
致
雉
鼻叶陛。
倚上聲。
臂南叶閉。北叶貝。
鄙上聲。
壻叶細。
斃
宜叶移。
倪
虀
瑞叶稅。
跪叶匱。
毳初位切。

賜同上。
智
幟
繫叶戲叶計。
匕賓米切。
秘叶閉。
彼南奔美切。北叶鄙。
砒培陰平。
婢
疑
猊五字同上。
糜三字同上。
魁陽平聲。
穢叶畏。
僞叶位。

制張世切。
置
彘八字同上。
師叶尸，不作思。
妣同上，不作痞。
履叶里。
吠南非異切。北非畏切。
被〰中原叶貝。〰中州叶閉。
幣四字同上。
鯢
靡叶枚。
刺刺繡叶七。北妻以切。
雷崙回切。
惴叶綴。
櫃〰中原叶貴。〰中州叶匱。

製
治
殢叶膩。
几上聲。
皮南叶脾，北叶培。
砌青細切。
袂南叶妹。北叶謎。
避
披醅陰平。
霓
糜
譏叶飢。又叶其。
壘盧委切。
璀上聲。
餽同上。

塊枯畏切。　茱叶書。　銖同上。　梳傷初切。

疏　竦　蔬三字同上。　廬叶閭。

臚同上。　顱叶盧。　鑄叶注。　飫叶御。

聚倉絮切。　儒去聲。　侮叶武。　戊文付切。

務　霧　騖　婺四字同上。

逋崩吳切。　謨叶模。　謀同上。　忤去聲。

譜叶補。　圃同上。　錯南叶醋。北叶草。　殂叶粗。

楚除上聲。　助租去聲。　阼　祚二字同上。

哺叶布。　捕同上。　睹叶堵。　哈叶菩。

駭叶蟹。　骸叶諧。　慨看愛切。　薤叶械。

灑尸矮切。　埃叶哀。　藹叶豕。　紿中州叶岱。中原作上。

喂揣怪切。　嘅可愛切。　欻同上。　倫閭云切。中州作崙。

輪　淪二字同上。　綸同上。又叶關。　尹諸韻叶引。糾要叶允。

嬪叶貧。　窘君上聲。　宸南叶神。北叶陳。　辰

晨二字同上。　棼叶汾。　唇池文切。　盾殊允切。人名叶鈍。

浚叶殉。
淳
赧拏懶切。
瞞摩完切。
捐叶元。
湮叶因。
隼須允切。不作准。
褌二字同上。
洵同上。
阮叶遠。不作如椀切。
耑叶專。
嘲爭稍切。
媼叶襖。
韠叶朶。
葩琶爪切。

濬
醇
絆叶扮。不作伴。
伴婆慢切。
菅叶奸。
闖歎禁切。
竄叶俊。
瞑去聲。
婉叶遠。不作烏緩切。
輦離典切。不作碾。
狻叶酸。
凹叶夭。又入家麻。
剿精小切。
夥羅上聲。
蟆叶麻。

峻二字同上。
蕁三字同上。
拌同上。
疃拖卵切。
綰彎上聲。
您作你解，叶印。
昆孤溫切。不作坤。
馴叶旬。
畹
踹叶舛。
蹇叶繭。
愀叶悄。
柯叶戈。不作科。
迤叶拖。又叶陀。
蘢郎打切。

純池倫切。又殊倫切。
邯叶寒。
蔓叶萬。
軒希烟切。
緩諸韻作去。輯要作上。
恁如此也，叶稔。北叶廕。
崑
詢須氳切。不作去聲。
宛二字同上。
券上聲。
戀閭院切。
褒叶包。
窠叶科。
笳叶加。
𣬈叶姥。又入皆來，歌羅。

涯叶牙。叶移。叶崖。
耶叶爺。
謝詞借切。
爭之生切。
更
頳痴升切。
骾
頸
聘批命叶。
獰中原叶能。中州叶寧。
坑
誘
耨能漏切。
簪之深切。
凜同上。

暇叶下。
呆
榭
櫺叶靈。不作楞。
羹
貞叶征。
梗
綆
猩叶生。不作星。
盟叶明。
鏗
莠二字同上。
矛叶侔。
蕁西銀切。
啣叶咸。

亞去聲。
挪
藉二字同上。
庚叶京，不作戈京切。
耕四字同上。
禎同上。
哽
儆七字同上。
衡叶行。
更作去聲者，叶敬。
卿三字同上。
袖囚去聲。
鍪同上。
吟叶淫。
函同上。

娅同上。
琊三字同上。
斜西爺切。不作西牙切。
賡
諍之映切。
境叶景。
耿
[illegible]見追切。不作雖。
恒侯仍切。中原亦作行。
傾叶輕。
牖叶有。
瘦尸繡切。
浮扶侯切。北叶扶。
廩林上聲。
嵐叶籃。

婪同上。

㜮叶兗。不作去聲。

湛叶站。

塹妻僭切。

黏叶掩。

絲中原叶司。中州叶尸。

俺上聲。不作平。

㘎希減切。

醂

殲叶尖。

涎夕言切。

恢枯威切。不作灰。

臉叶檢。

眩去聲。

綻二字同上。

暫藏暗切。

㪿作賓，叶思。作慮，叶齋。

詠叶用。不作勇。

昝上聲。

駢皮言切。

檻霞鑑切。不作鑑。

忺希爲切。

浸卽印切。

剖滂九切。又滂卯切。

〔註〕原書卷首次行分署：『太原王德暉曉山、北平徐沅澂惺字同編輯。』

藝概

清·劉熙載著

藝概提要

藝概六卷，清劉熙載著。熙載字融齋，江蘇興化人。一八四四年（道光二十四年）進士，改庶吉士，授編修。咸豐初，因病請假。同治初，爲國子司業，遷詹事府左春坊左中允；督學廣東，未滿任，告歸。後在上海龍門書院主講，凡十四年。一八八一年（光緒七年）卒，年六十九。清史稿儒林有傳。

劉氏一生治學，以經爲主，更精於聲韵和算術。至於子、史、詩、文、詞、賦，也靡不通曉。他的著作有四音定切、說文疊韵、說文雙聲、昨非集、持志塾言、藝概等，彙刻爲古桐書屋六種；又古桐書屋劄記、游藝約言、制藝書存等，續刻爲古桐書屋續刻三種。

藝概六卷，內分文概、詩概、賦概、詞曲概、書概、經文概，各一卷。本編止摘取了詞曲概中論曲的部分。

藝概一書是普遍的來論各種文體，故此論曲部分，首先着重在論曲和詩、文、詞、賦的傳統關係。又因劉氏是聲韵學家，所以後部又多談聲韵。中間略有幾段評曲的文字，大抵都是轉錄它書，惟有『曲以「破有」、「破空」爲至上之品』一節，是作者獨特的說法。

古桐書屋六種，有同治間刻本。本書以此本爲底本。藝概一種前有一八八六年(同治十二年)自序。

藝概又有一九二七年北京富晉書社鉛印本。

藝概詞曲概的曲的部分，新曲苑曾收入，改題爲『曲概』。

藝概（卷四詞曲概曲的部分）

清・劉熙載著〔注〕

曲之名古矣。近世所謂曲者，乃金、元之北曲，及後復溢爲南曲者也。未有曲時，詞卽是曲；既有曲時，曲可悟詞。苟曲理未明，詞亦恐難獨善矣。

詞如詩，曲如賦。賦可補詩之不足者也。昔人謂金、元所用之樂，嘈雜淒緊，緩急之間，詞不能按，乃更爲新聲，是曲亦可補詞之不足也。

南北成套之曲，遠本古樂府，近本詞之過變。遠如漢焦仲卿妻詩，敍述備首尾，情事言狀，無一不肖，梁木蘭辭亦然；近如詞之三疊、四疊，有戚氏、鶯啼序之類。曲之套數，殆卽本此意法而廣之；所別者，不過次第其牌名以爲記目耳。

樂曲一句爲一解，一章爲一解，並見古今樂錄，王僧虔啓云：『古曰章，今曰解。』余案：以後世之曲言之，小令及套數中牌名，並非章、解遺意。

洪容齋論唐詩戲語，引杜牧『公道世間惟白髮，貴人頭上不曾饒』，高駢『依稀似曲才堪聽，又被吹將別調中』，羅隱『自家飛絮猶無定，爭解垂絲絆路人』。余謂：觀此，則南、北劇中之本色當家處，古人早透消息矣。

魏書胡叟傳云：『既善爲典雅之詞，又工爲鄙俗之句。』余變換其義以論曲，以爲：其妙在借俗寫雅。面子疑於放倒，骨子彌復認眞。雖半莊半諧，不皆典要，何必非莊子所謂直寄焉以爲不知己者詬厲耶？

王元美云：『詞不快北耳而後有北曲，北曲不諧南耳而後有南曲。』何元朗云：『北字多而調促，促處見筋；南字少而調緩，緩處見眼。』二說其實一也，蓋促故快，緩故諧耳。

元張小山、喬夢符爲曲家翹楚，李中麓謂猶唐之李、杜。太和正音譜評小山詞：『如披太華之天風，招蓬萊之海月。』中麓作夢符詞序云：『評其詞者，以爲若天吳跨神鼇，噀沫於大洋，波濤洶湧，有截斷衆流之勢。』案：小山極長於小令。夢符雖頗作雜劇、散套，亦以小令爲最長。兩家固同一騷雅，不落俳語，惟張尤翛然獨遠耳。

曲以『破有』、『破空』爲至上之品。中麓謂『小山詞瘦至骨立，血肉消化俱盡，乃鍊成萬轉金鐵軀』，破有也；又嘗謂『其句高而情更款』，破空也。

北曲名家，不可勝舉，如白仁甫、貫酸齋、馬東籬、王和卿、關漢卿、張小山、喬夢符、鄭德輝、宮大用，其尤者也。諸家雖未開南曲之體，然南曲正當得其神味。觀彼所製，圓溜瀟灑，纏綿蘊藉，於此事固若有別材也。

太和正音譜諸評，約之只清深、豪曠、婉麗三品 清深如吳仁卿之『山間明月』也，豪曠如貫酸齋之『天馬脫羈』也，婉麗如湯舜民之『錦屏春風』也。

北曲六宮十一調，各具聲情，元周德清氏已傳品藻。六宮曰：『仙呂清新綿邈，南呂感歎傷悲，中呂高下閃賺，黃鍾富貴纏綿，正宮惆悵雄壯，道宮飄逸清幽。』十一調曰：『大石風流醞藉，小石旖旎嫵媚，高平條暢滉漾，般涉拾掇坑塹，歇指急併虛歇，商角悲傷宛轉，雙調健捷激裊，商調悽愴怨慕，角調嗚咽悠揚，宮調典雅沉重，越調陶寫冷笑。』製曲者每用一宮一調，俱宜與其神理脗合。南曲之九宮十三調，可準是推矣。

曲有借宮，然但有例借而無意借，既須考得某宮調中可借某牌名，更須考得部位宜置何處，乃得節律有常，而無破裂之病。

曲套中牌名，有名同而體異者，有體同而名異者。名同體異，以其宮異也；體同名異，亦以其宮異也。輕重雄婉之宜，當各由其宮體貼出之。

牌名亦各具神理。昔人論歌曲之善，謂玉芙蓉、玉交枝、玉山供、不是路要馳騁，鍼線箱、黃鶯兒、江頭金桂要規矩，二郎神、集賢賓、月兒高、念奴嬌、本序、刷子序要抑揚，蓋若已兼爲製曲言矣。

曲莫要於依格。同一宮調，而古來作者甚多。既選定一人之格，則牌名之先後，句之長短，韻之多寡、平仄，當盡用此人之格，未有可以張冠李戴，斷鶴續鳧者也。

曲所以最患失調者，一字失調矣，一牌、一宮俱失調矣。乃知王伯良之曲律，李元玉之北詞廣正譜，原非好爲苛論。

姜白石製詞，自記拍於字旁。張玉田詞源詳十二律諸記，足爲注脚，蓋卽應律之工尺也。遼史樂志云：『大樂其聲凡十：五、凡、工、尺、上、一、四、六、勾、合。』樂家旣視遼志爲故常，當不疑姜記爲奇祕矣。

曲辨平、仄，兼辨仄之上、去。蓋曲家以去爲送音，以上爲頓音：送高而頓低也。辨上、去，尤以煞尾句爲重；煞尾句，尤以末一字爲重。玉田詞源，最重結聲。蓋十二宮所住之字不同者，必不容相犯也，此雖以六、凡、工、尺、上、一、四、勾、合、五言之，而平、上、去可推矣。

北曲楔子先於隻曲，南曲引子先於正曲，語意旣忌占實，又忌落空；旣怕罣漏，又怕夾雜：此爲大要。

曲一宮之內，無論牌名幾何，其篇法不出始、中、終三停。始要含蓄有度，中要縱横盡變，終要優游不竭。

纍纍乎端如貫珠，歌法以之，蓋取分明而聯絡也。曲之章法，所尚亦不外此。

曲句有當奇，有當偶。當奇而偶，當偶而奇，皆由昧於句讀、韻脚及襯字，以致誤耳。

曲於句中多用襯字，固嫌喧客奪主；然亦有自昔相傳用襯字處，不用則反不靈活者。

曲止小令、雜劇、套數三種。小令、套數不用代字訣，雜劇全是代字訣。不代者品欲高，代者才欲富。此亦如詩言志、賦體物之別也。又套數視雜劇尤宜貫串，以雜劇可借白爲聯絡耳。

曲家高手，往往尤重小令。蓋小令一闋中，要具事之首尾，又要言外有餘味，所以爲難，不似套數可以任我鋪排也。

辨小令之當行與否，尤在辨其務頭。蓋腔之高、低，節之遲、速，此爲關鎖。故但看其務頭深穩瀏亮者，必作家也。俗手不問本調務頭在何句何字，只管平塌塡去，關鎖之地既差，全闋爲之減色矣。

曲以六部收聲：東、冬、江、陽、庚、青、蒸七韻穿鼻收，支、微、齊、佳、灰五韻展輔收，魚、虞、蕭、肴、豪、尤六韻歛脣收，眞、文、元、寒、删、先六韻抵齶收，歌、麻二韻直喉收，侵、覃、鹽、咸四韻閉口收。六部既明，又須審其高下、疾徐、歡愉、悲戚，某韻畢竟是何神理，庶度曲時情韻不相乖謬。

詩韻有入聲者，東、冬、江、眞、文、元、寒、删、先、陽、庚、青、蒸、侵、覃、鹽、咸是也，北曲韻俱無入聲。詩韻無入聲者，支、微、魚、虞、齊、佳、灰、蕭、肴、豪、歌、麻、尤是也，北曲韻卽以東、冬至鹽、咸各韻入聲，配隸支、微等韻之平、上、去三聲，如『屋』字『東』

之入聲，『沃』字『冬』之入聲，曲俱隸魚模上聲，以及『覺』本江入，曲隸蕭豪上，『質』、『眞』入曲齊微上，『物』、『文』入曲魚模去，『月』、『元』入曲車遮去，『曷』、『寒』入曲歌戈平，『黠』、『删』入曲家麻平，『屑』、『先』入曲車遮上，『藥』、『陽』入曲蕭豪去，『陌』、『庚』入曲皆來去，『錫』、『青』入，『職』、『蒸』入，『緝』、『侵』入曲俱齊微上，『合』、『覃』入曲歌戈平，『葉』、『鹽』入曲車遮去，『洽』、『咸』入曲家麻平，是其槩已。

平、仄互叶，詞先於曲，如西江月、醜奴兒慢、少年心、換巢鸞鳳、戚氏是也。又鼓笛令、撥棹子、蝶戀花、漁家傲、惜奴嬌、大聖樂亦俱有互叶之一體。然詞止以上、去叶平，非若北曲以入與三聲互叶也。

入聲配隸三聲，中原音韻自一東鐘至十九廉纖皆是也。然曲中用入作平之字，可有而不可多，多則習氣太重，且難高唱矣。

昔人言正淸、次淸之入聲，北音俱作上聲，次濁作去，正濁作平，此特舉其大略而已。檢中原韻部，入作上者，雖皆淸聲，要其淸聲之作去者，不下十之三四，作平者亦十之二三，焉得不別而識之！

北曲用中原音韻，南曲用洪武正韻，明人有其說矣。然南曲祇可從正韻分平、上、去之部，不可用其入聲爲韻脚。案正韻二十二韻，入聲凡十，自東之入——屋，以至鹽之入——葉，其入聲徑讀入聲，三聲皆不能與之相叶；即句中各字於中原之入作平者，並以勿用爲妥。蓋南曲本脫始於北，亦須無使北人棘口也。

曲家之所謂陰聲，即等韻家之所謂清聲；曲家之所謂陽聲，即等韻家之所謂濁聲。自切韻指掌、切韻指南、四聲等子於三十六字母已標清、濁，明陳藎謨獻可之轉音經緯尤明白易曉，是以沈君徵度曲須知列入之。轉音經緯見、端、知、幫、非、精、影、照八母爲純清，溪、透、徹、滂、敷、曉、清、心、穿、審十母次清，羣、定、澄、並、奉、匣、從、邪、牀、禪十母純濁，疑、泥、孃、明、微、喩、來、日八母次濁，總無所謂半清、半濁，不清、不濁者，故可尙也。曲韻自中原音韻始分陰、陽平，明范善溱中州全韻始分陰、陽去，後人又分陰、陽上，且於入聲之作平、上、去者，均以陰、陽分之，其實陰、陽之說未興，清、濁之名早立矣。

曲辨聲、音。音之難知，過於聲。聲不過如平仄、頓送、陰陽而已，音則有出字、收音、圓音、尖音之別，其理頗微，未易悉言，姑舉其槩曰：『蕭』出『西』，『江』出『幾』，『尤』出『移』，『魚』收『于』，『模』收『嗚』，『齊』收『噫』，『麻』收『哀巴切』之音，圓如『其』、『孝』，尖如『齊』、『笑』。

度曲須知謂：『字之頭、腹、尾音，與切字之理相通。切法即唱法。』余以爲唱法所用，乃係合聲。合聲者，切法之尤精者也。切字上一字爲母，辨聲之淸濁，不論口法開合，合聲則兼辨開合矣；

切字下一字爲韻，辨口法開合，不論聲之清濁，合聲則兼辨清濁矣。且合聲法，收聲不出影、喻二母，如哀、噫、嗚、于，皆是。

專莫貴於眞知。周挺齋不階古昔，撰中原音韻，永爲曲韻之祖；明嘉、隆間江西魏良輔創水磨調，始行於婁東，後遂號爲『崑腔』，眞知故也。余謂：曲可不度，而聲音之道不可不知。鄭漁仲七音略序云：『釋氏以參禪爲大悟，以通音爲小悟。』夫小悟亦豈易言哉！

張平子始言『度曲』，西京賦所謂『度曲未終，雲起雪飛』，是也。製曲者體此二語，則於曲中揚抑之道，思過半矣。

王元美評曲，謂北筋在絃，南力在板，可知元美時，絃索之律猶有存者，後此則知有板而已。然板存卽是絃存，沈君徵論板之正贈，通於彈拍，近之。

樂記言『聲歌各有宜』，歸於『直已而陳德』。可知歌無今古，皆取以正聲感人，故曲之無益風化，無關勸戒者，君子不爲也。

堯典末鄭注云：『歌所以長言詩之意。聲之曲折，又長言而爲之。聲中律，乃爲和。』周禮樂師鄭注云：『所爲合聲，亦等其曲折，使應節奏。』余謂：曲之名義，大抵卽曲折之意。漢書藝文志：『河南周歌聲曲折七篇，周謠歌詩曲折七十五篇』，殆此類耶？

詞、曲本不相離，惟詞以文言，曲以聲言耳。詞、辭通。左傳襄二十九年，杜注云：『此皆各依其本國歌所常用聲曲。』正義云：『其所作文辭，皆準其樂音，令宮商相和，使成歌曲。』是辭屬文，曲屬聲，明甚。古樂府有曰『辭』者，有曰『曲』者，其實辭即曲之辭，曲即辭之曲也。襄二十九年正義又云：『聲隨辭變，曲盡更歌。』此可爲詞、曲合一之證。

〔註〕 書名下今加括號標明輯錄部分，著者原題『興化劉熙載融齋』。

曲目新編

清·支豐宜編

曲目新編提要

曲目新編一卷，清支豐宜編。支豐宜，字午亭，道光間江蘇鎮江人。生平事跡待考。

曲目新編，是就揚州畫舫錄所轉載的黃文暘曲海目，並焦循增補部分，列成一表，以便於查閱，並据編者所知，作了一些增補。但往往把散曲如雍熙樂府、添香集等，也一槩列入，是不合於黃氏原目的體例的。

曲目新編的版本，計有：

（一）　一八四三年（清道光二十三年）樸存堂刻本。

（二）　清末刻本　　此本刻者未詳，書名改爲『曲目表』，內容也有一些改訂和删節。

按：汪穰卿筆記卷七稚言錄云：『曲目表……鎮江支君所編，有錢梅溪先生序。……後爲江建霞同年刻入靈鶼閣叢書。』上記清末刻本，疑卽江建霞所刻，但現在所通行的靈鶼閣叢書六集中，並無此書。

（三）　重訂曲苑本　　此本題名、行款、字體，都和清末刻本相同，可能用清末刻本重印。

曲目新編小序

昔揚州黃文暘工帖括之文，而兼通于詞曲，著有曲海二十卷，爲藝林佳話。乾隆四十六年，奉高宗純皇帝勅旨，著兩淮鹽政伊齡阿等修改古今詞曲，文暘與有力焉。又取蘇州織造府進呈院本，合傳奇、雜劇共計一千餘種，載李艾塘畫舫錄中，可云備矣。余嘗論之：今之詞曲，猶古之樂府也，有清廟明堂之樂，有飲食燕享之樂——郭茂倩俱訂其名，彰彰可考。今詞曲多門，南北異調，家絃戶誦，幾至傳習九州，而欲問歌者之所自出，輒謝曰『不知也』。譬諸讀唐詩者，罔知有漢、魏、六朝，讀古文者，罔知有左、國、史、漢以及唐、宋諸家也。我朝聖德巍巍，右文稽古，儒林輩出，著作如山，雖里巷小民，亦聽弦歌之化，是以文章鉅公，山林墨客，莫不有賦頌典策之文，以鳴國家之盛，卽詞曲亦多於前代，皆足以發揚徽美而歌詠太平，若國初之尤侗、毛奇齡、吳偉業、袁令昭、馮猶龍、洪昉思、李漁及蔣士銓，其最著者也。顧作之者每自隱其姓氏，或假託于名流，其時代後先，尤難考核，余甚病之。支君午亭，余舊友也，博雅好古，稱于詞曲，嘗取艾塘收錄之書，復參以近代所作者，彙爲一卷，以便繙閱，俾知某曲出某本，某曲出某劇。

長歌之下，開卷瞭然，亦未始非顧曲者之一助也。余故樂爲之序，以傳海內云。道光二十三年春王正月，句吳錢泳書。時年八十有五。

題詞

嚴保庸號問樵。丹徒人。道光己卯解元，己丑進士，授庶吉士，改官山東知縣。

此是詞家麗寶船，幾人銷滅幾人傳？阿誰不是傷心客，今古相望五百年。

我亦曾傳法曲來，新聲流寓滿燕台。千秋同付雙鬟唱，誰是旗亭第一才？

湯貽汾號雨生。武進人。世襲雲騎尉，歷官浙江樂清等處副總兵。

宰官仕女總非眞，卅二金仙司相頻。寵辱從來各天定，可憐傀儡慣由人。

笑面轉皮僞也眞，無端欲泣怪伊頻。榮枯一瞬雲烟散，多少登場過去人！

包世臣字愼伯。涇縣人。舉人，官江西新喻知縣。

總干蹈厲傳奇始，破陣形容砌末俱。逮及握奇珍法曲，古今人總上氍毹。

不須剿說下場難，離合誰能破此關？我亦上場裝老外，歸來仍看六朝山。

阮亨號梅叔。江都人。副貢生。雲台相國弟。

歌管年年慶太平，悲歡離合寄深情。世間院本無徵久，難得新編曲目成。

盛世元音響遏雲，紅牙按譜盡新聞。喜將畫舫書頻補，不數揚州月二分。

韓　崇號履卿。元和人。國子生，官山東鹽庫大使。大司寇桂舲先生弟。

院本紛紛按譜陳，元、明昭代各爭新。請君再列功臣表，付與旗亭畫壁人。

孰爲兒女孰英雄？都賦相如亡是公。急管繁絃多少事，一時收拾笑談中。

魯　頌號蠙仙。浙江蕭山人。諸生。

半涉荒唐半的眞，哀絲急管總怡神。當場顧曲今誰似？前度周郎我替身。

法曲飄零一網收，就中無限古今愁。儂家也譜千金壽，付與吳伶已十秋。

張鴻卓號筱峯。華亭人。諸生。

買陂塘：

拾東風碎花零錦，裁縫巧試鍼線。干卿底事關情甚，歌海搜羅欲徧。誇五彩，想幾輩流傳，幾輩烟雲散！梨園妙選任屢換，滄桑迴殊，南北渾未雅音變。梅花叟，垂老風懷不淺，妍詞爲品黃絹。秦淮酒熳香温夜，知我寄情絃管。貽一卷，較舊譜重尋，分付雙鬟，按桂秋小院。

雷　浚號甘溪。吳縣人。諸生。

待何日邀君，紅燈白髮，扶醉羽商辨。

好替詞人著姓名，開編示我最分明。幾時盡洗箏琶耳，來聽霓裳第一聲。

風雪旗亭畫壁時，也曾傾耳到清絲。笠翁滑熟臨川拗，畢竟誰爲絕妙詞？

程爾亭字書侯。元和人。諸生。

舊曲新詞一例收，元人百種讓風流。他年傳出支家譜，忙殺江南菊部頭。

幾年嚼徵復含商，編出新書字字香。莫怪梅花溪上客，戲場原可做文場。

吳規臣號香輪。金壇女史，長洲顧小雲大令繼室。

梅花觀裏拜瞿雲，曾與諸姑半日譚。譚到精忠丞相傳，一時清淚落春衫。梅花觀、石道姑事，見牡丹亭。

周　綺號綠君。常熟女史，吳縣諸生王雪香繼室。

百種元人本最先，清歌檀板和三絃。笑將曲目從頭數，絕勝南華第一篇。

今古才人聚一編，尤、吳、李、蔣最堪憐。世人莫認爲兒戲，不比桃花、燕子箋。尤西堂、吳梅村、李笠翁、蔣莘畬四家所製詞曲，爲本朝第一。

人生離合等浮萍，夢到邯鄲便不醒。滿眼旌旗場欲散，空留江上數峯青。謂梅溪先生也。〔一〕

曲目新編〔一〕

清・支豐宜編〔註〕

謹案：傳奇雜劇莫盛於國朝，故以元、明人次之，合成一表。如有未備，再列補遺於後，彙成大觀。

國朝傳奇

秣陵春　太倉吳偉業作。

畫中人

療妬羹

綠牡丹

西園

右四種宜興吳石渠作。

國朝雜劇

讀離騷

弔琵琶

黑白衛

清平調

右四種長洲尤侗作。

買花錢

大轉輪

元人傳奇

弦索西廂　董解元作。

西廂記　王實甫作，關漢卿續。

伏虎緣　今德音班演此，相傳爲元人作，附於此。

明人傳奇

琵琶　高則誠作。

荆釵　柯丹邱作。

金印　蘇復之作。

連環

明人雜劇

桃花人面

英雄成敗

死裏逃生

花舫緣

紅顏年少

右五種孟稱舜作。

女狀元

花筵賺
鴛鴦棒
倩畫眉
拗皮靴
夢花酣
右松江范香令作。
西樓
吳縣袁令昭作。
索花樓
荷花蕩
十錦塘
右吳縣馬亘生作。
羅衫合
天馬媒

浮西施
拈花笑
右四種徐又陵作。
鴛鴦夢
吳江女史葉小鸞作。
裴航遇仙
張旭觀公孫
大娘舞劍
鬱輪袍
右三種石牧作。
盧從史
老客歸
長門賦
燕子樓

元人雜劇

漢宮秋
薦福碑
三醉嶽陽樓
陳摶高臥
黃粱夢
青衫淚
三度任風子

王雨舟作。
雙忠
金丸
精忠
右三種姚靜山作。
寶劍
斷髮
右二種李開先作。
銀瓶
三元
龍泉
嬌紅
右四種沈壽卿作。
五倫

雌木蘭
翠鄉夢
漁陽弄
右四種徐渭作。
武陵春
龍山宴
午日吟
南樓月
赤壁游
同甲會
寫風情
右七種許潮作。
崑崙奴
梅鼎祚作。

小桃源
右三種劉晉充作。
書生願
醉月緣
戰荆軻
蘆中人
昭君夢
狀元旗
右吳縣薛旣揚作。
一捧雪
人獸關
永團圓
占花魁
麒麟閣

右四種綦玉山樵作，一名勵經堂樂府。
藍采和
阮步兵
鐵氏女
右三種元成子作，一名秋風三疊。
義犬記
淮陰侯
中山狼
蔡文姬
右四種林於閣作。
蕎忽姻緣
空觀主人作。
鈿盒奇緣

右七種馬致遠作。
金錢記
揚州夢
玉簫女
右三種喬孟符作。
玉鏡臺
謝天香
望江亭
救風塵
金線池
竇娥冤
蝴蝶夢
魯齋郎
右八種關漢卿作。

投筆
舉鼎
羅囊
右四種丘瓊山作。
千金
還帶
四節
右三種沈練川作。
香囊
邵給諫作。
桃符
義俠
理劍
分柑

遠山戲
高堂夢
洛水悲
五湖游
右四種汪道昆作。
絡冰絲
春波影
右二種許潮作。
鞭歌妓
簪花髻
霸亭秋
右三種沈自徵作。
紅線女
紅綃

風雲會
牛頭山
太平錢
連城璧
眉山秀
昊天塔
三生果
千忠會
五高風
兩須眉
長生像
鳳雲翹
禪眞會
雙龍佩
千里舟

蟾蜍佳偶
義妾存姑
人鬼夫妻
右四種西泠野史無技甫合作。
祭皐陶
二鄉亭主人作。
揚州夢
讀離騷
右二種抱犢山農作。
萬家春
萬古情
豆棚閑話
右三種名三幻集，無名氏作。

合汗衫
薛仁貴
相國寺
右三種張國賓作。
風花雪月
東坡夢
右二種吳昌齡作。
趙禮讓肥
東堂老
右二種秦簡夫作。
燕青博魚
李文蔚作。
臨江驛
酷寒亭

十孝
分錢
結髮
珠串
雙魚
博笑
四異
墜釵
合衫
奇節
鴛衾
鑿井
紅渠
耆英會
翠屏山

右二種梁伯龍作。
碧蓮繡符
丹桂鈿盒
北邙說法
團花鳳
天桃紈扇
素梅玉蟾
易水寒
右七種葉憲祖作。
虬髯翁
淩初成作。
蘭亭會
太和記
二十四齣，故事六種，每事四折。以上二種，楊愼作。

洛陽橋
虎邱山
武當山
清忠譜
挂玉帶
意中緣
萬里緣
萬民安
麒麟種
羅天醮
秦樓月
右三十一種吳縣李元玉作。
萬事足
風流夢

笳騷
長生殿補闕
右二種蝸寄居士作。
四弦秋
一片石
忉利天
右三種蔣士銓作。
珊瑚珠
舞霓裳
藐姑仙
青錢賺
焚書鬧
罵東風
三茅宴
玉山宴

右二種楊顯之作。
李亞仙
秋胡戲妻
右二種石君寶作。
楚昭公
後庭花
忍字記
右三種鄭廷玉作。
梧桐雨
牆頭馬上
右二種白仁甫作。
老生兒
生金閣
玉壺春
右三種武漢臣作。

望湖亭
一種情
右三十一種吳江沈璟作。
櫻桃夢
靈寶刀
右二種任誕先作。
紫簫
紫釵
還魂
南柯
邯鄲
右五種湯顯祖作。
玉玦
大節
繡襦

脫囊穎
有情癡
右二種徐陽輝作。
昭君出塞
文姬入塞
右二種陳與郊作。
曲江春
王九思作。
中山狼
康海作。
鬱輪袍
哭倒長安街
真傀儡
沒奈何
右四種王衡作。

新灌園
右三種吳縣馮猶龍作。
琥珀匙
女開科
開口笑
三擊節
遜國疑
英雄槩
八翼飛
人中人
右八種吳縣葉稚斐作。
太極奏
玉素珠
軒轅鏡
蓮花筏

右八種萬樹作，未刻。
勘鬼獄
瑤池會
翠微亭
補天夢
可破夢
王維
裴航
飲中八仙
杜牧
右九種名四才子，無名氏作。

虎頭牌 李直夫作。
鐵拐李樂 岳伯川作。
翠紅鄉 楊文奎作。
風光好 戴善甫作。
伍員吹簫 李壽卿作。
勘頭巾 孫仲章作。
雙獻功 高文秀作。
倩女離魂

右三種鄭若庸作。
乞麾
冬青
右二種卜世臣作。
金鎖
玉麟
四豔
雙卿
鸞鎞
右五種葉憲祖作。
紅梅 周夷玉作。
露綬
蕉帕
右二種單槎作。

廣陵月 汪廷訥作。
魚兒佛 僧湛然作。
逍遙游 王應遴作。
青虯記 林章作。
不伏老 北海馮氏作。
雙鶯傳 幔亭仙史作。
齊東絕倒 竹癡居士作。
櫻桃夢

吉慶圖
飛龍鳳
錦雲裘
瑞霓羅
御雪豹
石麟鏡
九蓮燈
瓔珞會
贅神龍
萬花樓
建黃圖
乾坤嘯
豔雲亭
奪秋魁
萬壽冠

補遺

富貴神仙
影園灌者鄭含成作。
胭脂虎
江都徐又陵作。
空谷香
蔣士銓作。〔三〕
四奇觀
血影石
一捧花

王粲登樓
擲梅香
右三種鄭德輝作。
賢母不認屍
王仲文作。
麗春堂
王實甫作。
范張雞黍
宮大用作。
竹葉舟
范子安作。
紅梨花
張壽卿作。
意馬心猿
玉梳記

錦箋
周螺冠作。
明珠
南西廂
懷香記
椒觴
分鞋記
右五種陸采作。
紅拂
虎符
竊符
扊扅
祝髮
平播
灌園

澹居士作。
蕉鹿夢
蘧然子作。
男王后
秦樓外史作。
一文錢
破慳道人作。
紅蓮債
函三館作。
再生緣
蘅蕪室作。以上八種無名氏可攷。
相思譜
錯轉輪
右二種無名氏。

雙和合
壽榮華
五代榮
寶曇月
漁家樂
牡丹圖
右二十五種吳縣朱良卿作。
虎囊彈
黨人碑
百福帶
幻緣箱
歲寒松
御袍恩
鬧句闌

右三種朱良卿作。
廣寒香
易水歌
右二種鳳山作。
紫雲歌
失名
相思硯
錢塘女史梁孝素作。
芙蓉峽
錢夫人林亞青作。
綰春園
沈嵊作。即晚庵
學中道人。
虎媒記
瞿顥景星作。

蕭淑蘭
右三種賈仲名作。
灰闌記
李行夫作。
單鞭奪槊
氣英布
柳毅傳書
右三種尙仲賢作。
三度城南柳
谷子敬作。
留鞋記
曾瑞卿作。
劉行首
楊景賢作。
誤入桃源

右七種張鳳翼作。
扊扅
蟠鑿作此，在張伯起之前。
葛衣
義乳
青衫
風聲編
右四種顧大典作。
浣紗
梁伯龍作。
玉石
梅鼎祚作。
種玉
獅吼

補遺

盛世新聲
雍熙樂府
詞林摘豔
右三種皆明神廟時大內院本。見金鰲退食筆記。

右七種常熟邱嶼雪作。

振三綱

一著先

萬年觴

錦衣歸

未央天

狻猊璧

忠孝閭

四聖手

聚寶盆

十五貫

文星見

龍鳳錢

瑤池宴

朝陽鳳

紅情言

榴巾怨

詞苑春秋

博浪沙

右四種明嘉興王翃作。

崖州路

麒麟夢

鴛鴦榜

黃金盆

右四種通州張異資作。

犢鼻褌

興化李口作。

籌邊樓

王寉尹作。

宰戌記

王子一作。

魔合羅

孟漢卿作。

竹塢聽琴

石子章作。

趙氏孤兒

紀君祥作。

李逵負荊

康進之作。

還牢末

李致遠作。

張生煮海

李好古作。

桃花女

王曄作。

天書

長生

同昇

三祝

高士

二闕

投桃

右九種汪廷訥作。

彩毫

曇花

修文

右三種屠赤水作。

藍橋

龍膺作。

白練裙

全五福

右十五種吳縣朱素臣作。

紅勺藥

竹葉舟

呼盧報

三報恩

萬人敵

杜鵑聲

右六種吳縣畢萬侯作。

奈何天

比目魚

蜃中樓

憐香伴

風箏誤

明錢塘沈孚中作。

梧桐雨

一文錢

右二種徐復祚作。即揚初子。宵光劍紅梨記亦其作也。

——以上傳奇

洞天元記

明楊慎作。

空堂話

國初無錫鄒兌金作。

汨羅江

黃鶴樓

昊天塔

朱凱作。

馮玉蘭

碧桃花

貨郎旦

看錢奴

連環計

抱妝盒

百花台

盆兒鬼

度柳翠

梧桐葉

誶范叔

漁樵記

馬陵道

旗亭

勺藥

右三種鄭之文作。

量江、

余聿文作。

雙雄

馮夢龍作。

青連

鞊鞨

右二種戴子晉作。

彈鋏

四夢

右二種車任遠作。

雙珠

鮫綃

慎鸞交
鳳求凰
巧團圓
玉搔頭
意中緣
偷甲記
四元記
雙錘記
魚籃記
萬全記
右十五種錢塘李漁作。
大白山
竹漉籬
八仙圖
火牛陣

滕王閣
右三種西神鄭瑜作。
蘇園翁
秦廷筑
金門戟
鬧門神
雙合歡
右五種茅僧曇作。
半臂寒
長公妹
中郎女
右三種南山逸史作。
眼兒媚
孟稱舜作。
孤鴻影

清風府
神奴兒
小尉遲
陳蘇秦
硃砂擔
龐居士
鴛鴦被
殺狗勸夫
風魔蒯通
陳州糶米
合同文字
舉案齊眉
冤家債主
隔江鬬智
三虎下山

青瑣
分鞋
右四種沈鯨作。
蛟虎
黃伯羽作。
存孤
江都陸弼作。
清風亭
天台李鳴雷作。
四喜
上虞謝讜作。
鸚鵡洲
海寧陳與郊作。
金蓮
紫懷

竟西廂
福星臨
指南車
綈袍贈
萬金資
鏡中人
金橙樹
玉鴛鴦
右十二種周坦綸作。
如是觀
醉菩提
海潮音
釣魚船
天下樂
井中天

夢幻緣　芥庵周如璧作。
續西廂　查繼佐作。
西臺記　陸世廉作。
衛花符　伊令堵廷芬作。
鯁詩讖　土室道民作。
城南寺　黃家舒作。
不了緣　碧蕉軒主人。
櫻桃宴

右二十八種無名氏作，俱見元人百種曲。

右二種會稽陳汝元作。
泰和　靖州許潮作。
紅拂　錢塘張太和作。
忠節　錢塘錢直之作。
符節　錢塘章大綸作。
呼盧　鄞縣金天垢作。
玉香
望雲
右二種仁和程文修作。
節孝

快活三
金剛鳳
鞠鏡緣
芭蕉井
喜重重
龍華會
雙節孝
雙福壽
讀書聲
娘子軍
右十六種張心其作。
春秋筆
雙奇俠
貂裘賺
千金笑

張來宗作。
旗亭燕
張龍文作。
餓方朔
孫源文作。
脫穎
茅廬
章臺柳
韋蘇州
申包胥
右五種皆張國壽作。
倚門
再醮
淫僧
偷期

玉簪
右二種錢塘高濂作。
題橋
無錫陸濟之作。
雙烈
張午山作。
驚鴻
烏程吳世美作。
鳴鳳
王世貞作。
八義
徐叔回作。
夢磊
合紗
史考叔作。

聚獸牌
錦中花
擎香園
古交情
四美坊
眉仙嶺
如意册
風雪緣
固哉翁
續青樓
右十四種會稽高奕作。
人中龍
飛龍蓋
胭脂雪
雙虬判

督妓
孌童
懼內
右七種題陌花軒雜劇，黃方印作。
北門鎖鑰
高應玘作。
蓬島瑤瑤
花木題名
右二種田民作。
放偷
買嫁
右二種蓮廂詞，蕭山毛奇齡作。
古城記

題紅
祝金粟作。
五鼎
顧懋仁作。
椒觴
顧懋儉作。
春蕪
錢塘汪鏌作。
奇貨
三晉
犀佩
右三種杭州胡全菴作。
金縢
喬夢符作。

右四種吳縣盧際時作。
清風寨
五羊皮
右二種吳縣史集之作。
靈犀鏡
齊案眉
照膽鏡
人面虎
石點頭
小蓬萊
別有天
龍燈賺
赤鬚龍
兒孫福
兩乘龍

單刀會
兩世姻緣
唐三藏
漁樵
蘇武還朝
鬱輪袍
綵樓
吟風閣
蓮花寶筏
珍珠衫
千鍾祿
葛衣
雍熙樂府
金不換
風雲會

神鏡
呂天成作。
玉魚
湯賓陽作。
玉釵
陸江樓作。
牡丹
朱春霖作。
綠綺
武進楊柔勝作。
禁煙
無錫盧雀江作。
歌風
杭州庚生子作。
錕鋙

萬壽鼎
右十二種吳縣朱雲從作。
雙冠誥
稱人心
彩衣歡
右三種長洲陳二白作。
三合笑
玉殿元
歡喜緣
右三種陳子玉作。
非非想
黃金臺
右二種王香裔作。
珊瑚鞭

東窗事犯
天寶遺事
俗西游
江天雪
五香毬
思春
思凡
右無名氏作。
以上補遺，計傳奇二十六種，雜劇六十五種，黃文暘曲考暨葉廣平納書楹譜所載名目也。

兩宜居士作。
奪解
秋閣居士作。
合璧
王恆作。
雙環
鹿陽外史作。
玉鏡臺
崑山朱鼎作。
金魚
宜興吳鵬作。
純孝
張從懷作。
焚香
王玉峯作。

九奇逢
右二種江都徐又陵作。
長生殿
洪昉思作。
傳燈錄
即歸元鏡。釋智達作。
玉麟記
張世濂作。與明人
葉桐柏作不同。
玉符記
吉衣道人作。
鈞天樂
尤侗作。
香艸吟
載花舲

續補遺

紫金環
白頭花燭
顛倒鴛鴦
右三種江陰李天根作。
報恩猿
才人福
右二種長洲沈起鳳作。
蘇州夢
再生緣
右二種吳縣張玉穀作。
續四聲猿
昔山陰徐文長嘗以女

龍劍
歙州吳大震作。
龍膏
錦帶
右二種楊第白作。
龍綃
台州黃惟楫作。
遇仙
杭州心一子作。
佩印
杭州顧懷琳作。
玉丸
上虞朱期作。
玉鐲
李玉田作。

右二種耶溪野老作。

珊瑚玦

元寶媒

右二種可笑人作。

廣寒香

苕山子作。

五倫鏡

雪簑道人作。

梅花夢

陽羨陳貞禧作。

息宰河

唵菴學中道人作。

翻西廂

賣相思

右二種研雪子作。

狀元、雌木蘭、翠鄉夢、漁陽弄四事爲雜劇，名四聲猿。今曲阜桂馥又以李昌谷、白香山、蘇東坡、陸放翁四事，爲續四聲猿。

萬壽新樂府

陽湖呂星垣爲直隸總督方公作。

玉鉤洞天

萬花緣

歸農樂

遼蕭皇后

十香傳

釵釧

月榭主人作。

玉杵

餘姚楊之炯作。

分釵

溧陽張漱濱作。

漑園

上虞趙心武作。

覓蓮

溧陽鄒海門作。

丹篘

徽州汪宗姬作。

護龍

彭澤馮之可作。

指腹

醉鄉記
白雪道人作。
忠孝福
石牧作。
陰陽判
他山老人作。
宣和譜
介石逸叟作。
合箭記
薦清軒作。
鴛響合
夢覺道人作。
英雄報
蝸寄居士作。
河陽觀

魚龍鬻
右五種秀水王墅作。
添香集
錢難
揚州徐石麒撰。
餅笙館修簫譜
卓女當壚
樊姬擁髻
酉陽修月
博望訪星
大興舒位作。〔四〕
孟蘭夢
丹徒嚴保庸作。〔五〕
奔月
畫薔

溧陽沈祚作。
白璧
黃廷奉作。
狐裘
靖虜
右二種杭州謝天佑作。
合釵
邱瑞吾作。
繡被
香裘
妙相
八更
望雲
完福
寶釵

吳淇瑛作。

風前月下

江左詞憨曹岩作。

紅情言

太原王介人作。

壺中天

華亭朱龍田作。

定蟾宮

朱濰、過孟起、盛國琦三人同作。

兩度梅

錦香亭

天燈記

酒家傭

右四種石恂齋作。

右二種長洲林奕構作。

紅樓新曲

同心言

奇花鑑

呑氈報

雙煙記

孟蘭夢

右六種丹徒嚴保庸作。

飲酒讀騷圖

錢塘女史吳藻香作，僅有喬影一齣。

飛雲夢

清霏道人作。

李雲娘

芙蓉屏

桃花

摘星

右九種會稽金懷玉作。

藍田

龍渠翁作。

紅梨

陽初子作。

合劍

大華山人作。

想當然

大名盧次楩作。

策杖

涵陽子作。

雙金榜

牟尼盒

三生錯
西湖放人去村作。
玉獅墜
懷沙記
右二種玉燕堂張漱石作。
雙報應
抱犢山農嵇留山作。
風流棒
空青石
念八翻
錦塵帆
十串珠
黃金甕
金神鳳

擷芳班
右三種亦江陰李天根作。
文星榜
伏虎韜
此二種亦沈起鳳作，與前報恩緣、才人福名四種曲。
東海記
太倉王曦作。
劍人緣
雙補恨
逍遙巾
右三種武進湯貽汾作。
貝子巖

忠孝環
春鐙謎
燕子箋
右五種阮大鋮作。
桃花扇〔六〕
（玉煥
張叶）〔七〕
牧羊
孤兒
玉環
教子
綵樓
百順
鸞釵
白兔

賚齊鑑
右八種陽羨萬樹作。
花萼吟
杏花村
南陽樂
無瑕璧
廣寒梯
瑞筠圖
右六種夏惺齋作。
月中人
月鑑主人作。
玉劍緣
江都李本宣作。
拜針樓
蕪湖王墅作。

阿修羅
平海記
右三種鉛山蔣知節作。
琵琶俠
花月屏
右二種武進董達章作。
雌雄劍
玉尺記
右二種陽湖張琦作。
秣陵秋
陽湖陸繼輅作。〔八〕

躍鯉
雙紅
四景
尋親
金雀
水滸
鶼釵
雙孝
玉佩
千祥
羅衫
麒麟
異夢
七國
黑鯉

雙仙記

研露老人作。

東廂記

楊國賓作。

長命縷

勝棠道人作。

雙忠廟

周冰持作。

烟花債

情中幻

右二種崔應堦作。

旗亭記

玉尺樓

右二種德州盧見曾作。

鑑中天

題門

殺狗

東郭

投梳

金花

錦囊

情郵

瑞玉

蟠桃

吐絨

衣珠

四豪

三桂

花園

春樓

女道士姜玉潔作。

添繡鞋

離幻老人作。

香祖樓

雪中人

臨川夢

桂林霜

冬青樹

空谷香

右六種蔣士銓作。

風流院本

朱京㙔作。

精忠旗

麒麟罽

綱常記

硨渠

紅絲

霞箋

犀盒

赤松

鑲環

綈袍

璽筷

東牆

江流

鴛嚮

五福

離魂

菱花

金臺

芝龕記
鐵面圖
北孝烈
義貞記
四大癡
蝴蝶夢
鳳求皇
納履記
丹忠記
十義記
赤壁游
魚水緣
藍橋驛
飲中仙
夢中緣

南樓
臥冰
節俠
飛丸
四賢
栗心
運甓
幽閨
或曰施君美作，無可考。
飛丸
雙紅
目蓮救母
右六十六種，古本，無名氏可考。
玉煥

石榴記

化人游

財神濟

雙翠圓

翠翹記

續牡丹亭

慈悲願

夫容樓

右二十六種。焦里堂曲考以夫容樓爲雙溪廌山作。

千忠祿

雷峯塔

右二種原有姓名，失記，應考。

張叶

右補前六十六種之缺。〔九〕

曲春衣
爛柯山
浮邱傲
落花風
埋輪亭
籌邊樓
隋唐
壽爲先
盤陀山
十錯記
右十種。曲考云郎
瀛牀務，龔司寇門
客作。
後漁家樂
十美圖

補遺

春桃記
不著撰人名氏。見
楊升菴集
誠齋傳奇
明周憲王作，見列
朝詩集。
息宰河
綰春園
右二種明沈嵊作，
見北壁綰舊。

鬧花燈

倭袍

長生樂

右五種，抄本。

大吉慶

杜陵花

清風寨

陀羅尼

百福帶

兩情合

蝎虎釧

情中岸

七才子

東塔院

一枝梅

三奇緣

百子圖

鴛鴦結

錦纏旗

黄鶴樓

倒銅旗

燕臺筑

上林春

瑤池宴

金蘭誼

逍遥樂

文星刼

錦衣歸

合虎符

蟠桃會

右二十六種詞曲佳。而姓名不可考者。

人生樂

霄光劍

安天會

萬倍利

元寶湯

江天雪

沈香亭

花石綱

四屏山

翻浣紗

藍關道曲

右十一種皆耍孩兒小調。

平妖傳
不著撰人名氏。見國朝王謙平苗人異記。〔一〇〕

西川圖

黎筐雪

續詩親

狀元香

昭君傳

風流烙

紫金魚

贅人龍

報恩亭

平頂山

翻七國

玉燕釵
三異緣
歲寒松
鸞鳳釵
快活仙
八寶箱
補天記
祥麟見
珍珠塔
姊妹緣
奉仙緣
醉西湖
三鼎爵
英雄槩
遍地錦

變瑞記
梅花簪
玉杵記
後一捧雪
定天山
長生樂
南樓月
山堂詞餘
雄精劍
還帶記
右三十七種詞曲平，
無姓名者，皆抄本。
後西廂
飛熊兆
紫瓊瑤

賜繡旗
齊天樂
翡翠園
玉麟符
粉紅闌
喜聯登
狀元旗
右十種。相傳爲薛旣揚作。
雙和合
三笑姻緣
碧玉燕
九曲珠
四奇觀
後繡襦

折桂傳
飛熊鏡
白鶴圖
白羅衫
乾坤鏡
還魂記
一名玉龍珮。
後珠球
好逑傳
四大慶
青蛇傳
四安山
天然福
摘星樓
雲合奇踪〔二〕

萬花樓
醉將軍
描金鳳
吉祥兆
續千金
劉成美
青釭嘯
軟藍橋
天緣配
桃花賽
雙錯香
沈香帶
鴛鴦幻
三世修
文章用

造化圖
祝家莊
綵樓記
鳳鸞裳
陰功報
福鳳緣
觀星臺
督亢圖
征東傳
北海記
三俠劍
千秋鑑
千里駒
雙珠鳳
十大快

鸞釵記
禪真逸史
春富貴
翻天印
黃河陣
古城記
月華緣
五虎寨
五福傳
非古本•
昇平樂
賜錦袍
百花臺
爲善最樂
雙熊璧

遍地錦
雙姻緣
鬧金釵
三鼎甲
鴛鴦被
天貴圖
鋸鋼俠
一疋布
封神榜
滄浪亭
二龍山
天平山
河燈賺
玉麒麟
通天犀

碧玉串

鐵弓緣

未央天

二十四孝

千祥記

佐龍飛

順天時

混元盒〔二〕

彩衣堂

珍珠旗

元都觀〔二三〕

金花記

金瓶梅

後岳傳

合歡慶

三鳳緣

太平錢

另一俗本，非李元玉作。

合歡圖

（珍珠旗

元都觀）〔一四〕

鴛鴦孩

開口笑

右九十九種，詞曲劣，無姓名者。皆鈔本。

〔註〕　原書題『潤州支豐宜午亭輯，涇縣胡澤浩石泉校』。

題曲目新編後

余嘗聞之隨園先生云：『自虞、夏、商、周以來，即有詩、文。詩當始於三百，一變而爲騷、賦，再變而爲五、七言古，三變而爲五、七言律。詩之餘變爲詞，詞之餘又變爲曲。詩而至於詞曲，不復能再變矣。文當始於二典，一變而爲左、國，再變而爲史、漢，三變而爲六朝駢體以及唐宋八家。八家之文，又變而爲時藝。文而至於時藝，亦不復能再變矣。』嗚呼！圖刑畫地之法廢而傳奇作，以戲示人，演爲詞曲，此泰平之有象也。鄉舉里選之法廢而科舉興，以文取士，設爲範程，此治世之良規也。然則時藝者，實典、謨、訓、誥之遺風，而詞曲者，亦國風、雅、頌之餘韵也。昔金壇、王罕皆太史，選時藝以訓士子，謂之『八集』。八集者何？啓蒙、式法、行機、精詣、參變、大觀、老境、別情之謂也。試以傳奇、雜劇證之：如佳期、學堂，啓蒙也；規奴、盤夫，式法也；青門、瑤台，行機也；尋夢、叫畫，精詣也；掃秦、走雨，參變也；十面、單刀，大觀也；開眼、上路、花婆，老境也；番兒、慘覩、長亭別情也。余以爲成宏、正嘉搭題、割裂可廢也，而傳奇不可廢也；淫詞、艷曲、小調、新腔可廢也，而雜劇不可廢也。今讀支君曲目新編，而深有感於斯文。道光癸卯暮春之初，梅花谿上老人再題。〔一三〕

曲目新編校勘記

本編所重印的曲目新編，是用樸存堂本作底本，並據重訂曲苑本加以校勘。

〔一〕各家題詞，重訂曲苑本全無。

〔二〕重訂曲苑本此處標名『曲目表』。

〔三〕『空谷香蔣士銓作』，樸存堂本無。

〔四〕自『添香集』至『大興舒位作』，重訂曲苑本無。

〔五〕『孟蘭梦　丹徒嚴保庸作』，與後面重複，樸存堂本無。

〔六〕『桃花扇』，重訂曲苑本無。

〔七〕『玉燠　張叶』，重訂曲苑本列此，樸存堂本列在後。

〔八〕自『飛雲梦』至『陽湖陸繼輅作』，重訂曲苑本無。

〔九〕參見註〔七〕。

〔10〕『記』字，樸存堂本作『見』，今從重訂曲苑本。

〔一二〕『踪』字，楝存堂本作『跡』，今從重訂曲苑本。

〔一三〕『混元盒』，重訂曲苑本作『混元河』。

〔一四〕見上條。

〔一五〕『珍珠旗　元都觀』，重訂曲苑本列合歡圖後。

〔一五〕重訂曲苑本無『題曲目新編後』一文。

小棲霞說稗

清·平步青著

小棲霞說稗提要

小棲霞說稗一卷，清平步青著。步青一名庸，字景孫，號棟山，又號侶霞，別署三壺佚史。浙江山陰人。一八六二年（同治元年）進士，一八六七年授江西督糧道，一八六八年署布政使；一八七二年署按察使，後引疾歸隱，以讀書終老。一八九五年（光緒二十一年）卒。步青早歲多教館在各藏書家，見聞淵博，因而精於掌故校勘之學，著有羣書斠識等數十種。晚年自訂所著書，爲香雪崦叢書。

香雪崦叢書丙集，名霞外攟屑。霞外攟屑的第九卷，名爲小棲霞說稗；名曰『說稗』，但大部分是考證戲曲故事的來源出處，體例相同於李調元劇話的下卷，而徵引詳博，在李著之上。

小棲霞說稗，祇有香雪崦叢書中的霞外攟屑一種本子，清光緒間山陰平氏刻本。

小棲霞說稗目錄

小棲霞說稗

清・平步青著[註]

觀劇詩

伶人演劇扮用古事，然多顛到賢奸，蓋皆不識字者所爲。如唐傳之張士貴，楊家將之潘美，平西傳之龐籍，率與史傳不合。冬夜箋記：『每閱傳奇，輒歎前賢父母妻妾爲其溷亂，如荆釵記、王曾、呂蒙正。』持雅堂詩集卷一有觀劇五古一篇，中云：『莊、列愛荒唐，寓言著十九。傳奇祖其意，顛到賢與否。蔡邕孝廉人，琵琶遭鑿揞；借以諷王四，於義猶有取。俗人不知書，逞肊造烏有。桓桓張士貴，功出仁貴右，無端目爲奸，毅魄遂含垢；楊業雖健將，潘美亦其偶，不制王侁兵，天馬變家狗；勸懲義何在？妖言惑黔首！』可爲正人吐氣。湘侍曰：『今劇中有所謂二十八宿歸天者，蓋賜繡旗之後齣。光武保全功臣，古今所罕，而大反其事，何耶？』瓌妣曰：『此必明初人所爲，蓋以譏太祖誅僇功臣，爲傅、藍諸公而發。』浣霞以爲然。

文武解元

鮑老登場，盲翁負鼓，每有文武解元，人多斥其不經。偶檢寄園寄所寄卷六引蓉沚集云：『熊大司馬廷弼先中萬歷某科湖廣武鄉試第一名，後又棄武就文，中萬歷丁酉湖廣鄉試第一名，于是榜其堂曰：「三元天下有，兩解世間無。」』則不得以劇詞爲不經矣。復卿曰：『柳南隨筆卷一、漁磯漫鈔卷十皆載此，殆本寄園。勝國事固有之，國朝則無此矣。』予按：康熙五十二年十一月初十日上諭：『文、武考試，雖曰兩途，俱係遴拔人才。而習文之內，亦有學習武略，善於騎射者；習武之內，亦有通曉制義，學問優長者。如或拘於成例，以文、武兩途，不令通融應試，則不能各展所長，必致遺漏眞才。嗣後文童生、生員、舉人內有情願改就武場考試者，武童生、生員、舉人內有情願改就文場考試者，應各准其考試，如此則各得展其所學，文、武兩途皆得眞才矣。著九卿詹事科道議奏。』十二月辛卯，禮部等衙門議覆：『文、武生員、舉人有願改考者，准其改考。』上曰：『改考實係佳事，但恐武生記文數篇，希圖僥倖者多，學臣於生員公取者有之，至武生全無公道矣。此弊朕皆知之。嗣後由武考文不中者，若再令考試，則弊生矣。應許改考一次。其不中者，應著停止。』穆堂別稿卷五十孫少司馬母張夫人行述云：『甲午鄉科，朝廷特恩許文、武互考，不孝遂以監生應順天武鄉試，中式武舉。歲辛丑，又遵慈命，循例入文場，蒙公識拔，獲中進士。』少司馬者，孫國璽也。是以武舉而中文進士，特非解元耳。若章氏實齋湖北通志稿、徐本仙傳云：『補諸生。能騎射。試文於鄉，未售，卽應武舉。主考欲擢高第，已知其才，留應文舉。康熙庚子，舉於鄉。』癸巳存稿卷十五胡先生事述云：『父璔，爲武學生。呈請文試，遂舉於鄉，成進士。』時乾隆甲戌也。至乾隆七年壬戌四月初七日丙申，禮部等部議准御史陳大玠奏：『文、武互試，原欲簡拔全才。乃自定例以來，累科獲雋者無幾。而日久弊生，特有互試之例，文場則夾帶傳遞代倣，武場則換卷。內簾但憑文取中，外簾則稽察維艱，徒滋科場之弊，未收兼備之才。嗣後應將文、武鄉、會互試之處停止。』從之。是康熙甲午以後，至乾隆壬戌，凡二十九年，直省並禮部皆許文、武互試。中式者雖寥寥，然孫少司馬外尙有其人，徐本仙、胡璔是也。胡鄉試當在壬戌以前。自停止迄今已百四十年，人遂不知有此舊例。氍毹戲弄，弦索陶眞，多以不經目之矣。李發甲再請改建湖南闈疏有：『文入武闈，武入文闈，凡茲曠典，亘古所無。』在園雜志卷一有『監生准武鄉試，武舉准文會試』云云。

雙娶

傳奇戲劇，一生多娶二旦，且有三、四、五、六不止者，人率以無稽非眞事置之。復卿謂予：『前朝似此者，實多有之。紹興府志：「孟桓初二女並妻潛夫，同日合巹。」非盡不經。國朝亦有此實事可譜入傳奇，演諸戲劇者乎？』予曰：『西河合集書卷四云：「李孚青兒時聘順治戊戌進士王□□女文定同年未娶。會三藩兵變，王任四川，阻絕有年，遂聘兵部尚書宋德宜女——即是年座主。庚申臨娶，而王師收復雲南，四川先闢，王已還朝。宋大慽。行聘者：毛檢討奇齡、錢編修中諧、陳檢討維崧。毛上書於宋，遂用其語，宋爲長，王爲次焉。」此事稍加點染，付之鞠部，豈亞燕子箋乎？若在園雜志卷二云：「孟翰林端士亮揆先聘張守戎之女。張宦雲南，兵戈阻隔，音問不通。及孟貴，遂結婚世族。未期年，滇省蕩平，先聘復至。不能卻謝，乃分宅而居。張美而端，善文翰，尤工詩；世族之女，祖、父、兄、弟皆貴顯。孟厚世族而薄單寒，張氏所居屢月僅一至焉。張賦秋閨怨八首，內云：『落落秋風班女扇，團團明月竇家機。』其詩徧傳。孟不少悔。忽傳旨：『孟亮揆行止不端，著革職。』一時快之。」此則端士薄倖，有負故劍，不能爲悔過之連波，止可譜入樂府，與療妒羹閱者尙爲切齒戟手，未便於氍毹搬演矣。三藩兵擾，同時如李、孟者不一其人，惜尟爲記載，日久無傳，而塡詞小說，大都亡是子虛，矮人觀場，遂並以爲世間無此等事耳。』

翻衣

敎坊記：『聖壽樂舞，衣襟皆各繡一大窠。皆隨其衣本色製純縵衫，——下纔及帶若短汗衫者——以籠之，所以藏繡窠也。舞人初出樂次，皆是縵衣。舞至第二疊，相聚場中，卽於衆中從領上抽去籠衫，各納懷中。觀者忽見宮女咸文繡炳煥，莫不驚異。』今優人演浣紗記西施采蓮劇，宮女四人，咸衣翻衣，卽其遺製。特易抽爲翻，彼二衣今特一衣爲異耳。

大禹治水小說

徐承烈燕居續語云：『沈滕友先生名嘉然，山陰人，以能書名。後入江南大憲幕中。嘗陋封神傳小說俚陋，因別㠭一編，以大禹治水爲主，按禹貢所歷，而用山海經敷衍之，參之以眞仙通鑑、古嶽瀆經諸書。敍禹疏鑿徧九州，至一處則有一處之山妖水怪爲梗。上帝命雲華夫人授禹金書、玉簡，號召百神平治之，如庚辰、童律、巨靈、狂章、虞余、黃魔、太翳，皆神將而爲所使者也。至急難不可解之處，則夫人親降，或別求法力最鉅者救護之。邪物誅夷、鎭壓，不可勝數，如刑天帝江、無支祈之類是也。功成之後，其佐理及歸命者，皆封爲某山、某水之神。卷分六十，目則一百二十回。曹公楝亭寅欲爲梓行，滕友自以事涉神怪，力辭焉。後自揚返越，覆舟於吳江，此書竟沈於水。滕友亦感寒疾，歸而卒。書無副本，惜哉！』庸按：滕友此書，必大勝封神原本，惜乎舟覆沈水，不傳於世！蒲留仙刻畫鬼狐，入闈至擁筆不下，而滕友至寒疾隕身，豈如鑄鼎象物，共知神奸，爲六丁之取易，總復冥追玉茗墮入泥犂邪？匪所詳矣。此條，近出茶香室三鈔卷二十三採之。而曲園雜纂卷三十八小浮梅閒話中論封神傳條引逸周書克殷篇：『武王遂征四方，凡慹國九十有九國，𢧵魔億有十萬七千七百七十有九，俘人三億萬有二百三十。』謂：『魔與人分別言之，不知所謂魔者何謂。使易封神爲𢧵魔傳，不亦有典有則乎？』曲園著書，層出不窮，近且易龍圖公案爲七俠三義傳，滬上石印，風行廣歒，胡不別纂𢧵魔傳以補悔堂之憾？人所先睹爲快者也。憶癸酉年，有友以明人繪庚辰鎖無支祁卷〔二〕來售，長踰十數丈，其中神天詭怪，山川稠疊，魚龍變幻，見之驚悸。視梨園搬演泗州城一齣，普門大士登場，半襲西游小說者，相去霄壤矣。以索值昂，返之。使滕友書尙在，或取此卷縮本推類繪之，亦鉅觀也。

樊噲排君難戲

戲劇扮演古事，唐時已有。南部新書辛云：『光化四年正月，宴於保寧殿。上自制曲，名曰讚成功。時鹽州雄毅軍使孫德昭等，殺劉季述，帝反正，乃制曲以褒之〔三〕，仍作樊噲排君難戲以樂焉。』庸按：此卽千金記鴻門宴一齣之濫觴。若蜀志許慈傳云：『先主愍其若斯，羣僚大會，使倡家假爲二子之容，倣其訟鬩之狀，酒酣樂作，以爲嬉戲。』則仍左傳魚門觀優，史記夾谷侏儒之舊，非扮演故事，並不得以倡家二字，謂今女戲之緣起也。東坡志林卷一〔四〕：『蜡，三代之戲禮也。猫虎之尸，誰當爲之？置鹿與女，誰當爲之？非倡優而誰？』茶香室叢鈔卷十八引述異記『蚩尤戲』，又引淥水亭雜識云：『梁時大雲之樂，作一老翁演述西域神仙變化之事。』謂優戲之始。

斬貂蟬

近出曲園雜纂卷三十八小浮梅檻閒話：雜劇有關公月下斬貂蟬，因後書〔五〕呂布傳有私與董卓傳婢通事，附會成之。復卿曰：『徐文長集卷十七奉師季先生書云：「世所傳操閉羽與其嫂於一室，羽遂明燭以達旦，事乃無有。蓋到此田地，雖庸人亦做得，不足爲羽奇；雖至愚人亦不試以此，以操之智，決所不爲也。陽節潘氏，蓋亦看三國志小說而得之者，如所謂『斬貂蟬』之類，世皆盛傳之，乃絕無有，此不可不考也。」曲園似本之天池生。』賾奧曰：『升庵全集卷四十八：「世傳呂布妻貂蟬，史傳不載。唐李長吉呂將軍歌：『榼榼銀龜搖白馬，傅粉女郎大旗下。』似有其人也。」鄂按：開元占經卷二十三熒惑犯須女占注：『漢書通志：「曹操未得志，先誘董卓進刁蟬以惑其君。」』是蟬固實有其人，特非布傳所通之傳婢，亦未爲聖帝斬。漢書通志不知何人所撰，隋書經籍志無之，蓋七錄所未收。羅氏演義易『刁』爲『貂』，則不知何本。天池謂秉燭達旦事烏有，足證陽節潘氏樂繼論之輕信小說。刁蟬則非無其人。

花關索王桃王悅鮑三娘

梨園戲劇所演人之事，十九寓言；而實事可以演劇者，反多湮滅。何則？演義、編劇者，大都不睹載籍之人；而淹雅通古者，又不屑爲此也。近出茶香室三鈔卷三引前谿逸志，云：『「武康縣有嚴康屯兵處。康，邑人也，奇醜而力，爪牙爲刀，革膚爲鐵，唯喉三寸肉耳。妻鮑三娘，美而勇。時有花關索者，年少，美容儀，鮑悅而私之，矢貫康喉而斃。」至今郡莊雜劇，演其遺事。』古今圖書集成引蘄水縣志：『王氏女名桃，弟悅，漢末時人。俱笄年未字，有膂力，精諸家武藝。每相謂曰：「天下有英雄男子而材技勝我，則相託終身。」時絕少匹敵者。適河東關公長子索英偉健捷，桃姊妹俱較不勝，遂俱歸之。先是邑中有鮑氏女，材行與桃、悅似，而悍驁差勝，亦歸索。三人皆棄家從關，百戰以終。』原注云：『正史未見。』曲園謂：嚴康卽陝西通志之廉康太子，關索卽關鎖。關索爲關公子，有無已不可攷，乃更有此妻三人，尤屬異聞。庸謂：羅貫中編三國演義，大半採之小說，而絕不言關索，況三人乎？蘄水志之鮑氏女，豈卽前谿逸志之鮑三娘乎？取二書而合之，稍加點綴砌末，則嚴康視紅泥關之辛文禮，鮑三娘視平西傳之樊梨花，有過之無不及。惜不得武康人，不知其扮演如何也。

西游記

潛揅堂文集卷二十九跋長春眞人西游記云：『長春眞人西游記二卷，其弟子李志常所述，於西域道里風俗，頗足資攷證，而世鮮傳本，予始於道藏鈔得之。郡俗小說有唐三藏西游演義，乃明人所作，蕭山毛大可據輟耕錄以爲出邱處機之手，眞郢書燕說矣！』予按茶餘客話，西游記乃山陽吳承恩所撰。靈芬館詩話續卷三引吳山夫山陽耆舊傳云：『吳汝忠〔六〕，名承恩。淮賢文目載西游記爲先生所著。觀其中方言、俚語，皆吾郡委巷中所習聞，而他方有不盡然者，其出淮人手無疑。』麐按：閱微草堂小說載扶乩以西遊記問邱眞人事，按：此見如是我聞卷三。灤陽續錄卷三則又云『於邱處機西游記爲證』，當是文達誤筆。『邱處機』三字應刪。則其非長春〔七〕所作，又無疑矣。冷廬雜志卷四云：『丁儉卿據康熙初淮安府志藝文書目，謂是嘉靖中歲貢生、官長興知縣吳承恩所作。且謂記中所述大學士、翰林院、中書科、錦衣衛、兵馬司、司禮監皆明代官制，又多淮郡方言。』蓋與阮、紀兩家說同。桂氏馥晚學集卷五書聖教序後自跋云：『許白雲西游記由此而作。』當別是一書。若陳文述西泠仙詠自序，謂：『邱祖西游記只二卷，載在道藏，所記自東至西程途、日月，及與元太祖問答之語，其要言並未及載。觀邱祖本傳，亦僅勸止殺、節欲數語而已。世傳西游記，則邱祖門下史眞人弟子所爲，所言多與性命圭旨相合，或即作圭旨之史眞人弟子從而演其說也。』亦略本竹汀；特以演義爲史眞人弟子作，不云吳承恩，則雲伯晚事修鍊，過信黃冠，從而爲之辭，非不知吾山、文達諸說之可據也。

鄭恆墓誌崔氏非雙文

景船齋雜記卷下張鯢淵跋滎陽鄭府君夫人博陵崔氏合祔墓志銘曰：『此志傳以爲崔、鄭同穴之驗。

吾鄉董元宰、陳眉公兩先生皆未深攷，亦復傳譌，語具品外錄、容臺集中。余宰濬，訪得原刻，初猶以諛墓薄之。眉山王洛，好古士也，共余以會眞年月參之此碑，則此崔夫人者，計其平生，尙長雙文四歲，然後一破此疑。王君謂：「博陵、滎陽，世爲婚媾，何必鶯、恆？」斯論篤矣。而予復謂：「鄭君姓名，本傳不載，豈實甫、漢卿輩其言不足徵信耶？況鄭又諱遇不諱恆也。第此碑入地千餘年而始出，出又百餘年而予兩人爲之辨其誣，文之行世，固有幸有不幸哉！」』庸按：曠園雜志謂鄭太常恆墓石出在成化間，眉公古文品外錄載其文，爲會眞記辨誣，陳大士巳吾集卷十四鄭恆古誌後跋、亭林金石文字記皆從之。野談則云：『近內黃野中按：內黃屬彰德，濬屬衛輝，雖鄰縣而地異。掘得鄭恆墓誌，乃給事中顧記作衛州司法參軍。秦貫撰。其敍恆妻，則博陵崔氏，世遂以崔爲鶯鶯。余按：會眞記雖謂鶯鶯委身於人，而不著名氏。鄭恆之名，特始見於西廂傳奇，蓋烏有之辭也。世以墓誌之名偶與烏有之辭合，而鄭恆之配又適與鶯鶯之氏同，遂以墓誌之名爲鶯鶯，誤矣。』是秦志鄭恆之名偶與傳奇合，崔夫人不必卽會眞記所亂之鶯鶯，忠穆之前已有辨之者。錢竹汀氏金石文字目錄卷三云：『又一本，文字與此同，惟鄭名遇，疑皆好事者爲之。』中州金石記則云：『恐後人得鄭遇碑，改爲鄭恆以衒世者。』二碑俱在濬縣，皆與忠穆跋合。且誌云：『大中九年正月十七日病終，享年七十有六。』據侯鯖錄元微之年譜，雙文生於德宗興元元年甲子，下距大中九年甲戌，正七十一，此崔夫人實長雙文五歲。張跋作四歲，蓋第取會眞記校而未攷元譜也。隨園詩話補遺卷七云：『讀秦貫所撰鄭恆志，方知唐人小說原在有無之間，不必深攷。』祁駿佳遯翁隨筆下，作：『魏縣西北五十里廢冢誌銘。吏崔吉白於縣令邢，置邑治前。恆字行甫。』

浣花谿

都門梨園演有浣花谿一齣，蓋唐人實事也。升菴全集卷四十九浣花夫人條：『成都浣花谿有石刻浣花夫人像。三月三日爲浣花夫人生辰，傾城出游。』地志云：『夫人姓任氏，崔甯之妾。』按通鑑：『成都節度使崔旰入朝，楊子琳乘虛突入成都。甯妾任氏出家財募兵，得數千人，自帥以擊之，子琳敗走。朝廷加旰尙書，賜名甯，任氏封夫人。』庸按：據此，是子琳兵亂在崔旰入朝後。今劇場作旰縮朒〔八〕謀遁狀，其正室更科諢可歎〔九〕，殆有意揚任，不免抑崔過甚耳。猶之胭脂虎之演李景讓〔一〇〕事，與本傳亦稍出入也。新書〔一一〕一百四十四甯傳云：『大歷三年來朝。甯本名旰，至是賜名。楊子琳襲取成都，帝乃還甯於蜀。未幾，子琳敗。』又云：『始甯入朝，留其弟寬守成都。楊子琳乘間起瀘州，以精騎數千襲據其城。寬戰，力屈。甯妾任素驍果，卽出家財十萬，募勇士，得千人，設部隊，自將以進。子琳大懼。會糧盡，且大雨，引舟至廷，乘而去。』通鑑謂賜名在敗子琳後，與加尙書本傳在還蜀後左僕射，皆似微誤。南部新書丙云：『西州浣花任國夫人，卽崔甯妻也，廟今存』。『川』譌爲『州』，『妾』譌爲『妻』，『國』字亦衍，皆當校改。新唐書李景讓傳：

『嘗怒牙將，杖殺之。軍且謀變。母欲息衆讙，召景讓廷責曰：「爾塡撫方面，而輕用刑。一夫不甯，豈特上負天子，亦使百歲母銜羞泉下，何面目見先大夫乎？」將鞭其背。大將再拜請，不許。皆泣謝，迺罷。一軍遂定。』牙將本無名姓，且已杖殺。今劇中但杖，而後殺敵，爲不同耳。

一軍中有五帝

殘唐五代傳小說，與史合者十之一二，餘皆杜選裝點。小說體例如是，不足異也。中有五龍佪死王彥章一段，時帥爲史建瑭，五龍則唐莊宗、明宗，晉高祖，漢高祖，周太祖也。復卿以無稽詆之。蘊專曰：『非無稽也。莊宗爲晉王時，與梁軍拒於河上垂十年。時明宗爲大將，以騎五千襲取鄆。梁破德勝南柵，明宗爲先鋒救之，擊破梁軍五代史明宗紀。廢帝嘗從戰於河上。德勝之戰，以十數騎雜梁軍，奔入梁壘，斧其眺樓；胡桃之戰，又從莊宗奪土山廢帝紀。明宗壻晉高祖常在明宗帳下，號左射軍。劉鄩攻清平，莊宗馳救，爲鄩所圍，高祖以十數騎橫槊取之。又從擊梁將戴思遠於德勝渡，又從戰胡盧套，從戰楊邨寨，從取鄆晉紀。而漢高祖時方爲晉高祖裨將，爲梁人所襲，馬甲斷，漢高祖輟騎以授之，自跨斷甲者殿而歸漢紀。是時莊宗、明宗、廢帝、晉高、漢高皆在行間。甌北廿二史劄記卷二十二謂「一軍共有五帝，此古來未有之奇，可與唐元宗、肅宗、代宗、德宗、順宗一堂有五天子條爭勝」。小說以周太祖易廢帝，又以主兵者爲史建瑭，與正史不符，使讀者反疑爲假借矣。至說唐前傳有羅成一日擒五王，無論朱粲等五僞王非同時禽俘；羅成並無其人，又安有此戰耶？此與戲劇中反武場，常遇春中武狀元，同試者有陳友諒、張士誠、方國珍、明玉珍四王，皆俗優妝點，不值一哂耳。』

宋祖六博

畫墁錄卷一：『太祖游關中小像，褐衫青巾，據地六博。』今坊間有飛龍傳小說中一段所本，不盡無稽，特劇中高行周借頭則妄耳。

王公異斷

名臣言行錄後集卷四王素墓誌：『知成都府，蜀人鐫公所行，爲王公異斷。』宋史本傳同。庸謂：此卽今龍圖、海、施諸公案之濫觴。

秦淮海妻非蘇小妹

通俗編卷二十七蘇小妹條：『歐陽文忠集蘇明允墓志云：「君三女，皆早卒。」按：明允一女適其母兄程濬之子子才，庸按：文忠姊名八娘，子才字正輔。一女適柳子玉。按：子玉子瑾，字仲遠，娶文忠堂妹小二娘，蓋中郎公謨少女，非文忠同懷也。晴江誤。而世俗有云蘇小妹者，謂其適秦少游，豈明允之最小女耶？攷王應元撰少游傳云：「見蘇軾於徐州，爲賦黃樓歌，以爲有屈、宋才。」自此以前，二人未相識也。軾於治平應作熙寧十年始改知徐，而明允卒於治平三年，其三女皆已先殁，則安得有軾妹適少游事？俗所傳，不見載記。惟元吳昌齡東坡夢雜劇爲是言，並云其妹之名曰子美。雜劇之謬悠，詎可據以爲實！」庸按：寄園寄所寄卷八引雲谷臥餘，云：『「世傳蘇子瞻有小妹嫁爲秦淮海之妻，而造爲無稽之談以實之，皆妄。」今古奇觀卷十七一則，卽雲谷所斥。按墨莊漫錄云：「延安夫人蘇氏，丞相子容內也，有詞行於世。」或以爲東坡女弟適柳子玉者所作，非也。」菊坡叢話云：「老蘇先生之女，幼而好學，慷慨能文，適其母兄程璿之子子才，作詩曰：『汝母之兄汝伯舅，求以厥子來結姻。鄉人婚嫁重母族，雖我不肯將安云？』人言蘇子無妹，卻有此詩。」然則子瞻固有二妹：一適柳子玉之子，一適程子才而第非秦淮海耳。』張純照遺珠貫索亦引臥餘，刪去墨莊漫錄數語，而云：『故長公集有柳子玉倡和詩，又有柳氏二外生求筆跡詩，又有贈外生柳閎詩。東坡集又有乳母任氏墓銘云：「乳亡姊八娘及軾」，則東坡不特有妹，而且有姊，特早亡耳。』『墨莊』以下至『安云』，隨園詩話卷十五引之。或云：『今所傳蘇小妹之詩句、對語，見宋林坤誠齋雜記，原屬不根之談。』按淮海集卷三十六徐君主簿行狀諱某，字成甫，高郵人。云：『子男五人，曰文通、文俠、文剛、文懷、文昌，女三人，曰文美、文英、文柔。初君好學問，聚書幾萬卷，欲舉進士而父祖不從，乃歎曰：

「子當讀書，女必嫁士人。」其後四子藝業蔚然有成，而文通尤自立。又以文美妻余。如其志云。』則淮海妻爲徐文美，非文忠小妹。小說紛紛，何足信也！戒菴漫筆已引秦集，見堅瓠丙集卷三。履園叢話卷二十四蘇小妹條云：『余修高郵志，閱淮海集，乃知少游夫人姓徐氏爲里中富人徐天德之女。天德字赓實，號元孚，有義行。少游爲作事狀，載集，而舊志竟未及。』徐君名爲集所不載，字又異，豈梅谿所見秦集爲别本耶？

雙漸

復卿以施耐庵水滸小說所云『豫章城雙漸趕蘇卿』見問，浣霞曰：『宋時有二雙漸：其一見元豐類稿卷四十五雙君夫人邢氏墓誌銘云：「子漸，爲尚書屯田員外郎，通判吉州軍州事。」卷六又有送雙漸之漢陽詩云：「楚國封疆最上流，夾江分命兩諸侯。何年南狩東檣出？六月西來雪浪浮。夏口樓臺供夕望，秦川風物待春游。可能頻度漁陽曲，不負當年鸚鵡洲。」阮文達公廣東通志卷十六職官志七：「雙漸，員外郎，知封州軍州事。年次無攷。」隆慶廬州志：「雙漸，慶歷二年壬午進士，無爲軍人，博學能文。爲職方郎，知同州。」一見楊慎希姓錄卷一：「雙漸，朱子門人。作縣，有惠政。」堅瓠補集卷三決僧判條：「雙漸嘗爲令。」云云。知封州、同州者，即南豐贈詩、誌其母者，初判吉州，移漢陽封州，終同州。希姓錄與褚人穫所載，當爲一人。耐庵所說，似指北宋之雙漸。蘇卿則不知徇人，不必以豫章城而引南渡蘇雲卿以實之。』復卿曰：『耐庵元人，安知非指作縣令之雙漸耶？』浣霞無以答也。說文解字走部：『「赿」，舉尾走也。』正字通：『「趕」，同「赿」，追也。』管子君臣下篇：『心道進退，而形道滔赿。』尹知章注：『「赿」，謂逡巡也。』東坡至真州再和王勝之遊蔣山詩：『北上難陪驥，東行且赿船。』則『趕』本周時字，且已入詩，不得以俗譏之。

梁山泊

泊者，衆水之所聚也。自安山閘而北十里，爲積水湖；七里，爲蘇家莊；十三里，爲戴家廟閘。凡東平州等處各山之水，俱向西流，至梁山爲水窪，故稱『泊』焉。元、明開會通河，藉各水以行運，衆流不復至水窪，然其地猶稱下澤。迨順治七年，河南金龍口決，黃水漫淤，而安山梁山改湖竟成平陸。康熙十八年，聽民開墾。乾隆十四年，升科納糧。安山湖向稱四水櫃之一者，一望盡爲禾黍，無復滴水；而土人猶有梁山泊之故名，熟在人口。宋史所載宋江事，乃在江淮，不在山東。水滸中所載州、縣，皆施耐庵弄筆，憑空結撰。按之宋史地志，率多不合，且有無其地者。閱者不可以爲實事，而求其地與其人，以責耐庵之不學也。悅親樓集卷二十二閒河雜詠十首之五云：『小說虞初太雜厖，人言水滸傳無雙。安山前是梁山濼，金壇巾箱說云：「濼」音鋪。水滸記作「泊」，誤。閑聽兒童說宋江。』至於蕩寇志之拓張侈大其事，則亦一時游戲之筆，未曾攷之輿志及地之有無，與耐菴同，尤不得信以爲實也。

楊志見契丹國志天祚保大二年云云。

濟顛僧

小說有濟顛全傳，多附會不足信。如運木井之等，昔人已有辨之者。然所掇拾，亦有藍本，不盡臆造。如解釋婦人縊繩不得一條，出游宦紀聞卷四云：『永福下鄉張鋤柄——爲僧，號張聖者——一日，游白面邨，有少婦隨衆往謁。僧命至前，痛嚙其項。婦號叫，觀者哄堂大哂。婦語其夫，夫怒，奮臂勇往詬罵。僧笑曰：「子毋怒。公案未了，宜令再來。」罵者不聽。居無何，婦以他恚投繯而死。』卽其事而移之屬顛也。堅瓠丙集卷四以爲尹蓬頭事。貴人女猕蟲亦同。

荆釵記

通俗編卷三十七荆釵劇條引鶴林玉露：『「王龜齡年四十七，大魁天下，以書報其弟曰：『今日唱名，蒙恩賜進士及第。惜二親不見，痛不可言！嫂及聞詩、聞禮，可以詩示之。』」詩、禮，其二子也。』按此，則龜齡及第甚晚，已有二子，並非新娶，而其母則已歿。今之荆釵傳奇，都不可檢。』天祿志餘卷上謂：『玉蓮者，王梅谿先生女。孫汝權，宋進士，與梅谿爲友，敦尙風誼。先生劾史浩八罪，汝權實聳慂之，爲史氏所最切齒，遂妄作荆釵傳奇謬其事以衊之。南宋餘姚許浩嘗賦荆釵百詠，蓋卽其事。』楊升菴外集謂：『潛說友乃宋安撫使，今傳奇王十朋有此人，譌以爲錢。攷潛與賈似道同時，而傳奇反以爲梅谿前輩，亦適見其謬矣。』按蘇文忠公詩編注集成卷首姓氏永嘉賈氏巖老下詰案，梅谿有送賈巖老自閩還鄉詩，乃其妻弟也。是忠文娶於賈，非錢，傳奇之誣妄可證，惜晴江不及引也。江邨識餘本堅瓠丁集卷二所引，聽雨增記、甌江逸志同，冬夜箋記已辨之。堅瓠集又引南窗閒筆云：『錢玉蓮，宋名妓，從孫汝權。某寺殿梁上題「信士孫汝權同妻錢玉蓮喜捨」。』鄖齋雜記卷三云：『莊相伯言湖郡城門有石牌坊一座，大書「湖州協副將孫汝權同妻錢玉蓮建」。』則孫又爲武人，而玉蓮其室非妓也。蓋卽南窗閒筆之說，而莊誤述之。某協副將，至國朝始有此稱，明時尚稱副總兵，不名副將，何況南宋？此眞轉展傳譌，不足詰也。柳南續筆卷一云：『王梅谿嘗讀書温州江心寺。寺去桑門三里，温州城門也。往來嘗與妓錢玉蓮善，約富貴納之。梅谿登第後，三年不還鄉，玉蓮爲人逼娶〔一三〕，自沈於桑門江口。蜀破堂和尚〔一三〕爲錢湘靈述之如此，備載湘靈集中。』甌江逸志及所載又一說，卽鄖齋雜記、柳南所本，蓋卽傳奇之誣而小變之。劣僧無識，惡舌妄傳，湘靈載入集何耶？忠文夫人既非錢氏，則異說汙衊，紛紛變幻，於忠文何損毫末耶？攤飯續談云：『竹懶新著，周懋龍天錫嘗著說辨之，凡數百言。』

小說有本

池北偶談卷二十二成御史遇仙條：『問其年，云：「不記年歲。祇憶少在京師見楊椒山赴西市，遂發憤出家學道耳。」』即綠埜僊蹤小說冷于冰事所本。近茶香室續鈔卷十八崑崙山中仙人條，同。

續奇書

署名紫陽道人撰。借因果以論報應，蔓引佛經、感應篇，可一噱也。自弇州撰前書以毒荆川，冀雪戴天讎憤，而風行桑布，流禍百年。其續書名玉嬌李者，今已不傳。坊肆有之，一名第三才子書者，玉嬌梨，敍白太素女紅玉[一四]蘇友白事。閱者頗疑其依託，不知白、蘇事不可知，太素則實有其人。曝書亭集[一五]卷三十六曰：『蘭谷天籟集序云：「仁甫名樸，又字太素，爲樞判寓齋之子。」於明初由姑熟徙六安[一六]。』秋夜梧桐雨院本亦白作，竹垞謂出關鄭之上[一七]。甯獻王權譜元人曲作者凡一百八十有七人，仁甫居第三，次東籬、小山之下。乃依托，不足觀。梅鄣祭酒別續之，署名隔簾花影。相傳爲隔一字讀之成文，意在刺新朝而洩黍離之恨。其門下士恐有明眼人識破爲子孫禍，倶倒刪改之，遂不可讀，但成一小說耳。不知紫陽道人有何殺父之讎、亡國之恨而爲此貂尾也，徒爲罪孽自墮泥犂而已矣。至近日申報館庚辰二月十三蒐訪癸未排印之埜叟曝言二十卷安云康熙中江陰老明經夏某所著，泰興刁家鋪趙應容藏全部，排印非其眞本。書凡數十萬言，喪心病狂，穢褻非復人理。敢於侮素王，謗金谿，自詭爲衛聖之功，其人可誅，其書可焚！亦出近人手，觀『上書房』句，可見在雍正元年以後，非康熙中人也。

一捧雪

聽雨軒雜記：『在園雜志今本無此條：「王思質藏右丞輞川眞跡，嚴世蕃索之，思質與以撫本。裱工湯某向在王門下，識此圖，爲世蕃言其贋。因銜之，而未發也。會思質總督薊、遼，唐荆川以兵部奉命巡邊，嚴嵩觴之於內閣。微有不滿於思質，荆川頷之。至，欲行軍中馳道，思質以巳兼兵部銜，難之。荆川怫然，遂劾其軍政廢弛，麋帑，以稿呈世蕃；世蕃從中主持，逮思質棄市。今世所演一捧雪傳奇李元玉撰，蓋卽此事。『一捧雪』，盃名亦見在園雜志卷一，係當時畫吏以饋世蕃者，作者合兩事而敷衍者也。」』庸按：英和恩福堂筆記卷下：『內府藏有南宋張擇端淸明上河圖，末有「湯卿裝」小字標識，此王鳳洲家致禍之由，而好事者復有一捧雪傳奇之作。至一捧雪，內府分列乙部，嘉慶年間天語曾及之，余固未得見也。』據聱叟此條，則非右丞輞川圖。葛莊誤記。且圖與杯皆入天祿、石渠，人間所有皆黃彪撫本類，不必湯卿始辨其僞也。汪師韓讀書錄一捧雪是淸明上河圖條最詳，聽雨、恩福兩記皆稍略也。

玉蜻蜓

聽雨軒贅記卷：『紹興南門外漓渚地方，有尼庵曰：隔塵。老尼若木。其徒孫慧音，年十六七，姿容極麗。城中東武山下朱生綺園，明宰相文懿公賡雲礽也。父靜山，由部曹出爲四川郡守。生未冠，游庠。有別業在漓渚，因讀書其中。臨行，見其妻有玉琢雙魚極工，乞而貯於冰絲小囊中，佩之以往。老僕、小童二人侍。別業與尼庵相隔僅百步，生遂與慧音浹洽。夜赴尼菴，踰牆以入，事極愼密。惟小童知其詳，洩之老僕。一夕，生至午不返。老僕潛往察之。若木告以：「今日門鑰未開，而慧音不知所往。後園牆瓦損落，想已遠颺。」僕疑二人偕逃，回告主母。徧索無蹤。十餘年後，若木化去。衆尼或死、或去，庵遂廢。生父升滇南觀察，年老致政。至漓渚別業，因至隔塵庵，立券買之。園以長垣，合別業爲一。後園向有牡丹，牡丹枯而石臺尙在，公撤去之。石將盡，內藏二屍，面如生——其一卽生，其一爲尼。童指而謂公曰：「此慧音也。」腕上小囊、玉魚尙存。公喚向日賣庵者嚴詰之，因言：「公子與慧音通，人初不知。一日，慧音不起。撬門覘之，見二人裸身相抱，死於牀。因潛埋於牡丹臺內，而以『慧音逃去』掩飾之。」公備棺葬生故所，並以慧音附，殉以玉魚。生向有一子，已登賢書。其處龍穴、砂、水皆合法，故公不別爲覓地也。其子後舉進士，入詞林，莅歷大位，聲稱滿世。今吳中玉蜻蜓彈詞託其事於申文定公之父，實本於此。』庸按：徐此條不知何本。文懿雲礽無登第者。國朝山、會入詞林者，止有康熙九年庚戌朱卽山少詹皐一人，乃白洋忠定後，非文懿。東武山俗呼『塔山』。朱氏並無別業在漓渚，亦無官雲南觀察。悔堂德清人，不知據何傳聞而漫記之。漓渚在蠡城西南，而云南門外，非越人之言可知。文定登第時徐姓，彈詞作徐元宰。以婁東門客撰，時文定當國故也。今吳門申衙前猶禁演玉蜻蜓，知事出有因，固非子虛依託者矣。

芝龕記

汪頂頑奇女傳，一爲沈雲英，一爲劉雲英；江辰聯紹運奇女子一則，爲畢韜文：皆明末女子能武者，不獨石砫秦夫人也。芝龕記院本演秦、沈事，間及劉。復卿嫌其未備，欲以韜文事羼入之。予謂：沈、劉事涉流寇，可合傳；畢父死薊州饒餘親王之戰，歸愚國朝詩別裁不知，而誤採其詩，豈可譜入傳奇耶。

西游記補

董說西游記補中，借秦始皇驅山鐸鑿開天門，人皆笑其無稽。按太平廣記卷二十博異志陰隱客〔一八〕條：『汝來此雖頃刻，人間已數十年矣，卻出舊穴，應不可矣。待吾奏請通天關鑰匙，送卿歸。』其所本也。升庵全集卷七十八：『太湖西有岝嶺，山有石如卷笮，相傳云：「禹所用牽山笮也。」會稽又有驅山鐸。二事與秦王鞭石成橋相類。好怪者傅會之説耶？抑古原有此術也？』

女仙外史

在園雜志卷二：『吳人呂文兆熊先年所衍女仙外史百回，亦荒唐怪誕；而平生之學問心事，皆寄託於此。年近古稀，足迹半天下，卒無所遇。近以陸伯生、蔡九霞簒輯廣輿記，止詳注各府而略州縣，不足備參攷，乃編成續廣輿記，頗爲詳明；以卷帙浩汗，尙未能付梓。』按：續廣輿記今已不傳，女仙外史昔年坊肆尙有存者，署名『逸田叟女仙外史大奇書』，近亦奉禁。中以唐賽兒爲常娥降生，故號『月君』，而以鮑仙姑、曼師、聶隱娘、公孫大娘輔之，已荒謬可哂。至所謂呂軍師師貞者，卽文兆所自寓。亞軍師高咸甯，卽明史卷一百四十三之高賢甯，本傳云：『濟陽儒學生。在濟南圍城中，作周公輔成王論，射城外。王悅其言，爲緩攻。後被執，入見，成祖曰：「此作論秀才耶？秀才好人，予一官！」賢甯固辭，竟得歸。年九十七卒。』又成祖本紀：『永樂十八年二月己酉，蒲臺妖婦唐賽兒作亂，安遠侯柳升帥師討之。三月辛巳，敗賊於卸石棚寨。都指揮劉忠戰歿，賽兒遁去。甲申，山東都指揮僉事衛靑敗賊於安邱，指揮王眞敗賊於諸城，獻俘京師。戊子，山東布政使布儲延、左張海、按察使劉本等坐縱盜誅。戊戌，以逗留，徵柳升下吏，尋釋之。』又卷

一百七十五　衛青列傳：『永樂十八年二月，蒲臺妖婦林三妻唐賽兒作亂。自言得石函中寶書、神劍。役鬼神，翦紙作人馬相戰鬥。徒衆數千，據益都卸石棚寨。指揮高鳳敗歿，勢遂熾。其黨董彥昇等攻下莒、卽墨，圍安邱。總兵官安遠侯柳升帥都指揮劉忠圍賽兒寨。賽兒夜刦官軍，軍亂，忠戰死，賽兒遁去。比明，升始覺。追不及，獲賊黨劉俊等及男女百餘人。而賊攻安邱益急。知縣張瓛、丞馬攜死戰，賊不能下，合莒、卽墨萬餘人以攻。青方屯海上，聞之，帥千騎晝夜馳至城下，再戰，大敗之。城中亦鼓譟出，殺賊二千；生禽四千餘人，悉斬之。時城中旦夕不能支，青救稍遲，城必陷。升始至，青迎謁，升怒其不待已，捽之出。是日，鼇山衛指揮王眞，亦以兵百五十人殲賊諸城。賊遂平，而賽兒卒不獲。帝賜書勞青，切責升。尙書吳中等劾升，且言升娟青功，於是下升獄，而擢青山東都指揮使、眞都指揮同知、瓛、攜左、右參議，賞賚有差。』史載賽兒事如此，而呂張大其辭，不惜以身輔之，雖爲讓帝復讎雪憤，未免流於賊黨而不自知矣。評語有穌津山人、八大山人、息關，皆文兆同時人。在園與呂三十年舊交，亦有評語。至于少保，則依託也。敬業堂詩集卷十四自注：『呂灌園爲吳江大司馬三子。甲申以後，因亂破家。有別業在玉屏山中。』則當爲兵侍純如子。未知卽文兆否，俟攷。月君上昇，鮑芳至榆木川以劍決成祖首，亦因野史稱『師次榆木川，獲女，悅之。次日，御幄惟存一臂。蓋爲夜叉所食。』怪誕不經如此類者，皆建文遺臣爲之。呂如爲純如子，則父爲閹黨。子欲幹蠱，自大有事在；而誣及先朝，不可解也。近出續今古奇觀平話卷五第二十五回，載賽兒與史全異，皆無稽之詞；夫爲王元樁，不作林三。

存硯樓二集卷二十四蹇五公傳：『公名埏，字公表〔一九〕，號南坡。歲貢入國子。閒游齊、魯。洪武二十五年，官獻縣教諭。建文元年，超遷廣東按簽。永樂二年，讁辦事官，从夏忠靖治水。六年，知西安府。十一年，山東右布政。賽兒，縣民林三妻也，自傳「佛母」，能知前後成敗事，又能翦紙爲人馬相戰鬭，往來諸邑，聚扇愚民。董彥杲、劉峻、賓鴻等皆〔二〇〕附之，用紅、白旗爲號，而據益都卸石柵寨以出沒。十七年，覆青州衛指揮高鳳軍。遣招撫，不從，益蔓延即墨、莒州間，迺命安遠侯柳升分兵勦之。先是公薄游齊、魯時，距彌勒黨近，帀地傳習，公間逼其訣，暨破而殲之之要訣。後蒞山東，妖習未殄，懼嚴詰而適以激之亂，間用溫顏撫綏之，革舊習者滋衆，而不虞蒲臺之瀕海而遠界北平也，賊遽以竊發。洎十八年春，柳升至益都。二月，圍寨，彥杲等乞降，詐云力盡，且寨中乏水。公時參軍務，語升亟據東門外舊汲道。夜二鼓，賊復襲殺都指揮劉忠而升不覺。比明，公聞之，亟馳至大營，趣升分兵追賊；而用勦妖訣試之，紙人馬皆墮地。賊衆潰，遂破卸石山寨，獲賽兒暨劉峻等男婦百餘人。賽兒坐檻車，語解者曰：「今死矣，幸畀我一杯水以止渴！」護解者哀之，不知其詐。比水至，而賽兒遽遁矣。四寨不復得。濟南趙百戶適訐公縱賊。成祖震怒，詔逮公。而升亦下吏，以勳臣幸獲宥，而公遂就戮於西華門。五月十九日也。距生元至正壬寅，年五十九。越再期，猶盡逮北平山東尼暨天下婦女之出家者，先後且羸萬人。其酷濫莫可勝數。故一時廷臣，稔知公之寃，而不敢營救。贊曰：「水遁事，近誕，然洪武時冷協律謙水至而入于瓶，暨建文時楊鎮撫本登臺事，載明初諸史編。觀賽兒暨董彥杲等後多隱不復見，則妖幻術庸或有之。公遺稿曰宦餘錄，今佚。或以王凝之、何稟擬公，則又拙於論事矣。』

儒林外史

全椒吳敏軒先生敬梓，玉隨侍讀國對從孫，負雋才。雍正乙卯，以諸生舉鴻博，不赴。移家金陵，鳩同志築先賢祠於雨花臺麓，祀泰伯以下凡二百三十人。晚號文木老人。甲戌，卒於揚州，葬江甯鳳臺門花田。著有詩說七卷，文木山房文集五卷、詩七卷，俱未梓；史漢紀疑，未成書。據章氏學誠丙辰日記，則詩說蔣春農宗海敍之，云：『不主漢、宋門戶偏見。』按：先生與緜莊最交好。緜莊說經，亦猶是也。惟儒林外史五十五卷，閑齋老人敍在乾隆元年二月，則先生游戲之作；而嬉笑怒罵，無不畢具。金棕亭國博兆燕教授揚州時開雕。風行宇內，翻刻不一。原書五十五卷，敍琴棋書畫四人畢，以沁園春詞結之；翻刻者妄增『幽榜』一卷，其詔、表皆取文集中駢語襞績爲之，無理，可哂。庚申亂後，版燬。己巳，吳門書局有聚珍板大字本、吳氏重訂小字本；癸酉，上海申報館又有鉛字排印小本，並載上元金和跋，述先生行略。和母爲先生從兄青然徵君檠女孫，聞於母者如此。跋云：『書中杜少卿儀，乃先生自況。愼卿倩爲青然，虞果行育德爲吳蒙泉培源，莊紹先尚志爲緜莊，馬純上靜爲全椒馮粹中，遲衡山均爲樊南仲明徵，字聖謨，一字軫亭，句容人，著書四十餘種。武正字堂爲程文，平少保爲年羹堯，鳳四老爹鳴岐爲甘鳳池，牛布衣爲朱草衣卉〔二〕，權潛齋勿用爲是鏡見茶餘客話，東皋雜錄。蕭雲仙采爲江某，趙雪齋深爲宋某，隨岑庵爲楊某，楊執中允爲湯某，湯提督奏爲楊某申報館又有天目山樵評本，跋云：『卽述學之楊氣。』匡超人邁爲汪某，荀玫爲荀某評本云云，似指盧雅雨。嚴致中大位爲莊某按莊某殆指有恭，以其爲粵東人而不甚通文理也。嘯亭雜錄粵國狀元條卽指莊。高翰林爲郭某郭長源，字時若，江都人，雍正壬子解元。秋鐙叢話卷十六云：『長源入闈，一字未成。鄰號老叟以鼻衄盈卷，以文授郭，遂冠多士。』書中云：『發解云：「三藝無一字杜撰。」』蓋卽識其事。若全椒郭運青侍講肇鐄，乾隆丁巳進士，隨園詩話卷六有『詩雖工，氣脈不貫，其人殆不能時文者』一條。與此不同。余有達特、余有重持爲金某兄弟，萬中書里爲方某，朴山先生五子卓然之次子里，字井九，殆其人。范進士進爲陶某或指蕪湖陶西圃鏞。婁玉亭瑋、婁瑟亭瓚爲桐城張廷瑑兄弟評本云：『溧陽史氏。』韋思元闡爲韓某，沈瓊枝卽隨園詩話卷四所稱松江張宛玉，高青邱集卽戴名世南山集。案：或象形、諧聲，或廋詞、讔語，若以雍、乾間諸家文集細繹而參稽之，十得八九。丁辛老屋卷十二有書吳徵君敏軒先生文木山房詩集後十絕，其八云：『杜老惟耽舊草堂，徵書一任鶴銜將。閒居日對鍾山坐，贏得儒林外史詳。』注：『先生著有儒林外史。』足證金跋之非坿會矣。棗名澧僑西灘記云：『程魚門爲作傳。』先生子荀叔烺，號樾亭，以乾隆辛未南巡，召試，賜舉人中書，終甯武府同知，通勾股、歷算、等韻之學，兼工倚聲，著有周髀算經補注——金跋以爲進士，誤；蘦官良鄉縣見瀛行日錄。玉隨兄國鼎，崇禎癸未進士，官中書；國縉，順治己丑進士。弟國龍，崇禎癸未進士，官禮部主事。國龍子晟，康熙丙辰進士；昺，康熙辛未進士第二人及第；早，崇禎壬午順天舉人。吳氏科名鼎盛，侍讀昆弟聯芳，可攷如此。而書中云愼卿是宗伯孫，則當爲國龍後；特非禮部尙書，亦無狀元，無知贛州者，不免過於鋪張。又按書中所云太保，爲張文和公；少卿舉主皖撫內召禮侍，則爲徐文定公。杭氏詞科掌錄、李富孫鶴徵後錄皆失收。近人茶香室續鈔卷十三疑之，殆以辭不赴故。雲晴川爲杜雲川詔，向鼎爲商寶意盤，季葦蕭崔爲李嘯邨葂。莊濯江爲程魚門蒙泉——字岵瞻，金匱人，丁巳進士，官遂安知縣，改江甯府教授。古柏軒文集卷三有吳蒙泉詩集敍云：『兼工塡詞。』青然以增生爲皖撫王紘所舉，王郎代文定任者。青然詞科報罷後，登乙丑進士，官刑部主事。虛設人頭會一段，本太平廣記卷二百三十八引桂苑叢談崔張自稱俠條評本已載。它事亦多本古書刪潤成之，惜鄙人弇陋，不能一一疏證耳。

天目山樵評第一回：『七歲上死了父親。據朱竹垞擬明史王冕傳云：「父命牧牛。」不云「早孤」。』按：如本傳，則敍次不能一綫，故云『父歿』，非誣先賢，亦非傳聞異也。

『諸暨縣令』，據傳乃紹興司理高郵申屠駉。

『余忠宣墓在安慶西門外，不當云和州。』按：雲林子以官和州學正，後人因有『謫和州、守余墓』之謠。

『究竟王冕何曾做過一日官。』此亦竹垞傳贊語。

第五回：『每家兩石。俗書「擔」字作「后」，因誤爲「石」。』按：『石』爲量名，十斗曰『石』。

漢書食貨志：『歲收畮一石半。』又粗布、皮革之數亦稱石。唐書張宏靖傳：『汝等挽兩石弓。』又水亦稱石。水經注：『河水濁，清澄，一石水，六斗泥。』又酒亦稱石。史記滑稽列傳：『一石亦醉。』又衡名，百二十斤爲石。書：『關石和鈞。』月令：『鈞衡石。』漢書律歷志：『石者，大也。權之大者。』今越人亦呼十斗曰石，非『擔』擔亦俗字也。亦無『后』字，殆嘯山南匯人故。

第八回：『都道是江西第一個能員。陽明先生不聞乎？亦以爲能員乎？』王惠事本子虛，此評可删。

『自此更姓改名，豈卽更姓爲「郭」耶？王惠、郭力父子事，惠汶上人，力長沙人，作者本寫得支離。』嘯山評似粘滯。三十八回又引李保泰齋生文集胡孝子尋親記，爲歙胡仲長。

第九回：『大凡往那裏過，都要進來磕頭。史文靖曾任本江總督，故疑婁乃史也。』按：文靖五子登科，著者：長奕簪，□奕昂兵侍，□奕環河東道，其二俟攷。此云『不得早年中鼎甲、入翰林』，或琫三、瓚四影寫『環』字耶？金評以爲桐城張氏，則文恪乃指文端，太保乃指文和。通政又是何人？

觀卤臣少□名廷瓚，必不直舉其名也。

廿一回：『這時節不是你哭的事。』本吳志張昭勸孫權語意。

第二十六回：『升了汀、漳、龍道。既託名明官，不當徑稱今制，此亦疏忽之過。』按：此等皆稗官家故謬其辭，使人知爲非明事。亦如西游記演唐事，託名元人，而有鑾儀衛明代官制；紅樓夢演國朝事，而有蘭臺寺大夫、九省總制節度使、錦衣衛也。江秋珊雜記嫌其蕪雜，亦未識此。此評可删。

第三十一回：『此等說話，少卿安得而知之而筆之於書，然則此書非少卿所作可知。』按：此等說話，未必出自青然，安知敏軒不能自撰、自嘲？嘯山似爲作者、評者所愚。下文：『是教他投王胡子，卻又牽連出邵奶公，無謂。』按：邵奶公定戲，少卿之父尚在，此語正關動前後文，不得云『無謂』。

第三十回：『隔著三間屋就聞見他的臭氣。』用南史蕭謍事。

第三十五回：『據縣莊志銘稱：「丙辰召試，有欲招之出門下者，正色拒之，以此不入選。」外史所言卽此。』按：小倉山房程誌無此四句，疑嘯山誤記它書。

『二子甲、寬皆中進士。』按：述學別錄楊凱傳：『甲更名文淵，中進士。』不云二子皆中。嘯山亦誤記也。

『簽得天山遯』，用朱子事。

第五十三回：『斗大的明珠挂在梁上』，用默記李後主事。

青谿文集有上宮保某公書，卽文和。

『凱風』一條，三家詩拾遺，應作詩瀋。

『依僧寺，坐佛膝，映長明鐙讀書。』亦見王冕傳。此借入匡超人。釘鞋一段，本宋書劉敬宣傳。

姚園，卽後來隨園。詩話又冒稱大觀園，則非。

蘇軾一條，本書影汪道昆事。

『不敢妄爲些子事』四句，見輟耕錄，但改七律爲絕句耳。

『耳白於面，名聞天下。』見孔氏談苑。

片石居扶乩一段，本湖壖雜記，乃順治辛卯事。

『棋子聲、唱曲聲，易爲天平聲、竹爿聲。』本堅瓠癸集袁于令事。

洪憨仙一段，亦本桂苑叢談李全皋條。

郭孝子噴噓嚇虎，本朝野僉載諸暨人事。

『買通了道人，日日搬柴、運米。』亦用後漢姜詩妻事。

石頭記

燕下鄉脞錄卷五引徐柳泉云：『紅樓夢一書，卽記故明相珠家事。金釵十二，皆納蘭侍衛所奉爲上客者也。寶釵影高澹人。妙玉卽影西溟先生。「妙」爲少女，「姜」亦婦人之美稱。如玉如英，義可通假。妙玉以看經入園，猶先生以借觀藏書就館相府。以妙玉之孤潔，而横罹盜窟，並被以喪身失節之名；以先生之貞廉，而瘐死圜扉，並加以嗜利受賕之謗：作者蓋深痛之也。』按：西溟己卯北闈之獄，爲同年李修撰蟠所絓累，卒於請室，天下寃之。望谿記其遺言，謝山爲作墓表，其誣何嘗不白？柳泉乃橫被以檻外人之女冠子，是欲白受賕之誣，而平添一誣，西溟身後何大不幸乃爾！金釵十二爲容若上客影名，前人未有道，乃柳泉不知從何得之，惜縉士大令不盡記憶，使人閱之悶悶。紅樓夢原名石頭記，不署作者姓名。相傳云：乾隆末，明相孫成安以多藏爲和珅婪索，不遂，又涎美婢侍明相夫人者，作紫雲之請，成靳不與；固索之，迺以明相夫人爲辭，並微露禁臠不容他人染指意。和珅挾恨，以事中傷之，籍沒，遣戍。婢爲所得而不死。玉山關文先尚書乞歸疏稿題後云：『司寇歿後八十餘年，某相國家籍沒，金玉寶貨以數十萬計。』所云『某相國』，即指明珠。健菴歿於康熙三十三年甲戌，歷八十年爲乾隆三十九年甲午，則承安籍沒在甲午年後，正和珅顯用事時。和於甲辰七月，以吏書協辦。成之業師某，日擊其事顛末，造爲此記，半屬空中樓閣：以賈政影明相，賈珠早死影容若，又以賈敬丙辰進士故亂其辭，以寶玉影揆敍，皆瞀妄不足詰。惟襲人影婢珍珠，亦非其本名，明夫人必不至以夫名名婢也。以蔣玉函影和相，以和小名琪官故也。初僅鈔本，八十回以後軼去。高蘭墅侍讀鶚續之，大加删易。原本史湘雲嫁寶玉，故有『因麒麟伏白首雙星』章目；寶釵早寡，故有『恩愛夫妻不到冬』謎語。蘭墅互易，而章目及謎未改，以致前後文矛盾。此其增改痕迹之顯然者也。原本與改本先後開雕。桐陰清話卷七引樗散軒叢話云：『康熙間，某府西賓常州某孝廉手筆。乾隆某年，蘇大司寇家以書付厰肆裝訂，抄出刊行。』世人喜觀高本，原本遂湮。然厰肆尚有其書——癸亥上元，曾得一帙，爲同年朱味蓮攜去——書平平耳，無可置議。嘉慶初年，後夢、續夢、補夢、重夢，復夢五種，接踵而出。後、續還魂之妄，説鬼謰謱，已覺無謂；重夢則現色身説法，並忘原書『意淫』二字本旨矣。復夢易『賈』作『祝』，極譽釵、襲，殆認賊作子；文之不通，更無論已。道光中又有夢補、圓夢、幻夢三種。陳厚甫、嚴問樵兩前輩各譜傳奇，嚴後出而遠跨陳上。近時復有增補、夢影二種，每下愈況，益不足觀。寄蝸殘贅謂爲讖緯之書，不知何指。柳泉更以爲影澹人、西溟，彌匪夷所思矣。果如徐言，以姓名映合通假，則黛玉影秀水，與容若交逾一紀，觀祭文可見，尙有瀟湘館竹可以附會。三春爲東海三徐，惜春當爲嚴繩孫，晴雯當爲田山薑，熙鳳爲橫雲山人，李紈、李綺〔三〕爲秋錦兄弟，可卿爲留仙諭德乎？岫煙似指查他山愼行，湘雲疑指史夔，薛寶釵當是翁寶林，花襲人乃指高澹人，紫鵑爲陶紫笥元淳，劉老老當是嘯亭雜錄之劉槳邨大槐——海峯先生弟也，巧姐又豈指宗之少宰？皆肊斷不足據。唐實君亦與他山同客揆功所，書中應屬誰人？古人可作，微特湛園怒不任受，即江邨亦將拔其舌矣。憺園集卷三十七通議大夫一等侍衛納蘭君墓誌銘云：『所交游若嚴繩孫、顧貞觀、秦松齡、陳維崧、姜宸英，尤所契厚。吳兆騫，贖而還之〔三三〕。』

藏園曲

蔣淸容先生紅雪樓九種曲，僱眞玉茗『四夢』，爲國朝院本第一。其目曰一片石、空谷香、桂林霜、四絃秋、雪中人、臨川夢、香祖樓、第二碑、冬靑樹；香祖樓尤爲精絕，眞得還魂神髓。李童山曲話下云：『聞其痺疾後尙有左手所簒之十五種曲，未梓。』今不知尙有藏本否。惜丁卯秋見先生曾孫文恪中丞，不一詢之。

湖上笠翁曲，已刻者前後八種，未刻者內外八種。今行世者止十種。餘如偸甲記、四元記、雙錘記〔二四〕、魚籃記、萬全記五種，名見曲海；此外十七種〔二五〕，不知何名，今皆不傳。

香祖樓

遣愁集卷一：『韻談：「陳麋公云：『古人以蘭爲香祖，余欲結茅四面，雜蒔蘭蕙，扁曰香祖樓。有柱聯曰：異人常在漁樵裏，老鶴多眠蘭蕙中。』」』紅雪樓九種曲，一曰香祖樓〔二六〕，似取麋公語。齣中陳最良紫蘭名〔二七〕，亦見花譜。

臨川夢

潛邱劄記卷四上跋堯峯文鈔三云：『錢牧翁評隲陳仲醇，謂「聊可裝點山林，附庸風雅」。人於鈍翁亦云然。仲醇御物才神絕，鈍翁居鄉品高絕，士固不浪得名耳。』庸按：蔣藏園臨川夢院本隱奸一齣上場詩：『裝點山林大架子，附庸風雅小名家。』蓋本東磵語。其中描摹充隱奸險，不無過刻；至謂袁襄愍之殺毛文龍，因拒麋公粥文，而借香光以𢭏之，則柳南續筆卷二〔二元〕同。張冠李戴，頗非事實。全謝山結埼亭集外編卷二十九跋東江事跡，已辨其妄。嘯亭雜錄卷十謂襄愍爲文敏門下士，非。傳奇中所演故事，寓言十九，不得謂藏園深文周內也。惟『可以棲遲』，據漁磯漫鈔卷十乃陶文簡公贈扁，非若士。

魚水緣

魚水緣傳奇二卷，三十二齣，不署作者姓名。演鹿邑胡楚卿瑋、沈若素事。越中有雙魚墜戲劇，關目略同，惟以「喜新」爲「新喜」，又婢先配合，無嫁吳生事，殆卽本此而芟去枝葉耳。曲文流逸可玩。如『只爲他俊龐兒忒煞嬌，非是我饞眼兒容易飽。』『送便應該，賣字聽來韻不諧。』『但願因緣將來似你，首和尾沒點差池。』『抱愁幾度把愁袪，只愁未審愁來處。我一向聰明到此愚。』皆白描入神，不減東嘉也。

繪眞記

青浦縣志卷十九文苑傳：『陸伯焜孫壽銘，字晴初，諸生。五七古詩有殊嗜。妻汪氏，號紉青女史，亦能詩。閨中倡和，甚相得也。紉青早世，哀悼過情，無聊縱酒卒。著有酒邊集。汪有扶雲吟稿，陳文述敍子俊彙而梓之。』庸按：坊肆有繪眞記彈詞，亦晴初悼亡後無聊遣日游戲之筆。姬平原，其寓名。易汪爲韓。洋纚數萬言，頗可觀，勝□□〔二九〕之拱璧緣多矣。

還金鐲

越中高腔演還金鐲，見包公案。據堅瓠廣集〔三〇〕卷九引湖海搜奇，乃柳鸞英、閻自珍事，云：『人作釵釧記傳奇，今此記不傳。龍圖公案襲之，伶人又轉演作別事，遂忘爲柳閻眞事矣。』今古奇觀卷二十四陳御史巧勘金釵鈿一回，略同。

釣金龜

越中有釣金龜一劇，中演孝肅勘訊髮有巨釘，一案審出兩案事。西雲札記卷四：『金石萃編一百四十一王公儀碑銘，敍公儀辨寃獄，有婦人死而不明，視其髮，得巨釘，人服其神明。今傳奇有附會作包孝肅公案者。』按益都耆舊傳：『嚴遵爲揚州刺史，行部，聞道傍女子哭聲不哀。問之，云：「夫遭燒死。」遵勅吏輿屍到，令人守屍，曰：「當有物自往。」吏白：「有蠅聚頭所。」遵令披視，得鐵錐貫頂。考問，以淫殺夫。』見藝文類聚九十九卷蠅部引，亦見太平廣記卷一百七十一。一百七十二又引酉陽雜俎韓滉事云論衡載子產云云，皆所本也。子產事，王充本之韓非。又姚天福事——見元文類及輟耕錄。又張詠事——見鄭克折獄龜鑑。蘭九所云傳奇，殆即鈞金龜，特以女易男；其云張義似又合張詠事爲一也。夜談隨錄卷十二鄂縣尹條：相尸於耳中，取出瀝粱半斤。

兒女英雄傳

此書大致仿石頭記儒林外史而作，於家庭細故中，發出天理人情，似迂拘而實通達，似俚俗而實爾雅，不知出何人手。卷端光緒當是嘉慶之譌戊寅古遼馬閬圃從善序云：『勒文襄相國保次孫文鐵仙康觀察所著。初名金玉應作「硯弓」緣，又名日下舊聞，亦名正法眼藏五十三參。乾隆甲寅，東海吾了翁補綴，易此名。』又有雍正甲寅觀我齋鑑原序。皆依託也。紀獻唐乃年羹堯，隆府即隆科多，則是述雍正乙巳、丙午後事。然軍機大臣、東河總督皆設於雍正庚戌；烏里雅蘇臺譯云『多楊柳』。屯兵始於辛亥，壬子設定邊左副將軍，烏里雅蘇臺參贊大臣至乾隆乙亥始設；浙江觀風整俗使設於丙午，山東無之。文襄卒於嘉慶己卯，其孫乃道、咸間人，故云『鴉片』，云『曼生壺』，云『郭婆帶』云。端木仲興淡似指百祿，談爾音指琦善，烏明阿指穆相。丁亥琦督兩江，與副河潘錫恩開放王營，減壩挑河，費帑六百萬，無成。穆偕蔣礪堂相國查辦，時有『五鬼鬧王營』之謠。其云紹興，又似指張蓮舫文浩則在甲申。論語侍坐章：『三子之言畢，而夫子之心傷矣。』本於隨園。『吾不如老農』，『如』作『同』解，可入拾瀋。咫聞軒賸稿卷一、鹿洞講義更詳據國史年羹堯列傳，忌刻之罪六，爲『遏抑中書阿炳安等軍功』，故以『阿』爲『何』，『炳』爲『焯』，去『安』字，則與義門學士名同矣。續東華錄卷二十五：『乾隆十二年二月，川陝總督慶復奏：「審訊故道阿炳安侵帑一案，嚴鞫協領德明寄頓銀兩，已據招認；惟銀數不符，見在審究查追。又據阿炳安家人蘇勒供稱『乾隆四年正月，曾將銀四千兩，用木盒盛送大將軍查郎阿，交伊家人安七轉呈收受』等語，但一面之詞，未便指爲確實。安七又在京師，難以查辦。謹據實奏聞。」得旨：「查郎阿係皇考所用之舊大臣，朕不忍置之於法。此事不必根究，朕自有處。」』則阿官至觀察，其軍功當在西路征策凌時也。吾意出近人手，當在乙丑崇文山將軍大魁後，觀屢引品花寶鑑可見。茌平左右無靑雲山描畫十三孃殲髡制盜，劇似續水滸中陳麗卿，則寓言更不足詰矣。談屑卷二：『吳門顧孝廉館年川陝督署，以館童不及進盥具，年卽殺之，顧料其不終，託故辭去。出陝界，貽書數千言，責其跋扈無人臣禮。年籍沒時，書上於朝，謂有膽有識，下蘇撫徵之；而顧不知，恐以館年株累，飲藥死。』十八回之顧肯堂槩，殆卽附會其事，以會稽無其人也。

至同門李素堂應龍，則不知指年幕何人，俟攷。

難中福

近滬上戲園新劇有難中福一齣，事見平定粵匪紀略附記四，云：『鎮江失守時，賈周某自城逸出，遇賊隊，匿積屍下。賊去，欲起，復聞呵殿至，伏不敢動。俄有曳其髮起立者。見一官著古衣冠，熟視之，曰：「此應死龍王廟前王三麻子手者。」釋之去。周知爲神，懼甚，乘夜急行。循江七八里，得漁舟，亟登之。有一家五六人先在焉，舟人以無資，逐之；泣涕求載，不允。周憐之，探懷得十餘金，盡畀舟人。風乘風倏達北，復大悔。忽念死已前定，徑趨龍王廟門坐待之。日晡，賊隊絡繹過，皆未上岸。舟乘風倏達北，復大悔。

顧問。尾一騎至，持矛刺周喉。周亟呼「王三麻子」！騎馬賊抽矛，詰以何處相識。周述神語，賊云：「死妖何能知？偏欲釋汝！」周告以逃亦無資，不如死。賊擲一紙裹與之，揚鞭去。解視，則黃金二十餘兩。乃雇舟至仙女廟，得免。』邗人皆知其事。劇中關目亦相類，第益以胡文忠公督師鏖戰、周說王反正，則劇場附會，爲砌末熱鬧地耳。

〔註〕原書首行題『霞外攟屑卷九　香雪崦叢書內集』。次行署『山陰　平步青　景孫纂』。第三行題『小棲霞說稗』。

小棲霞說稗校勘記

本編所重印的小棲霞說稗，是用香雪崦叢書本做底本。此書並沒有其它版本，僅就編者所見，確係脫謁之處，略作訂正；疑誤之處，加以說明，均仍註出。

〔一〕此處所空兩字，查西河合集，並不會寫明王某之名

〔二〕『無支祁卷』，原刻作『支無祁卷』。

〔三〕『殺劉季述，帝反正，乃制曲以褒之』，據唐會要作『殺劉季述，反正，帝乃制曲以褒之』，疑見本南部新書或有誤。

〔四〕『卷一』，原缺『一』字，今據東坡志林補。

〔五〕『後書』，指後漢書。

〔六〕『吳汝忠』，原刻作『吳汝志』。

〔七〕『長春』，原刻作『長眞』。

〔八〕『䏰』，疑是『胸』字。

〔九〕『屰』，疑是『笑』字。

〔一〇〕『李景讓』，原刻作『杜景讓』。

〔一一〕『新書』，指新唐書。

〔一二〕『逼娶』，原刻作『逼嫁』。

〔一三〕『破堂和尚』，原刻作『故堂和尚』。

〔一四〕『紅玉』二字，據玉嬌梨補。

〔一五〕『曝書亭集』，原刻作『暴書亭集』。

〔一六〕此段節引過甚，致語意模糊。按曝書亭集卷三十六白蘭谷天籟集序，乃是白氏後人於明初由姑孰徙六安，此處這樣節引，會使人誤會白仁甫到明初還在世了。

〔一七〕『關鄭之上』，原刻作『關程之上』。

〔一八〕『陰隱客』，原刻作『陰隱谷』。

〔一九〕『表』字，原刻缺，據存硯樓二集補。

〔二〇〕『胥』字，仝上。

〔二一〕『弁』，原刻作『卉』。

〔二二〕『李綺』，原刻作『文綺』。

〔二三〕『吳兆騫贖而還之』。按：吳兆騫，字漢槎，江蘇吳江人。清順治十三年舉鄉試，被流言誣謗，得罪戍寧古塔，居塞外二十餘年。顧貞觀時時爲請於納蘭成德，又以語激之，成德爲盡力，久之，得赦歸。如平氏所引，會使人誤解爲吳兆騫贖納蘭成德了。

〔二四〕『雙錘記』，原刻作『雙鐘記』。

〔二五〕『十七種』，原刻作『三十七種』。

〔二六〕此處原刻有『本名忉利天』一句。按：『忉利天』，乃蔣士銓所作另一雜劇，非香祖樓別名，今删去。

〔二七〕『齣中陳最良紫蘭名』一句，『陳最良』三字，疑是衍文；其餘似應作『移官齣中「素心蘭」名』。

〔二八〕原刻缺『二』字。

〔二九〕此處原刻缺二字。按：拱璧緣彈詞，清陸詒安撰。

〔三〇〕『堅瓠廣集』，原刻作『堅匏廣集』。

詞餘叢話

清·楊恩壽著

詞餘叢話提要

詞餘叢話三卷，清楊恩壽著。楊恩壽，字鶴儔，號蓬海，又號朋海，別署蓬道人。湖南長沙人。生於一八三四年（道光十四年）〔註〕，一八五八年（咸豐戊午）優貢生，一八七〇年（同治庚午）舉人，光緒初授鹽運使銜，陞候補知府，歷年生活，實際多是在雲南、貴州各地作幕客。生平著述，自己編爲坦園叢書；詩、文、詞、賦之外，關於戲曲的有詞餘叢話及傳奇姽嫿封、桂枝香、麻灘驛、再來人、桃花源、理靈坡等六種，又曾作有鴛鴦帶傳奇，未刻。

詞餘叢話，分爲原律、原文、原事，各一卷。原律，多談的是律呂、宮調、曲譜、聲韻之類；原文，專是談詞藻、文章；原事，則考證或記述一些戲曲故事。叢話的體製，和其它稱爲『曲話』的著作並沒有什麽差別，只是因爲作者時代較晚，其中較多清代中葉以來的材料。

詞餘叢話共有如下所列各種版本：

（一）坦園叢書本　坦園叢書有清光緒間長沙楊氏自刻本。

（二）重訂曲苑本　據坦園叢書本景印。

（三）增補曲苑本　據重訂曲苑本排印。

〔註〕據坦園詩錄，在光緒戊子年所作的詩中，自稱年五十有五，由此上推，他的生年當是在道光十四年。

又據眼福編自序寫於光緒十一年，則他的卒年，當還在此以後。

詞餘叢話序

古者入學習樂，弟子職也。少者可學，必非難事。自高視闊論者執孔子『樂云樂云，鐘鼓乎哉』之說，窮極精微，屢牘連篇，究莫得善美之蘊。不知孔子所論，乃指作樂而云然，謂必有盛德大業方可作一代之樂，非謂舍鐘鼓而別有所謂樂也。孟子曰：『今之樂猶古之樂。』古有樂，今亦有樂。古樂云亡，舍今奚從？而今日之樂，大而清廟、明堂、燕享、祭祀，小而樵歌、牧笛，婦孺謳吟，凡有聲者，皆可謂樂。以此爲樂，則弟子可學矣。文祺奉使入覲大朝，得遇湖北護貢官楊都轉，晨夕晤對，一月有餘，無日不有倡和。湖光山色，助我詩情。既讀其詩集、詞集矣，漢陽旅次，又以院本數種見贈。文祺受而讀之，第覺其詞旨圓美，齒頰生香，而於製曲之源流昔如也。一再叩其底蘊，都轉略示梗概，並出是卷讀之。卷分三類：一曰原律，辯論宮商，審明清濁；一曰原文，凡曲之高下優劣，經都轉論定者，悉著於篇；一曰原事，詼諧雜出，耳目一新；製曲之道，思過半矣。較之隨園詩話、制藝叢談、楹聯叢話，更足啓發心思，昭示來學，不得以曲子相公爲名臣累也。下邦有白毫子——明命王之十子，今王之叔父也——嘗以宮中應制第有魚龍漫衍之戲爲陋，訪得故黎承值樂工善吹笛者，出新意，製曲凡數十套，按節而歌，應聲而舞。四十年來，內庭賜宴，小臣得與聞焉。在下邦以創始爲奇，未嘗不咨嗟嘆賞。以爲古之樂，則吾不知；若今之樂，亦觀止而不敢復請。惜白毫子薨已十有二年，不獲睹是篇而考證之，亦憾事也。付梓後願以百本見寄。海邦童子，尙多穎秀之資，倘循是以求其精微，不獨今之樂可學，卽古樂之善美者，不亦可測其涯涘耶？丁丑秋九月，越南國貢部正使珠江裴文禩殷年甫拜序於漢陽鸚鵡洲舟次。

詞餘叢話 卷一

清·楊恩壽著〔註〕

原律

乾隆六年開律呂正義館，莊親王董其事。王撰分配十二月令宮調論，最爲精核。因備錄之：「宋史燕樂志：『以夾鐘收四聲；曰宮，曰商，曰羽，曰閏。閏爲角，其正角聲、變徵聲、徵聲皆不收，而獨用夾鐘爲律本。宮聲七調，曰正宮、高宮、中呂宮、道宮、南呂宮、仙呂宮、黃鐘宮。商聲七調，曰大石調、高大石調、雙調、小石調、歇指調、商調、越調。羽聲七調，曰般涉調、高般涉調、中呂調、平調、南呂調、仙呂調、黃鐘調。角聲七調，曰大石角、高大石角、雙角、小石角、歇指角、商角、越角。』此其四聲二十八調之略也。顧世傳曲譜，北曲宮調凡十有七，南曲宮調凡十有三，其名大抵祖二十八調之舊，而其義多不可考。又其所謂宮調者，非如雅樂之某律起宮、某聲起調，往往一曲可以數宮，一宮可以數調。其宮調名義既不可泥，且燕樂以夾鐘爲黃鐘、變徵爲宮、變宮爲閏，其宮調聲字亦未可據。按騷隱居士曰：『宮調當首黃鐘，而今譜乃首仙呂。且旣曰黃鐘爲宮矣，何以又有正宮？既曰夾鐘、姑洗、無射、應鐘爲羽矣，何以又有羽調？既曰夷則爲商矣，何以又有商調？且宮、商、羽各有調矣，而角、徵獨無之。此皆不可曉者。或疑仙呂之『仙』，乃『仲』字之譌；大石之『石』，乃『呂』字之譌，亦尋聲揣影之論耳。」續通考謂：「大石本外國名。般涉卽般贍，譯言般贍，華言曲也。」夫南北風氣固殊，曲律亦異，然宮調則皆以五聲旋轉於十二律之中。廖道南曰：「五音者，天地自然之聲也。在天爲五星之精，在地爲五行之氣，在人爲五藏之聲。」由是言之，南北之音節雖有不同，而其本之天地之自然者，不可易也。且如春月盛德在木，其氣疏達，故其聲宜嘽緩而駘宕，始足以象發舒之理，若仙呂之醉扶歸、桂枝香，中呂之石榴花、漁家傲，大石之長壽仙、芙蓉花、人月圓等曲是也。夏月盛德在火，其氣恢台，其聲宜洪亮震動，始足以肖茂對之懷，若越調之小桃紅、亭前柳，正宮之錦纏道、玉芙蓉、普天樂等曲是也。秋之氣颯爽而清越，若南呂之一江風、浣溪沙，商調之山坡羊、集賢賓等曲是也。冬之氣嚴凝而靜正，若雙調之朝元令、柳搖金，黃鐘之絳都春、畫眉序，羽調之四季花、勝如花等曲是也。以蓋聲氣之自然，本於血氣心知之性而適當於喜怒哀樂之節，有非人之智力所能與者。我聖祖仁皇帝考定元音，審度制器，黃鐘正而十二律皆正，則五音皆中聲，八風皆元氣也。今合南北曲所存燕樂二十三宮調諸牌名，審其聲音，以配十有二月：正月用仙呂宮、仙呂調，二月用中呂宮、中呂調，三月用大石調、大石角，四月用越調、越角，五月用正宮、高宮，六月用小石調、小石角，七月用高大石調、高大石角，八月用南呂宮、南呂調，九月用商調、商角，十月用雙調、雙角，十一月用黃鐘宮、黃鐘調，十二月用羽調、平調。如此，則不必拘拘於宮調之名，而聲音意象，自與四序相合。羽調卽黃鐘調，蓋調闕其一，故兩用之；而子當夜半，介乎兩日之間，於義亦宜也。閏月，則用仙呂入雙角；仙呂卽正月所用，雙角卽十月所用，合而用之，「履端於始，歸餘於終」之義也。』

曲中重句爲疊，始於江沱之『不我與也』。其稱爲格者，三百篇中或用『之』，或用『兮』，或用『止』，或用『只』，楚辭則用『些』，其鼻祖也。如水紅花『也囉』二字，韻在其上，『也囉』爲語助，皆此類耳。至若一字旣不叶韻，又無其義，如駐雲飛之『嗏』字，則古詩『妃呼狶』之屬也。

句字長短，古無定限。如二字爲句，則『祈父』、『肇禋』之類是也；三字爲句，則『思無邪』、『於繹思』之類是也；四、五、六、七字，六代以來所常用，不具論；若八字，則『我不敢效我友自逸』之類是也；九字『人莫躓於山而躓於垤』，十字『饘於是粥於是以糊余口』，皆其類也。十一字以上，荀卿成相辭備有之。至少至一字，則雖『都』、『俞』、『吁』、『咨』載在二典，而於歌辭，不少概見〔一〕，惟宋詞十六字令第一句，乃一字一韻也。漢曲『故春非我春、夏非我夏、秋非我秋、冬非我冬』，以十七字爲句，千古罕偶。

元人周德清評西廂云：『六字中三用韻，如「玉宇無塵」內「忽聽一聲猛驚」、「玉驄嬌馬」內「自古相女配夫」，此皆三韻。』沈景倩謂：『「女」、「古」仄聲，「夫」字平聲，不若「雲斂晴空」內「本宮始終不同」俱平聲，乃佳耳。究之此類，元人多能之，不獨西廂爲然。如春景時曲云「柳綿滿天舞旋」，冬景云「臂中緊封守宮」，又云「醉烘玉容微紅」，重會時曲云「女郎兩相對當」，私情時曲云「玉娘粉粧生香」，㑳梅香雜劇云「不妨莫慌我當」，兩世姻緣云「怎麽性大偏殺」，歌舞麗春堂云「四方八荒萬邦」，俱六字三韻，穩貼圓美。他尚未易枚舉。詞曲佳處自有，在此特剩技耳。』

今按樂者必先學笛。如五、凡、工、尺、上、一之屬，世以爲俗工俚習，不知其來舊矣。宋樂書云：『黃鐘用合字，大呂、太簇用四字，夾鐘、姑洗用一字，夷則、南呂用工字，無射、應鐘用凡字，中呂用上字，蕤賓用鉤〔二〕字，林鐘用尺字，黃鐘清用六字，大呂、夾鐘清用五字。又有陰、陽及半陰、半陽之分。』而遼世大樂，各調之中，度曲協律，其聲凡十，曰五、凡、工、尺、上、一、四、六、鉤〔三〕、合；近十二雅律，第於律呂各闕其一，猶之雅音之不及商也。可見宋、遼以來，此調已爲之祖，宜後之習樂者不能越其範圍。

昔人謂：『詩變爲詞，詞變爲曲，體愈變則愈卑。』是說謬甚。不知詩、詞、曲，固三而一也，何高卑之有？風琴雅管，三百篇爲正樂之宗，固已芝房寶鼎，奏響明堂；唐賢律、絕，多入樂府，不獨宋、元諸詞，喝唱則用關西大漢，低唱則用二八女郎也。後人不溯源流，强分支派。大雅不作，古樂云亡。自度成腔，固不合拍，卽古人遺製，循塗守轍，亦多聱牙。人援『知其當然、不知其所以然』之說以解嘲，今竝當然者亦不知矣。詩、詞、曲界限愈嚴，本眞愈失。

古人製曲，神明規矩，無定而有定，有定仍無定也。樂譜：鹿鳴之詩，首章『我』爲蕤、『有』爲林、『嘉』爲應、『賓』爲南，次章『我』爲林、『有』爲南、『嘉』爲應、『賓』爲黃。同一『我有嘉賓』，初無高下輕重之別，何以互異若是？可見諸律原可通，不必拘拘工尺也。旨哉沈賓漁之言曰：『遷字就調，可以恕古而不可以恕今。』

舊唐書音樂志，享龍池樂章十首，姚崇、蔡孚等十人之作，皆七律也。沈佺期之『盧家少婦』一章，卽樂府之『獨不見』也。陳標飲馬長城窟一篇，亦是七律。楊升菴草堂詞選序曰：『唐七言律，卽塡詞之瑞鷓鴣；七言仄韻，卽塡詞之玉樓春也。至於醉草淸平、旗亭畫壁，絕句入樂府者，尤指不勝屈。』此曲與詩、詞異流同源也。

元曲音韻，講求最細。膾炙人口者莫若琵琶，猶不免借用太雜之譏。昔歐陽永叔謂：『退之古詩，工於用韻，得寬韻則波瀾橫溢，泛入旁韻；得窄韻則不復旁入，因難見巧。』塡詞者何獨不然。

漢禮樂志：『武帝定郊祀之禮，乃立樂府，采詩夜誦，有趙、代、秦、楚之謳。』劉舍人所謂『武帝崇禮，始立樂府也』。案：孝惠二年，夏侯寬已爲樂府令，則樂府之立，未必始於武帝也。

張度西先生嘗謂：『詞曲之源，出自樂府。雖世代升降，體格趨下，亦是天地間一種文字。曲譜中大石調之念奴嬌「長空萬里」，般涉調之哨徧〔四〕「睡起草堂」，皆宋詞，可見是時已開元曲先聲，如青蓮憶秦娥爲詞祖，妍麗流美，而聲之變隨之，有莫知其然而然者。然如實甫、東籬、漢卿，猶存宋人體格；自院本、雜劇出，多至百餘種，歌紅拍綠，變爲牛鬼蛇神、淫哇俚俗，遂爲大雅所憎。前明邱文莊十孝記〔五〕何嘗不以宮商襞演，寓垂世立教之意？在文人學士，勿爲男女媟褻之辭，埽其蕪雜，歸於正音，庶見綺語眞面目耳。』先生此論，與藏園題忠愍記『安肯輕提南、董筆，替人兒女寫相思』之句，相脗合云。

自北劇興，名男曰『末』、女曰『旦』。南劇雖稍有更易，而『旦』之名不改，不解何義。按遼史樂志：『大樂有七聲，謂之七旦。』凡一旦，司一調，如正宮、越調、大石、中呂之屬。此外又有四旦二十八調，不用黍律，以琵琶叶之，卽今九宮譜之始。所謂旦者，乃司樂之總名。金、元相沿，遂命歌伎領之。後改爲雜劇，不皆以倡伎充旦，則以優之少者假扮爲女，漸失其眞。元人云：『雜劇中用四人：曰末泥色，主引戲、分付；曰副淨色，主發喬；曰副末色，主打諢；又一人裝孤老。』獨無旦之色目，益知旦爲司調，如教坊部頭、色長類也。

梁茝鄰中丞浪跡續談：『生、旦、淨、末之名，自宋有之。然武林舊事亦多不可解者。惟莊岳委談云：「傳奇以戲爲稱，謂其顚倒而無實耳。故曲欲熟而命以生也，婦宜夜而命以旦也，開場始事而命以末也，塗汚不潔而命以淨也。」枝山猥談則云：「生、旦、淨、末等名，有謂反稱，又或託之唐莊宗者，皆謬也。此本金、元闤闠談吐，所謂『鶻伶聲嗽』，今云市語者也。生卽男子，旦曰『裝旦色』，淨曰『淨兒』，末乃『末泥』，孤乃官人。卽其土音，何義理之有！」堅瓠集：「樂記注：『俳優雜戲，如獼猴之狀。』生，『狌』也。旦，『狚』也——莊子：『猨猵狚以爲雌。』淨，『猙』也——廣韻：『似豹，一角，五尾。』丑，『狃』也——廣韻：『犬性驕。』俳優如獸，所謂『獶雜子女』也。」此近穿鑿，恐非事實。』

院本乃宋徽宗時五花爨弄之遺，有散說，有道念，有筋斗，有科汎。初與雜劇本一種，至元世始分爲兩，明則院本不傳久矣。今尙稱院本，猶沿宋、金之舊。

毛西河先生於音律有神悟。丹陛樂者，黃門鼓吹曲也，設筍簴於午門旁，太常典之。而其曲多誤。聖祖命更定之。陳文貞公以列代樂章配音樂議，屬先生條上，多所采用。康熙二十三年，聖祖諭羣臣以徑三圍一、隔八相生之法，先生遂極意搜討，作聖諭樂本解說、皇言定聲錄及竟山樂錄。三十八年，聖祖南巡，先生進樂本解說刻本，詔傳至行在奬勞，並勅改刻本譌字，宣付專行。李剛主走三千里，受業凡三日，盡得舊所傳五聲、二變、四淸、七調、九歌、十二管並器色旋宮之法，且能正先生樂書譌謬二十餘字。先生大驚，盡出所著，俾論定。

惠紅豆先生生時，其父夢楊文貞公來謁，卽以『士奇』名之。學問宏通，尤工詞曲。撰琴遂理數考四卷，其略云：『十二律，黃鐘至小呂爲陽，蕤賓至應鐘爲陰。陽用正而陰用倍，蕤賓長、小呂短、黃鐘中，自古相傳之舊法也。晉永嘉之亂，有司失傳。梁武帝始改舊法，黃鐘長、應鐘短、小呂中，由是陽正陰倍之法絕。漢、魏律遂，小呂一均之下徵調，黃鐘爲宮，有小呂，無蕤賓，故假用小呂爲變徵。黃鐘遂之黃鐘宮爲正宮。小呂遂之黃鐘爲下宮。徵最小，而以爲宮，故爲下宮。隋鄭譯遂以黃鐘正宮當之，擅去小呂，用蕤賓，以坿會先儒『宮濁、羽清』之說。夫宮濁、羽清者，指下徵調而言。譯改爲正宮，是以歷代之樂皆患聲高。隋、唐以來，惟奏黃鐘一均，而旋宮之法廢矣。古法盡亡，獨存於琴、遂。遂孔疏密，取則琴暉。琴之十二律，起於中暉；遂之七音，生於宮孔。黃鐘遂從宮孔黃鐘始，一上一下，終於蕤賓；琴自中暉黃鐘始，一左一右，終於十暉小呂。』書成，嘉定王進士恪見而喜之。餘或莫之解也。

江愼修先生博通古今，尤專心十三經注疏。自少迄老，丹黃不去手。方侍郎苞，吳編修紱，皆深於三禮者，見先生乃大歎服。高宗詔舉經明行修之儒，有荐先生者，力辭免。以著書自娛，旁及詞曲。其論黃鐘之宮曰：『呂氏春秋稱：「伶倫作律，先爲黃鐘之宮，次制十二筒以別十二律。」黃鐘之宮者，黃鐘半律，後世所謂黃鐘清聲也。唐時風雅十二詩譜以清黃起調、畢曲，琴家正宮調黃鐘不在大絃而在第三絃，合於古者「黃鐘宮爲律本」之意；聲律自然，古今不異也。伶州鳩論七律而及武王之四樂，夷則、無射曰上宮，黃鐘、太簇曰下宮，蓋律長者用其淸聲，律短者用其濁聲，古樂用均之法雖亡，而因端可推。韓子外儲篇曰：「琴以小絃爲大聲，大絃爲小聲。」雖詭辭以諷，然因是知古者調瑟之法，黄鐘、大呂、太簇、夾鐘、姑洗、仲呂、蕤賓，用半而居小絃，林鐘、夷則、南呂、無射、應鐘用全而居大絃也。管子書五聲徵、羽、宮、商、角之序，亦如此。』入聲派入三聲，卽中原韻務頭也。上聲亦可作平，如西廂之清江引『下場頭那答兒分付我』，『我』字上聲；『香美娘處分破花木瓜』，『瓜』字平聲；天下樂『汎浮槎到日月邊』，『邊』字平聲；『安排著憔悴死』，『死』字上聲，此類甚多。用上皆可代平，但不可用去聲字耳。爾雅：『徒歌曰謠。』說文『謠』作『䚻』，注云：『䚻从肉言。』今按：『徒歌』，謂不用絲竹相和也。『肉言』，歌者人聲也。出自胸臆，故曰『肉言』。童子歌曰『童䚻』，以其言出自胸臆，不由人教也。唐人謂徒歌曰『肉聲』，卽說文『肉言』之意也。

原　文

明曲天寶遺事，相傳爲汪太涵手筆。當時傳播藝林。以余觀之，不及洪昉思遠甚。窺浴一齣，洪作細膩風光，柔情如繪，汪則索然也。備錄如左。持月旦評者，當不河漢斯言。汪作：醉花陰膩水流清漲新綠，洗盡胭凝粉聚。斗帳錦重圍，只恐東君窺見濃勻處。前腔坐對銀屏困無語，一點春心未足。舉動不勝嬌，偏嚲雲鬟，擁被衣金縷。古神仗兒塵清洞府，風生桂窟。夢斷瑤池，魂離洛浦。雁行鶯序，鶯雛燕語。侍晨妝翠圍紅簇。恐要侍兒扶，宜寫在嬾妝圖。前腔雲窗繡戶，光凝綺窟。春暖冰肌，香溫玉骨。芳姿新浴，蘭湯乍出。汗溶溶潤徹瓊酥，似梨花一枝春帶雨。洪作：四季花別殿景幽奇。看雕梁畔、珠簾外，雨捲雲飛。逶迤，朱闌幾曲環畫溪，修廊數層接翠微，繞紅牆，通玉扉。你看清渠屈注、迴瀾皺漪，香泉柔滑宜素肌。欵解雲衣，早現出珠輝玉麗。不由我對你、愛你、扶你、覷你、憐你。金鳳釵集花朝擁，月夜偎，嘗盡溫柔滋味。鎮相連似影追形，分不開如刀劃水。千般擱縱百般隨，兩人合一副腸和胃。密意口難提。寫不迭鴛鴦帳，綢繆無盡期。悄偷窺：亭亭玉體，宛似浮波菡萏，含露弄嬌萎。輕盈臂腕消香膩，綽約腰身漾碧漪。明霞骨，沁雪肌。一痕酥透雙蓓蕾，半點春藏小麝臍。愛煞紅巾罅，私處露微微。凝睛睇，恁孜孜含笑，渾似呆癡。休說俺偷眼宮娥魂欲化，則他箇見慣君王也不自持。恨不把春泉翻竭，恨不把玉山洗頹；不住的香肩嗚嘬，不住的纖腰抱圍。無言匿笑含情對，意怡怡。靈液春風，澹蕩恍如醉。波光暖，日影暉。一雙龍戲出平池，險把箇襄王渴倒陽臺下，恰便似神女携將把暮雨歸。出溫泉新涼透體，睹玉容愈增光麗。最堪憐殘粧亂頭，翠痕乾晚雲生膩。看你柳含風、花怯露，輭難支。似嬌無力，倩人扶起。肩相並，手共攜，不須花底小車催。趁撲面好風歸。凝行雲煞意中人，人中意。則那無情花鳥也情癡，一般的解結雙頭學並棲。

漢書元帝紀：『賜單于待詔掖庭王檣爲閼氏。』匈奴傳：『王牆，字昭君。』惟後漢書南匈奴傳作『嬙』。錢竹汀先生謂：『說文無「嬙」字。左傳「妃、嬙、嬪、御」，唐石經本作「牆」』。『則匈奴傳作「牆」不誤。而元帝紀之『檣』字，說文亦未收也。琵琶出塞，乃烏孫公主事，與昭君無涉。傳元琵琶賦序曾詳之，載在宋書樂志。後人因石崇王明君辭序：『昔公主嫁烏孫，令琵琶馬上奏樂，以慰其道路之思，其送昭君亦必爾也。』遂附會以爲昭君。杜工部亦有『琵琶胡語』之句。明人演作傳奇，敍：昭君上馬之頃，文武跪送，昭君顧而長嘆。其詞曰：『你看這文官濟濟中何用，便是那武將森森也枉然，卻教我紅粉去和番！』下語如鑄，愧煞千古鬚眉。王元美手筆也。

虎囊彈院本魯智深醉酒一齣，標曰『三門』，疑是『山門』之譌。後見浪迹叢談引釋氏要覽：『寺字開三門者，謂空門、無相門、無作門，故謂「三門」。』然則虎囊彈之標目非誤也。是齣結尾：寄生草漫拭英雄淚，相隨處士家。謝慈悲剃度蓮臺下。沒緣法，轉眼分離乍。赤條條來去無牽掛。那裏去煙蓑雨笠捲單行？怎離卻芒鞋破鉢隨緣化。聲情激越，可泣可歌。紅樓夢曾引是曲，雖爲寶玉出家借作楔子，而於傳奇中獨揀是折，可見作紅樓夢者洵此中解人也。余尤愛其臨去科白云：『俺于今不是五台山的和尚了！』黃鵠舉矣，青天廓然。昔金聖歎嘗贊西廂記『俺去也』三字，千古猶響，余於此十二字亦然。

名人下筆，一字不苟。桃花扇開場云：『孫楚樓邊，莫愁湖上，又添幾樹垂楊。』一『又』字，將宏光荒淫包埽殆盡，已必其不能中興，蹈陳、隋覆轍矣。但宏光鄙俚無文，惟解縱燒酒、漁幼女，尚不及玉樹後庭，留有南朝餘韻。

王船山先生生當勝國末年，著述宏富。近經曾文正公刻其遺集二百餘卷，此外尚多佚本也。先生嘗取李公佐謝小娥傳，衍作龍舟會雜劇。開場敍公佐登晴川閣：鬥鵪鶉渺渺芳洲，桃波微皺。草如油，紅芽初透。春色如斯，問何人撋就，弔古含愁？古人知否？紫花兒序弄筆尖的把丹青畫餅，持牙籌的將斛斗量沙，擁旌旄的似畫錦冠猴。目斷長隄楊柳、古渡扁舟。波流，一任乾坤日夜浮。問誰是弔北渚靈均哀郢，祝東風周郎顧曲，望長安王粲登樓？淋漓悲壯，睥睨古今，高調也。先生深惡明末諸臣，全本結尾，贊小娥之復仇：（清江引）莽乾坤只有箇開釵釧，劍氣飛霜霰。蟒玉鍚征袍，花柳瓊林宴。大唐家九葉聖神孫，只養得一夥煙花賤。——則憤世詞也。

程雨蒼孝廉以時文名家，詞學蘇、辛，尤工長調。嘗館余家，談及玉茗四夢，頗有微辭，謂：『先生得意者乃牡丹亭，而驚夢一齣，疵類尤多。』余與辨論，遂逐句指斥。至『沉魚落雁鳥驚喧，羞花閉月花愁顫』，雨蒼以『魚鴈』下單提『鳥』字、『花月』下單提『花』字，語落邊際。『閒凝眄，生生燕語明如剪，嚦嚦鶯聲溜滴圓。』以下二句主聽、說，與上三字不貫。此二條，余亦不能爲先生附會也。昔先生指摘鳳洲文集，鳳洲聞之，笑曰：『湯生標塗吾文，異日亦必有標塗湯生之文者。』信然。

嵇月生秀才，無錫人，寄籍湘陰。六世祖留山先生——文敏公之父也——居范忠貞公幕府。耿精忠之亂，同及於難。困囹圄時，楮墨不給，乃燒薪爲炭，寫著作四壁殆滿。事平，獄卒出破書一本，反面炭筆字，悉詩、古文辭也。中有續離騷雜劇，滿腔悲憤，藉以發之。杜默哭霸王廟〔六〕一折，尤爲悲壯。月暈風悽之夜，擫鐵笛吹之，老重瞳必淚數行下也。（新水令）醉書生瞻眺項王宮，恕窮途辦香虛供，寶鼎內不斷絕千載煙，江面上常借助一帆風。論霸業回首成空，遺靈爽古殿寒鐘，還想像萬人敵威名重。（駐馬聽）父老江東，眼盼旌旂在目中。壺漿擔奉，悽悽魂斷戰場空。實指望車如流水馬如龍，誰承想羊欺猛虎鴉欺鳳。下場頭誰送終？血染丹楓，淚濺波濤湧。沉醉東風學詩書頭烘腦烘，學劍術心孏意慵，避會稽藏了銳氣，練子弟熟了操縱。那怕赤帝梟雄，趁著那輦蹕東巡想截龍。小可的擾不碎秦王一統。得勝令似這般本色大英雄，煞强似謾罵假牢籠。甯可將三分業輕抛送，怎學那一杯羹造孽種？破百二秦封，爇烈炬咸陽慟。噪金鼓闕中，嚇得衆諸侯拜下風。七兄弟酒席上殺風算甚麽勇？猛放一綫走蛟龍。教千秋豪傑知輕重〔七〕。割鴻溝無恙漢家翁，慶團欒呂雉諧鴛夢。梅花酒〔八〕餐藜藿，鬢蓬鬆。伴四壁寒蛩，訴半夜哀鴻，泣孤客雕蟲。盲世界精金變作銅，鬼窟穴熱夜冷呵風。赴滕王，扯逆篷。赴滕王，扯逆篷。我這裏乞兒般沒蛇弄，你那裏土神様殺鷄供。我這裏靠筆硯代耕農，你那裏與波浪管艄工。我這裏盼青雲黑漆朦，你那裏傍烏江晚煙封。我這裏萬千苦半生窮，你那裏七十戰一場空。我這裏饑驅得脚西東，你那裏裝飾得廟崇隆。卻不道兩無功，三條銀蠟夜燒紅，抵多少單鎗匹馬戰爭中。盡做了千秋碁局五更鐘，不由你心不慟，俺待睜開醉眼問天公。

昔人謂：『文章最忌參死句。』余覺文章中有以死句見妙者。會眞記夫人拷問紅娘，紅娘直認：『紅娘你請先行，小姐權時落後。』此十成死語也。接云：『自然是神鍼法灸。難道是燕侶鶯儔？』字字跳脫，讀之躍然。

吳梅村有兄名志衍，爲成都令，死張獻忠之難。邱嶼雪譜成蜀鵑啼院本以紀其事。梅村觀演是劇有詩云：『平生兄弟劇流連，高會南樓盡少年。往事酒杯來夢裏，新聲歌板出花前。青城道士看遊戲，白髮衰翁漫放顛。雙淚正垂俄一笑，認君眞已作神仙。』惜此書今佚。尤西堂題蝡雪像贊云：『君善顧曲，梨園樂府。吾和而歌，紅牙畫鼓。』名重若此，傳播旂亭者必不止蜀鵑啼一種也，容再訪之。

董恒岩芝龕記，以秦良玉、沈雲英二女帥爲經，以明季事涉閨閣暨軍旅者爲緯，穿插野史，頗費經營。惟分爲六十齣，每齣正文外旁及數事甚至十餘事者。隸引太繁，止可於賓白中帶敍；篇幅過長，正義不免稍略，喧賓奪主，眉目不清。考據家不可言詩，更不可度曲。論者謂『軼桃花扇而上』，則非蒙所敢知也。第五十七齣有悼南都漁歌三折，酣暢淋漓，性靈流露，似集中僅見之作。滿江紅如此江山，又見了永嘉南渡。可念取衣冠原廟，龍蟠虎踞。白水除新啼淚少，青山似洛豪華故。覷耽耽定策入綸扉，奇功據。燕子叫，春燈覷，瑤池宴，迷樓住。看噙沓獻納，者般機務。蟒玉江干楊柳態，貂蟬河槲芙蓉步。召南薰歌舞奏中興，風流足。芳樂鶯聲，已忘卻杜鵑啼血。淆混著孤鴻羣雀，淮揚旄節。半壁山川防禦緩，六朝金粉徵求切。問無愁天子爲何愁？梨園缺。挺擊變，妖書揭。紅丸反，移宮孽。又重鉤黨禍，仍依璫轍。玉合王孫耽玉笛，金貂宦孽操金玦。聽秦淮遺韻似天津，鳴鶗鴂。塵涴西風，昏慘煞臺城秋柳。競塡補伏波前欠，明珠論斗。監紀、中書隨地是，職方、都督盈街走。擁貂冠魚袋出私門，多於狗。練湖佃，洋船摟。蘆洲課，瓜儀對。

更分文勳兩，旂亭稅酒。礦使又差肥豕腹，宮娃再選鸞鬟首。唱江風鼓棹說興衰，漁婆口。桃花扇結尾，一首彈詞，一套北曲，亦是悼南都。以余論之，似高於芝龕記也。彈詞：秣陵秋陳、隋烟月恨茫茫，井帶胭脂土帶香。駘蕩柳綿黏客鬢，叮嚀鶯舌惱人腸。中興朝市繁華續，遺孽兒孫氣燄張，只勸樓臺追後主，不愁弓矢下殘唐。蛾眉越女纔承選，燕子吳歈早擅場，力士鐵名搜笛步，龜年協律奉椒房。西崑詞賦新温、李，烏巷冠裳舊謝、王。院院宮粧金翠鏡，朝朝楚夢雨雲床。五侯閫外空狼燧，二水洲邊自雀航。指馬誰攻秦相詐，入林都畏阮生狂。春燈已錯從頭認，黨禍重鉤無縫藏。借手殺仇長樂老，脅肩媚貴半閒堂。龍鐘閣部啼梅嶺，跋扈將軍譟武昌。九曲河流晴潰渡，千尋江岸夜移防，瓊花劫到雕闌損，玉樹歌終畫殿涼。滄海迷家龍寂寞，風塵失伴鳳徬徨。青衣銜璧何年返？碧血濺沙此地亡。南內湯池仍蔓草，東陵輦路又斜陽。全開鎖鑰淮、揚、泗，難整乾坤左、史、黃。建帝飄零烈帝慘，英宗困頓武宗荒，那知還有福王一，臨去秋波淚數行。北曲：新水令山松野草帶花挑，猛抬頭秣陵重到。殘軍留廢壘，瘦馬臥空壕。村郭蕭條，正對著夕陽道。駐馬聽野火頻燒，護墓長松多半焦。山羊羣跑，守陵阿監幾時逃？鴿翎蝠糞滿堂抛，枯枝敗葉當階罩。誰祭掃？牧兒打碎龍碑帽。沉醉東風橫白玉八根柱倒，墮紅泥半堵牆高。碎琉璃片瓦多，爛翡翠窗櫺少。舞丹墀燕雀常朝。直入宮門一路蒿，住幾箇乞兒餓殍。折桂令開秦淮舊日窗寮，破紙迎風，壞檻當潮。目斷魂消。當年粉黛，何處笙簫？罷燈船端陽不鬧，收酒旂重九無聊。白鳥飄飄，綠水滔滔。嫩黃花有些蝶飛，新紅葉無箇人瞧。沽美酒你記得跨靑谿半里橋？舊紅板沒一條，秋水長天人過少，冷清清落照，賸一樹柳彎腰。太平令行到那舊院門何用輕敲，也不怕小犬哰哰。無非是枯井頹巢，不過些磚苔砌草。手種的花條柳梢，儘意兒采樵。這黑灰是誰家廚竈？離亭宴帶歇拍煞俺曾見金陵玉殿鶯啼曉，秦淮水榭花開早，誰知道容易冰消。眼看他起朱樓，眼看他讌賓客，眼看他樓塌了。這青苔碧瓦堆，俺曾睡風流覺。將五十年興亡看飽。那烏衣巷不姓王，莫愁湖鬼夜哭，鳳凰臺棲梟鳥。殘山夢最眞，舊境丟難掉。不信這輿圖換稿？謅一套哀江南，放悲聲唱到老。

長平公主經烈皇手刃，斷臂不殊。入我朝後，奉詔訪原聘駙馬周世顯，照公主例賜婚。厚澤深仁，超軼往古。芝龕記有感徵一齣敘此事，不甚周備。海鹽黃韻珊譜作帝女花院本，本末較詳，詞筆偪近藏園，非芝龕可同日語也。長平憂患餘生，雖沐殊恩，重諧佳偶，而橋陵弓劍、故國河山，觸目興悲，自多苦語。余愛寫長平處，愈熱鬧，愈悽涼。瑟柱琴絃，但覺商音滿指。粉蝶兒簾幙秋涼。畫眉痕舊時宮樣。倩寒波替照新粧，病丰神、愁影子鏡中搖颺。步轉衣香，恁西風吹來鬢上。泣顏回提起便心傷，十六年中苦況。勘除夢幻，早拚祝髮空王。恁情絲未盡，壽陽梅再見優曇相。湖前情異樣酸辛，到今朝纔能依傍。前腔那時殺氣滿陳倉，帝后殘屍血葬。香銷半臂，癡魂同見高皇。死灰未冷，苦韶華偏要閻羅賞。愧西門殺賊秦休，趁東風來嫁周郎。撲燈蛾血盈盈胭脂染繡袍，夢沉沉絲靈透羅帳，雲漠漠夜臺隨風去，雨綿綿落花催葬。遠迢迢兔兒藥臼，冷淸淸月魄墮微茫。

閃搖搖慈悲一見，惜惺惺旃檀燒做返魂香。前腔悶悶的無聊感傷，忽忽的無端惆悵。蕭蕭的秋影涼，懨懨的春夢長。當不起淅淅颯颯，驚風兒送響。眼睜睜無須睡鄉，事了了醒透肝腸。只覺得酸酸楚楚，難言病狀，瑟瑟的殘魂恐逐杜蘭香。

王陽明先生傳習錄：『古樂不作久矣。今之戲子，尚與古樂意思相近，韶之九成，便是舜一本戲子。武之九變，便是武王一本戲子。聖人一生實事，俱播在樂中，所以有德者聞之，便知其盡善盡美與盡美未盡善處。若後世作樂，只是做詞調，於民俗風化絕不干涉，何以化民善俗！今要民俗反樸還淳，取今之戲本，將妖淫詞調刪去，只取忠臣孝子故事，使愚俗人人易曉，無意中感發他良知起來，却於風化有益。』

劉念臺先生人譜類記曰：『梨園唱劇，至今日而濫觴極矣。然而敬神宴客，世俗必不能廢；但其中所演傳奇，有邪正之不同。主持世道者，正宜從此設法立教。雖無益之事，未必非轉移風俗之一端也。先輩陶石梁曰：「今之院本，即古之樂章也。每演戲時，見有孝子、悌弟、忠臣、義士，激烈悲苦，流離患難，雖婦人、牧豎，往往涕泗橫流，不能自已。旁觀左右，莫不皆然。此其動人最懇切、最神速，較之老生擁臯比講經義，老衲登上座說佛法，功效百倍。至於渡蟻、還帶等劇，更能使人知因果報應，秋毫不爽。盜、殺、淫、妄，不覺自化；而好生樂善之念，油然生矣。此則雖戲而有益者也。」』

尤西堂樂府流傳禁中，世祖親加評點，稱爲眞才子者再。吳園次奉敕譜忠愍記，由中書遷武選司員外郎，卽以椒山原官官之。二公固極儒生榮遇已。康熙時，桃花扇、長生殿先後脫稿，時有『南洪北孔』之稱。其詞氣味深厚，渾含包孕處蘊藉風流，絕無纖褻輕佻之病。鼎運方新，元音迭奏，此初唐詩也。藏園九種，爲乾隆時一大著作，專以性靈爲宗。具史官才學識之長，兼畫家皺瘦透之妙，洋洋灑灑，筆無停機。乍讀之，幾疑發洩無餘，似少餘味；究竟無語不鍊，無意不新，無調不諧，無韻不響。虎步龍驤，仍復周規折矩，非覓西、笠翁所敢望其肩背。其詩之盛唐乎？

空谷香、香祖樓兩種，夢蘭、若蘭同一淑女也，孫虎、李蚓同一繼父也，吳公子、扈將軍同一樊籠也，紅絲、高駕同一介紹也，成君美、裴畹同一故人也，姚、李兩小婦同一短命也，王、曾兩大婦同一賢媛也，各爲小傳，尚且難免雷同，作者偏從同處見異，夢蘭啓口便烈，若蘭啓口便恨，孫虎之愚，李蚓之狡，吳公子之懿，扈將軍之俠，紅絲之忠，高駕之智，王夫人則以賢御下，曾夫人則因愛生憐。此外如成、裴諸君，各有性情，各分口吻。無他，由於審題眞，措辭確也。兩種均有混江龍長調：一則就情字生議，經史皆成注脚，引商刻羽，居然蘇海韓潮；一則醜詆鹺商，卽牡丹亭所謂『紙銅錢夜市揚州界』也。香祖樓云：『情字包羅天地，把三才穿貫總無遺。情光彩是雲、霞、日、月，情慘戚是雨、雪、風、雷，情厚重是泰、華、嵩、衡搖不動，情活潑是江、淮、河、海挽難回，情變幻是陰陽、寒暑，情反覆是治亂、安危，情順逆是征誅、揖讓，情忠敬是夾輔、維持，情剛直是忠臣龍、比，情友愛是兄弟夷、齊，情中倫是顔、曾父子，情合式是梁、孟夫妻，情結納是綈袍、墓劍，情感戴是敝蓋、車帷，情之正有堯、舜、軒、羲，情之變有桀、辛、幽、厲，情之正有禹、稷、皐、夔，情之變有廉、來、鼻、羿。更有那蹇叔、祁奚、申公、伯嚭、聶政、要離、汪錡、鉏麑、妲己、褒姒、呂雉、驪姬，數不盡豺聲、烏喙、狐首、蛾眉。一半兒有情癡，一半是無情鬼。一班兒形骸齒髮，一班兒胎卵毛皮。』空谷香云：『一答山川邪穢，瓊花開後古風微。耳靡靡詩傳鄭、衛，眼夢夢世降陳、隋。掘邗溝流一派桃花當戶水，煎碧海簇幾處赤甲白鹽堆。燈搖得綺羅香牆張錦繡，風吹來酒肉臭犬饜甘肥。大白晝聚人妖圖開秘戲，鬧黄昏呼狎客帳列優施。看不見秦宮花底，摸不著赤鳳樓西。賈午香悄襲了籃中茉莉，鄂君被明遮住雨後虹霓。九萬貫大攤錢賢者樂此，十四鹽强押韻商也言詩。可歎那擔觔播兩增價值，抵多少假公濟己算毫釐。巧佔了銀甕斷不畏天公忌，硬燒些紙銅錢還將神鬼欺。一班兒沒些見識，千般樣做出張致。垂涎傜侏儒飽死，辱抹煞逢掖威儀。苦支支卻怎生捱過了半世黃虀，急攘攘爲甚麽甘受他一場周濟？贈君厚也救不得畢生飢，教人輕卻乾折盡斯文氣。本來是兩不相謀，卻正好各行其志。驀然間莽銅山陷做窮坑地，纔曉得人心枉昧、天道無私！』

香山琵琶行，不過自寫其淪落耳。青衫記以香山曾妮此伎，送客時始得重見，納爲簉室，命意遺辭，齷齪可鄙。茗生先生嘗客揚州，偶見是劇，遂別塡四絃秋院本，七日而成。就本詩布局，組織香山本傳、憲宗時事，絕無添設，自具波瀾，洵足洗青衫記之陋。送客一齣，老伎口吻宛然。近日旂亭，惟此齣傳唱更夥。新水令弄冰絃遺悶撥金釵，驚動了官船主客。招邀偏急促，梳裹欠安排。掠鬢提鞋。一面舊琵琶，遮不住洗退的桃花色。折桂令住平康十字南街，下馬陵邊，貼翠門開。十三齡五色衣裁。試舞宜春，掌上飛來。第一所煙花錦寨，第一面風月牙牌。颭鴉鬟紫燕橫釵，蹴羅裙金縷兜鞋。這朵雲不借風行，這枝花不倩人栽。雁兒落帶得勝令老伶工梨園兩善才，小忽雷樂府雙渠帥。五陵兒同催百寶粧，錦纏頭一笑千金買。但歌成擊節碎金釵，但粧成信手添螺黛。甚冬郎媚得眼兒乖？甚秋娘妬的心兒壞？筵開，酒涴了芙蓉色；花開，香迷了荳蔻胎。收江南算一年間歡笑一年來，把春花秋月漸丟開。可憐人福過定生災。歎從軍弟幼姨衰邁。赴黃泉死埋，葬沙場活該，只留下江湖憔悴一裙釵。沽美酒帶太平令冶游稀，閉綠苔。冶游稀，閉綠苔。洗紅粧，嫁茶客。他一去浮梁不見來，守空船難耐。歎娛夢，好傷懷！把四絃收一聲裂帛。曲終時低鬟重拜。料西舫東船不解，只一片江心月白。做官人榮哉美哉，爲甚的青衫淚灑？把一箇白江州無端哭壞。尾聲年華不改人相代，歎兒女收場一樣哀。天下不得意的人兒淚同灑。案：伎名花退紅，亦寓言也。梁應來詩云：『夜半琵琶發曼聲，青衫有客淚縱橫。空江一箇商人婦，傳到而今沒姓名。』

兩般秋雨盦隨筆：『空谷香傳奇魯學連移官〔九〕齣內桂花新一支云：「山平水遠出桐江，柔艣聲中過富陽，塔影認錢塘，何處是故人門巷？」敍自嚴州至省城光景，歷歷如在目前。余久羈嶺表，夢繞家山，一再誦之，悠然神往。』葉廣平〔一〇〕謂：『元人百種，元氣淋漓，直與唐詩、宋詞爭衡。惜今之傳者絕少。百種乃臧晉叔所編。觀所删改，直是孟浪。文律、曲律，皆非所知，不知埋沒元人許多佳曲。』

王夢樓先生以書法名海內。性喜詞曲，行無遠近，必以歌伶一部自隨。客至，張樂共聽，窮朝暮不倦。其辨論音律，窮極要眇。長洲葉氏纂納書楹，偏取元、明以來院本，審定宮商，世所稱『葉譜』也，其中多先生所糾正。論者謂『葉譜功臣』云。先生斥燕子箋『以尖刻爲能。自謂學玉茗堂，全未窺其毫髮。笠翁惡札，從此濫觴。』是說余不以爲然。圓海詞筆，靈妙無匹，不得以人廢言，雖不能上抗臨川，何至下同湖上。寫像一齣，膾炙人口。余尤愛霍秀夫與華行雲畫小照後，行雲索秀夫自貌於側，秀夫云：『畫眉郎怎自把眉兒畫！』死典活用，字字靈通，此豈芥子園所能夢見！第二十八齣閨憶，寫行雲在酈府時，離情如繪，香吻宛然。山坡羊：「慘慘芙蓉霜悴，冷蕭蕭芭蕉風碎，聒刺刺疏櫺紙鳴，一陣陣天外飛鴻至。憶嬌癡，當年正授衣。物在人亡，疊在空箱裏！那禁月上梧桐，又砧聲敲起。悽其，婦不盡香閨落燕泥；傷悲，挽不斷雕窗掛網絲。前腔亂轟轟笳聲如沸，虛飄飄楊花無蒂。迫忙忙萍水相逢，親切切闌干相依倚。最慘悽，霜寒烏夜啼。紅燄雙花，怎照著孤衾睡。怕熱爐香也，嬾描眉翠。腰圍，黃花瘦一枝；皈依，曇花禮六時。

小青詩云：『冷雨淒風不可聽，挑燈閒看牡丹亭。世人亦有癡于我，豈獨傷心是小青！』療妬羹就此詩意演成題曲一齣，包括還魂記大旨；處處替寫小青心事，確是小青題牡丹亭，不是吳江俞二姑題牡丹亭也。桂枝香杜公名守，陳生宿秀。俏書生小姐聰明，頑伴讀梅香卽溜。詠關雎『好逑』，詠關雎『好逑』，春心迤逗，向花園行走。夢綢繆，輭款眞難得，纏綿不自由。前腔雖則想邊虛構，也是緣中原有。小花神妒色驚回，老冥判原情寬宥。恨風光不留，恨風光不留，把死生參透，只要與夢魂廝守。甚來由，假際猶擔害，眞時怎著愁？前腔這是相思證候，誰識箇中機彀？石姑姑禁術無靈，陳教授醫功莫奏。把丹青自勾，把丹青自勾，不在梅邊相就，便在柳邊相遘。下場頭：院草堆墳樹，衙齋改寺樓。前腔風聲冬吼，雨情秋溜，似同咱淚點飄零，敢也爲嫦娥孱僽。想情緣未酬，想情緣未酬，湖山鑽透，覓得個風魔消受。叫無休，直叫得：冷骨心還熱，僵魂意轉柔。前腔半年幽姤，一言明剖。注重生陽壽還該，歷萬劫情腸不朽。笑拘儒等儔，笑拘儒等儔，生人活口，直認做子虛烏有。漫推求：相府開甥館，天街報狀頭。前腔魂還非謬，詞傳可久。若不信拔地能生，可聽說和天都瘦？怕臨川淚流，怕臨川淚流。好趁你殘香餘酒，略寫我慵妝疏繡。數更籌。燭閃寒衣護，窗開翦紙修。長拍一任你拍斷紅牙，吹酸碧管，可賺得淚絲沾袖。一聲何滿，便潸然四壁如秋。半晌好迷留，是那般憨愛，那般癆瘦。幾陣陰風涼到骨，想又是梅月下悄魂游。若都許死後自尋佳偶，豈惜留薄命自作羈囚！短拍便道今世緣慳、來生信斷，假華胥也不許輕游。誰似恁納釆挂墳頭，把畫卷當綵毬拋授。若未必癡情絕種，可容我偸識夢中愁？尾聲從今譜夢傳奇後，添附新詩一首。你可聽說傷心夢裏酬。或有謂『第四支「叫無休」三字無謂』者，是殆未見牡丹亭原本有叫畫一齣，更不識其暗用『叫眞眞』典耳。余尤愛『拔地能生，和天都瘦』二句，雖老鵠翁亦不過爾爾。

唐雋公先生，別號蝸寄居士。督榷九江垂二十年。宏奬風流，愛才如命。在琵琶亭置筆硯。游客投以詩，無不接見。投轄殷殷，必得其歡心而去。康熙時風雅宗師也。著有虞弓夢、轉天心諸傳奇。余小時曾見鈔本，詞曲雖盡忘之，科白排場似近笠翁十種。先生自題云：『酒畔排場，莫認作案上文章。』亦解嘲也。

各本傳奇，每一長齣例用十曲，短齣例用八曲。優人刪繁就簡，只用五六曲。去留弗當，孤負作者苦心。牡丹亭初出，被人刪削。湯若士題刪本詩云：『醉漢瓊筵風味殊，通仙鐵笛海雲孤。總饒割就時人景，卻媿王維舊雪圖。』俗人慕雅，強作解人，固應醜詆也。自桃花扇、長生殿出，長折不過八支。不令再刪，庶存眞面。

凡詞曲皆非浪塡。胸中情不可說、眼前景不可見者，則借詞曲以詠之。若敍事，非賓白不能醒目也。使僅以詞曲敍事，不插賓白，匪獨事之眉目不淸，卽曲之口吻亦不合。卽如牡丹亭寫杜麗娘游園之時，便道『不到園林，怎知春色如許也！』緊接『原來姹紫嫣紅開徧，似這般都付與斷井頹垣。』若不用賓白呼起，則『原來』二字不見精神。此下敍亭館之勝，於賸則『朝飛暮捲，雲霞翠軒』，於水則『雨絲風片，烟波畫船』。而此調倘有三字兩句。若再寫園景，便嫌蛇足。故插賓白云：『好景致，老奶奶怎不提起也？』結便以『錦屏人忒看韶光賤』反詰之筆足之。卽景抒情，不見呆相。究竟此支詞曲之妙，皆由賓白之妙也。

張度西先生由舉人官知縣，工詩、古文辭，宏博浩瀚。縱筆所之，一軌於正。七歲游南嶽毘盧寺，寺僧以『心通白藕』命對，先生應聲曰：『舌湧青蓮。』僧大駴，言：『其師示寂時，留此偶語，云：「有對與相符者，卽其後身」。』因鳴鐘集衆膜拜焉。先生種此夙因，精通內典。取東坡與朝雲軼事，譜六如亭傳奇，敍次悉本正史、年譜，無顚倒附會之處。觀空於佛，結穴於仙，使放逐之臣、離魂之女，仗金剛忍辱波羅蜜，同解脫於夢幻、泡影、電露而證無上菩提，洵衛道之奇文，參禪之妙曲也。傷歌一齣，乃坡公挈朝雲在海外嘉祐寺松風亭觴詠，命唱自製送春詞。唱至『吹到柳綿春又少』之句，嗚咽不能成聲。公歎曰：『吾正悲秋，而汝又傷春矣！』鳳凰閣 愁來挑空（去聲），客裏怕將腸慟。捲簾人倩問西風，忍瘦盡黃花不痛？薄寒初中，誰挽得年光遽悤！二郎神 雙江湧，帶秋聲引鬧愁萬種。敢覷著羈人來簸弄？青娥恁早，今年刀翦威容。紫柏丹楓休恃寵，看搖落只一場打閧。便松風，偏則把蕭蕭百感盈胸。前腔 仙蹤。長經憂患，風流豪縱。又不是臨水登山歸客送，悲秋老去，恁般難自寬容。松影搖晴花色重，好淸課閨中供俸。倒金鐘，借一會消磨候雁寒蛩。集賢賓 歌喉乍轉詞未終，忽咽煞西風。似何滿一聲雙淚迸，儘當筵腸斷伶工。粉痕界重，蹙損了翠蛾雲鳳。非調弄，兒女事敢觸著香心疼痛？前腔柔芳冉冉如夢中，耐不得惺忪。歎飄盡韶光天若縱，便茫茫煙草連空。春歸自懂，只有俺綠窗人知重，心逐送，這一點點都上斷腸枝痛。黃鶯兒商氣浩塡胸，仗紅牙一拍空。甚柔腸打碎佳人重？詞飄飄意中，聲癡癡恨中，淚珠兒不爲飛綿送。恁靈通，怎春殘傷感，洗不向秋風？黃鶯穿皂羅圍揑任天公，怎飄零怨褪紅？巧文心道破繁華哄。繫秋光已慵，串春愁忒濃。甚東君斷不盡癡根種？怕五更風雨，今年較凶；二分春色，明年又濛。任小窗兒女喁，茫茫身世吾應共。笑萬事浮生夢。飄茵落溷，算靈光一通。愁雲殢雨，渺天涯萬重。甚乘除，起滅來廝哄？證東風，做楊花拾起，參透禪宗。琥珀貓兒墜天龍一指，勘破粉和紅。知非絜非花非曉風，把因緣煩惱一齊空，歎悰四縛，愁猿徹打玲瓏。

或問：『曲本中多用「哎喲」、「哎也」、「哎呀」、「咳呀」、「咳也」、「咳咽」諸字，同乎？異乎？』曰：『字異，而義略同。字同，而呼之有輕重、疾徐，則義各異。凡重呼之爲厭辭、爲惡辭、爲不然之辭，輕呼之爲幸辭、爲嬌羞之辭，疾呼之爲惜辭、爲驚訝之辭，徐呼之爲怯辭、爲悲痛辭、爲不能自支之辭。以此類推，神理畢見。』

今人稱曲之高者曰『郢曲』，此誤也。宋玉曰：『客有歌於郢中者。』則歌者非郢人也。又曰：『下里巴人，國中屬和者數千人；陽春白雪，和者不過數十人；引商刻羽，雜以流徵，則和者不過數人』是郢人能和下曲，不能和妙曲也。以其所不能者名其俗，不亦傎乎！

院本多用『寃家』，小令亦然，不知所據。煙花記謂：『寃家之說有六：情深意濃，彼此牽繫，寧有死耳，不懷異心——此一說也。兩情相屬，阻隔萬端，心想魂飛，寢食俱廢——此二說也。長亭短亭，臨歧分袂，黯然消魂，悲泣良苦——此三說也。山遙水遠，魚雁無憑，夢寐相思，柔腸寸斷——此四說也。憐新棄舊，孤恩負義，恨切惆悵，怨深切骨——此五說也。一生一死，觸景悲傷，抱恨成疾，迨與俱逝——此六說也。』今有歡喜寃家小說，始則兩情眷戀，終或怨恚、仇殺，所謂『不是寃家不聚頭』也。疾讀一過，可當慾海淸鐘。

太和記按二十四氣，每季塡詞六折，用六古人故事，每事必具始終，每人必有本末。齣既曼衍，詞復冗長，若當場演之，一折可了一更漏。雖出博洽人手，然非本色當行。又南曲居十之八不可入絃索。或云：『爲楊升菴先生手筆』，恐未必確。先生塡詞甚工。今所傳雖皆小令，要出太和之上。

曾茶村大令與余同學，天才豪放。著有萬松堂紀事，偪近史遷。人亦磊落不羈，酒戶甚大。屢躓秋闈，由校官改令粵西，非其志也。譜有蕙蘭芳傳奇，衍張承敞經張獻忠之亂，與其婦離而復合。插敍流賊本末較詳。義夫烈婦，勃勃有生氣，非苟爲裁紅刻翠也。首齣餞花，有『花開幾千？人生幾年？花兒慣把人兒騙。最堪憐，殘紅飄蕩，無可奈何天。』暨『問東流，此別何年再見』之句，頗覺不祥。踰年，果有鼓盆之戚。中有感懷一齣，敍承敞亂後回家，感悼烈婦。迨遇舊嫗，始知其婦尙在人間。用筆曲折有致。新水令 秋林紅葉響蕭蕭，返家園鷄鳴行早。雲寒僧磬溼，水落石梁高。旅店清寥，馬嚼帶根草。駐馬聽 鼓振兵囂，死別生離離別了！劉郎又到，入門何處覓雲翹？臨風翦紙把魂招，妝臺想已生秋草。居民盡室逃，入殘城，料問訊親朋少。沈醉東風 你看：拆不完甎牆將倒，辨不出街陌何條，孤城上黑烏飛，破屋裏寒雞跚，賣酒家青帘捲了，就是那東風信暖也沒餳簫。凝眸憑眺，只殘花、衰柳，蒼煙、落照。鴈兒落 半扇柴門，不用輕敲，直走入畫堂前無人報。踢破了茸茸附石苔，驚起了嚦嚦啼花鳥。得勝令 溝渠內積潦猶未消，簷馬兒任風敲。蛛網當門結，窗櫺沒半條。堂坳蝠糞深，無人埽。牆坳松杉倒，任采樵。喬牌兒 餘灰潦草，是舊時的廚竈。剩幾個破盞殘瓢，似寒食人家禁煙寂寥。甜水令 美人久逝，蘭房寂靜，梁傾玳瑁，賸幾箇燕泥巢。看日暮東風，把花片兒吹起，恰似那倩女魂飄。折桂令 悔當初偷生避地，棄汝潛逃。送離人餞不及螺杯，殯香軀繫住了鮫綃。向空際號咷，急茫茫也懸不及銘旌錦字標。況沒箇墳臺可埽，更沒件粉黛堪描。哭問青霄，恨捲紅蕉。助我悲聲，落葉蕭蕭。碧玉簫 杯酒來澆，何處黃泉道？楮帛徐焚，飛作蝶兒繞。須索要展靈旌，唱大招。種樹夭桃，把衣襦窖，看明歲墓門花照。鴛鴦煞 仙山樓閣殊縹緲，上天入地都尋找。霞影護藍橋。殷然求，欣然想，倘然遇，我說果然又得復會，他說前緣未了。舊天台終須重到。攜手訴離懷，還是哭？還是笑？此齣布局，酷似紅梨記趙解元訪素、桃花扇侯公子題畫兩齣。謝素秋奉勅沒入邊庭，李香君〔一〕被選供奉內廷，趙、侯二君舊地重游，人亡屋在，其悽戀不異承敞；

而詞曲均極工致，各盡其妙，能手固無同之非異也。訪素：宜春令風月性，雲雨腸，自生成花狂柳狂。新詞楚楚，俏名兒堪與秋娘抗。蘇小小才貌相當，呂雙雙風流不讓。拚醉佳人錦瑟，翠屏珠幌。前腔韋娘面，刺史腸，兩相逢迷留怎當。芳心密意，相偎相靠從前講。你看雕闌畔鸚鵡聲喧，畫簷邊蜘蛛塵網。不見銀箏抛卻，玉臺閒放！前腔花容麗，玉貌揚，敢侵陵邀求鳳凰？溫存情況，變做了瞞神謊鬼喬模樣。香騰騰楚岫雲遮，黑漫漫陽臺霧障。渾似籠囚鸚鵡，浪打鴛鴦。普天樂只指望撩雲撥雨巫山嶂，誰知道煙迷霧鎖陽臺上。姻緣簿空挂虛名，離恨債實受賠償。想杜牧是我前生樣。只合守蓬窗茅屋梅花帳，托香腮悶倚迴廊。斷難穿淚珠千丈，只落得兩邊恩愛，做了兩地徬徨。錦纏道笑村郎，強風流攀花隔牆，錯認做楚襄王，全沒有半星兒惜玉憐香。我這裏相思塹危如石梁，他那裏愁悶城堅若金湯。磨勒在何方？沙吒利十分威壯。如何更酌量？眼見得石沈山障。怨只怨孤辰、寡宿命相當。小桃紅搔不著心中癢，咽不下尊前釀。謊歌郎奪了平康巷，花衚衕添了勾魂將，溫柔鄉湧出瞿唐浪。眼睁睁意惹腸慌。尾聲休言好事從天降，著甚支吾此夜長？羞殺畫不就眉兒漢張敞！

題畫：破齊陣地北、天南蓬轉，巫雲、楚雨絲牽。巷滾楊花，牆翻燕子，認得紅樓舊院。觸起閒情柔如草，攪動新愁亂似煙，傷春人正眠。刷子序犯只見黃鶯亂囀，人蹤悄悄，芳草芊芊；粉壞樓牆，苔痕綠上花甎。應有嬌羞人面，映著他桃樹紅妍。重來魂似阮、劉仙，借東風引入洞中天。朱奴兒犯驚飛了滿樹雀喧，踏破了一墀蒼蘚。泥落空堂簾半捲，受用煞雙棲紫燕。閒庭院沒箇人傳，躡蹤兒迴廊一徧，直步到小樓前。普天樂手拽起翠生生羅襟輭，袖撥開綠楊綫。一層層闌壞梯偏，一椿椿塵封網罥。豔濃濃樓外春不淺，帳裏人兒腼腆。從幾時收拾起銀撥冰絃，擺列著描春容脂箱粉奩，待做箇女山人畫叉乞錢！雁過聲蕭然！美人去遠，重門鎖，雲山萬千。知情只有閒鶯燕，儘著狂，儘著顛，問著他一雙雙不會傳言。熬煎！纔待轉，嫩花枝靠著疏籬顫。簾櫳響，似有箇人略喘。傾杯序尋徧，立東風漸午天，一去人難見。看紙破窗櫺，紗裂簾幔，裹殘羅帕，戴過花鈿。舊笙簫無一件，紅鴛衾盡捲，翠菱花放扁。鎖寒煙，好花枝不照麗人眠。玉芙蓉春風上巳天，桃瓣輕如翦，正飛綿作雪，落紅成霰。濺血點作桃花扇，比著枝頭分外鮮。携上妝樓展對，遺跡宛然。爲桃花結下了死生冤！山桃犯手捧著紅絲硯，花燭下索詩篇。一行行寫下鴛鴦券。放一羣吠神仙朱門犬。似鵑血亂灑啼紅怨。這桃花扇在，那人阻春煙！尾犯序望咫尺青天，那有箇瑤池女使，偷遞情箋？明放著花樓酒榭，丟做箇雨井煙垣。堪憐！舊桃花劉郎又撚。料得新吳宮西施不願，橫揣俺天涯夫壻，永巷日如年。鮑老催這流水溪堪羨。落紅英千千片，抹雲煙，綠樹濃，青峯遠。春風舊境不曾變，沒箇人兒，將咱繫戀。是一座空桃源。趁著未斜陽，將棹轉。尾聲熱心腸早把冰雪嚥，活冤業現擺著麒麟楦。且抱著扇上桃花閒過遣。

趙秋舲對月曲。江兒水自古歡須盡，從來美必收。我初三瞧你眉兒鬥，我十三窺你妝兒就，我廿三覷你龐兒瘦，都在今宵前後。何況人生，怎不西風敗柳！初三三句，未經人道。

西廂套曲，不能演唱。相傳國初蘇州俗伶删改，始可登場。如酬簡『佇立閒階，彩雲何在』，改作『彩雲開，月明如水浸樓臺』，已屬不通；至『小姐小姐多丰采』，尤鄙俚矣！但前明楊文襄車駕幸第錄：『武宗南巡，兩幸其第。嘗命伶人演西廂侑玉食，王文恪賦詩紀之，云：「漫衍魚龍看未了，梨園新部出西廂。」』是勝國時已改竄入譜矣。

太白詩『道字不正嬌唱歌』，此借入作去之證也。宮調『則』字借作實韻，『落』、『樂』、『約』、『樂』字借作嘯韻，『月』、『玉』字借作遇韻。慧舌脂唇，非借作去聲，便覺聱牙。

倩女離魂，古今鍾情人豔稱之。嘗欲衍成院本。近見兩世姻緣雜劇，先得我心，詞亦駘宕生姿。鯫生當閣筆矣。集賢賓隔紗窗日高花弄影，聽何處囀流鶯？虛飄飄半衾幽夢，困騰騰一枕春酲。趁著那游蜂兒恰飛過柳烏花溪，隨著這蝴蝶兒又來到月榭風亭。覺來時倚著這翠雲十二屏，恍惚似墜露飛螢。寸腸千萬結，長歎兩三聲。逍遙樂猶兀自身心不定，倚偏危樓，望不見長安帝京。薄情多應戀金屋銀屏。想則想於咱不志誠，空說下磣磕海誓山盟，赤緊的關河又遠，歲月如流，魚鴈無憑。上京馬我覷不的雁行絃斷臥瑤箏，鳳觜聲殘冷玉笙，獸面香銷閒翠鼎，門半掩悄悄冥冥，斷腸人和淚夢初醒。後庭花想著他和薔薇花露清，點胭脂紅蠟冷，整花朵心偏耐，畫蛾眉手慣輕，梳洗罷將玉肩並，恰似鴛鴦交頸。到于今玉肌骨減了九停，粉香消沒了半星，空凝盼秋水橫，甚心情將雲鬢整？骨巖巖瘦不勝，悶懨懨扮不成。

關帝升列中祀，典禮綦隆，自不許梨園子弟登場搬演。京師戲館，早已禁革。湖南自涂朗軒督部陳臬時，始行示禁。所謂單刀會者，余固習見之也，第二支演帝登舟後，掀髯憑眺，聲情激越，不減東坡『酹江月』。當場高唱，幾欲裂鐵笛而碎唾壺。駐馬聽依舊的水涌山疊，好一箇年少的周郞，恁在何處也？不覺的灰飛煙滅。可憐黃蓋暗傷嗟。破曹檣艣恰又早一時絕。只這鏖兵江水猶然熱，好教俺心慘切。這是二十年流不盡英雄血。

紅梨記草地：傾杯玉芙蓉抵多少煙花三月下揚州，故國休回首！爲甚的別了香閨，辭了瑤臺，冷了琵琶，斷了箜篌？怎禁得笳蘆塞北千軍奏，怕見那烽火城西百尺樓。似青青柳，飄零在路頭，問長條畢竟屬誰收？　末三句，飄泊生涯，不勝身世之感。同治庚午，蜀女陳姬妙解音律，明慧善歌，甫至長沙，艷名噪甚。鴇母居奇，擇壻有窗，姬不能自主，每歌此折，聲淚俱下。後爲某公子以千金得之，惜公子憨跳不韻，恐亦如是齣第二支所謂『但相逢便與兩字綢繆。多少鸞凰，誰是雎鳩？鬼孤由錯認做親骨肉』也。

張漱石以詩文受知鄂文端公，列入南邦黎獻集，進呈御覽，卒無所遇，以諸生終。嘗作江南秀才歌自嘲。譜玉燕堂傳奇四種，結尾自題云：『遣愁腸宮商暗排，添一種新聲可愛。問知音來也不來？只落得教雪兒歌出沿門賣！』先生之志雖荒，其遇亦可悲矣。四種中梅花簪、玉獅墜俱少餘味。懷沙記衍屈大夫故事，組織離騷，頗費匠心；稍嫌近理。惟夢中緣排場變幻，詞旨精緻，洵足爲昉思之後勁，開藏園之先聲，湖上笠翁不足數也。余尤愛醋詩一齣。乃鍾生私訂陰麗娟，而以與文娟蘭訂情詩帕爲質。麗娟見詩，故有是折。（粉蝶兒）纔綰青螺，又伏定繡衾偸臥。待朦朧，盹不到這愁魔。推枕起，重拂拭妝臺清閒坐。簾兒外秋意偏多，贏不得愁城一箇。（小梁州）那裏是字挾風霜老句磨？則揣那小名兒一定是閨閣。吟哦，多管他夢情人，唱不出情人和。比俺這愁和恨不差多。女喬才只合香閨作，秀才家有甚干科？怎等閒怎能拾著。廝和得這般停妥，又遞與儂怎麽？（上小樓）原來他悄向人間，別有嬌娥。瞞著我藍田先種，騙的赤綫重牽，顛倒把新詩早和。這猜來知他是麽？何妨言破？多管怕添得我淚珠偸墮。（幺篇）他將這甜語兒將人籠絡，啞迷兒要人猜破。再休提花前相誓，燈前相訂，星前相託。叮嚀他莫情多，休行錯。又把那閒花偸臥。那知他恁心邪，又勾了別箇。（四邊靜）恩量起，羞難躲，悔不了輕託終身事果訛，反無端壘箇愁窩。料從今好事成就閣。你把這美前程結果了他，兀的不下場頭撇開了我。

笠翁十種曲，鄙俚無文，直拙可笑。意在通俗，故命意、遣辭力求淺顯。流布梨園者在此，貽笑大雅者亦在此。究之：位置、脚色之工，開合、排場之妙，科白、打諢之宛轉入神，不獨時賢罕與頡頏，卽元、明人亦所不及，宜其享重名也。

千鍾祿演建文帝出亡，雖據野史，究失不經。然詞筆甚佳也。慘睹一齣，發端無限悽涼。帝子飄零，適異游僧。（托鉢）選詞，何親切乃爾。（傾杯玉芙蓉）收拾起大地山河一擔裝，四大皆空相。歷盡了渺渺程途、漠漠平林、壘壘高山、滾滾長江。但見那寒雲慘霧和愁織，受不盡苦雨悽風帶怨長。雄城壯，看江山無恙，誰識我一瓢一笠到襄陽！余尤愛尾聲，既云『路迢迢心快快，何處得穩宿碧梧枝上』，行將進場矣，忽飄來一杵鐘聲，遂歎道：『錯聽了野寺鐘鳴當景陽！』神情之合，排場之佳，令人歎絕！

吳梅村通天臺雜劇，借沈初明流落窮邊，傷今弔古，以自寫其身世。至調笑漢武帝，嬉笑甚於怒罵，但覺楚楚可憐。或謂『爲宏光解嘲』，恐未必然也。其第一齣煞尾云：『則想那山遶故宮寒潮向空城打，杜鵑血揀南枝直下。偏是俺立盡西風搔白髮，只落得哭向天涯。傷心地付與啼鴉，誰向江頭問荻花？眼呵，盼不到石頭車駕！淚呵，灑不上修陵松檟！只是年年秋月聽悲笳。』苦雨、悽風、燈昏、酒醒時讀之，涔涔者不覺溼透青衫。較之『我本淮南舊雞犬，不隨仙去落人間』之句，尤爲悽惋。

臨春閣雜劇，哀悱頑艷，不類通天臺之悲惋。要其用意，有在於全篇結尾，從馮夫人口中特爲點出，蓋諷明末諸帥也。詞云：『俺二十年領外都知統，依舊把兒子征袍手自縫。畢竟婦人家難決雌雄，則願你決雌雄的放出個男兒勇！』

前見嵇留山先生杜秀才痛哭霸王廟〔三〕，已錄其新水令套曲矣。尤西堂鈞天樂院本內有哭廟一齣，卽此事也。異曲同工，兩不相犯。亟錄之。醉花陰 可歎我萬里孤身長流落，恨悠悠天荒地老。重策塞，返江臯。戰西風木葉蕭條，又聽得趁斜陽烏鴉叫。過野店，渡溪橋，早見一座青山藏古廟。喜遷鶯俺只見雕梁畫桷，閃靈旗香火飄搖。英也麼豪，到于今可許我寒儒相弔？只怕你土木形骸虛畫描，圖醉飽，長則是喑嗚叱咤，不聽我太息號咷。出隊子誰似我才高年少，抱經綸困草茅。只堪痛飲讀離騷，直欲悲歌舞佩刀。這孤負詩書冤不小！刮地風可笑你假癡呆沒解嘲，待我打碎他白馬青袍，難道石人土偶能談笑，反變了木客山魈。活世界無人懸告，死傀儡何法推敲。可知你心暗焦、氣正囂，也相憐同調。則教我淚輕拋、首漫搔，放著這悶葫蘆獨自魂銷。四門子你入秦關燒破咸陽道，救邯鄲受六國朝，彭城鏖戰兵非弱，誰料得走烏江沒下梢。楚軍盡逃，漢軍又挑，悔不向鴻門把玉玦了。騅兮正驍，虞兮尙嬌，怎重見江東父老！水仙子呀，呀，呀，猛叫號。看兩目重瞳血淚澆。嘶斷了駿馬金鑣，啼溼了美人舞草，聽楚歌聲未銷。恨不酬勞苦功高。賸三尺空祠背漢朝。歎英雄失路愚夫笑，笑下場頭落魄似吾曹。煞尾你看撲颼颼餘淚神衣落，暫相逢聊解牢騷。還借你一陣陰風送我江上棹。

原　事

綵毫記李白脫韈一折，人多笑其荒誕，不知事本正史。舊唐書李白傳：『日與酒徒醉於酒肆。玄宗〔一三〕欲造樂府新辭，亟召白，已臥酒肆矣。召入，以水灑面，即令秉筆，頃之，成千餘章。帝頗嘉之。嘗沈醉殿上，引足令高力士脫韈，由是斥去。』

世傳太公八十遇文王，風雲記則云七十二歲。孔叢子記問篇：『太公勤身苦志，八十而遇文王。』列女傳齊管妾婧語亦同，此世俗所據以爲八十也。荀子君道篇：『文王舉太公於州人而用之，行年七十有二，𪘏然而齒墮矣。』東方朔客難：『太公體仁行義，七十有二乃設用於文、武。』韓詩外傳：『太公年七十二而用之者，文王。』桓譚新論：『太公年七十餘，乃升爲師。』後漢書高彪傳：『呂尚七十，氣冠三軍。』皆不言八十始遇文王也。此記不知何人手筆，曲頗俚拙；攷據較詳，亦未可厚非。

北夢瑣言：『魏博節度使韓簡性粗質，每對文士，不曉其說，心甚恥之，乃召一孝廉，令講論語。至爲政篇，明日謂諸從政曰：「僕近知古人淳樸，年至三十，方能行立。」聞者絕倒。』鈕琇記采作科諢，『三十而立』破題：『兩個十五之年，雖有椅子板凳而不敢坐焉。』人第賞其趣，不知善於運典也。

曲禮：『介者不拜，爲其拜而蓌拜。』注：『蓌拜則失容節。「蓌」，猶「詐」也。』疏：『著鎧而拜，形儀不足，似詐也。』孔叢子問軍篇：『介胄在身，執銳在列，雖君父不拜。』史記絳侯世家：『亞父持兵揖曰：「介胄之士不拜，請以軍禮見天子。」』皆與曲禮相證。滿牀笏郭子儀卸甲、封王，初以戎服入對，云：『念臣甲胄在身，不能全禮。』『全禮』二字，最典，所謂『形儀不足』也。名人涉筆，無一字無來歷，信然。

袁韞玉西樓記初成，就質馮猶龍，馮覽畢，置案頭不致可否，袁惘然而別。馮方絕糧，室人以告，馮曰：『無憂，袁大令今夕餽我矣。』家人以爲誕。袁歸，躊躇至夜，忽呼燈持百金就馮。至門，門尚開。問其僕，曰：『主方秉燭相待。』袁驚趨而入。馮曰：『吾固料子必至也。詞曲俱佳，尚少一齣，今已爲增入。』乃錯夢也。袁不勝折服。

韞玉譜瑞玉記，描寫魏忠賢私人巡撫毛一鷺及織造太監李實構陷周忠介公事甚悉，詞曲工妙。甫脫稿，卽授優伶。郡紳約期邀袁集公所觀演是劇。是日，諸公畢集，袁尚未至。優人請曰：『劇中李實登場尙少一引子，乞足之。』於是諸公各擬一調。俄而袁至，告以優人所請，袁笑曰：『幾忘之！』卽索筆書卜算子云：『局勢趨東廠，人面翻新樣。織造平添一段忙，待織就迷天網。』語不多，而句句雙關，巧妙無匹。諸公歎服，各燬其稿。一驚聞之，持重幣求袁除其名，於是易一驚曰『春鋤』。

馮猶龍小靑傳，宛轉如生，低徊欲絕，不必紅氍毹上始見亭亭倩女魂也。向見療妒羹傳奇，大士以霹劍誅妒婦，小靑正位偕老，已嫌鶻突；近有西湖雪，小靑改適才子，開府抗州，逮誅妒婦。地下香魂，忽被李易安之謗，率爾操觚，致墮惡道，令人欲嘔！

洪昉思譜長生殿甫成，名動輦下。國忌日演試新曲，御史黃某糾之，先生革去監生，枷號一月。文人之厄，聞者傷之。然因此曲本得邀睿覽，傳唱禁中，亦失馬之福也。趙秋谷宮允在座觀劇，以致落職，贈先生詩云：『垂堂高坐本難安，身外鴻毛擲一官。獨抱焦桐倚流水，哀音還爲董庭蘭。』直以門下客視先生，文人相輕，亦可不必。查初白老人原名嗣璉，同列彈章，革去拔貢，改名應試，始入詞館，贈先生有『荆、高市上重相見，搖手休呼舊姓名』之句，則和平之音也。

朱竹垞先生贈洪昉思詩云：『海內詩篇洪玉父，禁中樂府柳屯田。梧桐夜雨聲凄絕，薏苡明珠謗偶然。』注：『梧桐夜雨，元人雜劇，亦詠明皇幸蜀事。』徧查元人百種，並無是劇。僅於北九宮譜存其名耳。

尤西堂先生嘗云：『著補天石傳奇，以彌天地之憾。』未見其書。嘉慶末，周文泉大令以任子知邵陽縣事，譜補天石八種，種各八齣。時譚鐵簫太守知寶慶，卽以鐵簫正譜。楚南官場風流佳話也。

備錄八種總目如左：太子丹恥雪西秦、丞相亮祚延東漢、明月胡笳歸漢將、春風圖畫返明妃、屈大夫魂返汨羅江，岳元戎宴集黃龍府、賢使君重還如意子、眞情種遠覓返魂香。

夏惺齋徵君惺齋五種中有南陽樂，敍武侯刺殺司馬宣王、姜伯約詐降獻城、魏延以投魏被殺，布局頗覺支離。惺齋固通經者，其詞亦多近理；不若文泉所譜，用魏延出子午谷計徑襲長安，直截了當，不必節外生枝。

紅樓夢爲小說中無上上品。向見張船山贈高蘭墅，有『艷情人自說紅樓』之句。自注：『蘭墅著有紅樓夢傳奇。』余數訪其書，未得；所見者，僅陳厚甫先生所著院本耳。先生工制藝，試帖爲十名家之一。度曲乃其餘事，儘多蘊藉風流、悱惻纏綿之作，惜排場未盡善也。原書斷而不斷、連而不連，起伏照應，自具草蛇灰綫之妙。先生強爲牽連，每齣正文後另插賓白，引起下齣；下齣開場，又用賓白遙應上齣，始及正文。頗似時文家作制截題，用意鉤聯，究非正軌。且以柳湘蓮爲紅淨、尤三姐爲小丑，未免唐突；後成男女劍仙，更嫌蛇足。近日梨園多演之者。似非先生得意筆也。道光末，鱸商演是曲，嬖人改嫁蔣玉函，洞房結綵帳，其額未題，適梁茝鄰中丞在座，援筆書『玉軟花嬌』四字。鱸商歎賞，立以珍珠綴而懸之。

余九歲寓息機園，與鄰兒嬉甚洽。後均入塾，僅隔堵牆。彼此書聲朗朗可聽，苦不得見，頗涉遐想。清明埽墓，忽遇於野。携手入城，詫爲奇遇。時余甫學韻語，擬紀以詩，未果。夏初始讀會眞記，忽睹『隔花人遠天涯近』七字，先得我心，不禁狂喜，急書示鄰兒。

桃花扇分三大忠臣：史閣部，有明忠臣也；左甯南，烈皇忠臣也；黃靖南，宏光忠臣也。甯南當烈皇時已形跋扈。瑪瑙山之戰，未嘗無功，楊武陵攘爲己有，拜斗牛衣之賜，賞不及左，因此怏怏，縱賊中原，致不可遏。宏光初立，擁戴者皆邀殊錫，甯南不與，率師東下以淸君側爲名，非爲故太子也。孔云亭原稿第十三齣，直敍甯南謀逆、脅何忠誠公同叛，何公投江、逆流六十里、遇神獲救諸軼事。左夢庚急以千金爲云亭壽，哀其削去。云亭遂改哭主一齣，生氣勃勃，宛然爲烈皇復仇，與史、黃鼎立而三，爲勝國忠臣之最。信乎文人之筆，操予奪權也。

桐城方劍潭上舍，流寓湖湘。詩才清妙。戚張某作尉沅江，方往依之。張爲納王姬，姿首明艷，性絕慧。歸方年餘，敎之讀書，居然能詩。姬父，里魁也，以張之贖女也，未取身契，屢與需索；挾張陰事，將訐上官。張懼，勸方出姬。姬歸，解鴛鴦帶自絞。方大戚，乞余譜院本廣其事。時咸豐壬子初夏也。未幾，粵匪撲長沙城，余在圍城中，日以度曲爲事。九月二十八日，賊從地道爇火藥，南城轟裂，城中譁，賊入。家人走告，環立以泣。余從容脫稿，若弗聞者。俄又報：『鄧忠武公單騎拒陷口，手刃登城賊酋，餘退敗矣。』方贈詩云：『揮毫正寫鴛鴦譜，報道城南鎖鑰開。』蓋紀實也。卒成二十四齣，名鴛鴦帶。插敍時事，語多過激，亡友郭芳石秀才恐以賈禍，力勸焚燬。今劍潭墓木已拱，冥冥之中，負我良友，此債何日償耶？

野獲編詞曲類紀兩事，俱堪絕倒。其一：梁伯龍亦稱詞家，有盛名，所作浣紗記，至傳海外。當初出時，梁游青浦，值屠緯眞爲令，禮以上客，即令優人演新劇爲壽。每遇佳句，輒酬以大白，梁豪飲自快。演至出獵，有所謂『擺開擺開』者，屠厲聲曰：『此惡語，當受罰！』蓋預儲洿水，以酒海灌三大盂。梁氣索，強盡之，大吐委頓，不別竟去。屠凡言及，必大笑。其一：屠長卿久廢，新復冠帶，時寓秦淮，慕寇四兒名，先以纏頭往；至日，具袍服頭踏，呵殿而至，踞聽事南面，呼嫗出拜，令寇姬旁侍行酒，更作才語相向。次日，六院喧傳，以爲笑柄。江右鄭豹卿遂作一傳奇，名白練裙，描寫屠憨狀曲盡。吳下王百穀時在金陵，少時曾狎名妓馬湘蘭。馬將耳順，王則望七矣，兩人尙講衾裯之好。鄭亦串入其中，備極醜態。一時爲之紙貴。

高東嘉初演琵琶記，座上蠟炬光忽交互，頓成異彩如五色雲霞，終夕不散。湯若士居廬甚隘，雞棲豚柵之旁，俱置筆硯。玉茗一樹，高出檐際，茂而不花。譜牡丹亭初成，召伶人演之，是夕花大放。自是無歲不開。文章有神，聲音動物，豈偶然哉！

吳吳山初聘黃山陳女，將昏而殁。既而得其評點牡丹亭上本，嘗以未得下本爲憾。後娶淸溪談女，雅耽文墨，仿陳女意補評下本，杪芒微會，若出一手。未幾，夭逝。續娶古蕩錢女，見陳、談評本，略參己意，出釵釧爲鍥版貲。卽所傳『吳吳山三婦合評本』也。張元長梅花草堂筆談：『俞娘行二，麗人也。年十七，夭。當其病也，好觀文史。一日，見還魂記，黯然曰：「書以達意，古來作者，多不盡意而出。若生不可死、死不可生，皆非情之至。是書眞達意之作矣！」研丹砂旁注，往往自寫所見，出人意表。如感夢折，注云：「吾每喜睡，睡必有夢。夢則耳目未經涉，皆能及之。杜女固先吾著鞭耶？」如斯俊語，絡繹連篇。其手蹟遒媚可喜。嘗錄一副本，將上之湯若士。謝君耳伯願爲郵卒。不果上，其注本遂不傳。』又小青傳：『姬有牡丹亭評、跋，妒婦爇之。今但傳「挑燈閒看牡丹亭」之句耳。』是牡丹亭一書，三婦合評外，尙有二女子評注，何閨閣之多才耶！妝臺繡閣，不乏賞音，老鵠翁可無恨矣。

嘗見感應篇注：『有入冥者，見湯若士身荷鐵枷。人間演牡丹亭一日，則笞二十。』雖甚其辭以警世，亦談風雅者不敢不勉也。先生本王文肅公門下士。文肅中女曇陽子修道有得，一時名士無慮數百人，頂禮稱弟子。豫示化期，飛昇亡夫墓次，萬目共睹；但遺蛻入龕，有蜿蜒相隨同掩，或疑爲蛇所祟耳。數年後，忽有鄞人婁姓，以風水游吳、越間，一妻二子，居處無定。妻慧美，多藝能，且操吳音，蓄貲甚富。捕者疑之，蹤跡頗急。度不可脫，則曰：『我太倉王姓也。』於是譁然『曇陽復生』矣。時文肅父子俱在朝，僅以族人司家事，急召妻夫婦訊之，詭稱『實未死，從龕後穴而逸。』族人向未見曇陽，莫能辨。有老僕諦視良久，忽省曰：『汝非二爺房中某娘乎？』始惶恐伏罪。蓋文肅亡弟鼎爵愛妾竊貲以逃者也。執付幹僕，解送京師。婦與幹僕通，乘其醉，携二雛並妻夜竄，莫知所終。當海內轟傳時，先生遽采風影之談，填成艷曲。初不過游戲三昧，不料原本一出，遂有千古後人，讀其詞未嘗不信其事，實爲曇陽之玷。先生官職不顯，畢世沈淪，誠受筆墨之障。蔣心餘瓣香玉茗，私淑有年。臨川夢集夢一齣，亦以誣衊曇陽爲非，其詞云：『畢竟是桃李春風舊門牆，怎好把帷薄私情向筆下揚？他平生罪孽這詞章！』

張漱石譜夢中緣，當時已風行海內。乾隆辛卯，漱石宿錢唐酒家，見老媪燈下縫裳，蟹筐內鍼綫簿一本，丹鉛粲然，則夢中緣鈔本也。詢其由，云：『主人有女，能讀魯論及毛詩，頗嫻吟詠，愛誦是編，嘗與嫂賭誦其詞，以手畫空作圈，搖頭若老生狀。年十六，以瘵亡。此其手鈔者，今作筴，藏鍼綫矣。』視其書，字亦端整，惜已殘闕。題有七律云：『拾得新詞第一編，携來妝閣曉風前。囊追賀錦才尤麗，筆吐江花句欲仙。自是有情偏有恨，幾多無夢亦無緣？背人愛把丹鉛點，獨自閒吟獨自憐。』詰其姓氏，媪不以告。乃以一金購其本以歸。漱石自述如此。果有其事，誠詞壇佳話。女亦吳江俞二姑哉。

蔡中郎贅入牛府，人知其寃；但受寃之故，始終未明。或以爲牛思黯之女，或以爲鄧生事，或以爲王四棄妻，别贅豪家，琵琶二字之首，直書王四。王弇州輩皆有說甚辨，究未必確。又聞元人實有其事，蓋不花丞相偪狀元入贅，因蒙古語『不花』爲牛也。此說似近理。但陸放翁詩云：『斜阳古柳趙家莊，負鼓盲翁正作場。死後是非誰管得？滿村聽說蔡中郎。』伯喈受謗，宋時已然，不始於元也。俗傳黄崇嘏爲女狀元，因徐文長四聲猿而始也。按十國春秋：『崇嘏好男裝。以失火繫獄。邛州刺史周庠愛其風采，欲妻以女，乃獻詩云：「幕府若容爲坦腹，願天速變作男兒。」庠驚召問，乃黄使君女也，幼失父母，與老嫗同居。命攝司戶參軍。已而罷歸，不知所終。』今譌傳爲女狀元者，以其獻詩自稱鄉貢進士云。

隨園詩話：『徐題客，健菴司寇孫也，五歲能按拍歌。見外祖京江張相國，相國愛之，抱置膝上。乳母在旁夸曰：「官官雖幼，竟能歌曲。」相國曰：「眞耶？」曰：「眞也。」相國推而擲之曰：「若果然，兒沒出息矣！」後徐竟坎壈爲人司音樂，以諸生終。桐城張文和公爲文端公之子，兩代章、平，一生貴顯，獨無絲竹之好，元夕寄弟詩云：「天與人間淸淨福。不能飲酒厭聞歌。」兩公皆名臣，性情相似，豈眞金星不入命耶？究之謝傅、汾陽，寄情聲伎，亦未嘗爲人品累也。

王渼陂好爲詞曲。杜甫游春諸雜劇，至今傳誦。或規之曰：『太上立德，其次立功，其次立言。公宜留心經世文章。』渼陂答曰：『公獨不聞「其次致曲」？』

亦巢偶記：『俗呼藁豬耳爲俏冤家，不知何所取義。里巷至今傳之。一日，余同一二友至虎邱，游衍久之，思飲甚切。然所携杖頭僅百文。因貉耳價廉、可口，令僮買以佐酒。久不至。一友忽唱琵琶記云：「俏冤家何事還不到？」衆大噱。』

明神宗時，張江陵當國，將南京內庫高皇所藏寶玩盡取上京。中有顚不剌寶石一塊，重七分，老米色，若照日只見石光，所以爲寶。說見金陵瑣事。箋會眞記者，以顚不剌爲美好辭，不知所據。或以爲元時方言，如此寶石之名，以其美好也。

聽雨增記：『孫汝權乃宋朝名進士，有文集行世。玉蓮則王十朋女也。十朋劾史浩八罪，汝權實嗾之，理宗雖不聽，而史氏子姓怨兩人刺骨，故作荆釵記，以玉蓮爲十朋妻，汝灌有奪配之事。』又南窗閒筆：『錢玉蓮，宋名伎，從孫汝權。某寺殿成，梁上題「信士孫汝權同妻錢玉蓮喜捨」。』按此，則玉蓮確係汝權之妻矣。十朋無故受誣，殊爲可惡。

孫季昭〔一四〕示兒編：『北朝來祭章獻太后，楊大年捧讀祭文，僅空紙，無一字，因自撰云：「惟靈：巫山一朵雲，閬苑一堆雪，桃園一枝花，瑤臺一輪月。豈期雲散、雪消、花殘、月缺！」仁宗深歎其敏捷。』案：此詞浮艷輕佻，施之君后，失禮已甚。錢竹汀宮詹云：『大年死於天僖四年；章獻之崩，大年死已久矣，其爲委巷不經之談無疑。』〔一一〕荆釵記祭江一齣，其祭文云：『巫山一朵雲，閬苑一團雪，桃源一枝花，瑤臺一輪月。妻呵，于今是雲散、雪消、花殘、月缺！』施之於此，則妙文也。

兩般秋雨盦隨筆：『盧代山，錢唐人，住山兒巷，抱經學士族人也。家藏葡萄藤小几，云是洪昉思按拍者，指痕猶隱隱焉。昉思先生所著，長生殿外，尙有天涯淚、四嬋娟、青衫溼三種，稿存黃氏。先生，文僖公孫壻也。』

查伊璜孝廉自遭私史禍，益放情詩酒。家僮、侍婢，俱解音律，悉以『些』名之。有雲些、月些二婢，尤聰俊。孝廉每得佳句而未成套者，輒令二些記之；續有所得，輒歌前句，串合成套。名曰『活錦囊』。

檐曝雜記：『李太虛，南昌人，吳梅村座師也，明崇禎中爲列卿。國變，不死，降李自成。本朝定鼎後，乃脫歸。有舉人徐巨源者，其年家子也，嘗非笑之。一日，視太虛疾，太虛自言病將不起。巨源曰：「公壽正長，必不死。」詰之，則曰：「甲申乙酉不死，則更無死期，以是知公之壽未艾也。」太虛怒，然無如何。巨源又撰一劇，演太虛及龔芝麓降賊後，聞大清兵入，急逃而南。至杭州，爲追兵所躡，匿於岳墳鐵鑄秦檜夫人胯下。值夫人方月事，追兵過而出，兩人頭皆血汚。此劇已演於民閒，稍稍聞於太虛。適芝麓以上林苑監謫官廣東，過南昌，亦聞此事，乃與太虛密召歌伶夜半演而觀之。至兩人出胯下時，血淋漓滿頭面，不覺相顧大哭，謂：「名節埽地至此，夫復何言！然爲孺子辱，必殺以瀉忿。」乃使人俟巨源於逆旅而殺之。此事得之於蔣心餘。』

和凝少時，好爲曲子，香奩集其所著也，布於洛、汴。逮在政府，契丹稱爲『曲子相公』。凝恥之，使人收拾焚燬不暇，遂嫁名於韓僱。改署其集曰游藝，不及詞曲。明夏文愍公善南北曲，亦號『曲子相公』。

袁籜菴以西樓記得名。一日出飲歸，月下肩輿過一大姓家。其家方宴客，演霸王夜宴。輿夫曰：『如此良宵風月，何不唱「繡戶傳嬌語」，乃演千金記耶？』籜菴狂喜欲絕，幾至墮輿。

蓴鄉贅筆：『李笠翁性齷齪，善逢迎。常挾姬三四人，遇貴游子弟，便令隔簾度曲，捧觴行酒，並縱談房術，誘賺重價。蓋輕薄厚於天性，宜其文章纖巧、謔浪，純乎市井也。』袁籜菴年逾七旬，猶強作少年態，喜談閨閫淫詞穢語，令人掩耳。後寓會稽，暑月忽染奇疾，口中癢甚，自嚙其舌，片片而墮，不食不言二十餘日，舌本俱盡而死。孽鏡臺前，恐不僅西樓綺語耳。

綵舟記演唐六如竊婢秋香事。僞病登山，賣身入府，悉從諸小說衍出；託名康宣，則因六如本事詩有『主人若問眞名姓，只在康、宣兩字頭』句也。南京舊院有伎秋香，從良後，有舊相識求見，以扇畫柳題詩拒之云：『昔日章臺舞細腰，任君攀折舊枝條；于今寫入丹青裏，不許東風再動搖。』語見梅禹金青泥蓮花記。祝枝山亦有題秋香便面詩，云：『晃玉搖銀小扇圖，五雲樓閣女仙居。行間著個「秋香」字，知是成都薛校書。』當時蓋有兩秋香。

錢虞山之入我朝也，欲秉鈞衡、專史席。二者皆違其願，故多感憤之詞。陳臥子先生題拂水山莊詩云：『黑頭已自羞江總，青史何曾借蔡邕。』眞詩史也。虞山晚年家居，一夕，閒步門外，衣一輕衫員領窄袖——就前明袍料改製，未及全易者。一秀士趨過，稱曰：『先生可謂兩朝領袖！』其受侮若此。爛柯山演朱買臣去婦故事，虞山嘗與當軸張姓宴集，演悔嫁一齣。劉氏白語中有云：『你如何嫁了張木匠？』因尊客姓張，恐其觸諱，改張爲王。虞山因拍案擊節，曰：『得竅阿，得竅！』俄而劉氏復白云：『你如何負了朱氏？』張亦拍案贊曰：『沒竅阿，沒竅！』虞山大恧。

雙文事，風流話柄，千古艷稱。曠園雜志：『鄭太常恆及崔夫人合葬墓，在淇水西北五十里，即古淇澳也。明成化間，淇水泛溢，土崩石出，秦給事貫所撰志銘在焉，盛稱夫人四德咸備。會眞記誣衊殊甚，是眞以筆墨換泥犂者•』

市井以『蒙古』二字爲銀之隱語。讕案國書，『蒙古』原作『銀』解，蓋彼時與金國號爲對耳。一文錢傳奇羅夢云：『蒙古兒覷著他幾多輕重。』謂元寶也。

阮大鋮黨附魏忠賢，名列逆案，屏居金陵。謀復用，諸名士檄數其罪，作留都防亂揭。桐城方密之、如皋冒辟疆、宜興陳定生、商邱侯朝宗實主之，——所謂四公子也。大鋮譜燕子箋，家伶一部，能演是劇。會諸名士以試事集金陵，四公子置酒鷄鳴埭，徵阮伶以侑。大鋮心竊喜，立遣伶往，而令他奴詗之。方度曲，四座歎賞。奴走告，大鋮心益喜。已而抗聲論天下事，語稍及大鋮，遂戟手罵詈不絕。大鋮乃大怒，銜之次骨。宏光擁立，大鋮驟枋用，興大獄，將盡殺復社黨人，購四公子甚急。定生下獄，餘皆走免。是四公子之禍，實基於鷄鳴埭聽曲時也。桃花扇偵戲一齣，從大鋮著筆，始而驚，繼而喜，繼而怒且懼，寫僉壬失路，鬚眉欲活。

小說起於宋仁宗時，承平已久，國家閒暇，日進一奇怪之事以娛之，名曰『小說』；今之小說，則記載矣。裴鉶著小說，多奇異可以傳示，故號傳奇；今之傳奇，則曲本矣。元人科目最多，試錄中一條云：『軍、民、僧、尼、道、客、官、儒、回回、醫、匠、陰陽、寫、算、門、廚、典、僱、未完等戶願試者，以本戶籍貫赴試。』僧、道應試，已屬可笑；尼亦赴考，更怪誕矣。相傳元以詞曲取士，考選舉志及典章皆無之。或另設一門以備梨園供奉——乃特試，非制科也。

嚴分宜勢熾時，珍寶充溢，旁及書畫。鄢懋卿以總鹺使江、淮，胡宗憲趙文華以督兵使吳、越，各承意旨，蒐取古玩，不遺餘力。宋張擇端清明上河圖在王文恪公家，其家鉅萬，難以阿堵動。有蘇人湯臣者，善裝池，客嚴門下，亦與王思質相往還，說王購以獻。王重價求之既不可得，遂屬蘇人黃彪摹眞本以應。黃亦畫家高手也。嚴得此卷，珍爲異寶，以爲諸畫壓卷，置酒高會，出以相誇。客有知之者，指爲贋本。嚴大慙，銜思質次骨。適唐荆川從田間起，以職方郎中巡視各邊。思質時鎭薊門，與荆川皆吳人也。荆川舉己丑科，思質舉辛丑科，相去十二年。思質掛本兵銜，視荆川爲堂屬。荆川以前輩自居，新被簡命，公卿俱下之，恚思質簡倨，復命疏內糾其『一卒不練』，致觸世宗之怒。嚴復下石，遂棄西市。後有衍作傳奇者，清明上河圖易作玉杯，名『一捧雪』；思質易名『莫懷古』，寓莫以懷古致禍意也。譏閭之湯卿，或以爲卽指荆川。不圖賢者亦被惡聲，要其褊心未化，自取之也。案：一棒雪，確有是物，現在內庫。

王相國崇簡冬夜箋記：『每觀傳奇，輒歎前賢父、母、妻、妾爲其溷亂。如王曾少孤，鞠於叔氏，無子，以弟之子繹爲後，而傳奇則載其具慶生子事；呂蒙正父龜圖多內寵，與妻劉不睦，並蒙正出之，頗淪躓窘乏，劉誓不復嫁，及蒙正登第，迎二親同堂異室，孝養備至，傳奇乃以蒙正妻爲其父所逐，更爲溷亂。』

黃粱夢傳奇，託言盧生，其事乃鍾離雲房點化呂洞賓。洞賓遇雲房於長安酒肆，同憩肆中。雲房自起執炊。洞賓忽欲昏睡，枕案邊假寐：以舉子赴京，狀元及第。始自州縣小官，擢朝署，由是臺諫、翰苑，歷諸清要，升黜不一。兩娶富貴家女，婚嫁早畢，甥孫振振，簪笏滿門。如此幾四十年，前後獨相十年，權勢熏炙。忽被重罪，流於嶺表。一身孑然，窮苦憔悴。立馬風雪中，方此浩歎，恍然夢覺。雲房在旁炊尚未熟，笑曰：『黃粱猶未熟，一夢到華胥。』洞賓驚曰：『君知我夢耶？』雲房曰：『子適來之夢，升沈變態，榮悴多端，五十年間一頃耳。』洞賓感悟，拜求度世法。贈詩云：『應官千里赴神京，偶遇仙翁蓋便傾。未必無心唐事業，金丹一粒誤先生。』自枕中記出。湯若士演爲院本。邯鄲道上，罔非尋夢之人。名流題壁之詩，指不勝屈矣。

明人有洞賓戲妓女白牡丹雜劇。向疑以上眞游戲，何至媟褻靑樓？後見冬夜箋記：『康熙年間，洞賓嘗於黃鶴樓降卟曰：「世傳飛劍斬黃龍乃宋散仙顏洞賓也，豈有上眞而嗔惱不除者乎？」』嗔且不可，何況乎淫？可見戲白牡丹亦顏洞賓事。

洛陽橋傳奇演醉隸下海事，人疑其妄。明史蔡錫本傳：『錫，鄞人，中永樂癸卯鄉試，授兵部給事中，陞泉州太守。時洛陽橋圮，有石刻云：「石頭若開，蔡公再來。」錫至，欲修橋。橋跨海，功難施。錫以文檄海神，忽一醉卒趨而前曰：「我能齎檄往，但乞酒飲。」大醉，自沒於海。若有神人扶掖之者。俄而書「醋」字出。錫意必「八月二十一日酉時也」。遂以是日興工，潮果旬餘不至，工遂成。』此實事也。特以錫爲蔡端明，致滋疑惑。俗伶又改端明爲蔡中郎，更妄語矣。其詞亦不雅馴，或謂出王百谷手。

明神宗時，選近侍二百餘名，在玉熙宮學習官戲，歲時陞座，則承應之。各有院本，如盛世新聲、雍熙樂府、詞林摘艷等詞。又有玉娥兒歌，京師人類能歌之，名『御製四景玉娥詞』。嚴分宜聽歌玉娥兒詞詩云：『玉娥不是世間詞，龍艦春湖捧玉巵。閒巷教坊齊學得，一聲聲出鳳凰池。』注云：『上命閣臣應制作也。』他如過錦之戲，約有百回，每回十餘人不拘，濃淡相間，雅俗並陳，又如雜劇、古事之類，引旗一對，鼓吹送上。所扮備極世間騙局、俗態、拙婦、騃男及市井商賈、刁賴詞訟、雜耍諸項。蓋欲深宮九重之中廣識見、博聰明、順天時、恤民隱也。水嬉之製，用木雕成海外諸國及先賢、文武、男女之像，約高二尺，彩畫如生。有臀無足而底平，以竹板承之，設方木池，注水令滿，取魚蝦萍藻實其中。隔以紗幛，運機之人皆在幛內，游移轉動。一人鳴金，代爲問答。其詞亦詞臣撰也。暑天長晝作之，以銷炎夏。明烈帝每宴玉熙宮，作過錦、水嬉之戲，一日宴次，報至：『汴梁失守，親藩被害。』遂大慟而罷。自是不復幸玉熙宮矣。吳梅村琵琶行有云：『先皇駕幸玉熙宮，鳳紙僉名喚樂工。苑內水嬉金傀儡，殿頭過錦玉玲瓏。一自中原盛豺虎，煖閣才人罷歌舞，插袖停擱素手箏，燒燈罷擊花奴鼓。』蓋指此也。迨入我朝，玉熙宮改爲內廄，過錦、水嬉之戲俱罷，其詞亦不傳。但以供奉內廷之作，承値有年，意其詞必有可觀。諸私家集中當有存者，容細訪之。

樂府原題：『公莫舞，卽巾舞也。沛公鴻門會宴，項莊舞劍，項伯亦舞，以袖隔之，且詰莊曰：「公莫！」言公莫害漢王也。漢人德之，故舞用巾，以象項伯衣袖。』近人演長生殿，玉環舞盤，念奴輩各以彩巾應節而舞，甚合古意。

〔註〕原書各卷前題『長沙　楊恩壽　朋海』。

詞餘叢話校勘記

本編所重印的詞餘叢話，是用坦園全集本作底本。原本有些地方還有錯訛，顯然的逕加改正，但仍註出，疑誤之處，則加註說明。

〔一〕『不少概見』，似應作『則少概見』。

〔二〕〔三〕『鉤』，當作『勾』。

〔四〕『哨徧』，似應作『哨遍』。

〔五〕『十孝記』，當是『五倫全備綱常記』。

〔六〕『覇王廟』，原作『憤王廟』。

〔七〕『知輒重』，原作『如輒重』。

〔八〕『梅花酒』，原作『杏花酒』。

〔九〕『移官』，原作『移宮』。

〔一〇〕『葉廣平』，原作『葉廣堂』。

〔一一〕『李香君』，原作『李春香』。

〔一二〕見〔註六〕。

〔一三〕『玄宗』，原作『元宗』。

〔一四〕『孫季昭』，原作『孫李昭』。

續詞餘叢話

清·楊恩壽著

續詞餘叢話提要

續詞餘叢話，清楊恩壽著，仍分原律、原文、原事三卷，體例和詞餘叢話完全相同。

續詞餘叢話的版本，祇有坦園叢書本一種。各本曲苑，僅收前編，未收續作。

續詞餘叢話 卷一

清·楊恩壽著[註]

原律續

朱子曰：『古樂之亡久矣。吾友建陽蔡君元定季通，著書兩卷，凡若干言，雖多出於近世之所未講，而實無一字不本於古人已試之成法。』其於蔡氏律呂新書，可謂推許之至矣。其六十調圖說，尤爲『因聲起調』探源之論。審音者稍識古人正變本旨，實於此開其基，因備錄之：『十二律旋相爲宮，各有七聲，合八十四聲。宮聲十二，商聲十二，角聲十二，徵聲十二，羽聲十二：凡六十聲，爲六十調。其變宮十二，在羽聲之後，宮聲之前；變徵十二，在角聲之後，徵聲之前；宮不成宮，徵不成徵，凡二十四聲，不可爲調。黃鐘宮至夾鐘羽，並用黃鐘起調，黃鐘畢曲。大呂宮至姑洗羽，並用大呂起調，大呂畢曲。太簇宮至仲呂羽，並用太簇起調，太簇畢曲。夾鐘宮至蕤賓羽，並用夾鐘起調，夾鐘畢曲。姑洗宮至林鐘羽，並用姑洗起調，姑洗畢曲。仲呂宮至夷則羽，並用仲呂起調，仲呂畢曲。蕤賓宮至南宮羽，並用蕤賓起調，蕤賓畢曲。林鐘宮至無射羽，並用林鐘起調，林鐘畢曲。夷則宮至應鐘羽，並用夷則起調，夷則畢曲。南呂宮至黃鐘羽，並用南呂起調，南呂畢曲。無射宮至大呂羽，並用無射起調，無射畢曲。應鐘宮至太簇羽，並用應鐘起調，應鐘畢曲：是爲六十調。六十調，卽十二律也。十二律，卽一黃鐘也。黃鐘生十二律，十二律生五聲、二變，五聲各爲綱紀以成六十調，六十調皆黃鐘損益之變也。』按：此圖雖全列七聲，然取以名調者，止一聲耳。如首行黃鐘居宮位，故以黃鐘宮名調；次行黃鐘居商位，故以無射商名調；餘可類推。所謂起調者，曲之起聲一字也；所謂畢曲者，曲之收聲一字也。

經世聲音圖以平、上、去、入定聲，以開、發、收、閉定音。鍾氏遇曰：『天之體數四十，地之體數四十八。天數以日、月、星、辰相因爲一百六十，地數以水、火、土、石相因爲一百九十二。於天數內去地之體數四十八，得一百一十二，是謂天之用聲；於地數內去天之體數四十，得一百五十二，是謂地之用音。凡日、月、星、辰四象爲聲，水、火、土、石四象爲音。聲有清、濁，音有闢、翕。遇奇數則聲爲清，音爲闢；遇偶數則聲爲濁，音爲翕。聲皆爲律，音皆爲呂。以律倡呂，以呂和律。天之用聲，別以平、上、去、入者一百一十二，皆以開、發、收、閉之音和之；地之用音，別以開、發、收、閉者一百五十二，皆以平、上、去、入之聲倡之。』謹案御纂性理精義：以經世四音分開、發、收、閉，意亦等韻開口、齊齒、合口、撮齒之呼。然以類求之，多不合者，當以等韻爲正。

張子曰：『古樂不可見，蓋爲今人求古樂太深，始以古樂爲不可知。只以虞書「詩言志，歌永言，聲依永，律和聲」求之，得樂之意，蓋盡於是。詩只是言志，歌只是永其言而已，只要轉其聲令人可聽。今日歌者亦以轉聲而不變字爲善歌。長言後卻要入於律。律則知音者知之，知此聲入得何律。古樂所以養人德性中和之氣；後之言樂者，只以求哀。故晉平公曰：「音無哀於此乎？」哀則止以慼人不善之心。歌亦不可以太高，亦不可以太下；太高則入於噍殺，太下則入於嘽緩。蓋窮本知變，樂之情也。』朱子曰：『古樂亦難遽復。且如今樂中，去其噍殺促數之音，並考其律呂，令得其正，更令掌辭命之官，製撰樂章，其間略述教化訓戒，及賓主相得之情，人主待臣下恩意之類，令人歌之，亦足以養人心之和平。』

詞曲韻書，止有中原音韻可從；然此係北韻，非南韻也。南曲洪武韻後，國初武林陳次升嘗輯南詞音韻以補其缺。功垂成而復輟，殊爲可惜。李笠翁欲就中原音韻平、上、去三聲之中，抽出入聲字另爲一聲，亦可備南詞之用，未爲無見。至於辨魚、模二韻宜分不宜合，其論甚精。蓋魚、模二音，相去甚遠，不知周德清何故合而爲一，豈亦仿沈休文詩韻之例，以元、繁、孫三韻合爲十三元，必欲於純中示雜耶？無論一曲數音，聽到歇脚處散漫無歸，即我輩置之案頭，自作文字讀，亦覺字句聱牙，聲韻逆耳也。塡詞用此韻，縱不能全套皆分，亦宜曲各一韻——如此曲用魚，則用魚韻到底；彼曲用模，則用模韻到底——雖合，實分，亦簡便之一法。

侵尋、監咸、廉纖，同是閉口之音，其實各異。侵尋一韻，每至收音處，雖閉口而音猶清亮。若監咸、廉纖，則沉鬱而澀；作急板小曲則可，若塡悠揚大套之詞，甚不相宜。西廂『不唸法華經，不禮梁王懺』一折用之者，以出自淨脚口中，聲口相合耳。曲中之『揝』字、『撬』字、『熛』字、『臢』字、『韶』字、『蘸』字、『髟』字，惟淨脚可用，亦惟才大如海之王實甫可用。使生、旦口中用此等字，驅鶯燕與鷹隼齊飛，強桃李與松柏競秀，不倫甚矣。韓昌黎之詩，蘇東坡之詞，王實甫之曲，俱善用險韻，要皆相題行文，偶一爲之，不可無一，不能有二也。

萬紅友論詞『愼用去聲』，以其聲獨脆於上、入也。李笠翁論曲『愼用上聲』，以其聲獨低於去、入也。上聲之字，宜於幽靜之詞，不宜於發揚之曲。卽幽靜之詞，只可偶用、間用，不可連用、多用，蓋上聲字不求低而自低也，低則此字唱不出。如十數字高，而忽有一字之低，亦覺抑揚有致；若連用數字皆低，不獨無音，亦無曲矣。至於發揚之曲，每到吃緊之處，卽當用陰字以傾吐之；倘用陽字，尙且不能發調，況極低之上聲字乎？

『務頭』二字，千古難明，嘯餘譜〔二〕辨論萬言，都爲一卷，非不詳晰，究竟莫定指歸。尾卷援引舊曲，言某曲中第幾句、第幾字是務頭，其間陰、陽不可混用，上去、去上不可亂施，似乎是一定之體矣；而或同此曲也，亦有不必盡然者，豈施於此套中則此句第幾字爲務頭，施於彼套中則此句第幾字卽非務頭耶？誠然，則有定，仍無定也。笠翁謂：『曲中有務頭，猶棋中有眼。』此論最確。

有眼則活，無眼則死，稍知布子者，無不知之；然必拘拘何著是眼，當下子之初，雖國手不知也；必待數著數十著，不必有心作眼，而自然有眼矣。塡詞者非不知『看不動情，唱不發調。無務頭之死曲，亦猶無眼之死棋』。使必欲於某句安務頭，其去甫下子卽定何著是眼者幾希。須知一曲有一曲之務頭，一句有一句之務頭。一曲中，得此一句使全曲皆活者，卽一曲之務頭也；一句中，得此數字使一句皆活者，卽一句之務頭也。由是推之，不獨曲有務頭，凡詩、詞、歌、賦以及時文、古文，莫不有務頭，可意會不可言傳也。余嘗謂：曲之定格，人籟也；曲之務頭，天籟也。陶令不求甚解，神於解矣。

曲譜無新，曲牌名有新。狡獪文人，好奇鬥巧，以二曲三曲串爲一曲，別立新名，以炫耳目。然其名非無文義可尋也，如金絡索、梧桐樹，本兩名也，串而爲一，名曰『金索掛梧桐』，以金索掛樹，亦事之所或有；傾盃序、玉芙蓉本兩曲也，串而爲一，名曰『傾盃賞芙蓉』，傾盃酒而賞芙蓉，固是韻事；駐馬聽、一江風、駐雲飛本三曲也，串而爲一，名曰『倚馬待風雲』，倚馬而待風雲之會，功名中人語也。此皆巧思綺合，非強爲之解者，要不若前人並不列名〔二〕，僅加『犯』字，最爲簡便，如本曲江兒水，串入二別曲，則曰『二犯江兒水』；本曲集賢賓，串入三別曲，則曰『三犯集賢賓』。又有以『攤破』二字概之者，如本曲簇御林、本曲錦地花而串入別曲，則曰『攤破簇御林』、『攤破錦地花』之類，較更渾脫。至於以十數曲串爲一曲，如六犯清音、七賢過關、九迴腸、十二峯，則視串合之曲，計數立名，尤指不勝僂矣。

貴筑傅青餘先生，咸豐癸丑庶常，上書言兵事，稱旨，發往河南差遣，迭以軍功奏，留館授檢討，異數也。由知府擢河南按察使，解組後，僑寓長沙，構止園，極亭館之盛。善導引之術，年七十，猶健飯。性喜客，春秋佳日，選勝遨頭，望之若陸地神仙云。箸述甚富，著有古音類表，以天、地、人三統定聲，其說甚徵。余尤愛其韻分五聲說，深得要眇。因備錄之：『太極元氣備於五六，天地之中數也。相倡相和，聲生焉。其爲物也，氣禦以行，空虛處也，渾實處也，觸即發。萬有一千五百二十不能備，於是乎紀之於九千三百五十有三之文。文賾也，於是乎齊之以二百有六之韻。韻隤也，於是乎歸之以一十有五之部。部也，韻也，猶隤也，於是乎貫之以宮、商〔三〕、角、徵、羽之五聲。班固曰：「宮，中也，居中央，暢四方。唱始施，爲四聲綱也。」其於字也，爲反喉入鼻之音；其於韻也，爲東、冬、鍾、江，爲陽、唐、庚，爲耕、淸、靑三部。「商之爲言，章也。物成孰可章度也。」其於字也，爲舌抵上啰之音；其於韻也，爲眞、臻、先，爲諄、文、欣、魂、痕，爲元、寒、桓、刪、山、仙三部。「角，觸也。觸地而出，戴芒角也。」其於字也，爲懸舌向啰之音；其於韻也，爲歌、戈、麻，爲魚、模，爲虞三部。「徵，祉也。物盛大而繁祉也。」其於字也，爲銜脣接齒之音；其於韻也，爲脂、微、齊、皆、灰，爲之、咍，爲支、佳三部。「羽，宇也。物繁聚，宇覆之也。」其於字也，爲閭脣之音；其於韻也，爲侯，爲尤、幽，爲宵、蕭、肴、豪三部。」

音律之難，不難於鏗鏘順口之句，而難於倔強聱牙之句。鏗鏘順口者，如此字聲韻不合，隨取一字換之，縱橫順逆，皆可成文；至於倔強聱牙之句，卽不拘音律，任意揮寫，尙難妥貼，況有淸濁、陰陽及明用韻、暗用韻又斷不可用韻之成格，一定而不可移乎？詞牌之最易塡者，如皂羅袍、醉扶歸、解三酲、步步嬌、園林好、江兒水等曲，韻脚雖多，字句雖有長短，然讀之順口，作者自能隨筆而成；卽有一二句作拗體，亦如詩之古風，無才者亦可勉強成章，稍有才思卽動目矣。如小桃紅、下山虎等曲，則有最難下筆之句。幽閨記小桃紅之中段云：『輕輕將袖兒掀，露春纖，盞兒拈，低嬌面也。』每句只三字，末句叶韻，而每句之第二字又應用平，不可用仄。此等處似難，猶未甚難也；至下山虎云：『大人家體面，委實多般。有眼何曾見？嬾能向前。弄盞傳杯，恁般腼腆。這裏新人忒煞虔，待推怎地展？主婚人不見憐。配合夫妻，事事非偶然。好惡姻緣總在天！』只須『嬾能向前』、『待推怎地展』、『事非偶然』之三句，平仄拗口，撚斷吟髭，方能成句。若『嬾能向前』雖勉諧平仄，而文義甚不可解。南曲中若此類者，指不勝僂。避難就易，惟有引用成語，便覺順口。卽如此折『嬾能向前』與『事非偶然』，同一仄平仄平之句，『事非偶然』成語也，試與『嬾能向前』相較，孰順孰拗，一啓口便知矣。設或所引成語，平仄未能相協，卽顚倒更換數字，仍較自造之句，大不相同。笠翁嘗敎人引用成語之法：『拈一口頭語試之，如「柴米油鹽醬醋茶」，因平仄不協，或改用「油鹽柴米醬醋茶」，或改爲「油鹽柴米茶醬醋」，未有不解其文義者，不辨其聲音者。』此說雖淺，實此中三折肱語也。余嘗製曲，偶未翻覽韻書，有句云：『不知是愛烏，不知是愛屋。』平仄兩協，又引用經書，甚爲得意。亡友黃幼吾還拔工於倚聲，抹以出韻，悚然改去。後見顧亭林氏論近代入聲之語，屋、烏實可並協，悔改此妙句之速。其論甚爲精確，因備錄之：『韻書之序，平聲一東、二冬，入聲一屋、二沃，若將以屋承東，以沃承冬者，久仍其誤而莫察也。「屋」之平聲爲「烏」，故小戎以韻「驅」、「馵」，不協於東、董、送，可知也；「沃」之平聲爲「夭」，故揚之水以韻「鑿」、「襮」、「樂」，不協於冬、腫、宋，可知也。「術」轉去而音「遂」，故月令有「審端徑術」之文；「曷」轉去而音「害」，故孟子有「時日害喪」之引。「質」爲「傳質爲臣」之「質」，「覺」爲「倘寐無覺」之「覺」。「沒」音「妹」也，見於子產之書；「燭」音「主」也，著於孝武之紀。此皆載之經傳，章章著明者。至其韻中之字，隨部而誤者，十之八；以古人兩韻混倂爲一而誤者，十之二，是以審音之士，談及入聲，便茫然不解，而以意爲之，遂不勝其舛互矣。茲旣本之五經，參之傳說，而亦略取說文形聲之指，不惟通其本音，而又可轉之於平、上、去。三代之音久絕而復存，其必自今日始乎？』

顧氏之學，貫徹天人，豈屑爲詞章末技，等而下之至於詞曲乎？然其論四聲一貫也，實足補中原音韻之闕，含商嚼徵者，不可不知。逐章錄之，以代針指。『四聲之論，雖起於江左，然古人之詩，已自有遲疾輕重之分，故平多韻平，仄多韻仄。亦有不盡然者，而上或轉爲平，去或轉爲平、上，入或轉爲平、上、去，則在歌者之抑揚高下而已。故四聲可以並用。「騏駵是中，騧驪是驂。龍盾之合，鋈以觼軜。言念君子，溫其在邑。方何爲期？胡然我念？」之「合」、「軜」〔四〕、「邑」、「念」四字，皆平而韻「驂」。「一之日觱發，二之日栗烈。無衣無褐，何以卒歲？」「發」、「烈」、「褐」三字皆去而韻「歲」。今之學者，必曰此字原有三音，有兩音，故可通用。原註：「吳才老韻補實始此說。」不知古人何嘗屑屑於此哉。一字之中，自有平、上、去、入，今一一取而注之，字愈多，音愈雜，而學者愈迷不識其本，此所謂「大道以多歧亡羊」者也。陳氏之書，蓋多此病。至其末卷，乃曰：「四聲之辨，古人未有中原音韻，此類實多。舊說必以平叶平、仄叶仄也，無亦以今而泥古乎？」斯言切中肯綮。原註：「季立毛詩古音考、邶谷風『怒』字下註曰：『四聲之說，起於後世。古人之詩，取其可歌可詠，豈屑屑毫釐，若經生爲耶？且上、去二音，亦輕、重之間耳』。綢繆『隅』字下註曰：『或問：「二平而接以去聲，可乎？」中原音韻聲多此類，其音節未嘗不和暢也。』二條所論至當。但全書之中，隔閡四聲，多爲註釋，瑣碎殊甚。」不知季立既發此論，而何以猶扞格於四聲，一一爲之引證，亦所謂勞唇吻而費簡冊者也。方子謙原註：「名日升。」之小補，抑又甚焉。今之爲書，取前人一字而叶兩三聲者，盡併之，使學者之視聽，一而不亂，其庶乎守約之旨也夫？五方之音，有遲疾、輕重之不同。淮南子云：「輕土多利，重土多遲。清水音小，濁水音大〔三〕。」陸法言切韻序曰：「吳、楚則時傷輕淺，燕、趙則多傷重濁，秦、隴則去聲爲入，梁、益則平聲爲去。」約而言之，即一人之身，而出辭、吐氣、先後之間，已有不能齊者。其重、其疾，則爲去、爲入、爲上；其輕、其遲，則爲平；遲之又久，則一字而爲二字——「茨」爲「蒺藜」，「椎」爲「終葵」是也。原註：「亦有二字併爲一字者。舊唐書云：『吐谷渾，俗多謂之「退渾」。』蓋語急而然。」恩壽按：「吐」本有去聲，「谷」音「肉」，「肉好」之「肉」亦去聲，皆與「退」近，故併之。故註家多有疾言、徐言之解。而劉勰文心雕龍謂：「疾呼中宮，徐呼中徵。原註：韓非子外儲說有上篇有此語。」夫一字而可以疾呼、徐呼，此一字二音三音之所由昉已。平、上、去、入之名，漢時未有。然公羊莊二十八年傳曰：「春秋，伐人者爲客，伐者爲主。」何休註於「伐人者爲客」下曰：「『伐人者爲客』，讀『伐』，長言之，齊人語也。」於「伐者爲主」下曰：「『見伐者爲主』，讀『伐』，短言之，齊人語也。」長言，則今之平、上、去聲也；短言，則今之入聲也。恩壽按：是言則今之南曲也，短言則今之北曲也。此條尤與曲相近。平、上、去三聲，因多通貫，惟入聲似覺差殊。然而「祝」之爲「州」，見於轂梁；「蒲」之爲「亳」，見於公羊；「趨」之爲「促」，見於周禮；「提是支反」之爲「折常列反」，見於檀弓：若此之類，不可悉數。迨至六朝，詩律漸工，韻分已密，而唐人功令，猶許通用，故廣韻中有一字而收之三聲、四聲者，非謂一字而有此多音，乃以示天下作詩之人，使隨其遲疾、輕重而用之也。後之陋儒，未究厥旨，乃謂四聲之設，攷諸五行、四序，如東西之易向，晝夜之異位，而不相合也，豈不謬哉！且夫古之爲詩，主乎音者也；江左諸公之爲詩，主乎文者也。文者，一定而難移；音者，無方而易轉。夫不過喉、舌之間，疾、徐之頃，而已諧於音，順於耳矣，故或平、或仄，時措之宜，而無所窒礙。角弓之「反」上，賓筵之「反」平；桃夭之「室」入，東山之「室」去：惟其時也。大東一篇兩言「來」，而前韻「疚」，後韻「服」；離騷一篇兩言「索」，而前韻「妬」，後韻「迫」：惟其當也。有定之四聲，以同天下之文；無定之四聲，以協天下之律。聖人之所以和順於道德而理於義，非達天德者，其孰能知之？』

余嘗謂：『入聲無音，以平、上、去之音爲音。北曲多用入韻，反之，卽平韻也。』頗與顧氏入爲閏聲之論相合。顧氏之言曰：『平聲音長，入聲音短。恩壽按：惟其音短，故宜北曲。平聲字多，入聲字少。長者多，短者少，此天地自然之理也，故入聲之部，合之三聲，但有其四。原註：「見古音表。」而五方之音，或有或無，尙不能齊，必欲以配三聲，或以其無是聲也而削之，原註：「元周德清中原音韻併作三聲。」則均之不遠矣。詩三百篇中，亦往往用入聲之字。其入與入爲韻者，什之七八；入與平、上、去爲韻者，什之三。恩壽按：曲之四聲併協者，實權輿是。以其什之七，而知古人未嘗無入聲也；以其什之三，而知入聲可轉爲三聲也。恩壽按：詞中入可作平，已成定例，曲則可作三聲，此詞、曲分寬、嚴處。故入聲，聲之閏也，猶五音之有變宮、變徵而爲七也。』

李笠翁發明北曲宜用入韻，其說甚辨，蓋爲初學而言，若久於此道而得三昧者，則左之右之皆宜矣。然稍不經心，亦不無聱牙結舌之弊。試以西廂、琵琶兩記較之：作西廂者，工於北曲，則入韻是其所長，如鬧齋曲中『二月春雷響殿角』，『早成就幽期密約』，『內性兒聰明，冠世才學』，『扭揑著身子百般做作』，『角』字、『約』字、『學』字、『作』字，何等雅馴，何等自然！琵琶工於南曲，用入韻是其所短，如描容曲中『兩處堪悲，萬愁怎摸』，愁是何物，而可摸乎？

續詞餘叢話 卷二

原文續

朱子曰：『古人作詩，只是說他心下所存事。說出來，人便將他詩來歌。其聲之清濁、長短，各依他詩之語言，卻將律來調和其聲。今人卻先安排下腔調了，然後作語言去合腔子，豈不是倒了？卻是永依聲也！古人是以樂去就他詩，後世是以詩去就他樂，如何解興起得人！』余謂：按曲者照譜填詞，不敢意爲增損，以詩就樂是也；興之所至，犯一曲、兩曲，至十餘曲而成一曲者，以樂就詩是也。

填詞一道，雖爲大方家所竊笑，殊不知此中自有樂也，惟好事者始能得之。大凡功名富貴中人，大而致君澤民，小而趨炎附勢，惟日不足，何暇作此不急之需？必也漂泊江湖、沉淪泉石之輩，稍負才學而又不遇於時，既苦宋學之拘，又覺漢學之鑿，始於詩、古文辭之外，別成此一派文章，非但鬱爲之舒，慍爲之解，而且風霆在手，造化隨心——我欲作官，則頃刻之間便臻榮貴；我欲致仕，則轉盼之際又入山林；我欲作人間才子，卽爲杜甫、李白之後身；我欲娶絕代佳人，卽諧西子、王嬙之佳偶；我欲成仙、作佛，則西天、蓬島，卽在筆牀硯匣之旁；我欲盡忠、致孝，則君治、親年，可駕堯、舜、彭籛之上——非若他種文字，欲作寓言，必須醞藉；倘或略施縱送，稍欠和平，便犯佻達之嫌，失風人之旨矣。塡詞者用意、用筆，則惟恐其蓄而不宣，言之不盡。代何等人說話，卽代何等人居心。無論立心端正者我當設身處地代生端正之想；卽遇立心邪僻者，亦當舍經從權，暫爲邪僻之思。務使心曲隱微，隨口唾出，說一人肖一人，勿使雷同，勿使浮泛，若水滸傳之敍事，吳道子之寫生，斯道得矣。東坡以行文爲樂事。夫文之樂，吾則不知；雕蟲小技之樂，未有過於塡詞家矣。

塡詞誠足樂矣，而其搜索枯腸，撚斷吟髭，其苦其萬倍於詩文者。曲詞一道，句之長短，字之多寡，聲之平、上、去、入，韻之淸濁、陰陽，皆有一定不移之格，長者短一句不能，少者增一字不可。又復忽長忽短，時少時多，當平者用仄則不諧，當陰者換陽則不協。儘有新奇之句，因一字不合，便當毅然去之；非無揑湊之詞，爲格律所拘，亦必隱忍留之。調得平仄成文，又慮陰陽反覆；分得陰陽淸楚，又與聲韻乖張。作者處此，但能布置得宜，安頓極妥，已是萬幸之事，倘能計詞品之低昂，文情之工拙乎？能於此種艱難文字，顯出奇能，字字在聲音律法之中，言言無資格拘攣之苦，如蓮花生在火上，仙叟奕於橘中，始爲盤根錯節之才，八面玲瓏之筆，壽名千古，夫復何慚。

咸豐辛亥，周春臺師與同學陳某講詩經蒹葭章，反覆譬喻。猶不得解，時余與韓中甫在階下納涼，戲謂中甫曰：『此卽西廂記所謂「隔花人遠天涯近」也。』師聞之，拍案稱賞。

笠翁十種曲，意在通俗，失之鄙俚，然其中亦有俊語也。奈何天下場詩云：『奈何人不得，且去奈何天。』又云：『饒他百計奈何天，究竟奈何天不得。』語妙乃爾。至風箏誤逼婚尾聲云：『怕你不做臥看牽牛的織女星。』本是成句，略改句讀，用意各別，尤爲巧不可階。

余前從秋雨菴隨筆見趙秋舲詠月小令江兒水，賞其清雋，已錄入前集。後見吳幼樵所撰塵夢醒談，備錄其曲，始知乃套曲中之一折也。全套皆佳，梁應來僅采此數語，猶不免斷鳬截鴨也。玆備錄於左：忒忒令熱紅塵無人解愁，冷黃昏有儂生受。團空月亮，照心兒剔透。把一個悶葫蘆恨連環，呆思想問誰知道否？沉醉東風悶嫦娥青天上頭，慽書生下方搔首。雲影淨，露華流，中庭似晝。鬧蟲聲新涼時候。星河一周，光陰不留。銀橋、碧漢，又人間盡秋。園林好想誰家珠簾玉鉤？問何人香衾錦裯？任年少虛空孤負。無賴月，是揚州；無賴客，是杭州。嘉慶子九迴腸生小多軟就，把萬種酸情徹底兜，空向西風談舊。寧杜若，採扶留。悲薄命，怨靈修。尹令廿年前胡牀抓手，十年前書齋回首，五年前華堂笑口。一樣銀河，今日無情做淚流。品令浮生自思多，恨事難酬。花天酒地，還說甚風流？參辰卯酉，做了天星宿。江湖蓆帽，三載阻風中酒。只落得下九、初三，月子彎彎照女、牛。豆葉黃 淸高玉宇，冷淡瓊樓。再休提霧鬢雲鬟，再休提霧鬢雲鬟，那裏是烏紗紅袖？生涯味，放天涯浪游。博得個花朝月夕，博得個花朝月夕，消受了夢魔、情魔，酒囚、詩囚。月上海棠 歸去休，一齊放下誰能彀？算山河現影，石火波漚。哭靑天淚眼三秋，懺靑春心魂一縷。蒲團叩，廣寒宮何處回頭？玉交枝 癡頑生就，鬬名場名勾利勾。瑤臺一陣罡風陡，吹落下魂靈滴溜。寒簧仍在月宮留，吳剛不合凡塵走。一年年新秋、暮秋，一年年新愁、舊愁。玉胞肚 飛螢似豆，撲西風羅衫亂兜。看玉階景物淒涼，話碧霄兒女綢繆。我吹笙恰倚紅樓，只怕仙山不是緣。三月海棠 銀匣初開眞難得，團圓又問何年，怎樣寶鏡飛丟？他愁兔兒搗碎此生臼，蟾兒跳出淸虛走。紅橋侶，鶴馭儔，有箇人無賴把紫雲偷。江兒水 自古歡須盡，從來滿必收。我初三瞧你眉兒鬥，十三窺你粧兒就，廿三覷你龐兒瘦，都在今宵前後。何況人生，怎不西風敗柳！川撥棹 年華壽，但相逢，盃在手。耍今朝檀板金甌，耍明朝檀板金甌；莽思量情魂怎收？悵良宵，漏幾籌？剔銀釭，夢裏求。尾聲 夢中萬一鈞天奏，舞霓裳仙風雙袖，我便跨上靑鸞笑不休。此外又有葬花、寫恨兩商調，皆極工緻。因備錄之。葬花云：梧桐樹 堆成粉黛塋，掘破胭脂井。撿塊靑山，放下桃花櫬。名香爇至誠，薄酒先端整。兜起羅衫一角泥乾淨，這收場也算是羣芳幸。東甌令 更紅兒誄，碧玉銘，巧製泥金直綴旌。美人題着名和姓，描一幅離魂影，再旁邊築一個小愁城，設座落花靈。大聖樂 我短鋤兒舉荷劉伶，是淸狂，非薄倖。今生不合做司香令。黃土畔，叫卿卿。單只爲心腸不許隨儇硬，因此上風雨無端替你疼。一場夢醒，向衆香國裏，槃涅斯稱。解三酲收拾起風流行徑，收拾起慧眼聰明，收拾起水邊照你娉娉影，收拾起鏡裏空形，收拾起通身旖旎千般性，收拾起澈膽温和一片情。荒墳冷，只怕你枝頭子滿，誰奠清明？前腔撇下了燕鶯孤另，撇下了蝴蝶伶仃，撇下了青衫紅淚人兒病，撇下了酒帳燈屏，撇下了蹄香馬踏黄金鐙，撇下了指冷鸞吹白玉笙。難呼應，就是那杜鵑哭煞，你也無靈。尾聲向荒阡，澆杯茗，替你打個圓場證果成。叮囑你地下輪迴莫依然薄命。

寫愁云：嬾畫眉生來從不會魂消，怎被莽情絲縛牢？天公待我忒蹊蹺！做就愁圈套，把瘦骨稜稜活打熬。步步嬌合是聰明該煩惱。恨海憑空造，把風流一擔挑。八字兒安排，合爲情顛倒。我何處問根苗？只的事命宫磨蝎無人曉。山坡羊冷冰冰性將人拗，好端端自將愁討。一年年越樣癡魔，一天天寫個風顛照。神暗銷，相思禁幾遭？我當初早是，早是魂靈掉，不肯勾消一場惱懊。無聊，涇衙香何處燒？空勞，醉笙簧何處調？江兒水白晝簾雙押，黄昏燭一條。把紙牌兒打箇鴛鴦筶，筆尖兒寫幅鴛鴦稿，夢魂兒打箇鴛鴦鳥。不許蜂囉蝶嗁，怎底宵來，偏是南柯潦草？玉交枝沒頭沒腦，這章書糢糊亂囂。愁城築得似天高，打不進轟天情礮。心酸好似醋梅澆，眼幸卻被虀薑搗。要丟開心兒越撩，不丟開心兒越焦。園林好恨知音他偏寂寥，恨閒人他偏絮叨。只算些兒胡鬧。波底月，鏡中潮；潮莫信，月難撈。僥僥令成團飛絮攪，作陣落花飄。我宛轉車輪腸寸絞，好比九曲三灣㕙路抄。尾聲問愁怎樣難離掉，除非做一個連環結子繳，向那沒情河丟下了。

琵琶記自毛聲山批點，推爲『七才子』，名重詞壇。凡從事倚聲者，幾奉爲不祧之祖。以余觀之，元人中如此文章，尚非無上上品。臧晉叔元人百種之刻，大率雜劇，多塡北曲，例止四折，獨此乃院本，衍成四十齣，耳目一新，故不覺揄揚過當。無論其詞之工拙也，即排場關目，亦多疏漏荒唐，如子中狀元三載，而家人不知；身贅相府，享盡榮華，不能自遣一僕，而附家報於路人；趙五娘千里尋夫，隻身無伴，果能全節與否，誰能證之？此外如五娘之剪髮，青蔥一握，所值幾何，而欲售去以營祭葬？不能寫其孝，徒以狀其愚。張太公，疏財仗義者也，受人之託，必能終人之事，焉有坐視不顧，致其剪髮者？即或孝婦迫切爲之，亦當回護張太公，使之自留餘地。剪髮之曲，並無一字照管太公。且云：『婆婆沒了，虧太公周濟。于今公公又死，無錢資送，不好再去求他，只得剪髮……』云云，似此，則剪髮一事，乃自願爲之，並非求張公不允，時勢迫之使然，何以曲中又云『非奴苦要孝名傳，只爲入山擒虎易，開口告人難』也？觀此二語，似有怨懟太公之意。然猶可諉爲背後私言也。迨其哭倒在地，太公見之，許送錢米相助，以情理而論，必當感激不遑，何以曲中又云：『只恐奴身死也，兀自沒人埋，誰還你恩債？』試問翁姑死而埋者何人？對埋葬翁姑之人而自言暴露，將置太公於何地？且太公之相助，尚義也，非圖利也，『誰還恩債』一語，幾乎將太公一片熱腸，付之冰冷。此等詞曲，若近人爲之，必羣相譏諷也。

李笠翁嘗謂：『琵琶記罅漏太多，姑舉一事概之。趙五娘于歸兩月，即別蔡邕，算至別墓、尋夫之日，不及數年，猶少婦也，身背琵琶，獨行千里，縱能守身似玉，能免旁人疑議乎？張太公重諾輕財，亦賢者也，豈不知餓死事小、失節事大，竟任少婦冒不韙之名，犯瓜李之戒？揆諸情理，俱不相宜。若欲保全其聲名，惟有遣人伴送同行，最爲周妥；但劈空添出一人，頗費筆墨。剪髮白云：「你先回去，我少頃就著小二送來。」是小二即太公之僕也，何不遣之伴送入京，並非節外生枝，毫無痕迹？』余向以笠翁此論最爲得體。後見笠翁改正此齣，其詞筆直欲突過東嘉。茲將原本、改本並科白備錄於左，知音者旁心自同，當不謂笠翁妄論古人，余亦謬爲附和也。

高東嘉原本

〔胡擣練〕〔旦上〕辭別去，到荒坵，只愁出路煞生受。畫取眞容聊藉手，逢人將此勉哀求。奴家昨日獨自在山中築墳，睡夢間見一神人，自稱當山土地，帶領陰兵與我來助力，又囑付我改換衣粧往京都尋取丈夫。待覺來時，果然墳臺已成。這分明是神通扶持。今二親俱已安葬，我只得依著神人言語，改換衣粧，扮作道姑，將琵琶做行頭，彈幾箇行孝的曲兒，沿途鈔化將去。只是一件，我幾年間和公婆厮守，他今雖死，我如何便捨得拋撇了他遠出！自幼略曉丹青，于今不免想像公婆眞容，畫成一軸，攜之而行，也似相侍親傍的一般。逢時遇節，展開與他燒些香紙，奠些酒飯，也是我一點孝心。我不免就此描畫眞容則個。〔描畫介〕

〔三仙橋〕自從公婆死後，要相逢不能勾，除非夢裏暫時略聚首。苦要描，描不就，暗想像，教我未描先淚流。描不出他苦心頭，描不出他飢證候，描不出他望孩兒的睜睜兩眸。只畫得他髮颼颼，和那衣衫敝垢。休，休，若畫做好容顏，須不是趙五娘的姑舅。

〔前腔〕我待畫他龐兒帶厚，他可又饑荒消瘦。我待畫他龐兒舒展，他自來長面皺。若畫出來眞是醜。那更我心憂，也做不出他歡容笑口。我非不會畫那好的，但我從嫁來他家，只見他兩月稍優游，其餘的都是愁。那兩月優游，我又忘了。這幾年間，我只記得他的形衰貌朽。這眞容呵！便做他孩兒收，也認不得是當初父母。休休，縱認不得蔡伯喈昔日的爹娘，須認得是趙五娘近來的姑舅。公婆眞容旣已畫成，不免就墓前燒香奠酒，拜別則箇。〔拜介〕

〔前腔〕公婆呵！非是奴要尋夫遠游，只怕公婆絕後。奴見夫便回，此行安敢久！苦路途中奴怎走？望公婆保佑我出外州。天那！墳地且沒人看守，如何來相保佑？只怕奴去後有誰來奠酒？縱便遇春秋，一陌紙錢怎有？休休，你生是受凍餒的爹娘，死做個絕祭祀的姑舅！

辭墓已畢，且攜了眞容，辭張太公去。呀，張太公恰好來也！〔末扮張太公上〕衰柳寒蟬不可聞，金風敗葉正紛紛。長安古道休回首，西出陽關無故人。〔旦見末介〕太公，奴家適已拜辭了墳塋，正要到府上來告別。〔末〕呀，五娘子！你眞箇要去？你待幾時起身？〔旦〕只今日就行了。〔末〕你背的是甚麽畫？〔旦〕是奴的公婆眞容，待將路上去化些盤纏，早晚與他燒香化紙。〔末〕是誰畫的？〔旦〕是奴家自己將就畫的。〔末〕五娘子！你孝心所感，畫來一定逼眞。借我看一看。〔看畫介〕畫得像！畫得像！〔作悲介〕老員外！老安人！〔鷓鴣天〕死別多應夢裏逢，漫勞孝婦寫遺蹤。

可憐不得圖家慶，孤負丹青泣畫工。衣破損，鬢蓬鬆，千愁萬恨在眉峯。只怕蔡郎不識年來面，趙女空描別後容。五娘子！你既欲遠行，待我將幾貫錢鈔，送你少資路費。〔旦〕多謝太公！奴家還有不識進退之求：奴家去後，公婆墳墓，無人看管，望太公看這兩箇老的在日之面，早晚與他照顧則箇！〔末〕這箇當得。〔旦〕如此多謝不盡！

〔憶多嬌〕他魂渺漠，我沒倚托。程途萬里，要我懷夜壑。此去孤墳，望公公看着！〔合〕舉目蕭索，滿眼盈盈淚落。

〔前腔〕〔末〕我承委託，當領諾。這孤墳我自看守，決不爽約。但願你途中身安樂。〔合〕舉目蕭索，滿眼盈盈淚落。

〔鬥黑麻〕〔旦〕深謝公公便相允諾！從來的深恩，怎敢忘卻。〔末〕只怕你途路遠，體怯弱，病染孤身，力衰倦腳。〔合〕孤墳寂寞，路途滋味惡。兩處堪悲，萬愁怎摸？

太公，奴家拜別了。〔末〕五娘子，且慢着，老夫還有一言相囑：當初蔡郎去時，原說若有寸進，卽便回來；於今年荒、親死，一去不歸，你知他心腹事如何？況且你和他相別時節，青春正媚；於今遭這饑荒貧苦，貌怯身單，他若富貴，只怕不認得你了。你到京中，須要小心探聽，休要托大！

〔前腔〕〔末〕五娘子！伊夫壻多應是貴官顯爵，伊家去須當審箇好惡。只怕你這般喬打扮，他怎知覺？一貴一貧，怕他將錯就錯。〔旦〕多謝指教，不敢有忘！只得告別去了。〔拜別介〕〔合〕孤孀寂寞，路途滋味惡。兩處堪悲，兩處堪悲，萬愁怎摸！

〔旦〕爲尋夫壻別孤墳，〔末〕只怕伊夫不認眞。
〔合〕惟有感恩並積恨，　萬年千載不成塵。

李笠翁改本

〔胡搗練〕〔旦〕辭別去，到荒坵，只愁出路煞生受。畫取眞容聊藉手，逢人將此勉哀求。

鬼神之道，雖則難明；感應之理，未嘗不信。奴家昨日在山上築墳，偶然力乏，假寐片時。忽然夢見當山土地，帶領着無數陰兵，前來助力。又親口囑咐，着奴家改換衣裝，往京尋取夫壻。及至醒來，那墳臺果然築就。可見眞有神明，不是空空一夢。只得依了夢中之言，改換作道姑打扮。又編下一套淒涼北調，到途路之間，逢人彈唱，抄化些資糧糊口，也是一條生計。只是一件：我自做媳婦以來，終日與公婆厮守，如今雖死，還有個墳塋可拜；一旦撇他而去，眞個是舉目淒然。喜得奴家略曉丹靑，只得借紙筆傳神，權當個丁蘭刻木，背在肩上行走，只當還與二親相傍一般。遇着小祥忌日，也好展開祭奠，不枉做媳婦的一點孝心。有理！有理！顏料紙張，俱已備下。只是憑空摹擬，恐怕不肖神情。且待我想像起來！

〔三仙橋〕自從他每死後，要相逢不能勾，除非夢裏暫時略聚首。如今該下筆了。〔欲畫又止介〕苦要描，描不就，暗想像，教我未描先淚流。〔畫介〕描不出他苦心頭，描不出他饑症候。〔又想介〕描不出他望孩兒的睜睜兩眸，〔又畫介〕只畫得他髮颼颼，和那衣衫敝垢。畫完了。待我細看一看。〔看介〕呀！像倒極像，只是畫得太苦了些，全沒些歡容笑口。呀！公婆！公婆！非是媳婦故意如此，休，休，若畫做好容顏，須不是趙五娘的姑舅。

待我懸掛起來，燒些紙錢，奠些酒飯，然後帶出門去便了！〔掛介〕噯！我那公公婆婆呵！媳婦只爲往京尋取丈夫，撇你不下，故此圖畫儀容，以便隨身供養。你須是有靈有感，時刻在暗裏扶持。待媳婦早見你的孩兒，痛哭一場，說完了心事，然後趕到陰司，與你二人做伴便了。阿呀我那公婆呵！〔哭介〕

〔前腔〕非是奴尋夫遠遊，只怕我公婆絕後。奴見夫便回，此行安敢久！路途中奴怎走？望公婆相保佑！拜完了。如今收拾起身。論起理來，該先別墳塋，然後去別張太公纔是；只爲要託他照管墳塋，須是先別了他，然後同至墳前，把公婆的骸骨，交付與他便了。〔鎖門行介〕只怕奴去後，冷清清有誰來祭掃？縱使遇春秋，一陌紙錢怎有？休，休，休，你生是受凍餒的公婆，死做個絕祭祀的姑舅！來此已是，太公在家麼？〔丑上〕收拾草鞋行遠路，安排包裹送嬌娘。呀！五娘子來了，老員外有請。〔末上〕衰柳寒蟬不可聞，金風敗葉正紛紛。長安古道休回頭，西出陽關無故人。呀！五娘子！我正要過來送你，你卻來了。〔旦〕因有遠行，特來拜別。太公請端坐，受奴家幾拜。〔末〕來到就是了，不勞拜罷。〔旦拜，末同拜介〕〔旦〕高厚恩難報，臨歧淚滿巾。〔末〕從今無別事，拭目待歸人。〔末起，旦不起介〕〔末〕五娘子請起！呀！五娘子你爲何跪在地下，不肯起來？〔旦〕奴家有兩件大事奉求，要太公親口許下，方敢起來。〔末〕孝婦所求，一定是綱常倫理之事。老夫一力擔當，快些請起！〔旦起介〕〔末〕叫小二看椅子過來，與五娘子坐了講話。〔旦〕告坐了。〔末〕五娘子！你方纔說的是那兩件事？〔旦〕第一件，是怕奴家去後，公婆的墳塋沒人照管，求太公不時看顧；每逢節令，代燒一陌紙錢。〔末〕這是我分內之事，自然照管，何須你囑咐。第二件呢？〔旦〕第二件，因奴家是個少年女子，遠出尋夫，沒人作伴，路上怕有嫌疑，求公公大發婆心，把小二借與奴家作伴。到京之日，即便遣人送還。這一件事關係奴家的名節，斷求慨允。〔末〕五娘子，這件事情，比照管墳塋還大。莫說待你拜求，方纔肯許，不是個仗義之人；就是聽你講到此處，方纔思念起來把小二送你，也就不成個張廣才了！我昨日思想：不但你隻身行走，路上嫌疑；就是到了京中，與你丈夫相見，他問你在途路之中如何歇宿，你把甚麼言語答應他？萬一男子漢的心腸多疑少信，將你埋葬公婆的大事且不提起，反把形跡二字與你講論起來，如何了得！這也還是小事。他三載不歸，未必不在京中別有所娶。我想那房家小，看見前妻走到，還要無中生有，別尋說話，離間你的夫妻，何况是遠遠尋夫，沒人作伴？若把幾句惡言加你，豈不是有口難分？還有一說：你丈夫臨行之日，把家中事情拜託於我，我若容你獨自尋夫，有礙他終身名節，日後把甚麼顏面見他？就是死到九泉，也難與你公婆相會！這個主意，我先定下多時了。已曾分付小二，着他伴你同行。不勞分付，放心前去便了！〔旦起拜介〕這等，多謝公公！奴家告別了。〔末〕且慢些，再請坐下。我且問你：你旣要尋夫，那路上的盤費，已曾備下了麼？〔旦〕並不曾有。〔末〕既然沒有，如何去得？〔旦指背上琵琶介〕這就是奴家的盤費。不瞞公公說，已曾編下一套淒涼北調，譜入絲絃，一路彈唱而行，討些錢米度日。〔丑〕這等說來，竟是叫化了。這樣生意，我做不慣。不要總承，快尋別個去罷！〔末〕我自有主意，不消多嘴！五娘子，你前日剪髮葬親，往街坊貨賣，倒不曾問得你賣了幾貫錢財，可勾用麽？〔旦〕並無人買，全虧太公周濟。〔末〕卻又來！頭髮可以作髢，尚且賣不出錢財，何況是空空彈唱？萬一沒人與錢，你還是去的好？轉來的好？流落在他鄉，不來不去的好？那些長途資斧，我也會與你備下，不勞費心。也罷，你既費精神編成一套詞曲，不可不使老朽聞之。你就唱來，待我與你發個利市。〔旦〕這等，待奴家獻醜。若有不到之處，求太公改正一二。〔末〕你且唱來！〔旦理絃彈唱，末不住掩淚，丑不住哭介〕

〔北越調鬥鵪鶉〕靜理冰絃，凝神息喘，待訴衷腸將眉略展。怕的是聽者愁聽，聞者去遠。雖不比杞梁妻善哭夫，也去那哭倒長城的孟姜不遠。

〔紫花兒序〕俺不是好雲遊閒離閨闥，也不是背人倫強抱琵琶，都則爲遠尋夫苦歷山川。說甚麽金蓮窄小，道路迍邅，鞋穿，便做到骨葬溝渠首向天，保得個面無慚靦。好追隨地下姑嫜，得全名，死也無冤。

〔天淨沙〕當初始配良緣，備饔飧尚有餘錢。只爲兒夫去遠，遭荒罹變，爲妻庸禍及椿萱。

〔金蕉葉〕他望賑濟心穿眼穿，俺遭搶奪糧懸命懸。若不是遇高隣分糧助饘，怎能勾慰親心將灰復燃？

〔小桃紅〕可憐他遊絲一縷命空牽，要續愁無線。俺也曾自饜糟糠備親膳，要救餘年，又誰料攀轅臥轍翻成勸？因來竈邊，窺奴私嚥，一聲兒哭倒便歸泉。

〔調笑令〕可憐，葬無錢！虧的是一位恩人，竟做了兩次天。他助喪非強由情願。實指望吉回凶轉，因災致祥無他變，又誰知後運同前！

〔禿厮兒〕俺雖是厚面皮無羞不腆，怎忍得累高鄰鬻產輸田？只得把香雲剪下自賣錢，到街坊哭聲喧，誰憐？

〔聖藥王〕俺待要圖卸肩，赴九泉，怎忍得親骸朽露飽飛鳶？欲待把命苟延，較後先，算來無幸可徼天，哭倒在街前。

〔麻郎兒〕感義士施恩不倦，二天外又復加天。則爲這好仗義的高鄰忒煞賢，越顯得受恩的淺深無辨。

〔么篇〕徒跣，把羅裙自撚，裹黃泥去築墳圈。感山靈神通畫顯，又指去路，勸人赴遠。

〔絡絲娘〕因此上顧不的鞋弓襪淺，講不起拋頭露面。手撥琵琶，原非自遣，要訴出衷腸一片。

〔東原樂〕暫把喪衣覆，喬將道服穿。爲缺資財，致使得身容變。休怪俺孝婦啼痕學杜鵑，只爲多愁怨，漬染得線麻如茜。

〔拙魯速〕可憐俺日不停，夜不眠，饑不湌，冷不燃。當日呵，辨不出桃花人面，分不開藕瓣金蓮；到如今藕絲花片，落在誰邊？自對菱花，錯認椿萱，止爲憂煎。纔信道家寬出少年。

〔尾〕千愁萬緒提難徧，只好綰縧中一線。聽不出眼淚的休解囊，但有酸鼻的仁人請將鈔袋兒展。

〔末〕做也做得好，彈也彈得好，唱也唱得好，可稱三絕！〔出銀介〕這一封銀子，就當潤喉、潤筆之資，你請收下。〔旦謝介〕〔末〕小二過來！他方纔彈唱的時節，我便爲他聲音淒楚，情節可憐，故此掉淚。你知道些甚麼，也號號咷咷哭個不了？〔丑〕不知甚麼原故，聽到其間，就不知不覺哭將起來。連我也不明白。〔末〕這等，我且問你：方纔送他的銀子，萬一途中不勾，依舊要叫化起來，你還是情願？不情願？〔丑〕情願！情願！〔末〕爲什麼以前不情願，如今忽然情願起來？〔丑想介〕正是，爲甚麼原故忽然改變起來？連我也不明白。〔末〕好，這叫做『孝心所感，鐵人流淚；高僧說法，頑石點頭』。五娘子，你一片孝心，就從今日効驗起了，此去定然遂意。我且問你：你公婆的墳塋，曾去拜別了麼？〔旦〕還不曾去。要屈太公同行，好對着公婆當面拜託。〔末〕一發見得到。就請同行。叫小二與五娘子背了琵琶。〔丑〕自然。莫說琵琶，就是要帶馬桶，我也情願挑着走了。〔末〕五娘子！我還有幾句藥石之言，要分付你。和你一面行走，一面講罷。〔旦〕既有法言，便求賜教！〔行介〕

〔鬥黑蟆〕〔末〕伊夫壻多應是貴官顯爵，伊家去須當審個好惡。只怕你這般喬打扮，他怎知覺？一貴一貧，怕他將錯就錯。〔合〕孤墳寂寞，路途滋味惡。兩處堪悲，萬愁怎摸！

〔末〕已到墳前了。蔡大哥！蔡大嫂！你這個孝順媳婦，待你二人，可謂『生事以禮，死葬以禮，祭之以禮』，無一事不全的了！如今遠出尋夫，特來拜別，將墳墓交託于我。從今以後，我就當你媳婦，逢時化紙，遇節燒錢，你不消慮得。只要保佑他一路平安，早與丈夫相會。他一生行孝的事情，只有你夫妻兩口與我張廣才三人知道。你夫妻死了，只剩得我一個在此，萬一不能勾見他，這孝婦一片苦心，誰人替他表白？趁我張廣才未死，速速保佑他回來。待我見他一面，把你媳婦的好處，細細對他講一徧，我張廣才這個老頭兒就死也瞑目了！噯！

我那老友呵！〔旦〕我那公婆呵！〔同放聲大哭，丑亦哭介〕〔末〕五娘子！〔憶多嬌〕我承委託，當領諾。這孤墳我自看守，决不爽約。但願你途中身安樂。〔合〕舉目蕭索，滿眼盈盈淚落。

〔旦〕公婆！你媳婦如今去了。太公，奴家去了。〔末〕五娘子，你途間保重，早去早回。小二，你好生伏侍五娘子，不要叫他費心。〔丑〕曉得！

〔旦〕爲尋夫壻別孤墳，〔末〕只怕兒夫不認眞。

〔合〕流淚眼觀流淚眼，　斷腸人送斷腸人。

〔旦掩淚，同丑先下。末目送作咽哽不能出聲介〕噯！我、我、我明日死了，那有這等一個孝順媳婦！可憐！可憐！〔掩淚下〕

續詞餘叢話　卷三

原事續

同邑黃幼吾選拔其恕負雋才，酷嗜詩詞。嘗從事倚聲，頗受綺語之累。譜坤靈扇傳奇：晉陵周生，讀書慧蓮尼菴，苦慕韻香女冠才色，不得通繾綣。月老降神，授以坤靈扇。障面而往，人不之見，遂與韻尼成伉儷。詞筆雖不脫西廂窠臼，然綺思致語，蹇足蕩心志而啓情悰。余曾舉蔣藏園『安肯輕提南董筆，替人兒女寫相思』之句箴之，幼吾謂：『茲生此詩，爲太史言也。吾輩吟風弄月，正在青年，何必守頭巾誠而自苦耶！』余亦無以難也。坤靈之名，同人不知所出。按清異錄：『朱起年踰弱冠，姿韻爽逸。伯氏虞部有女妓寵寵，豔秀明慧。起甚留意，寵尤繫心。奈館院各別，無由會合，起念之不置。一日，至郊外，逢青巾、短袍、擔節杖藥鑑者，熟視起曰：「郎君幸值貧道，否則危矣！」起駭異，下馬揖之。青巾曰：「君有急。宜直言，吾能濟之。」起再拜，以寵寵事訴。青巾歎曰：「世人陰陽之契，有繾綣司總統，其長官號『氤氳大使』。諸夙緣冥數當合者，須鴛鴦牒下乃成。雖伉儷之正，婢妾之微，買笑、偷期，仙凡交會，華戎配合，率由一道焉。我今爲子祝之。」臨去，籃中取一竹扇授起曰：「是名『坤靈扇』。凡訪寵寵，以扇自蔽其面，人皆不見。自此七日外，可合。合十五年而絕。」起如戒，往來無阻。後十五年，寵寵疫病而死。青巾蓋仙也。」幼吾以坤靈扇名篇，蓋取此。至韻尼，寓言，乃合瑤光寺、秋江記而一之，非盡無據也。

古今填詞家，動謂美人、才子。所謂美者，姿色在其次，第一則在風致也。風致，非姿色可比，可意會不可言傳。雖以實甫之才，僅能寫雙文之姿，不能寫雙文之致。觀其『嫋嫋婷婷』，差有致矣，又加以『齊齊整整』。夫以齊整贊美人，不過虎邱山泥美人耳，尚何致之有！余謂善寫美人之致者，惟長生殿耳。驚變一齣，醉楊妃以酒，以觀其致，明皇眞是風流欲絕。至曲之一語一呼，聲情宛轉，宛然一幅『醉楊妃畫圖』也。北門鵪鶉暢好是喜孜孜駐馬聽歌〔六〕，喜孜孜駐馬聽歌〔七〕，笑吟吟傳杯送盞。不須他絮煩煩射覆藏鉤，鬧紛紛彈絲弄板。我這裏無語持觴仔細看，早只見花一朶上腮間。一會價軟咍咍柳嚲花欹，軟咍咍柳嚲花欹，困騰騰鶯嬌燕嬾。南撲燈蛾態懨懨輕雲軟四肢，影濛濛空花亂雙眼，嬌怯怯柳腰扶難起，困沉沉強擡嬌腕，軟設設金蓮倒褪，亂鬆鬆香肩嚲雲鬟，美甘甘思尋鳳枕，步遲遲倩宮娥攙入繡幃間。此二折〔八〕將醉中風致曲曲寫來，雖仇十洲妙筆，不能得其髣髴也。

紫桃軒雜綴：『古歌變爲胡曲，既已絕響，而舞尤失傳。今優人走三方、擺陣、跌打之類，皆其遺意。余在中州，與士大夫燕會，見有戴高竿、舞翠盤、獅子、生兒、沐猴、戲狗之技，想古之善舞柘枝、鸜鵒[九]，亦不踰是。又見一女童貼地蛇行，蹁躚數四，備極疾徐之妙，與金鼓相應。久之，忽於尻間出一頭，以兩足代手拱揖，反覆旋轉，首尾渾不可辨。花蕊夫人宮詞有「兩頭娘子拜夫人」之句，初不可曉，亦豈謂此等，若舞態中「太平天子字當中」者耶？』

湘中歲首有所謂『燈戲』者，初出兩伶，各執骨牌燈二面，對立而舞，各盡其態。以次遞增，至十六人，牌亦增至三十二面。迨齊上時，始擺成字，如『天子萬年』、『太平天下』之類。每擺成一字，則唱時令小曲一折。誠美觀也。

長生殿有舞盤一齣，場上預設翠盤，貴妃立盤中而舞，鄭觀音、謝阿蠻各執霓旌、孔雀扇掩映其間，明皇親御羯鼓。羽衣第二疊一折，形容舞態，盡致極妍。備錄於左：畫眉序 羅綺合花光，一朵紅雲自空漾。皂羅袍 看霓旌四繞，亂落天香。醉太平 安詳，徐開扇影露明粧。白練序 渾一似天仙，月中飛降。輕颺，彩袖張，向翡翠盤中顯技長。應時明近 飄然來又往，宛迎風菡萏，雙赤子 翩翩葉上。舉袂向空如欲去，乍迴身側度無方。畫眉序 盤旋跌宕，花枝招颭柳枝揚，鳳影高騫鸞影翔。拗芝麻 體態嬌難狀。天風吹起，環珮空中響。小桃紅 冰弦玉柱聲嘹亮，鸞笙象管香飄蕩。花藥欄 恰合著羯鼓低昂，按新腔，度新腔。怕春歸 梟衣裙齊作留仙想。古輪臺 舞佇歛霞裳，重低顙，山呼萬歲拜君王。

堅瓠集：『海鹽有優童金鳳，少以色幸於分宜嚴東樓。東樓晝非金不食，夜非金不寢。金既色衰，食貧里居。比東樓敗，王鳳洲鳴鳳記行，而金復塗粉墨，身扮東樓，以其熟習，舉動酷肖，復名噪一時，向日之恩情，置勿問也。』

笑林：『史丞相彌遠用事，選者改官，多出其門。一日，制閫設宴，優人扮顏回、宰予。予問回曰：「汝改乎？」回曰：「回也不改。」因問：「汝何獨改？」予曰：「鑽，遂改。汝何不鑽？」回曰：「吾非不鑽，但鑽之彌堅耳。」予曰：「汝鑽差矣！何不鑽彌遠？」』又：『萬歷丙午，蔣檢討、蕭給事主浙試。一董姓者以買題中式，士論譁然。撤棘後，例宴主試，預令優人刺之。其日演荆釵記，至承局寄書，李成問：「足下何來？」局答曰：「京城來。」成曰：「有新聞否？」局曰：「貢有異物。」成曰：「何物？」局曰：「一猪。」成曰：「猪有何奇？」局曰：「絕大。」曰：「驢大乎？」曰：「不止。」「牛大乎？」曰：「不止。」「象大乎？」曰：「不止。」成曰：「大無過於此矣。」局曰：「大不可言。且姑言其猪頭、猪腸、猪蹄，你道價易若干？」成曰：「多少？」局曰：「只頭腸蹄，亦買千金。」成曰：「何人買得起？」局曰：「一收古董人家。」主試聞之，頰赤汗下而罷。』

漢陽志：『仙爹〔一〇〕，姓氏不可考，順治初，僑局漢口由義坊，言未來事多奇中。忽一日，言：「此處當火！」急持杯水，周行十餘家。數日後，果火。前後灰燼，獨所行者無恙。孝廉解乾濬子以痘殤，葬尼菴側。尋復活，里人陳姓收養之。孝廉不知也，每以無子爲憂。仙爹常慰之，曰：「汝子巳長成矣。」初以爲誕。康熙己酉，乾濬遇小兒於道，疑其貌類己子，物色根究得其詳，遂聞於官，判歸乾濬。時人作絳紅袍傳奇紀其事，於是仙翁之名益著。』云云。光緒丙子，余需次武昌，忽於舊書肆得是書。急購歸讀之，乃彈詞也，鄙俚可笑，不知撰志者何竟以彈詞作傳奇耶。

雲南府城外商山西北隅有邢妃墳，雖碑誌無考，而草間石獸猶存。故老相傳：妃即圓圓——吳梅村所作爲圓圓曲者也。嘉慶間，蘇州鄭生客游滇，春日踏青商山，訪圓圓墓不得。崩榛荒蔓中，忽迷歸路。俄而落照西沉，暮煙籠樹。遙望前途，似有人家，思往借宿。至則朱門洞開，玉瑱金鋪，儼然王侯第宅。乃使閽者轉達。良久而出，導入東廂。爲設食擁酒，籩貳亦極精潔。飯已，有老嫗出問：『客操吳音，是何鄉貫？』具告之。少頃，嫗秉燭而出，肅客登堂。有女子容色絕代，羽服霓裳如女冠裝束，降階而迎，曰：『妾即邢氏。埋香地下，百有餘年。時移物換，邱隴就平。念君是妾同鄉，有小詩十首，求爲傳播。』因命侍女取詩付鄭。其末章云：『鴛鴦化盡魚鱗瓦，難覓當年竺落宮。』鄭問『竺落』之義，曰：『竺落皇笳天，是南方八天之一，載在道經，妾舊時所居宮名也。』取翠玉笛一枝以贈，并吟一詩，曰：『歎息滄桑易變遷，西郊風雨自年年。感君弔我商山下，冷落平原舊墓田。』遂命送鄭出。時東方微明。向之第宅，俱無所見，惟四面隱隱若有垣墉，諦視之，則深林掩映而已。然袖中玉笛故在。視其詩箋，則多年敗紙，觸手欲腐；墨色亦闇淡，迥非人世之物。鄭以幽會荒唐，劉圓圓遺詩，託諸箕筆。東海劉古石傳會作商山鸞影傳奇，彌失其眞。蘇人蔣敬臣爲予言如此，因紀其大略。至其詩，世多有之，且亦不甚工，故不錄也。笠落皇笳天，據道家書爲十八色界天之一云，語詳俞蔭甫先生隨筆。

隨筆又有二則：『秦娘者，維揚勾欄中人——其父固老諸生也，談者失其姓名——生而國色。幼失怙恃，依其舅以居，而其舅負官逋，不得已議鬻其甥女。爲媒者所誑，遂入青樓。女守貞不辱。假母好言勸之，不從；恫愒之，撻楚之，惟以死自誓。假母計窮，議轉鬻之他所，而以其美貌，未忍也。或爲假母謀曰：「凡爲女子，孰無情欲。宜廣覓少年美男子，勿責以纏頭之費，苟有當女意者，任留一二宿。此後事易爲計矣。」假母從之。凡所交好者，皆託其物色，於是裘馬少年，日有至者。女見之，輒哭泣；稍近之，則怒詈。假母不能忍，日以鞭朴從事。女決意求一死。夜夢老翁曰：「吾，爾父也。汝愼無死。吾已爲汝擇佳壻，明日當可諧秦、晉之好矣。」吳下有蔣生者，以應京兆試，道出蕪城，初無意尋芳也。蔣有友，平時亦嘗受假母之託，以蔣貌美，導之往。蔣始不可，友固慫恿之。及至，女向壁哭如故。蔣調之曰：「聞卿名秦娘，小生則小字晉郎。秦、晉自宜爲姻好，何拒我之深也？」女聞言，憶夢中父語，秋波斜睇，見蔣風度不凡，不覺哭聲頓止。假母喜曰：「大好！大好！今日仙女思凡矣！老身且去料理酒食。」女與蔣同坐房中，雖無一言，亦無慍意。須臾酒食進，假母招女同坐，女亦盈盈而至，然淚痕固涔涔也。蔣見旁無他人，乃問之曰：「觀卿情狀，必有隱懷。僕雖交淺，何礙言深？」女細述己志，且告以夢，又哽咽而言曰：

「郎君若能爲百年之計，夢中父命，敢不敬從；若以爲風塵中人，苟遣一時意興，則雖死不從也。」蔣歎曰：「有志女子哉！小生固未娶，然貧無金屋，奈何？」女曰：「苟許相從，荆布無恨。但求先矢天日，然後再陪杯勺。」蔣許之，共誓於神。是夜，遂同燕好。假母喜女意轉，堅留小住，乃流連三日。女謂蔣曰：「郎君別後，假母必不容獨居，宜早爲計。君家有何人？所居何處？可詳告妾。」蔣曰：「家中無人，惟一寡姊相依。所居則姑蘇某巷也。」女喜曰：「妾得計矣。君宜爲一書與令姊，詳述妾事，妾自有策脫此火坑。」蔣悉如其言。及蔣去三日，假母果別招一客至。女強笑承迎，醉之以酒，乃服客之衣、帽、韈、履，詐爲客狀，啓戶遁出，大罵曰：「何物婢子，如此倔強，令人憤氣塡膺！」假母疑女又有變，得罪於客，追出謝之，則拂衣竟去矣。入房審視，客固醉臥未醒，而女兔脫，乃始追。女甫出門而暴風驟起，燈燭皆滅——蓋女之出也，默禱於父，有陰相之者也——追者皆悚然而返。女獨行昏黑中，若有導之出者，遂附船至蘇州，竟至蔣家，投書於姊。姊審書不謬，留之。而女已有身。及期，產一男。姊始猶狐疑，視所生男，酷似其弟，乃大喜焉。蔣自別女，入京應京兆試，不售。或薦之就四川學政幕，甫至而學使卒。蔣留蜀不得歸，值川、楚教匪之亂，益困頓。適大帥欲延一書記之友，蔣遂入其幕府，賓主甚相得。始爲司筆扎之事；居久之，灰盤密謀，罔不參預。以軍功保舉訓導。是時，道路梗塞，魚雁罕遇，而蔣亦從事戎旃，置家事不問，遂與家人久絕音問。及川、楚平，叙功以知縣銓選，始乞假而歸。自辭家北行，至此將二十年矣。遙望故山，頗有近鄉情怯之意。乃至所居坊巷，則門庭如故，且紅燈雙掛，綵幕高張，鼓吹喧闐，溢於戶外，不知其有何事。入門，則座上客滿，多不相識。有少年就問：「客從何來？」蔣詫曰：「吾故蔣某，此吾家也。」少年大駭而入。無何，有中年婦人出，則其姊也。驚且喜，曰：「吾弟歸歟？」引少年就蔣曰：「此吾弟之子也。」蓋其子年已弱冠，是日適爲畢姻耳。坐客皆大驚歎，以爲巧遇。姊曰：「正有一事爲難。弟婦已將作阿婆，而猶垂髮作女兒裝束。使之改裝，不可。今吾弟幸而歸來，事當如何？」一客曰：「何不趁此吉日，使父、母、子、婦同日完姻，亦佳話也。」滿堂轟然曰：「然！」於是青廬之內，花燭高燒，翁姑拜前，兒婦拜後。觀者皆嘖嘖，謂爲未有之盛事。好事者作爲秦晉配傳奇。

高郵一農家，衣食粗足。生一女，極美。父母愛之，擇壻殊苛。其後門臨大河。有宦家子弟泊舟河干，見女而豔之，停橈不去。一日，見有尼自其門出，遂尾之至菴，告以故，許以重賂，尼諾之。越數日，醉女以酒而送之至舟，遂揚帆而去。女醒，大啼。宦家子曲意撫慰之，矢以白首。比至家，則有翁在。女哭訴於翁，翁曰：「是吾兒之過也。然既至此，毋戚戚，吾爲汝玉成其事。」乃倩媒妁具綵幣至其父母家，聘爲子婦焉。農家失女，正愁苦無策，至是，喜出望外，遂結朱、陳之好。好事者爲之譜意外緣傳奇。』以上三種，余皆未之見也，容訪之。

〔註〕原書各卷前題『長沙　楊恩壽　朋海』。

續詞餘叢話校勘記

本編所重印的續詞餘叢話，是用坦園叢書本作底本。原刻有幾處訛誤，顯然的逕改加註；疑誤的加註說明。

〔一〕『嘯餘譜』，原作『繡餘譜』。

〔二〕『並不列名』，似應作『並不別名』。

〔三〕『商』，原作『高』。

〔四〕『軜』，原作『䮑』。

〔五〕『濁水音大』，原作『濁水多大』。

〔六〕〔七〕『駐馬聽歌』，應作『駐拍停歌』。

〔八〕『二折』，似應作『二曲』。

〔九〕『鵲鴿』，似應作『鶺鴒』。

〔10〕『仙爹』，似應作『仙翁』。

中國古典戲曲論著集成（十）

中国戏曲研究院 编

CHINA THEATRE PRESS
中国戏剧出版社

中國古典戲曲論著集成　十

目錄

今樂考證

清·姚燮著

今樂考證提要

今樂考證十二卷，清姚燮著。關於姚燮的生平，詳本書後面所附的馬裕藻氏跋文，這裏不再轉述。今樂考證的性質，和後來王國維的曲錄，大致一樣；但兩書所根據的資料多有不同，可以互補不足。此外，今樂考證有緣起一卷，考證戲曲源流、事、物，爲曲錄所無；每一作家或作品之後，徵引各家談曲、論曲之語，也比曲錄較爲詳盡。

今樂考證有原稿本，有一九三五年北京大學據原稿景印本。

今樂考證

清・姚燮著〔註〕

緣起

戲之始

涵虛子云：『戲曲之隋始盛。在隋謂之「康衢戲」，唐謂之「梨園樂」，宋謂之「華林戲」，元謂之「昇平樂」。』

王驥德云：『古之優人，第以諧謔滑稽供人主喜笑，未有並曲與白而歌舞登場，如今之戲子者；又皆優人自造科套，非如今日習現成本子，俟主人揀擇，而日日此伎倆也。如優孟、優旃、後唐莊宗，以迨宋之靖康、紹興，史籍所記，不過「葬馬」、「漆城」、「李天下」、「公冶長」、「二聖環」等諧語而已。即金章宗時，董解元所爲西廂記，亦第是一人倚紘索以唱，而間以說白。至元而始有劇戲，如今之所般演者。』

胡應麟云：『優伶戲文，自優孟抵掌孫叔敖，實始濫觴。至後唐莊宗自傅粉墨稱「李天下」，而盛其般演，大率與近世同；特所演多是雜劇，非如近日之戲文也。』

汪汲云：『綱目：唐明皇開元二年甲寅，置左右教坊。舊制：雅、俗之樂，皆隸太常。明皇以太常禮樂之司，不應典倡優雜伎，乃更置左、右教坊，以教俗樂。又選樂工、宮女數百人自教之，謂之「皇帝梨園子弟」。』

又云：『唐崔令欽教坊記：「凡欲出戲，所司先進曲名。上以墨點者即舞，不點者即否，謂之『點戲』。」』

雜劇院本傳奇之稱

涵虛子云：『雜劇有十二科：一、曰神仙道化，二、曰林泉邱壑，三、曰披袍秉笏，四、曰忠臣烈士，五、曰孝義廉節，六、曰叱姦罵讒，七、曰逐臣孤子，八、曰鏺刀趕棒，九、曰風花雪月，十、曰悲歡離合，十一、曰煙花粉黛，十二、曰神頭鬼面。』

豐山王棠云：『唐有傳奇。宋有戲曲、諢、詞說。金有院本、雜劇，其實一也；元朝院本、雜劇始分爲二之。院本則五人，又謂之「五花爨弄」。或曰：「宋徽宗見爨國人來朝，衣裝、鞵履、巾裹、傅粉墨，舉動如此，使優人效之以爲戲。」又有𧮪段，亦院本之意，但差簡耳，取其如火𧮪，易明而易滅也。其間副凈有散說，有道念，有筋斗，有科汎。今世有「爨段」二字，疑起於此。』本陶宗儀說。

陶宗儀又云：『稗官廢而傳奇作，傳奇作而戲曲繼。金季、國初，樂府猶宋詞之流，傳奇猶宋戲曲之變，世傳謂之「雜劇」。金章宗時，董解元所編西廂記，世代未遠，尚罕有人能解之者，況今雜劇中曲調之冗乎？』

又云：『合生，卽院本雜劇也。唐書武一平傳曰：「中宗宴殿上，胡人襪子、何懿唱合生，而歌言淺穢。一平上書曰：『比來妖伎、胡人，街童、市子，或言妃主情貌，或列王公名賢，歌咏舞蹈，號曰「合生」，始自王公，稍及閭巷』。」按此，則知唐玄宗梨園之戲，又本於此。』

梅鼎祚青泥蓮花記云：『江、浙間路歧女有慧點知文墨，能於席上指物題詠，應命輒成者，謂之「合生」；其滑稽含翫諷者，謂之「喬合生」，蓋京都遺風也。』

胡應麟云：『雜劇自唐、宋、金、元迄明皆有之。唐時所謂優伶雜劇，粧服套數，觀蘇中郎、踏搖娘二事可見。宋雜劇亦然。元世曲調大興，凡諸雜劇，皆名曲寓焉，教坊名妓多習之，淸歌妙舞，悉隸是中。一變而贍縟，遂爲戲文。西廂，戲文之祖也。而西廂雖出董解元，然猶絃唱小說之類；至元王、關所撰，乃可登場般演。高氏一變而爲南曲，嗣是作者迭興，古昔所謂雜劇、院本，幾於盡廢。』

沈德符云：『元曲摠只四折，自北有西廂南有拜月，雜劇變爲戲文，以至琵琶遂演爲四十餘折，幾十倍於雜劇矣。』翟灝云：『輟耕錄謂國朝院本用五人般演，謂之「五花爨弄」，始于宋徽宗。按：

院本只般演而不唱。今學般演者，流俗謂之「串戲」，當是「爨」字。』

李斗畫舫錄有府串班、司串班、引串班、邵伯串班諸名。

沈德符又云：『本朝院本不傳久矣，今尙稱院本，猶沿宋、金之舊也。金章宗時，董西廂尙是院本模範，在元末已無人能按譜唱演者，況後世乎？』

梁廷枏云：『作曲之始，不過止被之管絃，後且飾以優孟。元人院本，至今傳者，寥寥數種，其實雜劇爲多。明以後，則傳奇盛行，下筆動至數十折，一人多至數本、十數本、數十本。其始，大旨亦不過歸於勸善、懲惡而已；及其末流，淫佚競尙。蓋自明中葉以後，作者按譜塡字，各逞新詞，此道遂變爲文章之事，不復知爲律呂之舊矣。推此以論，則雖謂「今曲盛，而元曲之聲韻廢」，亦無不可也。』

梁兆壬云：『小說起於宋仁宗時，太平已久，國家閒暇，日進一奇怪之事以娛之，名曰「小說」；而今之小說，則記載矣。傳奇者，裴鉶著小說，多奇異可以傳示，故號「傳奇」；而今之傳奇，則曲本矣。』

元以詞曲取士

沈德符云：『元人未滅南宋時，以此定士子優劣。每出一題，任人塡曲，如宋宣和畫學，出唐詩一句，恣其渲染，選其能得畫外趣者登高第。以故宋畫、元曲，千古無匹。元曲有一題傳至四五本者，予皆見之。』

吳偉業云：『元時以曲取士，皆傳粉墨而踐排場。一代之人文，皆從此描眉、畫頰、詼諧、調笑而出之，固宜其擅絕千古。』

梁廷枏云：『元人百種佳處，恆在第在第一二折，奇情壯采，如人意所欲出；至第四折，則了無意味矣。世遂謂元人以曲試士。百種雜劇，多出於場屋，第四折爲强弩之末，故有工拙之分。然攷之元史選舉志，固無明文，或亦傳聞之誤也。』

又云：『雕蟲館曲選，亦謂：元取士有塡詞科，主司所定題目外，止曲名及韵。其賓白出於演劇伶人一時所爲，故鄙俚蹈襲之語爲多。予謂：此蓋論百種雜劇然耳。若西廂等本，其白爲曲人所自作，關目恰好，字句亦長短適中，迴不侔也。』

梁兆壬云：『相傳元人以詞曲取士，而考選舉志及典章皆無之。或另設一門，如今攷天文、算學，一律特以備梨園供奉耳。惟試錄中一條云：「軍、民、僧、尼、道、客、官、儒、回回、醫、匠、陰陽、寫、算、門、廚、典、僱、未完等戶願試者，以本戶籍貫赴試。」僧道應試，已屬可笑；尼亦赴試，更怪誕矣！』

部色

胡應麟云：『漢宦者傅粉侍中，亦後世裝旦之漸。樂府雜錄「開元中黃幡綽、張野狐善弄參軍」，卽後世副淨矣；又「范傳康、上官唐卿、呂敬遷三人弄假婦人」，卽裝旦矣。』

又云：『今優伶輩，大率八人爲朋，生、旦、淨、末、副亦如之。元院本無所謂生、旦者。雜劇旦有數色：裝旦，卽今正旦也；小旦，卽今副旦也；或以墨點其面，謂之花旦，今惟淨、丑爲之。觀安節樂府雜錄稱范傳康等弄假婦人，則唐未有旦名。宋雜劇名，惟武林舊事足徵；每甲八人者，有戲頭，有引戲，有次淨，有副末，有裝旦；五人者，第有前四色，而無裝旦。蓋旦之色目，宋已有之而未盛。元雜劇多用妓樂名妓，如李嬌兒爲「温柔旦」，張奔爲「風流旦」，時旦色直以婦人爲之也。以今憶之，宋之所謂戲頭，卽生也；引戲，卽末也；副末，卽外也；次淨，卽丑；裝旦，卽旦；而元雜劇之末，乃今戲中之生，卽宋所謂戲頭也。鄭德輝倩女關漢卿竇娥，皆以末爲生；今西廂以張珙爲生，當是國初所改。』

又云：『傳奇以戲爲稱，其名欲顚倒而無實也，故曲欲熟而命以生，婦宜夜而命以旦，開場始事而命以末，塗汚不潔而命以淨。』

柯九思云：『雜劇有正末、副末、狚、狐、靚、鴇、猱、捷譏、引戲九色之名。正末者，當場男子能指事者也，俗謂之「末泥」。副末執磕瓜以扑靚，即古所謂「蒼鶻」是也。當場之妓曰「狚」，狚，猵之雌者也，其性好淫，今俗訛爲「旦」。狐，當場粧官者是也，今俗訛爲「孤」。靚，傅粉墨獻笑供諂者也，粉白黛綠，古稱「靚粧」，故謂之「粧靚色」，今俗訛爲「淨」。妓女之老者曰「鴇」，鴇似雁而大，無後趾，虎文，喜淫而無厭，諸鳥求之即就，世呼「獨豹」者是也。凡妓女總稱曰「猱」，猱亦猵屬，喜食虎肝腦，虎見而愛之，輒負於背，猱乃取蝨遺虎首，虎即死，取其肝腦食焉，以喻少年愛色者亦如遇猱然，不至喪生不止也。捷譏，古謂之「滑稽」，雜劇中取其便捷譏誚，故云。引戲，即院本中之狚。』

王驥德云：『夢遊錄云：「今教坊開場，先引一段尋常事，名曰『艷段』，次正雜劇，爲兩段。末泥色主張，引戲色分，付副淨色發喬，副末色打諢；又或添一人裝孤。其次曲破斷送者，謂之『把香』。」輟耕錄云：「傳奇出於唐。宋有戲曲，金有院本、雜劇。院本，一人曰『副淨』，爲『參軍』；一曰副末，謂之『蒼鶻』——鶻能擊衆鳥，末可打副淨，故云；一曰引戲；一曰末泥；一曰裝孤。又謂之『五花爨弄』。」今南戲副淨同上，而末泥即生，裝孤即旦，引戲則末也。其貼則旦之佐，丑則淨之副，外則末之餘，明矣。丹邱先生謂唐爲傳奇、宋爲戲文；金時院本、雜劇合而爲一，元分爲二。雜劇者，雜戲也。院本者，行院之本也。又按：元雜劇中名色不同，末則有正末、副末、冲末即副末、砌末、小末，旦則有正旦、副旦、貼旦即副旦、茶旦、外旦、小旦、旦兒即小旦、卜旦——亦曰卜兒即老旦。又有外，有孤裝官者，有細酸亦裝生者，有孛老即老雜。小廝曰「俫」，從人曰「祇從」，雜脚曰「雜當」，裝賊曰「邦老」。凡厮役，皆曰「張千」；有二人則曰「李萬」。凡婢，皆曰「梅香」；凡酒保，皆曰「店小二」。今之南戲，則有正生、貼生或小生、正旦、貼旦、老旦、小旦、外、末、淨、丑即中淨、小丑即小淨，共十二人，或十一人，與古小異。古孤以裝官，夢遊錄所謂裝孤即旦，非也。又丹邱以狚、狐、鴇、猱並列，即「孤」亦當是「狐」字之誤耳。嘗見元劇本，有於卷首列所用部色名目，並署其衣冠器械，曰某人冠某冠，服某衣，執某器，最詳；然其所謂冠服、器械名色，今皆不可復識矣。』

徐渭云：『生即男子之稱，史有董生、魯兩生，樂府有劉生之屬。且宋伎上場，皆以樂器之類置籃中，擔之以出，號曰「花擔」。今陝西猶然。後省文爲「旦」。或曰：「小獸，能殺虎，如伎以小物害人也」。未必然。外，生之外又一生也，或謂之「小生」。外旦、小外，後人益之。貼，旦之外貼一旦也。丑，以墨塗面，其形甚醜，今省文作「丑」。淨字，不可解，或曰：「其面不淨，故反言之。」予意即古「參軍」二字，合而訛之耳——優中最尊，其手皮帽有兩手形，因明皇舉黃幡綽首而起。末，優中之少者爲之，故居其末；手執榼爪，起於後唐莊宗；古謂「蒼鶻」，言能擊物也。家奴多用末扮，亦古參軍、蒼鶻之意。此南戲部色。北劇不然，生曰「末泥」——亦曰「正末」，外曰「孛老」，末曰「外」，淨曰「俫」——俫，律蛇切，小兒也，亦曰「淨」，亦曰「邦老」；老旦曰「卜兒」——妳兒也，省文作「卜」。其他或直稱名。』

沈德符云：『自北劇興，名男爲「正末」女曰「旦兒」。相傳入於南劇，雖稍有更易，而旦之名不改，竟不曉何義。今觀遼史樂志：大樂有七聲，謂之七旦。凡一旦，管一調，如正宮、越調、大食，中呂之屬。此外又有四旦二十八調，不用黍律，以琵琶叶之。按：此卽今九宮譜之始。所謂旦，乃司樂之總名，以故金、元相傳，遂命歌妓領之，因以作雜劇。流傳至今，且皆以娼女充之，無則以優之少者假扮，漸遠而失其眞耳。』

又云：『雜劇中用四人：曰末泥色，主引戲、分付；曰副淨色，發喬；曰副末色，主打諢；又或一人裝孤老；而旦獨無管色，益知旦爲管調，如教坊之部頭、色長矣。』

王棠云：『懷鉛錄云：「古梨園傅粉墨者，謂之『參軍』，亦謂之『靚』。靚，音『靜』。廣韵：靘，粧飾也。今傳粉墨謂之『淨』，蓋『靚』之訛也。扮婦人謂之『狚』，音『旦』，又音『達』，又與『獺』通。南華經云：『猨猵狚以爲妻。』東廣微云：『猨以獺爲婦。』蓋喻婦人意，遂省作『旦』也。蒼鶻謂之『末』者，末，北方國名。周禮：『四夷之樂有韎』，東都賦云：『僸佅兜離，罔不畢集。』蓋優人作外國粧束者也。一曰『末泥』，蓋倡家隱語，如爆炭、崖公之類，省作末。」又云：「末泥色主張，引戲分付，副末色打諢」。又都城紀勝：「雜扮或名『雜旺』，又名『鈕元子』，又名『拔和』，乃雜劇之散段，多是借裝爲山東、河北村人，以資笑，今之『打和鼓』、『撚梢子』、『散耍』，皆是也。」今之丑脚，蓋鈕元子之省文。古杭夢遊錄作「雜班」、「鈕元子」、「拔和」。』

又云：『白水潛夫武林舊事：宋雜劇三甲內，有戲頭，有引戲，有次淨，有副末，有裝旦。少不過五人，多不過八人。按：今世有生，有外，有丑。宋時末，則今日之丑也。』

翟灝云：『猥談謂：「生、淨、旦、末等名，有謂反稱，又或托之唐莊宗，皆謬也。此本金、元闤闠談吐，所謂『鶻伶聲嗽』今云『市語』者也。生卽男子，旦曰『裝旦色』，淨曰『淨兒』，末乃末泥，孤乃官人。卽其土音，何義理之有？」太和譜曾略言之。』堅瓠集謂：『樂記注：「優俳雜戲，如獼猴之狀。」乃知生，狌也；旦，狚也，——莊子：『猨猵狚以爲雌』；淨，猙也——廣韻云：『似豹，一角，五尾』；丑，狃也——廣韻：『犬性驕』。謂俳優如獸，所謂『獶雜子女』也。』

釀花使者云：『凡妓以墨點面者，號「花旦」，蓋是女妓之名，非今之伶人也。鹽鐵論有「胡蟲奇日」之語，方密之以奇妲爲小旦。余按漢郊祀志樂人有飾女伎者，此乃今之小旦、花旦。奇旦二字，亦未必作小旦解。』

李斗云：『梨園以副末開場爲領班。副末以下，老生、正生、老外、大面、二面、三面七人，謂之「男脚色」；老旦、正旦、小旦、貼旦四人，謂之「女脚色」；打諢一人，謂之「雜」：此江湖十二脚色，元院本舊制也。』

又云：『小旦謂之「閨門旦」。貼旦謂之「風月旦」，又名「作旦」。兼跳打，謂之「武小旦」。』

李斗云：『凡花部脚色，以旦、丑、跳蟲爲重，武小生、大花面次之。若外、末，不分門，統謂之「男脚色」；老旦、正旦，不分門，統謂之「女脚色」。丑以科諢見長，所扮備極局騙俗態，拙婦、騃男，商賈、刁賴，楚休、齊語，聞者絕倒。然各囿於土音鄉談，故亂彈致遠不及崑腔。惟京師科諢皆官話，故丑以京腔爲最。』

班

王棠云：『演戲而以班名，自宋「雲韶班」起。考宋教坊外，又有「鈞容直」、「雲韶班」二樂。宋太祖平嶺表，得劉氏閹官聰慧者八十人，使學於教坊，初賜名「簫韶部」，後改名「雲韶班」。「鈞容直」，軍樂也，在軍中善樂者。初名「引龍直」，以備行幸騎導。淳化初，改爲「鈞容直」。後世總稱爲班也。』按：宋開寶中平嶺南，擇廣州內臣敎坊習樂，賜名『簫韶部』。雍熙改『雲韶部』。

翟灝云：『雲麓漫鈔謂：「金源官制，有文官、武官，若醫、卜、倡、優，謂之雜班。每演集，伶人進，曰『雜班上』。」按：此優伶呼班之始。武林舊事載宋雜劇每一甲有八人者，有五人者，甲猶班也。五人，蓋院本之制。八人爲班，明湯顯祖撰牡丹亭猶然。多至十人，乃近時所增益。』

至夏歇班，曰『散班』。亂彈不散，曰『火班』。或各處土人集班，曰『土班』。

新班於廟中試演，曰『晾臺』，一曰『掛衣』。

團班之人，蘇州曰『戲螞蟻』，揚州曰『班攬頭』，或稱『戲包頭』。

周密齊東野語載吳郡、平原兩王家侈盛之事，云其家伶官、樂師，皆梨園國工。唱彈、擊拍，各有總之者，號爲『部頭』。每遇節序、生辰，則於旬日外依月律按試，名曰『小排當』。

南北曲

王驥德云：『曲之有南、北，非始今日也。關西胡鴻臚侍珍珠船引劉勰文心雕龍，謂：塗山歌於「候人」，始爲南音；有娀謠於「飛燕」，始爲北聲；及夏甲爲東，殷整爲西。古四方皆有音，而今歌曲但統爲南、北，如擊壤、康衢、卿雲、南風，詩之二南，漢之樂府，下逮關、鄭、白、馬之撰，詞有雅、鄭，皆北音也；孺子、接輿、越人、紫玉、吳歈、楚艷，以及今之戲文，皆南音也。豫章左克明古樂府載：晉馬南渡，音樂散亡，僅存江南吳歌，荆、楚西聲。自陳及隋，皆以子夜歡聞前溪阿子等曲屬吳，以石城、烏栖、估客、莫愁等曲屬西。蓋吳音故統東南；而西曲則後之，人概目爲北音矣。以辭而論，則宋胡翰所謂：晉之東去，辭變爲南、北；南音多豔曲，北俗雜胡戎。以地而論，則吳萊氏所謂：晉、宋六代以降，南朝之樂，多用吳音；北國之樂，僅襲夷虜。以聲而論，則關中康德涵所謂：南辭主激越，其變也爲流麗；北曲主忼慨，其變也爲朴實。惟朴實，故聲有矩度而難借；惟流麗，故唱得宛轉而易調。吳郡王元美謂：南、北二曲，譬之同一師承，而頓、漸分敎；俱爲國臣，而文、武異科。北主勁切雄麗，南主淸峭柔遠。北字多而調促，促處見筋；南字少而調緩，緩處見眼。北辭情少而聲情多，南聲情少而辭情多。北力在絃，南力在板。北宜和歌，南宜獨奏。北氣易粗，南氣易弱。此其大較。康北人，故差易南調，似不如王論爲確。』

徐渭云：『南戲始於宋光宗朝，永嘉人所作，趙貞女、王魁二種實首之，故劉後邨有「死後是非誰管得？滿村聽唱蔡中郎」之句。或云宣和間巳濫觴，其盛行則自南渡，號曰「永嘉雜劇」，又曰「鶻伶聲嗽」。其曲則宋人詞而益以里巷歌謠，不叶宮調，故士夫罕有留意者。元初，北方雜劇流入南徼，一時靡然向風，宋詞遂絕，而南戲亦衰。順帝朝忽又親南而疎北，作者蝟興，語多鄙下，不若北之有名人題咏也。』

又云：『今之北曲，蓋遼、金北鄙殺伐之音，壯偉狠戾。武夫馬上之歌，而流入中原，遂爲民間之日用。宋詞既不可被絃管，南人亦遂尙此。上下靡風，淺俗可嗤。然其間九宮二十一調，則猶唐、宋之遺意也。特其止於三聲，而四聲巳滅耳。至於南曲，又出北曲下一等，彼以宮調限之，吾不知其何取也。』

今曲流派

徐渭云：『今崑山以笛、管、琵琶按節而唱南曲者，字雖不應，頗相諧和，殊爲可聽，亦吳俗敏妙之事。或者非之，以爲妄作，請問點絳唇、新水令是何聖人所作？』又云：『今唱家稱「弋陽腔」，則出於江西，兩京、湖南、閩、廣用之；稱「餘姚腔」，出於會稽，常、潤、池、太、揚、徐用之；稱「海鹽腔」者，嘉、湖、溫、台用之。惟「崑山腔」止行於吳中，流麗悠遠出乎三腔之上，聽之最足蕩人，妓女尤妙此，如宋之嘌唱，卽舊聲而加以泛豔者也。今宿倡曰「嘌」，宜用此字。隋、唐正雅樂，詔取吳人充子弟習之，則吳之善謳，其來久矣。』

徐大椿云：『北曲之西腔、高腔，梆子、亂彈等腔，此乃其別派，不在北曲之列。南曲之異，則有海鹽、義烏、弋陽、四平、樂平、太平等腔。至明之中葉，崑腔盛行，至今守之不失；其偶唱北曲一二調，亦改爲崑腔之北曲，非當時之北曲矣。』

祝允明云：『南戲出于宣和之後南渡之際，謂之「温州雜劇」。予見舊牒，有趙閎牓禁，頗著名目，如趙貞女蔡二郞等，亦不甚多。以後日增，今遂遍滿四方，輾轉改益，蓋已略無音律、腔調。愚人蠢工，狥意更變，妄名如餘姚腔、海鹽腔、弋陽腔、崑山腔之類，趁逐悠揚，杜撰百端，眞胡說耳。』

葉子奇云：『戲文始於王魁，永嘉人作之。識者曰：「若見永嘉人作相，宋當亡。」及宋將亡，乃永嘉陳宜中作相。其後元朝，南戲尚盛行；及當亂，北院本特盛，南戲遂絕。』

胡應麟云：『今王魁本不傳而傳琵琶。琵琶亦永嘉人作，遂爲今南曲首。然葉當國初著書，而云「南戲絕」，豈琵琶尚未行世耶？』

翟灝云：『南戲肇始，實在北戲之先，而王魁不傳，胡氏乃以王、關西廂爲戲文祖耳。今戲曲合用南北腔調，又始於杭人沈和甫，見鍾氏錄鬼簿。』

又云：『香祖筆記引樂郊私語云：「海鹽少年多善歌，蓋出於澉浦楊氏。其先人康惠公梓與貫雲石交善，得其樂府之傳。今雜劇中豫讓吞炭、霍光鬼諫、敬德不伏老，皆康惠自製。家僮千指，皆善南北歌調，海鹽遂以善歌名浙西。」今俗所謂「海鹽腔」者，實發於貫酸齋，源流遠矣。』

李斗云：『戲有花、雅兩部，以備大戲祝釐。雅部卽崑山腔。花部爲京腔、秦腔、弋陽腔、梆子腔、羅羅腔、二簧調，統謂之「亂彈」。』查岩門岐昌古鹽官云：『艷說長安佳子弟，熏衣高唱弋陽腔』。

又云：『秦腔幷京腔之尤者，如滚樓、抱孩子、賣餑餑、送枕頭之類。』

越東人呼弋陽腔曰『調腔』，二字不見所出。及讀陶菴夢憶，云：『甲戌十月，攜楚生住不繫園。集者八人：南京曾波臣、東川趙純卿、金壇彭天錫、諸暨陳章侯、杭州楊與民、陸九、羅三、女伶陳素芝。余留飲。章侯爲純卿畫古佛，波臣爲純卿寫照，楊與民彈三弦子，羅三唱曲，陸九吹簫。與民復出寸許界尺，據小梧用北調說金瓶梅一劇，使人絕倒。是夜，彭天錫與羅三、與民串本腔戲，與楚生、素芝串調腔戲。章侯唱村落小歌，余取琴和之，牙牙如話。純卿跳身起，取其竹節鞭——重三十斤——作胡旋舞數纏，大噱而去。』『調腔』二字始見此。安樂山樵燕蘭譜云：『山西「勾腔」，似崑曲而音呟亮，介乎「京腔」之間。』又云：『京班多「高腔」。自魏三變「梆子腔」，盡爲靡靡之音矣。』又云：『蜀伶新出「秦腔」，卽「甘肅調」，名「西秦腔」。其器不用笙、笛，以胡琴爲主，月琴副之，工尺咿唔如語。旦色之無歌喉者，每借以藏拙。』

金臺殘淚記云：『蜀伶「西秦腔」，始乾隆末歲，後徽伶盡習之。道光三年，御史奏禁。』又云：『亂彈，卽「弋陽腔」，南方又謂之「下江調」。謂「甘肅腔」曰「西皮調」。』

李斗云：『句容以「梆子腔」，安慶以「二簧調」，弋陽以「高腔」，湖廣以「羅羅腔」。京腔用湯鑼不用金鑼，秦腔用月琴不用琵琶。』又云：『揚州「亂彈」以旦爲正色，丑爲間色。正色必聯間色爲侶，謂之「搭夥」。跳虫，又丑、凈之最貴者也。』

西曲

翟灝云：『南史徐勉傳：「武帝擇後宮吳聲、西曲女妓各一部賚勉。」通典：「梁有吳安泰善歌。後爲樂令，初改西曲，以別江南上雲樂。」樂府詩集謂：西曲歌於荆郢樊鄧之間，因其方俗，謂之西曲。按：今以山西所唱小曲曰西曲，與古絕殊，亦因其方俗有之。』

小曲

文選長笛賦云：『聽簉弄者，遙思于古昔。』注云：『簉弄，蓋小曲。』翟氏謂：漢樂府滿歌行等篇，謂之大曲。小曲，當對大曲言之，非若今之小曲也。

宋王楙野客叢書載：陳伏知從軍五更轉曲，後教坊以五更演爲五曲，爲街市唱。今小曲鬧五更、五更相思之類，知由來已久。

王驥德云：『小曲掛枝兒，即打棗竿，是北人長技，南人每不能及。昨毛允遂貽我吳中新刻一帙，中如噴嚏、枕頭等曲，皆吳人所擬，即韵稍有出入，然措意俊妙，雖北人無以加之，故知人情原不相遠也。』

沈德符云：『元人小令，行於燕、趙，後浸淫日盛。自宣、正至化、治後，中原又行瑣南枝、傍粧臺、山坡羊之屬。李崆峒先生初自慶陽徙居汴梁，聞之，以爲可繼國風之後。何大復繼至，亦酷愛之。今所傳泥揑人及鞋打掛、熬鬏髻三闋，爲三牌名之冠，故不虛也。自茲以後，又有耍孩兒、駐雲飛、醉太平諸曲，然不如三曲之盛。嘉、隆間乃興鬧五更、寄生草、羅江怨、哭皇天、乾荷葉、粉紅蓮、桐城歌、銀紐絲之屬，自兩淮以至江南，漸與詞曲相遠，不過寫淫媟情態，略具抑揚而已。比年以來，又有打棗竿、掛枝兒二曲，其腔調約略相似，則不問南、北，不問男、女，不問老、幼、良、賤，人人習之，亦人人喜聽之，以至刊布成帙，舉世傳誦，沁人心腑——其譜不知從何來——眞可駭嘆！又山坡羊者，李、何二公所喜，今南、北詞俱有此名。但北方惟盛愛數落山坡羊。其曲自宣、大、遼東三鎮傳來。今京師妓女，慣以此充絃索北調。其語穢褻鄙賤，幷桑、濮之音，亦雖去已遠。而羈八、游塤，嗜之獨深，丙夜開樽，爭先招致。而敎坊所隸箏纂等色，及九宮十二則，皆不知爲何物矣。俗樂中之雅樂，尙不諧里耳如此，況眞雅樂乎！』

明錢希言遼邸紀聞云：『遼王雅工詩賦，尤嗜宮商。其自製小詞、艷曲、雜劇、傳奇，最稱獨步，有春風十調、唾窻絨、誤歸期、玉闌干、金丸弄丸記，皆極婉麗才情。尋後安置鳳陽，又編賣花聲諸調百闋，流傳江表，含思淒楚，不減南唐後主「春意闌珊」。至今章華臺前老妓，半是流落宮人，猶能彈出筵篌絃上，一曲伊州淚萬行也。』按：此當爲漸變今日小曲之始。

李斗云：『小唱以琵琶、絃子、月琴、彈板合動而歌，最先有銀紐絲、四大景、倒板漿、翦靛花、吉祥草、倒花籃諸調，以劈破玉爲最佳。有黎殿臣者，善爲新聲，至今效之，謂之「黎調」，亦名跌落金錢。又有到春來，亦謂之木蘭花。以下河土腔唱翦靛花，謂之「網調」。近來羣尙滿江紅、湘江浪，皆本調也。又有京舵子、起字調、馬頭調、南京調，於小曲中加引子、尾聲，如王大娘、鄉里親家母諸曲。又有以傳奇中牡丹亭、占花魁之類譜爲小曲者，皆土音之著者也。』

山歌

明崑山陸容云：『吳中鄉村唱山歌，大率多道男女情致而已。惟一歌云：「南山脚下一缸油，姊妹兩個合梳頭。大個梳做盤龍髻，小個梳做楊籃頭。」不知何意。朱廷評樹之嘗以問予，予思之，翌日，報云：「此歌得非言人之所業本同，厥初惟其心之趣向稍異，則其成就遂有大不同者？作如是觀可乎？」樹之云：「君之穎悟，過我矣！作如是觀。」此山歌第一曲也。』蔗園雜記。陸務觀老學庵筆記載：『小娘子，葉底花，無事出來喫盃茶』之曲，以爲竹枝之類。今之山歌似之。翟灝云：『湘山野錄：「吳越王大陳鄉飲，高揭吴喉，唱山歌以見意。」水東日記云：「吳人耕作或舟行之勞苦，多作謳歌以自遣，皆名山歌。其中亦有可爲警勸者。」按今又有秧歌，本饁婦所唱也，武林舊事元夕舞隊之「村田樂」卽此。江、浙間雜扮諸色人跳舞，失其意，江北猶存舊風。』

陶眞

翟灝云：『堯山堂外紀：「杭州瞽女唱古今小說、評話，謂之『陶眞』。」七修類稿作「淘眞」，起處每曰「太祖、太宗、眞宗帝，四祖仁宗有道君」。蓋始宋時也。姜南洗硯雜錄：「翟存齋詩：『陌頭盲女無窮恨，能撥琵琶唱趙家』。今瞽者彈琵琶演說小說以覓衣食，蓋自昔如是。」』夢粱錄有女荒鼓板，想亦其屬。

阮葵生云：『盲女琵琶，元時已有之，至今江淮尤甚。近年亦多少年游閒者藉以佐酒消遣，不異青樓。吾鄉楊幼髡廣文，年七十，致仕回里，飢餓不能出門戶。後聾盲日造其門，資其飲饌，篤龍蠻猛，窮極豐腆，人不解其故。久之，知廣文以歌曲擅長，多取耳聞目見之事，演爲彈詞，新聲倚調。盲女以先得者聲價頓高，廣文遂藉以娛老。霍存齋詩：「陌頭盲女無愁恨，能撥琵琶說趙家。」放翁詩：「斜陽古柳趙家莊，負鼓盲翁正作場。」盲女、瞽男，由來舊矣。』

汪汲云：『猗覺寮雜記：「彈曲起於唐懿宗時。曹確傳云：『優人李可及能新聲，自度曲，號爲「拍彈」。』」』

方外畸人相思譜彈詞序例云：『彈詞始於北宋安定郡王趙德麟，按唐元微之會眞記，撰商調蝶戀花十二章，號「鼓子詞」，俾歌工彈唱，已倡其端；至金章宗朝，董解元變詞爲曲，亦按會眞作西廂記，科白互施，厥體乃備；元王伯成有開元天寶遺事，皆搊彈本也。自後南北曲盛行，斯道遂廢。近世沈元英工此，遣詞命韻，能備取長短句體。茲詞惟取鶡鴠天爲式，取便歌口；韵，必以中原爲式。』

連廂

毛奇齡曰：『金作淸樂，仿遼時大樂之製，有所謂「連廂詞」者，帶唱帶演。以司唱一人。琵琶一人，箏一人，笛一人，列坐唱詞，而復以男名「末泥」女名「旦兒」者，隨唱詞作舉止，如「參了菩薩」，則末泥祗揖，「只將花笑撚」，則旦兒撚花之類。北人至今謂之「連廂」，曰「打連廂」、「唱連廂」，又曰「連廂搬演」。大抵連四廂舞人而演其曲，故云然。先司馬從甯庶人處得其例。』

梁廷枏云：『古人歌者舞者各自爲一，兩不照應。至唐人柘枝詞、蓮花鏇歌，則舞者所執，與歌人所歌之詞，稍有相應矣，猶羌無故實也。至宋趙令畤作商調鼓子詞譜西廂傳奇，始有事實矣，然尚無演白也。至董解元作西廂搊彈詞，曲中夾白，搊彈念唱，統屬一人，然尚未以人扮演也。金人仿遼大樂之製而作淸樂，中有「連廂詞」，則扮演有人矣，猶然司舞者不唱，司唱者不舞也。至元曲則歌舞合於一人，然一折自首至末，皆以其人專唱，非正末則正旦，唱者爲主，而白者爲賓，連廂之法未盡變也。今之雜色上場，無不可唱，此實起于元末明初，其由來亦已久矣。』

齣

徐渭云：『高則誠琵琶有第一齣、第二齣，攷諸韵書，並無此字，必「齣」之誤也。牛食呑而復吐曰「齣」，似優人入而復出也。』

翟灝云：『齣，音「笞」，又音「師」，無讀作「折」音者。豈其字形既誤而音讀亦因之誤耶？』

按：元人劇俱作『折』。明人有作『摺』者，有作『出』者，義俱通。

賓白

徐渭云：『唱爲主，白爲賓，故曰賓白，言其明白易曉也。』

翟灝云：『菊坡詩話云：「北曲中有全賓、全白。兩人對說曰賓，一人自說曰白。」西河詞話云：「元曲唱者祇一人。若他雜色人，入第有白而無唱，謂之『賓白』。賓與主對，以說白在賓，而唱者自有主也。」』

科介諢

徐渭云：『科者，相見作揖、進拜舞蹈、坐、跪之類，身之所行，皆謂之「科」。今人不知，以諢爲科，非也。介者，今戲文於科處皆作「介」，蓋書坊省文，以科字作介字，非科、介有異也。諢者，於唱白之際，出一可笑之語，以誘坐客，如水之渾渾也，切忌鄉音。』

翟灝云：『遼史伶官傳：「打諢的不是黃幡綽。」道山清話：「劉貢父言：『每見介甫字說，便待打諢。』」古今詩話：「山谷云：『作詩如雜劇，臨了須打諢，方是出場。』」石林詩話：「東坡繫滯削愁之語，大是險諢，何可屢打。」』按：唐書元結傳：『諧官、顐臣，怡愉天顏。』李栖筠傳：『賜百官宴曲江，敎坊倡顐雜侍。』呂氏童蒙訓云：『顐，卽「諢」字。』李肇國史補云：『顐語，始自賀蘭廣、鄭涉。』

汪汲云：『優伶打顐，亦起於唐。李栖筠爲御史大夫。故事，曲江賜宴，敎坊倡顐雜侍，棲筠以任風憲不往，臺遂以爲法。顐，力困切，弄言也。』

鬼門

柯九思云：『构肆中戲房出入之所，謂之「鬼門道」。言其所扮者皆已往昔人，出入於此，故云「鬼門」。愚俗無知，以置鼓於門，改爲「鼓門道」，後又訛而爲「古」，皆非也。蘇東坡有詩云：「搬演古人事，出入鬼門道。」』何焯云：『定遠詩：「牛口定場先。」錢遵王云：「鬼門，謂之牛口。」惜未詳其出處。』

開場

徐渭云：『宋人凡勾闌未出，一老者先出，夸說大意以求賞，謂之「開呵」。今戲文首一出，謂之「開場」，亦遺意也。』

打箱

徐渭云：『以別技求賞也。』

今樂考證

緣起

樂府渾成譜目

王驥德云：『予在都門日，一友人攜文淵閣所藏刻本樂府大全（又名樂府渾成）一本見示，蓋宋、元時詞譜。即宋詞，非曲譜。止林鍾商一調，中所載詞至二百餘闋，皆生平所未見。以樂律推之，其書尚多，當得數十本。所列凡目，亦世所不傳。所畫譜，絕與今樂家不同。有卜算子、鵲橋仙、摸魚兒、西江月等，皆長調，又與詩餘不同。有嬌木笡，則元人曲所謂喬木查，蓋沿其名而誤其字者也。中佳句有「酒入愁腸，誰信道都做淚珠兒滴」，又「怎知道恁地憶再相逢，瘦了纔信得」，皆前人所未道。以是知詞曲之書，原自浩瀚。即今曲，當亦有詳備之譜，一經散逸，遂并其法不傳，殊爲可惜！今列主目並譜於後，以存典刑一班。

「林鐘商目——隋呼歇指調。

嫡聲　品有大品小品　歌曲子　唱歌　中腔　踏歌

引　三臺　傾盃樂　慢曲子　促拍　令　序

破子　急曲子　木笪　丁聲長行　大曲　曲破

嫡聲譜

一ㄴ马ク乃

十六聲

一フㄴ尹ク厶ㄴ一マフㄴ丿ㄋ夕ク一ㄴㄋ乃

旦秋氣淒涼鳴幽砌向枕畔偏惱愁心盡夜苦吟

又

一ㄴㄋ乃フㄴ马クㄋㄴ一マㄴ尹フク乃一ㄴㄋ乃

戴花持滿滿泛金尊花枝滿帽笑歌醉拘手戴花持酒」」

北虜達達樂曲

陶宗儀云：『達達樂器，如箏、纂、琵琶、胡琴、渾不似之類，所彈之曲，與漢人曲調不同。

大曲

哈八兒圖　口温　也葛倘兀　畏兀兒

閔古里　起土苦里　跋四土魯海　舍舍弼

搖落四　蒙古搖落四　閃彈搖落四一本作「門彈」。

阿耶兒虎　桑哥兒苦不丁江南謂之「孔雀雙手彈」。　阿廝闌扯弼「四蓋曲雙手彈」。一本此曲入小曲目。

答剌一本作「答罕」，謂之「白翎雀雙手彈」。

苦只把共「呂紘」。一本作「品紘」。把共二字，一本作「把失」。

小曲

哈兒火失哈赤「黑雀兒叫」。　阿林捺「花紅」。

曲律買　者歸　洞洞伯　牝疇兀兒

把擔葛失　削浪沙　馬吞一本作「馬哈」。

相公　仙鶴　阿丁水花一本作「阿下水花」。

回回曲

伉俚一本作「伉里」。　馬里某當當　清泉當當』

工尺

宋樂書云：『黃鐘用合字，大呂、大蔟用四字，夾鐘、姑洗用一字，夷則、南呂用工字，無射、應鐘用凡字，中呂用上字，甤賓用勾字，林鐘用尺字，黃鐘清用六字，大呂、夾鐘清用五字。又有陰陽及半陰、半陽之分。』而遼世大樂，各詞之中，度曲協律，其聲凡十，曰：凡、工、尺、上、一、四、六、勾、合。

沈德符云：『五、凡、工、尺十字，近十二雅律，於律呂各缺其一，以爲猶之雅音之不及商也。可見宋、遼以來，此調以爲之祖。』

唐琵琶錄以『合』字定宮絃，則工尺之譜，不始於宋也。

沈括筆談云：『十二律幷淸宮，當有十六聲。今之燕樂，止有十五聲。蓋今高于古樂二律以下，故無正黃鐘聲。只以合字當大呂，猶差高，當在大呂、大簇之間。下四字近太簇，高四字近夾鐘，下一字近姑洗，高一字近中呂，上字近甤賓，勾字近林鐘，尺字近夷則，工字近南呂，高工字近無射，六字近應鐘，〇〇〇黃鐘清，高凡字爲大呂清，下五字爲太簇清，高五字爲夾鐘清。法雖如此，然諸調殺聲，不能盡歸本律，故有偏殺、側殺、寄殺、元殺之類。』

方成培云：『燕樂新書字義：合下黃鐘。四下大呂、太簇。一下夾鐘、姑洗。工下夷則、南呂。凡下無射、應鐘。

上仲呂。勾蕤賓。尺林鐘。六黃鐘清。下五大呂清。上五太簇清，當作「五」。緊五夾鐘清。按：此古今譜法，宋樂志、朱子大全集竝同，惟白石道人歌曲所載小異——太簇清用「五」字，不用「上五」，此字當從白石；夾鐘清用「一五」字，則剞劂之譌也，當是「上五」，上字訛爲「一」耳。「上五」，即「緊五」。

宋樂俗譜：

ム合，黃鐘。　マ四，下大呂。　ン一，下夾鐘。
二一，上姑洗。　マ上，仲呂。　ム尺，林鐘。
フ工，下夷則。　フ工，上南呂。　川下凡，無射。　川凡，應鐘。
夂六，黃鐘清。　ㄌ下五，大呂清。　ㄌ上五，太簇清。　□緊五，夾鐘清。缺。

今世俗樂字譜：

合　四　乙　上　尺　工　六　五　亿　仩　伬　仜

方以智云：『合字音似「呵」，四字似「思」，一字似「伊」，尺字似「扯」，六字音「靈悠切」，凡字音似「翻」，高凡字似「泛」，五字音「烏」：即今簫、管七調諸法也。』

又云：『以笛列七，則尺、上、乙、五、六、凡、工也。尺生六，六生上，上生凡，凡生乙，乙生工，工生五，五生尺。輕之重之，如十六鐘加清聲，謂之寄聲、半聲；此則可高可低，六字即有合字，五字卽有四字。每一調則閉二字，如閉凡、上二字則爲「平調」，閉凡、乙二字則爲「正調」，閉五、尺二字則爲「梅花調」，閉六、尺二字則爲「紘索調」，閉五、工則爲「淒涼調」，閉乙、工則爲「背工調」，閉上、六則爲「子母調」。北調則微犯之，名曰「犯」。』

方中通云：『七調者，淒涼調、凡字調、閉工調、正宮調、乙字調、梅花調、頂調也。十三調者，黃鐘調、正宮調、大石調、小石調、仙呂調、中呂調、南呂調、雙調、越調、商調、商角調、般涉調、子母調也。以高下分調者，直調也；以曲名分調者，橫調也。而不離乎五音。故簫笛南曲，隔五必合，如合四上尺工六五，而合與六同孔，四與五同孔也。用乙字、凡字，則成北調矣。然調中之高下，亦有直、有橫，如合與六，四與五，本一孔而因氣之緩急分高下者，此橫高下也；正宮之四卽乙調之合，乙調之四卽梅花之合，本一字而因孔之升降分高下，此直高下也。』又云：『今之七調，自極低以至極高，計十九字。然於高工字之上，亦多不用。故最下爲凡字調所用，止十三字：合、四、乙、上、尺、工、凡、六、五、亿、仩、伬、仜是也。漸而升之，則每高一調。低除一字，高增一字也。簫、笛六孔，爲六調，後一孔與前之中一孔相合，又成一調，故爲七調也。南曲遏乙、凡字皆閉，用則應北曲矣。』

翟灝云：『工尺譜，卽朱子所謂「半字譜」也。古作樂譜者，初以△口形狀爲識，如禮投壺篇魯鼓、薛鼓之法。尋以音調各出二文，未足于用，乃卽二文增損，乘積用之。如工者，コ也；上者，匚也；尺者，只也；合者合也；四者，叩也；六者，夊也；五者，㐅；乙者，上文向上波也；凡者，尺文向上波也。諸文本無音韻、義理，且幷非字，學者因其形似而強讀之為字也。呂種玉言鯖據宋人詞話有「理會五凡工赤上」語，謂工尺乃「公赤」之訛，不知彼乃訛耳。』

梁廷枬云：『工尺四上，樂之聲也，而不知其字已見於楚詞大招，云工尺字譜「四上競氣」，則來歷已久矣。』本談星衍說。

砌末行頭

翟灝云：『元雜劇，凡出場所應有持設、零雜，統謂「砌末」，如東堂老以銀子為砌末，兩世姻緣以鏡、畫為砌末，灰闌記以衣服為砌末，楊氏勸夫以狗兒為砌末，度柳翠以月兒為砌末。今都下戲園，猶有「鬧砌末」之語。』

王驥德云：『嘗見元劇本，有於卷首列所用部色名目，幷署其冠服、器械，曰某人冠某冠、服某衣、執某器，最詳；然其所謂冠服、器械名色，今皆不可復識矣。』

李斗云：『戲具謂之「行頭」，分衣、盔、雜、把四箱。衣箱中有「大衣箱」、「布衣箱」之分。「大衣箱」，文扮則富貴衣——即窮衣，五色蟒服，五色顧綉披風，龍披風，五色顧綉青花，五彩綾緞襖、褶，大紅圓領，辭朝衣，八卦衣，雷公衣，八仙衣，百花衣，醉楊妃，當場變，補套藍衫，五綵直擺，太監衣，錦緞敞衣，大紅金梗、樹梅道袍，綠道袍，石青雲緞掛袍，青素衣，袈裟，鶴氅，法衣，鑲領袖雜色夾緞袄，大紅雜色紬小袄；武扮則扎甲，大披掛，小披掛，丁字甲，排鬚披掛，大紅龍鎧，番邦甲，綠蟲甲，五色龍箭衣，背褡，馬褂，劊子衣，戰裙；女扮則舞衣，蟒服，襖、褶，宮裝，宮褡，採蓮衣，白蛇衣，古銅補子，老旦衣，素色老旦衣，梅香衣，水田披風，採蓮裙，白綾裙，帕裙，綠綾裙，秋香綾裙，白繭裙；又男、女襯褶衣，大紅褲，五色顧繡袴，椅圍，椅披，椅墊，牙笏，鸞帶，絲線帶，大紅紡絲帶，紅藍絲綿帶，絲線帶，絹線腰帶，五色綾手巾，巾箱，印箱，小鑼，鼓、板，絃子，笙，笛，星，湯，木魚，雲鑼。「布衣箱」則青海衿，紫花海衿，青箭衣，青布掛，印花布棉袄，敞衣，青衣，號衣，藍布袍，安安衣，大郎衣，斬衣，宗色老旦衣，漁婆衣，酒招，牢子帶。「盔箱」，文扮：平天冠，堂帽，紗貂，圓尖翅，尖尖翅，葷、素八仙巾，汾陽帽，諸葛巾，判官帽，不論巾，老生巾，小生巾，高方巾，公子巾，淨巾，綸巾，秀才巾，蚸瑯巾，圓帽，吏典帽，大縱帽，小縱帽，皂隸帽，農吏帽，梢子帽，回回帽，牢子帽，涼冠，涼帽，五色氈帽，草帽，和尚帽，道子冠；武扮：紫金冠，金紮鐙，銀紮鐙，水銀盔，打仗盔，金銀盔，二郎盔，三義盔，老爺盔，周倉帽，中軍帽，將巾，抹額，過橋，靴邊，雉雞毛，武生巾，月牙金箍，漢套頭，青衣紮頭，箍子冠；子女扮：觀音帽，昭容帽，大、小鳳冠，妙常巾，花帕紮頭，湖縐包頭，觀音兜，漁婆纈，梅香絡，翠頭，髻，銅餅子簪，銅萬卷書，銅耳挖，翠抹鬐，蘇頭髮及小旦簡粧。「雜箱」，髯子則白三髯，黑三髯，蒼三髯，白滿髯，黑滿髯，蒼滿髯，虬髯，落腮，白吊紅，紅飛鬢，黑飛鬢，紅黑飛鬢，辮結，一撮，一字；靴箱則蟒襪，粧緞棉襪，白綾襪，皁緞靴，戰靴，老爺靴，男大紅鞋，雜色綵鞋，滿幫花鞋，綠布鞋，踹塲鞋，僧鞋；旗包則白綾護領，粧緞紮袖，五色紬繖。連幌腰子，小絡斗，連幌幌子，人車，搭旗，背旗，飛虎旗，月華旗，帥字旗，清道旗，精忠衞國旗，認軍旗，雲旗，水旗，蜘蛛網，大帳前，小帳前，布城，山子；又加官臉，皁隸臉，雜鬼臉，西施臉，牛頭，馬面，獅子全身，玉帶，數珠，馬鞭，拂塵，掌扇，宮燈，摺疊扇，杫扇，五色串枝，花鼓，花鑼，花捧槌，大蒜頭，勅印，虎皮令箭架，令牌，虎頭牌，文書，鐗，硯，籤，筒，梆子，手靠，鐵鍊，招標，撕髮，人頭草，鸞帶，燭臺，香爐，茶、酒壺，筆硯，筆筒，書，水桶，席，枕，龍劍，掛刀，短把子刀，大鑼，鎖哪，啞叭，號筒。「把箱」則鑾儀、兵器備焉。至琵琶記請郎、花燭用紅全堂，風木餘恨用白全堂，長生殿用黃全堂，三國志用綠蟲全堂。有十二月花神衣，價至萬金者；一齣北餞，十一條通天犀玉帶者；燈戲點三層牌樓，二十四燈者：又各極其盛矣。』

傀儡

王棠云：『魁櫑本喪家樂，漢時嘉會用之。唐時窟儡子（一作窟𡒃子），唐戲之首舞也，卽傀儡是也。漢高困平城，陳平秘計造木偶人，用機關舞於陣間，樂家翻爲戲。顏氏家訓曰：「古有禿人名郭，好詼諧戲謔，今云傀儡郭郎。」』

汪汲云：『傀儡，北齊後主高緯尤所好。』

翟灝云：『顏氏家訓云：「俗名傀儡爲『郭禿』。風俗通謂諸郭皆諱禿，當是前代有姓郭而病禿者，滑稽調戲，故後人爲其象耳。」西河詞話云：「宮戲本水傀儡，其製用偶人立板上，浮大池面，用屏障其下，而以機運之。杖頭傀儡，以人持其足，俗謂之『捏腳搵』。懸絲傀儡，俗謂之『提線搵』。」』

大小全棚傀儡（武林舊事）

查查鬼查大。　李大口一字口。　賀豐年　長瓠斂長頭。

兔吉兔毛大伯。　吃遂　大憨兒　麤妲

麻婆子　快活三郎　黃金杏　瞎判官

快活三娘　沈承務　二臉膜　貓兒相公

洞公觜　細妲　河東子　黑遂

王鐵兒宋刻『王缺兒』。　交椅　夾棒宋刻『捧』。

屏風　男女竹馬　男女杵歌　大小斫刀鮑老

交袞鮑老　子弟清音　女童清音　諸國獻寶
穿心國入貢　孫武子教女兵　六國朝　四國朝
遏雲社　緋綠社　胡安女宋刻無「女」字。
鳳阮稽琴　撲胡蝶　回陽丹　火藥宋刻「大藥」。
瓦盆鼓宋刻無「盆」字。　焦鎚架兒　喬三教
喬迎酒　喬親事　喬樂神馬明王。　喬捉蛇
喬學堂　喬宅眷　喬象生　喬師孃
獨自喬　地仙　旱划船　教象
裝態　村田樂　鼓板　踏橇宋刻「踏蹺」。
撲旗　抱鑼裝鬼　獅豹蠻牌　十齋郎
耍和尚　劉袞　散錢行　貨郎
打嬌惜

其品甚夥，不可悉數。首飾、衣裝，相矜侈靡；珠翠、錦綺，眩耀華麗。如傀儡、杵歌、竹馬之類，多至十餘隊。十二、十三兩日，國忌禁樂，則有裝宅眷，籠燈前引，珠翠盛飾，少年尾其後，訶殿而來，卒然遇之，不辨其僞。及爲喬經紀人以資一笑者，尤多也。此條可删。

按：武林舊事『天基聖節樂次』有傀儡群仙會、傀儡舞鮑老、踢架兒盧逢春等六人。又諸色伎藝人，有懸絲傀儡、杖頭傀儡、藥發傀儡、肉傀儡、水傀儡。

舞

沈括筆談云：『柘枝舞遍數極多，如羯鼓錄所謂「渾脫解」之類，舞必盡日。寇萊公好之。今遇一萊公舊妓，云：「當時尚有數十遍，今日所舞十不得二三，惜無傳之者。」』

周密癸辛雜識云：『予嘗得故都德壽宮舞譜二大帙，其中皆新製曲，多妃嬪諸閣所分進者、所謂譜者，其間有所謂：

左右垂手

雙拂　抱肘　合蟬　小轉　虛影　橫影　稱裹

大小轉攛

盤轉　叉腰　捧心　叉手　打場　攙手　鼓兒

打妃央場

分頸　回頭　海眼　收尾　豁頭　舒手　布過

鮑老掇

對窠　方勝　齊收　舞頭　舞尾　呈手　關賣

掉袖兒

拂　躧　綽　覷　掇　蹬　焌

五花兒

踢　掩　刺　攧　緊　搠　捽

雁翅兒

靠　挨　拽　捺　閃　纏　提

龜背兒

踏　儹　木　摺　促　當　前

勤出蹄

擺　磨　捧　拋　奔　擡　撒』

沈德符云：『頃在梁溪鄒彥吉家觀舞，因論：「此婦人盤中、掌上之道耳。乃古人之舞，不傳久矣。古有鞞舞、盤舞、鐸舞、笛舞，固絕不知何狀；即最後如唐太宗七德舞、明皇之龍池舞及霓裳羽衣之舞，在宋已亡。然古人酒歡起舞多男子。如唐楊再思之高麗舞、祝欽明之八風舞，則大臣亦爲之；安祿山之胡旋舞、僕固懷恩爲宦官駱奉仙舞，則邊帥亦爲之；若和哥起舞與張存業求纏頭，則儲君亦爲之矣。唐開成間樂人崇胡子能軟舞，其舞容有大垂手、小垂手、驚鴻、飛燕、婆娑之屬，其腰支不異女郎，則知唐末已全重婦人；而唐時敎坊樂又有垂手羅、迴波樂、蘭陵王、春鶯囀、半社渠、借席、烏夜啼之屬謂之「軟舞」，阿遼、柘枝、黃麞、拂林、大渭州、達摩乂之屬謂之「健舞」，又不專用女郎也。宋時宗廟朝享之外，亦用婦人，其所謂女童隊、小兒隊、敎坊隊者，已彷彿今世；至金、元，益不可問。今之舉舞者，俱作汴梁與金陵，大抵俱軟舞，雖有南舞、北舞之異，然皆女妓爲之，卽不然亦男子女裝以悅客，古法澌滅，非始本朝也。至若舞用婦人，實勝男子。彼劉、項何等帝王，尙戀戚、虞之舞。唐人謂敎坊雷大使舞極盡工巧，終非本色，蓋本色者，婦人態也。」鄒深是余言。』

翟灝云：『字舞，舊唐書音樂志：「上元聖壽樂，武后作也，舞者百四十人，行列必成字，十六變而畢。有『聖超千古』、『道泰百王』、『皇帝萬年』、『寶祚彌昌』字。」樂錄：「舞人亞身於地而成字，謂之『字舞』。」王建宮詞：「每遇舞頭分兩向，『太平萬歲』字當中。」按：今劇場中擺列爲「天下太平」等字，乃其具體。』

王棠云：『嘗聞孔廟祭丁時，奏樂舞「大哉孔子」四字，初謂事不經，以爲近于兒戲。後讀王建宮詞，知舞字之制，由來已久。』

武林舊事『天基聖節排當樂次』有舞頭、舞尾、舞綰壽星。其祇應人色有舞旋色。

舞燈唱喜遷鶯『人間歡樂』詞，每人花燈二，上場一十二人，應節盤旋，頗怵心目。其法有三十六變，今列其目云。

第一、雙龍交會　第二、紗帽翅

第三、倒連環　第四、錦卍字

第五、四象生八卦　第六、四營團纛

第七、陰陽偶　第八、步步上天梯

第九、三台案　第十、玉交枝

第十一、雁行斜　第十二、錦屏風

第十三、太極混元　第十四、銀鉸絲

第十五、三仙臺　第十六、孔雀南飛

第十七、鯉紅滾　第十八、鴛鴦陣

第十九、尹邢避面　第二十、雙帶圍

第二十一、水晶簾　第二十二、喜重重

第二十三、罫兒滾　第二十四、琉璃輪

第二十五、四照花　第二十六、握奇營

第二十七、步步金蓮　第二十八、載門開
第二十九、香毬滚　第三十、錦纏道
第三十一、五色祥雲　第三十二、方勝
第三十三、兩儀一氣　第三十四、三合圖
第三十五、火龍戲海　第三十六、滿地金錢

說書

翟灝云：『古杭夢遊錄：「說話有四家：一、銀字兒，謂煙粉、靈怪之事；一鐵騎兒，謂士馬金鼓之事；一、說經，謂演說佛書；一、說史，謂說前代興廢。」武林舊事言戲社，小說爲「雄辯社」。按：今俗謂之「說書」。說書字見墨子耕柱篇：「能談辨者談辨，能說書者說書。」然所言與今事別。』

武林舊事所載：書會李霜涯等六人，演史喬萬卷等二十三人，說經、諢經長嘯和尚等十七人，小說蔡和等五十二人，說諢話一人。

李斗云：『評話盛於江南，如柳敬亭、孔雲霄、韓圭湖諸人，屢爲陳其年、余淡心、杜茶村、朱竹垞所賞鑒；次之季麻子平詞，爲李宮保衞所賞；人參客王建明瞽後工弦詞，成名師；顧翰章次之；紫衚衕弦詞，蔣心餘爲之作古樂府：皆其選也。大鼓書始於漁鼓簡板說孫猴子，化以單皮鼓、檀板，謂之「段兒書」；後增弦子，謂之「靠山調」。』

宋人說書本目

燈花婆婆
紫羅蓋頭
風吹轎兒
山亭兒
馮玉梅團圓
李煥生五陣圖
宣和遺事四卷
奇聞類記十卷
種瓜張老
女報冤
錯斬崔甯
西湖三塔
簡帖和尚
小金錢
烟粉小說四卷
湖海奇聞二卷

樂器

方以智通雅云：『唐之杖鼓曰兩杖鼓者，兩頭皆用杖；今之杖鼓，一頭以手拊之，則唐之漢震第二鼓也。明皇、宋開府皆善此鼓，其曲多獨奏，如鼓笛曲是也。今時杖鼓，當時只是打拍，鮮有專門獨奏之妙。古曲悉皆散亡。頃年王師南征，得黃帝炎一曲於交趾，乃杖鼓曲也。炎或作「鹽」，今杖鼓中有炎杖聲。或曰：「大樂之鼓，無繁滾但用一椎，此用二椎，故曰兩杖鼓，與拍鼓呼杖鼓者異。」今時鼓版，專以襯節。』

又云：『元宗好羯鼓，而寧王善吹笛。帝嘗稱：「羯鼓，八音之領袖。」蓋本兩杖鼓。其曰答臘鼓，則龜茲鼓也。毛員鼓，天竺伎也。筆談曰：「羯鼓曲，今惟有邠州一父老能之，有大合蟬、滴滴泉。」』

沈括夢溪筆譚云：『元稹連昌宮詞有「逡巡大遍涼州徹」，所謂「大遍」者，有序、引、歌、歙、嗺、哨、催、顛、袞、破、行、中腔、踏歌之類，凡數十解，每解有數疊者，裁截用之，則謂之「摘遍」。今人大曲，皆是裁用，悉非大遍也。」』論鼓一條。

又曰：『「打斷」，宋街市鼓曲也，一名「太平鼓」。吳曾曰：「崇寧、大觀以來，內外街市，鼓笛拍版，名曰『打斷』。至政和初禁之，民間改爲『太平鼓』。」又曰「通同部鼓」。江古心宣政雜錄言「臻蓬蓬鼓」。今北京臘正，小兒皆以棉裹枹擊鋍環太平鼓，無笛、拍。』

又云：『鉦卽鐃，形圓，如銅鑼。宋志曰：「鉦，如大銅疊，南蠻之器也。」』

又云：『劉淵曰：「鈔鑼，銅器。」樂書有銅鑼，自後魏宣武以後好北音，胡簠、羯鼓、銅鈸、打沙羅，其音原出西域。簠音「常式切」。』

通鑑：『黃帝命岐伯作神鉦。』內傳：『玄女請帝制鉦鐃以擬雹之聲。』通鑑音釋：『今之銅鑼，是其遺制。』

雲麓漫鈔曰：『今人呼洗爲「沙鑼」，又曰「厮鑼」。近代賜契丹、西夏使人，皆用此語。究其說，軍行不暇持洗，以鑼代之。』智以此說附會。蓋中原人以擊鑼爲篩鑼，東南方亦有言之者。篩、沙音相近，篩又爲厮，又小轉也。書傳曰：『養馬者爲厮。所執之鑼爲洗，曰厮鑼。』以鑼爲洗，正如秦、漢用刁斗可以警夜，又可以炊飯，取其便耳。宋志：鶻前皆捧厮鑼。元志作水礶厮鑼。南宋市肆記亦言：『酒器沙鑼水盆，以金銀爲之。』即如今之銅面盆也。

又云：『丁甯，鉦也，讀如「丁令」，因作「叮嚀」。通爲「眞泠丁東」。一作「丁當」。丁甯本口語，故作叮嚀，以是名錚，取其聲也，猶鐵馬名曰「丁當」，玉珮亦曰「丁當」，或作「叮噹」。或曰：「語叮囑曰『丁寧』，本此。」莊子「眞泠」，更曰之「眞泠」，即丁寧也。丁東，聲也，珮聲、弦聲皆稱之。又作「丁當」者，蓋東、當二音，古通用也。詩「小東大東」，叶「可以履霜」，「空」亦如「匡」可證。』

又云：『銅鈸，今之鐃鈸也。廣韵但言鈴鈸，不知其詳。銅鈸乃南齊穆士素所造，其圓數寸。大者出於扶南、高昌、疎勒之國，其員數尺，隱起如浮漚，以韋貫之，相擊以和樂，釋書有之。唐燕樂曲有銅鈸相和之樂，銅鈸謂之銅盤。司馬承禎製元眞道曲、大羅天曲有鐃鈸，蓋其小者。今亦用以節樂，或謂之「草子」，或謂之「鋪鈸」。』

（通典：『銅鈸，亦謂之「銅槃」。』）

（鐵、鈸、星、鐃四字，見夢憶。）

又云：『觱篥，唐之銅角，是其遺也。仗有大鼓、長鳴。長鳴，今時之號通也，口員而長，如竹筒，一尺五寸，又有小柄空管，從篳中抽出吹之。晉即有鳴葭，葭即笳。應劭鹵簿圖有騎執笳，笳即笳。或謂：其始似葭管，後以銅作。大觱篥，恆元製，龍角，所謂銅角也，今俗云喇叭、鎖哪。直口曰號通，轅門吹角十二疊是也。今制有畫角，在前又有大銅角、小銅角。胡儼言曹子建製角曰：「爲君難，爲臣難難又難，」不知何所本。』

又云：『將于，淳于之類也。北海郡有淳于縣，春秋淳于公國在此縣，因以爲氏。其實本樂器名，圓如碓頭，大上小下，樂作，鳴之與鼓相和。淳因作錞，周禮「鼓人以金錞和鼓」，即此。南齊始興王鑑傳有十邡人段祖以淳于獻鑑，高三尺六寸六分，圍二尺四寸。後周自蜀得之，斛斯徵曰：「此淳于也。」依干寶周禮，製以芒筒。捋之，其聲極振。周禮疏曰：「錞于之名，出於漢大予樂官。」按：晉語趙宣子曰：「戰以錞于、丁寧，儆其民也。」吳語：「鳴鐘鼓、丁寧、錞于。」五代後周有將于，其錞于之類乎？形似瓦缶，以簴縣之。宋時虢州上古鐘，董通以爲淳于，故考擊不受，而無撝隧也。當音「敦于」。』

又云：『琵琶本借「枇杷」，轉爲「鼙婆」，或作「鞞靶」、「棬靶」。一名「國腹」。說文止有「枇杷」字，借當樂器，遂作「琵琶」，一名「鼙婆」，卽琵琶聲之轉也。趙凡夫以爲當用「鞞靶」，又作「棬靶」，其可笑者，在竟改唐人詩字也。字有俗而通者，琵琶是也，又安知非說文之漏失乎？推手曰琵，却手曰琶。傅玄琵琶序云：「漢遣烏孫公主起。」杜摯以爲秦長城之役，百姓絃鞉而鼓之。武夷山記：「國腹卽琵琶。」元有白翎雀大曲，張思廉歌曰「一十四絃暗一抹」，蓋秦與琵琶合奏也。王元美：「琵琶有小、大忽雷。」按：南部新書曰：「韓晉公入蜀，伐奇樹，堅緻如紫石。匠曰：『爲胡琴槽，他木不可並。』遂爲二琴：大曰大忽雷，小曰小忽雷。後獻德皇。」晦伯編入琴類，已非；而元美以爲琵琶，或後凡樂器之有槽軫者皆借稱之耶？琵亦音「鼙」，容齋引樂天「忽聞水上琵琶聲」爲證，古詩何拘耶？紀事載宣宗弔白居易律詩云：「童子解吟長恨曲，塞兒能唱琵琶篇。」此知唐人有「鼙琵」之音。』

又云：『洞簫本是筒簫。說文：「筒，通簫也，徒弄切。」簫本編排而成，形象鳳尾，曰「鳳簫」，爾疋所謂言也。後加作筩筒，乃單竹，故曰「通簫」，後乃通作洞簫。王子淵作洞簫賦。』

（沈括云：『鼓吹部有拱辰管，卽古之叉手管，太宗賜以今名。』）

（筆必恆焙，簧煖則字正而清。越謂之『龍筆』。）

又云：『唐之管色，猶古之鐘均也。古有一弦之均，以均衆聲。唐賀懷智琵琶譜一册，其序曰：

「琵琶八十四調。內黃鍾、太簇、林鐘宮聲，弦中彈不出，須管色定弦。餘八十一調，卽以此三調爲準。」管色猶均聲，以爲相合之準。今之調琴，須先用管色合字定宮，乃以宮弦下生徵，徵弦生商。上下相生，終于少商。凡下生者，高二弦，上生者高一弦取之，凡弦聲皆當如此。古人仍須以金石爲準，商頌「依我磬聲」是也。今之彈三弦者，初亦使人吹簫定弦，散彈小弦以合簫，中伊字，然後定軫，可以合和。合字音近于「藹」，詞隱所云「輪過高徵，則其字頭低出之聲，簫管合和不着，曰『拏』，曰『賣』，正所謂合曲也。」』

又云：『有雅笛，有羌笛。周禮：「笙師，掌教羌笛。」融所賦長笛，空洞無底，剡其上孔五孔，一出其背，正似今之尺八。李善注「七孔，長一尺四寸」，此乃今之橫笛，太常鼓吹部中之橫吹也。今三禮圖正橫設而有五孔，此雅笛也。後乃增爲六，又增爲七。』

又云：『吹脣，卽所謂「嘂」也。嘂卽「叫」字，集韻又作「嘄噭」，或以土爲之。今人以口作聲曰「叫」亦謂之「肉笛」。莊子「吹劍首者，吷而已矣。」北魏圍南陽，吹脣沸地，卽口吹嘂也。』

又云：『笙十九管。竽三十六管。』

又云：『拍版，今版之始也。拍版本無譜，明皇遣黃幡綽造譜，乃於紙上畫兩耳以進。上問之，對曰：「但有耳道，自然中節。」韓文曰「樂句」。研北雜志曰：「趙氏獨子固不仕元，醉歌樂府，執紅牙以節曲。」牙，版也。』

又曰：『火不思，即今「琥珀詞」也。元志：「天樂一部，有琵琶、管、簇二、火不思二、胡琴二。火不思，制如琵琶，直頸，無品，有小槽，圓腹如半瓶榼，以皮爲面，四弦皮絣同一孤柱。」陶宗儀言樂器有「秦明琴」、「渾不似」，曲則有口溫、舍舍弼之類，即火不思。智見今山、陝、中州皆彈琥珀詞，其製似之，蓋渾不似之轉語也。通考曰：「琵琶修頸而小，曰『秦漢子』。今京師有吳撥四、士兒密失、又兒機等。」俞琰曰：吳造琵琶，昭君笑曰：「渾不似！」遂訛。』

又云：『觱篥，一作「篳篥」、「悲篥」。北部安國樂有銀字觱篥，銀字管也。』

翟灝云：『周禮大司馬：「師帥執提。」注云：「提爲馬上鼓。有曲木提，持鼓立馬髦上者，故謂之提。」』

又云：『元史禮樂志：「雲璈，制以銅爲小鑼十三，同一木架，下有柄，左手持而右手以小鎚擊之。」按：今稱「雲鑼」。俗制簡略，只九面，因亦謂之「九雲鑼」。』

又云：『夢溪筆譚：「世人以竹、木、牙、骨之類爲叫子，置人喉中，吹之能作人言，謂之『顙叫子』。」』

又云：『正字通云：「叭，音鈀，口開貌。叭爲俗書。」斗經：「陀羅尼呪叭字無音義。」戚繼光紀效新書號令篇：「喇叭，軍中吹器。喇讀如『辣』上聲，叭讀如『霸』。俗謂之『號筒』。」按：

此乃因其聲以爲名。名出近俗，而其器則早有之。舊唐書音樂志：「西戎有吹金者，銅角是也，長二尺，形如牛角。」蓋即今喇叭耳。號頭，又見唐辥懷素傳：「數萬人曳一大木，千人立一號頭，頭一嘝，千人齊和。」彼以人爲號頭，而此器襲其名者，以其聲一發，衆悉隨之舉作，有似乎曳木所立之頭也。』

王棠云：『武后時，蜀人蒯朗於古墓中得銅器，似琵琶而圓，時人莫識之。元行冲曰：「此阮咸所造。」命匠人以木爲之。行冲以其形似月，聲合琴，名「月琴」。杜佑以爲晉竹林七賢圖阮咸所彈與此同，因謂之「阮琴」。臞仙曰：「蓋咸一人之物也，自南宋以後不復有聞矣。今僅千載，而無傳焉。予因見竹林七賢圖繪，因相其形，出一己之制度而製之，名曰『臞仙月琴』。」臞仙者，嘉靖年間親王也。』

又云：『推手向前曰琵，却手向後曰琶。一說「自下而上曰琵，自上而下曰琶。」漢烏孫公主嫁昆彌，念其行道之遠，思慕故國，使知音者載琴、瑟、箏、筑、箜篌之屬，作馬上之樂。名「琵琶」。又蔡文姬十八拍云：「琵琶出自胡中，緣琴翻出。」皆未言及明妃。後人賦昭君，如老杜「千載琵琶作胡語」，公以爲明妃事用之矣。古用鵾雞筋爲弦，石爲槽，鐵撥。高麗以蛇皮爲槽，楸木爲面，象牙爲桿。今之制同高麗、東坡詩：「轉關護索動有神。」蔡寬夫詩話曰：「轉關六么，言聲調閑婉也；護索，謂音節繁促也。」其琵字作「婆」韻，琵字作「匹」讀。白樂天詩：「數兒挾琵琶，」

下叶「紫綃隨色歌」，又云「忽聞水上琵琶聲」。琵音「匹」。類說云：「呂與鍾離會武夷山，謝英妃撫長離，阿香戛圓腹。」注：「長離，觱篥也。圓腹，琵琶也。」漢劉熙釋枇杷本出於胡中，馬上所鼓也。予謂當有從手、從木之分。』

又云：『籥，竹管也。陸氏曰：「長三尺。」詩『左手執籥』是也。似笛，以和衆聲。」今十番先吹笛而後衆樂隨之，亦古人吹籥之意。篪，以竹爲之，長一尺四寸，圍三寸，七孔，一孔上出，徑三分，凡八孔，橫吹之。古人笛與籥、篪有分，今則混而爲一矣。』

又云：『抿抆，手循笛孔也，見馬融長笛賦。俗訛作「氐笏」，誤。』

又云：『王大將軍敦在武帝前，時共言伎藝事。王自言知打鼓吹，於是振袖而起，揚鎚奮擊，音節諧捷，神氣豪上，旁若無人。鼓吹是軍前所需，有鼓亦有吹者，如今之十番，人執一器，而曰打十番者，亦以打鼓統之也。故知打鼓吹，即打十番之由起。』

又云：『篥，「頭管」是也，一名「篴」。又笳管，一名「觱篥」，以竹爲管，以蘆爲首。宋太宗時，三大宴升座進酒，庭中吹觱篥，以衆樂和之，故教坊謂之「頭管」也。以其首吹，故曰頭也。今世十番以笛先起，然後衆樂隨之，亦當日頭管之意。唐九夷樂部有漆觱篥，胡部安國樂有雙觱篥、銀字觱篥。又馬融笛賦：「裁以當篴。」注：「篴，管也。古人謂樂之管爲篴。」』

又云：『近樂器中有鎖吶，而正德時詞曲作「唆哪」，蓋皆後起之名，故字體隨人所書也。資治通紀論曰：「正德間，劉瑾雖伏誅，而宦官之勢猶不已，往來如織，擾害人民，呵列武夫，吹打號頭，故楚人王西樓作一詞曲以譏之，曰：『喇叭，嗩哪，曲兒小，腔兒大。眼見他吹翻了這家，吹壞了那家。』」蓋言百姓之家，致于困窮，皆此宦監往來之故也。』

姜紹書云：『楊仲修見周藩樂器，因捌爲提琴，哀絃促柱，佐以簫管，曼聲和歌，纏綿淒楚，如泣如訴，聽之使人神愴不能自已。聲音之道，關乎氣韻，豈曰偶然！』

沈德符云：『都下貴璫家作劇，所用童子名「倒刺小斷」者，先有敲水盆一戲，甚爲無謂。然唐李琬已造此，但用九甌盛水擊之，合五聲、四淸之音，謂之「水盞」，與今稍不同耳。』

又云：『吳下向來有婦人打三棒鼓乞錢者，余幼時尙見之，亦起唐咸通中——王文通好用三杖打撩，萬不失一。但其器有三等：一曰頭鼓，形類蠶，二曰聒鼓，三曰和鼓。今則一鼓三槌耳。卽今串板，亦古之拍板，大者九板，小者六板，以韋編之，本北地樂，蓋以代抃，因古人以抃節舞，而此用板代之。唐人謂之「樂句」。宋朝止用六板，余向亦曾見。今則四板。又有所謂「十様錦」者，鼓、笛、螺、板、大小鈸鉦之屬，齊聲振響，亦起近年，吳人尤尙之，然不知亦沿正德之舊。武宗南巡自造靖邊樂，有笙、有笛、有鼓、有歇落，吹打諸雜樂，傳授南敎坊，今吳兒遂引而伸之，眞所謂：「今之樂猶古之樂。」』

又云：『今樂器中有四絃、長項、圓鼙者，北人最善彈之，俗名「琥珀槌」，而京師及邊塞人又呼「胡博詞」，余心疑其非。後教坊老妓談及，則曰：「此名渾不是。蓋以狀似箜篌，似三弦，似琵琶，似阮，似胡琴，而實皆非，故以爲名。本馬上所彈者。」余乃信以爲然。及查正統年間賜迤北瓦可汗諸物中，有所謂「虎撥思」者，蓋即此物。而元史中又稱「火不思」，始知「渾不是」之說亦訛耳。又有緊急鼓者，訛爲「錦雞鼓」，總皆北地樂也。』

閩中陳衎槎上老舌云：『磬，石器，其形斗折。今八指方響、編鐘皆爲磬，且佛院銅鉢亦爲磬矣。至於箏、筑、箜篌之屬，益多混亂。而胡琴、阮咸、渾不似，則皆漢、晉時物，非古也。』

李斗云：『清唱，以笙、笛、鼓、板、三絃爲場面，貯之於箱，而氍毹、笛床、笛膜盒、假指甲、阿膠、絃、線、鼓箭具焉，謂之「傢伙」。以外、淨、老生爲大喉嚨，生、旦爲小喉嚨，丑、末爲小、大喉嚨。清唱鼓板，與戲曲異。戲曲緊，清唱緩；戲曲以打身段下金鑼爲難，清唱無是苦，而有生熟口之別。』

又云：『十番鼓者，吹雙笛，用緊膜，其聲最高，謂之「悶笛」。佐以簫管，管聲如人度曲；三絃緊緩與雲鑼相應，佐以提琴。鼉鼓緊緩與檀板相應，佐以湯鑼。衆樂齊，乃用單皮鼓，響如裂竹，所謂「頭如青山峯，手似白雨點」，佐以木魚、檀板，以成節奏。此十番鼓也。是樂不用小鑼、金鑼、鐃鈸、號筒，祇用笛、管、簫、絃、提琴、雲鑼、湯鑼、木魚、檀板、大鼓十種，故名十番鼓。番者，更番之謂，有花信風、雙鴛鴦、風擺荷葉、雨打梧桐諸名，後增星、鈸，器輒不止十此近今庸種，遂以星、湯、蒲、大、各、句、同七字爲譜。七字乃吳語，狀器之聲，有聲無字，此近今庸師所傳也。皆係古曲而吹彈擊打，合拍合𠆩。其中之蝶穿花、鬧端陽爲粗細十番，如下西風、他一立在太湖石畔之類，皆係古曲而夾雪、大開門、小開門、七五三，乃鑼鼓，非十番鼓也。夢香詞云：「揚州好，新樂十番佳。消夏園亭雨夾雪，冶春樓閣蝶穿花。」以雨夾雪爲十番，可謂強作解事矣。是樂前明已有之。本朝以韋蘭谷、熊大璋二家爲最。蘭谷得崇禎間內苑樂工蒲鈸法，傳之張九思，謂之「韋派」。大璋工二十四雲鑼擊法，傳之王紫稼。同時沈西觀竊其法，得二十面，會紫稼遇禍，其四面遂失傳。西觀後傳於其徒顧掄美得十四面。美復傳於大璋之孫知一，謂之「熊派」。蘭谷、九思，蘇州人。大璋、知一，福建人。西觀，蘇州人。掄美，杭州人。至今揚州蒲鈸，出九思之門。而十四面雲鑼，福建尙有能之者。他如張天順、顧德培、朱五獃子之類，以十番鼓作帽兒戲，又不專以十番名家，而十番自此衰矣。』

又云：『鑼鼓盛于上元、中秋二節，以鑼鼓鐃鈸考擊成文，有七五三、鬧元宵、跑馬、雨夾雪諸名。』

（鑼鼓有名海東靑、獨行千里者。見陶庵夢憶。）

又云：『馬上撞，卽軍樂，演唱亂彈戲文，城中市肆鬮生開張及畫舫財神、三聖諸會多用之。』

又云：『後場，一曰場面，以鼓爲首，一面謂之「單皮鼓」，兩面則謂之「荸薺鼓」，名其技曰「鼓板」。鼓板之座在上鬼門，椅前有小搭脚仔櫈，椅後屏上繫鼓架。鼓架高二尺二寸七分，四脚方一寸二分；上雕净瓶頭，高三寸五分；上層穿枋仔四八根，下層八根；上層雕花板，下層下縧環；柱子、横欂仔，尺寸同。單皮鼓例在椅右下枋，荸薺鼓與板例在椅屏間。大鼓箭二，小鼓箭一，在椅墊下。絃子之座，後於鼓板。絃子亦鼓類，故以面稱。絃子之職，兼司雲鑼、鎖哪、大鐃。此技有二絶：其一在「做頭」、「斷頭」——曲到字出音存時，謂之「腔」，絃子高下急徐，謂之「點子」，點子隨腔爲做頭，至曲之句讀處，如昆吾切玉，爲斷頭；其一在絃子讓鼓板——板有沒板、贈板、撒贈、撒板之分，鼓隨板以呈其技，若絃子復隨鼓板以呈其技，于鼓板空處下點子，謂之「讓」，惟能讓鼓板，乃可以蓋鼓板，即俗之所謂「清點子」也。笛子之人，在下鬼門，例用雌雄二笛，故古者笛床二枕，笛托二柱。若備用之笛，多繫椅屏上。笛子之職，兼司小鈸。此技有二絶：一曰「熟」，一曰「軟」。熟則諸家唱法，無一不合；軟則細緻縝密，無處不入。笙之座後于笛。笙之職亦兼鎖哪。笙爲笛之輔，無所表見，故多於吹鎖哪時較絃子上鎖哪先出一頭。其實用單小鎖哪，若「大江東去」之類，仍爲絃子掌之。戲場棹二，椅四，陳列若丁字。椅分上下兩鬼門，八字列。場面之立而不坐者二，一曰小鑼，一曰大鑼。小鑼司戲中棹椅床櫈，亦曰「走場」，兼司叫顙子；大鑼例在上鬼門，爲鼓板上支鼓架子，是其職也。至於號筒、哑叭、木魚、湯鑼，則戲房中人代之，不在場面之數。』

正字通云：『大銅鑼，築銅爲之，形如盆。大者聲揚，小者聲殺。』

汪汲云：『五代周聶崇義三禮圖：「方響以鐵爲之。」通典：「梁有銅磬，今之方響以代磬。」蜀人房庶謂：「上古世質，器與聲樸，後世稍變焉。金石，鐘磬也，後世易之爲方響。」』

又云：『琵琶，杜摯以爲起於秦末，蓋苦長城役，百姓絃鞉而鼓之。』

又云：『升庵外集·「今之三絃，始於元時。」毛奇齡詞話：「三絃起於秦，本三代鼗鼓之製而改形易響，謂之『絃鞉』，故雖能倚歌曲折，而仍以節刊輻輳其間。唐時坐部多習之。」』

（夢憶云：『吳中范崑白治三弦子，無敵手。』）

又云：『或云：「月琴，漢伊容所造，四絃，十三柱。」』

又云：『詞話：「提琴起於明神廟間，有雲間馮行人使周王府，賜以樂器，其一卽是物也。但當時攜歸，不知所用。其製用花梨爲幹，飾以象齒，而龍其首，有兩絃從龍口中出，復綴以蛇皮，加以三絃，然而較小。其外則別有鬃絃絆曲木，有似張弓。衆昧其名。太倉樂師楊仲修能識古樂器，一見曲（此曲字當是『曰』字。）『此提琴也。』然按之少音。於是易木以竹，易蛇皮以匏，而音生焉。時崑山魏良輔善爲新聲，賞之甚，遂攜之入洞庭，奏一月不輟。而提琴以傳。」』

又云：『宋曾三異同話錄：「黃帝破古瑟五十絃爲二十五絃。秦人鼓瑟，兄弟爭之，又破爲兩，箏之名自此始。或曰：蒙恬所造。」』

又云：『野記曰：「晉、魏之代，有宋識（一作「織」。）善擊節，以拍板代之，乃拍板之始。」牛僧孺名之曰「樂句」。蜀人房庶謂「木柷敔也。」後世貫之爲板。』

又云：『事文類聚：「修行擊木魚者，以魚在水中，晝夜不合目，修行者忘寐如魚，可化龍，即凡可入聖。隋、唐間名僧志林所搬。」』

又云：『捲蘆葉吹之，爲笳。天中記：「漢張博望入西域，傳其法於西涼，得摩訶兜勒一曲。」』

又云：『觱篥大者，九竅，以「觱栗」名之；小者，六竅，以「風管」名之。三禮圖云：「方響以鋏爲之，修九寸，廣二寸，圓上方下，架如磬而不設業，倚架上以代鐘磬。」人間使用者纔三四寸。』

隋唐嘉話云：『貞觀中彈琵琶，裴洛兒始廢撥用手，今俗謂搊琵琶是也。』朝野僉載：『王沂彈琵琶，曲有雀啅詞、胡王調、胡瓜苑。』按：琵琶古有鵾雞筋絃、皮絃、狗腸絃。康崑崙有玉宸宮調。紺珠云：『琵琶有六絃者，唐史盛作；八絃者，北齊李德忱作；十三絃者，唐鄭喜作。』

合璧事類云：『阮零，本咸所製。近世方，格小，爲「雙韵」，亦名「阮」。其有依琵琶樣制者，曰「耍琵琶」。』

同話錄云：『箏制十三絃。舊制亦有十二絃者，謂之「纂箏」。世俗有樂器，小而用七絃，名「軋箏」，今乃謂之「纂」。』

箜篌，一名坎侯，風俗通云：『武帝時樂人侯調作一作侯暉。亦曰「空侯」，又曰「空猴」。』三才圖會：『箜篌似瑟而小，首尾翹上，首刻如猴狀，虛其中，下以兩架承之，用兩手擲彈，曰「臥箜篌」，又曰「控㮇」，二十三絃。許彥周詩話謂：「狀如張箕，探手摘絃出聲。古施郊廟雅樂，近代專用於楚聲。」』

古今樂錄：『鼓吹有龍頭大棡中鼓、獨揭小鼓。』

事物原始云：『三杖鼓始於唐時。咸通中王文舉好弄三杖鼓。今越人及江北鳳陽之男婦，用三杖上下擊鼓，名曰「三棒鼓」。』李有古杭雜記云：『杭州市肆有喪之家，命僧爲佛事，必請親戚婦人觀看，主母則帶養娘隨從。養娘首問來請者曰：「有和尚弄花棒鼓否？」而請者曰「有」，則養娘爭肯爭前去。花棒鼓者，謂每舉法事，則一僧三四棒鼓，輪轉拋弄。諸婦女競觀以爲樂。』

事物紺珠：大角名『簸邏迴』。正字通：『龍角卽銅角，象其聲。桓元製。』

類山云：『貝蠡大者，南蠻吹以節樂。釋氏曰「法螺」。』

紺珠云：『壺琴，一名匏琴。鐃鈸，六尺許，僧樂也。磬子，如小銅磬，扣之以代喚。點子，小鉦而隆中，擊以和鼓。箇子，取竹兩片緊厚者治之，長數寸，手中相擊爲節。』

稗史類編：『世人以牙、骨、竹、木之類爲叫子，能作人言。』

壺琴有四絃、三絃、二絃。提琴，俗誤『皮琴』，彈詞用之。板琴，亂彈用之，徽、臺二簧用之。

胡撥四，疑即俗稱『金剛腿』者。鼓之大者，俗稱『銅鼓』，次曰『邊鼓』，又次曰『堂鼓』，又次曰『點鼓』，其抱膝作按節用者曰『直鼓』。拍板有平板、尖板二種，平板崑腔用，尖板花部用。喇叭有彎號、尖號之分。鈸之次者曰『副鈸』，又次曰『點鈸』。小鑼盈數寸者曰『叫鑼』，如點子相擊者曰『星星』。

夢憶：『沈梅岡先生忤相嵩，在獄十八年，以粥煉土，凡數年，範爲銅鼓者二，聲聞里許，勝暹羅銅。』

琵琶頂曰『鳳尾頭』，其受軸處曰『軫』，軫下折處曰『山口』，再下曰『頸』，頸有『相』，相之下有『品』，品下左右曰『鳳眼』，中曰『腹』，其下繫絃之木曰『縛絃』，背上折處之拱者曰『鳳皇臺』，背中曰『鳳眉』，首絃曰『子絃』，次絃曰『中絃』，三絃曰『老絃』，四絃曰『纏絃』。

宋太宗製琵琶獨彈曲破諸調：

慶成功（鳳鸞商。又入大石角。）　九曲清（應鐘調。）

鳳來儀（金石角。）　蕋宮春（芙蓉調。）

連理枝（蕤賓調。調律以爲中調，或沿其名。又雙調，一名小桃紅，一名紅娘子，一名灼灼花。）

朝天樂（正仙呂調。）　奉宸歡（蘭陵角。）

賀昌時（黃雁調。）　寰海清（大石調。）

玉芙蓉（玉仙商。又入高般涉調。）　泛仙槎（林鐘角。）

帝臺春（無射宮調。）　宴蓬萊（龍仙羽。）

美時淸（聖德商。）　壽星見（仙呂調。）

國朝燕京王君錫派琵琶曲目：

西板十二曲：

正板　素串　懶梳妝　鳳求凰

平沙落雁上五曲，文板。　葡萄輪　下雲羅　緊中慢

上番　中番　石香　野馬跳澗上七曲，武板。

大曲十面十三段（正調）：

開門放礮　吹打　點將　排陣

埋伏　小戰　吶喊　大戰

敗陣　烏江　爭功　凱歌

回營

雜曲普庵咒，錫山楊廷果作，直宗北派，附後。

浙江陳牧夫派

西板正調四十九曲：

思春　昭君怨　傍妝臺　美女穿梭
水龍吟　金鼇哭龍　似彈非彈　鎖南枝
斑鳩過河　秋江（一名秋江晚渡。）　訴怨　玉連環
雨打芭蕉　三跳澗　泣顏回　懶畫眉
扣連環　百鳥朝王以上文板。　艷陽天　范陽洲
革蹬點　巧梳妝　輪京　老京
挽不斷　四字　步步高　錦纏道
絆馬索　千勝以上武板。　春光好　鳳啣珠
翠雲濤　駐春粧　泛仙槎以上隨手八板。　花勝
側垂蓮　三通鼓　雙飛燕　漁歌唱晚
雁陣驚寒　花雨繽紛　蜂蝶爭春　猖啼鶴唳
小月兒高　仙人過橋　蜨戀花　鳳皇吟
清平調以上雜板。

大曲將軍令十段（正宮變調）：

引子駐馬聽　一統太平　太極兩儀　三才至勝

四海清寧　五行正氣　進步進環　梅花敵戰
青龍出水　得勝回營
霸王卸甲十段：（正宮變調。即鬱輪袍。）
引子　頭段　二段　過文
三段　過文　四段　五段
小吹第六段　七段　八段　金色師子
海青拏鶴十八段：（正宮變調。）
出巢　搜羽　尋山　挺翅
翔雲　瞥鶴　捕鶴　追拏
小撲　大撲　敗飛　穿雲
空戰　掠草　平沙　鶴鳴
脫縱　歸巢
月兒高十段：（六字調。即廣寒曲。）
海島冰輪　海嶠躊躇　銀蟾吐綵　素娥旖旎
皓魄當空　瓊樓一片　銀河橫度　玉宇千層

蟾兒炯炯　玉兔西沉

普庵呪十六段：（正宮轉調。）

佛頭　起呪　蓮臺現瑞　旃檀海岸

起呪　法讚　魚山梵唱　日映曇花

起呪　寶讚　鐘聲　鼓聲

鐘鼓　鳴鐘和鼓　尾聲　清江引

江南派琵琶目補：（已見前者，不錄。）

得勝令　合歡令　哪吒令　平沙落雁（與王派小曲異。）

漢宮秋月　陳隋調（一名安公子曲。）　霓裳羽衣以上大曲。　玉盤珠

夕陽簫鼓以上中曲。　纏珠簾　皓月龍吟以上小曲。

按停雲譜指法，其右手：不按而彈，曰『空』；食指向下出弦，曰『彈』；大指向上出弦，曰『挑』；大指向下入弦、食指向上入弦，皆曰『勾』；又有『搖指』、『夾彈』、『雙彈』、『分』、『扣』、『撫』、『提』、『勾搭』、『拂』、『掃』、『輪』十一法，而輪之法又分『單輪』、『雙輪』、『長輪』、『滿輪』、『扣輪』、『掃輪』、『吟猱輪』、『雙單輪』、『雙雙輪』、『雙長輪』、『勾輪』十一法。其左手彈：挑，曰『泛』；按弦往來搖動，曰『吟猱』；在彈後左名指隨帶其

聲重按而輕放之，曰『帶』；食指按弦，彈後將名指下一二品搔弦得聲，曰『撒』；又有『打』、『推』、『煞弦』、『絞弦』四法。

大指一挑一勾，連而勿斷，多至數十次，曰『搖指』。一弦上大指挑，食指彈，得二聲，曰『夾彈』。食指彈兩弦如一聲，於兩弦音叶處用之，曰『雙』。大指挑，食指彈，挑彈並下，曰『分』。大指勾，食指彈，勾彈並下，曰『扣』。大指勾纏，食指勾子，兩弦齊勾，曰『摭』。左按弦，右大食兩指摘起一弦卽放，如弦斷聲，曰『提』。大指先將別弦一勾，然後食指於本弦上一彈，一勾一彈，共得三聲，或二，或一，曰『勾搭』。大指挑子至纏，急用力挑上，曰『拂』。禁、名、中、食四指，縱纏作急勢一齊掃下，曰『掃』。先以禁、名、中、食四指次第彈下，然後大指挑上，曰『單輪』。緊板用單輪，寬板用雙輪或長輪。四弦齊輪曰『滿輪』。先勾而後輪，曰『勾輪』。先扣而後輪，曰『扣輪』。先掃而後輪，曰『掃輪』。隨吟揉而輪，曰『吟揉輪』。外有雙單輪、雙雙輪、雙長輪，謂先雙而後輪。

食指撥弦，彈後將名指卽打下一二品得微聲，曰『打』。名指按弦，急向右推過一二弦，然後右彈始得變音，如推凡同六，推上同尺，曰『推』。左指按子弦，略推過，將指甲抵住中弦，右彈中弦，得聲於指甲上，須有煞聲，曰『煞弦』。名指按子弦，向右推至品頭，將中指勾中、老、纏三弦，壓在子弦之上，食指於上二品重重按住，卽將名指退出，中指放弦，然後右手滿輪，謂之『絞四弦』。又用中、老二弦，亦如前法，謂之『絞三弦』。其聲大於煞弦，而多暴響。又有絞四弦、絞三弦之法。以上皆左手指法。

宋劇

官本雜劇段數（武林舊事）

爭曲六幺（卽綠腰，中呂調古曲名，又入南呂調，又入仙呂調。）

（王灼碧鷄漫志云：『琵琶六幺，一名「綠腰」，其曲中有一疊名「花十八」。』）

扯攔六幺（三哮。）　激聲六幺　鞭帽六幺　衣籠六幺

廚子六幺　孤奪旦六幺　王子高六幺　崔護六幺

骰子六幺　照道六幺　鶯鶯六幺　大宴六幺

驢精六幺　女生外向六幺　慕道六幺　三偌慕道六幺

雙攔哮六幺　趕厥夾六幺　羹湯六幺

案：王氏知新錄云：『通疋曰：「丁度云：幺乃詞令名，有六幺詞。」正字通云：「六幺本於骰子之小

點。」又讀書通云：「舞曲有六幺，趣蹋踘。琵琶曲有六幺，樂工進曲，錄其要者，後訛爲錄腰、六幺云。」」

索拜瀛府（瀛府，正宮調大曲名，又入南呂。）　厚熱瀛府　哭骰子瀛府

醉院（一作『縣』）君瀛府　懊骨頭瀛府（懊，一作『燠』。）　賭錢望瀛府

四僧梁州（梁州，正宮調大曲名，又入南呂宮。）　三索梁州　詩曲梁州

頭錢梁州　食店梁州　法事饅頭梁州　四哮梁州（一作『伊州』。）

領伊州（伊州越調大曲名，又入歇指調。山堂肆考：『商調曲，西涼節度蓋嘉運所進也。前五叠爲歌，後五叠爲入破，沿唐舊名。』）

食店伊州　鐵指甲伊州　鬧五伯伊州　裴少俊伊州

燒花新水　桶擔新水（桶，一作『橘』。新水調，雙調大曲。）　雙哮新水

簡帖薄媚（一本無。薄媚，道調宮大曲名，又入南呂宮。塡詞名解，『董穎作，咏西子事。』）

請客薄媚　錯取薄媚　傳神薄媚　九粧薄媚

本事現薄媚　打調薄媚　拜褥薄媚　鄭生遇龍女薄媚

土地大明樂　打球大明樂　三老爺大明樂　列女降黃龍

雙旦降黃龍　柳玭上官降黃龍（玭，一作『比』。）

趕厥胡渭州（胡渭州，小石調大曲名，又入越調。）　單番將胡渭州　銀器胡渭州

看燈胡渭州（三厥。）　入寺降黃龍　榆標降黃龍　打地鋪逍遙樂

病鄭逍遙樂　崔護逍遙樂　瀽湎逍遙樂（湎，一作『麵』。）

單打石州（石州，越調大曲名。）　和尚那石州（和尚，一作『石和』。）

趕厥石州　塑金剛大聖樂（大聖樂，道調宮大曲名，一作『大勝樂』。）

單打大聖樂　柳毅大聖樂　霸王中和樂　馬頭中和樂

大打調中和樂

唱貼萬年歡（萬年歡，中呂宮大曲名，太宗製，沿唐敎坊曲名。一名『滿朝歡』。九宮大成譜北詞，中呂調。）

託合萬年歡　迓鼓兒熙州　駱駝熙州　二郎熙州

大打調道人歡（道人歡，中呂調大曲名。）　會子道人歡　雙拍道人歡

越娘道人歡　打勘長壽仙（長壽仙，般涉調大曲名。九宮大成南詞，大石調。）

偌賣妲長壽仙　分頭子長壽仙　棊盤法曲（宋有法曲部。）　孤和法曲

藏瓶兒法曲　車兒法曲　病爺老劍器（一本無『老』字。）

霸王劍器（劍器，中呂宮大曲名，又入黃鐘宮。隊舞之制，其二曰『劍器隊』。）

黃傑進延壽樂（延壽樂，仙宮呂大曲名。）　義養娘延壽樂

扯鑑兒賀皇恩（鑑，一作『檻』。賀皇恩，林鐘商大曲，俗名小石調。）
催粧賀皇恩（三偆。）
封涉中和樂（中和樂，黃鐘宮大曲名。太宗沿唐德宗舊名作新曲。）
唐輔採蓮（採蓮，雙調大曲。）
雙哮採蓮
病和採蓮
諸宮調霸王
諸宮調卦册兒
相如文君
崔智韜艾虎兒
王宗道休妻（宗，一作『祟』。）
李勉負心
四鄭舞楊花（宋南渡典儀賜筵樂次有舞楊花。）
四偆皇州
檻偆寶金枝（碰瓦。寶，一作保。保金枝爲仙呂宮大曲名。作保是。）
浮漚傳永成雙
浮漚暮雲歸
老孤嘉慶樂
兩相宜萬年芳
進筆慶雲樂
褒航相遇樂
能知他泛清波（泛清波，林鐘商大曲，俗名小石調。）
三釣魚泛清波
五柳菊花新
夢巫山彩雲歸
青陽觀碑彩雲歸
四小將整乾坤
四季夾竹桃花
禾打千秋樂（秋，一作『春』。千春樂，黃鐘羽大曲名，俗名黃鐘調。）
牛五郎罷金鉦
新水爨
三十拍爨
天下太平爨
百花爨
三十六拍爨
四子打三教爨
孝經借衣爨
大孝經孫爨（孫，一作『狐』。）
喜朝天爨
說月爨
風花雪月爨
醉青樓爨
宴瑤池爨
錢手帕爨（小字太平歌。帕，一作拍。）
詩書禮樂爨
醉花陰爨

錢爨
大徹底錯爨
上借門兒爨
借衫爨
木蘭花爨
撲胡蝶爨
戀雙雙爨
思鄉早行孤
諱藥孤（藥一作『樂』。）
孤慘
四孤夜宴
病孤三鄉題
兩同心卦鋪兒
白苧卦鋪兒
三哮揭榜

鶻鶵爨（鶻，一作『鷃』。『鶵』字無考。）
黃河賦爨
抹紫粉爨
燒餅爨
月當廳爨
鬧八妝爨
惱子爨
睡孤
大暮故孤
雙孤慘（骨突肉。）
四孤好
王魁三鄉題
一井金卦鋪兒
探春卦鋪兒
三哮上小樓

睡爨
夜半樂爨
調燕爨
醉還醒爨
鍾馗爨
像生爨
迓鼓孤
小暮故孤
三孤慘
四孤披頭
強偌三鄉題
滿皇州卦鋪兒
慶時豐卦鋪兒
三哮文字兒

借聽爨
門兒爨
火發爨
棹孤舟爨
鬧夾棒爨
銅博爨
金蓮子爨
論禪孤
老姑遣妲（姑，一作『孤』。）
四孤醉留客
四孤擂
文武問命
變猫卦鋪兒
三哮卦鋪兒
三哮好女兒

三哮一檐脚
秀才下酸擂
風流藥
醫馬
鶻打兎變二郎
單調霸王兒
單唐突
雙搭手
雙頂戴
雙虞候
雙禁師
大雙頭蓮
小雙索
三入舍（一作『三合入』。）
三教安公子

襤哮合房
急慢酸
黃元兒
調笑驢兒
二郎神變二郎神
單調宿
單折洗
雙厥送
雙園子
雙養孃
雙羅羅啄木兒
小雙頭蓮
雙排軍
三出舍（一作『三出合』。）
三社爭賽

襤孝店休妲
眼藥酸
論淡
雌虎（雜智韜。）
毀廟
單背影
單兜
雙厥投拜
雙索帽
雙快（快，一作『抉』。）
賴房錢啄木兒
大雙慘
醉排軍
三笑月中行
三頂戴

襤哮負酸
食藥酸
醫淡
解熊
入廟霸王兒
單頂戴
單搭手
雙打毬
雙三教
雙捉
圍城啄木兒
小雙慘
雙賣妲
三登樂院公狗兒
三偌一賃驢

三盲一偌　三教鬧著棊　三借窯貨兒　三獻身
三教化　三京下書　三短彈　打三教庵宇
普天樂打三教　滿皇州打三教　領三教　三姐醉還醒
三姐黃鶯兒　賣花黃鶯兒　大四小將　四小將
四國朝　四脫空　四教化　泥孤

陶氏輟耕錄所載院本名目（陶氏謂以下皆金院本。教坊色長魏、武、劉三人鼎新編輯。魏長於念誦，武長於筋斗，劉長於科汎。）

和曲院本

月明法曲　鄆王法曲　燒香法曲　送香法曲
上墳伊州　燒花新水　熙州駱駝
列良羸府（『羸府』乃『瀛府』之誤。）　病鄭逍遙樂　四皓逍遙樂
四酸逍遙樂　賀貼萬年歡　搊廝降黃龍　列女降黃龍

上皇院本

壺春堂　太湖石　金明池　戀鼇山
六變粧　萬歲山　打草陣　賣花燈

錯入內　鬧相思　探花街　斷上皇
打毬會　春從天上來

題目院本

柳絮風　紅索冷　牆外道　共粉淚
揚柳枝　蔡消閒　方偸眼　呆太守
畫堂前　夢周公　梅花底　三笑圖
窄布衫　杲秀才　隔年期　賀方回
王安石　斷三行　競尋芳　雙打梨花院

霸王院本

悲怨霸王　范增霸王　草馬霸王　散楚霸王
三官霸王　補塑霸王

諸雜大小院本

喬記孤　旦判孤　計算孤　雙判孤
百戲孤　哨店孤　燒棗孤　孝經孤
菜園孤　貨郎孤　合房酸　麻皮酸

花酒酸
王纏酸
插撥酸
纏三旦
書櫃兒
喜牌兒
似孃兒
雞鵰兒
小丸兒
鬧學堂
趕湯餅
壞食店
花酒夢
瑤池會
藏鬮會

狗皮酸
謁食酸
酸孤旦
禾哨旦
紙欄兒
卦冊兒
卦鋪兒
黃丸兒
醜奴兒
鬧浴堂
紙湯餅
鬧酒店
蝴蝶夢
八仙會
打五臟

還魂酸
三揲酸
毛詩旦
哮賣旦
蔡奴兒
繡篋兒
師婆兒
稜角兒
病襄王
寬布衫
鬧旗亭
壞粥店
三出舍
蟠桃會
蘭昌宮

別離酸
哭貧酸
老孤遣旦
貧富旦
剜毛兒
粥碗兒
教學兒
田牛兒
馬明王
泥布衫
芙蓉亭
莊周夢
三入舍
洗兒會
廣寒宮

鬧結親
三園子
四論藝
呆大郎
長慶館
五變粧
窮相思
鬧巡鋪
鬧平康
無鬼論
鬧文林
醫做媒
門鵪鶉
滿朝歡
雙門醫
倦成親
紅孃子
殿前四藝
四酸擂
癩將軍
洪福無疆
金壇謁宿
判不由己
趕門不上
四酸諱偖
四國來朝
風流藥院
杜甫遊春
月夜聞箏
張生煮海
強風情
太平還鄉
競敲門
問前程
兩相同
白牡丹
調雙漸
大勘刀
賣花客
鬧棚闌
雙捉婿
監法壹
鴛鴦簡
鼓角將
賒饅頭
大論情
衣錦還鄉
都子擂門
十樣錦
競花枝
赤壁鏖兵
官吏不和
同官不睦
同官賀授
雙藥盤街
酒色財氣
漁樵問話
四酸提候
鬧芙蓉城
文房四寶

謝神天
雙福神
酸賣徠
白雲庵
賣花聲
打五鋪
硬行蔡
劉盼盼
四拍板
渰藍橋
香藥車
趕村禾
陰陽孤
偌賣旦
晉宣成道記

陳橋兵變
院公狗兒
琴劍書箱
迓鼓二郎
進奉伊州
拷梅香
義養孃
墻頭馬
大論談
入桃園
四方和
眼藥孤
提頭巾
是耶酸
院幺

雙揭榜
告和來
花前飲
壞道場
錯上墳
四道姑
貼師姨
刺董卓
摔龍舟
雙防送
九頭頂
兩同心
三索債
怕水酸
海棠軒

矇啞質庫
佛印燒豬
五鬼聽琴
獨腳五郎
醫五方
隔簾聽
論秋蟬
鋸周朴
擊梧桐
海棠春
鬧元宵
更漏子
防送哨
回回梨花院
海棠園

海棠怨　　海棠院　　魯李王　　慶七夕
再相逢　　風流壻　　王子端捲簾記　　紫雲迷四季
張與孟夢楊妃　　女狀元春桃記　　粉牆梨花院　　妮女梨花院
龐方溫道德經　　大江東注　　吳彥舉　　不抽鬮
不揪鬮　　紅梨花　　玎璫天賜暗媚緣

諸雜院爨

鬧夾棒六幺　　鬧夾棒法曲
望贏法曲（『望贏』，『望瀛』誤也。望瀛爲宋法曲部，道調宮。）
分拐法曲　　送宣道人歡　　逍遙樂打馬鋪　　撁綵延壽樂
諱老長壽仙　　夜半樂打明星　　歡呼萬里　　山水日月
集賢賓打三教　　打白雪歌　　地水火風　　夜深深三礚胞
佳景堪遊　　琴棋書畫　　喜遷鶯剗草鞋　　大公家教
十五郎　　滕王閣鬧八粧　　春夏秋冬　　風花雪月
上小樓衮頭子　　噴水胡僧　　汀注論語　　恨秋風鬼點偌
詩書禮樂　　論語謁食　　下角瓶大醫淡　　再遊恩地

累受恩深
船子和尚四不犯
四偌大提猴
調猿卦鋪
酒樓伊州
雪詩打樊噲
松竹龜鶴
截紅鬧浴堂
河陽舅舅
私媒質庫兒
四海民和
變龍千字文
埋頭千字文
講道德經
斷朱溫爨

送羹湯放火子
徐演黃河
雙聲疊韻
倬刀饅頭
簑衣百家詩
抹麵長壽仙
王母祝壽
和燕歸粱
偌請都子
清朝無事
金皇聖德
捧盒千字文
講來年好
神農大說藥
變二郎爨

擂鼓孝經
單兜望梅花
上皇四軸畫
河轉迓鼓
埋頭百家詩
四偌賈諢
四偌抹紫粉
蘇武和番
雙女賴飯
豐稔太平
皇家萬歲
錯打千字文
講聖州序
食店提猴
講百果爨

香茶酒果
皇都好景
三偌一卜
背箱伊州
偸酒牡丹香
四偌祈雨
四偌劈馬樁
羹湯六幺
一貫質庫兒
一人有慶
背鼓千字文
木驢千字文
講樂章序
人參腦子爨
講百花爨

講蒙求爨
三跳澗爨
三分食爨
跳布袋爨
衝撞引首
打三十
錯取兒
小鬧擱
歇貼韵
大分界
我來也
代元保
打淡的
蔡伯喈
窄百倬

講百禽爨
打王樞密爨
煎布衫爨
文房四寶爨
打謝樂
說狄青
鶯哥猫兒
三般尿
小分界
情知本分
母子御頭
一日一箇
遮截架解
盤榛子

講心經爨
水酒梅花爨
雙揲紙爨
開山五花爨
打八哥
憨郭郎
大陽唐
大驚睡
雙雁兒
喬捉蛇
鴬苗兒
村城詩
窄磚兒
四魚名

變柳七爨
調猿香字爨
謁金門爨
錯打了
枝頭巾
小陽唐
小驚睡
唐韻六貼
鑰鍋斧竈
山梨柿子
胡椒雖小
三打步
四坐山

提頭帶
說古人
貪狠觀
啞伴哥
搗練子
賣官衣
柳青娘
論句兒
香供養
己己己
打調劫
說罰錢
相眼
矇啞
多箏

天下樂
山厤楷
通一母
劉千劉義
三拳頭
苗青根白
調劉袞
霸王草
合五百
舞秦始皇
驢城白守
年紀大小
告假
投河
簽押

四怕水
喬道傷
串梆子
歡會旗
酒槽兒
調笑令
請車兒
雜古典
妳妳噴
學像生
呆木大
打扇
捉記
略通
扯狀

四門兒
黃風藹藹
拖下來
生死鼓
淨餅兒
門鼓笛
身邊有藝
左必來
一借一與
支道饅頭
定魂刀
盤蛇
照淡
調賊
羅打

記水　求橯　燒奏　轉花枝

計頭兒　長嬌憐　歇後語　蘆子語

迴旦語　大支散

拴搐豔段

襄陽會　驢軸不了　鞭敲金鐙　門簾兒

天長地久　衙府則例　金合橯　天下太平

歸塞北　春夏秋冬　門百草　叫子蓋頭

大劉備　石榴花詩　啞漢書　說古棒

唱拄杖　日月山河　胡餅大　觜搵地

屋裏藏　罵呂布　張天覺　打論語

十果頑　十般乞　還故里　劉金帶

四草蟲　四廚子　四妃豔　望長安

長安住　罵江南　風花雪月　錯寄書

睡起敎柱　打婆束　三文兩撲　大對景

小護鄉　少年遊　打青提　千字文

酒家詩　三捲旦　睡馬杓　四生屬
喬唱諢　桃李子　麥屯兒　大菜園
喬打聖　杏湯來　謝天地　十隻脚
請生打納　建成　縛食　毬棒艷
破集艷　開封艷　鞍子艷　打虎艷
四王艷　蝗蟲艷　橛子艷　七捉艷
修行艷　般調艷　棗兒艷　蠻子艷
快樂艷　慈烏艷　眼裏喬　訪戴
衆半　陳蔡　范蠡　扯休書
鞭寨　杴扒掃竹　感吾智　諸宮調
金鈴　彫出板來　套韡　舌智
俯飯　釵髮多　襄陽府　仙哥兒

打略拴搐

星象名　果子名　草名　軍器名
神道名　燈火名　衣裳名　鐵器名

書集名　節令名　虀菜名　縣道名
州府名　相撲名　法器名　門名
草名　軍名　魚名　菩薩名
賭撲名
照天紅　琴家弄　著棋名　丟骰子
樂人名　悶葫蘆　握龜
官職名
說駕頭　敲待制　上官赴任　押剌花赤
飛禽名
青鵰　老鴉　廝料　鷹鴿鸂鶒
花名
石竹子　調狗　散水
喫食名
廚難偌　蘑菇菜
佛名

成佛板　爺娘佛
難字兒
盤驢　害字　劉三　一板子
酒下拴
數酒　三元四子
唱尾聲
孟姜女　遮蓋了　詩頭曲尾　虎皮袍
猜謎
杜大伯　大黃
和尚家門
禿醜生　窗下僧　坐化　唐三藏
先生家門
入口鬼　則要胡孫　大燒餅　清閑眞道本
秀才家門
大口賦　六十八頭　拂袖便去　紹運圖

十二月　胡說話　風魔賦　瘀丁賦
撏着駱駝　看馬胡孫
　列良家門
說卦象　由命賦　混星圖　柳鏇箕
二十八宿　春從天上來
　禾丁家門
萬民快樂　咬的響　莫延　九斗一石
共牛
　大夫家門
三十六風　傷寒　合死漢　馬屁勃
安排鍬钁　三百六十骨節　撒五穀　便癱賦
　卒子家門
針兒線　田仗庫　軍鬧　陣敗
　良頭家門
方頭賦　水龍吟

邦老家門
脚言脚語　則是便是賊
都子家門
後人收　桃李子　上一上
孤下家門
朕聞上古　刁包待制　絹兒來
司吏家門
罷筆賦　是故榜
仵作行家門
一遍生活
撅傈家門
受胎成氣
諸雜砌
摸石缸（一作『摸石江』，誤。）　梅妃　浴佛　三教
姜武　敕鴐　趙娥娥　石婦吟

變猫
上料
告子
黃巢
臥草
史宏肇

水母
瞎脚
挾蛇
恰來
衲襖
懸頭梁上

王環（作『玉環』，誤。）
易基
鹿皮
蛇師
封碑

走鷂哥
武則天
新太公
沒字碑（作『汲字碑』，誤。）
鋸周村

今樂考證

著錄一

元雜劇

關漢卿 六十四種

關張雙赴西蜀夢　董解元醉走柳絲亭　丙吉教子立宣帝

薄太后走馬救周勃　太常公主認先皇　曹太后死哭劉夫人

荒墳楳竹鬼團圓　風月狀元三負心

閨怨佳人拜月庭 臧氏元曲選目作『拜月亭』，錢氏也是園藏書目作『王瑞蘭私禱拜月亭』。

沒興風雪癩馬記　金銀交鈔三告狀　蘇氏進織錦回文

介休縣敬德降唐 一本作『歸唐』。　昇仙橋相如題柱

金谷園綠珠墜樓
呂蒙正風雪破窰記有二本。
姑蘇臺范蠡進西施
柳花亭李婉復落娼
賢孝婦風雪雙駕車
宋上皇御斷婣緣簿
隋煬帝牽龍舟
月落江梅怨
管甯割席
唐明皇哭香囊
鄧夫人哭存孝也是園目作『鄧夫人痛苦哭存孝』。
翠華妃對玉釵元曲選作『對玉梳』，一本作『對玉釧』。
漢元帝哭昭君
呂無雙銅瓦記瓦一作『丸』。
楚雲公主酹江月

漢匡衡鑿壁偷光
晏叔元風月鷓鴣天
開封府蕭王勘龍衣
望江亭中秋切鱠旦
雙提屍冤報汴河冤
崔玉簫擔水澆花旦
風雪狄梁公
煙月舊風塵元曲選作『趙盼兒風月救風塵』。
白衣相高鳳漂麥
唐太宗哭魏徵
劉夫人救啞子
風流孔目春衫記

劉夫人書寫萬花堂一作『黃花峪』。
錢大尹智寵謝天香
杜蕊孃智賞金綫池
甲馬營降生趙太祖
老女壻金馬玉堂春
晉國公裴度還帶也是園目作『山神廟裴度還帶』。
屈勘宣華妃
孫康映雪
溫太眞玉鏡臺
關大王單刀會也是園目作『關大王獨赴單刀會』。
武則天肉醉王皇后
劉盼盼鬧衡州一作『邢州』。
醱艸堂玉簪記

錢大尹鬼報緋衣夢也是園目鬼報作『智勘』，元曲選目分緋衣夢與鬼報錢大尹爲二種，誤。

魯元公主三啖赦　醉孃子三撒嵌　詐妮子調風月以上錄鬼簿目

劉夫人慶賞五侯讌　包待制三勘蝴蝶夢　感天動地竇娥冤

狀元郎陳母敎子以上四種，見也是園書目。　包待制智斬魯齋郎元曲選

古汴鍾醜齋嗣成云：『漢卿，大都人，太醫院尹，號已齋叟。』仁和翟晴江灝云：『元關漢卿、王實甫俱撰崟正風雪破窰記，當以石龕傳訛。其與崟正共淪躓者，母劉氏也，今傳奇乃謂崟正妻劉因崟正爲妻父並逐，又沒龍門寺僧，而牽飯後鐘事觿之，皆謬甚。』

梁子章廷枏云：『關漢卿玉鏡臺溫嶠上場，自點絳脣接下七曲，只將古今得志不得志兩種人鋪敍繁衍，與本事沒半點關照，徒覺滿紙浮詞，令人生厭耳。律以曲法，須於泛敍之中，略露求凰之意，下文情歆彼美，計賺婚姻，文義方成一串；否則突如其來，閱之者又增一番錯愕也。』

高文秀三十三種

黑旋風詩酒麗春園曲選目云：『有三本』。　黑旋風大鬧牡丹園

黑旋風敷演劉耍和　老郎君養子不及父　黑旋風鬭雞會

黑旋風窮風月　黑旋風喬放學

黑旋風雙獻頭元曲選作『雙獻功』，也是園目作『雙獻頭武松大報讐』。

黑旋風借屍還魂　禹王廟霸王舉鼎　忠義士班超投筆曲選目云：『有二本』。

五鳳樓潘安擲果　好酒趙元遇上皇　木叉行者鎖水母一本鎖作『鏁』。

豹子令史干請俸千，一本作『乾』。　豹子秀才不當差

窮秀才雙乘瓢　病獎噲打呂青元曲選目作『呂胥』。

豹子尚書慌秀才　劉先主襄陽會　烟月門神訴冤

須賈誶范雎一本須賈下有『大夫』二字。　周瑜謁魯肅

風月害夫人有二本。　伍子胥棄子走樊城　太液池兒女並頭蓮

鄭元和風雪打瓦罐　醉秀才戒酒論杜康　相府門廉頗負荊

御史臺趙充辭金　志公和尚開啞禪　宣帝問張敞畫眉以上錄鬼簿。

保成公竟赴澠池會也是園目補入。

鍾氏云：『文秀，東平人，府學生，早卒。』

鄭廷玉二十三種

楚昭王疎者下船一本作『昭公』。　齊景公驅馬奔陣一本作『四馬投唐』，誤。

采石渡漁父辭劍　冷臉劉斌料到底　布袋和尚忍字記

孟縣宰因禍致福　風月郎君雙教化　寃報寃貧兒乍富

宋上皇御斷金鳳釵　包待制智勘後庭花　吹簫女悔教鳳皇兒

尉遲公鞭打李道煥選目作『李煥』。　子父夢秋夜欒城驛

賣兒女沒興王公綽　一百二十行販揚州

看錢奴寃家債主也是園目作『看財奴買寃家債主』。又一種『崔府君斷寃家債主』，豈當時有二本耶？或係誤分。

奴殺主因禍折福　曹伯明復勘贓　漢高祖哭韓信

蕭丞相復勘贓　孟姜女送寒衣　風月七眞堂以上錄鬼簿。

孫恪遇猿元曲選目補入。

鍾氏云：『廷玉，彰德人。』按：廷玉，或作『庭玉』。

梁氏云：『鄭廷玉作楚昭公劇，第一、二折，曲詞平易，尚無大出色處；至昭公送申包胥乞師秦國，云：「你去後我夜夢到明，明憂到晚。若是那秦公子將卿傲慢，你則索將火性兒全然都放坦，是必休便冒瀆容顏。」數語已暗逗起七日哭庭之意。第三折以下，則字字珠璣，言言玉屑。自尾倒嘗，漸入佳境。論者謂「元人雜劇至第四折爲強弩之末」，未盡然也。』

白仁甫十五種

秋江風月鳳凰船　鴛鴦簡牆頭馬上也是園目作『裴少俊牆頭馬上』。

蕭翼智賺蘭亭記　唐明皇秋夜梧桐雨　韓翠蘋御水流紅葉
楚莊王夜讌絕纓會　祝英台死嫁梁山伯　董秀英花月東牆記
蘇小小月夜錢唐夢　薛瓊月夜銀箏怨　唐明皇遊月宮一本遊作『幸』。
漢高祖斬白蛇　闍師道趕江有二本。　泗上亭長選目作『高祖歸莊』。
崔護謁漿俱錄鬼簿。

鍾氏云：『仁甫，文舉之子，名樸，眞定人，號蘭谷先生，贈嘉議大夫，掌禮儀院太卿。』

梁氏云：『言情之作，貴在含蓄不露，意到卽止。其立言，尤貴雅而忌俗。然所謂雅者，固非浮詞取厭之謂。此中原有語妙，非深入堂奧者不知也。元人每作傷春語，必盡情極態而出。白仁甫牆頭馬上云：「誰管我衾單枕獨數更長？則這半牀錦褥枉呼做鴛央被。流落的男游別郡，躭閣的女怨深閨。」偶爾思春，出語那便如許淺露。況此時尙未兩相期遇，不過春情偶動相思之意，並未實着誰人，則「男游別郡」語，究竟一無所指。至云「休道是轉星眸上下窺，恨不的倚香顋左右偎，便錦被翻紅浪，羅裙作地席。則待要暗偸期，咱先有意，愛別人可捨了自己。」此時四目相覷，閨女子公然作此種語，更屬無狀。大抵如此等類，確爲元曲通病，不能指摘一人一曲而索其瑕也。』

又云：『其鵲踏枝一曲云：「怎肯道負花期惜芳菲，粉悴胭憔也綠暗紅稀。九十日春光如過隙，怕春歸早又春歸。」如此，則情在意中，意在言外，含蓄不盡，斯爲妙諦。惜其全篇不稱也。」

庚吉甫十五種

隋煬帝江月錦帆舟　孟嘗君雞鳴度關　會稽山買臣負薪

薛昭誤入蘭昌宮　封隲先生罵上元　英烈士周處三害

楊太眞霓裳怨　楊太眞華清宮　常何薦馬周一本上有『中郎將』三字。

裴航遇雲英　列女青綾臺　玉女琵琶怨

秋夜淒波夢　秋月蕊珠宮　蘇小春麗春園有二本。俱錄鬼簿。元曲選目同。

鍾氏云：『吉甫名天錫，大都人，中書省掾，除員外郎，中山府判。』

馬致遠十三種

劉阮誤入桃源洞一作『誤入桃園』。　江州司馬青衫淚

風雪騎驢孟浩然錄鬼簿載此目，又載凍吟詩踏雪尋梅目，當是一劇誤分爲二，今删去。也是園書目作『孟浩然踏雪尋梅』。

太華山陳摶高臥　大人先生酒德頌　呂太后人彘戚夫人

呂洞賓三醉岳陽樓選曲目云：『第三折花李郎作，第四折紅字李二作。』

王祖師三度馬丹陽也是園書目作『馬丹陽三度任風子』。

孟朝雲風雪歲寒亭

呂蒙正風雪飯後鐘一本作『齋後鐘』。

孤雁漢宮秋也是園目作『破幽夢孤雁漢宮秋』。以上錄鬼簿。

開壇闡教黃粱夢

半夜雷轟薦福碑二種見也是園目

鍾氏云：『致遠，大都人，號東籬，任江浙行省務官。』

王伯良驥德云：『勝國諸賢，蓋氣數一時之盛。王、關、馬、白，皆大都人也，今求其鄉，不能措一語矣。大都，即今北京。』

又云：『人之賦才，各有所近。馬東籬、王實甫皆勝國名手。馬於黃粱夢、岳陽樓諸劇，種種妙絕，而一遇麗情，便傷雄勁；王於西廂、絲竹芙蓉亭之外，作他劇多草草不稱。尺有所短，信然。』

又云：『元人作劇，曲中用事，每不拘時代先後。馬東籬三醉岳陽，賦呂純陽事也。寄生艸曲云：「這的是燒豬佛印待東坡，抵多少騎驢魏野逢潘閬。」俗子見之，有不訾爲唐人用宋事耶？』

梁氏云：『漢宮秋混江龍云：「料必他珠簾不掛，望昭陽一步一天涯。疑了些無風竹影，恨了些有月牕紗。他每見弦管聲中巡玉輦，恰便似斗牛星畔盼浮槎。是誰人偷彈一曲？寫出嗟呀。

莫便要忙傳聖旨，報與他家，我則怕乍蒙恩把不定心兒怕。驚起宮槐宿鳥，庭樹栖鴉。」又攤煞云：「你是必悄聲兒接駕，我則怕六宮人扳例撥琵琶。」寫情寫景，出色當行，元曲中第一義也。中有可議者：尙書勸元帝以昭君和番，駕唱云：「怎下的教他環珮影搖青塚月，琵琶聲斷黑江秋？」明妃死于北漠，其葬地生草，後人因以「青塚」名之。未出塞時，安得有此二字？且其第三折昭君跳在黑龍江，番王明云：「就葬此江邊，號爲『青塚』者」，此白又與曲自相矛盾矣。』

又云：『元人雜劇多演呂仙度世事，疊見重出，頭面強同。馬致遠之岳陽樓，卽谷子敬之城南柳，不惟事蹟相同，卽其中關目線索，亦大同小異，彼此可以移換。其第四折，必於省悟之後，作列仙出場，現身指點，因將羣仙名籍，數說一過，此岳伯川之鐵拐李、范子安之竹葉舟諸劇皆然，非獨岳陽樓、城南柳兩種也。』

又云：『東籬薦福碑云：「如今越聰明越受聰明苦，越癡呆越享了癡呆福，越糊塗越有了糊塗富。則這有銀的陶令不休官，無錢的子張學干祿。」此雖憤時嫉俗之言，然言之最爲痛快。讀至此，不泣數行下者，幾希矣。』

翟晴江灝云：『馬致遠陳摶高臥曲云「睡時節幕天席地，二三年喚不起」，較百餘日之說已夸誕矣，而世俗云「一臥千年」，尤無理之甚。』

又云：『飯後鐘，據北夢瑣言爲段文昌事；據摭言，爲王播事。今以移屬呂文穆，乃自元人馬致遠劇始。』

李文蔚十二種

漢武帝死哭李夫人　蔡逍遙醉寫石州慢　盧亭亭擔水澆花旦

張子房圯橋進履　報冤臺燕青博魚也是園目作『同樂臺燕青博魚』。

濯錦江魚雁傳情　謝安東山高臥趙公輔次本，鬼錄題。

金水題紅怨　秋夜芭蕉雨　謝玄破苻堅也是園書目作『破苻堅蔣神靈應』。

風雪推車記　燕青射雁

鍾氏云：『文蔚，眞定人，江州路瑞昌縣尹。』

李直夫十二種

念奴教樂府　武元皇帝虎頭牌一作『便宜行事虎頭牌』。

穎考叔孝諫莊公一本作『孝諫鄭莊公』。　鄧伯道棄子留姪

風月郎君怕媳婦　尾生期女渰藍橋選目作『水渰藍橋』。

宦門子弟錯立身選目有二本。也是園入無名氏。　俏郎君占斷風光好

謊郎君壞盡風光好　歹門孃子勸丈夫歹門，一作『反門』。

晏叔原風月夕陽樓以上錄鬼簿。　　火燒祆廟曲選目補入。

鍾氏云：『直夫，女直人，德興府住。即蒲察李五。』

吳昌齡十一種

唐三藏西天取經曲選目云：『有六本。』按所行西遊記院本二十四折，署『王昌齡作』。古劇每本例四折，此云有六本，即爲是劇。西遊記之名，後人所易也。後卷院本不復列。

張天師夜祭辰勾月一本作『辰鉤』。按：元曲選有張天師斷風花雪月，當另一種，補列于右。

張天師斷風花雪月　　浣花女抱石投江　　哪吒太子眼睛記

浪子回回賞黃花一作『黃花峪』。

鬼子母揭鉢記西天取經劇有揭鉢折，不當別列此目。或另是一種。

月夜走昭君　　狄青撲馬　　貨郎末泥以上錄鬼簿。

搜胡洞曲選目補入。

（花間四友東坡夢元曲百種補入。）

鍾氏云：『昌齡，西京人。』

梁氏云：『昌齡風花雪月一劇，雅馴中饒有韵致，吐屬亦清穌婉約。帶白能使上下串連，一無滲漏；布局排場，更能濃淡疏密相間而出。在元人雜劇中，最爲全璧，洵不多覯也。』

王實甫十四種

東海郡于公高門曲選云：『有二本。』　　孝父母明達賣子

曹子建七步成章　　才子佳人拜月亭此稱與關漢卿同目。曲選目作『多月亭』。

韓采雲絲竹芙蓉亭

崔鶯鶯待月西廂記曲選云：『有五本。』按：五本之說，則西廂本有二十折，但未指後四折爲關氏續耳。焦氏曲考列入院本。茲依錄鬼簿。

蘇小郞月夜販茶船有二本。　　四大王歌舞麗春堂一作『四丞相』。

呂蒙正風雪破窰記與關氏同目。曲選云：『有二本。』　　趙光普進梅諫曲選云：『有二本。』

詩酒麗春園與高文秀同目。曲選云：『有二本。』　　陸績懷橘

雙渠怨曲選目作『雙題怨』。

鍾氏云：『實甫，大都人。』

王伯良云：『世稱曲手，必曰關、鄭、白、馬，顧不及王，要非定論。』

又云：『李中麓序刻喬夢符、張小山二家小令，以方唐之李、杜。夫李則實甫，杜則東籬，始當，張、喬蓋長吉、義山之流，喬多凡語，似又不如小山更勝也。』

又云：『古戲必以琵琶西廂稱首，遞爲桓、文。然琵琶終以法讓西廂，故當離爲雙美，不得

合爲聯璧。』

又云：『西廂組豔，琵琶修質，其體故然。何元朗並訾之，以爲「西廂全帶脂粉，琵琶專弄學問，殊寡本色」。夫本色尙有勝二氏者哉？過矣！』

又云：『實甫西廂，千古絕技。微辭奧旨，未易窺測。筆之所錄，總不逮口之所宣。曾與吳文仲、莊冠甫諸君合三十餘人於米仲詔湛園，邀予口悉其義，諸君莫不解頤，擊節稱快。冠甫謂：「實甫有知，當含笑地下。」』

秀水沈景倩德符云：『自北有西廂，南有拜月，雜劇變爲戲文，以至琵琶遂演爲四十餘折，幾十倍雜劇。然西廂到底不過描寫情感。予觀北劇，儘有高出其上者，世人未曾遍觀，逐隊吠聲，詫爲絕唱，眞井蛙之見耳。』

周櫟園亮工云：『輝縣褚邱去百泉四十里，寺傍有白馬將軍祠。土人多崔姓者，而近又有鄭村。有於褚邱演崔、鄭傳奇，土人以石擊優人，訟之官。張緣居有過褚邱詩云：「玉勒追風下古鄉，鴛鴦隊裏陣雲黃。怪底褚邱春社上，無人敢去演西廂。」』

華亭董閬石含云：『昔之談詞者曰：「元詞家一百八十七人。王實甫如花間美人，自是絕調。」其品題不過如是而已。乃聖歎恣一己之私見，本無所解，自謂別出手眼，尋章摘句，瑣碎割裂。觀其前所列八十餘條，謂「自有天地，即有此妙文，上可貫串風、疋，追配馬、莊」，或證之以禪語，或擬之於著作，忽而吳歌，忽而經典，雜亂不倫。且曰：「讀聖歎所批西廂記，是聖歎文字，不是西廂文字。」直欲竊爲己有。噫！可謂迂而愚矣！』

梁應來兆壬云：『考曠園雜志載唐鄭太常恆及崔夫人合葬墓，在淇水西北五十里，卽古淇澳地。明成化間，淇水氾溢，古崩石出，秦給事貫所撰志銘在焉。志中盛稱夫人四德咸備，則會眞一記，特寓言八九耳。』

胡應麟云：『西廂記與鶯傳悉合，獨鄭恆爭姻之說不可曉。唐雜說柳參軍傳云：「柳遊曲江，邂逅崔氏女，目成焉。崔母王姓舅爲執金吾，致崔母欲令子娶其女。女潛遣青衣輕紅往薦福寺達意于生，生卽納聘挈歸，金吾不知也。旣而崔母亡，柳夫婦來赴，金吾子見之，因訟于官，崔女卒歸王氏。」此不知與微之孰先後。女皆崔，婢皆紅，皆期僧寺中，特王、柳二姓差異。鄭恆之爭，斷出于此事附會矣。』趙德麟侯鯖錄記王性之辨雙文傳奇事甚詳，可參考也。

梁子章云：『「王實甫之撰西廂，見太和正音譜。王弇州曲藻謂：「實甫原本，至碧雲、黃花而止矣，後所續爲關漢卿筆；世謂止于草橋驚夢者，非也。」今按漢卿所撰曲，多至六十餘本，其目不載西廂，且俗本多鄙陋不倫之句，尤可疑也。』

又云：『世傳實甫作西廂，至「碧雲天，黃花地，西風緊，北雁南飛」，構想甚苦，思竭，扑地遂死。平心論之，四語非不佳妙，然此等句法，元人所不尙，故元曲中亦少見，今則以爲小家取巧矣。』

又云：『金聖歎強作解事，取西廂記而割裂之，西廂至此爲一大厄；又以意爲更改，尤屬鹵莽。其實聖歎以文律曲，故每於襯字删繁就簡，而不知其腔拍之不協。至一牌劃分數節，拘腐最爲可厭。所改縱有妥適，存而不論可也。李笠翁從而稱之，過矣。』

又云：『近日嘉應吳石華學博以六十家本、六幻本琵琶本、葉氏本與金本重勘之，科白多用金本，曲多用舊本云。』

案：王氏所撰西廂，太和正音譜目但署『西廂記』三字。周憲王本目，每四折標列一名，曰『王實甫　張君瑞鬧道場劇』，曰『崔鶯鶯夜聽琴劇』，曰『張君瑞害相思劇』，曰『草橋店夢鶯鶯劇』，其後四折曰『關漢卿　張君瑞慶團圓劇』。據此，則後四折爲關續無疑矣。曰新堂本，目云：『第一本，焚香拜月；第二本，冰絃寫恨；第三本，詩句傳情；第四本，雨雲幽會；第五本，天賜團圓。』俗本目，如『老夫人開春院』等二十條，爲後人好事者所竄易，已非廬山眞面。元人無名氏有增奕一折用南呂一枝花調，與今所傳演者異。

武漢臣十一種

抱姪携男魯義姑

虎牢關三戰呂布鄭德輝次本。曲選目云：『有二本。』

女元帥掛甲朝天

曹伯明錯勘贓次本，有二本。

窮漢信登壇拜將　趙太子瓶立天子班　鄭瓊娥梅雪玉堂春一作『玉壺春』。

謝瓊雙千里關山怨　散家財天賜老生兒　四哥哥神助以上錄鬼簿。

生金閣一云『提頭鬼』。也是園目作『包待制智賺生金閣』，入無名氏。曲選目補入。

鍾氏云：『漢臣，濟南府人。』

梁子章云：『元人多有以本人名姓直入句中，讀之愈覺情文眞切者。然亦止可一部中偶爾一用，多則易傷俚俗。如武漢臣之玉壺春云：「願你個李素蘭常風韵，則這個玉壺生永結緣。」又云：「則這個玉壺生更和這素蘭女，則索告你個柳青孃。」又云：「這的是玉壺生小詞章。」又云：「玉壺生拜辭了素蘭香。」一劇凡數見，固不如其已也。』

又云：『灰闌記、留鞋記、蝴蝶夢、神奴兒、生金閣等劇，皆演宋包待制開封府公案故事，賓白大半從同；而神奴兒、生金閣兩種，第四折魂子上場，依樣葫蘆，略無差別。相傳謂扮演者臨時添造，信然。』

王仲文十種

淮陰縣韓信乞食　洛陽令董宣強項　感天地王祥臥冰

七星壇諸葛祭風　漢張良辭朝歸山　齊賢母三教王孫賈

諸葛亮秋風五丈原　趙太祖夜斬石守信有二本。　救孝子賢母不認屍孟月梅寫恨錦香亭一作『錦江亭』。

鍾氏云：『仲文，大都人。』

李壽卿十種

說專諸伍員吹簫　月明三度臨歧柳一作『月明和尚度柳翠』。

船子和尚秋蓮夢　呂太后定計斬韓信　呂太后夜鎮鑑湖亭

司馬昭復奪受禪臺有二本。　鼓盆歌莊子歎骷髏　呂太后祭滻水

呂無雙遠波亭　辜負呂無雙與遠波亭關目同。

鍾氏云：『壽卿，太原人，將仕郎，徐縣丞。』

翟灝云：『咸淳臨安志載紹興間尹臨安者二十五人，除、罷月日，秩然無紊，並無柳宣教之姓名。五燈會元：「淸了，字眞歇。」亦無月明之號。惟張邦基侍兒小名錄載：「五代時僧至聰，脩行十年，自以戒行具足。一日下山，於道旁見一美人號紅蓮者，一瞬而動，遂與合歡。明起沐浴，與婦人俱化。」此紅蓮事，又其僧不名玉通。李壽卿所撰月明三度臨歧柳，其楔子云：「觀世音淨餅內楊柳枝葉，偶汙微塵，罰往人世爲妓。旣三十年，令十六羅漢月明尊者點化返元。」則柳翠之虛假顯然。若今燈夕所演，乃武林舊事所載元夕舞隊之耍和尚，其和尚與婦人俱未嘗有名目也。』

尙仲賢十種

張生煮海　　崔護謁漿十六曲次本。白仁甫有此目。

尉遲恭三奪槊也是園作『單鞭奪槊』。　陶淵明歸去來辭一作『歸去來兮』。

鳳皇波越孃背燈　洞庭湖柳毅傳書　沒興花前秉燭旦

武成廟諸葛論功『武成廟』，一本作『玉清殿』。　海神廟王魁負桂英

漢高祖濯足氣英布俱錄鬼簿目。曲選目此種入無名氏。

鍾氏云：『仲賢，眞定人，江浙行省務官。』

案：也是園書目仲賢作『仲賓』，誤。

石君寶十種

士女秋香怨　呂太后醢彭越　柳眉兒金錢花選目作『金錢記』。

窮解子紅綃驛選目作『紅綃傘』。　魯大夫秋胡戲妻

東吳小喬哭周瑜　李亞仙詩酒曲江池　趙二世醉走雪香亭

張天師斷歲寒三友　諸宮調風月紫雲亭

鍾氏云：『君寶，平陽人。』

梁子章云：『繡襦記傳奇、曲江池雜劇，皆鄭元和、李亞仙事也。元和之父曰鄭公弼，爲洛陽縣尹；繡襦記作鄭儋，爲常州刺史，各不相符。曲江之張千，卽繡襦之來興。曲江以元和

授官縣令，不肯遽認其父；繡襦則謂狀元出參成都軍事，父子萍逢。兩劇雖屬冰炭，要於曲義無關。惟亞仙刺目勸學一事，繡襦極意寫出，曲江概不敘入，似乎疏密判然。第雜劇限于四折，且正名以「李亞仙花酒曲江池」爲題，似此閒筆，亦可無庸煩縷也。」

楊顯之八種

劉泉進瓜　黑旋風喬斷案　醜駙馬射金錢

臨江驛瀟湘夜雨

蕭縣君風雪酷寒亭曲選目云：『旦末二本。』也是園目蕭縣君作『鄭孔目』。

蒲魯忽劉屠大拜門

大報冤兩世辨劉屠選目作『小劉屠』。

借通縣跳神師婆旦

鍾氏云：『顯之，大都人。與漢卿莫逆交，凡有珠玉，與公較之。』

紀天祥六種

驢皮記　曹伯明錯勘贓武漢臣亦有此目。

李元眞松陰記　趙氏孤兒冤報冤也是園目作『大報讐』。

韓湘子三度韓退之　信安王斷復販茶船

鍾氏云：『天祥，大都人，與李壽卿、鄭廷玉同時。』

文林云：『世以史記趙氏孤兒作雜劇，是以雜劇爲史記也。史遷好摭拾不經之言爲傳，不怪其然也。又或辨其有無者，噫，不足辨也。經曰：「趙盾弑其君。」則盾固未嘗殺於靈公也。盾之善終，又何嘗死於屠岸賈也耶？史之言，不足信者多。』

案：天祥，也是園曲目、選目俱作『君祥』。

于伯淵六種

白門斬呂布　呂太后餓劉友　丁香回回鬼風月

莽和尚復奪珍珠旗　尉遲恭病立小秦王　狄梁公智斬武三思

鍾氏云：『伯淵，平陽人。』

戴善甫五種

伯俞泣杖　宮調風月紫雲亭與石君寶同目。

關大王三捉紅衣怪　陶秀寶醉寫風光好　柳耆卿詩酒玩江樓俱錄鬼簿。

鍾氏云：『善甫，眞定人，江浙行省務官。』

案：曲選目作『善夫』。

王廷秀四種

鹽客三告狀選目作『雙告狀』。　秦始皇坑儒焚典一作『焚典坑儒』。

周亞夫屯細柳營　石頭和尚草庵歌

鍾氏云：『廷秀，山東益都人，淘金千戶。』

張時起四種

昭君出塞　賽花月秋千記六折。選目作『鞦韆怨』。

霸王垓下別虞姬　沈香太子劈華山

鍾氏云：『時起字才英，東平府學生，長蘆居。』

費唐臣三種

斬鄧通　漢丞相韋賢籯金　蘇子瞻風雪貶黃州

鍾氏云：『唐臣，大都人，君祥之子。』

趙子祥三種

崔和擔土　風月害夫人次本。高文秀有此目。

太祖夜斬石守信次本。王仲文有此目。

姚守中三種

漢太守郝連留鏺一作『郝廉』。　神武門逢萌掛冠

褚遂良扯詔立東宮選目作『立中宗』。

鍾氏云：『守中，洛陽人，牧庵學士姪。平江路吏。』

李好古三種

張生煮海選目云：『二本。』尚仲賢有此目。

巨靈劈華嶽曲選目作『巨靈神劈華山』。

趙太祖鎮凶宅

鍾氏云：『好古，保定人。或云西平人。』

趙天錫二種

試湯餅何郎傅粉

賈愛卿金錢翦燭

鍾氏云：『天錫，汴梁人。鎮江府判。』

梁進之二種

趙光普進梅諫選目云：『有二本。』王實甫同目。

東海郡于公高門選目云：『二本。』王實甫同目。此係旦本。

鍾氏云：『進之，大都人，警巡院判，除縣尹，又除大興府判，次除知和州。與漢卿世交。』

王伯成二種

張騫泛浮槎

李太白貶夜郎

鍾氏云：『伯成，涿州人，有天寶遺事諸宮調行世。』

孫仲章三種

卓文君白頭吟　金章宗斷留遺文書二種錄鬼簿。

張鼎勘頭巾也是園目有『河南府』三字。曲選目補入。

鍾氏云：『仲章，大都人。或云李仲章。』

案：選目作『孫仲辛』。

趙明道二種

陶朱公范蠡歸湖　韓湘子三赴牡丹亭

鍾氏云：『明道，大都人。』

案：選目作『趙明遠』。也是園目有韓退之雪擁藍關記，疑卽三赴牡丹亭。

趙公輔二種

晉謝安東山高臥汴本。有二本。　棲鳳堂倩女離魂有二本。

鍾氏云、『公輔，平陽人，儒學提舉。』

李子中二種

崔子弒齊君　賈充宅韓壽偷香

鍾氏云：『子中，大都人，知事，除縣尹。』

李進取三種

窮解子破傘雨　神龍殿欒巴噀酒　司馬昭復奪受禪堂李壽卿有此目。

鍾氏云：『進取，大名人，官醫大夫。』

案：元曲選目也是園書目俱作『李取進』。

岳伯川二種

羅光遠夢斷楊貴妃　呂洞賓度鐵拐李岳也是園目作『鐵拐李借屍還魂』。

鍾氏云：『伯川，濟南人。或云鎮江人。』

康進之二種

黑旋風老收心　梁山泊黑旋風負荊

鍾氏云：『進之，棣州人。一云陳進之。』

顧仲清二種

陵母伏劍　滎陽城火燒紀信

鍾氏云：『仲清，東平人，清泉場司令。』

石子章二種

秦脩然竹塢聽琴　黃貴孃秋夜竹窗雨

鍾氏云：『子章，大都人。』

侯正卿一種

關盼盼春風燕子樓

鍾氏云：『正卿，眞定人，號艮齋先生。』

史九散人一種

花間四友莊周夢

鍾氏云：『史九散人，眞定人，武昌萬戶。』

案：元曲選目作『史九敬先。』

孟漢卿一種

張鼎智勘魔合羅一本張鼎作『張孔目』。

鍾氏云：『漢卿，亳州人。』

李寬甫一種

漢丞相丙吉問牛喘

鍾氏云：『寬甫，大都人，刑部令史，除廬州合肥縣尹。』

李行甫一種

包待制智賺灰欄記一作『灰斕』，一本作『灰闌』。

鍾氏云：『行甫，絳州人。』

費君祥 一種

才子佳人菊花會

鍾氏云：『君祥，大都人，唐臣父，與漢卿交，有愛女論行于世。』

江澤民 一種　嘗以『汪澤民』爲是。澤民嘗序王逢原吉梧溪集，至正時新安人。

糊突包待制

鍾氏云：『澤民，眞定人。』

案：元曲選目作『汪澤民』。

陳寧甫 一種

風月兩無功

鍾氏云：『寧甫，大名人。』

案：也是園目作『陳定甫』。

陸顯之 一種

宋上皇碎多凌

鍾氏云：『顯之，汴梁人。』

狄君厚一種

晉文公火燒介子推

鍾氏云：『君厚，平陽人。』

孔文卿一種

秦太師東牕事犯有二本。

鍾氏云：『文卿，平陽人。或云一本爲楊駒兒作。』

明郎仁寶瑛云：『岳武穆戲文何立鬧酆都，世皆以爲假設之事，乃爲武穆泄冤也。予嘗見元之平陽孔文仲有東牕事犯樂府，杭之金人傑有東牕事犯小說，與今所傳大略相似。』

張壽卿一種

謝金蓮詩酒紅梨花

鍾氏云：『壽卿，東平人，浙江省掾吏。』

劉唐卿二種

蔡順摘椹養母

李三孃麻地捧印一作『麻地傍印』。

鍾氏云：『唐卿，太原人，皮貨所提舉，在王彥博左丞席上曾咏「博山銅細裊香風」者。』

彭伯威一種

四不知月夜京孃怨
鍾氏云：『伯威，保定人。或云此劇爲郭安道作。』
案：伯威，曲選目作『伯城』。

李時中一種

開壇闡教黃粱夢馬致遠有此目。
鍾氏云：『時中，大都人，中書省掾，除工部主事。此劇第一折馬致遠，二折李時中，三折花李郎學士，四折紅字李二，合作。』

羅貫中一種

宋太祖龍虎風雲會
案：貫中名本，杭人。郎仁寶云：『三國、「宋江」二書，其所編也。』或列入明人，誤。

趙明鏡三種

渡孟津武王伐紂
宦門子弟錯立身次本。與李直夫同目。也是園書目入無名氏。
張果老度脫啞觀音
案：錄鬼簿作：『趙文殷，彰德人，教坊色長。』

張酷貧四種
羅李郎一種，作『張國瑤』，瑤又『寶』字之誤。

漢高祖衣錦還鄉　　薛仁貴衣錦還鄉　　相國寺公孫汗衫記

羅李郎大鬧相國寺

案錄鬼簿作：『張國寶，卽喜時營教坊勾管。』

趙子昂云：『院本中有娼夫之詞，名曰「綠巾詞」，雖有絕佳者，不得並稱樂府。如黃番綽、鏡新磨、雷海青，皆古名娼，止以樂名呼之，亘世無字。今趙明鏡訛傳趙文敬，張酷貧訛傳張國賓，皆非也。』

紅字李二三種

病楊雄　　板踏兒黑旋風選目作『板沓兒』。

折擔兒武松打虎

鍾氏云：『京兆人，劉耍和壻。』

㩎慄判官釘一釘　　莽張飛大鬧相府院選目作『勘吉平』。

花李郎二種

鍾氏云：『劉耍和壻。或云張國寶作。』

案：酷貧訛爲『國賓』，以音相同也。後遂訛賓爲『寶』，又以其字形相類耳。花李郎旣屬教坊色長，而鍾氏稱爲『花李郎學士』，殊不可解。

今樂考證

著錄二

元雜劇

宮天挺 六種

嚴子陵釣魚臺　會稽山越王嘗膽　死生交范張雞黍

濟飢民汲黯開倉　宋仁宗御覽托公書　宋上皇御賞鳳皇樓

鍾氏云：『天挺字大用，大名開州人，歷學官，除釣臺書院山長。爲權豪所中，事獲辨明，亦不見用。卒於常州。先君與之莫逆交，故余常得侍坐，見其吟咏文章，筆力人莫能敵。樂章歌曲，特餘事耳。』

鄭光祖 十七種

紫雲灘　周亞夫細柳營王廷秀有此目。
李太白醉寫秦樓月　齊景公哭晏嬰
陳後主玉樹後庭花　齊醜后無鹽破連環也是園目作『鍾離春智勇定齊』。
王太后摔印哭孺子元曲選目另有哭孫子劇，即此劇誤分爲二，孺誤『孫』。
放太甲伊尹扶湯也是園目作『立成湯伊尹耕莘』。　三落水鬼泛采蓮船一本船作『舟』。
秦趙高指鹿爲馬　㑳梅香翰林風月也是園目香字下有『騙』字。
醉思鄉王粲登樓　周公輔成王攝政　迷青瑣倩女離魂趙公輔有此目。
虎牢關三戰呂布有二本。武漢臣有此目。　謝阿蠻梨園樂府
崔懷寶月夜聞箏

鍾氏云：『光祖字德輝，平陽襄陵人，以儒補杭州路吏。爲人方直，不妄與人交，故諸公多鄙之；久則見其情厚，而他人莫之及也。病卒，火葬於西湖之靈芝寺，諸弔送各有詩文。公之所作，不待備述，名香天下，聲振閨閣。伶倫輩稱鄭老先生，皆知其爲德輝也。惜乎所作貪於俳諧，未免多於斧鑿，此又別論焉。』

梁子章云：『倩女離魂，通劇中無甚出色，在元曲可列中等。惟末折喜遷鶯云：「據才郎心性，莫不是向天公買撥來聰明？」二語靈心慧舌，其妙無對，較之「小姐多丰采，君瑞濟川

才」，眞喬攘矣。』

又云：『德輝㑇梅香如一本小西廂，前後關目、插科、打諢，皆一一照本摹擬：張生以白馬解圍而面訂婚姻，白生亦因挺身赴戰而預聯姻好，一同也；鄭夫人使鶯鶯拜張生爲兄，裴亦使小蠻見白而改稱兄妹，二同也；張生假館於崔，而白亦借寓于裴，三同也；鶯鶯動春心不使紅娘知而紅娘自知，樊素亦逆揣主意而勸使遊園，四同也；張生琴訴衷曲，白亦琴心挑逗，五同也；張生積思成病，白亦病眠孤館，六同也；張生向紅娘訴情，白亦於樊素前盡傾肺腑，七同也；張生跪求紅娘，白亦向樊素折腰，八同也；張生倩紅傳寄錦字，素亦與白密遞情詞，九同也；鶯鶯窺簡佯怒，小蠻亦見詞罪婢，十同也；紅娘佯以不識字自解，樊素亦反問詞中所語云何，十一同也；紅見責而戲言將告夫人，樊亦被詰而詐爲出首，十二同也；鶯鶯答詩自訂佳期，小蠻亦答詩私約夜會，十三同也；張生誤以紅娘爲鶯鶯，白亦誤將樊素作小蠻，十四同也；鶯鶯燒香，小蠻亦燒香，十五同也；崔夫人拷紅，裴亦打問樊素，十六同也；紅娘堂前巧辯而歸罪於崔，樊素亦據理直陳而諉過於裴，十七同也；崔夫人促張應試，裴亦使白赴京，十八同也；鶯鶯私以汗衫、裹肚寄張，蠻亦有玉簪、金鳳贈白，十九同也；張衣錦還鄉，白亦狀元及第，二十同也。不得謂無心之偶合矣。』

又云：『㑇梅香混江龍云：「孔安國傳中庸、語、孟，馬融集春秋祖述著左邱明，演周易關西夫子，治尚書魯國伏生，校禮記舛譌揚子雲，作毛詩箋注鄭康成：無過是闡大道發揚中正，紀善言答問詳明。」元人曲詞，每多腐語，如此等類，直是一幅策論，豈復成聲律耶！又況出自閨閣兒女之口也？』

又云：『傷梅香載白敏中父參裴度軍，陣中救度，受傷頻死，度以女小蠻許字敏中。度死，度妻韓夫人將背前約。有侍婢樊素者，從中撮合，始克成婚。其大致如此。按雲溪友議：「白居易有妓樊素，善歌；小蠻，善舞。嘗爲詩曰：『櫻桃樊素口，楊柳小蠻腰。』年旣邁，而小蠻方豐艷，因作楊柳詞以托意。」又按女世說：「樊素二十餘，綽綽有歌舞態，善唱楊柳。樂天以己年高，將放之。適馬有名駱者，同時議鬻。馬出而首反顧。素聞馬嘶，泣拜曰：駱將去，其鳴哀；素將去，其辭苦；豈主君獨無情哉！」』然則兩人爲樂天愛妾，恩至義盡，具有明徵。敏中爲樂天從祖弟，史稱其與樂天相友愛者，乃妄以其兄之妾爲其弟之妻且婢，使千古而下閱者，疑敏中有陳平爲盜之謗，睽栖欲治之心，顚倒倫常，莫斯爲甚。彼琵琶之厚誣伯喈者，抑無論矣。』

金仁傑七種

蔡琰還朝文本。

秦太師東窗事犯孔文卿同目。還目云：『有二本』。

周公旦抱子設朝喜春來按。

蕭何月夜追韓信

長孫皇后鼎鑊諫　玉津園智斬韓太師　蘇東坡夜宴西湖夢

鍾氏云：『仁傑字志甫，杭州人。余自幼聞公之名，未得與之見也。公小試錢穀，給由江浙，遂一見如平生歡，交往二十年如一日。天歷元年戊辰冬，授建康崇甯務官。明年己已正月，敍別，三月，其二子護櫃來杭，知氣中而卒，嗚呼惜哉！所述雖不駢麗，而其大概多有可取焉。』

范康二種

曲江池杜甫遊春　陳季卿悟道竹葉舟

鍾氏云：『康字子安，杭州人，明性理，善講解，能詞章，通音律。因王伯成有李太白貶夜郎，乃編杜子美遊曲江，一下筆卽新奇，蓋天資卓異，人不可及也。』

案：元曲選目分曲江池與杜甫遊春爲二種，誤。

曾瑞一種

王月英元夜留鞵記一作『才子佳人誤元宵』。也是園目入無名氏。

鍾氏云：『瑞字瑞卿，大興人，自北來南，喜江浙人才之多，羨錢塘景物之盛，因而家焉。神采卓異，衣冠整肅，優游於市井，洒然如神仙中人。志不屈物，故不願仕，自號褐夫。江淮之達者，歲時餽送不絕，遂得以徜徉卒歲。臨終之日，詣門弔者以千數。余嘗接音容，獲承言話，勉勵之語，潤益良多。善丹青，能隱語小曲。有詩酒餘音行於世。』

沈和六種

祈甘雨貨郎朱蛇記　徐駙馬樂昌分鏡記　鄭玉娥燕山逢故人

鬧法場郭興何楊選目作『阿楊』。　歡喜冤家

瀟湘八景

鍾氏云：『和字和甫，杭州人，能詞翰，善談謔，天性風流，兼明音律。以南北調合腔，自和甫始。如瀟湘八景、歡喜冤家等曲，極爲工巧。後居江州，近年方卒。江西稱爲「蠻子關漢卿」者是也。』

鮑天祐八種

王妙妙死哭秦少游　史魚尸諫衛靈公　忠義士班超投筆高文秀有此目。

貪財漢爲富不仁　摘星樓比干剖腹　英雄士楊震辭金一作『長金』。

漢丞相宋宏不諧　孝烈女曹娥泣江

鍾氏云：『天祐字吉甫，杭州人，初業儒，長事吏。簿書之役，非其志也，跬步之間，惟務搜奇索古而已，故其編撰多使人感動咏歎。余與之談論節要，至今得其良法。才高命薄，今猶古也，竟至崑山州吏而止。』

陳以仁二種

十八騎誤入長安　錦堂風月

鍾氏云：『以仁字存甫，杭州人，以家務雍容，不求聞達，日與南北士大夫交遊。僮僕輩以茶酒湯果爲厭，公未嘗有難色，然其名因是而愈重。能博古，善謳歌。其樂章間出一二，俱有駢麗之句。』

趙良弼一種

春夜梨花雨

鍾氏云：『良弼字君卿，東平人，總角時與余同里閈，同發蒙，同師鄧善之、曹克明、劉聲之三先生，又於省府同筆研。公經、史問難，詩、文酬唱，及樂章、小曲、隱語、傳奇，無不究竟。所編梨花雨，其辭甚麗。後補嘉興路吏，遷調杭州。天曆元年冬，卒于家。公之風流醞籍、開懷待客，人所不及，然亦以此見廢。能裁字，善丹青，但以末技，故不備錄。』

喬吉甫十一種

玉簫女兩世姻緣　怨風月嬌雲認玉釵

杜牧之詩酒揚州夢　死生交托妻寄子選目入無名氏。

馬光祖勘風塵一作『勘風情』。　荊公遺妾

唐明皇御斷金錢記也是園目作『李太白匹配金錢記』。　節婦牌

九龍廟　賢孝婦

燕樂數黃金臺

鍾氏云：『吉甫字夢符，太原人，號笙鶴翁，又號惺惺道人。美容儀，能詞章，以威嚴自飭，人敬畏之。居杭州太乙宫前。有題西湖梧葉兒百篇，名公爲之序。江湖間四十年，欲刊所作，竟無成事者。至正五年二月，病卒於家。』

陶宗儀云：『喬孟符吉博學多能，以樂府稱。嘗云：「作樂府亦有法，曰『鳳頭、猪肚、豹尾』六字是也。大概起要美麗，中要浩蕩，結要響亮；尤貴在首尾貫穿，意思淸新。苟能若是，斯可以言樂府矣。」』

李中麓開先云：『元以詞名代，而夢符其翹楚也。無問遠、近，識、不識，皆知有太原喬夢符云。評其詞者，以爲「若天吳跨神鼇，噀沫於大洋，波濤洶涌，有截斷中流之勢」，此特言其雄健而已，要之未盡也。以予論之：「蘊藉包含，風流調笑，種種出奇而不失之怪，多多益善而不失之煩，句句用俗而不失其爲文。」自可謂與之傳神。夢符復生，當必首肯。』

厲樊榭鶚云：『吳興臧晉叔曾刻其雜劇數種于元人百種曲，章邱李中麓又刻其小令一卷，皆笙鶴翁之桓譚也。僕尤好其小令，洒落俊生，如遇翁之風韻於紅牙錦瑟間爾云。』

梁子章云：『以白引起曲文，曲所未盡，以白補之，此作曲周密處，元人百種多未見及。金錢記第三折韓飛卿占卦，白中連篇累牘，接下紅綉鞋一曲，並未照應一字。後人每事勝前人，即此一節已然矣。還魂記云：「轉過這勺藥闌前，緊靠着這湖山石邊。」通曲已膾炙人口，而不知實以喬孟符金錢記「恰行這牡丹亭，又轉過勺藥圃、薔薇後」數語爲藍本也。』

案：焦里堂曲考目明人院本載喬夢符金勝記，當誤。豈明人另有喬夢符耶？姑附此存疑，以俟博洽者。

睢景臣三種

千里投人　鶯鶯牡丹記　楚大夫屈原投江

鍾氏云：『景臣後字景賢。大德七年，公自維揚來杭州，余與之識。自幼讀書，以水沃面，雙眸紅赤，不能遠視。心性聰明，酷嗜音律。維揚諸公，俱作高祖還鄉套數，惟公哨遍製作新奇，皆出其下。又有南呂一枝花題情云：「人閒燕子樓，被冷鴛鴦錦，酒空鸚鵡盞，釵折鳳皇金。」亦爲工巧，人所不及也。』

周文質四種

孫武子教女兵元曲選目云：『有二本。』　春風杜韋娘

持漢節蘇武還鄉也是園目作『英雄士蘇武持節』。　敬新磨戲諫唐莊宗

鍾氏云：『文質字仲彬，其先建德人，後居杭州，因而家。體貌清癯，學問該博，資性工巧，文筆新奇。家世儒業，俯就路吏。善丹青，能歌舞，明曲調，諧音律。性尚豪俠，好事敬客。

余與之交二十年，未嘗跬步離也。元統二年六月，余自吳江回，公已抱病，盛暑中止以爲癱瘓之毒，而不經意也。醫足踵門，病及五月，而無瞑眩之藥，十一月五日卒於正寢。』

吳仁卿五種

子房貨劍　　醉遊阿房宮

火燒正陽門

楚大夫屈原投江與睢景臣同目。　　手卷記此種元曲選目。

鍾氏云：『仁卿字宏道，號克齋先生，歷仕府判，致仕。有金縷新聲行於世。』

秦簡夫五種

東堂老勸破家子弟　　天壽太子邢臺記曲選目入無名氏。

玉溪館　　義士死趙禮讓肥一作『孝義士趙禮讓肥』。

陶賢母翦髮待賓

鍾氏云：『見在都下，擅名。近歲來杭，回。』

趙善慶七種

孫武子教女兵有二本。周文質同目。　　唐太宗驪山七德舞

醉寫滿庭芳　　村學堂　　燒樊城糜竺收資

姜肱共被　　執笏諫二種曲選目。

鍾氏云：「善慶字文賢，饒州樂平人，善卜術，任陰陽學正。又別作趙文寶名孟慶。」

屈子敬五種

田單復齊　　孟宗哭竹　　敬德撲馬

昇仙橋相如題柱闕漢卿有此目。　　宋上皇三恨李師師

正音譜以田單火牛劇入無名氏。

鍾氏云：「子敬，英甫之姪，與余同窗，有樂府。所編有田單復齊等套數。以學官除路教而卒。樂章華麗，不亞于小山。」

蕭德祥五種

四春園　　小孫屠　　王翛斷殺狗勸夫也是園目入無名氏。

四大王歌舞麗春園王實甫有此目。　　包待制三勘胡蝶夢闕漢卿有此目。

鍾氏云：「德祥，杭州人，以醫爲業，號復齋。凡古文，俱檃括爲南曲，街市盛行。又有南曲戲文等。」

陸登善二種

開倉糴米　　張鼎勘頭巾孫仲章有此目。

鍾氏云：「登善字仲良。一云姓陳。祖父維揚人。江淮改浙江，其父以典掾來杭，因而家焉。

爲人沈重簡默，能詞，能謳，有樂府、隱語。』

朱凱二種

孟良盜骨殖一作『昊天塔』。選目入無名氏。　黃鶴樓

鍾氏云：『凱字士凱，自幼孑立不俗，與人寡合。小曲極多。所編昇平樂府及隱語，包羅天、地。謎、韵皆余作序。』

王曄三種

臥龍崗　雙賣華

破陰陽八卦桃花女一作『智賺桃花女』。也是園書目入無名氏。

鍾氏云：『曄字日華，杭州人，體豐肥而善滑稽。能詞章、樂府，臨風對月之際，所製工巧。

有與朱士凱題雙漸小卿問答，人多稱賞。』

王仲元三種

東海郡于公高門王實甫、梁進之俱有此目。　私下三關一作『謝金吾』。

袁盎却坐

鍾氏云：『仲元，杭州人，與余交有年矣。所編于公高門等。』

孫子羽一種

杜秋娘月夜紫鸞簫

鍾氏云：『子羽，儀眞人。』

張鳴善二種　陶宗儀輟耕錄有張明善作北樂府譏時水仙子。

包待制判斷烟花鬼　　　　黨金蓮夜月瑤琴怨

鍾氏云：『鳴善，揚州人，宣慰司令史。』

江陰王逢梧溪集：『張鳴善名擇，湖南人，以晦迹擢江浙提學。今謝病隱吳江。』

范冰壺一種

鸕鷀裘

臧晉叔云：『第二折施君美、第三折黃德潤、第四折沈拱之作。』鍾錄一條宜補入。

鍾氏云：『范居中字子正，號冰壺，杭州人。父玉壺，前輩名儒，假卜術爲業，居杭之三元樓前。冰壺善操琴，能書法。其妹亦有文名，大德間被旨赴都，冰壺亦北行。以才高，不見遇。』

柯丹邱十二種

瑤天笙鶴一本作『松鶴』。　　冲漠子獨步大羅天　　卓文君私奔相如

齊桓公九合諸侯　　豫章三害　　鬭妒婦

白日飛昇　　肅清瀚海　　辨三教

烟花判　　客牕夜話　　楊娭復落娼

丹邱名九思，字敬仲，官博士。

鍾嗣成 七種

錢神論 一本作『錢神諭』。　　章臺柳　　馮諼焚券

鄭莊公　　詐遊雲夢　　蟠桃會

斬陳餘

朱士凱云：『大梁鍾醜齋，善之鄧祭酒、克明曹尚書之高第。其樂府小曲、大篇長什，傳之于人，傳之於人，每不遺稿，故未能就編焉。右七種皆在他處按行，故近者不知，人皆易之。』

案：元曲選目七種俱入無名氏。

無名氏 一百種

諸葛亮博望燒屯　　馮玉蘭夜雨泣江舟　　龐涓夜走馬陵道

鄭月蓮秋夜雲牕夢　　忠義士豫讓吞炭　　風雨像生貨郎旦

硃砂擔滴水浮漚記　　卞高麗敬德不伏老　　賢連婦荆娘盜果 一作『京娘』。

劉千病打獸角牛　　蘇子瞻醉寫赤壁賦　　施仁義劉宏嫁婢

玎玎璫璫盆兒鬼
玉清庵錯送鴛鴦被
雁門關存孝打虎
閥閱舞射柳蕤丸記
二郎神醉射鎖魔鏡
王鼎臣風雪漁樵記
薩眞人夜斷碧桃花
錦雲堂美女連環記 記，一作『計』。
金水橋陳琳抱粧合
拂塵子
燕山夢
袁覺托笆
月夜杜鵑啼
罟罟旦
張順水裏報怨

劉玄德醉走黃鶴樓 疑卽朱凱劇。
孝順賊魚水白蓮池
狄青復奪衣襖車
逞風流王煥百花亭
漢鍾離度脫藍采和
行孝道郭巨埋兒
趙匡義智娶符金錠
神奴兒大鬧開封府
夢天台
彩扇題詩
收心猿意馬
張千替殺妻
敬德撾怨鼓
任貴五顆頭

孟光女舉案齊眉
摩利支飛刀對箭 一作『跨海東征』。
龍濟山埜猿聽經
李雲英風送梧桐葉
包待制賺合同文字
張公藝九世同居
凍蘇秦衣錦還鄉 選目分凍蘇秦與蘇秦還鄉爲二種誤。
霍光鬼諫
望思臺
火燒阿房宮
趙宗讓肥 疑卽秦簡夫趙禮讓肥。
智賺三件寶
四國旦
繼母大賢

紙扇記
智賺鬼擘口
盧仝七椀茶
夜月荊娘墓
打毬會
打陳平
策立陰皇后
聖姑姑
明皇村院會佳期
任千四顆頭
桂花精
黃花寨
銷金帳
望香亭
哀哀怨怨後庭花

還牢旦
搥碎黃鶴樓
千里獨行
卓文君駕車
刀劈史鴉霞
田眞泣樹
螺螄末尼
黃魯直到打底
搬運太湖石
化胡成佛
柳成錯背妻
佳人寫恨
陶侃拿蘇峻
才子留情
危太僕衣錦還鄉

一丈青鬧元宵
包待制雙勘丁
賢孝牌
昇仙會
楊香跨虎
祭三王
魯元公主
三賢婦
雙門醫
風流娘子兩相宜
雪裏報冤
水簾寨
風雪待制
郭桓盜官糧

從太和正音譜、元曲選目、也是園藏書目校定。其有撰人名氏可考者，均節去。

也是園錢氏藏古今無名氏雜劇目 一百二十一種

伍子胥鞭伏柳盜跖　十八種臨潼鬥寶　田穰苴伐晉興齊

後七國樂毅圖齊　吳起獻秦掛帥印　守貞節孟母三移

莊周半世蝴蝶夢　羊角哀鬼戰荊軻　四公子夷門元宵宴

巫娥女醉赴陽臺夢

以上十種，春秋故事。

漢公卿衣錦還鄉　運機謀隨何騙英布　隨何賺風魔蒯通

韓元帥陰度陳倉　司馬相如題橋記

以上五種，西漢故事。

馬援撾打聚獸牌　雲臺門聚二十八將　漢姚期大戰邳彤

寇子翼定時捉將　鄧禹定計捉彭寵　邳鄲𨨏昆陽大戰

金谷富郭況遊春　施仁義岑母大賢

以上八種，東漢故事。

十樣錦諸葛論功　曹操夜走陳倉道　陽平關五馬破曹

走鳳雛龐操四郡　周公瑾得志娶小喬　張翼德單戰呂布
莽張飛大鬧石榴園　諸葛亮掛印氣張飛　諸葛亮石伐陸遜
諸葛亮隔江鬥智　老陶謙三讓徐州　壽亭侯五關斬將
關大王月夜斬貂蟬　關雲長古城聚義　關雲長單刀劈四寇
米伯通衣錦還鄉　壽亭侯怒斬關平　關雲長大破蚩尤
劉關張桃園三結義　張翼德三出小沛　張翼德大破杏林莊

以上二十一種，三國故事。

陶淵明東籬采菊

以上一種，六朝故事。

長安城四馬投唐　立功勛慶賞端陽　賢達婦龍門隱秀
招涼亭賈島破風詩　衆僚友喜賞浣花溪　魏徵改詔風雲會
程咬金斧劈老君堂　徐茂功智降秦叔寶　尉遲恭鞭打單雄信
小尉遲將門將單鞭認父　十八學士登瀛州　唐李靖陰山破虜

以上十二種，唐代故事。

李存孝大戰葛存周　狗家疃五虎困彥章　朱全忠五路犯太原

李嗣源復奪紫泥宣　飛虎峪存孝打虎　壓關樓疊掛午時牌
以上六種，五代故事。
存仁心曹彬下江南　八大王開詔救忠臣　楊六郎調兵破天陣
焦光贊活拿蕭天祐　趙匡允打董逵　穆陵關上打韓通
宋大將岳飛精忠　十探子大鬧延安府　蘇東坡悞入佛遊寺
以上九種，宋代故事。
張于湖誤宿女貞觀　王閏香夜月四春園　李瓊奴月夜江陵怨
海門張仲村樂堂　崔驢兒指腹成婚　女姑姑說法陞堂記
清廉官長勘金環　雷澤遇仙記　若耶溪漁樵閑話
徐伯株貧富興衰記　薛包認母　認金梳孤兒尋母
鵲奔亭蘇娥自訴　四時花月賽嬌容　王文秀渭塘奇遇
秦月娥誤失金鐶記　[illegible]金蓮花月南樓記　風月南牢記
慶豐門蘇九淫奔記　僧尼共會
以上二十種，雜傳故事。
釋迦佛雙林坐化　觀音菩薩魚籃記

以上二種，釋氏故事。

許眞人拔宅飛升　孫眞人南極登仙會　呂翁三化邯鄲店

呂純陽點化度黃龍　呂洞賓戲白牡丹　邊洞玄慕道升仙

李雲卿得悟升眞　王蘭卿服信明貞傳　證無爲作太平仙記

瘸李岳詩酒玩江亭　太乙仙夜斷桃符記　南極星度脫海棠仙

時眞人四聖鎖白猿　猛烈哪吒三變化　二郎神鎖齊天大聖

灌口二郎鎖健蛟

以上十六種，神仙故事。

魯智深喜賞黃花峪　梁山五虎大刼牢　梁山七虎鬧銅臺

宋公明排九宮八卦陣　王矮虎大鬧東平府　小李廣大鬧元宵夜

宋公明刼法場　宋公明喜賞新春會

以上八種，水滸故事。

奉天命三保下西洋　保國公安邊破虜　英國公平定安南

以上三種，明代故事。

右劇有明代事，當不盡係元人作，姑以類從，附元劇後。

附也是園所藏教坊編演各本目二十種

寶光殿天眞祝萬壽　祝聖壽金母獻蟠桃　降丹墀三聖慶長生
衆神聖慶賀元宵節　祝聖壽萬國來朝　爭玉板八仙過滄海
慶豐年五鬼鬧鍾馗　南極仙金鑾慶壽　賀萬壽拜舞黃金殿
獻禎祥祝延萬壽　西王母祝壽瑶池會　紫微宮慶賀長春壽
賀萬壽五龍朝聖　衆天仙慶賀長生會　慶冬至共享太平宴
賀升平羣仙祝壽　慶千秋金母賀延年　廣成子祝賀齊天壽
黃眉翁賜福上延年　感天地羣仙朝聖

右目如宋時南渡典儀天基聖節所需之樂，時代已不可考，姑附存之。

元劇總論

涵虛子曰：『古今羣英樂府，各有其目：馬東籬如朝陽鳴鳳，張小山如瑶天笙鶴，白仁甫如鵬摶九霄，李壽卿如洞天春曉，喬孟符如神鼇鼓浪，費唐臣如三峽波濤，宮大用如西風鵰鶚，王實甫如花間美人，張明善如彩鳳刷羽，關漢卿如瓊筵醉客，鄭德輝如九天珠玉，白无咎如太華孤峯，貫酸齋如天馬脫羈，鄧玉賓如幽谷芳蘭，滕玉霄如碧漢閒雲，鮮于去矜如奎壁增輝，商政叔如朝霞散采，范子安如竹裏鳴泉，徐甜齋如桂林秋月，楊淡齋如碧海珊瑚，李致遠如玉匣昆吾，鄭廷玉如佩玉鳴鑾，劉庭信如摩雲老鶻，吳西逸如空谷流泉，秦竹邨如孤雲野鶴，馬九皋如松陰鳴鶴，石子章如清風爽籟，朱庭玉如百卉爭芳，庾吉甫如奇峯散綺，楊立齋如風烟花柳，楊西菴如花柳芳妍，胡紫山如秋潭孤月，張雲章如玉樹臨風，元遺山如窮匡孤松，高文秀如金瓶牡丹，阿魯威如鶴唳清霄，呂止庵如晴霞結綺，荆幹臣如珠簾鸚鵡，薩天錫如天風環珮，薛昂夫如雪窗翠竹，顧均澤如雪中喬木，周德清如玉笛橫秋，不忽麻如閒雲出岫，杜善夫如鳳池春色，鍾繼先如騰空寶氣，王仲文如劍氣騰空，李文蔚如雪壓蒼松，楊顯之如瑤臺夜月，顧仲清如鷗鷺沖霄，趙文寶如藍田美玉，趙明遠如太華晴雲，李子中如清廟朱瑟，李取進如壯士舞劍，吳昌齡如庭草交翠，武漢臣如遠山疊翠，李直夫如梅邊月影，馬昂夫如秋蘭獨茂，梁進之如花裏啼鶯，紀君祥如雪裏梅花，于伯淵如翠柳黃鸝，王廷秀如月印寒潭，姚守中如秋月揚輝，金志甫如西山爽氣，沈和甫如翠屏孔雀，睢景臣如鳳管秋聲，周仲彬如平原孤隼，吳仁卿如山間明月，秦簡夫如峭壁孤松，石君寶如羅浮梅雪，趙公輔如空山清嘯，孫仲章如秋風鐵笛，岳伯川如雲林樵響，趙子祥如馬嘶芳草，李好古如孤松挂月，陳存甫如湘江雪竹，鮑吉甫如老蛟泣珠，戴善夫如荷花映水，張時起如雁陣驚寒，趙天錫如秋水芙蓉，尙仲賢如山花獻笑，王伯成如紅鴛戲波，王子一如長鯨飲海，王文昌如滄海明珠，谷子敬如崐山片玉，藍楚芳秋風桂子，陳克明如九畹芳蘭，李唐賓如孤鶴鳴皋，穆仲義如洛神淩波，湯舜民如錦屏春風，賈仲名如錦帷瓊筵，楊景言如雨中之花，蘇復之如雲林文豹，楊彥華如春風飛花，楊文奎如匡廬叠翠，夏均政如南山秋色，唐以初如仙女散花前九十八人，已經題目。此外一百五人，並稱傑作，未可以優劣論也。其姓名列如左：董解元、盧疎齋、鮮于伯機、馬海粟、趙子昂、李溉之、曾褐夫、班彥功、童童學士、李羅御史、郝新𢧐、陳敍寶、劉時中、徐子方、馬彥良、闞志學、孫子羽、曹以𢧐、王繼學、康進之、張子益、陳子厚、孫叔順、呂元禮、李茂之、亢文苑、曹子真、左山、孟漢卿、徐容齋、嚴忠齋、董君瑞、任則明、呂濟民、查德卿、武林隱、王元鼎、里西瑛、衛立中、李伯瞻、趙顯宏、劉逋𢧐、杲元啓、唐毅夫、孫周卿、高則誠、李愛山、宋方壺、姚牧庵、景元啓、曾瑞卿、李伯瑜、吳克齋、李德載、王和卿、杜遵禮、程景初、趙彥暉、王敬甫、鄧學可、沙正卿、趙明道、王仲誠、夢簡、李邦基、呂天用、睢玄明、王仲元、高安道、張子友、侯正卿、史九敬先、李寬甫、彭伯成、李行道、趙君祥、汪澤民、陸顯之、孔文卿、秋君厚、張壽卿、費君祥、陳定甫、劉唐卿、阿里耀卿、王愛山、奧敦周卿、渚察善長、范冰壺、施君美、黃德潤、沈拱之、劉聰、張九、廖宏道、陳彥實、吳中立、錢子雲、高敬臣、曹明善、張子堅、王日華、王舉之、陳德和、邱士元。

案：涵虛子所列二百有三人，如東籬等，已有著錄者；惟李時中、屈子敬、蕭德祥、陸登善、朱士凱、張明善，均不列名。其餘多見於明陳盡卿北宮詞紀所載：貫酸齋有『小扇輕羅』，任則明有『纖雲曳晚紅』，朱廷玉有『客裏過黃鍾』，李羅御史有『懶簪獬豸冠』，李溉之有『驛路西風』，鮮于伯機有『江天暮雪』，楊西庵有『秋水粼粼』，沙正卿有『荒陂寒雁』，馬彥良有『潤夭桃』，唐毅夫有『不呈六出祥』，夢苗有『魚尾紅（詞紀間作「簡」）』，呂天用有『數聲孤雁』，鄭玉賓有『一團兒和氣』，薩天錫有『紅香襯臉霞』，馬昂夫有『些些並蒂紅』，景元啓有『一春常費買花錢』，荊幹臣有『鴛鴦浦』，董君瑞有『雪浪銀濤』，顧君澤有『梅顋退』，藍楚芳有『春初透（詞紀本藍作「蘭」）』，王和卿有『冬天易晚』，闞志學有『香徑泥融』，高安道有『香燕龍涎』，王元鼎有『涎涎瞪瞪』，張小山有『花落春歸』，徐子方有『風吹散楚岫雲』，班彥功有『透疎簾』，程景初有『落紅滿地』，童童學士有『絲遍天涯』，姚牧庵有『梅花一夜』，黃德潤有『一夜秋聲（詞紀本黃作「潢」）』，商政叔有『莫雲樓閣（商作「高」）』，宋方壺有『落日遙岑』，李邦基有『百歲光陰（與東籬作異）』，流風遺韻，讀之如見其人。外如蓋西邨之『柳花風』，孫季昌之『鴛鴦被』，吳仁卿之『幽鳥正調舌』，李子中之『情淚流』，王嘉用之『鶯花伴侶』，劉庭信之『絲絲楊柳風』，周仲彬之『落紅風裏』，皆卓然爲元代作手，均不列於二百三十人中，知遺珠之尚多也。

又案：陳氏引涵虛子之論，謂『蓋西村如淸風爽籟』。今所傳本俱作石子章，似所論已爲望大癡，吳人；張可久小山，慶元人，以路吏轉首領官；錢霖，字子雲，松江人，號素庵；——字叔昭，顧廷玉——松江人，俞仁夫——杭州人，張以仁——湖州人，俱有樂府；黃公編一百二十行及看錢奴院本等；李齊賢，亦工樂府；李用之，松江人，有戲謔樂府；劉宣子包巾』及『鏡兒縷帶』等套數；蘇彥文，有『地冷天寒』越調及諸樂府；屈彥英，字英甫，立，有本道齋樂府小藁；胡正臣，杭州，與志甫、存甫交；李顯卿，東平人；王思順，有『題之，杭人，所編樂府最多；陳無妄彥實，東平人，官福建道；廖毅字宏道，建康人；吳本世中府行世者。次則：黃天澤德潤，杭人，沈和甫同母弟，聽補州吏，不用，著有樂府；沈拱拱李溉之學士、曹子貞學士、馬昂夫總管、班恕齋知州彥功、馮雪芳府判、王繼學中丞，皆有樂盎學士、曹光輔學士、張洪範宣慰、郝新庵左丞、曹以齋尚書克明、劉時中待制、薩天錫照磨、彥舉學士、白無咎學士、滕玉霄應奉、鄧玉賓同知、馮海粟待制（涵虛子論馮作『馬』）、貫酸參政、陳草菴中丞、張夢符憲使、陳國賓憲使、劉中庵承旨、馬彥良都事、趙子昂承旨、閻凱、盧疎齋學士處道、姚牧菴參政、徐子方憲使、不忽木平章、史中丞、張九元帥、荆漢臣夫散人、閻仲章學士、張子益平章、王和卿學士、盍志學學士、楊西菴參政、胡紫山宣慰少

又案：鍾氏所錄，自漢卿等有著錄外，以董解元爲首，次太保劉公秉忠、商政叔學士、杜善後人竄改，非原本矣。

徐再思，字德可，嘉興人，號甜齋；顧德潤，字君澤，號九山，松江人，以杭州路吏遷平江；曹明善，衢州路吏，樂府不在小山下；汪勉之，慶元人，由學官歷浙東帥府令史，鮑吉甫所編曹娥泣江，勉之作二折；高克禮，字敬德，號秋泉，縣尹；王庸，字守中，蘆花場司令；吳朴，字純卿，平江人；高可通，工小曲；董君瑞，眞定冀州人；李邦傑、高安道，均工樂府；亦多二百三人中所未列者，錄之以備參考，而元人之工樂府者，可得其崖略矣。

又案：二百三人中，亦多訛處。如曾褐夫卽曾瑞卿，兩列其名；列景元啓又列杲元啓，不究『杲』字爲別本『景』字之誤；睢元明爲睢景臣之字，亦兩列；馮海粟爲馬海粟，誤馮爲『馬』：均宜改正者。

王伯良云：『正音譜所列元人，各有品目，然不足憑。涵虛子於文理原不甚通，其評語多足付笑。又前八十二人有評。（案：今傳本均作九十二人，玆云八十二人，有後人所增損無疑。）後一百五人漫無可否，筆力竭耳，非眞有所甄別其間也。（案：梁子章云：『曲話以涵虛曲論爲最先，如云「馬東籬如朝陽鳴鳳」之類，其題目雖佳，然未必人人切當不移也。』其所論與王氏同。）

又云：『胡鴻臚言：「元時，臺省元臣、郡邑正官，皆其國人爲之；中州人每沈抑下僚，志不獲展，如關漢卿乃太醫院尹，馬致遠江浙行省務官，宮大用釣臺山長，鄭德輝杭州路吏，張小山首領官，於是多以有用之才，寓於聲歌，以抒其怫鬱感慨之懷，所謂不得其平而鳴也。」

然其時如貫酸齋、白无咎、楊西菴、胡紫山、盧疎齋、趙松雪、虞邵菴輩，皆昔之宰執貴人也；而未嘗不工於詞。以今之宰執貴人，與酸齋諸公角，而不勝；以今之文人墨士，與漢卿諸君角，而又不勝也。蓋勝國時，上下成風，皆以詞爲尙，於是業有專門。今吾輩操管爲時文，既無暇爲染指，迨起家爲大官，則不勝功名之念，致仕居鄉，又不勝田宅子孫之念，何怪其不能角而勝之也！』

又云：『元人諸劇，爲曲皆佳，而白則猥鄙俚褻，不似文人口吻，蓋由當時皆教坊樂工先撰成間架說白，却命供奉詞臣作曲，謂之「塡詞」。凡樂工所撰，士流恥爲更改，故事款多悖理，辭句多不通。不似今作南戲者盡出一手，要不得爲諸君子疵也。』

又云：『元人雜劇，其體變幻者固多，一涉麗情，便關節大略相同，亦是一短。又古新奇事迹，皆爲人做過。今日欲作一傳奇，無論好手難遇，卽求一典故新采可動人者，正亦不易得耳。』

沈景倩云：『涵虛子所記雜劇名家，凡五百餘本；通行人間者，不及百種。然更不止此：今教坊雜劇約有千本，然率多俚淺，其可閱者十之三耳，元人未滅南宋時，以此定士子優劣，每出一題，任人塡曲，如宋宣和畫學，出唐詩一句，恣其渲染，選其能得畫外趣者登高第，以故宋畫、元曲，千古無匹。元曲有一題而傳至四五本者，予皆見之。總只四折。蓋才情有限，北調又無多，且登場雖數人，而唱曲止一人，作者與扮者力量俱盡現矣。』

又云：『雜劇如王粲登樓、韓信胯下、關大王單刀會、趙太祖風雲會之屬，不特命詞之高秀，而氣象悲壯，自足籠蓋一時。至若㑳梅香、倩女離魂、䯄頭馬上等曲，非不輕俊，然不出房幃窠臼，以西廂例之可也。他如千里送荆娘、元夜鬧東京之屬，則近粗莽；華光顯聖、目連入冥、大聖收魔之屬，則太妖誕；以至三星下界、天官賜福種種喜慶傳奇，皆係供奉御前，呼嵩獻壽，但宜教坊及鍾鼓司肄習業之，幷勳戚貴璫輩贊賞之耳。』

梁子章云：『臧晉叔家藏元人秘本雜劇最多，復從劉延伯借所錄御戲監本二百種，參伍校訂，擇其佳者百種，以甲乙釐爲十集梓行。其所棄而不入者，不可得見，亦一恨事。』

今樂考證

著錄三

明雜劇

周憲王三十種

天香圃牡丹品

十美人慶賞牡丹圖

蘭紅葉從良煙花夢

瑤池會八仙慶壽

河嵩神靈芝慶壽

四時花月賽嬌容

南極星度脫海棠仙

文殊菩薩降師子

關雲長義勇辭金

惠禪師三度小桃紅

搊搜判官喬斷鬼

豹子和尚自還俗

甄月娥春風慶朔堂

美姻緣風月桃源會

宣平巷劉金兒復落娼

福祿壽仙宮慶會

神后山秋獮得騶虞

黑旋風仗義疏財

小天香半夜朝元　張天師明斷辰勾月吳昌齡有此目。

李妙清花裏悟眞如　洛陽風月牡丹仙

清和縣繼母大賢元無名氏同目。　李亞仙花酒曲江池石君寶同目。

劉盼春守志香囊怨　趙貞姬身後團員夢

羣仙慶壽蟠桃會元無名氏有此目。　紫陽仙三度長春壽　東華仙三度十長生

呂洞賓花月神仙會

沈景倩德符云：『我朝塡詞高手如陳大聲、沈靑門之屬，俱南北散套，不作傳奇。惟周憲王所作雜劇最夥，其刻本名誠齋樂府，至今行世，雖警拔稍遜古人，而調入絃索，穩愜流利，猶有金、元風範。』

徐釚云：『周憲王諳曉音律，所作雜劇散曲百餘種，至今中原絃索多用之。牛左史恆詩云「唱徹憲王新樂府，不知明月下樊樓」，祝允明詩云「齊唱憲王新樂府，金梁橋上月如霜」是也。』

朱彝尊云：『周憲王有燉，周定王長子，高皇帝孫，遭世隆平，勤學好古。所著誠齋樂府傳奇，音律諧美，流傳內府，至今中原絃索多用之。』

王子一四種

悞入桃源一作劉阮天台。也是園目作劉晨阮肇悞入天台。　海棠風

楚岫雲　花間四友一作鶯燕蜂蝶。元史九散人有此目。

劉東生二種

嬌紅記二本。與元王實甫同目。　月下老世間配偶

谷子敬三種

呂洞賓三度城南柳　枕中記　雪恨門陰司

梁子章云：『雜劇目正名、題目各一句，多用七字。其八九字者，雖有而少。惟城南柳、風光好、蝴蝶夢、㩲頭巾等劇，正名、題目各二句耳。』

案：唐李泌枕中記載呂仙邯鄲道上事，疑子敬此劇卽城南柳，誤分爲二。俟考。

湯舜民二種

嬌紅記與劉東生同目。　風月瑞仙亭

案：舜民名式，號菊莊，元末明初四明人。臧曲選目諸書，俱誤湯爲『楊』。

楊景賢三種

風月海亭　史敎坊斷生死夫妻　馬丹陽度脫劉行首也是園目入元無名氏。

案：景賢別本有作『景言』者，非兩人也。據曲選目以海亭、史敎坊二種屬景言作，另列馬丹陽一種爲景賢作，誤。

黃元吉一種

黃庭道夜走流星馬

賈仲名四種。南詞新譜作『賈仲明』。

鐵拐李度金童玉女即金安壽。　呂洞賓桃李昇仙夢

蕭淑蘭情寄菩薩蠻　荆楚臣重對玉梳記

意馬心猿賈仲明作。即收心猿意馬。曲選目入無名氏。

楊文奎四種

翠紅鄉兒女兩團員　玉盒記　王魁不負心

封陟遇上元

李致遠一種

大婦小妻還牢末

案：以上數家，臧氏有刻入元曲選者，誤。今據也是園藏書目列入明人。

陳大聲二種

花月妓雙偷納錦郎　鄭耆老義配好姻緣

沈景倩云：『沈青門、陳大聲輩，南詞宗匠，皆本朝化、治間人。』

又云：『今傳誦南曲，如「東風轉歲華」，云是元人高則誠，不知乃陳大聲與徐髯仙聯句也。』

又「東野翠烟消」，乃元人子母冤家戲文中曲，今亦屬之高筆，訛以傳訛至此。且今人但知陳大聲南調之工耳，其北一枝花「天空碧水澄」全套，與馬致遠「百歲光陰」，皆咏秋景，眞堪伯仲。又題情新水令「碧桃花外一聲鐘」全套，亦緜麗不減元人，本朝詞手似無勝之者。陳名鐸，號秋碧，大聲其字也，金陵人，官指揮使。』

王九思一種

杜子美沽酒遊春即曲江春。

九思字渼陂，關中人。

王伯良云：『何元朗謂「杜甫遊春劇，金、元猶當北面」。此劇蓋借李林甫以罵時相者，其詞氣雄宕，固陵歷一時，然亦多雜凡語，何得便與元人抗衡。王元美謂其「聲價不在關、馬下」，亦過情之論也。』

又云：『甬東薛千仞遺筆餘二卷中載：「王渼陂好爲詞曲，客有規之者曰：『聞之太上立德，其次立功，其次立言。公何不留意經世文章？』渼陂應聲曰：『子不聞其次致曲乎？』足稱雅謔。」』

陳藎卿云：『敬夫將塡詞，以厚貲募國工，習琵琶、三絃，盡其技然後爲之。』

沈景倩云：『康對山、王渼陂二太史俱以北擅場，並不染指于南。渼陂初學塡詞，先延名師，閉門學唱三年而後出手，其專精不汎及如此。』

沈李英士伸云：『渼陂高才廢處，作曲江春以嘲時相，悲憤唏噓，如怨如訴。其寄生草云：「他空皮袋無學問，惡心腸忒忌狠，笑冷冷掌定三台印，慢騰騰送了千人俊，亂紛紛造下孤辰運，吃緊的把太眞妃送在馬嵬坡，唐明皇走入益門鎭。」蓋指林甫也。』

徐釚云：『王九思敬夫，鄠縣人，與德涵放逐鄠杜間，日夕過從，徵歌度曲，以相娛樂。』

康對山一種

東郭先生悞救中山狼

王伯良云：『對山亦忤於時。放情自廢，與渼陂皆以聲樂相尙，彼此酬和下輟。康所作尤多，非不莽具才氣，然喜生造，喜堆積，喜多用老生語，不得與王並驅；所製沜東樂府，多不足取。』

沈景倩云：『王渼陂之杜甫遊春，則指李西厓及湯石乮、賈南塢三相。康對山之中山狼，則指李崆峒。』

徐釚云：『康德涵名海，落職家居，以聲伎自娛。閒作樂府，使靑衣被之絃索。尤妙於歌彈，酒酣以往搊彈按歌，與渼陂更起爲壽。今所傳沜西行樂詞，風流餘韵，猶令人想見也。』

陳藎卿云：『康對山名海，字德涵，陝西武功人，狀元。』

王世貞云：『德涵旣罷官，居鄠杜，葛巾野服，自隱聲酒。時有楊侍郎庭儀者，少師介夫弟，因以使事北上，過康。康固氣分不薄，大喜，置酒。至醉，自彈琵琶唱新詞爲壽。楊徐謂：「家兄居相念君，但得一書，爲吾道地史局。」語未畢，康大怒罵：「若伶人我耶！」手琵琶擊之，格胡床迸碎。楊踉蹌走免。』

陳眉公云：『讀中山狼劇，眞救世仙丹，使無義男見之不覺毛骨顫戰。』

沈林宗泰云：『中山狼劇，獨攄澹宕，一洗綺靡，直拚金、元之長，而減鄭、關之價矣。韵絕！快絕！』

楊升庵三種

宴淸都洞天元記　蘭亭會　太和記

王伯良云：『升庵北調，未盡嫻律。』

沈景倩云：『向年曾見刻本太和記，按二十四氣，每季塡詞六折，用六古人故事，每事必具始終，每人必有本末，齣旣蔓衍，詞復冗長，若當場演之，一折可了一更漏，雖似出博洽人手，然非本色當行，又南曲居十之八不可入絃索。後聞之一先輩云「是升庵太史筆」，未知然否。翊國公郭勛亦刻有太和傳。郭以科道聚劾，下鎭撫司究問，尋奉世宗聖旨「勛曾贊大禮，幷刻大傳奇」，可知。然余未見郭書，不敢臆斷。且北詞九宮譜，本名太和正音，又似與音律相關，未可曉也。升庵生平塡詞甚工，遠出太和之上，今所傳俱小令，而大套則失之矣。』

沈泰云：『馮具區先生謂蘭亭序欹獻滿紙，金谷序正自不及。今升庵譜入北調，悲歌更盡其致。』

案：此劇二十四齣，故事六種，每事四折。也是園書目入院本類，曲考入雜劇類，從曲考爲的。

葉紹良一種

獨樂園司馬入相

案：一本葉作『桑』，俟攷。

葉六桐九種

灌將軍使酒罵座記　金翠寒衣記　北邙說法

俏佳人巧合圖花鳳　壯荆卿易水離情即易水寒。　夭桃紈扇

碧蓮繡符曲考作碧蓮紈繡符。　丹桂鈿合　素梅玉蟾

六桐名憲祖，號桐園居士，句餘人，一字桐柏。

王辰三璣云：『遷史荆軻傳是顧虎頭王摩詰畫手，六桐易水寒是馬東籬、關漢卿作手，千載

下猶有生氣。』

黃嘉惠云：『六桐北邙劇，妙詣不減風旛，當令曹溪汗下。』

徐文長四聲猿四種

狂鼓吏漁陽三弄　玉禪師翠鄉一夢　雌木蘭替父從軍

女狀元辭凰得鳳

王伯良云：『徐天池先生所爲四聲猿，高華爽俊，穠麗奇偉，無所不有，稱詞人極則，追躅元人。』

又云：『先生四聲猿，故是天地間一種奇絕文字。木蘭之北，與黃崇嘏之南，尤奇中之奇。先生居，與余僅隔一垣，作時每了一劇，輒呼過齋頭，朗誦一過，津津意得。今拈所警絕以復，則舉大白以釂，賞爲知音。中月明度柳翠一劇，係先生早年之筆；木蘭、禰衡得之新剏；而女狀元則命余更覓一事以足四聲之數，余舉楊用脩所稱黃崇嘏春桃記爲對，先生遂以春桃名嘏。今好事者以女狀元幷余舊所譜陳子高傳稱爲男王后，並刻以傳，亦一的對，特不敢與先生四耳。先生好談詞曲，每右本色，於西廂、琵琶皆有口授心解；獨不喜玉玦，目爲「板漢」。先生逝矣，遂成千古，以方古人，蓋眞曲子中縛不住者，則蘇長公其流哉！』

袁中郎宏道云：『漁陽弄劇語氣雄越，擊壺和筑，同此悲歌。』

汪南溟四種　補一種

楚襄王陽臺入夢　陶朱公五湖泛舟　張京兆戲作遠山

陳思王悲生洛水

卽焦里堂曲考所載高唐夢、五湖遊、遠山戲、洛水悲四種也。南溟名道昆，字伯玉，一號南明，新都人，官司馬。

唐明皇七夕長生殿

沈景倩云：『曾見汪太函四作，爲宋玉高唐夢、唐明皇七夕長生殿、范少伯西子五湖、陳思王遇洛神，俱非當行。』按此說，則南溟又有長生殿一種矣，因補錄之。

陳玉陽三種

昭君出塞　文姬入塞　袁氏義犬

玉陽名與郊，海昌人。

沈君庸三種

杜秀才痛哭霸亭秋　僕狂生喬臉鞭歌妓　揚升庵詩酒簪花髻一本作簪花記●

君庸名自徵，松陵人。

孟子若六種

桃花人面柳枝集作桃源三訪。　唐伯虎千金花舫緣柳枝集作花前一笑

死裏逃生　紅顏年少　英雄成敗

陳教授泣賦眼兒媚

子若名稱舜，一本字子塞，越人。

陳洪綬云：『子塞諸劇，蘊藉旖旎，的屬韵人之筆；而氣味更自不薄，故當與勝國諸大家爭席。』

王辰玉四種

哭倒長安街　杜祁公藏身眞傀儡　鬱輪袍

沒奈何

王伯良云：『近年王辰玉太史衡所作眞傀儡、沒奈何諸劇，大得金、元本色，可稱一時獨步；然此劇但四折，用四人各唱一折，或一人共唱四折，故作者得逞其長，歌者亦盡其技；王初作鬱輪袍，乃多至七折，其眞傀儡諸劇，又只以一大折了之，似尙隔一塵。』

沈德符敝帚齋餘談云：『王辰玉發解時，名噪海內。後以口語，兩度不入試，或不竟試而出。至辛丑登第，則踰不惑矣。房師溫太史語之曰：「予讀兄戊子鄉卷時，甫能文耳，不謂今日結衣鉢之緣。」，王爲憫然撿袂。』

案：盛明雜劇刻本署眞傀儡一種爲『綠野堂無名氏作』，誤。

梁伯龍二種

紅線女夜竊黃金合　紅綃妓手語情傳一作昆侖奴。

梅禹金一種

崑崙奴

案：此劇與伯龍紅綃妓同一故事，刻入盛明雜劇中，或爲另一種耶？抑相傳而誤者？

卓珂月一種

花舫緣

徐野君翽云：『向見孟子若製唐伯虎花前一笑劇，易奴爲傭書，易婢爲養女，十分迴護，反失英雄本色。珂月戲爲改正，覺後來者居上。』

徐翽二種

小青孃情死春波影　奇女子風裏絡冰絲

案：翽字野君，其里居不詳。焦氏曲考、支氏曲目新編，並署『許翽作』，誤。

汪廷訥一種

廣陵月重會姻緣

案：廷訥字昌朝，一本作昌期，新都人。

許潮七種

武陵春　龍山宴　午日吟

南樓月　赤壁遊　同甲會

寫風情

案：盛明雜劇本，許潮字時泉，楚黄人。

又案：或云右劇俱楊用修作，托名許時泉者，故沈士俊評武陵春云：『弇州誚升庵「多川調，不甚諧南北本腔」，說者謂此論似出於妬。今特選數劇，以商之知音者。』

黄嘉惠云：『寫風情，原本多穢語，特删正之。午日吟賓白純用詩句，閱之一過，勝讀少陵集矣。四節記亦有赤壁一折，恰不如此劇感慨淋漓，墨酣筆飽。』

朱孟山煒云：『雨中讀南樓月劇，忽如明月朗朗入懷，閟中差爲一快。』

林章一種

靑虬記

王伯良五種

男王后　救友　雙鬟

招魂　離魂

其自序云：『予昔譜男后劇，曲用北調，而白不純用北體，爲南人設也。已爲離魂，幷用南調。鬱藍生謂：「自爾作祖，當一變劇體。」旣遂有相繼以南詞作劇者。後爲穆考功作救友，又於燕中作雙鬟及招魂二劇，悉用南體，知北劇之不復行於今日也。』

毛以燧云：『余侍先君子山陰署中，獲同王伯良先生硏席。先生於談藝之□，每及詞曲，津津乎有味其言之。吾邑詞隱先生爲騷壇盟主，持法之嚴，鮮所當意，獨服膺先生，謂有冥契；諸所著撰，往來商榷。有方諸館樂府二卷，悉散套與小令，家繕部兄方爲剞之金陵。』

案：盛明雜劇刻本署男王后爲秦樓外史作。

徐陽初一種

一文錢

栩菴居士云：『此劇足爲錢虜針砭，宗門棒喝。』

案：陽初卽徐復祚，陽初其號也。此種刻入盛明雜劇，署曰『破慳道人作』。

朱仲誼二種

玉嬌春　鴛鴦塚

徐元輝二種

有情癡　　脫囊穎

元暉名陽暉，鄞人。

馮北海二種

梁狀元不伏老玉殿傳臚記　　僧尼共犯

北海卽海浮，刻有海浮山堂詞稿。名琦，一字海粟。

王雲來一種

逍遙遊

雲來名應遴，越人。

黃嘉惠云：『此劇塡詞賓白，一韵押成，從史記龜策傳宋元王一段得來。』

車柅齋一種

蕉鹿夢

案：盛明劇刻本署『舜水蘧然子編』。

李日華二種

園林午夢　　皮匠參禪

沈景倩云：『本朝能雜劇者不數人，自周憲王以至關中康、王諸公，稍稱當行；其後則山東馮、李亦近之，然如小尼下山、即北海僧尼共犯。園林午夢、皮匠參禪等劇，俱太單薄，僅可供笑，亦教坊耍樂院本之類耳。』

周亮工云：『公所著雜劇如園林午夢類，總名曰一笑散。』

案：日華當作『伯華』，即章邱李中麓開先也。

王澹翁一種

櫻桃園一作櫻桃夢。

明劇刻署『會稽澹居士作』。

陳太乙一種

紅蓮債

明劇刻署『古越函三館編』。焦氏曲考、支氏曲目俱作『亟三館』，誤。

祁元孺一種

錯轉輪

明劇刻署『太室山人編』。曲考、曲目俱入無名氏。

凌初成一種

虬髯翁正本扶餘國

初成名濛初，吳興人。

汪𣏌云：『初成劇眞堪伯仲周藩，非復近時詞家可比。』

吳中情奴一種

相思譜

竹癡居士一種

齊東絕倒

案：居士秣陵人。

蘅蕪室一種

再生緣

僧湛然一種

魚兒佛

案：僧系越人。

神廟時大內院本三種

盛世新聲　　雍熙樂府　　詞林摘豔

右三種當係選本。由考列此目，今附存之。支氏云：『三種見金鷲退食筆記。』

按：國朝雜劇，焦氏考中載林於閣四種，曰義犬記，卽陳作；曰中山狼，卽康作；蔡文姬，卽入塞，亦陳作；淮陰侯，無考。然均係明人作，列之國朝，一誤也；四種爲林於閣選本，非其所著，曰『林於閣作』，二誤也。

今樂考證

著録四

國朝雜劇

吳梅村二種

通天臺　臨春閣

刻本署灌隱主人。

黃九煙一種

試官述懷

毛僧曇五種

蘇園翁　秦廷筑　金門戟

鬧門神　雙合懽

僧曇字孝若。

西神鄭瑜四種

汨羅江　黃鶴樓　滕王閣

鸚鵡洲

鄭瑜字無瑜。

葉小紈女史一種

鴛鴦夢

小紈名蕙綢，吳江人，沈詞隱先生孫婦。其劇刻午夢堂集中。曲考、曲目均署『葉小鸞作』，誤。

袁令昭一種

雙鶯

刻本署幔亭仙史。

查伊璜一種

續西廂

吳騫拜經樓詩話云：『查孝廉晚益耽聲伎之樂。家蓄女伶，並一時妙選。嘗自製鳴鴻度等新樂府，登場搬演，視湯玉茗所云「傷心拍遍無人會，自掐檀痕敎小伶」者，未免生党姬之妬矣。厲樊榭云：「查家旦色，皆以『些』爲名，故西河有『祇有柰些堪顧影，猜人不欲近闌干』之句。」』

伊璜名繼佐，海寧人，別署東山釣史。

薛旣揚一種

昭君夢

鄒仲愔一種

風流塚

高應玘一種

北門鎖鑰

李天根三種

紫金鐶　白頭花燭　顚倒鴛鴦

天根，江陰人。

黃九烟二種

惜花報　試官述懷

笠閣評目有惜花報一種，署爲『王丹麓作』，非。蓋此劇九烟爲丹麓紀事作也。

尤悔庵五種

讀離騷　黑白衛　弔琵琶

桃花源　清平調一名李白登科記

自序云：『予所作讀離騷，曾進御覽，令教坊內人裝演供奉，此自先帝表忠微意，非洞簫玉笛之比也。王阮亭最喜黑白衛，攜至雉皋，付冒辟彊家伶，親爲顧曲。』

彭孫遹云：『悔庵負絕世之才，發憤之作，所撰黑白衛填詞，惝恍離奇，勝讀龍門一傳。是雖寄託所爲，亦足令天下無義氣丈夫心悸。』

周亮工云：『西堂所著雜劇，悲歌激楚，不異玉茗主人、青藤居士。王阮亭寄詩云：「南苑西風御水流，殿前無復按梁州。飄零法曲人間遍，誰付當年菊部頭？」』

丁澎一種

演騷

其序西堂樂府云：『余居東無事，嘗傳喬補闕綠珠篇，作演騷一劇以寄志。』澎，西陵人。

元咸子三種

藍采和　阮步兵　鐵氏女

合刻一編，題曰『秋風三疊』。

搴玉山樵四種

盧從史　老客歸　長門賦

燕子樓

右四種名鋤經堂樂府。

黃石牧

鬱輪袍　夢揚州　飲中仙

藍橋驛

陳元龍云：『石牧四才子劇，憤激牢騷，寓言於聲音、酒色、神仙之域。太倉相國每宴會，必奏之。』

案：石牧名之雋，號唐堂，松江人，著有香屑集。

又案：右四目乃刻本所署。今查曲考列裴航遇仙、張旭觀公孫大娘舞劍、鬱輪袍三種爲石牧作，又列王維、裴航、飲中八仙、杜牧四種爲無名氏四才子劇，殊未深考。

徐坦庵四種

買花錢　大轉輪　浮西施

拈花笑

坦庵字又陵，名石麒，江都人。

支氏曲目列黍香集、錢難爲六種，誤。二種乃散曲也。

鄒叔介一種

空堂話

叔介名兌金，無錫人。

洪助思一種

節孝坊

南山逸史五種

半臂寒　長公妹　中郎女

京兆眉　翠鈿緣

黄方印七種

倚門　再醮　淫僧

偷期　督妓　孌童

懼內

右七種合刻曰『陌花軒雜劇』。

放偸　　買嫁

毛西河擬連廂詞二種

王叔盧二種

擬元兩劇佚其名。

梁子章云：『擬元兩劇，蕭山王叔盧撰。以質吳江沈長康，謂「不合宮調」，令其改作。及改，而仍不合，乃就毛西河商之。無何叔盧死，西河哀其志，而爲更定其詞。會兵變，失去。夜臥嵩山，夢叔盧來，曰：「予詞寄君所，未見還。」醒而異之。後復購得其稿。會病，又夢叔盧曰：「脫君死，予詞奈何？」因中夜力疾起，校補而梓行之。故西河序其首，謂「靈均作涉江、懷沙，慮其遺亡，乃於晉咸安之季，白晝見形，向顧珏自誦之」，以比叔盧之入夢。夫身後之名，才人所愛，雖至死而甚，魂魄猶將戀戀；且雖詞曲小道，而鄭重珍惜一至於此，是誠不可解者矣。』

萬紅友八種

珊瑚球　　舞霓裳　　藐姑仙

青錢賺　焚書鬧　罵東風

三茅宴　玉山庵

案：曲考、曲目，珊瑚球作『珊瑚珠』，玉山庵作『玉山宴』，誤。

空觀主人一種

蕎忽姻緣

西泠野史、無枝甫合作四種

鈿合奇緣　蟾蜍佳耦　義妾存姑

人鬼夫妻

二鄉亭主人一種

祭皋陶

稽留山一種

讀離騷與悔庵同目異辭。

案：曲考、曲目俱兩種，其一種爲揚州夢，不知揚州夢乃院本，非雜劇也。

唐雋公五種

笳騷　蘆花絮　長生殿補闕

轉天心　虞兮夢

案：曲考曲目所載祇兩種，署『蝸寄居士作』。雋公名英，官九江榷使。一作『俊公』。

周芥庵二種

夢幻緣　孤鴻影

芥庵名如璧。

士室道民一種

鱺詩讖

碧蕉軒主人一種

不了緣

張來宗一種

櫻桃宴

陳晚菴一種

西臺記

晚菴名世廉。

伊令堵廷芬一種

奮花符

黄家舒一種

城南寺

家舒字漢臣。

張掌霖一種

旗亭燕

掌霖字龍文。

孫源文一種

餓方朔

元文字筆庵。

張國壽二種

脫穎　茅廬

吳雪舫二種

赤豆軍　美人丹

田民二種

蓬島瓊瑤　花木題名

吳秉鈞一種

電目書

秉鈞，山陰人。

蔣心餘八種

四絃秋　（采樵圖）　一片石

采石磯　第二碑又名後一片石。　康衢樂

忉利天　長生籙　昇平瑞

梁子章云：『乾隆十六年，恭逢皇太后萬壽，江西紳民遠祝純嘏雜劇四種，心餘手編，曰康衢樂，曰忉利天，曰長生籙，曰昇平瑞。徵引宏富，巧切絕倫，倘使登之明堂，定爲承平雅奏，不僅里巷風謠已也。』

平聖臺云：『蔣定甫作一片石，後婁妃嘗降乩致謝。』

桂未谷續四聲猿四種

李昌谷　白香山　蘇東坡

陸放翁

朱谷名馥，曲阜人。

裘蕉郵四種，又有女崑崙院本二卷，混天合傳奇。

崑明池　集翠裘　鑑湖隱

旗亭館

蕉郵名璉，慈谿人。其合刻四種，署名『鬥翠湖亭四韻事』。

迎鑾新曲二種

羣仙祝壽　百靈效瑞

上折錢唐國子生吳城作，下折厲鶚作。杭世駿、全祖望序之。

呂叔訥康衢新樂府十種

萬年韻瑞　萬壽蟠桃　萬福朝天

萬寶屢豐　萬花先春　萬里安瀾

萬騎騰雲　萬卷瑯嬛　萬舞鳳儀

萬國梯航

右十種爲己卯萬壽衢歌，直隸制府命贊皇令呂叔訥塡之。叔訥名星垣，常州人，其詩古文辭有聲於世。韓城師亮采爲門爲序此劇刻之，謂『和聲鳴盛，可以遠媲虞球』也。

王夢樓迎鑾新曲九種

三農得澍　龍井茶歌　祥徵冰繭

海宇歌恩　燈燃法界　葛嶺丹爐

仙醞延齡　瑞獻天台　瀛波清宴

梁子章云：『乾隆中，高宗純皇帝第五次南巡，族父森時服官浙中，奉檄恭辦梨園雅樂。先期命下，卽以重幣聘王夢樓編脩文治塡造新劇九折，皆卽地卽景爲之，選諸伶藝最佳者充之，在西湖行宮供奉。每演一折，先寫黃綾底本，恭呈御覽，輒蒙褒賞，賜予頻仍。今日重披法曲，猶仰見當年海宇乂安，民康物阜，古稀天子省方問俗桑麻阡陌間，與百姓同樂，一種雍熙氣象，爲千古所希有，眞盛典也。』

栁山居士太平樂事

燈賦　山水淸音　太平有象

風花雪月　龍袖驕民　貨郎擔

日本燈詞　賣癡獃　豐登大慶

擊壤民

萬壽圖

右二種以類次。

梁子章二種

圓香夢　江梅夢

右二種合夢樓迎鑾曲梓行，署曰『藤花館樂府』。子章名廷枏。

花韻庵花間九奏九種

伏生授經　羅敷采桑　桃葉渡江

桃源漁父　梅妃作賦　樂天開閣

賈島祭詩　琴操參禪　對山救友

劉漢翔一種

楊狀元進諫議滇南一名議大禮。

漢翔名翬，號藹堂，南徐人。

吳江徐爔榆村一種

寫心劇

榆村爲虹亭先生之孫，靈胎先生之子。

靑霞寓客一種

北孝烈一名鐵塔寃。

曲考入院本無名氏，誤。

惜春主人一種

魚水夢

楊笠湖吟風閣劇三十二種

新豐店馬周獨酌
黄石婆授計逃關
温太眞晉陽分別
開金榜朱衣點頭
魯仲連單鞭蹈海
魏徵破笏再朝天
莘表柱延陵挂劍
韓文公雪擁藍關
偷桃捉住東方朔
諸葛亮夜祭瀘江

大江西小姑送風
快活山樵歌九轉
邯鄲郡錯嫁才人
夜香臺持齋訓子
荷花蕩將種逃生
動文昌狀元配瞽
東萊郡暮夜却金
荀灌娘圍城救父
換扇巧逢春夢婆
凝碧池忠魂再表

李衛公替龍行雨
窮阮籍醉駡財神
賀蘭山謫仙贈帶
汲長孺矯詔發倉
淮口二郎初顯聖
感天后神女露筋
下江南曹彬誓衆
信陵君義葬金釵
西塞山漁翁封拜
大葱嶺隻履西歸

寇萊公思親罷宴　翠微亭卸甲閒遊

湯曾輅大奎云：『無錫楊笠湖，少以詩筆著名。中年絲竹陶寫，寄情聲律，嘗著吟風閣雜劇，深得元人三昧。昔人論製曲須是鉅才，與詩詞另是一副筆墨，既宜傳演，又耐吟諷，摹神績影，中人性情，斯爲能事。東塘、昉思而後，笠湖其嗣響矣。』

王述菴昶云：『楊潮觀字笠湖，金匱人，乾隆元年舉人，官至瀘州知州。性情倜儻，工畫竹，詩亦多傑句。尤工度曲，所著吟風閣傳奇，如諸葛公夜渡瀘江、寇萊公思親罷宴諸劇，聲情磊落，思致纏綿，雖高則誠、王實甫無以過也。』

案：笠湖此劇，每折各自製解題於首，意蓋援古事以鐸世耳。

王仲瞿六種

玉鉤洞天　萬花緣　歸農樂

遼蕭皇后　十香傳　魚龍變

無名氏三幻集三種

仲瞿，秀水人，名曇。

萬家春　萬古情　豆棚閒話

右見焦氏曲考。

無名氏五種

勘鬼獄　瑤池會　翠微亭

補天夢　可破夢

右五種，焦氏列雜劇末，續列石牧王維、裴航等四種，曰『名四才子。以上無名氏。』而支氏曲目承其誤，改署於下曰『右九種名四才子，無名氏作』。不誤益加誤耶。亦不思焦氏『四才子』三字，專屬王維四種言之也。是不僅當以粗略責之矣。

舒鐵雲缾笙館修簫譜四種

卓女當壚　樊姬擁髻　酉陽脩月

博望訪星

鐵雲名位，字立人，大興人，著有缾水齋集。

小弇山人一種

列子御風

或云亦鐵雲作，未刻。

蓉鷗漫叟青溪笑十六種

贖雛鬟司業義捐金　棄微官監州貪倚玉　桃葉渡吳姬泛月

海棠軒楚客吟秋　謝秋影樓上品詩牋　王翺雲閣中擲金釧
解語花浣紗自嘆　侯月娟贈蜨私盟　紗帽巷報信傷春
牡礪園尋秋說豔　排家宴四美祝花朝　助公車羣賢爭雪夜
鵝羣閣雙豔盟心　田雞營六雞識俊　莫愁湖江采蘋命字
鷲峯寺唐素君皈禪

叟有邗江百愛詩、金閶竹枝詞，俱膾炙人口。

雪樵居士一種

牡礪園

鷗波亭長一種

夢花因

林奕構二種

奔月　畫薔

嚴問樵六種

紅樓新曲　同心言　奇花鑑
呑氈報　雙烟記　孟蘭夢

問樵名保庸，字伯常，丹徒人。

單湘湖一種

四時春

湘湖名瑤田，蕭山人。

黃韻珊一種

凌波影

韻珊名憲清，海鹽人。

王彥卿一種

豔禪

彥卿名復，吳門人。

何芷香一種

梨花夢

芷香名珮珠，天都女史。

吳蘋香一種

飲酒讀騷

蘋香，錢塘女史。葛慶曾云：『此吾杭女士吳蘋香自製曲。女士少工詩，旣喜作詞，清微婉妙，慧心獨出，茲以侘傺懊咿之情，發之於歌，而不自知其涕之何從也。女史名藻，著有花簾詞行世。

方外畸人擬鷓鴣天彈詞一種

相思鏡

無名氏

香山宦跡　天寶燈遊　盤絲洞

快樂吟　紅玉簪　門嬋娟

梅妃怨　靈泉介祉

右八種俱寫本。

附燕京本無名氏花部劇目四十五種

金陵許苞云：『弋陽梆子秧腔，事不皆有其微，人不盡屬可考，有時以鄙俚俗情，入當場科白，一上氍毹，卽堪捧腹，如詩中之變，史中之逸，聊助詼諧。』

馬騙三縫皮　鄭恩打熊一名打獾猪。　張三李四推戲

思凡羅漢　打磨串戲　胡老兒看燈

楊七郎引路
揚州阿二拾珠
鬧廟
拐店
邱旺告判
過關
張麗容探府
馬乜退婚
假崔照離辨
北餞非西遊曲。
胖姑兒非西遊曲
十字坡落店
孫秀雲擂臺
武大郎搬家一作搬場拐妻，西秦腔。
張堂搶親
牛皋水戰
古城非古本。
武松奪快活林
薛永賣拳
水擒盧俊義
送親
過莊
雙配
沈不清麪缸
鬧店
盜韓
胡媽媽探親
趙大朋觀榜
增壽
尹老求親
秦公子鬧學
拜門
香蓮對舌
尉遲認子非元人本。
對拳偷雞
花鼓
烤火
賣餑餑
縫搭膊
三英記
打門吃醋
滚樓
王大孃補缸
弔孝

賣胭脂
龍蛇鎮
背娃子
思春
樊梨花送枕
拐磨
葫蘆架
打盞飯
雪擁藍關梆子。
淤泥河
花大漢別妻
斬貂
落店偷雞
三休樊梨花
砍柴

王婆罵雞
小寡婦上墳
打竈王
金蓮蒲桃架
擂臺訂姻
大鬧銷金帳
雙麒麟烤火以下，燕蘭小譜。
廣舉
楊七郎陰送乱彈。
上街連廂
梅龍戲鳳
借韡
清風亭赶子
宮門掛帶
大審玉堂春

鎖雲囊
浪子踢毬
別妻
吉星臺
打櫻桃
桂花亭
關王廟
毛把總上任以上揚州畫舫錄。
小妹子
借妻回門
何文秀私行算命
擋馬
請師斬妖以上錢氏曲選。
秦瓊表功

今樂考證

著錄五

金元院本

董解元一種

絃索西廂

陶宗儀云：『董解元西廂，作於金元宗時，世代未遠，尚罕傳者，何況今曲之冗。』

梁子章云：『董解元西廂今傳者爲楊升庵定本，繪象則唐伯虎筆，刻極工緻。石華最賞其「愁何似，似一川煙草黃梅雨」二語，謂「是南唐人絕妙好詞」，可謂擬於其倫。其後王實甫所作，蓋探源於此，然未免瑕瑜不揜，不如王實甫之玉璧完全也。石華手錄佳者十餘調，附刻所定西廂記後，較元本詞字略有增損，如「燈兒一點被風吹滅」，元作「甫能吹滅」；又「披衣獨步冷清清，看那斷橋月色」，元作「披衣獨步在月明中，凝睛看天色」；又「待趕上個夢兒，睡也再睡不着」，元作「媚媚的不乾，抑也抑得着」。所改特有神韵，黿白邵子言學博亦亟稱之。」

高則誠一種

琵琶

徐文長渭云：『永嘉高經歷明，避亂四明櫟社，惜伯喈之謗，乃作琵琶記雪之，用清麗之詞，一洗古作者之陋，於是村坊小伎，進與古作者相參，卓乎不可及也。相傳則誠坐臥一小樓，三年而後成。其足按拍處，板皆爲穿。嘗夜坐自歌，二燭忽合而爲一，交輝久之乃解。好事者以其妙感鬼神，爲搆瑞光樓旌之。我高皇帝卽位，聞其名，使使徵之。則誠佯狂不出，高皇不復強。亡何，卒。時有以琵琶記進呈者，高皇笑曰：「四書、五經，布、帛、菽、粟也，家家皆有；高明琵琶記，如山珍、海錯，富貴家不可無。」既而曰：「惜哉，以宮錦而製鞵也！」由是日令優人進演。尋患其不可入絃索，命教坊奉鑾史忠計之。色長劉杲者，遂撰腔以獻。南曲北調，可於箏琶被之，然終柔緩散戾，不若北之鏗鏘入耳也。』

又云：『或以則誠「也不尋宮數調」句爲不知律，非也，此正見高公之識。夫南曲本市里之談，卽如今吳下山歌，北方山坡羊，何處求取宮調？必欲宮調，則當取宋之絕妙詞選，逐一按出宮商，乃是高見。彼旣不能，盍亦姑妄於淺近。大家胡說可也，奚南九宮爲？』

又云：『或言：琵琶記高處在慶壽、成婚、彈琴、賞月諸大套，此猶有規模可尋。惟食糠、嘗藥、築墳、寫眞諸作，從人心流出。嚴滄波言：「水中之月，空中之影，最不可到。」如十八答，句句是常言俗語，扭作曲子，點鐵成金，信是妙手。』

王伯良云：『琵琶遣意嘔心，造語刺骨，似非以漫得之者，顧多蕪語、累字，何耶？』又云：『琵琶工處甚多，然時有語病。如第二折引「風雲太平日」，第三折引「春事已無有」，三十一折引「也只爲我門楣」，皆不成語。又蔡別後，趙氏寂寥可想矣，而曰「翠減祥鸞羅幌，香消寶鴨金爐，楚館雲閒，秦樓月冷」，後又曰「寶瑟塵埋，錦被羞鋪，寂寞瓊牕，蕭條朱戶」等語，皆過富貴，非趙所宜。二十六折駐馬聽「書寄鄉關」二曲，皆本色。「悟中着啼痕，緘處翠綃斑」二語，及「銀鉤飛動綵雲箋」之語，皆不搭色，不得爲之護短。至後八折，眞傖父語。或以爲朱敎諭所續，頭巾之筆，當不誣也。』

又云：『弇州謂琵琶「長空萬里」完麗而多蹈襲，似誠有之。元朗謂其無蒜酪氣，如王公大人之席，駝峯、熊掌，肥腯盈前，而無蔬、笋、蜆、蛤，遂欠風味。余謂：使盡廢駝峯、熊掌，抑可以羞王公大人耶？此亦一偏之說也。』

沈景倩云：『蔡中郎贅入牛府一事，知賢者受冤；但其被誣之故，始終未明。或以爲牛思黯之女，或以爲鄧生事附會，如王弇州、胡元瑞輩，皆有說甚辨，而實未必然。又傳聞元人實有是事，蓋不花丞相逼狀元入贅，作此以譏之，因元人語以牛、馬爲「不花」也。此說似近理。但予觀陸務觀詩云：「斜陽古道柳家莊，負鼓盲翁正作場。死後是非誰管得？滿村聽唱蔡中郎。」則伯喈受謗，在宋時已不能雪，不始於高則誠造口業也。弇州諸公辨證，徒詞費耳。陸詩有云劉後邨作者，誤。』

黃溥言云：『元末永嘉高明字則誠，登至正四年進士，歷任慶元路推官。文行之名重於時。見方國珍來據慶元，避世於鄞之櫟社，以詞曲自娛。因劉後村有「死後是非誰管得，滿村聽唱蔡中郎」之句，因作琵琶記，用雪蔡伯喈之恥。其曲調拔萃前人。』

周亮工云：『虎林昭慶寺僧舍中有高則誠爲中郎傳奇時几案，當按拍處，痕深寸許。則誠名明，永嘉平陽人，旅寓虎林之崇儒里。博學洽聞。仕元終福建行省都事。弟誠字則明，亦有文名。以琵琶記進上，屬後人附會之語。則誠之詞誠工，恐未敢以此等書上進也。予又見續文獻通考以琵琶記、水滸傳列之經籍志中，雖稗官小說，古人不廢，然羅列不倫，何以垂遠！』

董含云：『後漢書注曰：「蔡邕父名稜，字伯直。」周氏書影云：「邕早喪二親，年踰三十，叔父撫之，猶若童稚。」此邕喪父母久矣。高氏傳奇何不杜撰姓名，乃一無影響，厚誣古人，殊不可解。按周達觀雜說云：「唐牛相國僧孺有子名繁，與鄉人蔡生同舉進士，才蔡生，欲

有女弟，子能婚，當相爲展力，寧一第耶。」時皦已娶李氏矣，顧私利其言，許之。既登第，
者，恐說郛所載不實。太平廣記引玉泉子云：『鄧敞初以孤寒不第，牛僧孺子蔚謂曰：「吾
而顧誣衊賢者耶！（案：前條董含之說，本此。）」莊岳委談云：「僧孺二子，曰蔚，曰叢，無所謂繁
後牛氏與趙處，能卑順自將。蔡官至節度副使。其姓氏相同一至於此，則誠何不直舉其人，
孺之子繁，與蔡生文字交，尋同舉進士，才蔡生，欲以女弟適之。蔡已有妻趙矣，力辭不得。
王弇州藝苑卮言云：「高則誠欲譏當時一士夫，而托名蔡邕。據說郛載唐人小說，云牛相國僧
（案：日札此說，本大圖求闕。）高皇微時，嘗賞此戲。登極，捕王四置之極刑。（案：此說本有異細錄。）」
四王字爲王四云耳；元人呼牛爲『不花』，故謂之牛太師；而伯喈曾附董卓，乃以之托名也。
而贅於太師百花家；（案：「百花」當作「不花」。）則誠悔之，因借此記以諷。名『琵琶』者，取其
翟灝云：『留青日札曰：「時有王四者，能詞曲，則誠與之友善，勸之仕，登第後，即棄其妻
寒山、桓歡、先天混用，固已牽強；乃更濫入閉口之廉纖，白璧之瑕，遂成千秋遺憾。』
黃振云：『琵琶爲南曲之祖，然用韻太雜：支思、齊微通用，音調已是不協；乃更闌入魚模、
梁子章云：『臧晉叔以琵琶梁州序、念奴嬌序二曲不類永嘉口吻，意謂後人竄入。』
用此事，乃必以邕之名實之，可怪也。』
以女弟適之。蔡已有妻趙氏，力辭不得，遂成婚。氏與趙相得甚懽。蔡後至節度使。」則誠借

就牛氏親。不日，挈牛氏歸，李氏撫膺大哭。牛知其賣己也，請見，曰：「吾父爲宰相，豈無一嫁處耶？其不幸豈惟夫人？今願一與共之。」李感其言，卒同處終身。』乃知則誠所本者，廣記也。按：蔡邕父名稜，字伯直，見後漢書注。其母袁氏，曜卿姑也，見博物志。琵琶記作蔡從簡、秦氏，其故爲謬悠歟？抑未考歟？」

梁兆壬云：『琵琶相傳爲刺王四作。駕部許周生先生宗彥嘗謂余云：「此指蔡卞事也。蔡棄妻而娶荆公之女，故人作此譏之。其曰牛相者，謂介甫之性如牛也。」余曰：「若然，則元人紀宋事，斥言之可耳，何必借影中郎耶？」先生曰：「放翁詩云：『身後是非誰管得，滿城聽唱蔡中郎』，據此則斯劇本起於宋時，或東嘉潤色之耳。」然則宋之琵琶記，爲刺蔡卞，元之琵琶記爲指王四，兩說並存可也。』

案：傳奇家託名寄志，其爲子虛烏有者，十之七八。千載而下，誰不知有蔡中郎者？諸家紛紛之辨，直癡人說夢耳。姑就所見者次錄之，以供流覽，不必定其爲孰是孰非，徒貽沈氏云云所誚耳。然其論文數條，却確有可取。

施君美一種

拜月即幽閨。

鍾嗣成云：『君美名惠。杭州人，居吳山城隍廟前，以坐賈爲業。公巨目美髯，好談笑。余嘗與趙君卿、陳彥實、顏君常至其家，每承接款，多有高論。詩酒之暇，惟以塡詞和曲爲事，有古今砌語，亦成一集。一云君美姓沈。』

王伯良云：『拜月語似草草，然時露機趣；以望琵琶，尙隔一塵，元朗以爲勝之，亦非公論。』

又云：『世傳拜月爲施君美作，然錄鬼簿及太和正音譜皆載在漢卿所編八十一本中，不曰君美。南戲自來無三字作目者，蓋漢卿所云拜月亭，係是北劇，或君美演作南戲，遂仍其名不更易耳。』

又云：『南戲曲從來每人各唱一隻。自拜月以兩三人合唱，而詞隱諸戲遂多用此格，畢竟是變體，偶一爲之可耳。』

又云：『作南曲者，如高，如施，平仄聲韻往往離錯。作法於涼，馴至今日，蕩然無復底止，則兩君不得辭作俑之罪。眞有幸有不幸也。』

沈景倩云：『何元朗謂拜月亭勝琵琶記，而王弇州力爭，以爲不然，此是王見識未到處。琵琶無論襲舊太多，與西廂同病，且其曲無一句可入絃索者；拜月則字字穩帖，與彈搊膠粘，蓋南詞全本可上絃索者惟此耳。至於走雨、錯認、拜月諸折，俱問答往來，不用賓白，固爲高手；卽旦兒「髻雲堆」小曲，模擬閨秀嬌憨，情態活托逼眞，琵琶咽糠、描眞亦佳，終不及也。向曾與王房仲談此曲，渠亦謂乃翁持論未確，且云：「不特別詞之佳，卽如聶古、陀滿爭遷都，俱是兩人胸臆見解，絕無奏疏套子，亦非今人所解。」余深服其言。若西廂，才華富贍，北詞大本未有能繼之者，終是肉勝於骨，所以讓拜月一頭地。元人以鄭、馬、關、白爲四大家而不及王實甫，有以也。拜月亭後小半已爲俗工刪改，非復舊本矣。今細閱「拜新月」以後，無一詞可入選者，便知此語非謬。』

又云：『往年癸巳，吳中諸公子習武，爲江南撫臣朱鑑塘所訐，謂諸公子且反，以其贈客詩云「君實有心追季布，蓬門無計托朱家」爲謀反確證。給事中趙完璧因據以上聞。時三相皆吳、越人，恐上遂信爲眞，急疏請行撫按會勘虛實。會朱已去任，有代爲解者曰：「此拜月亭曲中陀滿興福投蔣世隆，蔣因有此句答贈，非創作者。」因取坊間刻本證之，果然，諸公子獄始漸解。王房仲亦諸公子中一人也。今細閱新舊刻本，俱無此一聯，豈大獄興時，懼其連累，削去此二句耶？或云：「拜月初無是詩，特解紛者詭爲此說，以代聊城矢耳。」豈其然乎？』

案：曲考幽閨入明無名氏。此本本名拜月，雖云無考，多傳爲施氏作。幽閨二字，後人所易也。

柯丹邱一種

荆釵

徐文長云：『南曲固是末技，然作者未易臻其妙。琵琶尚矣，其次則玩江樓、江流兒、鶯燕爭春、荆釵、拜月諸種，稍有可觀。其餘皆俚俗語也。然有一高處：句句是本色語，無今人時文氣。』

周亮工云：『玉蓮，龜齡之女，汝權則佐龜齡劾侂胄者。龜齡傳奇，後人謂侂胄之党爲之以訾公者。然宋時安得有傳奇？或當侂胄之党有爲此語者，流傳人世，以譌傳譌，紊謬如是也。』

翟灝云：『鶴林玉露載：「王龜齡年四十七大魁天下，以書報其弟曰：『今日唱名，蒙恩賜進士及第。惜二親不見，痛不可言！嫂及聞詩、聞禮，可以此示之。』詩、禮，其二子也。」案此，則龜齡及第甚晚，已有二子，並非新娶，而其母則已沒。今之荆釵傳奇都不可檢。天錄識餘謂：「玉蓮者，王梅溪先生女。孫汝權，宋進士，與梅溪爲友，敦尚風誼。先生劾史浩八罪，汝權實慫恿之，爲史氏所最切齒，遂妄作荆釵傳奇，謬其事以衊之。」南宋餘姚許浩嘗賦荆釵百咏，蓋卽其事。」楊升庵外集謂：「潛說友乃宋安撫使，今傳奇王十朋有此人，詆以爲錢。」考潛與賈似道同時，而傳奇反以爲梅溪前輩，亦適見其謬矣。』

梁子章云：『荆釵曲、白都近自然，惟赴試折家園離情，路上自不必向朋輩喁喁敍語。且末、淨合唱「蒙囑咐，牢記取，教我成名先寄數行書」，又居然與王十朋心事關照，殊嫌着相。』

伏虎縧

據焦里堂曲考，相傳爲元人作。

破窰今本易名綵樓記。

楊愼云：『呂蒙正父龜圖多內寵，與其母劉氏不協，幷蒙正出之，頗淪躓窘乏。劉誓不嫁。及蒙正登仕，乃迎二親，同堂異室奉養之。近世傳奇髏瓜亭，亦緣此附會也。』

周亮工云：『文穆公與其母爲父所出，龍門寺利涉院僧識其爲貴人，延至寺中，爲鑿山岩爲龕居之。今所傳文穆傳奇，似影響於此。第以母事爲妻事，則大可噴飯。』

劉寄奴

卽今本所傳白兎記者。古本曰劉寄奴。

殺狗

梁子章云：『荆、劉、拜、殺，曲文俚俗不堪，殺狗記尤惡劣之甚者。以其法律尙近古，故曲譜多引之。元無名氏有殺狗勸夫劇，四折中已覺鋪敍費力，況仲爲全部，無怪其一覽無餘也。』

王伯良云：『稱戲曲曰荆、劉、拜、殺，殆優人戲單語耳。』

又云：『古曲自琵琶、香囊、連環而外，如荆釵、白兎、破窰、金印、躍鯉、牧羊、殺狗勸夫等記，其鄙俚淺近，若出一手，豈其時兵革孔亟，人士流離，皆村儒野老塗歌巷詠之作耶？

殺狗，頃吾友鬱藍生爲釐韻以飭，而整然就理矣。』

又云：『古戲如荆、劉、拜、殺等，傳之幾二三百年，至今不廢。以其時作者少人，優人戲單無此等名目，便以爲缺典，故幸而久傳。若今新戲日出，人情復厭常喜新，故不過數年即棄閣不行，此世數之變也。』

臥冰

牧羊

上五種焦氏曲考、支氏曲目並列明人無名氏，誤。今從徐文長南詞敍錄編正。

明院本

顯聖公一種

孔子周遊列國大成麒麟記

即麒麟院本。原書之標題如右。曲考入無名氏。

孟子若二種

張玉娘閨房三清鸚鵡墓貞文記

嬌紅與沈壽卿作同目異文。

蘇復之一種

金印

王雨舟一種

連環

沈鍊川三種

千金　還帶　四節

鄭若庸三種

玉玦　大節　繡襦

沈景倩云：『拜月亭之外，余最愛繡襦記；中鵝毛雪一折，皆乞兒家常口頭話，鎔鑄渾成，不見斧鑿痕跡，可與古詩孔雀東南飛、唧唧復唧唧並驅。余謂：此必元人筆，非化、治間人所能辦也。後問沈甯庵吏部，果曾於元雜劇中見之。恨其時不曾問得出自何詞。余所見鄭元和雜劇凡三本，俱無此曲。』

又云：『四節、連環、繡襦之屬，出於化、治間，稍爲時所稱。』

沈又云：『鄭山人玉玦，使事穩帖，用韻亦諧。內遊西湖一套，尤爲時所膾炙。所乏者，生動之趣耳。』

案：若庸字虛舟。

端鍪一種

扊扅與張鳳翼同目異製。

姚靜山三種

雙忠　　金丸　　精忠

邵文明一種

香囊

徐文長云：『以時文爲南曲，元末國初未有也，其弊起於香囊記。香囊乃宜興生員邵文明作，習詩經，專學杜詩，遂以二書語句勻入曲中，賓白亦是文語。又好用故事作對子，最爲害事。夫曲本取於感發人心，歌之使奴童婦女皆喻，乃爲得體；經、子之談，以之爲詩且不可，況此等耶！直以才情欠少，未免湊補成篇。吾意與其文而晦，曷若俗而鄙之易曉也！』

又云：『香囊如教坊雷大使舞，終非本色。然有一二套可取者，以其人博記，又得錢西淸、杭道卿諸子幫貼，未至瀾倒。至於效顰香囊而作者，一味孜孜汲汲，無一句非前場語，無一處無故事，無復毛髮宋元之舊。何義門云：「此謂梁伯龍，非謂湯若士。」三吳俗子，以爲文疋，翕然以教其奴婢，遂至盛行。南戲之厄，莫盛於今。」

聽濤居士云：『白兔、殺狗諸記，猥鄙俚褻，卽斤斤無一字乖調，亦非詞人口吻。若香囊、玉玦，但矜飣餖，安腔檢韻，略而弗論，又化爲鉤輈格磔之聲矣。』

曲考此本署『邵給諫作』，不知何據。

周夷玉一種

紅梅

警心錄云：『陳淳祖爲賈似道之客，守正爲諸客所疾，內人亦惡之。一日，諸姬爭寵，密竊一姬鞋藏淳祖床下，意欲並中二人也。賈入齋見之，心疑焉，夜軀此姬至齋門誘之。淳祖不答，繼以大怒，賈方知其無他，遂勘諸姬得其情，由是極契淳祖，遂有知南安軍之命。金、元院本演其事。』按：紅梅所演，與此事大反。

單槎二種

蕉帕

露綬

周螺冠一種

錦牋

李開先二種

寶劍　斷髮

沈景倩云：『章邱李中麓太常以塡詞名，與康、王俱石友，而不嫺度曲，卽如所作寶劍記，生硬不諧，且不知南曲之有入聲，自以中原音韻叶之，以致吳儂見誚。』

又云：『中麓寶劍記，指分宜父子作。』

錢謙益云：『章邱李伯華，名開先，歸田後多買歌童舞女，徵歌度曲，爲新聲小令，搊彈低唱。嘗自謂「馬東籬、張小山無以過也」。』

周亮工云：『章邱李公中麓，嘗作寶劍記，自言：「音韻勻停，遠出琵琶上。琵琶惟雁魚錦、梁州序、四朝元及甘州歌等六七闋爲可，餘皆鬆懈，更用韻差池，何至神其事曰作記時燭光遂合耶！」公所藏元人曲有百十種，如馬東籬、白仁甫諸曲，皆手自改訂付梓。又最喜張小山、喬夢符小令，嵩刻以行。』

李日華

南西廂

葉堂云：『南西廂，明李日華作。以北改南，煞費苦心，然未免有點金成石之憾。』

按：南西廂據葉氏爲李日華作。考日華字君實，見姜氏韵石齋筆談，不得屬中麓名下，或卽南詞叙錄之李景雲，俟考。

沈壽卿四種

龍泉　銀缾　三元　嬌紅與孟本異。

邱瓊山四種

五倫　投筆　舉鼎　羅囊

沈景倩云：『邱文莊淹博，本朝鮮儷，而行文拖沓，不爲後學所式；至塡詞，尤非當行，今五倫全備是其手筆，亦俚淺甚矣。初與王端毅同朝，王謂「理學大儒，不宜留心詞曲」，邱大恨之。因南太宰王㑺爲端毅作王大司馬生傳，稱許太過，遂云：「若有豪傑駁之，禍且不測。」又端毅所刻疏稿，凡成化間留中之疏，俱書不報，邱又謂王「故彰先帝拒諫之失。」御醫劉文泰得邱語，因挾仇特疏，而王遂去位——所以報五倫之怨。五倫記至今行人間，眞所謂不幸而傳矣。又聞邱少年作鍾情麗集，以寄身之桑、濮奇遇，爲時所薄，故又作五倫以掩之，未知果否。但麗集亦學究腐談，無一俊語，卽不掩亦可。』

陸采五種

明珠　南西廂　懷香　椒觴

分鞋

王伯良云：『明珠記本唐人小說，事極典麗，第曲白類多蕪蔓。僅「良宵杳」一套，不特詞句婉俏，而轉折亦委曲可念。弇州所謂「其兄浚明給事助之者」耶？然引曲用調名，殊不佳；尾聲及後黄鶯兒二曲俱俚率不稱，若出兩手，何耶？』

沈景倩云：『嘉靖間陸天池名采者，吳中陸貞山黄門之弟也，所撰有王仙客明珠記、韓壽偸香記、陳同甫椒觴記、程德遠分鞋記諸劇，今惟明珠盛行。』

梁子章云：『集牌名成曲，最難自然。明珠記煎茶折長相思云：「念奴嬌，歸國遙，爲憶王孫心轉焦，楚江秋色饒。月兒高，燭影搖，爲憶秦娥夢轉迢，漢宮春信消。」運用自然情致。春蕪記阻遇折偶一爲之，頗覺新異。至鳴鳳之狀子、精忠之頌，皆集曲名而成，然支離牽扯，不足數矣。』

又云：『明珠別母折老旦曲云：「正憶情人在網籠，又傷嬌女去飄蓬。」情人二字，施之白頭兩老，稱謂甚怪。作曲者偶然失檢，便予人可擬，可見此道，一字不容苟下也。』

又云：『懷香記佳會折，全落西廂窠臼，而解袍歡、山桃紅數曲，在旁眼偸窺，寫得歡情如許，十分美滿，較十二紅正晉靑出於藍而過於藍。余嘗謂「小姐多丰采，君瑞濟川才」爲元曲中之最庸惡陋劣者，緣落想便俗故也。』（案：「小姐」二句，乃李氏南西廂中句，非元曲中句也。梁氏之言誤。）

案：采字天池。一本字天奇。

陸采，吳縣人，都元敬太僕穆之婿，號天池山人。年十九，卽撰王仙客無雙傳奇。甌山金忠淳云。

又案：湯玉茗西廂骰譜，如『美恩情團員到底』、『雲霄萬里吐虹霓』、『五雲擁出六龍輦』、『惹狂蜂浪蝶舞翅翩躚』、『巉嶺崇山半吞雲氣』、『雙蛾蹙損春愁重』等句下署李日華；『雙頭好花生扯做片片光』、『照空濛五色間秋波兩點注靈霄何日是完期』、『穩湊合丹山鳳勾引鶯花月』等句下署陸天池，可證南西廂有二本也。日華之南西廂，曲考失載。今世所行演者爲李本。

又案：分鞋記，一本署『湼川居士作』。

孫禹錫一種

琴心

梁子章云：『琴心記榮返折紅衲襖曲「捕魚翁錯認酒家敲」，又「怎許詩人帶月敲」，一曲兩用「敲」韻。明珠記禁怨折一曲兩用「怨」韻，荆釵堂試折亦一曲兩用「錢」韻。』

渾然子一種

錦囊

貞羣案：渾然子爲明張鶴樓翀，見明史九十八列傳。翀字子儀，馬平人，嘉靖癸丑進士。授刑部主事，以劾嚴嵩下詔獄。官至刑部右侍郎。有渾然子十八篇，刻入寶顏堂秘笈。

又案：明史有兩張翀，一在列傳第八十，字習之，潼川人，與此異。

更生氏一種

雙紅

案：雙紅有兩本。其一本無名氏作，列後。

葉良表一種

管鮑分金記

祝世祿云：『葉氏管鮑分金記，典而覈，婉而切，順而正。』

魏浣初一種

八黑誅妖寶劍記

案：浣初字仲雪，上虞人。此本乃其取古曲校正者。

戴子普二種

青蓮　韎鞨

案：曲考、曲目俱作『青連』，誤。

高濂二種

節孝　玉簪

古今女史載：『宋女貞觀陳妙常尼年二十餘，姿色出羣，詩文俊雅，工音律。張于湖授臨江令，宿女貞觀，見妙常，以詞調之，妙常亦以詞拒。詞載名媛璣囊。後與于湖故人潘法成私通情洽，潘密告于湖，以計斷爲夫婦。卽俗傳玉簪記是也。」

濂，錢塘人。

程文修二種

玉香　望雲

文修，仁和人。

沈鯨四種

雙珠　鮫綃　靑瑣　分鞋

梁子章云：「雙珠記通部細針密縷，其穿穴照應處，如天衣無縫，具見巧思；惟每人開口，多用駢白，頭面雷同，且中有未盡合口吻，乃爲美玉之玷。」

汪錂一種

春蕪

胡仝庵三種

奇貨　犀珮　三晉

仝庵，杭州人。

今樂考證

著錄六

明院本

沈璟十七種

桃符	義俠	埋劍	分柑
十孝	分錢	結髮	珠串
雙魚	博笑	四異	墜釵
合衫	奇節	鴛衾	鑿井
紅蕖			

王伯良云：『松陵詞隱沈甯菴先生，諱璟，其於曲學法律甚精，汎瀾極博。斤斤返古，力障

狂瀾，中興之功，良不可沒。先生能詩，工行草書。弱冠魁南宮，風標白皙如畫。仕由吏部郎轉丞光祿，值有忌者，遂屏跡郊居。放情詞曲，精心考索者垂三十年。雅善歌，與同里顧學憲道行先生並蓄聲伎，爲香山、洛社之游。所著詞曲甚富，有紅蕖等十七記，散曲曰情癡寱語、曰詞隱新詞二卷，取元人詞易爲南調，曰曲海青冰二卷。紅蕖蔚多藻語，雙魚而後，專尚本色，蓋詞林之哲匠，後學之師模也。又嘗增定南曲全譜二十一卷，別輯南詞韻選十九卷，又有論詞六則、唱曲當知、正吳編及考定琵琶記等書，半以盛行於世。』

又云：『詞隱傳奇，要當以紅蕖爲首。其餘諸作，出之頗易，未免庸率。然嘗與余言，歉以紅蕖爲非本色，殊不其然。生平於聲韻宮調，言之甚毖，顧於己作，更韵、更調，每折而是，良多自恕，殆不可曉耳。』

又云：『臨川之於吳江，故自冰炭。吳江守法，斤斤三尺，不欲令一字乖律，而毫鋒殊拙；臨川尚趣，直是橫行，組織之工，幾與天孫爭巧，而屈曲聱牙，多令歌者咋舌。吳江嘗謂：「甯協律而不工，讀之不成句，而謳之始協，是爲中之之巧。」曾爲臨川改易還魂字句之不協者，呂吏部玉繩以致臨川，臨川不懌，復書吏部曰：「彼惡知曲意哉！予意所至，不妨拗折天下人嗓子。」其志趣不同如此。鬱藍生謂：「臨川近狂、而吳江近狷，信然哉！」』

又云：『詞隱所著散曲情癡寱語及詞隱新詞各一卷，大都法勝於詞。曲海青冰二卷，易北爲南，用工良苦。前二種，呂勤之已爲刻行；後一種，勤之旣逝，不知流落何處，惜哉！』

又云：『詞隱墜釵記，蓋因牡丹亭記而興起者，中轉折儘佳，特何興娘鬼魂別後，更不一見，至末折忽以成仙會合，似缺鍼線。予嘗因鬱藍之請，爲補又二十七齣二舅指點修煉一折，始覺完全，今金陵本已補刻。』

沈景倩云：『沈甯庵吏部恪守詞家三尺，如庚青、眞文、桓歡、寒山、先天諸韵，最易互用者，斤斤力持，不少假借，可稱度曲申、韓，然詞之堪入選者殊尠。』

又云：『沈寧庵自號詞隱生。按：北宋万俟雅言在徽宗朝直大晟府，亦自稱「詞隱」，豈偶合耶？抑慕而效之也？』

又云：『年來俚儒之稍通音律者，伶人之稍習文墨者，動輒編一傳奇，自謂乃沈吏部九宮正音之秘，然悠謬粗淺，登場聞之，穢溢廣座，亦傳奇之一厄也。』

又云：『詞隱生所作至三十餘種，其盛行者惟義俠、桃符、紅蕖之屬。沈工韵、譜，每製曲，必遵中原音韵太和正音諸書，欲與金、元名家爭長。』

案：曲考曲目，埋劍作『理劍』，分柑作『分相』，均誤。又紅蕖或作『紅渠』，倘可通。

湯顯祖五種

邯鄲　　南柯　　還魂即牡丹亭。　　紫釵

紫簫

王思任曰：『邯鄲，仙也；南柯，佛也；紫釵，俠也；牡丹亭，情也。往見吾鄉文長批牡丹亭，卷首曰：「此牛有萬夫之稟。」雖爲妬語，大覺頫心。而若士曾語盧氏李恆嶠云：「四聲猿乃詞壇飛將，輒爲之唱演數遍，安得生致文長自拔其舌。」其相引重如此。』

王伯良曰：『臨川湯奉常之曲，當置「法」字無論，盡是案頭異書。所作五傳，紫簫、紫釵第修藻豔，語多瑣屑，不成篇章；還魂妙處種種，奇麗動人，然無奈腐木敗草，時時纏繞筆端；至南柯、邯鄲二記，則漸削蕪纇，俛就矩度，布格既新，遣辭復俊，其掇拾本色，參錯麗語，境往神來，巧湊妙合，又視元人別一蹊逕，技出天縱，匪由人造。使其約束和鸞，稍閑聲律，汰其賸字累語，規之全瑜，可令前無作者，後鮮來喆，二百年來，一人而已。』

又云：『近於南詞得二人：曰徐天池先生——瑰瑋濃鬱，超邁絕塵。木蘭、崇嘏二作，刳腸嘔心，可泣神鬼。惜不多作！曰臨川湯若士——婉麗妖冶，語動刺骨，獨字句平仄，多逸三尺，然其妙處，往往非詞人工力所及。惜不見散套耳！』

又云：『臧晉叔謂「臨川南曲絕無才情」，夫臨川所詘者法耳，若才情正是其勝場，此言亦非公論。』

又云：『世所謂才士之曲，如王弇州、汪南溟、屠赤水輩，皆非當行。而海若稱射鵰手，而音律復不諧。曲豈易事哉！』

沈景倩云：湯義仍牡丹亭夢一出，家傳戶誦，幾令西廂減價；奈不諳曲譜，用韻多任意處，乃才情自足不朽也。』

又云：『湯義仍之紫簫，指當時秉國首揆，纔成其半，即爲人所議，因改爲紫釵。』

又云：『頃黃貞甫汝亨以進賢令內召還，貽義仍新作牡丹亭記，眞是一種奇文，未知於王實甫、施君美如何，恐斷非近日諸賢所辦也。』

愚谷老人云：『湯若士先生作四夢，最後作牡丹亭，稱今古絕唱。然於字句間，其增減處未諧於譜，時伶難之，遂有起而刪改之者，臨川乃與「不是王維舊雪圖」之嘆。』

周亮工云：『湯義仍牡丹亭劇初出，一前輩勸之曰：「以子之才，何不講學？」義仍應聲曰：「我固未嘗不講也。公所講，性；我所講，情。」』

徐釚云：『湯若士詞曲小令擅絕一世。所撰牡丹亭記，西廂並傳，嘗醉後自題云：「玉茗堂開春翠屏，新詞傳唱牡丹亭，傷心拍遍無人會，自掐檀痕教小伶。」興致可想見也。』

馮家楨云：『湯若士善南，徐青籐善北。』

翟灝云：『李泌枕中記：開元十九年，道者呂翁於邯鄲邸舍中度盧生。按：此呂翁，非洞賓也。洞賓生貞元十四年，舉咸通進士，翁則開元時已度人矣。元馬致遠黃粱夢劇，謂洞賓遇鍾離先生終南肆中，鍾離自執炊，呂枕案假寐，夢見一生榮貴如意，最後失勢流落，浩嘆而寤，鍾離炊尚未熟。此卽影襲盧生事。雜劇例多張冠李戴，不必疑其事之巧符也。湯若士以世多熟夢邯鄲，復演盧生付伶人歌之。』

梁子章云：『湯若士邯鄲夢末折合仙，俗呼「八仙度盧」，爲一部之總匯，排場大有可觀，而不知實從元曲學步，一經指摘，則數見不鮮矣。』案：謂岳陽樓、城南柳、鐵拐李、竹葉舟諸劇。

又云：『玉茗四夢，牡丹亭最佳，邯鄲次之，南柯又次之，紫釵則強弩之末耳。』

又云：『南柯情著一折，以法華普門品入曲，毫無勉强，毫無遺漏，可稱傑構。末折絕好收束，排場處復盡情極態，全曲當以此爲冠冕也。牡丹亭對宋人說大明律，春燕記楚國王二竟有「又不怕府縣三司作」之句，作者故爲此不通語，駭人聞聽；然插科打諢，正自有趣，可以令人捧腹，不妨略一見之。至若元人雜劇，凡駕唱多自稱廟謚，如漢某帝、唐某宗之類，眞堪噴飯矣。紫釵記最得手處在觀燈時卽出黃衫客，下文劍合不自覺突，而中借馬折避却不出，便有草蛇灰線之妙。稍可議者：旣有門楣絮別矣，接下折柳陽關，便多重叠，且墮惡套；而款檄折兩使臣皆不上場，亦屬草率。』

卜世臣二種

案：紫簫記玉茗自製西江月詞，謂此記係紅泉舊本，取而改訂之者。紅泉不知何許人。

乞麾　　多青

王伯良云：『自詞隱作詞譜，而海內斐然向風。衣缽相承，尺尺寸寸守其矩矱者二人：曰吾越鬱藍生，曰檇李大荒逋客。鬱藍神劍、二媱等記，並其科段轉折似之；而大荒乞麾，至終帙不用去上疊字，然其境益苦而不甘矣。』

又云：『冬青一事，係吾家王修竹監簿，以故宋戚畹，不勝痛憤，捐重貲，命家客唐、林二君爲之。而己諱其事，世遂泯泯不白，然見他書可考。大荒逋客嘗一爲冬青記，然亦泥舊聞。余擬另爲一傳，署曰「義陵」，以洗發先烈。倘爾缺，他日終當酬此願耳。』

案：世臣字藍水。

呂天成十種

神女　　金合　　戒珠　　神鏡

三星　　雙栖　　四相　　四元

二媱　　神劍

王伯良云：『同舍有呂公子勤之，曰鬱藍生者，從髫年便解謳談，如神女等劇，迨小劇，共二三十種。惜玉樹早摧，齋志未竟。』

又云：『勤之別號棘津，餘姚人，太傅文安公曾孫，吏部姜山公子；而吏部太夫人孫，則大司馬月峯公姊氏，於比部孫世行稱表伯父，其於詞學，故有淵源。勤之童年便有聲律之嗜。旣爲諸生，有名，兼工古文詞。孫太夫人好儲，於古今劇戲，靡不購存，故勤之汎瀾極博。所著傳奇，始工綺麗，才藻煜然；後最服膺詞隱，改轍從之，稍流質易，然宮調、字句、平仄，兢兢毖眘，不少假借。詞隱生平著述，悉授勤之，並爲刻播。予所恃爲詞學麗澤者，詞隱先生、孫大司馬、比部俟居及勤之，而勤之尤密邇旦夕。』

案：曲考、曲目載鬱藍生作，祇神鏡一種，均誤天成爲『大成』。

月榭主人一種

釵釧

朱期一種

玉丸

期，上虞人。

李玉田一種

玉鐲

楊之烱一種

玉杵

之炯，餘姚人。

葉憲祖五種

金鎖　玉麟　四豔　雙卿

鸞鎞

信州鄭仲夔胄師氏冷賞云：『余雋區中品傳奇者詳矣。近始獲覩鸞鎞本，其傳事巧，遣詞俊。至春闈分韵、替人作妾，與考試之以馬命題，尤爲篇中奇絕。斯亦張伯起之流亞也。』

王伯良云：『姚江葉美度進士，工雋摹古，撰玉麟傳奇五種，以及諸雜共十餘種。』

案：沈氏南詞新譜以金鎖爲袁令昭作，當誤。或另是一種。

張鳳翼七種

紅拂　虎符　竊符　扊扅與埔鳌作同目異詞。

祝髮　灌園　平播

沈景倩云：『張伯起少年作紅拂記，演習之者徧國中。後以丙戌上太夫壽，作祝髮記，則母已八旬，而身亦耳順矣。其繼之者，則有竊符、灌園、扊扅、虎符，共刻函爲陽春六集，盛傳於世。可以止矣。暮年值播事奏功，大將楚人李應祥者求作傳奇以侈其勳，潤筆稍溢，不免過於張大，似多此一段蛇足。其曲今亦不行。』

又云：『伯起以意用韵，便俗唱而已。余每問之，答云：「子見高則誠琵琶記否？余用此例，奈何訝之？」』

梁辰魚 一種

浣紗

沈景倩云：『崑山梁伯龍辰魚，亦稱詞家，有盛名。所作浣紗記，至傳海外。然止此，不復續筆。其大套、小令，則有江東白苧之刻，尚有傳之者。浣紗記初出時，梁遊青浦，屠緯眞爲令，以上客禮之，卽命優人演其新劇爲壽。每遇佳句，輒浮大白酬之，梁亦豪飲自快。演至出獵，有所謂「擺開、擺開」者，屠厲聲曰：「此惡語，當受罰！」蓋已預儲洿水，以酒海灌三大盂，梁氣索，強盡之，大吐委頓。次日，不別竟去。屠每言及，必大笑，以爲得意事。

又云：『梁伯龍、張伯起俱吳人，所作盛行於世者，若以中原音韵律之，俱門外漢也。』

曹爾堪云：『吳中前輩如張伯起改定紅拂，梁伯龍重編吳越春秋，未嘗不膾炙騷壇，然其所塡詞，淺易流便，大都在里優酒旗歌扇之間耳。』

錢謙益云：『崑有魏良輔者，造曲律。世所謂「崑腔」者，自良輔始。而梁伯龍獨得其傳，著浣紗傳奇，梨園子弟喜歌之。梁亦崑山人。潘景升詩曰：「白苧尚能翻魏譜，紅牙原是按梁詞。」指二人言也。』

梁子章云：『浣紗記第十三折之虞美人，第十五折之浪淘沙引，皆竊古人名詞，改易數字，雖與本曲情節相同，按之原詞，究多勉强。其十三折繫囚石室，以間一曲爲一日，關目尤欠分明也。』

顧大典三種

葛衣　義乳　青衫

王伯良云：『顧道行先生美風儀，登第甚少。曾一就教吳越。以閩中督學使者棄官歸田。工書畫，侈姬侍畫，有顧曲之嗜。所畜家樂，皆自教之。所著有青衫、葛衣、義乳三記，略尙標韵，第傷文弱。余嘗一訪先生園亭，先生論詞，亦傾倒弗輟。晚年無疾，爲人作一書與郡公，投筆而逝，亦一奇也。』

徐釚云：『顧道行名大典，吳江人，字衡宇，家居擅園亭池館之勝；揮毫染翰，風華掩映；撰青衫、葛衣諸劇，梨園弟子多歌之。』

案：曲考、曲目以大典作『大輿』，誤。又有風教編一種，爲道行散套曲。南詞新譜嘗采之，而曲考諸書並列院本目中；且風教爲『風聲』，亦誤。

梅鼎祚一種

玉合

王伯良云：『宣城梅禹金摛華掞藻，斐亹有致。』

沈景倩云：『禹金玉合記，最爲時所尚，然賓白盡用駢語，餖飣太繁，其曲半使故事及陳語，正如設色枯髏、粉捏化生，欲博人寵愛，難矣。』

按：曲考、曲目俱誤玉合爲『玉石』。

四夢

龍膺一種

藍橋

車任遠二種

彈鋏

黃伯羽一種

蛟虎

李鳴雷一種

清風亭

鳴雷，天台人。

謝讜一種

四喜

王伯良云：『謝泰興海門之四喜，可入逸品。』案：讓，上虞人。

汪廷訥十種

種玉　獅吼　天書　長生

同昇　三祝　高士　二閣

投桃　青梅

翟灝云：『蘇詩：「龍邱居士亦可憐，談空說有夜不眠。忽聞河東師子吼，拄杖落手心茫然。」次公注云：「龍邱居士，指言陳季常也。季常妻柳氏，最悍妒，每季常設客有聲伎，柳氏則以杖擊照壁大呼，客至爲散去，故因詩戲之。」容齋三筆：「黃魯直亦有與季常簡曰：『審柳夫人時須醫藥，今已平安否？公莫年來想漸求清淨之樂，姬媵無新進矣，柳夫人比何所念以致疾耶？』又一帖云：『承諭老境情味，法當如是。河東夫人亦能哀憐老大，一任不放解事耶？』」則柳氏之妒，名固彰著於外，是以二公皆言之云。今南劇般演跪池一事，未免已甚；北劇至有變羊一事，尤誕妄絕倫。案：獅吼記院本有跪池一折，亦有變羊一折。翟云北劇，或別本。然事亦有本，但不屬陳季常耳。其事見藝文類聚爲京邑士人婦，如所演之故事也。』

沈自晉四種

耆英會　翠屏山　望湖亭　一種情

案：四種爲沈伯明作，見其所著南詞新譜中。伯明一字鞠通生，詞隱先生之從子也。曲考、曲目俱列詞隱十七種之下，以爲詞隱作者，誤。

陳與郊四種

櫻桃夢　靈寶刀　麒麟罽　鸚鵡洲

麒麟罽，曲考入國朝無名氏。

以上四種，海昌陳與郊玉陽作。其所居曰任誕軒。今曲考、曲目諸書，以櫻桃夢、靈寶刀二種爲任誕先作，誤『軒』作『先』，似另爲一人。後復列鸚鵡洲一種爲陳與郊作。今據其所刻詅癡符四種本正之。麒麟罽，亦四種之一也，並爲補入。

屠隆三種

綵毫　曇花　修文

沈景倩云：『屠長卿之綵毫記，竟以李靑蓮自命，未知果愜物情否。』

又云：『甲申歲，刑部主事俞識軒顯卿論劾禮部主事屠長卿隆，得旨，兩人俱革職爲民。俞松江之上海人，爲孝廉時，適屠令靑浦，以事干謁之，屠不聽，且加侮慢，俞心恨甚。至是，具疏指屠淫縱，且云與西甯侯宋世恩夫人有私，並及屠帷薄，至云「日中爲市，交易而退」。

又有「翠館侯門，青樓郎署」諸媟語。上覽之，大怒，遂並斥之。屠自邑令內召甫年餘，俞第後授官祇數月耳，睚眦之忿，兩人俱敗，終身不復振。人亦有惜屠之才，然終不以登啓事也。西甯夫人有才色，工音律。屠亦能新聲，頗以自炫，每劇場，輒闌入羣優中作技。夫人從簾箔見之，或勞以香茗，因以外傳。至於通家往還，亦有之，何至如俞疏云云也。近年屠作曇花記，忽以木清泰爲主，嘗怪其無謂。一日遇屠於武林，命其家僮演此曲，指揮四顧，自鳴得意。余於席間私問馮開之祭酒云：「屠年伯此記出何典故？」馮笑曰：「子不知耶？木字增一蓋，成『宋』字，清字與『西』爲對，泰即『甯』之義也。」屠晚年自恨往時孟浪，致累宋夫人被醜聲；侯方嚮用，亦因此坐廢。此懺悔文也。」時虞德園吏部在坐，亦聞之，笑曰：「故不如予所作曇花記序云『此乃大雅目連傳，免涉閨閣葛藤』語，差爲得之。」余應曰：「此乃着色西遊記，何必詰其眞僞！」今馮年伯沒矣。其言必有所本，恨不細叩之。』

徐𪊲云：『綵毫記塗金繢碧，求一眞語、雋語、快語、本色語，終卷不可得。』

鄭之文三種

白練裙　旗亭　勺藥

沈景倩云：『頃歲丁酉，馮開之年伯爲南祭酒，東南名士雲集金陵。時屠長卿年伯久廢，新奉恩詔復冠帶，亦寓此。公慕狹邪寇四兒名文華者，先以纏頭往，至日具袍服頭踏，呵殿而至，踞廳事南面，呼嫗出拜，令寇姬傍侍行酒，更作才語相向。六院喧傳，以爲談柄。有江右孝廉鄭豹先名之文者，素以才自命，遂作一傳奇名曰白練裙，摹寫屠憨狀曲盡。時吳下王百穀亦在留都，其少時曾眷名妓馬湘蘭名守貞者，馬年已將耳順，王則望七矣，兩人尚講衾裯之好，鄭亦串入其中，備列醜態。一時爲之紙貴。次年，李九我署南禮部，追書肆刻本，毁其板，然已傳播遠近無算矣。予後於都下遇鄭君，譽其塡詞之妙，鄭面發赤，囑予勿再告人。」

徐釚云：『吳兆字非熊，休甯人，少警敏，工傳奇、詞曲。萬歷中遊金陵，留連北里，與新城鄭應尼作白練裙雜劇，譏嘲馬湘蘭，青樓人皆指目，有樊川薄倖之名。」

余聿文一種

量江

陸弼一種

存孤

弼字無從，江都人。

王百穀一種

金德

徐元暉一種

青雀舫

沈蘇門二種

一盒相　丹晶墜

磊道人、瘤先生合作一種

撮盒圓

陳汝元二種

金蓮　紫懐

汝元，會稽人。

許潮一種

泰和

潮，靖州人。

張太和一種

紅拂與伯起同目異文。

太和，錢塘人。

錢直之一種

忠節

章大綸一種

符節

直之、大綸，俱錢塘人。

金天垢一種

呼盧

天垢，鄞縣人。一本作全無垢。

陸濟之一種

題橋

濟之，無錫人。

張午山一種

雙烈

吳世美一種

驚鴻

世美，烏程人。

顧懋仁一種

五鼎

顧懋儉一種

椒觴與陸天池同目。

湯賓陽一種

玉魚

朱春霖一種

牡丹

今樂考證

著錄七

明院本

王世貞 一種

鳴鳳

梁子章云：『鳴鳳記河套一折，膾炙人口；然白內多用駢儷之體，頗礙優伶搬演。上場純用小詞，亦新耳目；但多改用古人名作爲之，大雅所弗尙也。至爭寵一折，赤肚子不上場，只用道童答應，省却許多頭緒。在俗子必於末折作神仙示現報應，又多一番結束矣。』

徐叔回 一種

八義

翟灝云：『程嬰、屠岸賈事，始見說苑復恩篇，公孫杵臼則見新序節士篇，左傳却無一字及之也。今八義劇所演鉏麑、提彌明、靈輙三事，乃詳宣二年傳中，而晉因韓厥之言以立趙武，則在成四年傳。』

史叔考十一種

夢磊即巧雙緣。　合紗即雙緣舫。　櫻桃　鵜釵

雙鴛　彎甌　瓊花　青蟬

雙梅　檀扇　焚書　吐絨即唾紅，曲考入無名氏。

信州鄭仲夔冷賞云：『曾見唾紅記，爲「鬱金丸」事，極曲中奇幻。唾紅取名未善，余改爲「唾絨」。』

王伯良云：『叔考於十一種外，又有散曲曰齒雪餘香。』

案：曲考、曲目分夢磊、巧雙緣爲二種，誤。

王澹翁四種

雙合　金桃　紫袍　蘭佩

王伯良云：『其散曲曰欵乃編。』

又云：『吾友王澹翁好爲傳奇。予嘗謂澹翁：「若無更詩爲，第月染指一傳奇，便足持自愉

快，無異南面王樂。」澹翁曰：「何謂？」予謂：「卽若詩而青蓮、少陵，能令豔冠裳而麗粉黛者日日作渭城唱乎？」澹翁大笑鼓掌，以爲良然。一時戲語，然亦不失爲千古快談也。」

祝金粟一種

題紅與伯良改其大父本異。

王爐峯一種

題紅本名紅葉。

王伯良云：『余大父爐峯公博學高才，著述甚富，有集數十卷。往與王方湖、王眞翁兩先生齊名，鄉人士稱爲「於越三王」。少時曾草紅葉一記，都疋婉逸，翩翩有風人之致。遺命秘不令傳，今藏家塾。余弱歲臥病，先君子命稍更其語，別爲一傳，易名題紅。爲屠緯眞儀部強序入梓。然其時所窺淺近，遺聲署韵，間有出入；今輒大悔，懼人齒及。顧傳播已多，不可禁止。昨入都，一中貴爲余言：「頃業曾進御。」可發一大笑也。』

陸江樓一種

玉釵

楊柔勝一種

綠綺

柔勝，武進人。

盧鶴江一種

禁烟

鶴江，無錫人。

庚生子一種

歌風

庚生子，杭州人。

兩宜居士一種

鋸鋙

秋閣居士一種

奪解

王恆一種

合璧

鹿陽外史一種

雙環

朱鼎一種

玉鏡臺

鼎，崑山人。

吳鵬一種

金魚

鵬，宜興人。

張從懷一種

純孝

王玉峯一種

焚香

梁子章云：『焚香記寄書、拆書，關目與荆釵記大段雷同。金員外潛隨來京，孫汝權亦下第留京，一同也；賣登科人寄書，承局亦寄書，二同也；同歸寓所寫書，同調開肆中飲酒，同私開書包，同改寫休書，無不之同，當是有意勦襲而爲之。』

又云：『曲有抄襲上文，仍襲用前曲，如西廂之鎖南枝、焚香之玉交枝，皆不復增減一字。』

吳大震一種

龍劍

大震，徽州人。

楊第白二種

龍膏　　　　錦帶

案：錦帶本，一署『四德堂作』。

黄惟楫一種

龍綃

惟楫，台州人。

心一子一種

遇仙

心一子，杭州人。

顧懷琳一種

佩印

懷琳，杭州人。

張潄濱一種

分釵

漱濱，溧陽人。

趙心武一種

溉園

心武，上虞人。

鄒海門一種

覓蓮

海門，溧陽人。

汪宗姬一種

丹管

宗姬，德州人。

馮時可一種

護龍

時可，彭澤人。

沈祚一種

龍渠翁一種

懷玉，會稽人。

摘星

望雲與程文修同目異詞。　完福　寶釵　桃花

繡被　香裘　妙相　八更

金懷玉九種

合釵

邱瑞吾一種

天祐，杭州人。

狐裘　靖濤

謝天祐二種

白璧

黃廷奉一種

祚，溧陽人。

指腹

藍田

徐復祚三種

紅梨　梧桐雨　宵光劍

案：紅梨刻本署陽初子，即復祚，亦號破慳道人——一文錢劇中署名也。宵光劍本，曲考入無名氏。

翟灝云：『漢書衛青傳：「青姊子夫得入宮，有身。大長公主聞而妬之，使人捕青，欲殺之。其友騎郎公孫敖與壯士往篡之，故得不死。」敖，義渠人，後封合騎侯。今院本演此事，謂敖爲鋏力奴，未詳所出。』

葉堂云：『紅梨詞旨亦極爾雅，嫌其筆力稺弱，每一二曲後卽有捉衿露肘之態。』

太華山人一種

合劍

無心子一種

千祥

涵陽子一種

曲考入無名氏。

策杖

王光魯一種

想當然

曲考署『大名盧次楩柟作』。

周亮工云：『元人作劇，專尚規格，長短既有定數，牌名亦有次第。今人任意增加，前後互換，多則連篇，少爲數闋，古法蕩然矣。惟予門人邗江王漢恭名光魯所作想當然，猶有元人體裁，其曲分視之則小令，合視之則大套，插入賓白則成劇，離賓白亦成正曲，不似今人全賴賓白敷衍也。今托盧次楩之名以行，實出漢恭手。』

孫仁孺二種

東郭　醉鄉

梁子章云：『明曲齣目多四字，國朝多二字。惟東郭記皆用孟子語爲之，玉鏡臺則或二字，或三字、四字，參差不一，蓋變例也。』

案：二種合刻曰『白雪樓二種』，故曲考署『白雪道人作』，編入國朝院本，誤也。

又案：白雪用韻，有嘉華、簫韶、車夫、東紅、清明、何和、齊微、金音、邦陽、支時、寒間、南三、鸞端、車邪之目，惟齊微與通叶之韻目同，餘皆易字以示新也。

沈嵊三種

息宰河　綰春園　宰戍

案：嵊字孚中，一字唵庵，或稱孚中道人。今曲考、曲目入此三種於明院本，而別入一種倌春園於國朝院本，署名曰『孚中道人作』，改綰作『倌』，改嵊作『孚中道人』。綰與倌雖誤，而孚中卽嵊，亦未考耶？至宰戍記一種，曲考諸書謂卽殺狗記。殺狗係古曲，誰不知者？以爲卽殺狗，亦誤。或另是一本耳，姑存之俟考。

阮大鋮六種

雙金榜　牟尼合一名馬郎俠。　忠孝環　春燈謎一名十錯認。

燕子牋　獅子賺

梁溪夢鶴居士云：『嘗怪百子山樵所作傳奇四種，其人率皆更名易姓，不欲以眞面目示人；而春燈謎一劇，尤致意於一錯、二錯，至十錯而未已。蓋心有所歉，辭輒因之，乃知此公未嘗不知其生平之謬誤，而欲改頭易面以示悔過也。』

徐釚云：『秀水姚澣字北若，爲姚尙書思仁之孫，嘗載酒徵歌，大會復社同盟於秦淮河上，幾二千人。時阮大鋮集之塡燕子牋傳奇，盛行于白門，是日勾隊無有演此者。』

王士禛云：『宏光時，阮司馬以吳綾作朱絲闌，書燕子牋進宮中。』

周亮工云：『海鹽有優者金鳳，少以色幸於嚴東樓，東樓晝非金不食，夜非金不寢也。嚴敗，金亦衰老，食貧里中。比有所謂鳴鳳記，金復塗粉墨身扮東樓矣。近阮懷甯自爲劇，命家優演之。懷甯死，優兒散於他室。李優者，但有客命爲懷甯所撰諸劇，輒辭不能，復約其同輩勿復演。詢其故，曰：「阿翁姓字，不觸起，尚免不得人說；每一演其撰劇，座客笑罵百端，使人懊惱竟日，不如辭以不能爲善也。」此優勝金優遠矣。不知懷甯地下何以見此優。』

葉堂云：『阮圓海專以尖刻爲能。自謂學玉茗堂，其實全未窺見。笠翁惡札，從此濫觴矣。』

楊復吉云：『春燈迷末折收句曰：「認眞的請把這部傳奇仔細想。」蓋言己之附逆，不過錯認耳。因作四絕句題其後云：「窮途心事付紅牙，鬼蜮偏工舌粲花。世事何堪經幾錯，金甌撞破自君家。」「就錯曾封合算章，犬雞貝錦媚貂璫。不知悔過眞耶假，贏得金陵又破亡。」「蒼生貽誤衒邊才，誰把春燈啞謎猜？傀儡燈場淆鹿馬，南朝狎客一于鬘。」「舊事重提漫主臣，六州鑄鐵曲翻新。請公入甕桃花扇，粉墨還塗賣國人。」』

梁子章云：『燕子牋一曲，鸞交兩美，燕合雙姝，設景生情，具徵巧思。春燈謎之十錯認，似有悔過之意，隱然露於楮墨之外；然其人既已得罪名教，卽使陽春白雪，亦等諸彼哉之例，置而不論可矣，況其文章之末必能醉人心脾！』

延陵姜紹書韻石齋筆談云：『崇禎末年，不惟文氣薾弱，卽新聲詞曲，亦皆靡靡亡國之音。

阮圓海所度春燈謎、雙金榜、牟尼合、燕子箋諸樂府，音調旖旎，情文宛轉，而憑虛鑿空，半是無根之謊，殊鮮博大雄豪之致。』

案：圓海諸種，自署爲『石巢傳奇』。牟尼合，曲考、曲目皆以合作『盒』。此合字於本傳作『分合』解，不能以『盒』字通也。

遺民外史一種

虎口餘生即鐵冠圖。

葉堂云：『元人散曲「兀的不」一套——鐵冠圖借用之——幽豔蒼涼，得未曾有。惜不知其誰撰。其曲中云裴別駕，元人之打諢者。』

案：鐵冠圖原本未嘗借用『兀的不』一曲，殆後人所竄入者，今所演夜樂折是也。原本此折用出隊子惜奴嬌兩三曲而已。

無名氏五十五種

王煥

曲考、曲目俱作『玉煥』，誤。

張叶　孤兒　玉環　鞦子

百順　鸞釵　躍鯉

翟灝云：「今院本躍鯉記，傳後漢書列女傳廣漢姜詩妻事也。惟鄰女感姑及子溺死二事，不與傳符。」

雙紅 與更生氏本不同。　四景　尋親　金雀

梁子章云：『金雀記苦無淨、丑，至強以左太冲、張孟陽當之，亦不善挪虛步，閱之輒不滿人意。』

水滸

案：此本或假屠赤水名者，非。

鸞釵　雙孝　玉佩　口口

羅衫　異夢　七國　黑鯉

題門　投梳　金花　瑞玉

蟠桃　口口　衣珠　四豪

三桂　花園　青樓　硨磲

紅蕖 一云四合堂作。　霞牋　贈書　犀盒

赤松　鑲環　綈袍　璧筷

東牆　江流　鸞篦　五福

離魂　菱花　金臺　南樓

節俠　飛丸有兩本。　四賢　運甓

目連一作目連救母勸善記。　春桃見升庵集，失名。

附錄徐文長南詞敍錄所載南曲目。

宋、元舊編：

趙貞女蔡三郎

即蔡伯喈棄親背婦，爲暴雷震死。里俗妄作也，實爲戲文之首。

王魁負桂英尙仲賢北詞有此目。

王魁名俊民，以狀元及第。亦里俗妄作也。周密齊東野語辨之甚詳。

陳巡檢梅嶺失妻

鬼元宵

王祥臥冰卽本錄臥冰本。

王十朋荆釵記當卽柯本。

殺狗勸夫卽本錄殺狗本。

朱買臣休妻記

鶯鶯西廂記非關、王北曲。即李、陸之南劇，亦出其後，是南戲有三本。

司馬相如題橋記北曲亦有此目。琴心記亦出其後。

陳光蕊江流和尚本錄明無名氏江流本，未知即此否。

孟姜女送寒衣鄭廷玉北詞目同。

裴少俊牆頭馬上元北詞亦有此目。

柳耆卿花柳翫江樓戴善夫北詞有此目。

劉錫沉香太子

賀憐憐煙花怨

史宏肇故鄉宴

蘇小卿月夜販茶船北詞有此目。

陳叔萬三負心

京孃怨燕子傳書

歡喜冤家

樂昌公主破鏡重員

呂洞賓三醉岳陽樓馬致遠北劇有此目。

周處風雲記

王月英月下留鞋曾瑞卿北劇有此目。

劉致遠白兔記當即本錄劉寄奴。

趙氏孤兒元北劇有此目。本錄明無名氏孤兒本，未知即此否。

蘇秦衣錦還鄉元北劇亦有此目。

趙普進梅諫元北劇亦有此目。

董秀英花月東牆記元北劇亦有此目。本錄明無名氏東牆本，未知即此否。

宋子京鷓鴣天

詐妮子鶯燕爭春元北劇有此目。

蔣世隆拜月亭當即施君美作。

崔君瑞江天暮雪

王公綽

柳文其正旦賀新年

秋夜欒城驛

秦檜東牕事犯北劇亦有此目。

王孝子尋母

馮京三元記

朱文太平錢

薛雲卿鬼做媒

呂洞賓黃粱夢北劇亦有此目。

賈似道木棉菴記

何推官錯勘屍

柳毅洞庭龍女北劇亦有柳毅傳書。

呂蒙正破窰記當即本錄破窰本。

蘇武牧羊記當即本錄牧羊本。

孟月梅錦香亭

張孜鴛鴦燈

林招得三負心

唐伯亨八不知音

百花亭王煥故事，未知即本錄明無名氏王煥本否。

冤家債主元北劇有此目。

劉文龍菱花鏡未知即本錄明無名氏菱花示否。

劉盼盼

生死夫妻

寶粧亭

教子尋親未知即本錄入明無名氏尋親本否。

劉孝女金釵記

借燭尋珠

多月亭北劇亦有此目。

閔子騫單衣記原注『高則誠作』。

蔡伯喈琵琶記當即高本。

王俊民休書記在玉案焚香本之前。

右錄六十五種。

明人編本：

李景雲編崔鶯鶯西廂記王、李之外，又一本矣。

李景雲編王十朋荆釵記何義門云：『今人不知荆釵兩本。』

教坊本天賜温涼㡩

溧陽人作賈雲華還魂記

教坊本蘭蕙聯芳記

教坊本瓊奴傳

陳可中剔目記

玉簫兩世姻緣

用禮重編岳飛東牕事犯

商輅三元記當即沈壽卿作。

馮京三元記原注『多市井語』。

鄒知縣湘湖記原注『多實事』。

馮國珍衣錦還鄉

高漢卿羅囊記當即邱瓊山作。

裴度還帶記

韓信築壇拜將邁王云：『追賢一折乃元曲。』

張良圯橋進履
八不知犀合記已入本錄。
桂英誣王魁當即焚香本。
姜詩得鯉當即躍鯉本。
張許雙忠記當即姚靜山作。
孟宗泣竹
繡鞋記
芙蓉屏記
花園記
銀缾記當即沈壽卿作。
鄧攸棄子抱姪
金錢記
羅帶記
高文舉
羅帕記

邱文莊五倫全備已入本錄。

鴛鴦記

右錄三十三種。

何義門焯補錄明人編本：

邵文明作香囊記　龍泉記當卽沈壽卿作。　口盒記　孫誥使虜記

李白宮錦袍記　嬌紅記當卽沈壽卿作。　破鏡重員　竹林四景

麗情四集　方諭生作忠孝節義　口行傳　鄭若庸作玉玦記

王陽明平逆記　中山狼白猿　唐僧西遊記

右補錄十五種。

案文長所錄南詞本，無論宋、元人編什亡其七八，卽明人編者亦什不存三四矣，聊附錄之，以繫餼羊之意，俟博洽者考定云。

附沈伯明南詞新譜所引諸曲未入本錄者。

韓壽：舊傳奇，非今靑瑣記。　古南西廂　非李日華作。風月亭

一夜關　章臺柳　舊傳奇。　新荆釵記當卽李景雲所編。風流合三十

盜紅綃傳奇　馬湘蘭作三生傳　紅繡鞵

分鏡記　古本，非合鏡記。　韓玉箏　同庚會　瓊花女
三負高漢臣　鄭孔目　蔣西宿作白玉樓
張資傳奇　鄭信　舊傳奇。　許盼盼　舊傳奇。　情緣記
同夢記　卽串本牡丹亭。　楊景夏作認氈笠　覓水記　李婉傳奇——復落娼。
顧來屏作摘金園　風流夢　馮猶龍改還魂。　吳千頃作雙遇焦
沈友聲作麗鳥媒　王子高　舊傳奇　臧晉叔改本還魂　李實
琵琶怨　舊傳奇。

案：新譜所引，已著本錄者，不錄；見徐氏敍錄者，不錄。得若干種，或有名異而某本卽某本者，俟考定。

今樂考證

著錄八

國朝院本

吳偉業一種

秣陵春一名雙影記。

其自序略云：『客有問于余曰：「秣陵春何爲而作也？幽婚冥媾，毋乃誕乎？」余笑曰：「彼夫文人學士，放誕窮愁，怨女貞姬，憂思鬱結，惝兮若亡，恍兮若見，緜兮冥兮，無所不之，而又何疑予余之說乎？余端居無憀，感慕若會有托而然耶？果無託而然耶？余不自知也。」』其

范香令十種

鴝本署灌隱主人。

花筵賺　鴛鴦棒　倩畫姻　勘皮靴

夢花酣　金明池　花眉旦　雌雄旦

歡喜冤家　生死夫妻

案：香令，松江人。余所見者，花筵賺、鴛鴦棒二種而已。自署其刻本曰『博山堂稿』，自署其名曰『吳儂荀鴨撰』，或署曰『荀鴨檀郎』。其托姓荀者，荀令香之意耶？其託名鴨者，博山鴨爐意耶？亦一奇已。上五種，焦氏曲考列其目。下五種，自沈氏南詞譜補入也。但歡喜冤家二種似雜劇題，未敢臆斷，姑附之。

陳貞禧一種

梅花夢

貞禧，陽羨人。

吳石渠五種

畫中人　療妬羹　綠牡丹　西園

情郵

周亮工云：『近虞山云：「小青本無其人，其邑子譚生造傳及詩。曰小青者，離情字，正書心旁似小字也。」或言姓鍾，合「鍾情」二字。虎林徐野君譜爲春波影，荊溪吳石渠譜爲療妬羹，詞皆綺麗可觀。或語予云：「小靑夫馮某，尙在虎林。」則實有其人矣。』

梁子章云：『李笠翁謂：「湯若士之牡丹亭、邯鄲夢傳奇，得以盛行於世，吳石渠之綠牡丹、畫中人得以偶登於塲，非文至必傳之理也。」語見所著閒情偶寄。石渠才情綺麗，撰曲四種，甚爲藝林所稱。笠翁引與玉茗並論，不爲無見。』

又云：『石渠四種中，以綠牡丹爲最，療妒羹、畫中人次之。療妬羹題曲一折，逼眞牡丹亭，如云「一任拍斷紅牙，拍斷紅牙，吹酸碧管，可賺得淚紛沾袖，總不如牡丹亭一聲河滿，便潸然四壁如秋。半晌好迷留，是那般憨愛，那般癆瘦。只見幾陣陰風涼到骨，想又是梅月下俏魂游。天那！若都許死後自尋佳耦，豈惜留薄命活作羈囚！」此等曲情，置之還魂記中，幾無復可辨。』

又云：『西園記末道場一折，車遮韵，用入聲，尖刻流利，允稱神技。』

烏程張鑑書綠牡丹院本後云：『此吾鄉温氏啓釁於復社之原，近日讀而知其故者，鮮矣。書中以管色爲烏有、亡是之辭，其實柳五柳、車尙公、范思訶，據復社紀略，各有指斥。其於越人，疑亦王元趾、陳章侯一流。而吳與沈重者，以在朝則影黎媿庵、倪三蘭，在野則影張天如、楊子常、周介生輩。大致如風箏誤、燕子箋，亦明季文字風氣所趨；而語語譏切社長，極嬉笑怒罵之致，宜媿菴當日按試，械時相鬬人，究及書肆賈友，而毀板厲禁之。但今玩其編簡，已經蠹蝕，無頭訖可撿，不知是原刊抑系後來重雕。要其詞藻有不能沒者，蓋相國子弟有仁暨二子儼、伉雇人爲之，謝英、顧粲，直用自況，惜乎名氏湮沒。世苟有鍾醜齋，下又取以入錄鬼簿歟？如以爲三百年國社所關，則一莖草現丈六金身，又安得以宋、元雜劇少之！』

退菴主人題情郵記云：『吾思：郵者，「寄」也。作者命名，殆自寫其寄托之遙深耶？』

案：山陰呂先生洪烈嘗言：『粲花先生曲有五種。』而曲考所載，次情郵一種於無名氏中。近得刻本，始知爲粲花所作，遂足五種之數。

袁令昭六種

西樓　合浦珠與後夫容山樵作同目異辭。　珍珠衫

戰荊軻　寶娥冤　鷫鸘裘

吳梅村云：『袁爲吳郡佳公子，風流才調，詞曲擅名。』

尤西堂云：『擇庵守荊州，一日謁某道，卒然問曰：「聞貴府有三聲。」——謂圍棋聲、門牌聲、唱曲聲也。袁徐應曰：「下官聞公亦有三聲。」道詰之，曰：「算盤聲、天平聲、板子聲。」袁竟以此罷官。』

程迓亭云：『袁韞玉名于令，號擇庵，一字令昭，歷官荊州知府。』

宋牧仲云：『袁撻庵以西樓傳奇得名，每與人談及西樓記，輒有喜色。一日出飲歸，月下肩輿過一大姓門，其家方宴賓，演霸王夜宴。輿人云：「如此良夜，何不唱『繡戶傳嬌語？』乃演千金記耶！」撻庵聞之，狂喜，幾至墜輿。吳之紀春日袁荆州過訪百花洲贈詩云：「叔闊經今兩白頭，建牙吹角古荆州。東山嘯咏西樓夢，故國重逢話昔游。一曲方成新樂府，十千隨到付纏頭。當時記得輕分手，王粲高樓鸚鵡洲。」』

梁子章云：『堯峯文鈔：「袁褒曾孫于令，官荆州知府。吳梅邨集有贈荆州守袁大韞玉詩四首，云「詞客開元擅盛名」，又云「彈絲法曲楚江情」，然則西樓作于撻庵。于叔夜者，以名爲姓耳。」』

葉堂云：『西樓名震一時，然佳篇甚少。惟俠試一折，氣魄雄偉。』

袁枚云：『西樓傳奇，乃袁凫公水部所作。于叔夜，卽凫公之托名，事在康熙初年。王子堅先生曾親見，凫公短身赤鼻，莫素輝亦中人之姿，面微麻而姓耽筆墨，故兩人交好云。』

雪樵居士云：『西樓舊址，前臨牛市，後俯秦淮。嘉慶初，楚南許公兆桂搆而葺之，亭臺窈折，水木清華，自號西樓寓客。』

釀花使者云：『撻庵遭亂北都，佐藩西楚，尋以失職空囊，僑寓白門，扁舟歸里，惆悵無家。與稷交好，爲趙萊所忌，故假趙伯將以刺之。龔合肥詩云：「詞客幸隨明月在，新聲應逐彩雲飛。」』

雪橋居士又云：『袁韞玉西樓記初成，就正於馮猶龍。覽畢，置案頭，不致可否。袁惘然而別。馮方絕糧，室人以告，馮曰：「無憂，袁大今夕餽我矣。」家人皆以爲誕妄。袁歸，躊躇至夜，忽呼燈，持百金就馮。及至，門尚開。問其僕，曰：「主方秉燭在書室相待。」驚趨而入。馮曰：「吾固料子之必至也。詞曲俱佳，尚少一齣，今已爲增入。」——乃錯夢也。袁不勝折服，今尤膾炙人口。事載堅瓠集。按：西樓址在秦淮河武定橋下，自許公香岩脩葺後，又經易主。若非法菊流傳，亦安有過而問者！』

全椒金光燕云：『有奇可傳，乃爲塡詞。雖不妨於傳會，最忌出情理之外。西樓記於撮合不來之時，突出一須長公殺無罪之妾以刼人之妾，而贈莽水之友以爲妻，結構至此，不謂之苦海得乎？』

馬亘生四種

案：令昭一字白賓，又自號爲幔亭仙史。

索花樓　荷花蕩一名蓮盟。　十錦塘　梅花樓

亘生，吳縣人，或作更生。

案：荷花蕩刻本署『上黨擷芳主人編』。或云索花樓只梅花樓，姑俟考。

劉晉充三種

羅衫合　天馬媒　小桃源

薛既揚十六種

書生願　醉月緣　戰荆軻與袁令昭同目。　昭君夢

狀元旗　續情鐙　蘆中人　後西廂

飛熊兆　紫瓊瑤　賜繡旗　齊天樂

翡翠園　玉麟符　粉紅欄　喜聯登

既揚，吳縣人，一字聽然子。

李元玉三十一種

一捧雪　人獸關　永團圓　占花魁

麒麟閣　風雲會　牛頭山　昊天塔

太平錢　連城璧　眉山秀　三生果

千忠會　五高風　兩鬚眉　長生像

風雲翹　禪眞會　雙龍佩　千里舟

洛陽橋與許晃山同目。　虎邱山　武當山　清忠譜

掛玉帶　意中緣與李笠翁同目。　萬里緣　萬民安

麒麟種　羅天醮　秦樓月

吳梅村云：『李子元玉，好奇學古士也，其才足以上下千載，其學足以囊括藝林，而連厄於有司；晚幾得之，仍中副車；甲申以後，絕意仕進。所著傳奇數十種，卽當場之歌呼笑罵，以寓顯微闡幽之旨，忠孝節烈，有美斯彰，無微不著。近采元人各種傳奇、散套及明初諸名人所著中之北詞，依宮按調，彙爲全書，復取華亭徐於室所輯參而訂之，曰北詞廣正譜。此眞騷壇鼓吹，堪與唐詩宋詞並傳不朽矣。』

案：元玉，吳門人。

沈德符敝帚齋餘談云：『淸明上河圖手卷，宋張擇端畫，在故相王文恪胄君家，嚴世蕃托蘇人湯臣者往圖之。湯以善裝潢知名，客嚴門下，亦與婁江王恩說中丞往來，乃說王購之。王時鎭薊門，卽命湯善價求市；旣不可得，遂屬蘇人黃彪摹眞本應命。黃亦畫家名手也。嚴以爲眞，置酒會諸貴人賞之。有妬王中丞者，直發爲贋本，世蕃大慚，頓恨中丞，謂有意紿之，禍本自此成。或云，卽湯姓怨弇州伯仲，自露始末，不知然否。』按：此事卽爲元玉一捧雪藍本。夢憶載：『福王南渡，魯王播遷至越，幸張岱第。是日演賣油郎傳奇，內有「泥馬渡康王」故事，與時事巧合，睿顏大喜。』蓋卽李氏占花魁本也。

葉稚斐八種

琥珀匙　女開科　開口笑一名胭脂虎　三擊節

遜國疑　英雄概　八翼飛　人中人

開口笑，曲考重入無名氏。

英雄概，曲考重入無名氏。

稚斐，吳縣人。

朱素臣十五種

振三綱　一著先　萬年觴　錦衣歸

未央天　狻猊璧　忠孝圖　四聖手

聚寶盆　十五貫　文星見　龍鳳錢

瑤池宴　朝陽鳳　全五福

素臣，吳縣人，與李元玉同時。元玉著廣正譜，素臣同校。

案：錦衣歸、未央二種，曲考重入無名氏。笠閣評目以聚寶盆爲『聚寶盤』，誤。

馮猶龍十一種

新灌園更定張伯起稿。　酒家傭更定陸無從、欽虹江兩家稿。

女丈夫更定張伯起、劉晉充兩家紅拂記。

量江記詳定余聿文作，題曰『池陽聿雲氏元編』。

精忠旗定西陵李梅實稿。

雙雄記新刱稿，一名善惡圖。

萬事足新創稿，同邑袁幔亭集句。

夢磊記詳定史叔考本。

灑雪堂改楚黄梅孝己本。

楚江情删定袁白賓西樓本。

風流夢

精忠旗，曲考入無名氏。

案：猶龍，吳縣人，其卷中署名，或作『龍子猶』，或作『馮夢龍』，或作『馮猶龍』，其實一人也。焦氏曲考以雙雄為馮夢龍作，列明人院本下；以萬事足、風流夢、新灌園三種署『馮猶龍作』，列國朝院本下，其實未考也。

梁子章云：『龍氏墨憨齋傳奇定本十種，多取近時名曲，再加删改而成，頗稱善本。』

案：新曲十種本，所刻不列風流夢一種。

朱良卿二十八種

太極奏　玉素珠　軒轅鏡　蓮花筏

吉慶圖　飛龍鳳　錦雲裘　瑞霓羅

御雪豹　石麟鏡　九蓮燈　瓔珞會

贊神龍即贊人龍，曲攷別以贊人龍入無名氏。　　萬花樓　　建黃圖

乾坤嘯　　豔雲亭　　奪秋魁　　萬壽冠

雙和合　　壽榮華　　五代榮　　寶曇月

漁家樂　　牡丹圖　　四奇觀　　血影石

一捧花

良卿，吳縣人。

翟灝云：『馬融女，據後漢書有三。三女名芝，有才義，少喪親，長而追感，作申情賦。今劇場漁家樂所演云馬瑤草者，未知何屬。其一字倫，爲袁隗妻。其一未嫁。袁氏世爲三公，隗少歷顯官，富奢特甚，與所演簡生事相反。瑤草字與『芝』義合，疑所指爲芝。至其關目，則牽以釋藏中波斯匿王女事也。蓋女嘗有「我自有業不因父」一語，父聞而嗔，即覓一最下窮人，以女付之。後得達。事見雜室藏經。』

孔云亭二種

桃花扇　　小忽雷

其自序略云：『傳奇雖小道，凡詩、賦、詞、曲、四六、小說家，無體不備。至於摹寫須眉，點染景物，乃兼畫苑矣。其旨趣實本於三百篇，而義則春秋用筆，行文又左、國、太史公也。

於以警世易俗，贊聖道而輔王化，最近且切。今之樂猶古之樂，豈不信哉！桃花扇一劇，皆南朝新事，父老猶有存者。場上歌舞，局外指點，知三百年之基業，隳於何人，敗於何事，消於何年，歇於何地，不獨令觀者感慨涕零，亦可懲創人心，爲末世之一救矣。』

又云：『小忽雷劇，皆顧子天石代予填詞。』案：顧天石，卽序桃花扇之梁溪夢鶴居士也。序辭有云：『歲在甲戌，先生指署齋所懸唐樂器小忽雷令余譜之，時刻燭分牋，疊鼓競吹，翌日而歌兒持板待韻，又翌日而旗亭已樹赤幟矣。』此數語可證。

錢唐吳陳琰云：『往余客宋中丞幕，每有宴會，輒演此劇。會稽金埴云：「亡友洪君昉思有長生殿傳奇，與桃花扇先後入內廷，並盛行于世。」』

孔東塘自書桃花扇後云：『予未仕時，每擬作此傳奇，恐聞見未廣，有乖信史，寤歌之餘，僅畫其輪廓，實未飾其藻采也。然獨好誇于密友，曰：「吾有桃花扇傳奇，尚秘之枕中。」及索米長安，與僚輩飲讌，亦往往及之。又十餘年，興已闌矣。少司農田綸霞先生來京，每見必握手索覽，予不得已，乃挑燈填詞，以塞其求。凡三易稿而書成，蓋己卯之六月也。』

又云：『己卯除夜，李木庵總憲遣使送歲金，卽索桃花扇爲圍爐下酒之物。開歲燈節，已買優扮演矣。其班名金斗，出之李於國湘北先生宅，名噪時流；唱題畫一折，尤得神解也。』

又云：『顧子天石讀予桃花扇，引而申之，改爲南桃花扇，令生旦當場團員，以快觀者之目。其詞華精警，追步臨川，雖補予之不逮，未免形予傖父，予敢不避席乎！』

梁子章云：『桃花扇筆意疏爽，寫南朝人物，字字繢水繢聲。至文詞之妙，其豔處似臨風桃蕊，其哀處似着雨梨花，固是一時傑構。然就中亦有未愜人意者：福王三大罪、五不可之議，倡自周鑣、雷演祚，今阻奸折竟出自史閣部，則與設朝折大相逕庭，使觀者直疑閣部之首鼠兩端矣。且既以媚座爲二十一折矣，復加入孤吟一折，其詞意猶之家門大意，謂之蛇足，總屬閒文。至若曲中詞調，伶人任意删改，亦斯文一大恨事，然未有先慮其删改，特於作曲時爲俗伶豫留地步者。今桃花扇長則七八曲，其少則四五曲，未免故走易路；又以左右部分正閒合閏四色，以奇偶部分中戾餘煞四氣，以總部分經緯二星，毋論有曲以來，万無此例，卽謂自我作古，亦殊覺澹然無味，不知何所見而云然也。』

又云：『桃花扇以餘韻折作結，曲終人杳，江上峯青，留有餘不盡之意於烟波縹緲間，脫盡團圓俗套。乃顧天石改作南桃花扇，使生旦當場團圓，雖其排場可快一時之耳目，然較之原作，孰劣孰優，識者自能辨之。』

潁上劉凡云：『桃花扇奇而眞，趣而正，諧而疋，麗而清，密而淡，詞家能事畢矣。前後作者，未有盛於此本，可爲名世一寶。』

口口口云：『桃花扇者，孔稼部東塘先生所編之傳奇也，乃故明宏光朝君臣將相之實事。其中以東京才子侯朝宗、南京才妓李香君作一部鍼線。他如畫師、書賈、狎客、娼家諸卑賤人，翻有義狹貞，固正爲顯達之馬、阮下對症鍼砭耳。』

尤侗一種

鈞天樂

其自記云：『丁酉之秋，薄游太末。主人謝客，阻兵未得歸。逆旅無聊，追尋往事，忽忽不樂。漫塡詞爲傳奇，率日一折，折成則以酒澆之，歌呼自若。閱月而竣，題曰「鈞天樂」。家有梨園，歸則授使演焉。明年，科場弊發，有無名子編爲萬金記者，制府以聞。詔命進覽，其人匿弗出也。臬司某大索江南諸伶雜治之。適山陰姜侍御還朝，過吳門，亟徵予劇。同人宴之申氏堂中。樂旣作，觀者如堵牆，靡不咋舌駭歎。而邏者亦雜其中，疑其事類，馳白臬司。臬司以爲奇貨，卽檄捕優人，拷掠誣服。旣得主名，將窮其獄，且徵賄焉。會有從中解之者，而予已入都門，事得寢。己亥大計，臬司以貪墨亡命，實極典，籍其家。聞者快之。』

黃之雋一種

忠孝福

陳元龍云：『黃子石牧以子長遺法，降格爲樂府。余時署督兩廣，內兄宋觀察澄溪適至，愛其所傳王維、杜牧事，誦先芬以求新樂，意甚勤。蓋祖孫三世，前後八十年，人積緒紛，頗難串括，黃子一日而搆局，一月而脫稿，題曰「忠孝福」以該其世。付梨園演唱，一登場則欲歌，欲泣，傾座客。澄溪攜歸吳閶，大合樂於虎邱，觀者如堵墻，至壓橋斷墮水。或繡板爲畫幅，飾丹青以粥諸市。其傾動一時如此。」

黃周星一種

人天樂

周星字九煙，一字笑蒼道人，秣陵人。

吉衣道人一種

王符記

一云袁令昭作。

梅孝己一種

灑雪堂

即前目龍子猶改定本。

邱嶼雪八種

虎囊彈　黨人碑　百福帶　幻緣箱

歲寒松　御袍恩　鬧句闌　蜀鵑啼

笠閣評目闊勾闌入無名氏。

梅郎詩注云：『邱園字嶼雪，蘇州府人。尤展成嶼雪遺像贊云：「君善顧曲，梨園樂府。吾和而歌，紅牙畫鼓。」』

梁子章云：『蜀鵑啼，蘇州邱園爲成都令吳志衍作也。志衍爲梅郎之兄，攜家之任，由滇入蜀。值北都城陷，西士淪亡，全家死之。邱故撰是劇。尤西堂跋所謂「爰有邱生，聞之累息，問弱弟之奔喪，傷心唳雁；吊孤臣而流涕，染血啼鵑」者也。梅郎詩觀蜀鵑啼劇有感云：「紅豆花開聲宛轉，綠楊枝動舞婆娑。不堪唱徹關山調，血污遊魂可奈何！」其詞感人故深矣。』

張世漳一種

玉麟記與明人葉六桐作同目。

王𦐇四種

紅情言　　　　帨巾怨　　　　詞苑春秋　　　　博浪沙

其紅情言自序云：『會稽史氏作唾紅傳奇，情事兼美，盛爲演者傳習。甲戌春日，偶得之於友人齋頭，然詞甚潦草，不堪寓目，余竊嘆其不工。友人曰：「無傷，第因其事而易之以辭，則兩善矣。」余然其言，抽思三月而始成，因題曰「紅情言」云。』

案：翊字介人，嘉興人，自署其名曰太原介人。自序所稱史氏，謂叔考也。

若耶野老二種

載花舲　香草吟

或云卽徐野君，無考。

案：載花舲自序云『有曲六種』，惜其目不傳。其香草吟一種，戲集本草藥名爲之，雖屬牽强，頗費經營。李笠翁爲之序。

周坦綸十二種

太白山　竹漉裔　八仙圖　火牛陣

竟西廂　福星臨　指南車　綈袍贈

萬金資　鏡中人　金橙樹　玉鴛鴦

陳子玉三種

三合笑　玉殿元　歡喜緣

王香裔二種

非非想　黃金臺

右三家俱國初人，里籍無考。

唐英一種

英雄報

即蝸寄居士，見前雜劇錄。

徐石麟四種

珊瑚鞭　九奇逢　辟寒釵　胭脂虎

案：笠閣評目有胭脂虎，一名開口笑，係葉稚裴作，已見前錄，與此種異。里居詳雜劇錄。

又案：坦庵所纂書四十餘種，嘗自謂『得之疾病、愁苦、呻吟、涕洟中者爲多』。有詩餘定譜十卷，一以宋調爲正。不仕，爲明季遺老。

釋智達一種

傳燈錄即歸元鏡。

蒼山子二種

廣寒香　豐樂樓

雪簑道人一種

五倫鏡

研雪子二種

翻西廂

他山老人一種

陰陽判

介石逸叟

宣和譜

薦清軒一種

合箭記

餘不鄉後人一種

海烈婦一名此丈夫，一名三異記。

溪鷹山二種

易水歌

月鑑主人一種

月中人

勝樂道人一種

長命縷

賣相思

廣寒香與蒼山子同目。

夢覺道人一種

鴛鴦合

右十一家，皆康熙、雍正間人，無姓名可考。

補錄漁洋詩話一則

瓊花夢

詩話下卷：『龍石樓爕中允，作瓊花夢傳奇成，招余輩觀之。余酒闌賦八絕句，有「自掐檀痕親顧曲，江東誰似阿龍超」之句。獨門人蔣靜山仁錫和云「玉崑崙碎爲檀超」之句，余讀而嘆曰：「蔣五此押檀場矣！」』

今樂考證

著錄九

國朝院本

畢萬侯六種

紅勺藥　竹葉舟　呼盧報　三報恩

萬人敵　杜鵑聲

萬侯，吳縣人。

洪昉思五種

長生殿　回文錦　鬧高唐宜入劇目。　長虹橋

四嬋娟

稗畦自序長生殿略云：『余覽白樂天長恨歌及元人秋雨梧桐劇，輒作數日惡。南曲驚鴻一記，未免涉穢。從來傳奇家非言情之文不能擅場，而近子虛烏有，動寫情辭贈答，數見不鮮，兼乖典則。因斷章取義，借天寶遺事綴成此劇，凡史家穢語，概削不書，非曰匿瑕，亦要諸詩人忠厚之旨云爾。』

又云：『棠村相國嘗稱予是劇「乃一部熱鬧牡丹亭也」，以爲知言。予自惟文采不逮臨川，而恪守韻調，罔敢稍有踰越，蓋姑蘇徐靈昭氏爲今之周郎，嘗論撰九宮新譜，予與之審音協律，無一字不愼也。』

徐靈昭麟云：『長生殿，本名舞霓裳傳奇，後乃易此名。』

案：長生殿初名沉香亭傳奇，後去李白，入李泌輔肅宗中興，更名舞霓裳，又念情之所鍾在帝王家，遂專寫釵合情緣，更名長生殿，蓋經十餘年而稿始成者。

朱彝尊云：『洪昉思製長生殿傳奇，其用意一洗太眞之汚。』

黃振云：『桃花扇筆意疏爽，長生殿文情綿邈，各擅其長。』

葉堂云：『長生殿詞極綺麗，宮譜亦諧，但性靈遠遜臨川，轉不如四夢之不諧宮譜者，使人能別出新意也。彈詞一折，在卷中爲極佳之曲，及與貨郎旦相較，乃判天淵，乃知元人力量之厚。』

梁子章云：『長生殿爲千百年來曲中巨擘。以絕好題目，作絕大文章，學人才人，一齊俯首。自有此曲，毋論驚鴻、采毫空慚形穢，即白仁甫秋夜梧桐雨亦不能穩占元人詞壇一席矣。如定情、密誓、絮閣、窺浴數折，俱能細針密線，觸緒生情，然以細意慰貼爲之，猶可勉强學步；讀至彈詞第六、七、八、九轉，鐵撥銅琵，悲凉慷慨，字字傾珠落玉而出，雖鐵石人不能不爲之斷腸，爲之下淚，筆墨之妙，其感人一至於此，眞觀止矣！』

又云：『梧桐雨與長生殿亦互有工拙處。長生殿按長恨歌傳爲之，删去幾許穢跡；梧桐雨竟公然出自祿山之口。長生殿驚變折於深宮歡燕之時，突作國忠直入，草草數語，便爾啓行，事雖急遽，斷不至是；梧桐雨則中間用一李林甫得報轉奏，始而議戰，戰既不能，而後定計幸蜀，層次井然不紊。』

又云：『梧桐雨第一折醉中天云：「我把你半軃的肩兒凭，他把個百媚臉兒擎。正是金闕西廂叩玉扃，悄悄迴廊靜，靠着這招彩鳳、舞青鸞金井梧桐樹影，雖無人竊聽，也索悄聲兒海誓山盟。」第二折普天樂云：「更堪那灞水西飛雁，一聲聲送上雕鞍。傷心故園，西風渭水，落日長安。」第三折殿前歡云：「他是朵嬌滴滴海棠花，怎做得鬧荒荒亡國禍根芽！再不將曲彎彎遠山眉兒畫，亂鬆鬆雲髻堆鴉。怎下的磣磕磕馬蹄兒臉上踏，則將細裊裊咽喉掐，早把條長攙攙素白練安排下。他那裏一身受死，我痛煞煞獨力難加。」數曲千重千鈞，亦非長生殿可及。』

又云：『長生殿至今百餘年來，歌場舞榭，流播如新。每當酒闌燈灺之時，觀者如至玉帝所聽奏鈞天法曲，在玉樹金蟬之外，不獨趙秋谷之「斷送功名到白頭」也。然俗伶搬演，率多改節，聲韻因以參差，雖有周郎，亦當掩耳而過。近日古吳馮雲章起鳳撰爲吟香堂曲譜，以縹緲之音，度娟麗之語，迎頭拍字，按板隨腔，允稱善本。且其宮調、字音，多加考訂，毫無遺漏，謂之長生殿第一功臣可也。石太史韞玉爲之序云：「謂非嬴女吹簫，馮夷擊鼓，不能使笑者解頤，泣者俯首。」如是信然。』

阮葵生云：『趙秋谷執信以丁卯國喪赴洪昉思寓觀長生殿劇，被黃給事六鴻劾罷。時徐勝力編脩嘉炎亦與讌，對簿時賄賂聚和班優人，詭稱未與得免。都人有口號云：「國服雖除未滿喪，如何便入戲文場？自家原有三分錯，莫把彈章怨老黃。」「秋谷才華迥絕儔，少年科第儘風流。可憐一齣長生殿，斷送功名到白頭。」「周王廟祝本輕浮，也向長生殿裏遊。抖擻香金求脫網，聚和班好製行頭。」徐豐頤修髯，有「周道士」之稱。後官學士。聞黃給事內知縣行取入京，以土物並詩稿遍贈諸名士。至秋谷，答以柬云：「土物拜登，大稿璧謝。」王衙之刺骨，故有是劾。』

董潮東皋雜鈔云：『錢唐洪太學昉思昇著長生殿傳奇，康熙戊辰中旣達御覽，都下絕稱之。一時名士，張酒治具，大會生公園，名優內聚班演是劇。主之者爲眞定梁相國清標，具柬者爲益都趙贊善執信。虞山趙星瞻徵介，官給諫王某所，不得與會，因怒，乃促給諫入奏，謂是日係皇太后忌辰，爲大不敬。上先發刑部拏人，賴相國挽回，後發吏部。凡士大夫除名者，幾五十餘人。海昌查太史愼行亦在內，後改今名，先生詩所謂「荆、高市上重相見，搖手休呼舊姓名」是也。趙竟以是廢置終身，晚年有詩云：「可憐一夜長生殿，斷送功名到白頭。」聞當時有陳某者，已出都，行至良鄉，聞有是會，星夜兼程回京，比到，席已散，值送客出，僅從衆中一揖而已，明日亦以與會削籍。

梁兆壬云：『朱竹垞檢討贈洪稗畦有「海內詩篇洪玉父，禁中樂府柳屯田，梧桐夜雨聲淒絕，薏苡明珠謗偶然」之句，樊榭老人歎爲字字典雅。』

李漁十種

奈何天一名奇福記。　比目魚　蜃中樓　憐香伴一名美人香。

風箏悞　愼鸞交　凰求鳳一名鴛鴦賺。　巧團圓一名夢中樓。

玉搔頭　意中緣與李元玉同目。

吳梅村云：『笠翁名漁，能爲唐人小說，兼以金、元詞曲知名。』

徐釚云：『笠翁，錢唐人，以詞曲擅名，所至攜小鬟唱歌。吳梅村嘗贈以詩。北里、南曲中，無不知有李十郎者。』

梁子章云：『笠翁十種，曲白俱近平妥。行世已久，姑免置喙。近人惟綿州李太史調元最珍喜之，謂如「景星慶雲，先覩爲快」。家居時，嘗令歌伶搬演爲樂。其第十種名比目魚，有自題詩云：「邇來節義頗荒唐，盡把宣淫罪戲場。思借戲場維節義，繫鈴人授解鈴方。」太史謂：「讀是詩，方知其編曲心苦。」蓋通十種中，命意結穴在此也。客有笑其偏耆笠翁曲者，太史嘗誦此詩以答之。』

案：焦氏曲考以笠翁凰求鳳誤作鳳求凰，而梁氏曲話支氏曲目仍之，故梁氏論命名相同之曲，有「李漁有鳳求凰，無名氏亦有鳳求凰」之說也。

四願居士六種

偸甲記一名雁翎甲。　魚籃記一名雙錯香。　雙錘記一名合歡錘。　萬全記一名富貴仙。

十醋記一名滿牀笏。　四元記

曲考另以雙錯香入無名氏。

案：曲考以偸甲、魚籃、雙錘、四元、萬全五種與笠翁十種並列，云『笠翁所作』；而入十醋於無名氏，注云『龔司寇門客作』。或云係范希哲作。或又以萬全一種爲范氏作。近得五種合刻本，署曰『四願居士』。笠翁無此號，殆爲希哲無疑耶？然讀其詞，則斷非笠翁手筆也。姑列笠翁後，以存疑。

又案：四願居士五種，有十醋記，無四元記，聊類錄之。雙錘記，曲考諸書俱作雙錘記，誤。

希哲所作，其署名者附後。

翟灝云：『滿床笏係唐崔義元事，以之屬郭汾陽，謬。』

范希哲一種

補天記即小江東。

張心其十六種

如是觀　醉菩提　海潮音　釣魚船

天下樂　井中天　快活三　金剛鳳

獺鏡緣　芭蕉井　喜重重　龍華會

雙節孝　雙福壽　讀書聲　娘子軍

高奕十四種

春秋筆　雙奇俠　貂裘賺　千金笑

聚獸牌　錦中花　擘香園　古交情

四美坊　眉仙嶺　如意册　風雪緣

固哉翁　續青樓

奕，會稽人。

盛際時四種

人中龍　飛龍蓋　胭脂雪　雙虬判

際時，吳縣人。

史集之二種

清風寨　五羊皮

朱從雲十二種

靈犀鏡　齊案眉　照膽鏡　人面虎

石點頭　小蓬萊與且陽道人同目。　別有天　龍燈賺

赤鬚龍　兒孫福　兩乘龍　萬壽鼎

集之、雲從，俱吳縣人。

陳二白三種

雙冠誥　稱人心　彩衣歡

二白，長洲人。

周稚廉三種

珊瑚玦　　元寶媒　　雙忠廟

武功范纘云：『周郎所著傳奇數十種，如元寶媒尤膾炙人口。』

案：稚廉字冰持，雲間人，鷹垂先生綸之子也。工詞，著有容居堂詞。今合刻三種，署曰『可笑人塡詞』，餘種惜未詳其目。

吳晃玨一種

河陽觀

曹宕一種

風前月下

自署曰『江左詞憨』。

朱龍田一種

壺中天

龍田，華亭人。

朱確、過孟起、盛國琦三人同作一種

定蟾宮

西湖放人去村一種

三生錯

石恂齋四種

兩度梅　錦香亭　天燈記

酒家傭一名香鞋記，與馮猶龍本同名異辭。

恂齋，吳人，名琰，一字紫佩。

張堅四種

玉獅墜　夢中緣　懷沙　梅花簪

梅花簪、夢中緣，曲考重入無名氏

堅字齊元，號漱石，金陵人。右著曰『玉燕堂四種』。

楊楫云：『漱石嘗受知於西林相公，其樂府選入南邦黎獻集，由是知名。』

韓縉云：『讀夢中緣，則淸新俊逸，跌宕風流，恍聽緱嶺瑤笙，湘靈仙瑟。』

王魯川云：『梅花簪爲優伶購去，易名賽荆釵。』

梁子章云：『懷沙記依史記屈原列傳而作，文詞光怪。全部楚詞，隱括言下。著騷、大指、天問、山鬼、沈淵、魂游等折，皆穿貫本書而成，洵曲海中巨觀也。惟尤西堂讀離騷不然，不屑屑模文範義，通其意而肆言之，陸離斑駁，不可名狀，至云「便千百年難打破悶乾坤，只兩三行怎弔盡愁天下」，發千古不平於嬉笑怒駡中，悲壯淋漓，包以大氣，與懷沙立意不同，然固異曲同工也。』

又云：『玉獅墜設想甚奇。其毀匳一折，如蟻穿九曲，愈折愈深。如云：「你要我無瑕體自比玉潔，便河東吼不迭？豈眞有竹杖爲龍，那便捷似鳥成鳧，沒些差別，負的我騰空飛越，管籠禽脫離羈紲。怕終做不分玉石焚身烈，提掇向樓前墜也？」一玉獅耳，想出如許情緒：第一、猜教其守貞，二、猜可以因而脫禍，三、猜默示以殉身。魯公書，筆力透紙背矣。』

李凱一種

寒香亭

凱字圖南，號雪崖，鄞縣人。

范梧一種

紅玉燕

梧字素園，鄞縣人。

裘璉二種

醉書箴　　續當壚

璉字蔗村，慈谿人，自號廢莪子。

李本宜一種

玉劍緣

本宜，江都人。

王墅二種

拜針樓　　後牡丹亭

墅字北疇，蕪湖人。

楊國賓一種

東廂記

崔應堦二種

烟花債　　情中幻

許紹珣一種

萬壽圖

半隱主人一種

遊子鑑

旦陽道人一種

小蓬萊全孝義

道人稽山人，所著曰『嘯隱仝新編』。

衡棲老人一種

才星現

紫虹道人一種

百花舫

長嘯山人一種

試劍記

許恆一種

二奇緣

恆字南言，吳人。有改其所撰，易名千里駒者。

胡士瞻一種

後一捧雪

士瞻字雲壑，杭州人。

稽留山二種

雙報應　揚州夢

曲考以揚州夢編入雜劇，誤。

萬樹九種

風流棒　空青石　念八翻　錦塵帆

玉雙飛　十串珠　黃金甕　金神鳳

資齊鑑

吳秉鈞云：『紅友之曲，不襲元人貌，而實徹元人之髓。字義精粲，宮律諧婉，極環幻而不詭，極秀豔而不餖飣，極旖旎而不淫靡，極淘寫冷笑而不傷刻虐，所謂風流蘊藉，談言微中者歟？山翁撰述最富，余所見者，函秀若空青石，俊爽若錦塵帆，奇橫若念八翻，新穎若十串珠，剪裁、點綴若黃金甕、金神鳳，皆陳言務去，巧法兼備，而恢諧滑稽，其風肆好。最後讀資齊鑑一書，則一筆白描，抽思獨繭，浩浩乎十萬餘言，如挾天風海濤而砰訇澎湃者。』

呂洪烈云：『辛酉、壬戌，與吳子雩舫同研席于三山幕府，而陽羨紅友萬先生至，出所編傳奇相示。余曰：「何其酷似粲花也？」訊之，則粲花實先生舅氏。余益踴躍自喜，雖不幸不見石渠，猶幸得見紅友。每脫稿，大司馬留村先生必令家伶演之登場，授之梓人，不欲僅播之管絃而傳之名山也。』

呂藥庵四種

梁子章云：『粲花情致有餘，毫宕不足。紅友如天馬行空，別出機杼，宗旨固自不同，且饜
食元人，深入堂奧，得其神髓，故音節嘹嚥，正襯分明。』
又云：『紅友關目，於極細極碎處皆能穿插照應，一字不肯虛下，有匣劍帷燈之妙也。曲調
於極閒極冷處，皆能細斟密酌，一句不輕放過，大含細入之妙也。非龍梭鳳杼，能令天衣無
縫乎？』
又云：『紅友之論曰：「曲有音，有情，有理。不通乎音，弗能歌；不通乎情，弗能作；理
則貫乎情與音之間，可以意領不可以言宣。悟此，則如破竹建瓴，否則終隔一膜也。」今觀所
著，莊而不腐，奇而不詭，豔而不淫，戲而不虐，而且宮律諧協，字義明晰，尤爲慣家能事。
情、理、音三字，亦惟紅友庶乎盡之。』
又云：『句譜短促，又爲平仄所限，最難諧叶者。笠翁謂：「遇此等處，當以成語了之。」是
固一說。但強押亦難巧合。如還魂記之「煙波畫船」，何嘗不是絕妙好詞，何嘗不平仄諧叶，
較春燕之「心愁意慵」等語，豈止上下床，直是天淵之隔矣。國朝惟紅友長此，如仙呂之長
拍中有四上聲字爲句，最難自然，紅友則肆應不竭，愈出愈奇好，「睍睆好鳥」、「祇我與
爾」、「我有斗酒」等句，皆異常巧合，能奪天工者。』

回頭寶　狀元符　雙猿幻　寶研緣

呂守齋一種

金馬門

靜庵一種

續還魂一名續牡丹亭。

錢石臣一種

芙蓉峽

曲考署錢夫人林亞青作，不知何據。

查伊璜一種

梅花讖

伊璜，海昌人。陳文述云：『海昌查孝廉有此院本。』

郎潛長一種

十大快

容美田一種

古城

爲美田九峯三弄之一，與古本異。

靈阜軒一種

節義譜

徐叔回八義記改本。

夏秉衡二種

八寶箱　　詩中聖

秉衡字平千，一字谷香，乾隆間華亭人。八寶箱一種，曲考入無名氏。

蕉牕居士一種

棲雲石一名人月圓。

居士華亭人，著有看山閣集。

夏綸六種

花萼吟　　杏花村　　無瑕璧　　廣寒梯

瑞筠圖　　南陽樂

徐夢元云：『夏惺齋先生以名諸生八試棘闈，佹得復失。值西陲用兵，罄所有，循例得授邑宰。旋阻於壓班，浮沈里門者幾二十年。自作傳奇五種：曰無瑕璧，所以表忠也；曰杏花村，所以教孝也；曰瑞筠圖，曰廣寒梯，所以勸節、勸義也；至南陽樂一編顚倒兩大，遊戲三昧，爲千古仁人、志士補厥缺陷，固忠孝節義之賅而有者也。命意之佳，孰有如先生者！』

龔淇云：『先生六種劇，明大倫，補大恨，經緯史，絕非荒誕傳奇可比。』

梁子章云：『錢唐夏惺齋作六種傳奇，其南陽樂一種，合三分爲一統，尤稱快筆。雖無中生有，一時游戲之言，而按之直道之公，有心人未有不拊掌呼快者。第三折誅司馬師，一快也；第二折武侯命燈倍明，二快也；第八折病體全安，三快也；第九折將星燦爛，四快也；十五折子午谷進兵偏獲奇勝，五快也；十六折殺司馬昭，六快也；擒司馬懿，七快也；十八折曹丕就擒，八快也；殺華歆，九快也；十八折掘曹操疑塚，十快也；二十二折誅黃皓，十一快也；二十五折陸伯言自裁，十二快也；孫權投降，十三快也；孫夫人歸國，十四快也；三十折功成歸里，十五快也；三十二折北地受禪，十六快也。立言要快人心，惺齋此曲獨得之矣。』

又云：『惺齋作曲，皆意主懲勸。常舉忠、孝、節、義，各撰一種：以無瑕璧言君臣，教忠也；以杏花村言父子，教孝也；以瑞筠圖言夫婦，教節也；以廣寒梯言師友，教義也；以花萼吟言兄弟，教弟也。事切情眞，可歌可泣。婦人孺子，觸目驚心。洵有功世道之文哉。』

研露樓主人一種

雙仙

主人乾隆間鄂渚人。自謂『與淮陰郁州山人分塡此曲，以明珠傳演未暢，另構局製之』，蓋寫無雙古押衙與段張掖、李西平事也。

洞口漁郎一種

藍橋驛一名藍橋記，與收劇本異。

野航居士一種

化人游

四會堂一種

鴛鴦被

青城山樵一種

玉門關

臞道人一種

布袋錦

擁書主人一種

後七子百卉亭

看雲主人一種

晉春秋

蘇州顧以恭一種

五香毬曲考入無名氏。

李斗云：『清唱以顧以恭爲最。先在程端友家，繼在馬秋玉家。與教師張仲芳同譜五香毬傳奇。』

今樂考證

著錄十

國朝院本

蔣士銓 六種

香祖樓　空谷香　臨川夢　桂林霜

冬青樹　雪中人

王昶云：『茗生身長玉立，眉目朗然，嶔奇磊落，肺腑槎枒；遇忠孝節烈事，輒長歌以紀之，淒鏘激楚，使人雪涕；夙知音律，意所未盡，放而爲院本，有芝龕、香祖諸劇，世尤稱之。』

梁子章云：『心餘吐屬清婉，自是詩人本色。不以矜才使氣爲能，故近數十年作者，亦無以尙之。其至離奇變幻者，莫如臨川夢，竟使若士先生身入夢境，與四夢中人一一相見，請君入甕，想入非非，娓娓清言，猶餘技也。桂林霜、一片石、第二碑、冬青樹四種，皆有功名教之言。忠魂烈魄，一入腕中，覺滿紙颯颯，尙餘生氣。香祖樓、空谷香兩種，於同中見異，最難下筆。蓋夢蘭與淑蘭皆淑女也，孫虎與李紉皆纖父也，吳公子與扈將軍皆樊籠也，紅絲、高駕皆介紹也，成君、裴畹皆故人也，且小婦皆薄命而大婦皆賢淑也，使出自俗筆，難免雷同，乃合觀兩劇，非惟不犯重複，且各極錯綜變化之妙，故稱神技。四絃秋因青衫記之陋，特創新編，順次成章，不加渲染，而情詞悽切，言足感人，幾令讀者盡如江州司馬之淚濕青衫也。雪中人一劇，寫吳六奇頰上添毫，栩栩欲活；以花交折結束通部，更見匠心之巧。又云：『心餘強袁子才觀其所撰曲，曰：「先生只當小病一場，寵賜披覽。」袁不得已，觀之。次日，問：「有可得意處否？」袁曰：「『任爾忒聰明，猜不出天情性。』惟兩語極佳耳。」心餘笑曰：「畢竟先生是詩人，非曲客。『造物豈憑翻覆手，窺天難用揣摩心。』此商寶意聞雷詩，爲予曲之藍本也。」』

董榕一種

芝龕

案：王述庵以芝龕記爲唐生作，誤。

曲考入無名氏，

榕湖州人，官觀察，一字漁山。又字繁露樓居士。

黃叔琳云：『董君恆巖，工文章，具卓識。爲政之餘，以高才博學，著作自娛。近著芝龕記院本，括明季萬歷、天啓、崇禎三朝史事，雜采羣書、野乘、墓誌、文詞聯貫補綴爲之，翕闢張弛，褒貶予奪，詞嚴義正。慘澹經營，洵乎以曲爲史矣。』

蔣士銓云：『讀董恆岩太守所爲芝龕記，月昏燈灺，按節歌咏之，於罍撥、救父、題閣、江還等篇，感觸唏噓，尤堪擊節。』

玉堂張新梅一種

百花夢

張九鉞二種

六如亭

雙虹碧

九鉞字度西，號陶園，一號紫峴，湘潭人，著有陶園集。六如亭紀東坡、朝雲事，雙虹碧紀長沙女子殺賊事，其自署曰『羅浮花農』。

周書一種

魚水緣

曲考入無名氏。

書字澹圃，乾隆間寶山人。

金兆燕一種

旗亭記一作旗亭畫壁記。

兆燕號棕亭，全椒人，乾隆進士，官國子監博士。

王昶云：『棕亭工院本，在揚州作旗亭畫壁記，盧雅雨運使刻之。』

盧見曾序略云：『蘭皋去年遊揚，出所爲旗亭記，余愛其詞之清雋，而病其頭緒之繁。按以宮商，亦有未盡協者。乃款之於西園，與共商略。又引梨園老教師，爲點版排場，稍變易其機軸，俾兼宜於俗雅。間出醉筆，揮洒胸臆，雖素不諳工尺，而意到筆隨，自然合拍，亦有不自解其故者。』

梁子章云：『旗亭記作王之渙狀元及第，語雖荒唐，亦快人心論也。沈歸愚尙書題詞云：「特爲才人吐奇氣，雖鴳卑伏忽飛騫。科名一準方干例，地下何妨中狀元。」按：琵琶記以蔡邕爲狀元，彼時原無此名，故令閱者爲之絕倒。唐時雖已有狀元之名，其實授官始於宋代，初階不過僉判、廷評，歷俸既深，然後入館承制，馴至宰執，非若今之狀元甫經釋褐，卽踐清華，如登仙爲科名之冠也。然則唐之狀元，於之渙何關輕重？作是曲者，亦如尤西堂之扮李白登科，徒爲多事矣。顧靑蓮不必登科，而以玉環考試，則不妨作第一人想；若「黃河遠上」

之詞，雙鬟久具隻眼，又何論渙之之狀元不狀元乎？」

朱蓋稗一種

玉尺樓

沈起鳳云：『朱蓋稗於盧觀察幕中製平山冷燕傳奇。』

案：平山冷燕傳奇，卽玉尺樓。今支氏曲考以旗亭記、玉尺樓二種並署『德州盧見曾作』，當誤。盧公刪改，或有之，然不得沒金、朱兩君之名。

蔡潛莊一種

紫玉記

潛莊，青溪人，自署玉麈山人。此本乃刪訂玉茗堂紫釵、紫簫兩記，取其便於登演者。

獨逸散人一種

鴛鴦幻

曲考入無名氏。

又盧居士一種

醋菩提

黎簡一種

芙蓉亭

簡字簡民，號二樵，順德人，並工詩，著有五百四峯草堂詩集。

高宗元三種

續琵琶　新增南西廂　改增玉簪

宗元字伯揚，山陰人，一字求誨居士。

沈赤然云：『高伯揚續琵琶迷局以下六折，奇詭百出，科諢媟嫚，誠難免喧賓奪主之譏，然狙詐如拐兒輩，亦不可以無報，作者特稔其惡而行其誅於鬼神，使奸邪知懼，以補前記所未及。』

增改玉簪自序云：『玉簪記，元末人編也，其精華在琴挑、問病、偸詞、秋江等齣，然詞雖秀逸，譚嫌短少。茲每齣增發其科，又加診病、藥譚二齣足其詼諧；且秋江後段越調小桃紅等齣，曲詞佳而聲音急重，今改爲十二紅，聽之稍似悠婉也。』

梁子章云：『近日高伯揚作續琵琶，空盧結撰，出奇無窮，一雪中郎之寃。吳穀人先生爲之序云：「伯揚借一家之衣鉢，拓千古之心胸，姱飾勝緣，揜張盛事，如織女之酬郭介，如青洪之贈歐明，遂使銀廉坐兒，金龜得壻，科名草長，旌節花開，但爭春夢之長，不厭夏雲之幻。」數語，曲中大致包括無遺矣。』

沈起鳳五種

報恩緣　才人福　文星榜　伏虎韜

桐桂緣

起鳳字桐威，吳人，著有紅心詞，因自號紅心詞客。石韞玉云：『紅心詞客傳奇四種，沈薲漁先生作也。其所著詞曲，不下三四十種，當其時，風行於大江南北。梨園子弟登其門而求者，踵相接。歲在庚子甲辰，高廟南巡，凡揚州鹽政，蘇杭織造所備迎鑾供御大戲，皆出自先生手筆。』自序云：『報恩緣，戒負心也。才人福，慰窮士也。文星榜，懲隱慝也。伏虎韜，警惡俗也。』案：戴延年樂砰詞有題沈薲漁桐桂緣樂府詞。

錢維喬二種

乞食圖一名鬼阜緣。　鸚鵡媒

維喬字竹初，一字林楠居士。其署乞食圖云『竹初樂府第三種』，則所著不止此二種矣。竹初，常州人。梁子章云：『錢竹初明府亦工音律，所著鸚鵡媒二種，不及心餘之爽豁，心餘亦不及其清麗也。』

董定園二種

琵琶俠　花月屏

定園，常州人，竹初甥。其琵琶俠，楊芳燦爲之序。

朱京蕃一種

風流院本

沈瑤琴一種

春富貴

王曦一種

東海記

曦字季旭，太倉人。

仲振履一種

雙鴛祠

梁子章云：『番禺令仲拓菴卸事後，寓省垣。雙鴛祠八折，即別駕李亦珊事也，起伏頓挫，步武井然，惜點譜一折，入手太閒；訶賽一折，收場太重。通體八折，雜劇則太多，傳奇又太少，古今曲家無此例也。

案：此本署『岱覽庵傳奇，木石老人作』。

黄振一種

石榴記

曲考入無名氏。

序略云：『振字瘦石，號紫灣耶農，著有斜陽館詩文集。其所蓄女伶，有名小紅、月香者，其所居有雪聲堂。其所撰石榴記，神感一折，爲顧茨山增入。

吳可亭一種

地行仙一名後曇花。

署曰『玉句詞客十三種之一』，則其所著者富矣，惜不傳。

離幻老人一種

添繡鞵

吳梅岑一種

馬上緣

湖上逸人一種

雙奇會

沈鎬一種

千金壽

鎬字實甫，上海人。

周聖懷一種

眞西厢

陳莘衡一種

正西厢

石天外一種

後西厢

李蕊庵一種

蓋世雄

俞德滋一種

一團花

抱影子一種

合家歡一名繡錦。

第二狂一種

三報恩

竹中人一種

四大記

吳名翰一種

沒名花

種香生一種

井中天

有情痴一種

花萼樓

陳治徽一種

冰山記

蘇漢英一種

夢境記

錦窩老人一種

昇仙傳
毛季連一種
鬧揚州
李雲墟一種
紫金環
痴野詞慾一種
酣情盼
文漣閣主一種
癡情種
迦笑人一種
幻影圖
許見山一種
洛陽橋与李元玉同目●
邱相卿一種
彩鸞牋

紫陽道人一種

西湖扇

種花儂一種

名花譜

裘叔度一種

砭癡石

朱寄林一種

野狐禪

鶴蒼子一種

風流配

筆花主人一種

擷纓會

西泠長一種

芙蓉影

衡樓老婦一種

醒蒲團

不可解人一種

風流院与朱京藩風流院本異。

梁氏夷素一種

相思硯

女道士姜玉潔一種

鑑中天

主弧者一種

留生氣

蒙春園主一種

立命說

喬軒道人一種

宮梟記

藻香子一種

不丈夫

吳又翁一種

換身榮

顧景星一種

虎媒記

張異資四種

崖州路　麒麟夢　鴛鴦榜　賣金盆

異資，通州人。

興化李某一種

積鼻禪

王鶴尹一種

壽邊樓

蔣秋崖

桃花夢

鄭含成一種

富貴神仙

含成自署曰影園灌者。

程枚一種

一斛珠

李斗云：『枚字時齋，海州板浦場監生，長於詞曲，有一斛珠傳奇，最佳。』

案：時齋一號蒼梧寄客。

羅小隱一種

禱河冰

小隱，南昌人。

休休居士一種

鳳棲亭

居士儀徵人。

仲雲澗一種

紅樓夢

自署曰紅豆郵樵。

吳鎬一種

紅樓夢散套

鎬鎮洋人，監生，著有荆石山房詩文集、漢魏六朝志墓金石例，自署曰荆石山民。梁子章云：『紅樓夢工於言情，爲小説家之别派，近時人艷稱之。其書前夢將殘，續以後夢，卷牘浩繁，頭緒紛瑣。吳洲仲雲淵取而删汰，並前後夢而一之，作曲四卷，始於原情，終於勘夢，共得五十六折。其中穿插之妙，能以白補曲所未及，使無罅漏；且借周瓊防海事振以金鼓，俾不終場寂寞，尤得本地風光之法。惟以副凈扮鳳姐，丑扮襲人，老扮史湘雲，脚色不甚相稱耳。近日荆石山民亦填有紅樓夢散套，題止省歸、葬花、警曲、擬題、聽秋、劍會、聯句、癡誄、顰誕、寄情、走魔、禪訂、焚稿、冥昇、訴愁、覺夢十六折而已——其實此書中亦究惟此十餘事言之有味耳！其曲情亦凄婉動人，非深於四夢者不能也。

萬玉卿一種

醒石緣

玉卿字心青居士。所填紅樓夢曲曰醒石緣，中分二種：一曰瀟湘怨，爲前紅樓事；一曰怡紅樂，爲後紅樓事。詞亦不亞於兩家。

陳鍾麟一種

紅樓夢

鍾鱗字厚甫，官觀察，吳門人，寓居武林。所著紅樓夢傳奇，有六十折，構局森嚴，運詞綿麗，而能不襲三家一字，亦足樹幟詞場。

鎮海劉赤江一種

一片心

彭劍南二種

香畹樓　影梅菴

自序略云：『余始撰影梅，止六折，雲岩水部見之，笑曰：「此桃花扇筆墨也，但如食江珧柱，以過少爲憾耳。」因與雲岩製題分譜，余塡詞十之七，雲岩亦塡詞十之三，故京本周雲岩款。』

又云：『香畹樓，爲陳朗玉司馬作也。朗玉名裴之，字小雲，有香畹樓憶語。』

謝堃四種

黃河遠　血梅　繡帕　十二金錢

堃字佩禾，甘泉人，著有春草堂集。

瞿頡二種

鶴歸來　雁門秋

馥字菊亭，翠川人。

蓉鷗漫叟四種

聯珠記　夢瓊圓　金帶圓　渡花緣

芙蓉山樵一種

合浦珠與袁令昭作異。

山樵，甘泉人。

左潢二種

蘭桂仙　桂花塔

潢字巽觳，龍眠人，與賁漁同時，一字古塘樵子。

意園一種

雙珠

海天餘話云：『畹如、豔花姊妹本孿生，頂趾無少異，其所居小閣曰「雙珠」。意園爲譜雙珠記傳奇。』

王溼一種

回心院

溼字亞伶，慈谿人。

李文瀚四種

胭脂舄　紫荊花　鳳飛樓　銀漢槎

文瀚字雲生，青陽人。

徐榆郁一種

鏡光緣

榆郁，楓江人。

趙埜航一種

酬紅記

埜航卽浮槎山樵。

江義田一種

折桂傳與無名氏作同名異種。

義田字晴帆，上元人。

張衢二種

芙蓉樓　玉節記

儒字情齋，蕭山人。

陸繼輅二種

洞庭緣

碧桃記

繼輅字祁生。碧桃記爲吳蘭雪姬人岳綠春作。

錢澍川孝廉一種

鸚鵡媒

按洪北江亮吉機聲燈影詞調寄買陂塘詞云：『爲多情青衫血淚，生生判向愁老。冰絃誰把傷心譜？又早別懷縈擾。幽會巧，君不見茫茫碧落相思鳥，芳心寸拗。待密約重圓，愁盟暗續，一一淚珠繳。銷魂處，我亦青鸞信杳，年來暗損懷抱。江南江北傷春恨，付與斷腸衰草。孤負了，是舊日金釵鈿盒情多少。閒愁待掃，又一兩三聲，無端逗起，淸夢隔簾悄。』

朱仲香、醒叔一種

碧䆫吟

平湖胡金勝云：『女兒碧窗歿十餘稔矣。所著琴韵樓遍傳海內，諸名流爭以詩文見貽，不下數百家。己卯秋，鴛湖朱仲香馨元、醒叔珊元兩茂才以所演碧䆫吟傳奇郵示，卽賦金縷曲代柬以志感。』

梁廷枏一種

了緣記

自記云：『予幼時嘗戲作了緣記。』

湯飴汾一種

劍人緣

飴汾字雨生，常州人，流寓秣陵。

吳次叔一種

人天誥

程命三一種

還媜篇

莊伯鴻一種

秣陵秋

張蠡秋一種

青溪三笑

上四種具見武進趙懷玉詞集。

宋鳴珂二種

杜陵春　羅浮夢

鳴珂字澹思，奉新人，其宅有二十梅花草堂。

黃憲清四種

帝女花　鴛鴦鏡　茂陵絃　桃谿雪

憲清字韻珊，海鹽人，所刻院本署曰『拙宜園樂府』。

焦氏曲考所載無名氏若干種

綱常記　鐵面圖　義貞記　四大癡

蝴蝶夢　鳳求皇　納履記　丹忠記

十義記　赤壁游　財神濟　雙翠圓

翠翹記　慈悲願　芙容樓或云雙溪龐山作。　千鍾祿一名千忠戮。

雷峯塔按此本有岫雲詞逸改本。　曲春衣

吳從先小窗自記云：『宋時法師缽貯白蛇，覆於雷峯塔下。此爲雷峯塔院本之緣起，而不知是說何所據也。』

爛柯山　浮邱傲　落花風　埋輪亭

隋唐　壽爲先　盤陀山　後漁家樂
十美圖　鬧花燈　倭袍　長生樂
大吉慶　杜陵花　清風寨　陀羅尼
百福帶　兩情合　螭虎釧　情中岸
七才子即七子圓。　東塔院　一枝梅
三奇緣一名桃花燧，一名奇緣配。　百子圖　鴛鴦結
錦繡旗　黄鶴樓　倒銅旗　燕臺筑
上林春　瑤池燕　金蘭誼　逍遥樂
文星扨　合虎符　蟠桃會

曲考云：『右自大吉慶以下，詞曲佳。』

人生樂　安天會　元寶湯　江天雪
沈香亭　花石綱　四屛山　翻浣紗

案曲考列人生樂以下數種，並附人藍關道曲耍孩兒一種，云『以上皆小調』者，誤。

西川圖　黎筐雪　續尋親　狀元香
昭君傳　風流烙　紫金魚　報恩亭

平頂山　翻七國　玉燕釵　三異緣
歲寒松　鸞鳳釵　快活仙　祥麟兒
珍珠塔　姊妹緣　奉仙緣　醉西湖
三鼎爵　遍地錦　雙瑞記　玉杵記
定天山　南樓月　雄精劍　還帶記

右自西川圖以下，曲考云「詞曲半，皆抄本」，並附入山堂詞餘一種，誤。山堂詞餘乃套曲，非院本也。

雙和合　三笑姻緣　碧玉燕　九曲珠
四奇觀　後繡襦　折桂傳　飛熊鏡
白鶴圖　白羅衫　乾坤鏡　還魂記一名玉龍珮。
後珠球　好逑傳　四大慶　青蛇傳
四安山　天然福　摘星樓　雲合奇蹤
萬花樓　醉將軍　描金鳳　吉祥兆
劉成美　續千金　青釭嘯　軟藍橋
天緣配　桃花寨　沈香帶　三世修

文章用
鳳鸞裳
督亢圖
千秋鑑
翻天印
月華緣 一名齊天福。
賜錦袍
遍地錦
天貴圖
滄浪亭
玉麒麟
二十四孝
彩衣堂
金瓶梅 一云玉句斜客作。
太平錢 俗本，非李元玉作。

造化圖
陰功報
征東傳
千里駒 即二奇緣改本。
黃河陣
五虎寨
百花臺
雙姻緣
錕鋼俠
二龍山
通天犀
佐龍飛
珍珠旗
後岳傳
合歡圖

祝家莊
福鳳緣
北海記
雙珠鳳
古城記 非古本，並異田九皋作。
五福傳 非古本。
爲善最樂
鬧金釵
一疋布
天平山
碧玉串
順天時
元都觀
合歡慶
鴛鴦孩

綵樓記 非古破窰本。
觀星臺
三俠劍
十大快 與郎瑨昆作異。
昇平樂
雙螭璧
三鼎甲
封神榜
河燈賺
銕弓緣
混元盒
金花記
三鳳緣

曲考云：「自雙和合以下，詞曲劣，無姓名可考者，皆抄本。」

案：右列諸本，至今花部多有演者。

蓮花寶筏	金不換	俗西遊	如意珠

右曲考從葉廣平納書楹譜入二十餘種，如單刀會、綵樓、葛衣、江天雪之類，俱複入；如小妹子之類，係散曲；如思凡係目連記中之一折；並删去，存四種。

笠閣評目無名氏院本

人天慶	齊天福 一云即月華緣，須删。		杏花山
趕山鞭	報珠緣	錦蒲團 一云即金不換。	玉堂春
錦上花	天然合	醋葫蘆	獸錦袍
美人計	古美人計	人中記	龍圖賺
情不斷	鬧虎邱	通仙枕	弓鞋記
易鞵記	海市現	財星現	葡萄架
大造化	虎狼緣	天降福	世外懽
秦州樂	成雙譜	樂安春	生平足
萬年希	鬧華州	臨濠喜	人難賽

三多全　翻琵琶　一片雲　一柱天

一藏金　雙玉人　續西樓

一篇錦或云卽抱影子合家懽。　五全記托明楊升庵名。　七奇俠

百和香　稱人心卽巧移花。

右曲與曲考複者不錄。

無名氏補

銀缾牡丹　花神報　玉蜻蜓　琉璃塔

定心猿　鳳雛圓　三雋圖　龍圖案

天宮寶　接引庵　遇仙記　情中義

丹鳳忠一名朝陽鳳，與鳴鳳同事異辭。　樊榭記　豹劒綱

雙榮貴　震山關　天上有

叙王生樂安君事

嗚乎！竟容鴆鳥主媒，吾難諒絪縕之使；已借桃花託命，天還催暴噎之風。憐寡福之蟲孃，遘忍心之貉子。蓄爲媚草，羞采姑嫿；鵑是哀魂，悽吟囉嗊。帶頭兩截，釵股中分。金蠶沈紂絕之天，銀鹿返廉遲之路。因憐成誤，挽旣無從，觸恨生悲，悔甯有補！此所由倒空酥酪，拊髀傷慘綠之年；嚼碎櫻桃，和淚寫嬌紅之傳也。則有冶女蓮蓮，可兒楚楚，生西子臙脂之匯，來英臺胡蝶之鄉，婀娜風輕，桐花鳳袂，威蕤露緊，玉魫蘭胎，纖纖之月兩頭，嬛嬛之雲一段。初紅豆蔻，頗怯鶯欺，嫩綠楊枝，尚辭燕蹴。若問破瓜年紀，剛處二八度之春；可堪穠李漂零，竟隸十三樓之籍。於時堂開繡幙，門滿雕鞍，唱『打鴨』以調鬟，引鬧娥以狎醉。羅紈斜拂，空處都香，烟睞低流，客心皆蕩。立堪遺世，眞疑梁氏非珠；價可連城，直使霍家无玉。然而劫未懺紅，願終違素，韶年夢逝，難說歡娛。故國天遙，知誰眷屬？積數重簾水，重重積淚之痕；迴九曲屏山，曲曲迴腸之影。纔撥金猊火爇，玉虎偏牽；剛聽銕馬風停，銅龍又警。來迎月櫱，而去逐風箏；朝贈將離，而夕拈含笑。已焉哉！汙蓮待拔，池底沼深；墮絮思收，江頭潮緊。宜穆小瓊將憔悴死，而王幼玉終嗚咽亡乎？夢蕉生者，三影詞人，八叉才子，唊情天之怨果，泗恨海之愁瀾。線被鍼穿，芥遭珀拾，雲方薢苣，星忽綢繆。圓夢三生，定情七夕，斷柱整腰間之瑟，守宮拭臂上之砂。慰藉靈丁，擷辛夷以結佩；鉤連屈戌，翻子夜以塡詞。茉莉滿懷，委心亦肯；荔枝到口，忍俊奚禁。更防困後香殘，拓椢穋廨；預恐醒時膽怯，弛袾藏犀。於時擲何闍之環，一環一轉；抽贏臺之管，雙管雙吹。方以爲此願能償，而是鄉終老矣。無何，杜宇催歸，琵琶送別，路馳驛馬，河鬲牽牛。嬾兜金縷之鞵，怕挽瑣蓮之帶。東飛勞而西飛燕，眇眇予懷；上山采而下山逢，悠悠何俟。于是乾辭故壘，鳳匿深巢，婁尾壺斟，纏頭錦謝。鮑十一鸞釵待寄，崔廿四翠被空寒。吳下盈盈，病裏傷春之曲；洛陽好好，夢遙感舊之詩。于時腰衱寬圍，腕闌減束，懶婦之悲共迫，㝵尼之喜難占。昔時贈勺關心，洵訏且樂；今日飛蓬上首，誰適爲容而生也。以巳去秦觀，作重來崔護。枇杷巷靜，斜日啼烏；鳷鵲樓高，殘星颭白。香客聞矣，怡悵久之。有人下馬停鞭，遙村與指；爲道賣珠補屋，空谷依然。於時叩柳角之銅鐶，入花陰之薜徑。嫣紅匝樹，醋醋窺廧；暗碧當階，茶茶卷幔。別來無恙，驚欒氣之先聞；我見猶憐，敢鏡容之已改。依徊半面，髮鬢與眉黛俱非；宛轉一聲，汗雨挾啼珠而下。強盡甌心之茗，曲手攏衣；怕招帳角之風，低頭褰杷。本難遷種，此身鼓子之花；總要頻呼，後日崔孃之畫。生亦願金拋盧牝，玉擁單雌，而勢實隔于重重，心枉費其印印。然裁蒲葦以依磐石，皆俾任社娘有歸；牽蔦蘿而繫喬松，願以古押衙自任。於時生之族姓某某者，等玉山之季，頗愁不遇瓊華；有金寶其人，豈肯置之茆屋。生乃披荷索蕅，薙棘栽榛，倩攜買扣四弦，彈謝客竹枝之調；催泛文如一舸，詣崔郎雪裏之樓。河滿唱而病骨都催，支機移而娛光忽黯。妾雖行矣，羞努力以事新懽；君將奈何，悵此別眞如小死。嗚乎！烏孫不返，關雁愁霜；桃葉長辭，江萍送雨。生苟有心，亦曾念輕分一玦，錯鑄千金，悶留裙下之雲，等換厩中之馬。而竟忍押懷嬌鳥，飛去鄰廧；上手楊花，拂還別水。此亦初三下九，賺來薄倖之名；轉綠迴黃，變盡淒涼之色者矣。然使與某某者同諧鶼鰈，異墮雞栖。控騎春蕪，吹笯鐙夕。斜眉轉盼，郎解多情；後鵝前魚，寵無旁奪。苦知共習，織來文仲之蒲；甘喜同分，遺到東方之肉。擎阿侯于掌上，表成母於帷中。不必量帶看蓮，尙怨河橋棄妾；指心比槿，猶思簾底逢君。而生亦可心謝蛾眉，想超蟬脫矣。奈何哉！罡飆上橫而優曇折，海水下汨而精衛沈。貼屏之湘簟冰寒，纏絮之綺鏡葩隕。未因膚至，墮身石太僕之樓；莫爲奴讒，喪魄武參軍之閣。而不知其死也，因想當然之事，構莫須有之寃。主人旺鶵鵡而生疑，大婦屏鶬鶊而不食。販饚已辱，賣皴何生！下石潭中，辣手試屠龍之險；安灰戶外，危心怵履虎之凶。眼看溝水東西，分流難合；魂逐浮雲上下，去勢无還。宜乎何濬玉之湘鬟，頓隨烟化；齊錦雲之芳草，不借春蘇。寸爛成灰，長命鴛鴦之縷；枯根到底，斷腸兒女之花。謫恨廿年，蘊愁千古。伊誰云咎，竟至于斯？然而生也。痛水蘅之彫謝，唱露籬以溯洟。已無從活郵女之尸，敢自諱殺伯仁之罪？出冰窖而投之火井，弛鵜鷁而閉以鳳囮。百首比紅，奚解羅虬之積塊？一尊蘇綠，枉澆史鳳之新阡。回思羅帳延秋，紅闌夜月；竟爾荔衫裹玉，黄土積陽。珊瑚擊碎而睡血翻凝，菡萏影殘而薏心彌苦。卿長已已，吾益倀倀；天竟茫茫，地終窈窈。赤繩牽去，翻牽將絶命之繯；碧落尋來，可尋到華鬘之界。而生洒緣高唐之幻，索忉利之因，從不空不色之間，觸胡帝胡天之想。風裳水佩，珊也來遲；孔蓋霓旌，翩其若下。云與月府侍書相伴，並偕珧宫花史爲鄰。已消墮地之愁，復遂生天之樂。此豈冥由誠感，仙山果在虚无；靈以慧通，法駕導於惝怳。抑所謂鍾情語怪，而以妄塞悲乎？然而玉女飛騈，常駐弦超之戶；天孫寶枕，肯安鄗翰之牀？了不了之緣，身都了當；消難消之恨，氣亦消磨。終他時會面无期，徒此後相思不解。尚兹鬻惱，毋乃烏癡？嗚乎！下蔡城崩，邯鄲飯熟。男青女紫，閃過乾螢；夏綠春紅，閃來飛電。詎玉簫再世，便無面皺之時；矧金屋千家，盡是魂遊之穴。不迎不拒，方能隨遇而安；何晤何迷，聊復及時而樂。綜億万劫閻浮孽案，能結幾雄憸、雌笑之緣；乘一刹那苦海悲航，不值爲蠶繭、蠶絲之縛。

右今樂考證十二卷，淸鎭海姚燮撰。按：燮字梅伯，一字復莊，生於淸嘉慶十年乙丑（公曆一八〇五）卒於同治三年甲子（一八六四）。姚氏生有異稟，讀書過人，工詩詞曲及駢散文，兼擅人物花鳥，故又以畫名。鄞縣徐氏時棟稱梅伯以絕人之姿，讀書恆十行下，自經傳子史至傳奇小說，以旁逮乎道藏空門者言，靡不覽觀。道光癸卯（一八四三，姚氏年三十九），大病幾死，忽大曉晤，取生平綺語十數種摧燒之，自號復莊。據此，知姚氏三十九歲以前著述範圍甚廣，至三十九歲以後，對於文學之見解頗有改變。今觀大梅山館集，惟疏影樓詞五卷爲二十九歲時定本，其餘如復莊詩問二十四卷，則刊於道光戊申（一八四八），所存癸巳（一八三三，姚氏年二十九）以前之作，僅十之一，知被删者多矣。復莊駢體文榷刊於咸豐甲寅（一八五四），文榷二編刊於咸豐丙辰（一八五六），皆爲姚氏五十以後之定本。其三十九歲以前之面目，殆不可覩。徐氏又稱其手注玉樞經，道光丙午（一八四六）會稽孫氏延璋爲詩問作序時，謂已鋟版，惜未得見，讀文榷卷二洞眞玉樞經釋義一篇，可知梗概。晚年魔障之深，其殆姚氏自謂曉晤之結果歟？遺稿未刻者，據四明蔡氏鴻鑑所作文榷二編序考之，有散體文酌十二卷，疏影樓詞續鈔四卷，玉邃樓詞二卷，瑶想集詩一卷，西滬櫂歌八卷，蚶城遊覽倡和詩一卷，息遊園雜纂八卷，課見四子書瑣義一卷，胡氏禹貢錐指勘補十二卷，夏小正求是四卷，漢書日札四卷，四明它山圖經十二卷，蛟川耆舊詩槩三十二卷，今樂考證十卷（今稿本箸錄一至十之前，有緣起及宋劇兩卷，實十二卷），今樂府選五百卷，玉邃樓詞學標準八卷，苦海航樂府一卷，琴譜雅音九奏一卷，拇繭錄一卷，洋烟述考八卷，狙史八卷，退紅衫傳奇八卷，梅心雪傳奇八卷，爲卷在六百以上，而重要著作屬於研究戲曲者，如今樂考證、今樂府選之類，所占篇卷尤多。姚氏在百年前，對於文學具此新見，視焦氏循、凌氏廷堪，殆又過之。二十世紀初年，亡友王君靜安（國維）箸唐宋大曲考，戲曲考源，古劇脚色考、優語錄、錄曲餘談、曲錄及宋元戲曲考諸書，其考證之精，或過於姚氏；而距王君箸書七十年前，姚氏已有此偉箸，王君固未之知也。亡弟隅卿（廉）少喜搜集明末忠臣義士逸民之遺箸，近十餘年來，聞王君靜安、周君豫材（樹人）之風，則又潛心戲曲小說之研究。民國二十一年，在寧波書肆忽覩此稿，驚爲秘笈，以重價得之，亟思傳播於世。不幸隅卿獲此稿後，不及三年，遽爾物化！隅卿遺箸，尙待整理，未克付梓。余特承隅卿遺志，先將姚氏此稿贈與北京大學，請其印行。不及兩月，全書卽已印成。余因就姚氏箸述之梗概及此稿久晦復顯之情狀，敍次如右。民國二十四年九月，鄞縣馬裕藻謹跋。

〔註〕原稿此處未題著者姓名。

今樂考證後記

本編所重印的今樂考證，是用北京大學景印本做底本。原稿所徵引的各家文字，往往和現在所見的本子有所出入，一則可能是所根據的本子不同，二則前人引書，每好以己意輒加改動，三則這稿本還未必是最後定稿，可能有筆誤，故此不附校勘。原稿在眉端多有補文，今插入適當地位。

中國古典戲曲論著集成 七

中国戏曲研究院 编

中国戏剧出版社
CHINA THEATRE PRESS

中國古典戲曲論著集成 七

目錄

閑情偶寄

清·李　漁著

閒情偶寄提要

閒情偶寄十六卷，清李漁著。李漁，字笠鴻，後字笠翁，一字謫凡，別署笠道人、隨庵主人、新亭樵客、湖上笠翁等。浙江蘭谿人。生於一六一一年（明萬曆三十九年），卒於一六七九——一六八〇年（清康熙十八——十九年）間。

明末清初，有很多文人，講求聲音伎藝，也常寫些東西，一方面可以從書坊中得到相當的報酬，一方面藉此以結交達官貴人；或作他們的門下清客，或博得豐富的餽贈。雖亦善於從此處世謀生，但他還是一位戲劇活動家，他的著作也有一定的成就。李漁他所著的小說，有迴文傳、無聲戲、十二樓等；戲曲有風箏誤、比目魚等，稱爲笠翁十種曲；此外還有笠翁論古、千古奇聞、詩韵、詞韵等，都很風行於時；閒情偶寄一書，則是講究飲食、玩好、花木、居室、聲音、詞曲等的著作，後來彙集在笠翁一家言之內。

崑劇從明萬歷末年以後，在表演技術方面有很大發展。李漁從事戲曲的年代，正趕上這樣一個時期，而他又特別精心研求，獲有高深的造詣，因此，他的十種曲，能盛演於舞台之上，他的議論、見解，也給劇壇以很大影響。閑情偶寄裏的詞曲部、演習部，是專門寫他在戲曲藝術方面的心得。這是他從實際經驗中獲得的結論，不同一般的紙上談兵，故他自詡爲發前人未發之秘，並不是自譽之辭。

閑情偶寄的版本：

（一）一六七一年（清康熙十年）翼聖堂刻本，題曰『笠翁秘書第一種』。〔註〕

（二）一七三〇年（清雍正八年）芥子園刻笠翁一家言全集本　此本合併原來十六卷爲六卷，書名改題爲笠翁偶集。（笠翁一家言全集除原刻本外，陸續有重刊本及石印本。）

（三）文藝叢書本　此本止摘錄了其中的詞曲、演習二部，名爲李笠翁曲話。曹聚仁校訂。一九二五年上海梁溪圖書館排印。（此後又有上海啓智書局排印本，但無曹聚仁校訂字樣。）

（四）新曲苑本　摘錄同上。書名題作：笠翁劇論。

〔註〕原書一卷之首，題：『湖上笠翁李漁著，壻沈心友因伯、男將舒陶長同訂。』二卷『將舒陶長』四字作『將開借斯』，三卷作『將榮』，四卷同一卷，五卷作『將芬』。別的版本署題不同，不另註。

閒情偶寄一卷目次

閒情偶寄 卷之一

清·李漁著

詞曲部

結構第一

塡詞一道，文人之末技也，然能抑而爲此，猶覺愈于馳馬、試劍、縱酒、呼盧。孔子有言：『不有博奕者乎？爲之猶賢乎已。』博奕雖戲具，猶賢于飽食終日，無所用心；塡詞雖小道，不又賢于博奕乎？吾謂：技無大、小，貴在能精；才乏纖、洪，利于善用：能精善用，雖寸長尺短，亦可成名，否則才誇八斗，胸號五車，爲文僅稱點鬼之談，著書惟供覆瓿之用，雖多亦奚以爲！塡詞一道，非特文人工此者足以成名，卽前代帝王，亦有以本朝詞曲擅長，遂能不泯其國事者。請歷言之：高則誠、王實甫諸人，元之名士也，舍塡詞一無表見。使兩人不撰西廂、琵琶，則沿至今日，誰復知其姓字？是則誠、實甫之傳，琵琶、西廂傳之也。湯若士，明之才人也，詩、文、尺牘，儘有可觀，而其膾炙人口者，不在尺牘、詩、文，而在還魂一劇。使若士不草還魂，則當日之若士，已雖有而若無，況後代乎？是若士之傳，還魂傳之也。此人以塡詞而得名者也。歷朝文字之盛，其名各有所歸，『漢史』、『唐詩』、『宋文』、『元曲』，此世人口頭語也。漢書、史記，千古不磨，尙矣，唐則詩人濟濟，宋有文士蹌蹌：宜其鼎足文壇，爲三代後之『三代』也。元有天下，非特政、刑、禮、樂一無可宗，卽語言、文字之末，圖書、翰墨之微，亦少概見。使非崇尙詞曲，得琵琶、西廂以及元人百種諸書傳于後代，則當日之元，亦與五代、金、遼同其泯滅焉，能附三朝驥尾而掛學士文人之齒頰哉！此帝王國事以塡詞而得名者也。由是觀之，塡詞非末技，乃與史傳詩文同源而異派者也。近日雅慕此道，刻欲追踪元人、配饗若士者儘多，而究竟作者寥寥，未聞絕唱。其故維何？止因詞曲一道，但有前書堪讀，並無成法可宗，暗室無燈，有眼皆同瞽目，無怪乎覓途不得、問津無人、半途而廢者居多，差毫釐而謬千里者亦復不少也。嘗怪天地之間，有一種文字，卽有一種文字之法脈準繩，載之于書者，不異耳提面命，獨于塡詞製曲之事，非但略而未詳，亦且置之不道。揣摩其故，殆有三焉。一、則爲此理甚難，非可言傳，止堪意會。想入雲霄之際，作者神魂飛越，如在夢中，不至終篇，不能返魂、收魂。談眞則易，說夢爲難，非不欲傳，不能傳也。若是則誠異誠難，誠爲不可道矣。吾謂：此等至理，皆言最上一乘，非塡詞之學節節皆如是也，豈可爲精者難言，而麤者亦置弗道乎！一、則爲塡詞之理，變幻不常，言當如是，又有不當如是者。如塡生、旦之詞，貴于莊雅，製淨、丑之曲，務帶詼諧；此理之常也。乃忽遇風流放佚之生、旦，反覺莊雅爲非；作迂腐不情之淨、丑，轉以詼諧爲忌；諸如此類者，悉難膠柱，恐以一定之陳言，誤泥古拘方之作者，是以寧爲闕疑，不生蛇足。若是，則此種變幻之理，不獨詞曲爲然，帖、括、詩、文皆若是也。豈有執死法爲文，而能見賞于人，相傳于後者乎？一則爲從來名士以詩賦見重者，十之九；以詞曲相傳者，猶不及什一，蓋千百人一見者也。凡有能此者，悉皆剖腹藏珠，務求自秘，謂此法無人授我，我豈獨肯傳人！使家家製曲，戶戶塡詞，則無論白雪盈車，陽春徧世，淘金選玉者，未必不使後來居上，而覺糠粃在前，且使周郞漸出，顧曲者多攻出瑕疵，令前人無可藏拙，是自爲后羿而教出無數逢蒙，環執干戈而害我也，不如仍倣前人緘口不提之爲是。（吳梅村云：『眞金不畏火。凡慮此者，必其金質有虧。』）〔編者按：原書眉欄評語，一律移在正文中間，加（ ）號以資識別。下同此。〕吾揣摩不傳之故，雖三者並列，竊恐此意居多。以我論之：文章者，天下之公器，非我之所能私；是非者，千古之定評，豈人之所能倒！不若出我所有，公之于人，收天下後世之名賢，悉爲同調。勝我者，我師之，仍不失爲起予之高足；類我者，我友之，亦不媿爲攻玉之他山。持此爲心，遂不覺以生平底裹，和盤托出。併前人已傳之書，亦爲取長棄短，別出瑕瑜，使人知所從違，而不爲誦讀所誤。知我罪我，憐我殺我，悉聽世人，不復能顧其後矣。但恐我所言者，自以爲是，而未必果是；人所趨者，我以爲非，而未必盡非。但矢一字之公，可謝千秋之罰。意元人可作，當必貰予。

塡詞首重音律。而予獨先結搆者，以音律有書可考，其理彰明較著。自中原音韻一出，則陰陽、平仄，畫有塍區，如舟行水中，車推岸上，稍知率由者，雖欲故犯而不能矣。嘯餘、九宮二譜一出，則葫蘆有樣，粉本昭然。前人呼製曲爲『塡詞』。塡者，『布』也，猶棋枰之中，畫有定格，見一格布一子，止有黑白之分，從無出入之弊。彼用韻而我叶之，彼不用韻而我縱橫流蕩之。至于引商、刻羽，戛玉、敲金，雖曰神而明之，匪可言喩，亦由勉強而臻自然，蓋遵守成法之化境也。至于『結搆』二字，則在引商刻羽之先，拈韻抽毫之始，如造物之賦形，當其精血初凝，胞胎未就，先爲制定全形，使點血而具五官百骸之勢。倘先無成局，而由頂及踵，逐段滋生，則人之一身，當有無數斷續之痕，而血氣爲之中阻矣。工師之建宅亦然，基址初平，間架未立，先籌何處建廳，何方開戶，棟需何木，梁用何材，必俟成局了然，始可揮斤運斧。倘造成一架，而後再籌一架，則便於前者不便於後，勢必改而就之，未成先毀，猶之築舍道旁，兼數宅之匠、資，不足供一廳一堂之用矣。故作傳奇者，不宜卒急拈毫。袖手於前，始能疾書於後。有奇事，方有奇文。未有命題不佳，而能出其錦心，揚爲綉口者也。嘗讀時髦所撰，惜其慘澹經營，用心良苦，而不得被管絃、副優孟者，非審音協律之難，而結搆全部規模之未善也。（陸麗京云：『此等妙喩，惟心花筆花開成並蒂者能之。他人即具此錦心，亦不能爲此綉口。』）

『詞采』似屬可緩，而亦置音律之前者，以有才、技之分也。文詞稍勝者，即號『才人』；音律極精者，終爲『藝士』。師曠止能審樂，不能作樂；龜年但能度詞，不能製詞；使與作樂、製詞者同堂，吾知必居末席矣。事有極細，而亦不可不嚴者，此類是也。（尤展成云：『此論極允。不然，張打油塞滿世界矣。』）

戒諷刺

武人之刀，文士之筆，皆殺人之具也。刀能殺人，人善知之；筆能殺人，人則未盡知也。然筆能殺人，猶有或知之者；至筆之殺人，較刀之殺人，其快、其凶，更加百倍，則未有能知之而明言以戒世者。予請深言其故。何以知之？知之於刑人之際。殺之與剮，同是一死，而輕、重別焉者，以殺止一刀，爲時不久，頭落而事畢矣；剮必數十百刀，爲時必經數刻，死而不死，痛而復痛，求爲頭落事畢而不可得者，只在久與暫之分耳。然則筆之殺人，其爲痛也，豈止數刻而已哉！竊怪傳奇一書，昔人以代木鐸。因愚夫愚婦識字知書者少，勸使爲善，誡使勿惡，其道無由，故設此種文詞，借優人說法，與大衆齊聽，謂善者如此收場，不善者如此結果，使人知所趨避，是藥人壽世之方，救苦弭災之具也。後世刻薄之流，以此意倒行逆施，借此文報讐洩怨，心之所喜者，處以生、旦之位；意之所怒者，變以淨、丑之形，且舉千百年未聞之醜行，幻設而加於一人之身，使梨園習而傳之，幾爲定案，雖有孝子慈孫不能改也。噫！豈千古文章，止爲殺人而設；一生誦讀，徒備行凶造孽之需乎？蒼頡造字而鬼夜哭，造物之心，未必非逆料至此也。凡作傳奇者，先要滌去此種肺腸，務存忠厚之心，勿爲殘毒之事。以之報恩則可，以之報怨則不可。以之勸善、懲惡則可，以之欺善、作惡則不可。（余澹心云：『文人筆舌，菩薩心腸，直欲以塡詞作太上感應篇矣。』）人謂：琵琶一書，爲譏王四而設，因其不孝於親，故加以入贅豪門、致親餓死之事。何以知之？因『琵琶』二字，有四『王』字冒於其上，則其寓意可知也。噫！此非君子之言，齊東野人之語也。（尤展成云：『杜甫遊春一劇，終是文人輕薄。』）凡作傳世之文者，必先有可以傳世之心，而後鬼神效靈，予以生花之筆，撰爲倒峽之詞，使人人讚美，百世流芬——傳非文字之傳，一念之正氣使傳也。五經、四書、左、國、史、漢諸書，與大地山河同其不朽，試問當年作者，有一不肖之人、輕薄之子廁於其間乎？但觀琵琶得傳至今，則高則誠之爲人，必有善行可予，是以天壽其名，使不與身俱沒，豈殘忍刻薄之徒哉！（曹顧菴云：『盛名必由盛德，千古至論，有功名教不淺。』）即使當日與王四有隙，故以不孝加之；然則彼與蔡邕未必有隙，何以有隙之人止暗寓其姓，不明叱其名，而以未必有隙之人，反蒙李代桃僵之實乎？此顯而易見之事，從無一人辨之，創爲是說者，其不學無術可知矣。予向梓傳奇，嘗埒誓詞於首，其略云：『加生、旦以美名，原非市恩於有託；抹淨、丑以花面，亦屬調笑於無心：凡以點綴詞場，使不岑寂而已。但慮：七情以內，無境不生；六合之中，何所不有。幻設一事，卽有一事之偶同；喬命一名，卽有一名之巧合。焉知不以無基之樓閣，認爲有樣之葫蘆？是用瀝血鳴神，剖心告世：倘有一毫所指，甘爲三世之瘖；卽漏顯誅，難逋陰罰。』此種血忱，業已沁入梨棗，印政寰中久矣。而好事之家，猶有不盡相諒者，每觀一劇，必問所指何人。噫！如其盡有所指，則誓詞之設已經二十餘年，上帝有赫，實式臨之，胡不降之以罰？茲以身後之事，且置勿論，論其現在者：年將六十，卽旦夕就木，不爲殀矣。向憂伯道之憂，今且五其男二其女——孕而未誕、誕而待孕者，尚不一其人——雖盡屬景升豚犬，然得此以慰桑榆，不憂窮民之無告矣。年雖邁而筋力未衰，涉水登山，少年場往往追予弗及；貌雖癯而精血未耗，尋花覓柳，兒女事猶然自覺情長。所患在貧，貧也，非病也；所少在貴，貴豈人人可倖致乎？是造物之憫予，亦云至矣。非憫其才，非憫其德，憫其方寸之無他也。生平所著之書，雖無裨於人心、世道，若止論等身，幾與曹交食粟之軀，等其高下。使其間稍伏機心，略藏匕首，造物且誅之、奪之不暇，肯容自作孽者老而不死，猶得徉狂自肆於筆墨之林哉！吾於發端之始，卽以諷刺戒人，且若囂囂自鳴得意者，非敢故作夜郎，竊恐詞人不究立言初意，謬信琵琶王四之說，因謬成眞，誰無恩怨，誰乏牢騷，悉以塡詞洩憤，是此一書者，非闡明詞學之書，乃敎人行險播惡之書也。上帝討無禮予其首，誅乎現身說法，蓋爲此耳。

立主腦

古人作文一篇，定有一篇之主腦。主腦非他，卽作者立言之本意也。傳奇亦然。一本戲中，有無數人名，究竟俱屬陪賓；原其初心，止爲一人而設。卽此一人之身，自始至終，離、合、悲、歡，中具無限情由，無窮關目，究竟俱屬衍文；原其初心，又止爲一事而設。此一人一事，卽作傳奇之主腦也。然必此一人一事，果然奇特，實在可傳，而後傳之，則不媿傳奇之目，而其人、其事與作者姓名，皆千古矣。如一部琵琶，止爲蔡伯喈一人；而蔡伯喈一人，又止爲重婚牛府一事。其餘枝節，皆從此一事而生——二親之遭凶，五娘之盡孝，拐兒之騙財、匿書，張大公之疎財、仗義，皆由於此。是『重婚牛府』四字，卽作琵琶記之主腦也。一部西廂止爲張君瑞一人；而張君瑞一人，又止爲白馬解圍一事。其餘枝節，皆從此一事而生——夫人之許婚，張生之望配，紅娘之勇於作合，鶯鶯之敢於失身，與鄭恆之力爭原配而不得，皆由於此。是『白馬解圍』四字，卽作西廂記之主腦也。（王左車云：『金針度人，婆心爾爾。』）餘劇皆然，不能悉指。後人作傳奇，但知爲一人而作，不知爲一事而作，盡此一人所行之事，逐節鋪陳，有如散金碎玉。以作零齣則可，謂之全本，則爲斷線之珠，無梁之屋，作者茫然無緒，觀者寂然無聲，無怪乎有識梨園望之而却走也。此語未經提破，故犯者孔多。而今而後，吾知鮮矣。

脫窠臼

人惟求舊，物惟求新。新也者，天下事物之美稱也。而文章一道，較之他物，尤加倍焉。戛戛乎陳言務去，求新之謂也。至於塡詞一道，較之詩、賦、古文，又加倍焉，非特前人所作，於今爲舊，卽出我一人之手，今之視昨，亦有間焉。昨已見而今未見也，知未見之爲新，卽知已見之爲舊矣。（王左車云：『此笠翁有本之言，自「湯之盤銘」得來。修身作文，同是一理。』）古人呼劇本爲『傳奇』者，因其事甚奇特，未經人見而傳之，是以得名。可見非奇不傳。新，卽奇之別名也。若此等情節，業已見之戲場，則千人共見，萬人共見，絕無奇矣，焉用傳之！是以塡詞之家，務解『傳奇』二字。欲爲此劇，先問古今院本中曾有此等情節與否。如其未有，則急急傳之。否則枉費辛勤，徒作效顰之婦。東施之貌，未必醜於西施，止爲效顰於人，遂蒙千古之誚。使當日逆料至此，卽勸之捧心，知不屑矣。吾謂：塡詞之難，莫難於洗滌窠臼；而塡詞之陋，亦莫陋於盜襲窠臼。吾觀近日之新劇，非新劇也，皆老僧碎補之衲衣，醫士合成之湯藥，取衆劇之所有，彼割一段，此割一段，合而成之——卽是一種傳奇，但有耳所未聞之姓名，從無目不經見之事實。語云：『千金之裘，非一狐之腋。』以此贊時人新劇，可謂定評。但不知前人所作，又從何處集來！豈西廂以前，別有跳牆之張珙，琵琶以上，另有剪髮之趙五娘乎？若是，則何以原本不傳，而傳其抄本也！窠臼不脫，難語塡詞。凡我同心，急宜參酌。

密針線

編戲有如縫衣，其初則以完全者剪碎，其後又以剪碎者湊成。剪碎易，湊成難。湊成之工，全在針線緊密；一節偶疏，全篇之破綻出矣。每編一折，必須前顧數折，後顧數折。顧前者，欲其照映；顧後者，便於埋伏。照映、埋伏，不止照映一人，埋伏一事，凡是此劇中有名之人，關涉之事，與前此、後此所說之話，節節俱要想到。寧使想到而不用，勿使有用而忽之。吾觀今日之傳奇，事事皆遜元人，獨於埋伏照映處，勝彼一籌。非今人之太工，以元人所長，全不在此也。若以針線論，元曲之最疏者，莫過於琵琶，無論大關節目，背謬甚多——如子中狀元三載，而家人不知；身贅相府，享盡榮華，不能自遣一僕，而附家報於路人；趙五娘千里尋夫，隻身無伴，未審果能全節與否，其誰證之：諸如此類，皆背理妨倫之甚者。再取小節論之。如五娘之剪髮，乃作者自爲之，當日必無其事。以有疏財仗義之張大公在，受人之託，必能忠人之事，未有坐視不顧，而致其剪髮者也。然不剪髮不足以見五娘之孝，以我作琵琶，剪髮一折亦必不能少，但須回護張大公，使之自留地步。吾讀剪髮之曲，並無一字照管大公，且若有心譏刺者。據五娘云：『前日婆婆沒了，虧大公周濟。如今公公又死，無錢資送，不好再去求他，只得剪髮』云云，若是，則剪髮一事，乃自願爲之，非時勢迫之使然也，奈何曲中云『非奴苦要孝名傳，只爲上山擒虎易，開口告人難』。此二語雖屬恆言，人人可道，獨不宜出五娘之口。彼自不肯告人，何以言其難也？觀此二語，不似懟怨大公之詞乎？然此猶屬背後私言，或可免於照顧；迨其哭倒在地，大公見之，許送錢米相資，以備衣衾棺槨，則感之、頌之，當有不啻口出者矣，奈何曲中又云：『只恐奴身死也兀自沒人埋，誰還你恩債？』試問：公死而埋者何人？姑死而埋者何人？對埋殮公、姑之人而自言暴露，將置大公於何地乎？且大公之相資，尚義也，非圖利也，『誰還恩債』一語，不幾抹倒大公，將一片熱腸付之冷水乎？（余澹心云〔二〕：『余向讀琵琶，曾作此論，不意被笠翁拈出。眞堪折服則誠。』）（一經點破，便覺拂情。則誠復生，何詞以辯？）此等詞曲，幸而出自元人；若出我輩，則羣口訕之，不識置身何地矣。予非敢於讐古。既爲詞曲，立言必使人知取法；若扭於世俗之見，謂事事當法元人，吾恐未得其瑜，先有其瑕。人或非之，卽舉『元人』藉口，烏知聖人千慮，必有一失；聖人之事猶有不可盡法者，況其他乎？琵琶之可法者原多，請舉所長以蓋短：如中秋賞月一折，同一月也，出於牛氏之口者，言言歡悅；出於伯喈之口者，字字淒涼。一座兩情，兩情一事，此其針線之最密者。瑕不掩瑜，何妨並舉其略。然傳奇，一事也，其中義理，分爲三項：曲也，白也，穿插聯絡之關目也。元人所長者，止居其一，曲是也；白與關目，皆其所短。吾於元人，但守其詞中繩墨而已矣。

減頭緒

頭緒繁多，傳奇之大病也。荆、劉、拜、殺（荆釵記、劉知遠、拜月亭、殺狗記）之得傳於後，止爲一線到底，並無旁見、側出之情。三尺童子，觀演此劇，皆能了了於心，便便於口，以其始終無二事，貫串只一人也。後來作者，不講根源，單籌枝節，謂多一人可增一人之事。事多則關目亦多，令觀場者如入山陰道中，人人應接不暇。殊不知戲場脚色，止此數人；使換千百箇姓名，也只此數人裝扮。（陸麗京云：『說得病透，下得藥眞，笠翁誠醫國手。』）止在上場之勤不勤，不在姓名之換不換。與其忽張、忽李，令人莫識從來，何如只扮數人，使之頻上、頻下，易其事而不易其人，使觀者各暢懷來，如逢故物之爲愈乎？作傳奇者，能以『頭緒忌繁』四字刻刻關心，則思路不分，文情專一，其爲詞也，如孤桐勁竹，直上無枝，雖難保其必傳，然已有荆、劉、拜、殺之勢矣。

戒荒唐

昔人云：『畫鬼、魅易，畫狗、馬難。』以鬼、魅無形，畫之不似，難於稽考；狗、馬爲人所習見，一筆稍乖，是人得以指謫。可見事涉荒唐，卽文人藏拙之具也。而近日傳奇，獨工於爲此。

噫！活人見鬼，其兆不祥，矧有吉事之家，動出魑魅魍魎爲壽乎？移風易俗，當自此始。吾謂劇本非他，卽三代以後之韶、濩也。殷俗尚鬼，猶不聞以怪誕不經之事被諸聲樂，奏於廟堂，矧辟謬崇眞之盛世乎？王道本乎人情，凡作傳奇，只當求於耳目之前，不當索諸聞見之外。無論詞曲，古今文字皆然。凡說人情、物理者，千古相傳；凡涉荒唐、怪異者，當日卽朽。五經、四書、左、國、史、漢以及唐宋諸大家，何一不說人情？何一不關物理？及今家傳戶頌，有怪其平易而廢之者乎？齊諧，志怪之書也，當日僅存其名，後世未見其實。此非平易可久，怪誕不傳之明驗歟？人謂：『家常日用之事，已被前人做盡，窮微極隱，纖芥無遺。非好奇也，求爲平而不可得也。』予曰：『不然。世間奇事無多，常事爲多；物理易盡，人情難盡。有一日之君臣父子，卽有一日之忠孝節義。性之所發，愈出愈奇，儘有前人未作之事，留之以待後人。後人猛發之心，較之勝於先輩者。卽就婦人女子言之，女德莫過於貞，婦愆無甚於妒。古來貞女守節之事，自剪髮、斷臂、刺面、毀身以至刎頸而止矣。近日矢貞之婦，竟有刲腸、剖腹，自塗肝腦於貴人之庭以鳴不屈者。又有不持利器，談笑而終其身，若老衲高僧之坐化者。豈非五倫以內，自有變化不窮之事乎？古來妒婦制夫之條，自罰跪、戒眠、捧燈、戴水以至撲臀而止矣。近日妒悍之流，竟有鎖門絕食，遷怒於人，使族黨避禍難前，坐視其死而莫之救者。又有鞭撲不加，囹圄不設，寬仁大度，若有刑措之風，而其夫攝於不怒之威，自遣其妾而歸化者。豈非閨閫以內，便有日異月新之事乎？此類繁多，不能枚舉。（王安節云：『近日人情世故，總以翻案見奇。刑於之化，倒行逆施，其一端也。』）此言前人未見之事，後人見之，可備塡詞製曲之用者也。即前人已見之事，儘有摹寫未盡之情，描畫不全之態。若能設身處地，伐隱攻微，彼泉下之人，自能效靈於我，授以生花之筆，假以蘊綉之腸，製爲雜劇，使人但賞極新極豔之詞，而竟忘其爲極腐極陳之事者。此爲最上一乘，予有志焉，而未之逮也。』

審虛實

傳奇所用之事，或古、或今，有虛、有實，隨人拈取。古者，書籍所載，古人現成之事也；今者，耳目傳聞，當時僅見之事也；實者就事敷陳，不假造作，有根有據之謂也；虛者，空中樓閣，隨意排成，無影無形之謂也。人謂：『古事多實，近事多虛。』予曰：『不然。傳奇無實，大半皆寓言耳。欲勸人爲孝，則舉一孝子出名，但有一行可紀，則不必盡有其事，凡屬孝親所應有者，悉取而加之，亦猶紂之不善不如是之甚也。一居下流，天下之惡皆歸焉。其餘表忠、表節，與種種勸人爲善之劇，率同於此。若謂古事皆實，則西廂、琵琶，推爲曲中之祖，鶯鶯果嫁君瑞乎？蔡邕之餓莩其親，五娘之幹蠱其夫，見於何書？果有實據乎？孟子云「盡信書不如無書」，蓋指武成而言也，經史且然，矧雜劇乎？凡閱傳奇而必考其事從何來，人居何地者，皆說夢之痴，人可以不答者也。然作者秉筆，又不宜盡作是觀。若紀目前之事，無所考究，則非特事跡可以幻生，並其人之姓名，亦可以憑空捏造，是謂虛則虛到底也。若用往事爲題，以一古人出名，則滿場脚色，皆用古人，捏一姓名不得；其人所行之事，又必本於載籍，班班可考，創一事實不得。非用古人姓字爲難，使與滿場脚色同時共事之爲難也；非查古人事實爲難，使與本等情由貫串合一之爲難也。予既謂「傳奇無實，大半寓言」，何以又云「姓名事實，必須有本」？要知古人塡古事易，今人塡古事難。古人塡古事，猶之今人塡今事，非其不慮人，考無可考也；傳至於今，則其人其事，觀者爛熟於胸中，欺之不得，罔之不能，所以必求可據，是謂實則實到底也。若用一二古人作主，因無陪客，幻設姓名以代之，則虛不似虛，實不成實，詞家之醜態也，切忌犯之。』

詞采第二

曲與詩餘，同是一種文字。古今刻本中，詩餘能佳而曲不能盡佳者，詩餘可選而曲不可選也。詩餘最短，每篇不過數十字，作者雖多，入選者不多，棄短取長，是以但見其美。曲文最長，每折必須數曲，每部必須數十折，非八斗長才，不能始終如一。微疵偶見者有之，瑕瑜並陳者有之，倘有踴躍於前、懈弛於後，不得已而爲狗尾貂續者亦有之。演者、觀者，既存此曲，只得取其所長，恕其所短，首尾並録，無一部而删去數折，止存數折，一齣而抹去數曲，止存數曲之理。此戲曲不能盡佳，有爲數折可取而挈帶全篇，一曲可取而挈帶全折，使瓦缶與金石齊鳴者，職是故也。予謂：既工此道，當如畫士之傳眞，閨女之刺繡，一筆稍差，便慮神情不似，一針偶缺，即防花鳥變形。使全部傳奇之曲，得似詩餘選本，如花間、草堂諸集，首首有可珍之句，句句有可寶之字，則不媿塡詞之名，無論必傳，即傳之千萬年，亦非僥倖而得者矣。吾於古曲之中，取其全本不懈，多瑜鮮瑕者，惟西廂能之。琵琶則如漢高用兵，勝敗不一；其得一勝而王者，命也，非戰之力也。荆、劉、拜、殺之傳，則全賴音律；文章一道，置之不論可矣。

貴顯淺

曲文之詞采，與詩文之詞采非但不同，且要判然相反。何也？詩文之詞采貴典雅而賤粗俗，宜蘊藉而忌分明；詞曲不然，話則本之街談巷議，事則取其直說明言。凡讀傳奇而有令人費解，或初閱不見其佳、深思而後得其意之所在者，便非絶妙好詞；不問而知，爲今曲，非元曲也。元人非不讀書，而所製之曲，絶無一毫書本氣，以其有書而不用，非當用而無書也；後人之曲，則滿紙皆書矣。元人非不深心，而所塡之詞，皆覺過于淺近，以其深而出之以淺，非借淺以文其不深也；後人之詞，則心口皆深矣。無論其他，卽湯若士還魂一劇，世以配饗元人，宜也。問其精華所在，則以驚夢、尋夢二折對。予謂：二折雖佳，猶是今曲，非元曲也。驚夢首句云：『裊晴絲吹來閒庭院，搖漾春如線』。以遊絲一縷，逗起情絲。發端一語，卽費如許深心，可謂慘澹經營矣。然聽歌牡丹亭者，百人之中有一二人解出此意否？若謂製曲初心，並不在此，不過因所見以起興，則瞥見遊絲，不妨直說，何須曲而又曲，由晴絲而說及春，由春與晴絲而悟其如線也？若云作此原有深心，則恐索解人不易得矣。索解人既不易得，又何必奏之歌筵，俾雅人俗子同聞而共見乎？其餘『停半晌，整花鈿，沒揣菱花，偷人半面』及『良辰美景奈何天，賞心樂事誰家院』，『遍青山啼紅了杜鵑』等語，字字俱費經營，字字皆欠明爽。此等妙語，止可作文字觀，不得作傳奇觀。至如末幅『似蟲兒般蠢動把風情搧』，與『恨不得肉兒般團成片也，逗的箇日下胭脂雨上鮮』，尋夢曲云『明放着白日青天，猛教人抓不到夢魂前，是這答兒壓黃金釧匾』，此等曲則去元人不遠矣。而予最賞心者，不專在驚夢、尋夢二折；謂其心花、筆蕊，散見于前後各折之中。診祟曲云：『看你春歸何處歸？春睡何曾睡！氣絲兒怎度的長天日！○夢去知他實實誰？病來只送得箇虛虛的你。做行雲，先渴倒在巫陽會。○又不是困人天氣，中酒心期，魆魆的常如醉。○承尊覷，何時何日來看這女顏回？』憶女曲云：『地老天昏，沒處把老娘安頓。○你怎撇得下萬里無兒白髮親！○賞春香還是你舊羅裙。』玩眞曲云：『如愁欲語，只少口氣兒呵。○叫的你噴噓似天花唾。動凌波，盈盈欲下，不見影兒邪。」此等曲則純乎元人。置之百種前後，幾不能辨。以其意深詞淺，全無一毫書本氣也。若論塡詞家宜用之書，則無論經、傳、子、史，以及詩、賦、古文，無一不當熟讀，即道家、佛氏、九流、百工之書，下至孩童所習千字文、百家姓，無一不在所用之中。至於形之筆端，落于紙上，則宜洗濯殆盡。亦偶有用着成語之處，點出舊事之時，妙在信手拈來，無心巧合，竟似古人尋我，並非我覓古人。此等造詣，非可言傳，只宜多購元曲，寢食其中，自能爲其所化。而元曲之最佳者，不單在西廂、琵琶二劇，而在元人百種之中。百種亦不能盡佳，十有一二可列高、王之上，其不致家絃戶誦，出與二劇爭雄者，以其是雜劇而非全本，多北曲而少南音，又止可被諸管絃，不便奏之場上。今時所重皆在彼而不在此，即欲不爲紈扇之捐，其可得乎？

重機趣

「機趣」二字，塡詞家必不可少。機者，傳奇之精神；趣者，傳奇之風致。少此二物，則如泥人、土馬，有生形而無生氣。因作者逐句湊成，遂使觀場者逐段記憶，稍不留心，則看到第二曲不記頭一曲是何等情形，看到第二折不知第三折要作何勾當，是心口徒勞，耳目俱澁，何必以此自苦而復苦百千萬億之人哉！故塡詞之中，勿使有斷續痕，勿使有道學氣。所謂無斷續痕者，非止一齣接一齣，一人頂一人，務使承上接下，血脈相連，卽於情事截然絕不相關之處，亦有連環細筍，伏于其中，看到後來方知其妙，如藕於未切之時，先長暗絲以待，絲於絡成之後，纔知作繭之精，此言機之不可少也。（余澹心云：『微妙語，從楞嚴經中參悟得來。』）所謂無道學氣者，非但風流跌宕之曲、花前月下之情當以板腐爲戒，卽談忠孝節義與說悲苦哀怨之情，亦當抑聖爲狂，寓哭於笑，如王陽明之講道學，則得詞中三昧矣。陽明登壇講學，反覆辨說『良知』二字，一愚人訊之曰：『請問「良知」這件東西，還是白的？還是黑的？』陽明曰：『也不白，也不黑。只是一點帶赤的，便是良知了。』照此法塡詞，則離、合、悲、歡，嘻、笑、怒、罵，無一語、一字不帶機趣而行矣。予又謂：塡詞種子，要在性中帶來。性中無此，做殺不佳。人問性之有無，何從辨識？予曰：『不難觀其說話，行文卽知之矣。說話不迂腐，十句之中定有一二句超脫，行文不板實，一篇之內但有一二段空靈，此卽可以塡詞之人也。不則另尋別計，不當以有用精神，費之無益之地。』噫！性中帶來一語，事事皆然，不獨塡詞一節，凡作詩、文、書、畫，飲酒，鬭棋，與百工技藝之事，無一不具夙根，無一不本天授。強而後能者，畢竟是半路出家，止可冒齋飯喫，不能成佛作祖也。（余澹心云〔三〕：『是湯、許眞傳，借此闡發笠翁之意，舉業工矣。』）

戒浮泛

詞貴顯淺之說，前已道之詳矣。然一味顯淺，而不知分別，則將日流粗俗，求爲文人之筆而不可得矣。元曲多犯此病，乃矯艱深隱晦之弊而過焉者也。極粗極俗之語，未嘗不入塡詞，但宜從脚色起見。如在花面口中，則惟恐不粗不俗；一涉生、旦之曲，便宜斟酌其詞。無論生爲衣冠、仕宦，旦爲小姐、夫人，出言吐詞，當有雋雅舂容之度；卽使生爲僕從，旦作梅香，亦須擇言而發，不與淨、丑同聲：以生、旦有生、旦之體，淨、丑有淨、丑之腔故也。元人不察，多混用之。觀幽閨記之陀滿興福，乃小生脚色，初屈後伸之人也，其避兵曲云：『遥觀巡捕卒，都是棒和鎗。』此花面口吻，非小生曲也。均是常談俗語，有當用於此者，有當用於彼者。又有極粗、極俗之語，止更一二字，或增減一二字，便成絕新絕雅之文者。神而明之，只在一熟。當存其說，以俟其人。

塡詞義理無窮，說何人肖何人，議某事切某事，文章頭緒之最繁者，莫塡詞若矣。予謂總其大綱，則不出『情』、『景』二字。景書所睹，情發欲言。情自中生，景由外得。二者難易之分，判如霄壤。以情乃一人之情，說張三要像張三，難通融于李四；景乃衆人之景，寫春、夏盡是春、夏，止分別於秋、冬。善塡詞者，當爲所難，勿趨其易。批點傳奇者，每遇遊山、玩水、賞月、觀花等曲，見其止書所見不及中情者，有十分佳處，只好算得五分，以風、雲、月、露之詞，工者儘多，不從此劇始也。善詠物者，妙在卽景生情。如前所云琵琶賞月四曲，同一月也，牛氏有牛氏之月，伯喈有伯喈之月。所言者月，所寓者心。牛氏所說之月可移一句于伯喈，伯喈所說之月可挪一字于牛氏乎？夫妻二人之語，猶不可挪移，混用況他人乎？人謂：此等妙曲，工者有幾？強人以所不能，是塞塡詞之路也。予曰：『不然。作文之事，貴於專一。專則生巧，散乃入愚。專則易於奏工，散者難於責效。百工居肆，欲其專也。衆楚羣咻，喻其散也。舍情言景，不過圖其省力，殊不知眼前景物繁多，當從何處說起？詠花既愁遺鳥，賦月又想兼風。若使逐件鋪張，則慮事多曲少；欲以數言包括，又防事短情長。展轉推敲，已費心思幾許。何如只就本人生發，自有欲爲之事，自有待說之情，念不旁分，妙理自出。如發科發甲之人，牕下作文，每日止能一篇、二篇，場中遂至七篇。牕下之一篇二篇，未必盡好，而場中之七篇，反能盡發所長而奪千人之幟者，以其念不旁分，舍本題之外，並無別題可做，只得走此一條路也。吾欲塡詞家舍景言情，非責人以難，正欲其舍難就易耳。』

忌塡塞

塡塞之病有三：多引古事，叠用人名，直書成句。其所以致病之由，亦有三：借典核以明博雅，假脂粉以見風姿，取現成以免思索。而總此三病，與致病之由之故，則在一語。一語維何？曰：『從未經人道破』。一經道破，則俗語云『說破不值半文錢』，再犯此病者鮮矣。古來塡詞之家，未嘗不引古事，未嘗不用人名，未嘗不書現成之句，而所引、所用，與所書者則有別焉。其事不取幽深，其人不搜隱僻，其句則採街談巷議。卽有時偶涉詩、書，亦係耳根聽熟之語，舌端調慣之文，雖出詩、書，實與街談巷議無別者。總而言之，傳奇不比文章。文章做與讀書人看，故不怪其深；戲文做與讀書人與不讀書人同看，又與不讀書之婦人小兒同看，故貴淺不貴深。使文章之設，亦爲與讀書人、不讀書人及婦人小兒同看，則古來聖賢所作之經、傳，亦只淺而不深，如今世之爲小說矣。人曰：文士之作傳〔四〕奇，與著書無別，假此以見其才也，淺則才於何見？予曰：『能於淺處見才，方是文章高手。』施耐菴之水滸、王實甫之西廂，世人盡作戲文、小說看，金聖歎特標其名曰「五才子書」、「六才子書」者，其意何居？蓋憤天下之小視其道，不知爲古今來絕大文章，故作此等驚人語以標其目。』噫！知言哉！（陸梯霞云：『「驚人語」三字，剖出聖歎心肝。立言之意，端的如此。』）

閒情偶寄二卷目次

詞曲部

閒情偶寄 卷之二

音律第三

作文之最樂者，莫如塡詞；其最苦者，亦莫如塡詞。塡詞之樂——詳後賓白之第二幅——上天入地，作佛成仙，無一不隨意到，較之南面、百城，洵有過焉者矣。至說其苦，亦有千態萬狀，擬之悲傷、疾痛、桎梏、幽囚諸逆境，殆有甚焉者。請詳言之。他種文字，隨人長短，聽我張弛，總無限定之資格。今置散體弗論，而論其分股、限字與調聲叶律者。分股，則帖括時文是已。先破後承，始開終結，內分八股，股股相對，繩墨不爲不嚴矣。然其股法、句法，長短由人，未嘗限之以數，雖嚴而不謂之嚴也。限字，則四六排偶之文是已。語有一定之字，字有一定之聲，對必同心，意難合掌，矩度不爲不肅矣。然止限以數，未定以位；止限以聲，未拘以格。上四下六可，上六下四亦未嘗不可。仄平平仄可，平仄仄平亦未嘗不可。雖肅而實未嘗肅也。調聲叶律，又兼分股、限字之文，則詩中之近體是已。起句五言，則句句五言；起句七言，則句句七言；起句用某韻，則以下俱用某韻；起句第二字用平聲，則下句第二字定用仄聲，第三、第四又復顛倒用之；前人立法，亦云苛且密矣。然起句五言，句句五言；起句七言，句句七言：便有成法可守。想入五言一路，則七言之句不來矣；起句用某韻，以下俱用某韻；起句第二字用平聲，下句第二字定用仄聲：則拈得平聲之韻，上、去、入三聲之韻皆可置之不問矣。守定平仄、仄平二語，再無變更，自一首以至千百首，皆出一轍，保無朝更夕改之令阻人適從矣。是其苛猶未甚，密猶未至也。至於塡詞一道，則句之長短，字之多寡，聲之平、上、去、入，韻之清濁、陰陽，皆有一定不移之格。長者短一綫不能，少者增一字不得，又復忽長忽短，時少時多，令人把握不定。當平者平，用一仄字不得；當陰者陰，換一陽字不能。調得平仄成文，又慮陰陽反覆；分得陰陽清楚，又與聲韻乖張。令人攪斷肺腸，煩苦欲絕。此等苛法，儘勾磨人。作者處此，但能布置得宜，安頓極妥，便是千幸萬幸之事，尙能計其詞品之低昂，文情之工拙乎？予襁褓識字，總角成篇，於詩、書、六藝之文，雖未精窮其義，然皆淺涉一過。總諸體百家而論之，覺文字之難，未有過於塡詞者。予童而習之，於今老矣，尙未窺見一班。祇以管窺、蛙見之識，謬語同心；虛赤幟於詞壇，以待將來作者。能於此種艱難文字，顯出奇能，字字在聲音律法之中，言言無資格拘攣之苦，如蓮花生在火上，仙叟奕於橘中，始爲盤根錯節之才，八面玲瓏之筆，壽名千古，衾影何慚。（王左車云：『數語自道其實。』）而千古上下之題品文藝者，看到傳奇一種，當易心換眼，別置典刑。要知此種文字，作之可憐，出之不易。其楮、墨、筆、硯，非同己物，有如假自他人；耳、目、心、思，效用不能，到處爲人掣肘。非若詩、賦、古文，容其得意疾書，不受神牽鬼制者，七分佳處，便可許作十分；若到十分，卽可敵他種文字之二十分矣。予非左袒詞家，實欲主持公道。如其不信，但請作者同拈一題，先作文一篇，或詩一首，再作塡詞一曲，試其孰難、孰易、誰拙、誰工，卽知予言之不謬矣。然難、易自知，工、拙必須人辨。

詞曲中音律之壞，壞於南西廂。凡有作者，當以之爲戒，不當取之爲法。非止音律，文藝亦〔三〕然。請詳言之。塡詞除雜劇不論，止論全本，其文字之佳、音律之妙，未有過於北西廂者。自南本一出，遂變極佳者爲極不佳，極妙者爲極不妙。推其初意，亦有可原，不過因北本爲詞曲之豪，人人贊羨，但可被之管絃，不便奏諸場上，但宜於弋陽、四平等俗優，不便强施於崑調，以係北曲而非南曲也。茲請先言其故。北曲一折，止隸一人。雖有數人在場，其曲止出一口，從無互歌、迭詠之事。弋陽、四平等腔，字多音少，一洩而盡。又有一人啓口，數人接腔者，名爲一人，實出衆口。故演北西廂甚易。崑調悠長，一字可抵數字。每唱一曲，又必一人始之，一人終之，無可助一臂者。以長江、大河之全曲，而專責一人，卽有銅喉、鐵齒，其能勝此重任乎？此北本雖佳，吳音不能奏也。作南西廂者，意在補此缺陷，遂割裂其詞，增添其白，易北爲南，撰成此劇，亦可謂善用古人、喜傳佳事者矣。然自予論之，此人之於作者，可謂功之首而罪之魁矣。所謂功之首者，非得此人，則俗優競演，雅調無聞，作者苦心，雖傳實沒。所謂罪之魁者，千金狐腋，剪作鴻毛，一片精金，點成頑鐵，若是者，何以其有用古之心而無其具也。今之觀演此劇者，但知關目動人，詞曲悅耳，亦曾細嘗其味，深繹其詞乎？使讀書作古之人，取西廂南本一閱，句櫛字比，未有不廢卷掩鼻而怪穢氣熏人者也。若曰詞曲情文不浹，以其就北本增刪，割彼湊此，自難貼合，雖有才力無所施也，然則賓白之文，皆由己作，並未依傍原本，何以有才不用，有力不施，而爲俗口鄙惡之談以穢聽者之耳乎？且曲文之中，儘有不就原本增刪，或自塡一折以補原本之缺略，自撰一曲以作諸曲之過文者，此則束縛無人，操縱由我，何以有才不用，有力不施，亦作勉強支吾之句以混觀者之目乎？使王實甫復生，看演此劇，非狂叫怒駡，索改本而付之祝融，卽痛哭流涕，對原本而悲其不幸矣！噫，續西廂者之才，去作西廂者止爭一間，觀者羣加非議，謂：驚夢以後諸曲，有如狗尾續貂。以彼之才，較之作南西廂者，豈特奴婢之於郎主，直帝王之視乞丐。乃今之觀者，彼施責備，而此獨包容，已不可解；且令家尸戶祝，居然配饗琵琶，非特實甫呼冤，且使則誠號屈矣。予生平最惡弋陽、四平等劇，見則趨而避之，但聞其搬演西廂，則樂觀恐後。何也？以其腔調雖惡，而曲文未改，仍是完全不破之西廂，非改頭、換面、折手、跛足之西廂也。南本則聾瞽、喑啞、馱背、折腰諸惡狀，無一不備於身矣。此但責其文詞，未究音律。從來詞曲之旨，首嚴宮調，次及聲音，次及字格。九宮十三調，南曲之門戶也。小齣可以不拘其成套，大曲則分門別戶，各有依歸，非但彼此不可通融，次第亦難紊亂。此劇只因改北成南，遂變盡詞場格局。或因前曲與前曲字句相同，後曲與後曲體段不合，遂向別宮別調，隨取一曲以聯絡之，此宮調之不能盡合也。或彼曲與此曲牌名巧湊，其中但有一二句字數不符，如其可增可減，即增減就之，否則任其多寡，以解補湊不來之厄，此字格之不能盡符也。至於平仄、陰陽，與逐句所叶之韻，較此二者，其難十倍，誅之將不勝誅，此聲音之不能盡叶也。詞家所重在此三者，而三者之弊，未嘗缺一，能使天下相傳，久而不廢，豈非咄咄怪事乎！更可異者，近日詞人因其熟於梨園之口，習於觀者之目，謂此曲第一當行，可以取法，用作曲譜。所塡之詞，凡有不合成律者，他人執而訊之，則曰：『我用南西廂某折作對子，如何得錯！』噫！玷西廂名目者，此人；壞詞場矩度者，此人；誤天下後世之蒼生者，亦此人也。此等情弊，予不急爲拈出，則南西廂之流毒，皆至何年何代而已乎？

向在都門，魏貞菴相國取崔、鄭合葬墓誌銘示予，命予作北西廂翻本，以正從前之謬。予謝不敏，謂：天下已傳之書，無論是非可否，悉宜聽之，不當奮其死力，與較短長。較之而非，舉世起而非我；即較之而是，舉世亦起而非我。何也？貴遠賤近，慕古薄今，天下之通情也。誰肯以千古不朽之名人，抑之使出時流下？彼文足以傳世，業有明徵；我力足以降人，尚無實據。以無據敵有徵，其敗可立見也。時龔芝麓先生亦在座，與貞菴相國均以予言爲然。向有一人欲改北西廂，又有一人欲續水滸傳，同商於余。余曰：『西廂非不可改，水滸非不可續。然無奈二書已傳，萬口交贊，其高踞詞壇之坐位，業如泰山之穩，磐石之固，欲遽叱之使起，而讓席於余，此萬不可得之數也。無論所改之西廂、所續之水滸未必可繼後塵，即使高出前人數倍，吾知舉世之人，不約而同，皆以「續貂、蛇足」四字爲新作之定評矣。』二人唯唯而去。此余由衷之言，向以誡人，而今不以之繩己，動數前人之過者，其意何居？曰：『存其是也。放鄭聲者，非讐鄭聲，存雅樂也。辟異端者，非讐異端，存正道也。予之力斥南西廂，非讐南西廂，欲存北西廂之本來面目也。若謂前人盡不可議，前書盡不可毀，則揚朱、墨翟亦是前人，鄭聲未必無底本，有之，亦是前書，何以古聖賢放之、辟之不遺餘力哉！』予又謂：北西廂不可改，南西廂則不可不翻。何也？世人喜觀此劇，非故嗜痂。因此劇之外，別無善本，欲覩崔，張舊事，舍此無由。地乏硃砂，赤土爲佳，南西廂之得以浪傳，職是故也。使得一人焉，起而痛反其失，別出新裁，創爲南本，師實甫之意而不必更襲其詞，祖漢卿之心而不獨僅續其後，若與北西廂角勝爭雄，則可謂難之又難；若止與南西廂賭長較短，則猶恐屑而不屑。予雖乏才，請當斯任。救饑有暇，當卽拈毫。

南西廂翻本既不可無，予又因此及彼，而有志於北琵琶一劇。蔡中郎夫婦之傳，既以琵琶得名，則『琵琶』二字，乃一篇之主。而當年作者，何以僅標其名，不見拈弄其實？使趙五娘描容之後，果然身背琵琶，往別張大公，彈出北曲哀聲一大套，使觀者聽者涕泗橫流，豈非琵琶記中一大暢事？而當年見不及此者，豈元人各有所長，工南詞者不善製北曲耶？使王實甫作琵琶，吾知與千載後之李笠翁必有同心矣。予雖乏才，亦不敢不當斯任。向塡一折付優人，補則誠原本之不逮，茲已附入四卷之末。尙思擴爲全本，以備詞人採擇。如其可用，譜爲絃索新聲。若是，則南西廂、北琵琶二書，可以並行。雖不敢望追踪前哲，並轡時賢，但能保與自手所塡諸曲，如已經行世之前後八種，及已塡未刻之內外八種，合而較之，必有淺深疎密之分矣。然著此二書，必須杜門累月。竊恐饑來驅人，勢不由我，安得雨珠雨粟之天，爲數十口家人籌生計乎？傷哉貧也！

恪守詞韻

一齣用一韻到底，半字不容出入，此爲定格。舊曲韻雜，出入無常者，因其法制未備，原無成格可守，不足怪也。旣有中原音韻一書，則猶畛域畫定，寸步不容越矣。常見文人製曲，一折之中，定有一二出韻之字。非曰明知故犯，以偶得好句，不在韻中，而又不肯割愛，故勉強入之，以快一時之目者也。杭有才人沈孚中者，所製綰春園、息宰河二劇，不施浮采，純用白描，大是元人後勁。予初閱時，不忍釋卷。及考其聲韻，則一無定軌，不惟偶犯數字，竟以寒山、桓歡二韻合爲一處用之，又有以支思、齊微、魚模三韻並用者，甚至以眞文、庚青、侵尋三韻不論開口、閉口，同作一韻用者，長於用才而短於擇術，致使佳調不傳，殊可痛惜！夫作詩、塡詞，同一理也。未有沈休文詩韻以前，大同小異之韻，或可叶入詩中；既有此書，即三百篇之風人復作，亦當俯就範圍。李白詩仙，杜甫詩聖，其才豈出沈約下？未聞以才思縱橫而躍出韻外，况其他乎？設有一詩於此，言言中的，字字驚人，而以一東、二冬並叶，或三江、七陽互施，吾知司選政者，必加擯黜，豈有以才高句美而破格收之者乎？詞家繩墨，只在譜、韻二書。合譜，合韻，方可言才。不則八斗難克升合，五車不敵片紙，雖多雖富，亦奚以爲！

凜遵曲譜

曲譜者，塡詞之粉本，猶婦人刺繡之花樣也。描一朵，刺一朵；畫一葉，繡一葉。拙者不可稍減，巧者亦不能略增。然花樣無定式，儘可日異月新；曲譜則愈舊愈佳，稍稍趨新，則以毫釐之差，而成千里之謬。情事新奇百出，文章變化無窮，總不出譜內刊成之定格。是束縛文人，而使有才不得自展者，曲譜是也；私厚詞人，而使有才得以獨展者，亦曲譜是也。使曲無定譜，亦可日異月新，則凡屬淹通文藝者，皆可塡詞，何元人我輩之足重哉！「依樣畫葫蘆」一語，竟似爲塡詞而發。妙在依樣之中，別出好歹。稍有一線之出入，則葫蘆體樣不圓，非近於方則類乎區矣，葫蘆豈易畫者哉。明朝三百年，善畫葫蘆者，止有湯臨川一人，而猶有病其聲韻偶乖、字句多寡之不合者，甚矣，畫葫蘆之難，而一定之成樣不可擅改也。

曲譜無新，曲牌名有新。蓋詞人好奇、嗜巧，而又不得展其技倆，無可奈何，故以二曲、三曲合爲一曲，鎔鑄成名，如金索掛梧桐、傾盃賞芙蓉、倚馬待風雲之類是也。此皆老於詞學文人善歌者能之，不則上調不接下調，徒受〔六〕歌者揶揄。然音調雖協，亦須文理貫通，始可串離使合。如金絡索、梧桐樹是兩曲，串爲一曲，而名曰金索掛梧桐，以金索掛樹，是情理所有之事也；傾盃序、玉芙蓉是兩曲，串爲一曲，而名曰傾盃賞芙蓉，傾盃酒而賞芙蓉，雖係揑成，猶口頭語也；駐馬聽、一江風、駐雲飛是三曲，串爲一曲，而名曰倚馬待風雲，倚馬而待風雲之會，此語卽入詩文中，亦自成句。凡此，皆係有倫、有脊之言，雖巧而不厭其巧。竟有只顧串合，不詢文義之通塞、事理之有無，生扭數字作曲名者，殊失顧名思義之體，反不若前人不列名目，只以『犯』字加之。如本曲江兒水而串入二別曲，則曰二犯江兒水，本曲集賢賓而串入三別曲，則曰三犯集賢賓。又有以『攤破』二字概之者，如本曲簇御林、本曲錦地花而串入別曲，則曰攤破簇御林、攤破錦地花之類，何等渾然，何等藏拙。更有以十數曲串爲一曲，而標以總名，如六犯淸音、七賢過關、九迴腸、十二峯之類，更覺渾雅。予謂串舊作新，終是塡詞末着。只求文字好，音律正，卽牌名舊殺，終覺新奇可喜。如以極新極美之名，而塡以庸腐乖張之曲，誰其好之？善惡在實，不在名也。

魚模當分

詞曲韻書，止靠中原音韻一種。此係北韻，非南韻也。十年之前，武林陳次升先生欲補此缺陷，作南詞音韻一書，工垂成而復輟，殊爲可惜。予謂南韻深渺，卒難成書，塡詞之家卽將中原音韻一書，就平、上、去三音之中，抽出入聲字另爲一聲，私置案頭，亦可暫備南詞之用。然此猶可緩。更有急於此者，則魚模一韻，斷宜分別爲二。魚之與模，相去甚遠，不知周德清當日何故比而同之，豈倣沈休文詩韻之例，以元、繁、孫三韻合爲十三元之一韻，必欲於純中示雜，以存大音希聲之一線耶？無論一曲數音，聽到歇脚處覺其散漫無歸，卽我輩置之案頭，自作文字讀，亦覺字句聱牙，聲韻逆耳。倘有詞學專家，欲其文字與聲音媲美者，當令魚自魚而模自模，兩不相混，斯爲極妥。卽不能全齣皆分，或每曲各爲一韻，如前曲用魚，則用魚韻到底，後曲用模，則用模韻到底，猶之一詩一韻，後不同前，亦簡便可行之法也。自愚見推之，作詩用韻，亦當倣此，另鈔元字一韻，區別爲三。拈得十三元者，首句用元，則用元韻到底，凡涉繁、孫二韻者勿用；拈得繁、孫者，亦然。出韻則犯詩家之忌，未有以用韻太嚴，而反來指謫者也。

廉監宜避

侵尋、監咸、廉纖三韻，同屬閉口之音。而侵尋一韻，較之監咸、廉纖，獨覺稍異。每至收音處，侵尋閉口，而其音猶帶清亮。至監咸、廉纖二韻，則微有不同。此二韻者，以作急板小曲則可，若塡悠揚大套之詞，則宜避之。西廂『不念法華經、不理梁王懺』一折用之者，以出惠明口中，聲口恰相合耳。此二韻宜避者，不止單爲聲音，以其一韻之中，可用者不過數字，餘皆險僻艱生，備而不用者也。若惠明曲中之『揝』字、『攙』字、『燂』字、『臢』字、『餡』字、『蘸』字、『髟』字，惟惠明可用，亦惟才大如天之王實甫能用。以第二人作西廂，卽不敢用此險韻矣。初學塡詞者不知，每於一折開手處誤用此韻，致累全篇無好句。又有作不終篇，棄去此韻而另作者。失計妨時，故用韻不可不擇。

拗句難好

音律之難，不難於鏗鏘順口之文，而難於倔强聱牙之句。鏗鏘順口者，如此字聲韻不合，隨取一字換之，縱橫順逆，皆可成文，何難一時數曲。至於倔强聱牙之句，卽不拘音律，任意揮寫，尙難見才，況有清濁、陰陽及明用韻、暗用韻，又斷斷不宜用韻之成格，死死限在其中乎？詞名之最易塡者，如皂羅袍、醉扶歸、解三酲、步步嬌、園林好、江兒水等曲，韻脚雖多，字句雖有長短，然讀者順口，作者自能隨筆。卽有一二句宜作拗體，亦如詩內之古風，無才者處此，亦能勉力見才。至如小桃紅、下山虎等曲，則有最難下筆之句矣。幽閨記小桃紅之中段云：『輕輕將袖兒掀，露春纖，盞兒拈，低嬌面也』。每句只三字，末句叶韻，而每句之第二字，又斷該用平，不可犯仄。此等處似難，而尚未盡難。其下山虎云：『大人家體面，委實多般。有眼何曾見？懶能向前，弄盞傳杯，恁般腼腆。這裏新人忒殺虔，待推怎地展？主婚人不見憐，配合夫妻，事事非偶然。好惡姻緣總在天。』只須『懶能向前』、『待推怎地展』、『事非偶〔七〕然』之三句，便能攪斷詞腸。『懶能向前』、『事非偶然』二句，每句四字，兩平兩仄，末字叶韻。『待推怎地展』一句，五字，末字叶韻；五字之中，平居其一，仄居其四。此等拗句，如何措手！南曲中此類極多，其難有十倍於此者，若逐個牌名援引，則不勝其繁，而觀者厭矣；不引一二處定其難易，人又未必盡曉。茲只隨拈舊詩一句，顛倒聲韻以喻之。如『雲淡風輕近午天』，此等句法，自然容易見好；若變爲『風輕雲淡近午天』，則雖有好句，不奪目矣。況『風輕雲淡近午天』七字之中，未必言言合律，或是陰陽相左，或是平仄尚乖，必須再易數字始能合拍，或改爲『風輕雲淡午近天』或又改爲『風輕午近雲淡天』，此等句法，揆之音律則或諧矣，若以文理繩之，尚得名爲詞曲乎？海內觀者肯曰此句爲音律所限，自難求工，姑爲體貼人情之善念而恕之乎？曰：不能也。既曰不能，則作者將删去此句而不作乎？抑自創一格而暢我所欲言乎？曰：亦不能也。然則攻此道者，亦甚難矣。變難成易，其道何居？曰：有一方便法門，詞人或有行之者，未必盡有知之者。行之者偶然合拍，如路逢故人，出之不意，非我知其在路而往投之也。凡作倔強聱牙之句，不合自造新言，只當引用成語。成語在人口頭，卽稍更數字，略變聲音，念來亦覺順口。新造之句，一字聱牙，非止念不順口，且令人不解其意。今亦隨拈一二句試之。如『柴米油鹽醬醋茶』，口頭語也，試變爲『油鹽柴米醬醋茶』或再變爲『醬醋油鹽柴米茶』，未有不明其義，不辨其聲者。『東邊日出西邊雨，道是無情却有情』，口頭語也。試將上句變爲『日出東邊西邊雨』，下句變爲『道是有情却無情』，亦未有不明其義，不辨其聲者。若使新造之言而作此等拗句，則幾與海外方言無別，必經重譯而後知之矣。卽取前引幽閨之二句，定其工拙。『懶能向前』、『事非偶然』二句，皆拗體也。『懶能向前』一句，係作者新構，此句便覺生澀，讀不順口；『事非偶然』一句，係家常俗語，此句便覺自然，讀之溜亮：豈非用成語易工，作新句難好之驗乎？予作傳奇數十種，所謂『三折肱爲良醫』，此折肱語也。因覓知音，盡傾肝膈。孔子云：『益者三友：友直，友諒，友多聞。』『多聞』吾不敢居，請自呼爲『直』、『諒』。

合韻易重

句末一字之當叶者，名爲韻腳。一曲之中，有幾韻腳，前後各別，不可犯重。此理誰不知之？誰其犯之？所不盡知而易犯者，惟有『合前』數句。茲請先言『合前』之故。同一牌名而爲數曲者，止於首隻列名。其後在南曲則曰『前腔』，在北曲則曰『么篇』，猶詩題之有其二、其三、其四也。末後數語，有前後各別者。有前後相同，不復另作，名爲『合前』者，此雖詞人躲懶法，然付之優人，實有二便：初學之時，少讀數句新詞，省費幾番記憶，一便也；登場之際，前曲各人分唱，『合前』之曲必通場合唱，既省精神，又不寂寞，二便也。然『合前』之韻脚，最易犯重。何也？大凡做首曲，則知查韻。用過之字，不肯復用。迨做到第二、三曲，則止圖省力，但做前詞，不顧後語，置『合前』數句於度外，謂前曲已有，不必費心，而烏知此數句之韻脚，在前曲則語語各別，湊入此曲，焉知不有偶合者乎？故作前腔之曲，而有『合前』之句者，必將末後數句之韻脚，緊記在心，不可復用，作完之後，又必再查，始能不犯此病。此就韻脚而言也。韻脚犯重，猶是小病。更有大於此者，則在詞意與人不相合。何也？『合前』之曲，既使同唱，則此數句之詞意，必有同情。如生、旦、淨、丑四人在場，生、旦之意如是，淨、丑之意亦如是，卽可謂之同情，卽可使之同唱。若生、旦如是，淨、丑未盡如是，則兩情不一，已無同唱之理，況有生、旦如是，淨、丑必不如是，則豈有相反之曲而同唱者乎？此等關竅，若不經人道破，則塡詞之家，既顧陰陽、平仄，又調角、徵、宮、商，心緒萬端，豈能復籌及此。予作是編，其於詞學之精微，則萬不得一；如此等麄淺之論，則可謂知無不言，言無不盡者矣。後來作者，當錫予一字，命曰『詞奴』，以其爲千古詞人嘗效紀綱奔走之力也。（尤展成云：『笠翁眞曲夫子，允宜俎豆詞場。詞奴之稱，無乃過抑！』）

慎用上聲

平、上、去、入四聲，惟上聲一音最別。用之詞曲，較他音獨低；用之賓白，又較他音獨高。塡詞者每用此聲，最宜斟酌。此聲利於幽靜之詞，不利於發揚之曲。卽幽靜之詞，亦宜偶用、間用，切忌一句之中連用二、三、四字。蓋曲到上聲，字不求低而自低；不低，則此字唱不出口。如十數字高，而忽有一字之低，亦覺抑揚有致。若重複數字皆低，則不特無音，且無曲矣。至於發揚之曲，每到喫緊關頭，卽當用陰字而易以陽字，尙不發調，況爲上聲之極細者乎？予嘗謂：物有雌雄，字亦有雌雄。平、去、入三聲以及陰字，乃字與聲之雄飛者也。上聲及陽字，乃字與聲之雌伏者也。此理不明，難於製曲。初學塡詞者，每犯抑、揚倒置之病。其故何居？正爲上聲之字，入曲低而入白反高耳。詞人之能度曲者，世間頗少。其握管撚髭之際，大約口內吟哦，皆同說話。每逢此字，卽作高聲。且上聲之字，出口最亮，入耳極淸。因其高而且淸，淸而且亮，自然得意疾書，孰知唱曲之道與此相反，念來高者唱出反低，此文人妙曲利於案頭而不利於場上之通病也。非笠翁爲千古癡人，不分一毫人、我，不留一點渣滓者，孰肯盡出家私底蘊，以博慷慨好義之虛名乎？

少塡入韻

入聲韻脚，宜於北而不宜於南。以韻脚一字之音，較他字更須明亮，北曲止有三聲，有平、上、去而無入，用入聲字作韻脚，與用他聲無異也；南曲四聲俱備，遇入聲之字，定宜唱作入聲，稍類三音，卽同北調矣，以北音唱南曲可乎？予每以入韻作南詞，隨口念來，皆似北調，是以知之。若塡北曲，則莫妙於此，一用入聲，卽是天然北調。然入聲韻脚最易見才，而又最難藏拙。工于入韻，卽是詞壇祭酒。以入韻之字，雅馴自然者少，麄俗倔彊者多，塡詞老手，用慣此等字樣，始能點鐵成金；淺乎此者，運用不來，鎔鑄不出，非失之太生，則失之太鄙。但以西廂、琵琶二劇，較其短長：作西廂者，工於北調，用入韻是其所長，如鬧會曲中『二月春雷響殿角』、『早成就幽期密約』、『內性兒聰明，冠世才學，扭捏着身子百般做作』，『角』字、『約』字、『學』字、『作』字，何等馴雅，何等自然；琵琶工於南曲，用入韻是其所短，如描容曲中『兩處堪悲，萬愁怎摸』，愁是何物，而可摸乎？入聲韻脚宜北不宜南之論，蓋爲初學者設，久於此道而得三昧者，則左之右之，無不宜之矣。

別解務頭

塡詞者，必講『務頭』。然『務頭』二字，千古難明。嘯餘譜中載『務頭』一卷，前後臚列，豈止萬言，究竟『務頭』二字，未經說明，不知何物。止於卷尾開列諸舊曲，以爲體樣，言『某曲中第幾句是「務頭」，其間陰陽不可混用，去上、上去等字不可混施』。若蹤此求之，則除却此句之外，其平仄、陰陽皆可混用、混施而不論矣。又云：『某句是「務頭」，可施俊語於其上。』若是，則一曲之中，止該用一俊語，其餘字句皆可潦草塗鴉，而不必計其工拙矣。予謂：立言之人，與當權秉軸者無異。政令之出，關乎從違。斷斷可從，而後使民從之；稍背於此者，卽在當違之列。鑿鑿能信，始可發令。措詞又須言之極明，論之極暢，使人一目了然。今單提某句爲『務頭』，謂陰陽、平仄斷宜加嚴，俊語可施於上，此言未嘗不是，其如舉一廢百，當從者寡，當違者衆，是我欲加嚴，而天下之法律反從此而寬矣。況又囁嚅其詞，吞多吐少，何所取義而稱爲『務頭』，絕無一字之詮釋，然則『葫蘆提』三字，何以服天下？吾恐狐疑者讀之愈重其狐疑，明了者觀之頓喪其明了，非立言之善策也。予謂：『務頭』二字，旣然不得其解，只當以不解解之。曲中有『務頭』，猶棋中有眼，有此則活，無此則死。進不可戰，退不可守者，無眼之棋，死棋也；看不動情，唱不發調者，無『務頭』之曲，死曲也。一曲有一曲之『務頭』，一句有一句之『務頭』，字不聱牙，音不泛調，一曲中得此一句卽使全曲皆靈，一句中得此一二字卽使全句皆健者，『務頭』也。由此推之，則不特曲有『務頭』，詩、詞、歌、賦以及舉子業，無一

不有『務頭』矣。人亦照譜按格，發舒性靈，求爲一代之傳書而已矣，豈得爲謎語欺人者所惑，
而阻塞詞源，使不得順流而下乎？

閒情偶寄三卷目次

詞曲部

閒情偶寄 卷之三

賓白第四

自來作傳奇者，止重塡詞，視賓白爲末着。常有白雪、陽春其調而巴人下里其言者，予竊怪之。原其所以輕此之故，殆有說焉。元以塡詞擅長，名人所作，北曲多而南曲少。北曲之介白者，每折不過數言。卽抹去賓白而止閱塡詞，亦皆一氣呵成，無有斷續，似併此數言亦可略而不備者。由是觀之，則初時止有塡詞，其介白之文，未必不係後來添設。在元人，則以當時所重不在於此，是以輕之。後來之人又謂：元人尚在不重，我輩工此何爲！遂不覺日輕一日，而竟置此道於不講也。予則不然，嘗謂：曲之有白，就文字論之，則猶經、文之於傳、註，就物理論之，則如棟、梁之於榱、桷，就人身論之，則如肢、體之於血、脈，非但不可相無，且覺稍有不稱，卽因此賤彼，竟作無用觀者。故知賓白一道，當與曲文等視。有最得意之曲文，卽當有最得意之賓白。但使筆酣、墨飽，其勢自能相生。常有因得一句好白而引起無限曲情，又有因塡一首好詞而生出無窮話柄者，是文與文自相觸發，我止樂觀厥成，無所容其思議。此係作文恆情，不得幽渺其說而作化境觀也。（王安節曰：『先生之恆情，即他人之化境。』）

聲務鏗鏘

賓白之學，首務鏗鏘。一句聱牙，俾聽者耳中生棘；數言清亮，使觀者倦處生神。世人但以『音韻』二字，用之曲中，不知賓白之文，更宜調聲協律。世人但知四六之句，平間仄、仄間平非可混施疊用，不知散體之文，亦復如是。『平仄仄平平仄仄，仄平平仄仄平平』，二語乃千古作文之通訣，無一語、一字可廢聲音者也。如上句末一字用平，則下句末一字定宜用仄；連用二平，則聲帶喑啞，不能聳聽。下句末一字用仄，則接此一句之上句，其末一字定宜用平；連用二仄，則音類咆哮，不能悅耳。此言通篇之大較，非逐句、逐字皆然也。能以作四六平仄之法，用於賓白之中，則字字鏗鏘，人人樂聽，有『金聲擲地』之評矣。

聲務鏗鏘之法，不出平仄、仄平二語是已。然有時連用數平，或連用數仄，明知聲欠鏗鏘，而限於情事，欲改平爲仄、改仄爲平而決無平聲、仄聲之字可代者，此則千古詞人未窮其秘。予以探驪覓珠之苦，入萬丈深潭者既久而後得之。以告同心，雖示無私，然未免可惜。字有四聲，平、上、去、入是也，平居其一，仄居其三。是上、去、入三聲，皆麗於仄。而不知上之爲聲，雖與去、入無異，而實可介於平、仄之間，以其別有一種聲音，較之於平則略高，比之去、入則又略低。古人造字審音，使居平、仄之介，明明是一過文——由平至仄，從此始也。（余云：『洩從前未洩之秘，鏗鏘鼓舞，絕倒乎予矣。』）譬如四方聲音，到處各別，吳有吳音，越有越語，相去不啻天淵。而一至接壤之處，則吳、越之音相半，吳人聽之覺其同，越人聽之亦不覺其異。晉、楚、燕、秦以至黔、蜀，在在皆然，此即聲音之過文，猶上聲介於平、去、入之間也。作賓白者，欲求聲韻鏗鏘，而限於情事，求一可代之字而不得者，即當用此法以濟其窮。如兩句三句皆平，或兩句三句皆仄，求一可代之字而不得，即用一上聲之字介乎其間，以之代平可，以之代去入亦可。如兩句三句皆平，間一上聲之字，則其聲是仄不必言矣；即兩句三句皆去聲、入聲，而間一上聲之字，則其字明明是仄，而却似平，令人聽之不知其為連用數仄者。此理可解而不可解，此法可傳而實不當傳。一傳之後，則遍地金聲，求一瓦缶之鳴而不可得矣。（余云：『周挺齋以入聲派入平、上、去三聲，今笠翁以上聲介于仄、平之間，皆扼隱侯之吭而奪其幟者。』）

語求肖似

文字之最豪宕，最風雅，作之最健人脾胃者，莫過填詞一種。若無此種，幾於悶殺才人，困死豪傑。予生憂患之中，處落魄之境，自幼至長，自長至老，總無一刻舒眉。惟於製曲填詞之頃，非但鬱藉以舒慍爲之解，且嘗僭作兩間最樂之人，覺富貴榮華，其受用不過如此，未有眞境之爲所欲爲，能出幻境縱橫之上者——我欲做官，則頃刻之間便臻榮貴；我欲致仕，則轉盼之際又入山林；我欲作人間才子，卽爲杜甫、李白之後身；我欲娶絕代佳人，卽作王嬙、西施之元配；我欲成仙、作佛，則西天、蓬島，卽在硯池筆架之前；我欲盡孝、輸忠，則君治、親年，可躋堯、舜、彭籛之上。非若他種文字，欲作寓言，必須遠引曲譬，醞藉包含。十分牢騷，還須留住六七分；八斗才學，止可使出二三升。稍欠和平，略施縱送，卽謂失風人之旨，犯佻達之嫌。求爲家絃戶誦者，難矣。塡詞一家，則惟恐其蓄而不言，言之不盡。是則是矣，須知暢所欲言，亦非易事。言者，心之聲也，欲代此一人立言，先宜代此一人立心。若非夢往神遊，何謂設身處地。無論立心端正者，我當設身處地，代生端正之想，卽遇立心邪辟者，我亦當舍經從權，暫爲邪辟之思。務使心曲隱微，隨口唾出，說一人肖一人，勿使雷同，弗使浮泛，若水滸傳之敍事，吳道子之寫生，斯稱此道中之絕技。果能若此，卽欲不傳，其可得乎？

詞別繁減

傳奇中賓白之繁，實自予始。海內知我者與罪我者半。知我者曰：「從來賓白，作說話觀，隨口出之卽是；笠翁賓白，當文章做，字字俱費推敲。從來賓白，只要紙上分明，不顧口中順逆。常有觀刻本極其透徹，奏之場上便覺糊塗者。豈一人之耳目，有聰明、聾聵之分乎？因作者只顧揮毫，並未設身處地，既以口代優人，復以耳當聽者，心口相維，詢其好說不好說，中聽不中聽，此其所以判然之故也。笠翁手則握筆，口却登場。全以身代梨園，復以神魂四繞，考其關目，試其聲音，好則直書，否則擱筆，此其所以觀、聽咸宜也。』罪我者曰：『塡詞既曰「塡詞」，即當以詞爲主。賓白既名「賓白」，明言白乃其賓，奈何反主作客，而犯樹大於根之弊乎？』笠翁曰：『始作俑者，實實爲予，責之誠是也。但其敢於若是，與其不得不若是者，則均有說焉。請先白其不得不若是者。前人賓白之少，非有一定當少之成格。蓋彼只以塡詞自任，留餘地以待優人，謂：引商刻羽我爲政，飾聽美觀彼爲政。我以約略數言，示之以意，彼自能增益成文。如今世之演琵琶、西廂、荆、劉、拜、殺等曲，曲則仍之，其間賓白、科諢等事，有幾處合於原本，以寥寥數言塞責者乎？且作新與演舊有別。琵琶、西廂、荆、劉、拜、殺等曲，家絃戶誦已久，童叟男婦，皆能備悉情由。即使一句賓白不道，止唱曲文，觀者亦能默會。是其賓白繁減，可不問也。至於新演一劇，其間情事，觀者茫然。詞曲一道，止能傳聲，不能傳情。欲觀者悉其顛末，洞其幽微，單靠賓白一着。予非不圖省力，亦留餘地以待優人，但優人之中，智愚不等，能保其增益成文者，悉如作者之意，毫無贅疣、蛇足於其間乎？與其留餘地以待增，不若留餘地以待減。減之不當，猶存作者深心之半，猶病不服藥之得中醫也。此予不得不若是之故也。至其敢於若是者，則謂：千古文章，總無定格，有創始之人，卽有守成不變之人；有守成不變之人，卽有大仍其意，小變其形，自成一家而不顧天下非笑之人。古來文字之正變爲奇，奇翻爲正者，不知凡幾，吾不具論，止以多寡、增益之數論之。左傳、國語，紀事之書也，每一事不過數行，每一語不過數字，初時未病其少。殆班固之作漢書，司馬遷之爲史記，亦紀事之書也，遂益數行爲數十百行，數字爲數十百字，豈有病其過多而廢史記、漢書於不讀者乎？此言少之可變爲多也。詩之爲道，當日但有古風。古風之體，多則數十百句，少亦十數句，初時亦未病其多。殆近體一出，則約數十百句爲八句，絕句一出又斂八句爲四句，豈有病其漸少，而選詩之家，止載古風，刪近體、絕句於不錄者乎？此言多之可變爲少也。總之，文字短長，視其人之筆性。筆性遒勁者，不能強之使長；筆性縱肆者，不能縮之使短。文患不能長，又患其可以不長而必欲使之長。如其能長而又使人不可刪逸，則雖爲賓白中之古風，史、漢，亦何患哉。予則烏能當此，但爲糠粃之導，以俟後來居上之人。』

予之賓白，雖有微長，然初作之時，竿頭未進，常有當儉不儉，因留餘幅以俟剪裁，遂不覺流爲散漫者。自今觀之，皆吳下阿蒙手筆也。如其天假以年，得於所傳十種之外，別有新詞，則能保爲犬夜、鷄晨。嗚乎！其所當鳴，默乎其所不得不默者矣。

字分南北

北曲有北音之字，南曲有南音之字，如南音自呼爲『我』，呼人爲『你』，北音呼人爲『您』，自呼爲『俺』、爲『咱』之類是也。世人但知曲內宜分，烏知白隨曲轉，不應兩截。此一折之曲爲南，則此一折之白，悉用南音之字；此一折之曲爲北，則此一折之白，悉用北音之字。時人傳奇，多有混用者。卽能間施於淨、丑，不知加嚴於生、旦；止能分用於男子，不知區別於婦人。以北字近於麤豪，易入剛勁之口；南音悉多嬌媚，便施窈窕之人。殊不知聲音駁雜，俗語呼爲『兩頭蠻』。說話且然，況登場演劇乎？此論爲全套南曲、全套北曲者言之。南北相間如新水令步步嬌之類，則在所不拘。

文貴潔淨

白不厭多之說，前論極詳，而此復言潔淨。潔淨者，簡省之別名也。潔則忌多，減始能淨，二說不無相悖乎？曰：不然。多而不覺其多者，多卽是潔；少而尙病其多者，少亦近蕪。予所謂多，謂不可删逸之多，非唱沙作米、強鳧變鶴之多也。作賓白者，意則期多，字惟求少，愛雖難割，嗜亦宜專。每作一段，卽自删一段，萬不可删者始存，稍有可削者卽去。此言逐齣初塡之際，全稿未脫之先，所謂愼之於始也。然我輩作文，常有人以爲非，而自認作是者；又有初信爲是，而後悔其非者。文章出自己手，無一非佳；詩賦論其初成，無語不妙。迨易日經時之後，取而觀之，則妍媸、好醜之間，非特人能辨別，我亦自解雌黃矣。此論雖說塡詞，實各種詩文之通病，古今才士之恆情也。凡作傳奇，當於開筆之初，以至脫稿之後，隔日一删，逾月一改，始能淘沙得金，無瑕瑜互見之失矣。此說予能言之，不能行之者。則人與我中分其咎。予終歲饑驅，杜門日少。每有所作，率多草草成篇。章名急就，非不欲删，非不欲改，無可删、可改之時也。每成一劇，纔落毫端，卽爲坊人攫去。下半猶未脫稿，上半業已災梨。非止災梨，彼伶工之捷足者，又復災其肺腸，災其唇舌，遂使一成不改，終爲痼疾難醫。予非不務潔淨，天實使之，謂之何哉。（趙聲伯云：『文章至此，可稱無翼而飛。曲子相公之不能收拾，卽若是也。快哉，古今文人有幾？』）

意取尖新

『纖巧』二字，行文之大忌也，處處皆然，而獨不戒於傳奇一種。傳奇之爲道也，愈纖愈密，愈巧愈精。詞人忌在『老實』，『老實』二字，卽『纖巧』之讎家、敵國也。然『纖巧』二字，爲文人鄙賤，已久言之，似不中聽。易以『尖新』二字，則似變瑕成瑜。其實『尖新』卽是『纖巧』，猶之暮四朝三，未嘗稍異，同一話也。以『尖新』出之，則令人眉揚目展，有如聞所未聞；以『老實』出之，則令人意懶心灰，有如聽所不必聽。白有『尖新』之文，文有『尖新』之句，句有『尖新』之字，則列之案頭，不觀則已，觀則欲罷不能；奏之場上，不聽則已，聽則求歸不得，尤物足以移人。『尖新』二字，即文中之尤物也。

少用方言

填詞中方言之多，莫過於西廂一種。其餘今詞、古曲，在在有之。非止詞曲，即四書之中，孟子一書，亦有方言。天下不知，而予獨知之。予讀孟子五十餘年不知，而今知之。（王宓草云：『石破天驚，轟雷四起。』）請先畢其說。兒時讀『自反而縮，雖褐寬博，吾不惴焉』，觀朱註云：『褐，賤者之服。寬博，寬大之衣』。心甚惑之。因生南方，南方衣褐者寡。間有服者，強半富貴之家，名雖褐而實則絨也。因訊蒙師，謂：褐乃貴人之衣，胡云賤者之服？既云賤矣，則當從約，短一尺省一尺購辦之資，少一寸免一寸縫紉之力，胡不窄小其製，而反寬大其形，是何以故？師默然不答。再詢，則顧左右而言他。具此狐疑，數十年未解。及近游秦塞，見其土著之民，人人衣褐。無論絲羅罕覯，即見一二衣布者，亦類空谷足音。因地寒不毛，止以牧養自活。織牛羊之毛以爲衣，又皆麤而不密，其形似毯。誠哉，其爲賤者之服，非若南方貴人之衣也。又見其寬則倍身，長復掃地，卽而訊之。則曰：『此衣之外，不復有他衫、裳、襦、袴，總以一物代之。日則披之當服，夜則擁以爲衾，非寬不能周遭其身，非長不能盡覆其足。』魯論『必有寢衣，長一身有半，卽是類也』。予始皤然大悟曰：『太史公著書，必游名山大川，其斯之謂歟？』蓋古來聖賢，多生西北，所見皆然，故方言隨口而出。朱文公南人也，彼烏知之！故但釋字義，不求甚解，使千古疑團，至今未破。非予遠遊絕塞，親覩其人，烏知斯言之不謬哉。（胆大包身，始能發此快論。然有此識，方有此胆。胆亦不易大也。）由是觀之，四書之文，猶不可盡法，況西廂之爲詞曲乎？凡作傳奇，不宜頻用方言，令人不解。近日塡詞家見花面登場，悉作姑蘇口吻，遂以此爲成律，每作淨、丑之白，卽用方言。不知此等聲音，止能通于吳、越。過此以往，則聽者茫然。傳奇，天下之書，豈僅爲吳、越而設？至於他處方言，雖云入曲者少，亦視塡詞者所生之地。如湯若士生於江右，卽當規避江右之方言；粲花主人吳石渠生於陽羨，卽當規避陽羨之方言。蓋生此一方，未免爲一方所囿，有明是方言，而我不知其爲方言，及入他境，對人言之而人不解，始知其爲方言者，諸如此類，易地皆然。欲作傳奇，不可不存桑弧蓬矢之志。

時防漏孔

一部傳奇之賓白，自始至終，奚啻千言萬語。多言多失，保無前是後非，有呼不應，自相矛盾之病乎？如玉簪記之陳妙常，道姑也，非尼僧也，其白云『姑娘在禪堂打坐』，其曲云『從今孽債染緇衣』；禪堂、緇衣，皆尼僧字面，而用入道家，有是理乎？諸如此類者，不能枚舉。總之，文字短少者，易爲撿點，長大者難於照顧。吾於古今文字中，取其最長、最大，而尋不出纖毫滲漏者，惟水滸傳一書。設以他人爲此，幾同笊籬貯水，珠簖遮風，出者多而進者少，豈止三十六個漏孔而已哉。

科諢第五

插科打諢，塡詞之末技也。然欲雅、俗同歡，智、愚共賞，則當全在此處留神。文字佳，情節佳，而科諢不佳，非特俗人怕看，卽雅人韻士，亦有瞌睡之時。作傳奇者，全要善驅睡魔。睡魔一至，則後乎此者，雖有鈞天之樂，霓裳羽衣之舞，皆付之不見、不聞，如對泥人作揖、土佛談經矣。予嘗以此告優人，謂：戲文好處，全在下半本。只消三兩個瞌睡，便隔斷一部神情。瞌睡醒時，上文下文已不接續，卽使抖起精神再看，只好斷章取義作零齣觀。若是，則科諢非科諢，乃看戲之人參湯也。養精益神，使人不倦，全在於此，可作小道觀乎？

戒淫褻

戲文中花面插科，動及淫邪之事，有房中道不出口之話，公然道之戲場者。無論雅人塞耳，正士低頭，惟恐惡聲之汚聽，且防男女同觀，共聞褻語，未必不開窺竊之門。鄭聲宜放，正爲此也。不知科諢之設，止爲發笑。人間戲語儘多，何必專談慾事？卽談慾事，亦有『善戲謔兮，不爲虐兮』之法，何必以口代筆，畫出一幅春意圖，始爲善談慾事者哉。人間善談慾事，當用何法？請言一二以概之。予曰：『如說口頭俗語，人盡知之者，則說半句，留半句，或說一句，留一句，令人自思，則慾事不掛齒頰，而與說出相同，此一法也。如講最褻之話，慮人觸耳者，則借他事喩之，言雖在此，意實在彼，人盡了然，則慾事未入耳中，實與聽見無異，此又一法也。得此二法，則無處不可類推矣。』

忌俗惡

科諢之妙，在於近俗，而所忌者又在於太俗。不俗則類腐儒之談，太俗卽非文人之筆。吾於近劇中取其俗而不俗者，還魂而外，則有粲花五種，皆文人最妙之筆也。粲花五種之長，不僅在此。才鋒筆藻，可繼還魂；其稍遜一籌者，則在氣與力之間耳。還魂氣長，粲花稍促。還魂力足，粲花略虧。雖然，湯若士之四夢，求其氣長力足者，惟還魂一種；其餘三劇，則與粲花比肩。使粲花主人及今猶在，奮其全力，另製一種新詞，則詞壇赤幟，豈僅爲若士一人所攫哉。所恨予生也晚，不及與二老同時。他日追及泉臺，定有一番傾倒，必不作『妒而欲殺』之狀，向閻羅天子掉舌，排擠後來人也。

重關係

科諢二字，不止爲花面而設，通塲脚色皆不可少。生、旦有生、旦之科諢，外、末有外、末之科諢。淨、丑之科諢，則其分內事也。然爲淨、丑之科諢易，爲生、旦、外、末之科諢難。雅中帶俗，又於俗中見雅。活處寓板，卽於板處證活。此等雖難，猶是詞客優爲之事，所難者，要有關係。關係維何？曰：於嘻笑詼諧之處，包含絕大文章，使忠孝節義之心，得此愈顯，如老萊子之舞斑衣，簡雍之說淫具，東方朔之笑彭祖面長，此皆古人中之善於插科打諢者也。作傳奇者苟能取法於此，則科諢非科諢，乃引人入道之方便法門耳。

貴自然

科諢雖不可少，然非有意爲之。如必欲於某折之中，插入某科諢一段，或預設某科諢一段，插入某折之中，則是覓妓追歡，尋人賣笑，其爲笑也不眞，其爲樂也，亦甚苦矣。妙在水到渠成，天機自露。我本無心說笑話，誰知笑話逼人來，斯爲科諢之妙境耳。如前所云簡雍說淫具、東方朔笑彭祖，卽取二事論之。蜀先主時，天旱禁酒。有吏向一人家索出釀酒之具，論者欲置之法。雍與先主游，見男女各行道上，雍謂先主曰：『彼欲行淫，請縛之。』先主曰：『何以知其行淫？』雍曰：『各有其具，與欲釀未釀者同，是以知之。』先主大笑而釋蓄釀具者。漢武帝時，有善相者，謂人中長一寸，壽當百歲。東方朔大笑。有司奏以不敬。帝責之，朔曰：『臣非笑陛下，乃笑彭祖耳。人中一寸則壽百歲，彭祖歲八百，其人中不幾八寸乎？人中八寸，則面幾長一丈矣，是以笑之。』此二事，可謂絕妙之詼諧。戲場有此，豈非絕妙之科諢？然當時必親見男女同行，因而說及淫具，必親聽人中一寸壽當百歲之說，始及彭祖面長，是以可笑，是以能悟人主。如其未見、未聞，突然引此爲喻，則怒之不暇，笑從何來？笑旣不得，悟從何有？此卽貴自然、不貴勉强之明證也。吾看演南西廂，見法聰口中所說科諢，迂奇誕妄，不知何處生來，眞令人欲逃、欲嘔，而觀者、聽者絕無厭倦之色，豈文章一道，俗則爭取，雅則共棄乎？

格局第六

傳奇格局，有一定而不可移者，有可仍、可改，聽人自爲政者。開場用末冲場，用生開場，數語包括通篇。冲場一齣，蘊釀全部，此一定不可移者。開手宜靜不宜喧，終場忌冷不忌熱，生、旦合爲夫婦，外與老旦，非充父母，卽作翁姑，此常格也。然遇情事變更，勢難仍舊，不得不通融兌換而用之，諸如此類，皆其可仍、可改聽人爲政者也。近日傳奇，一味趨新，無論可變者變，卽斷斷當仍者，亦加改竄以示新奇。予謂：文字之新奇，在中藏不在外貌，在精液不在渣滓，猶之詩、賦、古文以及時藝，其中人才輩出，一人勝似一人，一作奇於一作，然止別其詞華，未聞異其資格，有以古風之局而爲近律者乎？有以時藝之體而作古文者乎？繩墨不改，斧斤自若，而工師之奇巧出焉。行文之道，亦若是也。

家門

開場數語，謂之『家門』。雖云爲字不多，然非結構已完，胸有成竹者，不能措手。卽使規模已定，猶慮做到其間，勢有阻撓，不得順流而下，未免小有更張。是以此折最難下筆。如機鋒銳利，一往而前，所謂信手拈來，頭頭是道，則從此折做起；不則姑缺首篇，以俟終場補入。猶塑佛者不卽開光，畫龍者點睛有待，非故遲之，欲俟全像告成，其身向左，則目宜左視，其身向右，則目宜右覷，俯仰低徊，皆從身轉，非可預爲計也。此是詞家討便宜法，開〔八〕手卽以告人，使後來作者，未經捉筆，先省一番無益之勞，知笠翁爲此道功臣，凡其所言，皆眞切可行之事，非大言欺世者比也。

未說『家門』，先有一上場小曲。如西江月、蝶戀花之類，總無成格，聽人拈取。此曲向來不切本題，止是勸人對酒忘憂、逢場作戲諸套語。予謂詞曲中開場一折，卽古文之冒頭、時文之破題，務使開門見山，不當借帽覆頂。卽將本傳中立言大意，包括成文，與後所說『家門』一詞，相爲表裏。前是暗說，後是明說。暗說似破題，明說似承題。如此立格，始爲有根有據之文。場中閱卷，看至第二、三行而始覺其好者，卽是可取可棄之文。開卷之初，能將試官眼睛一把拏住，不放轉移，始爲必售之技。吾願才人舉筆盡作是觀，不止塡詞而已也。（王左車云：『先生之文，篇篇若是，先生之書，部部若是，所謂現身說法者也。』）

元詞開場，止有冒頭數語，謂之『正名』，又曰『楔子』，多則四句，少則二句，似爲簡捷。然不登場則已，既用副末上場，脚纔點地，遂爾抽身，亦覺張皇失次。增出『家門』一段，甚爲有理。然『家門』之前，另有一詞。今之梨園，皆略去前詞，只就『家門』說起。止圖省力，埋沒作者一段深心。大凡說話、作文，同是一理：入手之初，不宜太遠，亦正不宜太近。文章所忌者，開口駡題。便說幾句閒文，纔歸正傳，亦未嘗不可，胡遽惜字如金，而作此鹵莽滅裂之狀也！作者萬勿因其不讀而作省文。至於末後四句，非止全該，又宜別俗。元人楔子，太近老實，不足法也。

冲　場

開場第二折，謂之『冲場』。『冲場』者，人未上而我先上也。必用一悠長引子。引子唱完，繼以詩詞及四六排語，謂之『定場白』，言其未說之先，人不知所演何劇，耳目搖搖；得此數語，方知下落，始未定而今方定也。此折之一引、一詞，較之前折『家門』一曲，猶難措手。務以寥寥數言，道盡本人一腔心事，又且蘊釀全部精神，猶『家門』之括盡無遺也。同屬包括之詞，而分難、易於其間者，以『家門』可以明說，而『冲場』引子及定場詩、詞，全用暗射，無一字可以明言故也。非特一本戲文之節目，全於此處埋伏，而作此一本戲文之好歹，亦卽於此時定價。何也？開手筆機飛舞，墨勢淋漓，有由由自得之妙，則把握在手，破竹之勢已成，不憂此後不成完璧。如此時、此際，文情艱澁，勉強支吾，則朝氣昏昏，到晚終無晴色，不如不作之爲愈也。然則開手銳利者，寧有幾人，不幾阻抑後輩而塞塡詞之路乎？曰：不然，有養機使動之法在。如入手艱澁，姑置勿塡，以避煩苦之勢。自尋樂境，養動生機，俟襟懷略展之後，仍復拈毫。有興卽塡，否則又置。如是者數四，未有不忽擂天機者。若因好句不來，遂以俚詞塞責，則走入荒蕪一路，求闢草昧而致文明，不可得矣。

出脚色

本傳中有名脚色，不宜出之太遲。如生爲一家，旦爲一家，生之父母隨生而出，旦之父母隨旦而出，以其爲一部之主，餘皆客也。雖不定在一齣、二齣，然不得出四、五折之後。太遲則先有他脚色上場，觀者反認爲主，及見後來人，勢必反認爲客矣。即淨、丑脚色之關乎全部者，亦不宜出之太遲。善觀場者，止於前數齣所見，記其人之姓名。十齣以後，皆是枝外生枝，節中長節，如遇行路之人，非止不問姓字，並形體面目，皆可不必認矣。

小收煞

上半部之末齣，暫攝情形，略收鑼鼓，名爲『小收煞』。宜緊，忌寬。宜熱，忌冷。宜作鄭五歇後，令人揣摩下文，不知此事如何結果。如做把戲者，暗藏一物於盆、盎、衣、禎之中，做定而令人射覆，此正做定之際，衆人射覆之時也。戲法無眞假，戲文無工拙，只是使人想不到，猜不着，便是好戲法、好戲文。猜破而後出之，則觀者索然，作者赧然，不如藏拙之爲妙矣。

大收煞

全本收場，名爲『大收煞』。此折之難，在無包括之痕，而有團圓之趣。如一部之內，要緊脚色共有五人，其先東、西、南、北，各自分開，到此必須會合。此理誰不知之？但其會合之故，須要自然而然。水到渠成，非由車戽。最忌無因而至，突如其來，與勉強生情，拉成一處，令觀者識其有心如此，與恕其無可奈何者，皆非此道中絕技，因有包括之痕也。骨肉團聚，不過歡笑一場，以此收鑼罷鼓，有何趣味？水窮山盡之處，偏宜突起波瀾，或先驚而後喜，或始疑而終信，或喜極、信極而反致驚疑，務使一折之中，七情俱備，始爲到底不懈之筆，愈遠愈大之才，所謂有團圓之趣者也。予訓兒輩，嘗云：『場中作文，有倒騙主司入彀之法。開卷之初，當以奇句奪目，使之一見而驚，不敢棄去，此一法也。終篇之際，當以媚語攝魂，使之執卷留連，若難遽別，此一法也。收場一齣，即勾魂、攝魄之具，使人看過數日而猶覺聲音在耳、情形在目者，全虧此齣撒嬌，作臨去秋波那一轉也。』

塡詞餘論

讀金聖歎所評西廂記，能令千古才人心死。夫人作文傳世，欲天下後代知之也，且欲天下後代稱許而贊歎之也。殆其文成矣，其書傳矣，天下後代既羣然知之，復羣然稱許而贊歎之矣，作者之苦心，不幾大慰乎哉。予曰：『未甚慰也。譽人而不得其實，其去毀也幾希。但云千古傳奇，當推西廂第一，而不明言其所以爲第一之故，是西施之美，不特有目者贊之，盲人亦能贊之矣。自有西廂以迄於今，四百餘載，推西廂爲塡詞第一者，不知幾千萬人，而能歷指其所以爲第一之故者，獨出一金聖歎。是作西廂者之心，四百餘年未死，而今死矣。不特作西廂者心死，凡千古上下，操觚立言者之心，無不死矣。人患不爲王實甫耳，焉知數百年後不復有金聖歎其人哉。』

聖歎之評西廂，可謂晰毛辨髮，窮幽晰微，無復有遺議於其間矣。然以予論之，聖歎所評，乃文人把玩之西廂，非優人搬弄之西廂也。文字之三昧，聖歎已得之；優人搬弄之三昧，聖歎猶有待焉。如其至今不死，自撰新詞幾部，由淺及深，自生而熟，則又當自火其書而別出一番詮解。甚矣，此道之難言也。

聖歎之評西廂，其長在密，其短在拘。拘卽密之已甚者也。無一句一字不逆溯其源而求命意之所在，是則密矣，然亦知作者於此，有出於有心，有不必盡出於有心者乎？心之所至，筆亦至焉，是人之所能爲也。若夫筆之所至，心亦至焉，則人不能盡主之矣。且有心不欲然，而筆使之然，若有鬼物主持其間者，此等文字，尚可謂之有意乎哉。文章一道，實實通神，非欺人語。千古奇文，非人爲之，神爲之、鬼爲之也。人則鬼、神所附者耳。

閒情偶寄四卷目次

演習部

閒情偶寄 卷之四

演習部

選脚色、正音韻等事，載在第七卷歌舞項下。男優、女樂，事理相同；欲習聲樂者，兩類互觀，始無缺略。

選劇第一

塡詞之設，專爲登場。登場之道，蓋亦難言之矣。詞曲佳而搬演不得其人，歌童好而教率不得其法，皆是暴殄天物，此等罪過，與裂繒、毁璧等也。方今貴戚通侯，惡談雜技，單重聲音，可謂雅人深致，崇尚得宜者矣。所可惜者，演劇之人美，而所演之劇難稱盡美；崇雅之念眞，而所崇之雅未必果眞。尤可怪者，最有識見之客，亦作矮人觀場，人言此本最佳，而輒隨聲附和，見單即點，不問情理之有無，以致牛鬼蛇神，塞滿氍毹之上。極長詞賦之人，偏與文章爲難，明知此劇最好，但恐偶違時好，呼名即避，不顧才士之屈伸，遂使錦篇繡帙，沉埋瓿甕之間。湯若士之牡丹亭、邯鄲夢得以盛傳於世，吳石渠之綠牡丹、畫中人得以偶登於場者，皆才人僥倖之事，非文至必傳之常理也。若據時優本念，則願秦皇復出，盡火文人已刻之書，止存優伶所撰諸抄本，以備家絃戶誦而後已。傷哉，文字聲音之厄，遂至此乎！吾謂：春秋之法，責備賢者。當今瓦缶雷鳴，金石絕響，非歌者投胎之誤，優師指路之迷，皆顧曲周郎之過也。使要津之上，得一二主持風雅之人，凡見此等無情之劇，或棄而不點，或演不終篇而斥之使罷，上有憎者，下必有甚焉者矣。觀者求精，則演者不敢浪習，黃絹色絲之曲，外孫虀臼之詞，不求而自至矣。吾論演習之工，而首重選劇者，誠恐劇本不佳，則主人之心血、歌者之精神皆施於無用之地，使觀者口雖贊歎，心實咨嗟，何如擇術務精，使人心、口皆羨之爲得也。

別古今

選劇授歌童，當自古本始。古本既熟，然後間以新詞。切勿先今而後古。何也？優師教曲，每加工於舊，而草草於新。以舊本人人皆習，稍有謬誤，即形出短長；新本偶爾一見，即有破綻，觀者、聽者未必盡曉，其拙儘有可藏。且古本相傳至今，歷過幾許名師，傳有衣鉢，未當而必歸於當，已精而益求其精，猶時文中『大學之道』、『學而時習之』諸篇，名作如林，非敢草草動筆者也。新劇則如巧搭新題，偶有微長，則動主司之目矣。故開手學戲，必宗古本，而古本又必從琵琶、荆釵、幽閨、尋親等曲唱起。蓋腔板之正，未有正於此者。此曲善唱，則以後所唱之曲，腔板皆不謬矣。舊曲既熟，必須間以新詞。切勿聽拘士腐儒之言，謂新劇不如舊劇，一概棄而不習。蓋演古戲如唱清曲，只可悅知音數人之耳，不能娛滿座賓朋之目。聽古樂而思臥，聽新樂而忘倦，古樂不必簫、韶，琵琶、幽閨等曲即今之古樂也。但選舊劇易，選新劇難。教歌習舞之家，主人必多冗事，且恐未必知音，勢必委諸門客，詢之優師。門客豈盡周郎，大半以優師之耳目爲耳目；而優師之中，淹通文墨者少，每見才人所作，輒思避之，以鑿枘不相入也。故延優師者，必擇文理稍通之人，使閲新詞，方能定其美惡；又必藉文人墨客，參酌其間，兩議僉同，方可授之使習。此爲主人多冗、不諳音樂者而言。若係風雅主盟，詞壇領袖，則獨斷有餘，何必知而故詢。噫，欲使梨園風氣，丕變維新，必得一二縉紳長者，主持公道，俾詞之佳者必傳，劇之陋者必黜，則千古才人心死，現在各流，有不以沉香刻木而祀之者乎？

劑冷熱

今人之所尙，時優之所習，皆在熱鬧二字。冷靜之詞，文雅之曲，皆其深惡而痛絕者也。然戲文太冷，詞曲太雅，原足令人生倦。此作者自取厭棄，非人有心置之也。然儘有外貌似冷，而中藏極熱，文章極雅，而情事近俗者。何難稍加潤色，播入管絃；乃不問短長，一概以冷落棄之，則難服才人之心矣。予謂：傳奇無冷、熱，只怕不合人情。如其離、合、悲、歡，皆爲人情所必至，能使人哭，能使人笑，能使人怒髮冲冠，能使人驚魂欲絕，卽使鼓板不動，場上寂然，而觀者叫絕之聲，反能震天動地。是以人口代鼓樂，贊歎爲戰爭，較之滿場殺伐，鉦鼓雷鳴，而人心不動，反欲掩耳避喧者爲何如？豈非冷中之熱，勝於熱中之冷；俗中之雅，遜於雅中之俗乎哉？

變調第二

變調者，變古調爲新調也。此事甚難，非其人不行，存此說以俟作者。才人所撰詩、賦、古文，與佳人所製錦綉花樣，無不隨時更變。變則新，不變則腐。變則活，不變則板。至於傳奇一道，尤是新人耳目之事，與玩花、賞月，同一致也。使今日看此花，明日復看此花，昨夜對此月，今夜復對此月，則不特我厭其舊，而花與月亦自媿其不新矣。故桃陳則李代，月滿卽哉生。花、月無知，亦能自變其調，矧詞曲出生人之口，獨不能稍變其音，而百歲登場，乃爲三萬六千日雷同合掌之事乎？吾每觀舊劇，一則以喜，一則以懼。喜則喜其音節不乖，耳中免生芒刺；懼則懼其情事太熟，眼角如懸贅疣。學書、學畫者，貴在彷彿大都，而細微曲折之間，正不妨增減出入。

若止爲依樣葫蘆，則是以紙印紙，雖云一綫不差，少天然生動之趣矣。因創二法，以告世之執郢斤者。

縮長爲短

觀場之事，宜晦不宜明。其說有二：優孟衣冠，原非實事，妙在隱隱躍躍之間。若於日間搬弄，則太覺分明，演者難施幻巧。十分音容，止作得五分。觀聽以耳目，聲音散而不聚故也。且人無論富、貴、貧、賤，日間盡有當行之事，閱之未免妨工；抵暮登場，則主客心安，無妨時失事之慮。古人秉燭夜遊，正爲此也。然戲之好者必長，又不宜草草完事，勢必闡揚志趣，摹擬神情，非達旦不能告闋。然求其可以達旦之人，十中不得一二，非迫於來朝之有事，即限於此際之欲眠，往往半部即行，使佳話截然而止。予嘗謂：好戲若逢貴客，必受腰斬之刑。雖屬謔言，然實事也。與其長而不終，無寧短而有尾，故作傳奇付優人，必先示以可長可短之法。取其情節可省之數折，另作暗號記之，遇情閒無事之人，則增入全演，否則拔而去之，此法是人皆知，在梨園亦樂於爲此。但不知減省之中，又有增益之法，使所省數折雖去若存，而無斷文截角之患者，則在秉筆之人，略加之意而已。法於所刪之下折，另增數語，點出中間一段情節，如云昨日某人來，說某話，我如何答應之類是也。或於所刪之前一折，預爲吸起，如云我明日當差某人去幹某事之類是也。如此，則數語可當一折，觀者雖未及看，實與看過無異。此一法也。予又謂：多冗之客，併此最約者亦難終場，是刪與不刪等耳。嘗見貴介命題，止索雜單，不用全本，皆爲可行卽行，不受戲文牽制計也。予謂：全本太長，零齣太短。酌乎二者之間，當倣元人百種之意，而稍擴充之，另編十折一本，或十二折一本之新劇，以備應付忙人之用。或卽將古本舊戲，用長房妙手，縮而成之。但能沙汰得宜，一可當百，則寸金丈鐵，貴賤攸分，識者重其簡貴，未必不棄長取短，另開一種風氣，亦未可知也。此等傳奇，可以一席兩本。如佳客並坐，勢不低昂，皆當在命題之列者，則一後一先，皆可爲政。是一舉兩得之法也。有暇卽當屬草，請以下里巴人爲白雪陽春之倡。

變舊成新

演新劇如看時文，妙在聞所未聞，見所未見。演舊劇如看古董，妙在身生後世，眼對前朝。然而古董之可愛者，以其體質愈陳愈古，色相愈變愈奇。如銅器、玉器之在當年，不過一刮磨光瑩之物耳；迨其歷年既久，刮磨者渾全無跡，光瑩者斑駁成文，是以人人相寶。非寶其本質如常，寶其能新而善變也。使其不異當年，猶然是一刮磨光瑩之物，則與今時旋造者無別，何事什伯其價而購之哉。舊劇之可珍，亦若是也。今之梨園，購得一新本，則因其新而愈新之，飾怪粧奇，不遺餘力。演到舊劇，則千人一轍〔九〕，萬人一轍，不求稍異；觀者如聽蒙童背書，但賞其熟，求一換耳換目之字而不得：則是古董便爲古董，却未嘗易色生斑，依然是一刮磨光瑩之物。我何不取旋造者觀之，猶覺耳目一新，何必定爲村學究聽蒙童背書之爲樂哉。然則生斑易色，其理甚難，當用何法以處此？曰：有道焉，仍其體質，變其丰姿。如同一美人，而稍更衣飾，便足令人改觀，不俟變形易貌而始知別一神情也。體質維何？曲文與大段關目是已。丰姿維何？科諢與細微〔一〇〕說白是已。曲文與大段關目不可改者，古人既費一片心血，自合常留天地之間，我與何讐而必欲使之埋沒？且時人是古非今，改之徒來訕笑。仍其大體，既慰作者之心，且杜時人之口。科諢與細微說白不可不變者，凡人作事，貴於見景生情。世道遷移，人心非舊，當日有當日之情態，今日有今日之情態。傳奇妙在入情，卽使作者至今未死，亦當與世遷移，自囀其舌，必不爲膠柱鼓瑟之談，以拂聽者之耳。況古人脫稿之初，便覺其新，一經傳播，演過數番，卽覺聽熟之言，難於復聽，卽在當年，亦未必不自厭其繁而思陳言之務去也。我能易以新詞，透入世情三昧，雖觀舊劇，如閱新篇，豈非作者功臣。使得爲鷄皮三少之女，前魚不泣之男，地下有靈，方頌德歌功之不暇，而忍以矯制責之哉。但須點鐵成金，勿令畫虎類狗；又須擇其可增者增，當改者改。萬勿故作知音，強爲解事，令觀者當場噴飯。而羣罪作俑之人，則湖上笠翁不任咎也。此言潤澤枯槁、變易陳腐之事。予嘗痛改南西廂，如游殿、問齋、踰牆、驚夢等科諢，及玉簪偸詞、幽閨旅婚諸賓白，付伶工搬演，以試舊新，業經詞人謬賞，不以點竄爲非矣。尚有拾遺補缺之法，未語同人，茲請並終其說。舊本傳奇，每多缺略不全之事、刺謬難解之情。非前人故爲破綻，留話柄以貽後人，若唐詩所謂『欲得周郎顧，時時誤拂絃』，乃一時照管不到，致生漏孔。所謂『至人千慮，必有一失』。此等空隙，全靠後人泥補，不得聽其缺陷而使千古無全文也。女媧氏煉石補天，天尚可補，況其他乎？但恐不得五色石耳。姑舉二事以概之。趙五娘於歸兩月，即別蔡邕，是一桃夭新婦。算至公姑已死，別墓尋夫之日，不及數年，是猶然一冶容誨淫之少婦也。身背琵琶，獨行千里，即能自保無他，能免當時物議乎？張大公重諾輕財，資其困乏，仁人也，義士也。試問衣食、名節，二者孰重？衣食不繼則周之，名節所關則聽之，義士仁人曾若是乎？此等缺陷，就詞人論之，幾與天傾西北，地陷東南無異矣，可少補天塞地之人乎？若欲於本傳之外，劈空添出一人，送趙五娘入京，與之隨身作伴，妥則妥矣，猶覺傷筋動骨，太涉更張。不想本傳內現有一人，儘可用之而不用，竟似張大公止圖卸肩，不顧趙五娘之去後者。其人爲誰？着送錢米助喪之小二是也。剪髮白云：『你先回去，我少頃就着小二送來。』則是大公非無僕從之人，何以客而不使？予爲略增數語，補此缺略，附刻於後，以政同心。此一事也。（尤展成云：『予親見笠翁家姬演此二折，使高、陸二君復生，定當絕倒。』）明珠記之煎茶，所用爲傳消遞息之人者，塞鴻是也。塞鴻一男子，何以得事嬪妃？使宮禁之內可用男子煎茶，又得密談私語，則此事可爲，何事不可爲乎？此等破綻，婦人小兒皆能指出，而作者絕不經心，觀者亦聽其疎漏。然明眼人遇之，未嘗不啞然一笑而作無是公看者也。若欲於本家之外，鑿空搆一婦人，與無雙小姐從不謀面，而送進驛內煎茶，使之先通姓名，後說情事，便則便矣，猶覺生枝長節，難免贅瘤。不知眼前現有一婦，理合使之而不使，非特王仙客至愚，亦覺彼婦太忍。彼婦爲誰？無雙自幼跟隨之婢，仙客現在作妾之人，名爲采蘋是也。無論仙客覓人將意，計當出此；即就采蘋論之，豈有主人一別數年，無由把臂，今在咫尺不圖一見，普天之下有若是之忍人乎？予亦爲正此迷謬，止換賓白，不易塡詞，與琵琶改本並刊於後，以政同心。又一事也。其餘改本尙多，以篇帙浩繁，不能盡附。總之，凡予所改者，皆出萬不得已，眼看不過，耳聽不過，故爲剷削不平，以歸至當，非勉強出頭，與前人爲難者比也。凡屬高明，自能諒其心曲。

插科打諢之語，若欲變舊爲新，其難易較此奚止百倍。無論劇劇可增，齣齣可改，即欲隔日一新，逾月一換，亦誠易事。可惜當世貴人，家蓄名優數輩，不得一詼諧弄筆之人，爲種詞林萱草，使之刻刻忘憂。若天假笠翁以年，授以黃金一斗，使得自買歌童，自編詞曲，口授而身導之，則戲場關目，日日更新，氈上詼諧，時時變相。此種技藝，非特自能，誇之天下，人亦共信之。然謀生不給，遑問其他？只好作貧女縫衣，爲他人助嬌，看他人出閣而已矣。

琵琶記尋夫改本

〔胡搗練〕〔旦上〕辭别去，到荒坵，只愁出路煞生受。畫取眞容聊藉手，逢人將此勉哀求。

鬼神之道，雖則難明；感應之理，未嘗不信。奴家昨日在山上築墳，偶然力乏，假寐片時。忽然夢見當山土地，帶領着無數陰兵，前來助力。又親口囑付，着奴家改換衣裝，往京尋取夫壻。及至醒來，那墳臺果然築就。可見眞有神明，不是空空一夢。只得依了夢中之言，改換做道姑打扮。又編下一套凄涼北調，到途路之間，逢人彈唱，抄化些資糧糊口，也是一條生計。只是一件：我自做媳婦以來，終日與公姑厮守，如今雖死，還有個墳塋可拜；一旦撇他而去，眞個是舉目凄然。喜得奴家略曉丹靑，只得借紙筆傳神，權當個丁蘭刻木，背在肩上行走，只當還與二親相傍一般。遇着小祥忌日，也好展開祭奠，不枉做媳婦的一點孝心。有理！有理！顏料紙張，俱已備下。只是憑空摹擬，恐怕不肯神情。且待我想像起來！

〔三仙橋〕一從他每死後，要相逢不能勾，除非夢裏暫時略聚首。如今該下筆了。〔欲畫又止介〕苦要描，描不就，暗想像，教我未描先淚流。〔畫介〕描不出他苦心頭，描不出他饑症候。〔又想介〕描不出他望孩兒的睜睜兩眸。〔又畫介〕只畫得他髮颼颼，和那衣衫敝垢。畫完了，待我細看一看。〔看介〕呀！像倒極像，只是畫得太苦了些，全沒些歡容笑口。呀！公婆！公婆！非是媳婦故意如此，休，休，若畫做好容顏，須不是趙五娘的姑舅。（琵琶如此等曲，方是化工，然不多見也。）

待我懸掛起來，燒些紙錢，奠些酒飯，然後帶出門去便了！〔掛介〕嗳！我那公公婆婆呵！媳婦只爲往京尋取丈夫，撇你不下，故此圖畫儀容，以便隨身供養。你須是有靈有感，時刻在暗裏扶持。待媳婦早見你的孩兒，痛哭一場，說完了心事，然後趕到陰司，與你二人做伴便了。阿呀我那公婆呵！〔哭介〕

〔前腔〕非是奴尋夫遠遊，只怕我公婆絕後。奴見夫便回，此行安敢久！路途中奴怎走？望公婆相保佑！拜完了。如今收拾起身。論起理來，該先別墳塋，然後去別張大公纔是；只為要託他照管墳塋，須是先別了他，然後同到墳前，把公婆的骸骨，交付與他便了。〔鎖門行介〕只怕奴去後，冷清清有誰來祭掃？縱使遇春秋，一陌紙錢怎有？休，休，你生是受凍餒的公婆，死做個絕祭祀的姑舅！

來此已是，大公在家麼？〔丑上〕收拾草鞋行遠路，安排包裹送嬌娘。呀！五娘子來了，老員外有請。〔末上〕衰柳寒蟬不可聞，金風敗葉正紛紛。長安古道休回首，西出陽關無故人。呀！五娘子！我正要過來送你，你卻來了。〔旦〕因有遠行，特來拜別。大公請端坐，受奴家幾拜。〔末〕來到就是了，不勞拜罷。〔旦拜，末同拜介〕〔旦〕高厚恩難報，臨岐淚滿巾。〔末〕從今無別事，拭目待歸人。〔末起，旦不起介〕（跪求不起，方見鄭重其事。）〔末〕五娘子請起！呀！五娘子你為何跪在地下，不肯起來？〔旦〕奴家有兩件大事奉求，要大公親口許下，方敢起來。〔末〕孝婦所求，一定是綱常倫理之事。老夫一力擔當，快些請起！〔旦起介〕〔末〕叫小二看椅子過來，與五娘子坐了講話。〔旦〕告坐了。〔末〕五娘子，你方纔說的是那兩件事？〔旦〕第一件：是怕奴家去後，公婆的墳塋沒人照管，求大公不時看顧，每逢令節，代燒一陌紙錢。〔末〕這是我分內之事，自然照管，何須你囑付。第二件呢？〔旦〕第二件：因奴家是個少年女子，遠出尋夫，沒人做伴，路上怕有嫌疑，求公公大發婆心，把小二借與奴家做伴。到京之日，即便遣人送還。這一件事關係奴家的名節，斷求慨允。〔末〕五娘子，這件事情，比照管墳塋還大。莫說待你拜求，方纔肯許，不是個仗義之人；就是聽你講到此處，方纔思念起來把小二送你，也就不成個張廣才了！我昨日思想：不但你隻身行走，路上嫌疑；就是到了京中，與你丈夫相見，他問你在途路之中，如何宿歇，你把甚麼言語答應他？萬一男子漢的心腸多疑少信，將你埋葬公婆的大事且不提起，反把形迹二字與你講論起來，如何了得！（讀到此處，毛骨竦然，始信作者之疎，改者斷不可已。）這也還是小事。他三載不歸，未必不在京中別有所娶。我想那房家小，看見前妻走到，還要無中生有，別尋說話，離間你的夫妻，何況是遠遠尋夫，沒人做伴？若把幾句惡言加你，豈不是有口難分？還有一說：你丈夫臨行之日，把家中事情拜託于我，我若容你獨自尋夫，有礙他終身名節，日後把甚麼顏面見他？就是死到九泉，也難與你公婆相會！這個主意，我先定下多時了。已曾分付小二，着他伴你同行。不勞分付，放心前去便了！〔旦起拜介〕這等，多謝公公！奴家告別了。〔末〕且慢些，再請坐下。我且問你：你既要尋夫，那路上的盤費，已曾備下了麼？〔旦〕並不曾有。〔末〕既然沒有，如何去得？〔旦指背上琵琶介〕這就是奴家的盤費。不瞞公公說，已曾編下一套凄凉北調，譜入絲絃，一路彈唱而行，討些錢米度日。〔丑〕這等說來，竟是叫化了。這樣生意，我做不慣。不要總承，快尋別個去罷！〔末〕我自有主意，不消多嘴！五娘子，你前日剪髮葬親，往街坊貨賣，倒不曾問得你賣了幾貫錢財，可勾用麼？〔旦〕並無人買，全虧大公周濟。〔末〕却又來！頭髮可以作髢，尚且賣不出錢財，何況是空空彈唱？萬一沒人與錢，你還是去的好？轉來的好？流落在他鄉，不來不去的好？那些長途資斧，我也曾與你備下，不勞費心。也罷，你既費精神，編成一套詞曲，不可不使老朽聞之。你就唱來，待我與你發個利市。〔旦〕這等，待奴家獻醜。若有不到之處，求大公改政一二。〔末〕你且唱來！〔旦理絃彈唱，末不住掩淚，丑不住哭介〕

〔北越調鬬鵪鶉〕靜理冰絃，凝神息喘，待訴衷腸，將眉略展。怕的是聽者愁聽，聞聲去遠。雖不比杞梁妻，善哭天，也去那哭倒長城的孟姜不遠。

〔紫花兒序〕俺不是好雲遊閒離閨閫，也不是背人倫強抱琵琶，都則爲遠尋夫苦歷山川。說甚麼金蓮窄小，道路迍邅，鞋穿，便做到骨葬溝渠首向天，保得過面無慚腆。（警句！）好追隨地下姑嫜，得全名，死也無冤。

〔天淨沙〕當初始配良緣，備饔飧尚有餘錢。只爲兒夫去遠，遭荒罹變，爲妻庸禍及椿萱。（自咎得體。）

〔金蕉葉〕他望賑濟心穿眼穿，俺遭搶奪糧懸命懸。若不是遇高鄰分糧助饘，怎能勾慰覩心將灰復燃？

〔小桃紅〕可憐他遊絲一縷命空牽，要續愁無線。俺也曾自嚥糟糠備親饍，要救餘年，又誰料攀轅臥轍（妙語！）翻成勸？因來竈邊，竊奴私嚥，一聲兒哭倒便歸泉。

〔調笑令〕可憐，葬無錢！虧的是一位恩人，竟做了兩次天。他助喪非強由情愿。實指望吉回凶轉，因災致祥無他變，又誰知後運同前！

〔禿廝兒〕俺雖是厚面皮無羞不腆，怎忍得累高鄰鬻產輸田？只得把香雲剪下自賣錢，到街坊哭聲喧，誰憐？（情眞語確出之，遂成至文。）

〔聖藥王〕俺待要圖卸肩，赴九泉，怎忍得親骸朽露飽飛鳶？欲待把命苟延，較後先，算來無幸可傲天，哭倒在街前。

〔麻郎兒〕感義士施恩不倦，二天外又復加天。則爲這好仗義的高隣忒煞賢，越顯得受恩的淺深無辨。（說得明，寫得暢。）

〔么篇〕徒跣，把羅裙自撚，裹黃泥去築墳圈。感山靈神通畫顯，又指去路，勸人赴遠。

〔絡絲娘〕因此上顧不的鞋弓襪淺，講不起拋頭露面。手撥琵琶，原非自遣，要訴出衷腸一片。

〔東原樂〕暫把喪衣覆，喬將道服穿。爲缺資財，致使得身容變。休怪俺孝婦啼痕學杜鵑，只爲多愁怨，漬染得縗麻如茜。（壓倒元人，全在粗中有細。）

〔拙魯速〕可憐俺日不停，夜不眠，飢不飡，冷不燃。當日呵，辨不出桃花人面，分不開藕瓣金蓮；到如今藕絲花片，落在誰邊？自對菱花，錯認椿萱，（錯認椿萱，想落天際。）止爲憂煎。纔信道家寬出少年。

〔尾〕千愁萬緒提難遍，只好綰縱中一線。聽不出眼淚的休解囊，但有酸鼻的仁人請將鈔袋兒展。（歸到乞食，此曲纔有着落。老手！老手！）

〔末〕做也做得好，彈也彈得好，唱也唱得好，可稱三絕。〔出銀介〕這一封銀子，就當潤喉、潤筆之資，你請收下。〔旦謝介〕

〔末〕小二過來！他方纔彈唱的時節，我便爲他聲音淒楚，情節可憐，故此掉淚。你知道些甚麼，也號號咷咷哭個不了？〔丑〕

不知甚麼原故，聽到其間，就不知不覺哭將起來。連我也不明白。（妙在不解。解得出，便不見聲音之妙。）〔末〕這等，我且問你：方纔送他的銀子，萬一途中不勾，依舊要叫化起來，你還是情愿？不情愿？〔丑〕情愿！情愿！〔末〕為甚麼以前不情愿，如今忽然情愿起來？〔丑想介〕正是，為甚麼原故忽然改變起來？連我也不明白。〔末〕好，這叫做『孝心所感，鐵人流淚；高僧說法，頑石點頭』。五娘子，你一片孝心，就從今日劾驗起了，此去定然遂意。我且問你：你公婆的墳塋，曾去拜別了麼？〔旦〕還不曾去。要屈大公同行，好對着公婆當面拜託。〔末〕一發見得到。就請同行。叫小二與五娘子背了琵琶。〔丑〕自然。莫說琵琶，就是要帶馬桶，我也情愿挑着走了。〔末〕五娘子，我還有幾句藥石之言，要分付你。和你一面行走，一面講罷。〔旦〕既有法言，便求賜教！〔行介〕

〔鬬黑蟖〕〔末〕伊夫壻多應是貴官顯爵，伊家去須當審個好惡。只怕你這般喬打扮，他怎知覺？一貴一貧，怕他將錯就錯。〔合〕孤墳寂寞，路途滋味惡。兩處堪悲，萬愁怎摸！

〔末〕巳到墳前了。蔡大哥！蔡大嫂！你這個孝順媳婦，侍你二人，可謂『生事以禮，死葬以禮，祭之以禮』，無一事不全的了！如今遠出尋夫，特來拜別，將墳墓交託于我。從今以後，我就當你媳婦，逢時化紙，遇節燒錢，你不消慮得。只是保佑他一路平安，早與丈夫相會。他一生行孝的事情，只有你夫妻兩口與我張廣才三人知道。你夫妻死了，止剩得我一個在此，萬一不能勾見他這孝婦一片苦心，誰人替他表白？趁我張廣才未死，速速保祐他回來。待我見他一面，把你媳婦的好處，細細對他講一遍，我張廣才這個老頭兒，就死也瞑目了。嘐！我那老友呵！（世間苦戲儘多，但悲傷語皆出本人之口，雖使聽者墮淚，未足稱奇。此折之妙，妙在五娘緘口不提，張老代說，說到至情所感，人人流涕。此千古奇觀，神哉技也。）〔旦〕

我那公婆呵！〔同放聲大哭，丑亦哭介〕〔末〕五娘子！

〔憶多嬌〕我承委託，當領諾。這孤墳我自看守，決不爽約。但願你途中身安樂。〔合〕舉目蕭索，滿眼盈盈淚落。

〔旦〕公婆！你媳婦如今去了。大公，奴家去了。〔末〕五娘子，你途間保重，早去早回。小二，你好生伏侍五娘子，不要叫他費心。〔丑〕曉得！

〔旦〕爲尋夫壻別孤墳。〔末〕只怕兒夫不認眞。

〔合〕流淚眼觀流淚眼，斷腸人送斷腸人。

〔旦掩淚同丑先下〕〔末目送作哽咽不能出聲介〕嗳、我、我、我明日死了，那有這等一個孝順媳婦！可憐！可憐！〔掩淚下〕

明珠記煎茶改本第一折

〔卜算子〕〔生冠帶上〕未遇費長房，已縮相思地。咫尺有佳音，可惜人難寄！

下官王仙客，叨授富平縣尹。又爲長樂驛缺了驛官，上司命我帶管三月。近日朝廷差幾員內官，帶領三十名宮女，去備皇陵打掃之用。今日申牌時分，已到驛中。我想宮女三十名，焉知無雙小姐不在其內？要託人探個消息，百計不能。喜得裏面要取人伏侍，我把塞鴻扮做煎茶童子，送進去承值，萬一遇見小姐，就好傳個信兒。塞鴻那裏？〔丑上〕藍橋今夜好風光，天上羣仙降下方。只恐雲英難見面，裴航空自搗玄霜。塞鴻伺候。〔生〕今日送你進去煎茶，專爲打探無雙小姐的消息，你須要用心體訪。〔丑〕小人理會得。〔生〕隨着我來。〔行介〕你若見了小姐呵！

〔玉交枝〕道我因他憔悴。雖則是斷機緣，心兒未灰，痴情還想成婚配。便今世不共鴛幃，私心願將來世期。俺不如將生換死求連理。〔合〕料伊行冰心未移，料伊行柔腸更痴。

說話之間，已到館驛前了。〔丑〕管門的公公在麼？〔淨上〕走馬近來辭帝闕，奉差前去掃皇陵。甚麼人？到此何幹？〔生〕帶管驛事富平縣尹送煎茶人役伺候。〔淨〕着他進來。〔丑進見介〕〔淨看怒介〕這是個男子，你爲甚麼送他進來呢？〔生〕是個幼年童子。〔淨〕看他這個模樣，也不是個幼年童子了。好個不通道理的縣官！就是上司官員，帶着家眷從此經過，也沒有取男子服事之理，何況是皇宮內院的嬪妃，肯使男子見面？叫孩子們快打出去，着他換婦人進來。這樣不通道理，還叫他做官！〔罵下〕〔生〕這怎麼處？

〔前腔〕精神徒費。不收留翻加峻威。道是男兒怎入裙釵隊。歎賓鴻有翼難飛。〔丑〕老爺，你偌大一位縣官，怕差遣婦人不動？撥幾個民間婦女進去就是了，愁他怎的？〔生〕龔淵，你那裏知道。民間婦人儘有，只是我做官的人，怎好把心事託他。幽情怎教民婦知，說來徒使旁人議。〔合前〕

且自回衙，少時再作道理。正是：

不如意事常八九，可與人言無二三。

第二折

〔破陣子〕〔小旦上〕故主恩情難背，思之夜夜魂飛。奴家采蘋，自從拋離故主，寄養侯門，王將軍待若親生。王解元納爲側室，唱隨之禮不缺，伉儷之情頗諧。只是思憶舊恩，放心不下。聞得朝廷撥出宮女三十名，去備皇陵打掃，如今現在驛中。萬一小姐也在數內，我和他咫尺之間，不能見面，令人何以爲情！仔細想來，好懷慘人也！〔淚介〕

〔黃鶯兒〕從小便相依。棄中途，履禍危。經年沒個音書寄。到如今呵，又不是他東我西，山遙路迷。宮門一入深無底，止不過隔層幃，身兒不近，怎免淚珠垂！

〔生上〕枉作千般計，空迴九轉腸。姻緣生割斷，最狠是穹蒼。〔見介〕〔小旦〕相公回來了。你着塞鴻去探消息，端的何如？爲甚麽面帶愁容，不言不語？〔生〕不要說起！那守門的太監，不收男子，只要婦人。婦人儘有，都是民間之女，怎好託他代傳心事，豈不悶殺我也！

〔前腔〕無計可施爲。眼巴巴看落暉，只今宵一過便無機會。娘子，我便爲此煩惱。你爲何也帶愁容？看你無端皺眉，無因淚垂，莫不是愁他奪取中宮位？那裏知道還婚姻事呵！絕端倪。便圖來世，那好事也難期。

〔小旦〕奴家不爲別事，只因小姐在咫尺之間，不能見面，故主之情，難于割捨，所以在此傷心。〔生〕原來如此，還也是人之常情。〔小旦〕相公你要傳消遞息，既苦無人；我要見面談心，又愁無計。我如今有個兩全之法，和你商量。〔生〕甚麽兩全之法？快些講來。〔小旦〕他要取婦人承值，何不把奴家送去？只說民間之婦。若還見了小姐，婦人與婦人講話，沒有甚麽嫌疑，豈不比寒漏更强十倍？〔生〕如此甚妙！只是把個官人娘子扮作民間之婦，未免屈了你些。〔小旦〕我原以侍妾起家，何屈之有。〔生〕這等，分付門上喚一乘小轎進來，傍晚出去，黎明進來便了。

羨卿多智更多情，一計能收兩淚零。

〔小旦〕雞犬尙能懷故主，爲人豈可負生成。

第三折此折改白不改曲。曲照原本，不更一字。

〔長相思〕〔旦上〕念奴嬌，歸國遙，爲憶王孫心轉焦。楚江秋色饒。月兒高，燭影搖，爲憶秦娥夢轉迢。苦呵！漢宮春信消。

街鼓鼕鼕動戍樓，倚床無寐數更籌。可憐今夜中庭月，一樣清光兩地愁。奴家自到驛內，看看天色晚來。〔內打二鼓介〕呀，譙樓上面已打二鼓了。獨眠孤館，展轉凄其，待與姊妹們閒話消遣，怎奈他們心上無事，一個個都去睡了。教奴家獨守殘燈，怎生睡得去！

〔二郎神〕良宵杳，爲愁多睡來還覺。手攬寒衾風料峭。也罷，待我剔起殘燈，到堦除下閒步一遍，以消長夜。徘徊燈側，下堦閒步無聊。只見慘淡中庭新月小，畫屏間餘香猶裊。漏聲高，正三更驛庭，人靜寥寥。

那廝兒外面，就是煎茶之所，不免去就着茶爐飮一杯苦茗則個。正是：有水難澆心火熱，無風可解淚冰寒。〔暫下〕〔小旦持扇上〕巳入重圍裏，還愁見面遙。故人相對處，打點淚痕拋。奴家自進驛來，辦眼偷瞧，不見我家小姐。〔內作長歎介〕〔小旦〕呀，如今夜深人靜，爲何有沉吟歎息之聲？不免揭起簾兒，覷他一眼。

〔前腔〕偷瞧，把朱簾輕揭，金鈴聲小。呀！那階除之下，緩步行來的，好似我家小姐。欲待喚他，又恐不是。我且只當不知，坐在這裏煎茶，看他出來，有何話說。〔旦上〕看一縷茶烟香繚繞。呀！那個煎茶女子，好生面善！青衣執爨，分明舊識風標。（笠翁曰：『此明珠原曲。「風標」二字，加之采蘋，恰好。若照原本，是無雙贊塞鴻之詞矣。塞鴻而有風標，其情倘可問乎？』）悄語低聲問分曉。那煎茶女子快取茶來！〔小旦〕娘娘請坐，待我取來。〔送茶各看，背驚介〕〔旦〕呀分明是采蘋的模樣，他爲何來在這裏？〔小旦〕竟是我家小姐。待他喚我，我纔好認他。〔旦〕那女子走近前來！你莫非就是采蘋麼？〔小旦〕小姐在上，妾身就是。〔跪介〕〔旦抱哭介〕〔合〕天那！何幸得萍水相遭！〔旦〕你爲何來在這裏？〔小旦〕說起話長。今夜之來，是采蘋一點孝心，費盡機謀，特地來尋故主。請問小姐，老夫人好麼？〔旦〕還喜得康健。采蘋，你曉得王官人的消息麼？郎年少，自分離孤身何處飄颻？

〔小旦〕他自分散之後，跋平到京。正要來圖婚配，不想我家遭此橫禍，他就落魄天涯。近得金吾將軍題請得官，現做富平縣尹，權知此驛。

〔囀林鶯〕他宦中薄祿權倚靠，知他未遂雲霄。〔旦〕這等說來，他也就在此處了。既然如此，你的近況何如？隨着誰人？作何勾當？〔小旦〕采蘋自別夫人、小姐，蒙金吾將軍收爲義女，就嫁與王官人，目今現在一處。〔旦〕哦你和他現在一處麼？〔小旦〕是。〔旦作醋容介〕這等講來，我倒不如你了！鷦鷯巳占枝頭早，孤鸞拘鎖，何日得歸巢？〔小旦〕小姐不要多心，奴家雖嫁王郎，斷定權爲側室。虛抛正夫人的坐位，還待着小姐哩。〔旦〕這等纔是。我且問你，檀郎安否？怕相思瘦損潘安貌。〔小旦〕他雖受折磨，却還志氣不衰，容顏如舊。志氣好，千般折挫，風月未全消。

他一片苦情，恐怕小姐不知，現付明珠一顆，是小姐贈與他的，他時時藏在身旁，不敢遺失。〔付珠介〕

〔前腔〕〔旦〕雙珠依舊成對好，我兩人還是蓬飄。采蘋，我今夜要約他一會，你可喚得進來麼？〔小旦〕這個使不得！老公公在外監守，又有軍士巡更，那里喚得進來！〔旦〕莫非是你……〔小旦〕是我怎麼樣？哦，采蘋知道了，莫非疑我吃醋麼？若有此心，天不覆，地不載。小姐，利害所關，他委實進來不得。〔旦淚介〕嗳，眼前欲見無由到，驛庭咫尺，翻做楚天遥。〔小旦〕楚天猶小，着不得一腔煩惱。小姐有何心事，只消對采蘋說知，待采蘋轉對他說，也與見面一般。〔旦〕枉心焦，我芳情自解，怎說與伊曹！

待我修書一封，與你帶去便了。〔小旦〕說得有理。快寫起來，一霎時天就明了。〔旦寫介〕

〔啄木公子〕舒殘繭，展兔毫，蚊脚蠅頭隨意掃。只怕我有萬恨千愁，假饒會面難消。我有滿腔愁怨，寫向鸞箋怎得了？總有丹青別樣巧，畢竟衷腸事怎描？只落得淚痕交。

〔前腔〕書纔寫，燈再挑，錦袋重封花押巧。書寫完了，采蘋，你與我傳示他，好自支持，休爲我長皺眉梢。〔小旦〕小姐，你與他的姻緣畢竟如何？可有出宮相會的日子？〔旦〕爲說漢宮人未老，怨粉愁香憔悴倒；寂寞園陵歲月遥，雲雨隔藍橋。

明珠封在書中，叫他依舊收好。〔小旦〕天色已明。采蘋出去了。小姐，你千萬保重。若有便信，替我致意老夫人。〔各哭介〕

〔小旦〕小姐保重，采蘋去了。〔掩淚下〕〔旦〕呀，采蘋你竟去了！〔頓足哭介〕

〔哭相思尾〕從此兩下分離音信杳，無由再見親人了。

〔哭倒介〕〔末上〕自不整衣毛，何須夜夜號。喒家一路辛苦，正要睡覺，不知那個宮人啾啾唧唧，一夜哭到天明。不免到裏面去看來。呀！爲何哭倒在地下？〔看介〕原來是劉宮人。劉宮人起來！〔摸介〕呀，不好了！渾身冰冷，只有心口還熱。列位宮人快來！〔四宮女上〕並無奇禍至，何事疾聲呼？呀！這是劉家姐姐，爲何倒在地下？〔末〕列位宮人看好，待我去取薑湯上來。〔下〕

〔二女〕劉家姐姐快些甦醒！〔末取薑湯上〕薑湯在此，快灌下去。〔灌醒介〕〔宮女〕劉家姐姐，你爲甚麼事情哭得這般狼狽？

〔黃鶯兒〕〔旦〕只爲連日受劬勞，怯風霜，心膽搖。昨宵不睡挨到曉，〔末〕爲甚麼不睡呢？〔旦〕思家路遙，思親壽高，因此驀然愁絕昏沉倒。謝多嬌，相將救取，免死向荒郊！

〔末〕好不小心！萬一有些差池，都是喒家的干係哩！

〔前腔〕〔衆〕人世水中泡。受皇恩，福怎消，何須苦憶家鄉好！慈幃暫抛，相逢不遙，寬心莫把閒愁惱。〔內〕面湯熱了，請列位宮人梳粧上轎！〔合〕曙光高，馬嘶人起，梳洗上星軺。

〔宮女〕姊妹人人笑語闐，娘行何事獨憂煎？

〔旦〕祇因命帶悽惶煞，心上無愁也淚漣。

閒情偶寄五卷目次

演習部

閒情偶寄 卷之五

演習部

授曲第三

聲音之道，幽渺難知。予作一生柳七，交無數周郎，雖未能如曲子相公，身都通顯，然論其生平製作，塞滿人間，亦類此君之不可收拾。然究竟於聲音之道，未嘗盡解。所能解者，不過詞學之章句，音理之皮毛。比之觀場矮人，略高寸許，人贊美而我先之，我憎醜而人和之，舉世不察，遂羣然許爲知音。噫，音豈易知者哉！人問：旣不知音，何以製曲？予曰：『釀酒之家，不必盡知酒味，然秫多水少則醇醲，麯好蘗精則香冽，此理則易諳也。此理旣諳，則杜康不難爲矣。造弓造矢之人，未必盡嫻決拾，然曲而勁者利於矢，直而銳者宜於鵠，此道則易明也。旣明此道，即世爲弓人矢人可矣。雖然，山民善跋，水民善涉，術疎則巧者亦拙，業久則粗者亦精。塡過數十種新詞，悉付優人，聽其歌演，近硃者赤，近墨者黑，況爲硃墨所從出者乎？麄者自然拂耳，精者自能娛神，是其中菽麥亦稍辨矣。語云：「耕當問奴，織當訪婢。」予雖不敏，亦曲中之老奴、歌中之黠婢也。請述所知，以備裁擇。』

解明曲意

唱曲宜有曲情。曲情者，曲中之情節也。解明情節，知其意之所在，則唱出口時，儼然此種神情。問者是問，答者是答，悲者黯然魂消而不致反有喜色，歡者怡然自得而不見稍有瘁容，且其聲音齒頰之間，各種俱有分別，此所謂曲情是也。吾觀今世學曲者，始則誦讀，繼則歌詠，歌詠既成而事畢矣。至於『講解』二字，非特廢而不行，亦且從無此例。有終日唱此曲，終年唱此曲，甚至一生唱此曲而不知此曲所言何事、所指何人，口唱而心不唱，口中有曲而面上、身上無曲，此所謂無情之曲，與蒙童背書，同一勉強而非自然者也。雖腔板極正，喉、舌、齒、牙極清，終是第二、第三等詞曲，非登峯造極之技也。欲唱好曲者，必先求明師講明曲義。師或不解，不妨轉詢文人。得其義而後唱，唱時以精神貫串其中，務求酷肖。若是，則同一唱也，同一曲也，其轉腔、換字之間，別有一種聲口，舉目回頭之際，另是一副神情。較之時優，自然迥別。變死音爲活曲，化歌者爲文人，只在『能解』二字。解之時義大矣哉。

調熟字音

調平仄，別陰陽，學歌之首務也。然世上歌童，解此二事者，百不得一。不過口傳心授，依樣葫蘆，求其師不甚謬，則習而不察，亦可以混過一生。獨有必不可少之一事，較陰陽、平仄爲稍難，又不得因其難而忽視者，則爲出口、收音二訣竅。世間有一字，即爲一字之頭，所謂『出口』者是也；有一字，即有一字之尾，所謂『收音』者是也。尾後又有餘音收煞此字，方能了局。譬如吹簫、姓蕭諸『簫』字，本音爲『簫』，其出口之字頭，與收音之字尾，並不是『簫』。若出口作『簫』，收音作『簫』，其中間一段正音，並不是『簫』，而反爲別一字之音矣。且出口作『簫』，其音一洩而盡，曲之緩者，如何接得下板。故必有一字爲之頭，以備出口之用；有一字爲之尾，以備收音之用；又有一字爲餘音，以備煞板之用。字頭爲何？『西』字是也；字尾爲何？『夭』字是也；尾後餘音爲何？『烏』字是也。（澹心云：『門外漢那得知！』）字字皆然，不能枚紀。紘索辨訛等書，載此頗詳，閱之自得。要知此等字頭、字尾及餘音，乃天造地設，自然而然，非後人扭捏而成者也。但觀切字之法，即知之矣。（尤展成云：『妙喻！』）篇海、字彙等書，逐字載有註脚，以兩字切成一字。其兩字者，上一字即爲字頭，——出口者也，下一字即爲字尾，——收音者也，但不及餘音之一字耳。無此上下二字，切不出中間一字，其爲天造地設可知。此理不明，如何唱曲！出口一錯，即差謬到底。唱此字而訛爲彼字，可使知音者聽乎？故教曲必先審音。即使不能盡解，亦須講明此義，使知字有頭、尾以及餘音，則不敢輕易開口。每字必詢，久之自能慣熟。曲有誤，周郎顧，苟明此道，即遇最刻之周郎，亦不能拂情而左顧矣。

字頭、字尾及餘音，皆爲慢曲而設。一字、一板，或一字數板者，皆不可無。其快板曲，止有正音，不及頭尾。

緩音長曲之字，若無頭尾，非止不合韻，唱者亦大費精神。但看青衿贊禮之法，即知之矣。『拜』、『興』二字，皆屬長音。『拜』字出口以至收音，必俟其人揖畢而跪，跪畢而拜，爲時甚久。若止唱一『拜』字到底，則其音一洩而盡，不當歇而不得不歇，失儐相之體矣。得其竅者，以『不愛』二字代之。『不』乃『拜』之頭，『愛』乃『拜』之尾，中間恰好是一『拜』字。以一字而延數晷，則氣力不足；分爲三字，即有餘矣。『興』字亦然，以『希』、『因』二字代之。（展成云：『又是妙喻！』）贊禮且然，況於唱曲！婉譬曲喻，以至於此，總出一片苦心。審樂諸公，定須憐我。

字頭、字尾及餘音，皆須隱而不現。使聽者聞之，但有其音，並無其字，始稱善用頭、尾者。一有字迹，則沾泥帶水，有不如無矣。

字忌模糊

學唱之人，勿論巧拙，只看有口、無口。聽曲之人，慢講精麤，先問有字、無字。字從口出，有字卽有口。如出口不分明，有字若無字，是說話有口，唱曲無口，與啞人何異哉！啞人亦能唱曲。聽其呼號之聲，卽可見矣。常有唱完一曲，聽者止聞其聲，辨不出一字者，令人悶殺。此非唱曲之料，選材者任其咎，非本優之罪也。舌本生成，似難強造，然於開口學曲之初，先能淨其齒頰，使出口之際，字字分明，然後使工腔板，此回天太力，無異點鐵成金。然百中遇一，不能多也。

曲嚴分合

同場之曲，定宜同場，獨唱之曲，還須獨唱，詞意分明，不可犯也。常有數人登場，每人一隻之曲，而衆口同聲以出之者，在授曲之人，原有淺、深二意：淺者慮其冷靜，故以發越見長；深者示不參差，欲以翕如見好。嘗見琵琶賞月一折，自『長空萬里』以至『幾處寒衣織未成』，俱作合唱之曲。諦聽其聲，如出一口，無高低、斷續之痕者。雖曰良工心苦，然作者深心，於茲埋沒。此折之妙，全在共對月光，各談心事。曲既分唱，身段卽可分做，是清淡之內，原有波瀾；若混作同場，則無所見其情，亦無可施其態矣。惟『峭寒生』二曲，可以同唱。首四曲，定該分唱，況有合前數句，振起神情，原不慮其太冷。他劇類此者甚多，舉一可以概百。戲場之曲，雖屬一人而可以同唱者，惟行路出師等劇，不問詞理異同，皆可使衆聲合一。場面似鬧，曲聲亦宜鬧，靜之則相反矣。

鑼鼓忌雜

戲場鑼鼓，筋節所關。當敲不敲，不當敲而敲，與宜重而輕，宜輕反重者，均足令戲文減價。此中亦具至理，非老于優孟者不知。最忌在要緊關頭，忽然打斷。如說白未了之際，曲調初起之時，橫敲亂打，蓋却聲音，使聽白者少聽數句，以致前後情事不連；審音者未聞起調，不知以後所唱何曲。打斷曲文，罪猶可恕；抹殺賓白，情理難容。予觀場每見此等，故爲揭出。又有一齣戲文將了，止餘數句賓白未完，而此未完之數句，又係關鍵所在，乃戲房鑼鼓，早已催促收場，使說與不說同者，殊可痛恨！故疾徐輕重之間，不可不急講也。場上之人，將要說白，見鑼鼓未歇，宜少停以待之。不則過難專委，曲、白、鑼鼓，均分其咎矣。

吹合宜低

絲、竹、肉三音，向皆孤行獨立，未有合用之者。合之自近年始。三籟齊鳴，天人合一，亦金聲玉振之遺意也，未嘗不佳。但須以肉爲主，而絲竹副之，使不出自然者亦漸近自然，始有主行客隨之妙。邇來戲房吹合之聲，皆高於場上之曲，反以絲、竹爲主，而曲聲和之，是座客非爲聽歌而來，乃聽鼓樂而至矣。從來名優教曲，總使聲與樂齊，簫、笛高一字，曲亦高一字；簫、笛低一字，曲亦低一字。然相同之中，卽有高低、輕重之別，以其教曲之初，卽以簫、笛代口，引之使唱，原係聲隨簫、笛，非以簫、笛隨聲，習久成性，一到場上，不知不覺而以曲隨簫、笛矣。正之當用何法？曰：家常理曲，不用吹合，止於場上用之，則有吹合亦唱，無吹合亦唱，不靠吹合爲主。譬之小兒學行，終日倚牆靠壁，舍此不能舉步，一旦去其牆壁，偏使獨行，行過一次兩次，則雖見牆壁而不靠矣。以予見論之，和簫、和笛之時，當比曲低一字。曲聲高於吹合，則絲竹之聲亦變爲肉，尋其附和之痕而不得矣。正音之法，有過此者乎？然此法不宜概行，當視唱曲之人之本領。如一班之中，有一二喉音最亮者，以此法行之。其餘中人以下之材，俱照常格。倘不分高下，一例舉行，則良法不終，而怪予立言之誤矣。

吹合之聲，場上可少；教曲學唱之時，必不可少，以其能代師口而司鎔鑄變化之權也。何則？不用簫笛，止憑口授，則師唱一遍徒亦唱一遍，師住口則徒亦住口，聰慧者數遍卽熟，資質稍鈍者非數十百遍不能，以師徒之間，無一轉相授受之人也。自有此物，只須師教數遍，齒牙稍利，卽用簫笛引之。隨簫隨笛之際，若曰無師，則輕重疾徐之間，原有法脈準繩，引人歸於勝地；若曰有師，則師口並無一字，已將此曲交付其徒。先則人隨簫笛，後則簫笛隨人，是金蟬脫殼之法也。庾公之斯學射於尹公之他，尹公之他學射於我，簫笛二物，即曲中之尹公他也。但庾公之斯與子濯孺子，昔未見面，而今同在一堂耳。若是，則吹合之力，詎可少哉。予恐此書一出，好事者過聽予言，謬視簫笛爲可棄，故復補論及此。

教白第四

教習歌舞之家，演習聲容之輩，咸謂：唱曲難，說白易。賓白念熟即是。曲文念熟而後唱，唱必數十遍而始熟，是唱曲與說白之工，難易判如霄壤。時論皆然。予獨怪其非是。唱曲難而易，說白易而難。知其難者始易，視爲易者必難。蓋詞曲中之高低、抑揚、緩急、頓挫，皆有一定不移之格，譜載分明，師傳嚴切，習之既慣，自然不出範圍。至賓白中之高低、抑揚、緩急、頓挫，則無腔板可按、譜籍可查，止靠曲師口授。而曲師入門之初，亦係暗中摸索。彼既無傳於人，何從轉授於我？訛以傳訛，此說白之理，日晦一日而人不知；人既不知，無怪乎念熟即以爲是，而且以爲易也。吾觀梨園之中，善唱曲者，十中必有二三；工說白者，百中僅可一二。此一二人之工說白，若非本人自通文理，則其所傳之師，乃一讀書明理之人也。故曲師不可不擇。教者通文識字，則學者之受益，東君之省力，非止一端。苟得其人，必破優伶之格以待之；不則鶴困雞羣，與儕衆無異，孰肯抑而就之乎？然於此中索全人，頗不易得。不如仍苦立言者，再費幾升心血，創爲成格以示人，自製曲、選詞以至登場、演習，無一不作功臣，庶於爲人爲徹之義，無少缺陷。雖然，成格卽設，亦止可爲通文達理者道；不識字者聞之，未有不噴飯胡盧，而怪迂人之多事者也。

高低抑揚

賓白雖係常談，其中悉具至理。請以尋常講話喻之。明理人講話，一句可當十句；不明理人講話，十句抵不過一句，以其不中肯綮也。賓白雖係編就之言，說之不得法，其不中肯綮等也。猶之倩人傳語，教之使說，亦與念白相同。善傳者以之成事，不善傳者以之僨事，卽此理也。此理甚難，亦甚易。得其孔竅則易，不得孔竅則難。此等孔竅，天下人不知，予獨知之。天下人卽能知之，不能言之，而予復能言之。請揭出以示歌者。白有高低抑揚。何者當高而揚？何者當低而抑？曰：若唱曲然。曲文之中，有正字，有襯字。每遇正字，必聲高而氣長；若遇襯字，則聲低氣短而疾忙帶過：此分別主客之法也。說白之中，亦有正字，亦有襯字。其理同，則其法亦同。一段有一段之主客，一句有一句之主客。主高而揚，客低而抑，此至當不易之理，卽最簡極便之法也。凡人說話，其理亦然。譬如呼人取茶，取酒，其聲云：『取茶來』！『取酒來』！此二句既爲『茶』、『酒』而發，則『茶』、『酒』二字爲正字，其聲必高而長；『取』字、『來』字爲襯字，其音必低而短。再取舊曲中賓白一段論之。琵琶分別白云：『雲情雨意，雖可拋兩月之夫妻；雲鬢霜鬟，竟不念八旬之父母。功名之念一起，甘旨之心頓忘，是何道理？』首四句之中，前二句是客，宜略輕而稍快；後二句是主，宜略重而稍遲。『功名』、『甘旨』二句亦然。此句中之主客也。『雖可拋』、『竟不念』六個字，較之『兩月夫妻』、『八旬父母』，雖非襯字，却與襯字相同，其爲輕快，又當稍別。至於『夫妻』、『父母』之上二『之』字，又爲襯中之襯，其爲輕快，更宜倍之。是白皆然。此字中之主客也。常見不解事梨園，每於四六句中之『之』字，與上下正文同其輕重疾徐，是謂菽、麥不辨，尙可謂之能說白乎？此等皆言賓白，蓋場上所說之話也。至於上場詩、定場白，以及長篇大幅敍事之文，定宜高低相錯，緩急得宜，切勿作一片高聲，或一派細語——俗言『水平調』是也。上場詩四句之中，三句皆高而緩，一句宜低而快。低而快者，大率宜在第三句。至第四句之高而緩，較首二句更宜倍之。如浣紗記定場詩云：『少小豪雄俠氣聞，飄零仗劍學從軍。何年事了拂衣去？歸臥荆南夢澤雲。』『少小』二句，宜高而緩，不待言矣。『何年』一句，必須輕輕帶過；若與前二句相同，則煞尾一句，不求低而自低矣。末句一低，則懈而無勢，況其下接着通名道姓之語，如『下官姓范、名蠡、字少伯』，『下官』二字，例應稍低，若末句低而接者又低，則神氣索然不振矣。故第三句之稍低而快，勢有不得不然者。此理此法，誰能窮究至此，然不如此則是尋常應付之戲，非孤標特出之戲也。高低抑揚之法，盡乎此矣。

優師既明此理，則授徒之際，又有一簡便可行之法：索性取而予之，但於點脚本時，將宜高宜長之字，用硃筆圈之；凡類襯字者，不圈；至於襯中之襯，與當急急趕下、斷斷不宜沾滯者，亦用硃筆抹以細紋，如流水狀。使一一皆能識認，則於念劇之初，便有高低抑揚，不俟登場摹擬。如此教曲，有不妙絕天下，而使百千萬億之人贊美者，吾不信也。（尤展成云：『方便法門。然太便宜此輩。』）

緩急頓挫

緩急頓挫之法，較之高低抑揚，其理愈精。非數言可了，然了之必須數言。辯者愈繁，則聽者愈惑，終身不能解矣。優師點脚本，授歌童，不過一句一點。求其點不刺謬，一句還一句，不致斷者聯而聯者斷，亦云幸矣，尙能詢及其他？即以脚本授文人，倩其畫文斷句，亦不過每句一點，無他法也。而不知場上說白，儘有當斷處不斷，反至不當斷處而忽斷；當聯處不聯，忽至不當聯處而反聯者：此之謂緩、急、頓、挫。此中微渺，但可意會，不可言傳；但能口授，不能以筆舌喻者。不能言而強之使言，只有一法：大約兩句三句而止言一事者，當一氣趕下。中間斷句處，勿太遲緩。或一句止言一事，而下句又言別事，或同一事而另分一意〔一〕者，則當稍斷，不可竟連下句。是亦簡便可行之法也。此言其麄，非論其精；此言其略，未及其詳：精、詳之理，則終不可言也。

當斷當聯之處，亦照前法，分別於脚本之中當斷聯處，用硃筆一畫，使至此稍頓，餘俱連讀，則無緩、急相左之患矣。

婦人之態，不可明言；賓白中之緩、急、頓、挫，亦不可明言：是二事一致。輕盈嬝娜，婦人身上之態也；緩、急、頓、挫，優人口中之態也。予欲使優人之口，變爲美人之身，故爲講究至此。欲爲戲場尤物者，請從事予言，不則仍其故步。

脫套第五

戲場惡套，情事多端，不能枚紀。以極鄙、極俗之關目，一人作之，千萬人效之，以致一定不移，守爲成格，殊可怪也。西子捧心，尙不可效，況效東施之顰乎？且戲場關目，全在出奇變相，令人不能懸擬。若人人如是，事事皆然，則彼未演出而我先知之，憂者不覺其可憂，苦者不覺其爲苦，卽能令人發笑，亦笑其雷同他劇，不出範圍，非有新奇莫測之可喜也。掃除惡習，拔去眼釘，亦高人造福之一事耳。

衣冠惡習

記予幼時觀場，凡遇秀才赴考，及謁見當塗貴人，所衣之服，皆青素圓領，未有着藍衫者。三十年來，始見此服。近則藍衫與青衫並用，即以之別君子、小人——凡以正生、小生及外、末脚色而爲君子者，照舊衣青圓領；惟以淨、丑脚色而爲小人者，則着藍衫。此例始於何人，殊不可解。夫青衿，朝廷之名器也。以賢愚而論，則爲聖人之徒者，始得衣之；以貴賤而論，則備縉紳之選者，始得衣之。名宦大賢，盡於此出，何所見而爲小人之服，必使淨、丑衣之？此戲場惡習，所當首革者也。或仍照舊例，止用青衫而不設藍衫；若照新例，則君子、小人互用。萬勿獨歸花面，而令士子蒙羞也。（澹心云：『余向有此三疑，今得笠翁喝破，若披霧而覩天矣。然此物誤人不淺，即以花面着之，亦不爲過；但身着青衫者，未必盡君子耳。』）

近來歌舞之衣，可謂窮奢極侈。富貴娛情之物，不得不然，似難責以儉樸。但有不可解者：婦人之服，貴在溫柔，而近日舞衣，其堅硬有如盔甲。雲肩大而且厚，面夾兩層之外，又以銷金錦緞圍之。其下體前後二幅，名曰『遮羞』者，必以硬布裱骨而爲之。此戰場所用之物，名爲紙甲者是也，歌臺舞榭之上，胡爲乎來哉？易以輕軟之衣，使得隨身環繞，似不容已。至於衣上所綉之物，止宜兩種，勿及其他——上體鳳鳥，下體雲霞，此爲定製。蓋『霓裳羽衣』四字，業有成憲，非若點綴他衣，可以渾施色相者也。予非能創新，但能復古。

方巾與有帶飄巾，同爲儒者之服。飄巾儒雅風流，方巾老成持重，以之分別老少，可稱得宜。近日梨園，每遇窮態患難之士，即戴方巾，不知何所取義。至紗帽中之有飄帶者，制原不佳，戴於粗豪公子之首，果覺相稱。至於軟翅紗帽，極美觀瞻，曩時張生踰牆等劇，往往用之；近皆除去，亦不得其解。

聲音惡習

花面口中，聲音宜雜，如作各處鄉語，及一切可憎、可厭之聲，無非爲發笑計耳。然亦必須有故而然。如所演之劇，人係吳人，則作吳音，人係越人，則作越音，此從人起見者也。如演劇之地在吳，則作吳音，在越則作越音，此從地起見者也。可怪近日之梨園，無論在南在北，在西在東，亦無論劇中之人生於何地，長於何方，凡係花面脚色，即作吳音。豈吳人盡屬花面乎？此與淨、丑着藍衫同一覆盆之事也。今三吳縉紳之居要路者，欲易此俗，不過啓吻之勞；從未有計及此者，度量而思痛革其弊者也。使范文正、韓襄毅諸公有靈，聞此劇，觀此劇，未有不抱恨九原，優容，眞不可及。且梨園盡屬吳人，凡事皆能自顧，獨此一着，不惟不自爭氣，偏欲故形其醜，豈非天下古今一絕大怪事乎？且三吳之音，止能通於三吳；出境言之，人多不解，求其發笑，而反使聽者茫然，亦失計甚矣。吾請爲詞場易之，花面聲音，亦如生、旦、外、末，悉作官音，止以話頭惹笑，不必故作方言；卽作方言亦隨地轉——如在杭州，卽學杭人之話；在徽州，卽學徽人之話——使婦人小兒，皆能識辨。識者多，則笑者衆矣。

語言惡習

白中有『呀』字，驚駭之聲也。如意中並無此事而猝然遇之，一向未見其人而偶爾逢之，則用此字開口，以示異也。近日梨園，不明此義，凡見一人，凡遇一事，不論意中、意外，久逢、乍逢，卽用此字開口。甚有差人請客而客至　亦以『呀』字爲接見之聲者。此等迷謬，尙可言乎？故爲揭出，使知斟酌用之。

戲場慣用者，又有『且住』二字。此二字，有兩種用法：一則相反之事，用作過〔一〕文，如正說此事，忽然想及彼事。彼事與此事勢難並行，纔想及而未曾出口，先以此二字截斷前言——『且住』者，住此說以聽彼說也。一則心上猶豫，假此以待沉吟，如此說自以爲善，恐未盡善。務期必妥，當於是處尋非，故以此代心口相商——『且住』者，稍遲以待不可竟行之意也。而今之梨園，不問是非、好歹，開口說話，卽用此二字作助語詞。常有一段賓白之中，連說數十個『且住』者，此皆不詳字義之故。一經點破，犯此病者鮮矣。

上場引子下場詩，此一齣戲文之首尾。尾後不可增尾，猶頭上不可加頭也。可怪近時新例，下場詩念畢，仍不落臺，定增幾句淡話。以極緊湊之文，翻成極寬緩之局。此義何居？令人不解。曲有尾聲及下場詩者，以曲音散漫，不得幾句緊腔，如何截得板住；白文冗雜，不得幾句約語，如何結得話成。若使結過之後，又復說起，何如不收竟下之爲愈乎？且首尾一理。詩後旣可添話，則何不於引子之先，亦加幾句說白，說完而後唱乎？此積習之最無理、最可厭者，急宜改革。然又不可盡革。如兩人三人在場，二人先下，一人說話未了，必宜稍停以盡其說。（亦有下場不及更衣者，故借此爲緩兵計。）此謂『弔場』，原係古格。然須萬不得已，少此數句，必添以後一齣戲文，或少此數句，即埋沒從前說話之意者，方可如此。是龍足，非蛇足也。然只可偶一爲之。若齣齣皆然，則是是貂皆可續矣，何世間狗尾之多乎？

科諢惡習

插科打諢處，陋習更多，革之革不勝革。且見過即忘，不能悉記，略舉數則而已。如兩人相毆，一勝一敗，有人來勸，必使被毆者走脫而誤打勸解之人——連環擲戟之董卓是也；主人偸香竊玉，館童吃醋拈酸，謂尋新不如守舊，說畢，必以臀相向，如玉簪之進安、西廂之琴童是也；戲中串戲，殊覺可厭，而優人慣增此種，其腔必效弋陽——幽閨曠野奇逢之酒保是也。

閒情偶寄校勘記

本編所重印的閒情偶寄，也止摘取了其中有關戲曲的詞曲、演習兩部。底本是以翼聖堂本爲主，但因爲沒能得到初印本，而後來印本多有殘闕漫漶，故用芥子園本來補足。翼聖堂本還有幾個錯字，也據芥子園本加以改正，仍註出於下。

〔一〕『許』，翼聖堂本誤作『司』。

〔二〕『余澹心云』一段，翼聖堂本缺，芥子園本誤作『宋澹仙云』。

〔三〕『余澹心云』一段，翼聖堂本缺，芥子園本誤作『余澹仙云』。

〔四〕『傳奇』，翼聖堂本作『得奇』，今從芥子園本。

〔五〕『亦』，同上作『事』，今從芥子園本。

〔六〕『徒受歌者揶揄』，兩本均誤作『徒授歌者揶揄』。

〔七〕『偶然』，翼聖堂本作『已然』，今從芥子園本。

〔八〕「閑手」，同上作「閒手」，今從芥子園本。

〔九〕「一轍」，同上作「一徹」，今從芥子園本。

〔一〇〕「細微」，同上作「細後」，今從芥子園本。

〔一一〕「一意」，同上作「一憲」，今從芥子園本。

〔一二〕「過文」，同上作「遇文」，今從芥子園本。

製曲枝語

清·黄周星著

製曲枝語提要

製曲枝語一卷，黄周星著。周星生平，各家所說不一：有說他本姓黄，湖廣湘潭人，幼年家貧，送與上元周姓作養子；一說本上元人，育於楚湘周氏；一說本姓周，育於上元黄氏。初名周星，一六四〇年（明崇禎十三年）中進士，除戶部主事，改姓黄，以周星爲名。

周星，字景虞，號九烟，別號圃庵、而庵、汰沃主人、笑蒼道人等。又名黄人，字略似，別號半非道人。明亡不仕，往來吳、越間，以教經餬口。由於亡國之痛，常懷悲憤。清康熙庚申——十九年五月五日，年七十，在秦淮河自鑿舟破，沈水而死。一說：康熙中，有人以博學鴻儒荐，避不赴；迫之，乃嘆曰：『吾苟活三十七年矣，老寡婦其堪再嫁乎？』遂於康熙庚申端陽，自投於潯陽江而死。

周星早年的詩文，據說曾在洞庭湖中遇盗，全部沈沒於水。後來的作品，收入夏爲堂集。所作的戲曲，有人天樂傳奇，一名北俱廬。雜劇二種：惜花報、試官述懷。製曲枝語，是專論曲的作法。他對於作曲，主張要：少引聖籍，多發天然；雅俗共賞；能感人。總括言之：『自當專以趣勝』。

製曲枝語，原附在夏爲堂集人天樂傳奇卷首。夏爲堂集，有清康熙間刻本。人天樂傳奇除夏爲堂集原刻本外，尙有古本戲曲叢刊第三集景印本。

單行的製曲枝語，有如下各種版本：

（一）昭代叢書本　昭代叢書，張潮輯，有清康熙間原刻本。

（二）美術叢書第二集所收本　美術叢書，鄧實輯，一九二八年上海神州國光社據昭代叢書重排印本。

（三）新曲苑本　據昭代叢書重排。

製曲枝語 十條

清 · 黃周星著〔註〕

詩降而詞，詞降而曲，名爲愈趨愈下，實則愈趨愈難。何也？詩律寬而詞律嚴，若曲，則倍嚴矣。按格填詞，通身束縛，蓋無一字不由湊泊，無一語不由扭捏而能成者。故愚〔一〕謂曲之難有三：叶律一也，合調二也，字句天然三也。嘗爲之語曰：『三仄更須分上去，兩平還要辨陰陽。』詩與詞曾有是乎？

詞壇之推服魁奇者，必曰神童、才子。夫神童之奇，奇在出口成章；才子之奇，奇在立掃千言也。然僅可施之於詩文耳〔二〕，設或命之製曲，出口可以成章乎？千言可以立掃乎？故才者至此無所騁其才，學者至此無所用其學，此所謂最下之文字，實最上之工力也。以此思難，難可知矣。

愚謂：曲有三難，亦有三易。三易者：可用襯字襯語，一也；一折之中，韻可重押，二也；方言，俚語，皆可驅使，三也。是三者，皆詩文所無，而曲所有也。然亦顧其用之何如，未可草草。即如賓白，何嘗不易？亦須順理成章，方可動聽，豈皆市井游談乎？

余最恨今之製曲者，每折之中，一調或雜數調，一韻或雜數韻，不問而陋劣可知。即東嘉琵琶，正自不免。至於次曲換頭，無端增減數字，亦復何奇？余於此類，皆一槩禁絕之。

余尤恨今之割湊曲名以求新異者，或割二爲一，或湊三爲一，如朱奴插芙蓉、梁溪劉大娘之類。夫曲名雖不等於聖經、賢傳，然旣已相沿數百年，卽遵之可矣。所貴乎才人者，於規矩準繩之中，未始不可見長，何必以跳越穿鑿爲奇乎？且曲之優劣，豈係於曲名之新舊乎？故余於此類，皆深惡而痛絕之，至於二犯、三犯、六犯、七犯諸調，雖從來有之，亦皆不取。

有一老友語余云：『製曲之難，無才學者不能爲，然才學却又用不着。』旨哉斯言！余見新舊傳奇中，多有塡砌彙書，堆垛典故，及琢鍊四六句，以示博麗精工者，望之如餖飣牲筵，觸目可憎。夫文各有體；曲雖小技，亦復有曲之體。若典彙、四六，原自各成一家，何必活剝生呑，強施之於曲乎？若此者，余甚不取。

愚嘗謂：曲之體無他，不過八字盡之，曰：『少引聖籍，多發天然』而已。製曲之訣無他，不過四字盡之，曰：『雅俗共賞』而已〔三〕。論曲之妙無他，不過三字盡之，曰：『能感人』而已。感人者，喜則欲歌、欲舞，悲則欲泣、欲訴，怒則欲殺、欲割：生趣勃勃，生氣凜凜之謂也。噫，興觀羣怨，盡在於斯，豈獨詞曲爲然耶！

製曲之訣，雖盡於『雅俗共賞』四字，仍可以一字括之，曰：『趣』。古云〔四〕：『詩有別趣』。曲爲詩之流派，且被之絃歌，自當專以趣勝。今人遇情境之可喜者，輒曰『有趣！有趣！』則一切語言文字，未有無趣而可以感人者。趣非獨於詩酒花月中見之，凡屬有情，如聖賢、豪傑之人，無非趣人；忠，孝、廉、節之事，無非趣事。知此者，可與論曲。

曲至元人，尚矣。若近代傳奇，余惟取湯臨川四夢；而四夢之中，邯鄲第一，南柯次之，牡丹亭又次之；若紫釵，不過與曇華〔五〕、玉合相伯仲，要非臨川得意之筆也。近日如李笠翁十種，情文俱妙，允稱當行。此外儘有才調可觀，而全不依韻，將眞文、庚青、侵尋一槩混押者，無異彈唱盲詞，殊爲可惜。愚見如此，附識以質周郎。

余自就傅時，卽喜拈弄筆墨，大氐〔六〕皆詩詞古文耳。忽忽至六旬，始思作傳奇。然頗厭其拘苦，屢作屢輟。如是者又數年，今始毅然成此一種〔七〕。蓋由生得熟，駸駸乎漸入佳境，仍深悔從事之晚。將來尚欲續成數種，因思：六十年前，安得有此？王法護曰：『人固不可以無年。』每誦斯言，爲之三嘆。

笑蒼道人漫識

〔註〕 原本此處未題著者姓名。

製曲枝語校勘記

本編所重印的製曲枝語，是以夏爲堂集本爲底本，另據昭代叢書本加以校勘。昭代叢書有張潮跋文，今附於此。

製曲之難，枝語中已詳之矣。於難之中求其易之之法，則有二焉：一在善歌——善歌則不必對譜，其聲調之高下抑揚，可以調之於口吻之際；一在採用詩餘——詩餘中頗多有與曲調平仄相同之句——浣紗諸劇，亦復如是。余戊辰歲秋學塡詞，悟而得之，惜其時九烟先生已歿，不能就正其可否也。

心齋居士題

〔一〕『愚』字，昭代叢書本作『余』。

〔二〕『然僅可施之于詩文耳』一句，昭代叢書本作『然僅之於詩可耳』。

〔三〕『製曲之訣無他，不過四字盡之，曰「雅俗共賞」而已』。數句，昭代叢書本無。

〔四〕『古云』，昭代叢書本作『古人云』。

〔五〕『疊華』，昭代叢書本作『疊花』。

〔六〕『大氐』，昭代叢書本作『大抵』。

〔七〕『此一種』，昭代叢書本作『人天樂一種』。

南曲入聲客問

清・毛先舒著

南曲入聲客問提要

南曲入聲客問一卷，清毛先舒著。毛先舒，字稚黄；後更名騤，字馳皇。浙江錢塘人。明末諸生。父歿，棄諸生不求聞達。少年曾師事陳子龍，又從劉宗周講學。與毛際可、毛奇齡齊名，時人稱爲：『浙中三毛，文中三豪。』卒於清康熙間。生平著述極富，有思古堂集、東苑文鈔、詩鈔、蕊雲、晚唱諸集；又精於音韻之學，著有聲韻叢說、韻學通指、韻問、南曲正韻等。南曲入聲客問一卷，是補述南曲正韻所未盡，從音韻學的角度來談歌唱的書，所提出的方法，對當時歌壇上如何處理南曲入聲的糾紛，頗有參考價值。

南曲入聲客問有全集本，未見。此外則有：

(一) 昭代叢書本。

(二) 新曲苑本　　此本據世楷堂本昭代叢書排印，删去張潮序文，字句間亦有改動。

(三) 古典戲曲聲樂論著叢編本　　此本據初刻昭代叢書排印。

本編重印，以初刻昭代叢書本作爲底本。

南曲入聲客問題辭

往古之天下，偏於西北，故其爲音，有平、上、去而無入。後世之天下，旣有東南，以補宇宙之全，則亦必多入聲之一部以補之，而後天地之元音，始無缺而不全之憾。獨是南方之人，其於入聲也，不能如平、上、去之畫一。愚謂：欲調入聲，必先定其爲平聲何部之所隸。其無所隸者，亦不妨聽其孤行，而不必強讀之於平、上、去之餘；而平、上、去之無入聲者，亦不必以不相協之入聲強爲之配。而無如言人人殊，迄無一定之部位，如『役』之爲音，或讀爲『於』之入，或讀爲『衣』之入；如『菊』之爲音，或讀爲『鳩』之入，或讀爲『居』之入；如『合』之爲音，或讀爲『黑』，或讀爲『蒿』之入，或讀爲『呵』之入；如『綠』之爲音，或讀爲『羅』之入，或讀爲『盧』之入——姑舉數字，以例其餘——吾不知其將何音之從，乃爲得其正也。周德淸以入聲派入三聲，爲北曲者，自應奉爲繩尺。今南方旣有入聲，而編南曲者必欲廢之，何歟？毛君稚黃，以入聲單押，隨調之所宜而唱之，雖曰自我作古，然其論則極正當而可行也。歙縣張潮題。

南曲入聲客問

清・毛先舒著〔註〕

客問：『子著南曲正韻，凡入聲俱單押，不雜平、上、去三聲韻中，是已。然單押仍是作三聲唱之，如畫眉序單押入聲者，首句韻便應作平聲唱，末句韻便應作去聲唱，絳都春序單押入聲者，首句韻便應作上聲唱，豈非仍以入作平、上、去耶？則又何不仍隸入三聲中邪？』余曰：『此論極妙，然却又有說：北曲之以入隸於三聲也，音變腔不變；南曲之以入唱作三聲也，腔變音不變。何謂音變腔不變？如元人張天師劇一枝花「老老實實」，實字中原音韻作平聲，繩知切，是變音也；一枝花第五句，譜原應用平聲，而此處恰塡平字，平聲字以平聲腔唱，是不須變腔也。東堂老醉春風「倘來之物」，物字中原作務，是變音也；醉春風末句韻，譜應去聲，而此處恰塡去字，去聲字以去聲腔唱，是不須變腔者也。若南曲畫眉序，明珠記「金巵泛蒲綠」，綠字直作綠音，不必如北之作慮，此不變音也；畫眉序首句韻，應是平聲，歌者雖以入聲吐字，而仍須微以平聲作腔也，此變腔也。其尾聲云「可惜明朝又初六」，六字竟作六音，不必如北之作溜，此不變音也；然畫眉序尾聲末句韻，應是平聲，則歌者雖以入聲吐字，而仍須微以平聲作腔者也。

此北之與南，雖均有入作三聲之法，而實殊者也。又北曲之以入隸三聲，派有定法，如某入聲字作平聲，某入作上，某入作去，一定而不移；若南之以入唱作三聲也，無一定法，凡入聲字俱可以作平、作上、作去，但隨譜耳。如用「轂」字，而此字譜當是平聲，則吐字唱「轂」，而作腔便可唱如「窩」；譜當上聲，則吐字唱「轂」，而作腔便可唱如「窩」之上聲；譜當去聲，則吐字唱「轂」，而作腔便可唱如「窩」之去聲；非如北曲「轂」字之定作「古」也——餘皆可推——此又與北曲殊者也。故混入三聲，則與北無別，且亦難於分派；如北曲法，竟廢却入聲，又四聲不完；所以別出單押之法，而隨譜變腔爲定論也。又南曲係本塡詞而來，詞家原備有四聲，而平、上、去韻可以通用，入聲韻則獨用，不溷三聲，今南曲亦通三聲，而單押入聲，政與塡詞家法脗合，益明源流之有自也已。』客曰：『子之說韻，徹哉工已，抑何不更設一法，令歌者入作入唱，不變三聲，詎不善邪？』曰：『斯固事理之不得已者也。夫入之爲聲，詘然以止，一出口後，無復餘音，而歌必窈裊而作長聲，勢必流入於三聲而後始成腔，是固自然而然，不可遏也。今試口中念一入字，而稍遲其聲，則已非復入音矣，況歌者必爲曼聲也哉。』客問：『北曲既可派入聲入三聲，南曲何故又難派入聲入三聲？』曰：『北之入作平、上、去也，方音也。北人口語無入聲，凡入聲皆作平、上、去呼之。卽如「轂」字，北人云呼爲「古」，北曲自應從北音，故中原音韻「轂」字當以入作上而音「古」。凡入聲皆然。此周挺齋氏之以入派歸於三聲，非任體強造也。若南曲，自應從南音。南人呼「轂」與「穀」、「谷」等音同，原不呼「古」，凡入聲皆然，原未嘗作平、上、去呼也，則南曲安得強派之入三聲也！既難強派，別無歸著，則自應更爲標部而單押矣。歌須曼聲，入便難唱，則自應隨譜之三聲作腔矣。客詳斯理，夫復何疑。』

客問：『南曲入聲，既可隨通三聲，則凡應用三聲者，皆可用入聲邪？』曰：『否。音有四聲，而大段尤重平仄。上、去、入，皆仄聲。凡用入聲，在曲頭、腹者，止可於通上、去二聲，若平聲則不可以入聲代之；若以入聲押韻尾者，方可以平、上、去隨叶耳。然亦須相牌名，不可浪施，亦仍須用入聲部單押，不可與三聲通押如北曲法。幽閨記「胸中書富五車」、「山徑路幽僻」、「拜新月」諸曲，皆入與三聲通押，是施君美作南曲，亦沿襲北曲之法，他家如此者亦多，然皆非也。君美「春風紫陌」齣，引子、過曲，俱單押入聲，此得之耳。且余謂南曲入可通三聲，亦謂作腔耳；若吐字，亦自須分明，豈可竟溷唱邪！』

客曰：『子著南曲正韻譜，以爲四聲咸備，今平、上、去皆有閉口音，而入聲獨無，何也？』余曰：『勢不可也。入之爲聲，詘然而止。凡曲出字之後，必須作腔，若入聲而又閉口，則竟無腔矣。故三聲可用閉口，而入聲無之也。即據詩韻緝、合、葉、洽四部爲閉口入聲，而塡詞則已雜通他韻，不耑於閉口中互通與獨用；至元周德淸皆隸入支思、齊微、歌戈、家麻、車遮諸韻，而不隸於侵尋、監咸、廉纖三韻者，亦此意耳。』

客曰：『南曲入聲既可以唱作平、上、去，而此三聲原有閉口，則唱入聲者，又何不可依三聲而收閉口歟？』余曰：『毅哉斯駁！然又有兩截、三截之分焉。唱入聲不閉口，止是兩截；唱入聲閉口，便是三截。如「質」字，入之不閉口者也，唱者以入聲吐字，仍須照譜以三聲作腔，已畢兩截——兩截猶可也；若「緝」字，是入之閉口者也，唱者以入聲吐字，而仍須以三聲作腔，作腔後又要收歸閉口，便是三截，唇舌既已遽難轉折，而亦甚不中於聽矣！則廢之誠是，而又符塡詞與北曲之例，當何疑焉。』

客曰：『三聲之唱也，有吐字，有作腔，有收韻，亦是三截，而唱入聲者獨兩截；且三聲既可三截唱，而乃謂唱入聲者三截即不便，何也？』曰：『又毅哉！然凡入聲之唱也，無穿鼻、展輔、斂唇、抵齶、閉口，而止有直喉。直喉，不收韻者也。都無收韻，故止兩截也。三聲有穿鼻諸條，是收韻也。收韻，故三截也。有收韻而三截，所以曰便；無收韻而收韻，是強爲之也。強爲之，故不便也。且三聲作腔，止就其本聲，故自然相屬，而不費力；入聲之作腔，必轉而之三聲，則費力，若更收韻，則益以不便。』

客曰：『然子著韻學通指、唐人韻四聲表，何以但曰「入聲無穿鼻、抵齶韻」，不曰「無展輔、斂唇、閉口」也？』曰：『詩與曲，不同也。』曰：『然則柴氏古韻通，何以標十四緝爲獨用，而合、葉、洽祇自相通，無別通邪？』曰：『余固云詩與曲不同。柴氏亦爲詩、辭言之，而余爲曲言之。蓋聲音之道，古與今自不無間殊云。』

歌席解紛偶記（附）

酒客或作黃鶯兒，首句云：『纖手白於綿。』卽席善歌者歌之，謂『白』字不入調，却難上口。歌者頗精音韻，而作者又自負曲學，兩人辯之不已。余適入坐，叩知其故，笑謂歌者曰：『此字譜當用仄聲，而「白」是仄聲字，作者非誤；但君守中原音韻太專，而不知通變於南曲耳。蓋南曲唱入聲，與北曲異。北曲「白」字定作平聲，巴埋切；南曲「白」字不定作平，唱時但以入聲吐字，而作腔則隨譜之平、上、去三聲可爾。據譜，黃鶯兒首句第三字當用上聲，則「白」字當以入聲之「白」音吐字，而以上聲作腔，不應如北曲之唱作平聲也。今君泥北韻以唱南曲，故枘鑿耳！』余語是已。又持南曲入聲客問共閱之，兩俱爽然云。

跋

入聲之不通於三聲也，自古然矣。如『度』之入爲『忖度』之『度』，『告』之入爲『忠告』之『告』，『厭』之入爲『鎭厭』之『厭』，『準』之入爲『隆準』之『準』，使從入聲逆而溯之於平聲，寧不大相徑庭乎？今毛君之論，隨其調之平仄爲平仄，則亦與余逆溯之說相合。但入聲有孤行而無平、上、去者，吾未如之何也已。然余於此竊亦有法焉：於數說牌名用之，則並不須改唱三聲，亦可安於入聲之本位而無難也。心齋張潮。

〔註〕 原本題『錢塘毛先舒稚黄著』。

看山閣集閒筆

清·黃圖珌著

看山閣集閒筆提要

看山閣集閒筆十六卷，清黃圖珌著。圖珌字容之，別號蕉窗居士、守眞子，江蘇松江人。生於一七〇〇年（清康熙三十九年），雍正間官杭州、衢州同知，乾隆中卒。所著有看山閣集，及傳奇雷峯塔、棲雲石、夢釵緣、解金貂、梅花箋、温柔鄉等六種。

看山閣集閒筆，共分人品、文學、仕宦、技藝、制作、清玩、芳香、游戲八部。文學部又分文章、詩賦、詞曲、詩書、法書、圖畫六章。現在本編僅摘取卷三中的文學部詞曲一章。文學部詞曲一章，又分詞采、詞旨、詞音、詞氣、詞情、詞調、曲調宜高、有情有景、詞宜化俗、贈字、犯調、曲有合情、南北宜別、情不斷等十四條。他對於作詞製曲的主要見解，在他的後識中曾自加說明：『毋失古法，而不爲古法所拘；欲求古法，而不期古法自備。』

看山閣集閒筆，祇有看山閣集本。看山閣集，祇有一七四五年（乾隆十年）刻本。

看山閣集閒筆

清・黄圖珌著〔註〕

文學部

詞曲

宋尚以詞，元尚以曲，春蘭、秋菊，各茂一時。其有所不同者：曲貴乎口頭言語，化俗爲雅；詞難於景外生情，出人意表。字字清新，筆筆芳韻，方爲絕妙好辭，其聲諧、法嚴處，不過取平、仄二聲；較曲而有平、上、去、入，有開、發、收、閉，有陰、陽、清、濁，有呼、吸、吐、茹，審五音之精微，協六律於調暢，務在窮工辯別，刻意探求，稍有錯誤，致不叶調，如玉茗之牡丹亭，調雖靈化，而調甚不工，令歌者低眉蹙目，有礙於喉舌間也。蓋曲之難，實有與詞倍焉。因錄數則，以博知音者一哂云爾。

詞采

詞雖詩餘，然貴乎香艷清幽，有若時花美女，乃爲神品，不在詩家蒼勁古樸間而論其工拙也。

詞旨

字須婉麗，句欲幽芳，不宜直絕痛快，純在吞吐包含，且婉且麗，又幽又芳，境清調絕，骨韻聲光，一洗浮滯之氣，其謂妙旨得矣。

詞音

用字須活，用筆須鬆。活則亮，鬆則清。清如風，亮如月。其音節烏烏然，宛若在於風月光霽間也，寧不出於能活、能鬆之筆邪！

詞氣

詞之有氣，如花之有香，勿厭其穠艷，最喜其清幽，旣難其纖長，猶貴其純細，風吹不斷，雨潤還凝。是氣也，得之於造物，流之於文運，繚繞筆端，盤旋紙上，芳菲而無脂粉之俗，蘊藉而有麝蘭之芳，出之於鮮花活卉，入之於絕響奇音也。

詞情

情生於景，景生於情；情景相生，自成聲律。

詞調

曲調可犯，而詞調不可犯。詞就本旨，而曲可旁求。然曲可犯而詞不能創，詞可創而不可犯，則知詞律不若曲律之嚴——細於毫髮，密於針線，一字不穩，一音不圓，便歪歌者之口。今人豈若古人之巧，其雖有靈心慧性，妙筆幽思，而能自出機杼，創成新調之詞者，已屬罕得；更欲自立門戶，創成新調之曲者，未之有也。

曲調宜高

陽春、白雪，言其調之高，有不可及者也。然亦不過在審音辯字之間。如字有五音：爲唇，爲舌，爲齒，爲鼻，爲喉，又爲撮口，爲滿口，爲開口，爲閉口，爲穿牙、縮舌，爲半滿、半撮是也。窮工極思，纖毫不爽，即平讀去，亦即淸響超越，又何讓其陽春、白雪之獨高妙哉！

有情有景

心靜力雄，意淺言深，景隨情至，情繇景生，吐人所不能吐之情，描人所不能描之景，華而不浮，麗而不淫，誠爲化工之筆也。

詞宜化俗

元人白描，純是口頭言語，化俗爲雅。亦不宜過於高遠，恐失詞旨；又不可過於鄙陋，恐類乎俚下之談也。其所貴乎清眞，有元人白描本色之妙也。

贈字

詞無贈字，而曲有贈字。如曲無贈字，則調不變，唱者亦無處生活；但不宜太多，使人棘口。

犯調

割此曲而合彼曲，採集一名命之，爲犯調。知音者往往爲之。然只宜犯本宮；若犯別宮，音調未免稍異；即犯本宮亦不甚安者，均宜斟酌。

曲有合情

落筆務在得情，擇詞必須合意。如譙飲、陳訴、道路、軍馬、酸凄、調笑，自有專曲。用之不得其宜，雖才情生色，亦不足取也。

南北宜別

南有南調，北有北音，不可混雜。如四聲中上作去、去作上、入作去、上又作平、去上作平更作入等類，借音叶調，元爲北曲地步，南曲斷乎不宜。若南曲仿此，則聲不清圓，音無閃賺，其腔褭字、字矯腔、肉多骨勝之處，又何從得而知也？所以南、北宜別。北曲妙在雄勁悲激，南曲工於秀婉芳妍，不出詞壇老手。

情不斷

情不斷者，尾聲之別名也，又曰『餘音』、曰『餘文』，似文字之大結束也。須包括全套，有廣大清明之氣象，出其淵衷靜旨，欲吞而又吐者。誠所謂言有盡而意無窮也。

琵琶爲南曲之宗，西廂乃北調之祖，調高辭美，各極其妙。雖琵琶之諧聲、協律，南曲未有過於此者，而行文布置之間，未嘗盡善。學者維取其調暢音和，便於歌唱，較之西廂，則恐陳腐之氣尚有未銷，情景之思猶然不及。噫，所謂畫工，非化工也。

時乾隆丙寅秋，七月二日，靜夜新涼，書於活水軒之北牖。峯泖守眞子。

余自小性好塡詞，時窮音律。所編諸劇，未嘗不取古法，亦未嘗全取古法。每於審音、鍊字之間，出神入化，超塵脫俗，和混元自然之氣，吐先天自然之聲，浩浩蕩蕩，悠悠冥冥，直使高山、巨源、蒼松、修竹，皆成異響，而調亦覺自協。頗有空靈杳渺之思，幸無浮華鄙陋之習。毋失古法，而不爲古法所拘；欲求古法，而不期古法自備。竊恐才思漸窮，情瀾益湧，雖不能自出機杼，亦聊免竊人餘唾。不抹東村本色，何必效顰而反增其醜也！

戊辰春三月之望，峯泖守眞子重識。

〔註〕原本題「峯泖黃圖秘容之著」。

樂府傳聲

清·徐大椿著

樂府傳聲提要

樂府傳聲，清徐大椿著。徐大椿，字靈胎，自號洄溪老人。江蘇吳江人。袁枚徐靈胎先生傳，稱其『聰强過人，凡星經地志，九宮音律，以至舞刀奪槊，勾卒嬴越之法，靡不宣究。而尤長於醫，每視人疾，穿穴膏肓，能呼肺腑與之作語』。爲當時舉國知名的『神醫』。他的父親徐釚，即詞苑叢談的著者，所以詞曲之學，夙有家傳，但他所特長的却在度曲方面。所著樂府傳聲一書，繼承了魏良輔、沈寵綏各家之説，而更發揮深入。對於唱法的分析和運用，較前人更爲詳密。一則這時候的歌唱藝術，又較明代有所進展；二則由於徐氏精邃的研究，頗多發明創見。所以這部著作，在當時以及後來的曲壇上，很受到重視和推崇。

據袁枚徐靈胎先生傳，知他卒於一七七八年（乾隆四十五年）左右，年七十九歲，則他的生年，當在康熙中葉。

樂府傳聲的版本，計有

（一）一七四八年（清乾隆十三年）豐草亭原刻本　此本附洄溪道情一卷。

（二）一八二四年（清道光四年）徐培（著者之孫）重刻本　此本全同原刻，僅末尾增加徐培跋文一篇。

（三）一八五九年（清咸豐九年）眞州吳桂重刻本　此本較原刻增加無我道人及王葆心序文，又末尾增有『牌調各有定譜』、『辨四音（聲）訣』、『辨五音訣』、『辨聲音要訣』四節。不附洄溪道情。

（四）正覺樓叢書本　此本乃據舊鈔本重刊，同原刻本，但亦不附洄溪道情，僅存道情序。但又增一李瀚章序文。正覺樓叢書，清光緒間崇文書局輯刊。

（五）一九一七——一九二四年北京肇新印刷局石印本　此本全據咸豐本。

（六）新曲苑本　此本亦全據咸豐本。

（七）古典戲曲聲樂論著叢編本　此本係據豐草亭原刻本重印，並附以各本所增各篇。

序

戊辰孟春，吳江徐子靈胎出其所著樂府傳聲視予，且屬予爲序。予非知音者，烏足以序徐子之書，雖然竊願有所質焉。夫古樂之亡久矣，然有不得而亡者存，則聲是也。故謂今樂，非卽古樂則可，謂今樂之聲，非卽古樂之聲則大不可，何也？樂有今古之異，聲無異也，無異而古樂亡，請謂其故：昔賓牟賈以致右憲左，爲非武坐，聲淫及商，爲非武音，曰：有司失其傳也。夫古聖王之樂，列於四術六教，成均習之，庠序習之，非僅掌之有司而已，然猶不免於失傳，又況其徒寄之伶工之口者乎？周之旣衰，孔子正樂。沿及漢初，五經皆存，而樂一經竟亡，制氏記鏗鏘鼓舞之節，樂之遺音也，而時則病其不能言義。七略載周歌詩曲折若干篇，樂之遺譜也，而時莫能歌。若漢高帝喜楚聲，且播之於安世房中樂。武帝更好新聲，度曲用李延年之屬，是皆不以古樂爲事。儒者若京房鐂歆輩，則惟詳求鍾律，不復致考遺聲，宜古樂之終亡也。魏時猶有杜夔能歌鹿鳴文王伐檀騶虞四篇。洎永嘉之末，蕩然無復遺矣。雖然，古樂之所亡者，其曲折耳，其節奏耳，聲則未有亡也。漢魏之樂府，唐不能歌而歌詩；唐之詩，宋不能歌而歌詞；宋之詞，元不能歌而歌曲。然歌曲之聲，固卽歌詞歌詩歌樂府之聲也，又獨非卽歌南豳雅頌之歌歟？而安得云亡歟？故以樂而論，則三百篇存，樂府存，詩存，詞存，而其曲折節奏則盡亡；以聲而論，則歌南北曲者此聲，卽進而歌詞歌詩歌樂府歌三百篇，要亦無非此聲，故曰亡者其曲折耳，其節奏耳，聲則自在天壤間也。自元以來，有北曲，有南曲，而善歌者首推三吳，南曲習於南耳，故視北曲尤爲盛行，然明之中葉以後，於南曲刻意求工，別爲『清曲』，漸非元人之舊。又作傳奇之人，喜集數曲爲一，以致宮調難分，音拍盡失，訛且傳訛，盲復引盲，幾何而不盡變元人之歌法哉！徐子蓋有憫焉，傳聲之所爲作也。曰天地之元聲，未嘗一日息於天下；一語已探聲律之本，而於宮調字音口法，尤必三致意焉。夫聲出於口，非審口法，則開合發收混矣。聲本於字，非正字音，則陰陽平仄淆矣。聲寄於調，非別宮調，則字句雖符，腔板全失，而曲不可問矣。此書不但爲時伶下鍼砭，爲元曲留面目，並古今樂部之節奏曲折，可由此而推測其萬一，其功豈淺鮮哉！徐子爲檢討虹亭先生孫；先生所著鞠莊詞，見推名宿。徐子本其家學淵源，而於音律夙具神解，宜其言之明且清也。信今傳後，復奚疑焉。

時乾隆十三年二月旣望同學德清胡彥穎拜手序。

曩侍安溪李文貞公，每論聲清之元，與移風移俗之本，謂教化莫先於樂，樂以人聲爲重。又論元曲只四齣，猶有古者升歌笙入，間歌合樂之遺意。嘗欲編次史傳中忠孝廉節諸事，仿元人體製以授。今『崑腔』去其淫聲艷字而調理之，亦可以感動人心。有志未就，略見其說於古樂經傳，及榕村語錄中。衰老健忘，亦十不記其一二矣。辱示盛著，自媿於聲音之道，未之有得，獨欣然會心於人聲爲本一言，覺先師緒論，顯顯在耳。今樂由古樂，庶幾雅音，其復振乎？姑舉質言，以識傾倒。維揚唐紹祖題。

細讀數過，眞發千古歇絕之秘鑰，而昭明疏析之。雖瞢於音律如弟之頑石，亦輒點頭微悟，實天生神解之人於盛朝，審定律呂之時，非因源流家學而已。亟宜刊行，公諸寰宇，無使夔曠，寂寂楓江之上。華亭黃之雋題。

序

樂之成，其大端有七：一曰定律呂，二曰造歌詩，三曰正典禮，四曰辨八音，五曰分宮調，六曰正字音，七曰審口法。七者不備，不能成樂。何謂定律呂？考黃鐘大呂之本，窮宮商徵羽之變是也。何謂歌詩？上極雅頌，下至謠諺，與凡詞曲有韻之文皆是也。何謂典禮？郊天祭地，宴饗贈答，房中軍中之所宜用是也。何謂八音？金石絲竹匏土革木，古今樂器是也。何謂宮調？旋宮之六十調，與今所存北曲之六宮十一調，南曲之九宮十三調是也。何謂字音？一字有一字之正音，不可雜以土音；又北曲有北曲之音，南曲有南曲之音是也。何謂口法？每唱一字，則必有出聲、轉聲、收聲，及承上接下諸法是也。七者不盡通，不得名專精之士。然七音之學，非一人所能兼，則亦有可分習者。律呂、歌詩、典禮，此學士大夫之事也。其八音之器，各精一技，此樂工之事也。惟宮調、字音、口法，則唱曲者，不可不知。然宮調大端難越，卽有失傳，而一爲更換，卽能循板歸腔，至字音亦一改卽能正其讀，惟口法則字句各別，長唱有長唱之法，短唱有短唱之法，在此調爲一法，在彼調又爲一法，接此字一法，接彼字又一法，千變萬殊，此非若律呂、歌詩、典禮之可以書傳，八音之可以譜定，宮調之可以類分，字音之可以反切別，全在發聲吐字之際，理融神悟，口到音隨。顧昔人之聲已去，誰得而聞之？即一堂相對，旋唱而聲旋息，欲追其已往之聲，而已不復在耳矣。此口法之所以日變而日亡也。上古之口法，三代不傳；三代之口法，漢魏六朝不傳；漢魏六朝之口法，唐宋不傳；唐宋之口法，元明不傳。若今日之南北曲，皆元明之舊，而其口法亦屢變。南曲之變，變爲『崑腔』，去古浸遠，自成一家。其法盛行，故腔調尚不甚失，但其立法之初，靡慢模糊，聽者不能辨其爲何語，此曲之最違古法者。至北曲則自南曲甚行之後，不甚講習，即有唱者，又即以南曲聲口唱之，遂使宮調不分，陰陽無別，去上不清，全失元人本意。又數十年來，學士大夫全不究心，將來不知何所底止，嗟夫！樂之道久已喪失，猶存一綫於唱曲之中，而又日即消亡，余用憫焉，爰作傳聲法若干篇，借北曲以立論，從其近也；而南曲之口法，亦不外是焉。古人作樂，皆以人聲爲本，書曰：『詩言志，歌詠言，聲依詠，律和聲。』人聲不可辨，雖律呂何以和之，故人聲存而樂之本自不沒於天下。傳聲者，所以傳人聲也，其事若微而可緩，然古之帝王聖哲，所以象功昭德，陶情養性之本，實不外是，此學問之大端，而盛世之所必講者也。乾隆甲子秋八月既望吳江徐大椿書於洄溪草堂。

樂府傳聲目

樂府傳聲

清・徐大椿著〔註〕

源流

曲之變，上古不可考。自唐虞之賡歌擊壤以降，凡朝廷草野之間，其歌詩謠諺不可勝窮，茲不盡述。若今日之聲存而可考者，南曲北曲二端而已。北曲之始，金之董解元西廂記，元之馬致遠岳陽樓之類。南曲之傳，如元人高則誠琵琶記，施君美拜月亭之類。宮調既殊，排場亦異，然當時之唱法，非今日之唱法也。北曲如董之西廂記，僅可以入弦索，而不可以協簫管。其曲以頓挫節奏勝，詞疾而板促。至王實甫之西廂記，及元人諸雜劇，方可協之簫管，近世之所宗者是也。若北曲之西腔、高腔、梆子、亂彈等腔，此乃其別派，不在北曲之列。南曲之異，則有海鹽、義烏、弋陽、四平、樂平、太平等腔。至明之中葉，崑腔盛行，至今守之不失。其偶唱北曲一二調，亦改爲崑腔之北曲，非當時之北曲矣。此乃風氣自然之變，不可勉強者也。如必字字句句，皆求同於古人，一則莫可考究，二則難於傳授，況古人之聲，已不可追，自吾作之，安知不有杜譔不合調之處？卽使自成一家，亦仍非眞古調也。故風氣之遞變，相仍無害，但不可依樣葫蘆，盡失聲音之本，並失後來改調者之意，則流蕩不知所窮矣。故可變者腔板也，不可變者口法與宮調也。苟口法宮調得其眞，雖今樂猶古樂也。蓋天地之元聲，未嘗一日息於天下，記云：禮樂不可斯須去身。人生而有此形，卽有此聲，亦卽有此履中蹈和之具，但無人以發之，則汨沒而不能自振。後世之所以治不遵古者，樂先亡也。樂之亡，先王之教失也。我謂欲求樂之本者，先從人聲始。

元曲家門

元曲爲曲之一變。自元以前，歌已有南北之分，其法不傳，而聲調大略亦可想見。至元曲則分宮別調，獨成一家，淸濁陰陽，以別其聲，長短徐疾，以定其節，宏細幽顯，以分其調。其體例如出一手，其音節如出一口，雖文之高下各殊，而音調無有不合者，歌法至此而大備，亦至此而盡顯。能審其節，隨口歌之，無不合格調，可播管弦者，今人特不知深思耳。若其體則全與詩詞各別，取直而不取曲，取俚而不取文，取顯而不取隱，蓋此乃述古人之言語，使愚夫愚婦共見共聞，非文人學士自吟自咏之作也。若必鋪敘故事，點染詞華，何不竟作詩文，而立此體耶？譬之朝服遊山，艷妝玩月，不但不雅，反傷俗矣。但直必有至味，俚必有實情，顯必有深義，隨聽者之智愚高下，而各與其所能知，斯爲至境。又必觀其所演何事，如演朝廷文墨之輩，則詞語仍不妨稍近藻繪，乃不失口氣；若演街巷村野之事，則鋪述竟作方言可也。總之，因人而施，口吻極似，正所謂本色之至也。此元人作曲之家門也。知此，則元曲用筆之法曉然矣。

出聲口訣

天下有有形之聲，有無形之聲。無形之聲，風雷之類是也；其聲不可爲而無定。有形之聲，絲竹金鼓之類是也；其聲可爲而有定。其形何等，則其聲亦從而變矣。欲改其聲，先改其形，形改而聲無弗改也。惟人之聲亦然。喉、舌、齒、牙、唇，謂之五音；開、齊、撮、合，謂之四呼。欲正五音，而不於喉舌齒牙唇處著力，則其音必不眞；欲準四呼，而不習開齊撮合之勢，則其呼必不淸。所以欲辨眞音，先學口法。口法眞，則其字無不眞矣。譬之簫管，欲吹尺字，必放尺字之眼，欲吹工字，必放工字之眼，若放工而欲吹尺，放尺而欲吹工，雖神瞽不能也。所謂其聲可爲而有定者也。今則口法皆不能知，而欲其聲之眞得乎？又喉舌齒牙唇，雖分五層，然吐聲之法，不僅五也。有喉底之喉，有喉中之喉，有近舌之喉；餘四音亦然。更不僅此也，即喉底之喉，亦有淺、深、輕、重；其餘皆有淺深輕重。千絲萬縷，層層扣住，方爲入細。其開齊撮合之中，亦有半開、全開、半合、全合之不同。其外又有鼻音、半鼻、抵腭、抵齒等法。其形亦皆有定。總之，呼字十分眞，則其形自從；其形十分眞，則其字自協，此自然之理。若不知其形，而求其聲，則終身不能呼準一字也。

聲各有形

凡物有氣必有形，惟聲無形。然聲亦必有氣以出之，故聲亦有聲之形。其形惟何？大、小、闊、狹、長、短、尖、鈍、粗、細、圓、扁、斜、正之類是也。古聖作字諧聲，皆由天籟，絕無一毫勉強，其義精微奇妙，不可思議。如大字之形大，小字之形小，闊字之形闊，狹字之形狹，餘數字無不皆然。惟口訣得傳，則字形宛肖。不得口訣，則大非大，而小非小，出聲之際已偏，引長其音，遂不知何字矣。能將上數字鍊準口訣，則餘字盡可類推。如東鍾韻，東字之聲長，終字之聲短，風字之聲扁，宮字之聲圓，蹤字之聲尖，翁字之聲鈍。江陽韻，江字之聲闊，臧字之聲狹，堂字之聲粗，將字之聲細。潛心分別，其形顯然。其口訣大端，雖不外開、齊、撮、合、喉、舌、齒、牙、唇，而細分之則無盡，有張口者，有半張者，有閉口者，有半閉者，有先張後閉者，有先閉後張者，有喉出唇收者，有喉出舌收者，有全喉全舌者，有半喉半舌者。以上諸條，互相出入，不可勝計。其外又有落腮、穿齒、穿牙、覆唇、挺舌、透鼻、過鼻，種種諸法，不可枚舉。總在將此字識眞念準，審其字聲從口中何處著力，則知此字必如何念法方確，卽知其形於長短闊狹之內居何等矣。然後人之聽之，無不知其爲何字，雖絲竹雜和，不能奪而亂之矣。此千古未發之微義也。

五音

喉、舌、齒、牙、唇，謂之五音。此審字之法也。聲出於喉爲喉，出於舌爲舌，出於齒爲齒，出於牙爲牙，出於唇爲唇，其詳見等韻切韻等書。最深爲喉音，稍出爲舌音，再出在兩旁牝齒間爲齒音，再出在前牝齒間爲牙音，再出在唇上爲唇音。雖分五層，其實萬殊，喉音之淺深不一，舌音之淺深亦不一，餘三音皆然。故五音之正聲皆易辨，而交界之間甚難辨。然其界限，又復井然，一口之中，並無疆畔，而絲毫不可亂，此人之所以爲至靈，造物之所以爲至奇也。能知其分寸之所在，一線不移，然後其音始的，而出聲之際，不致眩惑遊移，再參之以開齊撮合之法，自然辨晰秋毫矣。餘詳口訣篇內。

四呼

開、齊、撮、合，謂之四呼。此讀字之口法也。開口謂之開，其用力在喉。齊齒謂之齊，其用力在齒。撮口謂之撮，其用力在唇。合口謂之合，其用力在滿口。欲讀此字，必得此字之讀法，則其字音始眞，否則終不能合度，然此非喉舌齒牙唇之謂也。蓋喉舌齒牙唇者，字之所從生；開齊撮合者，字之所從出。喉舌齒牙唇，各有開齊撮合，故五音爲經，四呼爲緯。今人雖能知音之正，而呼之不清者，皆開齊撮合之法不習故也。餘見口訣篇內。

喉有中旁上下

喉舌齒牙唇爲五音者，從內至外言之也。其位實有五層，其音雖皆本於喉，而用力之地，則層層各別，此人人所知者也。至五音中，又各有五音，則前人之所未道者。天下之理，有縱必有橫，喉舌齒牙唇縱也，喉音中之五音橫也。何謂？音高而清之字，則從喉之上面用力；低而濁之字，則從喉之下面用力；歛而扁之字，則從喉之兩旁用力；正而圓之字，則從喉之中間用力。故出聲之時，欲其字清而高，則將氣提而向喉之上；欲濁而低，則將氣按而著喉之下；欲歛而扁，則將氣從兩旁逼出；欲正而圓，則將氣從正中透出，自然各得其眞，不煩用力而自響且亮矣。此非特喉音之字如此，凡舌齒牙唇之字呼法皆然。但舌齒牙唇，雖著力之地各殊，而總不能離乎喉也，故喉舌齒牙唇爲經，上下兩旁正中爲緯，經緯相生，五五二十有五，而出聲之道備矣。此千古之所習而不察者也。

鼻音閉口音

喉、舌、齒、牙、脣之外，又有鼻音，閉口音者，何也？蓋聲音之道，所以暢發天地之和氣，雖以清明疎亮爲主，但皆淸明疎亮，一往不返，則律呂之氣有張無翕，不能備四氣之和，此鼻音閉口音所以不能無也。如庚青二韻，乃正鼻音也。東鐘、江陽，乃半鼻音也。尋侵、監咸、廉纖，則閉口音也。正鼻音則全入鼻中，半鼻音則半入鼻中，卽閉口之漸也。閉口之音，自侵尋至廉纖而盡矣。故中原音韻以東鍾起，以廉纖終，終之以閉口者，猶四時之令窮於冬也。東鐘則春令之始也；但立春之時，陽氣初動，故猶稍帶鼻音，有出而未舒之象。自庚青正鼻音之後，卽從尤侯之合口喉音，轉入尋侵閉口，亦以漸而收藏，此天地自然之理，編韻之人，雖未必有意爲之，而天地之音之終始，其序自然，而不可紊也。故能知鼻音閉口音法，則曲中之開合呼翕，皆與造化相通，然後清而不噍，放而不濫，有深厚和粹之妙。故鼻音閉口音之法，不可不深講也。

四聲各有陰陽

字之分陰陽，從古知之。宋人塡詞極重，只散見於諸家論說，而無全書。惟中原音韻，將每韻分出，最爲詳盡；但只平聲有陰陽，而餘三聲皆不分陰陽，不知以三聲本無分乎？抑難分乎？抑可以不分乎？或又以爲去入有陰陽，而上聲獨無陰陽，此更悖理之極者。蓋四聲之陰陽，皆從平聲起，平聲一出，則四呼皆來，一貫到底，不容勉強，亦不可移易，豈有平聲有陰陽，而三聲無陰陽者，亦豈有平去入有陰陽，而上聲獨無陰陽者。此等皆極荒唐之說，後人竟不深求，不得不急爲拈出，使天下後世作曲與唱曲之人，確然有所執持，而審音不惑。如宗字爲陰，宗、總、縱、足，皆陰也；戎字爲陽，戎、宂、誦、族，皆陽也。上八字豈可删去一字，亦豈可互易一字，亦豈可宗戎有陰陽，而下六字無陰陽，更豈可縱足與誦族有陰陽，而總與宂無陰陽？此有耳者之所共察，不必明於度曲者而後知之也。余常欲以中原音韻四聲之陰陽，每字皆爲分定，以息千古紛紛之說，尚未遑而有待。但作曲者能别平聲之陰陽，已屬難事，若併三聲而分之，則尤艱於措筆，不必字字苛求，然不可以作曲之難而併字之陰陽亦泯之也。

北字

凡唱北曲者，其字皆從北聲，方爲合度。若唱南音，即爲别字矣。然北字之異乎南者，十居四五，若必字字從北，則南方之人，竟有全不解者，此亦不必盡泥也。蓋當時之北曲，以北人造之，北人唱之，彼自唱彼之音，自然皆從北讀，若南人唱之，南人聽之，則即唱南人之音，似亦無害於理，但以北字改作南音，則聲必不和。何則？當時原以北字配調故也。況南人以土音雜之，只可施之一方，不能通之天下；同此一曲而一鄉有一鄉之唱法，其弊不勝窮矣。愚有説焉：凡北曲之字，有天下盡通之正音，唱又不失此調之音節者，不必盡從北字也。如崇字本音戎，而北讀爲蟲，重字本音蟲去聲，北讀爲中去聲，事字本時至切，北讀爲世，杜本音渡，北讀爲妬之類。如此者不一而足，若必盡從北者，則唱者與聽者，俱不相洽，反爲無味，譬之南北兩人，相遇談心，各操土音，則兩不相通，必各遵相通之正音，方能理會，此人情之常，何不可通於度曲耶？但不可以土音改北音耳。至於北字中，人人能曉，或此宮此調，必如此方合者，則必不可以南曲之字易之也。

平聲唱法

四聲之中，平聲最長，入聲最短。何以驗之？凡三聲拖長之後，皆似平聲，入聲則一頓之外，全無入象，故長者平聲之本象也。但上去皆可唱長，即入聲派入三聲，亦可唱長，則平聲之長，何以別於三聲耶？蓋平聲之音，自緩、自舒、自周、自正、自和、自靜，若上聲必有挑起之象，去聲必有轉送之象，入聲之派入三聲，則各隨所派成音。故唱平聲，其尤重在出聲之際，得舒緩周正和靜之法，自與上去迥別，乃爲平聲之正音，則聽者不論高低輕重，一聆而知其爲平聲之字矣。

上聲唱法

上聲亦只在出字之時分別。方開口時，須略似平聲，字頭半吐，即向上一挑，方是上聲正位。蓋上聲本從平聲來，故上聲之字頭，必從平聲起。若竟從上起，則其聲一響已竭，不能引而長之，若聲竭而復掩下，則反似平聲字矣。故唱上聲極難，一吐即挑，挑後不復落下，雖其聲長唱，微近平聲，而口氣總皆向上，不落平腔，乃爲上聲之正法。雖數轉而聽者仍知爲上聲，斯得唱上聲之法矣。

去聲唱法

今北曲之最失傳者，其唱去聲盡若平聲。蓋北曲本無入聲，若併去聲而無之，則只有兩聲矣。去兩聲豈能成調耶？況北曲之所以別於南者，全在去聲。南之唱去，以揭高爲主，北之唱去，不必盡高，惟還其字面十分透足而已。笛中出一凡字合曲者，惟去聲爲多。如唱凍字，則曰凍紅翁，唱問字，則曰問恆恩，唱秀字，則曰秀喉漚，長腔則如此三腔，短腔則去第三腔，再短則念完本字即收，總不可先帶平腔。蓋去聲本從上聲轉來，一著平腔，便不能復振，始終如平聲矣。非若上聲之本從平聲轉出，可以先似平聲，轉到上聲也。譬如四時從春轉夏則可，從春轉秋則不可，此自然之理也。況去聲最有力，北音尙勁，去聲眞確，則曲聲亦勁而有力，此最大關係也。今之所以唱去聲似平聲者，何也？自南曲盛行，曲尙柔靡，聲口已慣，不能轉勁，又去聲唱法，頗須用力，不若平讀之可以隨口念過，一則循習使然，一則偸氣就易，又久無審音者爲之整頓，遂使去聲盡亡，北音絕響，最可慨也！

入聲派三聲法

北曲無入聲，將入聲派入三聲，蓋以北人言語，本無入聲，故唱曲亦無入聲也。然必分派入三聲者，何也？北曲之妙，全在於此。蓋入聲本不可唱，唱而引長其聲，卽是平聲，南曲唱入聲無長腔，出字卽止，其間有引長其聲者，皆平聲也。何也？南曲唱法，以和順爲主，出聲拖腔之後，皆近平聲，不必四聲鑿鑿，故可稍爲假借。惟北曲則平自平，上自上，去自去，字字淸眞，出聲、過聲、收聲，分毫不可寬假，故唱入聲，亦必審其字勢，該近何聲，及可讀何聲，派定唱法，出聲之際，歷歷分明，亦如三聲之本音不可移易，然後唱者有所執持，聽者分明辨別，非若南曲之皆似平聲，無相徑庭也。故觀派入三聲之法，則北曲之出字淸眞，益可徵據，此探微之論也。至派入三聲異同之法，又別有論。

入聲讀法

北曲皆遵中州音韻，其平上去三聲，皆與唐韻及洪武正韻等相同，其有異者，百中之一耳。其五音四呼，亦不相遠，若入聲之字皆派入三聲，竟有大相徑庭，全非其字者。何也？蓋三聲多連合一貫，獨至入聲而別，有有三聲而無入聲之字，亦有有入聲而無三聲之字。今北曲無入聲之唱，盡將入聲唱作三聲，而三聲中無此字，則不得不另作一聲矣。如曲字，本邱六切，若本音之平聲，則邱都切，是有聲無字矣，故變而作區。樂字，本盧各切，若本音之平聲，則盧沙切，亦有聲無字矣，故變而作勞。其餘如：削之爲宵，鶴之爲浩，不一而足。自六經子史皆同，不獨中州音韻爲然也。惟古韻從無此讀法，而五音四呼又不通者，此乃當時之土音，則不妨或從古音，或從今音，不必悉遵其讀也。又其派入三聲，有一定之法，與古音亦稍殊。如鹿字，中州韻作去聲音露，古音露，亦音盧，出字中州韻作上聲音杵，古音作平聲，則赤知切，作去聲，則赤至切，三聲多有通融之處。蓋入之讀作三聲者，緣古人有韻之文，皆以長言咏嘆出之，其聲一長，則入聲之字自然歸入三聲，此聲音之理，非人所能強也。故古人有此讀法者，三聲原可通用，不必盡從中州韻；如從無此音者，則不可自我亂之，恐人之難辨也。試從古音，一一考之，則入聲派入三聲之故可明，而三代已前之歌法，亦可推測而知矣。

歸韻

唱曲能令人字字可辨，不但平上去入四聲準，開齊撮合四呼清而已。四聲四呼，止能於出聲之時，分別字頭，使人明曉，至出字之後，引長其聲，即屬公共之響，況有絲竹一和，尤易混入。譬如簫管之音，雖極天下之良工，吹得音調明亮者，祇能分別工尺，令聽者一聆而知其爲何調，斷不能吹出字面，使聽者知其何字也。蓋簫管止有工尺，無字面，此人聲之所以可貴也。四聲四呼淸，則出口之字面已正，而不知歸韻之法，則引長之字面，仍與簫管同，故尤以歸韻爲第一。歸韻之法如何？如東鐘字，則使其聲出喉中，氣從上腭鼻竅中過，令其聲半入鼻中，半出口外，則東鐘歸韻矣。江陽，則聲從兩頤中出，舌根用力，漸開其口，使其聲朗朗如叩金器，則江陽歸韻矣。支思，則聲從齒縫中出，而收細其喉，徐放其氣，切勿令上下齒牙相遠，則支思歸韻矣。能歸韻，則雖十轉百轉，而本音始終一線，聽者即從出字之後，驟聆其音，亦鑿鑿然知爲某字也。況字眞則義理切實，所談何事，所說何人，悲歡喜怒，神情畢出；若字不淸，則音調雖和，而動人不易，譬如禽獸之悲鳴喜舞，雖情有可相通，終與人類不能親切相感也。但人之喉嚨，靈頑不一，靈者則各韻自能分出各韻之音。頑者一味響亮，不能鑿鑿分別，即字面不差，而一放則不甚相遠，又有幾韻能分，幾韻不能分，各因其聲之所近，以爲優劣。若十九韻，俱能分者絕少。此又得之天分，非人力所能強也。

收聲

天下知出聲之法爲最重，而不知收聲之法爲尤重。蓋出一字，而四呼四聲五音無誤，則其字已的確可辨，猶人所易知而易能也。惟收聲之法，則不但當審之極清，尤必守之有力。自出聲之後，其口法一定，則過腔、轉腔，音雖數折，而口之形與聲所從出之氣，俱不可分毫移動。蓋聲雖同出於喉，而所著力之處，在口中各有地位，字字不同。如開口之喉音，其聲始終從喉著力，其口始終開而不閤；閉口之舌音，其聲始終從舌著力，其口始終閉而不開。其餘字字皆然，斯已難矣。至收足之時尤難，蓋方聲之放時，氣足而聲縱，尚可把定，至收末之時，則本字之氣將盡，而他字之音將發，勢必再換口訣，略一放鬆，而咿啞嗚吃之聲隨之，不知收入何宮矣。故收聲之時，尤必加意扣住，如寫字之法，每筆必有結束，越到結束之處，越有精神，越有頓挫，則不但本字清眞，卽下字之頭，亦得另起峯巒，益覺分明透露，此古法之所極重，而唱家之所易忽，不得不力爲剖明者也。然亦有二等焉：一則當重頓，一則當輕勒。重頓者，煞字煞句，到此嶄然割斷，此易曉也；輕勒者，過文連句，到此委宛脫卸，此難曉也。蓋重者其聲濁而方，輕者其聲淸而圓，其界限之分明則一，能知此，則收聲之法，思過半矣。

交代

凡曲以淸朗爲主，欲令人人知所唱之爲何曲，必須字字響亮。然有聲極響亮，而人仍不能知爲何語者，何也？此交代不明也。何爲交代？一字之音，必有首腹尾，必首腹尾音已盡，然後再出一字，則字字淸楚。若一字之音未盡，或已盡而未收足，或收足而於交界之處未能劃斷，或劃斷而下字之頭未能矯然，皆爲交代不淸。況聲音愈響，則聲盡而音未盡，猶之叩百石之鐘，一叩後之，卽鳴他器，則鐘聲方震，他器必若無聲，故聲愈響，則音愈長，必尾音盡而後起下字，而下字之頭，尤須用力，方能字字淸澈，否則反不如聲低者之出口淸楚也。凡響亮之喉，宜自省焉。不得恃聲高字眞，必謂人人能曉也。

宮調

古人分立宮調，各有鑿鑿不可移易之處。其淵源不可得而尋，而其大旨，猶可按詞而求之者，如：黃鐘調，唱得富貴纏綿；南呂調，唱得感歎悲傷之類。其聲之變，雖係人之唱法不同，實由此調之平仄陰陽，配合成格，適成其富貴纏綿，感歎悲傷，而詞語事實，又與之合，則宮調與唱法須得矣。故古人塡詞，遇富貴纏綿之事，則用黃鐘宮，遇感歎悲傷之事，則用南呂宮，此一定之法也。後世塡詞家，不明此理，將富貴纏綿之事，亦用南呂調，遇感歎悲傷之事，亦用黃鐘調，使唱者從調則與事違，從事則與調違，此作詞者之過也。若詞調相合，而唱者不能尋宮別調，則咎在唱者矣。近來傳奇，合法者雖少，而不甚相反者尙多，仍宜依本調如何音節，唱出神理，方不失古人配合宮調之本，否則盡忘其所以然，而宮調爲虛名矣。

陰調陽調

古人唱法，所謂陰陽者，乃字之陰陽，非人聲之陰陽也。字之陰陽者，如東爲陰，同爲陽，二字自有淸濁輕重之別。至人聲之陰陽，則逼緊其喉，而作雌聲者，謂之陰調；放開其喉，而作雄聲者，謂之陽調。遇高字則唱陰，遇低字則唱陽，此大謬也。夫堂堂男子，唱正大雄豪之曲，而逼緊其喉，不但與其人不相稱，卽字面斷不能眞。蓋喉間逼緊，則字面皆從喉中出，而舌齒牙唇，俱不能著力，開齊撮合，亦大半不能收準，卽使出聲之後，作意分淸，終不若卽從舌齒牙唇者之親切分明也。惟優人之作旦者，欲効女聲，則不得不逼緊其喉，此則純用陰調者。然卽陰調之中，亦有陰陽之別，非一味逼緊也。若陽調中之陰陽，放開直出者爲陽之陽，將喉收細揭高，世之所謂小堂調者，爲陽之陰，此則一起一倒，無曲不有，而逼緊之陰不與焉。今之逼緊喉嚨者，乃欲唱高調而不能，故用力夾住吊起，不覺犯逼緊之病，一則喉本不佳，一則不善用喉之故也。然逼緊之字，亦間有之，高調之曲，連轉幾字幾腔，層層泛起，愈轉愈高，則音必愈細，陽聲已竭，喉底之眞氣出而接之，自然聲出至深，與逼緊相似，此乃自然而然，非有意爲之，若世俗之所謂陰調也。至近日之所謂時曲淸曲者，則字字逼緊，俱從喉中一絲吐出，依然講五音四呼之法，實則五音四呼何處著力，以至聽者一字不能分辨，此曲之下賤，風流掃地矣。

字句不拘之調亦有一定格法

北曲中，有不拘句字多少，可以增損之格，如黄鐘之黄鐘尾，仙呂之混江龍，南呂之草池春之類。世之作此調者，遂隨筆寫去，絶無格式，眞乃笑談，要知果可隨意長短，何以仍謂之黄鐘尾，而不名之爲混江龍，又不謂之草池春，且何以黄鐘尾不可入仙呂，混江龍不可入南呂耶？此眞不思之甚。而訂譜者，亦僅以不拘字概之，全無格式，令後人易誤也。蓋不拘字句者，謂此一調字句不妨多寡，原謂在此一調中增減，並不謂可增減在他調也。然則一調，自有一調章法句法及音節，森然不可移易，不過謂同此句法，而此句不妨多增，同此音節，而此音不妨叠唱耳。然亦只中間發揮之處，因上文文勢趨下，才高思湧，一瀉難收，依調循聲，鋪敍滿意，既不踰格，亦不失調。至若起調之一二句，及收調之一二句，則陰陽平仄，一字不可移易增減，如此，則聽者方能確然審其爲何調，否則竟爲無調之曲，荒謬極矣！細考舊曲，自能悟之，不能悉錄也。

曲 情

唱曲之法，不但聲之宜講，而得曲之情爲尤重。蓋聲者衆曲之所盡同，而情者一曲之所獨異，不但生旦丑淨，口氣各殊，凡忠義奸邪，風流鄙俗，悲歡思慕，事各不同，使詞雖工妙，而唱者不得其情，則邪正不分，悲喜無別，卽聲音絕妙，而與曲詞相背，不但不能動人，反令聽者索然無味矣。然此不僅於口訣中求之也。樂記曰：凡音之起，由人心生也。必唱者先設身處地，摹倣其人之性情氣像，宛若其人之自述其語，然後其形容逼眞，使聽者心會神怡，若親對其人，而忘其爲度曲矣。故必先明曲中之意義曲折，則啓口之時，自不求似而自合。若世之止能尋腔依調者，雖極工亦不過樂工之末技，而不足語以感人動神之微義也。

起調

唱法之最緊要不可忽者，在於起調之一字。通首之調，皆此字領之；通首之勢，皆此字蓄之；通首之神，皆此字貫之；通首之喉，皆此字開之。如治絲者，引其端而後能竟其緒，此一字，乃端也。未有失其端而緒不紊者。人但知調從此字爲始，高則入某調，低則入某調，七調從此而定，此語誠然，不知此乃其大端耳。其轉變之法，蓋無窮盡焉。有唱高調，而此字反宜低者；有唱低調，而此字反宜高者；亦有唱高宜高，唱低宜低者；有宜陰起翻陽者；有宜陽起翻陰者；亦有宜先將此字輕輕蓄勢，唱過二三字，方起調者。此字一硬，則全曲皆硬，此字一和，則全曲自和。故此一字者，造端在此，關鍵在此。其詳審安頓之法，不可不十分加意也。

斷腔

南曲之唱，以連爲主。北曲之唱，以斷爲主，不特句斷字斷，即一字之中，亦有斷腔，且一腔之中，又有幾斷者；惟能斷，則神情方顯，此北曲第一喫緊之處也。而其法則非一端：有另起之斷，有連上之斷，有一輕一重之斷，有一收一放之斷，有一陰一陽之斷，有一口氣而忽然一斷，有一連幾斷，有斷而換聲吐字，有斷而寂然頓住。以上諸法，南曲亦間有之，然不若北曲之多。禮記所云：曲如折，止如槁木；正此之謂也。近時南曲盛行，不但字法皆南，即有斷法，亦是南曲之斷，與北曲迥別。蓋南曲之斷，乃連中之斷，不以斷爲重，北曲未嘗不連，乃斷中之連，愈斷則愈連，一應神情，皆在斷中頓出。故知斷法之精微，則北曲之神理，思過半矣。然斷與頓挫不同。頓挫者，曲中之起倒節奏；斷者，聲音之轉折機關也。

頓挫

唱曲之妙，全在頓挫，必一唱而形神畢出，隔垣聽之，其人之裝束形容，顏色氣象，及舉止瞻顧，宛然如見，方是曲之盡境。此其訣全在頓挫。頓挫得款，則其中之神理自出，如喜悅之處，一頓挫而和樂出；傷感之處，一頓挫而悲恨出；風月之場，一頓挫而豔情出；威武之人，一頓挫而英氣出；此曲情之所最重也。況一人之聲，連唱數字，雖氣足者，亦不能接續，頓挫之時，正唱者因以歇氣取氣，亦於唱曲之聲，大有補益。今人不通文理，不知此曲該於何處頓挫。又一調相傳，守而不變，少加頓挫，即不能合着板眼，所以一味直呼，全無節奏，不特曲情盡失，且令唱者氣竭；此文理所以不可無也。要知曲文斷落之處，文理必當如此者，板眼不妨略爲伸縮，是又在明於宮調者爲之增損也。

輕重

聲之高低，與輕重全然不同。今則悞以輕重爲高低，所以唱高字則用力叫呼，唱低字則隨口帶過。此大謬也。高低之法，詳於高腔輕過篇。今先明輕重之法：輕者，鬆放其喉，聲在喉之上一面，吐字清圓飄逸之謂。重者，按捺其喉，聲在喉之下一面，吐字平實沈著之謂。凡從容喜悅，及化雅之人，語宜用輕；急迫惱怒，及粗猛之人，語宜用重。又有一句之中，某字當輕，某字當重；亦有一調之中，某句當輕，某句當重，總不一定。但輕重又非響不響之謂也；有輕而不響者，有輕而反響者，有重而響者，有重而反不響者。蓋高低者，調也；輕重者，氣也；響不響者，聲也；似同而實異，細別之自顯然，但不明言之，則習而不察耳。

徐疾

曲之徐疾，亦有一定之節。始唱少緩，後唱少促，此章法之徐疾也；閒事宜緩，急事宜促，此時勢之徐疾也；摹情玩景宜緩，辨駁趨走宜促，此情理之徐疾也。然徐必有節，神氣一貫。疾亦有度，字句分明。倘徐而散漫無收，疾而糊塗一片，皆大謬也。然太徐之害猶小，太疾之害尤大。今之疾唱者，竟隨口亂道，較之常人言語更快，不特字句不明，並唱字之義全失之矣。惟演劇之場，或有重字疊句，形容一時急迫之象，及收曲幾句，其疾宜更甚於尋常言語者，然亦必字字分明，皎皎落落，無一字輕過，內中遇緊要眼目，又必跌宕而出之，聽者聆之，字句甚短，而音節反覺甚長，方爲合度；舍此則寧徐無疾也。曲品之高下，大半在徐疾之分，唱者須自審之。

重音疊字

重音者，二字之音相近，如逢蒙、希夷之類，聽者易疑爲兩字相同是也。疊字者，如飄飄、隱隱之類，聽者易疑爲一字兩腔是也。此等最宜留意。凡唱重音之字，則必將字頭作意分別，如陰陽輕重，四呼五音，必有不同之處，剔清字面，則聽者鑿鑿知爲兩音矣。唱疊字之音，則必界限分明，念完上字之音，鈎清頓住，然後另起字頭，又必與前字略分異同，或一輕一重，一高一低，一徐一疾之類，譬之作書之法，一帖之中，其字數見，無相同者，則聽者鑿鑿知爲兩字矣。此等雖係曲中之末節，而口訣之妙，反於此見長。若工夫不到，至此竟無把握也。

高腔輕過

腔之高低，不係聲之響不響也。蓋所謂高者，音高，非聲高也。音與聲大不同。用力呼字，使人遠聞，謂之聲高；揭起字聲，使之向上，謂之音高。即如同是一曲，唱上字尺字調，則聲雖用力而音總低，唱正調乙字調，則聲雖不用力而音總高，此在喉中之氣向上向下之別耳。凡高音之響，必狹、必細、必銳、必深；低音之響，必闊、必粗、必鈍、必淺。如此字要高唱，不必用力儘呼，惟將此字做狹、做細、做銳、做深，則音自高矣。今人不會此意，凡遇高腔，往往將細狹深銳之法，變成陰調，此又似是而非也。蓋陽調有陽調之高低，陰調有陰調之高低，若改陽爲陰謂之高，則陰之當高者，又何改耶？且調有斷不可陰者，若改陽爲陰，又失本調之體矣。能知唱高音之法，則下等之喉，亦可進於中等，中等可進於上等。凡遇當高揭之字，照上法將氣提起透出，吹者按譜順從，則聽者已清晳明亮，唱者又全不費力。蓋字之高下一定，而人之聲音各別，能知此，則人人可唱高音之曲，各如其人之分量，而無脫調之慮，否則唱高調之曲，必極響之喉方可，而喉之稍次者只宜唱低調之曲，是調以人分，而一人之聲，只可限以一調，略高即屬勉強矣。此不知高腔輕過之法也。

低腔重煞

低腔與輕腔不同。輕腔者，將字音徵逗，其聲必清細而柔媚，與重字反對。若低腔則與高字反對，聲雖不必響亮，而字面更須沈著。凡情深氣盛之曲，低腔反最多，能寫沈鬱不舒之情，故低腔宜重、宜緩、宜沈、宜頓，與輕腔絕不相同。今之唱低腔者，反以爲偷力之地，隨口念過，遂使神情渙漫，語氣不續，不知曲之神理，全在低腔也。

一字高低不一

字之配入工尺，高低本無一定，如世所傳儀禮通傳樂譜，鹿鳴之『我有嘉賓』，首章則我爲㽔，有爲林，嘉爲應，賓爲南；次章則我爲林，有爲南，嘉爲應，賓爲黃，諸律旋用，則高低互易，從古如此，所以天下有不入調之曲，而無不可唱之曲。曲之不入調者，字句不准，陰陽不分，平仄失調是也。無不可唱者，遷低就高，遷高就低，平聲仄讀，仄聲平讀，凡不合調不成調之曲，皆可被之管絃矣。然必字字讀眞，而能不失宮調，諧和絲竹，方爲合度之曲耳。故曲之工不工，唱者居其半，而作曲者居其半也。曲盡合調，而唱者違之，其咎在唱者；曲不合調，則使唱者依調則非其字，依字則非其調，勢必改讀字音，遷就其聲以合調，則調雖是而字面不眞，曲之不工，作曲者不能辭其責也。故字聲之高下，可以通融者，如鹿鳴所譜之類，原可以出入轉移，其不可通融之處，則斷不得用此一字，而離宮失調，亦不得因欲合調，而出韻乖聲，故作曲者與唱曲者，不可不相謀也。

出音必純

凡出字之後，必始終一音，則腔雖數轉，聽者仍知爲即此一字，不但五音四呼，不可互易，並不可忽陰忽陽，忽重忽輕，忽淸忽濁，忽高忽低，方爲純粹。凡犯此病者，或因沙澁之喉，不能一線到底，或因隨口轉換，漫不經心，以致一字之頭腹尾，往往互異，不但聽者不淸，即絲竹亦難合和。故必平日先將喉嚨，洗剔淸明，使聲出一線，則隨其字之淸濁高下，俱不至一字數聲矣。

句韻必淸

牌調之別，全在字句及限韻。某調當幾句，某句當幾字，及當韻不當韻，調之分別，全在乎此。唱者遵此不失，自然事理明曉，神情畢出，宮調井然。今乃只顧腔板，句韻蕩然，當連不連，當斷不斷，遇何調則依工尺之高低，唱完而止，則古之鑿鑿分別幾句幾字幾韻，全然可以不必也。

蓋言語不斷，雖室人不解其情，文章無句，雖通人不曉其義，況於唱曲耶？如琵琶辭朝折啄木兒『事親事君一般道，人生怎全忠和孝？却不道母死王陵歸漢朝』。近時唱者，道字拖腔，連下人字，孝字急疾，並接却字，是句韻皆失矣！如此者十之四五。試令今之登場者，依崑腔之唱法，聽者能辨其幾句幾韻，百不能得一也。句韻之法，不幾盡喪耶？惟北曲尚有句可尋，有韻可辨，然亦不能收清收足，此亦漸染於崑腔所致。崑腔作法之始，原不至如此之極，而流弊不可不亟拯也。餘見頓挫、斷腔諸篇。

定板

板之設，所以節字句，排腔調，齊人聲也。南曲之板，分毫不可假借，惟北曲之板，竟有不相同者。蓋南曲惟引子無板，餘皆有板，北曲則祇有底板，無實板之曲極多。又南曲之字句，無一調無定格，而北曲則不拘字句之調極多。又南曲襯字極少，少則一字幾腔，板在何字何腔，千首一律；若北曲則襯字極多，板必有不能承接之處，中間不能不增出一板，此南之所以有定，北之所以無定也。且元人之曲，不但以虛字爲襯，且有以實字爲襯者，如本調當用天地人三實字爲句，若祇襯一二虛字在三字上，仍是三字句，乃竟用春夏秋冬四實字爲句，則將以何字作襯字耶？則不但襯多難簇，且正襯不分，此板之所以尤無定也。然無定之中，又有一定者，蓋板殊則腔殊，腔殊則調殊，板一失，則宮調將不可考矣。故惟過文轉接之間，板可略爲增損，所以便歌也。至緊要之處，板不可少有移易，所以存調也。此北曲之板雖寬而實未嘗不嚴也。

底板唱法

南曲惟引子用底板，餘皆有定板。北曲則底板甚多。何也？蓋南曲之板以節字，不以節句；北曲之板以節句，不以節字。節字則板必繁，節句則一句一板足矣。惟著議論描寫，及轉折頓挫之曲，亦用實板節字，然亦不若南曲之密。凡唱底板之曲，必音節悠長，聲調宏放，氣緩辭舒，方稱合度。又必於轉接出落之間，自生頓挫，無節之中，處處皆節，無板之處，勝於有板，如鶴鳴九皐，干雲直上，又如天際風箏，宮商自協，方爲能品。此可意會，非可言罄也。

〔註〕原書題『吳江徐大椿靈胎著』。

樂府傳聲序

崑腔，南北曲之所由來者，從古樂而變新聲也。大凡度曲，必須以四聲五音，南北字面，用氣用喉諸色，則考證明晰，然後歌之，方不失新聲，卽古樂之旨也。今之唱崑者，心傳口授，襲謬承訛，是徒得其貌，而未得其眞也。余賦性耽斯，摸索已四十年，其聲音字面，倘有書可證可參，不難意會，惟用氣用喉，審情度理，全在心領神會，刻意揣摩，日久月深，始識自然之妙，而自然之妙，亦實實難以言傳也。辛亥館福山，得王心池茂才出所藏樂府傳聲示之。是篇爲吳江徐靈胎先生所著，溯本追源，傳聲示法，融會貫通，無微不顯，度曲宗之，可謂盡善盡美矣。余愛而寶之，擬卽付刻，以公同好。惟年來碌碌未遑，秘而未發。茲同小閑，願酬初志，更得同人助以授梓，俾樂於斯者，早睹爲快耳。咸豐九年五月經三百六十甲子無我道人識。

敍

度曲之道，非博采閒難，時殷切磋，不能盡善盡美，若淺見寡聞者，又安能領略其道耶？玠生長東隅，音隨北韻，雖賦性相近，而醯鷄處甕，見等測蠡，既鮮能事相傳，復乏知音晉接，孜孜者數十年仍是門外漢耳。今春館育梨，遇吳子小岡，徐示以審聲辨韻，尋節傳情之道，無不各盡其妙，津津娓娓，不倦不煩，且見攻苦之功，深益切心，欽而永佩。因憶余亦有舊藏靈胎徐公手輯樂府傳聲一帙，出請參證。而吳子喜其論斷剖決，極盡精微，特索而付梓，以公同好。夫徐公之輯著，惠固高深，得吳子之鋟傳，功堪並美；若同志者之受益，又豈敢有忘。是爲敍。

咸豐辛亥夏四月福山王保玠心池氏拜手。

牌調各有定譜

凡曲七調，自有定格，如某牌名係某宮，則應用某調，方爲合度。若不按成譜，任意妄擬，則高低自不叶調。卽如商調之山坡羊，自應歸凡調，南呂之懶畫眉，自應唱六字調，若高一調吹之，不但唱者喫力，徒然揭斷嗓子，且不中聽，曲情節奏，全然沒有；低一調吹之，雄壯激烈之曲，勢必萎靡沈鬱，寂靜之音，愈覺幽晦，識者掩口失笑矣。

辨四音訣

平聲平道莫低昂。　上聲高呼猛力強。

去聲分明直遠送。　入聲短促急收藏。

辨五音訣

欲知宮，舌居中。（中喉音）

欲知商，口開張。（齒頭正齒音）

欲知角，舌縮却。（牙音）

欲知徵，舌柱齒。（舌頭舌上音）

欲知羽，撮口取。（唇重唇輕）

辨聲音要訣

切韻先須辨四聲，五音六律並五行。難呼語氣皆名濁，易紐言詞盡屬清。唇上碧班邠豹卜，舌頭當滴迭都丁。撮唇呼虎烏塢汚，捲舌伊幽乙意英。閉口披頗潘坡拍，齊齒之音實始成。正齒正征眞志只，穿牙查摘塞箏笙。唇齒分敷方奉復，鼻唇工共故宮肱。引喉勾狗鷗喉厄，隨鼻蒿毫好赫亨。上腭囂妖高嬌轎，平牙臻節怎說生。縱唇休朽求鳩九，送氣查拿詫宅棖。含口甘含鹹檻呷，口開何可我歌蘘。大抵宮商角徵羽，應須紐算最爲清。要知叶韻須遵母，務必經心講究明。

樂府傳聲序

樂備於八音，成於人聲。人聲以音均爲體，以歌曲爲用。漢初詔樂府令夏侯寬備簫管，而樂府之三正調，曰平，曰清，曰瑟，二變調，曰楚，曰側，始著聲於協律。至齊梁，而樂府盡。至宋元，而樂府復興。其以燕樂宮商羽十五調，施於用，與漢之三調，名異實同。至崑山之魏良輔之南曲水磨腔出，而人聲之著於歌曲也尤準。徐靈胎氏生長吳會，稔其遺法，著爲樂府傳聲二卷，爲知音者所宗。余子經畬，得此鈔本於金陵舊家，以其有裨於韻學，可以上窺漢宋燕樂之源，因刻以問世云。

光緒辛巳仲春督楚使者合肥李瀚章題。

樂府傳聲後記

本編所重印的樂府傳聲，是以豐草亭原刻本做底本。此外並以無我道人、王葆心、李瀚章三篇序文，和吳桂刊本所增加的四節文字作爲附錄。

傳奇彙考標目

清・無名氏編

傳奇彙考標目提要

傳奇彙考標目二卷，編者不詳。這書雖然附在傳奇彙考前面，但所著錄，多與傳奇彙考不合，並不是傳奇彙考的目錄，而是另外一個獨立的曲目。從其內容來看，像是就呂天成曲品、高奕新傳奇品加以補充擴展而成。所著錄的作家，最晚的止於孔尙任、洪昇、萬樹等人，可以推定作者成書的年代，約在康熙末年或雍正初年。王國維作曲錄，很多材料曾引用傳奇彙考，但是曲錄裏所說的『右見傳奇彙考』云云，往往並不是根據傳奇彙考，而是根據這本傳奇彙考標目。又，當時王國維所見的傳奇彙考標目，可能是一個有些殘缺的本子，所以有的地方還有遺漏，例如奈何天、雙錘記等不錄別名，無名氏作品中不見漢宮春、博浪沙等若干名目，合錦傳奇並不單列等，都可以看到這一點。像這些，恐怕都不是編曲錄時故意從略的。

傳奇彙考標目二卷，一向只見有鈔本流傳。各本之間，不免有脫字、訛筆、缺葉的差異，但沒有大出入。只有一個經過增補的本子（下面稱這一本子爲『別本』），內容很多不同。別本的原本，現在不詳下落。在傳鈔本的末尾，有一段跋語說：

右傳奇彙考標目二册，書賈持來求善價。開化紙工楷精鈔，黃臘銀牋標簽，裝潢類內府流出者。首有『寶敦樓珍藏』朱文印。間有朱筆批補，未考誰何人手墨。內多曲錄所未著者。以索値太昂，因錄副本璧還之。記其緣起如此。丙寅秋七月，伯玕。

原跋後面有兩方圖章，一個是朱文『星吾』二字，一個是白文『李』字。按：曲錄問世以後的丙寅，當是一九二六年。

一九三三年，蔡寄甫從南海李伯玕煉石補天樓的鈔本過錄了一個副本，加以校補。一九四四年，邵茗生又轉錄了蔡氏校補本，再加增訂。邵氏增訂本有原稿本，中華人民共和國文化部藝術局資料室藏；有節錄本，傅惜華藏。

傳奇彙考標目　卷上

清·無名氏編〔註〕

元〔一〕

一〔二〕

高　明字則誠。東嘉人。

琵琶爲王四而作。王四係賣菜人之子，故託名蔡邕，蓋隱寓『菜傭』也。

二〔三〕

格九思字敬忠，別號丹邱子。天台人。文宗朝仕爲奎章閣鑒書博士。

荆釵舊傳爲格丹邱之作。或云史浩門客所撰。未辨孰是，姑闕疑焉。

三〔四〕

施　惠字君美。武林人。

拜月亭今名幽閨。

四〔五〕

馬致遠號東籬，未詳何處人。

牧羊

五〔六〕

王實甫以字行，未著其名，亦未詳其居處。

破窰演呂蒙正事。實甫原本只北曲四折，後人演爲全本；其後又加改削。更名綵樓。

……〔七〕

明〔八〕

六〔九〕

邵弘治號半江，宜興人。官給諫。

香囊

七〔一〇〕

徐元字叔回。錢塘人。

八義本元人孤兒記而改削之。

八〔一一〕

蘇復之字居無考。

金印原名合縱。

九〔一二〕

王雨舟以字行，未著其名。烏鎮人。

連環

一〇〔一三〕

沈　采 字練川。居處未詳。

千金　還帶 演裴晉公香山事。因楊一淸生日故作此以壽之。　四節

一一〔一四〕

姚茂良 字靜山。武康人。

金丸　雙忠　精忠

一二〔一五〕

李開先 字中麓。章邱人。

寶劍　斷髮

一三〔一六〕

沈受先 字里未詳。

《銀瓶》　《龍泉》　《三元》　《嬌紅》

一四〔一七〕

邱　濬字瓊山，瓊州人。仕至大學士，謚文莊。

《投筆》　《五倫》亦名《五倫全備》。　《舉鼎》

一五〔一八〕

徐時勉字居未詳。

《五福》

一六〔一九〕

沈　璟字伯英，號寧庵，吳江人。世稱爲詞隱先生。萬曆間進士。所著有《屬玉堂傳奇》十七種行于時。

《紅蕖》鄭德璘事。　《埋劍》郭飛卿事。　《十孝》　《分錢》疑是『分金』。

《雙魚》符郎事。　《義俠》　《合衫》　《桃符》

《鴛衾》　《四異》　《分柑》　《珠串》

鑿井　結髮　奇節　博笑

墜釵

一七〔二〇〕

湯顯祖字義仍，號若士。臨川人。萬曆間進士。所著有玉茗堂傳奇五種，皆行於時，而牡丹亭更膾炙人口。

紫釵　還魂亦名牡丹亭。　南柯　邯鄲

紫簫

一八〔二一〕

陸采字天池。江都人。

明珠　南西廂

一九〔二二〕

卜大匡字居無考。

冬青　乞麾

二〇〔三四〕

張鳳翼字伯起，號靈墟，別號冷然居士。吳縣人。所著有陽春六集。

紅拂 胡懋禮亦有紅拂雜劇。

祝髮 其母八十，作此爲壽。

竊符

虎符

灌園

扊扅 又云端平川作。

平播 總兵李應祥厚禮求作，事頗不實。

二一〔三四〕

顧大典字道行，號衡宇。吳江人。所著傳奇，有清音閣四種。

青衫

葛衣

義乳

風教 四段

二二〔三五〕

梁辰魚字伯龍，號少白。崑山人。

浣紗 當時此曲傳播海外。

二三〔三六〕

曇花　彩毫　修文

屠隆字緯真，號赤水，別號由拳山人。四明人。

二四〔二七〕

鄭若庸字中伯，號虛舟。崑山人。

玉玦　大節　五福

綉襦　云：『虛舟作玉玦，舊院人惡之，共斂金求薛近兗作此，以雪其事。』未詳孰是，姑存其說以備考。

二五〔二八〕

龍膺字朱陵。武陵人。

藍橋

二六〔二九〕

梅鼎祚字禹金。宣城人。

玉合

二七〔三〇〕

鄭之文字豹先。南城人。一云：「字應尼。新城人。」

白練裙係嘲馬湘蘭而作。或云：「與休寧吳兆弈鼐共爲之。一時青樓側目，大有樊川薄倖之名。」

旗亭　芍藥

二八〔三一〕

葉憲祖字相攸，號桐柏。餘姚人。

玉麟三蘇事。　雙卿　鸞鎞　四艷

金鎖一云：「袁于令作。」或云：「桐柏初稿，袁于令又改定之。」

二九〔三二〕

汪廷訥字昌期。休寧人。

高士　天書　長生　獅吼

投桃潘用中事。　二閣朱生事。　同昇　三祝范文正事。

種玉　七國

三〇〔三三〕

佘聿雲 未詳其名，以字行。池州人。

量江 樊若水事。

三一〔三四〕

馮夢龍 字子猶。吳郡人。有墨憨齋傳奇行於世。

雙雄

三二〔三五〕

戴子晉 字金蟾。永嘉人。

青蓮　靺鞨

三三〔三六〕

車任遠 字柅齋。上虞人。

四夢　　彈鋏

三四〔三七〕

顧希雍字懋仁。崑山人。

五鼎

三五〔三八〕

顧仲雍字懋儉。崑山人。

椒觴一云：「陸天池作。」

三六〔三九〕

祝長生金粟人。其姓名、居址，疑皆寓言。

紅葉

三七〔四〇〕

錦箋

周螺冠字居未詳。

三八〔四一〕

沈鯨字涅川。當湖人。

雙珠　分鞋亦名易鞋，或云：『陸天池所作。』　鮫綃

青瑣或云：『此二種均非涅川所作。』

三九〔四二〕

黃伯羽號鈞叟。上海人。

蛟虎

四〇〔四三〕

陸弼字無從。江都人。布衣稱詩，大有時名。

存孤李文蔚事。

四一（四四）

謝讜號海門。上虞人。

四喜二宋事。

四二（四五）

謝廷諒字九紫。湖廣人。

紈扇申伯淵事。

四三（四六）

陳汝元字太乙。會稽人。

金蓮三蘇事。　紫環

四四（四七）

許潮字時泉。靖州人。

泰和　四五〔四八〕

錢直之號海屋。會稽人。

忠節　四六〔四九〕

章大倫字金定。錢塘人。

符節汲黯事。　四七〔五〇〕

高濂字深甫，號瑞南。錢塘人。

玉簪　節孝　四八〔五一〕

程叔子名里未詳。

望雲狄梁公事。

四九〔五二〕

金無垢號遁菴。鄞縣人。

呼盧劉寄奴事。

五〇〔五三〕

吳世美字叔華。烏程人。

驚鴻

五一〔五四〕

陳濟之字利川。無錫人。

題橋司馬相如事。

五二〔五五〕

揚柔勝字新吾。武進人。

綠漪

五三〔五六〕

張午山名里無考。

雙烈韓蘄王事。

五四〔五七〕

庚更字生子，杭州人。

歌風漢高祖事。

五五〔五八〕

盧雀江逸其名。無錫人。

禁烟介之推事。

五六〔五九〕

兩宜居士未知何許人，故隱其名而以號著，僞人無可考。其亦逃名者歟？後皆倣此，不另註。

鯤鯃晉公子重耳事。

五七〔六〇〕

湯賓楊未詳其名與其出處。

玉魚郭汾陽王事。

五八〔六一〕

秋間居士

奪解鬱輪袍事。

五九〔六二〕

王鋑字劍池。錢塘人。

春蕪宋玉事。

六〇〔六三〕

王　恆字貞伯。杭州人。

合璧謝大紳事。

六一〔六四〕

鹿陽外史

雙環木蘭從軍事。

六二〔六五〕

吳　鵬字圖南。宜興人。

金魚韓君平事。

六三〔六六〕

吳大震字東宇，號長孺。休寧人。

練囊或云：『此與張仲豫合作。』

龍劍平寧夏哱賊事。

六四〔六七〕

張從德號同谷。海寧人。

純孝 董黯行孝事。

六五〔六八〕

王玉峯逸其名。松江人。

焚香

六六〔六九〕

楊珽字夷白。錢塘人。

龍膏 張無頗事。

錦帶 余述事。

六七〔七〇〕

黃維楫字說仲。台州人。

龍綃 柳毅傳書事。

六八〔七一〕

心一子

遇仙　董永事。

六九〔七二〕

顧　瑾　字懷琳。松江人。

佩印　朱買臣事。

七〇〔七三〕

涵陽子　東嘉人。故隱其名。

杖策　鄧禹年少封侯事。

七一〔七四〕

泰華山人

合劍　尉遲恭喋血禁門事。

七二〔七五〕

月榭主人

釵釧

七三〔七六〕

陸江樓名里未詳。

玉釵李元豐忠節事。

七四〔七七〕

朱　期字萬山。上虞人。

玉丸此君自況。

七五〔七八〕

李玉田汀州人。未詳其名。

玉鐲王順卿麗情重會事。

七六〔七九〕

楊之炯字星水。餘姚人。

玉杵 裴航、崔護事。

七七〔八〇〕

張景巖字瀨賓。溧陽人。

分釵 伍生、二闕事。

七八〔八一〕

趙於禮號心雲。上虞人。

灌園 亦名溉園，齊王法章事。

畫鸞

七九〔八二〕

鄒逢時字勝門。餘姚人。

覓蓮

八〇〔八三〕

汪宗姬字師文。徽州人。

丹管

八一〔八四〕

沈祚字希韶。溧陽人。

指腹賈雲華還魂事，即今之一種情是也。

八二〔八五〕

馮之可號易亭。彭澤人。

護龍蠡陽子事。

八三〔八六〕

謝天祐號思山。杭州人。

狐裘孟嘗君事。

靖虜祖生擊楫事。

八四〔八七〕

黃廷俸字君選。海鹽人。

白璧 張儀事。

奇貨 呂不韋事。

八五〔八八〕

吾邱瑞字國章。杭州人。吾邱，複姓，元高士吾邱衍之後。至今杭人猶有姓吾邱者。

合釵 楊太眞事。

八六〔八九〕

龍渠翁安慶人。未詳其名。

藍田 陽雍伯種玉事。

八七〔九〇〕

胡文煥號全菴。杭州人。

犀珮

八八〔九一〕

金懷玉 字爾音。會稽人。

香裘 江秘事。

寶釵 楊大中事。

望雲 即狄梁公事，然與程叔子所作事雖同而調實異。

摘星 雷仲孺事。

完福 王生事。

妙相 俗稱賽目連，即今時下所演之王氏女三世修是也。亦名葵花記。

綉被 東漢王忳事。

桃花 崔護事。

八更 紀匡衡事。

八九〔九二〕

王世貞 字元美，號鳳洲。太倉人。前明詩人後七子之一。

鳴鳳

九〇〔九三〕

許自昌 字元祐。吳縣人。所著有梅花墅傳奇數種，而惟水滸記最行於時。

水滸 一名青樓。

九一〔九四〕

陳學究 號鼎齋。不知何處人。

躍鯉　九二〔九五〕

史槃字叔考。會稽人。

夢磊　九三〔九六〕

陽初子名里未詳。

紅梨　九四〔九七〕

周朝俊字稊玉。鄞縣人。

紅梅袁中郎有刪本。　九五〔九八〕

露綬　蕉帕

單本號槎仙。會稽人。

九六〔九九〕

呂文字天成。金華人。

神鏡

九七〔一〇〇〕

無名氏

白兔　玉環　殺狗　教子

羅囊　綈袍應侯范睢事。　鑲環藺相如事。　三晉趙簡子事。

百順　鸞釵　雙紅　千祥

鶼釵　金雀　異夢　四景

羅衫　雙孝　麒麟　黑鯉劉司獄事。

金花　題門　錦囊　吐絨

投梭　三桂一名三桂聯芳記。　蟠桃　瑞玉

東郭　衣珠　懷香　花園

碑礫　赤松留侯張良事。　金臺樂毅事。　犀合

壑箋乩仙筆。　離魂倩女事。　菱花　江流

東牆　王煥　臥冰　鴛簪

張叶　紅絲　南樓

……〔一〇一〕

明〔一〇三〕

九八〔一〇四〕

朱良卿 名佐朝，以字行。吳縣人。

太極奏　四奇觀
九蓮燈　蓮花筏
清風寨　飛龍鳳
虎囊彈 一云：『邱嶼雪作。』　建皇圖
軒轅鏡　錦雲裘
龍燈賺 一云：『朱雲從作。』　萬壽冠
五代榮　雙和合
快活三 一云：『張大復作。』　玉數珠
壽榮華　寶曇月
朝陽鳳　艷雲亭
萬花樓　党人碑 一云：『邱嶼雪作。』
照膽鏡 一云：『朱雲從作。』　瑞霓羅

元宵鬧 一云：『李素甫作。』　御雪豹　石麟鏡　吉慶圖

漁家樂　乾坤嘯　贊神龍　纓絡會

牡丹圖　奪秋魁　血映石

九九〔一〇四〕

陳二白 字于李。長洲人。

稱人心　綵衣歡　雙冠誥

一〇〇〔一〇五〕

邱嶼雪 不知其名。常熟人。

一合相 袁柳莊事。　幻緣箱　御袍恩　歲寒松 楊椒山事。

百福帶　鬧勾欄

一〇一〔一〇六〕

盛際時 字昌期。吳郡人。

雙虬判　胭脂雪　人中龍　飛龍蓋

一〇二〔一〇七〕

阮大鋮號圓海。懷寧人。所著有詠懷堂傳奇數種。而燕子箋尤膾炙人口。

雙金榜　燕子箋　春燈謎亦名十錯認。　牟尼合

忠孝環

一〇三〔一〇八〕

沈環字伯英。號寧庵。吳江人。

一種情一云：『李元玉作。』　翠屏山　望湖亭　耆英會

一〇四〔一〇九〕

朱雲從字際飛。吳縣人。

雙奇俠一云：『高晉音作。』　靈犀鏡　齊眉案　石點頭

人面虎　別有天　小蓬萊　赤龍鬚

兒孫福　兩乘龍　萬壽鼎

一〇五〔一二〇〕

姚子翼字襄侯。秀水人。

遍地錦　上林春　白玉堂　麒麟現

一〇六〔一二一〕

王香裔名似閨秀，但未詳其里居。

非非想張幼于事。　黃金臺

一〇七〔一二二〕

畢萬侯字晉卿。吳縣人。

紅芍藥　竹葉舟　呼盧報　三報恩

萬人敵　杜鵑聲

一〇八〔一二三〕

薛　旦字既揚。吳縣人。

書生願　醉月緣　戰荆軻一云：『袁于令作。』　蘆中人

昭君夢　狀元旗

一〇九〔一二四〕

吳　炳號石渠。宜興人。所著有粲花五種。

綠牡丹　療妬羹小青事。　畫中人　情郵

西園

一一〇〔一二五〕

盧　柟字次楩。一字子木。大名人。詩名藉甚。所著有蠛蠓集。

想當然

一一一〔一二六〕

馮夢龍已見上卷。

萬事足　風流夢　雙雄（重見）

一一二〔一一七〕

張四維字治卿。元成人。

雙烈

一一三〔一一八〕

王無功名巽。郃陽人。

弄珠樓　百花亭　鹽犀佩

一一四〔一一九〕

馬佶人字亘生，吳縣人。

梅花樓　荷花蕩　十景塘

一一五〔一二〇〕

范文若字香令，號荀鴨，又自稱吳儂。松江人。

花筵賺　鴛鴦棒　倩畫姻　勘皮靴

夢花酣　花眉旦　金明池　雌雄旦

歡喜冤家

一一六〔三二〕

李素甫字位行。吳江人。

元宵鬧一云：『朱良卿作。』　稻花初　落花風　再生蓮

賣愁村

一一七〔三三〕

陳子玉字希甫。吳縣人。

三合笑　玉殿緣　歡喜緣

一一八〔三四〕

高晉音 字太初。會稽人。

聚獸牌　錦中花　千金笑　擘香圖

古交情　四美坊　眉仙嶺　如意冊

春秋筆　雙奇俠 一云：『朱雲從作。』　貂裘賺　風雲緣

固哉翁　續青樓

一一九（一三四）

劉晉充 字里未詳。

羅衫合　天馬媒　小桃園

一二〇（一三五）

馬守眞 字湘蘭。江寧名妓。

三生傳

一二一（一三六）

吳千頃 字汪度。長洲人。

雙遇蕉 一二二二〔一二七〕

顧采屏 崑山閨秀。

摘金圓 一二二三〔一二八〕

蔣麟徵 字瑞書。長洲人。一作：『字西宿。烏程人。』

白玉樓 一二二四〔一二九〕

史集之 字友益。溧陽人。

清風寨 一二二五〔一三〇〕

五羊皮

醉揚州　鬧烏江　倒鴛鴦

朱寄林字樹聲。吳郡人。

一二六〔一三二〕

許炎南名有丁。海鹽人。

軟藍橋　情不斷

一二七〔一三三〕

鄒玉卿號崑圃。長洲人。

雙螭璧　青釭嘯『釭』，疑是『虹』。

一二八〔一三四〕

王紫濤字里未詳。

兩蝶詩　華山緣

一二九〔一三五〕

浮丘傲

王鳴九字鶴皋。吳縣人。

一三〇〔一五四〕

幻春園

沈浮中疑是孚中。字會古。錢塘人。明末生員。恃才傲物，人有『叱獸』之目。

一三一〔一五五〕

八葉霜

陸起頑字生公。吳縣人。

一三二〔一五六〕

龍華會

王翱千字起鳳。太倉人。

一三三〔一五七〕

湯子垂字里未詳。

續精忠

一三四〔一三九〕

程麗先字光鉅。新安人。

雙麟瑞　笑笑緣

一三五〔一四〇〕

程子偉字正夫。江都人。

雪香緣

一三六〔一四一〕

劉藍生未詳其字里。

雙忠孝　半塘會

一三七〔一四二〕

石子斐字成章。紹興人。

一三八〔一四三〕正昭陽

陳江曉不知其詳。

一三九〔一四四〕讀書種

雙溪鷹山

一四〇〔一四五〕芙蓉樓

蒼山子

一四一〔一四六〕廣寒香

孫仁孺 即白雪樓主人。

醉鄉記 用烏有先生、無是公、毛穎等事。

一四二〔一四七〕

許自昌 字元祐。吳縣人。所著有梅花墅傳奇數種。已見上卷。

報主記 趙子龍事。　靈犀佩　弄珠樓

一四三〔一四八〕

李華峯 名宗泰。長洲人。

清風亭

一四四〔一四九〕

陳與郊 字禺陽。海寧人。

鸚鵡洲

一四五〔一五〇〕

玉鏡台　溫太眞事。

朱　鼎　字永懷。崑山人。

一四六（一二一）

四大癡

李九標　字遜時。武陵人。

一四七（一二二）

崖山烈

朱九經　字里未詳。

一四八（一二三）

鏡中花

李雨商　號桑林。河南人。

一四九（一二四）

翻西廂

周公魯字公望。崑山人。

一五〇〔一五五〕

秋堂和尚

鴈翎甲

本朝〔一五六〕

一五一〔一五七〕

吳偉業字駿公，號梅村。太倉人。仕至國子監祭酒。所著有梅村集。

秣陵春

一五二〔一五八〕

李玉字元玉。吳縣人。所著有一笠庵傳奇。

一捧雪　人獸關　永團圓　占花魁

五高風　雙龍佩　昊天塔　兩鬚眉

三生果　牛頭山　武當山　麒麟閣

虎丘山　長生像　千里舟　眉山秀

連城璧　千忠會　掛玉帶　清忠譜

意中緣　鳳雲翹　洛陽橋　太平錢

萬里緣　風雲會　羅天醮　麒麟種

萬民安　禪眞會　一種情一云：「沈寧庵作。」　翠屏山

一五三〔一二九〕

葉稚斐字美章，吳縣人。

三擊節　英雄槩　琥珀匙　開口笑

女開科　遜國疑即鐵冠圖。後半入靖難事。　八翼飛

人中人即東郭記事。

一五四（一六〇）

唐宇昭字寓昭。武進人。

桃花笑

一五五（一六一）

朱素臣未詳其字。吳縣人。

振三綱　一着先　萬年觴　錦衣歸

未央天　狻猊璧　忠孝閭　四聖子「子」，疑是「手」。

聚寶盆　十五貫　文星現　龍鳳錢

瑤池宴朱買臣事。　朝陽鳳　全五福　通天台

大吉慶

一五六（一六二）

吳綺字園次，號聽翁。江都人。由中書舍人，仕爲湖州知府。所著有林蕙堂集。

秦樓月

鄭小白未著其名。吳縣人。

一五七〔一六三〕

金瓶梅

一五八〔一六四〕

龍燮字二爲。號改庵。安慶人。薦舉博學鴻詞，入翰林，官檢討，左遷大理寺評事。所著有石𬌗文集。

瓊花夢尚有蓉城雜劇。

一五九〔一六五〕

顧彩字天石。無錫人。仕中書舍人。

桃花扇原係孔東塘所作，天石改爲合圍，稍潤色之。

後琵琶

一六〇〔一六六〕

徐長公名善，江都人。

大轉輪　珊瑚鞭

一六一〔一六七〕

沈友聲名樹人。吳縣人。

麗鳥媒

一六二〔一六八〕

周果庵名里未詳。

太白山　竹漉籬　八仙圖　火牛陣

錦西廂　福星臨　指南車　綈袍贈

萬金資　鏡中人　金橙樹　玉鴛鴦

後西國『國』，疑『遊』。

一六三〔一六九〕

袁于令字令昭，號籜庵。吳縣人。仕至荊州知府。所著有劍嘯閣傳奇五種。

西樓　金鎖　玉符　珍珠衫

鷫鸘裘

一六四〔一七〇〕

張大復字星期。吳郡人。

如是觀　釣魚船　井中天　小春秋

天有眼　醉菩提　金剛鳳　發琅釧

龍飛報　吉祥兆　痴情譜　獺鏡緣

紫瓊瑤

一六五〔一七一〕

孔尚任號東塘。山東曲阜人。仕爲禮部員外。

小忽雷　桃花扇

一六六〔一七二〕

李　漁字笠翁。錢塘人。

萬年歡　蜃中樓　風箏誤　美人香

比目魚　奈何天一名奇福報。　凰求鳳　愼鸞交

巧團圓一名巧會合。　憐香伴

一六七〔一一三〕

汪　楫字舟次，號悔庵。江都人。由敎諭薦舉博學鴻詞，入翰林，官檢討，仕至福建布政使司。所著有悔齋集。

補天石卽易水歌改本。

一六八〔一一四〕

周穉廉字冰持。松江人。

珊瑚玦

一六九〔一一五〕

洪　昇字昉思，號稗畦。錢塘人。

長生殿　錦繡圖　鬧高唐

一七〇〔一七六〕

萬　樹字紅友。江都人。

空青石　風流棒　念八翻

一七一〔一七七〕

黄兆森號石牧。上海人。

忠孝福

一七二〔一七八〕

汪　祚字敦士。江都人。

十賢記　……〔一七九〕

一七三〔一八〇〕

無名氏

錦香亭　劉盼盼　陳光蕊　賈雲華
鄭孔目　林招得　陳巡檢　十二紅
瓊花女　同庚會　章臺柳　風流亭
翡翠園　一夜閙　鴛鴦燈　琵琶怨
韓玉箏　風流合　長生樂　小春秋
慶龍歸　通天犀　文武闈　月華圓
滿床笏　慶有餘　金魚佩　博浪沙
霄光劍　雄晶劍　旌陽劍　錦蒲團
狀元香　燕子樓　左飛龍　西川圖
鴛鴦笑　醉將軍　節義先　奪崑崙
續情燈　鐵弓緣　天下樂　義中尤
石榴花　出師表　丹晶墜　海潮音
道情緣　櫻桃詩　順天時　鷹揚會
于門譜　金鈿盒　賣花聲　續春秋

珊瑚柳
鴛鴦縧
合薇鏡
凡仙祿
芙蓉讖
碧文犀
十奇緣
千鍾粟
賺青衫
洪都賦
梧桐雨
扶龍位
瓻江樓
鐵冠圖
龍虎嘯

銅雀台
碧玉串
白玉蟾
精忠旂
東塔院
門寶蟾
千忠錄
赤松遊
褒忠譜
英雄譜
雪裏梅
寶粧亭
靈寶刀
琉璃塔
鬧花燈

綉佛閣
薄情種
翻千金
寶林崗
鬪鏤樹
文章用
天緣會
靈犀鏡
天緣箭
洞庭秋
摘纓會
紅綉鞋
馬嵬山
錦上花
楊枝露

喜聯登
尺素書
昇平樂
天緣夢
飛熊兆
再生緣
風月仙
犀鏡緣
曇花風
漢宮春
高唐夢
錦香囊
盤陀山
爛柯山
歸元鏡

百寶箱
一捧花
五龍祚
二奇緣
五色蓮
五侯封
兩堅心
雙魁元
雙金環
八陣圖
十眉圖
杏花山
賣相思
綰春園
玉蜻蜓

一七四（一八一）

魚籃一名雙錯巹
雙錘一名合歡錘
四元一名小萊子
偸甲一名雁翎甲
雙瑞一名中庸解
補天一名小江東
十錯一名滿床笏
萬全一名富貴仙

一七五（一八二）

合錦傳奇

千秋節	三星照	四大慶	片片錦
忠義堂	江南春	倒銅旗	醉西湖
三跨鳳	合歡圖	埋輪亭	一品爵
定天山			

一七六〔一八四〕

附六幻西廂

幻因　元才子會眞記即唐元稹所作會眞記、會眞詩。

搊幻　董解元西廂記上、下二集。

劇幻　王實甫西廂記四齣，共十六出。

賡幻　關漢卿西廂記即續後四出。

更幻　李日華南西廂記即六十種內所刻。三十八出。

幻住　陸天池南西廂記計三十七出。

〔註〕原本無著者題名。

傳奇彙考標目校勘記

本編所重印的傳奇彙考標目，是用無古齋所藏鈔本做底本。此本比較完整，並且脫譌之處，已經參考其它幾個鈔本加以訂補。

另外，又據別本作了校補。別本用的是邵氏增補原稿本，但對於其中蔡、邵兩家所補，只採用了其一部分：凡已見於曲錄和今樂考證等書的，從略；凡所據不實，因而誤補的，刪去；凡版本存佚，見否著錄之類，已超出原書體例範圍，而且也不够詳確，不錄；至於徵引的參考材料，也只摘要選用。

原書在每個作者之前，並不曾標有號數。現在所加的標號，是因爲兩本的次第、多寡不同，藉此以便於說明。

因爲是按每個作者來逐一說明兩本的異同，所以在校勘時只單獨列舉別本增加的和不同之處，這樣使更簡潔清楚。又在別本所增出的作者、作品上面，加以○號；蔡、邵兩家所補、所註，括以〔 〕號，使更容易識別。

〔一〕別本作『元傳奇』。

〔二〕別本第三

高則誠永嘉人。

趙貞女琵琶記即蔡伯喈。

○寒衣記

〔三〕別本第九

柯丹邱

王狀元荊釵記

〔四〕別本第五

施耐庵名惠，字君承。杭州人。

拜月亭旦

○芙蓉城　○周小郎月夜戲小喬

〔五〕別本第一

馬東籬名致遠。大都人。所著有青衫淚等雜劇。

蘇子卿風雪牧羊記

〔六〕別本第十五

王實甫大都人。〔名德信。〕

○西廂記　○紅拂記

〔七〕別本第二

○侯正卿名克中。眞定人。

○春風燕子樓

別本第四

○書會李七郎原題如此。『書會』二字，不可曉也。杭州人。

○蘇小卿怨楊柳　○鄭參軍蜘蛛記

別本第六

○楊酷叫名里未詳。『酷叫』亦不似其字，或有筆誤。

○副王莽　○氣球末　○王狀元扯休書　○宦門子第喬吊譚

○張華三撇撇

別本第七

○劉遠義名琛。大都人。

○張解元牆頭錮鶯燕

別本第八

○王德仲大都人。一云即王寳甫，然文詞拙鄙，不類也。

○襄陽府調狗掉刀

別本第十

○鐵叫郎字里未詳。

○賀昇平羣仙祝壽　○卓文君夜奔相如

別本第十一

○洪教授字里未詳。

○包待制捉旋風

別本第十二

○王伯成

○開元天寳遺事

別本第十三

○喬夢符名吉，號笙鶴翁，又號惺惺道人。太原人。

○金縢

別本第十四

○汪澤民名里未詳。

○包待制七勘貨郎末

別本第十六

○徐仲由名畛。淳安人。

○王脩然玉環記　○鯁直張志誠　○王文舉月夜追倩魂　○杵藍田裴航遇仙

○柳文直元旦賀昇平

別本第十七

○書話關四名里未詳。

○梅妃旦　○劉寄奴

別本第十八

○布禮忽名里未詳。

○船子和尚四不犯

別本第十九

○王仲文名里未詳。

○呂太后操韓信

別本第二十

○劉東生名里未詳。〔越人。〕

○金童玉女嬌紅記

別本第二十一

○吳昌齡名里未詳。

○西游記　○陶朱公五湖沈西施

別本第二十二

○王子一名里未詳。

○十面埋伏

別本第二十三

○楊景言名里未詳。

○詩酒翫江樓　○翠西厢　○敵待詔沒興操口兒

別本第二十四

○李　務字立猷・太原人・

○撒古老沉珠合

刖本第二十五

○無名氏

○王祥臥冰　○崔府君　○破鏡重圓日　○王宗道負心

○追王魁　○江天暮雪　○斬袪　○忠孝節義姜詩得鯉

○漢武帝洞冥記　○漢武帝御苑射雁　○狄梁公　○趙嬌娥智賺醜禿生

○手言脚語齊姬大索魂　○世外歡　○喬風魔豫讓吞炭　○手卷記

○魏徵斬龍王　○孟母三遷　○張昌宗雙陸博貂裘　○漢相如題橋

○三十六瑣骨節末　○多月亭　○生死夫妻　○朱文太平錢

○菩薩蠻　○屈大夫江潭行吟　○浪蕩子弟壞風光　○采石磯李太白捉月

○王小娘夜泣巫神廟　○何郎敷粉　○江流和尚　○獨樂園司馬閙夜筵

○東窗記　○王月英胭脂記　○[illegible]江祭　○因禍得福二末

○黑旋風喬坐衙　○吳加亮智賺朱排軍　○楊香跨虎　○王瑞蓮瑞香亭

○呂崖哥

別本第二十六

○附梨園新調雍熙樂府

○太平春 書話新調　○天台夢 大行頭　○生平足 書會錦繡　○鷓鴣淡 書會錦繡

○破黃巢 書會新編　○北歸塞 按試新調

別本第二十七

〔○丙子冬十二月十五日，讀於廣東省立圖書館，見李氏海澄樓藏書目一册，鈔本，似乾隆道光間物。首頁署『嶺南李瑞年手錄』，未知何許人。中多詞曲筆記之屬，似生前亦好此道者。間亦註明撰人、板刻、册數，類係隨意記錄備檢，非專著也。頗有未見著錄者。今刪其已見本目者，補得元傳奇十四目，明雜劇二目，傳奇二十六目，淸傳奇二十一目。茲將元傳奇附錄於此，以備考訂。丁丑元月二十日，記於龍江故居燈下。寄父。

○香供樂院 古杭顧五秀才撰。　○大叫子 一册。　○豐稔足 一册。

○劉備 一册，鈔本。　○扇魂旛　○杜秀才曲江池 二册。　○酸風月 劉樹仁編。

○洞花福　○斬蔡揚　○五福備 一册。貫頭纏編　○錯打緣

○七眞堂　○孫武子 一册。　○斬蛇起義〕

〔八〕 別本作『明傳奇』。

〔九〕別本第二十九

邵文明常州人。〔名璨。官給事中。〕

〔一〇〕別本此條缺。

〔一一〕別本第二十八

蘇復之字里无考。

金印蘇秦事。『原名合縱』四字缺。

〔一二〕別本第三十六

○貂裘

王雨舟名濟，烏鎮人。〔官橫州通判。所著有碧梧館傳奇三種。〕

連環記

〔一三〕別本第三十七

千金韓信事。

○臨潼伍員事。

〔一四〕別本第三十八

雙忠張睢陽事。　精忠岳飛事。

○合璧解縉事。

〔一五〕別本第三十九

寶劍水滸事。

〔一六〕別本第四十

〔一七〕別本第四十一

投筆班超事。

○羅囊

〔一八〕別本第四十二

徐時勉〔『敏』，誤作『勉』。〕

〔一九〕別本第四十三

沈　璟……世稱詞隱先生。……。『行于時』三字缺。

○同夢

○新敍係紫釵記改本。

奇節二段

〔二〇〕別本第四十六

湯顯祖……。萬歷癸未進士。……。『皆行于時，而牡丹亭更膾炙人口』二句缺。

〔二一〕別本第四十七

還魂『亦名牡丹亭』，五字缺。

〔二二〕別本第四十八

○四却

〔二三〕別本第五十三

張鳳翼……，一號泠然居士。吳人。所著有陽春六集，泠然亭傳奇。泠然，伯起家園亭名也。

祝髮其母八秩，譜此爲壽。

○蘆衣

平播……，『事顛不實』四字缺。

○玉燕

〔二四〕別本第五十四

養乳李善事。

〔二五〕別本第六十三

〔補：○重會鴛鴦記見舶載書目。〕

〔二六〕別本第六十一

屠隆……。所著有由拳集

〔二七〕別本第五十五

○珠球

綉襦　一云：『虛舟所作玉玦，舊院中人咸病之，共醵金求吳人薛近兗作此以雪其事。』未悉孰是，今姑存其說以備考可也。

〔二八〕別本第六十四

龍膏〔官至副都御史。〕

〔二九〕別本第五十六

梅鼎祚〔自署勝樂道人。〕

○玉導

〔補：○長命縷〕

〔三〇〕別本第六十五

鄭之文〔南城人是也。官南禮部郎，後出爲知府。〕

白練裙此係嘲馬湘蘭而作。或云，『之文與休寧吳兆非能共爲之。……，大有樊川輕薄之名。』

旗亭此目缺，後補。

〔三一〕別本第六十七

〔三二〕別本第六十六

汪廷訥……所著有環翠堂樂府十三種。〔一字无如居士，號坐隱先生，別署无无居士。官鹽運使。〕

○威鳳　天書此目缺，後補。　三祝『范文正事』四字缺。　○彩舟

○五多福、祿、壽、康、男子五段。　○彩鳳　同昇此目缺，後補。

○飛魚

〔三三〕別本第六十八

佘聿雲『以字行』三字缺。

〔三四〕別本第六十九（又下卷一一一、別本一八二，重出。）

〔三五〕別本第七十

〔三六〕別本第七十一

〔三七〕別本第七十二

〔三八〕別本第七十三

〔三九〕別本第七十四

〔四〇〕別本第七十五

〔四一〕別本第七十六

分鞋亦名易鞋記，或云：『係陸天池所作。』

〔四二〕別本第七十七

〔四三〕別本第七十八

陸粥……布衣詩詞……。〔著有正始堂集二十四卷。卒年七十餘。〕

〔四四〕別本第七十九

〔四五〕別本第八十

○離魂　○詩囊

〔四六〕別本第八十一

紫環記此目缺，後補。

〔四七〕別本第八十二

許潮〔號靖翁，別署景一居士。〕

○蘭亭會　○錦蒲團

〔四八〕別本第九十一

〔四九〕別本第一百六十

〔五〇〕別本第一百〇二

章大綸〔一作：字金庭，一字全定。〕

節孝二段

〔五一〕別本第一百〇三

程叔子字文修。仁和人。所著天香詞譜、牡丹點雲飛百首，有名於時。〔按：程名文修，字叔子。此誤。〕

反詞品后、武后二段事。

〔五二〕別本第一百〇五

〔五三〕別本第一百三十二

驚鴻『司馬相如事』五字衍。

〔五四〕別本第一百〇九

〔五五〕別本第一百〇七

〔五六〕別本第九十二，第九十三。又第一百十二，別本第一百八十三，重出。

第九十三

張四維號五山秀才。元城人。『五山』或『午山』之誤，與前爲一人。

○章臺柳　雙烈　○朝璋

〔五七〕別本第一百〇六

歌風此目缺。　○大風歌漢高祖事。

〔五八〕別本第一百十一

盧霍江李逸僥。……。

〔五九〕別本第一百十二

〔六〇〕別本第一百十三

湯賓陽〔一作『楊賓陽』。〕

〔六一〕別本第一百十四

秋閒居士〔一本作『秋關居士』。〕

○文媒記

〔六二〕別本第一百十五

〔補：○雙緣舫　○呂蒙正餅擲（綵樓）記見柏誠書目。〕

〔六三〕別本第一百十六

〔六四〕別本第一百十七

〔補：○天福記二册。見李氏海澄樓書目。〕

〔六五〕別本第一百十八

〔六六〕別本第一百十九

〔六七〕別本第一百二十

〔六八〕別本第一百二十一

○羊觚

〔補：○三生記〕

〔六九〕別本第一百二十二

〔七〇〕別本第一百二十三

〔七一〕別本第一百二十四

〔補：○景雲記二册。見李氏海澄樓書目。〕

〔七二〕別本第一百二十五

顧瑾〔一作：『華亭人。』又作：『杭州人。』〕

〔七三〕別本第一百二十六

〔七四〕別本第一百二十七

〔七五〕別本第一百二十八

〔七六〕 別本第一百二十九
陸江樓〔杭州人。〕
〔七七〕 別本第一百三十
〔七八〕 別本第一百三十一
〔七九〕 別本第一百三十五
〔八〇〕 別本第一百四十八
張景巖〔名景，字景巖，號瀨賓。〕
〔八一〕 別本第九十四
趙於禮……一字心武，……。
〔八二〕 別本第九十五
鄒逢時字勝門，一本作海門。……。
〔八三〕 別本第九十六
汪宗姬字師文，號休吾子。……。
○續緣洛神事。
〔八四〕 別本第九十七

〔八五〕　別本第九十九
　　馮時可〔『時可』，一本作『之可』。〕

〔八六〕　別本第一百
　　謝天祐〔『天祐』，一作『天瑞』。〕
　○白兔劉知遠事。　○泣庭中包胥事。　○覆鹿莊子蕉鹿事。

〔八七〕　別本第一百〇一

〔八八〕　別本第一百四十九
　　吾邱瑞字國璋……。

〔八九〕　別本第一百四十

〔九〇〕　別本第一百四十一
　　胡文煥〔著述甚富，有格致叢書。〕
〔補：○餘慶記〕

〔九一〕　別本第一百四十二
〔補：○西湖記　○崔護記〕

〔九二〕　別本第一百四十三

鳴鳳楊繼盛事。

〔九三〕別本第一百四十四。又第一百四十二別本第一百八十五，重出。

〔九四〕別本第一百四十五

躍鯉姜詩事。

○鳳雲周處事。

〔九五〕別本第一百四十六

〔九六〕別本第一百四十七

陽邪子

〔九七〕別本第一百三十七

周朝俊〔一作：「字夷玉。鄞縣人。」〕

○畫舫西施事。

〔九八〕別本第一百三十九

單本……所著漱虹傳奇五種及漱虹雅調行於時。

○鼓盤　○菱鏡劉文龍事。　○合釵楊太眞事。

〔九九〕別本第一百三十八

呂文……。〔一字勸之，號鬱藍生。〕

○神女　○玉符呂不韋事。　○金谷　○碎琴伯牙事。

〔100〕 別本第一百六十一

〔101〕 別本第三十

○范受益吳縣人。號丁庵。嘉靖初爲太學生，有文名。見塵談。

○尋親一云：『葆爽齋作。』　○玉魚　○還璧

別本第三十一

○李日華字君實。嘉興人。

○南西廂　○南琵琶

又：第一百五十二

○李日華字里已見前卷。

○四景

別本第三十二

○張景字里未詳。

○飛丸

別本第三十三

○五雲村人〔按新修太原府志載：『徐見賢，字步雲，號玉森，別署五雲村人。崇禎間人。能書畫，善詩詞。卒於清順治八年，年四十一。著有五雲詞。』疑卽此人也。〕

○彩虹

別本第三十四

○徐復祚〔別號慳吝道人，一署休休生。〕

○題橋　○紅梨　○財痴

〔補：○祝髮記見柳南隨筆。〕

別本第四十四

○施鳳來號立齋。居處未詳。〔平湖人。萬曆丁未會元，官至大學士。〕

○三關　○五節

別本第四十五

○姜以立里字未詳。

○梨釧

別本第四十九

○李長祚字延初，興化人。〔晚明四百家遺民詩載：「李延祚，字延初。長洲興化人。句容籍孝廉。癸未會試，卷在劉文正公理順房。爭元不得，置副榜第一。不肯貳師，隱居小樓，不會賓客，全髮以終。」〕

○梅雪緣　○千祥　○紫烟　○紅葉

別本第五十

○小齋主人

○小江東

別本第五十一

○朱仲誼字居未詳。

○鴛鴦塚

別本第五十二

○王穉登字百穀。長洲人。

○全德　○彩袍

別本第五十七

○文九元號澹然，又號赤城山人。世居吳中。

○天函

別本第五十八

○東村學究未詳其姓字。南海人。〔王鳴雷，號東村。南海人。官中書。入清不仕。此東村學究，疑即其人。〕

○四平山　○熊羆夢姜尙素。　○錦廚

別本第五十九

○吳玉虹里字無考。

○如是觀　○齊天樂

別本第六十

○苗有部名里無考。

○白乳

〔補：○松芝記一册。見李氏海澄樓書目。〕

別本第六十二

○朱從龍字君未考。

○牡丹　○玉釵　○蛇山

別本第八十三

○韓昌宇經正，號石耕。韓參夫次子。〔別署天樵子，一作天樵山人。著有天樵子集。阜爾堪云：『昌，一字石耕。賦性孤僻，率行己意。與兄田俱無家室。喪亂以來，多客於人，凡所至家皆事之惟謹。欲餽之衣，置其臥所，嘗間取衣之，不問所從來；若使之知，即不受。嘗飲酒家，酣飽而去。庸保追取直，酒家止之。他日，得白金數兩，盡付酒家償直。嘗善琴，意若歡，即彈。方彈時，有人稱善，又即止。平生以此多困。』

清胡瀠三君詠：韓山人畐云：『字石耕，大興人。寓於湖州。善琴。自言：「授一曲須奉千金。」以是終無傳者。其詩曰：「燕市空前夢，飄零託素琴。徒憐歇一曲，誰與奉千金？落日東湖畔，滄波百尺深。泠泠多古調，天際起層陰。」』——見兩浙輶軒錄。〕

○白虹荊軻事。　○孝烈　○貞□　○繡圖

別本第八十四

○張翀字子儀，號渾然子。馬平人。

○錦囊　○玉鉤

別本第八十五

○陸冰修字嘉淑。海寧人。〔名嘉淑，字冰修，號坦谷。著有辛齋遺稿。〕

○西帕　○後千金韓信昇仙事。　○四喜

別本第八十六

○吳德甫號建民，別號寄盧。新都人。

○偷桃

別本第八十七

○沈季彪鄞人。自署四明山環溪漁父。所著有玉亭新調及玉亭傳奇七種。

○蓮囊　○還珠　○漪綠園　○皈元

○雙喜　○齊人　○佛蓮玄奘取經。

〔補：○蓮舟二册。見李氏海澄樓書目。〕

別本第八十八

○雲谷叟名里未詳。

○爐烟

別本第八十九

○蔣爾宇子蓉。番禺人。

○赤林介子推事。

別本第九十

○宗柑

○果聲一作香聲記。潘安事。

別本第九十八

○蔣易字子久。江都人。一云：『字前民。吳人。』

○遺扇

別本第一百〇四

○楊景夏字居未詳。

○後精忠岳雷事。

別本第一百〇八

○孟稱舜字子若。會稽人。一云：『字子適。烏程人。』

○鴛鴦塚　○二胥記伍子胥、申包胥事。　○風雲會紅拂、虬髯事。

○貞文張玉娘事。　○繡被李玉英事。　○花舫緣唐伯虎事。

〔補：○桃花記萬壑清音錄一折。〕

別本第一百一十

○范震康新會人。

○歸燕張翠蓮事。　○採薇伯夷、叔齊事。　○雙卿李陵、蘇武事。

別本第一百三十三

○曹大章山陽人。

○雁書蘇武牧羊事。

別本第一百三十四

○顧　苓字云美。吳郡人。著有塔影園集。

○宿香亭張浩事。

別本第一百三十六

○涉　翁名里未詳。

○絳衲石秀事。

別本第一百五十

○林　章名里未詳。〔原名春元，字初文。福清人。〕

○青虬

〔補：○觀燈見徐興公書目。〕

別本第一百五十一

即空觀名里未詳。〔即空觀主人，明凌濛初號也。濛初字初成，一作稚成，號幼房。烏程人。著有雜劇五種及南音三籟。〕

衫襟陳妙常事。　雪荷東方白事。

○合劍江懷、高玉孅麗情事。

別本第一百五十三

○秦樓外史

○題紅韓夫人事。　○題曲小青事。　○離魂倩女事。　○百合

別本第一百五十六

○秦臺外史〔卽王驥德〕

○裙釵壻陳子高事。〔此雜劇，卽男王后。〕

別本第一百五十四

○謝弘儀字塱未詳。〔名寤雲。〕

○蝴蝶夢

別本第一百五十五

○吳　麟字日千。居處未詳。〔有嬾頜集。〕

○碧霞　○金錢朱珏𤸪事。　○天台夢劉、阮事。

〔補：○藍橋月一册。見李氏海澄樓目。〕

別本第一百五十七

○陳二游原名周，以字行。里居未詳。

○詩扇題小玉事。

別本第一百五十八

○藥房名里未詳。〔按：汪薌，字藥房。歙人。疑即此人。〕

○納笨　○金盃于謙事。

別本第一百五十九

○雪溪子未詳。

○迷樓隋煬帝事。

別本第一百六十三

〔從李氏海澄樓書目，補得明人雜劇二目，傳奇二十六目。

○孟宗泣竹　小青一册。此二目合訂一册，其短可知，必雜劇也。　○桃花聽

○丹心晶二册。　○雪濤記二册。蔣世紀編——按：世紀，字玉行，江都人。

○冷香石杜僑撰。　○祥合記一册。　○璋珮緣　○千古沈寃

○點仙簿鈔本。　○蘭操記月石子編。　○繡枕記月石子編。　○小山屏

○荔鏡記二册。　○白猿記二册，鈔本。　○泛湖記　○步蓮記

○青絲記　○寶髮記　○胭脂盒記　○鳳金釧

○碧玉簪記一册。　○莫干劍記

○玉花記二册，鈔本。史弱翁撰。——按：弱翁名玄。吳江人。以詩名於世。入清不仕。

○紫牡丹記沈自昌作。——按：自昌，字君克。吳人。官禮部主事。入清隱於山中。

○平逆記山陽道人撰。　○桃花淚一册。　○西湖雪二册，鈔本。

原注云：『以上明人戲本』。〕

〔一〇二〕 別本作『明傳奇』。

〔一〇三〕 別本第二百二十四，列入清人部分。（別本自第二百二十四以下皆作清人。）

朱佐朝字良卿。吳縣人。

○一斛珠　○鳳鸞樓　○落花燈一云：『薛旦作。』

翠雲裘〔『翠』，一本作『錦』。〕　萬壽觀『觀』，一作『冠』。

元宵鬧……。方蓮英事，與李本異。　○瑞霓亭

〔一〇四〕 別本第一百七十五

○畫錦歸

〔一〇五〕別本第二百三十四，列入清人之部。

〔補：〇雙鳧影見海虞書苑略。〕

〔一〇六〕別本第二百三十五，列入清人之部。

〔一〇七〕別本第一百七十四

阮大鋮『所著有詠懷堂傳奇』句下，缺『數種』二字。

摩尼珠〔即牟尼合。〕 〇桃花笑

〔補：〇翠鵬圖見李氏海澄樓書目。

〇賜恩環 〇獅子賺 〇井中盟以上三本均見劇說。〕

〔一〇八〕別本第一百七十

沈自晉字伯明，又字長康，號鞠通生。吳江人。

翠屏山一云：『李玄玉作。』

〔一〇九〕別本第二百三十六，列入清人之部。

朱雲從〔一字雯虬。〕

小蓬萊一云：『劉百章作。』

〇一笑緣 〇二龍山

〔一一〇〕 別本第三十五

姚襄侯里字無考。（著錄上林春一種）

又：第一百六十四

姚子翼字襄侯，號仁山。秀水人。著錄遍地錦、祥麟現、白玉堂、上林春四種。

〔一一一〕 別本第一百六十六

王香裔〔香裔，名續古。蘇州人。清初時人，宜列入清代。〕

非非想『張幼于事』四字缺。　○燕支機

〔一一二〕 別本第二百四十一，列入清人之部。

畢萬侯〔或云：『名魏，字萬後。所居曰「夢香室」。』〕

〔一一三〕 別本第二百四十二，列入清人之部。

薛　旦〔一字季央，號聽然子。本籍長洲，遷無錫。〕

〔補：○續情燈　○長生桃　○一宵泰以上三本見江蘇詩徵。

○取金陵　○土山會右二本見訪書志。〕

〔一一四〕 別本第一百六十五

療妒羹『小青事』三字缺。　情郵記　西園記

〔一一五〕別本第一百七十九

盧　枏〔號款恩居士。〕

想當然耳

〔一一六〕別本第一百八十二（此重出，已見第三十一，別本第六十九。）

○女丈夫　○新灌園　○雙雄記重見。

〔補：○鳳雙飛見涵芬樓藏書目。〕

〔一一七〕別本第一百八十三（此重出，已見第五十三，別本第九十二，九十三。）

張四維……。重見。

雙烈記重見。

〔一一八〕別本第一百六十七

王无功〔或作王橚，誤也。〕

百卉亭

〔一一九〕別本第一百七十七

馬佶人……。所著餐霞館傳奇五種。〔字吉甫，一字更生，號燮堂，別署擷芳主人。〕

十錦塘

○白鶴圖　○借東風

〔二三〇〕別本第一百七十六

范文若初名景文，字香令，號荀鴨，又自稱吳儂，一字更生。松江人。〔一云：『上海人。』〕

倩畫眉

○金鳳釵　○斑衣歡　○千里駒

〔二三一〕別本第二百四十四，列入清人之部。

元宵鬧宋江事。一云：『朱良卿作。』

〔二三二〕別本第二百五十三，列入清人之部。

〔二三三〕別本第二百五十二，列入清人之部。

高晉晉〔名奕。〕

○一鞭仇

〔二三四〕別本第二百二十二

劉晉充長洲人。〔名方，字晉充。〕

〔補：○女丈夫〕

〔二三五〕別本第一百八十

〔一二六〕別本第二百〇一

馬守眞〔小字玄兒，一字月嬌。金陵人。晚年歸王稺登。〕

〔一二七〕別本第二百〇二

顧采屏〔按南詞新譜，摘金圓爲顧來屏撰。來屏，字鳴凡，崑山人。沈伯明之甥。有新煙集散曲。妻沈蕙端爲伯明侄女，亦善製曲。〕

〔一二八〕別本第二百〇三

〔一二九〕別本第二百〇四

〔一三〇〕別本第二百〇五

〔一三一〕別本第二百〇六

〔一三二〕別本第二百〇七

〔一三三〕別本第二百〇八

華山緣此目缺，後補。

〔一三四〕別本第二百〇九

〔一三五〕別本第二百一十

沈浮中疑是孚中，字會吉，錢塘人……。〔孚中名嵊，號臆庵，別署孚中道人。居武陵北墅。明亡時，誤傳兵事，爲里人所斃。〕

〔二三六〕別本第二百十一

陸起頑〔卽陸世廉，號晚庵。宏光時官光祿寺卿。入淸不仕。〕

〔二三七〕別本第二百一十二

〔二三八〕別本第二百一十三

〔二三九〕別本第二百一十四

〔二四〇〕別本第二百一十五

〔二四一〕別本第二百一十六

〔二四二〕別本第二百一十七

石子斐……。〔淸代人〕

〔二四三〕別本第二百一十八

陳曉江

〔補：〇凌雲見李氏海澄樓書目。〕

〔二四四〕別本第二百一十九

雙溪廌山〔應列入清代〕〔廌山係清汪光被，字幼闇。徽州人。〕

〔一四五〕別本第一百九十八

蒼山子〔康熙時人，應列入清代。〕

〔一四六〕別本第一百八十四

〔一四七〕別本第一百八十五（此重出，已見第九十，別本第一百四十四）。

報子記……。

〇種玉記　〇橘浦記　〇臨潼會　〇水滸記重見。

〇靈犀佩　〇瑤池宴

〔補：〇節俠記〕

〔一四八〕別本第一百八十六

〇五羊皮　〇聯珠樓

〔一四九〕別本第一百八十七

陳與郊〔一字廣野，號玉陽仙史，官太常寺少卿。所著有隅園集、黃門集等。〕

〔一五〇〕別本第一百九十四

〔一五一〕別本第一百八十九

〔一五二〕別本第一百九十六

四大痴〔此係合四本雜劇之總名也。李氏僅作酒懂一本，其他與李無涉。〕

朱九經字无期。居處無考。

〔一五三〕別本第一百九十七

李雨商字桑林……。

〔一五四〕別本第一百九十九

秋堂和尚〔卽范希哲。〕

〔一五五〕別本第一百六十八

松牖道人〔張菀叔號松牖道人，一號騷隱居士，又署白雪齋主人。武林人。〕

○題塔　○河梁怨

別本第一百六十九

○雪簑漁隱〔元夏邦彥號雪簑漁隱，著有靑樓集。此或別是一人。〕

○沈香亭

別本第一百七十一

○黃大可金陵人。〔著有閒過齋集。〕

○詩囊恨李賀事。

別本第一百七十二

○李　岳名里未詳。

○采石磯李白事。　○劍門關陸游事。

別本第一百七十三

○王　芸字屑未詳。

○女崑崙

別本第一百七十八

○苗　冠吳郡人。

○金花傳

別本第一百八十一

○瓊飛仙侶名里未詳。〔按西清散記：「女史程瓊，字飛仙，休寧比部吳震生室。幼見董華亭書畫一編，遂能捭悟。及長，書、畫、算，疾，無不精敏。」瓊飛仙侶，疑即此人。宜列清代。〕

○風月亭

別本第一百八十八

○周公魯字公望。崑山人。

○翻西廂

別本第一百九十

○俞　鋐名居未詳。

○孤蝶記

別本第一百九十一

○黃周星字九烟，上元人，崇禎進士。〔官戶部主事，署讀且笑蒼道人。入清不仕。〕

○人天樂又名北俱廬。

別本第一百九十二

○許宗衡名里未詳。

○雷鳴記

別本第一百九十三

○楊　靜字定夫，常熟人。

○雙修眞

別本第一百九十五

○鐵橋生〔張穆，字穆之，號鐵橋道人。東莞人。少奇挺，知劍術。壯歲入吳，結交名下士。後隱於羅浮以終。鐵橋生疑即此人。〕

○花石綱

別本第二百

○雲溪散人

○跨虹記　○碧玉燕　○九駿圖

〔補：○蜃樓記二册　見李氏海澄樓書目。〕

別本第二百二十

○蒼岩子疑與蒼山子是一人。

○龍珠串

別本第二百二十一

○沈一枝不知其詳。〔一枝，沈永令號也。永令，字聞人，號一枝。浙江人。順治戊子孝廉。高陵知縣。善畫，能書。沈歸愚詩傳作吳江人。〕

○桃花寨

〔一五六〕別本作：『國朝傳奇』。

〔一五七〕別本第二百二十六

〔一五八〕別本第二百二十五

翠屏山 一云：『沈寧庵作。』

○上苑春　○清平調　○秦樓月　○洛陽橋

○琉璃塔　○五侯封　○洪都賦　○紫[illegible]

○銅雀台　○洛神廟　○珊瑚屏

〔一五九〕別本第二百二十八

葉稚斐〔原名時章。〕

○歸去來

〔一六〇〕別本第二百二十九

唐昭宇 一字寓昭，……。〔字孔明，號雲客。〕

〔一六一〕別本第二百三十三

朱素臣〔名㿥，字素臣，號笙庵。〕

忠孝閭〔『閭』，一作『圖』。〕

〔補：○秦樓月〕

〔一六三〕別本第二百六十三

〔一六四〕別本第二百六十四

鄭小白〔江都人。〕

〔補：○金壓屏記明刊本，二册。見李氏海澄樓書目。〕

〔一六五〕別本第二百六十五

〔一六六〕別本第二百六十六

顧采〔號補齋。〕

南桃花扇……。

〔一六七〕別本第二百六十七

徐長公〔名石麒，號坦庵，順治間人。〕

〔一六八〕別本第二百六十八

沈友聲〔名永喬，字樹人，一字友聲，號冷庵，吳江人沈伯明之侄。入清不仕。〕

〔補：○玉帶城見李氏海澄樓書目。〕

〔一六九〕別本第二百六十九

闕坦綸〔名杲，字坦綸，號杲庵，一號西粵老圃。崑山人。〕

錦西廂〔錦，一作竟。〕

後西國〔國，一作圖。〕

〔一六九〕別本第二百四十五

袁于令〔號吉衣道人。〕

〔補：○合浦珠見鄭瓊文集。〕

〔一七〇〕別本第二百四十六

張大復〔一字心其，號寒山子。〕

○竹葉舟

〔一七一〕別本第二百四十七

孔尚任字季重，……仕至禮部員外。

〔一七二〕別本第二百四十八

李　漁〔原籍蘭溪，寓於錢塘。〕

〔一七三〕別本第二百五十四

〔一七四〕別本第二百四十九。又第二百五十五，重見。

第二百四十九

周冰持名穉廉，華亭人，所著書帶堂三種。

○雙忠廟　○元寶媒

第二百五十五

周穉廉字冰持，松江人。

珊瑚玦重見。

〔一七五〕別本第二百五十六

〔補：○天涯淚見毛西河長生殿序。〕

〔一七六〕別本第二百五十七

萬　樹〔一字花農。〕

〔一七七〕別本第二百五十八

黃兆森〔字之雋。〕

〔一七八〕別本第二百五十九

〔一七九〕別本第二百二十七

○劉百章字景賢。樂昌人。世居吳門。

○摘星樓　○狀元旗　○七步吟　○翻天印

○大陰報　○集翠樓　○牡丹圓疑即牡丹圖。　○祝家莊

○傳家訣　○醉禪師　○狀元印　○佐飛龍

○瓦崗寨

別本第二百三十

○張一鶴字友鴻。金山人。順治戊辰進士。〔號忍齋，又號釣灘逸人、金谷叟。出爲雲南推官，以奏銷事謫歸。著有埜廬三集。〕

○三合掌

別本第二百三十一

○毛維紳未詳其名。蘇州人。

○三鼎甲　○澄海樓　○節義全

別本第二百三十二

○孫善夫字景雲。順德人。

○蜃樓現

別本第二百三十七

○朱　介字雲栽。長興人。〔號公放，又號寶穉老農。長興人。湖州府志有傳。〕

○玉尺樓　○寶母珠　○鮫綃帳

別本第二百三十八，又二百六十一

第二百三十八

○吳恆憲海州人。〔字來旬，號郁州山人。監生。〕

○義貞記

第二百六十一

郁州山人

○火牛陣　○玉燕釵

別本第二百三十九

○失名長洲人。

○碧寒潭　○九曲陣　○聚獸牌

別本第二百四十

○綴蘭女史長洲人。〔案：類聞蔣氏本支錄云：『李靜芳，字又淑，号綴蘭，長洲庠生圻女，朔州牧蔣深室。得母孫氏之傳，工翰墨，點染花卉與折枝果。深亦工蘭竹法，宦優游林下，花晨月夕，逸興揮毫，更唱迭和，人爭羨豔。寸縑尺素，得者如圭璧。康熙戊申生，乾隆戊辰卒，年八十有一。』〕

○丹晶串

別本第二百四十三

○徐守業字萬峯，號一畝村人。順德

○三斷機　○送窮文　○織迴文　○百花台

別本第二百五十

○查慎行字夏重，海寧人。〔號初白，又號他山老人。官翰林院編修。〕

○陰陽判

別本第二百五十一

○嵇永仁〔字留山，號抱犢山農。無錫人。死耿精忠之亂。著有葭秋堂集。〕

○雙報應　○揚州夢　○珊瑚鞭　○琉璃屏

〔補：○游戲三昧少作。見文集傳。〕

別本第二百六十

○戴思望字懷台。休寧人。〔能山水，工詩詞，善書法，又擅鼓琴、諧笑。恃才傲世。嘗旬日不語。後搆風疾卒。康熙間人。〕

○三俠劍　○岳陽樓

別本第二百六十二

○鳳凰台上吹簫人滄州人。

○賦滕王　○斬五將

別本第二百七十

○謝浩然名宗錫。紹興人。

○玉壺春

別本第二百七十一

○石　龐字天外，一字晦村。太湖人。〔著有天外談。〕

○因緣夢　○壺中天　○無因種

〔補：○詩囊恨　○薄命緣　○後西廂右三本均見天外談。〕

別本第二百七十二

○沈　沐未詳其字居。〔仁和人。〕

○芳情院　○十錦圍　○雙蝴鈎

別本第二百七十三

○吳　龐字士科。臨川人。

○紅蓮案　○合歡圖　○金不換

別本第二百七十四

○五台山農未詳其姓字里居。

○鐵觀音

〔一八〇〕別本第二百二十三、第二百七十五

無名氏

第二百二十三，列入明人之部。自錦香亭至風流合，十八目之中，風流亭別本作風月亭，十二紅、一夜鬧兩種爲別本所缺，其餘十六目列此。別本增出者：

○一合相　○三多福　○劉參軍　○潑水記

○寶妝亭　○楊柳風　○大索魂　○金鈿盒

○詐妮子

第二百七十五，列入清人之部。

無名氏

長生樂以下一百一十三目列此。內喜聯燈別本作喜聯登。門樓樹別本作門鏤樹。疊花風別本作疊花鳳。楊枝露別本作楊柳露。

〔一八一〕　別本第二百七十六

魚籃〔魚籃道人撰。〕　雙錘〔看松主人撰。〕　四元〔燕客退拙子撰。〕　偷甲〔一名偷甲記。秋堂和尚撰。〕

雙瑞〔不解解人撰。〕　補天〔小齋主人撰。〕　十醋〔西湖素岷主人撰。〕　萬全〔四願居士撰。〕

〔一八二〕　合錦傳奇十二月，別本缺。

〔一八三〕　別本第一百六十二

笠閣批評舊戲目

清·笠閣漁翁著

笠閣批評舊戲目提要

笠閣批評舊戲目，附刻在一七六二年——清乾隆二十七年刊本清笠閣漁翁箋註牡丹亭中。從所列戲目看來，有明代及清初作品，也有與著者同時人的作品，其稱爲『舊戲目』，未詳何義。這一目錄，共著錄了傳奇一百七十九種，很多是其它曲目所不載，或記載而作者姓名不同的，因此頗有助於曲目考證。至於對各劇所評的上、中、下等次第，則不過是著者一己之見，不足深據。

笠閣批評舊戲目，今樂考證稱之爲笠閣評目，近人或又稱爲千古麗情曲目。笠閣漁翁，不詳何許人。

本編重印笠閣批評舊戲目，以箋註牡丹亭本爲底本。

笠閣批評舊戲目

清・笠閣漁翁著〔註〕

翻西廂 研雪子作。 上下。
後西廂 石天外作。 下上。
西樓記 袁令昭作。 中下。
續還魂 靜庵作。 下上。
紅拂記 張伯起作。 中下。
水滸記 假屠赤水名。 中下。
一團花 俞德滋作。 上下。
一柱天 中上。
双紅記 更生氏作。 中中。
双玉人 下中。
五倫記 邱相國作。 中中。

眞西廂 周聖懷作。 中上。
蓋世雄 李蕊庵作。 上中。
楚江情 猶龍改西樓。 上下。
灌園記 張伯起作。 上下。
女丈夫 猶龍改紅拂。 中上。
一捧雪 李元玉作。 中下。
一片雲 上上。
一藏金 下上。
双雄記 即馮猶龍善惡圖。 中下。
四大記 竹中人作。 下上。
七奇俠 下中。

正西廂 陳莘衡作。 上中。
十大快 郎潛長作。 上中。
翻琵琶 下上。
還簪記 猶龍改灌園。 上上。
續西樓 上下。
後捧雪 胡士瞻作。 中上。
一合相 沈蘇門作。 下上。
一篇錦 即抱影子合家歡。 中下
三報恩 第二狂作。 上上。
五全記 託楊升庵作。 上中。
十大快 下下。

十醋記 即范希哲滿床笏。 中上。
千祥記 無心子作。 下上。
沒名花 吳名翰作。 下中。
人天慶 中中。
金瓶梅 玉勾斜容作。 中上。
冰山記 陳治徵作。 下下。
趕山鞭 中中。
報珠緣 上上。
玉堂春 中上。
吉慶圖 下下。
錦上花 中下。
紅情言 王介人作。 中上。
鬱輪袍 西湖居上作。 中中。
玉符記 袁令昭作。 上下。
[illegible]符記 張伯起作。 上上。

百花舫 紫虹道人作。 中上。
萬全記 范希哲作。 中中。
稱人心 即巧移花。 上中。
井中天 種香生作。 下中。
黃金甕 萬紅友作。 上上。
杏花山 下上。
明珠記 陸天奇作。 中中。
春富貴 沈瑞琴作。 上下。
巧双緣 史叔考作。 上下。
香草吟 徐野君作。 上下。
紅蕖記 沈伯英作。 中中。
紅絲記 四會堂作。 上下。
化人遊 野航居士作。 中中。
黨人碑 邱嶼雲作。 中下。
昇仙傳 錦窩老人作。 下下。

百合香 中中。
萬事足 馮猶龍作。 上下。
補天記 即希哲小江東。 中中。
齊天福 即月華緣。 下下。
花萼樓 有情痴作。 下下。
夢境記 蘇漢英作。 上中。
合浦珠 袁令昭作。 上中。
錦蒲團 即金不換。 上上。
回文錦 洪昉思作。 上上。
試劍記 長嘯山人作。 下中。
天然合 中下。
狀元香 下上。
醋葫蘆 上中。
獸錦袍 上中。
鬧揚州 毛季連作。 中中。

青衫記顧衡宇作。　中中。
古美人計鹿封事。　上中。
人中記　下上。
小春秋　下上。
贊神龍　下下。
青樓記　下中。
龍圖賺　中上。
情不斷　上下。
錦帶記世德堂作。　中下。
鬧虎邱　中中。
軟藍橋　下上。
通仙枕　中中。
結髮緣沈伯英作。　下上。
珍珠衫袁令昭作。　中上。
海市觀　中下。

青雀舫徐元暉作。　上下。
冬青記卜藍水作。　上上。
紫金環李鹽墻作。　上下。
鬧高唐洪昉思作。　中中。
人天樂王九烟作。　下中。
歸元鏡釋心融作。　下上。
嬌紅記孟子塞作。　中上。
幻影圓迦笑人作。　下上。
漁家樂　下下。
藍橋記洞口漁郎作。　中上。
洛陽橋許見山作。　下中。
美人香即笠翁憐香伴。　上下。
弓鞋記　下中。
西湖扇紫陽道人作。　中下。
名花譜種花儂作。　下下。

美人計　下下。
連環記王雨舟作。　下上。
酣情聆痴野詞憨作。　下上。
續情燈薛旣揚作。　下中。
痴情種文漣閣主作。　下下。
錦囊記渾然子作。　下上。
鴛鴦被四會堂作。　下上。
情中義　下上。
鬧勾欄　中上。
長虹橋洪昉思作。　上下。
彩鸞牋邸相卿作。　下中。
全德記王百穀作。　下上。
分鞋記澄川居士作。　上下。
易鞋記　中下。
血影石　下上。

砭痴石　婁叔度作。　下上。
開口笑　即胭脂虎。　中上。
分錢記　沈伯英作。　上中。
聚寶盆　朱素臣作。　上下。
醒蒲團　衡棲老婦作。　下中。
想當然　盧次楩作。　下上。
想思研　婦梁夷素作。　下下。
幽閨記　即施君美拜月。　下上。
琴心記　孫禹錫作。　下中。
陀羅尼　下上。
立命說　蒙春園主作。　上上。
宮槳記　榆軒道人作。　下上。
獅子賺　阮圓海作。　下中。
美人丹　吳雪舫作。　中上。
賽齊鑑　萬紅友作。　中上。

財星現　中上。
虎囊彈　邱嶼雪作。　中下。
風流配　崔蓊子作。　中上。
胭脂雪　中中。
芙蓉影　西冷長作。　下中。
風流院　不可解人作。　下下。
賣相思　研雪子作。　下上。
殺狗記　下中。
呼盧記　全无垢作。　上下。
大造化　下中。
竇娥冤　袁令昭作。　中下。
不丈夫　蘂香子作。　下上。
燕子箋　阮圓海作。　下中。
青梅記　汪昌朝作。　中上。
換身榮　上上。

兒孫福　下上。
野狐禪　朱寄林作。　下下。
摘纓會　筆花主人作。　中上。
義俠記　沈伯英作。　中下。
元寶媒　周鷹垂作。　中中。
非非想　上中。
留生氣　圭弧者作。　上下。
葡萄架　中下。
東郭記　孫仁孺作。　上上。
戰荆軻　袁令昭作。　中上。
虎狼緣　下中。
四嬋娟　洪昉思作。　中上。
玉双飛　萬紅友作。　上上。
惜花報　王丹麓作。　下上。
天降福　上中。

世外歡　中上。　秦州樂　中中。　成双譜　下上。
樂安春　下下。　生平足　中上。　萬年希　上下。
鬧華州　下上。　臨濠喜　中中。　人難賽　上中。
三多全　中上。　地行仙　上下。

此特據所見所有臚之耳。濫本橫行，何能盡見，不但傳奇也。惟書之識趣高超者少，是以存至數十年、百數十年，便作糊窗覆瓿之物。然無論筆鬼墨精，悉從敝簏躍出，既撰一書，即下下品，其中必有數句出前人外，可供採取者。是以肖孫刷以贈送，蓄家或棄或留，較之其他長物，終覺耐久許多。若專以傳奇論，則曲者，歌之變，樂聲也；戲者，舞之變，樂容也。將夜爲年，混眞以假，使俊傑有所寄其思，雖欲廢之，可得乎？拜月、荆釵，元之南曲也。北音爲曲，南音爲歌。北人不歌，南人不曲。北力在弦，南力在板。南便獨奏，北便和歌。北氣易粗，南氣易弱。北字多而調促，促處見筋；南字少而調緩，緩處見眼。北舞情多而聲情少，南舞情少而聲情多。故造語忌硬、忌澁、忌嫩、忌粗、忌文，調聲則必辨去上，審音則必析陰陽。前人因曲謚名，後人按名造曲，以腔板既定，不敢創易也。如河套一折賓白宏詼，曲乃淺鄙；桓歡窄韵，實甫避之；入破一套，以僻朝爲高，會而用韵龐雜；玉茗情禪，而曲調則多聱牙，吳中老伶師加以減裁垜疊之功，方可按拍；卽花判之混江龍與原調全不相合，才雖茂美，音律徑庭；邯鄲打番，亦名混江，尤風馬牛；時流竟以爲定格，依而塡之，大可噴飯，覺地下亂音諸老，竟爲魔國津梁矣。能文而毀裂宮調，與好音而束殺文章，皆誤也。然腔板不換，而其中或增字或減字，亦隨人詞意筆勢所到，聯絡成文。近時歌人，或數字咯口，則謬爲裁補，甚至代爲删芟，文闕理荒，爲禍非細。不知曲聖板師，自有兩借之法，上作去唱尤易。且場上雜白混唱之俚詞膚曲，聊以代言，老餘姚雖有德色，固不足齒；吳人清唱，亦因其腔板熟落，窮力吟詠至奉爲終身首調；若抽絲獨繭，綺語神行，卽疵爲太繁，不合時蹊。余謂：代話之曲，雜白唱或尙可曉；一入清唱，如啖木屑，卽使龍陽、襄成歌之，亦濕鼓啞缶而已。須合白卽戲，拆白卽詞，縱使簫板閒綴，亦皆雅俗首肯方妙。又謂：他書不可借人名，惟傳奇家不嫌。或鉅公恐以輕狎損賢，不妨托無名子；或孤特恐無以動俗眼，不妨托老詞翁：以此等文章，重在售意，不重沽名也。他書不可易人面，惟曲與白無拘，或人名事境同，而更換串頭，頓祛庸雜，或人名事境異，而借用舊曲，順溜優喉，以此等事業，得失既小，人己何分也。況事本陋，而思路一新，曲白俱隨生色；曲本凡，而人境一妙，臭腐且化神奇，豈向沈約集中作賊者比！顧可爲解事道，不必與俗人言耳。如盛德記所演，文正公二歲而孤，隨其母育於長山朱氏，旣第始歸范村，而待朱備極恩意，旣貴，則用南郊恩贈；朱氏父及其異母兄、同母弟之喪，皆爲卜葬；朱氏以公廕爲官者，二人；歲時奉祀，則別作饗；雖載在遺事，世所共知，庸手寫之，恰似無理，經名手一換曲白，便覺合於天理人情，可謂得其厚矣。親愛惇篤，發於自然，表而出之，亦使鄙夫寬、薄夫敦也。良由先將朱氏寫得繼絕心誠，寶愛至極，偏訪眞實名師，設措重禮附學，代修坟墓，虔備祭儀，更覺此劇實可救世。太夫人竟不出場，尤改得通。竟以『文正』二字代公原諱，亦合理。越得鬻薪之女二：曰施，曰旦，敎以步容，習於土城，臨於都巷，三年而後獻吳。改浣紗者，以山郡非無骨佳、形姱、曼容、皓齒之人，不敎不能麗都意作主，又添鄭旦陪襯，亦妙。妒婦記改本，采葛元直、房玄齡、桓範、王琰、柳惔、苗介子事歸於一人，尤其惹看。傳紅線，以通經史、號『內記室』爲主，自妙。

〔註〕原本此處未題著者姓名。

重訂曲海總目

清・黄文暘原編
無名氏重訂
管庭芬校錄

重訂曲海總目提要

黄文暘曲海目，通行的祇有揚州畫舫錄卷五的轉載本。這一卷題名重訂曲海總目，見於清管庭芬的銷夏錄舊五種。據管庭芬跋語，説是『得之於西吳書賈，而重訂者不知何人』。或以爲即出管氏之手，但缺乏根據。

重訂本較揚州畫舫錄本有不少修訂和增補，但所訂補的，現在看來，並不完全可信，最好和其它各種曲目參照使用。

銷夏錄舊五種，祇存稿本，未刻。曲海總目一卷，北平圖書館館刊第四卷五期曾轉載。

本編重印重訂曲海總目，以銷夏錄舊本照片做底本。

重訂曲海總目

清・黃文暘原編〔註〕

無名氏重訂

管庭芬校錄

乾隆辛丑春，奉旨修改古今詞曲，予受鹽使者聘，得與改修之列，兼總校蘇州織造進呈詞曲，因得藎閱古今雜劇傳奇。閱一年，事竣，追憶其盛，擬將古今作者，各撮其關目大概，勒成曲海一冊；先定總目一卷，以紀其人之姓名。然寓感慨於歌場者，多自隱其名，而妄肆褒譏於聲律者，又多僞託名流以欺世，且其時代先後，尤難考核，即此總目之成，亦非易事矣。

元人雜劇

馬致遠

漢宮秋　薦福碑　三醉岳陽樓　踏雪尋梅

陳摶高臥　黃粱夢　青衫淚　三度任風子

楊文奎

翠紅鄉　兩團圓

喬孟符

金錢記　揚州夢　玉簫女

關漢卿

玉鏡臺　謝天香　切鱠旦一作望江亭。　救風塵

金線池　竇娥冤　魯齋郎　蝴蝶夢國朝無名氏同名。

張國寶

合汗衫　薛仁貴　相國寺

吳昌齡

風花雪月　東坡夢

秦簡夫

趙禮讓肥　東堂老　破家子弟

李文蔚

燕青博魚

楊顯之

臨江驛　酷寒亭有旦末二本。

石君寶

李亞仙　秋胡戲妻

鄭廷玉

楚昭公　後庭花　忍字記

白仁甫

牆頭馬上　梧桐雨國朝徐復祚所作同名。

武漢臣

老生兒　生金閣　玉壺春一作玉堂春。

李直夫

虎頭牌

岳伯川

鐵拐李樂

戴善甫一作善夫。

風光好

李壽卿

伍員吹簫

孫仲章

勘頭巾

高文秀

黑旋風雙獻功一作雙獻頭。
誶范雎
並頭蓮

畫眉
班超投筆

鄭德輝

倩女離魂
王粲登樓
翰林風月一作㑳梅香。

王仲文

救孝子
賢母不認屍

王實甫

麗春堂

宮大用

越王嘗膽
范張雞黍

范子安

竹葉舟

張壽卿

謝金蓮紅梨花

賈仲名

意馬心猿　對玉梳　蕭淑蘭

李行夫一作行道。

灰欄記

尙仲賢

單鞭奪槊一作三奪槊。　王魁負桂英　柳毅傳書

氣英布

谷子敬

三度城南柳

曾瑞卿

留鞋記一作謅元宵。

楊景賢

馬丹陽度劉行首

王子一

誤入桃源

孟漢卿

魔合羅

石子章

竹塢聽琴

紀君祥

趙氏孤兒　松陰夢　錯勘贓

康進之

李逵負荊

李致遠

還牢末

李子中

范蠡歸五湖　崔子弒齊君

李好古

張生煮海

庾吉甫

凌波夢　蘭昌宮　霓裳怨　青陵臺

王　煜

桃花女

朱　凱

昊天塔國朝李元玉同名。

王伯成

張騫浮槎　貶夜郎

侯正卿

燕子樓

陳庭玉

寃家債主

羅貫中

龍虎風雲會

無名氏

春夜梨花雨
貨郎旦
望思臺
盆兒鬼
漁樵記
小尉遲
章臺柳
殺狗勸夫
銷金帳
合同文字
爭報恩
兒女團圓
符金錠

馮玉蘭
看錢奴
抱妝盒國朝無名氏作同名。
度柳翠
馬陵道
紙扇記
硃砂擔
千里獨行
望江亭
舉案齊眉
張天師
謝金吾
風雪漁樵

碧桃花
連環計
百花臺
梧桐葉
清風府
收心猿意馬與賈仲名作名同。
龐居士放來生債
風魔蒯通
後庭花
隔江鬥智
救風塵
金安壽
漢鍾離度藍采和

凍蘇秦
托妻寄子
昇仙會
梵天台
神奴兒
錯送鴛鴦被
陳州糶米
賢孝牌
三虎下山
曲江記
九世同居非忍字記。
呂洞賓昇仙夢

野猿聽經　二郎神射鎖魔鏡　錢大尹勘緋衣夢　李太白匹配金錢記

明人雜劇

徐　渭字文長。

女狀元　雌木蘭　翠鄉夢　漁陽弄以上四種名四聲猿。

許　潮字時泉。

武陵春　龍山宴　午日吟　南樓月

赤壁遊國朝無名氏作同名。　同甲會　寫風情　蘭亭會或誤刊楊愼作。

梅鼎祚字禹金。

崑崙奴

汪道昆字南溟。

遠山戲　高唐夢　洛水悲　五湖遊

陳太乙號函三館主人。

紅蓮債

許　翽代徐野君作。

絡水絲　春波影

沈自徵字君甫。

鞭歌伎　簪花髻一作簪花記。　霸亭秋

梁伯龍

紅線女　紅綃記

葉憲祖字六桐，又號槲園居士。

碧蓮繡符　丹桂鈿盒　天桃紈扇　素梅玉蟾

北邙說法　團花鳳　易水寒

凌初成

虬髯翁

楊　慎號升庵。

太和記凡二十四折，故事六種，每事四折。

徐元暉一作陽輝。

脫囊穎　有情癡

陳與郊字隅陽。

昭君出塞　文姬入塞　訡癡符

王九思號寓山居士。

曲江春

康　海字封山。

中山狼國朝林於閣作名同。

王　衡字辰玉，又號綠野堂主人。

鬱輪袍國朝石牧所作名同。　哭倒長安街　眞傀儡　沒奈何

汪廷訥字昌期。

廣陵月

釋湛然

魚兒佛

周藩憲王

牡丹仙　香囊怨

王應遴字雲來。

逍遙遊

林　章

青虬記

祁元儒

錯轉輪

朱　鼎

玉鏡臺與元關漢卿作同名。

北海馮氏

不伏老

王澹翁又號澹居士。

櫻桃夢

車柅齋又號邋遢子。

蕉鹿夢

竹癡居士

齊東絕倒

秦樓外史

男王后

破慳道人

一文錢國朝徐復祚所作名同。

蘅蕪室主人

再生緣

吳中情奴

相思譜

無名氏

楚襄王高唐夢　曹植思洛神　陶靖節隱栗里　桓元帥會龍山

司馬相如歸西蜀　衛將軍元宵會友　陳華山度十長生　呂洞賓神仙會

綴白裘共十二集。

國朝雜劇

孟稱舜字子若。

桃花人面　英雄成敗　死裏逃生　紅顏年少

眼光媚　花舫緣一刻作明卓珂月所著。

袁令昭號幔亭仙史。

雙鸞傳

尤侗字展成，號西堂。

讀離騷嵇留山所作名同。　吊琵琶　黑白衛　清平調

徐又陵

買花錢　大轉輪　浮西施　拈花笑以上名坦庵雜劇四種。

葉小紈吳江女史。

鴛鴦夢

石牧

張旭觀公孫大娘舞劍　裴航遇仙　鬱輪袍

宋琬號二鄉亭主人。

祭皋陶

嵇留山又號抱犢山農。

揚州夢　讀離魂

吳偉業號梅村。

臨春閣

鄒兌金字叔介。

醉新豐　空堂話

鄭無瑜

鸚鵡州　汨羅江　黃鶴樓　滕王閣

萬　樹字紅友。

珊瑚珠　舞霓裳　藐姑仙　青錢賺

焚書鬧　罵東風　三茆宴　玉山會會，一作宴。

徐復祚字陽初。

一文錢此僅二折，後復演爲傳奇。

薛既揚

昭君夢

鄒仲情

風流塚

蔣士銓字心餘，號苕生。

四絃秋　一片名　忉利天

灌隱主人

通天臺

南山逸史

半臂寒　長公妹　中郎女　京兆眉

翠鈿記

羣玉山樵

盧從史　老客婦　長門賦　燕子樓以上名鋤繹堂樂府。

林於閣主人

淮陰侯　中山狼　蔡文姬　義犬記此種或云明陳玉陽作。

空觀主人

驀忽因緣

西冷野史

鈿盒奇緣　蟾蜍佳偶　義妾存孤　人鬼夫妻四種與無技甫合作。

無名氏

勘鬼獄　瑤池會　翠微亭　補天夢

可破夢　四才子王維、裴航、飲中八仙、杜牧，凡四折。

吟風閣或云萬紅友與諸門人所作，共四十二折。

元人傳奇

王實父

西廂記關漢卿續，共五本。

董西廂

絃索西廂

無名氏

伏虎緣　破窰記二本。

明人傳奇

高則誠

琵琶記

柯丹邱

荆釵記

蘇復之

金印記

王雨舟

連環記

姚靜山

雙忠記　金丸記　精忠記

李開先

寶劍記　斷髮記

沈壽卿

銀瓶記　三元記　龍泉記　嬌紅記

邱瓊山

五倫記　投筆記　舉鼎記　羅囊記

沈　鍊嘉定人。

千金記　還帶記壽楊一清而作。　四節記

邵給諫

香囊記

沈　璟吳江人。

桃符記　義俠記　埋劍記　分柑記

十孝記　分錢記　結髮記　珠串記

雙魚記　博笑記　四異記　墜釵記

合衫記　奇節記　鴛衾記　鑿井記

紅蕖記　耆英會　翠屏山　望湖亭

一種情

任誕先

櫻桃夢與澹居士所作同名。

湯顯祖

還魂記國朝無名氏所作，同名。　邯鄲記　南柯記

紫釵記以上名玉茗堂四夢。　紫簫記

鄭若庸

玉玦記　繡襦記　大節記

卜世臣

乞麾記　冬青記

葉憲祖

金鎖記　玉麟記國朝張世潷所作名同。　四豔記

雙卿記　鸞鎞記

周夷玉

紅梅記

單槎仙

露綬記　蕉帕記

周螺冠

錦箋記

陸　采

明珠記　懷香記　椒觴記　分鞋記沈鯨作同名。

南西廂　北西廂

張鳳翼

紅拂記張太和所作同名。　虎符記　竊符記　扊扅記端鏊所作名同。

祝髮記　平播記　灌園記

顧大典

葛衣記　義乳記　青衫記　風教編

梁伯龍

浣紗記

梅鼎祚

玉合記

端　鏊

扊扅記

汪廷訥

種玉記　獅吼記　天書記　長生記

同昇記　三祝記　高士記　二閑記

投桃記

屠赤水

彩毫記　曇花記　修文記

龍膺

藍橋記

鄭之文南城人。

芍藥記　旗亭記國朝盧見曾所作名同。　白練裙與吳非熊蓼同作，以譏王百穀及馬湘蘭者。

佘聿文

量江記

馮夢龍

雙雄記

戴子晉

青蓮記　靺鞨記

車任遠

彈鋏記　四夢記二種或作陳汝元所著。

沈鯨

雙珠記　鮫綃記　青瑣記　分鞋記

黃伯羽

蛟虎記

陸　弼江都人。

存孤記

李鳴雷天台人。

清風亭

謝　讜上虞人。

四喜記

陳與郊海寧人。

鸚鵡洲

陳汝元會稽人。

金蓮記　紫環記

許　潮靖州人。

泰和記

張太和錢唐人。

紅拂記

錢直之錢唐人。

忠節記

章大綸錢唐人。

符節記

金天垢鄞縣人。

呼盧記

程文修仁和人。

玉香記　望雲記金懷玉所作名同。

高　濂錢唐人。

節孝記　玉簪記

陸濟之無錫人。

題橋記

張午山

雙烈記

吳世美烏程人。

驚鴻記

王世貞

鳴鳳記

徐叔回

八義記

史考叔

夢磊記

合紗記

祝金粟

題紅記

顧懋仁

五鼎記

顧懋儉

椒觴記

汪　鍍錢唐人。

春蕪記

胡全庵杭人。

奇貨記

三晉記

呂天成

神鏡記

湯賓陽

玉魚記

陸江樓

玉釵記

朱春霖

牡丹記

楊柔勝武進人。

綠綺記

盧鶴江無錫人。

禁煙記

王　恆

合璧記

朱　鼎崑山人。

玉鏡記即玉鏡臺雜劇，復爲傳奇。

吳　鵬宜興人。

金魚記

張從懷

純孝記

王玉峯

焚香記

吳大震徽人。

龍劍記

楊第白

錦帶記　龍膏記

黃惟楫台州人。

龍綃記

顧懷琳杭人。

佩印記

朱　期上虞人。

玉丸記

李玉田

玉鐲記

楊之烱餘姚人。

玉株記

張漱濱溧陽人。

分釵記

趙心武上虞人。

漑園記原本作澅園。

鄒海門溧陽人。

覓蓮記

汪宗姬徽人。

丹筦記

馮之可彭澤人。

獲龍記

沈祚溧陽人。

指腹記

黃廷奉

白璧記

謝天佑杭人。

狐裘記　靖虜記

邱瑞吾

合釵記

金懷玉會稽人。

繡被記　香裘記　妙相記　八更記

望雲記　完福記　寶釵記　桃花記
摘星記

施君美
幽閨記

盧次櫰大名人。
想當然

王　雄字价人，嘉興人。
紅情言　榴巾怨　詞苑春秋　博浪沙

張　堅字漱石，金陵人。
意中緣　梅花簪　懷沙記　玉獅墜以上名玉燕堂四種。

庚生子杭人。
歌風記

兩宜居士
鋸鋙記

秋閣居士

奪解記

鹿陽外史

雙環記

心一子杭人。

遇仙記

月榭主人

釵釧記

龍渠翁

藍田記

太華山人

合劍記

涵陽子

策杖記

阮大鋮

春燈謎　燕子箋　雙金榜　牟尼盒

忠孝環

無名氏

玉玦記原本作王煥記。　張叶記　牧羊記　孤兒記
玉環記　教子記　綵樓記國朝作者有同名。　百順記
鸞釵記　白兔記　躍鯉記　雙紅記
四景記　尋親記　金雀記　水滸記
鷫釵記　雙孝記　玉佩記　千祥記
羅衫記　麒麟記　異夢記　七國記
黑鯉記　題門記　殺狗記　東郭記
投梭記　金花記　錦囊記　情郵記
瑞玉記　蟠桃記　吐絨記　衣珠記
四豪記　三桂記　花園記　青樓記
碑渠記　紅絲記　霞箋記　犀盒記
赤松記　鑲環記　綈袍記　墜釵記
東牆記　江流記　鴛鴦記　五福記

離魂記　菱花記　金臺記　南樓記
臥冰記　節俠記　飛丸記　四賢記
琴心記　運甓記　玉合記　贈書記
牡丹亭記或云亦湯臨川先生中年所作，後改削爲還魂記。　目連救母一作勸善今科。

國朝傳奇

吳偉業

秣陵春

吳石渠名粲花主人，宜興人。

畫中人　療妬羹　綠牡丹　西園記

范香令松江人。

花筵賺　鴛鴦棒　倩畫姻　勸皮靴

袁令昭吳縣人。

夢花酣

西樓記

馬亘生吳縣人。

索花記　荷花蕩　十景塘

劉晉充

羅衫合　天馬媒　小桃源

薛旣揚吳縣人。

書生願　醉月緣　戰荆軻　蘆中人

昭君夢　狀元旗又無名氏所作同名。

李元玉吳縣人。

一捧雪　人獸關　永團圓　占花魁以上爲一笠庵四種，先刊行於世。

麒麟閣　風雲會　牛頭山　太平錢

連城璧　眉山秀　昊天塔　三生果

千忠會　五高風　兩鬚眉　長生像

風雲翅　禪眞會　雙龍珮　千里舟

洛陽橋　虎邱山　武當山　精忠譜

掛玉帶　意中緣　萬里緣　萬民安

麒麟種　羅天醮　秦樓月

馮猶龍吳縣人。

萬事足　風流夢　新灌園

葉稚斐吳縣人。

琥珀匙　女開科　三擊節　遜國疑

開口笑　英雄概　八翼飛　人中人

朱良卿吳縣人。

太極奏　玉素珠　軒轅鏡　蓮花筏

吉慶圖　飛龍鳳　錦雲裘　瑞霓羅

御雪豹　石麟鏡　纓絡會

九蓮燈此種或謂吳興閔吏部洪學門人所著。　贅神龍　萬花樓

建黃圖　乾坤嘯　艷雲亭　奪秋魁

萬壽冠　雙和合　壽榮華　五代榮

寶曇月　漁家樂　牡丹圖

邱嶼雪常熟人。

虎囊彈　黨人碑　百福帶　幻緣箱
歲寒松　御袍恩　鬧勾欄

朱素臣吳縣人。

振三綱　一箸先　萬年觴　錦衣歸
未央天　狻猊璧　忠孝閭　四聖手
聚寶盆　十五貫　文星見　龍鳳錢
瑤池宴　朝陽鳳　全五福

畢萬侯吳縣人。

紅勺藥　竹葉舟　呼盧報　三報恩
萬人敵　杜鵑聲

李　漁錢唐人。

奈何天　比目魚　蜃中樓　憐香伴
風箏誤　愼鸞交　巧團圓　鳳求凰無名氏所作同名。
意中緣李元玉所作名同。　玉搔頭以上爲笠翁十種曲，先刊行。　偷甲記
四元記　雙錘記　魚籃記　萬全記

周坦綸

太白山　竹漉籬漉，一作漓。　八仙圖　火牛陣

竟西廂　福星臨　指南車　綈袍贈

萬金資　鏡中人　金橙樹　玉鴛鴦

張心其

如是觀　醉菩提　海潮音　釣魚船

天下樂　井中天　快活三　金剛鳳

獺鏡緣　芭蕉井　喜重重　龍華會

雙節孝　雙福壽　讀書聲　娘子軍

高　奕會稽人

春秋筆　雙奇俠　貂裘賺　千金笑

聚獸牌　錦中花　擘香園　古交情

四美坊　眉仙嶺　如意冊　風雪緣

固哉翁　續青樓

盛際時吳縣人

人中龍　飛龍蓋　胭脂雪　雙虬判

史集之吳縣人。

清風寨　五羊皮

李式玉字東珙，錢唐人。

女董永　香夢樓

朱雲從吳縣人。

靈犀鏡　齊眉案　照膽鏡　人面虎

石點頭　小蓬萊　別有天　龍燈賺

赤龍鬚　兒孫福　兩乘龍　萬壽鼎

陳二白長洲人。

雙冠誥　稱人心　彩衣歡

陳子玉

三合笑　玉殿元　歡喜緣

王香裔

非非笑　黃金臺

徐又陵
珊瑚鞭　九奇逢
洪昉思
長生殿
釋智達
歸元鏡又名傳燈錄。
張世濬
玉鱗記與明人葉桐柏作不同。
尤侗
鈞天樂
陳貞禧宜興人。
梅花夢
徐復祚
梧桐雨　一文錢
石牧

忠孝福

吳涀玉玉，一作珏。

河陽覲

曹　岩號江左詞懸。

風前月下

朱龍田華亭人。

壺中天

朱　確

定蟾宮與過孟起、盛國琦三人同作。

石恂齋

兩度梅　錦香亭　天燈記

張漱石號玉燕堂主人。

懷沙記

嵇留山號抱犢山農。

雙報應

萬　樹字紅友，宜興人。

風流棒　空青石　念八翻　錦塵帆

十串珠　黃金甕　金神鳳　資齊鑑

夏　綸字惺齋。

花萼吟　杏花村　南陽樂　無瑕璧

廣寒梯　瑞筠圖

孔東塘

桃花扇

李本宣江都人。

玉劍緣

王　墅蕪湖人。

拜針樓

楊國賓

東廂記

周冰持

雙忠廟

崔應階

煙花債　情中幻

盧見曾德州人。

旗亭記　玉尺樓

姜玉潔女道士。

鑑中天

蔣士銓

香祖樓　雪中人　臨川夢　桂林霜

冬青樹　空谷香　第二碑

朱京樊

風流院

董恆岩

芝龕記

吉衣道人

玉符記

耶溪野老

香草吟　載花舲

可笑人

珊瑚玦　元寶媒

蒼山子

廣寒香

雪龕道人

五倫鏡

唵庵孚中道人

綰春園　息宰河

研雪子

翻西廂　賣相思

白雪道人

醉鄉記

他山老人

陰陽判

介石逸叟

宣和譜

薦清軒主人

合扇記原本作合箭。

夢覺道人

鴛鴦合

蝸寄居士

英雄報

西湖放人去村

三生錯

月鑑主人

月中人

研露老人

雙仙記

勝樂道人

長命縷

離幻老人

添襆記

無名氏（上）

芙蓉樓焦里堂曲考以爲雙溪廣山作。　精忠旗　女狀元春桃記

妝盒記太監黃錦保輔孝宗最有功，及登極，賜賚甚厚。世傳陳琳妝盒記，即其事也。　麒麟罽

鋼常記　鐵冠記　北孝烈　義貞記

四大癡　蝴蝶夢　鳳求凰非李漁所作。　納履記

丹忠記　十義記　赤壁遊　魚水緣

藍橋驛　飲中仙　夢中緣　石榴記

化人遊　財神濟　雙翠園　翠翹記

續牡丹亭　慈悲願　千忠祿　雷峯塔

〔以上原有姓名，失記，俟考。〕

典春衣　爛柯山　浮邱傲　落花風

埋輪亭　籌邊樓曲考作王賓尹。　隋唐記　壽爲先

盤陀山　十錯記曲考：即滿床笏，襲司寇門客所作。　後漁家樂

十美圖　鬧花燈　倭袍記　長生樂以上俱鈔本。

大吉慶　杜陵花　陀羅尼　百福帶

兩情合　螭虎釧　情中岸　七才子

東塔院　一枝梅　三奇緣　百子圖

鴛鴦結　錦繡旗　黃鶴樓　倒銅旗

燕臺筑　上林春　瑤池宴　金蘭誼

逍遙樂　文星刼　錦衣歸　蟠桃會

合虎符　〔以上詞曲佳，而姓名不可考。〕

無名氏（中）

人生樂　霄光劍曲考作徐復祚作，即陽初子。　安天會

萬倍利　元寶湯　江天雪　沈香亭

花石綱　四平山平，原本作屏。　翻浣紗

藍關曲皆耍孩兒小調。一作藍關道曲。
平妖傳
西川圖
黎簹雪
續尋親
狀元香
昭君傳
風流烙
紫金魚
贅人龍
報恩亭
平頂山
翻七國
玉燕釵
三異緣
鸞鳳釵
快活仙
八寶箱
補天記
群麟見
珍珠塔
姊妹緣
奉仙緣
醉西湖
三鼎爵
英雄概
遍地錦
雙瑞記
梅花簪
玉杵記
後一捧雪
定天山
長生樂
南樓月
雄精劍
還帶記
山堂詞餘
〔以上詞曲平，無姓名者，皆鈔本。〕

無名氏（下）

後西廂
飛熊兆
紫瓊瑤
賜繡旗
齊天樂
翡翠園
玉麟符
粉紅闌
喜聯登
狀元旗另一本，非薛既揚作。
雙和合非朱良卿所作。
三笑姻緣
碧玉燕
九曲珠
四奇觀
後繡襦

折桂傳　飛熊鏡　白鶴圖
白羅衫又一本，名同而記事各異，亦無作者姓名。　乾坤鏡　玉龍珮亦名還魂記。
後珠球　好逑傳　四大慶　青蛇傳
四安山　天然福　摘星樓　雲合奇蹤
萬花樓　醉將軍　描金鳳　吉祥兆
續千金記　劉成美　靑釭嘯　軟藍橋
天緣配　桃花寨　雙錯巹　沉香帶
鴛鴦幻　三世修　文章用　造化圖
祝家莊　綵樓記與明人作另一本。　鳳鸞裳　陰功報
福鳳緣　觀星臺　督亢圖　征東傳
北海記　三俠劍　千秋鑑　千里駒
雙珠鳳　十大快　鸞釵記　禪眞逸史
春富貴　翻天印　黃河陣　古城記
月華緣　五虎寨　五福傳非古本。　昇平樂
賜錦袍　百花臺　爲善最樂　雙蝴蝶

遍地錦　雙烟緣　鬧金釵　三鼎甲

鴛鴦被　天貴圖　錕鋼俠　一疋布

封神榜　滄浪亭　二龍山　天平山

河燈賺　玉麒麟　通天犀　碧玉串

鐵弓緣　二十四孝　千祥記　佐飛龍

順天時　混元盒　彩衣堂　珍珠旗

元都觀　金花記　金瓶梅　後岳傳

合歡慶　三鳳緣　合歡圖

太平錢另一俗本，非李元玉所作。　鴛鴦孩　漁簡記

開口笑

〔以上詞曲庸劣，而無姓名者，亦半鈔本。〕

原目一千一百三十餘種，今刪去重複，實存一千零五十餘種。雖遺漏尚多，而談聲律者，按目訪求，亦十可得其七八矣。至焦里堂先生循所著曲考，有逸出總目之外者，附存於後：

明人雜劇

楊　慎字用修，號升庵。

洞天玄記

國朝雜劇

茅僧曇字孝若。

蘇園翁　秦廷筑　金門戟　鬧門神

雙合歡

周如璧字芥庵。

孤鴻影　夢幻緣

查繼佐字伊璜，海寧人。

續西廂

陸世廉字晚庵。

西臺記

堵廷芬

衛花符

黃家舒

城南寺

張來宗

櫻桃宴

張掌霖字龍文。

旗亭讌

孫源文號笨庵。

餓方朔

張國籌

脫穎記　茅廬記　章臺柳　韋蘇州

申包胥

黃方胤

倚門　再醮　淫僧　偷期

孌童　懼內六種名陌花軒雜劇。

高應玘

北門鎖鑰

田　民

蓬島瓊瑤　花木題名

土室道民道，一本作遺。

鯁詩讖

碧蕉軒主人

不了緣

元人傳奇

喬夢符

金縢記

明人傳奇

顧景星

虎媒記

沈孚中錢唐人。

宰戍記

國朝傳奇

朱良卿

四奇觀　血影石　一捧花

方成培

雙泉記

毛大可字西河。蕭山人。

放偷記　買嫁記二種名連廂詞。

鄭含成號影園灌者。

富貴神仙

徐又陵江都人。

胭脂虎

徐復祚卽陽初子。

梧桐雨

張異資通州人。

崖洲路　麒麟夢　鴛鴦榜　黃金瓮

李　棟興化人。

犢鼻禪

清嘯生

喜逢春

海來道人

鴛鴦縧

三吳居士

廣爰書

鷹　山

易水歌

梁夸素錢唐女史。

相思硯

林亞清錢夫人。

芙蓉峽

無名氏

紫雲歌

左，葉廣平納書楹曲譜中，亦有前考所未備者，附存於末：

喬孟符元人。

兩世因緣

王伯成元人。

天寶遺事

缺名

單刀會　唐三藏　蘇武還朝　蓮花寶筏

珍珠衫　葛衣記　翠屏山　雍熙樂府

金不換　東窗事犯　俗西遊記　江天雪

五香毬　小妹子　僧尼相會

雜劇傳奇之名，古無所聞。自宋有爨弄之目，亦罕見其詞。至元人以填南北曲調者，不乏其材，且加賓、白，而傳奇、雜劇始大行於世。我朝乾隆中葉，奉勑修大成九宮譜及曲譜諸書，一時文學之士，莫不抒華叶律，以歌舞昇平，而蒐輯古今撰著院本，直可汗牛充棟，不僅寥寥如宋之爨弄矣。此卷始見於李斗揚州畫舫錄，惜顛雜無次。咸豐改元春秒，從西吳書估處購得斯册，題曰『重訂』，稍爲可讀。今巨寇滔天，所至殘破，民間噢咻，夜哭之聲，徧於閭巷，慨想昔日檀板金樽，掐譜按拍，不異如鈞天一夢矣！爲校錄一過，聊以誌慨。時同治二年，歲在癸亥，六月上浣，芷緗管庭芬識於蟄庵館舍，時年六十有七。

〔註〕原本題『丹徒黃文暘煥亭』。

也是園藏書古今雜劇目録

清・黄丕烈編

也是園藏書古今雜劇目錄提要

也是園藏書古今雜劇目錄，清黄丕烈編。黄丕烈字紹武，一字承之，又字蕘圃，號復翁、佞宋主人，晚年又號秋清居士。江蘇長洲人。生於一七六三年（清乾隆二十八年），卒於一八二五年（道光五年）。早年應科舉，求仕宦，都不得意，於是棄官歸里，專門從事收藏、校讎及著述。所藏古今善本、秘本，極爲豐富，爲清代中葉藏書第一名家。他的藏書處所，有百宋一廛、士禮居、讀未見書齋等名稱。

也是園藏古今雜劇，原是明趙琦美所搜集抄校的一批戲曲，後來輾轉歸於錢曾的也是園。此後又幾經易主，到了黄丕烈手中。這一批戲曲的殘存部份，已入藏於北京圖書館，並已景印收入在古本戲曲叢刊第四集。另外有排印本孤本元明雜劇，則又是選印了其中的一部份。關於這批藏曲的源流和歷史經過，孫楷第述也是園舊藏古今雜劇一書中，有詳細的考證和叙述。

趙琦美藏書，有脈望館書目傳世，但不見這一批戲曲在內。也是園收藏時期，曾編有目錄，見也是園藏書目。黄丕烈收藏時期的編目，原稿附在這批藏曲的第一册卷首，古本戲曲叢刊也景印在內。

也是園藏古今雜劇目錄，本來也是很重要的一本曲目，現在所以不收也是園原目而收黃丕烈編目，則是因爲從黃目中可以鉤看到原目的全貌，故而就沒有必要再重複了。（也是園原目，現有玉簡齋叢書本流傳。）

也是園藏書古今雜劇目錄

清・黄丕烈編〔註〕

元馬致遠

破幽夢孤鴈漢宮秋　一　　馬丹陽三度任風子　二

呂洞賓三醉岳陽樓　三　　江州司馬青衫泪　四

一四種共一册一

元馬致遠

半夜雷轟荐福碑　六　　西華山陳摶高臥　八

孟浩然踏雪尋梅　七　　開壇闡教黃粱夢　五

元費唐臣

蘇子瞻風雪貶黃州　九

二五種共一册一下

元王實甫

四丞相歌舞麗春臺　十　　呂蒙正風雪破窰記　十一

元宮大用

死生交范張雞黍　十二
元關漢卿　三四種共一冊二
杜蕊娘智賞金線池　廿三
元關漢卿
劉夫人慶賞五侯宴　十三　關大王獨赴單刀會　十四
趙盼兒風月救風塵　十五　温太眞玉鏡臺　十六　四四種共一冊三
元關漢卿
望江亭中秋切鱠旦　十七　錢大尹智寵謝天香　十八
鄧夫人苦痛哭存孝　十九　錢大尹智勘緋衣夢　廿
包待制三勘蝴蝶夢　廿一　感天動地竇娥冤　廿二　五六種共一冊四
元關漢卿
山神廟裴度還帶　廿六　尉遲恭單鞭奪槊太和正音作敬德降唐。
狀元堂陳母教子　廿五　七改六三種共一冊五
元白仁甫
唐明皇秋夜梧桐雨　廿七　董秀英花月東牆記　廿八

裴少俊牆頭馬上　廿九　八改七　三種共一册六上

元喬夢符

李太白匹配金錢記　卅　　杜牧之詩酒揚州夢　卅一

玉簫女兩世姻緣　卅二

元尙仲賢

尉遲恭單鞭奪槊　卅三　九改八　四種共一册六下缺

元庚吉甫

中郎將常何薦馬周　卅七

元高文秀

須賈誶范雎　卅八　　雙獻頭武松大報讐　卅九　十三種共一册八缺

元高文秀

保成公徑赴澠池會　四十　　好酒趙元遇上皇　四十一

劉玄德獨赴襄陽會　四十二　十一　三種共一册九

元鄭德輝

立成湯伊尹耕莘　四十三　　鍾離春智勇定齊　四十四

㑳梅香騙翰林風月　四十五　十二三種共一册十

元鄭德輝

醉思鄉王粲登樓　四十六

迷青瑣倩女離魂　四十七　十三三種共一册十一

虎牢關三戰呂布　四十八

元李文蔚

張子房圯橋進履　四十九

同樂院燕青博魚　五十　十四二種共一册十二

元李文蔚

破符堅蔣神靈應　五十一

元史九敬先

老莊周一枕蝴蝶夢　五十二

元孟漢卿

張孔目智勘魔合羅　五十三

元戴善甫

陶學士醉寫風光好　五十四　十五四種共一册十三上

元戴善甫

趙江梅詩酒翫江亭　五十五

元紀君祥

趙氏孤兒大報讐校　五十六

元梁進之

趙光普進梅諫　五十七

十六三種共一册十三下缺

元石君寶

魯大夫秋胡戲妻　八十二

元金志甫

蕭何月夜追韓信　八十三

元陳存甫

李存孝慑入長安　八十四

元周仲彬

英雄士蘇武持節　八十五

卅四四種共一册廿缺

元秦簡夫

東堂老勸破家子弟　八十七

孝義士趙禮讓肥　八十八

陶母剪髮待賓　八十九

廿五 三種共一册廿一下

元鄭廷玉

宋上皇御斷金鳳釵　九十

布袋和尚忍字記　九十一

楚昭公疎者下船　九十二

廿六 三種共一册廿二

元鄭廷玉

看財奴買冤家債主　九十三

包龍圖智勘後庭花　九十四

斷冤家債主　九十五

廿七 三種共一册廿三

元無名氏 羅貫中

宋太祖龍虎風云會　八十六

諸葛亮博望燒屯　九十六

龐涓夜走馬陵道　九十七

卅二 三種共一册廿四

元無名氏

忠義士豫讓吞炭　九十九

錦雲堂美女連環記　一百卅九

蘇子瞻醉寫赤壁賦　一百〇五

鄭玉蓮秋夜雲窗夢　九十八

王月英元夜留鞋記　一百卅五

元孫仲章

南河府張鼎勘頭巾　六十三　　卅三　六種共一册廿四下

元無名氏

硃砂擔滴水浮漚記　一百〇一　　貨郎旦　一百

敬德不伏老　一百〇二　　施仁義劉弘嫁婢　一百〇八　　卅四　四種共一册廿五

元無名氏

劉千病打獨角牛　一百〇四　　殺狗勸夫　一百〇六

大婦小妻還牢末　一百〇七　　講陰陽八卦桃花女　一百十　　卅五　四種共一册廿六

元無名氏

玎、璫、盆兒鬼　一百九　　劉玄德醉走黃鶴樓　一百十一

玉清庵錯送鴛鴦被　一百十四　　卅六　三種共一册廿七

元無名氏

關雲長千里獨行　一百十二　　孟光舉案齊眉　一百十六

鴈門關存孝打虎　一百十八　　狄青復奪衣襖車　一百廿九　　卅七　四種共一册廿八

元無名氏

閥閱舞射柳蕤丸記　一百廿三　　逞風流王煥百花亭　一百廿四

龍濟山野猿聽經　一百廿五　二郎神醉射鎖魔鏡　一百廿六

漢鍾離度脫藍彩和　一百廿七　李雲英風送梧桐葉　一百廿八　七六種共一册廿九缺

元無名氏

摩利支飛刀對箭　一百廿　降桑椹蔡順奉母　一百十七

羅李郎大鬧相國寺　一百廿一　馬丹陽度脫劉行首　一百廿二　卌八四種共一册廿九上

元無名氏

趙匡義智娶符金定　一百卌五　包待制智賺生金閣　一百卌六

包待制智斬魯齋郎　一百卌七　張公藝九世同居　一百卌八　九四種共一册三十一

元本朝丹丘先生

冲漠子獨步大羅天　一百四十二　卓文君私奔相如　一百四十三

元本朝王子一

劉晨阮肇誤入天台　一百七十四

黃元吉

黃廷道夜走流星馬　一百七十五　卌八四種共一册三十二

本朝谷子敬

呂洞賓三度城南柳　一百七十六

本朝賈仲名

鐵拐李度金童玉女　一百七十七

呂洞賓桃柳昇仙夢　一百七十八

蕭淑蘭情寄菩薩蠻　一百七十九

荊楚臣重對玉梳記　一百八十

楊文奎

翠紅鄉兒女兩團圓　一百八十一

廿九六種共一冊三十三上

本朝楊升庵

宴清都作洞天玄記　一百八十六

本朝桑季子紹良

獨樂園司馬入相　一百八十七

△　二種共一冊卅三下

本朝無名氏

灌將軍使酒罵座記　一百八十八

金翠寒衣記　一百八十九

漁陽三弄　一百九十

玉通和尚罵紅蓮　一百九十一

月明和尚度柳翠　六十一

木蘭女　一百九十二

女狀元　一百九十三

僧尼共犯　一百九十五

四二八種共一冊

周王誠齋

東華仙三度十長生　一百七十一　羣仙慶壽蟠桃會　一百七十二

呂洞賓花月神仙會　一百七十三　惠禪師三度小桃紅　一百五十三

張天師明斷辰鈎月　一百六十三　洛陽風月牡丹仙　一百八十五　六種共一册三十四

周王誠齋

十美人慶賞牡丹園　一百四十五　善知識苦海回頭

瑤池會八仙慶壽　一百四十七　黑旋風仗義疎財　一百八十一　二四種共一册三十五

周王誠齋

清河縣繼母大賢　一百八十七　趙貞姬身後團圓夢　一百六十八

劉盼春守志香囊怨　一百六十九　李亞仙花酒曲江池　一百六十六

紫陽仙三度常春壽　一百七十　福祿壽仙官慶會　一百五十九　三六種共一册

春秋故事

伍子胥鞭伏柳盜跖　一百九十四　十八國臨潼鬬寶　一百九十五　十二種共一册三十六上

春秋故事

田穰苴伐晉興齊　一百九十六　後七國樂毅圖齊　一百九十七

吳起敵秦掛印　一百九十八　守貞節孟母三移　一百九十九　十一　四種共一册三十六

春秋故事

莊周半世蝴蝶夢　二百　羊角哀鬼戰荆軻　二百〇一

四公子夷門元宵宴　二百〇二　巫娥女醉赴陽台夢　二百〇三　△四種共一册三十七缺

西漢故事

漢公卿衣錦還鄉　二百〇四　運機謀隨何騙英布　二百〇五　十三　三種共一册三十八

隨何賺風魔蒯徹　二百〇六

西漢故事

韓元帥暗度陳倉　二百〇七　司馬相如題橋記　二百〇八　十四　二種共一册三十九

東漢故事

劉文叔中興走鴉路　缺△　馬援撾打聚獸牌　二百〇九

雲台門聚二十八將　二百十　漢姚期大戰邳仝　二百十一　△三種共一册四十

東漢故事

孝義士趙禮讓肥　重出　寇子翼定時捉將　二百十二

鄧禹定計捉彭寵　二百十三　十六　三種共一册四十一

東漢故事

郅鄆璋昆陽大戰　二百十四
金穴富郭況遊春　二百十五
施仁義岑母大賢　二百十六
十七　三種共一冊四十一下　缺

三國故事

十樣錦諸葛論功　二百十七
曹操夜走陳倉路　二百十八
陽平關五馬破曹　二百十九
走鳳雛龐掠四郡　二百廿
十八　四種共一冊四十二

三國故事

周公瑾得志娶小喬　二百廿一
張翼德單戰呂布　二百廿二
莽張飛大戰石榴園　二百廿三
十九　三種共一冊四十三

三國故事

關雲長單刀劈四寇　二百卅一
壽亭侯怒斬關平　二百卅二
廿二　二種共一冊四十五下

三國故事

關雲長大破蚩尤　二百卅三
劉關張桃園三結義　二百卅四
張翼德三出小沛　二百卅五
張翼德大破杏林莊　二百卅六

六朝故事

唐朝故事

陶淵明東籬賞菊　二百三十八

長安城四馬投唐　二百三十九

立功勳慶賞端陽　二百四十

賢達婦龍門隱秀　二百四十一

廿三　五種共一册　四十六

廿四　三種共一册　四十七

唐朝故事

招涼亭賈島破風詩　二百四十二

衆僚友喜賞浣花溪　二百四十三

魏徵改詔風雲會　二百四十四

程咬金斧劈老君堂　二百四十五

廿五　四種共一册　四十八

唐朝故事

徐茂公智降秦叔寶　二百四十六

小尉遲將鬬將將鞭認父　二百四十七

尉遲公鞭打單雄信　二百四十八

十八學士登瀛洲　二百四十九

唐李靖陰山破虜　二百五十

廿六　五種共一册　四十九

五代故事

李存孝大戰葛從周　二百五十一

狗家疃五虎困彥章　二百五十二

朱全忠五路犯太原　二百五十三

廿七　三種共一册　五十上缺

五代故事

李嗣源復奪紫泥宣　二百五十四　飛虎峪存孝打虎　二百五十五
壓關樓疊掛午時牌　二百五十六　廿八　三種共一冊五十下

宋朝故事
存仁心曹彬下江南　二百五十七　八大王開詔救忠臣　二百五十八
楊六郎調兵破天陣　二百五十九　廿九　三種共一冊五十一

宋朝故事
焦光贊活拿蕭天佑　二百六十　宋大將岳飛精忠　二百六十三
十探子大鬧延安府　二百六十四　卅　三種共一冊五十二

宋朝故事
張于湖誤宿女貞觀　二百六十六　女學士明講春秋　二百六十七
趙匡胤打董達　二百六十一　穆陵關上打韓通　二百六十二　卅一　四種共一冊五十二下

雜傳
相國寺公孫汗衫記　二百七十八　海門張仲村樂堂　二百七十一
王閏香月夜四春園　二百六十九　女姑姑說法陞堂記　二百七十三　三二　四種共一冊五十三

雜傳

清廉官長勸金環　二百七十四
雷澤遇仙記　二百七十五
若耶溪漁樵閑話　二百七十六
徐伯株貧富興衰記　二百七十七
薛包認母　二百七十八

三三　五種共一册　五十四

雜傳

認金梳孤兒尋母　二百七十九
四時花月賽嬌容　二百八十一
王文秀渭塘奇遇　二百八十二
慶豐門蘇九淫奔記　二百八十六
風月南牢記　二百八十五
秦月娥誤失金環記　二百八十三

三四　六種共一册　五十五

釋氏

釋迦佛雙林坐化　二百八十八
觀音菩薩魚籃記　二百八十九

三五　二種共一册　五十五下

神仙

許眞人拔宅飛昇　二百九十
孫眞人南極登仙會　二百九十一
呂翁三化邯鄲店　二百九十二

三六　三種共一册　五十六

神仙

呂純陽點化度黃龍　二百九十三
邊洞玄慕道昇仙　二百九十五
李雲卿得悟昇眞　二百九十六
王蘭卿服姓明貞傳　二百九十七

三七　四種共一册　五十七

神仙

太平仙記　二百九十八　　瘸李岳詩酒翫江亭　二百九十九

太乙夜斷桃符記　三百　　南極星度脫海棠仙　三百〇一

張天師斷風花雪月　三百〇二　　時眞人四聖鎖白猿　三百〇三　　三八六種共一册五十八上

神仙

猛烈哪吒三變化　三百〇四　　二郎神鎖齊天大聖　三百〇五

灌口二郎斬健蛟　三百〇六　　二郎神射鎖魔鏡　三百〇七　　三九四種共一册五十八

水滸傳故事

魯智深喜賞黃花峪　三百〇八　　梁山五虎大劫牢　三百〇九

梁山七虎鬧銅台　三百十　　四三種共一册五十九

水滸傳故事

王矮虎大鬧東平府　三百十一　　宋公明排九宮八卦陣　三百十二

黑旋風雙獻功　三百十三　　五三種共一册六十

水滸傳故事

小李廣大鬧元宵夜　三百十四　　宋公明劫法場　三百十五

宋公明喜賞新春會　三百十六　　六三種共一册六十下缺

本朝故事

奉天命三保下西洋　三百十七　　四十一種共一册六十一上

本朝教坊編演

寶光殿天眞祝萬壽　三百廿　　衆羣仙慶賞蟠桃會　三百廿一

祝聖壽金母獻蟠桃　三百廿二　　降丹墀三聖慶長生　三百廿三

衆神聖慶賀元宵節　三百廿四　　四十一五種共一册六十二

本朝教坊編演

祝聖壽萬國來朝　三百廿五　　爭玉板八仙過滄海　三百廿六

慶豐年五鬼鬧鍾馗　三百廿七　　四八三種共一册六十三

本朝教坊編演

河嵩神靈芝獻壽　三百四十八　　紫薇宮慶賀長春壽　三百卅三

賀萬壽五龍朝聖　三百卅四　　四四三種共一册四

本朝教坊編演

衆天仙慶賀長生會　三百卅五　　慶冬至共享太平宴　三百卅六

賀昇平羣仙祝壽　三百卅七
慶千秋金母賀延年　三百卅八
四五四種共一册六十五

本朝教坊編演

廣成子祝賀齊天壽　三百卅九
黄眉翁賜福上延年　三百四十
四六三種共一册六十六

感天地羣仙朝聖　三百四十一

共存二百七十種

古名家雜劇

文集

温太眞玉鏡台　重
江州司馬青衫淚　重
鐵拐李借屍還魂　校六十九
李鐵拐度金童玉女　重

行集

陶學士醉寫風光好　重
蕭淑蘭情寄菩薩蠻　重
開壇闡教黄粱夢　重
吕洞賓三醉岳陽樓　重

忠集

包待制智斬魯齋郎　重

呂洞賓桃柳昇仙夢　重

信集

杜蕊娘智賞金線池　重

鄭孔目風雪酷寒亭　五十八

包待制智勘後庭花　重

馬丹陽三度任風子　重

錢大尹智寵謝天香　重

大婦小妻還牢末　重

刻元人雜劇選

孟浩然踏雪尋梅　重　馬致遠

西華山陳摶高臥　重　馬致遠

死生交范張鷄黍　重　宮大用

望江亭中秋切鱠旦　重　關漢卿

玉簫女兩世姻緣　重　喬夢符

須賈誶范雎　重　高文秀

㑇梅香騙翰林風月　重　鄭德輝

迷青瑣倩女離魂　重　鄭德輝

散家財天賜老生兒　六十五　武漢臣

秦脩然竹塢聽琴　七十二　石子章

魯大夫秋胡戲妻　重　石君寶

孝義士趙禮讓肥　重　秦簡夫

東堂老勸破家子弟　重　秦簡夫

布袋和尚忍字記　重　鄭庭玉

看財奴買冤家債主　重　鄭庭玉

宋太祖龍虎風雲會　重　羅貫中

劉晨阮肇誤入天台　重　王子一

呂洞賓三度城南柳　重　谷子敬

翠紅鄉兒女兩團圓　重　楊文奎

錦雲堂美女連環記　重　無名氏

張公藝九世同居　重　無名氏

趙匡義智娶符金定　重　無名氏

包待制智賺生金閣　重　無名氏

包待制智賺合同文字　一百卅二　無名氏

王月英元夜留鞋記　重　無名氏

碧桃花　一百卅三

玉壺春　一百廿九

度柳翠　重

風雪漁樵　一百卅

鴛鴦被　重

有目無書

余不善詞曲，而所蓄詞極富。向年曾見蔡松年詞，金刊本，因未全，失之交臂，後爲抱冲所得。蓋其時猶於古書未能篤好，不免有完、缺之見存也。嗣後收得刊本極多，宋刊單行詞本，一册都無；元刻如蘇、辛，極古矣；外此若毛抄、舊抄、名校都備。往因欲得宋本太平御覽，向無其資，始有去詞之意。其目稍稍散出，有杭人某幾幾乎欲全得去。幸勉力購得御覽，以他書易之，而酬其半直，詞本可保守勿失。至曲本，略有一二種，未可云富。今年始從試飲堂購得元刊、明刻、舊抄、名校等種，列目如前，卽欲買詞之杭人，亦曾議併售去。今詞議未成，而曲更勿論。因思毛氏云『李中麓家，詞山曲海，無所不備』，而余所藏，培塿溝渠也。然世之好書者絕少，好書而及詞曲者尤少。或好之而無其力，或有其力而未能好之，卽有力矣，好矣，而惜錢之癖與惜書之癖交戰而不能決，此好終不能專。余眞好之者也，非有力而好之者也，故幾幾乎得而復失，皆絀於力，以致未能伸所好也。茲幸矣，幸世之有力而不能好者，得遂余之無力而卒能好者也。擬裒所藏詞曲等種，彙而儲諸一室，以爲學山海之居，庶幾可爲講詞曲者卷弖之助乎？甲子冬十一月二十有八日，讀未見書齋主人黃丕烈識於百宋一廛之北牕。

待訪古今雜劇存目

元關漢卿
王瑞蘭私禱拜月亭　廿四
元尙仲賢
王魁負桂英　卅四
洞庭湖柳毅傳書　卅五
玉清殿諸葛論功　卅六
元楊顯之
鄭孔目風雪酷寒亭　五十八　明刊有。
臨江驛瀟湘夜雨　五十九
元陳定甫
風月兩無功　六十

元李壽卿

說鱄諸伍員吹簫　六十二

元趙明遠

韓退之雪擁藍關記　六十四

元武漢臣

散家財天賜老生兒　六十五　明刊選有。

抱妊攜男會義姑　六十六

女元帥掛甲朝天　六十七

元李取進

神龍殿欒巴噀酒　六十八

元岳伯川

鐵拐李借屍還魂　六十九　明刊有。

元康進之

梁山泊黑旋風負荊　七十

元石子章

黃桂娘秋夜竹牕雨　七十一
秦脩然竹塢聽琴　七十二　明刊選有。
元范子安
陳季卿悞入竹葉舟　七十三　元刊有。
元李好古
沙門島張生煮海　七十四
劈華山神香救母　七十五
元張壽卿
謝金蓮詩酒紅梨花　七十六
元孔文卿
秦太師東窗事犯　七十七　元刊有。
元李直夫
便宜行事虎頭牌　七十八
鄧伯道棄子留姪　七十九
元吳昌齡

花間四友東坡夢　八十
唐三藏西天取經　八十一
元無名氏
賢達婦荆娘盜果　一百〇三
摔袁祥　一百十三
孝順賊魚水白蓮池　一百十五
李素蘭風月玉壺春　一百二十九
王鼎臣風雪漁樵記　一百卅
行孝道郭巨埋兒　一百卅一
宦門子弟錯立身　一百四十
元明丹丘先生
遙天笙鶴　一百四十一
明周王誠齋
天香圃牡丹品　一百四十四
蘭紅葉從良烟花夢　一百四十六

四時花月賽嬌容　一百四十九
文殊菩薩降獅子　一百五十一
關雲長義勇辭金　一百五十二
搊搜判官喬斷鬼　一百五十四
豹子和尚自還俗　一百五十五
甄月娥春風慶朔堂　一百五十六
美姻緣風月桃源會　一百五十七
宣平巷劉金兒復落娼　一百五十八
神后山秋獮得騶虞　一百六十
小天香早夜朝元　一百六十一
李妙清花裏悟眞如　一百六十四
明陳大聲
花月妓雙偷納錦郎　一百六十二
鄭耆老義配好姻緣　一百六十三
明王渼陂

杜子美沽酒遊春　一百六十四

明康對山

東郭先生悞救中山狼　一百八十五

三國故事

諸葛亮掛印氣張飛　二百廿四

諸葛亮石伏陸遜　二百廿五

諸葛亮隔江鬥智　二百廿六

老陶謙三讓徐州　二百廿七

壽亭侯五關斬將　二百廿八

關大王月下斬貂蟬　二百廿九

關雲長古城聚義　二百卅

米伯通衣錦還鄉　二百卅七

宋朝故事

蘇東坡誤入佛遊寺　一百六十五

雜傳

李瓊奴月夜江陵怨 二百七十
崔驢兒指腹成婚 二百七十二
鵲奔亭蘇娥自訴 二百八十
賽金蓮花月南樓記 二百八十四

神仙

呂洞賓戲白牡丹 二百九十四

明朝故事

保國公安邊破虜 三百十八
英國公平定安南 三百十九

教坊編演

南極星金鑾慶壽 三百廿八
賀萬年拜舞黃金殿 三百廿九
獻禎祥祝延萬壽 三百卅
西王母祝壽瑤池會 三百卅一

〔註〕原本此處無編者署名。

共七十一種

也是園藏書古今雜劇目錄後記

本編所重印的也是園藏書古今雜劇目錄，是用黃丕烈原稿本作底本。每劇名下面的號碼及注字，原標在上面，爲求排印整齊，移在下面。又這項標號，乃說明也是園原目次第，其中無號的，是也是園原目所未載的本子。幾種共一册云云上面的標號，是也是園原裝編號，下面的是黃丕烈重裝編號。

中國古典戲曲論著集成（四）

中国戏曲研究院 编

CHINA THEATRE PRESS
中国戏剧出版社

中國古典戲曲論著集成 四

目錄

曲論

明·何良俊著

曲論提要

曲論一卷，明何良俊著。何良俊字元朗，號柘湖，松江華亭人；嘉靖中貢生，以荐授南翰林孔目。因宦途屢不得意，棄官歸隱，專門從事著述。自稱和古人莊周、王維、白居易爲友，因名所居曰『四友齋』。所著有柘湖集、何氏語林、四友齋叢說等。

詩文之外，他也愛好戲曲，尤其對音律有精深的研究。當時南方盛行南曲，北曲已無人過問。南京著名的老曲師頓仁，曾在正德年間到過北京，學得北曲五十餘套，但一直不受人重視，何良俊獨能加以欣賞，並聘請頓仁到家中担任教師，頓仁感慨地說：『不意垂死，遇一知音！』經何氏這番提倡，北曲在南方漸又受到一些人的重視。四友齋叢說中，載有他論曲之語，後來各家，從王世貞以下，多受到他的影響。

四友齋叢說很少傳本。一九一二年上海國粹學報社印行了鄧實所編的古學彙刊，其第二集中，摘錄了四友齋叢說卷三十七，和徐復祚三家村老委談中論曲各段，合題爲何元朗徐陽初曲論。現在據古學彙刊本，把何、徐二人所著，分成兩卷，按時代前後排列。

新曲苑裏所收的四友齋曲說，實際也就是把何元朗徐陽初曲論中的何作部分提出來，而改了書名的。

曲論

明・何良俊著〔註〕

昔師曠吹律，而知南風之不競；有人彈琴，見螳螂向鳴蟬，欲其得之也，蔡中郎聞其音而知有殺心；隋煬帝將幸江都，作翻調安公子曲，王令言知其不反；唐章懷太子作寶慶曲，李嗣眞聞而知太子廢：古之審音者，其神妙如此。今世律法亡矣，余何能知之？蓋因小時喜聽曲，中年病廢，教童子習唱，遂能解其音調，知其節拍而已。魏文帝善哉行內云：『知音識曲，善爲樂方。』或庶幾焉耳。茲以論詞曲之語，附載於篇末。

古樂之亡久矣，雖音律亦不傳。今所存者惟詞曲，亦只是淫哇之聲；但不可廢耳。蓋當天地剖判之初，氣機一動，即有元聲，凡宣八風，鼓萬籟，皆是物也。故樂之變而天神降，地祇出，則亦豈細故哉。故曰：『聲音之道，與政通矣。』佛經亦曰：『以我所證晉聲爲□。』□，佛家梵唄，如念眞言之類，必和其音者，蓋以和召和，用通靈氣也。正聲之亡，今已無可奈何，但詞家所謂九宮、十二則以統諸曲者存，以待審音者出，或者爲告朔之餼羊歟？

楊升菴曰：『南史蔡仲熊云：五音本在中土，故氣韻調平；東南土氣偏詖，故不能感動木石。斯誠公言也。近世北曲，雖鄭、衛之音，然猶古者總章，北里之韻，梨園、教坊之調，是可證也。』近日多尚海鹽南曲，士夫稟心房之精，從婉孌之習者，風靡如一，甚者北土亦移而耽之，更數世後，北曲亦失〔一〕傳矣。

金、元人呼北戲爲雜劇，南戲爲戲文。近代人雜劇以王實甫之西廂記，戲文以高則誠之琵琶記爲絕唱，大不然。夫詩變而爲詞，詞變而爲歌曲，則歌曲乃詩之流別；今二家之辭，卽譬之李、杜，若謂李、杜之詩爲不工，固不可；苟以爲詩必以李、杜爲極致，亦豈然哉。祖宗開國，尊崇儒術，士大夫恥留心辭曲，雜劇與舊戲文本皆不傳，世人不得盡見，雖教坊有能搬演者，然古調既不諧於俗耳，南人又不知北音，聽者卽不喜，則習者亦漸少，而西廂、琵琶記傳刻偶多，世皆快覩，故其所知者，獨此二家。余所藏雜劇本幾三百種，舊戲本雖無刻本，然每見於詞家之書，乃知今元人之詞，往往有出於二家之上者。蓋西廂全帶脂粉，琵琶專弄學問，其本色語少。蓋塡詞須用本色語，方是作家，苟詩家獨取李、杜，則沈、宋、王、孟、韋、柳、元、白，將盡廢之耶？

元人樂府稱馬東籬、鄭德輝、關漢卿、白仁甫爲四大家。馬之詞老健而乏姿媚，關之詞激厲而少蘊藉，白頗簡淡，所欠者俊語，當以鄭爲第一。鄭德輝雜劇，太和正音譜所載總十八本，然入絃索者惟㑳梅香、倩女離魂、王粲登樓三本。今教坊所唱，率多時曲，此等雜劇古詞，皆不傳習，三本中獨㑳梅香頭一折點絳脣尚有人會唱，至第二折『鸞飛幽鳥』，與倩女離魂內『人去陽臺』、王粲登樓內『塵滿征衣』，人久不聞，不知絃索中有此曲矣。

大抵情辭易工。蓋人生於情，所謂『愚夫愚婦可以與知者』。觀十五國風，大半皆發於情，可以知矣。是以作者旣易工，聞者亦易動聽。卽西廂記與今所唱時曲，大率皆情詞也。至如王粲登樓第二折，摹寫羈懷壯志，語多慷慨，而氣亦爽烈，至後堯民歌、十二月，託物寓意，尤爲妙絕，豈作調脂弄粉語者可得窺其堂廡哉！

鄭德輝所作情詞，亦自與人不同，如㑳梅香頭一折寄生草『不爭琴操中單訴你飄零，却不道窗兒外更有個人孤零』，六么序『却原來群花弄影將我來諕一驚』，此語何等蘊藉有趣！大石調初開口內『又不曾薦枕席，便指望同棺槨，只想夜偸期，不記朝聞道』，好觀音內『上覆你箇氣咽聲絲張京兆，本待要塡還你枕剩衾薄』，語不着色相，情意獨至，眞得詞家三昧者也。

鄭德輝倩女離魂越調聖藥王內：『近蓼花，纜釣槎，有折蒲衰草綠蒹葭。過水窪，傍淺沙，遙望見烟籠寒水月籠紗〔二〕，我只見茅舍兩三家。』如此等語，淸麗流便，語入本色；然殊不穠郁，宜不諧於俗耳也。

王實甫才情富麗，眞辭家之雄；但西廂首尾五卷，曲二十一套，終始不出一『情』字，亦何怪其意之重複，語之蕪類〔三〕耶！今乃知元人雜劇止是四折，未爲無見。

王實甫西廂，其妙處亦何可掩？如第二卷混江龍內：『蝶粉輕沾飛絮雪，燕泥香惹落花塵。繫春心情短柳絲長，隔花陰人遠天涯近。香消了六朝金粉，淸減了三楚精神。』如此數語，雖李供奉復生，亦豈能有以加之哉！

西廂內如『魂靈兒飛在半天』，『我將你做心肝兒看待』，『魂飛在九霄雲外』，『少可有一萬聲長吁短嘆，五千遍搗枕椎床』，語意皆露，殊無蘊藉。如『太行山高仰望，東洋海深思渴』，則全不成語。此眞務多之病。余謂：鄭詞淡而淨，王詞濃而蕪。

王實甫絲竹芙蓉亭雜劇仙呂一套，通篇皆本色，詞殊簡淡可喜。其間如混江龍內『想着我懷兒中受用，怕什麼臉兒上搶白！』元和令內『他有曹子建七步才，還不了龐居士一分債』，勝葫蘆內『兀的般月斜風細，更闌人靜，天上巧安排』，寄生草內『你莫不一家兒受了康禪戒？』此等皆俊語也。夫語關閨閣，已是穠豔，須得以冷言剩句出之，雜以訕笑，方纔有趣；若既着相，辭復濃豔，則豈畫家所謂『濃鹽赤醬』者乎？畫家以重設色爲『濃鹽赤醬』，若女子施朱傅粉，刻畫太過，豈如靚妝素服，天然妙麗者之爲勝耶！

王實甫不但長於情辭，有歌舞麗春堂雜劇，其十三換頭落梅風內『對靑銅猛然間兩鬢霜，全不似舊時模樣』，此句甚簡淡。偶然言及老頓，卽稱此二句，此老亦自具眼。

㑳梅香第三折越調，雖不入絃索，自是妙。如小桃紅云：『是害得神魂蕩漾，也合將眼皮開放。你好熱莽也沈東陽！』調笑令內：『擘面的便搶白俺那病襄王。呀，怎生來番悔了巫山窈窕娘！

满口裏之乎者也沒攔當，都噴在那生臉上。譃笑那有情人恨無箇地縫藏，羞殺也傅粉何郎。』禿厮兒：『請學士休心勞意攘，俺小姐他只是作耍難當。』止是尋常說話，略帶訕語，然中間意趣無窮，此便是作家也。

李直夫虎頭牌雜劇十七換頭，關漢卿散套二十換頭，王實甫歌舞麗春堂十二換頭，在雙調中別是一調，排名如阿那忽、相公愛、也不羅、醉也摩挲、忽都白、唐兀歹之類，皆是胡語，此其證也。三套中惟十七換頭其調尤叶，蓋李是女眞人也。十三換頭一錠銀內『他將阿那忽腔兒來合唱』，麗春堂亦是金人之事，則知金人於雙調內慣塡此調，關漢卿、王實甫因用之也。

虎頭牌是武元皇帝事。金武元皇帝未正位時，其叔餞之出鎭。十七換頭落梅風云：『抹得瓶口兒淨，斟得盞面兒圓，望看碧天邊太陽澆奠。只俺這女直人無甚麼別呪願，則願我弟兄們早能勾相見。』此等詞，情眞語切，正當行家也。一友人聞此曲，曰：『此似唐人木蘭詩。』余喜其賞識。

余家小鬟記五十餘曲，而散套不過四五段，其餘皆金、元人雜劇詞也，南京教坊人所不能知。老頓言：『頓仁在正德爺爺時隨駕至北京，在教坊學得，懷之五十年。供筵所唱，皆是時曲，此等辭並無人問及。不意垂死，遇一知音。』是雖曲藝，然可不謂之一遭遇哉！

王漢陂欲塡北詞，求善歌者至家，閉門學唱三年，然後操筆。余最愛其散套中『鶯巢溼春隱花梢』，以爲金、元人無此一句。

康對山詞迭宕，然不及王蘊藉。如渼陂杜甫遊春雜劇，雖金、元人猶當北面，何況近代！以王蘭卿傳校之，不遠遠矣。

南都自徐髯仙後，惟金在衡鸞最爲知音，善填詞。其嘲調小曲極妙，每誦一篇，令人絶倒。亦謂散套中無佳者，惟『萬種閑愁』最好，余細看之，獨『馬上抱鷄三市鬬，袖中懷劍五陵遊』二句差勝，乃用晚唐人羅隱詩也，其餘蕪淺不足觀。

西廂記越調『彩筆題詩』用侵尋韻，本閉口，而『眉帶遠山鋪翠，眼横秋水無塵』誤入真文韻。如朱仲誼辭寫鴛鴦塚黄鍾『羞對鶯花綠窗掩』，通篇俱閉口，用韻甚好。

樂府辭，伎人傳習，皆不曉文義。中間固有刻本原差，因而承謬者；亦有刻本原不差，而文義稍深，伎人不解，擅自改易者。如兩世姻緣金菊香云：『眼波眉黛不分明。』令人都作『眼皮』。一日小鬟唱此曲，金在衡聞唱『波』字，撫掌樂甚，云：『吾每對伎人説此字，俱不肯聽。公能正之，殊快人意。』

二十換頭尾聲臨了一句『煞强似應底關河路兒遠』，余疑『應』字文義不通，思欲正之，終不得其字。一日偶看太和正音譜，覩關漢卿侍香金童内有『鴈底關河，馬頭明月』之句，蓋鴈飛無不到，其底下之關河，言甚遠也。二十換頭亦關漢卿詞，蓋漢卿慣用此語，其爲『鴈底』無疑。

老頓於中原音韻、瓊林雅韻終年不去手，故開口、閉口與四聲陰、陽字，八九分皆是。文義欠明，時有差處，如馬東籬孤鴈漢宮秋，其雙調尾聲云：『載離恨的氈車半坡裏響。』氈字，他教作閉口。余言：『氈字當開口。』他說：『頓仁於韻上考索極詳，此字從「占」，當作閉口。』余曰：『若是從占，果當作閉口；但此是寫書人從省耳，此字原從「亶」，亶是開口，汝試檢「氈」字正文，無從占者。』渠始信，教作開口。

老頓云：『南曲中如「雨歇梅天」，呂蒙正內「紅妝艷質」，王祥內「夏日炎炎」，殺狗內「千紅百翠」，此等謂之慢詞，教坊不隸琵琶箏色，乃歌章色所肄習者。南京教坊歌章色久無人，此曲都不傳矣。』

余令老頓教伯喈一二曲，渠云：『伯喈曲某都唱得，但此等皆是後人依腔按字打將出來，正如善吹笛管者，聽人唱曲，依腔吹出，謂之「唱調」，然不按譜，終不入律。況絃索九宮之曲，或用滚絃、花和、大和釤絃，皆有定則，故新曲要度入亦易。若南九宮原不入調，間有之，只是小令。苟大套數，既無定則可依，而以意彈出，如何得□？□□管稍長短其聲，便可就板；絃索若多一彈，或少一彈，則余板矣，其可率意爲之哉！』

高則成才藻富麗，如琵琶記『長空萬里』，是一篇好賦，豈詞曲能盡之！然既謂之曲，須要有蒜酪，而此曲全無，正如王公大人之席，駝峯、熊掌，肥腯盈前，而無蔬、筍、蜆、蛤，所欠者，風味耳。

拜月亭是元人施君美所撰，太和正音譜『樂府羣英姓氏』亦載此人。余謂其高出於琵琶記遠甚。蓋其才藻雖不及高，然終是當行。其『拜新月』二折，乃隱括關漢卿雜劇語。他如走雨、錯認、上路、館驛中相逢數折，彼此問答，皆不須賓白，而敍說情事，宛轉詳盡，全不費詞，可謂妙絕。拜月亭賞春惜奴嬌如『香閨掩珠簾鎮垂，不肯放燕雙飛』，走雨內『繡鞋兒分不得幫底，一步步提，百忙裏褪了根』，正詞家所謂『本色語』。

南戲自拜月亭之外，如呂蒙正『紅粧豔質，喜得功名遂』，王祥內『夏日炎炎，今日個最關情處，路遠迢遙』，殺狗內『千紅百翠』，江流兒內『崎嶇去路賒』，南西廂內『團團皎皎』、『巴到西廂』，翫江樓內『花底黃鸝』，子母冤家內『東野翠烟消』，詐妮子內『春來麗日長』，皆上絃索。此九種，即所謂戲文，金、元人之筆也，詞雖不能盡工，然皆入律，正以其聲之和也。夫既謂之辭，寧聲叶而辭不工，無寧辭工而聲不叶。

曲至緊板，即古樂府所謂『趨』。趨者，促也。絃索中大和絃是慢板，至花和絃則緊板矣。北曲如中呂至快活三臨了一句，放慢來接唱朝天子；正宮至呆骨都，雙調至甜水令，仙呂至後庭花，越調至小桃紅，商調至梧葉兒，皆大和，又是慢板矣。緊慢相錯，何等節奏！南曲如錦堂月後僥僥令，念奴嬌後古輪臺，梁州序後節節高，一緊而不復收矣。

淸彈琵琶，稱正陽鍾秀之。徽州查八十有厚貲，好琵琶，縱浪江湖，至正陽訪之，持侍生刺投謁。

鍾令人語之曰：『使尋常人來見，則宜稱「侍生」。吾聞查八十以琵琶遊江湖，今日來謁，非執弟子禮，我斷不出。』查言：『吾固聞秀之名，然未見其佳；使果奇，執弟子禮未晚。』鍾取琵琶於照壁後一曲，查膝行而前，稱弟子。留處數月，盡鍾之伎而歸。友人王亮卿，徽州人，有俊才，能詩，嘗言：『昔年入試留都，聞查八十在上河，往訪之，相期飲於妓館，欲聽其琵琶。查曰：「妓人琵琶，吾一掃即四絃俱絕，須攜我串用者以往。」亮卿設酒於舊院楊家，楊亦世代以琵琶名。酒半，查取琵琶彈之，有一妓女占板，甫一二段，其家有瞎媽媽，最知音，連使人來言：「此官人琵琶與尋常不同，汝占板俱不是。」半曲後，使女子扶憑而出，問查來歷，查云是鍾秀之徒弟。此媽媽舊與秀之相處，與查相持而泣，留連不忍別。』〔四〕

〔註〕原題『何元朗徐陽初曲論』，無此首二行題署，今補。

曲論校勘記

本編所重印的何良俊曲論，是用古學彙刊本作底本。此本排印有幾個字訛誤，已加以改正，仍註出如下。

〔一〕『失』字，原作『夫』。

〔二〕『紗』字，原作『沙』。

〔三〕『類』字，原作『纇』。

〔四〕原有『四友齋叢說三十七』八字，今略去。

曲藻

明·王世貞著

曲藻提要

曲藻一卷，明王世貞著。世貞字元美，號鳳洲，別號弇州山人，江蘇太倉人。生於一五二六年（嘉靖五年），一五四七年（嘉靖二十六年）舉進士，歷官至南京兵部右侍郎、刑部尙書，一五九〇年（萬曆十八年）卒。生平著述極爲宏富，有弇州山人四部稿一百七十四卷，續稿二百零七卷，弇山堂別集一百卷。此外，相傳作有鳴鳳記傳奇。

王世貞與李攀龍、謝榛、宗臣、梁有譽、徐中行、吳國倫等七人，在嘉靖中以詩文號稱『七子』，而尤以世貞在當時具有最大影響。錢謙益列朝詩集中說：『元美弱冠登朝，與濟南李于鱗修復西京、大曆以上之詩文，以號令一世。于鱗既沒，元美著作日益繁富，而其地望之高，遊道之廣，聲力義氣，足以翕張賢豪，吹噓才俊，於是天下咸望走其門，若玉帛職貢之會，莫敢後至。操文章之柄，登壇設墠，近古未有。迄今五十年，弇州四部之集，盛行海內。』又四庫全書總目提要中說：『自李夢陽之說出，而學者剽竊班、馬、李、杜；自世貞之集出，學者遂剽竊世貞。故艾南英天傭子集有曰：「後生小子，不必讀書，不必作文，但架上有前後四部稿，每遇應酬，頃剗裁割，便可成篇。驟讀之無不濃麗鮮華，絢爛奪目；細案之，一腐套耳。」其指陳流弊，可謂切矣。然世貞才學富贍，規模終大，譬如五都列肆，百貨具陳，眞偽駢羅，良楛雜淆，而名材瓌寶，亦未嘗不錯出其中。」

所謂四部稿，計分賦部、詩部、文部、說部。在說部中有藝苑巵言八卷，又附錄二卷，都是些雜論詩文詞賦之作。專門論詞、論曲的，集中在附錄一。（弇州山人四部稿卷一百五十二）有人摘出了這兩部分，單刻行世，論詞的另題作『詞評』，論曲的另題作『曲藻』。

藝苑巵言中論曲部分總不過四十一條，其中有一些是轉錄前人的話，此外也不過對於作家、作品，略作評述；因爲在明代萬曆以前，曲話之類的作品，還不多有；又由於王世貞在文壇上的聲望，使得藝苑巵言一時成爲藝林中重要的著作，故後來論曲，屢見徵引，因而也發生了一定的影響。

曲藻，就所見有兩種輯本：

（一）欣賞續編本　欣賞續編，明茅一相編，一五八〇年（萬曆八年）刻本。曲藻一種，收在戊集。此本共四十條。

（二）錦囊小史本　錦囊小史，明末刻本，無編者姓名。全書前有王道焜序。曲藻一種題『吳王世貞著，徐仁毓校閱』。此本共四十一條：比前者少三則，另外又多四條。

在以上兩種本子之外，還有：

（一）明萬曆間單刻本　二十年前曾於北京琉璃廠舊書店一見，今不詳所在。

（二）重訂欣賞編本　未見。據孫殿起叢書目錄拾遺卷三著錄；全書題『明天目山人徐中行編』，約崇禎間刊本。曲藻一種作二卷。按：欣賞續編卷首本有天目山人徐中行序，此云徐編，恐誤；又曲藻作二卷，疑亦誤，可能卽同於欣賞續編本。

（三）雪堂韻史本　未見。據杜聯喆叢書書目續編著錄；全書題『明王道焜編』。似就錦囊小史擴編。

（四）新曲苑本　此本不詳所據，和欣賞續編本僅有數字不同，但多無關緊要。

（五）艷雪齋叢書收有曲評一卷，實卽曲藻的另一種輯本。但內容文詞，多有删略，且混有其它書中文句。艷雪齋叢書，有明末鈔本；曲評一卷，有一六二八年（崇禎元年）——高爽序，係就欣賞續編茅一相跋文略加增減而成者。

曲藻補目

附錄

〔注一〕錦，指錦囊小史本各條次序。

〔注二〕卮，指藝苑卮言本各條次序。

曲藻序

曲者，詞之變。自金、元入主中國，所用胡樂，嘈雜淒緊，緩急之間，詞不能按，乃更爲新聲以媚之。而諸君如貫酸齋、馬東籬、王實甫、關漢卿、張可久、喬夢符、鄭德輝、宮大用、白仁甫輩，咸富有才情，兼喜聲律，以故遂擅一代之長。所謂「宋詞、元曲」，殆不虛也。但大江以北，漸染胡語，時時採入，而沈約四聲遂闕其一。東南之士未盡顧曲之周郎，逢掖之間，又稀辨撾之王應。稍稍復變新體，號爲「南曲」〔二〕。高拭則成，遂掩前後。大抵北主勁切雄麗，南主清峭柔遠，雖本才情，務諧俚俗。譬之同一師承，而頓、漸分敎；俱爲國臣，而文、武異科。今談曲者往往合而舉之，良可笑也。弇州山人王世貞著〔一〕。

曲藻

明·王世貞撰

三百篇亡而後有騷、賦，騷、賦難入樂而後有古樂府，古樂府不入俗而後以唐絕句爲樂府，絕句少宛轉而後有詞，詞不快北耳而後有北曲，北曲不諧南耳而後有南曲。

何元朗云：「北人之曲，以九宮統之。九宮之外，別有道宮、高平、般涉三調。南人之歌，亦有南九宮，然南歌或多與絲竹不協，豈所謂士氣偏詖，鐘律不得調平者耶？」

凡曲：北字多而調促，促處見筋；南字少而調緩，緩處見眼。北則辭情多而聲情少，南則辭情少而聲情多。北力在絃，南力在板。北宜和歌，南宜獨奏。北氣易粗，南氣易弱。此吾論曲三昧語。

仙呂調宜清新綿邈，南呂宮宜感歎傷悲，中呂宮宜高下閃賺，黃鍾宮宜富貴纏綿，正宮宜惆悵雄壯，道宮宜飄逸清幽，大石宜風流醞藉，小石宜旖旎嫵媚，高平宜條蕩滉漾，般涉宜拾掇坑塹，歇指宜急併虛歇，商角宜悲傷宛轉，雙調宜健捷激裊，商調宜悽愴慕怨，角調宜典雅沉重，越調宜陶寫冷笑〔二〕。

周德清云：『關、鄭、白、馬，一新製作，韻共守自然之音，字能通天下之語，字暢語俊，韻促音調。』又云：『諸公已矣，後學莫及。蓋不悟聲分平、仄，字別陰、陽。此二言者，乃作詞之膏肓，用字之骨髓，皆不傳之妙，獨予知之，屢嘗揣其聲病于桃花、扇影而得之也。』

虞伯生云：『吳、楚傷於輕浮，燕、冀失於重濁，秦、隴去聲爲入，梁、益平聲似去；河北、河東，取韻尤遠。』

作詞十法，亦出德清。稍刪其不切者。一、造語。謂可作者：樂府語、經史語、天下通語。予謂經史語亦有可用不可用。不可作者：俗語、蠻語、謔語、嗑語、市語、方語、書生語、譏誚語。愚謂謔、市、譏誚，亦不盡然，顧用之何如耳。又語病、語澀、語粗、語嫩，皆所當避。二、用事。明事隱使，隱事明使。三、用字。生硬字、太文字、太俗字及襯墊字太長者，皆所當避。四、陰陽。如同一東韻也，輕如東、鍾、松、冲之類爲陰，重如同、戎、龍、窮之類爲陽。喚押轉點，各有宜用。五、務頭。要知某調某句某字是務頭，可施俊語於上。楊用修乃謂務頭是部頭，可發一笑。六、對偶。有扇面對、重疊對、救尾對。七、末句。八、去上。九、定格。如仙呂、南呂、中呂、正……有子母，謂字少聲多者，聲多字少者。〔三〕

馬致遠『百歲光陰』，放逸宏麗，而不離本色。押韻尤妙。長句如：『紅塵不向門前惹，綠樹偏宜屋角遮，青山正補牆東缺。』又如：『和露摘黃花，帶霜烹紫蟹，煮酒燒紅葉。』俱入妙境。小語如：『上牀與鞋履相別』大是名言。結尤疏俊可詠。元人稱爲第一，眞不虛也。

北曲故當以西廂壓卷。如曲中語：『雪浪拍長空，天際秋雲捲，竹索纜浮橋，水上蒼龍偃。』『滋洛陽千種花，潤梁園萬頃田。』『東風搖曳垂楊線，游絲牽惹桃花片，珠簾掩映芙蓉面。』『法鼓金鐃，二月春雷響殿角；鐘聲佛號，半天風雨灑松梢。』『不近喧譁，嫩綠池塘藏睡鴨；自然幽雅，淡黃楊柳帶棲鴉。』是駢儷中景語。『手掌兒裏奇擎，心坎兒裏溫存，眼皮兒上供養。』『哭聲兒似鶯囀喬林，淚珠兒似露滴花梢。』『繫春心情短柳絲長，隔花陰人遠天涯近。』『香消了六朝金粉，瘦減了三楚精神。』『玉容寂寞梨花朵，胭脂淺淡櫻桃顆。』是駢儷中情語。『他做了影兒裏情郎，我做了畫兒裏愛寵。』『拄著拐幫閑鑽懶，縫合脣送暖偷寒。』『昨夜箇熱臉兒對面搶白，今日箇冷句兒將人廝侵。』『半推半就，又驚又愛。』是駢儷中諢語。『落紅滿地胭脂冷，夢裏成雙覺後單。』是單語中佳語。只此數條，他傳奇不能及。

元人曲，如『紅塵不向門前惹，綠樹偏宜屋角遮，青山正補牆東缺。』『枯藤老樹昏鴉，小橋流水人家，古道西風瘦馬，夕陽西下，斷腸人在天涯。』景中雅語也。『池中星玉盤亂灑水晶丸，松梢月蒼龍捧出軒轅鏡。』『紅葉落火龍褪甲，蒼松蟠怪蟒張牙。』『水面雲山，山上樓臺。山水相連，樓臺上下，天地安排。』景中壯語也。『仙翁何處煉丹砂？一縷白雲下。客去齋餘，人來茶罷，歎浮生，數落花。楚家？漢家？做了漁樵話。』『黃蘆岸白蘋渡口，綠楊堤紅蓼灘頭。雖無刎頸交，頗有忘機友。點秋江白鷺沙鷗，傲殺人間萬戶侯，不識字烟波釣叟。』意中爽語也。『十二玉欄天外倚。望中原，思故國。感慨傷悲，一片鄉心碎。』情中快語也。『笑撚花枝比較春，輸與海棠三四分。再偷勻，一半兒胭脂一半兒粉。』情中冶語也。『參旗動，斗柄挪，爲多情攬下風流禍。眉攢翠蛾，裙拖絳羅，襪冷淩波。耽驚怕萬千般，得受用些兒個。』『側耳聽門前去馬，和淚看簾外飛花。』『怕黃昏不覺又黃昏，不銷魂怎地不銷魂？新啼痕間舊啼痕，斷腸人送斷腸人。』『春將去，人未還，這其間，殃及殺愁眉淚眼。』『把團圓夢兒生喚起。誰，不做美？呸，却是你！』情中悄語也。『怨青春，捱白晝，怕黃昏。』『一聲梧葉一聲秋，一點芭蕉一點愁，三更歸夢三更後。』情中緊語也。『五眼鷄丹山鳴鳳，兩頭蛇南陽卧龍，三脚貓渭水非熊。』『糟醃兩個功名字，醅淹千古興亡事，麯埋萬丈虹霓志。不達時皆笑屈原非，但知音便說陶潛是。』諢中奇語也。『搊殺銀箏韻不眞，揉癢天生鈍。縱有相思淚痕，索把拳頭搵。』諢中巧語也。

元人歸隱詞沉醉東風云：『問天公許我閒身，結草爲標，編竹爲門。鹿、豕成羣，魚、蝦作伴，鵝、鴨比鄰。不遠游堂上有親，莫居官朝裏無人。黜陟休云，進退休論。買斷青山，隔斷紅塵。』頗有味而佳。

得勝令，元人有詠指甲者：『宜將鬬草尋，宜把花枝浸，宜將綉線勻，宜把金針紝，宜操七絃琴，宜結兩同心，宜托腮邊玉，宜圈鞋上金。難禁，得一掐通身沁。知音，治相思十箇針。』豔爽之極，又出王、關上矣。非舜耕詠睡鞋可比。

西廂久傳爲關漢卿撰，邇來乃有以爲王實夫者。謂：『至郵亭夢而止。』又云：『至「碧雲天黃花地」而止，此後乃漢卿所補也。』初以爲好事者傳之妄。及閱太和正音譜，王實夫十三本，以西廂爲首，漢卿六十一首，不載西廂，則亦可據。第漢卿所補商調集賢賓及掛金索：『裙染榴花，睡損胭脂皺；紐結丁香，掩過芙蓉扣；線脫珍珠，淚溼香羅袖；楊柳眉顰，人比黃花瘦。』俊語亦不減前。

今世所演習者：北西廂記出王實甫，馬丹陽度任風子出馬致遠，范張鷄黍出宮大用，拜月亭、單刀會出關漢卿，兩世姻緣出喬夢符，誶范睢出高文秀，㑳梅香、王粲登樓、倩女離魂出鄭德輝，風雪酷寒亭出楊顯之，伍員吹簫、莊子歎骷髏出李壽卿，東坡夢、辰鈎月出吳昌齡，陳琳抱粧盒、王允連環記、敬德不伏老、黃鶴樓、千里獨行不著姓氏，皆元人詞也。

涵虛子記元詞一百八十七人：『馬東籬如朝陽鳴鳳，張小山如瑤天笙鶴，白仁甫如鵬摶九霄，李壽卿如洞天春曉，喬夢符如神鰲鼓浪，費唐臣如三峽波濤，宮大用如西風鵰鶚，王實甫如花間美人，張鳴善如彩鳳刷羽，關漢卿如瓊筵醉客，鄭德輝如九天珠玉，白無咎如太華孤峯。』已上十二人爲首等。『貫酸齋如天馬脫羈，鄧玉賓如幽谷芳蘭，滕玉霄如碧漢閒雲，鮮于去矜如奎璧騰輝，商政叔如朝霞散彩，范子安如竹裏鳴泉，徐甜齋如桂林秋月，楊淡齋如碧海珊瑚，李致遠如玉匣昆吾，鄭廷玉如佩玉鳴鑾，劉廷信如摩雲老鶴，吳西逸如空谷流泉，秦竹村如孤雲野鶴，馬九皐如松陰鳴鶴，石子章如蓬萊瑤草，蓋西村如清風爽籟，朱廷玉如百卉爭芳，庾吉甫如奇峯散綺，楊立齋如風烟花柳，楊西庵如花柳芳妍，胡紫山如秋潭孤月，張雲莊如玉樹臨風，元遺山如窮崖孤松，高文秀如金盤牡丹，阿魯威如鶴唳青霄，呂止庵如晴霞結綺，荆幹臣如珠簾鸚鵡，薩天錫如天風環佩，薛昂夫如雪窗翠竹，顧均澤如雪中喬木，周德清如玉笛橫秋，不忽廠如閒雲出岫，杜善夫如鳳池春色，鍾繼先如騰空寶氣，王仲文如劍氣騰空，李文蔚如雪壓蒼松，楊顯之如瑤臺夜月，顧仲清如鵾鵬冲霄，趙文寶如藍田美玉，趙明遠如太華晴雲，李子中如清廟朱瑟，李取進如壯士舞劍，吳昌齡如庭草交翠，武漢臣如遠山疊翠，李直夫如梅邊月影，馬昂夫如秋蘭獨茂，梁進之如花裏啼鶯，紀君祥如雪裏梅花，于伯淵如翠柳黃鸝，王廷秀如月印寒潭，姚守中如秋月揚輝，金志甫如西山爽氣，沈和甫如翠屏孔雀，睢景臣如鳳管秋聲，周仲彬如平原孤隼，吳仁卿如山間明月，秦簡夫如峭壁孤松，石君寶如羅浮梅雪，趙公輔如空山清嘯，孫仲章如秋風鐵笛，岳伯川如雲林樵響，趙子祥如馬嘶芳草，李好古如孤松掛月，陳存甫如湘江雪竹，鮑吉甫如老蛟泣珠，戴善甫如荷花映水，張時起如雁陣驚寒，趙天錫如秋水芙蕖，尙仲賢如山花獻笑，王伯成如紅鶯戲波。」已上七十人次之。又有董解元、盧疎齋、鮮于伯機、馮海粟、趙子昂、班彥功、王元鼎、董君瑞、查德卿、姚牧庵、高拭（卽作琵〔四〕琶記者）、史敬先、施君美、汪澤民輩，凡百五人，不著題〔五〕評，抑又其次也。虞道園、張伯雨、楊鐵崖輩，俱不得與，可謂嚴矣。

國初十有六人：『王子一如長鯨飲海、又如漢庭老吏，劉東生如海嶠雲霞，王文昌如滄海明珠，谷子敬如崑山片玉』，可入首等。『藍楚芳如秋芳桂子，陳克明如孤鶴鳴皋，穆仲義如洛神淩波，湯舜民如錦屏春風，賈仲名如錦帷瓊筵，楊景言如雨中之花，蘇復之如雲林之豹，楊彥華如春風飛花，楊文奎如匡廬疊阜〔六〕，夏均政如南山秋色，唐以初如仙女散花』，可次貫酸齋輩。

元微之鶯鶯傳，謂微之通於姑之子，而托名張生者。有爲微之考據中表親戚甚明。且會眞詩止載和章，而闕張本辭，大約可推。高則成琵琶記，其意欲以譏當時一士大夫，而托名蔡伯喈，不知其說。偶閱說郛所載唐人小說：『牛相國僧孺之子繁，與同人蔡生邂逅文字交，尋同舉進士。才蔡生，欲以女弟適之。蔡已有妻趙矣，力辭不得。後牛氏與趙處，能卑順自將。蔡仕至節度副使。』其姓事相同，一至于此，則成何不直舉其人，而顧誣衊賢者至此耶？

則成所以冠絕諸劇者，不唯其琢句之工、使事之美而已，其體貼人情，委曲必盡；描寫物態，仿佛如生；問答之際，了不見扭造：所以佳耳。至于腔調微有未諧，譬如見鍾、王跡，不得其合處，當精思以求詣，不當執末以議本也。

偶見歌伯喈者云：『浪暖桃香欲化魚，期逼春闈，詔赴春闈。郡中空有辟賢書，心戀親闈，難捨親闈。』頗疑兩下句意各重，而不知其故。又曰『詔』、曰『書』，都無輕重。後得一善本，其下句乃：『浪暖桃香欲化魚，期逼春闈，難捨親闈。郡中空有辟賢書，心戀親闈，難赴春闈。』意既不重，而『期逼』與上『欲化魚』字應，『難赴』與『空有』字應，益見作者之工。南曲之美者，無過於題柳『窺青眼』，而中亦有牽强寡次序處。題月『長空萬里』，可謂完麗，而苦多蹈襲。『人別後』是元人作，不免雜以凡語。祝希哲『玉盤金餅』，是初學人得一二佳句耳。大抵宋詞無累篇，而南北曲少完璧，則以繁簡之故也。

琵琶記之下，拜月亭是元人施君美撰，亦佳。元朗謂勝琵琶，則大謬也。中間雖有一二佳曲，然無詞家大學問，一短也；既無風情，又無裨風教，二短也；歌演終場，不能使人墮淚，三短也。拜月亭之下，荆釵近俗而時動人，香囊近雅而不動人，五倫全備是文莊元老大儒之作，不免腐爛。

何元朗極稱鄭德輝㑳梅香、倩女離魂、王粲登樓，以爲出西廂之上。㑳梅香雖有佳處，而中多陳腐措大語，且套數、出沒、賓白，全剽西廂。王粲登樓事實可笑，毋亦厭常喜新之病歟？

『暗想當年羅帕上把新詩寫』南北大散套，是元人作。學問才情，足冠諸本。

周憲王者，定王子也。好臨摹古書帖，曉音律。所作雜劇凡三十餘種，散曲百餘，雖才情未至，而音調頗諧，至今中原絃索多用之。李獻吉汴中元宵絕句云：『齊唱憲王新樂府，金梁橋上月如霜。』蓋實錄也。

劉瑾以擴充政務爲名，諸翰林悉出補部屬。鄠杜王敬夫，其鄉人也，獨爲吏部郎，不數月，長文選。會瑾敗，謫同知壽州。敬夫有雋才，尤長於詞曲，而傲睨多脫疎。人或讒之李文正，謂敬夫嘗譏其詩。御史追論敬夫，褫其官。敬夫編杜少陵游春傳奇劇罵。李聞之，益大恚。雖館閣諸公，亦謂敬夫輕薄。遂不復用。敬夫與康德涵俱以詞曲名一時，其秀麗雄爽，康大不如也。評者以敬夫聲價不在關漢卿、馬東籬下。

王渼陂所爲折桂令云：『望東華人亂擁，紫羅襴老盡英雄。』此是名語。然上句『番身跳出麒麟洞』，『麒麟洞』杜撰無出。渼陂又有一詞云：『暗想東華，五夜淸霜寒駐馬。蕁思別駕，一天霜雪曉排衙。』句特軒爽，四押亦佳，而『暗想』『蕁思』四字，亦不稱。乃知完璧之難也。

趙王之『紅殘驛使梅』，楊邃庵之『寂寞過花朝』，李空同之『指冷鳳皇生〔七〕』，陳石亭之梅花序，顧未齋之單題梅，皆出自王公，膾炙人口；然較之專門，終有間也。王威寧越黃鶯兒，只是諢語，然頗佳。

楊狀元愼才情蓋世，所著有洞天玄記、陶情樂府、續陶情樂府，流膾人口，而頗不爲當家所許。蓋楊本蜀人，故多川調，不甚諳南北本腔也。摘句如：『費長房縮不就相思地，女媧氏補不完離恨天。別淚銅壺共滴，愁腸蘭焰同煎。和愁和悶，經歲經年。』又：『傲霜雪鏡中紫髯，任光陰眼前赤電，仗平安頭上靑天。』皆佳語也。第它曲多剽元人樂府，如『嫩寒生花底風』、『風兒疎刺刺』諸闋，一字不改，掩爲己有。蓋楊多抄錄秘本，不知久已流傳人間矣。

楊用修婦亦有才情。楊久戍滇中，婦寄一律云：『雁飛曾不到衡陽，錦字何由寄永昌？三春花柳妾薄命，六詔風煙若斷腸〔八〕。曰歸曰歸愁歲暮，其雨其雨怨朝陽。相聞空有刀環約，何日金鷄下夜郎？』又黄鶯兒一詞：『積雨釀春寒，見繁花樹樹殘。泥塗滿眼登臨倦，江流幾灣？雲山幾盤？天涯極目空腸斷！寄書難，無情征雁，飛不到滇南。』楊又別和三詞，俱不能勝。

北人自王、康後，推山東李伯華。伯華以百闋傍粧臺爲德涵所賞。今其辭尚存，不足道也。所爲南劇寶劍、登壇記，亦是改其鄉先輩之作。二記余見之，尚在拜月、荆釵之下耳，而自負不淺。一日問余：『何如琵琶記乎？』余謂：『公辭之美，不必言。第令吴中教師十人唱過，隨腔字改妥，乃可傳耳。』李怫然不樂罷。

陳大聲，金陵將家子。所爲散套，既多蹈襲，亦淺才情。然字句流麗，可入絃索。『三弄梅花』一闋，頗稱作家。

王舜耕，高郵人，有西樓樂府，詞頗警健。工題贈，善調謔，而淺于風人之致。

谷繼宗，濟南人。所爲樂府，微有才情，尚出諸公之下。謝茂秦舊填樂府，頗以柳三變自居；與予輩談詩後，慚怩不出，可謂『不遠之復』。

常明卿有樓居樂府，雖詞氣豪逸，亦未當家。

徐髯仙霖，金陵人。所爲樂府，不能如陳大聲穩協，而才氣過之。〔九〕

北調如李空同、王渼川、何粹夫、韓苑洛、何太華、許少華，俱有樂府，而未之盡見。予所知者：

李倘實先芳、張職方重、劉侍御時達，皆可觀。近時馮通判惟敏，獨爲傑出，其板眼、務頭、攛搶、緊緩，無不曲盡，而才氣亦足發之；止用本色過多，北音太繁，爲白璧微纇耳。金陵金白嶼鑾，頗是當家，爲北里所貴。張有二句云：『石橋下水粼粼，蘆花上月紛紛。』予頗賞之。吾吳中以南曲名者：祝京兆希哲、唐解元伯虎、鄭山人若庸。希哲能爲大套，富才情，而多駁雜。伯虎小詞翩翩有致。鄭所作玉玦記最佳，它未稱是。明珠記卽無雙傳，陸天池采所成者，乃兄浚明給事助之，亦未盡善。張伯起紅拂記潔而俊，失在輕弱。梁伯龍吳越春秋，滿而妥，間流冗長。陸教諭之裘散詞，有一二可觀。吾嘗記其結語：『遮不住愁人綠草，一夜滿關山。』又：『本是個英雄漢，差排做窮秀才。』語亦雋爽。其他未稱是。張伯起紅拂記一佳句云：『愛它風雪耐它寒』，不知爲朱希眞詞也。其起句云：『檢盡曆頭冬又殘，愛他風雪耐他寒。拖條竹杖家家酒，上個籃輿處處山。』亦自瀟灑。賀方回浣溪紗有云：『淡黃楊柳帶棲鴉。』關漢卿演作四句云：『不近諠譁，嫩綠池塘藏睡鴨。自然幽雅，淡黃楊柳帶棲鴉。』青出於藍，無並美矣〔一〇〕。

題詞評曲藻後

夫一代之興，必生妙才；一代之才，必有絕藝：春秋之辭命，戰國之縱橫，以至漢之文，晉之字，唐之詩，宋之詞，元之曲，是皆獨擅其美而不得相兼，垂之千古而不可泯滅者。雖然，卽是數者，惟詞曲之品稍劣，而風月烟花之間，一語一調，能令人酸鼻而刺心，神飛而魄絕，亦惟詞曲爲然耳。大都二氏之學，貴情語不貴雅歌，貴婉聲不貴勁氣，夫各有其至焉。覽是編者，可以參二氏之三昧矣。庚辰秋日，江左茅一相書。

附錄（二）

謂則成元本止書館相逢，又謂賞月、掃松二闋爲朱教諭所補，亦好奇之談，非實錄也。

康德涵既罷官，居鄠杜，葛巾野服，自隱聲酒。時有楊侍郎廷儀者——少師介夫弟——以使事北上，過康。康故契分不薄，大喜，置酒。至醉，自彈琵琶唱新詞爲壽。楊徐謂：『家兄居恆相念君。但得一書，吾爲道地史局。』語未畢，康大怒罵：『若伶人我耶？』手琵琶擊之，格胡床，迸碎。楊蹌踉走免。康遂入，口咄咄：『蜀子！』更不相見。

王敬夫將塡詞，以厚貲募國工，杜門學按琵琶、三絃，習諸曲，盡其技而後出之。德涵於歌彈尤妙。每敬夫曲成，德涵爲奏之，卽老樂師毋不擊節歎賞也。然敬夫南曲『且盡杯中物，不飲青山暮』，猶以『物』爲『護』也。南音必南，北音必北，尤宜辨之。

韓苑洛邦奇作乃弟邦靖行狀，末云：『恨無才如司馬子長、關漢卿者以傳其行。』北人粗野乃爾，然亦自有致。

曲藻校勘記

本編所重印的曲藻，是用欣賞續編本作底本，補以錦囊小史本，並據藝苑巵言加以校勘。藝苑巵言，採用的是明萬曆間世經堂刻本弇州山人四部稿本。又欣賞續編本大小字夾雜互用，很不爽目，現均改從藝苑巵言本。

〔一〕此序文原是藝苑巵言中普通的一則，欣賞續編本曲藻移作序文，並增加『弇州山人王世貞著』八個字。

〔二〕『陶寫冷笑』句下，藝苑巵言多如下兩句：『見雍熙樂府楚懋王序，然出周德清——元人也。』

〔三〕此段所引的作詞十法，雖然王氏說是『稍删其不切者』，但也可看出他所據的原書，和中原音韻有所不同，或王氏引用有誤。按中原音韻，作詞十法乃是：一、知韻，二、造語，三、用字，四、用事，五、入聲作平聲，六、陰陽，七、務頭，八、對偶，九、末句，十、定格。王氏删去了『知韻』、『入聲作平聲』，但卻把『末句』中一個小題『去上』列爲一法。又『仙呂、南呂、正……』一句，據中原音韻應該是『仙呂、南呂、正宫……』。『有子母……』以下，乃在另外一段論尾聲的文字之後，原文是『有子母調，有字多聲少，有聲多字少，所謂一串驪珠也。』

〔四〕『琵』字，欣賞續編本誤作『瑟』。藝苑巵言同。

〔五〕『題』字，從藝苑巵言。欣賞續編本誤作『顯』。

〔六〕『匡廬叠阜』，藝苑巵言同。按太和正音譜作『匡廬叠翠』。

〔七〕『指冷鳳皇生』，藝苑巵言同。似應作『指冷鳳凰笙』。

〔八〕『六詔風煙若斷腸』，藝苑巵言同。據明詩別裁作『六詔風煙君斷腸』。

〔九〕『徐霄仙霖』一則，藝苑巵言本字句較多，引於下：

『徐霄仙霖，金陵人。所爲樂府，不能如陳大聲穩協，而才氣過之。青樓俠少，推爲渠帥。正德末，上南征，嬖伶臧賢荐於上，俾塡新曲。絕愛幸之，令提調六院事。霖皇恐甚，然不敢辭也。後迴鑾，事始解。賢復荐吳中楊南峯循吉，楊以高尙不出；一旦，易皂笠、韎韐、兔鶻，從台司索餞見上。後應制成打虎諸曲，頗云稱旨。詔授官如霖，楊大愧駭，懇賢獲免。曲今存，不大佳。』

按：藝苑巵言另有一則，記楊循吉事較詳，亦附錄於下：

『楊君謙爲儀部主事，與郎中不相得，因謝病歸。久之，病良已，起復除原官。循吉多病而好讀書，最不喜人間酬應。嘗閱卷至得意，因起踔掉不休，人遂相目呼「顚主事」云。復官彌月，再乞病告。吏部以格，不可，曰：「郎病已，復病耶？安得告，而可爲者致仕耳。」循吉恚曰：「吾雖致仕何？」即自劾罷。時僅三十餘。旣以歸，益亡復問外事，而踪跡益詭怪寡合。出，敝冠服，羸輿馬，故以起人易而更侮之。又好緣文章語中傷人。正德末，循吉老且貧。嘗識伶臧賢，爲上所幸愛。上一日問：「誰爲善詞者？與偕來」。賢頓首曰：「故主事楊循吉，吳人也，善詞。」上輒爲詔起循吉。郡邑守令心知故，張前爲循吉治裝。見循吉冠武人冠，緌蘇幹戎錦，已怪之；循吉又乘勢語多侵守令。已見上畢，上每有所幸燕，令循吉應制爲新聲，咸稱旨受賞；然賞亡異伶伍，又不授循吉官與秩。間謂曰：「若嫺樂，能爲伶長乎？」循吉愧悔，汗洽背。謀於賢，乃以他語懇上放歸。歸益不自懌。諸後進少年非薄之，亡禮問者；而其文亦漸落，不復進。卒窮老以死。所著奚囊雜纂，未成書。」

〔一〇〕『無並美矣』，藝苑巵言作『無妨並美』。

〔一一〕『附錄』標題，原無；四條文字，據錦囊小史本。

曲律

明·王驥德著

曲律提要

曲律四卷，明王驥德著。王驥德字伯良，一字伯駿，號方諸生，別署秦樓外史，浙江會稽人。他是明萬曆間有名的作曲家兼曲律學家。他的著作，詩文有方諸館集；散曲有方諸館樂府二卷；傳奇有題紅記；雜劇有男王后、兩旦雙鬟、棄官救友、金屋招魂、倩女離魂等五種；論曲有曲律四卷。此外又曾著南詞正韻，並校註西廂、琵琶二記。他是徐渭的弟子，在作曲方面，先是得到了徐氏的指點，但後來却受到湯顯祖的影響；在聲韻方面，得之於孫如法的傳授；在曲律方面，雖然繼承了沈璟的舊規，但能力矯沈氏的拘滯，又比沈氏更精進了一步。曲律一書，論作曲各法，從宮調音韵乃至於科諢部色，門類詳備，而議論見解，亦頗精湛，是最早一部關於南北曲作曲的著作。

王驥德曲律，現存有下列各種版本：

（一）一六二四年（明天啓四年）原刻本。

（二）一六八九年（清康熙二十八年）蘇州綠蔭堂重印明方諸館刻本　此本封面標作：『馮

夢龍先生原本。康熙廿八年新鐫。曲律。金閶綠蔭堂梓』，但實係用明板重印。

(三)指海第七集所收本　　指海，清錢熙祚輯，道光間金山錢氏刻本。此本題『曲律』『明王驥德伯良撰』，删去王驥德之別毛以燧詩及毛以燧哭王伯良先生詩。卷末附錢熙祚跋一篇。

(四)學術叢編本　　學術叢編，近人姬佛陀輯。一九一六年上海倉聖明智大學排印。

(五)讀曲叢刊本。

(六)重訂曲苑本。

(七)增補曲苑本。

以上四種版本，皆從指海本出。

(八)古典戲曲聲樂論著叢編本　　此係節錄本，祇有論平仄、論陰陽、論韻、論閉口字、論務頭、論腔調、論板眼、論須識字等八章。

敍

凡物，以少整，以多亂，故横議繁而一炬至，卷弱雜而五厄乘，人事濫則天襲之，必然之勢也。近代之最濫者，詩文是已。性不必近，學未有窺，犬吠驢鳴，貽笑寒山之石；病讝夢囈，爭投苦海之箱。獨詞曲一途，窺足者少，豈非以道疑小而不爭，竅未鑿而幸免乎？數十年來，此風忽熾，人翻窠臼，家畫葫蘆，傳奇不奇，散套成套。訛非關舊，誣曰從先；格喜搬新，不思乖體。飯飣自矜其設色，齊東妄附於當行。乃若配調安腔，選聲酌韻，或略焉而弗論，或涉焉而未通。今上帝下清問於周郎，則今日之聲歌，其先詩文而受禦也必矣。余早歲曾以雙雄戲筆，售知於詞隱先生。先生丹頭秘訣，傾懷指授，而更諄諄爲余言王君伯良也。先生所修南九宮譜，一意津梁後學；而伯良曲律一書，近鐫於毛允遂氏，法尤密，論尤苛——釐韻則德清蒙譏，評辭則東嘉領罰。字櫛句比，則盈床無合作；敲今擊古，則積世少全才。雖有奇穎宿學之士，三復斯編，亦將咋舌而不敢輕談，韜筆而不敢漫試，洵矣攻詞之針砭，幾於按曲之申、韓。然自此律設，而天下始知度曲之難；天下知度曲之難，而後之蕪詞可以勿製，前之哇奏可以勿傳。懸完譜以俟當代之真才，庶有興者。不然，夫安知世俗之不藉口於譜，而濫乃滋甚？且夫濫，一也。世亂則明槩於天，世治則陰槩於人。濫於曲而譜槩之，濫於藉口譜之曲而律槩之，其揆一也。而或者謂：『詞閾未開，賴譜爲接引；詞瀾既倒，仗律爲隄坊。』是猶未知兩先生相須之深者矣。抑人有言：『指石喻山，破竹杪而識應節之皆虛也。』可以槩曲不可以槩詩文乎哉。吾更願得工詩、文者補二律以備三章，則請以謀之允遂氏。天啓乙丑春二月既望，古吳後學馮夢龍題于葑溪之不改樂庵。

曲律自序

曲何以言律也？以律譜音，六樂之成文不亂；以律繩曲，七均之從調不姦。方伶倫吹竹之初，迨后夔拊石之始，爲聲僅五，爲律僅十有二，何約也？至房中肇於唐山，水尺奏於寶常，於是布法益密，演數愈繁，調至八十有四，律至百四十有四，聲至一千有八，其變不勝窮焉。變極必反之元，數窮必趨於約，於是唐之孝孫、宋之劉几以暨完顔之金、蒙古之元漸省之，以止於六宮十一調。是六宮十一調者，第語被絃應索之詞，非槩宮懸廟假之奏也。然康衢之歌，興自野老，關雎之咏，采之國風，不曰『今之曲卽古之樂』哉。粤自北詞變爲南曲，易忼慨爲風流，更雄勁爲柔曼，所謂『地氣自北而南』，亦云『人聲繇健而順』。吹萬之衡，握之造化；狎主之執，成之賢豪。惟是元周高安氏有中原音韻之創，明涵虚子有太和詞譜之編，北士恃爲指南，北詞稟爲令甲，厥功偉〔一〕矣。至於南曲，鵝鸛之陳久廢，刁斗之設不閑。綵筆如林，盡是嗚嗚之調；紅牙迭響，秪爲靡靡之音。俾太古之典刑，斬於一旦；舊法之澌滅，悵在千秋。猥當齠齔之年，輒有絲肉之嗜。蕭齋讀罷，或辨吹緹；芸館文閒，時供擊節。浸淫歲月，稍竊涓埃，詎敢謂荀勗之多諧，庶幾傚〔二〕周郎之一顧。友人孫比部夙傳家學，同舍鬱藍生蚤擅慧腸，並工風、雅之脩，兼妙聲律之度。塤篪謬合，臭味略同。日於坐間，舉白譚詞，明星錯於尊俎；抽黃指疚，清吹發於櫚楹。曰：『與其秘爲帳中，毋寧公之海內。曷其制律，用作懸書。』余且抱痾，遂疎握槧。既屢折簡，亟趣報成，余迺左持欒椀，右驅管城，日疏數行，積盈卷帙。布之小史，輒自爲嘲：『今之爲詞曲者，上無豻狴之懸，下鮮棘木之聽，解韈而往，脫銜以快，游於葛天之塗，適於華胥之國久矣，奈何一旦閑之科條，束之鉗釱，俾高者駕言爲小乘之縛，卑者藉辭爲拘士之譚，夫有不披卷而姍，絕影而走者哉？』嗟呼！創法貴嚴，沿流多弊。畫象之後，不啻三千；罣網於今，迺至七八。以是知畫一非苛，深文猶晚。宇壤寥廓，寧乏蜀鐘相應之大賢？蘭茝薰蕕，儻值高山爲賞之同調。人持三尺，家作五申，還其古初，起茲流靡。不將引商刻羽，獨雄寡和之場；淥水、玄雲，仍作大雅之觀哉。客曰：『子言誠辯，抑爲道殊卑，如壯夫羞稱，小技可唾何？』余謝：『否，否，駒隙易馳，河清難俟。世路莽蕩，英雄逗遛，吾藉以消吾壯心；酒後擊缶，鐙下缺壺，若不自知其爲過也。』萬曆庚戌冬長至後四日，瑯邪方諸生書於朱鷺齋。

曲律目錄

一卷

二卷

卷三

四卷

曲律卷第一

明　王驥德著〔註〕

論曲源第一

曲，樂之支也。自康衢、擊壤、黃澤、白雲以降，於是越人、易水、大風、瓠子之歌繼作，聲漸靡矣。『樂府』之名，昉於西漢，其屬有『鼓吹』、『橫吹』、『相和』、『清商』、『雜調』諸曲。六代沿其聲調，稍加藻豔，於今曲略近。入唐而以絕句爲曲，如清平、鬱輪、涼州、水調之類；然不盡其變，而於是始創爲憶秦娥、菩薩蠻等曲，蓋太白、飛卿輩，實其作俑。入宋而詞始大振，署曰『詩餘』，於今曲益近，周待制柳屯田其最也；然單詞隻韻，歌止一闋，又不盡其變。而金章宗時，漸更爲北詞，如世所傳董解元西廂記者，其聲猶未純也。入元而益漫衍其製，櫛調比聲，北曲遂擅盛一代；顧未免滯於絃索，且多染胡語，其聲近噍以殺，南人不習也。迨季世入我明，又變而爲南曲，婉麗嫵媚，一唱三歎，於是美善兼至，極聲調之致。始猶南北畫地相角，邇年以來，燕、趙之歌童、舞女，咸棄其捍撥，盡效南聲，而北詞幾廢。何元朗謂：『更數世後，北曲必且失傳。』宇宙氣數，於此可覘。至北之濫流而爲粉紅蓮、銀紐絲、打棗竿，南之濫流而爲吳之『山歌』、越之『採茶』諸小曲，不啻鄭聲，然各有其致。繇茲而往，吾不知其所終矣。

總論南北曲第二

曲之有南、北，非始今日也。關西胡鴻臚侍珍珠船（其所著書名）引劉勰文心雕龍，謂：塗山歌於『候人』，始爲南音；有娀〔三〕謠於『飛燕』，始爲北聲。及夏甲爲東，殷整〔四〕爲西。古四方皆有音，而今歌曲但統爲南、北。如擊壤、康衢、卿雲、南風，詩之二南，漢之樂府，下逮關、鄭、白、馬之撰，詞有雅、鄭，皆北音也；孺子、接輿、越人、紫玉、吳歈、楚豔，以及今之戲文，皆南音也。豫章左克明古樂府載：晉馬南渡，音樂散亡，僅存江南吳歌，荆、楚西聲。自陳及隋，皆以子夜、歡聞、前溪、阿子等曲屬吳，以石城、烏棲、估客、莫愁等曲屬西。蓋吳音故統東南；而西曲則後之，人概目爲北音矣。以辭而論，則宋胡翰所謂：晉之東，其辭變爲南、北；南音多豔曲，北俗雜胡戎。以地而論，則吳萊氏所謂：晉、宋、六代以降，南朝之樂，多用吳音；北國之樂，僅襲夷虜。以聲而論，則關中康德涵所謂：南詞主激越，其變也爲流麗；北曲主忼慨，其變也爲朴實。惟朴實故聲有矩度而難借，惟流麗故唱得宛轉而易調。吳郡王元美謂：南、北二曲，譬之同一師承，而頓、漸分敎；俱爲國臣，而文、武異科。北主勁切雄麗，南主淸峭柔遠。北字多而調促，促處見筋；南字少而調緩，緩處見眼。北辭情少而聲情多，南聲情少而辭情多。北力在絃，南力在板。北宜和歌，南宜獨奏。北氣易粗，南氣易弱。此其大較。康北人，故差易南調，似不如王論爲確；然陰陽、平仄之用，南、北故絕不同，詳見後說。（北曲，中原音韻論最詳備。此後多論南曲。）

論調名第三

曲之調名，今俗曰『牌名』，始於漢之朱鷺、石流、艾如張、巫山高，梁、陳之折楊柳、梅花落、雞鳴高樹巔、玉樹後庭花等篇，於是詞而爲金荃、蘭畹、花間、草堂諸調，曲而爲金、元劇戲諸調。北調載天台陶九成輟耕錄及國朝涵虛子太和正音譜，南調載毘陵蔣維忠（名孝。嘉靖中進士）南九宮十三調詞譜——今吳江詞隱先生（姓沈，名璟。萬曆中進士）又釐正而增益之者——諸書臚列甚備。然詞之與曲，實分兩途。間有采入南、北二曲者：北則於金而小令如醉落魄、點絳唇類，長調如滿江紅、沁園春類，皆仍其調而易其聲，於元而小令如青玉案、擣練子類，長調如瑞鶴仙、賀新郎、滿庭芳、念奴嬌類，或稍易字句，或止用其名而盡變其調；南則小令如卜算子、生查子、憶秦娥、臨江仙類，長調如鵲橋仙、喜遷鶯、稱人心、意難忘類，止用作引曲，過曲如八聲甘州、桂枝香類，亦止用其名而盡變其調。至南之於北，則如金玉抱肚、豆葉黃、剔銀燈、繡帶兒類，如元普天樂、石榴花、醉太平、節節高類，名同而調與聲皆絕不同。其名則自宋之詩餘，及金之變宋而爲曲，元又變金而一爲北曲，一爲南曲，皆各立一種名色，視古樂府，不知更幾滄桑矣。（以下專論南曲）其義則有取古人詩詞句中語而名者，如滿庭芳則取吳融『滿庭芳草易黃昏』，點絳唇則取江淹『明珠點絳唇』，鷓鴣天則取鄭嵎『家在鷓鴣天』，西江月則取衛萬『只今惟有西江月，曾照吳王宮裏人』，浣溪沙則取少陵詩意，青玉案則取四愁詩語，粉蝶兒則取毛澤民『粉蝶兒共花同活』，人月圓則用王晉卿『年年此夜，華燈盛照，人月圓時』之類。有以地而名者，如梁州序、八聲甘州、伊州令之類。有以音節而名者，如步步嬌、急板令、節節高、滴溜子、雙聲子之類。其他無所取義，或以時序，或以人物，或以花鳥，或以寄托，或偶觸所見而名者，紛錯不可勝紀。而又有雜犯諸調而名者，如兩調合成而爲錦堂月，三調合成而爲醉羅歌，四五調合成而爲金絡索，四五調全調連用而爲雁魚錦；或明曰二犯江兒水、四犯黃鶯兒、六犯清音、七犯玉瓏璁；又有八犯而爲八寶粧，九犯而爲九疑山，十犯而爲十樣錦，十二犯而爲十二紅，十六犯而爲一秤金，三十犯而爲三十腔類。又有取字義而二三調合爲一調，如皂袍罩黃鶯、鶯集御林春類；有每調只取一字，合爲一調，如醉歸花月渡、浣沙劉月蓮類。（見新譜——調屬自製。）又有一調，分屬二宮，而聲各不同，如小桃紅一在正宮，一在越調，紅芍藥一在南呂宮，一在中呂宮類；有一調二名，如素帶兒又名白練序，黃鶯兒又名金衣公子類；有初本一調，後各傳而致句字增減不同，如普天樂、錦纏道類；有古體無考，俗傳增減句字，至繁聲過多，不可遵守，如越恁好、雌雄畫眉類；有其調存而宮調無可考，如三仙橋、勝如花類；有調名傳訛，字義不通，無可考正，如奉時春、十破四類；有其名存而本調無可考，如小秀才、大夫娘類；有其名存而腔久不傳，如四塊金、嬌鶯兒類；有二調句字相似，無可分別，如青衲襖、紅衲襖類；有各宮調有賺，而僅存一二，餘無可考類；有字面差訛，致失本意，如生查子——查、古槎字，用張騫乘槎事；玉抱肚——唐人呼帶爲抱肚，宋真宗賜王安石有玉抱肚——今訛爲玉胞肚；醉公子——唐人以咏公子——今訛爲醉翁子；朝天紫——本牡丹名，見陸游牡丹譜——今訛爲朝天子類。至古有所謂纏令、入破、出破之類，則按沈括筆談謂：『古樂府皆有聲有詞，連屬書之，如曰「賀賀賀」、「何何何」之類，皆和聲也。今絃管纏聲，亦其遺法。』則董解元古西廂記中所謂醉落魄纏令、點絳唇纏令，正此法，絃索有和聲故也。明皇雜錄載：『天寶中多以邊地名曲，如涼州、甘州、伊州之類，其曲遍繁聲，名「入破」，後其地皆爲西番破沒。』則今曲所謂入破、出破，蓋以謂有繁聲故也。又古曲有『豔』、有『趨』，豔在曲之前，趨在曲之後，楊用脩謂豔在曲前，卽今之『引子』；趨在曲後，卽今之『尾聲』是也。沈括又言：『曲有犯聲、側聲、正殺、寄殺、偏字、傍字、雙字、半字之法。』樂典言：『相應謂之「犯」，歸宿謂之「煞」。』今十三調譜中，每調有賺犯、攤犯、二犯、三犯、四犯、五犯、六犯、七犯、賺、道和、傍拍，凡十一則，係六攝，每調皆有因，其法今盡不傳，無可考索，蓋正括所謂『犯聲』以下諸法。然此所謂『犯』，皆以聲言，非如今以此調犯他調之謂也。至有一調名而兩用，以此引曲，卽以此爲過曲，如琵琶記之念奴嬌引曲『楚天過雨』云云，而下過曲『長空萬里』，則省曰本序，言本上曲之念奴嬌也；拜月亭之惜奴嬌引曲『禍不單行』云云，而下過曲『自與相別』，亦省曰本序，又夜行船引曲『六曲闌干』云云，而下過曲『春思懨懨』，亦省曰本序，亦言本上之惜奴嬌與夜行船也。然則琵琶記之祝英臺、尾犯、高陽臺三曲，皆以此引，以此過，皆可謂之本序。今却不然，而或於『新篁池閣』一曲，則亦署曰本序，不知前有梁州令引，則此可曰本序，今前引係他曲，而亦以本序名之，則非也。又登場首曲，北曰『楔子』，南曰『引子』；引子曰『慢詞』，過曲曰『近詞』。曲之第二調，北曰『么』，南曰『前腔』，曰『換頭』。『前腔』者，連用二首，或四、五首，一字不易者是也。『換頭』者，換其前曲之頭，而稍增減其字，如錦堂月、念奴嬌序，則換首句，鎖南枝、二郎神則並換其腹之第四、第五句，（『人別後』散套，第二調『爭奈話別匆匆，雨散雲收』，與首調『夕陽影裏，見一簇寒蟬衰柳』，下句六字不同。）朝元令則第一、第二、第三、第四，通調各自全換，只『合前』兩句與首調相同，梁州序則至第三、第四調而始換首二句之類是也。煞曲曰『尾聲』，或曰『餘文』，或曰『意不盡』，或曰『十二時』，（以凡尾聲皆十二板，故名）其實一也。爲格句字，稍有不同，當各隨上用宮調；今多混用，非是，詳見後論尾聲條中。大略南調之創，稍次北調。拜月之作，稍先琵琶。今二記調絕不同，拜月諸調又絕不見他戲，是知創調之始，當不止如今譜中所載者，特時代久遠，多致湮沒，卽其存者，而又腔調多不可考，惜哉！又世多以南之點絳唇、粉蝶兒、二犯江兒水作北調唱者，詞隱辯之甚詳，見譜中。然大迓鼓之『迓』改作『呀』，撼亭秋之『撼』仍誤作『感』，殊未當也。北詞各調，載輟耕錄、中原音韻、太和正音譜三書，迄今藉可考見。南詞舊有蔣氏九宮十三調二譜，九宮譜有詞，十三調無詞。詞隱於九宮譜參補新調，又並署平仄，考定訛謬，重刻以傳；却削去十三調一譜，間取有曲可查者，附入九宮譜後。今其書秘不大行，錄載於此，以便觀者。

九宮詞譜共六百八十五章（新增及雜調，皆收此譜。內方諸生新製，凡三十三章）

仙呂宮曲八十二章（十三調闕，另列在後。）

仙呂引子十六章：

卜算子　　番卜算　　劍器令　　小蓬萊　　探春令

醉落魄　天下樂　鵲橋仙　金雞叫　奉時春
紫蘇丸　唐多令　梅子黃時雨　似娘兒　望遠行
鷓鴣天

仙呂過曲六十六章：

光光乍　鐵騎兒　碧牡丹　大齋郎　勝葫蘆
青歌兒　胡女怨　五方鬼　望梅花　上馬踢
月兒高　二犯月兒高　月雲高　月照仙　月上五更
蠻江令　涼草蟲　蠟梅花　撼亭秋　望吾鄉
喜還京　美中美　油核桃　木丫牙　長拍
短拍　醉扶歸　皂羅袍　皂羅罩黃鶯　醉羅袍
醉羅歌　醉花雲　醉歸花月渡　羅袍歌　羽調排歌
三疊排歌　傍妝臺　二犯傍妝臺　八聲甘州　甘州解醒
甘州歌　十五郎　一盆花　桂枝香　二犯桂枝香
天香滿羅袖　河傳序　拗芝蔴　一封書　一封歌
一封羅　安樂神犯　香歸羅袖　解三醒　解醒帶甘州

解醒歌　解袍歌　解醒望鄉　掉角兒序　掉角望鄉
番鼓兒　惜黃花　西河柳　春從天上來　古皂羅袍
甘州八犯

仙呂調慢詞五章（此係十三調譜，不列前九宮譜內，後同。共六十二章）：

河傳　聲聲慢　八聲甘州　杜韋娘　桂枝香

仙呂調近詞五章：

賺　薄媚賺　天下樂　三囑付　喜還京

羽調近詞八章：

金鳳釵　四時花　四季花　勝如花　慶時豐
馬鞍兒　浪淘沙　歸仙洞

正宮曲六十二章

正宮引子十章：

燕歸梁　七娘子　梁州令　破陣子　齊天樂
破齊陣　瑞鶴仙　喜遷鶯　絳山月　新荷葉

正宮過曲五十二章：

玉芙蓉　刷子序　刷子帶芙蓉　錦纏道　朱奴兒

朱奴插芙蓉　朱奴剔銀燈　朱奴帶錦纏　普天樂　普天帶芙蓉

普天樂犯　錦芙蓉　芙蓉紅　錦庭樂　錦庭芳

錦纏落　雁過聲　風淘沙　四邊靜　福馬郎

小桃紅（與越調不同。）　綠襴衫　三字令　一撮棹

三字令過十二橋　陽關三疊　泣秦娥　傾杯序

傾杯賞芙蓉　長生道引　彩旗兒　滿江紅急　白練序

醉太平　雙鸂鶒　洞仙歌　雁漁錦　山漁燈

三漁燈犯　雁過沙　雁來紅　沙雁揀南枝　金殿喜重重

花藥欄　賺　怕春歸　春歸犯　薔薇花

醜奴兒近　黃鍾賺　普天唱朱奴　錦芙蓉（巳上二調，方諸生新製。）

正宮調慢詞二章（十三調）：

安公子　長生到引

正宮調近詞二章：

划秋令　湘浦雲

大石調曲十三章

大石引子五章：

東風第一枝　碧玉令　少年遊　念奴嬌　燭影搖紅

大石過曲八章：

沙塞子　本宮賺　沙塞子急　念奴嬌序　催拍

賽觀音　八月圓　長壽仙

大石調慢詞三章（十三調）：

驀山溪　烏夜啼　醜奴兒〔三〕

大石調近詞一章：

插花三臺

中呂宮曲六十二章

中呂引子十二章：

粉蝶兒　四園春　思園春　醉中歸　滿庭芳
行香子　菊花新　青玉案　尾犯　遶紅樓
剔銀燈引　金菊對芙蓉

中呂過曲五十章：

泣顏回　好事近　石榴花　榴花泣　駐馬聽
馬蹄花　駐馬泣　番馬舞秋風　駐馬摘金桃　駐雲飛
古輪臺　撲燈蛾　念佛子　大和佛　鵲打兔
大影戲　兩休休　好孩兒　粉孩兒　紅芍藥（與南呂不同。）
耍孩兒　會和陽　縷縷金　越恁好　漁家傲
剔銀燈　攤破地錦花　麻婆子　尾犯序　尾犯芙蓉
丹鳳吟　十破四　水車歌　永團圓　耍鮑老
瓦盆兒　喜漁燈　漁家燈　石榴挂漁燈　雁過燈
荼蘼香傍拍　舞霓裳　山花子　千秋歲　紅繡鞋
添字紅繡鞋　馱環著　合生　風蟬兒　倚馬待風雲

中呂宮調慢詞四章（十三調）：

醉春風　賀聖朝　沁園春　柳梢青

中呂調近詞七章：

迎仙客　杵歌　阿好悶　呼喚子　太平令

德勝序　宮娥泣

般涉調慢詞一章：

哨遍

南呂宮曲一百十八章

南呂引子二十五章：

大勝樂　金蓮子　戀芳春　女冠子　臨江仙

女臨江　一剪梅　臨江梅　一枝花　折腰一枝花

薄媚　虞美人　意難忘　稱人心　三登樂

轉山子　薄倖　生查子　哭相思　于飛樂

步蟾宮　滿江紅　上林春　滿園春　挂眞兒

南宮過曲九十三章：

梁州序	梁州新郎	賀新郎	賀新郎袞	纏枝花
節節高	大勝樂	柰子花	柰子落瑣牕	柰子宜春
青衲襖	紅衲襖	一江風	罼調風雲會	梅花塘
香柳娘	女冠子	孤飛雁	石竹花	解連環
風檢才	呼喚子	大迓鼓	引駕行	薄媚袞
竹馬兒	番竹馬	繡帶兒	繡太平	繡帶宜春
宜春樂	太師引	醉太平	太師垂繡帶	瑣牕寒
瑣牕郎	阮郎歸	繡衣郎	宜春令	三學士
學士解酲	刮鼓令	羅鼓令	癡冤家	金蓮子
金蓮帶東甌	香羅帶	羅帶兒	二犯香羅帶	羅江怨
五樣錦	三換頭	香遍滿	懶畫眉	浣溪沙
秋夜月	東甌令	劉潑帽	潑帽落東甌	金錢花
五更轉	五更轉犯	二犯五更轉	劉袞	紅衫兒
本宮賺	梁州賺	紅芍藥	古鍼線箱	鍼線箱
滿園春	八寶妝	九疑山	春瑣牕	浣沙劉月蓮

梁溪劉大香　繡帶引　懶鍼線　醉宜春　瑣窗繡

大節高　東甌蓮　浣溪樂　春太平　宜春樂

太師帶　學士解酲　瀨帽令　宜春引　鍼線箱

柰子樂　秋夜令　浣溪蓮（已上九調，方諸生新製。）

南呂調慢詞二十章（十三調）：

賀新郎　木蘭花　烏夜啼

南呂調近詞四章：

賺　春色滿皇州　搗白練　恨蕭郎

黃鐘宮曲五十二章

黃鐘引子十章：

絳都春　疎影　瑞雲濃　女冠子　點絳唇

傳言玉女　玉女步瑞雲　瓦仙燈　西地錦　玉漏遲

黃鐘過曲四十二章：

絳都春序　出隊子　鬧樊樓　下小樓　耍鮑老

畫眉序　畫眉上海棠　畫眉姐姐　滴滴金　滴溜子
出隊滴溜子　神仗兒　滴溜神仗　鮑老催　雙聲子
雙聲滴　啄木兒　啄木鸝　啄木叫畫眉　三段子
三段催　歸朝歡　水仙子　刮地風　春雲怨
三春柳　降黃龍　黃龍醉太平　黃龍捧燈月　黃龍袞
獅子序　太平歌　賞宮花　玉漏遲序　玉絳畫眉序
恨蕭郎　燈月交輝　恨更長　侍香金童　傳言玉女
月裏嫦娥　天仙子

越調曲五十二章

越調引子七章：
浪淘沙　霜天曉角〔六〕　金蕉葉　霜蕉葉　杏花天
祝英臺近　桃柳爭春

越調過曲四十五章：
小桃紅　下山虎　山桃紅　蠻牌令　山虎嵌蠻牌

商調引子九章：

商調曲六十九章

入賺　綿搭絮　入破　出破

越調近詞四章：

養花天

越調慢詞一章（十三調）：

鬬黑麻　憶花兒　憶鶯兒　江神子　圓林杵歌

祝英臺　望歌兒　鬬寶蟾　蠻牌嵌寶蟬　憶多嬌

丞相賢　趙皮鞋　禿廝兒　喬八分　繡停針

撲頭鋑　梨花兒　水底魚兒　吒精令　引軍旗

包子令　梅花酒　亭前柳　亭前送別　一疋布

山麻稭　花兒　鏵鍬兒　繫人心　道和

羅帳裏坐　江頭送別　章臺柳　醉娘子　雁過南樓

二犯排歌　五般宜　本宮賺　鬬蛤蟆　五韻美

鳳凰閣　風馬兒　高陽臺　憶秦娥　逍遙樂
遶池遊　三臺令　二郎神慢　十二時

商調過曲六十章：

字字錦　滿園春　高陽臺　山坡羊　山羊轉五更
水紅花　水紅花犯　梧葉兒　梧蓼弄金風　梧蓼金羅
梧桐花　金梧桐　金梧繫山羊　金絡索　金甌線解醒
梧桐樹　梧桐樹犯　梧桐半折芙蓉花　喜梧桐
擊梧桐　二郎神　二賢賓　二鶯兒　二犯二郎神
集賢賓　集賢聽畫眉　集鶯兒　集賢聽黃鶯　鶯啼序
鶯啼春色中　黃鶯兒　黃鶯學畫眉　四犯黃鶯兒　鶯花皂
黃鶯穿皂袍　黃鶯帶一封　囀林鶯　簇御林　攤破簇御林
簇袍鶯　鶯集御林春　鶯鶯兒　琥珀貓兒墜　貓兒出隊
貓兒墜玉枝　貓兒墜桐花　五團花　吳小四　三臺令
半面二郎神　攤破集賢賓　鸎斷鶯啼序　歇拍黃鶯兒　減字簇御林
偷聲貓兒墜〔七〕　紅葉襯紅花　梧葉墜〔八〕羅袍　黃鶯逐山羊　貓兒入御林

貓兒逐黃鶯（已上十一調，方諸生新製。）

商調慢詞五章（十三調）：

集賢賓　永遇樂　熙州三臺　解連環　秋夜雨

商調近詞一章：

漁父第一

商黃調詞五章（方諸生新製。）

二郎試畫眉　集賢觀黃龍　啼鶯捎啄木　貓兒戲獅子　御林轉隊子

小石調近詞一章：

驟雨打新荷

雙調曲三十二章

雙調引子二十一章：

眞珠簾　眞珠馬　花心動　謁金門　惜奴嬌

寶鼎硯　金瓏璁　搗練子　胡搗練　風入松慢

海棠春　夜行船　夜游船　四園朝　玉井蓮後

新水令　五供養　賀聖朝　秋蕊香　船入荷花蓮
梅花引

雙調過曲十一章：

畫錦堂　紅林檎　錦堂月　醉公子　僥僥令
醉僥僥　孝順歌　鎖南枝　二犯孝順歌　孝南枝
孝順兒

仙呂入雙調過曲九十七章：

桂花遍南枝　柳搖金　柳搖金犯　四塊金　淘金令
金風曲　五馬江兒水　江頭金桂　二犯江兒水　金犯令
月上海棠　海棠醉春風　姐姐插海棠　玉枝帶六么　撥棹入江水
園林帶僥僥　三月海棠　攤破金字令　夜雨打梧桐　金水令
朝天歌　嬌鶯兒　朝元令　風雲會四朝元　柳梢青
古江兒水　銷金帳　錦法經　灞陵橋　疊字錦
山東劉袞　雌雄畫眉　夜行船序　曉行序　黑蠊序
惜奴嬌　錦衣香　漿水令　嘉慶子　尹令

品令　豆葉黃　川豆葉　六么令　六么梧葉
六么姐兒　二犯六么令　福青歌　窣地錦襠　哭岐婆
雙勸酒　字字雙　三棒鼓　破金歌　柳絮飛
普賢歌　雁兒舞　打球場　倒拖船　風入松
風送嬌音　好姐姐　姐姐帶僥僥　金娥神曲　桃紅菊
一機錦　錦上花　步步嬌　忒忒令　沈醉東風
沉醉海棠　園林好　園林沉醉　江兒水　江兒撥棹
五供養　五供養犯　五枝供　二犯五供養　玉交枝
玉抱肚　玉抱交　玉山供　玉雁子　川撥棹
絮婆婆　元卜算　十二嬌　玉劄子　流拍
松下樂　步步入江水　江水遶園林　園林見姐姐　姐姐插嬌枝
嬌枝催撥棹　玉蘭花（已上六調，方諸生新製。）

雙調慢詞二章（十三調）：

紅林檎　泛蘭舟

雙調近詞三章：

兩蝴蝶　賽紅娘　武陵花

附錄不知宮調及犯各調曲四十六章

附錄引子八章：

宴蟠桃　三疊引　甲馬引　牧犢歌　帝臺春
西河柳　接雲雁　顆顆珠

附錄過曲三十八章：

燒夜香　犯胡兵　三仙橋　風帖兒　柳穿魚
四換頭　惱麻郎　貨郎兒　十棒鼓　小引
望妝臺　攪羣羊　七賢過關　多嬌面　二犯朝天子
水磨歌　川鮑老　清商七犯　鶴狆天　鵝鴨滿渡船
赤馬兒　拗芝麻　一秤金　撼動山　中都俏
駿甲馬　滿院榴[九]花　紅葉兒　小措大　桃花紅
步金蓮　疎影　六犯清音　七犯瓐瓏　薄媚曲破
三十腔　九迴腸　巫山十二峯

右合九宮十三調曲，共七百四十七章。

蔣氏舊譜序云：九宮十三調二譜，得之陳氏白氏，僅有其目，而無其辭。蔣爲輯古戲及散曲，合數十家，每調各譜一曲。迨詞隱又增補新調之未收者，並署平仄音律，以廣其傳，益稱大備。蔣、毘陵人，名孝。登嘉靖甲辰進士。蓋好古博雅士也。其書世多不傳，恐久而遂泯其人，略志所自。

詞隱校定新譜，較蔣氏舊譜，大約增益十之二三；卽十三調諸曲，有爲世所通用者，亦間採並列其中矣。舊譜今既不傳，世將不復能覩十三調諸曲名目，爲別錄一過，以寄存餼羊之意。是譜，蔣氏元不譜曲，似不易悉爲蒐輯，世遠樂亡，陵夷漸爾，惜哉！

十三調南曲音節譜

仙呂（與羽調互用。出入道宮、高平、南呂。俱無詞。）

賺犯　攤破　二犯　三犯　四犯　五犯　六犯　七犯　賺　道和　傍拍

已上十一則，係六攝，每調皆有因。

河傳　小蓬萊

聲聲慢　鵲橋仙

點絳唇　薄倖

聚八仙　天下樂

八聲甘州
杜韋娘
臨江仙（亦在南呂。）

已上俱係慢詞

賺（一名惜花賺，與婆羅門薄媚賺同。）
天下樂（亦在中呂。）
青歌
六么序（一作六么令。）
大迓鼓（即村裏迓鼓。亦在羽。）
聚八仙近
美中美（亦在越調、小石。）
大勝樂（亦在南呂、道宮。）
木丫义
告雁兒
拗芝麻（亦在道宮。）
轉山子（亦在南呂。）
大勝樂慢（亦在南呂、道宮。）
踈簾淡月（即桂枝香，亦在羽調。）
八聲甘州（亦在道宮。）
勝葫蘆（即大河蟹。亦在羽。）
三祝付
醉扶歸（亦在羽。）
光光乍
三學士
鍼線箱（亦在南呂、道宮。）
油核桃
解三醒（亦在南呂、道宮。）
八月圓（亦在南呂。）
喜還京（與高平、雙調出入。）

已上俱係近詞

六攝十一則，見前仙呂調下。

羽調

燕歸梁（即風馬兒，與越調不同。）
望遠行
金蓮子

已上俱係慢詞

賺（名本調賺。）
金鳳釵（即四時花。）
排歌
一盆花
浪淘沙（即賣花聲。）
櫻桃花（亦在雙調。）
錢擔兒
掉角兒序
醉落魄
桂枝香（即疎簾淡月。亦在仙呂。）
小蓬萊（亦在仙呂。）
一封書（即秋江送別。）
撼亭秋
桂枝香（即月中花。）
馬鞍兒
惜黃花
皂羅袍
樂安神
大迓鼓（即村裏迓鼓。亦在南呂。）

道和排歌

望吾鄉

醉扶歸（亦在仙呂。）

刮鼓令

耍鮑老（即永團圓。亦在黃鍾。）

已上俱係近詞

黃鍾（與商調、羽調出入。）

六攝十一則，見前仙呂調下。

喜遷鶯（亦在南呂。）

傳言玉女（即步虛聲。）

快活年

巫山十二峯

疎影

已上俱係慢詞

賺（名連枝賺。）

傍妝臺

慶時豐

勝葫蘆（即大河蟹。亦在仙呂。）

玉抱肚（亦在雙調。）

瑞雲濃

女冠子（即雙鳳翹。與道宮、般涉不同。）

絳都春慢

生查子（亦在雙調。）

探春令

出隊子（在大石。正宮謂之風淘沙，俱字同、句同，音調不同。）

刮地風（在正宮、中呂謂之綠襴踢。惟變調及此名刮地風，出入。）
神仗兒
滴滴金
歸朝歡
黃龍袞
玉漏遲
宜春令
賞宮花序
連理枝
天下同
晝眉序
鬧樊樓
下小樓
耍鮑老（一名永團圓。亦在羽。）
團圓旋
啄木兒
鮑老催（亦在仙呂。）
降黃龍
胡女怨
三段子
賞宮花
太平令（亦在道宮。）
排遍第五（餘在徵調，無考。）
燈月交輝
絳都春近（有二樣。）
玉翼蟬
滴溜子（商調名鬬雙雞。）
雙聲疊韻
古水仙子

已上俱係近詞

商調（與仙呂、羽調、黃鍾皆出入。）

六攝十一則，見前仙呂調下。

集賢賓　逍遙樂
永遇樂　二郎神
伊州三臺　解連環
高陽臺（卽慶青春慢。）　鳳凰閣
遶池遊　十二時
三登樂

已上俱係慢詞

賺（名二郎賺。）　集賢賓
黃鶯兒　鶯啼序
二郎神近　高陽臺近（卽慶青春序。）
山坡羊　水紅花（一名折紅蓮。）
簇御林（有二體。）　梧葉兒（一名知秋令。）

琥珀貓兒墜

鬭雙雞（即滴溜子。亦在黃鍾。）

漁父第一

刮地風（亦在黃鍾。）

金字令（即淘金令。亦在雙調。）

已上俱係近詞

商黃調

此係合犯，乃商調、黃鍾各半隻，或各一隻合成者，皆是也。但不許黃鍾居商調之前；曲無前高後低之理，古人無此式也。

正宮調（與大石、中呂出入。）

六攝十一則，見前仙呂調下。

梁州令

尾犯慢

安公子

齊天樂

綵山月

粉蝶兒（與中呂音異字同。）

滿堂春（亦在大石。）

已上俱係慢詞

賺（名傾杯賺。）

梁州令近（即小梁州。）

切切令
普天樂（與中呂不同。）
雁過聲（一名大擺袖，即黍滿秋。）
尾犯序（一作『近』。）
漁家傲（亦在中呂。）
朱奴兒（亦在中呂。）
小桃紅（一作山桃紅。與越調不同。）
風淘沙（字雖與綠欄踢同，調則不同。）
梁州第七（亦在南呂、道宮、中呂。又名梁州小序，與小梁州不同。）
四邊靜（亦在中呂。此曲在大石調來，故音高。刮地風同，而腔調則不同也。）
綠欄踢（此曲自中呂來，故音低。見上。）
玉漏寨
福馬郎（亦在大石。本在中呂。）
麻婆子（亦在中呂。）

已上俱係近詞

剗鍬兒（與越調不同。）
偺拍（亦在大石。）
湘浦雲（即刷子序。）
玉芙蓉
丹鳳吟
長壽仙三臺
傾杯序
雙鸂鶒
僥僥令（與雙調不同。）
地錦花（亦在中呂。）

大石調（與正宮出入。）

六攝十一則，見前仙呂調下。

念奴嬌慢（即百字令，一名酹江月。）

新荷葉

鷓鴣天

燭影搖紅

醜奴兒

已上俱係慢詞

賺（名太平賺。）

紅羅襖

金殿喜重重

還京樂

西地錦近

花壓欄

歇滿（一名謠。）

夜合花

金菊對芙蓉（一名東風第一枝。）

驀山溪

滿堂春（亦在正宮。）

西地錦

念奴嬌（即酹江月。）

新荷葉近

小秀才

伊州令

插花三臺

怕春歸

催拍（亦在正宮。）

風淘沙（亦在正宮。）

福馬郎

醜奴兒近

一撮棹

已上俱係近詞

中呂調（與正宮、道宮出入。）

六攝十一則，見前仙呂調下。

粉蝶兒（與正宮句同音異。）

醉春風（作醉中天者，非。）

滿庭芳

賀聖朝

沁園春

菊花新

柳梢青

奉時春

紫蘇丸

破陣子

七娘子

已上俱係慢詞

賺（名鼓板賺。）

普天樂（與正宮不同。）

滚繡毬

迎仙客

天下樂（亦在仙呂。）

石榴花

泣顏回（即好事近，一名杏壇三操。）
凭欄人
大環著
紅衫兒（與南呂不同。）
梁州大序（即梁州第七。亦在正宮、南呂、道宮。）
千秋歲
錦纏道（亦出入正宮。）
大夫娘
福馬郎（亦在正宮、大石。）
杵歌
好孩兒（與耍孩兒不同。）
阿好悶
會河陽（有二樣。）
和佛兒
古輪臺

剔銀燈
紅繡鞋（即朱履曲。亦在雙調，名羊頭靴。）
山花子
鮑老催
柳梢青
大影戲
喬合笙
瓦盆兒
粉蝶兒近
紅芍藥（與南宮不同。）
呼喚子
舞霓裳
縷縷金
荼蘼香（又名絞荼藥。）

朱奴兒（亦在正宮。）
番鼓兒
太平令（與黃鍾不同。）
三字令
越恁好
鵲打兔
兩休休
剪梨花（即梨花頭。）
耍孩兒（本在般涉。）
四邊靜（亦在正宮。）
麻婆子（亦在正宮。）
撲燈蛾（與雙調不同。）
綠欄踢（亦在正宮。）
漁家傲（亦在正宮。）

已上俱係近詞

般涉調（與中呂出入。無曲。）

六攝十一則，見前仙呂調下。

哨遍

右係慢詞

賺（名賺煞，即太平賺。）〔一〇〕
耍孩兒
女冠子（一名孤雁飛。與道宮、黃鍾不同。）

已上俱係近詞

道宮調（與南呂、仙呂、高平出入。）

六攝十一則，見前仙呂調下。

女冠子（與黃鍾、般涉不同。一名蓬萊仙。）　梅子黃時雨（即黃梅雨。）

應時明　四國朝令

大勝樂（亦在南呂。）

巳上俱係慢詞

賺（名漁兒賺。）　八聲甘州（亦在仙呂。）

玉山槐　魚兒耍

太平令（亦在黃鍾。）　大勝樂近（亦在仙呂、南呂。）

鍼線箱（亦在仙呂、南呂。）　解三酲（亦在仙呂、南呂。）

芳草渡序　應時明近

解紅　謝秋風

梁州第七（即梁州小序。亦在正宮、南呂、中呂。）

黃梅雨近　拗芝蕨（亦在仙呂。）

巳上俱係近詞

南呂調（與道宮、仙宮出入。）

六攤十一則，見前仙呂調下。

一枝花（即滿路花。）
卜算子
賀新郎慢
喜遷鶯（亦在黄鍾。）
大勝樂慢
一剪梅
稱人心
薄媚令
金雞叫
金蓮子慢（亦在羽調。）
行香子（亦在雙調。）

已上俱係慢詞

賺（名蠻羅門賺，又名薄媚賺。）

滿江紅
瑶臺月
臨江仙（亦在仙呂。）
憶秦娥（即秦樓月。）
戀芳春（亦在道宮。）
挂眞兒
轉山子（亦在仙呂。）
似娘兒
胡搗練
唐多令

梁州第七（即梁州小序。與小梁州不同。亦在正宮、仙呂、道宮。）
浪淘沙（亦在羽調。）
賀新郎近
浣沙溪（草堂詩餘作浣溪沙者，非。）
梧桐樹
紅芍藥（與中呂不同。）
紅衲襖
香羅帶
洞中仙（即洞仙歌。）
春色滿皇州
上馬踢
簇仗
銷金帳
太師引
恨蕭郎

牧羊關
感皇恩
望江南
大勝樂近
人月圓
青衲襖
寄生子
石竹花
金絡索
月兒高（即誤佳期。）
懶畫眉
瑣窗寒（作『寒窻』，非。）
搗白練（即搗練子。）
五更轉

香遍滿　西河柳
獅子序　秋夜月
劉潑帽　東甌令
蠻江令　望梅花
白練序　醉太平
繡帶兒（卽癡冤家。）　金蓮子
香柳娘（亦在雙調。）　紅衫兒（與中呂不同。）
少不得　十五郎
柰子花（一名玉梅花。）　鍼線箱（亦在道宮、仙呂。）
生薑芽（卽節節高。）　解三酲（亦在道宮、仙呂。）
大金錢（卽金錢花。）　吳小四

已上俱係近詞

高平調

與諸調皆可出入。其調曲名，皆就引各調曲名合入，不再錄出。其六攝十一則，皆與諸調同。用賺，以取引曲爲血脈而用也。其過割搭頭圓混，自有妙處，試觀『畫眉人遠』、

『夢回風透園屏』二套可見。

六攝十一則，見前仙呂調下。

越調（與小石調、高平調出入。）

金蕉葉

夜行船（本在小石。）

杏花天

風馬兒（與羽調燕歸梁不同。）

已上俱係慢詞

賺（名竹馬兒賺。）

玉簫令（即玉簫。亦在雙調。）

章臺柳

醉娘子

繡停針

三換頭

繫人心

梅花引（即江城子。）

霜天曉角

枕屏兒

小桃紅（與正宮不同。）

鬬蝦蟆

雁過南樓

鏵鍬兒

下山虎

吒精令

山麻客（即麻郎兒。）

綿打絮（作綿搭序，非。）

五韻美

四國朝序

憶多嬌

江頭送別

竹馬兒

雁兒舞

出破（一至七。）

亭前柳

望歌兒

蠻牌令（即四般宜。）

更時令

羅帳裏坐

雁過沙

入破（一至九。）

歇滿（又名煞。）

已上俱係近詞

小石調（與越調、雙調出入。）

六攝十一則，見前仙呂調下。

花心動

惜奴嬌令

祝英台慢

夜行船（亦在雙調、越調。）

風入松慢（亦在雙調。）

已上俱係慢詞

賺（名蓮花賺。）

夜行船近

祝英台近（亦在雙調。）

賞佛蓮

四犯江兒水（與雙調不同。）

錦衣香（亦在雙調。）

梅花酒（亦在雙調。）

已上俱係近詞

雙調（中有夾鍾宮俗歌，與小石出入。）

六攝十一則，見前仙呂調下。

新水令

風入松慢（亦在小石。本夾鍾宮。）

謁金門

瑞鶴仙

紅林檎慢

風入松近（亦在雙調。）

惜奴嬌

蝦蟆序（俗訛爲黑麻序，一名鬥寶蟾。）

遍地花影

驟雨打新荷（即荷葉鋪水面。）

漿水令（亦在雙調。）

夜行船（本在小石。）〔二〕

五供養慢

生查子（亦在黃鍾。）

海棠令（即月上海棠慢。）

寶鼎現

珍珠簾　泛蘭舟
脫銀袍　虞美人
金瓏璁　青玉案
行香子（亦在南呂。）

已上俱係慢詞。

賺（名海棠賺。）　駐馬聽（夾鍾宮。）
沉醉東風　步步嬌（即潘妃曲。）
金娥神（即好姐姐。）　風入松近（亦在小石、夾鍾宮。）
碧玉簫（亦在越調。）
岷江綠（即江兒水，與小石四犯不同。又有入夾鍾宮者，與此亦不同。）
月上海棠　川撥棹
梅花酒（亦在小石。）　荳葉黃
嘉慶子　五供養
水仙子（亦在黃鍾。）　孝順歌
孝南歌（比鎖南枝句字少不同，音調則一，正猶中呂、正宮中之普天樂之類也。（一名操南枝，其實一也。）

鎖南枝（即娑羅枝。見孝南歌下。）
二犯江兒水（夾鍾宮。）
晝錦堂
紅林檎
鸎踏花（即桃紅菊。）
園林好
鸎桃花（亦在羽調。）
醉翁子
朝元歌（夾鍾宮。）
五韻美
駐雲飛（夾鍾宮。）
品令
琴家令
花犯撲燈蛾（即海棠枝上撲燈蛾，一名麥裏蛾。與中呂不同。）
吃時令

淘金令（即金字令，夾鍾宮。）
玉交枝
燕穿簾
忒忒令
兩蝴蝶（即雙蝴蝶。）
喜還京（與仙呂、高平出入。）
香柳娘（亦在南呂。）
海榴花（夾鍾宮。）
柳搖金
泛蘭舟
一江風（夾鍾宮，即渦團兒。）
尹令
漿水令
帳兒裏燈

雙調子
哭岐婆
打毬場
趯皮鞋
羊頭靴（即紅繡鞋。）
阿家嬌
步沙堤
撒金沙
彩旗兒（即僥僥令。）
臘梅花
一機錦

巳上俱係近詞

十六娘
窣地錦襠（一作「緆襠」。）
一泓兒水
柳絮飛（夾鍾宮。）
三月桃
繡鴛鴦
熙熙令
尉遲杯
大齋郎
賽紅娘
武陵春

曲律卷第二

論宮調第四

或問曲何以謂宮調？何以有宮又復有調？何以宮之爲六、調之爲十一？既總之有十七宮調矣，何以今之用者，北僅十三，南僅十一？又何以別有十三調之名也？曰：宮調之立，蓋本之十二律、五聲，古極詳備，而今多散亡也。其說雜見歷代樂書——杜佑通典、鄭樵樂略、沈括筆談、蔡元定律呂新書、歐陽之秀律通、陳暘樂考、朱子語類、馬端臨文獻通考，及唐、宋諸賢樂論，近閩人李文利律呂元聲、嶺南黃泰泉樂典、吾鄉季長沙樂律纂要、律呂別書諸書——宏博浩繁，無暇殫述，第撮其要，則律之自黃鍾以下，凡十二也；聲之自宮、商、角、徵、羽而外，有變宮、變徵〔三〕凡七也。古有旋相爲宮之法，以律爲經，復以聲爲緯，乘之每律得十二調，合十二律得八十四調。此古法也，然不勝其繁，而後世省之爲四十八宮調。四十八宮調者，以律爲經，以聲爲緯，七聲之中，去徵聲及變宮、變徵，僅省爲四；

以聲之四，乘律之十二，於是每律得五調，而合之爲四十八調。四十八調者，凡以宮聲乘律，皆呼曰宮，以商、角、羽三聲乘律，皆呼曰調。今列其目：

黃鍾

宮、俗呼正宮。　商、俗呼大石調。

角、俗呼大石角調。　羽、俗呼般涉調。

大呂

宮、俗呼高宮。　商、俗呼高大石調。

角、俗呼高大石角。　羽、俗呼高般涉。

太簇

宮、俗呼中管高宮。　商、俗呼中管高大石。

角、俗呼中管高大石角。　羽、俗呼中管高般涉。

夾鍾

宮、俗呼中呂宮。　商、俗呼雙調。

角、俗呼雙角調〔一三〕。　羽、俗呼中呂調。

姑洗

宮、俗呼中管中呂宮。商、俗呼雙調。

角、俗呼中管雙角調〔一四〕。羽、俗呼中呂調。

仲呂

宮、俗呼道宮調〔一五〕。商、俗呼小石調。

角、俗呼小石角調。羽、俗呼正平調。

蕤賓

宮、俗呼中管道宮調〔一六〕。商、俗呼中管小石調。

角、俗呼中管小石角調。羽、俗呼中管正平調。

林鍾

宮、俗呼南呂宮。商、俗呼歇指調。

角、俗呼歇指角調。羽、俗呼高平調。

夷則

宮、俗呼仙呂宮。商、俗呼商調。

角、俗呼商角調。羽、俗呼仙呂調。

南呂

宮、俗呼中管仙呂宮。　商、俗呼中管商調。

角、俗呼中管商角調。　羽、俗呼中管仙呂調。

無射

宮、俗呼黃鍾宮。　商、俗呼越調。

角、俗呼越角調。　羽、俗呼羽調。

應鍾

宮、俗呼中管黃鍾宮。　商、俗呼中管越調。

角、俗呼中管越角調。　羽、俗呼中管羽調。

此所謂四十八調也。自宋以來，四十八調者不能具存，而僅存中原音韻所載六宮十一調，其所屬曲聲調，各自不同。

仙呂宮、清新綿邈。　南呂宮、感歎悲傷。

中呂宮、高下閃賺。　黃鍾宮、富貴纏綿。

正宮、惆悵雄壯。　道宮、飄逸清幽。（以上皆屬宮。）

大石調、風流醞藉。　小石調、旖旎嫵媚。

高平調、條拗滉漾。（「拗」舊作「拘」，誤）　般涉調、拾掇坑塹。

歇指調、急併虛歇。　商角調、悲傷宛轉。

雙調、健捷激裊。　商調、悽愴怨慕。

角調、嗚咽悠揚。　宮調、典雅沈重。

越調、陶寫冷笑。(以上皆屬調。)

此總之所謂十七宮調也。自元以來，北又亡其四，(道宮、歇指調、角調、宮調。)而南又亡其五。(商角調、並前北之四。)自十七宮調而外，又變爲十三調。十三調者，蓋盡去宮聲不用，其中所列仙呂、黃鍾、正宮、中呂、南呂、道宮，但可呼之爲調，而不可呼之爲宮。(如曰仙呂調、正宮調之類。)然惟南曲有之，變之最晚，調有出入，詞則略同，而不妨與十七宮調並用者也。其宮調之中，有從古所不能解者：宮聲於黃鍾起宮，不曰黃鍾宮，而曰正宮；於林鍾起宮，不曰林鍾宮，而曰南呂宮；於無射起宮，不曰無射宮，而曰黃鍾宮；其餘諸宮，又各立名色。蓋今正宮，實黃鍾也，而黃鍾實無射也。沈括亦以爲今樂聲音出入，不全應古法，但略可配合，雖國工亦莫知其所因者，此也。又古調聲之法，黃鍾之管最長，長則極濁；無射之管最短，(應鍾又短於無射，以無調，故不論。)短則極清。又五音宮、商宜濁，徵、羽用清。今正宮曰惆悵雄壯，近濁；越調曰陶寫冷笑，近清，似矣。獨無射之黃鍾，是清律也，而曰富貴纏綿，又近濁聲，殊不可解。間各曲之分屬各宮調也，亦有說乎？曰：此其法本之古歌詩者，而今不得悖也。蓋古譜曲之法，一均七聲。(旋宮以七聲爲均。均，言韻也。古無韻字，猶言一調弊也。）其五正聲，（除去變宮、變徵〔一七〕而言也。）皆可謂調，如叶之樂章，則止以起調一聲爲首、尾。其七聲（兼變宮、變徵〔一八〕而言。）則考其篇中上下之和，而以七律參錯用之，初無定位，非曰某句必用某律，某字必用某聲，但所用止於本均，而他宮不與焉耳。唐、宋所遺樂譜，如鹿鳴三章，皆以黃鍾清宮起音、畢曲，而總謂之正宮；關雎三章，皆以無射清商〔一九〕起音、畢曲，而總謂之越調。今譜曲者，於北黃鍾醉花陰首一字，亦以黃鍾清——六——譜之，（六、樂家譜字。如凡、工、尺、合之類。凡清黃，皆曰六。）下卻每字隨調以叶，而即爲黃鍾宮曲，沈括所謂『凡曲止是一聲，清濁高下，如縈縷然』，正此意也。然古樂先有詩〔二〇〕而後有律，而今樂則先有律而後有詞，故各曲句之長短，字之多寡，聲之平仄，又各準其所謂仙呂則清新綿邈，越調則陶寫冷笑者以分叶之。各宮各調，部署甚嚴，如卒徒之各有主帥，不得陵越，正所謂聲止一均，他宮不與者也。宋之詩餘，亦自有宮調，姜堯章輩皆能自譜而自製之。其法相傳，至元益密，其時作者踵起，家擅專門，今亡不可考矣。所沿而可守，以不墜古樂之一線者，僅今日九宮十三調之一譜耳。南、北之律一轍。北之歌也，必和以絃索，曲不入律，則與絃索相戾，故作北曲者，每凜凜遵其型範，至今不廢；南曲無問宮調，只按之一拍足矣，故作者多孟浪其調，至混淆錯亂，不可救藥。不知南曲未嘗不可被管絃，實與北曲一律，而奈何離之？夫作法之始，定自毖眘，離之蓋自琵琶、拜月始。以兩君之才，何所不可，而猥自貰於不尋宮數調之一語，以開千古厲端，不無遺恨。吳人祝希哲謂：數十年前接賓客，尙有語及宮調者，今絕無之。由希哲而今，又不止數十年矣。或問：子言各宮調譜不出一均，而柰何有云與某宮某調出入而並用者也？曰：此所謂一均七聲，皆可爲調，第易其首一字之律，而不必限之一隅者，故北曲中呂、越調皆有鬬鵪鶉，中呂、雙調皆有醉春風，南曲雙調多與仙呂出人，蓋其變也。此宮調之大略也。

論平仄第五

今之平仄，韻書所謂四聲也，而實本始反切。古無定韻，詩樂皆以叶成，觀三百篇可見。自西域梵教入，而始有反切。自沈約類譜作，而始有平仄。欲語曲者，先須識字，識字先須反切。反切之法，經緯七音，旋轉六律，釋氏謂：七音一呼而聚，四聲不召自來，言相通也。今無暇論切，第論四聲。四聲者，平、上、去、入也。平謂之平，上、去、入總謂之仄。曲有宜於平者，而平有陰、陽；（陰、陽說，見下條。）有宜於仄者，而仄有上、去、入。乖其法，則曰拗嗓。蓋平聲聲尙含蓄，上聲促而未舒，去聲往而不返，入聲則逼側而調不得自轉矣。故均一仄也，上自爲上，去自爲去，獨入聲可出入互用。北音重濁，故北曲無入聲，轉派入平、上、去三聲，而南曲不然。詞隱謂入可代平，爲獨洩造化之秘。又欲令作南曲者，悉遵中原音韻，入聲亦止許代平，餘以上，去相間，不知南曲與北曲正自不同，北則入無正音，故派入平、上、去之三聲，且各有所屬，不得假借；南則入聲自有正音，又施於平、上、去之三聲，無所不可。大抵詞曲之有入聲，正如藥中甘草，一遇缺乏，或平、上、去三聲字面不妥，無可奈何之際，得一入聲，便可通融打諢過去，是故可作平，可作上，可作去；而其作平也，可作陰，又可作陽，不得以北音爲拘：此則世之唱者由而不知，而論者又未敢拈而筆之紙上故耳。其用法，則宜平不得用仄，宜仄不得用平，（此仄兼上去）宜上不得用去，宜去不得用上，宜上去不得用去上，宜去上不得用上去。（去上二字尤重。如琵琶三學士首句『謝得公公意甚美』，玉玦集賢賓首句『青歸柳葉顰尙小』，末二字皆須去上，一用上去，則不可唱。若他曲有無關繫，不妨通用者，則上去亦可，去上亦可，不必泥此。）上上、去去，不得〔三〕疊用，（上上二字尤重。蓋去去卽不美聽，然唱出倘是本音；上上疊用，則第一字便似平聲。如玉玦泣顏回第九句『想何如季布難歸』，『季布』兩去聲，雖帶勉强，仍是『季布』；雁來紅第五句『柰李廣未侯眞數奇』，『李廣』兩上聲，李字稍不調停，則開口便是『離廣』矣。故遇連綿現成字，如宛轉、酩酊、嫋嫋、鑿鑿之類，不能盡避；凡一應生造字，只宜避之爲妙。）單句不得連用四平、四上、四去、四入，（琵琶念奴嬌序『月下歸來飛瓊』，用四平聲字，此以中有截板間之故也，然終不可爲法，觀上『珠箔銀屏』、『香靄三徑』，可見。若第四折繡帶兒『難道是庭前森森丹桂』，『庭前森森丹』五字，連用平聲，眞不可唱矣。）雙句合一不合二，合三不合四。押韻有宜平而亦可用仄者，有宜仄而亦可用平者，有宜平不得已而以上聲代之者。韻脚不宜多用入聲代平上去字。一調中有數句連用仄聲者，宜一上、一去間用。

詞隱謂：遇去聲當高唱，遇上聲當低唱，平聲、入聲，又當斟酌其高低，不可令混。或又謂：平有提音，上有頓音，去有送音。蓋大略平、去、入啓口便是其字，而獨上聲字，須從平聲起音，漸揭而重以轉入，此自然之理。至調其清濁，叶其高下，使律呂相宜，金石錯應，此握管者之責，故作詞第一喫緊義也。

論陰陽第六

古之論曲者曰：聲分平、仄，字別陰、陽。陰、陽之說，北曲中原音韻論之甚詳；南曲則久廢不講，其法亦淹沒不傳矣。近孫比部始發其義，蓋得之其諸父大司馬月峯先生者。夫自五聲之有清、濁也，清則輕揚，濁則沈鬱。周氏以清者爲陰，濁者爲陽，故於北曲中，凡揭起字皆曰陽，抑下字皆曰陰；而南曲正爾相反。南曲凡清聲字皆揭而起，凡濁聲字皆抑而下。今借其所謂陰、陽二字而言，則曲之篇章句字，既播之聲音，必高下抑揚，參差相錯，引如貫珠，而後可入律呂，可和管絃。倘宜揭也而或用陰字，則聲必欺字；宜抑也而或用陽字，則字必欺聲。陰陽一欺，則調必不和。欲詘調以就字，則聲非其聲；欲易字以就調，則字非其字矣！毋論聽者迕〔三〕耳，抑亦歌者棘喉。中原音韻載歌北曲四塊玉者，原是『綵扇歌靑樓飲』，而歌者歌『靑』爲『晴』，謂此一字欲揚其音，而『青』乃抑之，於是改作『買笑金纏頭錦』而始叶，正聲非其聲之謂也。（此上陰、陽，皆就北曲以揚爲陽，以抑爲陰論。下文南曲陰陽反此，以揚者爲陰，以抑者爲陽論。）南調反此，如琵琶記尾犯序首調末『公婆沒主一旦冷清清』句，『冷』字是掣板，唱須抑下，宜上聲，『清』字須揭起，宜用陰字清聲，今幷下第二、第三調末句，一曰『眼睜睜』，一曰『語惺惺』，『冷』『眼』『語』三字皆上聲，『清清』『睜睜』『惺惺』皆陰字，叶矣；末調末句，却曰『相思兩處一樣淚盈盈』，『淚』字去聲，既啓口便氣盡，不可宛轉，下『盈盈』又屬陽字，不便於揭，須唱作『英』字音乃叶；玉芙蓉末三字，正與此『冷清清』三字相同。南九宮用拜月『聖明天子詔賢書』作譜，詞隱評云：『子』、『詔』上、去妙，殊誤，蓋『詔賢』二字，法用上、陰，而『詔賢』是去、陽，唱來却似『沼軒』故也；兩平聲，則如高陽臺『宦海沈身』句，『沈』字是陽，『身』字是陰，此句當作仄、仄、陰、陽，（仄、仄，或作平、仄，亦可。）今曰『沈身』，則『海』字之上聲，與『沈』之陽字相戾，須作『身沈』乃叶之類。（此句用前引子『夢遶親闈』四字，則正叶。）以此推之，他調可互而見。大略陰字宜搭上聲，陽字宜搭去聲，如『長空萬里』換頭，『孤影』、『光瑩』、『愁聽』，『孤』字以陰搭上，『愁』字以陽搭去，唱來俱妙，獨『光』字唱來似『狂』字，則以陰搭去之故；若易『光』爲陽字，或易『瑩』爲上聲字，則又叶矣。祝英臺換頭『春晝』、『知否』、『今後』，上三字皆陰，而獨『知否』好聽，『春』字則似『唇』，『今』字則似『禽』，正以下去上二聲不同之故；

若易『春』、『今』爲陽，或易『晝』、『後』爲上，則又無不叶矣。此下字活法也。又平聲陰則揭起，而陽則抑下，固也，然亦有揭起處，特以陽字爲妙者，如二郎神第四句第一字亦是揭調，琵琶『誰知別後』，連環『繁華庭院』、浣紗『蹉跎到此』、明珠『徘徊燈側』，『誰』字、『繁』字、『徘』字，揭來俱妙；而『蹉』字揭來却似『矬』字，蓋此字之揭，其聲吸而入，其揭向內，所以陽字特妙，而陰字之揭，其聲吐而出，如去聲之一往而不返故也。又梁州序第三句第三字，亦似揭起，而亦以陽爲妙，如『日永紅塵』與『一點風來』，『風』不如『紅』妙；勝如花第三句第三字，亦然；荆釵之『登山驀嶺』與浣紗之『登山涉水』，兩『登』字俱欠妙；餘可類推。此天地自然之妙，呼吸抑揚，宛轉在幾微間，又不可盡謂揭處決不可用陽也。然古曲陰陽皆合者，亦自無幾，即西廂音律之祖，開卷第一句『遊藝中原』之『原』，法當用陰字，今『原』却是陽，須作『淵』字唱乃叶，他可知已。周氏以爲陰、陽字惟平聲有之，上、去俱無。夫『東』之爲陰，而上則爲『董』，去則爲『凍』，『籠』之爲陽，而上則爲『隴』，去則爲『弄』，清、濁甚別。又以爲入作平聲，皆陽。夫平之陽字，欲揭起甚難，而用一入聲，反圓美而好聽者，何也？以入之有陰也。蓋字有四聲，以清出者，亦以清收，以濁始者，亦以濁歛，以亦自然之理，惡得謂上、去之無陰、陽，而入之作平者皆陽也！又言：凡字不屬陰則屬陽，無陰、陽兼屬者。余家藏得元燕山卓從之中原音韻類編，與周韻凡類皆同，獨每韻有陰、有陽，又有陰、陽通用之三類。如東鍾韻中，東之類爲陰，戎之類爲陽，而通、同之類幷屬陰、陽，或五音中有半淸、半濁之故耶？夫理輕淸上浮爲陽，重濁下凝爲陰，周氏以淸爲陰，以濁爲陽，所不可解。或以陰之字音屬淸，陽之字音屬濁之故，然分析倒置，殊自不妥。序琵琶記者爲河間長君，至謂陽宜於男，陰宜於女，益杜撰可嗤矣！宋鄱陽張世南游宦紀聞云：『字聲有淸濁，非强爲差別。蓋輕淸爲陽，陽主生物，形用未著，故字音常輕；重濁爲陰，陰主成物，形用旣著，故字音必重。』此亦以淸爲陽，以濁爲陰之一證也。

論韻第七

韻書之夥也，作辭賦騷選則用古韻，有通韻，有叶韻，有轉注；作近體則用今韻，始沈約類譜，今裁於唐而爲禮部韻略；作曲，則用元周德淸中原音韻。古樂府悉係古韻；宋詞尙沿用詩韻，入金未能盡變；至元人譜曲，用韻始嚴。德淸生最晚，始輯爲此韻，作北曲者守之，兢兢無敢出入。獨南曲類多旁入他韻，如支思之於齊微、魚模，魚模之於家麻、歌戈、車遮，眞文之於庚靑、侵尋，或又之於寒山、桓歡、先天，寒山之於桓歡、先天、監咸、廉纖，或又甚而東鍾之於庚靑，混無分別，不啻亂麻，令曲之道盡亡，而識者每爲掩口。北劇每折只用一韻。南戲更韻，已非古法，至每韻復出入數韻，而恬不知怪，抑何窘也！古詞惟王實甫西廂記，終帙不出入一字——今之偶有一二字失韻，皆後人傳訛；至『眼橫秋水無塵』數語，原不用韻，元人故有此體，以其偶與侵尋本韻相近，何元朗遂訾爲失韻，世遂羣然和之，實甫抱抑良久。余新刻考正西廂記注中，辯之甚詳，不特爲實甫洗冤，亦以爲世之庸瞽而妄肆譏評者下一鍼砭耳。南曲自玉玦記出，而宮調之飭，與押韻之嚴，始爲反正之祖。邇詞隱大揚其瀾，世之赴的以趨者比比矣。然中原之韻，亦大有說。古之爲韻，如周顒、沈約、毛晃、劉淵、夏竦、吳棫輩，皆博綜典籍，富有才情，一書之成，不知更幾許歲月，費幾許考索，猶不能盡愜後世之口。德清淺士，韻中略疏數語，輒已文理不通，其所謂韻，不過雜採元前賢詞曲，掇拾成編，非眞有㫁於五聲七音之旨，辨於諸子百氏之奧也。又周江右人，率多土音，去中原甚遠，未必字字訂過，是欲憑影響之見，以著爲不刊之典，安保其無離而不叶於正者哉！蓋周之爲韻，其功不在於合而在於分；而分之中猶有未盡然者。如江陽之於邦王，齊微之於歸回，魚居之於模吳，眞親之於文門，先天之於鵑元，試細呼之，殊自逕庭，皆所宜更析。而其合之不經者，平聲如肱、轟、兄、崩、烹、盲、弘、鵬，舊屬庚、青、蒸三韻，而今兩收東鍾韻中；浮與蜉蝣之蜉同音，在說文亦作縛牟切，今却收入魚模韻中，音之爲扶，而於尤侯本韻，竟幷其字削去。夫浮之讀作扶，此方言也。呼字須本之六經，卽詩菁莪曰『載沈載浮』，下文以『我心則休』叶，角弓曰『雨雪浮浮』，下文以『我是用憂』叶，生民曰

『烝之浮浮』，上文以『或簸或蹂』叶。夫三百篇吾宣尼氏所删而存者，不此之從，而欲區區以方言變亂雅音，何也？且周之韻，故爲北詞設也；今爲南曲，則益有不可從者。蓋南曲自有南方之音，從其地也，如遵其所爲音且叶者，而歌龍爲驢東切，歌玉爲御，歌綠爲慮，歌宅爲柴，歌落爲潦，歌握爲杳，聽者不啻羣起而唾矣！至每一聲之字，亦漫併太多，如薮園雜記所譏者，各韻而是。吳興王文璧，嘗字爲釐別，近檇李卜氏，復增校以行於世，於是南音漸正，惜不能更定其類，而入聲之鴂舌，尚仍其舊耳。涵虛子有瓊林雅韻一編，又與周韻略似，則亦五十步之走也。或謂周韻行之已久，今不宜易更；則漁樸一韻，正韻業已離之爲二矣。德清可更沈約以下諸賢之詩韻，而今不可更一山人之詞韻哉。且今之歌者，爲德清所誤，抑復不淺，如横之爲紅，鵬之爲蓬，止可於韻脚偶押在東鍾韻中者，作如是歌可耳，若在句中，却當仍作庚青韻之本音；今歌者槩作紅蓬之音，而遇有作庚青本音歌者，輒笑以爲不識中州之音矣，敝至此哉！即就其所謂東鍾二字，立作韻目，亦又自不通。夫詩韻之一東、二冬，止取一字；今取二字作目，非以聲有陰、陽二字之故耶？則惟是取一於陰，取一於陽可也，乃東鍾、支思、先天、歌戈、車遮、庚青則兩陰字，齊微、漁模、尤侯則兩陽字，寒山、桓歡、廉纖則陰、陽兩倒；僅江陽、皆來、眞文、蕭豪、家麻、侵尋、監咸七韻不誤，要亦其偶合，而非眞有涇渭於其間也。既兩取而曰江陽，則陰字當即首江字，而今首姜字；又眞文而首分鄰，侵尋而首鍼林，監咸而首菴南，則其所謂偶合者，而目與韻，又自相矛盾也，亦何取而以二字目之也！至謂平聲之有上、下，皆以字有陰、陽之故，遂以陰字屬下平，陽字屬上平，尤爲可笑。詞隱先生欲別創一韻書，未就而卒。余之反周，蓋爲南詞設也。而中多取聲洪武正韻，遂盡更其舊，命曰南詞正韻，別有蠡見，載凡例中。

論閉口字第八

字之有開、閉口也，猶陽之有陰，男之有女。古之製韻者，以侵、覃、鹽、咸，次諸韻之後，詩家謂之『啞韻』，言須閉口呼之，聲不得展也。詞曲禁之尤嚴，不許開、閉幷押。閉口者，非啓口卽閉；從開口收入本字，却徐展其音於鼻中，則歌不費力，而其音自閉，所謂『鼻音』是也。詞隱於此，尤多喫緊，至每字加圈。蓋吳人無閉口字，每以侵爲親，以監爲奸，以廉爲連，至十九韻中，遂缺其三。此弊相沿，牢不可破，爲害非淺。惟入聲之緝，若合、若葉、若洽等字，閉其口則聲不可出，散叶於齊微、歌戈、家麻、車遮四韻中，其勢不得不然。若平聲，則侵尋之與監咸、廉纖，自可轉闢其聲，以還本韻，惟歌者調停其音，似開而實閉，似閉而未嘗不開。此天地之元聲，自然之至理也，乃欲槩無分別，混以鄉音，俾五聲中無一閉口之字，不亦寃哉！

論務頭第九

務頭之說，中原音韻於北曲臚列甚詳，南曲則絕無人語及之者。然南、北一法。係是調中最緊要句字，凡曲遇揭起其音，而宛轉其調，如俗之所謂『做腔』處，每調或一句、或二三句，每句或一字、或二三字，即是務頭。墨娥小錄載務頭調侃曰『喝采』。又詞隱先生嘗爲余言：吳中有『唱了這高務』語，意可想矣。舊傳黃鶯兒第一七字句是務頭，以此類推，餘可想見。古人凡遇務頭，輒施俊語，或古人成語一句其上，否則詆爲不分務頭，非曲所貴，周氏所謂如衆星中顯一月之孤明也。涵虛子有務頭集韻三卷，全摘古人好語輯以成之者。弇州嗤楊用脩謂務頭爲『部頭』，蓋其時已絕此法。余嘗謂詞隱南譜中，不斟酌此一項事，故是缺典。今大略令善歌者，取人間合律腔好曲，反覆歌唱，諦其曲折，以詳定其句字，此取務頭一法也。

論腔調第十

樂之筐格在曲，而色澤在唱。古四方之音不同，而爲聲亦異，於是有秦聲，有趙曲，有燕歌，有吳歈，有越唱，有楚調，有蜀音，有蔡謳。在南曲，則但當以吳音爲正。古之語唱者曰：『當使聲中無字。』謂字則喉、唇、齒、舌等音不同，當使字字輕圓，悉融入聲中，令轉換處無磊塊，古人謂之『如貫珠』，今謂之『善過度』是也。又曰：『當使字中有聲。』謂如宮聲字，而曲合用商聲，則能轉宮爲商歌之也。又曰：『有聲多字少。』謂唱一聲而高下、抑揚、宛轉其音，若包裹數字其間也。『有字多聲少』，謂搶帶、頓挫得好，字雖多，如一聲也。又云：『善歌者謂之「內裏聲」；不善歌者聲無抑揚，謂之「念曲聲」；無含韞，謂之「叫曲」。』元燕南芝菴先生有唱論甚詳，載輟耕錄，今採其要。

歌之格調：

抑揚頓挫，　頂疊垛換，　縈紆牽結，　敦拖嗚咽，　推題丸轉，　搖欠遏透。

歌之節奏：

停聲，　待拍，　偸吹，　拽棒，　字眞，　句篤，　依腔，　貼調。

凡歌一聲，聲有四節：

起末，　過度，　搵簪，　攧落。

凡歌一句，句有聲韻：

一聲平，　一聲背，　一聲圓，　聲要圓熟，　腔要徹滿。

凡一曲中，各有其聲：

變聲，敦聲，杌聲，啀聲，困聲。

三過聲：

偷氣，取氣，換氣，歇氣。就氣。有一口氣。

歌聲變件(此惟北曲有之)：

三臺，破子，遍子，攧落，實催，全篇，尾聲，賺煞，隨煞，隔煞，

羯煞，本調煞，三煞，十煞，拐子煞。

唱曲門戶：

小唱，寸唱，慢唱，壇唱，步虛，道情，撒鍊，帶煩，瓢叫。

凡唱聲病：

散散，焦焦，乾乾，咧咧，啞啞，嗄嗄，尖尖，低低，雌雌，雄雄，

短短，憨憨，濁濁，赸赸，格嗓，囊鼻，摇頭，歪口，合眼，張口，

撮唇，撇口，昂頭，咳嗽，添字。

涵虛子論唱云：

凡人聲音不等：

有川噪，有堂聲，（皆合簫管。）有唱得雄的，失之村沙；唱得蘊拭的，失之乜斜；唱得本分的，失之老實；　唱得用意的，失之穿鑿；　唱得打掐的，失之本調；　唱得輕巧的，失之閒賤。

又云凡歌節病：

有唱得困的，　灰的，　涎的，　叫的，　大的。　有樂府聲，　撒錢聲，　拽鋸聲，　猫叫聲，　不入耳，　不著人，　不徹腔，　不入調，　工夫少，　遍數少，　步力少，　官塲少，　字樣訛，　文理差，　無叢林，　無傳授，　拗嗓，　劣調，　落架，　漏氣。

右係唱曲名言，皆所當玩。夫南曲之始，不知作何腔調。沿至於今，可三百年。世之腔調，每三十年一變，由元迄今，不知經幾變更矣！大都創始之音，初變腔調，定自渾樸；漸變而之婉媚，而今之婉媚極矣！舊凡唱南調者，皆曰『海鹽』。今『海鹽』不振，而曰『崑山』。『崑山』之派，以太倉魏良輔爲祖。今自蘇州而太倉松江，以及浙之杭、嘉、湖，聲各小變，腔調略同，惟字泥土音，開、閉不辨，反譏越人呼字明確者爲『浙氣』，大爲詞隱所疵！詳見其所著正吳編中。甚如唱火作呵上聲，唱過爲箇，尤爲可笑！過之不得爲箇，已載編中；而火之不可爲呵上聲，詞隱猶未之及也。然其腔調，故是南曲正聲。數十年來，又有『弋陽』、『義烏』、『青陽』、『徽州』、『樂平』諸腔之出。今則『石臺』、『太平』梨園，幾遍天下，蘇州不能與角什之二三。其聲淫哇妖靡，不分調名，亦無板眼；又有錯出其間，流而爲『兩頭蠻』者，皆鄭聲之最，而世爭膻趨痂好，靡然和之，甘爲大雅罪人，世道江河，不知變之所極矣！

論板眼第十一

古無拍。魏、晉之代，有宋纖者，善擊節，始製爲拍。古用九板，今六板，或五板。古拍板無譜，唐明皇命黃番綽始造爲之。牛僧孺目拍板爲『樂句』，言以句樂也。蓋凡曲，句有長短，字有多寡，調有緊慢，一視板以爲節制，故謂之『板』、『眼』。初啓聲卽下者爲『實板』，又曰『劈頭板』；（過緊調，隨字卽下，細調亦俟聲出，徐徐而下。）字半下者爲『掣板』，亦曰『枵板』；（蓋『腰板』之譌。）聲盡而下者爲『截板』，亦曰『底板』；場上前一人唱前調末一板，與後一人唱次調初一板齊下爲『合板』。其板先於曲者，病曰『促板』；板後於曲者，病曰『滯板』，古皆謂之『𠆩（音斯）拍』，言不中拍也。唐霓裳羽衣曲，初散聲六遍無拍，至中序始有拍，今引曲無板，過曲始有板，蓋其遺法。古今之腔調既變，板亦不同，於是有『古板』、『新板』之說。詞隱於板眼，一以反古爲事。其言謂清唱則板之長、短，任意按之，試以鼓板夾定，則錙銖可辨。又言：古腔古板，必不可增損。歌之善否，正不在增損腔板間。又言：板必依清唱，而後爲可守；至於搬演，或稍損益之，不可爲法。具屬名言。其所點板南詞韻選，及唱曲當知、南九宮譜，皆古人程法所在，當愼遵守。

聞之先輩，有傳腔遞板之法，以數人喑中圜〔三〕坐，將舊曲每人歌一字，即以板輪流遞按，令數人歌之如一聲，按之如一板，稍有緊緩（腔）、先後（板）之誤，輒記字以罰，如此庶不致腔調參差，即古所謂纍纍如貫珠者。今至『弋陽』、『太平』之『袞唱』，而謂之『流水板』，此又拍板之一大厄也。

論須識字第十二

識字之法，須先習反切。蓋四方土音不同，其呼字亦異，故須本之中州，而中州之音，復以土音呼之，字仍不正。惟反切能該天下正音，只以類韻中同音第一字，切得不差，其下類從諸字，自無一字不正矣。至於字義，尤須考究；作曲者往往誤用，致爲識者訕笑。如梁伯龍浣紗記金井水紅花曲『波冷濺芹芽，溼裙𧛟』，𧛟字、法用平聲。然𧛟，箭袋也。若衣衩之衩，屬去聲。唐李義山無題詩『八歲偸照鏡，長眉已能畫，十歲去踏靑，芙蓉作裙衩』，足爲明證。此其失亦自陳大聲散套節節高之『蓮舟戲女娃，露裙衩』始。然伯龍不獨浣紗，散套歸仙洞『荆棘抓裙衩』又爾。近日湯海若還魂記懶畫眉『睡荼蘼抓住裙衩線』，亦以衩字作平音，皆誤。僅陳玉陽詒𢡟符記玉抱肚曲『打毬回，紛紛衩衣』，獨是。又浣紗劉潑帽曲：『娘行聰俊還嬌倩；勝江南萬馬千兵』。不知倩有二音，一麗倩之倩，作凊字去聲讀，一音茜，卽『巧笑倩兮』之倩，言美也。此曲字義，當作茜音，今却押庚青韻中，卽童習時論語亦不記憶，何淺陋至此！又車字之有二音也，蓋此字本音尺遮切，隸正韻十六遮類中，至漢以後，始有作居字音者。莊子『惠施多方，其書五車』，此自當作尺遮切。拜月玉芙蓉曲：『胸中書富五車，筆下句高千古』。此調法，當兩句各押一韻，下曰『高千古』，則上作居音乃叶，而世無呼作『五車（居）書』之理。今歌者皆從尺遮切，寧韻不叶，而不唱作居音，是歌者不誤，而作者誤也。歎字之亦有二音也，一平聲作灘音，一去聲作炭音。琵琶記赴選折，末白：『仗劍對尊酒，恥爲遊子顏，所志在功名，離別何足歎』，此歎字當作平音，與上顏字叶。後玉芙蓉曲『別離休歎』，此歎字當作去音，與下『輕拆散』之散字叶。今優人於何足歎之歎，皆作去聲白，是作者不誤，而習者誤也。他若癭之音爲穎，頸瘤也。鄭虛舟玉玦記『却教愧殺癭瘤婦』，是認作平聲矣。又莊子『藐姑射山』之射音亦，『巾櫛』之櫛音卒，而汪南溟高唐記，與雪、滅同押；至以纖、殲、鹽三字幷押車遮韻中，是徽州土音也。又云：『招魂未得，空歌楚些』。些字本宋玉大招，見楚辭，音蘇箇切，作梭字去聲讀，惟些少之些，乃作平聲，今亦作平，以與車遮同押，何也？伯龍又以『盡道輕盈略作胖些』，與『三尺小脚走如飛』同押，蓋認些字作西字音，又蘇州土音矣！至婦字，世皆作負字音，惟詩韻作阜字音。玉玦『癭瘤婦』、『秋胡婦』押在尤侯韻中，音幾不可辨矣！又有舉世皆誤而爲不可解之字。今列〔三〕戲目而曰第一齣、第二齣，問何字，則曰摺字，或曰悔字；問從何來？則默不能對也。蓋字書從無此字，惟近世𢡟符傳言：牛食已，復出嚼，曰齝，音笞。傳寫者誤台爲句，以齝作齣，遂終帙作第幾齣、第幾齣，殊不知齝原作齣，通作齝，以齣作齣，在屈筆毫釐之間，遂致轉展傳誤；然古劇，亦絕無作第幾齣者，只作第幾折可也。影響之誤如此，則作曲與唱曲者，可不以考文爲首務耶！

論須讀書第十三

詞曲雖小道哉，然非多讀書，以博其見聞，發其旨趣，終非大雅。須自國風、離騷、古樂府及漢、魏、六朝三唐諸詩，下迨花間、草堂諸詞，金、元雜劇諸曲，又至古今諸部類書，俱博蒐精採，蓄之胸中，於抽毫時，掇取其神情標韻，寫之律呂，令聲樂自肥腸滿腦中流出，自然縱橫該洽，與勦襲口耳者不同。勝國諸賢，及實甫、則誠輩，皆讀書人，其下筆有許多典故，許多好語襯副，所以其製作千古不磨；至賣弄學問，堆垛陳腐，以嚇三家村人，又是種種惡道！古云：『作詩原是讀書人，不用書中一個字』。吾於詞曲亦云。

論家數第十四

曲之始，止本色一家，觀元劇及琵琶、拜月二記可見。自香囊記以儒門手脚爲之，遂濫觴而有文詞家一體。近鄭若庸玉玦記作，而益工修詞，質幾盡掩。夫曲以模寫物情，體貼人理，所取委曲宛轉，以代說詞，一涉藻績，便蔽本來。然文人學士，積習未忘，不勝其靡，此體遂不能廢，猶古文六朝之於秦、漢也。大抵純用本色，易覺寂寥；純用文調，復傷琱鏤。拜月質之尤者，琵琶兼而用之，如小曲語語本色，大曲引子如『翠減祥鸞羅幌』、『夢遶春闈』，過曲如『新篁池閣』、『長空萬里』等調，未嘗不綺繡滿眼，故是正體。玉玦大曲，非無佳處；至小曲亦復填垛學問，則第令聽者憒憒矣！故作曲者須先認其路頭，然後可徐議工拙。至本色之弊，易流俚腐；文詞之病，每苦太文。雅俗淺深之辨，介在微茫，又在善用才者酌之而已。

論聲調第十五（與前腔調不同。前論唱，此專論曲。）

夫曲之不美聽者，以不識聲調故也。蓋曲之調，猶詩之調。詩惟初盛之唐，其音響宏麗圓轉，稱大雅之聲。中、晚以後，降及宋、元，漸萎薾偏詖，以施於曲，便索然卑下不振。故凡曲調，欲其清，不欲其濁；欲其圓，不欲其滯；欲其響，不欲其沈；欲其俊，不欲其痴；欲其雅，不欲其麤；欲其和，不欲其殺；欲其流利輕滑而易歌，不欲其乖刺艱澀而難吐。其法須先熟讀唐詩，諷其句字，繹其節拍，使長灌注融液於心胸口吻之間，機括既熟，音律自諧，出之詞曲，必無沾唇拗嗓之病。昔人謂孟浩然詩，諷詠之久，有金石宮商之聲，秦少游詩，人謂其可入大石調，惟聲調之美，故也。惟詩尙爾，而矧於曲，是故詩人之曲，與書生之曲、俗子之曲，可望而知其槩也。

論章法第十六

作曲，猶造宮室者然。工師之作室也，必先定規式，自前門而廳、而堂、而樓，或三進、或五進、或七進，又自兩厢而及軒寮，以至廩庾、庖湢、藩垣、苑榭之類，前後、左右，高低、遠近，尺寸無不了然胸中，而後可施斤斲。作曲者，亦必先分段數，以何意起，何意接，何意作中段敷衍，何意作後段收煞，整整在目，而後可施結撰。此法，從古之爲文、爲辭賦、爲歌詩者皆然；於曲，則在劇戲，其事頭原有步驟；作套數曲，遂絕不聞有知此竅者，只漫然隨調，逐句湊拍，掇拾爲之，非不間得一二好語，顚倒零碎，終是不成格局。古曲如題柳『窺青眼』，久膾炙人口，然弇州亦訾爲牽强而寡次序，他可知矣。至閨怨、麗情等曲，益紛錯乖迕，如理亂絲，不見頭緒，無一可當合作者。是故脩辭，當自鍊格始。

論句法第十七

句法，宜婉曲不宜直致，宜藻豔不宜枯瘁，宜溜亮不宜艱澀，宜輕俊不宜重滯，宜新采不宜陳腐，宜擺脫不宜堆垛，宜溫雅不宜激烈，宜細膩不宜粗率，宜芳潤不宜噍殺；又總之，宜自然不宜生造。意常則造語貴新，語常則倒換須奇。他人所道，我則引避；他人用拙，我獨用巧。平仄調停，陰陽諧叶。上下引帶，減一句不得，增一句不得。我本新語，而使人聞之，若是舊句，言機熟也；我本生曲，而使人歌之，容易上口，言音調也。一調之中，句句琢鍊，毋令有敗筆語，毋令有欺嗓音，積以成章，無遺恨矣。

論字法第十八

下字爲句中之眼，古謂百鍊成字，千鍊成句，又謂前有浮聲，後須切響。要極新，又要極熟；要極奇，又要極穩。虛句用實字鋪襯，實句用虛字點綴。務頭須下響字，勿令提挈不起。押韻處，要妥貼天成，換不得他韻。照管上下文，恐有重字，須逐一點勘換去。又閉口字少用，恐唱時費力。今人好奇，將劇戲標目，一一用經、史隱晦字代之，夫列標目，欲令人開卷一覽，便見傳中大義，亦且便繙閱，却用隱晦字樣，彼庸衆人何以易解！此等奇字，何不用作古文？而施之劇戲，可付一笑也！

論襯字第十九

古詩餘無襯字，襯字自南、北二曲始。北曲配絃索，雖繁聲稍多，不妨引帶。南曲取按拍板，板眼緊慢有數，襯字太多，搶帶不及，則調中正字，反不分明。大凡對口曲，不能不用襯字；各大曲及散套，只是不用爲佳。細調板緩，多用二三字，尚不妨；緊調板急，若用多字，便躲閃不迭。凡曲自一字句起，至二字、三字、四字、五字、六字、七字句止。惟虞美人調有九字句，然是引曲。又非上二下七，則上四下五，若八字、十字以外，皆是襯字。今人不解，將襯字多處，亦下實板，致主客不分。如古荆釵記錦纏道『說甚麽晉陶潛認作阮郎』，『說甚麽』三字，襯字也，紅拂記卻作『我有屠龍劍釣鼇鉤射雕寶弓』，增了『屠龍劍』三字，是以『說甚麽』三字作實字也。拜月亭玉芙蓉末句『望當今聖明天子詔賢書』，本七字句，『望當今』三字係襯字，後人連襯字入句，如『我爲你數歸期畫損掠兒梢』，遂成十一字句。至『金爐寶篆消』曲末句，『算人心不比往來潮』，此是正格，『心』字當疊。詞隱謂『心』字下缺去聲、平聲二字，以爲此死腔活板，故是大誤。又琵琶記三換頭，原無正腔可對，前調『這其間只是我不合來長安看花』，後調『這其間只得把那壁廂且都拚捨』，每句有十三字，以爲是本腔耶？不應有此長句；以爲有襯字耶？不應於襯字上著板。浣紗卻字字效之，亦是無可奈何。殊不知『這其間只是我』與『這其間只得把』

是兩正句，以我字、把字叶韻。蓋東嘉此曲，原以歌戈、家麻二韻同用，他原普作拖，上我字與調中鎖、挫、他、墮、何五字相叶，下把字與調中駕、挂二字相叶。歷查遠而香囊、明珠、雙珠，近而竊符、紫釵、南柯，凡此二句皆韻，皆可爲琵琶用韻之證，故知浣紗之不韻，殊謬也。又如散套越恁好『鬧花深處』一曲，純是襯字，無異纏令。今皆著板，至不可句讀（音豆）。凡此類，皆襯字太多之故，訛以傳訛，無所底止。周氏論樂府，以不重韻，無襯字，韻險，語俊爲上。世間惡曲，必拖泥帶水，難辨正腔，文人自寡此等病也。

論對偶第二十

凡曲遇有對偶處，得對方見整齊，方見富麗。有兩句對，（如『簾幙風柔、庭闈晝永』，及『惟願取百歲椿萱、長似他三春花柳』類。）有三句對，（如蝶戀花『鳳棲梧鸞停竹』類。）有四句對，（如『亂荒荒不豐稔的年歲』四段相對類。）有隔句對，（如『郎多福』及『娘介福』兩段相對類。）有疊對，（如『翠減祥鸞羅幌』二句一對，下『楚館雲閑』二句又一對，下『目斷天涯雲山遠』二句又一對類。）有兩韻對，（如『春花明綵袖，春酒滿金甌』類。）有隔調對。（如『書生最見』二調，各末二句相對類。）當對不對，謂之草率；不當對而對，謂之矯强。對句須要字字的確，斤兩相稱方好。上句工寧下句工，一句好一句不好，謂之『偏枯』，須棄了另尋。借對得天成妙語方好，不然反見才窘，不可用也。

曲律卷第三

論用事第二十一

曲之佳處，不在用事，亦不在不用事。好用事，失之堆積；無事可用，失之枯寂。要在多讀書，多識故實，引得的確，用得恰好，明事暗使，隱事顯使，務使唱去人人都曉，不須解說。又有一等事，用在句中，令人不覺，如禪家所謂撮鹽水中，飲水乃知鹹味，方是妙手。西廂、琵琶用事甚富，然無不恰好，所以動人。玉玦句句用事，如盛書櫃子，翻使人厭惡，故不如拜月一味淸空，自成一家之爲愈也。又用得古人成語恰好，亦是快事；然只許單用一句，要雙句，須別處另尋一句對之。如琵琶月雲高曲末二句，第一調『正是西出陽關無故人，須信家貧不是貧』，第二調『他須記一夜夫妻百夜恩，怎做得區區陌路人』，第三調『他不到得非親却是親，我自須防人不仁』，如此方不堆積，方不蹈襲，故知此老胸中，別具一副爐錘也。

論過搭第二十二

過搭之法，雜見古人詞曲中，須各宮各調，自相爲次。又須看其腔之粗細，板之緊慢；前調尾與後調首要相配叶，前調板與後調板要相連屬。古每宮調皆有賺，取作過度而用。緣慢詞(即引子)止著底板，驟接過曲，血脈不貫，故賺曲前段，皆是底板，至末二句始下實板。戲曲中已間賓白，故多不用。諸宮調惟仙呂許與雙調相出入，其餘界限甚嚴，不得陵犯。惟十三調譜頗多出入，中商黃調以商調、黃鍾二調合成，高平調與諸調皆可出入；其餘各調出入，詳見十三調譜中。或謂南曲原不配絃索，不必拘拘宮調，不知南人第取按板，然未嘗不可取配絃索。又譬置目眉上，置鼻口下，亦何妨覷嗅，但不成人面部位，終非造化生人意耳。凡一調中，有取各調一二句合成，如六犯清音、七犯瓏瓏等曲，雖各調自有唱法，然既合爲一，須唱得接貼融化，令不見痕迹，乃妙。何元朗謂：北曲大和絃是慢板，花和絃是緊板。如中呂快活三臨了來一句放慢來，接唱朝天子，皆大和，又是慢板。緊慢相錯，何等節奏。南曲如錦堂月後僥僥令，念奴嬌後古輪臺，梁州序後節節高，一緊而不復收矣　然戲曲亦有中段却放緩唱者，不可一律論也。

論曲禁第二十三

曲律，以律曲也。律則有禁，具列以當約法：

重韻。（一字二三押。長套及戲曲不拘。）

借韻。（雜押傍韻，如支思，又押齊微類。）

犯韻。（有正犯——句中字，不得與押韻同音，如冬犯東類。有傍犯——句中即上去聲不得與平聲相犯，如董凍犯東類。）

犯聲。（即非韻脚。凡句中字同聲，俱不得犯，如上例。）

平頭。（第二句第一字，不得與第一句第一字同音。）

合脚。（第二句末一字，不得與第一句末一字同音。）

上上疊用。（上去字須間用，不得用兩上、兩去。）

上去、去上倒用。（宜上去，不得用去上；宜去上，不得用上去。活法。見前論平仄條中。）

入聲三用。（疊用三入聲。）

一聲四用。（不論平上去入，不得疊用四字。）

陰陽錯用。（宜陰用陽字；宜陽用陰字。）

閉口叠用。（凡閉口字，只許單用。如用侵，不得又用尋，或又用鹽咸、廉纖等字。雙字如深深、毿毿、㰹㰹類，不禁。）

韻脚多以入代平。（此類不免，但不許多用。如純用入聲韻，及用在句中者，俱不禁。）

叠用雙聲。（字母相同，如瓊瓏、皎潔類，止許用二字，不許連用至四字。）

叠用叠韻。（二字同韻，如逍遥、燦爛，亦止許用二字，不許連用至四字。）

開閉口韻同押。（凡閉口，如侵尋等韻，不許與開口韻同押。）

陳腐。（不新采。）

生造。（不現成。）

俚俗。（不文雅。）

蹇澀。（不順溜。）

粗鄙。（不細膩。）

錯亂。（無次序。）

蹈襲。（忌用舊曲語意。若成語，不妨。）

沾唇。（不脱口。）

拗嗓。（平仄不順。）

方言。（他方人不曉。）

語病。（聲不雅，如中原音韻所謂『「達不著主母機」，或曰「燒公鴨亦可」』類。）

請客。（如咏春而及夏，題柳而及花類。）

太文語。（不當行。）

太晦語。（費解說。）

經史語。（如西廂『靡不有初，鮮克有終』類。）

學究語。（頭巾氣。）

書生語。（時文氣。）

重字多。（不論全套單隻，凡重字俱用檢去。）

襯字多。（襯至五六字。）

堆積學問。

錯用故事。

宮調亂用。

緊慢失次。

對偶不整。

右諸禁，凡四十條。在知音高手，自然不犯。如不能盡免，須檢點去其甚者，令不礙眼；不爾終難爲識者，非法家曲也。

論套數第二十四

套數之曲，元人謂之『樂府』，與古之辭賦，今之時義，同一機軸。有起有止，有開有闔。須先定下間架，立下主意，排下曲調，然後遣句，然後成章。切忌湊插，切忌將就。務如常山之蛇，首尾相應，又如鮫人之錦，不著一絲紕纇。意新語俊，字響調圓，增減一調不得，顚倒一調不得，有規有矩，有色有聲，衆美具矣！而其妙處，政不在聲調之中，而在句字之外。又須煙波渺漫，姿態橫逸，攬之不得，挹之不盡。摹歡則令人神蕩，寫怨則令人斷腸，不在快人，而在動人。此所謂『風神』，所謂『標韻』，所謂『動吾天機』。不知所以然而然，方是神品，方是絕技。即求之古人，亦不易得。金在衡謂古散套無佳者，僅北調『萬種閒愁』一曲。何元朗以爲秪得『馬上抱雞三市鬭，袖中攜劍五陵遊』二句差勝，乃用晚唐羅隱詩。其餘蕪淺，殊不足觀。余謂北曲尚有佳者，惟南曲最不易得。弇州謂『暗想當年羅帕上把新詩寫』，是元人作，學問、才情足冠諸本。是大不然。此曲首調第一七字句，便下五襯字，旣已非法；第三句多了一字，語亦無謂；第四五句『軟玉溫香，嫩枝柔葉』，空無著落；末二句『琴瑟正和協，不覺花影轉過梧桐月』，意復不接；第二調沉醉東風又起一頭。特此後語意頗佳。至末段，詞亦爛熳奔湧，然只是一意敷演，又不當與前忒忒令『燕山絕，湘江竭，斷魚封雁帖』三語相妨，無足取也。無已，則陳大聲『因他消瘦』一曲，又首調『羞問花時還問柳』數語秖是請客，次調懶畫眉『繡戶輕寒透，十二珠簾不上鈎』二句湊插，第三調金索挂梧桐『黃鶯似喚儔』四句又是請客；只浣溪沙以下數調，語意流麗，頗自可人，前段終非完璧；才難之歎，於斯益信。大略作長套曲，只是打成一片，將各調臚列，待他來湊我機軸；不可做了一調，又尋一調意思。西廂記每套只是一個頭腦，有前調末句牽搭後調做者，有後調首句補足前調做者，單槍匹馬，橫衝直撞，無不可人，他調殊未能知此竅竅也。

論小令第二十五

作小令與五七言絕句同法，要醞藉，要無襯字，要言簡而趣味無窮。昔人謂：五言律詩，如四十個賢人，著一個屠沽不得。小令亦須字字看得精細，著一戾句不得，著一草率字不得。弇州論詞，所謂宛轉綿麗，淺至儇俏，正作小令至語。周氏謂樂府小令兩途，樂府語可入小令，小令語不可入樂府，未必其然。渠所謂小令，蓋市井所唱小曲也。

論咏物第二十六

咏物毋得罵題，却要開口便見是何物。不貴說體，只貴說用。佛家所謂不即不離，是相非相，只於牝牡驪黄之外，約略寫其風韻，令人髣髴中如燈鏡傳影，了然目中，却摸捉不得，方是妙手。元人王和卿咏大蝴蝶：『掙破莊周夢，兩翅駕東風。三百座名園，一採一箇空。誰道風流種？諕殺尋芳的蜜蜂。輕輕飛動，把賣花人搧過橋東。』只起一句，便知是大蝴蝶。下文勢如破竹，却無一句不是俊語。古詞咏柳『窺青眼』，開口便知是柳，下『偏宜向朱門羽戟，畫橋游舫』，又『倚闌凝望，消得幾番暮雨斜陽』等，皆從柳外做去，所以渺茫多趣。他如祝京兆咏月、陶陶區咏雁、梁伯龍咏蛺蝶等，非無一二佳語，只夾雜凡俗，便是不成片段。小令北調，王西樓最佳，如咏浴裙、睡鞋等曲，首首尖新。王渼陂、馮海浮咏鞋杯諸曲，亦多巧句。海浮『月兒芽彎環在腮上，筍兒尖穿破了鼻梁』，及『環兒脚一彎，花兒瓣兩邊』，又『心坎兒裏踢蹬，肚囊兒裏款行，腸横兒裏穿芳徑』等，尤稱妙絕；亦未免間以粗豪語，不無遺恨耳。問：如何是說體？如昔人咏柳絮『一似半天飄粉，遠樹疑酥，平地飛瓊堵』是也。如何是說用？如咏草『斜陽外，幾家斷橋村塢』，又『池塘雨歇，夢回南浦』，又『王孫何事在長途，好歸去，又驚春暮』是也。

論俳諧第二十七

俳諧之曲，東方滑稽之流也，非絕穎之姿，絕俊之筆，又運以絕圓之機，不得易作。著不得一箇太文字，又著不得一句張打油語。須以俗爲雅，而一語之出，輒令人絕倒，乃妙。元人嘲禿指甲詞：『十指如枯筍，和袖捧金尊。搊殺銀箏字不眞。揉癢天生鈍。縱有相思淚痕，索把拳頭揾。』中原音韻及弇州皆極賞之，然首語及『揉癢天生鈍』句，尚覺著相。此體亦是西樓最佳，如失雞、轉五方等曲，皆極當行。吾鄉徐天池先生，生平諧謔小令極多，如嘲少髮大脚妓黃鶯兒中二句『妝臺上省油，蹶打處省揪，未下妝樓，金蓮一步，佔著兩塊大磚頭』，嘲瘦妓『四兩麪條搓，抹胸膛三寸羅，俏郎君一手擂(平聲)三箇』，嘲歪嘴妓『一箇海螺兒在腮邊不住吹，面前說話倒與傍人對，未抹胭脂，櫻桃一點搓(去聲)過鼻梁西』等曲，大爲士林傳誦，今未見其人也。

論險韻第二十八

作曲好用險韻，亦是一僻。須韻險而語則極俊，又極穩妥，方妙。西廂之『不念法華經，不禮梁王孅』，及『彩筆題詩，迴文織錦』，何語不佞，何韻不妥！又國初人蕭淑蘭劇，全押廉纖、監咸、侵尋、桓歡四韻，亦字字穩俏。近見押此等韻者，全無奇怪峭絕處，只是湊得韻來，便以爲難事。夫欲借險韻以見難，而止是平通趁韻，無以異於人也，亦何取此等韻爲耶！故知百尺竿頭遲技，非古所謂『肉飛仙』手段不可，庸衆人故當以此爲戒。

論巧體第二十九

古詩有離合、建除、人名、藥名、州名、數目、集句等體。元人以數目入曲，作者甚多，句首自一至十，有順去逆回者。輟耕錄載折桂令起句『博山銅細裊香風』，一句兩韻，名曰『短柱』，爲極難作；虞邵菴作『鑾輿三顧茅廬』一曲擬之，則二字一韻，蓋尤難矣。喬夢符有『當時處士山祠』一曲，亦用此體。嘉靖間，北都有劉憲副效祖者用此體，凡平聲每韻各賦一首，可稱一癖。詞林摘艷有粉蝶兒『從東隴風動松呼』長套，句句兩字一韻，然不見佳。藥名詩，須字則正用，意却假借，讀去不覺，詳看始見，方得作法，如所謂『四海無遠志，一溪甘遂心』是也。陳大聲有藥名散套，首句『今年牡丹開較遲』，便是直用其名，更無別意。又後多借同音字爲用，如借『霜梅』爲『雙眉』，『茴香』爲『回鄉』，其語猶俏；至借『白芨』爲『北極』，『滑石』爲『化石』，政可發一胡盧矣。今紅藥用藥名、牌名、五色、五聲、八音及瀟湘八景、離合、集句等體，種種皆備，然不甚合作。倘不能窮極妙境，不如毋添蛇足之爲愈也。

論劇戲第三十

劇之與戲，南北故自異體。北劇僅一人唱，南戲則各唱。一人唱則意可舒展，而有才者得〔三五〕盡其春容之致；各人唱則格有所拘，律有所限，即有才者，不能恣肆於三尺之外也。於是：貴剪裁，貴鍛鍊——以全帙爲大間架，以每折爲折落，以曲白爲粉堊、爲丹艧；勿落套，勿不經，勿太蔓，蔓則局懈，而優人多删削；勿太促，促則氣迫，而節奏不暢達；毋令一人無著落，毋令一折不照應。傳中緊要處，須重著精神，極力發揮使透。如浣紗遺了越王嘗膽及夫人採葛事，紅拂私奔，如姬竊符，皆本傳大頭腦，如何草草放過！若無緊要處，只管敷演，又多惹人厭憎：皆不審輕重之故也。又用宮調，須稱事之悲歡苦樂，如遊賞則用仙呂、雙調等類，哀怨則用商調、越調等類，以調合情，容易感動得人。其詞格俱妙，大雅與當行參間，可演可傳，上之上也；詞藻工，句意妙，如不諧里耳，爲案頭之書，已落第二義；既非雅調，又非本色，掇拾陳言，湊插俚語，爲學究、爲張打油，勿作可也——

論引子第三十一

引子，須以自己之腎腸，代他人之口吻。蓋一人登場，必有幾句緊要說話，我設以身處其地，模寫其似，却調停句法，點檢字面，使一折之事頭，先以數語該括盡之，勿晦勿泛，此是上諦。琵琶引子，首首皆佳，所謂開門見山手段。浣紗如范蠡而曰『尊王定霸，不在桓、文下』，施之越王則可，越夫人而曰『金井轆轤鳴，上苑笙歌度，簾外忽聞宣召聲，忙蹙金蓮步』，是一宮人語耳！只苧羅山下一引頗佳，中『春風無那』，却不可解；餘俱非腐則漫。玉玦諸引，雖傷過文，然語俊調雅，不失爲才士之作。近惟還魂二夢之引，時有最俏而最當行者，以從元人劇中打勘出來故也。明珠引子，時用詩餘；寶劍引子，多出已創，皆不足爲法。自來唱引子，皆於句盡處用一底板；詞隱於用韻句下板，其不韻句止以鼓點之，譜中只加小圈讀斷，此是定論。

論過曲第三十二

過曲體有兩途：大曲宜施文藻，然忌太深；小曲宜用本色，然忌太俚。須奏之場上，不論士人閨婦，以及村童野老，無不通曉，始稱通方。最要落韻穩當。如琵琶『手指上血痕尙在衣麻』，『衣麻』是何話說？紅拂『髻雲撩』下無『亂』字，是歇後語矣！皆謂趁韻。又不可令有敗筆語。琵琶僥僥令，既云『但願歲歲年年人長在，父母共夫妻相勸酬』，下却又云『夫妻長廝守，父母願長久』，說過又說；至『兩山排闥』二句，與上何干？大是請客！尾聲『惟有快活是良謀』，直張打油語矣。用韻，須是一韻到底方妙；屢屢換韻，畢竟才短之故，不得以琵琶、拜月藉口。若重韻，則正不必拘，古劇皆然。避而牽强，不若重而穩俏之爲愈也。

論尾聲第三十三

尾聲以結束一篇之曲，須是愈著精神，末句更得一極俊語收之，方妙。凡北曲煞尾，定佳。作南曲者，只是潦草收場，徒取完局，所以戲曲中絕無佳者，以不知此竅故耳。各宮調尾聲，或平煞，或仄煞，各有定格，詞隱雖臚列譜中，然祇是檢舊曲訂出。舊曲實未必皆是。必如十三調譜中舊定諸格，方是不差，惜原曲有不能盡見者耳。今錄於後：

情未斷煞。（仙呂、羽調同此尾。）『衷腸悶損』尾文是也。

三句兒煞。（黃鍾尾。）『春容漸老』尾文是也。

尙輕圓煞。（正宮、大石同尾。）『祝融南度』尾文是也。
尙遶梁煞。（商調尾。）『那日忽覩多情』尾文是也。
尙如縷煞。（中呂有二樣，此係低一格尾。）『料峭東風』尾文是也。（般涉同。）
喜無窮煞。（中呂高一格尾。）『子規聲裏』尾文是也。
尙按節拍煞。（道宮尾。）『新篁池閣』尾文是也。
不絕令煞。（南呂尾。）『明月雙溪』尾文是也。
有餘情煞。（越調尾。）『炎光謝了』尾文是也。
收好姻煞。（小石尾。）『花底黃鸝』尾文是也。
有結果煞。（雙調尾。）『簫聲喚起』尾文是也。
又有本音就煞，謂之隨煞。　又有雙煞。　又有借音煞。　又有和煞。
凡一調作二曲，或四曲、六曲、八曲，及兩調各止一二曲者，俱不用尾聲。

論賓白第三十四

賓白，亦曰『說白』。有『定場白』，初出場時，以四六飾句者是也。有『對口白』，各人散語是也。

定場白稍露才華，然不可深晦。紫簫諸白，皆絕好四六，惜人不能識；琵琶黄門白，只是尋常話頭，略加貫串，人人曉得，所以至今不廢。對口白須明白簡質，用不得太文字；凡用之、乎、者、也，俱非當家。浣紗純是四六，寧不厭人！又凡『者』字，惟北劇有之，今人用在南曲白中，大非體也。句字長短平仄，須調停得好，令情意宛轉，音調鏗鏘，雖不是曲，却要美聽。諸戲曲之工者，白未必佳，其難不下於曲。玉玦諸白，潔淨文雅，又不深晦，與曲不同，只稍欠波瀾。大要多則取厭，少則不達，蘇長公有言：『行乎其所當行，止乎其所不得不止。』則作白之法也。

論插科第三十五

插科打諢，須作得極巧，又下得恰好。如善說笑話者，不動聲色，而令人絕倒，方妙。大略曲冷不鬧場處，得淨、丑間插一科，可博人哄堂，亦是劇戲眼目。若略涉安排勉强，使人肌上生粟，不如安靜過去。古戲科諢，皆優人穿插，傳授爲之，本子上無甚佳者。惟近顧〔二六〕學憲青衫記，有一二語咄咄動人，以出之輕俏，不費一毫做造力耳。黄山谷謂：『作詩似作雜劇，臨了須打諢，方是出場。』蓋在宋時已然矣。

落詩，亦惟琵琶得體。每折先定下古語二句，却湊二語其前，不惟場下人易曉，亦令優人易記。自玉玦易詩語爲之，於是爭趨於文。邇有集唐句以逞新奇者，不知喃喃作何語矣。用得親切，較可。如浣紗范蠡遇西施折，用『芙蓉脂肉綠雲鬟』一詩，所謂風乍起，吹皺一池春水，干卿何事？

論部色第三十七

夢遊錄云：『今教坊開場，先引一段尋常事，名曰「豔段」，次正雜劇，爲兩段。末泥色主張，引戲色分付，副淨色發喬，副末色打諢；又或添一人裝孤。其次曲破斷送者，謂之「把香」。』輟耕錄云：『傳奇出於唐。宋有戲曲。金有院本、雜劇。院本，一人曰「副淨」，爲「參軍」；一曰「副末」，謂之「蒼鶻」，——鶻能擊衆鳥，末可打副淨，故云；一曰引戲；一曰末泥；一曰裝孤。又謂之「五花爨弄」。』今南戲副淨同上，而末泥卽生，裝孤卽旦，引戲則末也。一說：曲貴熟而曰『生』，婦宜夜而曰『旦』，末先出而曰『末』，淨喧閙而曰『淨』；反言之也；其貼則旦之佐，丑則淨之副，外則末之餘，明矣。按：丹丘先生謂雜劇、院本有正末、副末、狚、狐、靚、鴇、猱、捷譏、引戲九色之名，又謂唐爲傳奇，宋爲戲文，金時院本、雜劇合而爲一，元分爲二。雜劇者，雜戲也。院本者，行院之本也。又按：元雜劇中，名色不同，末則有正末、副末、冲末（卽副末）、砌末、小末，旦則有正旦、副旦、貼旦（卽副旦）、茶旦、外旦、小旦、旦兒（卽小旦）。卜旦——亦曰卜兒（卽老旦）。又有外，有孤（裝官者），有細酸（亦裝生者），有孛老（卽老雜）。小廝曰『徠』，從人曰『祇從』，雜脚曰『雜當』，裝賊曰『邦老』。凡斷役，皆曰『張千』；有二人，則曰『李萬』。凡酒保皆曰『店小二』。今之南戲，則有正生、貼生（或小生）、正旦、貼旦、老旦、小旦、外、末、淨、丑（卽中淨）、小丑（卽小淨），共十二人，或十一人，與古小異。古孤以裝官，夢遊錄所謂裝孤卽旦，非也。又丹丘以狚、狐、鴇、猱並列，卽『孤』當亦是『狐』字之誤耳。嘗見元劇本，有於卷首列所用部色名目，並署其冠服、器械，曰某人冠某冠，服某衣，執某器，最詳；然其所謂冠服、器械名色，今皆不可復識矣。

論訛字第三十八

戲曲有相傳既久，致訛字間出，或係刻本之誤，或爲俗子所改，致撰人叫屈，識者貽嗤，不一而足。如西廂『風欠酸丁』之『欠』，俗子作『耍』字音，至去其字之轉筆處一『丿』，並字形亦爲改削，不知字書從無此字。元賈仲名蕭淑蘭劇寄生草曲：『改不了强（去聲。）文𢡟醋饑寒臉（音斂，不作檢音），斷不了詩云、子曰酸風欠，離不了之乎者也腌窮儉。』以欠與上之『臉』、下之『儉』叶韻，明白可證。蓋起於南人，但知有『風耍』俗語，不知北音，遂妄倡是說。不意金在衡輩亦爲所誤。筆之正訛。夫使果爲『風耍』之義，何不逕用『耍』字，而以『欠』字代之耶？其在琵琶記者尤多。如請糧普天樂，原以家麻、戈歌二韻通用，其云『豈忍見公婆受餓』，正與上『弟和兄更沒一箇』、下『直恁摧挫』相叶，却改作『受餒』。又有從而附和之者，以爲避俗。夫琵琶久用本色語矣，餓字亦何俗之有，乃妄改之，而反以不韻爲快耶？成親女冠子引『丈夫得志，佳婿乘龍』，與上下入聲簇、促韻全不叶。或改作『坦腹』，於韻是矣，而與後之『兀的東床，難教我坦腹』，又犯重複。直是難擇，則是東嘉自誤。雙聲子『娘介福』，用詩經語。俗子改作『分福』，以不識『介』字義，又與『分』字字形相近之故；後復改作『萬福』，又『万』與『分』相近之故也。剪髮香羅帶第三調『堪憐愚婦人』，下當云『單身又貧』，却易爲『窮』，亦誤。記中每對偶甚整。向謂『孔雀屏開』當作『開屏』，與下『芙蓉隱褥』相對，近詞隱於考誤已正之矣。又嘗疑『新篁池閣』、『槐陰庭院』二語，『槐陰』與『新篁』不對，必有誤字。『新篁』當以『高槐』爲對，乃的。孟郊詩：『高槐結浮陰』非無出也。即此曲前云『深院荷香滿』，又『只管打扇與燒香』，又『一架荼蘼滿院香』，下又云『香肌無暑』，又『一點風來香滿』，又『香匳日永』，又『香消寶篆沈煙』，又『怎遂得黃香願』，又『猛然心地熱透香汗』，又『只見荷香十里』，又『清香瀉下瓊珠濺』，連用十一『香』字，重疊之甚；而香滿、香匳、香消三句疊用，尤爲不妥。有改『香匳』作『湘簾』者，與上『薔薇簾幙』又重，不可強爲之解。本折落詩：『歡娛休問夜如何，此景良宵能幾何？』兩『何』字亦重。下『何』字，蓋『多』字之誤耳。他如明珠記二郎神換頭『果然是萍水相遭』，與上之『問分曉』、下之『郎年少』相叶，因坊本誤刻而皆唱作『相逢』。又紅拂記古輪臺『刺船陳孺』，『刺』字或作『次』音，或作『辣』音，皆非。當音作『戚』。陳孺，謂陳平也。刺船事，見史記，却無正音。莊子漁父篇註『音戚』，此可爲證。懶畫眉『只得顛倒衣裳試覷渠』，『倒』字皆唱作上聲。夫去聲則『顛倒』之義也，上聲則『傾倒』之『倒』，於義不協矣。此則起於朱子註詩。此老執拗，甚不可解。詩言：『東方未明，顛倒衣裳；顛之倒之，自公召之。』下『顛之倒之』，卽覆說上文『顛倒』二字之辭，其實一也，却於上『倒』字音作上聲，而下『倒』字音作去聲，此何說也？又『撇道』，北人調侃說『脚』也。湯海若還魂記末折『把那撇道兒搭長舌揸』，是以『撇道』認作雞子也，誤甚。又散套『梅家莊水罐湯餅打爲破屑』，當作『謝家莊』，正崔護乞漿處也。又『窺青眼』曲，白練序換頭『蕭郎信渺茫』下，舊原作『還追想當年處士莊』，詞選作『漫留下當年繫馬椿』，俚甚，非白語。『眼望旌節旗，耳聽好消息』。出元人雜劇，今皆訛作『旌捷旗』，然似不如『捷旌旗』與下『好消息』對，爲的。『憑君走到夜摩天』，『夜摩天』語出藏經，今皆訛作『焰摩天』。『不如意事常八九，可與言人無二三』。謂可與語言之人難得也；今訛作『可與人言』。『兩葉浮萍歸大海』，蓋本白樂天『與君何處重相遇，兩葉浮萍大海中』詩語，詞隱唱曲當知以爲非是，或偶未見此詩耳。大抵刻本中誤處，須以意理會，不可便仍其誤。彼優人俗子，既不能曉，吾輩又不爲是正，幾何不令千古之聵聵耶！

雜論第三十九上（係縱筆漫書，初無倫次。）

詞曲小道。遏雲、落塵，遠不暇論。明皇製春光好曲而桃杏皆開，世歌虞美人曲而草能按節以舞，聲之所感，豈其微哉！

南、北二調，天若限之。北之沉雄，南之柔婉，可畫地而知也。北人工篇章，南人工句字。工篇章，故以氣骨勝；工句字，故以色澤勝。

勝國諸賢，蓋氣數一時之盛。王、關、馬、白，皆大都人也，今求其鄉，不能措一語矣。（大都，即今北京。）

正音譜中所列元人，各有品目，然不足憑。涵虛子於文理原不甚通，其評語多足付笑。又前八十二人有評，後一百五人漫無可否，筆力竭耳，非眞有所甄別其間也。

胡鴻臚言：『元時，臺省元臣、郡邑正官，皆其國人爲之；中州人每沈抑下僚，志不獲展，如關漢卿乃太醫院尹，馬致遠江浙行省務官，宮大用釣臺山長，鄭德輝杭州路吏，張小山首領官，於是多以有用之才，寓於聲歌，以紓其拂鬱感慨之懷，所謂不得其平而鳴也。』然其時如貫酸齋、白無咎、楊西菴、胡紫山、盧疎齋、趙松雪、虞邵菴輩，皆昔之宰執貴人也，而未嘗不工於詞。以今之宰執貴人，與酸齋諸公角而不勝；以今之文人墨士，與漢卿諸君角而又不勝也。蓋勝國時，上下成風，皆以詞爲尙，於是業有專門；今吾輩操管爲時文，旣無暇染指，迨起家爲大官，則不勝功名之念，致仕居鄉，又不勝田宅子孫之念，何怪其不能角而勝之也！

人之賦才，各有所近。馬東籬、王實甫，皆勝國名手。馬於黃粱夢、岳陽樓諸劇，種種妙絕，而一遇麗情，便傷雄勁；王於西廂、絲竹芙蓉亭之外，作他劇多草草不稱。尺有所短，信然。

古戲不論事實，亦不論理之有無可否，於古人事多損益緣飾爲之，然尙存梗槩。後稍就實，多本古史傳雜說略施丹堊，不欲脫空杜撰。邇始有揑造無影響之事以欺婦人、小兒者，然類皆優人及里巷小人所爲，大雅之士亦不屑也。

元人作劇，曲中用事，每不拘時代先後。馬東籬三醉岳陽樓，賦呂純陽事也。寄生草曲：『這的是燒猪佛印待東坡，抵多少騎驢魏野逢潘閬。』俗子見之，有不嘗以爲傳唐人用宋事耶？畫家謂王摩詰以牡丹、芙蓉、蓮花同畫一景，畫袁安高臥圖有雪裏芭蕉，此不可易與人道也

詞曲本文人能事，亦有不盡然者。周德清撰中原音韻，下筆便如葛藤，所作『宰金頭黑脚天鵝』折桂令、『燕子來海棠開』塞兒令、『臉霞鬟鴉』朝天子等曲，又特警策可喜，卽文人無以勝之，是殊不可曉也。

南、北二曲，用字不得相混。今南曲中有用『者』字、『兀』字、『您』字、『喒』字，及南曲而用北韻，以『白』爲『排』，以『壑』爲『好』之類，皆大非體也。

元人諸劇，爲曲皆佳，而白則猥鄙俚褻，不似文人口吻。蓋由當時皆教坊樂工先撰成間架說白，却命供奉詞臣作曲，謂之『填詞』。凡樂工所撰，士流恥爲更改，故事款多悖理，辭句多不通。不似今作南曲者盡出一手，要不得爲諸君子疵也。

北曲方言時用，而南曲不得用者，以北語所被者廣，大略相通，而南則土音各省、郡不同，入曲則不能通曉故也。

元人雜劇，其體變幻者固多，一涉麗情，便關節大略相同，亦是一短。又古新奇事迹，皆爲人做過。今日欲作一傳奇，毋論好手難遇，卽求一典故新采可動人者，正亦不易得耳。

元詞選者甚多，然皆後人施手，醇疵不免。惟太平樂府係楊澹齋所選，首首皆佳。蓋以元人選元

詞，猶唐人之選中興閒氣、河洛英靈二集，具眼故在也。

北人尙餘天巧，今所流傳打棗竿諸小曲，有妙入神品者；南人苦學之，决不能入。蓋北之打棗竿，與吳人之山歌，不必文士，皆北里之俠，或閨闥之秀，以無意得之，猶詩鄭、衞諸風，修大雅者反不能作也。

世稱曲手，必曰關、鄭、白、馬，顧不及王，要非定論。稱戲曲曰荆、劉、拜、殺，益不可曉，殆優人戲單語耳。

唐三百年，詩人如林。元八十年，北詞名家亦不下二百人。明興二百四十年，作南曲錚錚者，指不易多屈，何哉？

古戲必以西廂、琵琶稱首，遞爲桓、文。然琵琶終以法讓西廂，故當離爲雙美，不得合爲聯璧。

琵琶遺意嘔心，造語刺骨，似非以漫得之者，顧多蕪語、累字，何耶？

西廂組豔，琵琶脩質，其體固然。何元朗並訾之，以爲『西廂全帶脂粉，琵琶專弄學問，殊寡本色』。夫本色尙有勝二氏者哉？過矣！

拜月語似草草，然時露機趣；以望琵琶，尙隔兩塵；元朗以爲勝之，亦非公論。

世傳拜月爲施君美作，然錄鬼簿及太和正音譜皆載在漢卿所編八十一本中，不曰君美。君美名惠，杭州人，吳山前坐賈也。南戲自來無三字作目者，蓋漢卿所謂拜月亭，係是北劇，或君美演作南戲，遂仍其名不更易耳。

古之優人，第以諧謔滑稽供人主喜笑，未有並曲與白而歌舞登場如今之戲子者；又皆優人自造科套，非如今日習現成本子，俟主人揀擇，而日日此伎倆也。如優孟、優旃、後唐莊宗，以迨宋之靖康、紹興，史籍所記，不過『葬馬』、『漆城』、『李天下』、『公冶長』、『二聖環』等諧語而已。即金章宗時，董解元所爲西廂記，亦第是一人倚絃索以唱，而間以說白。至元而始有劇戲，如今之所搬演者是。此竅由天地開闢以來，不知越幾百千萬年，俟夷狄主中華，而於是諸詞人一時林立，始稱作者之聖，嗚呼異哉！

南戲曲，從來每人各唱一隻。自拜月以兩三人合唱，而詞隱諸戲遂多用此格。畢竟是變體，偶一爲之可耳。

琵琶工處甚多，然時有語病，如第二折引『風雲太平日』，第三折引『春事已無有』，三十一折引『也只爲我門楣』，皆不成語。又蔡別後，趙氏寂寥可想矣，而曰『翠減祥鸞羅幌，香消寶鴨金爐，楚館雲閒，秦樓月冷』，後又曰『寶瑟塵埋，錦被羞鋪，寂寞瓊牕，蕭條朱戶』等語，皆過富貴，非趙所宜。二十六折駐馬聽『書寄鄉關』二曲，皆本色語，中『著啼痕緘處翠綃斑』二語，及『銀鈎飛動綵雲牋』二語，皆不搭色，不得爲之護短。至後八折，眞傖父語。或以爲朱教諭所續，頭巾之筆，當不誣也。

弇州謂『琵琶「長空萬里」完麗而多蹈襲』，似誠有之。元朗謂其『無蒜酪氣。如王公大人之席，駞峯、熊掌，肥腯盈前，而無蔬、筍、蜆、蛤，遂欠風味』。余謂：使盡廢駞峯、熊掌，抑可以羞王公大人耶？此亦一偏之說也。

古曲自琵琶、香囊、連環而外，如荆釵、白兎、破窰、金印、躍鯉、牧羊、殺狗勸夫等記，其鄙俚淺近，若出一手。豈其時兵革孔棘，人士流離，皆村儒野老塗歌巷詠之作耶？殺狗，頃吾友鬱藍生爲釐韻以飭，而整然就理也，蓋一幸矣。

元初諸賢作北劇，佳手疊見。獨其時未有爲今之南戲者，遂不及見其風槩，此吾生平一恨！

作北曲者，如王、馬、關、鄭輩，創法甚嚴。終元之世，沿守惟謹，無敢踰越。而作南曲者，如高如施，平仄聲韻，往往離錯。作法於涼，馴至今日，蕩然無復底止，則兩君不得辭作俑之罪，眞有幸不幸也。

元朗謂：『呂蒙正內「紅妝豔質，喜得功名遂」，王祥內「夏日炎炎，今箇最關情處，路遠迢遙」，殺狗內「千紅百翠」，江流內「崎嶇去路賒」，南西廂內「團團皎皎」、「巴到西廂」，翫江樓內「花底黃鸝」，子母冤家內「東野翠煙消」，詐妮子內「春來麗日長」，皆上絃索，正以其辭之工也。』亦未必然。此數曲昔人偶打入絃索，非字字合律也。又謂：『寧聲叶而辭不工，無寧辭工而聲不叶。』此有激之言。夫不工，奚以辭爲也！

明珠記本唐人小說，事極典麗，第曲白類多蕪葛。僅『良宵杳』一套，不特詞句婉俏，而轉折亦委曲可念，弇州所謂『其兄浚明給事助之者』耶？然引曲用調名殊不佳，尾聲及後黃鶯兒二曲俱俚率不稱，若出兩手，何耶？

中原音韻十七宮調，所謂『仙呂宮淸新綿邈』等類，蓋謂仙呂宮之調，其聲大都淸新綿邈云爾。其云『十七宮調各應於律呂』，『於』字以不嫺文理之故。太和正音譜於仙呂等各宮調字下加一『唱』字，係是贅字。然猶可以『唱』代『曲』字，謂某宮之曲，其聲云云也。至弇州加一『宜』字，則大拂理矣！豈作仙呂宮曲與唱仙呂宮曲者，獨宜淸新綿邈，而他宮調不必然？以是知蛇足之多，爲本文累也。

論曲，當看其全體力量如何，不得以一二語偶合，而曰某人、某劇、某戲、某句、某句似元人，遂執以槩其高下。寸瑜自不掩尺瑕也。

曲之尙法固矣，若僅如下算子、畫格眼、垜死屍，則趙括之讀父書，故不如飛將軍之橫行匈奴也。

當行本色之說，非始於元，亦非始於曲，蓋本宋嚴滄浪之說詩。滄浪以禪喩詩，其言：『禪道在妙悟，詩道亦然。惟悟乃爲當行，乃爲本色。有透徹之悟，有一知半解之悟。』又云：『行有未至，可加工力；路頭一差，愈騖愈遠。』又云：『須以大乘正法眼爲宗，不可令墮入聲聞辟支之果。』知此說者，可與語詞道矣。

作詞守成法，尺尺寸寸，句㲉字研，俾無累功令，易耳。然其至爾力，其中非爾力，故入曲三昧，在『巧』之一字。

唱曲欲其無字。即作曲者用綺麗字面，亦須下得恰好，全不見痕迹礙眼，方爲合作。若讀去而烟雲花鳥、金碧丹翠、横垛直堆，如攤賣古董，鋪綴百家衣，使人種種可厭，此小家生活，大雅之士所深鄙也。

上去、去上之間，用有其字必不可易而强爲避忌，如易『地』爲『土』，改『宇』作『廈』，致與上下文生拗不協，甚至文理不通，不若順其自然之爲貴耳。

南曲之有陰陽也，其竅今日始闢。然此義微之又微，所不易辨，不能字字研其至當。當亦如前取務頭法，將舊曲子令優人唱過，但有其字是而唱來却非其字本音者，即是宜陰用陽、宜陽用陰之故，較可尋繹而得之也。

揭調之說，不特今曲爲然。楊用脩詩話云：『樂府家謂揭調者，高調也。高駢詩：「公子邀歡月滿樓，佳人揭調唱伊州。便從席上西風起，直到蕭關水盡頭」。』則唐時之歌曲，可想見矣。

凡曲之調，聲各不同，已備載前十七宮調下。至各韻爲聲，亦各不同。如東鍾之洪，江陽、皆來、蕭豪之響，歌戈、家麻之和，韻之最美聽者。寒山、桓歡、先天之雅，庚青之清，尤侯之幽，次之。齊微之弱，魚模之混，真文之緩，車遮之用雜入聲，又次之。支思之萎而不振，聽之令人不爽。

至侵尋、監咸、廉纖，開之則非其字，閉之則不宜口吻，勿多用可也。

作散套較傳奇更難。傳奇各有本等事頭鋪襯，散套鑿空爲之。散套中登臨、遊賞之詞較易，閨情尤難，蓋閨情古之作者甚多，好意、好語，皆爲前人所道，不易脫此窠臼故也。白樂天作詩，必令老嫗聽之，問曰：『解否？』曰『解』，則錄之；『不解』，則易。作劇戲，亦須令老嫗解得，方入衆耳，此卽本色之說也。

劇戲之道，出之貴實，而用之貴虛。明珠、浣紗、紅拂、玉合，以實而用實者也；還魂、『二夢』，以虛而用實者也。以實而用實也易，以虛而用實也難。

劇戲之行與不行，良有其故。庸下優人，遇文人之作，不惟不曉，亦不易入口。村俗戲本，正與其見識不相上下，又鄙猥之曲，可令不識字人口授而得，故爭相演習，以適從其便。以是知過施文彩，以供案頭之積，亦非計也。

世多可歌之曲，而難可讀之曲。歌則易以聲掩詞，而讀則不能掩也。

世有不可解之詩，而不可令有不可解之曲。曲之不可解，非入方言，則用僻事之故也。『胡廝哩』、『兩喬才』，此方言也。『韓景陽』、『大來頭』，此僻事也。作南戲，而兩語皆南人所不識，皆曲之病也。

古戲如荊、劉、拜、殺等，傳之幾二三百年，至今不廢。以其時作者少，又優人戲單，無此等名目便以爲缺典，故幸而久傳。若今新戲日出，人情復厭常喜新，故不過數年，卽棄閣不行，此世數之變也。

作曲如生人耳目口鼻，非不犂然各具，然西施、嫫母，妍醜殊觀，王公、廝養，貴賤異等，墮地以來，根器區別，欲勉强一分，幾而及之，必不可得也。

唐之絕句，唐之曲也，而其法宋人不傳。宋之詞，宋之曲也，而其法元人不傳。以至金、元人之北詞也，而其法今復不能悉傳。是何以故哉？國家經一番變遷，則兵燹流離，性命之不保，遑習此太平娛樂事哉。今日之南曲，他日其法之傳否，又不知作何底止也！爲慨，且懼。

曲律卷第四

雜論第三十九下

李中麓序刻元喬夢符、張小山二家小令，以方唐之李、杜。夫李則實甫，杜則東籬，始當；喬、張，蓋長吉、義山之流。然喬多凡語，似又不如小山更勝也。

關雎、鹿鳴，今歌法尙存，大都以兩字抑揚成聲，不易入里耳。漢之朱鷺、石流，讀尙聱牙，聲定稚樸。晉之子夜、莫愁，六朝之玉樹、金釵，唐之霓裳、水調，卽日趨冶豔，然祇是五七詩句，必不能縱橫如意。宋詞句有長短，聲有次第矣，亦尙限邊幅，未暢人情。至金、元之南北曲，而極之長套，斂之小令，能令聽者色飛，觸者腸靡，洋洋纚纚，聲蔑以加矣！此豈人事，抑天運之使然哉。

予在都門日，一友人攜文淵閣所藏刻本樂府大全（又名樂府渾成）一本見示，蓋宋、元時詞譜。

（卽宋詞，非曲譜。）止林鍾商一調，中所戴詞至二百餘闋，皆生平所未見。以樂律推之，其書尙多，當得數十本。所列凡目，亦世所不傳。所畫譜，絕與今樂家不同。有卜算子、浪淘沙、鵲橋仙、摸魚兒、西江月等，皆長調，又與詩餘不同。有嬌木笪，則元人曲所謂喬木查，蓋沿其名而誤其字者也。中佳句有『酒入愁腸，誰信道都做淚珠兒滴』，又『怎知道恁地憶，再相逢瘦了纔信得』，皆前人所未道。以是知詞曲之書，原自浩瀚。卽今曲，當亦有詳備之譜，一經散逸，遂幷其法不傳，殊爲可惜！今列其目幷譜於後，以存典刑一斑。

林鍾商目——隋呼歇指調。

娋聲	品（有大品小品）	歌曲子	唱歌	中腔
踏歌	引	三臺	傾盃樂	慢曲子
促拍	令	序	破子	急曲子
木笪	丁聲長行	大曲	曲破	

一ノ乚マㄅㄥ乚一マフ乚ㄅㄅㄅㄅ一乚ㄅㄅ

正秋氣淒涼鳴幽咽向枕畔偏惱愁心盡夜苦吟

又：

一乚ㄅㄅフ乚ㄅㄅㄅ乚一マ乚マフㄅㄅ一乚ㄅㄅ

戴花彈酒酒泛金尊花枝滿帽笑歌醉拍手戴花彈酒

元時北虜達達所用樂器，如箏、纂、琵琶、胡琴、渾不似之類，其所彈之曲，亦與漢人不同。見輟耕錄。不知其音調詞義如何，然亦各具一方之製，誰謂胡無人哉。今幷識於此，以廣異聞。

大曲：

哈八兒圖　口溫　也葛倘兀　畏兀兒　閔古里

起土苦里　跋四土魯海　舍舍弼　搖落四　蒙古搖落四

門彈搖落四　阿耶兒虎　桑哥兒苦不丁江南謂之『孔雀雙手彈』。

答剌謂之『白翎雀雙手彈』。　阿厮蘭扯弼『回盞曲雙手彈』。　苦只把其『呂弦』。

小曲：

哈兒火失哈赤『黑雀兒叫』。　阿林捺『花紅』。　曲律買　者歸

洞洞伯　牝疇兀兒　把擔葛失　削浪沙　馬哈

相公　　仙鶴　　阿丁水花

回回曲：

伉俚　　馬黑某當當　　清泉當當

詞之異於詩也，曲之異於詞也，道迥不侔也。詩人而以詩爲曲也，文人而以詞爲曲也，誤矣，必不可言曲也。

當戲以傳奇配部色，則西廂如正旦，色聲俱絕，不可思議；琵琶如正生，或峨冠博帶，或敝巾敗衫，俱嘖嘖動人；拜月如小丑，時得一二調笑語，令人絕倒；還魂、『二夢』如新出小旦，妖冶風流，令人魂銷腸斷，第未免有誤字錯步；荆釵、破窰等如淨，不繫物色，然不可廢；吳江諸傳如老教師登場，板眼場步，略無破綻，然不能使人喝采。浣紗、紅拂等如老旦、貼生，看人原不苛責；其餘卑下諸戲，如雜脚備員，第可供把盞執旗而已。

作閨情曲，而多及景語，吾知其窘矣。此在高手，持一『情』字，摸索洗發，方挹之不盡，寫之不窮，淋漓滲漫，自有餘力，何暇及眼前與我相二之花鳥煙雲，俾掩我眞性，混我寸管哉。世之曲，咏情者强半，持此律之，品力可立見矣。

北劇之於南戲，故自不同。北詞連篇，南詞獨限。北詞如沙場走馬，馳騁自由；南詞如揖遜賓筵，折旋有度。連篇而蕪蔓，獨限而跼蹐，均非高手。韓淮陰之多多益善，岳武穆之五百騎破兀朮十萬衆，存乎其人而已。

晉人言：『絲不如竹，竹不如肉』。以爲漸近自然。吾謂：詩不如詞，詞不如曲，故是漸近人情。夫詩之限於律與絕也，卽不盡於意，欲爲一字之益，不可得也。詞之限於調也，卽不盡於吻，欲爲一語之益，不可得也。若曲，則調可累用，字可襯增。詩與詞，不得以諧語方言入，而曲則惟吾意之欲至，口之欲宣，縱橫出入，無之而無不可也。故吾謂：快人情者，要毋過於曲也。

曲以婉麗俏俊爲上。詞隱譜曲，於平仄合調處，曰『某句上去妙甚』。『某句去上妙甚』。是取其聲，而不論其義可耳。至庸拙俚俗之曲，如臥冰記古皂羅袍『理合敬我哥哥』一曲，而曰『質古之極，可愛可愛』。王煥傳奇黃薔薇『三十哥央你不來』一引，而曰『大有元人遺意，可愛』。此皆打油之最者，而極口贊美，其認路頭一差，所以已作諸曲，略墮此一劫，爲後來之誤甚矣，不得不爲拈出。

古人往矣，吾取古事，麗今聲，華袞其賢者，粉墨其慝者，奏之場上，令觀者藉爲勸懲興起，甚或扼腕裂眦，涕泗交下而不能已，此方爲有關世教文字。若徒取漫言，既已造化在手，而又未必其新奇可喜，亦何貴漫言爲耶？此非腐談，要是確論。故不關風化，縱好徒然，此琵琶持大頭腦處，拜月祇是宣淫，端士所不與也。

各調有宜遵古以正今之訛者，有不妨從俗以就今之便者。九宮新譜所載步步嬌之第一句、玉交枝醉扶歸之第五句、好姐姐之第五句、江兒水之第四句、啄木兒之第六句、懶畫眉之第一句、解三酲之第四六字句與第三句，其所署平仄，正今失調，斷所宜遵。至皂羅袍第三句之平仄平平、山坡羊之第七七五七字句下三字之平仄平、一江風之第五六重用四字句、瑣牕寒之第八七字句、步步嬌之第五句第二字用仄聲，從古可也；即從俗，亦不害其爲失調也。若玉芙蓉之第六字句、石榴花之首四句盡作七字、梁州序句用平平仄平、白練序之首句作四字、畫眉序之首句作三字、綿搭絮首句七字與第三句犯之第九句作七字、劉潑帽之第四句作四字、駐雲飛之第六句作三字、則世俗之以新之六字、鎖南枝之第三句六字、與換頭第一二句之五字、第三句下之多六字一句，似亦無妨。風入調相沿舊矣，一旦盡返之古，必群駭不從。又水底魚兒之八句，即剖爲二人唱，安在其必當而拘拘松之每調繼以兩急三槍，與末調之單用本調，雖古有此格，然琵琶後八折耳，以此爲法也，拈出與秉筆者商之。

詞隱論北詞，謂朝天子一調，自龍泉記出，而此曲失眞。浣紗『往江干水鄉』盛行，而此曲盡晦。却取太和正音譜所收張小山『癭杯玉醅』一首爲譜。其詞『飽似伯夷』一句係失調，不如中原音韻所收『早霞晚霞』一首爲確。蓋浣紗實倣龍泉，較原調多著襯字，其聲尚可考見也。今並列於此。元人題廬山朝天子云：『早霞晚霞，妝點廬山畫。仙翁何處鍊丹砂？一縷白雲下。客去齋餘，人來茶罷。歎浮生，指落花。楚家，漢家，做了漁樵話。』浣紗朝天子云：『往江干水鄉，過花溪柳塘，看齊綵鷁波心放。裝鼉鼓起鷺鷥，一雙戲清波浮輕浪。青山見幾行，綠波見千狀，渺茫渺茫。趁東風蘭橈畫槳，採蓮歌齊聲唱。』南人爲北詞，而失其本調者，即此曲可類見矣。余頃與孫比部談及此調，比部指摘浣紗陰陽之舛。余因字字分別陰陽，並盡用律中諸禁，作春遊詞一闋。鬱藍生序刻以傳好事者，今存別本。然爲法苛刻，益難中之難。要以遊三尺之中，而不見一毫勉強，乃佳；若一爲界限所拘，讀去礙口，便非高手也。

曲與詩原是兩腸，故近時才士輩出，而一搦管作曲，便非當家。汪司馬曲，是下膠漆詞耳。弇州曲不多見，特四部稿中有一塞鴻秋、兩畫眉序，用韻既雜，亦詞家語，非當行曲。畫眉序和頭第一字，法用去聲，却云『濃霜畫角遼陽道，知他夢裏何如』。濃字平聲，不可唱也。

近之爲詞者，北詞則關中康狀元對山、王太史渼陂，蜀則楊狀元升菴，金陵則陳太史石亭、胡太史秋宇、徐山人髯仙，山東則李尚寶伯華、馮別駕海浮，山西則常廷評樓居，維揚則王山人西樓，濟南則王邑佐舜耕，吳中則楊儀部南峰。康富而蕪；王豔而整；楊俊而葩；陳、胡爽而放；徐暢而未汰，李豪而率，馮才氣勃勃，時見紕纇；常多俠而寡馴，西樓工短調，翩翩都雅；舜耕多近人情，兼善諧謔；楊較粗莽。諸君子間作南調，則皆非當家也。南則金陵陳大聲、金在衡，武林沈青門，吳唐伯虎、祝希哲、梁伯龍，而陳、梁最著。唐、金、沈小令，並斐亹有致；祝小令亦佳，長則草草；陳、梁多大套，頗著才情，然多俗意陳語，伯仲間耳。餘未悉見，不敢定其甲乙也。

王渼陂詞固多佳者。何元朗摘其小詞中『鶯巢濕春隱花梢』，以爲金、元人無此一句。然此詞全文：『冷冷象板粉兒敲，小小金杯綠蟻飄，重重畫閣紅塵落。喜豐年恰遇着，幾般兒景致蹺蹊。鳳團小茶烹銀罐，驢背穩詩吟野橋』。除鶯巢句，下皆陳語。後三句對復不整。又云：『杜甫遊春劇，金、元人猶當北面。』此劇蓋借李林甫以罵時相者，其詞氣雄宕，固陵厲一時，然亦多雜凡語，何得便與元人抗衡。王元美復謂其聲價不在關、馬之下，皆過情之論也。

對山亦忤於時，放情自廢，與渼陂皆以聲樂相尙，彼此酬和不輟。康所作尤多，非不莽具才氣，然喜生造，喜堆積，喜多用老生語，不得與王並驅。所著沜東樂府，可數百首，中元夜落梅風：『春雲澹，月色昏。坐空齋雪餘風潤。若嫦娥肯饒春幾分，向朱簾且收寒暈。』效自君之出矣沉醉東風：『掃萬里龍沙未返，怨深閨蛾尾空彎。泣相思柳未勻，待好會梅初綻。隔魂臺水水山山，也要尋君到玉關，路比天涯近遠？』僅此二詞，頗饒風韻，餘未足取。第易蛾眉爲蛾尾，亦不妥耳。

升菴北調，未盡閑律，然最有佳者。余最愛其沉醉東風小令云：『也不是石家的綠珠風韻，也不是喬家的碧玉青春。合雙鬟夢裏來行，萬里雲南近，似蘇家過嶺朝雲。休索我花鈿與繡裙，窮秀才床頭金盡。』風流旖旎，即實甫能加之哉！

松陵詞隱沈寧菴先生，諱璟。其於曲學、法律甚精，汎瀾極博。斤斤返古，力障狂瀾，中興之功，良不可沒。先生能詩，工行、草書。弱冠魁南宮，風標白晳如畫。仕由吏部郎轉丞光祿，值有忌者，遂屏迹郊居，放情詞曲，精心考索者垂三十年。雅善歌，與同里顧學憲道行先生，並畜聲伎，爲香山、洛社之游。所著詞曲甚富，有紅蕖、分錢、埋劍、十孝、雙魚、合衫、義俠、分柑、鴛衾、桃符、珠串、奇節、鑿井、四異、結髮、墜釵、博笑等十七記。散曲曰情癡寱語、曰詞隱新詞二卷；取元人詞，易爲南調，曰曲海青冰二卷。紅蕖蔚多藻語。雙魚而後，專尙本色，蓋詞林之哲匠，後學之師模也。又嘗增定南曲全譜二十一卷，別輯南詞韻選十九卷。又有論詞六則、唱曲當知、正吳編及考定琵琶記等書，半已盛行於世；未刻者，存吾友鬱藍生處。生平故有詞癖，每客至，談及聲律，輒娓娓剖析，終日不置。嘗一命余序南九宮譜，旣就梓，誤以均爲韻。余請改正，先生復札，巽辭爲謝。比札至，而先生已捐館舍矣。先是數年，道行先生亦卒。自兩先生歿，而吳中遂無復有繼其迹者，悲夫！

詞隱傳奇，要當以紅蕖稱首。其餘諸作，出之頗易，未免庸率。然嘗與余言，歉以紅蕖爲非本色，殊不其然。生平於聲韻、宮調，言之甚毖，顧於己作，更韻、更調，每折而是，良多自恕，殆不可曉耳。

顧道行先生，亦美風儀，登第甚少。曾一就教吾越。以閩中督學使者棄官歸田。工書、畫，侈姬侍，兼有顧曲之嗜。所畜家樂，皆自敎之。所著有青衫、葛衣、義乳三記，略尙標韻，第傷文弱。余當一昉先生閫夢，先生論詞，亦傾倒不斁。晚年無疾，爲人作一書與郡公，投筆而逝，亦一奇也。

臨川湯奉常之曲，當置『法』字無論，盡是案頭異書。所作五傳，紫簫、紫釵第修藻豔，語多瑣屑，不成篇章；還魂妙處種種，奇麗動人，然無奈腐木敗草，時時纏繞筆端；至南柯、邯鄲二記，則漸削蕪纇，俛就矩度，布格既新，遣詞復俊，其掇拾本色，參錯麗語，境往神來，巧湊妙合，又視元人別一蹊徑，技出天縱，匪由人造。使其約束和鸞，稍閑聲律，汰其賸字累語，規之全瑜，可令前無作者，後鮮來喆，二百年來，一人而已。

臨川之於吳江，故自冰炭。吳江守法，斤斤三尺，不欲令一字乖律，而毫鋒殊拙；臨川尚趣，直是橫行，組織之工，幾與天孫爭巧，而屈曲聱牙，多令歌者齚舌。吳江嘗謂：『寧協律而不工，讀之不成句，而謳之始協，是爲中之之巧。』曾爲臨川改易還魂字句之不協者，呂吏部玉繩（鬱藍生尊人）以致臨川，臨川不懌，復書吏部曰：『彼惡知曲意哉！余意所至，不妨拗折天下人嗓子。』其志趣不同如此。鬱藍生謂臨川近狂，而吳江近狷，信然哉！

自詞隱作詞譜，而海內斐然向風。衣鉢相承，尺尺寸寸守其蘘矱者二人：曰吾越鬱藍生，曰檇李大荒逋客。鬱藍神劍、二嬿等記，並其科段轉折似之；而大荒乞麾至終帙不用上去疊字，然其境益苦而不甘矣。

詞隱之持法也，可學而知也；臨川之修辭也，不可勉而能也。大匠能與人規矩，不能使人巧也。其所能者，人也；所不能者，天也。

詞隱所著散曲情癡寱語及詞隱新詞各一卷，大都法勝於詞。曲海青冰二卷，易北爲南，用工良苦。前二種，呂勤之已爲刻行；後一種，勤之旣逝，不知流落何處，惜哉！

詞隱墜釵記，蓋因牡丹亭記而興起者，中轉折儘佳，特何興娘鬼魂別後，更不一見，至末折忽以成仙會合，似缺鍼線。余嘗因鬱藍之請，爲補又二十七盧二舅指點修煉一折，始覺完全。今金陵已補刻。

詞隱生平，爲挽回曲調計，可謂苦心。嘗賦二郎神一套，又雪夜賦鶯啼序一套，皆極論作詞之法。中黃鶯兒調，有：『自心傷蕭蕭，白首誰與共雌黃！』尾聲：『吾言料沒知音賞，這流水、高山逸響，直待後世鍾期也不妨。』二詞見勤之刻中。至今讀之，猶爲悵然。蘇長公有言：『少游已矣，雖萬人何贖！』吾於詞隱亦云。

宛陵以詞爲曲，才情綺合，故是文人麗裁。四明新釆豐縟，下筆不休，然於此道，本無解處。崑山時得一二致語，陳陳相因，不免紅腐。長洲體裁輕俊，快於登場，言言襯線，不成科段。其餘人珠家璧，各擅所長，不能枚舉，第尙達者或跳浪而寡馴，守法者或踢蹐而不化。若夫不廢繩檢，兼妙神情，甘苦匠心，丹艧應度，剩衆長於一冶，成五色之斐然者，則李于鱗有言：『亦惟天實生才，不盡後之君子。』

吾越故有詞派，古則越人鄂君，越夫人烏鳶，越婦采葛，西施采蓮，夏統慕歌，小海河女尚已。追宋，而有青梅之歌，志稱其聲調宛轉，有巴峽、竹枝之麗。陸放翁小詞閒豔，與秦、黃並驅。元之季有楊鐵崖者，風流爲後進之冠，今『伯業艱危』一曲，猶膾炙人口。近則謝泰興海門之四喜，陳山人鳴野之息柯餘韻，皆入逸品。至吾師徐天池先生所爲四聲猿，而高華爽俊，穠麗奇偉，無所不有，稱詞人極則，追躅元人。今則自縉紳、青襟，以迨山人、墨客，染翰爲新聲者，不可勝紀。以余所善，史叔考撰合紗、櫻桃、鶼釵、雙鴛、孿甌、瓊花、青蟬、雙梅、夢磊、檀扇、梵書，又散曲曰齒雪餘香，凡十二種；王澹翁撰雙合、金椀、紫袍、蘭佩、櫻桃園，散曲曰欸乃編，凡六種。二君皆自能度品登場，體調流麗，優人便之，一出而搬演幾遍國中。姚江有葉美度進士者，工雋摹古，撰玉麟、雙卿、鸞鎞、四豔、金鎖，以及諸雜劇，共十餘種。同舍有呂公子勤之，曰鬱藍生者，從髫年便解摛掞，如神女、金合、戒珠、神鏡、三星、雙棲、雙閣、四相、四元、二媱、神劍，以迨小劇，共二三十種。惜玉樹早摧，齎志未竟。自餘獨本單行，如錢海屋輩，不下一二十人。一時風尚，槩可見已。

徐天池先生四聲猿，故是天地間一種奇絕文字。木蘭之北，與黃崇嘏之南，尤奇中之奇。先生居，與余僅隔一垣，作時每了一劇，輒呼過齋頭，朗歌一過，津津意得。余拈所警絕以復，則舉大白以酬，貴爲知音。中月明度柳翠一劇，係先生早年之筆；木蘭、禰衡，得之新創；而女狀元則命余更覓一事，以足四聲之數，余舉楊用脩所稱黃崇嘏春桃記爲對，先生遂以春桃名嘏。今好事者以女狀元並余舊所譜陳子高傳稱爲男皇后，並刻以傳，亦一的對，特余不敢與先生匹耳。先生好談詞曲，每右本色，於西廂、琵琶皆有口授心解；獨不喜玉玦，目爲『板漢』。先生逝矣，邈成千古，以方古人，蓋眞曲子中縛不住者，則蘇長公其流哉！

陳鳴野先生，以詩、畫、書翰推重一時。生平好游狹斜，故多贈青樓之作，儇俏淸便，亦一詞場駿足。余生晚，不及識先生。今相國朱文懿公，先生壻也，嘗謂余言：『先生風流跌宕，喜游揚後進。兼妙聲歌，故諸作絕無累字。今不可復見矣！』董少宰中峯先生，亦吾邑人也，幼舉神童，年十九魁南宮第一。在翰苑時，曾有應制駕幸西湖南北調詞一闋，今存集中，卽限於體裁，亦勝楊南峯數等。

余大父爐峯公博學高才，著述甚富，有集數十卷。往與王方湖王眞翁兩先生齊名，鄉人士稱爲『於越三王』。少時曾草紅葉一記，都雅婉逸，翩翩有風人之致。遺命秘不令傳。今藏家塾。余弱歲臥病，先君子命稍更其語，別爲一傳，易名題紅，爲屠緯眞儀部強序入梓。然其時所窺淺近，遺聲署韻，間有出入；今輒大悔，懼人齒及。顧傳播已多，不可禁止。昨入都，一中貴爲余言：『頃業曾進御。』可發一大笑也。

南九宮蔣氏舊譜，每調各輯一曲，功不可誣。然似集時義，只是遇一題，便檢一文備數，不問其佳否何如，故率多鄙俚及失調之曲。詞隱又多仍其舊，便注了平仄，作譜其間，是者固多，而亦有不能盡合處。故作詞者遇有杌隉，須別尋數調，仔細參酌，務求字字合律，方可下手，不宜盡泥舊文。余非敢以翹先生之過，蓋先生雅意，原欲世人共守畫一，以成雅道，余稍參一隙，亦爲先生作忠臣意也。作譜，余實慫慂先生爲之，其時恨不曾請於先生，將各宮調曲，分細、中、緊三等，類置卷中，似更有次第，今無及矣。

金、元雜劇甚多，輟耕錄載七百餘種，錄鬼簿及太和正音譜載六百餘種。康太史謂於館閣中見幾千百種，何元朗謂家藏三百種，今吾姚孫司馬家藏亦三百種。余家舊藏，及見沈光祿、毛孝廉所，可二三百種。輟耕錄所列，有其目而無其書；正音譜所列，今存者尚半，其餘皆散逸湮沒，不可復見，然尚得因諸書所載，略知梗槩。今南戲繁多，不可勝計。舊有集諸戲名目爲曲者。今之新編，多舊已做過，以其本不傳，遂人不及見；更稍稽歲月，益滅沒不可考矣。余欲於暇中，倣輟耕、正音二書例，盡籍記今之戲曲，且甄別美惡，次爲甲乙，以傳示將來，恨未能悉見所有。又散套曲，古所傳不能盡識其人，尚有因舊刻而得其二三者。坊間射利，每僞標其名，又並時曲亦盡題作古人名氏，以欺世人，不可勝紀。得並古曲，亦一一署所知者，以存一代典刑，似亦佳事。頃南戲鬱藍生已作曲品，行之金陵，散曲尚未及耳。

近吳興臧博士晉叔校刻元劇，上下部共百種。自有雜劇以來，選刻之富，無踰此。讀其二序，自言蒐選之勤，多從秘本中遴出。至其雌黃評駁，兼及南詞，於曲家儼任賞音；獨其躋拜月於琵琶，故是何元朗一偏之說。又謂：『臨川南曲，絕無才情。』夫臨川所詘者，法耳，若才情，正是其勝場，此言亦非公論。其百種之中，諸上乘從來膾炙人口者，已十備七八；第期於滿百，頗參中駟，不免魚目、夜光之混。又句字多所竄易，稍失本來，即音調亦間有未叶，不無遺憾。晉叔故儁才，詩文並楚楚，乃津津曲學，而未見其一染指，豈亦不敢輕涉其藩耶？要之，此舉蒐奇萃渙，典刑斯備，厥勛居多，即時露疵纇，未稱合作，功過自不相掩。若其妍媸差等，吾友吳郡毛允遂每種列爲關目、曲、白三則，自一至十，各以分數等之，功令犁然，錙銖畢析。其間全具足數者，十不得一，既嚴且確，不愧其家董狐。行當縣之國門，毋庸贅一辭矣。

客問今日詞人之冠，余曰：『於北詞得一人，曰高郵王西樓——俊豔工鍊，字字精琢，惜不見長篇。於南詞得二人：曰吾師山陰徐天池先生——瑰瑋濃鬱，超邁絕塵。木蘭、崇嘏二劇，刳腸嘔心，可泣神鬼。惜不多作！曰臨川湯若士——婉麗妖冶，語動刺骨，獨字句平仄，多逸三尺，然其妙處，往往非詞人工力所及。惜不見散套耳！』

問體孰近，曰：『於文辭一家得一人，曰宣城梅禹金——摛華掞藻，斐亹有致；於本色一家，亦惟是奉常一人——其才情在淺深、濃淡、雅俗之間，爲獨得三昧。餘則脩綺而非垛則陳，尚質而非腐則俚矣。若未見者，則未敢限其工拙也。』

孫比部諱如法，字世行，別號俟居，吾郡之餘姚人，忠烈公曾孫，而淸簡公冢子也。蚤穎。甫髫，舉於順天，以進士高第授官比部。上疏請建皇太子，及論鄭貴妃不宜先王恭妃册封，神廟震怒，擬賜杖。賴政府疏救，謫尉潮陽，遂杜門不出。時居柳城（先生別墅），以圖史自娛。雅精字學，旁校讐。自經史諸子而外，尤[三七]加意聲律。詞曲一道，詞隱專釐平仄；而陰陽之辨，則先生諸父大司馬月峯公始抉其竅，已授先生，益加精覈。嘗悉取新舊傳奇，爲更正其韻之訛者，平仄之舛者，與陰陽之乖錯者，可數十種，藏於家塾。時爲鬱藍生言：『吾於諸傳奇，咸不難矢筆更定；獨於玉合、題紅二記，欲稍更一二字，不能施手，以其詞佳，勉更之便失故吾耳。』又與湯奉常爲同年友。湯令遂昌日，會先生謬賞余題紅不置，因問先生：『此君謂余紫簫何若？』（時紫釵以下，俱未出。）先生言：『嘗聞伯良豔稱公才，而略短公法。』湯曰：『良然。吾兹以報滿抵會城，當邀此君共削正之。』既以罷歸，不果，故後還魂記中警夢折白，有『韓夫人得遇于郎，曾有題紅記』語，以此。先生自謫歸，人士罕見其面，獨時招余及鬱藍生，把酒商榷詞學，娓娓不倦。嘗慫恿余作曲律及南韻，曰：『此絕學，非君其誰任之！』頃余考注西廂，相與訂定疑竇，往復手札，蓋盈筐篋。竟以目眚謀醫，病卒，底今時時有西州之愴。余於陰、陽二字之旨，實大司馬暨先生指授爲多，不敢忘所自得，於其歿也，識以寄痛！

鬱藍生呂姓，諱天成，字勤之，别號棘津，亦餘姚人，太傅文安公曾孫，吏部姜山公子；而吏部太夫人孫，則大司馬公姊氏，於比部稱表伯父，其於詞學，故有淵源。勤之童年便有聲律之嗜。既爲諸生，有名，兼工古文詞。與余稱文字交垂二十年，每抵掌談詞，日昃不休。孫太夫人好儲書，於古今劇戲，靡不購存，故勤之汎瀾極博。所著傳奇，始工綺麗，才藻燁〔三八〕然；後最服膺詞隱，改轍從之，稍流質易，然宮調、字句、平仄，兢兢毖眘，不少假借。詞隱生平著述，悉授勤之，並爲刻播，可謂尊信之極，不負相知耳。勤之制作甚富。至摹寫麗情褻語，尤稱絶技。世所傳繡榻野史、閒情别傳，皆其少年游戲之筆。余所恃爲詞學麗澤者四人，謂詞隱先生、孫大司馬、比部俟居及勤之，而勤之尤密邇旦夕，方以千秋交勗。人咸謂勤之風貌玉立，才名籍甚，青雲在襟袖間，而如此人，曾不得四十，一夕溘先，風流頓盡，悲夫！余頃賦四君咏，别刻方諸館集中。曲律故勤之及比部促成，嘗爲余序，啃有餘悵，遂並比部梗槩，識之後簡。

勤之曲品所載，蒐羅頗博，而門戶太多。舊曲列品有四：曰神，曰妙，曰能，曰具。而神品以屬琵琶、拜月。夫曰神品，必法與詞兩擅其極，惟實甫西廂可當之耳。琵琶尚多拗字類句，可列妙品；拜月稍見俊語，原非大家，可列能品：不得言神。荆釵、牧羊、孤兒、金印，可列具品，不得言妙。新曲列爲九品。以上之上屬沈、湯二君，而以沈先湯，蓋以法論；然二君既屬偏長，不能合一，則上之上尚當虛左。至後八品，亦似多可商略　復於諸人，槩飾四六美辭，如鄉會舉主批評舉子卷牘，人人珠玉，略無甄別。蓋勤之雅欲獎飾此道，誇炫一時，故多和光之論。余謂品中止宜取傳奇之佳者，次及詞曲略工、搬演可觀者，總以上中下三等第之，不必多立名目。其餘俚腐諸本，竟黜不存；或盡搜人間所有之本，另列諸品之外，以備查考，未爲不可。至散曲，又當別置一番品題，始爲完局。故夫目具蕭統，筆嚴董狐，勒成不刊之書，以傳信將來，吾則不暇，以俟後之君子。

夏文彥論畫三品，曰：『氣韻生動，出於天成，人莫窺其巧者，謂之神品。』謝赫品畫，以陸探微居第一，謂『窮理盡性，事絕言象，包前孕後，古今獨立，非復激揚所能稱贊；但價重之極，於上上品之外，無他寄言，故屈標第一。』以之方曲，神品與第一，可易言哉！

散曲絕難佳者。北詞載太平樂府、雍熙樂府、詞林摘豔，小令及長套多有妙絕可喜者，而南詞獨否。勤之第載其名，不及列曲。詞隱南詞韻選，列上上、次上二等。所謂上上，亦第取平仄不訛，及遵用周韻者而已，原不曾較其詞之工拙；又只是無中揀有，走馬看錦，子細著鑑砭不得。中小令間有佳者，而長套無一中彀。頃友人吳興關仲通同諸君過集齋頭，商搉其較。余爲言：小令如唐六如、祝枝山輩，皆小有致，而祝多漫語。康對山、王渼陂、常樓居、馮海浮直是粗豪，原非本色。陳秋碧、沈青門、梁少白、李日華、金白嶼時有合作處，然較之元人，則彼以工勝，而此以趣合。長套亦惟是陳秋碧、梁少白最稱爛熳。陳起句『兜的上心來』、『薄倖太情雜』等，皆不成語。梁無此等累句，而陳時得一二致語。顧二君疵纇，自爾不少。他卽稍有可觀，而腔韻不合者，又不足數也。仲通謂：如子言，良確。然究竟彼善，寧無一長？因舉帙中人所常唱而世皆賞以爲好曲者，如『窺青眼』、『暗想當年羅帕上曾把新詩寫』、『因他消瘦』、『樓閣重重東風曉』、『人別後』諸曲爲問。余謂：前三曲，已載前論第十六、第二十四篇中；即後二曲，毋論意庸語腐，不足言曲，亦疵病種種，不可勝舉。如『樓閣重重』一曲，前曰『東風曉』，後又曰『風雨淸明到』，又曰『東風畫橋』；前曰『垂楊金粉消』，後又曰『柳絲暗約玉肌消』；前曰『綠映河橋』，後又曰『東風畫橋』；前曰『燕子剛來到』，又曰『畫棟梁空落燕巢』；前曰『心事上眉梢』，後又曰『心牽意掛』，又曰『我心中恨著』；前曰『恨人歸不比春歸早』，後又曰『那人何事還不到』；前曰『病懨懨難禁這兩朝』，後又曰『悶懨懨離情懊惱』；前曰『落紅惹得朱顏惱』，後又曰『落花和淚都做一樣飄』，而『朱顏惱』又與『離情懊惱』重；前曰『柳絲暗約玉肌消』，後又曰『如今瘦添楚腰』；前曰『夢回蝴蝶巫山杳』，後又曰『雲散楚峯高』；前曰『月明古驛』，後又曰『紗窻月曉』；前曰『繡戶生芳草』，後又曰『別離一旦如秋草』，而『別離』句又與『離情懊惱』重。又一曲而押二『曉』字，三『消』字，二『橋』字，二『到』字，二『早』字，二『惱』字。又『綠映河橋』、『月明古驛』，非閨中語。又醉扶歸首二句、皂羅袍中四字句，俱宜對而不對。中僅『恨人歸不比春歸早』及『落花和淚都做一樣飄』二語稍俊，至末『可惜妝臺人易老』又不成語。詞隱亦以爲『不思量寶髻』五字當改作仄仄仄平平，『花堆錦砌』當改作去上去平，『怕今宵琴悉』琴字當改作仄聲，故止列次上。『人別後』曲，蔣氏舊譜謂其高則誠作，亦未必然。首調以七夕起，而『寒蟬』、『衰柳』、『水綠』、『蘋香』，非七夕語。『得成就』句與上文不接。『眞箇勝腰纏跨鶴揚州』，俚甚；又『腰纏』下無十萬貫語，所纏何物？既曰『暮雨過紗窗涼已透』，又曰『雨散雲收』，又曰『西風桂子香韻幽』，又曰『滿城風雨還重九』。集賢賓首調言中秋，而『聽寒蛩聲滿床頭』，非中秋語。次調起句用八字，非體。既曰『虛度中秋』，又曰『見池塘已暮秋』，又曰『對景傷秋』，又曰『傍水芙蓉兩岸秋』，又曰『強把金尊斷送秋』；既曰『水綠蘋香人自愁』，又曰『一種相思分做兩處愁』，又曰『遮不斷許多愁』，又曰『添愁』；既曰『如病酒』，又曰『白衣人送酒』，又曰『惟酒可消憂』，又曰『強把金尊斷送秋』；既曰『水綠蘋香』，又曰『相映白蘋洲』；既曰『綠荷』，又曰『橘綠』；既曰『一種相思』，又曰『相思未休』；既曰『水綠蘋香』，又曰『霜降水痕收』，又曰『傍水芙蓉兩岸秋』；既曰『空房自守』，又曰『悽涼怎守』；既曰『滿城風雨還重九』，又曰『一年好景還重九』。一曲押二『柳』字，四『愁』字，五『秋』字，二『收』字，三『酒』字，二『頭』字，三『九』字；惟二『瘦』字，則同句可並押，稍不妨。中『怕朱顏去也』三句，語意俱不相蒙；『白衣送酒』二句，無謂；『幾番血淚』句，與上不相接；『羸人無力』，『無力』不通。『綠荷』、『紅蓼』、『白蘋』、『芙蓉』、『橘綠』、『橙黃』，何堆積至此！末句『斷送秋』，復不成語。弇州評此曲，謂不免雜以凡語。㽷病如此，詎止凡語已耶？總之，二曲無大學問，一也；無大見識，二也；無巧思，三也；無俊語，四也；無次第，五也；無貫串，六也。只是飯飣一二膚淺話頭，強作嚎嗄，令盲小唱持堅木拍板，酒筵上嚇不識字人可耳，何能當具眼者繩以三尺？舉此一斑，他可知矣！仲通曰：『善！子論如倉公按脈，百病皆見，勝不敢復相士矣。然請從末減，略取備員。』曰：無已，則舊譜所載古詞詠赤壁『大江逝水』念奴嬌五調，及楊鐵厓蘇臺弔古『霸業艱危』夜行船序六調。二詞頗具作意，惜皆用韻龐雜，前詞更甚，故詞隱韻選不收。此外，自無可取矣。仲通擊節謂：子殊深文。然不如此，不足論曲。

一日，復取鐵厓詞諦觀之，殊不勝指摘。此詞出入三韻。起語『霸業艱危』句，便腐而迂；下『玉液金莖』二語，事既纖細，語亦湊插。第二調，自『勾踐雄徒』起，至下『身國俱亡十許』語，句句老生陳唾，且雄徒不雅，靈胥生造。鬪黑麻次調『檇李亭荒』三語，與下錦衣香起『館娃宮荆榛蔽』四語，又下漿水令起『採蓮涇紅芳盡死』四語，俱是一意。又『煙花山水』、『楊柳水殿欹』、『剩水殘山』、『香水鴛鴦去』、『無邊秋水』，五『水』字重用。又下『蒼煙蔽』與『荆榛蔽』，二『蔽』字重。『高臺』、『郊臺』、『臺城』、『層臺』，四『臺』字重。『綠樹』、『雲樹』，二『樹』字重。『走狗鬪雞』，鬪字當用平聲。『黍離故墟』，墟字當用仄聲。漿水令首末二段宜對不對，末句復少一字。蓋此曲之病：用韻雜出，一也；對偶不整，二也；塵語、俗語、生語、重語疊出，三也。此老故以詞曲自豪，今其伎倆乃止如此。吾非好爲刻覈，就曲論曲，不得不爾。至『大江逝水』一曲，則與此不同。其詞第櫽括蘇語，及參入赤壁二賦語，不必己創，無多瑕隙。特蘇詞元用古韻，假借太甚，不美歌聽。又起處『悠悠萬頃』與『茫茫東去』接用，『古城石壘』、『水落石出』、『穿空亂石』三石字疊用，終非作法，爲足恨耳。以是知曲之爲道，其詣良苦，其境轉深。良工不示人以璞，一時草草，掩護無從，可不慎諸！

世所傳黃鶯兒『寒食杏花天』，唐伯虎詞也；二犯桂枝香『韶光似酒』，秦憲副詞也；玉芙蓉『殘紅水上飄』，李日華詞也；金索掛梧桐『東風轉歲華』，七犯玉瓏璁『新紅上海棠』，祝京兆詞也：瑕瑜自不相掩。畫眉序『一見杜韋娘』，夜行船序『堪賞花朝』，泣顏回『東野翠煙消』，普天樂『四時歡千金笑』等曲，則學究之作，自然紅腐滿耳。南北調『小牕低臥日三竿』，步步嬌『宦海茫茫京塵渺』，又儒先大老之筆，不得以曲道繩之耳。

今世所傳西樓樂府有二：一爲王磐，字鴻漸，高郵人；一爲王田，字舜耕，濟南人。二人俱號西樓。舜耕之詞較鴻漸頗富，然大不如鴻漸精鍊。如浴裙、睡鞋、閨元宵、轉五方等曲，皆鴻漸作。弇州所謂『頗警健，工題贈而淺於風人之致』者，蓋指舜耕，非鴻漸也。鴻漸樂府，曾見太學所存書籍亦列其目，爲時所重可知已。

弇州所謂趙王之『紅殘驛使梅』、楊邃菴之『寂寞過花朝』、李空同之『指冷鳳凰笙』、陳石亭之梅花序、顧未齋之單題梅、王威寧之黃鶯兒，今惟『寂寞過花朝』一曲尙有傳者，自餘皆不及見，不知其工拙如何，要皆坊間盲賈棄擲不存之故，殊可惜也！

李空同、何大復必不能曲，其時康對山、王渼陂皆以曲名，世爭傳播，而二公絕然不聞，以是知之。卽弇州所稱空同『指冷鳳凰笙』句，亦詞家語，非曲家語也。

甬東薛千仞遺筆餘二卷中載：王渼陂好爲詞曲，客有規之者曰：『聞之太上立德，其次立功，其次立言，公何不留意經世文章？』渼陂應聲曰：『子不聞其次致曲乎？』足稱雅謔。藝苑巵言談詩談文，具有可采，而談曲多不中窾，何世無論作曲者難其人，卽識曲人亦未易得。

天之生一曲才，與生一曲喉，一也。天苟不賦，卽畢世拈弄，終日咿呀，拙者仍拙，求一語之似，不可幾而及也。然曲喉易得，而曲才不易得，則德成而上與藝成而下之殊科也。吾友季賓王，與余同筆研最久，讀書好古。作文、賦詩，事事頡頏爭先，獨不能爲詞曲。嘗謂：我甘北面，子幸敎我。余謂：天實不曾賦子此一副腎腸，姑勿妄想。賓王憮然。

一日席間，柳元穀舉王西樓走失雞滿庭芳——『平生淡薄(叶袍)，雞兒不見，童子休焦。家家都有閒鍋竈，任意烹炮。煮湯的貼他三枚火燒，穿炒的助他一把胡椒，倒省得我們東道。免終朝報曉，直睡到日頭高。』瓶中杏花爲鼠嚙倒朝天子——『斜插(句)，杏花，當一幅橫披畫。毛詩中誰道鼠無牙，却怎生咬倒了金瓶架？水流向床頭，春拖在墻下。這情理寧甘罷！那裏去告他？何處去訴他？也只索細數著猫兒駡。』二曲，以爲妙絶。余謂：良然。然吾嘗欲爲此君更易數字，元穀曰：『何謂？』余曰：前一曲穿炒而用胡椒，毋太熱乎？欲更作『花椒』。後一曲插花瓶中，而曰當一幅横披畫，毋太矮而闊乎？欲更作『單條下』。『毛詩中誰道鼠無牙』，使村人聽之，不以爲『茅司中杏花』乎？是爲病語，欲更作『笑詩人浪説鼠無牙』，乃妥耳。元穀鼓掌大快，曰：『恨不令西樓聞之，定當頫首稱服。』舉座爲之哄堂。

作曲如美人，須自眉目齒髮，以至十筍雙鈎，色色妍麗，又自箸黛衣履，以至語笑行動，事事襯副，始可言曲。是故以是繩曲，而世遂無曲也。

詞曲不尙雄勁險峻，只一味嫵媚閒豔，便稱合作，是故蘇長公、辛幼安並置兩廡，不得入室。

曲之道，廣矣！大矣！自王公士人，以迨山林閨秀，人人許作，而特不許僧人插手。

余昔譜男后劇，曲用北調，而白不純用北體，爲南人設也。已爲離魂，並用南調。鬱藍生謂：自爾作祖，當一變劇體。既遂有相繼以南詞作劇者。後爲穆考功作救友，又於燕中作雙鬟及招魂二劇，悉用南體，知北劇之不復行於今日也。

宋詞如李易安、孫夫人、阮逸女，皆稱佳手。元人北詞，二三青樓人尙能染指。今南詞僅楊用脩夫人黄鶯兒，所謂『積雨釀春寒，見繁花樹樹殘，泥塗滿眼登臨倦。江流幾灣？雲山幾盤？天涯極目空腸斷。寄書難，無情征雁，飛不到滇南』一詞稍傳，第用韻出入〔二九〕，亦恨無閨閣婉媚之致。余疑以爲升菴代作。自餘皆不聞之，豈眞古今人不相及耶？

山東李伯華所作百闋傍妝臺，爲康德涵所賞。余購讀之，盡傖父語耳，一字不足采也。

世所謂才士之曲，如王弇州、汪南溟、屠赤水輩，皆非當行。僅一湯海若稱射鵰手，而音律復不諧。曲豈易事哉！

今之詞曲，即古之樂府也。吾友桐栢生嘗取古樂府中所列百餘題，盡易今調，爲各譜一曲。其詞亦雅麗可喜，大是佳事，勸之巳爲刻行。

宋詞見草堂詩餘者，往往妙絕；而歌法不傳，殊有遺恨！余客燕日，亦嘗即其詞爲各譜今調，凡百餘曲，刻見方諸館樂府。

余考索甚勤，而舉筆甚懶。每欲取古今一佳事，作一傳奇，尺寸古法，兼用新韻，勒成一家言，倥傯不果。即冬青一事，係吾家王脩竹監簿，以故宋戚畹，不勝痛憤，捐重貲，命家客唐、林二君爲之，而已諱其事，世遂泯泯不白，然見他書可考。大荒逋客嘗一爲冬青記，然亦擬舊聞。余擬另爲一傳，署曰『義陵』，以洗發先烈。倘爾缺然，他日終當一酬此夙願耳。

南曲之必用南韻也，猶北曲之必用北韻也，亦由丈夫之必冠幘而婦人之必笄珥也。作南曲而仍紐北韻，幾何不以丈夫而婦人飾哉！吾之爲南韻，自有南曲以來，未之或省也。吾之分姜、光、堅、渭諸韻，自有聲韻以來，未之敢倡也。吾又嘗作聲韻分合之圖，蓋以洩天地元聲之秘，聖人復起，不能易吾言矣。

吾友王澹翁，好爲傳奇。余嘗謂澹翁：若毋更詩爲，第日染指一傳奇，便足持自愉快，無異南面王樂。澹翁曰：『何謂？』余謂：即若詩而青蓮、少陵，能令豔冠裳而麗粉黛者日日作渭城唱乎？澹翁大笑，鼓掌以爲良然。一時戲語，然亦不失爲千古快談也。

西廂、琵琶二記，一爲優人、俗子妄加竄易，又一爲村學究謬施句解，遂成千古煩冤。余嘗取前元舊本，悉爲釐正，且並疏意指其後，目曰『方諸館校注』。二記並行於世。吾友袁九齡嘗謂：屈子抱石沈淵，幾二千年，今得漁人一網打起。聞者絕倒。蓋二傳之刻，實多九齡慫慂成之云。

實甫西廂，千古絕技。微詞奧旨，未易窺測。余之注釋，筆之所錄，總不逮口之所宣。頃在都門日，吳文仲、莊冠甫諸君，合三十餘人，於米仲詔繕部湛園邀余擁皐比，爲口悉其義，諸君莫不解頤，擊節稱快。冠甫謂：實甫有知，當含笑地下。醉後分韻，各賦一詩，黃中宜繕錄成帙，仲詔爲作序，題曰『豔情詩』以傳，一時目爲奇事。今四方好事者，往往購去以當談資云。

小曲掛枝兒，即打棗竿，是北人長技，南人每不能及。昨毛允遂貽我吳中新刻一帙，中如噴嚏、枕頭等曲，皆吳人所擬，即韻稍出入，然措意俊妙，雖北人無以加之；故知人情原不相遠也。

余爲雜論，每得數語，輒拈管書之，積且盈帙。因自笑無裨大道，不如且已，遂爲閣筆。

律成，吳郡毛允遂謂：子信多聞，曷不律文、律詩，而以律曲何居？余謂：吾姑從世界闕陷者一脩補之耳！曰：謂卑者苦不入，而高者訾不急，奈何？余謂：吾故不爲擔菜傭若咬菜根輩設也。既取余故所賦曲曰方諸館樂府者卒業，輒拍几叫絶，謂：說法惟爾，成佛作祖亦惟爾！莊生有言：『道在蕢稗，在螻蟻。』信哉！其識吾言簡末。戲爲筆此。

論曲亨屯第四十

迂戇叟之志牡丹也，有榮辱籍焉。夫曲曷嘗不藉所遇以爲幸不幸哉，遇則亨，而不遇則屯也。戲次其事，各得四十則，附志於後，以當好事者一噱。

曲之亨：

華堂　青樓　名園　水亭　雪閣　畫舫　花下　柳邊　佳風日　清宵　皎月　嬌喉　佳拍　美人歌　孌童唱　名優　姣旦　伶人解文義　豔衣裝　名士集　座有麗人　佳公子　知音客　鑒賞家　詩人賦贈篇　座客能走筆度新聲　閨人繡幕中聽　玉卮　美醞　佳茗　好香　明燭　珠箔障　繡履點拍　倚簫　合笙　主婦不惜纏頭　厮僕勤給事　精刻本　新翻豔詞出

曲之屯：

賽社　醵錢　酧願　和爭　公府會　家宴　酒樓　村落　炎日　凄風　苦雨　老醜伶人　弋陽調　窮行頭　演惡劇　唱猥詞　沙喉　訛字　錯拍　删落　鬧鑼鼓　傖父與席　下妓侑酒

新蒭酒敗喉　惡客闖座　客至大嚎　酗酒人　駡座　席上行酒政　將軍作調笑人　三脚猫

人妄譏談　村人喝采　鄰家哭聲　僧道觀場　村婦列座　小兒啼　場下人厮打　主人惜燭

家僮告酒竭　田父舟人作勢　沿街覓錢

余不諳詞法，而酷好詞致。猶憶弱冠之年，侍先君子山陰署中，獲同王伯良先生研席。先生於譚藝之暇，每及詞曲，津津乎有味其言之。余間舉古傳奇若雜劇中瑕瑜處相質，先生輒頤解首肯，謂可與言曲。先生於此道，故本夙悟，加以精探遡覽，自宮調以至韻之平仄，聲之陰陽，窮其元始，究厥指歸，靡不析入三昧。吾邑詞隱先生，爲詞壇盟主，持法之嚴，鮮所當意，獨服膺先生，謂有冥契；諸所著撰，往來商榷。先生嘗欲進余堂廡，指授衣鉢，余謝未皇。歲癸亥，先生病，入秋忽馳數行，緘一帙來，曰：『吾生平論曲，爲子所賞，顧喙也，非筆也。寖久法不傳，功令斯湮，正始永絕，吾用大懼。今病且不起。平日所積成是書，曲家三尺具是矣，子其爲我行之吳中。』余啓讀之，則曲律也。方在校刻，而訃音隨至，茲函蓋絕筆耳。先生淹通藻發，其所爲詩若古文辭，卓然成一家言，有方諸館集久行於世。遺草多未入梓，獨忍死以是編相付。先生嘗謂：『吾姑從世界缺陷處一脩補之。』此意殊可念。先生舊嘗校注古本西廂、琵琶二傳，一洗沉謬，特擅精博，並徵余言弁首，猶是屬意衣鉢狂狷之極思。余卒逡巡未能一領其秘，亦不意其遂爲古人，竟以此負先生矣！先生作有題紅記，及男后、離魂、救友、雙環、招魂諸劇，膾炙一時；乃最所得意則有方諸館樂府二卷，悉散套與小令，家繕部兄方爲剞之金陵。蓋先生一生，鍾有情癖，故但涉情瀾，留連宛轉，盡態極妍，令人色飛腸斷，尤稱擅場，洵是千古絕技。今二書並行，庶不爲千古絕學，藉以不終負先生嘉惠之意，其在斯乎！余原不諳曲法，故律中微密不置論，亦不須復論，聊綴數語簡後，用紀顛末，以志輟絃之痛。天啓閼逢困敦之歲季春上浣五日，松陵友弟毛以遂跋。

別毛允燧

王驤德

三十年來向與禽，可憐同調復同心。如蘭自合推交誼，流水常能借賞音。病久故應傷四壁，路長難慰報雙金。他時夢裏遙相訪，烟水茫茫可易尋？先生以此詩同曲律來告訣。使甫復命，遂卒。

哭王伯良先生詩十三首

毛以燧

屈指論交三十年，寸心金石未爲堅。而今流水知音去，腸斷牙生在輟絃。

官衙觚塹乍相依，夜夜燒鐙屑競霏。非但能言不可得，祇應天壤解人稀。

追憶分鬮攬袂時，山亭落日洒重醨。忘年小友君能許，何處逢人不寄詩。

梁園同作看花人，並馬蒐奇角句新。轉憶令原增涕淚，遺編悽斷忍重陳！昔歲余過先庫部兄陳留署中，先生適至，同爲汴遊，刻有遊梁攬古諸作。

君才什倍失封侯，我亦青衫滯白頭。一度相逢一悲咤，更堪採管哭寒楸。

山陰道上昔年遊，遙咏巴山便解愁。此日西窗人不見，斷雲咽水下孤舟。

盈盈如帶一江分，每到相思悵暮雲。猶記別時鶯水畔，槐風梅雨泣離羣。

由來玄晏重三都，雙璧居然借小巫。從此無心存敝帚，他時誰與認前驅？余小刻二種，並徵先生序篇。

方諸集在見琳瑯，餘草塵緘積滿床。手取一編臨歿寄，敢辭含痛與商量。

每過東林輒繫舠，便題尺一遣相邀。遠公情累消除盡，猶共銜悲賦大招。先生與平望殊勝寺道源上人稱方外莫逆，過必留止，招余兄弟出，留連信宿乃去。頃余走哭先生，上人實偕。

馬卿消渴病逡巡，忍死題詩寄遠人！雙簡遺將端綺重，可憐絕筆在斯晨！

鍾情我輩自傷多，最是情痴奈爾何！今日玄亭一揮涕，不堪扶醉此重過。

嶙峋彩筆足千秋，豔語新詞到處留。知是玉樓成欲賦，黃壚今古不勝愁。〔二〇〕

王伯良曲律，傳本甚尠，諸著錄家亦未之及，惟吳江沈君徵度曲須知嘗引其論韻一條。伯良在明季與詞隱齊名，所著題紅記，及男后、離魂、救友、雙環、招魂諸劇，今不盡存；方諸館校注西廂、琵琶二記，亦不傳。此本爲青浦陳東橋先生家舊藏，張君嘯山得以貽余。觀其辨別體格，研究聲韻，持論甚嚴，固不媿『律』之一字。其雜論下篇，載文淵閣藏本樂府大全，又名樂府渾成，中有字譜，核與白石道人歌曲、張叔夏詞源所列，大同小異。按齊東野語：『混成集，修內司所刊，巨帙百餘，古今歌詞之譜，靡不備具；只大曲一類，凡數百解。』而伯良所見渾成，止林鍾商一調中所載詞至二百餘闋云，以樂律推之，其書尙多，當得數十本，然則樂府渾成，卽混成集也。伯良又云：『所列凡目有卜算子、浪淘沙、鵲橋仙、西江月等，皆長調，又與詩餘不同；有嬌木笪，則元人曲所謂喬木查，蓋沿其名而誤其字。』按：卜算子等四詞，宋人本有令，有慢。柳耆卿樂章集，卜算子、浪淘沙、鵲橋仙三長調下，皆注歇指調，正與渾成所云林鍾商、隋呼歇指調者相合。伯良嫺於曲，而未考於詞，故以爲異耳。齊東野語又言：『太皇最知音，極喜歌。木笪人者，以歌杏花天木笪，遂補敎坊都管。』亦可與此相證。惜渾成全書久佚；明閣本止存林鍾商一類，今亦佚去；而載於曲律者，僅『娟聲譜』及『小品譜』三段，又不全擧其目：宋人歌詞之法，遂不可復考。余重校刻伯良書，爲度曲家圭臬，亦爲論詞者發深長思也。熙祚。

〔註〕讀曲叢刊本原題『明王驥德伯良撰』。天啓本題：『會稽方諸生王驥德伯良撰，勾餘柳城翁孫如法世行訂。鬱藍生呂天成勤之校。』

曲律校勘記

本編所重印的曲律，是用讀曲叢刊本作底本，並據明天啓原刊本加以校補。天啓本可從者從之，待考者注出。

〔一〕『偉』字，從天啓本。讀曲叢刊本作『厚』。

〔二〕『徵』字，從天啓本。讀曲叢刊本作『邀』。

〔三〕『有娀』，各本均誤作『有娥』。

〔四〕『殷鑒』，各本均誤作『殷鑒』。

〔五〕『醜奴兒』，據天啓本補。

〔六〕『角』字，據天啓本。讀曲叢刊本作『月』。

〔七〕〔八〕『墜』字，從天啓本。讀曲叢刊本作『墮』。

〔九〕『榴』字，從天啓本。讀曲叢刊本作『插』，誤。

〔一〇〕『郎太平謙』四字，據天啓本補。

〔一一〕以上十八行，據天啓本補。

〔一二〕『變宮、變徵』，天啓本作『半宮、半徵』。

〔一三〕『變角調』，天啓本作『變調角』。

〔一四〕『中管變角調』，天啓本作『中管變調角』。

〔一五〕『道宮調』，天啓本作『道調宮』。

〔一六〕『中管道宮調』，天啓本作『中管道調宮』。

〔一七〕〔一八〕同注〔一二〕。

〔一九〕『清商』，各本均誤作『清黃』。

〔二〇〕『詩』字，從天啓本。讀曲叢刊本作『詞』。

〔二一〕『得』字，從天啓本。讀曲叢刊本作『可』。

〔二二〕『近』字，從天啓本。讀曲叢刊本作『逆』。

〔二三〕『圜』字，從天啓本。讀曲叢刊本作『圍』。

〔二四〕『列』字，從天啓本。讀曲叢刊本作『爲』。

〔二五〕『得』字，從天啓本。讀曲叢刊本作『則』。

〔二六〕「願」字，從天啓本。讀曲叢刊本作「顧」，誤。

〔二七〕「尤」字，從天啓本。讀曲叢刊本作「猶」。

〔二八〕「燁」字，從天啓本。讀曲叢刊本作「煜」。

〔二九〕「出入」二字，據天啓本補。

〔三〇〕以上各詩，據天啓本補。

顧曲雜言

明·沈德符著

顧曲雜言提要

顧曲雜言一卷，明沈德符撰。德符字虎臣，一字景伯，又字景倩，浙江秀水人。一六一八年（萬曆四十六年）北京鄉試舉人。所著有清權堂集及野獲編、靜志居詩話說他『稟生異資，日讀一寸書。所撰萬曆野獲編，事有佐證，語無偏黨，明代野史未有過焉者。其詩甯取公安、竟陵，欲盡反歷下、瑯琊之弊。』

野獲編卷帙很長，內容門類也很複雜。後人編纂叢書，往往摘取其一部分，另標名目，例如敝帚軒叢談、飛鳧語略等。顧曲雜言也是如此，乃專從其中輯錄了有關南、北曲，以及樂器、歌舞、小曲、小說的論述、考證，雖僅有二十三條，但大部分都是比較有用的資料。不過其中也有幾點是近於附會的，四庫全書總目提要曾爲指出，如：『其論元人未滅南宋以前，以雜劇試士，核以元史選舉志，絕無影響，乃委巷之鄙談。其論遼史樂志有大食調，曲譜訛作大石，因有小石配之，其意以大食爲國名，如龜茲之類，不知自宋已有此名，故王珪詩號「至寶丹」，秦觀詩號「小石調」，不由譜之訛。』

顧曲雜言，就所見有下列各種版本：

（一）學海類編集餘三文詞部分所收本。

（二）硯雲甲編第四帙所收本　硯雲編，淸乾隆間金忠淳編，有一七七五年（乾隆四十年）硯雲書屋原刻本；一八五一年（咸豐元年）繡州金氏重刻本；光緒間上海申報館鉛印本。

（三）四庫全書集部詞曲類南北曲之屬所收本。

（四）讀曲叢刊本。

（五）曲苑本。

（六）重訂曲苑本。

（七）增補曲苑本。

野獲編早先似祇有傳鈔本。至於印本，計有：

（一）一七〇〇年（淸康熙三十九年）桐鄉錢枋活字印本。（據錢本凡例稱：係根據朱竹垞所藏鈔本，劃裂排纘，分四十八門。）

（二）一八二七年（淸道光七年）錢塘姚祖恩校補，扶荔山房刻本。（據姚本弁言稱：所據原本，也是一鈔本；但此鈔本可能出自錢本，因爲卷首旣載有錢本凡例，而內容也和錢本一樣分四十八門。）

（三）一八六九年（清同治八年）姚德恒（姚祖恩季男）重校刊補扶荔山房本。

以上各種版本，內容多少既不盡相同，而字句間也往往互有出入，大致可以分爲三個系統：

（一）以硯雲甲編本爲代表。此本共收二十三條，各條無子目，詞句和錢、姚各本野獲編不同處也最多。又據金忠淳跋語，稱野獲編凡三十二卷，而錢、姚各本均三十四卷。據此種種，硯雲甲編本顧曲雜言，可能是從另外一種傳本的野獲編輯錄而成的。讀曲叢刊本和硯雲甲編本似同出一源，但錯落較硯雲本爲少；而曲苑本、重訂曲苑本、增補曲苑本，又是從讀曲叢刊本直接間接景印，或排印。

（二）以學海類編本爲代表。此本共收十八條，有子目，詞句大致與錢、姚各本野獲編相合。四庫全書本與此本相同，僅各條次第稍有不同；又字句間偶有出入，可能是由於校、鈔時候的增添和脫譌。

（三）野獲編本。硯雲甲編本二十三條，其中二十二條見於此本卷二十五詞曲門，僅白練裙一條見於卷二十六嘲謔門。錢本、姚本之間，姚本雖說又經考訂，但在這二十三條之中，改正錢本之處不多，脫譌反多於錢本。

顧曲雜言補目

三　八　一五　二　一四　七　三　一一　一七

二　八　一五　四　一四　七　三　一一　一七

拜月亭	四	三
白練裙	一六	一六
北詞傳授	五	五
時尚小令	九	九
雜劇	一〇	一〇
雜劇院本	一	一
戲目	一三	一三
笛曲	六	六
俗樂有所本		
俚語		
舞名		
金瓶梅		

以上各條子目，係根據野獲編本，而次序則係按照硯雲甲編本。下面第二行係學海類編本次序，第三行係四庫全書本次序。補目中『北詞傳授』，學海類編及四庫全書本均作『北調傳授』。

顧曲雜言

明·沈德符著〔註一〕

蔡中郎〔註二〕

蔡中郎贅入牛府一事，知賢者受冤〔一〕；但其被誣之故，始終未明。或以爲牛思黯之女，或以爲鄧生事附會，如王弇州、胡元瑞輩，皆有說甚辨，而實未必然。又傳聞元人實有是事〔二〕，蓋不花丞相逼狀元入贅，作此以譏之，因元人語以牛、馬爲『不花』也〔三〕，此說似近理。但予觀陸務觀詩云：『斜陽古道柳家莊〔四〕，負鼓盲翁正作場，死後是非誰管得？滿村聽說蔡中郎。』則伯喈受謗，在宋時已不能雪〔五〕，不始於高則誠造口業也。弇州諸公辨證，徒詞費耳。陸詩有云劉後村作者，誤。

西廂

元人周德清評西廂，云六字中三用韻，如『玉宇無塵』內『忽聽一聲猛驚』，及『玉驄嬌馬』內

『自古相女配夫』，此皆三韻爲難。予謂：『古』、『女』仄聲，『夫』字平聲，未爲奇也，不如『雲斂晴空』內『本宮始終不同』，俱平聲，乃佳耳。然此類凡元人皆能之，不獨西廂爲然，如春景時曲云『柳綿滿天舞旋』，冬景云『臂中緊封守宮』，又云『醉烘玉容微紅』，重會時曲云『女郎兩相對當』，私情時曲云『玉娘粉妝生香』，傷梅香雜劇云『不妨莫慌我當』，兩世姻緣云『怎麼性大便罵』〔六〕，歌舞麗春堂云『四方八荒萬邦』，俱六字三韻，穩貼圓美。他尚未易枚舉。蓋勝國詞家，高處自有，在此特其剩技耳。我朝周憲王牡丹仙雜劇云『意專向前謝天』等句，亦元人之亞。

南北散套

元人如喬夢符、鄭德輝輩，俱以四折雜劇擅名，其餘技則工小令爲多；若散套，雖諸人皆有之，惟馬東籬『百歲光陰』、張小山『長天落彩霞』爲一時絕唱，其餘俱不及也〔七〕。元人俱嫻北調，而不及南音。今南曲如『四時歡』、『窺青眼』、『人別後』諸套最古，或以爲元人筆，亦未必然。即沈青門、陳大聲輩南詞宗匠，皆本朝化、治間人〔八〕。又同時如康對山、王渼陂二太史，俱以北擅場，並不染指於南。渼陂初學塡詞，先延名師，閉門學唱三年，而後出手，其專精不泛及如此〔九〕。

章邱李中麓太常亦以塡詞名，與康、王俱□〔一〇〕友，而不嫻度曲，卽如所作寶劍記，生硬不諧，且不知南曲之有入聲，自以中原音韻叶之，以致吳儂見誚。同時惟臨朐馮海槎〔一一〕差爲當行，亦以不作南詞耳。南詞自陳、沈諸公外，如『樓閣重重』、『因他消瘦』、『風兒疎剌剌』等套，尙是化、治遺音〔一二〕；此外吳中詞人，如唐伯虎、祝枝山，後爲梁伯龍、張伯起輩，縱有才情，俱非本色矣。今傳誦南曲，如『東風轉歲華』，云是元人高則誠，不知乃陳大聲與徐髯仙聯句也；又『東野翠烟銷』，乃元人子母冤家戲文中曲，今亦屬之高筆：訛以傳訛至此。且今人但知陳大聲南調之工耳，其北一枝花『天空碧水澄』全套，與馬致遠『百歲光陰』，皆咏秋景，眞堪伯仲；又題情新水令『碧桃花外一聲鐘』全套，亦綿麗不減元人；本朝詞手，似無勝之者。陳名鐸，號秋碧，大聲其字也，金陵人，官指揮使。今皆不知其爲何代何方人矣。近代南詞散套盛行者，如張伯起『燈兒下』，乃依『幽窗下』舊腔贈一孌童，卽席取辦，宜其用韻之雜。如梁少白『貂裘染』，乃一揚州鹽客眷舊院妓楊小環，求其題咏。曲成，以百金爲壽。今無論其雜用庚清、眞文、侵尋諸韻，卽語意亦俚拙可笑，眞不値一文！

邱文莊塡詞

邱文莊淹博，本朝鮮儷，而行文拖沓，不爲後學所式；至塡詞，尤非當行，今五倫全備是其手筆，亦俚淺甚矣。初與王端毅同朝，王謂『理學大儒，不宜留心詞曲』，邱大恨之。因南太宰王倎爲端毅作王大司馬生傳，稱許太過，遂云：『若有豪杰駁之，禍且不測。』又端毅所刻疏稿，凡成化間留中之疏，俱書不報，邱又謂王『故彰先帝拒諫之失』。御醫劉文泰得邱語，因挾仇特疏，而王遂去位——所以報五倫之怨也。五倫記至今行人間，眞所謂不幸而傳矣。又聞邱少年作鍾情麗集，以寄身之桑、濮奇遇，爲時所薄，故又作五倫以掩之，未知果否。但麗集亦學究腐談，無一俊語，卽不掩亦可。〔一三〕

絃索入曲

嘉、隆間度曲知音者，有松江何元朗，蓄家僮習唱，一時優人俱避舍，以所唱俱北詞〔一四〕，尙得金、元遺風〔一五〕。予幼時猶見老樂工二三人，其歌童也，俱善絃索。今絕響矣。何又教女鬟數人，俱善北曲，爲南教坊頓仁所賞。頓曾隨武宗入京，盡傳北方遺音，獨步東南；暮年流落，無復知其技者，正如李龜年江南晚景。其論曲，謂：『南曲簫、管，謂之唱調，不入絃索，不可入譜。』近日沈吏部所訂南九宮譜盛行，而北九宮譜反無人問，亦無人知矣。頓老又云：『絃索九宮，或用滾絃，或用花和、大和釤絃，皆有定制〔一六〕；若南九宮，無定則可依。且笛、管稍長短其聲，便可就板；

絃索若多一彈、少一彈，卽夻（音欽）〔一七〕板矣。』此說眞不易之論。今吳下皆以三絃合南曲〔一八〕，而又以簫、管叶之，此唐人所云『錦襖上著蓑衣』，金粟道人〔一九〕小像詩所云『儒衣、僧帽、道人鞋』也。簫、管可入北詞，而絃索不入南詞，蓋南曲不仗絃索爲節奏也〔二〇〕。況北詞亦有不叶絃索者，如鄭德輝、王實甫間亦不免，今人一例通用，遂入笑海。嘗見友人以漢隸自詫，余誚之曰：『此不過於眞字上加一二筆飛撇，遂枉其名〔二一〕曰「隸」？此名「隸楷」，非漢隸也〔二二〕。』今南腔北曲〔二三〕，瓦缶亂鳴，此名『北南』，非北曲也。只如時所爭尙者『望蒲東』一套，其引子『望』字北音作『旺』，『葉』字北音作『夜』，『急』字北音作『紀』，『疊』字北音作『爹』，今之學者，頗能談之，但一啓口，便成南腔，正如鸚鵡效人言，非不近似，而禽吭終不脫盡，奈何强名曰『北』！老樂工云：『凡學唱從絃索入者，遇淸唱則字窒而喉劣。』此亦至言。今學南曲者亦然，初按板時，卽以簫、管爲輔，則其正音反爲所遏；久而習成，遂如蛩、蚷相倚，不可暫撇，若單喉獨唱，非音律長知而不諧，則腔調矜持而走板。蓋由初入門時不能盡其才也。曾見一二大家歌姬〔二四〕輩，甫啓朱唇，卽有簫、管夾其左右，好腔妙轉，反被拖帶，不能施展，此乃以邯鄲細步行荆榛泥濘中，欲如古所云『高不揭，低不咽』，難矣！若吾輩知音者，稍待學唱將成，卽取其中一二人教以簫、管，旣諳疾徐之節，且助傳換之勞，宛轉高低，無不如意矣。今有以吹、唱兩師並教者，尤舛。

填詞名手

我朝〔二五〕填詞高手如陳大聲、沈青門之屬，俱南北散套，不作傳奇。惟周憲王所作雜劇最夥，其刻本名誠齋樂府，至今行世，雖警拔稍遜古人，而調入絃索，穩叶流麗，猶有金、元風範。南曲則四節〔二六〕、連環、綉襦之屬，出於化、治〔二七〕間，稍爲時所稱。其後則嘉靖間陸天池名采者，吳中陸貞山黃門之弟也，所撰有王仙客明珠記、韓壽偷香記、陳同甫椒觴記、程德遠分鞋記諸劇，今惟明珠盛行。又鄭山人若庸玉玦記，使事穩帖，用韻亦諧，內遊西湖一套，尤爲時所膾炙；所乏者，生動之色耳。近年則梁伯龍、張伯起，俱吳人，所作盛行於世，若以中原音韻律之，俱門外漢也。惟沈寧菴吏部後起〔二八〕，獨恪守詞家三尺，如庚清、眞文、桓歡、寒山、先天諸韻，最易互用者，斤斤力持，不少假借，可稱度曲申、韓，然詞之堪入選者殊尠。梅雨金玉合記最爲時所尚，然賓白盡用駢語，餖飣太繁，其曲半使故事及成語，正如設色骷髏、粉捏化生，欲博人寵愛，難矣！湯義仍牡丹亭夢一出，家傳戶誦，幾令西廂減價；奈不諳曲譜，用韻多任意處，乃才情自足不朽也。年來俚儒之稍通音律者，伶人之稍習文墨者，動輒編一傳奇〔二九〕，自謂得沈吏部九宮正音之秘；然悠謬粗淺，登場聞之，穢溢廣坐，亦傳奇之一厄也。沈寧菴自號『詞隱生』。按：北宋万俟雅言在徽宗朝直大晟府，亦自稱『詞隱』，豈偶合耶？抑慕而效之也？

太和記

向年曾見刻本太和記，按二十四氣，每季填詞六折，用六古人故事，每事必具始終，每人必有本末。齣既蔓衍，詞復冗長，若當場演之，一折可了一更漏，雖似出博洽人手，然非本色當行；又南曲居十之八，不可入絃索。後聞之一先輩云：『是升菴〔三〇〕太史筆。』未知然否。翊國公〔三一〕郭勛亦刻有太和傳，郭以科道聚劾，下鎮撫司究問，壽奉世宗聖旨『勛曾贊大禮，並刻大傳奇』，可知。然余未見郭書〔三二〕，不敢臆斷。且北詞九宮譜〔三三〕，本名太和正音，又似與音律相關，未可曉也〔三四〕。楊升菴生平塡詞甚工，遠出太和之上；今所傳俱小令，而大套則失之矣。曾見楊親筆改定祝枝山咏月『玉盤金餅』一套，竄易甚多，如『西廂待月，斷送鶯鶯』，改爲『成就鶯鶯』。餘不盡記矣。

塡詞有他意

塡詞出才人餘技，本游戲筆墨間耳，然亦有寓意譏訕者。如王渼陂之杜甫游春，則指李西涯及楊石齋〔三五〕、賈南塢三相；康對山之中山狼，則指李崆峒；李中麓之寶劍記，則指分宜父子；近日王辰王之哭倒長安街，則指建言諸公是也。又聞湯義仍之紫簫，亦指當時秉國首揆，纔成其半，卽爲人所議，因改爲紫釵；而屠長卿之彩毫記，則竟以李青蓮自命，第未知果愜物情否耳。

張伯起傳奇

張伯起〔三六〕少年作紅拂記，演習之者徧國中。後以丙戌上太夫人壽，作祝髮記，則母已八旬，而身亦耳順矣。其繼之者，則有竊符、灌園、扊扅、虎符，共刻函爲陽春六集，盛傳於世，可以止矣。暮年値播事奏功，大將楚人李應祥者，求作傳奇以侈其勳，潤筆稍溢，不免過於張大，似多此一段蛇足，其曲今亦不行。同時沈寧菴璟吏部，自號『詞隱生』，亦酷愛塡詞，至作三十餘種，其盛行者，惟義俠、桃符、紅蕖之屬。沈工韻譜〔三七〕，每製曲必遵中原音韻、太和正音諸書，欲與金、元名家爭長；張則以意用韻，便俗唱而已。余每問之，答云：『子見高則誠琵琶記否？余用此例，奈何訝之！』

梁伯龍傳奇

同時崑山梁伯龍辰魚，亦稱詞家，有盛名，所作浣紗記，至傳海外，然止此，不復續筆。其大套、小令，則有江東白苧之刻，倘有傳之者。浣紗初出時，梁遊青浦，屠緯眞〔三八〕爲令，以上客禮之，即命優人演其新劇爲壽每遇佳句，輒浮大白酬之，梁亦豪飲自快。演至出獵，有所謂『擺開擺開』者，屠厲聲曰：『此惡語，當受罰！』蓋已預儲洿水，以酒海灌三大盂。梁氣索，强盡之，大吐委頓，次日不別竟去。屠每言及，必大笑，以爲得意事。

曇花記

甲申歲〔三九〕，刑部主事俞識軒顯卿論劾禮部主事屠長卿隆。得旨，兩人俱革職爲民。俞，松江之上海人，爲孝廉時，適屠令青浦〔四〇〕，以事干謁之，屠不聽，且加侮慢，俞心恨甚。至是，具疏〔四一〕指屠淫縱，且云『與西寧侯宋世恩夫人有私』〔四二〕，並及屠帷簿，至云『日中爲市，交易而退』，又有『翠館侯門，青樓郎署』諸媟語。上覽之，大怒，遂並斥之。屠自邑令內召，甫年餘，俞第後授官，祗數月耳。睚眦之忿，兩人俱敗，終身不復振。人亦有惜屠之才〔四三〕，然終不以登啓事也。西寧夫人有才色，工音律。屠亦能新聲，頗以自炫，每劇場，輒闌入羣優中作技。夫人從簾箔見之，或勞以香茗，因以外傳至於通家往還，亦有之，何至如俞疏云云也！近年屠作曇花記，忽以木清泰爲主，當怪其無謂。一日遇屠於武林，命其家僮演此曲，指揮四顧〔四四〕，如辛幼安之歌『千古江山』，自鳴得意。余於席間私問馮開之祭酒云：『屠年伯此記，出何典故？』馮笑曰：『子不知耶？「木」字增一蓋成「宋」字，「清」字與「西」爲對，「泰」即「寧」之義也。屠晚年自恨往時孟浪，致累宋夫人被醜聲；侯方嚮用，亦因以坐廢。此懺悔文也。』時虞德園吏部在坐，亦聞之，笑曰：『故不如余所作曇花序〔四五〕，云「此乃大雅目連傳，免涉閨閣葛藤」語，差爲得之。』余應曰：『此乃善色西遊記，何必詰其眞僞？』今馮年伯歿矣。其言必有所本，恨不細叩之。

拜月亭

何元朗謂拜月亭勝琵琶記，而王弇州力爭，以爲不然，此是王識見未到處。琵琶無論襲舊太多，與西廂同病，且其曲無一句可入絃索者；拜月則字字穩帖，與彈搊膠黏，蓋南詞全本可上絃索者惟此耳。至於走雨〔四六〕、錯認、拜月諸折，俱問答往來，不用賓白，固爲高手；即旦兒『髻雲堆』小曲，模擬閨秀嬌憨情態，活托逼眞，琵琶咽糠、描眞亦佳，終不及也。向曾與王房仲談此曲，渠亦謂乃翁持論未確，且云：『不特別詞之佳，即如聶古、陀滿爭遷都，俱是兩人胸臆見解，絕無奏疏套子，亦非今人所解。』余深服其言。若西廂，才華富贍，北詞大本未有能繼之者，終是肉勝於骨，所以讓拜月一頭地。元人以鄭、馬、關、白爲四大家而不及王實甫，有以也。拜月亭〔四七〕後小半，已爲俗工刪改，非復舊本矣，今細閱『拜新月』以後，無一詞可入選者，便知此語非謬。拜月亭[四八]之外，余最愛綉襦記中鵝毛雪一折，皆乞兒家常口頭話，鎔鑄渾成，不見斧鑿痕跡，可與古詩『孔雀東南飛』、『唧唧復唧唧』並驅。余謂：此必元人筆，非化、治間人所能辦也[四九]。後問沈寧菴吏部，云果曾於元雜劇中見之。恨其時不曾問得出是何詞[五〇]。余所見鄭元和雜劇凡三本，俱無此曲。

往年癸巳，吳中諸公子習武，爲江南撫臣朱鑑塘所訐，謂諸公子且反，以其贈客詩[五一]云『君實有心追季布，蓬門無計托朱家』，爲謀反確證[五二]。給事中趙完璧因據以上聞。時三相皆吳、越人，恐上遂信爲眞，急疏請行撫、按會勘虛實。會朱已去任，有代爲解者曰：『此拜月亭曲中陀滿興福投蔣世隆，蔣因有此句答贈，非創作者。』因取坊間刻本證之[五三]，果然，諸公子獄始漸解。王房仲亦諸公子中一人也。今細閱新舊刻本，俱無此一聯，豈大獄興時，憎其連累，削去此二句耶？或云：『拜月初無是詩，特解紛者詭爲此說，以代聊城矢耳。』豈其然乎？

白練裙

頃歲丁酉，馮開之年伯爲南祭酒，東南名士雲集金陵。時屠長卿年伯久廢，新奉恩詔復冠帶，亦寓此[五四]。公慕狹邪寇四兒名文華者，先以纏頭往。至日，具袍服、頭踏，呵殿而至，踞廳事，南面，呼媼出拜，令寇姬傍侍行酒，更作才語相向。次日，六院喧傳，以爲談柄。有江右孝廉鄭豹先名之文者，素以才自命，遂作一傳奇，名曰『白練裙』，摹寫屠憨狀曲盡。時吳下王百穀亦在留都，其少時曾眷名妓馬湘蘭名守眞者，馬年已將耳順，王則望七矣，兩人尚講衾裯之好，鄭亦串入其中，備列醜態。一時爲之紙貴。次年，李九我署南禮部〔五五〕，追書肆刻本，毀其板。然已傳播遠近無算矣〔五六〕。余後於都下遇鄭君，譽其塡詞之妙，鄭面發赤，囑余勿再告人。

北詞傳授

自吳人重南曲，皆祖崑山魏良輔，而北詞幾廢，今惟金陵尚存此調。然北派亦不同，有金陵，有汴梁，有雲中；而吳中以北曲擅場者，僅見張野塘一人——故壽州產也——亦與金陵小有異同處。頃甲辰年，馬四娘以生平不識金閶爲恨，因挈其家女郎十五六人來吳中，唱北西廂全本。其中有巧孫者，故馬氏粗婢，貌甚醜而聲遏雲，於北詞關捩竅妙處，備得眞傳，爲一時獨步。他姬曾不得其十一也。四娘還曲中，卽病亡。諸妓星散。巧孫亦去爲市媼，不理歌譜矣。今南教坊有傳壽者，字靈脩，工北曲，其親生父家傳，誓不教一人。壽亦豪爽，談笑傾坐。若壽復嫁去，北曲眞同廣陵散矣。

時尙小令

元人小令行於燕、趙後，浸淫日盛〔五七〕。自宣、正至化、治〔五八〕後，中原又行瑣南枝、傍妝臺、山坡羊之屬。李崆峒先生初自慶陽徙居汴梁，聞之，以爲可繼國風之後。何大復繼至，亦酷愛之。今所傳『泥揑人』及『鞋打卦』、『熬䯻髻』三闋，爲三牌名之冠，故不虛也。自茲以後，又有耍孩兒、駐雲飛、醉太平諸曲，然不如三曲之盛。嘉、隆間乃興鬧五更、寄生草、羅江怨、哭皇天、乾荷葉、粉紅蓮、桐城歌、銀絞絲之屬，自兩淮以至江南，漸與詞曲相遠，不過寫淫媟情態，略具抑揚而已。比年以來，又有打棗乾〔五九〕、掛枝兒二曲，其腔調約略相似，則不問南、北，不問男、女，不問老、幼、良、賤，人人習之，亦人人喜聽之，以至刊布成帙，舉世傳誦，沁人心腑——其譜不知從何來——眞可駭歎！又山坡羊者，李、何二公所喜。今南、北詞俱有此名〔六〇〕。但北方惟盛愛數落山坡羊〔六一〕。其曲自宣、大、遼東三鎭傳來。今京師妓女，慣以此充絃索北調。其語穢褻鄙賤，並桑、濮之音亦離去已遠。而羈人游壻，嗜之獨深，丙夜開尊，爭先招致；而敎坊所隸箏、纂等色，及九宮十二則，皆不知爲何物矣！俗樂中之雅樂，尙不諧里耳如此，況眞雅樂乎？

雜劇

北雜劇已爲金、元大手擅勝場，今人不復能措手。曾見汪太函四作，爲宋玉高唐夢、唐明皇七夕長生殿、范少伯西子五湖、陳思王遇洛神，都非當行。惟徐文長渭四聲猿盛行，然以詞家三尺律之，猶河漢也。梁伯龍有紅線、紅綃二雜劇，頗稱諧穩，今被俗優合爲一大本南曲，遂成惡趣。近年獨王辰玉太史衡所作眞傀儡、沒奈何諸劇，大得金、元本色[六二]，可稱一時獨步。然此劇但四折[六三]，用四人各唱一折，或一人共唱四折，故作者得逞其長，歌者亦盡其技；王初作鬱輪袍，乃多至七折，其眞傀儡諸劇，又只以一大折了之，似尙隔一塵。頃黃貞甫汝亨[六四]以進賢令內召還，貽湯義仍新作牡丹亭記，眞是一種奇文。未知於王實甫、施君美如何，恐斷非近日諸賢所辦也。湯詞係南曲，因論北詞，附及之。

雜劇院本

涵虛子所記雜劇名家凡五百餘本，通行人間者，不及百種。然更不止此。今敎坊雜劇約有千本，然率多俚淺，其可閱者十之三耳。元人未滅南宋時，以此定士子優劣，每出一題，任人填曲〔六五〕，如宋宣和畫學，出唐詩一句，恣其渲染，選其能得畫外趣者〔六六〕登高第，以故宋畫、元曲，千古無匹。元曲有一題而傳至四五本者，余皆見之。總只四折。蓋才情有限，北調又無多，且登場雖數人而唱曲祇一人，作者與扮者力量俱盡現矣。自北有西廂，南有拜月，雜劇變爲戲文，以至琵琶遂演爲四十餘折，幾十倍雜劇。然西廂到底不過描寫情感〔六七〕。余觀北劇，儘有高出其上者，世人未曾遍觀，逐隊吠聲，咤爲絕唱，眞井蛙之見耳。本朝能雜劇者不數人，自周憲王以至關中康、王諸公，稍稱當行。其後則山東馮、李亦近之，然如小尼下山、園林午夢、皮匠參禪等劇，俱太單薄，僅可供笑謔，亦教坊耍樂院本之類耳。雜劇如王粲登樓、韓信胯下、關大王單刀會、趙太祖風雲會之屬，不特命詞之高秀，而意象悲壯，自足籠蓋一時；至若㑳梅香、倩女離魂、牆頭馬上等曲，非不輕俊，然不出房幃窠臼，以西廂例之可也；他如千里送荊娘、元夜鬧東京之屬，則近粗莽；華光顯聖、目蓮入冥、大聖收魔之屬，則太妖誕；以至三星下界、天官賜福種種喜慶傳奇，皆係供奉御前，呼嵩獻壽，但宜教坊及鐘鼓司肄習之，並勛戚、貴璫輩贊賞之耳。若所謂院本者，本北宋徽宗時五花爨弄之遺，有散說，有道念，有筋斗，有科汎。初與雜劇本一種，至元始分爲兩〔六八〕。迨本朝，則院本不傳久矣；今尙稱院本，猶沿宋、金之舊也。金章宗時，董解元西廂，尙是院本模範，在元末已無人能按譜唱演者，況後世乎？

戲旦

自北劇興，名男爲正末，女曰旦兒。相傳入於南劇，雖稍有更易，而旦之名不改，竟不曉何義。今觀遼史樂志：『大樂有七聲，謂之七旦。』凡一旦，管一調，如正宮、越調、大食、中呂之屬。此外又有四旦二十八調，不用黍律，以琵琶叶之。按此卽今九宮譜之始。所謂旦，乃司樂之總名，以故金、元相傳，遂命歌妓領之，因以作雜劇。流傳至今，旦皆以娼女充之，無則以優之少者假扮，漸遠而失其眞耳。大食，今曲譜中訛作大石，因有小石調配之，非其初矣。〔六九〕元人云：『雜劇中用四人：曰末泥色，主；引戲，分付；曰副淨色，發喬；曰副末色，主打諢；又或一人裝孤老。』而旦獨無管色，益知旦爲管調，如敎坊之部頭、色長矣。

笛曲

今按樂者，必先學笛曲，如五、凡、工、尺、上、一之屬，世以爲俗工俚習，不知其來舊矣。宋樂書云：『黃鍾用合字，大呂、太簇用四字，夾鍾、姑洗用一字，夷則、南呂用工字，無射、應鍾用凡字，中呂用上字，㽔賓用勾字，林鍾用尺字，黃鍾淸用六字，大呂、夾鍾淸用五字。又有陰、陽及半陰、半陽之分。』而遼世大樂，各詞之中〔七〇〕，度曲協律，其聲凡十，曰五、凡、工、尺、上、一、四、六、勾、合；近十二雅律，於律呂各缺其一，以爲猶之雅音之不及商也。可見宋、遼以來，此調已爲之祖。今樂家傳習數字，如律詩之有四韻、八句，時藝之有四股、八比，普天下不能越，獨昧其本始耳。〔七一〕

俗樂有所本

都下貴璫家作劇，所用童子名『倒刺小廝』者，先有敲水盞一戲，其爲無謂。然唐李琬已造此，但用九甌盛水擊之，合五聲四清之音，謂之水盞，與今稍不同耳。又吳下向來有婦人打三棒鼓乞錢者〔七二〕，余幼時尚見之，亦起唐咸通中——王文通好用三杖打撩，萬不失一。但其器有三等：一曰頭鼓，形類鼗，二曰聒鼓，三曰和鼓。今則一鼓三槌耳。卽今串板，亦古之拍板，大者九板，小者六板，以韋編之；本北地樂〔七三〕，蓋以代抃，因古人以抃節舞，而此用板代之。唐人謂之樂句。宋朝止用六板，余向亦曾見，今則四板〔七四〕。又有所謂十樣錦者〔七五〕，鼓、笛、螺、板、大小鈸、鉦之屬，齊聲振響，亦起近年，吳人尤尚之，然不知亦沿正德之舊。武宗南巡，自造靖邊樂，有笙，有笛，有鼓，有歇、落、吹、打諸雜樂，傳授南教坊，今吳兒遂引而伸之，眞所謂『今之樂猶古之樂』。

俚語

今樂器中有四絃，長項、圓鼙者，北人最善彈之，俗名『琥珀槌』，而京師及邊塞人又呼『胡博詞』。余心疑其非。後與教坊老妓談及〔七六〕，則曰：『此名「渾不是」。蓋以狀似箜篌，似三絃，似琵琶，似阮〔七七〕，似胡琴，而實皆非，故以爲名。本馬上所彈者〔七八〕。』余乃信以爲然。及查正統年間賜迤北瓦剌可汗諸物中，有所謂『虎撥思』者，蓋卽此物，而元史中又稱『火不思』，始知『渾不是』之說亦訛耳。又有『緊急鼓』者，訛爲『錦雞鼓』：總皆北地樂也〔七九〕。又北人詈婦人之下劣者曰『歪剌骨』，詢其故，則云：『牛身自毛、骨、皮、肉以至徧體，無一棄物，惟兩角內有天頂肉少許，其穢逼人，最爲賤惡，以此比之粗婢。』後又問京師之熟諳市語者，則又不然，云：『往時宣德間，瓦剌爲中國頻征，衰弱貧苦，以其婦女售與邊人，每口不過酬幾百錢，名曰「瓦剌姑」，以其貌寢而價廉〔八〇〕也。』二說未知孰是。　京師人呼婦人所帶冠爲『提地』，蓋『䯼』、『髻』二字俱入聲，北音無入聲者，遂訛至此。又呼『促織〔八一〕』爲『趨趨』，亦入聲之訛〔八二〕。今南客聞之，習久不察，亦襲其名，誤矣。　元人呼命婦所戴笄曰『罟罟』，蓋其土語也〔八三〕。　今貢夷男子所戴，亦名『罟罟帽』，不知何所取義。『罟』字作平聲。

舞名

頃在梁溪鄒彥吉家觀舞，因論：『此婦人盤中、掌上之遺〔八四〕耳，乃古人之舞不傳久矣。古有鞞舞、鞶舞、鐸舞、笛舞〔八五〕，固絕不知何狀；卽最後如唐太宗七德舞、明皇之龍池舞〔八六〕及霓裳羽衣之舞，在宋已亡。然古人酒歡起舞，多男子。如唐楊再思之高麗舞〔八七〕，祝欽明之八風舞，則大臣亦爲之；安祿山之胡旋舞，僕固懷恩爲宦官駱奉仙舞，則邊帥亦爲之〔八八〕；若和哥起舞與張存業求纏頭，則儲君亦爲之矣。唐開成間樂人崇胡子能軟舞〔八九〕，其舞容有大垂手、小垂手、驚鴻、飛燕、婆娑之屬，其腰肢不異女郎，則知唐末已全重婦人。而唐時教坊樂又有垂手羅、迴波樂、蘭陵王、春鶯囀、半社、渠借席、烏夜啼之屬，謂之軟舞；阿遼、柘枝、黃麞、拂林、大渭州、達摩叉之屬，謂之健舞；又不專用女郎也。宋時宗廟朝享之外，亦用婦人，其所謂女童隊、小兒隊、教坊隊者，已彷彿今世〔九〇〕。至金、元益不可問〔九一〕。今之學舞者〔九二〕，俱作汴梁與金陵，大抵俱軟舞。雖有南舞、北舞之異，然皆女妓爲之；卽不然，亦男子女裝以悅客。古法澌滅，非始本朝也〔九三〕。至若舞用婦人，實勝男子，彼劉、項何等帝王，尚戀戚、虞之舞〔九四〕。唐人謂：教坊雷大使舞，極盡工巧，終非本色。蓋本色者，婦人態也。』鄒深是余言。

金瓶梅

袁中郎觴政，以金瓶梅配水滸傳爲外典。余恨未得見。丙午遇中郎京邸，問曾有全帙否，曰：『第睹數卷，甚奇怪〔九五〕。今惟麻城劉延白承禧家有全本，蓋從其妻家徐文貞錄得者。』又三年，小脩上公車，已攜有其書，因與借抄，挈歸。吳友馮猶龍見之，驚喜，慫恿書坊以重價購刻。馬仲良時摧吳關，亦勸余應梓人之求，可以療饑。余曰：『此等書必遂有人板行。但一出則家傳戶到，壞人心術，他日閻羅究詰始禍，何辭以對〔九六〕？吾豈以刀錐博泥犂哉！』仲良大以爲然。遂固篋之。未幾時，而吳中懸之國門矣。然原本實少五十三、四至五十七回，徧覓不得。有陋儒補以入刻，無論膚淺鄙俚，時作吳語，即前後血脈，亦絕不貫串，一見知其贋作矣。聞此爲嘉靖間大名士手筆，指斥時事，如蔡京父子則指分宜，林靈素則指陶仲文，朱勔則指陸炳，其他各有所屬云。中郎又云：『尚有名玉嬌李者，亦出此名士手，與前書各設報應因果。武大後世化爲淫夫，上烝下報；潘金蓮亦作河間婦，終以極刑；西門慶則一騃憨男子，坐視妻妾外遇：以見輪迴不爽。』中郎亦耳剽，未之見也。去年抵輦下，從邱工部六區志充得寓目焉，僅首卷耳，而穢黷百端，背倫滅理，已不忍讀。其帝則稱完顏大定，而貴溪分宜相構，亦暗寓焉；至嘉靖辛丑庶常諸公，則直書姓名，尤可駭怪。因棄置，不復再展。然筆鋒恣横酣暢，似尤勝金瓶梅。邱旋出守去，此書不知落何所。

〔註一〕 原題『秀水沈德符景倩撰』。

〔註二〕 各段標題，據野獲編補。

顧曲雜言校勘記

本編所重印的顧曲雜言，是以讀曲叢刊本爲底本，據野獲編錢本加以校勘，間有少數地方參用姚本。

〔一〕『知賢者受寃』，野獲編作『人知賢者受寃』。

〔二〕『又傳聞元人實有是事』，野獲編作『又聞有傳爲元人實有是事』。

〔三〕『因元人語以牛、馬爲「不花」也』，野獲編錢本作『因囗語以牛爲「不花」也』，姚本『囗』作『胡』。

〔四〕『斜楊古道柳家莊』，野獲編作『斜楊古柳趙家莊』。

〔五〕『已不能雪』，野獲編作『已不能伸雪』。

〔六〕『怎麼性大便罵』，野獲編作『怎麼性大便殺』。

〔七〕『其餘俱不及也』，野獲編錢本作『元詞多佳，俱不及也』。姚本『俱』作『皆』。

〔八〕『皆本朝化、治間人』，野獲編作『皆我朝成、宏間人』。

〔九〕『其專精不泛及如此』，野獲編錢本作『其專精不泛乃如此』。

〔一〇〕此一缺字，野獲編作『石』。

〔一一〕『馮海栝』，野獲編作『馮海粰』。

〔一二〕『化、治遺音』，野獲編作『成、宏遺音』。

〔一三〕『又聞邱少年作鍾情麗集』至『卽不掩亦可』數句，野獲編無。

〔一四〕『以所唱俱北詞』，野獲編作『然所唱俱北詞』。

〔一五〕『金、元遺風』，野獲編作『金、元蒜酪遺風』。

〔一六〕『定制』，野獲編作『定則』。

〔一七〕『音欵』二字小注，野獲編本無。

〔一八〕『今吳下皆以三弦合南曲』，野獲編作『今吳下皆三弦合南曲』。

〔一九〕『金粟道人』，野獲編作『顧阿瑛』。

〔二〇〕『蓋南曲不仗絃索爲節奏也』，野獲編作『蓋南曲不仗絃爲節奏也』。

〔二一〕『逐枉其名』，野獲編錢本作『逐枉一名』，誤。

〔二二〕『非漢隸也』，野獲編作『非隸漢也』。

〔二三〕『今南腔北曲』，野獲編作『今南方北曲』。

〔二四〕『歌姬』，野獲編錢本作『歌妃』，誤。

〔二五〕『我朝』，野獲編作『本朝』。

〔二六〕『四節』，野獲編鈔本作『四折』，誤。

〔二七〕『化、治』，野獲編作『成、宏』。

〔二八〕『惟沈寧菴吏部後起』，野獲編作『近沈寧菴吏部後起』。

〔二九〕『動輒編一傳奇』，野獲編作『動輒編成一傳』。

〔三〇〕『升菴』，野獲編作『楊升菴』。

〔三一〕『朔國公』，野獲編作『然朔國公』。

〔三二〕『尋奉世宗聖旨「勛會贊大禮，並刻大傳奇」，可知。然余未見郭書』，野獲編作：『尋奉世宗聖旨：「勛會贊大禮，並刻太和傳等勞，合釋刑具，卽問奏處分。」夫刻書至與贊禮並稱，似非傳奇可知。予未見郭書。』

〔三三〕『且北詞九宮譜』，野獲編作『然北詞九宮譜』。

〔三四〕『未可曉也』，野獲編作『俱未可曉也』。

〔三五〕『楊石齋』，從野獲編本。原作『湯石齋』。按：楊石齋，卽楊廷和。

〔三六〕『張伯起』，野獲編作『伯起』。

〔三七〕『沈工韻譜』，野獲編作『沈工歌譜』。

〔三八〕『屠緯眞』，野獲編作『屠緯眞隆』。

〔三九〕『甲申歲』，野獲編作『今上甲申歲』。

〔四〇〕『屠令青浦』，野獲編作『屠令松之青浦』。

〔四一〕『具疏』，野獲編錢本作『其疏』，誤。

〔四二〕『且云「與西寧侯宋世恩夫人有私」』句，野獲編無。

〔四三〕『人亦有惜屠之才』，野獲編作『人亦惜屠之才』。

〔四四〕『指揮四顧』，野獲編作『揮策四顧』。

〔四五〕『余所作曇花序』，野獲編錢本作『予作曇花序』，姚本作『予作曇花記序』。

〔四六〕『走雨』，野獲編錢本作『走兩』，誤。

〔四七〕〔四八〕『拜月亭』，野獲編作『月亭』。

〔四九〕『非化、治間人所能辨也』，野獲編作『非鄭虛舟所能辨也』。

〔五〇〕『出是何詞』，野獲編作『是出何詞』。

〔五一〕『以其贈客詩』，野獲編錢本作『其贈客詩』，姚本作『其贈答詩』。

〔五二〕『爲謀反確證』，野獲編作『實謀反確證』。

〔五三〕『證之』，野獲編作『證』。

〔五四〕『亦寓此』，野獲編作『亦作寓』。

〔五五〕『李九我署南禮部』，野獲編作『李九我爲南少宰，署禮部』。

〔五六〕『然已傳播遠近無算矣』，野獲編作『然傳播遠近無算矣』。

〔五七〕『漫淫日盛』，野獲編作『漫淫日甚』。

〔五八〕『化、治』，野獲編作『成、宏』。

〔五九〕『打棗乾』，野獲編姚本作『打棗竿』。

〔六〇〕『今南、北詞俱有此名』，野獲編作『今南、北曲俱有二名』，誤。

〔六一〕『數落山坡羊』，從野獲編本。原作『數落羊坡羊』。

〔六二〕『金、元本色』，野獲編作『金、元蒜酪本色』。

〔六三〕『然此劇但四折』，此句各本均如是，但『此』字應是『北』字之訛。

〔六四〕『黄貞甫汝亨』，從野獲編本。原作『黄貞甫汝亭』。

〔六五〕『任人塡曲』，野獲編錢本作『任人塡詞』。

〔六六〕『選其能得畫外趣者』，野獲編作『選其得畫外趣者』。

〔六七〕『然西廂到底不過描寫情感』，野獲編作『然西廂到底描寫情感』。

〔六八〕『至元治分爲兩』，野獲編作『至元世始分爲兩』。

〔六九〕『大食，今曲譜中訛作大石，因有小石調配之，非其初矣。』以上一段，野獲編作：『大食，今曲譜中訛作大石。又達大樂各調諸音，其聲凡十，曰五、凡、工、尺、上、四、六、勾合（姚本無「四六勾合」四字），於律、呂各缺其一，則至今用之，南北無異，幾如時藝之四股、八比，不可易矣。（姚本作「之不可易也」）。』

〔七〇〕『各詞之中』，野獲編作『各調之中』。

〔七一〕『普天下不能越，獨昧其本始耳』，野獲編作：『普天不能越（錢本），猶昧其本始耳』。

〔七二〕『有婦人打三棒鼓乞錢者』，野獲編作『有俚下婦人打三棒鼓乞錢者』。

〔七三〕『本北地樂』，野獲編作『本胡部樂』。

〔七四〕『今則四板』，野獲編作『今則四板矣』。

〔七五〕『又有所謂十樣錦者』，野獲編作『又今有所謂十樣錦者』。

〔七六〕『後與教坊老妓談及』，野獲編作『後偶與教坊老妓談及』。

〔七七〕『似阮』，野獲編錢本作『似院』，誤。

〔七八〕『本馬上所彈者』，野獲編作『本虜中馬上所彈者』。

〔七九〕『總皆北地樂也』，野獲編作『總皆虜樂也』。

〔八〇〕『價廉』，野獲編錢本作『値廉』。

〔八一〕『促織』，從野獲編本。原作『組織』。

〔八二〕『入聲之訛』，野獲編作『入聲之誤』。

〔八三〕『蓋其土語也』，野獲編作『蓋虜語也』。

〔八四〕『此婦人盤中、掌上之遺』，野獲編作『皆婦人盤中、掌上之遺』。

〔八五〕『古有鞞舞、鞶舞、鐸舞、笛舞』，野獲編作『古有鞞舞、鞶舞、鐸舞、笛舞、鼙舞』。

〔八六〕『明皇之龍池舞』，野獲編作『明皇之龍池舞、傾盃舞』。

〔八七〕『如唐楊再思之高麗舞』，野獲編作『如唐張錫等談容娘舞，楊再思之高麗舞』。

〔八八〕『則邊帥亦爲之』，野獲編作『則胡口（姚本作虜）亦爲之』。

〔八九〕『樂人崇胡子能軟舞』，野獲編作『樂人崇胡子，其人能軟舞』。

〔九〇〕『已彷彿今世』，野獲編作『已如今俗舞』。

〔九一〕『至金、元益不可問』，野獲編錢本作『至金、元，益以口（姚本口作虜）習，彌不可問』。

〔九二〕『今之學舞者』，野獲編作『今世學舞者』。

〔九三〕『非始本朝也』，野獲編錢本作『非始終本朝也』。

〔九四〕『倘戀戚、虞之舞』，野獲編作『倘屬戚、虞之舞』。

〔九五〕『甚奇怪』，野獲編作『甚奇快』。

〔九六〕『何辭以對』，野獲編作『何辭置對』。

曲論

明・徐復祚著

曲論提要

曲論一卷，明徐復祚著。徐復祚，原名篤儒，字陽初，後改訥川，號暮竹，別署破慳道人、陽初子、洛誦生、休休生、三家村老、忍辱頭陀、慳吝道人，江蘇常熟人。生於一五六〇年（明嘉靖三十九年），卒年約在一六三〇年（崇禎三年）以後。博學能文，尤長於詞曲。錢謙益評論他的小令，認爲可以和高則誠相比。所編戲曲：傳奇有紅梨記、投梭記、宵光劍，雜劇有梧桐雨、一文錢。

徐復祚還著有三家村老委談三十六卷，又稱花當閣叢談，內容主要是記載明代掌故，但也有一部分涉及戲曲，已爲鄧實輯錄於何元朗徐陽初曲論。現在據鄧輯本把徐復祚部分分開，獨立成爲一卷。

新曲苑裏所收的三家村老曲談，也是以鄧輯徐作部分爲主，另外又從借月山房彙鈔裏所收的八卷本花當閣叢談之中，錄出了鄧輯本所未收的數條，附在後面。

曲論

明・徐復祚著

或問琵琶，曰：『高明則誠者，温之永嘉人，以春秋中元至正乙酉榜，授處州錄事，調浙江闡幕都事，轉江西行臺掾，又轉福建行省都事。方國珍聘置幕下，不行。旅寓明州，以詞曲自娛，因感劉後村之詩「死後事非誰管得，滿村爭唱蔡中郎」之句，乃作琵琶記。有王四者，以學聞，則誠與之友善，勸之仕，登第，卽棄其妻而贅于不花太師家，則誠惡之，故作此記以諷諫。名之曰琵琶者，取其頭上四「王」爲王四云爾；元人呼牛爲「不花」，故謂之牛太師；而伯喈曾附董卓，乃以之託名也。高皇帝微時，嘗奇此傳；及登極，召則誠，以疾辭。使者以傳進，上覽之，曰：「五經、四書，在民間譬諸五穀，不可無；此傳乃珍饈之屬，俎豆之間亦不可少也。」及卒，陸德暘以詩弔之曰：「亂離遭世變，出處嘆才難。墜地文將喪，憂天寢不安。名題前進士，爵署舊郎官。一代儒林傳，眞堪入史刊。」又陶南村說郛載唐人小說：牛相國僧孺之子緐與同人蔡生邂逅文字交，尋同舉進士，才蔡生，欲以女弟適之。蔡已有妻趙矣，力辭不得。後牛氏與趙處，能卑順自將。後蔡仕至節度副使。牛同，蔡同，趙同，而牛能卑順又同，南村又與東嘉同時，會稽、温州又同省，則琵琶之作，必是爲緣；王四云云，以其有四王而揣摩之也。要之傳奇皆是寓言，未有無所爲者，正不必求其人與事以實之也。即今琵琶之傳，豈傳其事與人哉？傳其詞耳。詞如慶壽之錦堂月、賞月之本序、剪髮之香羅帶、吃糠之孝順兒、寫眞之三仙橋、看眞之太師引、賜燕之山花子、成親之畫眉序，富豔則春花馥郁，目眩神驚；淒楚則嘯月孤猿，腸摧肝裂；高華則太華峯頭，晴霞結綺；變幻則蜃樓海市，頃刻萬態。他如四朝元、雁魚錦、二郎神等折，委婉篤至，信口說出，略無扭捏，文章至此，眞如九天咳唾，非食烟火人所能辦矣！然白璧微瑕，豈能盡掩？尋宮數調，東嘉已自拈出，無庸再議。但詩有詩韻，曲有曲韻：詩韻則沈隱侯之四聲，自唐至今，學人韻士兢兢守如三尺，罔敢踰越；曲韻則周德清之中原音韻，元人無不宗之。曲之不可用詩韻，亦猶詩之不敢用曲韻也。假如今有詩人於此，取上平十三元一韻，以元、軒、冤等字與先韻叶，以昆、溫、門、孫等字與眞韻叶，以煩、幡、潘、蕃等字與寒、刪二韻叶，不幾哄破人口乎？何至於曲，而獨可通融假借也？且不用韻，又奚難作焉？今以東嘉瑞鶴仙一闋言之：首句火字，又下和字，歌麻韻也；中間馬、化、下三字，家麻韻也；日字，齊微韻也；旨字，支思韻也；也字，車遮韻也；一闋通止八句，而用五韻。假如今人作一律詩而用此五韻，成何格律乎？吟咀在口，堪聽乎？不堪聽乎？通本不出韻乎，寂寂不可多得，「飛絮沾衣」外，「簾幕風柔」止出一韻（末句『諜』字），「綠成陰」，「玳筵開處」，「思量那日」，四五套而已矣。若其使事，大有謬處，叨叨令末句云「好一似小秦王三跳澗」，鮑老催句「畫堂中富貴如金谷」，不應伯喈時已有唐文皇、石季倫也。賞荷出內撓夜香末句云「卷起簾兒，明月正上」，明明是夜景矣，何以下梁州序云「晝長人靜好清閑，忽被棋聲驚晝眠」？又第四闋內「柳陰中忽噪新蟬，見流螢飛來庭院」，蟬聲不應與螢火並出。或人曲護其短，乃曰：「此通一日而言」。此大不通之論。一日之間，自有定序，從早而午，從午而暮，未有早而倏暮，暮又午也。或又以賞荷、賞月俱非東嘉作，乃朱敎諭增入。朱敎諭，吾不知其人；賞荷之出其手，有之。〔二〕賞荷之「楚天過雨」，雄奇豔麗，千古傑作，非東嘉誰能辨此？埽松而後，粗鄙不足觀，豈強弩之末力耶？抑眞朱敎諭所補耶？眞狗尾矣！內有伯喈奔喪朝元令四闋，調頗叶，吳江沈先生已辨其非矣。故余以爲東嘉之作，斷斷自埽松折止，後俱不似其筆。王弇州一代宗匠，文章之無定品者，經其品題，便可折衷，然於詞曲不甚當行。其論琵琶也，曰：「則誠所以冠絕諸劇者，不惟琢句之工，使事之美而已。其體貼人情，委曲必盡；描寫物態，仿彿如生；問答之際，了無揑造；所以佳耳。至於腔調微有未諧，譬如見鍾、王跡，不得其合處，當精思以求詣，不當執末以議本也。」夫「作曲先要明腔，後要識譜，切記忌有傷於音律」。此丹丘先生之言也。腔調未諧，音律何在？若謂不當執末以議本，則將抹殺譜板，全取詞華而已乎？』

何元朗良俊謂施君美拜月亭勝於琵琶，未爲無見。拜月亭宮調極明，平仄極叶，自始至終，無一板一折非當行本色語，此非深於是道者不能解也，弇州乃以『無大學問』爲一短，不知聲律家正不取于弘詞博學也；又以『無風情、無裨風教』爲二短，不知拜月風情本自不乏，而風教當就道學先生講求，不當責之騷人墨士也。用脩之錦心繡腸，果不如白沙鳶飛魚躍乎？又以『歌演終場不能使人墮淚』爲三短，不知酒以合歡，歌演以佐酒，必墮淚以爲佳，將薤歌、蒿里盡侑觴具乎？

琵琶、拜月而下，荆釵以情節關目勝，然純是倭巷俚語〔二〕，粗鄙之極；而用韻却嚴，本色當行，時離時合。

香囊以詩語作曲，處處如煙花風柳。如『花邊柳邊』、『黄昏古驛』、『殘星破暝』、『紅入仙桃』等大套，麗語藻句，刺眼奪魄。然愈藻麗，愈遠本色。龍泉記、五倫全備，純是措大書袋子語，陳腐臭爛，令人嘔穢，一蟹不如一蟹矣。

此後作者輩起，坊刻充棟，而佳者絕無。

徐髯仙霖柳仙記，事見幽怪錄，詞亦古質，然寂寥踐淺〔三〕，斤兩不足。谷子敬先〔四〕已有度城南柳，不堪並觀。

李伯華開先林冲寶劍記，『按龍泉』闋亦好，餘只平平。韓信登壇記，即千金記，本元金志甫追韓信來，今似追點將全用之〔五〕。

鄭虛舟若庸，余見其所作玉玦記手筆，凡用僻事，往往自爲拈出，今在其從姪學訓繼學處。此記極爲今學士所賞，佳句故自不乏，如『翠被擁雞聲，梨花月痕冷』等，堪與香囊伯仲。賞荷、看潮二大套，亦佳。獨其好塡塞故事，未免開飣餖之門，闢堆垜之境，不復知詞中本色爲何物，是虛舟實爲之濫觴矣；乃其用韻，未嘗不守德清之約。虛舟尙有四節記，不足觀已。

張伯起先生，余內子世父也，所作傳奇有紅拂、竊符、虎符、扊扅、灌園、祝髮諸種，而紅拂最先，本虬髯客傳而作，惜其增出徐德言合鏡一段，遂成兩家門，頭腦太多。佳曲甚多，骨肉匀稱，但用吳音，先天、簾纖隨口亂押，開閉罔辨，不復知有周韻矣。最可笑者，弇州先生之許紅拂也，曰：『紅拂有一佳句，曰「愛他風雪耐他寒」，不知其爲朱希眞詞也』云云。余一日過伯起齋中。談次問：『此句用在何處？覓之不得。』伯起笑曰：『王大自看朱希眞紅拂耳，似未嘗看張伯起紅拂也。』相與一笑。近見方刻〔六〕李卓吾批點紅拂，大要謂：『紅拂一婦人耳，而能物色英雄於塵埃中。』是贊虬髯傳中紅拂耳，亦未嘗贊張伯起紅拂也。知音之難如此。此外灌園亦俊潔，竊符亦豪邁，餘不甚行。

自此吳江顧大典有義乳、青衫、葛衣等記，皆起流派〔七〕，操吳音以亂押者；淸峭拔處，各自有可觀，不必求其本色也。

梅禹金，宣城人，作爲玉合記，士林爭購之，紙爲之貴。曾寄余，余讀之，不解也。傳奇之體，要在使田畯紅女聞之而趯然喜，悚然懼；若徒逞其博洽，使聞者不解爲何語，何異對驢而彈琴乎？昔翟資政巽喜作才語，雖對使令亦然。有庖者藝頗精，翟每向同官稱之。後稍懈，衆以嘲翟，翟呼使數之曰：『汝以刀匕微能，數見稱賞，而敢踈嫚若此，使衆人以責膳夫之罪，還責汝主，於汝安乎？』左右皆匿笑，而庖者竟不解作何語。余謂：若歌玉合於筵前臺畔，無論田畯紅女，即學士大夫，能解作何語者幾人哉！徐彥伯爲文，以鳳閣爲『鵷閣』，龍門爲『虬戶』，當時號『澀體』。樊宗師絳州記，至不可句讀。文章且不可澀，況樂府出於優伶之口，入於當筵之耳，不遑使反，何暇思維，而可澀乎哉！濫觴於虛舟，決堤於禹金，至近日之塗篌而滔滔極矣。禹金旋亦自悔，作長命縷，自謂：『調歸宮矣，韻諧音矣，意不必使老嫗都解，而亦不必傲士大夫以所不知。』余尤以爲未盡然也。玉合記榴花泣第二闋內有句云：『離腸棖觸斷無些』。自音云：『棖，音橙』。不知所出，亦不能解。一日觀山谷詩云：『莫若囂號驚四鄰，推床破面棖觸人。』然後知棖當作『掁』，從手，不從木，音撐。掁觸，見涅盤經，山谷用之詩，已自僻澀，禹金乃用之作曲。然則三蕤、三善提，盡曲料耶？此體最易驚俗眼，亦最壞曲體，必不可學。

題紅，王伯良驥德〔八〕作——伯良，屠長卿之友——長卿深許可之，謂：『事固奇矣，詞亦斐然。』今觀其詞，使事礱於禹金，風格不及伯起，其在季、孟之間乎？獨其結搆如搏沙，開闔照應，了無線索，每於緊處散緩，是又大不如伯起者也。至其自序題紅，則曰：『周德清中原音韻，元人用之甚嚴，自拜月、伯喈始決其藩。傳中惟齊微之於支思，先天之於寒山、桓歡，沿習已久，聊復通用；庚青之於眞文，廉纖之於先天間借一二字偶用；他韻不敢混用一字。至北調諸曲，不敢借用，以北體更嚴，存古典刑也。』夫琵琶出韻，是誠有之，拜月何嘗出韻？且二傳佳處不學，獨學其出韻，此何說也？此何說也？若曰嚴於北而寬於南，尤屬可笑。曲有南北，韻亦有南北乎？袁西野有一清江引，專誚不用韻作曲者，云：『沈約近來憔悴損，打不開糊塗陣。五言一小詞，四句押三韻。提來到口邊頭絫力子忍〔九〕。』

邑人孫梅錫柚作琴心記，亦有纖句。

王雨舟改北王允連環記爲南，佳；李日華改北西廂爲南，不佳，然其四景記亦可觀。陸天池亦有南西廂，亦不佳；明珠却絕有麗句，聞非一手所成，乃兄給事粲亦助之，當不謬，其聲價當在玉玦上。

沈涅川雙珠、分鞋，小兒號嗄。

梁伯龍辰魚作浣紗記，無論其關目散緩、無骨無筋、全無收攝，即其詞亦出口便俗，一過後便不耐再咀；然其所長，亦自有在：不用春秋以後事，不裝八寶，不多出韻，平仄甚諧，宮調不失，亦近來詞家所難。獨一最可笑，而人不知：吳、越之在當時，稱王久矣，王則車馬、服御、位號、稱呼儼然一天子矣，故有郊臺，有柴望，夫差、勾踐亦偃然不復知有周天王〔一〇〕矣，而胥、嚭、種、蠡稱曰『主公』，何也？孟子在梁，稱惠王曰『王好戰』，不聞主公惠王也，在齊稱宣王曰

『今王發政施仁』，不聞主公宣王也，此何異三家村童子不知厥父稱呼，而曰『我家老子』也，陋甚矣！

沈光祿璟著作極富，有雙魚、埋劍、金錢、鴛被、義俠、紅蕖等十數種，無不當行。紅蕖詞極贍，才極富，然於本色不能不讓他作。蓋先生嚴於法，紅蕖時時爲法所拘，遂不復條暢；然自是詞家宗匠，不可輕議。至其所著南曲全譜、唱曲當知，訂世人沿襲之非，剷俗師扭揑之腔，令作曲者知其所向往，皎然詞林指南車也，我輩循之以爲式，庶幾可不失隊耳。

曇花、彩毫，屠長卿隆先生筆，肥腸滿腦，莽莽滔滔，有資深逢源之趣，無捉衿露肘之失，然又不得以濃鹽、赤醬訾之，惜未守沈先生三章耳。

玉茗堂四傳，臨川湯若士顯祖先生作也。其南柯、邯鄲二傳，本若士臧晉叔懋循先生所作元人彈詞來。晉叔既以彈詞造其端，復爲改正四傳以訂其訛，若士忠臣哉！晉叔最愛余諸傳，逢人便說，且託友人相邀過彼，而余貧老不能往。未幾而晉叔物化，負此知己，痛哉！晉叔不聞有所構撰，然其刻元人雜劇多至百種，一一手自删定，功亦不在沈先生下矣。

近日袁晉作爲西樓記，調脣弄舌，驟聽之亦堪解頤，一過而嚼然矣，音韻宮商，當行本色，了不知爲何物矣。

彩霞出一優師所作，曲雖俚，然間架步驟，亦自可觀，較之西樓，雖爲彼善〔二〕，此外非復知矣。

若夫散詞、小令，則家和璧而人隋珠，未易枚舉。試數其人，則周憲王、趙□□王、劉誠意、王威寧、楊邃菴、顧未齋、陳大聲、祝希哲、唐伯虎、張伯起、沈青門、王稚欽、李空同、楊用脩、王敬夫、康德涵、韓苑洛、金白嶼、楊君謙、常明卿、谷繼宗、何粹夫、王舜耕、王渼陂、王浚川、謝茂秦、陸之裘、陳石亭、何太華、許少華、王辰玉，彼皆海岳英靈，文章巨擘，羽翼大雅，黼黻王猷，正業之外，游戲爲此，或滔滔大篇，或寥寥小令，含金跨元，眞所謂種種殊別，新新無已矣。

北詞，晉叔所刻元人百劇及我朝谷子敬三度城南柳、闊陰司，賈仲名度金童玉女，王子一劉阮天台，劉東生月下老世間配偶，丹丘先生燕鶯蜂蝶、復落娼[三]、煙花判，俱曾一一勘過。

馬東籬、張小山自應首冠，而王實甫之西廂，直欲超而上之。蓋諸公所作，止於四折，而西廂則十六折，多寡不同，骨力更陡，此其所以勝也。昔人評者，謂『玉環之出浴華清，綠珠之採蓮洛浦』，信不誣也。實甫之傳，本於董解元，解元爲說唱本，與實甫本可稱雙璧。實甫麗春堂劇，不及西廂。

西廂後四出，定爲關漢卿所補，其筆力迥出二手，且雅語、俗語、措大語、白撰語層見疊出，至於『馬戶』、『尸巾』云云，則眞馬戶尸巾矣！且西廂之妙，正在於草橋一夢，似假疑眞，乍離乍合，情盡而意無窮，何必金榜題名、洞房花燭而後乃愉快也？丹丘評漢卿曰：『觀其詞語，乃在可上可下之間，蓋所以取者，初爲雜劇之始，故卓以前列。』則王、關之聲價，在當時已自有低昂矣。王弇州取西廂『雪浪拍長空』諸語，亦直取其華豔耳，神髓不在是也。語其神，則字字當行，言言本色，可爲南北之冠。王渼陂句『望東華人亂擁，紫羅欄老盡英雄』。此水仙子也，弇州題作折桂令，鹵莽可知矣。至於實甫之意，謂元微之通於姑之子而託名張生，是不必核。三家村老委巷

附錄（二）

國初之制，伶人常戴綠頭巾，腰繫紅褡膊，足穿布毛猪皮靴，不容街中走，止於道旁左右行。樂婦布皂冠，不許金銀首飾。身穿皂背子，不許錦綉衣服。

祝希哲，名允明。長洲人。生而右手指枝，因自號『指枝生』。爲人好酒、色、六博，不修行檢，常傅粉黛，從優伶間度新聲。俠少年好慕之，多齎金從遊，允明甚洽。

村老曰：『余嘗讀四聲猿雜劇，其漁洋三撾，有爲之作也，意氣豪俠，如其爲人，誠然傑作，然尚在元人藩籬間；餘三聲，柳翠猶稱彼善，其餘二聲及其書、繪，俱可無作。』

衡州太守馮正伯，名冠，邑人，少善彈琵琶歌金、元曲，五上公車，未嘗挾筴，惟挾琵琶記而已。

村老曰：『余友秦四麟爲博士弟子，亦善歌金、元曲，無論酒間、興到，輒引曼聲；即獨處一室，而嗚嗚不絕口。學使者行部至矣，所挾而入行笥者，惟琵琶、西廂二傳。或規之：「君不虞試耶」？公笑曰：「吾患曲不善耳，奚患文不佳也！」其風流如此。』

村老又曰：昔蘇子瞻『無鹽』諸咏，李定、舒亶輩指爲謗訕朝政；而詠檜一詩，王珪直以爲不臣，欲服上刑。非宋裕陵神聖，寧有免法。吁，可畏哉！近王弇州作巵言，作別集，湯臨川作紫簫記，亦紛紛不免於豬嘴關，乃知古人制作，必藏名山大川，有以也。余小子，何足比數？然亦每以作詞見嫉於人。夫余所作者，詞曲，金、元小技耳，上之不能博高名，次復不能圖顯利，拾文人唾棄之餘，供酒間謔浪之具，不過無聊之計，假此以磨歲耳，何關世事！安所□□，而亦煩李定諸人毒吻耶？庚戌成紅梨後，遂燒却筆硯。既而閱楚記：「當肅皇帝幸楚，胡孝思纘宗爲一律記事，其落句云「穆天八駿空飛電，湘竹英、皇淚不磨」，刻之石。後以他事坐罷，家居者數載矣。嘗朴一貪令王聯，其人爲戶部主事，以不職免，殺人下獄當死，乃指「穆天」、「湘竹」爲怨望咒詛，奏之。捕下獄，論死。孝思時將八十矣，了不怖懼，取錦衣獄中杻械之類八，爲詩記之，名制獄八景。衆爭咎掣其筆曰：「君正坐詩至此耳，尚何吾伊爲？」孝思澹然吟不輟，曰：「坐詩當死，今不作詩，得免死耶？」人服孝思意氣。』因思：死生禍福，不宰之讖魘，亦寧關乎口語，固自有天公主之。乃復理鉛槧，爲投梭——記謝幼輿折齒事，又作梧桐雨——記玉環馬嵬事，而紛紛復如故。未幾，其人死，遂絕無議者。

邑人孫氏又有名孫柚者，亦有才情，常取司馬長卿以琴心挑文君事作傳奇，名琴心記，亦俊逸可喜。……柚，其（孫七政字齊之）從子也，與余善，性粗豪，不修曲謹，喜飲，喜摴蒱，居藤溪，蕭然一室，無儋石儲，而好客不衰。其所著琴心記，極有佳句，第頭腦太亂，脚色太多，大傷體裁，不便於登場；曲亦時有未叶，以故反不若梁長名辰魚，字伯龍。浣紗之傳，然較之宣城之嵌寶、揀金，臨川之字覡、句鬼，則大有逕庭矣。每欲取而改訂之，有志焉，而未逮也。

山東解元王化，發解時年甚少，不矜細行，綢繆二娼，遂不娶。久之，不爲人齒，乃挈二娼直抵杭州，藉之爲衣食。杭，劇郡也，守日夜迎賓水次，逮夜方歸。有子年十七八，日私出衙與娼狎，夜必歸，曰：『欲了師父課程耳。』化令且帶題來，爲之代作。居踰月，師異其氣大進，以呈諸守，曰：『某且媿爲師矣！』守索視之，立呼面試。其子旣凡，筆又荒落，久不能下一詞。詰其來自，勢不可隱，具言之。守乃逮化及二娼至。異其狀，叩以來歷，化請屏人，言曰：『某山東王化，正德八年解元也。』守矍然，罵曰：『畜生何至是？』則曰：『爲昵二娼，遂忘羞恥。』守乃立遞二娼去，即日新其衣冠，置之師席，令誨其子，不聽出入。又一年，赴會試，得第。選爲御史，巡鹽浙江，每赴席當筵，輒狎歌童，或爲按拍，其不矜細行卒不改云。村老曰：『此事今有傳奇，俚甚，不足觀，且以爲郡人唐解元子畏事，遂不知有王化。余得之連抑武先生所記，當不謬。』

三張，吳人也。長伯起名□□ □□□□□□□□□季叔貽名燕翼。伯起□□□□□□□□□□□古詩文辭及八法以文徵仲□□□□□□□出，乃兼有之。每伯起造待詔，未嘗不倒屣出迓，把臂促膝，盡爾汝之分。耳恒自喜，以得及伯起，復恨其晚。伯起有處實堂集，著述甚富。詩宗老杜、王摩詰，然不求甚似。晚喜爲樂府新聲。天下之愛伯起新聲，甚於古文辭。樂府有陽春堂六傳，而世所最行者，則唐李藥師紅拂記也。甲子，以易薦京兆，試南宮，輒報罷。迨庚辰，以母老，不復應公車辟。然絕足不入公府，雖兩臺使者，若監司郡邑大夫，旌旄日及門，去，未嘗以一刺報也。吳人以此重之。王弇州常稱：『伯起才無所不際，騁其靡麗，可以踏躋六季而鼓吹三都；騁其辨，可以走儀、秦役犀首；騁其吊詭，可以與莊、列、鄒、愼具賓主。高者醉月露，下者亦不失雄帥烟花。』蓋實錄云。常伯起善度曲，自晨至夕，口嗚嗚不已。吳中舊曲師太倉魏良輔，伯起出而一變之，至今宗焉。與仲郎演琵琶記，父爲中郎，子趙氏，觀者塡門，夷然不屑意也。

我吳音宜幼女清歌按拍，故南曲委宛清揚。北音宜將軍鐵板歌『大江東去』，故北曲硬挺直截。今學士大夫凡爲文章、騷、賦、銘、誄、詩、詞，所斤斤奉若三尺，不敢一字相假者，非沈約四聲韻乎？其金、元詞曲、傳奇、樂府，始宗周德淸中原音韻，特作詞人與歌工集之耳，學士大夫不知也。然二公之韻，大有可商。……大率吾輩爲唐律、絕句，自應用唐韻；爲古體，自應用古韻；若夫作曲，則斷當從中原音韻，一入沈約四聲，如前所拈出數處，不但歌者棘喉，聽者亦自逆耳。試觀元人馬、關、王、鄭諸公雜劇，有是病否？或曰：『若然，則「新篁池閣」，當作「池果」唱乎？恐笑破人口也。』曰：『不然。以閣字輕出，而後收之以果。此在凡入聲皆然，不但一閣字，觸類可通。此唯吾友秦季公知之，近唯松陵沈平輿；若張伯起，則純是庚靑零丁齒音矣。』

徐復祚曲論校勘記

本編所重印的徐復祚曲論，是用古學彙刊本做底本。並倣新曲苑，把借月山房彙鈔本花當閣叢談中可以補輯的幾段，作爲附錄，但較新曲苑本略有增減。古學彙刊本中，有幾處字句，可能略有脫譌，分別改正或註出。

〔一〕『賞荷之出其手，有之』。按上下語意，『有之』似當作『無之』，或『未必有之』。

〔二〕『倭巷俚語』，當是『委巷俚語』。

〔三〕『踐戔』，當是『疏淺』。

〔四〕『先』，原作『仙』。

〔五〕『今似追點將全用之』，似當作『今北追、點將全用之』。

〔六〕『方刻』，似應作『坊刻』。

〔七〕『皆起流派』，當是『皆伯起流派』。

〔八〕『驥德』，原作『德驥』。

〔九〕『忍』，原作『刃』。

〔一〇〕『周天王』，似應作『周天子』。

〔一一〕『雖爲彼善』，似應作『確爲彼善』。

〔一二〕『復落娼』，原作『復落唱』。

〔一三〕『附錄』標題，原無；以下文字，據花當閣叢談補。

譚曲雜劄

明·凌濛初著

譚曲雜劄提要

譚曲雜劄，原題『卽空觀主人撰』。按：卽空觀主人，是明凌濛初的別號。凌濛初，字玄房，號初成，又名凌波，又號波厈。浙江烏程人。生於一五八〇年（萬曆八年），十二歲遊泮，十八歲補廩，一直到四十四歲才入都就選。一六三四年（崇禎七年）授上海縣丞，在任期中曾署理縣令及海防。一六四二年升徐州判。一六四四年卒，年六十五歲。

濛初工詩文，著述很富。尤精於小說和詞曲，著有短篇小說拍案驚奇兩集，驀忽姻緣、莽擇配雜劇等；又曾改編玉簪記傳奇爲喬合衫襟記；評選南曲，編爲南音三籟；譚曲雜劄，是他的論曲之作。

譚曲雜劄極力推崇元曲的本色，故對於梁伯龍等以『工麗』爲主的文筆，深加譴責；也不同意沈璟一派的矯揉作風，說『以鄙俚可笑爲不施脂粉，以生梗雉率爲出之天然』，以爲猶在堆砌用典之下。此外，如論尾聲應『詞意俱若不盡』，論搭架不可『扭捏巧造』，論賓白不宜『排工對切』，也都精切。

譚曲雜劄，從未見單刻本；今日所見的，祇有南音三籟卷首的附刻本。南音三籟，有明末原刻本及一六六八年（清康熙七年）袁園客增訂重刻本。

又張大復寒山堂曲譜，附有寒山堂曲話一卷，內容全同譚曲雜劄。張大復籍貫蘇州，而譚曲雜劄爲浙人語言，故疑寒山堂曲話，乃是另題名目的轉載本。

譚曲雜箚

明・凌濛初著

曲始於胡元，大略貴當行不貴藻麗。其當行者曰『本色』。蓋自有此一番材料，其脩飾詞章，塡塞學問，了無干涉也。故荆、劉、拜、殺爲四大家，而長材如琵琶猶不得與，以琵琶間有刻意求工之境，亦開琢句脩詞之端，雖曲家本色故饒，而詩餘弩末亦不少耳。國朝如湯菊莊、馮海浮、陳秋碧輩，直闖其籓，雖無崙本戲曲，而製作亦富，元派不絕也。自梁伯龍出，而始爲工麗之濫觴，一時詞名赫然。蓋其生嘉、隆間，正七子雄長之會，崇尙華靡；弇州公以維桑之誼，盛爲吹噓，且其實於此道不深，以爲詞如是觀止矣，而不知其非當行也。以故吳音一派，兢爲勦襲。靡詞如綉閣羅幃、銅壺銀箭、黄鶯紫燕、浪蝶狂蜂之類，啓口卽是，千篇一律。甚者使僻事，繪隱語，詞須累詮，意如商謎，不惟曲家一種本色語抹盡無餘，卽人間一種眞情話，埋沒不露已。至今胡元之竅，塞而未開，間以語人，如錮疾不解，亦此道之一大劫哉！

白兔、殺狗二記，卽四大家之二種也，今世所傳，誤謬至不可讀。蓋其詞原出以太質，索解人正難，而妄人每於字句不屬、方言不諳處，輒加竄改，眞面目全失矣。荆、拜二記雖亦經塗削，而其所存原筆處，猶足以見其長，非後來人所能辨也。元美責拜月以無詞家大學問，正謂其無吳中一種惡套耳，豈不寃甚！然元美於西廂而止取其『雪浪拍長空』、『東風搖曳垂楊線』等句，其所尚可知已，安得不擊節於『新篁池閣』、『長空萬里』二曲，而謂其在拜月上哉！琵琶全傳，自多本色勝場，二曲正其稍落游詞——前輩相傳謂爲贋入者——乃以繩拜月，何其不倫！

近世作家如湯義仍，頗能模倣元人，運以俏思，儘有酷肖處，而尾聲尤佳，惜其使才自造，句脚、韻脚所限，便爾隨心胡湊，尚乖大雅。至於塡調不諧，用韻龐雜，而又忽用鄉音，如『子』與『宰』叶之類，則乃拘於方土，不足深論，止作文字觀，猶勝依樣畫葫蘆而類書塡滿者也。義仍自云：『駘蕩淫夷，轉在筆墨之外，佳處在此，病處亦在此。』彼未嘗不自知。祇以才足以逞而律實未諳，不耐檢核，悍然爲之，未免護前，況江西弋陽土曲，句調長短，聲音高下，可以隨心入腔，故總不必合調，而終不悟矣。而一時改手，又未免有斲小巨木、規圓方竹之意，宜乎不足以服其心也——如『留一道畫不□耳的愁眉待張敞〔一〕』，改爲『留着雙眉待敞』之類。

沈伯英審於律而短于才，亦知用故實、用套詞之非宜，欲作當家本色俊語，却又不能，直以淺言俚句，掤拽牽湊，自謂獨得其宗，號稱『詞隱』。而越中一二少年，學慕吳趨，遂以伯英開山，私相服膺，紛紜競作。非不東鍾、江陽，韵韵不犯，一稟德淸；而以鄙俚可咲爲不施脂粉，以生梗稚〔二〕率爲出之天然，較之套詞、故實一派，反覺雅俗懸殊。使伯龍、禹金輩見之，益當千金自享家帶矣！

張伯起小有俊才，而無長料。其不用意修詞處，不甚爲詞掩，頗有一二眞語、土語，氣亦疏通；毋奈爲習俗流弊所沿，一嵌故實，便堆砌㨮𢱉，亦是傚伯龍使然耳。今試取伯龍之長調靡詞行時者讀之，曾有一意直下而數語連貫成文者否？多是逐句補綴。若使歌者於長段之中，偶忘一句，竟不知從何處作想以續。總之，與上下文不相蒙也。伯起不能全學其步，故得少逗已靈，乃心知拙於長料，自恐寂寥，未免塗飾，豈知正是病處。

紅梨花一記，其稱琴川本者，大是當家手，佳思佳句，直逼元人處，非近來數家所能。才具雖小狹於湯，然排置停勻調妥，湯亦不及，惜逸其名耳！中所作北詞，乃點竄元張壽卿之筆，惜其不用原文而更其宮調，以致混江龍失腔，然其文足觀也。同時有武林本，不堪並存。

元曲源流古樂府之體，故方言、常語，沓而成章，着不得一毫故實；卽有用者，亦其本色事，如藍橋、祆廟、陽臺、巫山之類。以拗出之爲警俊之句，決不直用詩句，非他典故塡實者也。一變而爲詩餘集句，非當可矣，而未可厭也。再變而爲詩學大成、羣書摘錦，可厭矣，而未村煞也。忽又變而文詞說唱、胡謅蓮花落，村婦惡聲、俗夫褻譫無一不備矣。今之時行曲，求一語如唱本山坡羊、刮地風、打棗竿、吳歌等中一妙句，所必無也。故以藻繢爲曲，譬如以排律諸聯入陌上桑、董妖嬈樂府諸題下，多見其不類；以鄙俚爲曲，譬如以三家村學究口號、歪詩，擬康衢、擊壞，謂『自我作祖，出口成章』，豈不可笑！而又攘臂自命，日新不已，直是有靦面目。

尾聲，元人尤加之意。而末句最緊要。北曲尙矣，南曲如拜月，可見一斑。大都以詞意俱若不盡者爲上，詞盡而意不盡者次之。若詞意俱盡，則平平耳，猶未幷也；而今時度曲者，詞未盡而意先盡，亦有詞既盡而句未盡，則復强綴一語以完腔，未必『貂不足』，眞所謂『狗尾續』也。

如拜月云『自從別後信音絕，這些時魂驚夢怯，都管是煩惱憂愁將人斷送也』，又云『中心先自不如意，縱然間肯同歡喜，也做了個興盡空回』，豈非詞意俱若不盡者乎？如云『別離會合皆緣分，受過憂危心自忖，從今聚樂朝歡還正本』，又云『遲疾早晚兵戈息，相約行朝訪蹤跡，怎肯依舊中原一布衣』，豈非詞盡而意不盡者乎？如琵琶蔣尾聲『惟有快活是良謀，管取歡娛歡咲喧』，則詞意俱盡矣。明珠記『多情自古多尷尬，料東君不把深盟罷，打點着錦帳鸞床受用咱』，亦是合作。湯義仍更多妙者，難以僂舉。若灌園記『綁他早去沈波浪，斷送芙蓉一夜霜，免教伊點辱門墻』，豈非詞未盡而意先盡，詞既盡而句未盡者乎？何不以『斷送芙蓉一夜霜』之成句爲煞句，便覺可聽也？紅拂記『重重發市成官臊，仔細看來多幻也，枉使心機堆髩雪』一尾，亦然。他如時曲煞尾甚多，不能殫述。知者可以意推。〔三〕

本曲調有不用尾聲，則煞句卽是尾——唱法亦然——故舊曲亦必於此用老句、妙句煞之。如琵琶『下絲綸不愁無處，笑伊村煞』，拜月『知他喚愁是甚的，總不解愁滋味』，金印『男兒好和歹，都是這番命裏』之類是也。今人於尾聲且漫然塗塞，況於煞句，尤不通此竅矣。大凡過曲至末，緊板緊腔調不可舒者，則以尾聲漸舒其調以收之；若過曲有四曲二曲，而末處調可舒者，卽不可用尾，唯唱時略舒末句以作尾而已。此自一定之法。今塡曲者不知，以爲凡曲必宜有尾矣，而唱曲者見無尾舊曲，卽造一尾以添之，以至琵琶、拜月紛紛多有續貂，良可笑也。

改北調爲南曲者，有李日華西廂。增損句字以就腔，已覺截鶴續鳧，如『秀才們聞道請』下增『先生』二字等是也。更有不能改者，亂其腔以就字句，如『來回顧影，文魔秀士欠酸丁』是也。無論原曲爲『風欠』而删其『風』字爲不通，卽玉抱肚首二句而强欲以句字平仄叶，亦須云『來回顧影，秀文魔風酸欠丁』。蓋第二句乃三字一節、四字一節，而四字又須平平仄平者；今四字一節、三字一節如一句七言詩，豈本調耶？今唱者恬不知怪，亦可笑也。至西廂尾聲，無一不妙，首折煞尾，豈無情語、佳句可採，以檃括南尾，使之悠然有餘韻，而直取『東風搖曳垂楊線，游絲牽惹桃花片』兩詞語塡入耶？眞是點金成鐵手！乃西廂爲情詞之宗，而不便吳人淸唱，欲歌南音，不得不取之李本，亦無可奈何耳。陸天池亦作南西廂，悉以己意自創，不襲北劇一語，志可謂悍矣，然元詞在前，豈易角勝，況本不及？其所爲明珠記，今亦不行。

明珠記尖儁宛展處，在當時固爲獨勝，非梁、梅輩派頭。聞其爲乃兄儀部點竄居多，故南西廂記較不及遠甚耳。元美以『未盡善』一語槩之，以其不甚用故實，不甚求麗藻，時作眞率語也。賴有『鳳尾箋』、『鮫綃帕』、『芙蓉帳』、『翡翠堆』等語未脫時尙，故猶得與伯龍輩同類而共許；不然，幾至不齒及矣。我謂『未盡善』正在此，不在彼。其北尾云：『君王的兀自保不得親家眷，窮秀才空望着京華淚痕滿。』直逼元人矣！此等句，近世唯湯義仍間有之耳，豈當時餘子所及乎？

玉環記『隔紗窗日高花弄影』，改元劇喬夢符筆也。喬煞尾末句云：『比及你見我那負心薄倖，多管我一靈先到洛陽城。』此等語不但慘慽回環，抑且以之作收，力有萬鈞。今以混入猫兒墜中，急腔唱過，大減分數矣；而尾聲末句，則以『專聽春雷第一聲』收之，豈不村殺！然此記賓白及曲中佳處，亦能彷彿，非近時脚手。

戲曲搭架，亦是要事，不妥則全傳可憎矣。舊戲無扭揑巧造之弊，稍有牽强，略附神鬼作用而已，故都大雅可觀；今世愈造愈幻，假托寓言，明明看破無論，即眞實一事，翻弄作烏有子虛。總之，人情所不近，人理所必無，世法旣自不通，鬼謀亦所不料，兼以照管不來，動犯駁議，演者手忙脚亂，觀者眼暗頭昏，大可笑也。沈伯英構造極多，最喜以奇事舊聞，不論數種，扭合一家，更名易姓，改頭換面，而又才不足以運棹布置，掣衿露肘，茫無頭緒，尤爲可怪。環翠堂好道自命，本本有無無居士一折，堪爲齒冷；裒集故實，編造亦多，草草荀完，鼠朴自貴，總未成家，亦不足道。

周德清中原音韻，舌本甚調，聯叶甚協，自是明白可依，知者可以闇合無訛，非若休文詩韻龐雜乖離也，故元人北劇一準而用之。今人作詩，必不能跳越休文韻，以唐人遵之之故。乃曲之於德清韻，不能如元人遵之，何哉？此自琵琶等舊曲，皆不免旁犯，則以轉韻、借叶易於成章耳。然北曲僅存者，無一失韻；南曲盛行者，反不能然，正恐流傳竄改，未必皆作者之故也。其廉纖、監咸、侵尋閉口三韻，舊曲原未嘗輕借。今會稽、毘陵二郡，土音猶嚴，皆自然出之，非待學而能者；獨東西吳人憒然，亦莫可解。近來知用韻者漸多，則沈伯英之力不可誣也。

白謂之『賓白』，蓋曲爲主也。戒菴漫筆曰：『兩人對說曰賓，一人自說曰白。』未必確。古戲之白，皆直截道意而已；惟琵琶始作四六偶句，然皆淺淺易曉。蓋傳奇初時本自教坊供應，此外止有上臺勾欄，故曲白皆不爲深奧。其間用詼諧曰『俏語』，其妙出奇拗曰『俊語』。自成一家言，謂之『本色』，使上而御前、下而愚民，取其一聽而無不了然快意。今之曲既鬬靡，而白亦競富。甚至尋常問答，亦不虛發閒語，必求排對工切。是必廣記類書之山人，精熟策段之舉子，然後可以觀優戲，豈其然哉？又可笑者：花面丫頭，長脚髯奴，無不命詞博奧，子史淹通，何彼時比屋皆康成之婢、方回之奴也？總來不解本色二字之義，故流弊至此耳。或曰：『然則如琵琶黃門、早朝等語亦非乎？』曰：『說書家非不是通俗演義，而「但見」云云，儘有偶句描寫工妙者，此自是其一種鋪排本色，人自不識其體耳。』

呂勤之序彼中蕉帕記，有云：『詞隱先生之條令，清遠道人之才情。』又云：『詞隱取程於古詞，故示法嚴；清遠翻抽於元劇，故遺調俊。』又云：『詞忌組練而晦，白忌堆積駢偶而寬。』其語良當。勤之，越人，卽所稱蔚藍生者也，頗嗜曲而亦見一斑者，故其語若此；乃其所校訂友人諸戲，殊少合作。卽蕉帕一記，頗能不塡塞；間露一二佳句，而每每苦稗；至尾必雙收，則弋陽之派，尤失正體也。雖譜中原有雙煞一體，然豈宜頻見？況煞句得兩，必無餘韻乎？

吾湖臧晉叔，知律當行在沈伯英之上，惜不從事於譜。使其當筆訂定，必有可觀。晚年校刻元劇，補缺正訛之功，故自不少；而時出己見，改易處亦未免露出本相——識有餘而才限之也。荆釵一記，自謂得元人秘本。信韻叶而調諧矣，然穿鑿斧痕，豈皆岑鼎？如『草舍茅簷』一曲，本用監咸險韻，時本有一二犯別韻者，必是不知韻者訛之，固無可疑。而臧本韻韻皆嚴，誠爲一洗；然『莫忘雌炊扊』一語，押則妙矣，句則奇矣，有以知其非〔四〕元人面目也。澠、淄之味，善嘗者自別之。不可枚舉。

譚曲雜劄校勘記

本編所重印的譚曲雜劄，是根據康熙間重訂本南音三籟。有幾處似有錯誤，擬校如下。

〔一〕『留一道畫不囗耳的愁眉待張敞』句，按：此句見邯鄲夢第五出贈試的尾聲，乃是『俺留着這一對畫不了的愁眉待張敞』。（據古本戲曲叢刊景印明朱墨本。六十種曲本在第六出，同。）

〔二〕『雉』字，似當作『稚』。

〔三〕此節文字爲原書尾聲條邊註。

〔四〕『菲』字，似當作『非』。

衡曲麈譚

明·張琦著

衡曲麈譚提要

衡曲麈譚一卷，原不題作者姓名。此作又附載在吳騷合編卷首，吳騷合編是明騷隱居士所編，衡曲麈譚的作者，可能就是騷隱居士。

騷隱居士又稱騷隱生，又號白雪齋主人，姓張，名琦，字楚叔。精詞曲，富收藏，曾選輯元、明散曲，以南曲爲主，成爲吳騷初、二、三集，及吳騷合編；又撰有南九宮訂譜。

衡曲麈譚共分四章：一、塡詞訓；二、作家偶評；三、曲譜辨；四，情癡寤言。書中論塡詞，多偏重於散曲；評介作家，也多以散曲作家爲主。辨曲譜，謂『專在平仄間究心，乃學之陋焉者』。是獨具見解的；但對於宮調名稱，如仙呂、大石、越調、雙調等，竟以爲是由於字形訛傳，未免臆斷。

衡曲麈譚，今通行有以下各種版本：

（一）吳騷合編附刻本。

（二）讀曲叢刊本。

（三）曲苑本。

（四）重訂曲苑本。

（五）增訂曲苑本。

曲苑本及重訂曲苑本，皆就讀曲叢刊本景印，增訂曲苑本係就曲苑本排印，這四種本子，文字完全相同。惟有吳騷合編附刻本，內容稍有出入。吳騷合編有一六三七年（明崇禎十年）原刻本，有四部叢刊二集景印本。

衡曲麈譚

明・張琦著

填詞訓

古士大夫聽琴瑟之音，弗離於前，性情之通絃歌而治，吟詠可已歟？客曰：『詞餘之興也，多以情癖，大抵皆深閨永巷、春傷秋怨之語，豈鬚眉學士所宜有！況文儒之貴，期於渾涵，若夫雕心琢句、柔脆纖巧、披靡淫蕩，非鼓吹之盛事，曲固可廢也。』騷隱生曰：『嘻，子陋矣！尼山說詩，不廢鄭、衛；聖世采風，必及下里。古之亂天下者，必起於情種先壞，而慘刻不衷之歐興。使人而有情，則士愛其緣，女守其介，而天下治矣。且子亦知夫曲之道乎？心之精微，人不可知，靈竅隱深，忽忽欲動，名曰心曲。曲也者，達其心而爲言者也，思致貴於綿渺，辭語貴於迫切。長門之詠，宜於官樣而帶岑寂；香閨之語，宜於閨藏而饒綺麗。倚門嚬笑之聲，務求纖媚而顧盼生姿；學士騷人之賦，須期慷慨而嘯歌不俗。故詠春花勿牽秋月，吟朝雨莫涵夜潮。瑤臺、玉砌，要知雪部之套辭；芳草、輕烟，總是郊原之泛句。又如命題雜詠，而直道本色，則何取於寓言？觸物興懷，而雜景揣摹，則安在其卽事！甚且士女之吻無辨，睽合之意多乖，人情斷續而忽入俚言，筆致拗違而生吞成語，又曲之最病者也。乃若傳奇之曲，與散套異。傳奇有答白，可以轉換，而清曲則一線到底。傳奇有介頭，可以變調，而清曲則一韻到底。人第知傳奇中有嬉、笑、怒、罵，而不知散曲中亦有離、合、悲、歡。古傷逝、惜別之詞，一披咏之，愀然欲淚者，其情眞也。故曲不貴撫實而貴流麗，不貴尖酸而貴博雅，不貴剽襲而貴冶掇，不貴熟爛而貴新生，不貴文飾而貴眞率肖吻，不貴平敷而貴選句走險。有作者起，必首肯吾言矣。』客曰：『子之爲辭，未必其無弊也，乃執月旦以平章曲府，司三寸管而低昂之，得無過當乎？』居士曰：『人之姸媸，人也，不必其巳之姸也。雙眸具在，存其論而巳矣。今日者之評次，雖謂作家之豸史，亦誰曰不可！』

作家偶評〔一〕

騷賦者，三百篇之變也。騷賦難入樂而後有古樂府，古樂府不入俗而後以唐絕句爲樂府，絕句少宛轉而後有詞。自金、元入中國，所用胡樂，嘈雜緩急之間，詞不能按，乃更爲新聲以媚之，作家如貫酸齋、馬東籬輩，咸富於學，兼喜聲律，擅一代之長，昔稱『宋詞』、『元曲』，非虛語也。大江以北，漸染胡語；而東南之士，稍稍變體，別爲南曲，高則誠〔二〕氏赤幟一時，以後南詞漸廣，二家鼎峙。大抵北主勁切雄壯，南主淸峭柔脆。北字多而調促，促處見筋；南字少而調緩，緩處見眼。各有三昧，難以淺窺，譬之同一師承，而頓、漸分受，不可同日語也，乃製曲者往往南襲北辭，殊爲可笑。今麗曲之最勝者，以王實甫西廂壓卷，日華翻之爲南，時論頗弗取，不知其翻變之巧，頓能洗盡北習，調協自然，筆墨中之鑪冶，非人官所易及也。國初作者王子一輩十六人，僅傳其名，詞未及見。後起如楊升菴，頗有才情，所著有洞天玄記、陶情樂府，流膾人口；但楊本蜀人，調不甚諧，而摘句多佳。楊夫人亦饒才學，最佳者如黃鶯兒『積雨〔三〕釀輕寒』一曲，字字絕佳，楊別和三詞，俱不能勝，固奇品也。北人如王渼陂、康對山，翩翩佳致。其後推山東李伯華。伯華以傍妝臺百闋爲對山所欣賞，今其詞尙在，不足道；所爲寶劍、登壇記，亦是改其鄉先輩之作，固自平平，而自負不淺，弇州嘗譏其腔律未協，非苛求也。大聲，金陵將家子，所爲散套，尙多借襲，而才情亦淺；然句字流麗，可入絃索，如『三弄梅花』一闋，頗稱作家，固知好句不在多得。王舜耕西樓樂府，較爲警健，題贈亦善調謔，而少風人之蘊藉。常樓居自有樂府，詞氣豪逸，亦未當行。谷繼宗、謝茂秦輩，皆有逸韻，尙居諸君之下。徐髯仙所爲樂府，不能如大聲穩協，而情思過之。吳中以南曲名者，祝希哲、唐伯虎、鄭若庸三人姚美。京兆能爲大套，富麗而多駁雜；解元小詞，纖雅絕倫；鄭所爲玉玦記，見其一斑。它未足道。明珠記乃陸天池采所成者，其兄浚明給事助之，非一手之烈〔四〕。張伯起素喜梁伯龍博雅擅場，吳越春秋善述史學而不平實，且賓白工緻，具見名筆，第其失在冗長；若江東白苧一辭，讀之有學士風〔五〕，張伯起許以『擲地金聲』，殆非虛語。與伯龍相後先者，吾鄉之沈青門，峻志未就，托迹醉鄉，其辭冶豔出俗，韻致諧和，入南聲之奧室矣。伯起好古文辭，尤一時名宿，所爲紅拂傳奇，俠逸秀朗，雖論者有輕弱之嫌，孰知意態修美，如翔禽之羽毛，正自難得。陸南門、張少谷語亦雋冷悠然，八音中之有笙、竽，又何可少。臨川學士旗鼓詞壇，今玉茗堂諸曲，爭膾人口，其最者，杜麗娘一劇，上薄風、騷，下奪屈、宋，可與實甫西廂交勝，獨其宮商半拗，得再調協一番，辭、調兩到，詎非盛事與？惜乎其難之也！越之屠赤水，爲辭古鬱，曇花一記，憤懣淒爽，寓言立教，具見婆心。史叔考亦起越中，心手精湛，集中句多佳勝，再得洗刷，一開生面，幾幾乎大雅矣。至沈寧菴則究心精微，羽翼譜法，後學之南車也。苕中吳載伯、凌初成，詞林之彥，清言楚楚，頗爲斂衽。載伯與吳門王伯穀姻契雅善，往還酬和，咸都雅可觀。近之佳者如龍子猶、王伯良、卜大荒諸君，皆生動圓轉，領異取新，脉接金荃，聲傳三籟。而袁鳧公奉譜嚴整，辭韻恬和，西樓一帙，卽能引用譜書以暢己欲言，筆端之有慧識者；九宮詞譜爲聲音滯義，藉作者流通之，鳧公與有力焉。近之奇崛者，有范香令，結搆玄暢，可追元人步武，惜乎不永，一時絕嘆。邇來作手輩出，雖未必盡稱擅場，要多才藻新聲，葩爛映發；奈何傳誦未徧，不能擇其尤者被諸聲歌，茲拈論亦弗槩及，第舉諸所見者偶一評隲焉爾。

曲譜辨

心感物而成聲，聲逐方而生變，音之所以分南北也。君子審聲以知音，而律呂辨矣。古律數九九八十一以爲宮，三分而損益之以爲徵、商、羽、角，此律呂之大較也。復之一陽始生，律應黃鍾，遞而推之爲大呂、太簇、夾鍾、姑洗、仲呂、蕤賓、林鐘、夷則、南呂、無射、應鐘，凡十有二律，所謂氣始於長至，周而復生，聖人合符節，調鐘律，造度數，繇此其選也。樂府之制，字辨陰、陽，調協平、仄，然未有舍十二律而自爲神明者。今按之曲譜，大抵譸張附會者什之八九，夷考其調，僅有黃鐘、南呂二家，諸如仙呂、大石、越調、雙調之名，不知從何根據。如謂舍十二律別有流暢，則此黃鐘、南呂猶然十二律中之名義也，而曲譜竟別搬爲仙呂諸調，又何說耶？如仍出諸十二律，則宮調之首，當敍自黃鐘始，今南曲譜獨首仙呂，又何說耶？且也，黃鐘爲宮，不必更有正宮之名矣；夾鐘、姑洗、無射、應鐘爲羽，不必更有羽調之名矣；夷則爲商，不必更有商調之名矣；今譜之有宮、商、羽三調，而又無角、徵二聲，獨何歟？說者曰：『軒轅之法，及今淼矣，此流傳者之殘闕也。』但不知仙呂、大石、越調、雙調，究竟自誰伊始。余竊揣之，意者：十二律之仲呂，或因『仲』字與『中』字、『仙』字相肖，遂誤傳爲中呂、仙呂乎？又或『呂』字與『石』字相似，遂誤傳大呂爲大石乎？善讀書者，盡信不如其無，則九宮譜之謂矣。『然則何以處曲乎？』曰：『曲者，末世之音也，必執古以泥今，迂矣！曲者，俳優之事也，因戲以爲戲，得矣。』『然則譜可廢乎？』曰：『因其道而治之，適於自然，亦已無憾，何必不譜也？蓋九九者，天地自然之數也，律呂因此譜，腔調繇此出，譬如今日，此曲之腔唱爲彼曲，聽者笑之，謂其失於自然也。然則按譜而作之，亦按譜而唱和之，期暢血氣心知之性，而發喜、怒、哀、樂之常，斯已矣。況譜法之妙，專在平仄間究心，乃學之而陋焉者。僅如其字數逐句櫛比，而所以平仄之故卒置弗講，似此者，如土偶人，止還其頭面手足，而心靈變動毫弗之有，於譜奚當焉？及學之而失焉者，每一套中以此調之過曲，忽接他調，譬諸冬行夏令，南走北轅，卽名家大手，往往有之，於譜又奚裨焉？昔人歌趀賓之聲而景風至，震易水之響而白虹貫，所云動已而天地應焉，聲音之感，豈其微哉！古之譚曲者曰：「曲如折，止如槀木」，曲之道思過半矣。』客曰：『今子伯仲之選本，其於譜書固兢兢矣，而重翻此義，可謂世行世法、我行我法者夫？』余然其言，遂併識之。

情癡寤言

今之所稱多情，皆其匿情而獵名者也：悲憤、調笑、慰勞、寒暄，若伶人之搬演，落場即已，掉臂去之，轉眼秦、越，聚散摶沙耳，膠漆戈矛耳；其爲辭也，浮游不衷，必多雕琢虛僞之氣，欲自掩飾之而不能。心之與聲有異致乎？人之有生也，眉宇現乎外，血性注乎內，情緣煎其中，豈惟兒女子，雖彼豪傑、通儒，豁達自負者，無所感則已，一涉此途，行且靡心就其維縶，誰能漠然而遊於漭瀁之鄉哉？說者曰：『至人處靜不枯，處動不喧，居塵出塵，無縛無解，而且柳生其肘右，鳥巢其頂門，此亦冥忘泬〔六〕寥之極矣，今乃以萍踪浪迹，愁病銷磨，癡矣哉！』噫，彼之忘情割河而斬筏者，人而至焉者也；我非至人，第求其至於人夫？人，情種也；人而無情，不至於人矣，曷望其至人乎？情之爲物也，役耳目，易神理，忘晦明，廢饑寒，窮九州，越八荒，穿金石，動天地，率百物，生可以生，死可以死，死可以生，生可以死，死又可以不死，生又可以忘生，遠遠近近，悠悠漾漾，杳弗知其所之。而處此者之無聊也，借詩書以閑攝之，筆墨磬瀉之，歌詠條暢之，按拍紆遲之，律呂鎮定之，俾飄颻者返其居，鬱沉者達其志，漸而濃郁者幾於淡，豈非宅神育性之術歟？余於情識淡然矣，挾一眞率有情之侶與俱，不勝其嚮往也；間一拂情，又不能違心以就世法，人亦多笑之，弗顧也。自率其情已矣，世路之間有疑吾情者，緣之艱也，吾無庸彊其信。斯情者，我輩亦能癡焉，但問一腔熱血，所當酬者幾人耳？信乎意氣之感也，卒然中之，形影皆憐；靜焉思之，夢魂亦淚。鍾情也夫？傷心也夫？此其所以癡也。如是以爲情，而情止矣！如是之情以爲歌詠、聲音，而歌詠、聲音止矣！

衡曲麈譚校勘記

本編所收的衡曲麈譚，是以讀曲叢刊本做底本，另外再據吳騷合編本加以互勘。

〔一〕『作家偶評』四字，據吳騷合編本補。

〔二〕『高則誠』，吳騷合編本作『高則成』。

〔三〕『雨』，吳騷合編本作『兩』，誤。

〔四〕『烈』字，吳騷合編同，但似是『裂』字之誤。

〔五〕自『讀之有學士風』以下，吳騷合編本和此本，很多不同，今引錄如下：

『……讀之有學士氣，故伯起重之。伯起之撰紅拂，潔秀俊美，但不無輭弱之嫌。陸南門有一二可觀，語亦雋爽。先輩如李空同、王渼川諸公，皆長於北聲，不入南調。大抵曲之稱當行者，首重譜韵，次論詞章。近日玉茗堂杜麗娘劇，非不極美，但得吳中善按拍者調協一番，乃可入耳，惜乎摹畫精工，而入喉半拗，深爲致慨。若士茲編，殆陳子昂之五言古耶？名家苦心，作家頗難得，予後學何卸，漫舉而評隲之，非有他也——蓋謂曲學深奥，見從來作者之難，若諸君聲價久已實錄，詞壇不可泯滅，余亦何敢以管窺之見，漫爲低昂也耶。」

〔六〕『洑』，吳騷合編本作『洑』，誤。

中国戏曲研究院 编

中國古典戲曲論著集成（五）

中国戲劇出版社
CHINA THEATRE PRESS

中國古典戲曲論著集成　五

目錄

曲律

明·魏良輔著

曲律提要

曲律一卷，明魏良輔著。魏良輔，明嘉靖時人，相傳他是崑腔的創始人，但關於他的生平，却只有一些零星片段的記載。明張大復梅花草堂筆談云：『魏良輔，別號尙泉，居太倉之南關，能諧聲律，轉音若絲。張小泉、季敬坡、戴梅川、包郎郎之屬，爭師事之，維肖。』又清初余懷寄暢園聞歌記云：『南曲蓋始於崑山魏良輔。良輔初習北音，絀於北人王友三，退而鏤心南曲，足迹不下樓十年。當是時，南曲率平直，無意致，良輔轉喉押調，度爲新聲，疾徐、高下、淸濁之數，一依本宮取字，齒唇間跌換巧掇，恆以深邈助其淒淚。吳中老曲師如袁髯、尤駝者，皆瞠乎自以爲不及也。』

曲律一書，雖僅一千多字，但非常簡潔扼要；它提供了學練崑曲歌唱的途徑，以及歌唱技術中的關鍵問題。儘管沒有一篇完整的『魏良輔傳』留傳，有此一編，也可窺見他的唱曲藝術的精深成就。

魏良輔曲律今存有下列各種版本：

（一）吳歈萃雅卷首附刻本　吳歈萃雅，明梯月主人周之標選輯，一六一六年（明萬曆四十四年）刻本。此本首行題：『吳歈萃雅曲律』，次行題：『魏良輔曲律十八條』。

（二）詞林逸響卷首附刻本　詞林逸響，明許宇選輯，一六二三年（明天啓三年）刻本。此本題作：『崑腔原始』，不載作者姓名。

（三）吳騷合編卷首附刻本　此本標作：『魏良輔曲律。』

（四）讀曲叢刊本。

（五）曲苑本。

（六）重訂曲苑本。

（七）增補曲苑本。

（八）古典戲曲聲樂論著叢編本。

以上各種版本，吳歈萃雅本共有十八條，詞林逸響、吳騷合編都止有十七條；十七條之中，三種本子的字句也互有出入。讀曲叢刊和三種曲苑本，是直接或間接從吳騷合編而來。古典戲曲聲樂論著叢編本，是以吳歈萃雅本作底本，用其它各本加以校勘的。

曲律

明・魏良輔著

一、擇具最難，聲色豈能兼備？但得沙喉響潤，發于丹田者〔一〕，自能〔二〕耐久。若發口〔三〕拗劣，尖巍沉鬱，自非質料，勿枉費力。〔四〕

一、初學，先從引發其聲響〔五〕，次辨別其字面，又次理正其腔調，不可混雜強記，以亂規格。如學集賢賓，只唱集賢賓；學桂枝香，只唱桂枝香，久久成熟，移宮換呂，自然貫串。

一、五音以四聲爲主，四聲不得其宜，則五音廢矣。〔六〕平上去入，逐一〔七〕考究，務得中正〔八〕，如或〔九〕苟且舛誤，聲調自乖，雖具繞梁，終不足取〔一〇〕。其或上聲扭做平聲〔一一〕，去聲混作入聲〔一二〕，交付不明，皆做腔賣弄之故，知者辨之。〔一三〕

一、生曲貴虛心玩味〔一四〕，如長腔要圓活流動〔一五〕，不可太長；短腔要簡徑找絕〔一六〕，不可〔一七〕太短。至如〔一八〕過腔接字，乃關鎖之地〔一九〕，有〔二〇〕遲速不同，要〔二一〕穩重嚴肅，如見大賓之狀。〔二二〕

一、拍，迺曲之餘，全在板眼分明。如〔二三〕迎頭板，隨字而下；徹板，隨腔而下；絕板，腔盡而下。有〔二四〕迎頭慣打徹板，絕板，混連下一字迎頭者，此〔二五〕皆不能〔二六〕調平仄之故也。〔二七〕

一、曲須要唱出各樣曲名理趣〔二八〕，宋元人自有體式。如：玉芙蓉、玉交枝、玉山供、不是路要馳驟。針線箱、黄鶯兒、江頭金桂要規矩。二郎神、集賢賓、月雲高、念奴嬌序、刷子序要抑揚。撲燈蛾、紅繡鞋、麻婆子雖疾而無腔，然而板眼自在〔二九〕，妙在下得匀淨。

一、雙疊字，上兩字，接上腔，下兩字，稍離下腔。如字字錦『思思想想，心心念念』，又如素帶兒『他生得齊齊整整，裊裊停停』之類。至單疊字，比雙疊字不同，全在頓挫輕便。如尾犯序『一旦冷清清』之類，要抑揚。於此演繹，方得意味。〔三〇〕

一、清唱，俗語謂之〔三一〕『冷板櫈』，不比戲場藉鑼鼓之勢〔三二〕。全要閒雅整肅，清俊溫潤。其有專于磨擬〔三三〕腔調，而不顧板眼〔三四〕；又有專主〔三五〕板眼而不審腔調〔三六〕，二者病則一般〔三七〕。惟腔與板兩工者，乃爲上乘〔三八〕。至如面上發紅〔三九〕，喉間筋露，搖頭擺足〔四〇〕，起立不常，此自關人器品，雖無與于曲之工拙，然能成此〔四一〕，方爲盡善。〔四二〕

一、琵琶記迺高則誠所作，雖出于拜月亭之後，然自爲曲祖，詞意高古，音韻精絕，諸詞之綱領，不宜取便苟且，須從頭至尾，字字句句，須要透徹唱理，方爲國工。〔四三〕

一、北曲以遒勁爲主，南曲以宛轉爲主，各有不同。至於北曲之絃索，南曲之鼓板，猶方圓之必資於規矩，其歸重一也。〔四四〕故唱北曲而精于呆骨朵、村里迓鼓、胡十八，南曲而精于二郎神、香徧滿、集賢賓、鶯啼序；如打破兩重禪關，餘皆迎刃而解矣。〔四五〕

一、北曲與南曲，大相懸絕，有磨調、絃索調之分。〔四六〕北曲字多而〔四七〕調促，促處見筋，故詞情多而聲情少。南曲字少而〔四八〕調緩，緩處見眼，故詞情少而聲情多。北力在絃索，宜和歌，故氣易粗〔四九〕。南力在磨調，宜獨奏，故氣易弱〔五〇〕。近有〔五一〕絃索唱作磨調，又有〔五二〕南曲配入絃索，誠爲方底圓蓋，亦以坐中無周郎耳。〔五三〕

一、曲有三絕：字淸爲一絕；腔純爲二絕；板正爲三絕。

一、曲有兩不雜：南曲不可〔五四〕雜北腔；北曲不可〔五五〕雜南字。

一、曲有五不可：不可高；不可低；不可重；不可輕；不可自做主張。〔五六〕

一、曲有五難：開口難；出字難；過腔難；低難；轉收入鼻音難。

一、曲有兩不辨：不知音者不可與之辨〔五七〕；不好者不可與之辨。〔五八〕

一、聽曲不可喧嘩〔五九〕，聽〔六〇〕其吐字、板眼、過腔得宜〔六一〕，方可辨其〔六二〕工拙。不可以〔六三〕喉音淸亮，便爲擊節稱賞〔六四〕。大抵〔六五〕矩度既正，巧由熟生，非假師傳，實關天授。〔六六〕

一、絲竹管絃，與人聲本自諧合〔六七〕，故其〔六八〕音律自有正調，簫管以尺工儷詞曲，猶琴之勾剔，以度詩歌也。今人〔六九〕不知探討其中義理〔七〇〕，強相應和，以音之高而湊曲之高，以音之低而湊曲之低〔七一〕，反足〔七二〕淆亂正聲，殊〔七三〕爲聒耳。陳可琴云：『簫有九不吹，不入調；非作家；唱不定；音不正；常換調；腔不滿；字不足；成羣唱；人不靜，皆不可吹。』正有鑒于此也。〔七四〕

曲律校勘記

本編所收明人魏良輔的曲律，是根據明人周之標選輯吳歈萃雅卷首附刊的本子重印；這是今天所見此書的最古刻本。同時採用明人許宇選錄的詞林逸響和吳騷合編的卷首附刻本，互爲校勘，將這兩種版本的異文，記錄在下面：

〔一〕此條開首四句，詞林逸響本作：『曲必擇聲，沙喉響潤，發於丹田。』

〔二〕『自能』，詞林逸響本作『方能』。

〔三〕『發口』，詞林逸響本作『起口』，吳騷合編本作『啓口』。

〔四〕此條最末二句，詞林逸響本作：『非其質料矣，費力奚爲。』

〔五〕此條首句，詞林逸響本作『學曲先引發其聲響』。

〔六〕此條第二第三兩句，詞林逸響本作：『四聲旣得其宜，則五音自正。』

〔七〕『逐一』，詞林逸響本作『務爲』。

〔八〕『務得中正』，詞林逸響本不載此句。

〔九〕『如或』二字，詞林逸響本作『若』。

〔一〇〕『足取』，詞林逸響本作『入轂』。

〔一一〕『聲』字，詞林逸響本删去。

〔一二〕『聲』字，詞林逸響本删去。

〔一三〕此條最末二句，詞林逸響本作：『終落野狐，不成證果。』

〔一四〕此條首句，詞林逸響本作『唱生曲貴在虛心玩味』。

〔一五〕此條第二句，詞林逸響本作『如長腔雖要流活』。

〔一六〕此條第四句，詞林逸響本作『短腔固期簡捷』。

〔一七〕『不可』，詞林逸響本作『卻忌』。

〔一八〕『如』字，詞林逸響本删去。

〔一九〕『乃關鎖之地』，詞林逸響本作『乃曲音之關鎖』。

〔二〇〕『有』字，詞林逸響本作『其』。

〔二一〕『要』字，詞林逸響本作『須』。

〔二二〕『如見大賓之狀』，詞林逸響本作『方無佻軼之病』。

〔二三〕「如」字，詞林逸響本作「蓋」。

〔二四〕「有」字，詞林逸響本作「如」。

〔二五〕「此」字，詞林逸響本刪去。

〔二六〕「能」字，詞林逸響本刪去。

〔二七〕此條末句的下面，詞林逸響本多出「請急着眼」一句。

〔二八〕此條首句，詞林逸響本作「唱曲須分出曲名理趣」。

〔二九〕「自在」，詞林逸響本作「自明」。

〔三〇〕此條最末二句，詞林逸響本作：「此中意味，非演繹不得。」

〔三一〕「俗語謂之」四字，詞林逸響本作「俗云」。

〔三二〕此條第二句，詞林逸響本作：「不比登場演劇，藉金鼓以藏拙。」

〔三三〕「專于磨擬」四字，詞林逸響本作「專磨」。

〔三四〕「而不顧板眼」，詞林逸響本作「而板眼全疎」。

〔三五〕「專主」，詞林逸響本作「專事」。

〔三六〕「而不審腔調」，詞林逸響本作「而腔調未審」。

〔三七〕「二者病則一般」，詞林逸響本作「二者交病」。

〔三八〕『惟睦與板兩工者，乃爲上乘』，詞林逸響本作『惟兩工迺爲上乘』。

〔三九〕『至如面上發紅』，詞林逸響本作『或面冒紅赤』。

〔四〇〕『搖頭擺足』，詞林逸響本作『搖首頓足』。

〔四一〕『然能成此』，吳騷合編本、現在通行印本都作『然去此』。

〔四二〕此條最後四句，詞林逸響本作：『則賤矣。曲雖工，亦奚以爲。』

〔四三〕此條，詞林逸響本、吳騷合編本，及現在通行各種印本，均失載。

〔四四〕此條開首七句，詞林逸響本作：『北曲遒勁，以絃索傳之，南曲宛轉，以鼓板按之，猶規矩之於方圓，其相資一也。』

〔四五〕此條最末二句，詞林逸響本作：『如打破重闢，頭頭是道。』

〔四六〕此條開首三句，詞林逸響本不載。

〔四七〕『而』字，詞林逸響本删去。

〔四八〕『而』字，詞林逸響本删去。

〔四九〕『故氣易粗』，詞林逸響本作『其氣忌粗』。

〔五〇〕『故氣易弱』，詞林逸響本作『其氣忌弱』。

〔五一〕『近有』，詞林逸響本作『若以』。

〔五二〕『又有』二字，詞林逸響本删去。

〔五三〕此條最末二句，詞林逸響本作：『則方員枘鑿之不相入，曲之魔矣。』

〔五四〕〔五五〕『可』字，詞林逸響本都删去。

〔五六〕此條全文，詞林逸響本作：『曲有五不可：高不可，低不可，重不可，輕不可，自做主張不可。』

〔五七〕〔五八〕『不可與之辨』，詞林逸響本都作『不與辨』。

〔五九〕此條首句，詞林逸響本作『聽曲不許一人喧嘩』。

〔六〇〕『聽』字，詞林逸響本作『聆』。

〔六一〕『得宜』二字，詞林逸響本删去。

〔六二〕『方可辨其』四字，詞林逸響本作『始辨』。

〔六三〕『不可以』三字，詞林逸響本作『而』。

〔六四〕『便爲擊節稱賞』，詞林逸響本作『未足誇奇』。

〔六五〕『大抵』二字，詞林逸響本作『必』。

〔六六〕此條最末二句，詞林逸響本作：『天資功力，斯爲兩到。』

〔六七〕此條第二句，詞林逸響本作『原與聲諧』。

〔六八〕『其』字，詞林逸響本删去。

〔六九〕『今人』二字，詞林逸響本作『倘』。

〔七〇〕『其中義理』四字，詞林逸響本作『深微』。

〔七一〕『以音之高而湊曲之高，以音之低而湊曲之低』二句，詞林逸響本作『以音之高低湊曲』。

〔七二〕『反足』二字，詞林逸響本刪去。

〔七三〕『殊』字，詞林逸響本作『徒』。

〔七四〕此條最末一句，詞林逸響本作『會此者可與談曲』。

按：詞林逸響所附印的曲律，在卷前面還有許宇寫的一篇小序，現在轉錄下來，以資參考：

『按：元魏良輔，崑山州人。瞽而慧，以師曠自期。先爲絲竹之音，巧絕一世，旣則定曲腔點板，發古人未有之心思，海內宗之。度曲必稱崑腔者，不忘其所自始也。相傳有曲律，吳人咸謳習焉。如海鹽、弋陽、四平，皆奴隸矣。』

絃索辨訛

明·沈寵綏著

絃索辨訛提要

絃索辨訛，明沈寵綏著。沈寵綏字君徵，號適軒主人，明萬歷時江蘇吳江人。約卒於一六四五年（清順治二年）。生平事跡待考。

他是一個對於聲韻極有研究的度曲家。絃索辨訛一書，是專門爲絃索歌唱者指明應用的字音和口法的，書中列舉了北西廂和當時盛行的十來套曲子，逐字音註，以示軌範。

絃索是北曲清唱的名稱。北曲清唱用類似琵琶而略小的一種樂器伴奏。這種樂器名曰『絃索』（見李漁閒情偶寄），故此清唱北曲，也就沿用了『絃索』一名。

絃索辨訛，今僅存有明崇禎間原刻本，一六四九年（清順治六年）與度曲須知合印本。合印本是以度曲須知爲主，封面題『桂森齋註釋，度曲須知，附絃索辨訛。松陵本衙藏版』，但絃索辨訛成書實在度曲須知之前，並且度曲須知是爲了進一步解釋絃索辨訛中的各種問題而作，今依創作先後排列。

序

昭代塡詞者，無慮數十百家，矜格律則推詞隱，擅才情則推臨川。臨川胸羅二酉，筆組七襄，玉茗四種，膾炙詞壇，特如龍脯不易入口，宜珍覽未宜登歌，以聲律未諧也。詞隱獨追正始，字叶宮商，斤斤罔失尺寸，九宮譜爰定章程，良一代宗工哉，特奉行者過當，或不免逢迎白家老嫗。求乎雅俗愜心，旣驚四筵。亦賞獨座，庶幾極則，嗟呼蓋難言之。作者固難，知音者更自不易。世不乏好事，然手、口或難兼長，腕底解語，正不必舌本生香，一任謳伶自爲戛奏，誰復爲之訂定？予於二者兼愧焉。思旣居腕，鯁復在咽，欲强附知音，得乎？然性喜娛耳，每勝朋良會，輒摻耳以從，時遇耳所未然，卽退而思，思而考之，知此中意殊深渺。南曲向多坊譜，已略發覆；其北詞之被絃索者，無譜可稽，惟師牙後餘慧。且北無入聲，叶歸平、上、去三聲，尤難懸解。以吳儂之方言，代中州之雅韵，字理乖張，音義逕庭，其爲周郎賞者誰耶？不揣固陋，取中原韵爲楷，凡絃索諸曲，詳加釐考，細辨音切，字必求其正聲，聲必求其本義，庶不失勝國元音而止。若夫按節諧聲，潛氣內轉，淸音外激，抑揚變化，此自存乎其人。況予不能詞而欲盡詞之妙不能歌而欲窮歌之奥，多見其不知量也。惟是生於吳，習於吳，不啻衆楚之咻，聊以是爲莊嶽假途則可矣。

崇禎己卯夏日松陵沈寵綏書於虎丘僧舍。

左旁記認	閉口	撮口	鼻音
	□	○	ㄥ

集中有一字兩記認者，如窓●○字、追●○字則穿牙兼撮口，生●△字、爭●△字則穿牙兼鼻音，男■□字、堪■□字則閉口兼閉口，存▲○字、唇▲○字則撮口兼陰出陽收。須將兩旁六種圈點，熟辨胸中，庶披覽自然融貫。又必詳看前篇凡例。及後度曲須知，則南北唱法，自然了悟。

右旁記認	
開口張唇■	如花字、把字等類，須要開口出，不可含唇滿呼。
穿牙縮舌●	如愁字、趨字等類，須聲從牙出，舌尖微斂，不可實唱土音。
陰出陽收▲	如紘、迴等字，須帶撇噎，不可作言、圜之純陽出法，詳載後集陰出陽收考中。

〔編者補註〕　原書除『左旁記認』『右旁記認』外，正文內還有在字角加圈表明作平、上、去三聲的，如『俗。』左下圈表示讀作平聲，今用宋體字『俗』代用；『。脚』左上圈表示讀作上聲，今用黑體字『脚』代用；『°日』右上圈表示讀作去聲，今用楷體字『日』代用。餘倣此例。

絃索辨訛凡例

〇一、『南曲不可雜北腔，北曲不可雜南字』，誠哉良輔名語。顧北曲字音，必以周德清中原韻爲準，非如南字之別遵洪武韻也。是集一照周韻詳註音切於曲文之下。或一聲無叶，仍借叶三聲，如些字叶寫平聲，色字叶篩上聲是也。且平常易曉字面，亦並註明，毋使覽者開卷茫然。

〇一、閉口、撮口、鼻音，向來曲譜固於文旁點圈記認。然更有開口張唇字面，如花字、把字、話字，初學俱作滿口唱；又有穿牙縮舌字面，如追字、楚字、愁字，初學俱照土音唱；又有陰出陽收字面，如和字、回字、絃字，俱作吳、圜、言之純陽實唱：聽之殊可噴飯。今閉口、撮口、鼻音，仍舊於文之左旁記之——閉口則□，撮口則〇，鼻音則△；其開口穿牙、陰出陽收，乃更於文之右旁記之——開口則⊙，穿牙則●，陰出陽收則▲：庶俾塵杪無差，而宮商咸叶。

〇一、開口字面，慮作滿口，固矣，然有介乎開口、滿口之間，如潘字、半字等類，又不可着情牽泥。倘或半字唱『扮』，伴字唱『辦』，瞞字唱『蠻』，潘字唱『攀』，暖字唱『赧』，此則反失字面本音，所謂過猶不及也。作家體此，自能出口諧律。

〇一、中原韻字音，間有難從者。如我之叶五、兒之叶時、他止叶拖等類，不敢照韻音切。此則勢應通俗，未可膠瑟，而固以遵韻爲僻者也。

〇一、集中字面，有中原韻未收者，不敢逞臆音切，皆博考散集，註明書頭〔今用小五號，排在曲後〕，仍標所自出。又諸名家參訂西廂曲文，互相同異，間可並從者，亦標書頭〔今用小五號，排在曲後〕，以備參覽。

〇一、南曲板，自有蔣氏九宮譜後，迄今無改。惟絃索板，則添減不常，久未遵譜。年來業經幾換，繼此應難畫一，故集中槩不定板，以循常套云。

〇一、是編自西廂全部外，其他雜曲止錄得近時習彈者十套。餘曲雖多名筆，緣非時尚，未敢混選。

〇一、集中應註字面，有一曲幾見者，止於每套之首音註一〇。餘可類推，故不重複。

〇一、集中沙、波、麼三字，俱作語助解；俺、喒、咱三字，俱作我字解；恁是這般，您同你義；您、恁二字，往往混謄，玆爲釐別。

〇一、予前後兩集，編裁徒憑蠡測，討印緜來少資。賴同邑張叔賢、茂苑顧暘甫兩人遨遊名公，廣搜鄴架，藏帙時開寡昧，職司磨較良苦，誠樂府之功臣而聲場之酒監也，特表出之。

絃索辨訛總目

北西廂記

小十面附

非是俺統三軍　凱歌　醉花陰

松陵張培道
茂苑顧允升較編

絃索辨訛西廂上卷

明・沈寵綏著〔註〕

點絳唇（殿遇）

游藝（臆計切　叶意）●中原（于涓切　叶元）脚（叶皎）跟無線○如蓬○轉▲望眼連天■日近長安遠▲■

混江龍

（此曲男字，開口出，閉口收，故一字而左記□右記■，學者勿以開閉兩收爲葛藤。餘倣此。）

向（叶巷）詩書經○△傳○蠹魚般不（叶補）出○費鑽研（叶言）將棘圍守暖■把鐵硯（叶言去聲）磨○穿投至得（當式切）雲路▲鵬（叶蓬）程九萬里先受了▲

雲●腮○○螢（移京切　叶盈）△火二十●年才高難▲入○俗（旬餘切　叶徐）○人機時乖不遂（詞醉切　叶粹）■男□兒甌（叶院）空雕蟲○篆刻（康器切）●綴○斷簡殘編▲

篆刻之刻，康器切；時刻之刻，叶揩上聲。韻中分別甚詳。

油葫蘆

九曲(丘雨切叶祛上聲)風濤何處顯則(叶子)除是(叶試)此地偏這河帶齊梁分秦晉隘幽燕雪浪拍(叶派上聲)長空天際秋雲捲竹索(叶主又叶肘)纜(叶嫂)浮(叶扶)橋水上(升帳切叶餉)蒼龍(驢東切)偃東西潰(荒貴切去聲)九州南北(邦美切叶背上聲)串百(叶擺)川歸舟緊不緊如何得見恰(切)便似□□(切)弩箭乍(床價切又莊價切叶詐)離弦

□，俗本作□，查□先天韻，今□□□□□。

天下樂

只(張恥切上聲)疑(叶移)是銀河落(叶澇)九天淵泉雲外懸入東洋不離此逕穿滋洛(叶澇)陽千種花潤梁園萬頃(叶痾上聲)田他也曾泛浮槎(初涯切)到日月邊

節節高第二段

隨(詞僞切)喜到上方佛(浮波切)殿早來到下(奚價切，叶罅)方僧院行過廚房近西法堂北鐘樓前面遊了洞房登了寶塔(湯打切)將迴廊繞遍數(叶疎上聲)了羅漢參了菩薩拜了聖賢呀正擋着(叶潮)五百年風流業(叶夜)寃

元和令

顚不剌(郎架切叶辣去聲)見了萬千似這般可喜娘的臉(叶檢)兒罕曾見則着人眼花撩亂口難言魂靈兒飛在半天他那裏儘人調戲嚲(叶朶)着香肩則將那花笑撚(尼蹇切叶碾)

的字韻中但收上聲，竝不作平，沈寧菴辨之甚詳。

上馬嬌

這裏是兜率（升擺切叶衰上聲）宮休猜做離恨天呀誰（時追切）承望寺（叶紀）裡遇（叶裕）神仙我見他宜（叶移）嗔宜喜春風面偏宜貼翠

花鈿

勝葫蘆

則見他弓樣眉兒新月偃侵入鬢雲邊未語（叶兩）人前先靦腆櫻桃紅綻（雖訕切叶棧）玉（叶預）粳（叶京）白（巴埋切叶拜平聲）露半晌（聲掌切叶賞）

却（叶巧）方言

口口作『恰方言』，沈寧菴改却字，今從之。

幺

恰便似嚦嚦鶯聲花外囀行一步可人憐解（叶懈）舞腰肢嬌又軟千般嫋（宜皎切）娜萬般旖（叶矣）旎（寧巴切叶尼上聲）似垂柳晚

風前

後庭花第三段

若叶饒去聲不是襯殘紅芳徑軟怎顯得步香塵底樣兒淺且休題眼角叶皎留情處只這脚踪兒將心事叶試傳慢俄

延叶吳哥切投至到櫳叶盧東切門兒前面剛那叶農都切得一步遠剛剛的打個照面風魔了張解叶戒元似神仙歸洞天

空餘下楊柳烟只聞得鳥雀叶愴喧

柳葉兒

呀門掩着梨花深院粉墻兒高似青天恨天不與人行方便好教我難消遣端的是怎留連則被你兀叶吳的不

引了人意馬心猿

寄生草

蘭麝香仍（而爭切）還在玉珮（叶配）聲看看漸（叶潛去聲）遠東風搖拽（叶夜）垂楊線遊絲牽惹桃花片珠簾掩映芙蓉面你道是

河中開府相公家我道是南海水月觀音院

賺煞

餓（鼻个切叶）眼望將穿饞口涎空嚥空著我透骨（叶古）髓（桑嘴切）相思病纏怎當他臨去秋波那一轉你（叶飲）便是鐵石人

也意惹情牽近庭軒花柳爭妍（叶言）日午當庭塔影圓春光在眼前爭奈玉人不見將一座梵（叶犯）王宮疑是武陵

源（叶圓）

『空着我』，文長改『怎不教』，亦妙。『病纏』，俗本皆『病染』，但係廉纖韻，不叶。沈寧菴改『纏』字，今從之。

近今唱家於平上去入四聲，亦既明曉，惟陰陽二音倘未全解。至陰出陽收，如本套曲詞中賢、迴、桃、庭、堂、房等字，愈難模擬。蓋賢字出口帶三分純陰之軒音；轉聲仍收七分純陽之言音，故軒不成軒，言不成言，恰肖其爲賢字；迴字出口帶三分純陰之灰音，轉聲仍收七分純陽之圍音，故灰不成灰，圍不成圍，適成其迴字。此等字旁，予一一記▲。今度曲名家，正從此處着精神，決不嫌煩碎。特曲理未深者，其純陰純陽，尚未細剖，若陰出陽收，愈難體會，故予又以檄嚧二字提醒之，蓋以檄嚧（嚧字，叶上聲。）口氣模擬，庶自合法耳。

集中右旁鈐丶，但摘緊關字面。餘如動爲徒弄切，向爲奚降切等類，雖係陰出陽收，但聲歌家向未如法習唱，似覺口生，故一概姑闕不記。又愁字、鋤字等類，既係穿牙，則亦天然陰出，故字旁但記●不記▲。又堂字、黃字等類，雖係開口，仍係陰出陽收，恐一字而右旁兩用記認，似涉冗雜，則單記▲不復記■。覽者詳之。

粉蝶兒 假寓

不叶補做周■方埋怨殺雙詐切●法聽▲和尚叶餉借與我半間兒客叶揩上聲▲舍△僧房與我▲那△可憎才居止○處門兒相向奚降切○雖

不能△彀竊玉于句切叶褚偷香且將那▲盼△行雲△眼睛兒打當■

醉春風

迤字，南、北韻書皆叶鮀，今人乃唱拖音，是陽字陰唱矣，不知何據。還宜□□改正。

往■▲常時見傅粉的委▲實羞■畫(叶化)眉的■□敢是●(叶試)謊■□今日多△情▲人一見了有▲△情娘着(叶潮)小●△生□心兒裏痒痒迤▲(叶鮀　唐羅切)逗

得(當忒切)腸▲■荒斷送得眼亂引惹(叶偌)得□心忙■

迎仙客

俺■□則(叶子)見他頭▲似(叶耜)○雪鬢○如○霜●面○如童▲少年得○內養貌堂▲堂▲△聲朗■朗■頭▲直(征移切)上(叶餉)只(張恥切)少一個圓光■恰(強雅切)便

是●揑(尼夜切)塑的△僧伽▲(其爺切)像(叶相)

石榴花

大(叶帶)師●(叶詩)一一問▲△行▲藏△小●生仔細訴衷●▲腸自來西洛(叶澇)是●吾(叶吳)鄉宦▲(黃慣切)遊在四方■寄居▲□咸陽先人授▲禮部尚▲(叶常)

書多名望五旬（徐靈切叶循）上因病身亡平生正直無偏向止留下四海一空囊

鬬鵪鶉

俺先人甚的是渾俗（詞疽切叶徐）和光銜（朱純切叶諄）一味風清月朗俺小生無意去求官有心待（叶帶）要聽講量着咱（茲沙切）秀才每人情紙（之始切叶止）半張又沒（叶暮）甚七青八（叶巴上聲）黃儘着你說短論長一任待要掂（低廉切叶顛閉口）觔播兩

上小樓第二段

小生特來相訪大師行（叶杭）何須謙讓這錢也難買柴薪不殼齋糧且備茶湯你若（叶饒去聲）是有主張對艷粧將言詞（詳茲切）說上我將你那衆和尚死生難忘

么

也不要香積▲廚○枯木(叶暮)▲堂只要你遠着■南□軒離着東▲牆靠着西廂近主○廊■過耳房▲都皆停△▲▲(當)你是●必再休題長▲

老同▲方■丈

脫布衫

大人家舉止端詳(徐將切叶翔)▲全○沒有半點輕△▲狂大●▲師行深□深□的拜了啓朱○脣○(池論切)▲語(叶雨)言的(當)▲

小梁州

可喜娘的■龎(叶忙)兒淺□淡粧○▲穿○一套縞素衣▲裳▲鶻(叶胡)伶(叶伶)△渌(叶慮)○老不尋(詞侵切)□常▲偷△睛■望眼挫裡抹(叶磨又叶罵)張郎■

渌，王伯良叶慮。

么

若與那多情▲小姐同▲鴛帳□怎捨得他疊（叶爹）被（叶背）鋪牀▲將小姐央夫人央他不△令許■放我親自寫與▲從良

快活三 第三段

崔家的女□艷粧■（叶莫冒）不是●演撒●（殺價切）你老潔郎■既不呵却（叶巧）□怎睃趁（叶趁）着你頭上放■▲毫■光打扮的特來晃■

朝天子

屠赤水云：『口强之强字，平、上、去三聲韻中俱收，但去聲叶降，未合俗耳，還宜作上唱。』

過得主○廊■引○入洞▲房好事●（叶試）將▲從天▲降好模好樣也忒（他美切）莽●▲撞煩惱怎麼▲耶唐三▲藏惹大一個宅▲（池齋切，叶柴）堂▲

却怎▲生□△別（邦爺切）沒一個兒郎使●（叶始）梅香來說勾當■你在我▲行口強（欺養切）△硬（叶迎去聲）抵着頭▲皮△（叶培）擂●

四邊靜

人間天上看鶯鶯強如做道場軟玉溫香休道是相親傍若能勾湯他一湯倒與人消災障

哨遍

聽說罷心懷悒怏把一天愁都撮(叶攛上聲)在眉尖上說夫人節操凜冰霜不召呼誰敢輒入中堂自思想比及你心兒裏畏懼(叶句)老母親威嚴(叶炎)小姐呵不合(叶何)臨去也回頭望待颺(叶楊)下(叶罅)教人怎颺赤(叶恥)緊的情沾了肺腑意惹了肝腸我若今生難得有情人只除是前世燒下了斷頭香我得他時節手掌兒裏奇擎(叶鯨)心坎兒上溫存眼皮兒上供養

北曲無入聲，借叶平、上、去三聲。其有叶三聲仍不脫入聲本音，如此曲中一之叶以、織之叶且、積之叶擠，皆可從口調而得，則但註圈字角以別之〔見前編者補注〕。不復叶切以添蛇足。倘與入聲本音各別，另成字面者，如莫之叶冒、俗之叶徐、却之叶巧，口所不能調，則必詳開叶切，俾覽者不煩稽韻而平仄犂然。

鬭鵪鶉（聯吟）

五（于句切，叶裕）宇無塵銀河瀉影月色（叶篩，上聲）橫空花陰滿庭羅袂生寒芳心自警側（叶齋，上聲）着（叶潮）耳朵兒聽躡（尼夜切，叶揑，去聲）着腳（叶皎）步兒行悄悄冥冥潛潛等等

紫花兒序

等待（叶帶）你齊齊整整嬝（宜皎切）嬝婷婷姐姐鶯鶯一更（叶京）之後萬籟無聲直至鶯庭若（叶饒，去聲）是（叶試）迴廊下沒（叶暮）揣的見俺可憎將他來緊緊的摟定則（叶子）問他會少離多有影無形

金蕉葉

猛(叶蒙上聲)聽得(當忒切)角(叶皎)門兒呀的一聲風過處花香細生蹺着那脚尖兒仔細定睛比我那初見時龐(叶忙)兒越整

曉，一作踮。

調笑令

我這裏甫能得見娉婷比着那月殿裏嫦娥(吳哥切)也不(叶補)恁(叶淫去聲)般爭遮遮掩掩穿芳徑料應他小脚兒難行可

喜娘的臉(叶檢)兒百(叶擺)媚生兀(吳姑切叶吳)的不引了人的魂靈

爭字，湯若士作撑。北人方言美也，亦通。

小桃紅

夜(叶謝去聲)深香靄散空庭簾幕東風靜拜罷也斜(詞嗟切叶謝平聲)將曲(叶秋上聲)闌凭長吁了兩三聲剔團圞明月如懸鏡又不

是輕雲薄(巴毛切叶包)霧都只(張恥切)是香烟人氣兩般兒氤氲得不分明

幺

一輪明月可中庭似(叶絹)對鸞臺鏡常恨團圓照孤另(叶靈去聲)轉傷情恰(強雅切)萬里長天淨忽(叶虎)的風雲亂生暈的是清光掩映吁的是人作(叶早)喟愁聲

禿廝兒 第二段

早是他臉兒上(叶餉)擷(叶頗)堆着可憎更(叶敬)那堪心兒裏埋沒着聰明他把那新詩和得忒(他美切)應聲一字字訴衷情堪聽

聖藥王

那語(叶雨)句清音律(叶慮)兒輕小名兒不枉了喚做鶯鶯他若是共小生廝覷定隔(叶皆上聲)墻兒酬和到天明方信道惺

惺△自古惺▲惺▲

麻郎兒

我拽(叶夜)起羅衫●□欲(于句切叶裕)行▲△他陪▲着笑臉□兒相迎△(叶盈)不做美的▲紅娘忒淺▲△情便做道謹依來命△

么

忽聽得▲一聲△猛△驚元來是●撲刺(刺郎架切叶辣去聲)宿○(叶須上聲)鳥飛▲騰△顫巍巍(叶爲)花■梢●弄影△亂紛紛落(叶撈)紅▲滿徑△

絡絲娘

空▲撇下▲碧▲△澄▲△澄■蒼▲苔露△冷△明皎皎花■篩●月影△白(巴埋切叶拜平聲)日凄涼■枉■耽□(叶擔)病△今□夜■把相思再整△

東原樂第三段

簾垂下戶已扃（居名切）恰纔（叶才）個悄悄的相問他那裏低低應月朗風清恰二更廝僥倖他無緣小生薄命

綿搭絮

恰尋（詞侵切）歸路佇立空庭竹（叶主又叶肘）梢風擺斗柄雲橫呀今夜裏凄涼有四星他不偢人待怎生雖然是眼角傳情咱（茲三切）兩個口不言心自省

中原韻不載偢字，篇海七肖切。

拙魯速

對着盞碧熒熒短檠燈倚着扇冷清清的舊幃屏燈兒又不明夢兒又不成牕兒外淅（叶璽）零零風兒透疎櫺（叶鼞）

忒楞（盧登切　叶稜）楞紙（叶止）條兒鳴枕頭兒上孤零被窩兒裏寂靜您（叶飲）便是鐵石人也動情

么

怨不能恨不成坐不安睡不寧有一日柳遮花映霧障雲屏夜涼人靜海誓（叶世）山盟（叶明）恁時節風流嘉慶錦片也似前程美滿恩情咱兩個畫（叶化）堂春自生

尾聲

一天好事（叶試）從今定一首詩分明作證再不向青瑣闥（湯打切）夢兒中尋俺只去碧桃花樹下等

新水令（閙會）

梵（叶範）王宮殿月輪高碧琉璃瑞烟籠罩（叶嘲去聲）香烟雲蓋結諷呪海波潮幡影飄颻諸檀越盡來到

駐馬聽

法皷金鐃（挐刀切叶撓平聲）二月春雷響殿角（叶皎）鐘聲佛（浮波切）號半天風雨灑（叶篩上聲）松梢侯門不（叶補）許老僧敲紗牕外定有

紅娘到害相思饞（叶讒）眼惱見他時須看個十分飽

沉醉東風

惟願（叶院）存在的人間壽高亡化的天上（叶餉）逍遙爲曾祖父（叶赴）先靈禮佛法僧三寶焚名香暗中禱告則（叶子）顧得

（當式切）梅香休劣夫人休焦犬（虛遠切）兒休惡（叶襖）早成就了幽期密約（叶杳）

雁兒落

俺只(叶執)道玉(于句切叶預)天仙出離了碧雲霄元來是(叶試)可意種來清醮小子呵多愁多病身怎當他傾國(叶鬼)傾城貌

得勝令

恰(强雅切)便似(叶絹)檀口點櫻桃粉鼻兒倚瓊瑤淡白(埋巴切叶拜平聲)梨花面輕盈楊柳腰妖嬈滿面兒鋪堆着(叶潮)俏苗條一團兒衠(朱純切叶醇)是嬌

香牌兒

大(叶帶)師(叶詩)行(何剛切叶杭)年紀老法座上也凝(叶盈)眺舉名的班首癡(昌知切)呆(叶鞋)傍(郎到切叶澇)覷着那法聰頭做金磬敲

甜水令

老的少的村的俏的沒（叶暮）顛沒倒勝似（叶耜）鬧元宵稔色（叶筛上聲）人兒可意冤家怕人知道看時節淚眼偸瞧

顚倒之倒，去聲；傾倒之倒，上聲。沈寧菴辨之甚詳。

折桂令

着小生迷留沒亂心癢難撓哭（叶苦）聲兒似鶯囀喬林淚珠兒似露滴花梢大師也難學（叶奚交切）把一個發慈悲的臉（叶撿）兒朦着聲磬的頭陀懊惱添香的行者心焦燭（叶主）影風搖香靄雲飄貪看鶯鶯燭滅香消

錦上花

曲中向字，韻中本叶巷，屬陽；俗皆作陰字唱，是北唱南音矣，還宜改正。

么

外像（叶西醬切）兒青春年少內性兒貫世才學扭揑（尼夜切）着身子百（叶擺）般様做作來往向（叶巷）人前賣弄俊俏

黃昏這一回白日那一覺(叶叫)䆫兒外那一會獲(叶懷胡乖切)鐸(叶刀多勞切)到晚來向書幃裏比及睡着千萬聲長吁捱不到曉

碧玉簫

情引眉梢心緒(叶須去聲)你知道愁種心苗情思我猜着暢懊惱響鐺鐺把雲板敲行者又嚎沙彌又哨(叶悄)您(叶飲)須不奪(叶多)人之好

鴛鴦煞

有心爭奈無心好多情却(叶巧)被無情惱勞攘了一宵月兒沉鐘兒響雞兒又叫唱道是玉人兒歸去得疾(叶精妻切)

好事●兒叶試收拾得早道場畢▲諸人散了▲酩子裏各歸叶稿家葫蘆提鬧到曉▲▲

按：婁東王元美著有曲藻行世，魏良輔亦嘗寓居彼地，則婁東人士，應不昧字面。只緣當年絃索絕無僅有，空谷足音，故但喜絲聲婉媚，惟務指頭圓走，至字面之平仄、陰陽，則略而不論，弊在重彈不重唱耳。迨後煩音躅厭，而平仄之欠調者不無拂耳，於是字面則務釐整，彈頭則多翻削，業非舊來伎倆。顧其間儘有翻改不盡處，在入聲尤甚。入之收平者，大都無誤；而入之收上、收去者，尚費商量。即如『雖離了』曲中『空目斷』之目字、『當日向西廂』之日字，本是去聲，今皆平唱。『接着舊愁』之接字、『淚濕』之濕字，本是上聲，今亦皆平唱。『惡思量』之惡字，本叶襖，亦叶傲，今並訛唱拗音。其他淚字、玉字之去作上聲，如『金磬敲』唱法者，亦仍屢屢，安得矜爲不刊定軌，妄謂增減一彈不得乎？但今擅名聲場者，方曲祖自雄，恥於服善；不云翻改未到，反謂牌名應爾，改則走樣。則吾即以磬字闢之：彼『法聽頭做金磬敲』與『晚風寒峭』曲中『綠莎茵鋪着繡榻』以及『好教賢聖打』，皆喬牌兒之末句也，必如『磬敲』唱法，方肖牌名，則繡字、聖字，彼何不作上聲唱？榻字、打字，彼何不作平聲唱乎？如謂榻、打二字是上聲，故磬字姑作上唱，則亦應上聲唱敲，而與磬字何涉乎？且磬唱去聲，正彷繡、聖二字樣子，曷爲翻改不經其手，即云走樣？則彼向來所改字面，亦正無窮，何獨不慮背却牌名乎？又考『望蒲東』曲中『脚心兒管踏破也』、『玉鞭嬌馬』曲中『莫不我身邊有甚事故』、『若不是張解元』曲中『請將來着人不快活』，亦並是此牌名末句。一部西廂，喬牌兒凡六，觀其聲、聖、繡、破、事、快、六字，漢卿、實甫皆塡去聲，則牌名之應去不應上可知。偶緣婁東彈法如此，故今人仍訛未改。彼必以牌名應上爲遁辭者，抑獨何歟？方今正是釐整字面之日，共應虛心商訂，乃云一彈增減不得，欺人乎？自欺乎？

八聲甘州 求援

懨□懨□瘦●損○早是●(叶試)傷▲神那(叶奴)儃(征移切)殘▲春○羅衣寬褪○(叶香去聲)能△消幾個黃▲昏風嫋(移皎切)篆○烟不(叶補)捲簾□雨打梨花■深□閉
門無語(叶兩)凭(叶竝)闌△干■目(叶慕)斷▲行△雲

混江龍

落(叶撈)紅▲成▲△陣▲風飄萬點□正△愁●人池▲塘▲夢曉闌檻▲□(叶奚監切　叶昭)辭(祥茲切)○春蝶(叶爹)粉△輕□沾飛○絮○雪燕泥香惹落花■▲塵繫(叶記)○春□心

情短柳絲長隔（叶皆上聲）花陰人遠天涯近香消了（叶六濁）朝膝粉清減了三楚精神

油葫蘆

翠被（邦妹切叶背）生寒壓（丫架切）繡裀（叶因）休將蘭麝熏便將麝蘭熏盡則（叶子）索（叶嫂）自溫存昨（澡騷切叶曹）宵錦囊佳製明勾引今日個（玉于何切叶預）堂人物（叶務）難親近這些（西嗟切叶寫平聲）時睡（師贅切）又不安坐又不穩我欲（叶裕）待（叶帶）要登臨不快閑行又悶每日價情思睡昏昏

穩字，時本唱寧，查不叶韻。

天下樂

我則索搭（叶打）伏定鮫綃枕頭兒上（叶餉）盹我但出閨門影兒般不離身這些時直（征移切）恁（叶淫去聲）隄防（叶房）着（叶潮）人小梅香

伏侍叶詩至切叶試的勤老夫人拘繫的緊則怕俺女孩兒折叶繩遮切叶蛇了氣分

肫字，中原、洪武、玉篇諸韻俱不收。查篇海，章倫切叶諄。中原韻但有肫字，係多圖切，睡貌，或即是。

那吒令

往常但見一個外人氳叶慍平聲得當弍切來早嗔但見一個客丘也切又叶揩上聲人厭得來倒褪從見了那人兜多婁切的便親想

鵲踏枝

着昨叶曹夜叶爺去聲詩依着前韻酬和得清新

寄生草

吟叶淫得句兒匀念得字兒眞詠月新詩煞雙鲊切強似叶紺織錦迴文誰肯做鍼兒將線引向奚降切東鄰通個慇懃

想着文章士旖（叶矣）旎（叶尼）人他臉（叶琰）兒清秀身兒俊性兒溫克（叶康黑切）情兒順不由人口裏作（叶早）念心兒裏印學（叶奚交切）得

來一天星斗煥文章不枉了十年牕下（叶罅）無人問

後庭花第二段

第一來免擢（慈隨切）殘老太君第二來免堂殿作灰燼（叶迅）第三來諸僧無事（叶試）得安存第四來先君靈柩（叶舊）穩第五

來歡郎雖是未成人須是崔家後代（叶帶）孫鶯鶯爲惜己身不幸從着亂軍諸僧衆汚血（希也切叶歇上聲）痕將伽（其爺切）藍

火内焚先靈爲細塵斷送了愛弟親割（叶哥上聲）開了慈母恩

柳葉兒

呀將俺一家兒不留一個齠（叶調）齔（初艮切叶襯）待（叶帶）從軍又恐怕辱（叶如去聲）没（叶暮）了家門我不如白（巴埋切叶拜平聲）練套頭尋（詞侵切）

偪自盡將我屍櫬獻與賊滋梅切人也落叶澇得個遠害全身

靑哥兒

母親都做了鶯鶯生忿叶奮對傍人一言難盡母親休愛惜鶯鶯這一身不揀何人建立功勳殺叶雙鮓切退賊兵掃蕩妖氛倒陪家門情愿叶院與英雄結婚姻諧秦晉

賺煞

諸僧衆各叶稿逃生衆家眷誰偢問這生不相識叶傷以切横枝兒着緊非是書生多議叶臆計切意論也提防着玉石俱焚雖然是不關親可憐見命在逡巡濟不濟權將秀才來儘你果若叶饒去聲有出師叶詩表文嚇亨美切蠻書信則願你筆邦美切叶卑上聲尖兒横掃了五千人

端正好〔解圍〕

不（叶補）念法華（叶花）經，不禮梁王懺，颩了僧伽（其爺切）帽，袒下偏紅衫，殺（雙鮓切）人心逗起英雄膽，兩隻手將烏龍（驢東切）尾鋼

椽搭（兹監切，叶暫）

颩，或云叶彪，又云叶丟，俱未詳。

滾繡毬

非是（叶試）我貪，不是我敢，知他怎生喚作（叶早）打參，大踏（當加切）步直（征移切）殺出虎窟（叶苦）龍潭。非是我攙（初咸切），不是我攬，這些（叶寫平聲）時喫（叶恥）菜饅頭委實口淡，五千人也不索（叶嫂）炙（張恥切）煿煎爁（叶藍）腔（丘羊切）子裏熱血（希也切）權消渴（叶可）肺腑內生心，且解饞（鋤咸切，叶讒），有甚腌（衣兼切）臢（兹三切，叶告平聲）。

煿，中原韻未載。篇海與博同音，應叶包。

叨叨令

浮叶扶沙叶雞英切羹叶京寬片粉添些雜叶咱糝叶三上聲酸黃虀爛荳腐叶赴休調淡萬餘斤黑亨美切麪從教挼昂幹切我將那五千人

做一頓饅頭餡是必休悞王故切叶忤了也麼哥休悞了也麼哥包殘餘肉叶柔去聲把青鹽來蘸知濫切

倘秀才

你那裏問小僧敢也那不敢我這裏啓大叶帶師叶詩用喒也不用喒你道是飛虎將聲名播斗南那廝能淫欲叶褚

會貪婪盧擔切誠何以堪

滾繡毬

我經文也不會談逃禪也懶去參戒居拜切叶界刀頭近新來將鋼蘸鐵棒上叶偏無半星兒土暗塵緘別邦爺切的僧不

僧俗（叶徐 調痘切）不俗女不女男不男則（叶子）會齋（叶莊皆切 債平聲）得（叶當弌切）飽去僧房中胡渰那裏管焚燒了兜率（叶篩上聲）也似伽藍

您（叶飲）那裏善文能武人千里盡在這濟困扶危（叶爲）書一緘有勇無慙

白鶴子第二段

着（叶潮）幾個小沙彌把幢（叶床）幡寶蓋擎壯行者將捍棒鑊（叶和）叉擔你排陣腳（叶皎）將衆僧安我撞釘子把賊（叶茲梅切）兵

來探

二

這的破開步將鐵棒颩近的順着手把戒刀釤（叶杉去聲）小的提起來將腳尖擡大的扳下來把髑（叶東盧切 叶都）髏勘

勘字，一唱鍇，與韻不叶。

三

颼一颼古都都翻了海波滉一滉斷琅琅振動了山巖（叶炎）脚踏得赤（叶恥）力力地軸（直由切，叶州）搖手板得忽（叶虎）剌（郞架切）剌天關撼

颼，中原韻不載，沈寧菴叶丑字，帶穿牙。

四

我從來駁駁（叶飽）劣劣世不曾忐忐忑忑打熬（訛高切）成不厭天生敢我從來斬釘截鐵常居一不似（叶細）您（叶飲）惹草拈花沒（叶慕）掂（低廉切，叶顛閻口）三劣性子人皆慘捨着命提刀仗劍（吏）（叶徑）怕我勒（離妹切叶）馬停驂

忐忑，中原韻不載，時本音闔秃。

五

我從來欺硬（叶盈去聲）怕軟嘆苦不甘你休只（叶嘴）因親事（叶試）胡撲（恩毛切又叶頗）俺若（叶饒去聲）是杜（叶妬）將軍不把干戈退張解（叶介）元

乾（叶干）將風月擔我將不志誠的言詞（詳茲切）賺（知鑑切叶姑）倘或（胡歸切叶回）綢繆倒大羞慚

尾聲

你與我助威風擂幾聲鼓仗佛（房波切）力吶（叶那）一聲喊（希減切）繡旗下遙見英雄俺我教那半萬賊兵唬（叶下）破膽

吶字，篇海與訥同音。

曲中緘、喊、巖、韽字面，須張喉出口，與廉纖韻之兼、險、炎、艷不同。若鹽、腌、厭、劍字面，則但扯唇出口，又與監咸韻之岩、渰、淹、鑒不同。詳後音同收異考中。

粉蝶兒 請宴

半萬賊（滋梅切）兵捲浮（叶扶）雲片時掃淨俺一家兒死裏逃生舒心的列山靈陳水陸（叶慮）張君瑞合（叶何）當欽敬當日所

望無成誰承望一緘書倒爲了媒證

醉春風

今日東閣(叶稿)玳(叶帶)筵開煞(雙鮓切)強如西廂和月等薄(巴毛切叶包)衾單枕有人溫早則(叶子)不(叶補)冷冷受用些(西嗟切叶寫平聲)寶鼎香濃繡簾風細綠(叶慮)窗人靜

脫布衫

幽僻處可有人行點蒼苔白(巴埋切叶拜平聲)露冷冷(叶靈)隔(叶皆上聲)窗兒咳(叶凱)嗽了一聲他啓朱脣(池論切)急忙答(叶打)應

小梁州

則見他叉手忙將禮數迎（疊叶）我這裏剛道個萬福（府叶）先生烏紗小帽耀人明白襴淨角（皎叶）帶鬧黃鞓（廳叶）

么

衣冠濟楚龐（忙叶）兒整可知道引動俺鶯鶯據相貌憑才性我從來心硬（魚佞切叶　疊去聲）一見了也留情

整字，一作俊，查不叶韻。

上小樓第二段

請字兒不曾出聲去字兒連忙答應可早在鶯鶯跟前姐姐呼之喏喏連聲秀才每聞道請恰（強雅切）便似（耜叶）聽將軍嚴（炎叶）令和那五臟神願（院叶）隨（粹叶　平聲）鞭鐙

出字，一作住，亦通。

么

第一來爲壓(羊架切)驚，第二來因謝(詞借切)承。不請街(叶皆)坊，不會親隣，不受人情。避(叶背)衆僧請老兒和俺鶯娘匹聘，則見他歡天喜地，謹依來命。

滿庭芳

來回顧影，文魔秀士，風欠酸丁。下(叶罅)工夫將頭顱十分掙，遲和疾(叶齎)擦倒蒼蠅，光油油耀花人眼睛，酸溜溜螫得(叶者，當忒切)牙疼。茶飯早已安排定，淘下陳倉米數升，煠(叶查)下了七八(叶巴上聲)碗軟蔓菁。

欠字，時本作女，訛耍，甚是杜譔。王伯良辨之甚悉。擦字，中原韻不載，但有攃字，係七煞切，足動草聲，想卻是。

快活三

(幺)咱(茲三切)人一事(叶試)精，百(叶擺)事精，一無成，百無成，世(申智切)間草木(叶暮)本無情，猶有相肩並。

朝天子

休道是這生年紀後生恰學(奚交切)害了相思病天生聰俊打扮得素淨奈夜夜成孤零(叶去聲)才子多情佳人薄倖

兀(叶臭)的不擔閣(叶稿)了人性命誰無一個信行誰無一個志誠您(叶飲)兩個今夜裏親自去折證

四邊靜

今宵歡慶軟弱(叶儂去聲)鶯鶯何曾慣經須索(叶嫂)要欵欵輕輕燈下交鴛頸端詳(徐將切)可憎好煞人無乾淨

曲中風欠之欠字，癡呆之義，謂風狂而且癡呆也，本北人調侃秀才語。元蕭淑蘭劇有『斷不了詩云子曰酸風欠，離不了之乎者也腌窮儉』，明明以欠押儉字之韻，何俗子訛作耍嗇。並字形改削，妄去轉筆一勾，遍考字書，從無此體書者。一時筆誤，唱者復久傳訛。業經徐文長、沈寧菴、王伯良諸公後先駁正，而謠風猶未息，故再宣明於此。

五供養（停婚）

若叶饒聲不叶補是叶試張解居拜切叶戒元識人多别邦爺切一個怎退干戈排着叶潮酒菓列着笙歌篆烟微花香細散滿東風

簾幕叶塵救了喒茲三切全家禍殷勤呵正禮欽敬呵當合叶何

新水令

恰强雅切纔叶才向叶巷碧紗牕下晝叶化了雙蛾吳哥切拂叶府拭了羅衣上叶餉粉香浮叶符污叶臥我將這指尖兒輕輕的貼了鈿

窩叶倭若不是驚覺叶皎去聲人呵猶壓叶雅去聲着繡衾臥王過切叶汚

么

没叶暮查没利謊嘍囉你道我宜叶移梳粧的臉叶撿兒吹彈得當忒切破你那裏休聒叶果不當一個信口開合知他命福

（叶府）是如何做個夫人也做得過

嘍囉，古注嘍科，猶云小輩，亦是。

喬木查

我相思爲他（叶拖）他相思爲我今夜裏相思都較可酬和間禮當酬和俺母親也好心多

攪箏琶

他怕我是陪錢貨兩當一便成合憑着他舉將除賊（滋梅切）也消得家緣過活（叶和）費了他甚一股恰便結絲蘿休

慶宣和

波省人情的奶奶忒（他美切）慮過恐怕張羅

門兒外簾兒前將小脚（叶皎）兒那（叶奴）我只（叶執）見目（叶暮）轉秋波誰想那識空便的靈心兒早瞧破謊（叶下奚價切）得我倒躲

倒躲

雁兒落

荆棘剌怎動那死沒疼無回活措支剌不對答軟兀（叶吳）剌（叶次）難存坐

「沒疼」，文長作「木藤」。答口，叶打不入哥戈。

得勝令

誰想道即即世世（申智切）老婆婆着驚驚做妹妹拜哥哥白（叶拜平聲）茫茫溢（銀計切）起藍橋水赤（叶恥）騰騰點着祆（叶軒）廟火碧

澄澄清波撲（叶普）剌剌將比目魚分破急攘攘因何扢搭（叶打）的把雙眉鎖納（羅亞切）合

甜水令

我這裏粉頸低垂，蛾吳哥切眉顰蹙，芳心無那，俺可甚相見話叶化，偏多星眼朦朧，檀口嗟咨，攛窨叶藍不過這席星西切

面暢好是鳴合

蹇叶取，不入哥戈韻。

折桂令 第二段痾叶阿

他其實嚥不下玉于句切叶預液叶易錄計切金波，誰承望月底西廂，變做了夢裏南柯。淚眼偷淹，酩子裏揾叶溫去聲濕了香羅。

他那裏眼倦開軟攤做一朵叶朶，我這裏手難擡稱不起肩窩。病染沉痾，斷然難活。則叶子被你送了人呵，當甚麼

嘍囉

月上海棠

而今煩惱猶閒可久後思量怎奈何有意訴衷腸爭奈母親側(叶齋上聲)坐成抛趓咫尺(叶恥)間如間闊(叶顆上聲)

么

一杯悶酒尊前過低首無言自摧(慈隨切)挫不堪醉顏酡可早嫌玻璃盞大(叶墮)從因我酒上心來校可

喬牌兒

老夫人轉關淩定奪(叶多)啞謎(迷閉切叶米去聲)兒怎猜破黑(亨美切)閣(叶稿)落(叶澇)甜話兒將人和請將來着人不快活

江兒水

佳人自來多命薄(叶波)秀才每從來懦閟殺(雙鮓切)没頭鵝(吳哥切)撇下陪錢貨下場頭那些(西嗟切叶平聲)兒發付我

殿前歡

恰纔個笑呵呵都變做了江州司馬淚痕多若不是一封書將半萬賊兵破俺一家兒怎得存活他不想結姻緣想甚麽到如今難捉(之寡切叶上聲)摸(叶磨)老夫人謊天來大(叶墮)當日成也您(叶飲)個母親今日敗也是您個蕭何

離亭宴帶歇拍煞

從今後玉容寂寞(叶冒)梨花朵臙脂淺淡櫻桃顆這相思何時是可昏鄧鄧(叶鄧)黑海來深白(叶拜平聲)茫茫陸(叶盧)地來厚碧悠悠青天來闊太行(叶杭)山般高仰(叶養)望東洋海般深思渴(叶可)毒(叶都)害的恁(叶淫去聲)麽俺娘呵將顫巍巍(叶爲)雙頭花

蕊撥(叶礎)香馥馥縷帶同心割(叶哥上聲)長攙攙(叶讒)連理瓊枝挫白頭娘不負(叶赴)荷青春女成擔閣(叶哥上聲)將俺那錦片也
似(叶耜)薊程蹬(叶鄧)脫(叶妥)俺娘把甜句兒落空了他虛名兒悞(叶污)賺了我

曲中多、羅、波、菓、火、躲、婆、酡等字，俱出歌戈韻，其口法在半含半吐之間，非如都、盧、逋、古、虎、堵、術、徒之必應滿口唱也。蓋模韻與歌戈口法較殊，唱者須當細辨。詳說音同收異考中。

鬬鵪鶉（聽琴）

雲歛晴空冰輪乍湧風掃殘紅香堦亂擁離恨千端閒愁萬種夫人那靡(叶每)不(叶補)有初鮮克(康黑切)有終他做了影兒裏情郎我做了畫(叶化)兒裏的愛寵

讀中書靡之靡叶迷，靡有之靡叶每。

紫花兒序

則（叶子）落（叶郎）得（當式切）心兒裏念想口兒裏閒題則索（叶嫂）向（叶昔）夢兒裏相逢俺娘呵昨（叶慈騷切　叶曹）日個大（叶帶）開東閣（叶稿）我則道怎生般炮（叶袍）鳳（叶諷）烹（鋪蒙切）龍（驢東切）朦朧可教我翠袖（叶囚去聲）慇懃捧（玉叶于句切　叶裕）鍾却（叶巧）不道主人情重則爲那兄妹排連因此上（叶餉）魚水難同

小桃紅

人間看波玉容深鎖繡幃中怕有人搬弄想嫦娥（吳哥切）西沒（叶暮）東生有誰共怨天宮裴航不作（叶早）遊仙夢這雲似我（叶緗）羅幃數重只（叶執）恐怕嫦娥心動因此上圖住了廣寒宮

天淨沙

莫叶冒不是叶試步搖得丁雪切寶髻玲瓏　莫不是裙拖得環叶還珮叶配玎玲　莫不是鐵馬兒簷前驟風　莫不是金鈎雙控

吉叶空去聲玎璫敲響簾櫳

調笑令

莫不是梵叶犯王宮夜撞鐘　莫不是疎竹叶主瀟瀟曲叶區上聲檻叶陷中　莫不是牙尺叶恥剪刀聲相送　莫不是漏聲長滴響

壺銅潛身再聽墻角叶皎東元來是近西廂理結絲桐

禿廝兒

其聲壯叶莊去聲又叶狀似鐵騎刀鎗冗冗　其聲幽似落花流水溶溶　其聲高似月朗風清鶴叶豪唳叶利空　其聲低似聽兒

女語(叶雨)小●𢤱●□中喁喁(叶濃)

聖藥王

他那裏思不窮▲我這裏意已通嬌鸞●雛鳳失雌▲雄他曲○未●終■俺意轉濃●爭奈伯(叶擺)勞飛燕各(叶稿)西東盡在不言

中●

𨐈郎兒第二段

這的●是令△人耳聰訴自己▲情●衷△知音者■芳□心自懂■感□懷▲者斷▲腸悲痛

幺

這一篇與本宮始終不同又不是淸夜聞鐘又不是黃鶴醉翁又不是泣麟悲鳳（夫賈切）

絡絲娘

一字字更（叶京）長漏永一聲聲衣寬帶鬆別（邦爺切）恨離愁翻做了一弄越教人知重（叶衆）

東原樂

這的是俺娘機變非干妾身脫（叶妥）空若（叶饒去聲）由我呵乞求得效鸞鳳俺娘無夜無明併女工若得些（叶寫平聲）兒閒空

怎教你無人處把妾身作（叶早）覊（詞縱切）

綿搭絮

疎簾風細幽室燈清都則是一層兒紅紙（叶之始切）幾榥（叶黃去聲）兒疎櫺（叶鱗）兀（叶）的不似隔（叶皆上聲）着（叶潮）雲山幾萬重怎得

個人來信息通便做道十二巫峯他也曾赴高唐來夢中

榥，帷幔之屬。時本作棍，非。

拙魯速

則見他走將來氣冲冲怎不敎人恨匆匆諕（叶罅）得人來怕恐早是不曾轉動女孩兒家直（叶征移切）恁（叶淫去聲）响喉嚨緊

廝弄索將他攔縱則恐夫人行（叶杭）把我廝葬送

尾聲

則說道夫人時下有些唧噥（叶農）好共歹不着你落空不問俺口不應狠毒（叶都）娘怎肯別離了志誠種

曲中「冰輪乍湧」及別套『一輪明月』、『梵王宮殿月輪高』、『伴簑笠綸也麼竿』，諸輪字俱驢敦切，恰像叶鄰撮口，與論之盧敦切口氣較殊。今人乃與『說短論長』之論字同一唱法，何異龍唱籠音乎？須詳別口法，方是到家。

點絳唇 傳情

相國（叶鬼）行祠（詳茲切叶辭）寄居蕭寺（詞恣切叶耜）因喪事（叶試）幼女孤兒將（叶欲䄄）從軍死

混江龍

謝（詞借切叶斜去聲）張生伸志一封書到便興師（叶詩）顯得（當忒切）文章有用足（臧醑切叶疽上聲）見那天地無私若（叶饒去聲）不（叶補）是（叶試）剪草除根半萬賊（茲梅切）險些（西嗟切叶寫平聲）兒滅門絕戶㗰這一家兒鶯鶯君瑞許配雄雌夫人失信推託（叶討）別詞（詳茲切）將這婚姻打滅以兄妹為之如今都廢卻（叶巧）了成親事一個愁糊突（東虞切叶都）了胸中錦繡一個淚流濕臉（叶撿）上（叶餉）臙脂

別，邦爺切。

油葫蘆

憔悴潘郎鬢有絲杜（叶妒）韋娘不似（詞恣切叶耜）舊時一個帶圍寬淸減了小腰肢一個睡昏昏不待（叶帶）要觀經史（詩止切叶始）一個意懸懸懶去拈（尼兼切）針指一個在絲桐上調弄出離恨譜一個在花箋上删抹（叶罵又叶磨）出斷腸詩一個在篩（邦每切叶卑上聲）下（叶罅）寫幽情一個在絃上傳心事他兩下裏都一樣害相思

天下樂第二闋

方信道才子佳人信有之紅娘看時倒有些乖性兒則（叶子）怕那有情人不遂（叶隨去聲）心也似此見他害得有些抹媚我遭着（叶潮）没（叶暮）三思一納（囊亞切）頭安排着憔悴死

村里迓鼓

我將這紙（叶之始切）牕兒濕破悄聲兒窺視多管是和衣兒睡起羅衫上前襟褶（叶者）袵孤眠況味淒涼情緒（叶絮）無人伏侍覷着他澀（生止切，叶始）滯氣色（叶篩上聲）聽了他微弱（叶饒去聲）聲息看了他黃瘦臉兒張生呵你若是不悶死多應是害死

袵無考，俗唱至音。

元和令

金釵敲門扇兒我是個散相思氤氳（於君切）使（叶試）俺小姐趁着風清月朗夜深時使（叶始）紅娘來探你俺小姐至今𦙶

粉未曾施念個有一千番張殿試

時本皆『五瘟使』，筆猗園云：『謬甚，應唱氤氳。』

上馬嬌

他若是見了這詩看了這詞顛倒費神思道這妮（年題切）子怎敢胡行事他可敢嗤嗤（叶抽支切）的扯做紙條兒

勝葫蘆

你個饞（叶讒）窮酸徠（叶賴又郎爹切）沒意兒賣弄你有家私（叶莫冒）不是圖謀（叶謨）你的東西來到此先生的錢物（叶務）與紅娘做賞使弃是我愛你的金貲

幺

你看人似桃李春風牆外枝又不比賣俏倚門兒我雖是婆娘有些志氣只（叶）說道可憐見小子們隻身獨（叶都）自恁的可顛倒有個尋（詞侵切）思

後庭花第三段

●□俺則道拂叶府■花箋打稿兒元來是●□染●○霜▲毫不搆思先寫下▲幾句▲寒溫○序叶絮▲後▲題着五言八■叶巴上聲句詩不移時把■花■

箋錦□字疊叶參個▲同■心□方△勝兒忒他美切風流忒煞●雙鮓切思忒聰明忒△浪■子○雖然●是假意兒小可的難到此

青天哥

顛倒寫鴛鴦鴛鴦兩字■方信道在□心在□心爲■志看喜怒▲其間覷個意兒■放□心道波▲學奚交切叶●士我願叶院爲之△並不

○推辭自有言詞只說道昨慈顯切叶曹夜▲裏▲□彈琴的那人兒▲○教傳示

寄生草

你道這偸香手○准備着折桂枝休教他□淫詞兒汚了○龍驢東切▲蛇叶射平聲字藕魚口切絲兒縛房包切△定了鶻▲鶻叶鑪翅▲黃△鶯兒

奪〔叶〕了鴻鵠〔紅姑切〕志休爲這翠幃錦帳一佳人悮〔王故切〕了你金馬玉〔叶預〕堂三學士

尾煞

沈約〔叶沓〕病多般宋玉愁無二清減了相思樣子喒〔茲三切〕人只爲這眉眼傳情未了時中心日夜藏之怎敢因而有美玉于斯須教有發落〔叶澇〕有歸着這一張紙憑着我舌〔叶蛇〕尖兒上說詞〔叶更敬〕和那簡帖兒內心事管教那人兒來探你一遭兒

絃索辨訛 西厢下卷

粉蝶兒 窺簡

風靜簾閒透紗牕麝蘭香散啓朱扉搖響雙環(叶還)絳臺高金荷小銀釭(叶姜)猶燦比及(叶汲平聲)將暖帳輕彈先揭起這

梅紅羅軟簾偷看

醉春風

則(叶子)見他釵軃(叶多上聲)玉(于句切叶預)橫斜(詞嗟切)髻偏雲亂挽(叶)日高猶自不(叶補)明眸(麻彪切叶謬平聲)暢好是(叶試)懶懶半晌(叶賞)擡身幾

回▲搔（思遭切叶騷）耳一聲長▲歎△

普天樂

（晚、挽二字，各種韻書叶切皆同。今人晚則唱飯上聲，挽則唱灣上聲，同音兩唱，不知何考。）

晚粧●○殘▲烏雲髀輕△勻了粉臉（叶撿）□亂挽起雲鬢▲（叶還）將箇帖兒拈（尼兼切）□把■粧●○奩▲（叶何）兒按■（昂幹切）拆●（叶叙上聲）開封皮▲（叶培）孜孜看■顛

來倒去不害▲心□煩▲只（張耻切）見他厭□的早托●皺了黛（叶帶）眉忽（叶虎）的低●垂○了粉△頸氳（叶慍平聲）的改變了朱○顏

快活三

分明△是●你過犯▲没（叶暮）來由把■我摧▲○（慈雷切）殘▲○使（叶始）別人顛倒惡（叶襖）心□▲煩你不慣誰●○曾▲△慣

朝天子

張生近間面顏瘦得當弍切來實難看不思量茶飯怕見動憚曉夜把佳期盼廢寢忘餐黃昏清旦望東墻淹淚

眼病患黃慣切要安則除是出幾點風流汗

四邊靜

怕人家調犯叶饒去聲若早共晚夫人見些叶寫平聲破綻雖訕切你我何安問甚麼遭危叶爲難喒攛粗殿切叶爨平聲斷得上叶餉竿掇叶朶

了梯兒看

脫布衫第二段

小孩兒家口沒遮攔一味的言語叶雨摧殘把似叶耜你使性子休思量那秀才做多少好人家風範

小梁州

他爲你夢裏成雙覺（叶皎去聲）後單廢寢忘餐羅衣不奈五更（叶京）寒愁無限寂寞（叶冒）【淚闌干】

幺

似這般辰（叶陳）勾月空把佳期盼我將這角（叶皎）門兒世（申智切）不曾牢拴（尸關切）則願（叶晚）你做夫妻無危難您（叶飲）向筵席（西壘切）頭上整扮我做個縫了口的撮（叶磋上聲）合（叶何）山

石榴花

當日個晚粧樓上杏花殘猶自怯衣單那一片聽琴心清露月明間昨（叶曹）日個向晚不怕春寒幾乎險被（叶背）先

生賺那其間豈不胡顏爲一個不酸不醋風魔漢隔（叶皆上聲）墻兒險化做望夫山

鬭鵪鶉

你用心兒撥（叶波上聲）雨撩雲我好意兒與你傳書寄簡不肯搜自己狂爲則待（叶帶）要覓（忙閉切叶蜜去聲）別（邦爺切）人破綻受艾

焙（邦妹切叶背）權時忍這番暢好是奸對人前巧語花言背地裏愁眉淚眼

上小樓

這的是先生命慳（溪閑切叶）須不是紅娘違慢那簡帖兒倒做了你的招伏他的勾頭我的公案（昂幹切）若不是覷面顏

厮顧盼擔饒輕慢爭些兒把你娘拖犯

幺

從今後相會少見面難月暗西廂鳳（叶飄）去秦樓雲斂巫山你也𧺆（之山切）我也𧺆請先生休訕早尋（詞侵切）個酒闌人散

滿庭芳

你休要呆（叶爺）裏撒（殺賈切）奸你待要恩情美滿卻（叶巧）教我骨（叶古）肉（叶柔去聲）摧殘老夫人手執着棍兒摩娑（思磋切叶簑）看（[illegible]）廝線怎透得鍼關直（征移切）待我拄（叶主）着拐（叶乖上聲）幫閑鑽懶縫合唇（池論切）送暖偷寒消息踏（當加切）着犯禁不得你甜話（叶化）兒熱趲（臧傘切叶贊上聲）好教我兩下裏做人難

曲中顏、慳、簡、眼、限、奸等字，俱出寒山韻，須張喉闊唱，非如言、牽、蹇、偃、現、堅之僅僅扯口已也。蓋先天、寒山，各成口法，詳見音同收異考中。

新水令（踰墻）

晚風寒▲峭透●●○牕紗控（叶空去聲）□金鈎繡□簾不（叶補）掛■門闌△凝（叶盈）暮靄樓角（叶皎）□歛殘▲霞▲（叶奚加切，叶遐）恰（強雅切）○對△菱花■樓上晚○粧●罷■

駐馬聽

不近喧譁■○嫩○綠（叶慮）池▲（陳知切）塘▲藏▲睡●鴨（叶羊架切，雅去聲）自然幽雅□淡黃▲楊柳帶棲鴉■□金蓮○蹴○損牡（叶母）丹芽五（叶預）□簪●（之多切）兒抓●（叶潮上聲）○佳▲酴醾（叶梅）架夜涼▲苔徑滑（呼佳切）露○珠兒濕透凌△波襪（忘罵切）

賦，中原韻不收，沈寧菴叶覷。

喬牌兒

自▲從那日初●時想月華▲捱一刻（叶揩上聲）似（叶耜）一夏▲（叶罅）柳梢●斜（調嗟切）日遲▲遲▲（陳知切）下▲（叶罅）好教賢▲聖△打

攪箏琶

打扮得當試切身子兒乍●莊價切叶詐○淮備着叶潮雲雨會▲巫▲峽▲叶霞則叶子爲這燕侶○△鶯儔▲鎖不住□心猿意馬■兩□三日水●米不□沾

牙因姐姐閉月羞花■眞假▲這其間△性兒難按■昂幹切納■囊亞切叶那去聲一地裏▲■胡拿

乍，徐文長曰：衣服之整也。

沉醉東風

■俺□則道槐▲影△風搖暮■鴉元來是●叶試五人兒帽側●叶齋上聲烏紗●一個□潛身在○曲丘雨切□檻▲叶陷邊一個背立在湖▲山●下▲那裏

是●敍○叶絮寒▲溫△並不△會▲打話■叶化便做道摟得慌■呵也索叶嫂○覷咱■多管是◎餓昂个切得窮▲神▲眼花■

喬牌兒

你看那淡雲籠月華似紅紙叶止護銀蠟叶耶架切 柳絲花朵垂簾下綠莎叶思嗟切 茵叶因鋪着繡榻叶湯打切

甜水令

良夜迢迢閒庭寂靜花枝低亞他是個女孩兒家須索將性兒溫存話兒摩弄意兒浹洽叶溪佳切 休猜做敗柳殘花

折桂令第二段

他生得嬌滴滴美玉無瑕叶霞 粉臉生春雲鬢堆鴉恁叶淫去聲 的般受怕擔驚又不圖甚浪酒閒茶則你那夾叶江雅切叶佳上聲 被兒時當奮發指頭兒告了消乏打疊叶爹起嗟呀畢罷了牽掛收拾憂愁准備撐雖生切又抽覺切 達當加切

錦上花

爲甚媒人心無驚怕，赤（叶恥）緊的夫妻每意不爭差。我這裏躡（尼夜切）跡潛蹤，悄地聽咱：一個羞慚，一個怒發。

么

張生無一言，鶯鶯變了卦；一個悄悄冥冥，一個絮絮（叶須去聲）答答（叶打）。却（叶巧）早禁住隋何，迸（逋夢切，叶崩去聲）住陸（叶盧）賈，叉手躬身，粧聾做啞。

清江引

没（叶暮）人處則會閒嗑（叶何）牙，就裏空奸詐；怎想湖山邊，不記西廂下。香美娘分破花木（叶暮）瓜。

嗑，一云磕，叶可，亦通。

雁兒落

不是●俺■□一家兒▲喬作（叶早）衙○說幾●句▲衷■腸話則道你文章海樣深□●誰○知你色（叶篩上聲）□膽天來大（叶堂那切）

得勝令

●誰○着你寅夜○入人家非奸做賊（叶滋梅切）■拿你本●是折桂客（叶揩上聲）倒做了偷■花漢■不想去跳○龍（叶驢東切）門▲學（叶奚交切）騙■馬謝

姐（詞借切）姐▲賢■達看我▲面○逐（叶長如切）▲情■△罷到官司詳（叶徐將切）●察（叶抽殺切）○准備着▲精△皮（叶堵）膚喫（叶恥）頓打

逐字，李卓吾云：『應作遂』，亦可。

離亭宴帶歇拍煞

再▲休題春宵一刻□千金○價准備▲着●寒○牕△更（叶得）守▲十年▲寡猜詩謎（叶迷閉切）杜（叶妬）家▲（叶夵其）拍（叶派上聲）了△迎（叶盝）風▲戶半●開山障了

隔(叶皆上聲)墻花影動綠慘了待(叶帶)月西廂下您(叶飲)自將何郎傅粉搽他把張敞眉兒畫(叶化)強風情措大晴乾了尤雲殢(嚌計切叶膩)雨心悔過了竊(玉)偷香膽刪抹(叶罵叉叶磨)了倚翠偎紅話淫詞(祥茲切叶祠)兒早已休簡帖兒從今罷尚兀自參不透風流調法從今後悔(上聲)罪(叶醉)波卑(之卯切叶沼)文君你與我學去波漢司馬

鬭鵪鶉(詢病)

曲中酴醾之醾字，今人有從洪武韻叶迷唱者，非惟北入南音，且西廂乃元人王實甫手筆，當年未有洪武韻。所恪遵者，中原韻一書。中原既叶梅，則實甫之讀梅不讀迷，了然已，故特正之。

則(叶子)爲你彩鞾(邦美切叶卑上聲)題詩迴文織錦送得(當忒切)人臥(叶污)枕着(叶潮)牀忘餐廢寢折倒得鬢似(叶耜)愁潘腰如病沈恨已深病已沈昨(慈鹽切叶曹)夜(叶爺去聲)個熱臉(叶璉)兒對面搶白(巴埋切叶排平聲)今日個冷句兒將人斷侵

紫花兒序

把似你休倚着櫳(盧東切 叶聾)門兒待(叶帶)月依着韻脚(叶皎)兒吟(叶淫)詩側(叶齋上聲)着耳朵兒聽琴怒時節將一個書生來迭(叶爹)瞰(未詳)歡時節將一個侍(叶試)妾來逼臨難禁好着我似線脚兒般殷勤不離了鍼從今後教他一任將人的義(應計切 叶)意海恩山都做了遠水遙岑(鋤森切)

瞰，或云叶□。查臧□……

天淨沙

心不存學(奚交切)海文林夢不離柳影花陰則去那竊(叶玉預)偷香上(叶餉)用心又不曾得甚自從海棠開想到如今

調笑令

我這裏自審這病爲邪(調嗟切 叶斜)淫尸骨(叶古)嵓嵓(叶岩)鬼病侵更(叶徑)做道秀才每從來恁(叶淫去聲)似這般乾(叶干)相思好撒

殺買切吞功名上早則不遂（雖醉切）心婚姻上更返吟復（叶府）吟

小桃紅

桂花搖影夜深沉酸醋當歸浸面靠着湖山背陰裏窨（叶蔭）這方兒最難尋（詞侵切）一服兩服令人恁忌的是知母未寢怕的是紅娘撒心喫（叶恥）了呵穩情僥（叶始）君子一星兒參

鬼三台第二段

足（臧嚼切叶疽上聲）下（叶蝦）其實啉（盧禁切叶）休粧唔（他禁切）笑你個風魔的翰林無處問佳音向（奚降切）簡帖兒上計稟得了個紙（叶止）條兒恁般綿裏鍼若（叶饒去聲）見玉天仙怎生軟斷禁俺那小姐忘恩赤（叶恥）緊的僂（叶樓）人負（叶副）心

禿廝兒

身臥(叶王過切)著一條布衾頭枕著三尺(叶恥)瑤琴他來時怎生和你一處寢凍得來戰兢兢說甚知音

聖藥王

果若是(叶試)你有心他有心昨(叶曾)日鞦韆院宇夜深沉花有陰月有陰春宵一刻(叶楷上聲)抵千金何須詩對會家吟

東原樂

俺那鴛鴦枕翡翠衾便遂殺(叶雙鮓切)人心如何肯賃至如你不脫(叶妥)解(叶皆上聲)和衣兒更怕甚不强如手執定指尖兒恁倘或(叶圓)成親倒大來福蔭

□字，中原韵不收，查篇海叶□。

綿搭絮

他眉黛（叶帶）遠山鋪翠，眼橫秋水無塵，體著凝（叶盈）酥，腰如嫩柳，俊的是龐（叶忙）兒，俏的是心，體態溫柔（如州切），性格（叶當上聲）兒沉，雖不會法灸（叶九）神鍼棗（叶嫂），強如救苦難的觀世（申智切）音。

王伯良云：『「秋水無塵」數語，元人體原有不用韻者，何元朗辨訾爲失韻，甚非。』

么

口兒裏謾沉吟，夢兒裏苦追尋，往事（叶試）已沉，只（張恥切）言目（叶暮）今，今夜相思，管教慫不圖你白壁黃金，則要你滿頭花，拖地錦。

煞尾

雖則是老夫人曉夜將門禁好共歹須教你稱心來時節肯不肯怎由他見時節親不親盡在您（叶飲）

點絳唇 佳期

竚立閒堦夜（叶爺去聲）深香靄橫金界瀟灑（叶篩上聲）書齋（莊皆切）悶殺（雙鮓切）讀（叶都）書客（叶揩上聲）

混江龍

彩雲何在月明如水浸樓臺僧居禪（叶纏）室鵶噪庭槐風弄竹（叶主叶肘又）聲則（叶子）道是（叶試）金珮（叶配）響月移花影疑（叶移）是玉（叶預）人來意懸懸業（叶夜）眼急攘攘情懷身心一片無處安排則索（叶嫂）呆（叶爺）打孩倚定着（叶潮）門兒待（叶帶）越越的青鸞信杳黃犬（虛遠切叶萱上聲）音乖

油葫蘆

情思昏昏眼倦開單枕側（叶齊上聲）夢魂飛入楚陽臺早知道無明無夜因他害想當初不（叶補）如不遇（叶裕）傾城色（叶飾上聲）

人有過必自責（叶齊上聲）勿（叶務）憚改俺待要賢賢易（叶異）色將心戒（叶皆去聲）怎禁他兜（多婁切）的上（叶賞）心來

天下樂

俺則索倚定門兒手托（叶討）腮來也那不來夫人行（叶杭）料應難離側望得（當忒切）人眼欲（叶裕）穿想得人心越窄（叶齋上聲）多

管是寃家不自在

哪吒令

他若(叶饒去聲)是肯來早離了貴宅(池齋切)他若是到來便春生敝齋他若是不來似(叶耜)石沈大海數(叶疎上聲)着他脚(叶皎)步

鵲踏枝

兒行倚着那牕櫺(叶口)兒待寄語(叶雨)多才

憑(叶淫去聲)的般惡□□搶白□□(叶切聲)並不曾記心懷撥(叶波上聲)得個意轉心回夜去明來空調眼色經今半載這其間

委實難捱

寄生草

安排着害准備着攧想着這異(叶應計切意)鄉身强把茶湯捱則爲這可憎才熬(訛高切)得心勞奈辦一片志誠心留得

形骸在試着那司天臺打算有半年愁端的是太平車（昌蛇切）約（叶杳）有十餘載（去聲）

村里迓鼓第二段

猛（叶蒙上聲）見他可憎模樣早醫可九分不快先前見賣誰承望今宵歡愛着小姐這般用心不才張珙合（叶何）當跪

拜小生無宋玉般容潘安般貌子建般才姐姐你則是可憐見爲人在客

元和令

繡鞋兒剛半拆（叶釵上聲）柳腰兒彀一搦（叶奈蠢帶切）羞答答（叶打）不肯把頭擡只將鴛枕捱雲鬟（叶還）彷彿（叶府）墜金釵偏宜（叶移）

鬏髻兒歪（烏乖切）

時本『剛半折』，不叶韻。詞隱從董解元西廂用拆字，甚妙。

上馬嬌

我將這鈕扣兒鬆縷○叶呂帶兒解蘭麝散幽齋●不良會▲把■人禁□▲害□怎不肯▲回過□臉叶撿兒來」

勝葫蘆

■□俺這裏軟○玉温香抱滿懷▲劉阮到天台○春至人間花■弄色●將柳腰款擺花■心○△輕折露滴牡叶母丹開

折，叶者。此係半句，非韻脚，應仍唱本音。

么

後庭花第三段

●□但蘸知濫切叶湛着些西嗟切叶寫平聲兒麻■上來魚水●得▲和▲諧○嫩○●蘂嬌香蝶叶爹恣採半○推半就△又驚又愛▲檀口揾叶温去聲香腮

春羅元瑩(叶用)白早見紅香點嫩色燈下偸睛覷胸前著肉(叶柔去聲)揣(平聲)暢奇哉渾身通泰不知春從何處來無能的張秀才孤身西洛(叶潸)客自從逢稔色思量的不下懷憂愁因間隔(叶皆上聲)相思無擺劃(胡乖切叶懷)謝(詞借切)芳卿不見責

柳葉兒

我將你做心肝兒般看待斷不點汚(王遇切)了小姐淸白忘餐廢寢舒心害若不是眞心耐志誠揑怎能勾這相思苦盡甘來

青歌兒

成就了今宵今宵歡愛魂飛在九霄九霄雲外投至得見你個多情小奶奶憔悴形骸瘦似麻稭(叶皆)今夜和諧猶自疑猜露滴香埃(叶哀)風靜閒堦月射書齋雲鎖陽臺審問明白只(張恥切)疑是昨(叶曹)夜夢中來愁無奈

寄生草

多丰韻忒（他美切）稔色乍時相見教人害霎時不見教人怪些兒得見教人愛今宵同會碧紗廚何時重解香羅帶

煞尾

春意透酥胸春色橫眉黛（叶帶）賤却（叶巧）人間玉帛（巴埋切）杏臉桃腮乘着月色嬌滴滴越顯得紅白下香堦懶步蒼苔動人處弓鞋鳳（夫貢切）頭窄歎鯫（叶鄒）生不才謝多嬌錯（叶草）愛你是必破工夫明夜早些來

是編雖云辨訛，然所憑叶切，惟坊刻中原韻耳。易代翻刊，寧乏魯魚、亥豕之誤。余固多本磨較，釐正不少，乃終有諸刻符同尚疑傳譌者，如懶爲那亶切，則必郎之訛那，蘆爲龍都切，則必籠之訛龍，雌爲增思切，則必蹭之訛增，故此曲『懶步蒼苔』以及別套中『蘆花岸許配雄雌』

諸句，槩未敢照韻叶切，致滋差謬。又如犬爲虛遠切，則疑是墟非虛，婿爲宜皎切，則疑是尼非宜，痛爲徒弄切，則疑是拖非徒，阿爲何哥切，則疑是烏非何，此猶信疑參半，未敢遑臆擅改，故曲中『黃犬音乖』及別套『婿婿婷婷』、『痛煞煞傷別』、『下阿鼻絕人身』諸句，其叶切並仍坊刻之舊焉。倘同志者覓得古本雅音，一爲磨訂，則余深有望焉爾。

鬭鵪鶉（巧辯）

則（叶子）着（叶潮）你夜（叶謝去聲）去明來倒有個天長地久不（叶補）爭你𪔷（叶杳）雨擕雲常使（叶始）我提心在口也則合（叶何）帶月披星（叶丕）誰着你停眠整宿（叶秀上聲）老夫人心較多情性㑳（床瘦切）使不着巧語（叶雨）花言將沒（叶暮）作（叶早）有

紫花兒序

老夫人猜（□□切）那窮酸做了新壻（叶細）小姐做了嬌妻小賤人做了饒頭俺小姐這些（叶寫平聲）時春山抵翠秋水

矲眸(叶謬平聲)別(邦爺切)樣的都休試把你裙帶拴(尸關切叶山)鈕門兒扣比着你舊時肥瘦出落(叶澇)得(當忒切)精神別樣的風流

金蕉葉

我着你但去處行監坐守誰着你迤(唐羅切叶駝)逗的胡行亂走若(叶饒去聲)問着此一節呵如何訴休你便索(叶嫂)與我個知情的犯由

調笑令

你繡幃裏效綢繆倒鳳(叶諷)顛鸞百(叶擺)事有我却(叶巧)在牕兒外幾曾輕咳(叶凱)嗽立蒼苔將繡鞋兒濕透今日個嫩皮(叶培)膚倒將麤棍抽俺這裏通慇懃的着甚(叶深去聲)來由

鬼三台

夜坐時停了鍼繡共姐姐閒窮究說張生哥哥病久喒兩個背着夫人向（奚降切）書房裏問候道夫人事已休將恩變爲讎着小生半途喜變做憂他道紅娘你且先行教小姐權時落後

秃厮兒

我則道神鍼法灸（叶九）誰承望燕侶鶯儔他兩個經今月餘則是在一處宿何須一一問緣由

聖藥王

他每不識憂不識愁一雙心意兩相投夫人得好休便好休這其間何必苦追求常言道女大不中留

麻郎兒

秀才是●文章魁首小姐是●仕●叶試女班頭▲一個通徹□三教九流一個曉盡了描鸞刺叶文繡

么第二段

世申智切有便休罷■手大叶帶恩人□怎做敵頭▲啓白叶拜平聲馬將軍故友□斬■飛虎叛賊兹梅切草寇

絡絲娘

不●爭▲△和張解叶戒元●□參叶森辰▲叶陳卯酉却便與△崔相國叶鬼[○出乖露醜到底干■連着自己骨叶古肉叶柔去聲夫人索窮▲]究

小桃紅

當日個月明纔（叶才）上（叶餉）柳梢頭，却早人約（叶杳）黃昏後。羞的我腦背後，將牙兒襯着衫兒袖（叶囚去聲）。猛（叶蒙上聲）凝（叶盈）眸，

看時節則見鞋底尖兒瘦。一個恣情的不休，一個啞（叶雅）聲兒厮耨。那其間可怎不害半星兒羞。

幺

既然洩漏怎干休，是我先投首。俺家裏陪酒陪茶倒撋（口專切 叶籫）就。你休愁，何須約定通媒媾。我摒（叶潘）個部署（叶書去聲）

不收，你元來苗兒不秀。你是個銀樣蠟鎗頭。

東原樂

相思事一筆（叶卑上聲）勾，早則展放從前眉兒皺。美愛幽歡恰（強雅切）動頭，既能彀，兀（叶）的般可喜娘的龐（叶忙）兒要人

消▲受

收尾

來時節畫■叶化▲堂簫鼓△鴨春晝列着一○對鸞交鳳叶諷友那其▲間▲纔▲受你○說媒紅▲方喫叶耻你謝詞借切親酒

端正好送別

碧雲天▲黃■花地西風緊北雁移澗切■□南飛曉來●○誰□染●○霜□林○醉總●是叶試離人○淚

滾繡毬

▲恨相見得當忒切▲遲陳知切怨歸去得疾精妻切叶霽柳絲長▲玉叶預驄難繫叶記又叶戲▲恨不叶補得△倩疏●□林挂■○住斜詞嗟切暉■馬兒慢

慢行車（昌蛇切）兒快快隨（調催切）却（叶巧）告了相思迴避（叶背）破題兒又早別（邦爺切）離聽得道一聲去也鬆了金釧遙望見

十里長亭減了玉肌此恨誰知

叨叨令

見安排車兒馬兒不由人熬（訛高切）熬煎煎的氣有甚麼（口口切）心情花兒靨兒打扮的嬌嬌滴滴媚準備（叶背）着（叶潮）

被（叶背）兒枕兒則（叶子）索（叶嫂）昏昏沉沉的睡（師醉切 叶稅）從今後衫兒袖（叶囚去聲）兒都搵（叶溫去聲）做重重疊（叶爹）疊的淚兀（叶奥）的不

閃殺（雙鮓切）人也麼哥兀的不閃殺人也麼哥久已後書兒信兒索與我悽悽惶惶的寄

脫布衫

下叶罅西風黃葉分飛染寒煙衰草萋迷酒席星西切間斜筌着坐的鷺叶取愁眉死臨侵地

斜筌，有作斜簽者。

小梁州

俺見他閣叶縞淚汪汪不敢垂淚下來恐怕人知猛叶蒙上聲然見了把頭低長吁氣推叶退平聲整素羅衣

么

雖然久後成佳配奈時節怎不悲啼意似叶耜凝知晶切心如醉則是叶軾昨叶曹宵今日清減了小腰圍

上小樓第二段

合叶何歎未已離愁相繼想着俺前暮私情昨夜叶謝去聲成親今日別離我稔知這幾日相思滋味誰想這比別離

情（叶更輕）增十倍

么

年少呵輕遠別情薄（叶包）呵易棄擲（征移切）全不想腿兒相壓（叶羊架切）臉（叶硶）兒相偎手兒相攜你與俺崔相國（叶鬼）做女

婿（叶細）妻榮夫貴但得一個並頭蓮煞強似狀元及（更移切）第

滿庭芳

供食太急須臾對面頃刻（叶楷上聲 非康黑切）別離若（叶餓去聲）不是酒席間子母每當迴避有心待（叶帶）與他舉案齊眉

么

雖然是斷守得一時半刻也合着俺夫妻每共卓叶沼而食眼底空留意尋詞侵切思起就裏險化做望夫石

快活三第三段

將來的酒共食嘗着似土和泥濃雞切假饒便似土和泥也有些西嗟切土氣息泥滋味

朝天子

煖溶溶玉醅鋪梅切叶邳白巴埋切叶拜平聲冷冷似水多半是相思淚眼面前茶飯怕不待要喫叶恥恨塞叶死滿愁腸胃蝸烏瓜切角叶皎虛名蠅叶盈頭微利拆叶釵上聲鴛鴦在兩下裏一個這壁一個那壁一遞一聲長吁氣

四邊靜

●霎時間杯▲盤■狼籍 精妻切叶齎 車兒投▲東馬■兒向西兩意▲徘▲徊落 叶勞 日●▲山橫○翠知他□今宵○宿 叶須上聲 在那裏有夢也難尋□ 調侵切 覓 忙閉切叶米去聲

新水令 驚夢

■▲望蒲東蕭寺 叶耜 暮雲遮□■慘離▲△情半□林黃▲葉■▲馬遲人意懶風急雁 移澗切 ▲行 叶杭 斜 調嗟切 離▲恨重疊 叶爹 ▲破題兒第一夜 叶爺去聲

步步嬌

昨 叶曹 日箇○翠被 叶背 香濃 泥容切 薰蘭麝欹 叶欺 ●珊 叶山 □枕■把身軀趄 叶且去聲 □臉 叶撿 兒斷搵 叶溫去聲 者仔細端詳 調將切 可△憎的別 邦翁切 鋪雲鬢玉 于甸切 ●梳斜恰 強雅切 便似 調慈切叶耜 半吐●初●生△月

落梅花

旅館欹單枕亂蛩（叶窮）鳴四野助人愁紙（叶止）牕風裂乍（叶詐）孤眠被兒薄（叶包）又怯冷淸淸幾時溫熱

喬木查

走荒郊曠野把不（叶補）住心嬌怯喘吁吁難將兩氣接疾（精妻切叶）忙趕上者打草驚蛇（繩遮切叶射平聲）

攪箏琶

他把我心腸撦（昌遮切叶扯上聲）因此上（叶餉）不避（叶背）路途賒瞞過了能拘管的夫人穩住侉廝齊攢（徂丸切）的侍妾想着他

臨上馬痛傷嗟哭（叶苦）得（當忒切）我也似癡呆（叶鉏）不是我心邪（詞嗟切）自別離已後到日初斜愁得來陡（叶斗）峻（叶詢去聲）瘦得

來啤叶車 嗻叶遮 則叶子 離得半箇日頭却叶巧 早寬掩過翠裙三四褶叶者 誰曾經這般磨滅

錦上花

有限姻緣方纔叶才 寧貼無奈功名使叶始 人離別害不了的情懷却纔較些叶寫平聲 掉唐料切叶調去聲 不下思量如今又也

么

清霜淨碧波白叶拜平聲 露下黃葉下下高高道路凹叶杳 折叶者 四野風來左右亂蓛徐䒗切 我這裏奔馳他何處困歇

清江引

呆打孩店房中沒叶暮 話叶化 說悶對如年夜暮雨催寒蛩曉風吹殘月今宵酒醒你在何處也

慶宣門第二段

是●叶試人呵疾忙■快分○說是●鬼呵合▲叶何速滅△聽○說■罷香羅袖叶四去聲兒拽却元來是●小姐

香牌兒

你爲人○須爲徹將衣袂不藉叶謝繡▲鞋兒被露水●泥濃鷄切□沾惹脚叶皎□心兒管踏叶打平聲破也

甘水令

想着你廢□寢■忘■餐香消玉□減■花開■花謝詞借切猶自叶皎△爭●些便□枕△冷○衾▲寒鳳夫貫切叶諷隻鸞孤月圓雲遮□尋思來有

□甚傷嗟

折桂令第三段

想人生最苦是離別可憐我千里關山獨叶都自跋叶巴踄似這般割叶果肚叶妬牽腸倒不如義斷恩絕雖然是一時

間花殘月缺休猜做瓶墜簪折叶蛇不羡詞箭切叶涎去聲驕奢只叶執戀豪傑生則同衾死則共穴胡靴切

中原韻無踄字，但有涉字，叶蛇，想與同音。

水仙子

硬魚佞切叶盈去聲圍着普救寺下鍬叶悄平聲撅渠靴切強當住咽喉仗劍鉞賊兹梅切心腸饞眼腦天生得當忒切劣休言語叶雨靠

後些杜叶妬將軍他是英傑覷一覷着你爲醢叶海醬指一指教你化做膋叶遼血希也切騎着一匹白馬來也

醢字，時本作醯，膋字，時本作醟，俱欠通文理。嘗考醟字，洪武、中州兩韻釋爲『湛酒』義，篇海諸書亦作『酗酒』解。及考膋字，諸書皆釋爲『腸間脂』，則其應膋血，不應醟血，固文理之較然者。屠赤水所較西廂，獨用晉字，妥甚，今從之。又醯爲醋，醢爲肉醬。夫人而能解。文理之應醯不應醢，亦夫人而易辯，茲並正之。

雁兒落

綠（叶慮）依依墻高柳半遮，靜悄悄門掩清秋夜，疎（剌郎架切剌）林梢落葉風，昏慘慘雲際穿牕月。

得勝令

呀，驚覺我顫（叶戰）巍（叶爲）巍竹（叶主）影走龍（驢東切）蛇，虛飄飄莊周夢蝴蝶（叶爹）。絮（叶須去聲）叨叨（叶刀）促（叶取）織兒無休歇，韻悠悠砧（叶針）聲兒不斷絕，痛煞煞傷別，急煎煎好夢兒應難捨，冷清清咨嗟，嬌滴滴玉人兒何處也。

鴛鴦煞

柳絲長咫尺（叶恥）情牽惹水聲幽彷彿（叶府）人嗚咽（叶也）斜月殘燈半明不滅唱道是舊恨連綿新愁鬱結恨塞（叶死）離愁滿肺腑難逃瀉除紙筆（叶卑上聲）代（叶帶）喉舌萬種相思對誰分說

集賢賓（捷報）

雖離了眼前悶却（叶巧）在心上（叶餉）有不（叶補）甫能離了心上又早在眉頭忘了依然還又惡（叶襖叉叶傲）思量無了無休

大都來一寸眉峯怎當他許多顰皺新愁近來接着（叶潮）舊愁廝混了難分新舊舊愁似（叶詞去切）太行（叶杭）山隱隱新愁似天塹（叶僉去聲）水悠悠

臧晉叔百種元曲，凡遇惡字，俱叶襖，並不作奧，避韻也。

逍遙樂

曾經消瘦每遍猶閒這香最陡叶斗你着我何處忘憂看時節獨叶都上叶賞粧樓手捲珠簾上叶玉頂鈎空目叶暮斷山

明水秀見蒼煙迷樹衰草連天野渡橫舟

掛金索

裙染榴花睡叶師贅切稅損臙脂皺紐尼久切結丁香掩過芙蓉扣線脫叶妥珍珠淚濕香羅袖叶四去聲楊柳眉顰人比黃花

瘦

金菊香

早是叶試我只叶執因他去減了風流不爭你寄得當式切書來又與我添些叶寫平聲症候說來的話叶化兒不應口無語叶雨

低頭▲書在手淚○盈△眸（叶麻彪切謬平聲）

醋葫蘆

我這裏開時和▲淚○開他那裏修時和▲淚○修多管是●閣（叶稿）着筆（叶卑上聲）尖□兒未寫早淚○先流寄來書○淚○點□兒兀（叶臭）自

有我將這新痕▲■把舊痕▲湮（叶因）透△正是●一重●愁●翻做了兩重●愁●

么

當■日向西廂月底□潛□今日呵在▲瓊□林宴上擱●（叉搜切）誰●○（時追切）承▲■△望跳東牆▲腳（叶皎）步兒□占了鰲（訛高切）頭▲□怎想道惜花■□心

養▲△成折桂手脂粉叢▲（叶從）裏包藏▲着□錦繡▲從今後晚●粧○樓改做了誌公樓

梧桐葉

這汗衫他若（叶饑去聲）是和衣臥（王過切）便是和你一處宿（叶羞上聲）但粘着他皮（叶培）肉（叶柔去聲）不信不想我溫柔（如州切）常不離了前後守着他左右緊緊的繫（叶記）在心頭拘管他胡行亂走

後庭花第二段

當日五言詩緊趁（叶嗔去聲）逐（直由切叶州）後來因七絃琴成配偶（魚口切）他怎肯冷落（叶潦）了詩中意我則（叶子）怕生疎了絃上手我須有個緣由他如今功名成就則怕他抛人在腦背後湘江兩岸（昂幹切叶肝）秋當日娥（吳哥切）皇因虞（叶于）舜愁今日鶯鶯爲君瑞憂這九嶷（叶移）山下竹（叶肘）共香羅衫袖口

青歌兒

都一般啼▲痕▲啼▲痕▲湮透似這般淚○斑斑宛於捲切然依舊萬古情▲△緣一樣●愁涕淚○交流怨慕難收對○學▲奚交切士叮△

嚀△○說緣由是●必休忘■舊

醋葫蘆

你▲逐○長如切叶除宵在野店□宿休將包袱▲房夫切做枕□頭▲■怕油脂膩寧計切展污王過切了恐難酬▲倘▲或胡歸切叶回水●浸□雨濕休便

紐我則怕■乾■時節熨於畢切不開褶叶者皺一椿●○椿●○一件件仔細收留

金菊香

○書封雁移淵切　足臧酯切叶疽上聲　此時修△悄繫人△心□早晚休長安望來天際頭▲倚遍西樓人不見水空流●

浪裏來煞

他那裏爲我愁●我這裏因他瘦●臨行▲時△啜○樞說切賺●知濫切叶籠□人的巧舌頭▲指歸▲期約叶杳定▲△在九月九不覺叶皎的過了

小春○時候△到如○今□悔教夫壻叶細　覓叶米去聲　封侯▲

粉蝶兒減愁

從▲到京△師●叶詩　思量心□且夕星西切　如○是●叶試　向心□頭▲橫▲倚□着叶潮　俺■那鶯△兒請△良醫看■診罷■一星△星△說○是●本意待叶帶推○

辭祥茲切　則叶子　被那察抽殺切　虛▲實不叶補　須○看■覷

春風

他道是●醫雜■（叶咱）症△有方■術▲（叶殊，䌷朱切）治（張世切）相思無藥（叶耀）餌（叶耳）鶯△鶯△呵你若（叶饒去聲）是◎知我害▲相思我甘■□心□兒死死四海無家一身客（叶揩上聲）寄半年將至

迎仙客

疑（叶移）怪這噪花■枝△靈鵲（叶悄）兒●垂○簾□幕（叶磨又叶冒）喜○蛛兒△正△應着短▲檠△（其盈切）上（叶餉）夜（叶爺去聲）來△燈爆時若不●是斷▲腸詞（詳茲切）

上小樓

決定是◎斷△腸詩寫時節多管淚○如○絲既不呵怎●生△淚○點□兒封▲皮（叶培）上（漬恣叶）

這的堪爲字史（叶始）當爲款識有柳骨（叶古）顏筋張旭（叶許）張顛羲之獻之此一時彼（叶比）一時佳人才思俺鶯鶯世間無二（□智切）

么

做經咒般持符籙（叶慮）般使（叶始）高似（詞恣切 叶紺）金章重似金帛（叶拜 平聲）貴似金貲這上面若簽個押（叶羊架切）字使個令史差個勾使則是一張忙不及（更移切）印赴期的咨示

滿庭芳

怎不教張生愛你堪與鍼工出色（叶師 上聲）女教爲師幾千般用意鍼鍼是可索（叶嫂）尋（謅侵切）思長共短又沒（叶暮）個樣

子窄●叶齋上聲▲和寬想像叶相去聲着腰肢好共歹無人試想當初●做時用殺●雙鮓切那小心兒□

快活三第二叚

冷△清△清△客店□兒風淅淅喪擠切雨絲絲雨兒零風兒細夢回▲時多少傷心事●□叶試

朝天子

四肢不能動止△急切裏盼不到蒲▲東寺叶相小夫▲人何似你見時別邦爺切有甚□閒▲傳○▲示我是●個■浪子官人風流學▲

賀聖朝

士●奚交切叶試怎□肯去戴殘花折舊▲枝自從到此不遊那閒堦市叶試

少甚□麽(波麻切)宰相人家招●贅○(叶追去聲)的嬌姿▲其間總有個人兒似你那裏取温柔(如州切)這般▲才思想鶯△鶯△意兒怎□不

教人夢想眠思

曲中款、識二字，梁伯龍云：『古鐘鼎銘也。』識本張世切，出齊微韻，應收噫音，今人俱隨全套韻脚，收支思尾音，且有改識爲式者。然識、式兩字，皆非支思字眼，安可混帳收音？即如『若不是張解元』一曲，全套乃歌戈韻脚，獨中間『措支刺不對答』之答字出家麻韻，叶打，又『蛾眉顰蹙』之蹙字出魚模韻，叶取，倘唱者誤以朵叶答，以楚叶蹙，槩收歌戈韻之鳴音，不亦與錯認款識者同病哉！

新水令(還鄉)

玉鞭嬌■馬出○皇▲都暢風流玉(叶預)堂▲人物(叶務)□今朝□三品職昨(叶曹)日一▲寒○儒御(叶裕)筆(叶卑上聲)親▲除○將△姓△名▲翰□林○註

駐馬聽

張琪如愚（叶魚）▲酬志了○三尺（叶恥）○龍（驢東切）▲○泉萬卷○書△驚△驚有福（叶府）△穩請了五■花官誥七香車（叶居）身榮難■忘「△借僭居愁●

來猶▲記題詩○處從△應舉▲夢魂兒不▲離了蒲東路

喬牌兒

我謹躬身問起居夫人這辭（祥茲切）色●（叶飾上聲）爲●○誰怒我則（叶子）見■丫▲鬟（叶還）使●（叶始）數●（叶疏）都廝○覷莫（叶冒）不我身邊有「□甚事●」

故（叶試）

雁兒落

若（叶饒去聲）說着（叶潮）絲鞭士●（叶試）女▲圖端的是●塞（叶死）滿章臺▲路小●△生向（奚降切叶巷）此間▲懷舊恩□怎肯別（邦爺切）○處□尋（調侵切）親去

得勝令

豈不聞君子斷其▲●初我□怎肯忘■得（切當弌）有恩處那一個賊（切茲悔）○畜（叶杵）●△生▲△行嫉（叶齎）妬走將來夫人行▲（叶杭）斷間阻●不△能勾嬌○姝早共晚施□心●數○說來的無▲徒▲遲▲和疾（叶齎）上（叶餉）木（叶暮）驢（叶平聲縷）

喬木查

妾▲前來拜覆（叶甫）△省可裹□心▲頭怒間別來安■樂（叶澇）否（叶甫）新夫人何▲○處居比□俺■姐姐是●何▲○如

攪箏琶　第二段

小△生●若求了媳婦只（叶執）目下▲便身▲殂我□怎肯忘■得待（叶帶）月▲迴■廊難撇下▲○吹●簫伴○侶受▲了些（切西嗟）活▲（叶何）地○獄（叶預）下▲

了些死工夫甫能得做夫婦(叶赴)現將着夫人誥勅(叶恥)縣君名稱怎生待(叶帶)歡天喜地兩隻手兒分付與劉(叶盧)地

倒把人贓誣

沉醉東風

不見時准備着千言萬語(叶雨)得相逢都變做短歎長吁他急攘攘却(叶巧)纔(叶才)來我羞答(叶打)答怎生覷將腹(叶府)中

愁恰(強雅切)待伸訴及(更移切)至相逢一句也無(圖)剛道個先生萬福

折桂令

那喬才怕不口裏嚼(叶樵)蛆(叶趨)數(叶疎上聲)黑(亨美切)論黃惡紫奪(叶多)朱俺姐姐更(叶徑)做道軟弱(叶鐃去聲)囊揣怎嫁那不值

（征移切）▲錢人■樣蝦駒俏東君索（叶嫂）■與□俺△鶯△鶯做○主□怎肯將○嫩枝柯折（叶者）▲與樵夫那廝本意嚣虛將足（叶直上聲）▲下虧圖▲

有口難言氣破胸脯▲（叶蒲）

沽美酒

門迎（叶盈）△■駟馬車（叶居）▲戶列八■（叶巴上聲）▲椒圖四德（當弍切）▲□三從宰相女▲△平●△生願（叶院）足托（叶討）賴●衆親故

清江引

謝（詞借切）■當□今△聖△明▲唐△聖○主勅賜爲夫婦永老無別離▲萬古常完聚願普▲天下▲△有情的▲都△成了眷○屬（叶如）

絃索辨訛 雜曲

珍珠馬 阻歡。附南曲，用南韻音叶。後倣此。

簫聲喚起瑤臺月獨倚闌干情慘切此恨和誰說正值那黃昏時節花飛也一點點似離人淚血叶歇

新水令

離人點點淚流血切希也倚闌干悶懷淒切多情難割叶哥上聲捨無語叶雨自傷嗟暗想當年暗想當年羅帕上叶餉曾把新詩寫

步步嬌

暗想當年羅帕上曾把新詩寫偸綰着同心結心猿乖意馬劣都將軟玉溫香翠擁紅遮琴瑟正和協不覺花

影轉過梧（叶奥）桐月

雁兒落

不（叶補）覺（叶皎）的梧桐月轉過西銀臺上昏慘慘燈將滅怎禁他紗牕外鐵馬兒敲這些（叶寫平聲）時一團嬌香肌瘦怯

沉醉東風

一團嬌香肌瘦怯半含羞粉容輕貼微笑對人悄說休忘了今夜等閒間將海棠開徹把山盟共設不許片時

棄撇若有個負（防父切）心的教他隨燈兒便滅

得勝令

呀若（叶饒去聲）有個負（叶付）心□的敎他隨○（詞佹切）燈△滅慘■□可可山●盟△（叶明）海誓（叶世）對○誰●（時追切）説○海神▲廟▲現■放着（叶潮）勾霓▲帖那神▲

靈△仔細寫你休要心□斜（詞嗟切叶謝平聲）非是●（叶試）俺■□難割捨你休要癡呆（叶鞋）他般勸▲將春○心□漏泄

忒忒令

沽美酒

雁帖

他般勸▲將春○心□漏泄我風流迷了寸○腸▲中●熱因此上楚●雲深鎖黃▲金□闕休把■後▲期▲頓○撇湘江■竭燕山●截斷魚封

湘江竭燕山截湘江竭燕山截他一去了信音絕想着他負德（叶當忒切得）辜恩倒將謊話（叶化）說眼見得花殘月缺

自別（邦爺切）來甚時節自別來甚時節

好姐姐

自別逢時遇（叶裕）節冷淡了風花雪月奈柔（而由切）腸萬結怎禁牕外鐵無休歇一似佩（叶焙）環（叶還）搖明月又被西風將錦帳揭

七弟兄

又被（叶背）西風將錦帳揭倚園屏情慘切這些時信斷恩絕眼中流血心內刀割淚痕千疊（叶爹）因此上渭城人肌

膚瘦怯

割字本在哥戈韻，不可作車遮音唱。

嘉慶子

渭城人肌膚瘦怯楚天秋難禁病壘停勒了畫眉郎京尹停勒了畫（胡挂切）眉郎京尹補塡了河陽令滿缺

梅花酒

補塡了河陽令滿缺一片心似（詞恣切）火燒也心閒事與誰說好教我行眠立盹無明夜今日個吹簫無伴彩雲遮閣箏的月下踈狂劣呀畫（叶化）眉郎手脚（叶皎）拙竊玉（叶浴）的性情別把歡娛（叶魚）成歎嗟

盹字，說詳『懨懨瘦損』曲中。

荳葉黃

嘆嗟歡娛事能幾些痛切相思病無了絕朋友每知疼熱負心的早回寧貼待捨想着你至誠心教我怎生樣

捨待撇想着你嬌模樣教我怎生樣撇

脫布衫

想着你至誠心教我怎生樣撇空守着如年夜叶爺去聲枉擔了雪月風花也傷我連枝帶葉

園林好

也傷我連枝帶葉勾引得狂蜂浪蝶鬧炒起歌臺舞榭叶詞借切回首處楚雲遮堪歎處水痕賒叶奢

偷秀才

□堪■歎○處●水▲痕睬▲何日裏共歡悦當■初◉指望■美滿前▲程▲△到○如□今翻▲△成吳越

川撥棹

▲△成吳越□怎□禁他巧言撇鬭諜▲△平白地送暖偷寒▲▲△平白地送暖偷寒▲猛（叶蒙上聲）可地撇▲○唇（殊論切）弄舌水●△晶丸不○住撇

●□蘸■鋼鍬一謎（叶米去聲）撅

川撥棹

他將那●□蘸（叶湛）■鋼鍬（叶悄平聲）一謎撅（渠靴切）劈鉛（叶言）刀在手中◉撇打撈起塊丹楓（叶風）葉鴛鴦被半●牀歇▲蝴蝶（叶爹）夢△冷些

些破香囊覆（方搆切）成血楚館焚秦樓拽（夜叶）

錦衣香

他將楚館焚秦樓拽洛浦塡涇河竭梅家莊水罐湯鉼打爲磁屑賈充宅守粉墻缺武陵溪澗把花兒釘了椿

撇楚襄王夢驚蝴蝶漢相如趕翻車轍（直列切）緊閉芙蓉閼紫簫吹裂碧桃花下鳳（滿貢切）凰把翎毛生扯（昌惹切）

收江南

呀你敢在碧桃花下將鳳（夫貢切）毛扯人生最苦是離別山長水遠路途賒何年上是徹響叮噹將菱花鏡碎玉

釘簪（之森切）折（總叶）

槳水令

響叮噹將菱花碎跌側楞箏把冰絃斷絕喜孜孜將同心帶扯咭叮噹將寶簪墜折（舌叶）採蓮人偏把並頭折（哲叶）

比目魚就池中將水車（昌蛇切）竭連枝樹生砍折（舌叶）打撈起御（裕叶）水流紅葉藍橋下翻滾滾波濤捲雪䑛（軒叶）神廟

焰騰騰火走金蛇（細遮切）

尾聲

饒君總把機謀設怎禁那負心薄劣一一向（叶）夢兒中對他分說

粉蝶兒（咏西湖，附南曲。）

小扇輕羅描不（叶補）上（叶餉）小扇輕羅恰（强雅切）便是（叶試）眞蓬萊也賽（桑再切）他不過怎比着（叶潮）百（叶擺）二山河嵌（欺岩切）平堤連綠（叶慮）野端的是有亭臺百座暗想東坡逋仙詩有誰酬和

堤，叶低。

泣顏回

謾說鳳（馮貢切）凰坡怎比繁華江左無窮風景端的是勝跡偏多煙籠霧鎖遶六橋翠障如螺挫淸靄靄山抹柔（而由切）藍碧沉沉水泛金波

石榴花

俺只（執叶）見採蓮人唱採蓮歌端的是勝景盛其他（拖叶）則（子叶）他這遠峯倒影湛（知蓋切）着清波晴嵐（闌叶）翠鎖怪石嵯（鹺叶）峨（吳哥切）俺只見忒（他美切）楞楞（稜叶）俺只見忒楞楞沙鷗（阿勾切　叶歐）兒點的湖光破呷呷（衣叶）啞啞（雅叶）櫓聲吹過見幾個女妖嬈見幾個女妖嬈閒凭（立叶）着雕闌坐好一似（細叶）寶鏡對嫦娥（吳哥切）

泣顏回

緣何樂事（試叶）賞心多詩朋酒侶曾費吟（淫叶）哦（吳哥切）花釀酒釀破除萬事無過追遊翫（王貫切）賞對清風明月安閒坐任他是春夏秋冬適與四時皆可

鬬鵪鶉

鬧嚷嚷急管繁絃鬧嚷嚷急管繁絃齊臻臻蘭橈（饒叶）畫（化叶）舸嬌滴滴粉黛（帶叶）相連嬌滴滴粉黛相連顫（戰叶）巍巍（爲叶）翠雲半朵這的是洗古磨今錦纏窩（倭叶）你可也不信是觀他綠依依楊柳千株綠依依楊柳千株紅馥馥芙蓉萬朵

馥字，洪武韻與福同音。中原韻不載。

撲燈蛾

靜陰陰溝平蓮蕊（如累切）香明皎皎月穿岫（似救切）雲破清湛湛水光浮（縛牟切）嵐碧響潺潺晚鐘敲過嗚咽咽（衣結切）猿啼古嶺見對對鴛鴦戲清波清湛湛（站叶）雷峯蘸（站叶）影碧澄澄水中魚戲新荷

上小樓

密稠稠那一簽疎剌剌（郎架切叶臘去聲）這幾彩俺則見映着青天俺則見映着青天倚着青山湛着清波俺則見微雨初收俺則見微雨初收微煙初散微風初過再休題淡粧濃抹（叶磨去聲）

答本叶打，不入哥戈韻。

撲燈蛾

壘壘的層樓畫（胡挂切）閣（叶果）簇簇的奇花異果遠遠的綠莎（叶蓑）茵（叶因）茸茸（叶戎）的芳草陂陀的跎蹬（叶鄧）馬蹄兒踏破隱隱似長橋跨波裊裊（尼了切）似綠柳金拖裊裊似綠柳金拖飄飄漾漾漁舟釣艇點點見滿船雨笠共烟蓑

尾聲

陰晴晝夜皆行樂古往今來吟咏多雪月風花事事可

新水令（千金記追賢）

恨天涯流落（叶澇）客（叶揩上聲）孤寒歎英雄都做了半生虛幻（黃慣切）坐下馬空踏（當加切）遍山色（叶篩上聲）熊背上劍光射的斗牛寒恨塞（叶死不叶腮）滿天地之間雲遮斷（叶玉預）砌雕欄搵（叶溫去聲）不（叶補）住浩然氣冲霄漢

牛字，中原韻失載。查洪武韻，于求切，應叶尤。

駐馬聽

回首青山回首青山拍拍（舖買切叶派上聲）的離愁滿戰鞍舉頭新雁（移澗切）呀呀的哀怨在半天寒俺則（叶子）待（叶帶）龍（驢東切）投大（堂那切又叶帶）海駕天關誰承望軍騎羸（叶雷）馬連雲棧（鉏訕切）覷英雄如等閒堪恨無端四海蒼生眼

沉醉東風

斡功名千難萬難求榮顯兩次三番想當日離了項（奚降切叶向）羽到如今又別（邦爺切）了炎漢不覺（叶較）的皓首蒼顏對

着（叶潮）這月朗回頭把劍彈百（叶擺）忙裏搵不住英雄淚眼

雁兒落

老丞相您（叶飲）將咱不住趕俺韓信則索（叶嫂）把程途盼爲甚麼恰（强雅切）相逢便噤（叶金去聲）聲非是俺不言語（叶雨）相輕慢

得勝令

呀俺又怕又手告人難因此上（叶賞去聲）懶下寶雕鞍提起那漢天子猶心困量着那楚重瞳怎掛眼乘駿馬雕鞍

向（奚降切）落日斜（詞嗟切叶謝平聲）陽岸（昂幹切）伴簑（叶梭）笠（叶利）綸（驢敦切）也麼竿俺只待釣西風渭水寒釣西風渭水寒

挂玉鈎

俺怎肯一事（叶試）無成兩鬢斑既然您不用俺英雄漢因此上鐵甲（叶賈）將軍夜渡關莫（叶冒）不是（叶試）爲馬來將人盼

既不是爲馬來有甚別公幹您着俺輔（叶赴）助江山保奏的俺掛印登壇保奏的俺掛印登壇

川撥棹

半夜裏恰回還抵多少夕（星西切）陽歸去晚澗水潺潺（□□切）環（叶還）佩（叶配）珊珊（叶山）冷清清夜靜水寒這的是漁翁江上眠

七弟兄

脚叶皎踏着跳板手扶定竹叶主叉叶肘竿不住的把船灣兀吳口切良兒沙鷗驚起在蘆花岸見忒他美切楞楞盧登切飛過

蓼花灘似叶粗禹門浪汲桃花泛

梅花酒

呀雖然是暮景殘雖然是暮景殘恰夜靜更叶京闌對綠叶盧水青山正天淡雲閒明滴溜銀蟾池髯切出海山光燦

爛玉兎照天關呀撐口生切開船掛起帆撐開船掛起帆俺紅塵中受塗炭您綠波中覓叶米去聲衣飯俺乘駿馬去登

山您駕孤舟怯丘也切風寒俺錦征袍怯衣單您綠簑衣不能乾俺空熬訛高切得當忒切鬢斑斑您枉守定水潺潺俺

不能穀紫羅襴您空執定釣魚竿都不道這其間

收江南

呀這的是●煙波名利△大家難抵多少五更朝▲外馬■嘶西叶△塞▲對○着這一天星△斗跨征△鞍■不由人倦談▲□不由人倦談▲□

這的是●算來名利倒不如閑▲

鬬鵪鶉（焚香記搊編）

雨歇雲收天長地久▲月缺花殘■▲風僝●（鋤拴切叶潺）雨僽●（床瘦切）他戀着（叶潮）路柳▲牆■花飲□▲閒●茶■浪酒莫（叶冒）不（叶補）是●（叶試）酸○子心□

蜜鉢（叶波）口多虛少▲實將沒（叶暮）作（叶早）有

紫花兒

怪牙除○千般訕●嗽（桑奏切）▲恨柳青△百（叶擺）種●搓（叶磋）揉（如州切）喜孛（口謨切叶波）老幾番搭（叶打）救磨折了輕△盈△燕體哽△（叶景）咽（叶也）的

宛（口捲切）轉○驚△喉▲休休則（叶子）把那弄月吟□（叶淫）風一筆（邦每切叶卑上聲）勾拜辭（祥茲切）了夜闌珊●酒淹□衫□●袖（叶四去聲）尪（叶汪）羸○（叶雷）體驚△

驚△怯怯（丘也切）別離▲■■情△蕩蕩悠悠

小桃紅

舉▲頭兒見了那女嬌姿一捻（尼夜切）兒腰肢瘦●柳葉眉兒更△□△淸秀何▲不及（京移切）早回▲頭▲酸○心□苦志徒▲生●△受▲你娘兒

却□把■聘△財▲收將自□心▲窮究倒不如○別（邦爺切）效▲了鸞儔▲

禿廝兒

□金員外他■□暗裏施謀（謨叶）我娘呵□潛地■把△聘▲財收斂（較叶）桂△英休想將△明○珠□暗■▲投富家■郞■枉▲下了攀■花手則□■俺這海

▲棠枝（綠盧叶）▲淯紅●皺請○●垂釣的哥哥別○處▲下了鈎休○戀這一搭兒野●水灘▲頭

□郞兒

那些（叶平聲）箇▲逐○（長如切叶除）雞飛▲同棲共宿（叶秀上聲）■俺□情▲△顧（叶院）孤守便死在黃▲泉▲○路相逐（直由切）■俺□雖○似（叶相）無▲檣沒纜□舟早

雞道隨（詞偽切）波■浪飄流

聖藥王

我○如□今△▲行也守坐也守盼歸期▲一度兒一△登樓朝也愁●暮也愁●▲曾△記得（當弌切）送別時一步兒一回▲頭▲再休想重●

西配燕鶯▲△儔

絡絲娘

謝（詞借切叶斜去聲）■媽■媽▲慈悲我■花▲殘瘦●俺■□只（張恥切）是●清△耿△耿△□梅○侶松▲儔一馬一鞍古來有那裏有一拋一就▲

東原樂

媽媽休呈醜謾掩羞急攘攘迎（叶盈）奸的機彀空一鬮（叶取）雙眉皺是明白（叶拜平聲）夫妻愁也不愁空厮耨他歸時怎生迤（唐羅切）逗

鬼三台

俺如今空僝僽無奔投險些兒向鬼門關走這其間夙冤牽下到頭怎罷手你那裏戀新婚待（叶帶）休便怎休想着那舊恩情待丟便怎丟却教我似鬼如魔忘前失後

夙字，中原韵不載；洪武韵與宿同音，當叶須上聲。

煞尾

三年恩愛徒生受迷天恨九霄雲上頭這般硜硜（叶輕）的怨辟（鋪米切）怎成灰爭得這寃家在眼前與他結紐（尼久切）他欺人也索（叶嫂）神不祐你惡（叶襖）狠狠蛇（綑遮切叶射平聲）心佛（房波切）口我便到黃泉也須把你這歹魂兒勾定與我倒斷了前番呪

端正好（焚香記陽告）

恨漫漫天無際閃賺（知濫切叶藏去聲）人無靠無依我向（奚降切）那海靈神訴出從前誓（申智切叶世）勾取那辜恩賊（茲□切）

滚繡毬

他困功名阻歸寄萊陽淹滯（張世切）與奴家水萍逢遂（詞醉切）諧了匹配從結髮幾年間似（叶耜）水如魚我將那心兒

沒（叶暮）盡藏的傾意兒也滿載的癡誰想他暗藏着（叶潮）拖刀之計一謎（叶米去聲）口是（叶試）心非他鐵錚錚道生同歡笑死同悲到如今富且易交貴且易妻你道他薄（叶包）倖何如

叨叨令

這根由天知和那地知一同他在神前焚香誓負（叶付）盟（叶明）的恰（強雅切）在刀劍下成粉虀（將西切）他慘模糊將心瞞昧一旦的幸登選魁他就氣昂昂（吳岡切）忘下了貂裘敝別（邦爺切）戀着紅粧翠眉他就笑吟吟（叶淫）滿將我糟糠棄他心兒兀（叶吳）的不狠殺（雙鮓切）人也麼（眉波切）哥你赤（叶恥）緊的勾拿那廝只（張恥切）索（叶嫂）與咱兩個明明白白（巴埋切叶拜平聲）的對

脫布衫

他好生忘鑾得（當式切）魚明犯着再娶停妻那日大（叶帶）王前言猶在耳却（叶巧）怎生假粧聾佯沒理會

小梁州

那廝他欺罔神靈忞已爲全不（叶補）怕冥法幽司一任咱一拜一悲啼肝腸碎怎不解（叶皆上聲）這情詞（祥茲切）

么篇

那日從頭到尾盟心事（叶試）一一的你恰也都知也都佯不揪（茲囚切）無答（叶打）對煩絮得神寬顛倒心恍恍睡魔催

上小樓

只見那陰風慘慘冲人冷氣最苦是眉鎖愁雲淚掩雙星月暗天迷思昏沉心亂攪（叶皎）寃家頭緒（叶絮）又誰知萬

千愁橫生夢寐

前腔

我只將寃苦伸你道陰陽隔（叶皆上聲）俺便索（叶嫂）須臾做鬼視死如歸心不成灰到如今無靠倚難憑據不能存濟

捱得我痛無聲哭（叶苦）得眼枯雙淚

滿庭芳

你聽那雁（移澗切）聲天際嘹嘹嚦嚦耿耿（叶景）凄凄他慘離羣任孤飛只是一生一配誰知道有人心的全不念一

夜（叶爺去聲）夫妻他那裏繡羅幃成雙作（叶早）對俺這裏泥（年題切）神廟倚磚枕石尋（詞侵切）思起就裏心窩（叶倭）中疼不疼滿

胸臆氣也不氣

快活三

這些（叶寫平聲）時生獨（叶都）自倒不如死同棲假若（叶饒去聲）是那冤家不同棲也不放他與那生人兒做一處

朝天子

把紅顏玉（叶預）委掩黃沙白骨（叶古）霎（變詐切）時間辭人世（申智切）這的是下場頭的夫妻恩義倒與那香羅帕做頭敵

（丁離切）花蛻（叶妥）香枯脂拋粉墜我向前行你可也難迴避（叶背）哭咱這一回罵他這一回這便是永訣辭了咽（叶煙）喉氣

新水令（寶劍記投泊）

■按（昂幹切）○龍（驢東切）▲泉血（叶歇上聲）○淚◉灑（叶篩上聲）△征▲袍▲恨天涯一身流落（叶撈）○專□心▲投●水滸▲回首■望天▲朝急走■忙▲逃急走▣忙▲逃顧

不（叶補）得（當弍切）●忠▲和孝

駐馬聽

良夜（叶爺去聲）▲迢▲迢良夜△迢▲迢▲投宿（叶須上聲）休將門▲戶敲遙□瞻▲殘月□■暗渡●重關急走■荒郊△身輕不憚路▲迢遙□心■忙又恐

■怕人△驚覺（叶皎）魄（鋪買切）▲散魂▲消▲紅塵悮（王故切）了五△陵年少

折桂令

俺指望封侯萬里班超生逼做叛(旁幔切)國(叶鬼)紅巾背主黃巢則(叶子)是(叶試)俺脫(叶妥)扣蒼鷹離籠狡兔摘(叶齋上聲)網騰蛟

救急難誰誅正卯掌刑罰怎得臯陶(叶姚)我這行李蕭條鬢髮疎瀟這一去博(叶包)得斗轉天迴管教他海沸山搖

雁兒落

望家鄉去路遙想母妻將誰靠俺這裏吉凶未可知他那裏生死應難料

得勝令

呀唬(叶下)得俺汗浸浸身上(叶餉)似(叶耜)湯澆急煎煎心內熱油熬(訛高切)幼(叶又)妻室今何在老萱堂空喪了劬勞想父(叶赴)母恩難報悲號俺這英雄氣怎消英雄氣怎消

沽美酒

懷揣着（叶潮）雪刃刀懷揣着雪刃刀行一步哭（叶苦）號咷急走羊腸恨路遙且喜那明星下照昏慘慘雲迷霧罩（叶嘲去聲）疎剌剌（郎渠切叶鍬去聲）風吹葉落振山林聲聲虎嘯繞溪澗哀哀猿叫我呵嚇（叶下）得俺魂飄膽消百（叶擺）忙裏走不出山前古道

收江南

呀只（張恥切）聽得烏鴉陣陣起松梢數聲殘角（叶較）斷漁樵忙投村店伴寂寥想親幃夢杳想親幃夢杳隨（詞儲切）風雨度良宵

鬭鵪鶉（紅拂記探報）

走的俺汗似（叶滔）湯澆渾身上下水洗恰（強雅切）離了亂[illegible]的軍營（叶盈）急煎煎盼不（叶補）到大（叶帶）王的這寨（叶齋去聲）裏只（強恥切）我這兩隻脚（叶皎）飛騰一字兒喘息看亡家覷敗國（叶鬼）人着（叶潮）箭跟（叶良）蹌（叶鎗）身歪（烏乖切）馬中鎗驚急裏脚失

紫花兒序

焰騰騰火燒了寨柵（叶釵上聲）浪滔滔水渰了營壘撲（叶普）刺刺（郎架切）的馬蹅（叶查）碎了城池英雄猛（叶蒙上聲）將世（申智切）上（叶餉）無敵（丁糴切）端的一個個貫甲（江雅切）披（叶丕）袍落可也的氣勢（與世同）耀武揚威擂（叶淚）鼓篩（疎齋切）鑼吶喊（希減切）搖旗

吶字，與訥同音。

柳營曲

鼓振的那山●岳（叶耀）▲○摧（慈隨切）□喊△聲也似鬼神▲悲■蕩△征▲塵翻滾滾天日晦△領▲雄△兵△迎（叶盈）敵斷●殺相▲持則（叶子）△聽得高叫

一聲△似○春○雷

么篇

垓（叶該）□心裏耀武揚威▲陣面上撾（莊瓜切）鼓奪（叶多）▲旗李將軍冠●□簪（之森切）着□金獅（叶獅）●豸（叶寨）甲■掛着□錦唐▲猊（叶移）坐下▲■馬△勝

似赤（叶恥）○狻（叶酸）猊高麗國那員將又▲△不曾言△名諱不●使（叶始）□甚別（邦爺切）△兵器他●使一▲■條方■天畫（叶化）戟身披着白（叶拜平聲）▲袍

白▲甲頭戴着素銀盔猛見了●則是那西■方▲▲神下世這一個▲合（叶何）扇刀■望着他腦蓋上劈那一個■方天戟不離了

○輭（叶軟）脇（希爺切）裏刺（倉洗切叶上聲）這一個▲恨不得（當忒切）扯○碎了黃旛那一▲個恨不得扢（叶蓋）支支○頓斷了□金▲錢豹尾

小沙門

兩員將高施武藝叶意　兩員將比並高低他兩個棊逢對手難迴避叶背　兩員將用心機端的蹺蹊

聖藥王

高麗將命運低李將軍福叶府分又催只他這英雄猛烈世間稀這一個明晃晃的刀去劈那一個忽叶虎辣辣郎架切

的箭發疾叶齎見咭叮噹相對在半空裏見咭叮噹相對在半空裏嘭律律叶慮迸叶逋夢切崩去聲一萬道的火光飛

煞尾

只這高麗王投奔他邦去顧不得金珠和那寶貝十萬錦江山管中朝穩坐在盤龍驢東切的金椅

新水令（西樓記錯夢附南曲）

秋高氣爽（叶霜上聲）雁（移澗切）行（叶杭）斜（調嗟切叶謝平聲）暗風吹亂蛩（叶窮）悲咽（叶也）平康人靜悄深巷路紆折（叶者）犬（盧達切）吠（叶廢）不（叶補）迭（叶爹）犬吠不迭早來到舊遊地是（叶試）這家也

步步嬌

看取誰行敲門者 滿地昏黃月階前皷架斜 却不道樹暗朱扉絆了人跌啓戶漫迎（叶盈）接那書生向我深深喏（叶惹）

折桂令

怪相逢款待（叶帶）疎節懶應遲言沒（叶暮）甚幇貼倩伊行問我佳人向他般勤寄語（叶雨）快請相接把婚姻霎時賴者反道我夜（叶爺去聲）深時醉語癡邪（詞嗟切）看他徑鎖門搋（渠也切）將人不睬而別恨不得（當弌切）打斷銅環（叶還）只（張恥切）教人踏（當加切）破雙靴（虛遮切）

江兒水

繡戶傳嬌語兒郎枉歎嗟從來不認得于叔夜他在舞榭（詞借切）歌臺熏蘭麝鸞笙象（西番切叶相去聲）管難拋捨尊駕不如歸也除是酒散筵撤或者醉遊明月

雁兒落帶得勝令

俺則受狠虔婆面數（叶疎上聲）說又被（叶背）那小妮子輕拋撇莫（叶冒）不待分開咱連理枝敢待要打散俺同心結呀好

教人盼殺畫叶化樓遮聽簫鼓政喧熱等得俺脚叶較趔趄切背夜心焦躁看看待斗□□月又斜寃業叶夜須待要當

面相决絕癡呆叶爺眼睜睜只索叶嫂看定者

趔字，韻中不載，查元□，郎夜切。

僥僥令

銀河清影瀉珠斗澹明滅夜漏沉沉天街叶皆靜醉擁着佳人閒步月

收江南

呀珮叶配環行恰切强雅逐叶長如切除彩雲斜綺羅香好被晚風揭與西樓相會那嬌怯切丘也全不似叶細半些叶寫平聲全不

似半些好教我渾身是口費分說

園林好

這書生胡言亂說蒿(叶嘿)　忽地狎人愛妾敢把我拳頭輕惹請喫打漫饒舌

沽美酒帶太平令

待將咱(兹沙切)　死誓(叶世)　決待將咱死誓決只道是素徽也錯(叶草)　認了估客(叶揩上聲)　村姬遭嫚褻是分明看者却(叶巧)　怎地變了枯瘍(邦爺切叶別平聲)　纔(叶才)　轉眼雲擁山疊(叶爹)　見浩渺水光天接舊西樓迢迢難越還怕向怒濤沉滅我呵一霎時聽些見些是河翻海決呀嚇(叶下)　得人魂飛魄(叶派上聲)　裂

清江引

猛(叶蒙上聲)　擡頭看來一會呆庭下荒臺榭(叶謝)　爐煙裊(尼了切)　幔風樹影搖牕月我的真素徽此時何處也

點絳唇（紅梨記花婆）

只（張恥切）爲着（潮叶）年老甘貧滿街（皆叶）廝趁爲營（盈叶）運且度朝昏將花朵兒作（早叶）資本

混江龍

你看那洛（澇叶）陽丰韻三春紅紫鬭精神白（平聲叶拜）的白碧桃初綻（錐訕切）紅的紅仙杏芳芬嬌滴滴海棠開噴香馥馥含笑氤氳元來是牡（母叶）丹枝挂住了團花襖薔薇刺（次叶）抓扎（莊洒切）起石榴裙爲甚的蝶（爹叶）翻了兩翅粉蜂惹得（當忒切）滿頭紛非關是金谷（古叶）園中千朵豔端只爲賣花人頭上一枝春把蜂蝶來勾引

油葫蘆

驀（賣叶）聽得喚一聲婆子把咱嗔引三魂諕（下叶）的我兢兢戰戰可也沒（暮叶）逃奔那哥哥咬（衣皎切）定牙將人狠我這

裹忙伸手將花籃揾(叶口去聲)我又不(叶補)是園主家掌花人又沒有斗大花門印爲甚的平白(叶拜平聲)地將他花枝來

損則(叶子)可看我貧老又單身

天下樂

則見他叉手忙將禮數論回也波嗔喜津津止因爲老年人沒計度饔飧採將來賣幾文賣得來換米薪常言

道人怕老來貧

那吒令

想當初李白的開尊慮疑(叶移)是故人王猷的造門不須問主人我愛他絕塵報平安好信搖風月梢拂(叶府)雲

傲(昂告切)冰霜無淄磷湘江上二女淚斑痕

鵲踏枝

這桃花從蓬島分休則向玄都問誰知道前度劉郎再來時面貌堪嚬不爭的把漁郎勾引惹得人急攘攘爭

去問迷津

勝葫蘆

杜(叶都)鵑啼血(希也切)感離人粧點上(叶餉)陽春嬌似(叶耜)紅脂嫩膩粉倚東風睡(叶師醉切 叶稅)足(叶疽上聲)高燒銀燭(叶主)爛熳月黃昏

么

他在渭城客(叶揩上聲)舍(闕)清新慣會送行人早已是章臺今日長條盡則看他迎(叶盈)風裊裊籠煙裊(移皎切)裊腸斷

灞橋濱

寄生草

他梳粧巧打扮新藕（魚口切）絲裳愛他纖紅襯眉灣新月微微暈櫻桃小口時時哂青螺小髻挽（叶）烏雲千般淹

潤都裝畫

么

嘿律律（叶慮）旋（詞鑲切叶）風刮（叶寡）黃登登幾縷塵你把我孩兒纏死眞堪憫送得我老年孤獨（叶都）無投奔你今朝又待

將咱近我那裏去尋（詞侵切）法師（叶詩）仗劍頌（詞縱切）天蓬先打着您（叶飲）娘五十生桃棍

賺煞尾

我與你生前本無讐今日個賺（知濫切叶站）得無人問你何不把陰靈忖忖但只顧將平人來害損你便是追人命

惱凶神女弔客母喪門天魔祟撲巴毛切叶包子弟野狐涎打郎君則恐罪叶醉業叶夜深地獄叶預近下阿何哥切鼻絶人

身可憐你三載幽寃何處沉淪且喜得這位哥早有替代叶帶你生天路兒穲

此套『野狐涎』之『涎』字，徐煎切，『旋風刮』之『旋』字，詞鏇切，音本同而口之撮不撮則異。每見唱『遊藝中原』曲者，其『饞口涎空嚥』之『涎』字，往往錯認撮口，此乃惑於徐煎之徐字耳。不知撮閉合開之口法，俱以下半切爲準，徐雖撮而煎則不撮，即如詳爲徐將切，强爲渠良切，未嘗不以撮口之徐渠，切嘻口之詳强也；又如全爲才宣切，傳爲池專切，未嘗不以嘻口之才池，切撮口之全傳也。全、傳自肖宣、專，詳、强一准將、良，則涎、旋亦但做煎、鏇，撮不撮豈關上半切哉，蓋上半切特管牙、舌、齒、脣、喉之音耳。詳其後集經緯圖說中。

醉花陰（小十面凱歌）

非是俺統三軍滅楚降秦的本事能俺漢國叶鬼中有幾個猛叶蒙上聲將謀叶模臣有一個蕭何老丞相月下三更叶京

追轉那國士叶試無雙的韓信當日個築叶主高壇拜做了大將軍腰掛着叶潮三齊王金印

喜遷鶯

他將那囊沙策（叶釵上聲）背水陣十大功勞一樁樁一件件幹得（當弍切）驚人又有那博（巴毛切叶包）浪沙打秦王的張子房

手搖着羽扇頭戴着綸（叶關）巾他在俺漢陣裏做軍師捧天書吹鐵笛楚歌聲吹散了江東子弟八（叶巴上聲）千人

側磚兒

便和那韓將軍設計施謀定在九里山前按着那九宮八卦擺下（叶罅）了一個十面埋伏陣把一個拔（邦佳切）山舉鼎的楚重瞳緊緊的困住在垓（叶該）心

古水仙子

陣東上九江王英布擺着一隊長鎗手的兵陣南上大梁王彭（叶蓬）越領着一隊明晃晃金甲銀盔的高頭駿馬

軍陣西上俺椒房親樊噲快叶他也曾鴻門宴上撞轅門今日裏狠糾糾的把住了營盈叶陣北邦美切上韓元圓叶帥

手捧着令箭銅符統率升擺切了大小三軍親自來押羊架切陣

刮地風

四下裏鐵洞一般的圍兵殺雙鮓切得他八千人一個個無投無奔閃得他疋馬單鎗沒暮叶處存欲裕叶待往前行

又遇裕叶着高山峻詢叶嶺欲待要往後行四下裏漢軍兵擂纍叶鼓篩疎齋切鑼搖旗吶喊希減切追得價緊四下裏難

行還其間難前可也難進

竹枝兒

一直到烏江渡口見一個年老漁翁駕着一葉小舟兒刁刁頓頓口兒裏絮須去聲叶叨叨刀叶只說道渡人不渡馬

又說道渡馬不渡人悔（叶毁）■●當初不聽▲范增△悔△當初■●不用韓信▲悔當初■●失算在鴻門▲。

收尾

激得那氣昂■昂■（吳鬨切）八面威風的伯■王■▲下了千嬌百媚的虞（叶余）姬■把青△鋒寶劍□在烏江■上自刎

此曲向無牌譜，僅云『小十面』。邇年婁東名爲『賞宮花』，郡中更分爲小梁州等四曲，此皆好事者强爲牽附，非出前人眞派也。聽來一似淮陰聲口，復像傍人誇詡。而『被那高山峻嶺』之『被』字，又于文理欠通。予久疑其詞句應多殘缺，聲調必少眞傳。乃近過桐溪顏氏，從其先世詞集中揀得此曲，閱之，詞文倍乎時唱，宮呂隸乎黃鐘，首曲爲醉花陰，連收尾詞凡有七，謂是漢高王所唱，而『被』字果係傳譌。撰此詞者，爲我明沈凌雲，惜爵里逸其傳耳。予不覺積疑冰釋，歸而即付紅牙。聲腔淸越，詞調軼倫，且使白家老嫗，一時皆稱解語之花，是則布詞軒爽之妙，而尤作者主意所屬也。用識卷尾，以供同好云。

〔註〕原書題『松陵適軒主人沈寵綏君徵甫訂』。

絃索辨訛後記

本編所重印的絃索辨訛，是用桂森齋與度曲須知的合印本作底本。在合印的時候，原來的版片已不太完整，現在雖然找了好幾個印得較好的本子互相參照，但仍有許多缺字未能補足，這只有等將來發現初印本的時候再來解決。還有書中的符號，根據著者的例言和說明，似乎也不完全符合，有些地方應該有符號而書中却沒有——這可能是由於版片的殘闕；可是也有未曾舉例、說明，却帶有符號的。例如西廂記假寓之後云：『北曲無入聲，借叶平、上、去三聲。其有三聲仍不脫入聲本音，如此曲中一之叶以、緝之叶且、積之叶擠，皆可從口調而得，則但註圈字角以別之，不復叶切以添蛇足。倘與入聲本音各別，另成字面者，如莫之叶冒，俗之叶徐，却之叶巧，口所不能調，則必詳開叶切。』據以上說法，則凡字角註圈的，必然是入聲字面；但如西廂記鬧齋中『向詩書經傳』的『傳』字，假寓中『眼睛兒打當』的『當』字，『說短論長』的『論』字，都不是入聲字，却都在角上加圈，可見例言和說明所說，猶有未盡。但爲免誤補，一切仍依照原本情況——惟圈角號不宜排印，今改用三種字體。

原書還有珍珠衫歆動一折，因詞句過分穢褻，今刪去。

本書中因爲標音、標聲符號繁多，爲了閱覽的淸楚，故曲詞不再加標點。

度曲須知

明·沈寵綏著

度曲須知提要

度曲須知二卷是沈寵綏繼絃索辨訛之後寫的。在絃索辨訛裏，示範多而說明少，此書則就各項問題，分別作了闡述；在絃索辨訛裏，專論北詞，此書則論北而兼論南曲。全書三十六章中，除有兩章係略論南北戲曲聲腔源流及絃律存亡問題，及末兩章節引魏良輔曲律及王驥德曲律中的沲曲遇外，其餘皆是解說南北戲曲歌唱中念字的格律及技巧、方法的。沈寵綏是一個歌唱家，他所講的，全是從實際經驗中獲得的結論。經驗旣多，因而也多有獨創的見解。

度曲須知，現存有下列幾種版本：

(一) 一六三九年（明崇禎十二年）原刻初印本。

(二) 一六四九年（清順治六年）與絃索辨訛合印本。

(三) 一九二二年上海商務印書館景印明崇禎本　　此本較前兩種本子缺序文、凡例及『詞學先賢姓氏』。

(四) 重訂曲苑本　　此本係據商務印書館景印本重抄石印。

（五）古典戲曲聲樂論著叢編本　此書係據明崇禎原刻初印本校印。

序

憶乙卯之歲，讀書靈鷲山中，臧晉叔先生日夕過從。時先生方有元劇之刻，相對輒疊疊箇中，余因是窺見一班。後被讒失意，間作一二小曲送愁，從弟君明以能歌擅場，纔落紙隨付紅牙，極盡起末、過度、搵簪、攧落之妙。未幾，君明溘然，人琴之痛，遂廢置此道。宴坐斗室，皈依白業，誦法華安樂行品，知造世俗文筆，讚咏外書，皆非所宜，誓一切斷絕。乃時過江上君徵氏，間出女童，淸喉宛轉，絃索相應，絲竹肉繚繞無端，此時即飲光不免按節，況在凡夫能無口耳奔逸乎？君徵淵靜靈慧，於書無所不窺；於象緯靑烏諸學，無所不曉，而尤醉心聲歌。昔同習靜，已嘗見其稽韻考譜，津津不置。遇聲場勝會，必精神寂寞，領略入微，某音戾，某腔乖，某字吸呼協律，即此中名宿，靡不心媿首肯。迄今推敲久之，成度曲須知、絃索辨訛兩書，採前輩諸論，補其未發，釐音榷調，開卷了然，不須更覓導師，始明腔識譜也。昔萬寶常善歌，上帝以天授音律之性，使鈞天之官，示以玄徵之要。君徵此種學問，何所自來，其殆有神授耶？從來通于音律者，必精述陰陽，曉明星緯，至薰目爲瞽，絕塞衆慮，庶幾以無累之神，合有道之器，故聲音之而以物作護，自非唇舌喉齒間，另具一付鑪錘，而欲五音十二律、南之九宮、北之六宮十一調，不煩擬議，一一闇解，得乎？嗟嗟！桃花扇底，二八女娘，纔一啓齒，便欲銷魂，若無沈郎一顧，終是聲情不發。余久作沾泥之絮，無復有曉風殘月之句，可佐清娛，恨不能起晉叔君明而共質之也。

學，非輕易可言。以王敬夫之塡詞，不免南北混淆，

友弟顏俊彥書於鴛湖舟次。

序言

六律五聲八音何昉乎？昉天地之自然也。自然者，爲於莫爲，行所不得行，古聖因而律呂之，聲歌之，格帝感神，宣風導化，象德昭功，非此無藉，故季子觀魯，十五國之風歷然，尼父聞齊，千餘年之盛如睹，非夫神妙無方，其能爾乎？漢魏以降，道喪樂崩，聲音之道荒矣。然房中之曲，郊廟之樂，猶存十一於千百，樂府諸篇，蓋其遺音乎？自時厥後，變聲代作，繁響競臻，帝王稱知音者，唐玄宗、南唐後主、宋道君、金章宗，其班班也。於時伶人樂工，無不極意盡妍，播爲新聲，然按之鮮不協律者。聲之有律，其諸刑法之金科玉條乎？陳隋以前，肇名爲曲，王令言聽翻調安公子曲，驚其往而不返；王右丞見度曲圖，知爲霓裳羽衣第三拍，固繇神解，亦豈非曲有常均耶？特古調不傳，今可考者，清平三調，旗亭四絕，大都即詩爲曲，才人一章脫手，樂部即登管絃，居然風雅獨絕。嗣乃短長其體，號爲詩餘，亦稱塡詞；有宋最盛。沿及勝國，遂以制科取士，格律惟嚴，情才咸集，用以笙簧一代，鼓吹千載，安得不於今爲烈哉。院本有南北二種，六宮十一調，初無異格，特南無唱，北無歌，不得不分胡越。吾吳魏良輔，審音而知清濁，引聲而得陰陽，爰是引商刻羽，循變合節，判毫杪於翕張，別玄微於高下，海內翕然宗之。顧鴛鴦繡出，金針未度，學者見爲然，不知其所以然；習舌擬聲，沿流忘初，或聲乖於字，或調乖於義，刻意求工者，以過泥失眞；師心作解者，以臆斷遺理，予有慨焉。小窗多暇，聊一拈出，一字有一字之安全，一聲有一聲之美好，頓挫起伏，俱軌自然，天壤元音，一綫未絕，其在斯乎？其在斯乎！世有秦青薛譚，將無嗤予強作曉事，亦曰消我長夏，公彼同好云爾。崇禎己卯夏杪松陵沈寵綏書於不棹遊館。

詞學先賢姓氏

周德清元，高安人。號挺齋。

關漢卿元進士。

王實甫元進士。

沈伯時諱義甫。吳江震澤里人。宋寧宗嘉定壬午科第五名舉人。

王元美諱世貞，號鳳洲。太倉人。嘉靖間進士。仕至刑部尚書。

屠赤水諱隆，字長卿。鄞縣人。萬歷丁丑進士。任禮部主事。

沈寧菴諱璟，別號詞隱。吳江人。萬歷甲戌會魁。仕至光祿寺丞。

湯若士諱顯祖，字義仍。臨川人。萬歷癸未進士。

祝枝山諱允明，字希哲。長洲人。中鄉榜。倅南京兆。

何元朗諱良俊，號柘湖。松江人。以選貢授南翰林孔目。

徐文長諱渭，號天池。山陰人。文學。袁中郎有傳。

梁少白諱辰魚，字伯龍。崑山人。國學生。

焦漪園諱竑，字弱侯。山東日照人。萬曆乙丑狀元。

李卓吾諱贄。溫陵人。萬曆初舉人。任知府。

王伯良諱驥德。山陰人。文學。別號方諸生。

臧晉叔諱懋循，號顧渚。長興人。萬曆庚辰進士。

唐伯虎諱寅。吳郡人。曾中解元。

已上諸名公，緣著作有關聲學，予前後二集，稽採良多，用識爵里，不忘所自云。

度曲須知凡例

一、集中議論有創闢習說之異，意旨有軒豁微渺之殊，故篇目之排列，從淺及深，繇源達委，有序存乎其間。倘覽者後先倒次，鹵莽鱻涉，將苦幽艱費解，抑疑隱怪離經；惟按序揪編，斯洞如觀火。

一、集中諸作，直敍平鋪，不文不典，緣度曲之家，未必盡嫺詞藻，故演說期乎通俗，落管近於訓詁，覽者毋嫌庸率。

一、正訛，正吳中之訛也。如辰本陳音而讀神，壻本細音而讀絮，音實逕庭，業爲喚醒。至如吳俗訛之例，故另集同音異字諸考，不厭已精求精，覽者罔察。或謂諸考不妨合併，是則幾廢析微胡何和，與隨誰甤垂等字，相判在陰陽清濁呼吸吐茹之間，雖善審音，難於盡美，此又不可槪列苦心矣。

一、南詞向來多譜，惟絃索譜則絕未有睹，所以辨訛一集，專載北詞。然南之謳理，比北較深，故是編論北兼論南，且釐榷尤爲透闢，覽者寧以附列絃索譜之後，遂謂無關南曲，而草草閱過可乎？

度曲須知總目

度曲須知 上卷

明・沈寵綏著〔註〕

曲運隆衰

粤徵往代，各有專至之事以傳世，文章矜秦漢，詩詞美宋唐，曲劇侈胡元。至我明則八股文字姑無置喙，而名公所製南曲傳奇，方今無慮充棟，將來未可窮量，是眞雄絕一代，堪傳不朽者也。

顧曲肇自三百篇耳。風雅變爲五言七言，詩體化爲南詞北劇。自元人以塡詞制科，而科設十二，命題惟是韻脚以及平平仄仄譜式，又隱厥牌名，俾舉子以意揣合，而敷平配仄，塡滿詞章。折凡有四，如試牘然。合式則標甲榜，否則外孫山矣。夫當年磨穿鐵硯，斧削螢窗，不減今時帖括，而南詞惟寥寥幾曲，所云院本北劇者，果堪紀量乎哉？且詞章既夥，演唱尤工，凡偷吹、待拍諸節奏，頂疊、躱換，以及縈紆、牽繞諸調格，推敲罔不備至，而優伶有戾家把戲，子弟有一家風月，歌風之勝，往代未之有踰也。明興，樂惟式古，不祖夷風，程士則四書五經爲式，選舉則七義三場是較，而僞代塡詞往習，一掃去之。雖詞人間踵其轍，然世換聲移，作者漸寡，歌者寥寥，風聲所變，北化爲南，名人才子，踵琵琶拜月之武，競以傳奇鳴；曲海詞山，於今爲烈。而詞既南，凡腔調與字面俱南，字則宗洪武而兼祖中州；腔則有『海鹽』、『義烏』、『弋陽』、『青陽』、『四平』、『樂平』、『太平』之殊派。雖口法不等，而北氣總已消亡矣。嘉隆間有豫章魏良輔者，流寓婁東鹿城之間，生而審音，憤南曲之訛陋也，盡洗乖聲，別開堂奧，調用水磨，拍捱冷板，聲則平上去入之婉協，字則頭腹尾音之畢勻，功深鎔琢，氣無煙火，啓口輕圓，收音純細。所度之曲，則皆折梅逢使、昨夜春歸諸名筆；採之傳奇，則有『拜星月』『花陰夜靜』等詞。要皆別有唱法，絕非戲場聲口，腔曰『崑腔』，曲名『時曲』，聲場稟爲曲聖，後世依爲鼻祖，蓋自有良輔，而南詞音理，已極抽秘逞妍矣。惟是北曲元音，則沉閣既久，古律彌湮，有牌名而譜或莫考，有曲譜而板或無徵，抑或有板有譜，而原來腔格，若務頭、顛落，種種關捩子，應作如何擺放，絕無理會其說者。試以南詞喻之，如集賢賓中，則有『伊行短』與『休笑恥』，兩曲皆是低腔；步步嬌中，則有『仔細端詳』與『愁病無情』，兩詞同揭高調，而此等一成格律，獨於北詞爲缺典。祝枝山，博雅君子也，猶歎四十年來接賓友，鮮及古律者。何元朗亦憂更數世後，北曲必且失傳，而音隨澤斬，可慨也夫！至如『絃索』曲者，俗固呼爲『北調』，然腔嫌嬝娜，字涉土音，則名北而曲不眞北也，年來業經釐剔，顧亦以字清腔逕之故，漸近水磨，轉無北氣，則字北而曲豈盡北哉。試觀同一『恨漫漫』曲也，而彈者僅習彈音，反不如演者別成演調；同一端正好牌名也，而絃索之『碧雲天』，與優場之『不念法華經』，聲情迴判，雖淨旦之脣吻不等，而格律固已逕庭矣！夫然，則北劇遺音，有未盡消亡者，疑尚留於優者之口，蓋南詞中每帶北調一折，如林冲投泊、蕭相追賢、虬髯下海、子胥自刎之類，其詞皆北，當時新聲初改，古格猶存，南曲則演南腔，北曲固仍北調，口口相傳，燈燈遞續，勝國元聲，依然滴派。雖或精華已鑠，顧雄勁悲壯之氣，猶令人毛骨蕭然，特恨詞家欲便優伶演唱，止新水令、端正好幾曲，彼此約略扶同，而未慣牌名，如原譜所列，則騷人絕筆，伶人亦絕口焉。予猶疑南土未諧北調，失之江以南，當留之河以北，乃歷稽彼俗，所傳大名之木魚兒，彰德之木斛沙，陝右之陽關三疊，東平之木蘭花慢，若調若腔，已莫可得而問矣。惟是散種如羅江怨、山坡羊等曲，彼之箏、纂、渾不似（即今之琥珀）諸器者，彼俗尚存一二，其悲悽慨慕，調近於商，惆悵雄激，調近正宮，抑且絲揚則肉乃低應，調揭則彈音愈渺，全是子母聲巧相鳴和；而江左所習山坡羊，聲情指法，罕有及焉。雖非正音，僅名『侉調』，然其愴怨之致，所堪舞潛蛟而泣嫠婦者，猶是當年逸響云。還憶十七宮調之劇本，如漢卿所謂『我家生活，當行本事』，其音理超越，寧僅僅梨園口吻已哉。惜乎舞長袖者，靡於唐，至宋而幾絕；工短劇者，靡於元，入我明而幾絕。律殘聲冷，亘古無徵，當亦騷人長恨也夫！

四聲批窾

昔詞隱先生曰：『凡曲去聲當高唱，上聲當低唱，平入聲又當酌其高低，不可令混。』其說良然。然去聲高唱，此在翠字、再字、世字等類，其聲屬陰者，則可耳；若去聲陽字，如被字、淚字、動字等類，初出不嫌稍平，轉腔乃始高唱，則平出去收，字方圓穩；不然，出口便高揭，將被涉貝音，動涉凍音，陽去幾訛陰去矣。上聲固宜低出，第前文間遇揭字高腔，及緊板時曲情促急，勢有拘礙，不能過低，則初出稍高，轉腔低唱，而平出上收，亦肖上聲字面。古人謂去有送音，上有頓音。送音者，出口卽高唱，其音直送不返也；而頓音，則所落低腔，欲其短，不欲其長，與丟腔相倣，一出卽頓住。夫上聲不皆頓音，而音之頓者，誠警俏也。又先賢沈伯時有曰：『按譜塡詞，上去不宜相替，而入固可以代平，則以上去高低迥異，而入聲長吟，便肖平聲；讀則有入，唱卽非入。如一字六字，讀之入聲也，唱之稍長，一卽爲衣，六卽爲羅矣。故入聲爲仄，反可代平。』然予謂善審音者，又可使入不肖平而還歸入唱；則凡遇入聲字面，毋長吟，毋連腔，（連腔者，所出之字，與所接之腔，口中一氣唱下，連而不斷是也。）出口卽須唱斷。至唱緊板之曲，更如丟腔之一吐便放，略無絲毫粘帶，則婉肖入聲字眼，而愈顯過度顚落之妙；不然，入聲唱長，則似平矣。抑或唱高，則似去；唱低則似上矣。是惟平出可以不犯去上，短出可以不犯平聲，乃絕好唱訣也。至於北曲無入聲，派叶平上去三聲，此廣其押韻，爲作詞而設耳。然呼吸吞吐之間，還有入聲之别，度北曲者須當理會，若夫平聲自應平唱，不忌連腔，但腔連而轉得重濁，且即隨腔音之高低，而肖上去二聲之字，故出字後，轉腔時，須要唱得純細，亦或唱斷而後起腔，斯得之矣。又陰平字面，必須直唱，若字端低出而轉聲唱高，便肖陽平字面。陽平出口，雖緜低轉高，字面乃肖，但輪着高徽揭調處，則其字頭低出之聲，簫管無此音響，合（叶葛）和不着，俗謂之『拿』，亦謂之『賣』，（若陽平遇唱平調，而其字頭低抑之音，原絲竹中所有，又不謂之拿矣。）最爲時忌。然唱揭而更不『拿』不『賣』，則又與陰平字眼相像。此在陽喉聲闊者，摹肖猶不甚難，惟輕細陰喉，能揭唱，能直出不『拿』，仍合陽平音響，則口中勁節，誠非易易。其他陰出陽收字面，更能簡點一番，則平聲唱法，當無餘蘊矣。凡此，名曰『四聲批窾』，并後『收音問答』搜剔曲理，思且過半。然施之南曲，則腔舒板緩，儘堪搖擺推敲，非如『絃索』之調促絃繁，掤縛太緊，雖有能者，忙中多錯；若於見長，必一一按呂相規，則安得人皆李龜年而責之乎？惟鮮其人，不得不存其說。

附四聲宜忌總訣

陰去忌冒。　陽平忌拿。　上宜頓腔。　入宜頓字。

陰去如翠、世等字，遇唱高調，須用送音直揭。若字端邪撇，聳上而仍滑下，則其音閃在半調中間，使操管絃者，上下徽孔，兩湊不着，俗名曰『冒』，唱家並忌之。至陽平之『拿』，則又字端邪撇，蕩下而後轉高，亦在半調中間，總不入簫管。『頓腔』者，一落腔卽頓住。『頓』字者，一出字卽停聲，俱以輕俏找絕爲良。

絃索題評

我吳自魏良輔爲『崑腔』之祖，而南詞之布調收音，旣經創闢，所謂『水磨腔』、『冷板曲』，數十年來，遐邇遜爲獨步。至北詞之被絃索，向來盛自婁東，其口中裊娜，指下圓熟，固令聽者色飛，然未免巧於彈頭，而或疎於字面，如『碧雲天』曲中『狀元』之狀字，與『望蒲東』曲中『侍妾』之侍字，『梵王宮』曲中『金磬』之磬字，及『多愁多病』之病字，『晚風寒峭』曲中『花枝低亞』之亞字，本皆去聲，反以上聲收之。此等訛音，未遑枚擧，而又煩絃促調，往往不及收音，早已過字交腔，所爲完好字面，十鮮二三，此則前無開山名手，如良輔之於南詞者，故向來絕少到家，而衣鉢所延，遂多乖舛。邇年聲歌家頗懲紕繆，競效改絃，謂口隨手轉，字面多訛，必絲和其肉，音調乃協。於是擧向來腔之促者舒之，煩者寡之，彈頭之雜者淸之，運徽之上下，婉符字面之高低，而釐聲析調，務本中原各韻，皆以『磨腔』規律爲準，一時風氣所移，遠邇翕然鳴和，蓋吳中『絃索』，自今而後始得與南詞並推隆盛矣。雖然，今之北曲，非古北曲也；

古曲聲情，雄勁悲激，今則盡是靡靡之響。今之絃索，非古絃索也；古人彈格，有一成定譜，今則指法游移，而鮮可捉摸。誠使度曲者，能以邇來磨琢精神，分用之討究古律，則其於絃索曲理，不庶稱美備也哉。

中秋品曲

從來詞家只管得上半字面，而下半字面，須關唱家收拾得好。蓋以騷人墨士，雖甚嫻律呂，不過譜釐平仄，調析宮商，俾徵歌度曲者，抑揚諧節，無至沾脣拗嗓，此上半字面，塡詞者所得糾正者也。若乃下半字面，工夫全在收音，音路稍譌，便成別字。如魚模之魚，當收于音，倘以噫音收，遂訛夷字矣。庚青之庚，本收鼻音，若舐腭收，遂訛巾字矣。其理維何？在熟曉中原各韻之音，斯爲得之。蓋極塡詞家通用字眼，惟中原十九韻可該其槪，而極十九韻字尾，惟噫嗚數音可筦其全。故東鐘、江陽、庚青三韻，音收於鼻。眞文、寒山、桓歡、先天四韻，音收於舐腭。廉纖、尋侵、監咸三韻，音收於閉口。齊微、皆來二韻，以噫音收。蕭豪、歌戈、尤侯與模，三韻有半，以嗚音收。魚之半韻，以于音收。其餘車遮、支思、家麻三韻，亦三收其音。但有音無字，未能繪之筆端耳。唱者誠舉各音涇渭，收得清楚，而鼻舌不相侵，噫於不相紊〔一〕，則下半字面，方稱完好。猶憶客歲中秋，有從千人石畔，度『花陰夜靜』之曲，吐字極圓淨，度腔儘觔節，高高下下，恰中平上去入之竅要，閉口撮口，與庚青字眼之收鼻者，無不合呂。但細察字尾，殊欠收拾，凡東鐘、江陽字面，一概少收鼻音；瓏字半近於羅，桐字半溷於徒，廣或疑於寡，王或疑於華。此其人但知庚青之字出於口，音便收鼻，而不知東鐘、江陽之字尾，固自有天然鼻音在也，又有唱『拜星月』曲者，聽之亦犯此病，其忙字尾似麻，則音不收鼻也；其軍字尾似居，親字尾似妻，先字尾似些，此音不收舐腭也；拜止以愛音收，腮止以哀音收，海止以靄音收，並無有噫音結局；此皆字面之沒了當者也。其他絃索之音，亦能收者什一，不收者什九，方駭聲場勝會，何以敗筆偏多。未幾，有皤然老翁，危坐啓調，聽之亦『拜星月』曲也。至下半字面，則無音不收，亦無誤收別韻之音；其運喉則頽濫而少清脆，然出口精確，良爲絕勝。其排腔則古朴而無媚巧，倘所稱曹崐崙之流乎？越宵，復有女郎唱『瑤琴鎮日』之曲，見其發調高華，出口雅麗，吐字歸音，各各絕頂，堪勝鬚眉百倍。設使中秋無是老翁女子，寧有完音哉！予因是而思平上去入之交付明白，向來詞家譜規，語焉既詳，而唱家曲律，論之亦悉；至下半字面，不論南詞北調，全係收音，乃概未有講及者，無怪今人徒工出口，偏拙字尾也。予故特著收音譜訣，舉各音門路，徹底釐清，用使唱家知噫音之收齊微者，幷收於皆來；鼻音之收庚青者，幷收於東鐘、江陽；嗚音之收歌戈、模韻者幷收於蕭豪、尤侯。其他眞文各韻，亦復音音歸正，字字了結。夫乃當今對症良劑乎？彼尾音欠收者，能受一砭否？

出字總訣管上半字面。

一、東鍾，舌居中。

二、江陽，口開張。

三、支思，露齒兒。

四、齊微，嘻嘴皮。

五、魚模，撮口呼。

六、皆來，扯口開。

七、眞文，鼻不吞。

八、寒山，喉沒擱。

九、桓歡，口吐丸。

十、先天，在舌端。

十一、蕭豪，音甚淸高。

十二、歌戈，莫混魚模。

十三、家麻，啓口張牙。

十四、車遮，口略開些。

十五、庚青，鼻裏出聲。

十六、尤侯，音出在喉。

十七、尋侵，閉口眞文。

十八、監咸，閉口寒山。

十九、廉纖，閉口先天。(此訣，出詞隱正吳編中，今略參較一二字。)

收音總訣此下二訣，管下半字面。

曲度庚青，急轉鼻音。

江陽東鐘，緩入鼻中。

模及歌戈，載重收鳴。（模韻收重，歌戈收輕。）

蕭豪尤侯，也病鳴收。

魚模之魚，厥音乃于。

皆來齊微，非于是噫。

先天眞文，舐舌舒音。（舐舌者，舌舐上腭也。）

寒山桓歡，亦舐舌端。

音出尋侵，閉口謳吟。

廉纖監咸，口閉依然。

車遮之音，遏叶平聲。（遏，入聲爲哀葛切，平聲爲哀奢切，與車遮音絕肖。）

若問支思，反切醫詩。（醫詩切，卽支思之音。）

惟有家麻，音切哀巴。

士音唱捱，勿切衣皆。（捱，本衣皆切，今吳中捱字土音，乃是哀巴切，與家麻音絕肖。）

通了前訣，字面無別。（別者，別字也，俗呼「白字」。）

記此後訣，字尾淸潔。

收鼻何音？吳字士音。（吳江呼吳字，不作胡音，另有士音，與鼻音相似。）

閉口何音？無字士音。（吳俗呼無字，不作巫音，另有士音，與閉口音相似。）

舐舌何音？你字士音。（吳俗有我儂、你儂之稱，其你字不作泥音，另有士音，與舐舌音相似。）

以上士音凡四，緣無本字，又無叶切，故借用之。然惟吳俗能喻其音，槪之他方，有漠不相通者，姑亦在吳言吳云爾。

入聲收訣

平上去聲，北南略等。（平上去三聲之音，南北曲大略相同。）

入聲入唱，南獨異音。（南曲入聲字面，仍唱入音，不照中原韻派叶平上去三聲，故與北曲異音。）

首韻曰屋，音却云何？（洪武韻入聲，其目有十，屋字乃首韻之目也。）

嗚乃其音，略類歌模。（洪武屋韻，與中原歌戈模韻，俱收嗚音。）

曰屑曰葉，音却有說。

車遮無兩，哀奢反切。（洪武屑葉韻，與中原車遮韻，其音皆哀奢切。）

曰質曰緝，音須覈實。

噫帶濁聲，齊微彷彿。（洪武質緝韻，與中原齊微韻，共收噫音，但質緝出音，微帶濁耳。）

曰曷曰合，音須旁叶。叶却平聲，便是捷訣。（曷、合之平聲，卽曷、合之尾音，故但長吟其字，便是平聲，豈不直捷？）

韻目有藥，其音何若？丫字土音，方有着落。（丫，本於家切。今丫枝、丫叉、丫頭之類，俗呼別有土音，卽是藥韻之音。）

韻目有陌，其音何出？劾叶平聲，轉腔斯得。（劾，本胡得切，以平聲叶劾字，卽是陌韻之音）。

韻目有轄，其音何法？家痲帶濁，哀杷其切。（洪武轄韻，與中原家痲韻，其音略同，但家痲音稍清，轄字音爲哀杷切，稍濁。）

北叶中原，南遵洪武。（北曲字面皆遵中原韻，若南曲字面又遵洪武韻，故入聲亦從之。詞隱先生有遵制，正吳編可考。）

音韻分清，乃稱合譜。

夷考中原各韻，涇渭甚清，惟魚模一韻兩音，伯良王氏，猶或非之。然曰魚、曰模，標目已自顯著，收于收嗚，混中亦自有分。至若洪武韻入聲中，驟、沒、忽、骨等字，乃與疾、七、逸、一等字，同列質韻，似難概以噫音帶濁收之。又平聲中悲、衣、池、希等字，與思、慈、時、兒等字，共收支韻中，是支思、齊微，並混爲一。音路未清，如此良多。緣夫正韻一書，原不爲塡詞度曲而設，且按之皇極聲韻中，亦有不能不混者耳。伯良祖洪武韻改緝南詞正韻，必有可觀，惜未得睹也。

收音譜式

前訣內東鐘、江陽，及屋、質、曷、葉等字，乃各韻之標目。標目以下字面，厥音與目音並同，故但演字目之音，餘字之音可概。然在詩詞家，韻脚熟演，無難一睹曉然，若度曲者流，不皆文墨，奚邉考韻，區區標目，未知餘字可該，一字偶提，未解應歸何韻，口訣雖拈，幾同射覆矣。用簡西廂北曲，類派中原各韻，逐套韻脚，摘出詳列於後，總註應收何音，仍各錄曲一首，將句中字面，分記兩旁，右旁記韻，俾字有歸門，左旁記音，令收無雜溷。更舉南詞一折，摘出入聲字眼，旁釋左右，一如前式，可使覽者，徐徐誦演，久久滑熟，入門之後，涇渭了然，邦王不異江陽，歸知總是齊微。南北兩曲，平仄四聲，韻各釐清，音皆收正，此誠接引愚蒙良法，非敢爲賢智作津梁也。

東鐘韻脚俱收鼻音。

眞文廉纖庚青東中庚青眞文家麻東中東中蕭豪寒山東中江陽皆來桓歡東中齊微眞文先天桓歡寒山尤侯寒山東中模韵
【鬬鵪鶉】雲斂晴空，冰輪乍湧。風掃殘紅，香堦亂擁，離恨千端，閒愁萬種。夫
舐腭閉口鼻音鼻音鼻音舐腭哀巴鼻音鼻音鳴音舐腭鼻音鼻音噫音舐腭鼻音噫音舐腭舐腭舐腭舐腭鳴音舐腭鼻音鳴音

眞文家麻齊微模韵尤侯模韵先天齊微尤侯東中哥戈模韵肖豪庚青支思齊微庚青江陽哥戈模韵肖豪家麻支思齊微皆來東中

八　那，靡不有初，鮮克有終。他做了影兒裏情郎，我做了畫兒裏愛寵。

舐齶哀巴噫音嗚音嗚音嗚音舐齶噫音嗚音鼻音嗚音嗚音嗚音鼻音衣詩噫音鼻音鼻音嗚音嗚音嗚音哀巴衣詩噫音噫音鼻音

〔以下全套韻脚，俱東鐘。〕逢、龍、朧、重、同、容、中、弄、共、宮、夢、動、瓏、玲、凨、櫳、送、銅、桐、冗、溶、空、喁、窮、通、雄、濃、聰、衷、懂、痛、翁、鳳、永、鬆、工、誦、峯、冲、匆、恐、嚨、縱、噥、種。

○哀巴切，是家麻韻之音。衣詩切，是支思韻之音。説詳前訣中。後做此。

江陽韻脚俱收鼻音。

模韵模韵尤侯江陽皆來先天家麻家麻東中哥戈江陽車遮魚韵哥戈桓歡寒山支思皆來車遮庚青江陽魚韵哥戈家麻哥戈

【粉蝶兒】不做周方，埋怨殺法聰和尚。借與我半間兒客舍僧房，與我那可

嗚音嗚音嗚音鼻音噫音舐齶哀巴哀巴鼻音嗚音鼻音遏去于音嗚音舐齶舐齶衣詩噫音遏去鼻音鼻音于音嗚音哀巴嗚音

庚青皆來魚韵支思魚韵眞文支思江陽江陽齊微模韵庚青尤侯車遮魚韵尤侯江陽車遮江陽車遮寒山庚青眞文寒山庚青支思家麻江陽

憎才居止處門兒相向。雖不能彀竊玉偸香，且將這盼行雲眼睛兒打當。

鼻音噫音于音衣詩于音舐齶衣詩鼻音鼻音噫音嗚音鼻音嗚音遏上于音嗚音鼻音遏上鼻音遏去舐齶鼻音舐齶舐齶鼻音衣詩哀巴鼻音

〔以下全套韻脚，俱江陽。〕謊、娘、癢、荒、忙、霜、養、堂、朗、上、光、像、藏、腸、鄉、方、望、亡、向、囊、講、張、黃、長、兩、訪、讓、糧、湯、粧、忘、墻、廂、房、當、丈、詳、狂、行、裳、常、郎、帳、床、央、放、良、晃、降、樣、強、搶、場、傍、障、快、想、

闕。

○遏字平聲，卽是車遮韻之音。如遇上去字面，亦以遏字之上去聲叶之。後倣此。

支思韻脚 俱收衣詩切之音。

【點絳唇】相國行祠，寄居蕭寺。因喪事，幼女孤兒，將欲從軍死。
江陽齊微庚青支思齊微魚模肖豪支思眞文江陽支思尤侯魚模魚模支思江陽魚模東中眞文支思
鼻音噫音鼻音衣詩噫音于音嗚音衣詩舐腭鼻音衣詩嗚音于音嗚音衣詩鼻音于音鼻音舐腭衣詩

〔以下全套韻脚，俱支思。〕志、師、私、雌、詞、之、事、脂、絲、時、支、史、肢、指、詩、子、此、死、視、侍、兒、使、施、試、資、枝、自、士、示、翅、二、斯、紙。

齊微韻脚 俱收噫音。

【端正好】碧雲天，黃花地，西風緊，北雁南飛。曉來誰染霜林醉，總是那離人淚。
齊微眞文先天江陽家麻齊微齊微東中眞文齊微寒山監咸齊微肖豪皆來齊微廉纖江陽尋侵齊微東中支思家麻齊微眞文齊微
噫音舐腭舐腭鼻音哀巴噫音噫音鼻音舐腭噫音舐腭閉口噫音嗚音噫音噫音閉口鼻音閉口噫音鼻音衣詩哀巴噫音舐腭噫音

〔以下全套韻脚，俱齊微。〕遲、疾、繫、暉、隨、避、離、肌、知、氣、媚、已、淚、寄、飛、

迷、的、地、垂、低、衣、配、啼、癡、醉、園、己、繼、味、倍、擲、擠、堉、貴、第、急、
眉、劓、食、意、裏、石、泥、息、醅、水、喫、胃、利、壁、籍、徊、翠、覓。

魚模韻脚半收于音，半收嗚音。

魚韵先天肖豪家麻魚韵江陽模韵江陽東中尤侯魚韵江陽眞文模韵尋侵肖豪監咸眞文齊微肖豪齊微齊微寒山魚韵魚韵
于音舐腭嗚音哀巴于音鼻音嗚音鼻音鼻音嗚音于音鼻音舐腭嗚音閉口嗚音閉口舐腭噫音嗚音噫音噫音舐腭于音于音

【新水令】玉鞭嬌馬出皇都，暢風流玉堂人物。今朝三品職，昨日一寒儒。御筆親除，御筆親除，將姓名翰林註。

齊微眞文魚韵魚韵齊微眞文魚韵江陽庚青庚青寒山尋侵魚韵
噫音舐腭于音于音噫音舐腭于音鼻音鼻音鼻音舐腭閉口于音

[以下韻脚，半套魚韻。]愚、書、車、居、處、去、姝、驢、獄、如、侶、語、吁、覷、蛆、朱、駒、主、廬、女、足、聚、屬。[半套模韻。]都、物、福、路、圖、初、妬、阻、徒、覆、怒、否、婦、殂、夫、訴、無、脯、故。

皆來韻脚俱收噫音。

魚韵齊微寒山皆來東遮尋侵江陽皆來東中尋侵皆來肖豪皆來魚韵皆來眞文家麻模韵魚韵皆來
于音噫音舐腭噫音過去閉口鼻音噫音鼻音閉口噫音嗚音噫音于音噫音舐腭哀巴嗚音于音噫音

【點絳唇】竚立閒堦，夜深香靄，横金界。瀟灑書齋，悶殺讀書客。

〔以下全套韻脚，俱皆來。〕在、臺、槐、來、懷、排、孩、待、乖、開、側、害、色、責、改、戒、腮、猜、窄、宅、齋、海、才、白、載、捱、擡、奈、快、愛、拜、客、擺、釵、歪、苔、擺、諧、採、揣、泰、隔、耐、奶、骸、楷、埃、堦、怪、帶、黛、帛、台。

眞文韻脚 俱收舐腭音。

【八聲甘州】懨懨（廉纖 閉口）瘦損，早是傷神，那值殘春。羅衣寬褪，能消幾個黃昏，風裊

（尤侯眞文肖豪支思江陽眞文哥戈齊微寒山眞文哥韵齊微桓歡眞文庚青肖豪齊微哥戈江陽眞文東中肖豪）
（鳴音舐腭鳴音衣詩鼻音舐腭鳴音噫音舐腭舐腭鳴音噫音舐腭舐腭鼻音鳴音噫音鳴音鼻音舐腭鼻音鳴音）

煙不捲簾，雨打梨花深閉門。無語凭闌干，目斷行雲。

（先天模韵先天廉纖魚韵家麻齊微家麻尋侵齊微眞文模韵魚韵庚青寒山寒山模韵桓歡庚青眞文）
（舐腭鳴音舐腭閉口于音鼻巴噫音衷巴閉口噫音舐腭鳴音于音鼻音舐腭舐腭舐腭鳴音舐腭鼻音舐腭）

〔以下全套韻脚，俱眞文。〕陣、人、春、塵、近、粉、神、裀、熏、盡、存、引、穩、門、昏、盹、門、身、勤、緊、分、嗔、褪、新、韻、親、勻、懃、俊、順、印、問、君、燼、孫、軍、痕、焚、恩、齔、忿、勳、氛、晉、論、趁、儘、信。

寒山韻脚 俱收舐腭音。

東中庚青廉纖寒山尤侯家麻江陽車遮寒山江陽寒山齊微魚韵齊微肖豪江陽江陽寒山江陽皆來肖豪尋侵哥戈肖豪眞文
鼻音鼻音閉口舐腭嗚音哀巴鼻音渴去舐腭鼻音舐腭噫音于音噫音嗚音鼻音鼻音舐腭鼻音噫音嗚音閉口嗚音嗚音舐腭

【粉蝶兒】風靜簾開，透紗窗麝蘭香散，啓朱扉搖響雙環。絳臺高，金荷小，銀釭猶燦。比及將暖帳輕彈，先揭起這梅紅羅軟簾偷看。

江陽尤侯寒山齊微齊微江陽桓歡江陽庚青寒山先天車遮齊微車遮齊微東中戈韵先天廉纖尤侯寒山
鼻音嗚音舐腭噫音噫音鼻音舐腭鼻音鼻音舐腭舐腭渴上噫音渴去噫音鼻音嗚音舐腭閉口嗚音舐腭

〔以下全套韻脚，俱寒山。〕挽、懶、歎、鬟、按、看、煩、顔、犯、殘、慣、飯、憚、盼、旦、眼、安、汗、綻、難、竿、攔、範、單、餐、限、干、拴、扮、間、漢、簡、番、奸、慳、慢、案、赸、散、關、閒、泛、攢。

先天韻脚俱收舐腭音。

尤侯齊微東中先天肖豪眞文模韵先天魚韵東中先天江陽先天先天先天齊微眞文江陽寒山先天

【點絳唇】游藝中原，脚跟無線，如蓬轉。望眼連天，日近長安遠。

嗚音噫音鼻音舐腭嗚音舐腭嗚音舐腭于音鼻音舐腭鼻音舐腭舐腭舐腭噫音舐腭鼻音舐腭舐腭

〔以下韻脚，俱先天。〕傳、研、穿、年、願、編、顯、偏、燕、捲、偃、川、見、絃、泉、懸、田、邊、殿、院、面、遍、言、寃、賢、千、肩、撚、仙、鈿、腆、囀、憐、軟、前、淺、傳、延、遠、元、煙、喧、便、遣、連、猿、線、片、嚥、纏、轉、牽、妍、圓、源。

蕭豪韻脚俱收嗚音。

寒山江陽東中先天車遮眞文肖豪齊微尤侯齊微齊微先天東中肖豪江陽先天眞文皆來車遮東中尤侯皆來哥戈肖豪寒山
舐腭鼻音鼻音舐腭遏去舐腭嗚音噫音嗚音噫音噫音舐腭鼻音嗚音鼻音舐腭舐腭噫音遏上鼻音嗚音噫音嗚音嗚音舐腭

【新水令】梵王宮殿月輪高，碧琉璃瑞煙籠罩。香煙雲蓋結，諷呪海波潮。幡影飄颻，諸檀越盡來到。

庚青肖豪肖豪魚韵寒山車遮眞文皆來肖豪
鼻音嗚音嗚音于音舐腭遏去舐腭噫音嗚音

〔以下全套韻脚，俱蕭豪。〕鐃、角、號、梢、敲、到、惱、飽、高、遙、寶、告、焦、惡、約、胥、醮、貌、桃、瑤、腰、嬈、條、嬌、老、眺、傍、倒、宵、道、瞧、撓、學、着、飄、消、少、作、俏、覺、鐸、曉、苗、嚎、哨、好、叫、早、了、曉。

歌戈韻脚俱收嗚音。

肖豪模韻支思江陽皆來先天齊微眞文哥戈車遮齊微哥戈尋侵齊微寒山哥戈皆來肖豪尤侯哥戈車遮肖豪庚青哥戈先天
嗚音嗚音衣思鼻音噫音舐腭噫音舐腭嗚音遏平噫音嗚音閉口噫音舐腭嗚音噫音嗚音嗚音嗚音遏去嗚音鼻音鼻音嗚音舐腭

【五供養】若不是張解元識人多，別一個怎退干戈，排着酒菓，列着笙歌。篆煙微，花香細，散滿東風簾幕。救了咱全家禍，殷勤呵正禮，欽敬呵當合。

先天齊微家麻江陽齊微寒山桓歡東中東中庚纖哥戈尤侯肖豪家麻先天家麻哥戈眞文眞文哥戈庚青齊微尋侵庚青哥戈江陽哥戈
舐腭噫音哀巴鼻音噫音舐腭舐腭鼻音鼻音閉口嗚音嗚音嗚音哀巴舐腭哀巴嗚音舐腭舐腭嗚音鼻音噫音閉口鼻音嗚音鼻音鼻音嗚音

〔以下全套韻脚，俱歌戈。〕蛾、污、窩、呵、臥、科、破、聒、合、何、過、他、我、可、和、多、貨、活、股、波、羅、那、躲、坐、婆、哥、火、柯、垜、痾、囉、趓、闊、挫、酡、大、奪、薄、懦、鵝、磨、摸、朵、顆、渴、搓、割、荷、閣、脫。

家麻韻脚俱收哀巴切之音。

寒山東中寒山肖豪尤侯江陽家麻東中尋侵尤侯尤侯廉纖模韵家麻眞文寒山庚青模韵肖來尤侯肖豪廉纖寒山家麻家麻

【新水令】晚風寒峭透窗紗，控金鈎繡簾不掛。門闌凝暮靄，樓角斂殘霞。恰

舐腭鼻音舐腭鳴音鳴音鼻音哀巴鼻音閉口鳴音鳴音閉口鳴音哀巴舐腭舐腭鼻音鳴音噫音鳴音鳴音閉口舐腭哀巴哀巴

齊微庚青家麻尤侯江陽寒山江陽家麻

對菱花，樓上晚粧罷。

噫音鼻音哀巴鳴音鼻音舐腭鼻音哀巴

〔以下全套韻脚，俱家麻。〕嘩、鴨、鴉、芽、架、滑、襪、華、夏、下、打、乍、峽、馬、牙、花、假、納、拏、紗、話、蛤、蠟、榻、亞、洽、瑕、茶、發、乏、掛、達、怕、差、卦、答、買、啞、詐、瓜、衙、大、家、察、價、寡、搽、畫、法。

車遮韻脚俱收哀奢切之音。

江陽模韻東中肯豪支思模韻眞文車遮監咸齊微庚青桓歡尋侵江陽車遮家麻齊微眞文齊微寒山東中齊微寒山江陽車遮
鼻音嗚音鼻音嗚音衣詩嗚音甑腭遏平閉口噫音鼻音甑腭閉口鼻音遏去哀巴噫音甑腭噫音甑腭鼻音噫音甑腭鼻音遏平

【新水令】望蒲東蕭寺暮雲遮，慘離情半林黃葉。馬遲人意懶，風急雁行斜。

齊微眞文東中車遮模韻齊微支思齊微齊微車遮
噫音甑腭鼻音遏平嗚音噫音衣詩噫音噫音遏去

離恨重疊，破題兒第一夜。

〔以下全套韻腳，俱車遮。〕廝、趄、者、別、月、野、裂、怯、熱、接、蛇、捨、賒、妾、嗟、呆、邪、嗻、褶、滅、貼、些、也、葉、折、䕶、歇、說、夜、拽、姐、徹、藉、惹、謝、踅、絕、缺、傑、穴、蝶、捨、咽、結、瀉、舌。

庚青韻腳俱收鼻音。

魚韻魚韻模韻眞文眞文哥戈車遮庚青車遮肯來東中東中家麻尋侵桓歡庚青哥戈齊微庚青寒山江陽尋侵支思庚青肯來
于音于音嗚音甑腭甑腭嗚音遏音鼻音遏音噫音鼻音鼻音哀巴閉口甑腭鼻音嗚音噫音鼻音甑腭鼻音閉口衣詩鼻音噫音

【鬥鵪鶉】玉宇無塵，銀河瀉影，月色橫空，花陰滿庭。羅袂生寒，芳心自警。側

肯豪車遮支思哥戈支思庚青車遮肯豪車遮肯豪模韻支思庚青肯豪　庚青　廉纖　庚青
嗚音遏音衣詩嗚音衣詩鼻音遏音嗚音遏音嗚音支詩鼻音嗚音　鼻音　閉口　鼻音

著這耳朵兒聽，躡著這腳步兒行，悄悄冥冥，潛潛等等。

〔以下全套韻腳，俱庚青。〕整、婷、鶯、聲、庭、憎、定、形、生、睜、爭、徑、行、靈、靜、凭、鏡、明、另、情、淨、聽、清、輕、惺、迎、命、朧、影、冷、病、扃、應、更、倖、橫、

星、省、燈、屏、成、零、檑、鳴、能、寧、映、屛、盟、慶、程、證。

尤侯韻脚俱收嗚音。

齊微齊微肖豪寒山先天眞文肖豪皆來尋侵江陽尤侯模韵模韵庚青齊微肖豪尋侵江陽尤侯肖豪皆來齊微尤侯江陽肖豪
【集賢賓】雖離了眼前，悶却在心上有，不甫能離了心上，又早在眉頭。忘了
噫音噫音嗚音舐腭舐腭舐腭嗚音噫音閉口鼻音嗚音嗚音嗚音鼻音噫音嗚音閉口鼻音嗚音嗚音噫音噫音嗚音鼻音鼻音嗚音

齊微先天寒山尤侯肖豪支思江陽模韵肖豪模韵尤侯家麻模韵皆來齊微眞文齊微東中尋侵江陽哥戈魚韵哥戈眞文尤侯眞文尤侯眞文
依然還又，惡思量無了無休。大都來一寸眉峯，怎當他許多顰皺。新愁近
噫音舐腭舐腭嗚音嗚音衣詩鼻音嗚音嗚音嗚音哀巴嗚音噫音噫音舐腭噫音鼻音閉口鼻音嗚音嗚音于音嗚音舐腭嗚音舐腭嗚音舐腭

皆來車遮肖豪尤侯尤侯支思眞文肖豪寒山眞文眞文尤侯尤侯尤侯支思皆來江陽寒山眞文　眞文尤侯支思先天廉纖齊微尤侯
來接着舊愁，斷混了難分新舊。舊愁似太行山隱隱，新愁似天塹水悠悠。
噫音遏音嗚音嗚音衣詩舐腭嗚音舐腭舐腭舐腭嗚音嗚音嗚音衣詩噫音鼻音舐腭舐腭　舐腭嗚音衣詩舐腭閉口噫音嗚音

〔以下全套韻脚，俱尤侯。〕瘦、陡、憂、樓、鈎、繡、舟、皺、扣、袖、流、候、口、頭、手、眸、修、有、透、愁、秀、宿、肉、柔、後、右、走、擲、逐、偶、由、就、秋、竹、舊、收、酬、扭、留、休、九、侯。

尋侵韻脚俱收閉口音。

支思齊微齊微肯來齊微齊微支思齊微眞文齊微尋侵東中齊微眞文哥戈尋侵肯豪江陽江陽寒山齊微尋侵車遮肯豪齊微
衣詩噫音噫音噫音噫音噫音衣詩噫音舐腭噫音閉口鼻音噫音舐腭嗚音閉口嗚音鼻音鼻音舐腭噫音閉口遏音嗚音噫音

【鬥鵪鶉】則爲你彩筆題詩，迴文織錦，送得人臥枕着床，忘餐廢寢，折倒得

眞文支思尤侯桓歡肯豪魚韵庚青尋侵眞文齊微尋侵庚青齊微尋侵肯豪車遮哥戈車遮廉纖支思齊微先天江陽肯來尋侵齊微哥戈庚青
舐腭衣思嗚音舐腭嗚音于音鼻音閉口舐腭噫音閉口鼻音噫音閉口嗚音遏音嗚音遏音閉口衣詩噫音舐腭鼻音噫音閉口噫音嗚音鼻音

鬢似愁潘，腰如病沈。恨已深，病已沉，昨夜個熱臉兒對面搶白，今日個冷

魚韻支思江陽眞文支思尋侵
于音衣詩鼻音舐腭衣詩閉口

句兒將人厮侵。

〔以下全套韻脚，俱尋侵。〕琴、噷、臨、禁、鍼、岑、林、陰、心、甚、今、審、淫、侵、恁、吟、沉、浸、簪、任、枕、寢、參、啉、喑、枕、林、尋、音、怎、衾、賃、金、噙、錦。

監咸韻脚 俱收閉口音。

模韻廉纖家麻家麻庚青模韵齊微江陽江陽監咸　肯豪庚青車遮肯豪寒山家麻先天東中監咸家麻眞文尋侵尤侯齊微
嗚音閉口哀巴哀巴鼻音嗚音噫音鼻音鼻音閉口　嗚音鼻音遏音嗚音舐腭哀巴舐腭鼻音閉口哀巴舐腭閉口嗚音噫音

【端正好】不念法華經，不禮梁王懺，颩了僧伽帽，袒下偏紅衫。殺人心逗起

庚青東中監咸江陽齊微尤侯江陽模韵東中齊微江陽先天監咸
鼻音鼻音閉口鼻音噫音嗚音鼻音嗚音鼻音噫音鼻音舐腭閉口

英雄膽，兩隻手將烏龍尾鋼椽攙。

〔以下全套韻脚，俱監咸。〕貪、敢、參、潭、攙、攬、淡、爁、饞、贉、糝、餡、喒、䕼、南、

婪、堪、談、緘、男、渰、藍、慙、擔、探、釤、勘、岩、撼、厭、三、慘、驂、甘、俺、賺、喊、膽。

◎以上每韻列曲一套，所缺者桓歡、廉纖兩韻耳。然桓歡、舐腭，寒山三韻足以概之。廉纖閉口，監咸兩韻足以概之。於北曲諸音，已收之略盡，惟是南詞之入聲入唱，尚有未該之音。茲錄南曲一套，并入聲字眼，照前譜式詳註於左。

【雁過聲】花陰夜靜禮碧空，正遙天霧斂冰輪瑩。只見風掃殘紅，香堦擁，好
家麻哥侵車遮庚青齊微陌韵東中庚青肖豪先天模韵廉纖庚青眞文東中質韵先天東中肖豪寒山東中江陽肖來東中肖豪
哀巴閉口遏音鼻音嚨音勠平鼻音鼻音鳴音舐腭鳴音閉口鼻音舐腭鼻音嚨濁舐腭鼻音鳴音舐腭鼻音鼻音嚨音鼻音鼻音鳴音

傷情，這堆積處似我眉峯。望東墻密意難通，何日魚水同。只索向夢兒中，
江陽庚青車遮齊微陌韻魚韻支思哥戈齊微東中江陽東中江陽質韻齊微寒山東中哥戈質韻　齊微東中質韻藥韻江陽東中支思東中
鼻音鼻音遏音嚨音勠平于音衣詩鳴音嚨音鼻音鼻音鼻音鼻音嚨濁嚨音舐腭鼻音鳴音嚨濁于音嚨音鼻音嚨濁丫土鼻音鼻音衣詩鼻音

暫爾相和哄。你做了鏡內情郎，我做了畫兒裏愛寵。
監咸支思江陽哥戈東中齊微模韵肖豪庚青齊微庚青江陽哥戈模韵肖豪家麻支思齊微肖來東中
閉口衣詩鼻音鳴音鼻音嚨音鳴音鳴音鼻音嚨音鼻音鼻音鳴音鳴音鳴音哀巴衣詩嚨音嚨音鼻音

［以下，俱錄全套入聲字面。］却、只、落、得、綠、莫、竹、曲、尺、滴、鋏、月、鵲、失、伯、各、一、別、越、
藥韻質韻藥韻陌韻屑韻藥韻屑韻陌韻陌韻屑韻藥韻質韻陌韻藥韻質韻屑韻屑韻
丫土嚨濁丫土勠平鳴音丫土鳴音鳴音勠平勠平哀奢哀奢丫土嚨濁勠平丫土嚨濁哀奢哀奢

直、欲、說。
陌韻屑韻屑韻
勠平鳴音哀奢

凡入聲，左旁有註噫濁者，謂噫帶濁聲也。丫士者，謂丫字士音也。勀平者，謂勀調平聲也。哀奢者，謂屑韻之音爲哀奢切也。詳見收音口訣中。

收音問答

客有問余者曰：『東鍾、江陽兩韻，自來曲譜，不記鼻音，吾子收鼻之說，毋乃誕與？』余應曰：『唯唯否否。夫詞腴諸集，獨於庚青字眼，旁記鼻音者，緣吳俗庚青皆犯眞文，鼻音並收舐腭，所謂兵、淸諸字，每濫賓、親之訛，自來莫有救正，於是字旁記點以別之。此作譜者，正音之津筏也。若以東鍾、江陽，其音天然歸鼻，無煩矯正，但有不收之慮，却鮮別犯之憂，故字旁無復記點，豈眞不須收鼻哉？惟是庚青之收鼻略早，兩韻之收鼻較遲，是則微有異耳。總之，皆鼻者也。』客曰：『兩韻之歸鼻固矣。所慮不收之說，可得聞與？』余曰：『凡敷演一字，各有字頭、字腹、字尾之音。頭尾姑未遑指，而字腹則出字後，勢難遽收尾音，中間另有一音，爲之過氣接脈，如東鍾之腹，厥音爲翁紅；（陰腹爲翁，陽腹爲紅。下倣此。）先天之腹，厥音爲烟言；皆來之腹，厥音爲哀孩；尤侯之腹，厥音即侯歐；寒山、桓歡之腹，厥音爲安寒；餘即有音無字，未便描寫皆所謂字腹也。由腹轉尾，方有歸束，今人誤認腹音爲尾音，唱到其間，皆無了結，以故東字有翁音之腹，無鼻音之尾，則似乎多；先字有烟音之腹，無舐腭音之尾，則似乎些。種種訛舛，鮮可救藥。至於支思、齊微、魚模、歌戈、家痲、車遮數韻，則首尾總是一音，更無腹音轉換，是又極徑極捷，勿慮不收者也。若夫江陽諸韻之不收尾音，有兩種人犯之：一種自負喉音嘹喨，縱情使去，往而莫返，如是者不收；又梨園子弟當場，務欲四筵聳聽，一味浩歌闊唱，如是者不收。乃若月下花陰，名山勝會，賞音畢集，自宜輕謳緩按，緊收細吐，眞如袁石公所云：千人石畔，度一字，捱一刻者，方爲入彀。安得任却喉音，放情賣弄，致同優者之音闊鮮收哉。』客又曰：『今人既犯認腹爲尾之病，則將去其腹音，亦如齊微等韻早收尾音，不亦可乎？』曰：『不可。聲調明爽，全係腹音，且如蕭豪二字，何等高華，若不用字腹，出口便收嗚音，則幽晦不揚，而字欠圓整，故尾音收早，亦是病痛，而閉口韻尤忌犯之，是字腹誠不可廢也！』客曰：『字腹字尾，拈說既明；所云字頭之音，亦有說歟？』曰：『凡字音始出，各有幾微之端，似有如無，俄呈忽隱，於蕭字則似西音，於江字則似幾音，於尤字則似奚音；此一點鋒鋩，乃字頭也。繇字頭輕輕吐出，漸轉字腹，徐歸字尾，其間從微達著，鶴膝蜂腰，顛落擺宕，眞如明珠走盤，晶瑩圓轉，絕無顡濁偏歪之疵矣。然字頭尤自有辨：今人每唱離字、樓字、陵字等類，恆有一兒音冒於其前。又如唱一那字，則字先預贅一舐腭之音，俗云「裝柄」，又云「摘鈎頭」，極欠乾淨，此又可名曰「字疣」，不可誤認爲字頭也。諸凡論說，及已前歌訣，可與明者道，難與俗人言，必能心中體會，口內吚嗚，逐字逐音，細細試演，其理自得。若粗心浮氣，見此話頭，不病爲幽渺，卽笑爲支離，就中玄奧，孰從喩之，則知我罪我，其惟此書乎？』客又問曰：『上半字與下半字，總是一字，其理當非懸絕，乃今人業能出字，復昧尾音，其故何歟？』曰：『世之樂工歌客，字且不識，奚能審音？間有從字面中着意稽研者，不過於聲之平上去入，調得洽妥，腔之頓挫悠揚，吐得觔節，更於開口、撮口、鼻音之旁註曲譜者，記得清楚，則遂儼然曲師自命，而王孫公子，爭先延聘，試問其某字應歸某韻，某韻應收某音，彼固茫然也。若乃文人墨士，則工於塡詞，而拙於度曲，亦且卑其事而不屑究討，間有稍稍涉獵者，其聰明問學所及，亦但使叶切無訛，平仄無舛，而韻脚雖嫺，音理未熟，試問其字頭何音，字腹何音，字尾何音，彼又茫然也。世鮮收音，職此故歟？嘗思今之曲譜，卽古之樂章，故塡詞一事，勝國以之制科取士，而放榜之後，卽以中式詞章，賜之樂府，演之伶官，勤厥瓊林佳宴，何等鄭重其事，今人乃卑之不肯習也，是不可解矣。』

字母堪刪

今人盡攻舉子業，而字學一脈，幾乎息矣。彼其音關脣、舌、齒、喉，理寓陰、陽、淸、濁，儒紳士苴弗講，猶賴度曲者僅留一緒於聲歌之中，則以儒者工章句，謳者擅音聲，而呫嗶則忙不細討，嘯歌則音堪徐度耳。予嘗考字於頭腹尾音，乃恍然知與切字之理相通也。蓋切法，卽唱法也。曷言之？切者，以兩字貼切一字之音，而此兩字中，上邊一字，卽可以字頭爲之，下邊一字，卽可以字腹、字尾爲之。如東字之頭爲多音，腹爲翁音，而多翁兩字，非卽東字之切乎？簫字之頭爲西音，腹爲鏖音，而西鏖兩字，非卽簫字之切乎？翁本收鼻，鏖本收嗚，則舉一腹音，尾音自寓，然恐淺人猶有未察，不若以頭、腹、尾三音共切一字，更爲圓穩找捷。試以西鏖嗚三字連誦口中，則聽者但聞徐吟一簫字；又以幾哀噫三字連誦口中，則聽者但聞徐吟一皆字，初不覺其有三音之連誦也。夫儒家翻切，釋家等韻，皆於本切之外，更用轉音二字，（卽因、煙、人、然之類。）總是以四切一，則今之三音合切，奚不可哉。至若家麻諸韻之本無字腹者，只須首尾兩音爲切。然又有首尾無異音者，但可以本字入聲當字首，如齊字之頭，止有疾音，疾卽齊之入聲也，故齊字可以疾噫兩音唱之，亦可疾噫兩音切之。他如支思、魚模、歌戈，其理總不外是。惟是腹尾之音，一韻之所同也，而字頭之音，則逐字之所換也。如哉、腮等字，出皆來韻中，而其腹共一哀音，其尾共一噫音，與皆來無異，至審其字頭，則哉字似玆，腮字似思，初不與皆字之幾音同也。又如操、腰等字，出蕭豪韻中，而其腹共一鏖音，其尾共一嗚音，與蕭豪無異，至考其字頭，則操字似雌，腰字似衣，初不與蕭字之西音同也。惟字頭有推移之妙，亦惟字頭有涇渭之分，哉腮不混皆來，操腰細別蕭豪，非此一點鋒鋩爲之釐判也乎？顧其間，有同音也而淸濁殊，則亦並字也而陰陽異。如尤本陽字，而頭腹尾爲奚侯胡之音，則皆陽音矣；以尤調憂，乃陰字也，而頭腹尾爲衣歐嗚之音，則又皆陰音矣。字頭難以枚舉，而腹音之在東鐘者，陰則翁而陽則紅；在皆來者，陰則哀而陽則孩；在眞文者，陰則恩而陽則痕；在先天者，陰則煙而陽則言，推之各韻，其腹皆然。更稽其尾，亦何獨不然？有嗚即有胡，有噫即有奚，有於即有于，而至於鼻音、閉口音、舐腭音，與夫車遮等韻之有音無字者，曾有不具一陰一陽之理者乎？又況各韻之頭腹尾，何一不分平上去？而其平上去，又何一不分陰與陽者乎？故凡陽字，則當以陽音之頭腹尾唱之；凡陰字，則當以陰音之頭腹尾唱之。轉腔之後，又勿論矣。守此唱法，便是切法，而精於切字，卽妙於審音，勿謂曲理不與字學相關也。嘗思當年集韻者，誠能以頭腹尾之音，詳切各字，而造成一韻書，則不煩字母，一誦了然，豈非直捷快事；特中多有音無字，礙於落筆，則不能不追慨倉頡諸人之造字不備也已。抑篇中字頭名相，擬議頗煩，則以三字切法，其腹尾之音，一定不改，而丸轉變化全在字頭，與度曲之音出微渺者迥異，蓋云切非云唱也，第恐將來不審，而愚流之信字頭者，泥作着情之唱，高明之疑字頭者，横加着相之譏，則誤人處在此，訾我處亦在此，於是特作字頭辨解于後，以示疑信之兩非云。篇中三字切法，上一字卽字頭，中一字卽字腹，下一字卽字尾。每韻摘出幾字，以備觀覽。他韻之無字腹者，不錄。

東　鐘此韻之尾，同收鼻音。

東多翁切。　鐘之翁切。　通拖翁切。　松思翁切。　空枯翁切。

江　陽此韻之尾，同收鼻音。

江幾骯切。　桑思骯切。　章知骯切。　商尸骯切。　光枯骯切。

皆　來韻尾同收噫音。

皆幾哀噫切。　猜雌哀噫切。　篩師哀噫切。　挨衣哀噫切。　衰舒哀噫切。

眞　文此韻字尾，同收舐腭音。

眞知恩切。　昏呼恩切。　因衣恩切。　嗔痴恩切。　欣希恩切。

寒　山此韻字尾，同收舐腭音。

山師安切。　姦幾安切。　彎烏安切。　慳欺安切。　餐雌安切。

桓　歡韻尾同收舐腭音。

桓華寒切。　瞞磨寒切。　盤蒲寒切。　攛麤寒切。　丸吳寒切。（寒字借用，不必張喉。）

先　天韻尾俱收舐腭音。

先西烟切。　煎齏烟切。　堅雞烟切。　娟居烟切。　暄虛烟切。

蕭　豪韻尾同收嗚音。

簫西鏖嗚切。　刁低鏖嗚切。　囂希鏖嗚切。　梢尸鏖嗚切。　嬌幾鏖嗚切。

庚　青此韻字尾，俱收鼻音。

明迷恒切。　靈離恒切。　情齊恒切。　成池恒切。　曾慈恒切。

尤　侯韻尾同收嗚音。

尤奚侯嗚切。　劉離侯嗚切。　眸迷侯嗚切。　囚齊侯嗚切。　求其侯嗚切。

尋　侵此韻字尾，俱收閉口音。

侵妻恩切。　鍼知恩切。　深施恩切。　欽欺恩切。　金飢恩切。

監　咸此韻字尾，俱收閉口音。

監飢庵切。　**三**思庵切。　**衫**師庵切。　**簪**茲庵切。　**攙**痴庵切。

廉　纖此韻字尾，俱收閉口音。

廉離鹽切。　**鈐**其鹽切。　**蟾**池鹽切。　**髯**時鹽切。　**甜**提鹽切。

字頭辨解

予嘗刻算磨腔時候，尾音十居五六，腹音十有二三，若字頭之音，則十且不能及一。蓋以腔之悠揚轉折，全用尾音，故其爲候較多；顯出字面，僅用腹音，故其爲時少促；至字端一點鋒鋩，見乎隱，顯乎微，爲時曾不容瞬，使心浮氣滿者聽之，幾莫辨其有無，則字頭者，寧與字疣同語哉。予向恐世人之認字疣爲字頭也，特擧離字，那字之着疵者，拈出示之，俾字先無贅音之冒雜，乃又有慕托淘洗，過求乾淨，反認字頭爲字疣者，則其審音察字，猶鮮精到也。蓋字疣之音，添出字外，而字頭之音，隱伏字中，勢必不可去，且理亦不宜去。凡夫出聲圓細，字頭爲之也；粘帶不清，字疣爲之也。若其頹濁多而蘊藉少，則又强去字頭之故也。試聽字音乍出，其齒舌間一點微風，略帶音響，原天然隱躍字端，雖善淘洗，能去之哉？客有病予字頭之說，謂所云字腹，可當字頭，而所云字頭，乃直字疣。予請其試謳一曲，將逐一字端，細細察審，無不另成聲響，有絕與腹尾音各別者；客蓋專於歌，而略於聽，故音出口中而習焉不察也。此亦字頭不能去之一證也。雖然，蛇足之患，夫豈無之。今日既立一字頭之名，他日便泥一字頭之唱，着情賣弄，作態長吟，舌端不免牽帶，開口便多齷齪，大叛立言之旨，將貽作俑之尤，客之慮，非淺鮮也。夫惟十分瀟洗字疣，乃存眞正字頭，而一意描寫字頭，反成眞正字疣。音本生成，非關做作，有心去之卽非，有心存之亦非；善唱則口角輕圓，而字頭爲功不少，不善唱則吐音龐雜，字疣着累偏多，吾故作此辨解，以喚醒夫認字疣爲字頭者，更以喚醒夫認字頭爲字疣者。

鼻音抉隱

雲間某客，工於『絃索』，審於字面，其字尾收音，雖則未解厥故，然皆自然合式，不犯錯收。聞練川一巨室主人，豪華好士，通曉音律，客心慕之，挾技往謁，爲奏曲一闋。主人不甚賞鑒，而私於他客曰：『雲間兄誠佳，惜未得其全耳。』某客聞之，未審致疵之繇。翌日，倩友往詢。主人曰：『此君出字良勝，閉口、撮口、亦復合竅，但按吳歈萃雅諸譜，惟庚青一韻，應收鼻音，今則東鐘、江陽字面，一概混收。技雖佳，惜此竿頭未進。』客聞，忽忽自失，歸而語余曰：『細按曲譜，東鐘、江陽，果然不記鼻音，但無奈唱到轉腔過氣處，不覺暗收於鼻，然亦竟以收鼻故，覺得字面完整；而練川主人云云，此何說歟？』余聞其說，捧腹者久之，因歎曰：『曲譜之設，原以照盲，不謂因譜受盲有如此主人翁者，然譜亦何罪哉？』緣夫吳俗承訛旣久，庚青皆犯眞文，鼻音誤收舐腭，故譜旁乃有記認。彼東鐘、江陽，本無他犯，曷爲仍記鼻音以添蛇足？且中原十九韻，厥音凡九，曷爲不記他音乃獨於收鼻、撮口、閉口三音而記之？曷爲不記他韻，而獨於庚青、廉纖四韻而記之？蓋閉口三韻，海虞字字合斂，鼻音、撮口，松陵約略無乖；惟郡城於三等口法，大都偏與韻戾，故作譜者急懲時弊，創此文旁鈐記耳。卽如閉口字面，設非記認譜旁，則廉纖必犯先天，監咸必犯寒山，尋侵必犯眞文，訛謬糾牽，將無底止，夫安得不記？若云東鐘兩韻，譜無鼻音，不應收鼻，則他如魚模等韻，譜中不記嗚音，曷爲唱者收嗚？不記于音，曷爲唱者收于。不記噫音，曷爲唱者收噫？不記舐腭音，曷爲唱者收舐腭哉？甚矣主人翁之盲於閱譜也。

又余嘗按十九韻之音，不特東鐘兩韻，應收於鼻，卽閉口、舐腭，其音亦非與鼻無關，試於閉口、舐腭時，忽然按塞鼻孔，無有不氣閉而聲絕者；則雖謂廉纖、眞文等七韻，總是音從鼻出，奚不可哉？但其中猶自有辨，蓋舐腭、閉口，唱者無心收鼻，而聲情原向口達，無奈脣閉舌舐，氣難直走，於是回轉其聲，徐從鼻孔而出，故音乃帶濁，婉肖無你兩字土音。（吳俗呼無字不作巫音，另有土音與閉口音相似。又有我儂、你儂之稱，其你字不作泥音，另有土音，與舐腭音相似。）至庚青三韻，則是開口收鼻，用意爲之，聲響直透腦門而出。故其音較清，又肖吳字土音。吳俗呼吳字不作胡音，另有土音與鼻音相似。試於庚青閉口收鼻時，忽然閉口，亦不全肖閉口之音，蓋緣聲情不向口出，盡納鼻孔，故雖閉口，不甚鬱塞，第覺半似吳字土音，半似無你兩字土音。又試於閉口舐腭之收鼻時，忽然開口舒舌，則又絕非庚青收鼻之音，蓋緣音之收鼻，非其本情，故脣關一啓，其音原向口出，不從鼻轉，而細察聲響，全不似吳字土音，亦全不似無你兩字土音，同中有異，異中有同，總皆借徑於鼻，則夫閉口舐腭七韻，尙算收鼻之例，曷云東鐘兩韻，反非鼻音哉？甚矣主人翁之盲於閱譜也！抑今人庚青鼻音，每犯驟收之病，夫庚青，非齊微諸韻比也，齊微諸韻，天然無腹，一出口便轉尾音，卽欲緩收，無聲可度，乃若庚青之腹，明明有一恆音則必首腹尾擺得調勻，字方丸轉，今人急急早收，口中便多痕跡，此亦太泥曲譜之故也。夫庚青之有記認而收鼻太早，與東鐘兩韻之無記認而終於不收，豈非病則一般哉。余因是不免有憂焉。前收音口訣中，謂：『曲度庚青，急轉鼻音』，亦不過較東鐘之緩收者，略促其候耳。若覽者以辭害意，則又是主人翁識見矣。岳侯運用之妙，存乎一心，趙括徒讀父書，敗乃公事，則曲譜何罪？吾子亦何罪哉　客於是欣然頤解，大悟而去。

篇內東鐘、江陽，與庚青並例，已驚俗耳，乃舐腭、閉口，概派收鼻，語益不經。不知閉口之收鼻，非余創說，伯良王氏，已先言之。但口閉矣而無竅可通，不得不從鼻轉，此亦理所易曉者。至舌舐上腭，口固開也，而聲出脣間，夫復何疑？然其舌腭緊牢貼，外雖啓，內實閉，舍是鼻孔他無出路，試令幷掩其鼻，有不聲頓響絕也哉？唱者不信，請細演之。

○鼻音抉隱續篇

有客謂：『曲譜流行甚廣，若云三等鈐記，特爲姑蘇而設，將無坐井觀天歟？』予曰：從來『磨調』曲，惟姑蘇絕盛，而詞譜亦姑蘇編輯者多，以蘇人之譜，砭蘇音之病，故閉口始記詞腴，鼻音則廣于吳歈萃雅，撮口則添自詞林逸響，繇來漸矣。子疑鼻音之說，請以撮口證之，夫裙、許、淵、娟等字，理應撮口呼唱，乃歷稽譜傍，何以書、住、朱、除，則記撮口，而裙、許、淵、娟，絕少鈐認乎？蓋有記有不記，因蘇城人之有撮有不撮耳。試觀松陵玉峯等處，于書、住、朱、除四字，天然撮口，譜傍似可無記，而必記無遺者，豈非以蘇城之呼書爲詩，呼住爲治，呼朱爲支，呼除爲池之故乎？吳興土俗以勤讀裙，以喜讀許，以煙讀淵，以堅讀娟，似乎譜傍不應無記，乃竟無一記者，又豈非以蘇城於此四字天然撮口，無須更添蛇足也乎？然則庚青之記收鼻，即如朱、住、書、除之不可不記撮口也。東江兩韻之本鼻音而不記鼻音者，即如裙、許、淵、娟之本撮口而不記撮口也。若謂東江兩韻譜無一記不應收鼻，將淵、娟等字之不記撮口者，必撮口呼唱〔二〕，一如吳興之煙、堅土語，乃爲帖切耶？惟閉口韻姑蘇全犯開口，故譜中無字不記。撮口則僅乖其半，故亦什記其伍。至所記鼻音爲第三之一者〔三〕，則以庚青獨犯舐腭，而東鐘、江陽，乃仍字字收鼻故耳。曲譜鈐認，不爲姑蘇，而爲誰哉？近有聲場名宿，所唱『雲雨阻巫峽』曲中傷字，竟不敢收鼻而硬收舐腭之音，後學習响師聲，深苦嗓子拗窒，則以天然音韻審之傷字，初無舐腭音耳。試考『不做周方』與『雲斂晴空』兩曲韻脚，一江陽，一東鐘；彼其方、倘、房、香，以及空、湧、紅、桐等字，今之絃索家，果收舐腭乎？抑收鼻音乎？蓋此人深拘曲譜之無記，故驚疑不敢收鼻，若使吳歈萃雅至今未出，則此人庚青字眼不幾終無收鼻之時也哉。客不覺撫掌大笑曰：『君勿言，予悉之矣！』

俗訛因革

越稽正吳編載，娘字爲女良切，女字爲尼呂切，尼字爲年題切，年字爲寧田切，寧字爲奴經切，奴字爲農都切；蓋詞隱先生沈寧菴別號。本之洪武韻也。要終原始，遞考貼切，數字皆舌舐上腭而出，此在『弋陽』優者，口氣誠然不爽，而按之時唱，大不其然。及考中原音韻，則娘爲尼姜切，女爲尼矩切，年爲尼堅切，寧爲尼經切；至於尼字，乃是濃雞切，濃字又是尼容切，濃尼交相反切，莫窮字母源流。但正韻濃爲女容切，亦是舐舌出口，則兩韻書大約不相違謬。他如你、嬭、念、紐、甯、溺等字，口法皆然，聽之不協俗耳，似應姑隨時唱，以俟俗換時移，徐徐返正，今則或未可強也。又中原韻熬字爲訛高切，訛字爲吳哥切，傲字爲昂告切，昂字爲吳岡切，乃考吳字竟是王姑切，正韻叶切，仍復相倣。他如梧、娥、誤、臥等類，亦與吳音相近，絕非時俗口法，此則確應遵韻，不可狥時。況北曲口氣撇噎，叶太上聲尤與韻音相宜者乎？惟是我爲昂咢切，唱之頗不協聽，似又暫應通俗者也。夫昂咢、寧田諸切，雖合韻音，反似諸方土音，故於俗耳不入。乃『紘索』曲中，又有萬字唱患，望字唱旺，問字唱溷，文字唱魂，武字唱五，微字唱圍之類，北方認爲正音，江南疑爲土音，其間孰非孰是，斷案別詳甄說，玆姑不贅。獨維遺兩字之呼作圍音〔四〕，韻中原與圍字同收一處，何今人曾不細考，乃概以他方土音目之也哉。

則昂乃叶杭，傲乃叶浩，訛乃叶和，熬乃叶豪無疑矣。杭、和、豪、浩，俱陰出陽收。昂、訛、熬、傲，俱陽出陽收。雖口法略異，因係同音，姑借叶之。

宗韻商疑

昔方諸生王伯良別號。有曰：『周氏作中州音韻，其功不在於合而在於分，乃分之中猶有未盡然者，如江陽之於邦王，齊微之於歸回，魚居之於模吳，眞親之於文門，先天之於鶻元〔五〕，試細呼之，殊自逕庭，皆宜更析。至其合之不經者，如肱、轟、兄、崩、烹、盲、弘、鵬等字，舊屬庚、青、蒸三韻，而今且兼收之東鐘韻中。又浮字本縛牟切，俗譌爲扶，方言也；周則反收魚模韻中，而於尤侯本韻，竟並其字削去，抑何謬至此哉！余故別創南詞正韻，盡更德清之舊，而多取聲於洪武正韻焉。』是伯良所遵者惟正韻，而周韻則其所甚加訾譏者也。又聞之䴊隱生曰：『國家洪武正韻，惟進御者規其結構，絕不爲塡詞而作。至詞曲之於中州韻，猶方圓之必資規矩，雖甚明巧，誠莫可叛焉者。』是詞隱所遵惟周韻，而正韻則其所不樂步趨者也。然而兩先生雖各持其說，而意則何嘗矛盾哉？伯良謂：江陽各韻中，邦、王、歸、回等字，德清析之猶未精審。至於浮之叶扶，與崩、横諸字之收入東鐘韻者，皆北音也。北音不可入南詞，惟有正韻字音，與南音諧合，故宜遵用，初不謂北詞亦可廢却周韻也。詞隱謂：周韻惟魚居與模吳，尾音各別；齊微與歸回，腹音較異；餘如邦、王諸字之腹尾音，原無不各與本韻諧合。至洪武韻雖合南音，而中間音路未清，比之周韻，尤特甚焉。且其他別無南韻可遵，是以作南詞者，從來俱借押北韻，初不謂句中字面，並應遵倣中州也。予故折中論之：凡南北詞韻脚，當共押周韻；若句中字面，則南曲以正韻爲宗，而朋、横等字，當以庚青音唱之。北曲以周韻爲宗，而朋、横等字，不妨以東鐘音唱之。但周韻爲北詞而設，世所共曉，亦所共式，惟南詞所宗之韻，按之時唱，似難捉模，以言乎宗正韻也。乃自來唱『太山崩裂』，『晚渡横塘』，『猛然心地熱』，『羨鵬搏何年化鵾』，『可知道朋友中間爭是非』，諸凡朋、横字音，合東鐘者什九，合庚青者什一，則未嘗不以周韻爲指南矣。以言乎宗周韻也，乃入聲原作入唱，矛原不唱繆，謀原不唱謨，彼原不唱比，皮原不唱培，避原不唱被，披原不唱丕，袖原不唱叶四去聲，龍原不唱驢東切之音，則又未嘗不以正韻爲模楷矣。且韻脚旣祖中州，乃所押入聲，如『拜星月』曲中熱、拽、怯、說諸韻脚，並不依中州韻借叶平上去三聲，而一一原作入唱，是又以周韻之字，而唱正韻之音矣。正韻、周韻，何適何從，諺云『兩頭蠻』者，正此之謂。予不敏，未敢遽出畫一之論，以約時趨，於後之執牛耳者，不能無望焉。抑余於兄字、浮字，竊有疑於伯良之言也。伯良謂兄本蒸靑字眼，收之東鐘者爲不經。夫然，則兄不叶胸，必應叶熏而收鼻音者爲是，此惟用之韻脚則可，若句中字面作如是唱，殊不雅聽。又謂浮之叶扶，乃德清雜用方言，變亂雅音。夫誠以方言爲病，則今之所唱詳字、辭字，以及繩、尋、徐、緒、蛇、謝、像、旋等字，其音皆與方言絕肖；如或詳唱墻音，辭唱慈音，寧不反成別字，則方言奚拘？且扶爲方言，在吳下誠然，安必中州之亦以扶音爲土音哉？余則謂南唱蜉音，北唱扶音，自兩無違礙。至兄之不可作熏唱，豈惟北曲，卽南詞亦有然者。況洪武東庚兩韻，原並收兄字，又安得獨詆周氏之非也乎？是則前人立論偶偏，不得不一置喙云爾。

按洪武韻玉字爲魚欲切，叶獄，着爲職略切，叶灼，止讀入聲。今南曲多有玉唱預音，着唱潮音者，此尙祖中原音叶耳。至斉斷字，則兩韻以及海篇、篇海、玉篇、廣韻、直音、集成等書，皆叶平聲，乃詞隱正吳編載斷役、斷養、小斷之類，當叶思；斷守、斷見、斷打、斷纏之類，當叶酱，則平聲之外，仍有應唱入聲者，在詞隱必有所本，但從來詞曲，止祖洪武中州兩韻，而他書不與焉。且正吳一編，明謂謹照洪武叶切，而以遵制爲名，今相悖如此，其故云何，姑存其疑，以俟釐訂之者。又考洪武韻閒暇之閒，何艱切，叶閑；中間之間，居顏切，叶奸，俱從月不从日，俗作閒非，寫法則同，字音各別，乃正吳編卽以中間之間作何艱切，則將『晝屏間』，與『朋友中間爭是非』，並作閑音唱可乎？又簪，本尋侵字眼，正吳編兼列眞文韻，與尊字同音，是閉口字混入開口韻矣。珊，本寒山字眼，正吳編謂『闌珊』之珊則叶三，是開口字反混入閉口韻矣。細查正韻，初無此等音切，而詞隱云爾，豈其有錯謬者乎？抑豈災木者之誤筆歟？予之集是編也，自揣頗覺精當，乃詞隱倘以正訛致訛，則予失簡處，或亦不少，惟後之君子正之。

字釐南北

北曲肇自金人，盛於勝國。當時所遵字音之典型，惟中原韻一書已爾，入明猶踵其舊。迨後塡詞家，競工南曲，而登歌者亦尙南音，入聲仍歸入唱，卽平聲中如龍、如皮等字，且盡反中原之音，而一祖洪武正韻焉。其或祖之未徹，如朋唱蓬音，玉唱預音，着唱潮音，此則猶帶中原音響，而翻案不盡者也。邇年來，沈寧菴王伯良諸公，恪遵王制，釐整字音，而正韻愈爲南字指南。奈時俗趨承之過，甚或以南音濫投北調者有之，如蘗字、中原叶梅，洪武叶迷；彼字、中原叶妣，洪武叶卑上聲；謀字、中原叶謨，洪武叶茂平聲；棼字、中原叶焚，洪武叶分；袖字、中原叶囚去聲，洪武似救切；倫字、中原驢敦切，洪武龍春切；犬字、中原虛遠切，叶萱上聲，洪武苦遠切，叶勸上聲；鳳字、中原夫貢切，叶諷，屬陰，洪武馮貢切，屬陽；話字、中原叶化屬陰，洪武胡挂切屬陽；幼字、中原叶右屬陽，洪武伊謬切屬陰；向字、中原奚降切屬陽，洪武許亮切屬陰；愛字、中原昂蓋切屬陽，洪武於蓋切屬陰；待字、中原叶帶屬陰，洪武度耐切屬陽；智字、中原中智切屬陰，洪武時智切屬陽；按字、中原昂幹切屬陽，洪武於幹切屬陰；擋字、中原徒浪切屬陽，洪武丁浪切屬陰；甚字、中原叶深去聲屬陰，洪武時鴆切屬陽。歷稽叶切，音響逕庭，確當北準中原，南遵洪武。乃今度北曲者，遇此等字面，往往涉洪武南音，乖謬不已甚乎？又考避字、中原叶庳，亦叶備，洪武叶庳；袂字、中原叶謎，亦叶昧，洪武叶謎，是南北俱可唱庳唱謎，而備昧二音，則宜北不宜南矣。悔字、中原叶毀，洪武叶毀，亦叶晦；鬮字、中原叶靡，洪武叶靡，亦叶迷；猫字、中原叶毛，洪武叶毛，亦叶苗；檻字、中原叶陷，洪武叶陷，亦叶陷上聲；脣字、中原池論切，叶陳撮口，洪武殊倫切，叶人，撮口；是叶晦、叶迷、叶苗，與叶陷上聲，叶人撮口，又宜南不宜北矣。至如皮字、中原叶培，洪武叶琵；披字中原叶丕，洪武叶批；浮字、中原叶扶，洪武房鳩切；龍字、中原驢東切，洪武盧容切；眸字、洪武叶謀，中原叶謬平聲；兩韻殊音，南北迥異。此則唱家亦既熟曉，不必更防淆溷。惟是湮本叶因，俗唱煙；緡本叶民，俗唱綿；擋本叶蕩，俗唱黨；睹本叶朵，俗唱妬；妄本叶望，俗唱罔；睽本叶奎，俗唱葵；逵本叶葵，俗唱癯；筌本叶璉，俗唱撚；項本叶向，俗唱杭字去聲；勁本叶敬，俗唱檠字去聲；馴本叶旬，俗唱閏字平聲；誦本詞縱切，俗唱慈縱切；甤本兒追切，俗唱雖；綰本叶彎上聲，俗唱叶官上聲；婉本於捲切，叶遠，俗唱椀；患本黃慣切，以本鉏紀切，也本叶爺上聲，夜本叶爺去聲，俱屬陽，俗並作陰唱；此又韻兩同音，南北匪異，所當概矯俗訛者也。嘗思詞曲先有北，後有南，韻書先有中州，後有洪武，南字之間涉中原，雖不當嶽，然相仍已非一日。又正韻字音，如着字、職略切，是字、時吏切，似字、相吏切等類，俱覺不諧時唱，姑借用中原音叶，亦未爲不妥。至北曲字面，所爲自勝國以來，久奉中原韻爲典型，一旦以南音攙入，此爲別字，可勝言哉！志釐剔者，其留意焉。

絃律存亡

昔王元美評曲，謂北筋在絃，南力在板。而吳興臧晉叔譏爲不知曲理，且謂北之被絃索，猶南之合（叶葛）簫管，不過隨聲附和，非有成律可憑，若云北筋在絃，將謂南力在管可乎？至板以節曲，則北亦有力，奚獨稱南？此論出而元美要當齒冷矣。粵稽北曲，肇自完顏，於時董解元西廂記，亦但一人倚絃索以唱，故何元朗謂北詞有大和花和之絃，王伯良謂邇年燕趙歌童舞女，咸棄桿撥，盡效南聲，又謂南詞無問宮調只按一拍，故作者多孟浪其詞，北必和入絃索，曲文少不協律，則與絃音相左，故詞人凜凜遵其型範。然則當時北曲，固非絃弗度，而當時曲律實賴絃以存也。請得而詳言之：古之被絃應索者，於今較異。今非有協應之宮商，與抑揚之定譜，惟是歌高則彈者亦以高和，曲低則指下亦以低承，眞如簫管合（叶葛）南詞，初無主張於其際，故晉叔以今泥古，遂訾爲曲之別調耳。若乃古之絃索，則但以曲配絃，絕不以絃和曲。凡種種牌名，皆從未有曲文之先，預定工尺之譜，夫其以工尺譜詞曲，卽如琴之以鈎剔度詩歌，又如唱家簫譜，所爲浪淘沙沽美酒之類，則皆有音無文，立爲譜式者也。而其間宮調不等，則分屬牌名亦不等，抑揚高下之彈情亦不等，如仙呂牌名，則彈得新清綿邈；商調牌名，則彈得悽愴悲慕；派調耋宮，涇渭楚楚，指下彈頭既定，然後文人按式塡詞，歌者准徽度曲，口中聲響，必倣絃上彈音。每一牌名，製曲不知凡幾，而曲文雖有不一，手中彈法，自來無兩，卽如今之以吳歌配絃索，非不叠換歌章，而千篇一律，總此四句指法概之。又如簫管之孔，數僅五六，而百千其曲，且合（叶萬）和無有遺聲，豈非曲文雖夥，而曲音無幾，曲文雖改，而曲音不變也哉？惟是絃徽位置，其近鼓者，亦猶上半截簫孔，音皆漸揭而高，近軫者，亦猶下半截簫孔，音並轉低而下，而欲以作者之平仄陰陽，叶彈者之抑揚高下，則高徽須配去聲字眼，平亦間用，至上聲固枘鑿不投者也。低徽宜配上聲字眼，平亦間用，至去聲又枘鑿不投者也。且平聲中仍有涇渭，陽平則徽必徽低乃叶，陰平則徽必徽高乃應，倘陰陽奸用，將陽唱陰而陰唱陽，上去錯排，必去肖上而上肖去，以故作者歌者，兢兢共稟三尺，而口必應手，詞必諧絃。凡夫字櫛句比，安腔布調，一準所爲仙呂之清新綿邈，商調之悽愴悲慕者，以分叶之，而格律部署之嚴，總此彈徽把定，平仄所以恆調，陰陽用是無慝，則筋之一字，元美良有深情，乃區區簫管例之，豈不謬哉！慨自南調繁興，以清謳廢彈撥，不異匠氏之棄準繩，況詞人率意揮毫，曲文非盡合矩，唱家又不按譜相稽，反就平仄例塡之曲，刻意推敲，不知關頭錯認，曲詞先已離軌，則字雖正而律且失矣。故同此字面，昔正之而仍合譜，今則夢中認醒而惟格是叛；同此絃索，昔彈之確有成式，今則依聲附和而爲曲子之奴；總是牌名，此套唱法，不施彼套；總是前腔，首曲腔規，非同後曲，以變化爲新奇，以合掌爲卑拙，符者不及二三，異者十常八九，卽使以今式今，且毫無把捉，欲一一古律繩之，不逕庭哉！雖然，古律湮矣，而還按詞譜之仄仄平平，原卽是彈格之高高下下，亦卽是歌法之宜抑宜揚。今優子當場，何以合譜之曲，演唱非難，而平仄稍乖，便覺沾唇拗嗓，且板寬曲慢，聲格尙有游移，至收板緊套，何以一牌名，止一唱法，初無走樣腔情，豈非優伶之口，猶留古意哉？至其間有得力關捩子，則全在一板之牢束，蓋曲音高下，本無涉於板，而曲候緊舒，實腔定於拍，板拍相延，初無今古，謂原來曲候，雖至今存可也。又況緩促業經准量，則高下聲情，亦不至浸淫無紀，而古腔古調，庶猶有合，故元美謂南力在板，卽晉叔亦未嘗不以爲然，惟是晉叔之評北曲，謂力不在絃，則於絃索曲理，尙有一班未睹。夫北詞絃索，何異南詞鼓板，板則其正，鼓則其贈，若絃索則兼正贈合鼓板而備之者也。姑以今時絃索喻，彼歌聲每度一板，而指法之最淸者，彈數約之凡四，雖其間或彈密而爲滾，又或滾密而爲促，似乎簡煩懸異，然總之節節排勻，彈彈有准，稍着乘除，拍不入眼矣。試觀南詞之板，緊曲則正一而贈亦一，慢曲則正一而贈乃三，斯卽一板四彈之榜樣也。更加以滾促之多彈，隱然常拍之外，倍添贈拍，豈非贈且復贍，較之鼓板，尤密尤均乎？故魏良輔有北絃索南鼓板之喻；何元朗有慢板大和絃，與緊板花和絃之評。絃板相提而較，正元美之深於知曲，乃晉叔反致譏彈。不能不爲洗寃矣。嘗思疾徐高下之節，曲理大凡也，而南有拍，北有絃，非不可因板眼慢緊以逆求古調疾舒之候，北有太和正音，南有九宮曲譜，又非不可因譜上平仄以逆考古音高下之宜。奈何哉，今之獨步聲場者，但正目前字眼，不審詞譜爲何事；徒喜淫聲聒聽，不知宮調爲何物，踵舛承訛，音理消敗，則良輔者流，固時調功魁，亦叛古戎首矣。

按良輔『水磨調』，其排腔配拍，榷字釐音，皆屬上乘，卽予編中諸作，亦就良輔來派，聊一描繪，無能跳出圈子。惟是向來衣鉢相傳，止從喉間舌底度來，鮮有筆之紙上者，姑特拈出耳。偶因推原古律，覺梨園脣吻，彷彿一二，而時調則以翻新盡變之故，廢却當年聲口，故篇中偶齒及之，要以引商刻羽，居然絕調，况生今不能反古，夫亦氣運使然乎？覽者謂予卑磨腔而賞優調，則失之矣。

度曲須知　下卷

翻切當看

伯良氏曰：度曲先須識字，識字先須反切。反切之法，經緯七音，旋轉六律，釋氏所謂七音一呼而聚，四聲不召自來，言相通也。今疑難字面，韻中或少同音，每下不註叶，但憑切脚翻調，則調切之法，政宜探討。用錄字韻圖訣，以詔來學焉。

辨聲捷訣

切韻先須辨四聲。五音六律次兼行。難呼語句皆爲濁。易紐言詞盡屬清。
鬭脣班豹碧邠剝。舐舌當帝滴都丁。口含呼虎嗚胡故。舌捲伊幽乙謁英。
嘴撮尊春書呂出。齒齊之實始時成。正齒止征眞志只。穿牙柤摘塞箏筌。
引喉勾狗鷗侯厄。逆鼻蒿豪好赫亨。腭上囂妖嬌矯轎。舌根機結計堅經。
縱脣休朽求鳩九。送氣查拏詫宅棖。口合甘含咸檻甲。脣開何可我歌亨。

字母貫通三十六。要分清濁重和輕。會得這些玄妙法。世間無字不知音。

宮舌居中。商口開張。角舌縮却。徵舌挂齒。

羽撮口聚。

陰陽交互切法

陽		陽		陽		陽	
郎徒	羅唐	基盈	經移	麻旁	忙琶	尤奇	移求
徒	唐	盈	移	旁	琶	奇	求
騰	騰	寅	寅	彭	彭	勤	勤
壇	壇	延	延	槃	槃	乾	乾
唐	徒	移	盈	琶	旁	求	奇

陰		陰		陰		陰	
郎拖	羅湯	基興	經希	麻滂	忙葩	尤谿	移丘
拖	湯	興	希	滂	葩	谿	丘
鼟	鼟	欣	欣	烹	烹	鬖	鬖
灘	灘	軒	軒	潘	潘	牽	牽
湯	拖	希	興	葩	滂	丘	谿

陰		陰		陰		陰	
郎多	羅當	基鷖	經衣	麻幫	忙巴	尤基	移鳩
多	當	鷖	衣	幫	巴	基	鳩
登	登	因	因	崩	崩	巾	巾
丹	丹	烟	烟	般	般	堅	堅
當	多	衣	鷖	巴	幫	鳩	基

陽　陽

墻容　墻秦前從
從容　從秦前墻
潮加　潮陳纏茶
茶薦　茶陳纏潮

陰　陰

瑲容　瑲親千聽
聽良　聽親千瑲
超加　超瞋脠叉
叉薦　叉瞋脠超

陰　陰

將容　將津牋宗
宗良　宗津牋將
朝加　朝珍邅踏
踏薦　踏珍邅朝

三十六字母切韻法

經電　經巾堅見
多官　多敦端端
珍螭　珍瞋脠知
博傍　博崩般幫
芳無　芳芬番敷
七精　七親千清
之笑　之真旃照
時連　時辰禪禪

牽溪　牽騫牽溪
他後　他臺灘透
敕列　敕侲延徹
部適　部賁梗竝
父勇　父焚煩奉
墻容　墻秦前從
昌緣　昌春穿穿
於景　於因烟影

瞿云　瞿羣權羣
徒競　徒廷田定
持陵　持陳纏澄
眉兵　眉民綿明
無非　無文樠微
思尋　思心暹心
仕莊　仕脣狗床
興烏　興欣軒曉

魚其　魚銀妍疑
年題　年寧年泥
女良　女紉孃娘
匪微　匪分番非
子爵　子津牋精
徐嗟　徐尋涎邪
式衽　式深苫審
轄甲　轄礥賢匣

俞架 俞雲圓喻　郞才 郞棱蘭來　入隻 入人然日　普郞 普烹潘滂

偎痴鄒切。　延抽延切。　嬭女聯切。　紉尼斤切。　樠武官切。　狗崇關切。　礩下珍切。

經緯圖說

前陰陽交互，及三十六母翻切，其妙在於熟呼，卽如當字爲都郎切，須口中先呼都郎二字，隨呼都登丹當四字，以極熟爲度。並將篇中諸切，熟誦亦如前式，則凡遇生疎切脚，自能調出字音，有不期然而然者。蓋都郎卽當字之切脚，登丹卽當字之轉音，（轉音者，從上轉下之遞文也。）聲籟皆本天然，一經呼唱，則機括圓溜，而天然字音出矣。然此止憑牙舌虛翻，豈無絲毫糊突，什一差譌？乃近得檇李陳獻可所著皇極圖韻，中有四聲經緯，及轉音經緯之圖，蓋體釋氏等韻諸編，翻爲簡徑捷法。凡切脚轉音，不煩口調，按圖歷歷可稽。其上層排列見、溪、羣、疑等目，名曰三十六字母。每母下，直看有三十六子，（如見母直下，則有公供以至甘兼，共三十六字。其純清牙音，宛肖見母，故以子名。餘可類推。）子各屬一韻，（如見母下，公屬東韻，供屬冬韻，以及甘屬覃韻，兼屬鹽韻之類。）是一母可通三十六韻也。其邊傍有東、冬、支、齊等目，謂之三十六韻。每一韻中，橫推有三十六音，（如東韻橫列公、空、顒、峣；冬韻橫列供、穹、窮、顒，各三十六音。餘韻俱倣此。）音各從一母，（如東韻，公從見母，空從溪母之類。餘可類推。）是一韻可通三十六母也。其用法凡遇疑難切脚，先查上一字屬在第幾母下，則但記定第幾母，不必仍記上一字爲何字，亦不必更記上一字爲四聲之何聲，（四聲者，平、上、去、入也。）次審下一字在何聲圖內，及何韻之中，卽從此韻橫看至所記第幾母一行而止，則一橫一直交接處，恰得所切之字。其說有兩形可方比，以十字之形喻，則字在交錯之中心；以曲尺之形喻，則字在相湊之轉角。天然巧中，千不爽一，切法精良，莫此若矣。（如天字之梯連切，須先查得上邊梯字，乃第六透母直下所轄，則但牢記第六行是透母，而得母之後，與子便無關涉，不必仍記上邊梯字矣。而後再查下邊連字，乃在十八先韻中，即將先韻一排橫畫到邊，透母一行，直豎到底，看其十字交錯之中心，則恰好有一天字。又如地字爲條吏切，須先查上邊條字，乃平聲圖中第七定母所轄，則但牢記定母在第七行，不必更記條字在心亦不必更看平聲一圖，惟再查下邊吏字，乃在去聲圖內，第四齊韻之中，即就齊韻橫數至向所記定母第七行而止，則其齊韻橫排，與定母直下，兩相湊撞之轉角處，恰好是個地字，此又曲尺之比例也。）然此按圖索驥之事，特爲愚者而設，若欲口中翻調得法，先須辨清轉音，（即因、煙、人、然之類。）斯字音無謬。今其轉音一圖，上排見溪諸字母，業與前四圖無異，而邊傍所列，則僅庚、寒、眞、先、文、元、侵、鹽、魂、桓十韻之目，緣轉音字眼，總收在此十韻中，其餘廿六韻，絕無干涉故耳。每一母下，有五等轉音，共計十字，（如見母下有庚干、巾堅、君涓、金兼、昆官，十字爲五等之轉音。餘倣此。）但看切腳上一字，屬第幾母所轄，則轉音即在本母一行，斷不牽瀰別母之下。又看下一字，韻旁鈐何口法，則轉音口法，亦皆符券，斷不牽瀰餘四等轉音之中。蓋以上半切定三十六行之一行，以下半切定一行中五等之一等，斯轉音辨法盡之矣。即如（都郎）都登丹當之切（當郎兩字，出開口岡韻，故須開口翻切，斯登丹轉音，不覺忽來，蓋登丹亦開口字面，氣類所以相從。今人口法，每誤用齊齒止合得丁顛二音，雖切來仍是當字，然齊齒之當，而非開口之當，所釐絲毫糊突者此耳。）其上邊都字，乃第五端母所轄，而登丹轉音，亦天然列在端母下；至下邊郎字，按首圖屬在唐韻，邊旁記開口，乃其登丹二字，隸後圖庚寒兩韻，亦轉音之旁記開口者也。以開口字韻，求開口轉音，一橫一直，照前排去，則十字中心，曲尺轉角，正登丹兩字之位。又如（盈基）盈寅延移之切，上邊盈字，乃三十四喻母所管，而寅延之轉音，亦天然列在三十四行，及看下邊基字，首圖隸在齊韻，邊旁業記齊齒，乃其寅延二字，隸後圖眞先兩韻，亦轉音旁註齊齒者也。以齊齒字韻，合齊齒轉音，而經緯交錯之中心，豈非又是寅延兩字之位？然則轉音口法，如開口、撮口、閉口、合口、齊齒、捲舌，混是也。不管上半切，惟宗下半切，上半切管出聲，下半切管收音，轉音雖在中間，然亦漸轉而收其音矣。故開、齊、撮、閉之口法，槩以下一字爲準。故下邊一字，口法誠爲喫緊。如盈基之基字，查韻旁業應齊齒，須將此字口法，模擬十分合斂，然後連轉音齊齒調去，則寅延兩字，不覺自來，而聲清音確，恰成一齊齒移字；不然，基字若撮口呼，則轉音亦是撮口之雲圓，而移字不隣於余字哉。至用閉口淫鹽，與開口〇〇，合口〇〇，益與基移風馬牛而不成字音矣。嘗將各韻撮、齊、開、閉、合之口法，細細翻調，誠與五等轉音，條配如同一轍；即捲舌之附齊齒亦然。惟有瀏字之鈐記陽肱兩韻旁者，附在後圖合口轉音中，翻來疑有牽强，卽如陽韻之江字爲基良切，轉音查在第一見母下，似齊齒之巾堅，反與江字穩貼，若合口之昆官，却疑近於光字，豈陽韻本應齊齒，而誤刊混字乎？抑混本齊齒轉音，而拘於元來律序，不得不强附合口乎？予寡昧實無能聆略此矣。總之，每行五轉音，原卽每母下三十六子中之字，故子必肖母，聲響十分貼切。且其橫排位次，一照首圖十韻行列，分隸三十六母之下，隻字無有異同，則知音位乃出天然，口法無容假借，方便法門，不於焉啓之哉。圖中空圈處，係有音無字之位，第將母子連綿，如一東則連呼見公溪空羣顒疑峨，二冬則連呼見供溪穹羣窮疑顒之類。四聲條串，如一東則連呼見公穀貫谷，溪空孔控酷，二冬則連呼見供羣拱菊，溪穹恐恐曲之類。依行直竪，如將見母下公、供以至甘、兼三十六字，通行呼熟，則其餘三十五行可字字推圖而得。按韻橫排。如將東韻公、空，以至隆〇三十六字，通排橫誦極熟，則其餘三十五韻，排排可以暗呼。熟呼徹誦，則無文之音，自可唱提如珠貫，滿圖之字，奚難暗誦如夙聞。每母有三十六子，雖散從各韻，而牙舌齒脣喉之口法，出一母鑪錘，故母呼子答，捷應如響，無文之音，隱隱排布，何難唱提如珠貫哉。而又不必母母呼到，字字唱完，任舉數母數韻，清朗哦吟，則機觸聲通，而圈音字音不覺依序湧出，學者無驚易爲難也。又或憑流拙於呼誦，更有簡捷之法，但用本圈上邊字母，與旁邊韻目，兩字權當切脚，翻來却是圈音；是合曲尺兩頭之字，即可切曲尺轉角之字矣。且不獨字母韻目，能切無字之圈，凡母下三十六子，盡堪爲切脚上一字，韻內三十六音，盡堪爲切脚下一字，雖更翻迭切，而此一圈音，絕無移換，是合十字之橫直七十二音，皆可切十字中心之一音矣。以此遍推無字之圈，圈圈有其音，更以此遍切有音之字，不字字析其微哉。如歌韻橫數至第九、第十、十一、十二行之四空圈，上係知徹澄娘四母，即將知歌兩字，權當切脚，而九位之圈音可翻矣。再以徹歌兩字切之，而十位之圈音亦可調矣。不寧惟是，更於知母下，偶舉一中字作上半切，於歌韻中偶舉一呼字，作下半切，翻來仍是知歌切之音；更於徹母下提一超字，作上半切，於歌韻中，偶提一多字作下半切，翻來仍與徹歌切之音，秋毫不爽，舉兩圈而餘圈之音，一隅可三矣。但按此圖繇來，原不過仍唐韻以叶梵音，未嘗爲塡詞度曲作地，細舉圖中之字，與圖位之音，律以洪武中州聲韻，牽多牽強未諧。即如龐、傍、東、冬，本屬同音，今則開、齊、合、撮，各標一韻；江陽通韻口法開張，今則光合，唐開，與陽混，光唐陽，右傍韻目，合開混，左邊口法。派鈴三等。況疑、娘、禪、床、四母，字音先與圖音不肖，故下邊三十六子，三十六母，創自司馬溫公，添于梁山首座，故四母字音，止宗唐韻，與今韻不叶如敖、昂、尼、獰，船、垂等字，亦並涉東南土語。其他鏗、梗、恆、庚之猶宗沈約譌音，而與兩韻書相悖者，又何堪一一枚指哉。然圖位之字，雖有訛塡，而圖位之音，天然常正，五方無殊響，千古無異音，譬如張公頭錯帶李公帽，譌在帽不在頭也。又如背譜塡詞，平仄倒次，乖在詞不在譜也。今夫究皇極者，第審圖中之音，不泥圖中之字，即舉業家，亦期精通字義，無須音析毫芒，故于此圖俱堪把玩。若夫曲詞聲韻，必以洪武中州爲準，而唐韻之字，不可受其拘牽，況開、齊、合、撮，是集與是圖，彼此各標名目，（如彼之合口，即我滿口，彼之捲舌，即我穿牙，彼之齊齒，即我嚙脣，彼之開口，即我張喉，皆義同名異，不應牽泥。）俱當融通體會。但以曲韻合圖音，借彼切法，調我字面，庶幾得之。予意欲照此式，用中州韻字眼，配一北音之圖，再用洪武韻字眼，配一南音之圖，寧非曲學指南哉？竊有志焉，而尚未逮也。各母各韻，應有純清、次清、純濁、次濁，宮商角徵羽之分屬，第恐愚者苦其頭腦多端，故但錄之末圖，前四圖俱不詳載，須將此篇說解，對閱後幅諸圖，圖所難晰處，覽說自明；說猶有費解處，再循圖覆照，未有不燎如指掌矣。

嘗閱宋公濂洪武正韻序，知晉魏以前，詩詞惟取音之協比，初無字韻可拘。自梁沈約用吳音定四聲類譜，而唐代仍之以律詩賦，更名禮部韻略。後之學者，如武夷吳棫輩，雖多所矯正，顧以事不出朝廷，韻之行世者猶自若也。高皇帝親覽是書，深嫌字音乖舛，及東、冬、青、清等韻，分合種種失宜，命詞臣通聲韻者，重新刊定，諸臣承詔，共輯洪武正韻，一以中原雅音爲准焉。夫雅音者，說者謂即中原音韻是也，乃緣朱子先兩韻而生宋代，所註經書，除三百篇祖吳棫韻補外，餘書音切，亦大略止憑唐韻，故舉業家於洪武中州字音，似覺未習耳。不知韻學起於江左，殊失正音，此高皇帝親諭儒臣之天語。宋公濂亦謂沈約制韻，大抵多吳音，且徒知縱有四聲，而不知橫有七音，故經緯不交而失立韻之源，然則唐韻已久爲國朝所擯矣。沐同文之化者，可不以正韻爲

恪遵

周德清嘗曰：『南宋都杭，地近吳興，凡搬演戲文如樂昌分鏡等類，唱念聲腔，皆宗沈韻，不知休文本梁臣，決不忍弱其本朝而以敵國中原音爲正，故製韻抑本所生吳興之音。但可施於約之鄉里，而於六朝所都江淮間，且甚不協，況通之四海乎？予生當混一，恥習鴂舌偏音，竊祖劉太保諸公意，輯中原音韻一書，舉沈韻之叶卦爲怪，叶婦爲缶，切副爲敷救，切靴爲許戈者，一一返正焉。蓋取四海同音而編之。』實天下公論也。觀此，則沈韻已久不守於勝國矣。

計錄四聲經緯轉音經緯五圖于後〔註〕

〔註〕四聲經緯圖，原書排列很緊，限於字體版面，現將每聲經緯圖，排四面，並爲照應閱讀，在第二面後，重排了合口、撮口……一列，在第三面前，重排了一東，二冬……一列。上聲經緯，去聲經緯，入聲經緯三圖同此例。

平聲經緯

一二三四五六七八九十十一十二十三十四十五十六十七十八十九二十廿一廿二廿三廿四廿五廿六廿七廿八廿九三十卅一卅二卅三卅四

東冬支齊魚模乖咍皆灰眞文魂寒桓刪還先元蕭豪歌戈陽光唐庚青肱侯尤侵覃鹽

一見牙音　公供基基居姑乖該皆規巾君根昆干官間關堅涓驕高歌戈江光岡家爪迦庚京絅肱鉤鳩金甘兼

二溪　空穹谿谿墟枯咼開揩窺鑋坤髡刊寬慳○牽圈蹺尻珂科羌匡康呿誇佉鏗卿傾觥䖵丘欽堪謙

三羣　頎窮奇奇渠○○○○逵勤羣○○○○○○趯乾權喬○翗○強狂○伽瘸○擎瓊○求琴○黔

四疑　峣顒倪倪魚吾詭疾厓危銀輾僓堄豻刓顏頑妍元堯敖莪譌卬昂牙砎○娙迎○腢牛吟巖嚴

五端舌頭　東冬低低○都○鼜○堆○○敦丹端○○顛○凋刀多垛○○當○爹登丁○兜○眈敁

六透　通炵梯梯○瑹○台○推○○諄啍灘湍○○天○挑叨拖詑○○湯○○鼟汀○偷○禫貪添

七定　同彤題題○徒○臺○頹○○豚壇團○○田○條陶駝牠○○唐○○騰庭○頭○○覃甜

八泥　䰯農泥泥○奴○鯦○挼○○○麐難渜○○年○嬈猱那挼○○嚢○○䏻能寧○○羺○○南拈

九知舌上　中中知知豬○○○椎追珍屯屯○○○値○邅樝朝嘲○○○張樁○吒搯䟓貞○○輈輈砧詀沾

十徹　忡忡痴痴攄○○○搋吹瞋椿椿○○○○脠猭超颩○○昌惷○叉○撐檉○抽抽琛○覘

十一澄　蟲蟲馳馳除○篪○媷○陳酏酏○窀獮○纏傳潮桃○○長幢○茶○橙呈　儔儔沉憾巉

十二孃　○醲尼尼袦○○○揮○紉○○○○妏孋○○○○鐃○○娘聹○拏○獰○○犇犇緰喃黏

十三精斜齒　宗宗貲齎諏租○哉○峻津遵尊錢鑽○○牋鐫焦遭[illegible]侳將臧臧○嗟增精㞕諏啾祲簪尖

十四清　悤悤雌妻趨粗○猜○崔親逡村餐攛○○千詮鍬操蹉㛗瑲倉倉○磋蹭青○誰秋侵參僉

十五從　從從慈齊○徂○裁○漼秦鷀存殘欑○○前全樵曹齹矬牆藏藏○査層情○剿酋蠶蠶潛

十六心　松松思西需蘇○顋○雖新荀孫珊酸○○先宣蕭騷娑莎襄桑桑○些僧星騂搜脩心三暹

十七邪　淞淞詞○徐○○○○隨○旬○○○○○涎旋○○○○詳○○○斜○錫○○囚尋○燖

十八照正齒　終終支○朱○○○齊佳眞諄諄○○○跧旃專昭釗○○章莊莊摣樝遮爭蒸○鄒周針簪斬詹

合撮齊齊撮合開齊合齊撮合口附開口開合捲齊合齊撮齊開開合混合開齊齒附合口 齊齒附撮口開齊混開齊閉閉閉

口口齒齒口口口齒口齒口口口舌齒口齒口齒口口口　口口口齒　口齒口口口

平聲經緯

		十九穿	二十牀	廿一審	廿二禪	廿三幫重脣	廿四滂	廿五竝	廿六明	廿七非輕脣
一	東	充	崇	春	鱅	○	韸	蓬	蒙	風
二	冬	充	崇	春	鱅	○	韸	蓬	蒙	風
三	支	蚩	齹	詩	時	卑	披	皮	靡	○
四	齊	○	○			箆	批	鼙	迷	○
五	魚	樞	○	輸	殊	○	○	○	○	○
六	模	初	鋤	疎	○	逋	鋪	蒲	模	夫
七	乖	[illegible]	雛	衰	○	頦	䴽	排	埋	○
八	咍	犫	○	○	栘	○	婔	焙	○	○
九	皆	釵	豺	篩	○	碩	䴽	排	埋	○
十	灰	吹	○	○	垂	杯	坯	裴	梅	非
十一	真	瞋	神	申	辰	賓	繽	貧	民	○
十二	文	春	唇	○	純	○	○	○	○	分
十三	魂	春	唇	○	純	奔	濆	盆	門	分
十四	寒	○	○	○	○	般	潘	槃	瞞	○
十五	桓	○	○	○	○	般	潘	槃	瞞	○
十六	刪	貚	潺	刪	○	○	○	瓣	○	○
十七	還	○	狗	栓	○	班	攀	○	蠻	○
十八	先	川	○	羶	鋋	邊	篇	楩	眠	○
十九	元	穿	船	○	遄	○	囨	○	謾	番
二十	蕭	弨	○	燒	韶	標	飄	瓢	苗	○
廿一	豪	抄	巢	梢	○	褒	抛	袍	毛	○
廿二	歌	○	○	○	○	○	○	○	○	○
廿三	戈	○	○	○	○	波	坡	婆	摩	○
廿四	陽	昌	淙	商	常	邦	胮	龐	厖	方
廿五	光	窗	床	雙	○	幫	滂	傍	茫	○
廿六	唐	窗	床	雙	○	幫	滂	傍	茫	○
廿七	厖	杈	查	沙	○	巴	葩	琶	麻	○
廿八	遮	車	蛇	奢	闍	○	○	○	哶	○
廿九	庚	鐺	傖	生	○	祊	烹	彭	萌	○
三十	青	稱	繩	升	成	兵	砰	平	明	○
卅一	肱	○	○	○	○	○	○	○	○	○
卅二	侯	搊	愁	摻	○	○	婄	掊	呣	不
卅三	尤	犨	○	收	酬	彪	○	[illegible]	繆	○
卅四	侵	覰參	岑	深森	諶	○	○	○	○	○
卅五	覃	欃	讒	衫	○	○	○	湴	菱	○
卅六	鹽	襜	○	苫	蟾	砭	○	柉	○	○

廿八敷　豐豐○○○敷○○○妃○芬芬○○○○○鄷○○○○芳○○○○○○○○秠○芝○

廿九奉　馮馮○○○扶○○○肥○梵梵○○○○○煩○○○○房○○○○○○○○浮○凡○

三十微　瞢瞢○○○無○○○微○文文○○○○○樠○○○○亡○○○○○○○○○○瑷○

廿一曉喉音　烘胸羲羲虛呼嚅咍稀灰欣薰昏軒歡[illegible]恨軒暄囂蒿訶○香荒○蝦花靴亨興兄轟齁休歆蚶馦

廿二匣　紅雄奚奚○胡懷孩諧回礥○痕魂寒桓閑還賢玄○豪何和降黃炕遐華○恆形橫螢侯○○咸嫌

廿三影　翁雍伊伊於烏歪哀挨威因氳慍氳安剜黫彎煙淵妖鏖阿倭央汪航哇鴉肥鸎英泓榮謳幽音諳淹

廿四喻　融容移移余侉○匜○幃寅雲○○○○○延圓遙○○訏陽王駚○耶○盈榮歡○尤淫佔鹽

廿五來半舌　隆龍離離閭盧膠來唻雷鄰倫論闌鸞爛孄連攣聊勞羅騾良瀧郎鸞聽羅棱靈○樓流林藍廉

廿六日半齒　○茸而而如○○荋○甤人犉肢○○○○然堧饒○○○穰○○○挼婼○仍○○柔壬○髯

　口口齒齒口口口口齒口齒口開口附口口舌齒口齒口齒口口口　口口合口撮口口齒　口齒口口口

　合撮齊齊撮合合開齊合齊撮合口附開合捲齊合齊撮齊開開合混合開齊齒附齊齒附開齊混開齊閉閉閉

上聲經緯

		一見牙音	二溪	三羣	四疑	五端舌頭	六透	七定	八泥	九知舌上
一	董	鞕	孔	○	湡	董	統	動	繷	冢
二	腫	鞏	恐	鞏	○	湩	○	○	𩟪	冢
三	紙	几	起	技	擬	邸	體	弟	禰	徵
四	薺	几	起	技	擬	邸	體	弟	禰	徵
五	語	舉	去	巨	語	○	○	○	○	貯
六	姥	古	苦	○	五	覩	土	杜	弩	○
七	拐	枴	胯	○	○	○	○	○	○	[illegible]
八	海	改	愷	○	騃	䚂	嚔	待	乃	○
九	蟹	解	楷	𧴥	睨	○	○	○	○	鈬
十	賄	軌	巋	○	頠	腇	腿	錞	餧	○
十一	軫	緊	螼	近	齗	○	○	○	○	駗
十二	吻	麕	梱	窘	輑	○	○	○	○	○
十三	混	袞頣	閫墾	領	崀	頓	畽懯	囤	炳	○
十四	旱	笴	侃	○	○	亶	坦	但	攤	○
十五	緩	管	款	○	輐	短	疃	斷	煖	[illegible]
十六	產	簡	齦	○	眼	○	○	○	○	○
十七	睆	○	○	○	○	○	○	○	○	○
十八	銑	蹇	遣	件	巘	典	腆	殄	撚	展
十九	阮	卷	犬	圈	阮	○	○	○	○	轉
二十	小	矯	巧	蹻	咬	鳥	朓	窕	嬲	○
廿一	晧	槁	考	○	顤	擣	討	道	腦	獠
廿二	哿	哿	可	○	我	嚲	袉	舵	娜	○
廿三	果	果	顆	○	姽	朵	妥	惰	娞	○
廿四	養	講	磽	彊	仰	○	○	○	○	長
廿五	廣	廣	𢡳	○	○	○	○	○	○	○
廿六	蕩	骯	慷	○	[illegible]	黨	儻	蕩	曩	○
廿七	馬	檟寡	跒髁	○	雅瓦	○	○	○	○	縿耍
廿八	者	○	○	○	○	哆	○	○	○	○
廿九	梗	梗	伉	○	○	等	䔲	𨂂	能	盯
三十	靜	警	謦	痙	脛	頂	珽	挺	顊	最
卅一	迥	礦炯	檾頃	○	○	○	○	○	○	○
卅二	厚	苟	口	○	藕	斗	黈	[illegible]	穀	肘
卅三	有	久	糗	舅	𪗴	○	○	○	○	肘
卅四	寢	錦	顉	噤	儑	○	○	○	○	揕
卅五	感	感	坎	拑	頷	膽	菼	禫	腩	站
卅六	豏	檢	[illegible]	儉	顩	點	忝	簟	淰	○

十徹　寵寵褫褫楮○○○○○疢楯楯○○𣏕○搌腞𪁗翺○○昶○○奼[illegible]○○逞○丑丑跿僴詔

十一澄　重重豸豸佇○犨○○○联蜳蜳○○○○邅篆肇○○○丈○○跦[illegible]○瑒徎○紂紂朕湛湛

十二孃　○○嚳嚳女○○○妳○○○○○○赧○趁䞶○猣○○○擃○那○檸○○狃狃抳䵑○

十三精斜齒　總總子濟苴祖○宰○嶉儘撙劕趲纂○○剪臇劋早左○奬𪏭𪏭𩐨姐嶒井○走酒怎昝偺

十四清　𢢃𢢃此泚取縒○采○漼筍忖忖○𢝁○○淺○悄草瑳脞搶蒼蒼○且○請○趣○寑慘塹

十五從　㧜㧜㦵薺聚䂸○在○皁盡鱒鱒瓚○○○踐𧄒𪊴早𪗋坐蔣奘奘○姐○靜○䱴湫蕈[illegible][illegible]

十六心　悚悚枲徙醑囟○諰○髓囟損（損 洒）散𢿔○○獮選小嫂縒鎖想顙顙○寫○省○叟滫讼糂㦉

十七邪　○○似兕緒○○○○猶○楯○○聊○○緩𧴪○○○○像○○○灺○○○○鱮○○○䃋

十八照正齒　腫腫止滓主阻○○抧○軫準準○𧏖𧧑○䜲剸沼爪○○掌𣗥𣗥鮓者𦛨整○振帚（枕 顈）斬𪎫

口口齒齒口口口口齒口齒口齒口（開口 附）口口舌齒口齒口齒口口口　口口（齊齒附攝口 齊齒附合口）口齒　口齒口口口

合撮齊齊撮合合開齊合撮齊合開（合口 附）撮合齊撮合撮齊合開開齊撮合混合開（齊齒 齊齒）開齊混開齊閉閉閉

上聲經緯

	一二三四五六七八九十十一十二十三十四十五十六十七十八十九二十廿一廿二廿三廿四廿五廿六廿七廿八廿九三十卅一卅二卅三卅四卅五卅六
	董腫紙薺語姥拐海蟹賄軫吻混旱緩產皖銑阮小皓哿果養廣蕩馬者梗靜礦厚有寢感琰
十九穿	䶱䶱齒刺杵楚揣茝犲○齓蠢蠢○僝剗○闡舛麨炒○○敞愴愴笅泼扯䫂○○韂醜簪墋醶○
二十牀	○○士鉏杼齟○○○○○[illegible]盾盾○撰棧○○○○鱃○○○○槎○○○○穇○甚廣巉○
廿一審	○○始○暑所○○灑水矧賰賰○○產○僢○少稍○○賞爽爽洒蘗舍省○○瀋首沈痒摻陜
廿二禪	㒞㒞視○豎○○○○菙腎○○○○○○善膞紹○○○上○○○社○○○○受甚○黵
廿三幫重唇	琫琫彼埤○補擺俖擺悖稟○本粄粄○板褊褊表飽○跛㔡榜榜把○絣餅丙掤○稟○貶
廿四滂	○○仳頩○普帊俖帊琣品○𣗥坢坢盼○篇篇縹砲○叵㯂髈髈土○姘頩○剖○○品○
廿五並	菶菶被陛○簿罷倍罷倍牝○獖伴伴坂○楩○摽抱○爸蚌○○跁○鉼竝○峼○○牝○
廿六明	蠓蠓美米○姥買穤買每泯閔懣滿滿　𥈭免緬渺卯○麼㐰莽莽馬乜猛眳皿母繆泯媄㚇
廿七非輕唇	覂覂○○甫○○○匪○粉粉○○○○反○○○○昉○○○○○○○缶○腇○

十八敷
捧捧○○○撫○○○斐○忿忿○○○○○疲○○○○○彷○○○○○○○○○恆○鈗○

十九奉
奉奉○○○父○○○膹○憤憤○○○○○飯○○○○○○○○○○○○○○○婦○范○

二十微
○○○○○武○○○尾○吻吻○○○○○晚○○○○罔○○○○○○○○○○鋄○

廿一曉喉音
噴洶喜喜許虎扮海○賄遂○惛罕㵗○○顯諠曉好歌火響慌許嚻○擤鶻濕芃吼朽吽喊險

廿二匣
兲○徯徯○戶夥亥蟹瘣○○混狠旱緩限睆峴泫鼂皓荷禍項晃沆下踝○㕦婞卯迥厚○○頷賺

廿三影
蓊擁倚倚㤿隖歲毒挨猥隱惲穩穩倭椀軋綰偃蜎夭襖婀媧鞅汪坱啞㨴○懵嚶菅濙歐颮飲腌奄

廿四喩
○勇以以雨○○腴○偉引殞○○○○○演遠鷕○○○養往○○野○郢永○有○○琰

廿五來半舌
龍隴里里呂魯○軆攋壘嶙輪淪嬾卵○○輦巒了老橊祼兩○朗囊踦冷領○塿柳廩覽歛

廿六日半齒
○宂爾爾汝○○病○蕊忍蝡○○○○○橪軟遠○○○壤○○惹若○○馭○蹂荏○冉

合撮齊齊撮合撮齊合齊開合撮齊合開合口附開口撮齊合捲舌齊齒合齊撮齊開開合混合開齊齒附撮口齊齒附合口開齊混開齊閉閉
口口齒齒口口口齒口齒口口口齒口口口口齒口口齒口齒口齒口口口口口口口口齒口齒口口口

去聲經緯

一二三四五六七八九十十一十二十三十四十五十六十七十八十九二十廿一廿二廿三廿四廿五廿六廿七廿八廿九三十卅一卅二卅三卅四卅五卅六

送用寘霽遇暮卦泰隊廢震問慁翰換諫患霰願嘯號箇過漾桄宕禡蔗諍敬詠侯宥沁勘豔

一見牙音　貢栱冀冀據顧卦蓋介貴斬攥論艮榦貫諫慣建眷叫誥箇过疆桄擱罵抓○更敬扃溝救禁淦兼

二溪　控恐器器去庫蒯慨炫媿菿趣困根衎鐵○俔儇券敫靠坷課咣曠抗髂跨○○慶高寇鼽撿勘慊

三羣　○共芰芰具○鬠隑齃匱近郡○○○趯健倦翹櫃○○弶狂○○○○競○○舊噤靲鐱

四疑　𡵊○詣詣遇誤聵礙睚僞憖○顐鑯岸玩雁薍彥願藐傲餓臥軛○柳逬瓦○硬迎○偶鼾吟儑驗

五端舌頭　凍湩帝帝○妒○戴○對○○頓旦鍛○○殿○吊到跢椓○○當○○嶝矴○閂○○擔店

六透　痛統替替○兎○泰○退○○黗褪炭彖○○瑱○眺韜拖唾○○鐙○○瀊聽○透○○探㮇

七定　洞○地地○度○代○隊○○鈍憚段○○電○調導馱惰○○宕○○鄧定○豆○○澹磹

八嬢　齈癑泥泥○怒○奈○內○○嫩難偄○○晛○溺腝奈愞○○釀○○鑏甯○耨○○妠念

九知舌上　中中智智著○牆○媞○鎮鈍鈍○○○○驏囀○罩○○帳戇○吒○倀○○晝晝揕站○

十徹　惷惷憧憧絮○顡○䔲愋趁○○○○㬟○○猭超趠○○悵訾○詫○掌逴○惆惆闒○覘

十一澄　重重緻緻住○鰾○○墜陣○○○○綻○邅傳召棹○○仗幢○蛇○鋥鄭○胄胄鴆詀○

十二孃　○○膩膩女○取○襯衲○○○○妷𣝣○輾○○撓○○釀囊○膠○○鑞○糅糅恁講○

十三精斜齒　縱縱恣霽怚作○載○醉晉駿㚇贊穳○○箭絟醮竈佐挫醬葬葬○借增婧○奏僦鋟篸漸

十四清　謥謥次砌娶措○菜○翠親○寸粲竄○○蒨縓峭操○剉蹡槍槍○苴蹭倩○輳趍沁謲塹

十五從　從從自嚌聚祚○在○罪○○鐏嬪攢○○賤餞嶕漕○座匠藏藏○藉贈淨○剩就鯵暫潛

十六心　送送四細絮訴○賽○碎信濬巽散算○○霰選笑噪些膸相喪喪○瀉獱性○漱秀勦三孅

十七邪　頌頌寺○葶○○○遂蕢殉○○○○○羨漩○○○○○○○謝○○○○岫鐔○○

十八照正齒　衆衆志制注詛○○債贅震稕稕○䆅○○戰剸照抓○○障壯壯詐柘諍證○皺呪枕譖蘸占

口口齒齒口口口口齒口齒口齒口附開口口口齒口舌齒口齒口齒口口口口　口口附合口附撮口口齒　齒口　齒口口口

合撮齊齊撮合合開合齊合撮齊開合口附撮開合齊合撮齊合撮齊開開齊開合混合開合齊齒附齊齒附開齊開混開齊開開開

去聲經緯

	一二三四五六七八九十十一十二十三十四十五十六十七十八十九二十廿一廿二廿三廿四廿五廿六廿七廿八廿九三十卅一卅二卅三卅四卅五卅六
	送用寘霽遇暮卦泰邂廢震問慁圂翰換諫患霰願嘯號箇過漾桄宕禡蔗靜敬詠候宥沁勘豔
十九穿	銃銃㢐掣处僿嘬○瘥吹襯○○○篡羼○硟釧覞抄○○唱䅵䅵瘥庫瀙穪○遚臭（瀋識）讖蹭
二十牀	剿剿示挈○助排○寨○○順順○饌輚○○○○巢○○漴狀狀乍射○乘○驟翥稽儳○
廿一審	○○施世恕疏啐○曬稅眒舜舜○篡訕○扇縳少稍○○餉霜霜（嗄睃）舍生勝○瘦狩（深滲）釤閃
廿二禪	○○嗜逝署○○○○瑞慎○○○○○○繕捷邵○○○尚○○○垧○丞○○授甚○贍
廿三幫重唇	○○庳閉○布拜貝拜背儐○奔半半扮扮變○標報○播○螃螃霸○迸柄○○○稟○窆
廿四滂	○○譬媲○鋪湃沛湃配朱○噴判判○襻騙○剽爊○破脹脉脉帕○膨病○仆○○○○
廿五並	㯳㯳比薜○捕稗旆稗佩○○坌叛叛瓣○卞○驃暴○爈○傍傍欸○併病○賠○○○○
廿六明	霿霿䊳謎○暮賣昧賣昧愍○悶縵縵慢○面○妙耄○磨恾漭漭禡○孟命○茂謬○○○
廿七非輕唇	諷諷○沸○付○○○廢○奮奮○○○○○○販○○○○○○放○○○○○○○○富○○○

呼	廿八敷	廿九奉	三十微	卅一曉喉音	卅二匣	卅三影	卅四喻	卅五來半舌	卅六日半齒
合口	賵	鳳	夢	篌	閧	甕	趙	弄	○
撮口	賵	鳳	夢	嗅	碚	○	用	[illegible]	蕤
齊齒	○	○	○	戲	系	懿	遺	吏	二
齊齒	費	費	未	戲	系	懿	遺	吏	二
撮口	○	○	○	酗	○	飫	豫	慮	孺
合口	赴	附	務	諱	護	惡	○	路	○
合口	○	○	○	豨	壞	黯	○	○	○
開口	○	○	○	餼	瀣	愛	○	賚	○
齊齒	○	○	○	懈	邂	隘	○	賴	○
合口	肺	吠	○	誨	惠	畏	位	類	芮
齊齒	○	○	○	釁	○	印	衞	吝	刃
撮口	忿	癀	問	訓	○	醞	運	論	閏
合口附開口	忿	癀	問	惛	㥏恨	搵㥼	○	論	○
開口	○	○	○	漢	翰	按	○	爛	○
合口	○	○	○	喚	換	惋	○	亂	○
齊齒	○	○	○	○	骭	晏	○	○	○
合扡口舌	○	○	○	○	患	綰	○	○	○
齊齒	○	○	○	獻	見	宴	衍	練	繎
撮口	嬔	飯	萬	愋	縣	怨	遠	戀	喓
齊齒	○	○	○	孝	效	要	燿	料	饒
開口	○	○	○	耗	號	奧	○	潦	○
開口	○	○	○	呵	賀	椏	○	邏	○
合口	○	○	○	貨	和	涴	○	羸	○
混	訪	防	望	向	巷	快	漾	亮	讓
合口	○	○	○	荒	擴	濆	迋	浪	○
開口	○	○	○	○	吭	盎	○	浪	○
齊齒附合口	○	○	○	韡化	暇話	亞撒	○	○	○
齊齒附撮口	○	○	○	○	○	○	夜	○	偌
開口	○	○	○	諱	行	瀴	○	○	○
齊齒	○	○	○	興	脛	映	○	令	認
混	○	○	○	蟲病	橫洪	罃鎣	詠	○	○
開口	○	○	○	蔻	候	漚	○	陋	○
齊齒	副	復	苺	嚮	○	幼	宥	溜	輮
開口	○	○	○	諴	○	蔭	類	臨	妊
開口	汎	梵	菱	顢	憾	暗	○	濫	○
開口	○	○	○	○	○	厭	艷	歛	染

入聲經緯

一二三四五六七八九十十一十二十三十四十五十六十七十八十九二十廿一廿二廿三廿四廿五廿六廿七廿八廿九三十卅一卅二卅三卅四卅五卅六

屋燭質術燭屋刮曷轄末質物沒曷末轄刮屑月藥鐸鐸郭藥郭鐸轄屑陌昔獲屋燭緝合葉

一見牙音　谷菊吉吉菊谷刮葛戛括骨扢葛括戛刮孑厥脚各各郭脚郭各戛刮孑格戟國虢谷菊急閤頰

二溪　酷曲詰詰曲酷楷渴劼闊乞屈窟渴闊劼揩揭闕卻恪恪廓卻廓恪揩劼揭客隙鄉闃酷曲泣溘愜

三羣　○局佶佶局○○○○○姞倔○○○○○傑撅噱○○○噱○○○○撅○劇躩○局及○极

四疑　矐玉業業玉矐刖嶭聐臲逆崛瓛嶭枂聐刖孽月虐咢咢瓁虐瓁咢聐孽刖月櫱逆○矐玉岌礏○

五端舌頭　篤○控控○篤○怛○掇的○咄怛掇怛掇窒○○炻炻炻○炻炻怛窒德的○篤○○答喋

六透　禿○○○禿○闥○脫剔○突闥脫闥脫鐵○○託託託○託託闥鐵忒剔○禿○○榻貼

七定　獨○耋耋○獨○達○奪狄○突達奪達奪耋○○鐸鐸鐸○鐸鐸達耋特狄○獨○○沓牒

八泥　耨○昵昵○耨○捺○○溺○訥捺○捺○涅○○諾諾諾○諾諾捺涅䁪溺○耨○○納捻

九知舌上　竹竹窒窒竹竹鵽○哲怞陟怞怞○鵽哲鵽哲輟芍斵斵○芍斵斵哲哲摘黐○竹竹縶劄輒

十徹　十一澄　十二孃　十三精斜齒　十四清　十五從　十六心　十七雅　十八照正齒

畜畜抶抶畜畜頞○咄黜敕黜黜○頞咄頞徹皺踔逴逴○踔逴逴咄徹斥彳○畜畜滀貼銛
逐逐秩秩逐逐○○嵽朮直朮朮○○嵽○轍○着濁濁○着濁濁嵽轍宅擲○逐逐蟄馲牒
匿匿暱暱匿匿妠○疙貀匿貀貀○妠疙妠○吶諾搦搦○諾搦搦疙○疒○○匿匿孨囟聶
鏃足卒卽足鏃○鬈○卒卽卒卒鬈緆鬈緆節絕爵作作㗅爵作作鬈節則積○鏃足蹢帀接
瘯促焠七促瘯○擦○焠七焠猝擦撮擦撮切膬䧿錯錯○䧿錯錯擦切㦜刺㬉瘯促緝趚妾
族蹴崒疾蹴族○巀○崒疾崒捽巀蕞巀蕞截絕㘸昨昨○㘸昨昨巀○賊籍○族○集雜捷
速粟恤悉粟速○蹙○恤悉恤窣蹙㔍蹙㔍屑雪削索索○削索索蹙屑塞昔○速粟䠞踀𩏂
俗續○席續俗○○○○○○○○○○○漩○○○○○○○○○○○○席○俗續習○○
燭燭黜櫛燭燭茁○札黜質黜黜○茁札茁晢拙灼捉捉○灼斮斮茁札晢責隻稟擅燭燭戢執貶䜣
口口齒口口口口口齒口齒口口(開口)口口口舌齒口齒口齒口齒口口口　口口合口撮口口齒　口齒口口口
合撮齊齊撮合開合齊撮合齊開合撮齊(合口附)開合撮齊合撮齊開開齊撮開合混合開合齊(齊齒附)(齊齒附)開齊混開開齊開閉

入聲經緯

一二三四五六七八九十十一十二十三十四十五十六十七十八十九二十廿一廿二廿三廿四廿五廿六廿七廿八廿九三十卅一卅二卅三卅四卅五卅六

屋燭質櫛燭屋刮曷轄末質物沒曷末轄刮屑月藥鐸鐸郭藥郭鐸轄屑陌昔獲屋燭緝合葉

十九穿　矗矗出刹矗矗纂○刹出叱出出○纂刹篡䦆歜綽婥婥○綽婥婥刹䦆策尺○矗矗[illegible]插䛌

二十牀　贖贖術䫲贖贖○○鉥術實術術○○鉥○舌○○浞浞○○浞浞鉥舌齚射趚贖贖戳[illegible]○

廿一審　縮縮率瑟縮縮刷○殺絀失絀絀○刷殺刷設說爍朔朔○爍朔朔殺設棟釋摵縮縮[illegible]翣攝

廿二禪　熟熟○藥○熟○○○○藥○○○○○○○○啜妁○○妁○○○○○石○熟熟十○涉

廿三穰重脣　卜卜逼必○卜捌○捌撥筆○不撥撥捌○驚○○剝剝○剝博博捌驚百碧○卜○鴟○鶡

廿四滂　扑扑愊匹○扑汃○汃潑匹○誖潑潑汃○擊○○璞璞○璞顛顛○擊劈僻○扑○○妭

廿五並　匐匐愎弼○匐拔○拔跋弼○勃跋跋拔○蹩○○雹雹○雹泊泊拔蹩白擗○匐○[illegible]○○

廿六明　木木[illegible]密○木靺韈靺末密○沒末末靺○蔑○○邈邈○邈莫莫饃蔑陌○○木○○○

廿七非輕脣　福福○○○福○○髮弗○弗弗○○髮○○○○○○○韍○○髮○○○○○乏○法○

十八 敷：腹腹○○○腹○○怫拂○拂拂○○怫○○○○○○○霏○○怫○○○○○○○魼○

十九 奉：伏伏○○○伏○○伐佛○佛佛○○伐○○○○○○○縛○○伐○○○○○幞○乏○

二十 微：○○○○○○○○韈物○物物○○韈○○○○○○○○○○韈○○○○○目○○○

廿一 曉喉音：熇蓄肸肸蓄熇聒喝瞎豁肸䬍忽喝豁瞎聒娎血謔臛臛霍謔霍臛（瞎聒）血赫鬩（謋眣）熇旭吸哈歙

廿二 匣：㲉○湉湉○㲉滑曷轄活湉驈（猾黠）曷活轄滑纈穴○涸鶴穫學穫鶴（轄滑）穴斅檄（穫或）㲉○○盍協

廿三 影：屋郁乙乙郁屋穵遏軋斡乙鬱頞遏斡軋穵謁噦約惡惡臒約臒惡（軋穵）噦厄益擭屋○邑姶罯

廿四 喻：育欲逸逸欲育○○○○逸聿○○○○○拽悅藥○○藥籆○○○抴○繹（噈棫）○欲熠○葉

廿五 來半舌：祿六栗栗六祿○剌○捋栗律敕剌捋○○烈劣略落落砾略砾落○劣礐力○祿錄立臘獵

廿六 日半齒：○肉日日肉○○○髶○日○○○○髶○熱爇若○○○若○○○爇○日○○辱入○讘

口口齒齒口口口口齒口齒口（開口）口口舌齒口齒口齒口口口　口口（合口）（撮口）口齒　口齒口口口

合撮齊齊撮合開合齊合齊撮（合口附開口）開合齊捲合齊撮齊開開合混合開（齊齒附合口）（齊齒附撮口）開齊混開齊閉閉

轉音經緯	庚寒	眞先	文元	侵鹽	魂桓	
一 見 牙音	庚 干	巾 堅	君 涓	金 兼	昆 官	角 純清
二 溪	鏗 刊	[illegible] 牽	皸 圈	欽 謙	坤 寬	角 次清
三 群	○ ○	勤 乾	羣 權	琴 黔	○ ○	角 純濁
四 疑	娙 豣	銀 妍	輑 元	吟 嚴	倱 刓	角 次濁
五 端 舌頭	登 丹	○ 顛	○ ○	○ 敁	敦 端	徵 純清
六 透	鼟 灘	○ 天	○ ○	譫 添	啍 湍	徵 次清
七 定	騰 壇	○ 田	○ ○	○ 甜	豚 團	徵 純濁
八 泥	能 難	○ 年	○ ○	○ 拈	黁 渜	徵 次濁
九 知 舌上	睜 ○	珍 邅	屯 欈	砧 沾	屯 ○	徵 純清
十 徹	撐 ○	瞋 脠	椿 猭	琛 覘	椿 ○	徵 次清
十一 澄	橙 ○	陳 纏	肫 傳	沉 [illegible]	肫 窀	徵 純濁
十二 孃	獰 ○	紉 ○	○ ○	紝 鮎	○ 奻	徵 次濁
十三 精 斜齒	增 籛	津 牋	遵 鐫	祲 尖	尊 鑽	商 純清
十四 清	蹭 餐	親 千	逡 詮	侵 僉	村 攛	商 次清
十五 從	層 殘	秦 前	鷷 全	鬵 潛	存 欑	商 純濁
十六 心	僧 珊	新 先	荀 宣	心 暹	孫 酸	商 次清
十七 邪	○ ○	○ 涎	旬 旋	尋 爓	○ ○	商 純濁
十八 照 正齒	爭 ○	眞 旃	諄 專	簪 詹	諄 跧	商 純清

	閉口	齊齒（附舌腭）	撮口	開口	合口（附混）	
十九穿	鑹○	瞋川	春穿	參穇	春○	商　次清
二十牀	傖○	神○	唇船	岑○	唇狗	商　純濁
廿一審	生○	申羶	○○	森苫	○栓	商　次清
廿二禪	○○	辰鋋	純遄	諶蟾	純○	商　純濁
廿三幫（重唇）	祊般	賓邊	○○	○砭	奔般	羽　純清
廿四滂	烹潘	繽篇	○囨	○○	濆潘	羽　次清
廿五並	彭槃	貧楩	○○	○柉	盆槃	羽　純濁
廿六明	萌瞞	民眠	○謾	○○	門瞞	羽　次濁
廿七非（輕唇）	○○	○○	分蕃	○○	分○	羽　純清
廿八敷	○○	○○	芬飜	○○	芬○	羽　次清
廿九奉	○○	○○	焚煩	○○	棼○	羽　純濁
三十微	○○	○○	文樠	○○	文○	羽　次濁
卅一曉（喉音）	亨軒	欣軒	薰暄	歆薟	昏歡	宮　次清
卅二匣	恆寒	礥賢	○玄	○嫌	魂桓	宮　純濁
卅三影	鸎安	因煙	氳淵	音淹	温剜	宮　純清
卅四喻	○○	寅延	雲圓	淫鹽	○○	宮　次濁
卅五來（半舌）	棱蘭	鄰連	倫孿	林廉	論鸞	變徵　次清
卅六日（半齒）	○○	人然	犉堧	壬髯	肬○	變宮　次濁

北曲正訛考宗中原韻

吳音有積久訛傳者，如師本叶詩，俗呼思音，防本叶房，俗呼龐音。初學未遑考韻，率多訛唱取嗤。今摘北字之概，分韻列左，蓋倣詞隱先生正吳編遺意也。

東鍾

〔平聲〕慵叶蟲。不作庸。崇叶蟲。不作戎。叢叶從。不作戎。嚨叶農。不作濃。甍叶蒙。不作烘。鼕叶同。不作冬。龍、隆驢東切。非雙之盧東切。浜逋蒙切。非逋京切。崩逋蒙切，又逋京切。彭叶蓬。非庚青韻。朋、鵬叶蓬，又庚青韻。橫叶紅，又庚青韻。榮叶容，又庚青韻。轟、薨叶烘，又庚青韻。兄叶凶，又庚青韻。盲、氓、萌叶蒙，又庚青韻。烹舖紅切，又庚青韻。瓊其容切，又庚青韻。傾叶穹，又叶卿上聲。龔叶公。濃、顒、喁、穠尼容切。

〔上聲〕桶叶統。不作動上聲。猛叶蒙上聲。非庚青韻。蜢、艋叶蒙上聲，又庚青韻。臾叶勇，又叶于。

〔去聲〕控、鞚叶空去聲。不作曠。訟、誦、頌詞縱切。非慈縱切。仲、重叶中去聲。非叶蟲去聲。鳳、奉叶諷。非叶逢去聲。哄叶閧。非叶烘上聲。迸逋夢切，又庚青韻。孟叶夢，又庚青韻。瑩叶用，又庚青韻。嗅虛用切，又叶糗。

江陽

〔平聲〕釭叶姜。與釭之叶岡異。蜣叶腔。與羌之叶匡異。昂吳岡切。與杭之何岡切異。庠、詳、祥、翔徐將切。與墻之齊將切異。防叶房。不作龐。龐、嚨叶忙。不作龐。鏜叶湯。

不作堂。降叶羊，又叶絳。不作杭。頏叶杭。江叶姜。娘尼姜切。慷平聲。上聲。非

〔上聲〕晌叶賞。作向。不繈、鏹叶講。作強。不讜叶黨。作倘。不上叶賞，上去聲。不作讓。枉、往吳廣切。烏廣切。非髒叶臧上聲。不作平聲。講叶姜，上聲。仰叶養。

〔去聲〕擋叶蕩。作黨。不向奚降切。希降切。非巷、項叶向。杭去聲。非妄去聲。作上聲。不愴妻喪切。鎗去聲。非戇叶葬，又叶狀。非雙去聲。象、像叶相，去聲。不作匠。創叶窗，去聲。作唱。不釀、仰尼降切。

支思

〔平聲〕師、獅叶詩。作思。不差抽支切，叶嵯。不作雌。匙叶時。又非慈。非詞，詞、辭、祠祥茲切。嗟茲切。非雌叶資，增思切。非撑思切。析叶思，又喪擠切。兒、而如之切。

〔上聲〕紙叶止。作紫。不砥叶止。作抵。不史、使叶始。作死。不豕叶始。作暑。不爾、邇、耳、餌、珥而止切。泚叶此。作洗。不〔入作上〕塞叶死，思子切，又叶賽。瑟、澀生止切。

〔去聲〕賜、駟、泗、思、肆、四、姒、似、俟、伺、寺、嗣叶耜，詞恣切。非思恣切。是、氏、士、仕、侍、市、諡、示、恃、事、嗜、視叶試，詩至切。非時至切。貳、二而至切。

齊微

〔平聲〕暌叶奎。作葵。不逵、馗叶葵。作瀤。不裨叶悲。作培。不皮叶培。作琵。不醾叶梅。作迷。不撕叶西。作斯。不蹊叶奚。作數。不披叶丕。作批。不犀叶西。作須。不

遲、馳、池、持、墀、治陳知切。叶陳之切。非追、錐、騅之誰切。叶茲誰切。非癡、笞、魑、螭昌知切。叶昌之切。非罹叶離。呂平聲。非摧慈隨切。不作催。甤兒追切。不作雖。危、巍叶爲。鯢、倪、霓、宜、疑、猊叶移。——入作平——敵、笛、狄、荻、滌、糴、迪、覿、翟丁離切。叶廷離切。非疾、嫉、集、寂、籍精妻切。叶情妻切。非及、極京移切。叶檠移切。非襲、夕、習、席星西切。叶精西切。非直、值、姪、秩、擲征移切。叶成移切。非殖、植叶十平聲。叶直平聲。非或、惑胡歸切。賊滋梅切。

〔上聲〕悔叶毀。作誨。不履叶纚。作呂。不錡叶以。作奇。不以、苡銀己切。作因己切。不彼叶比。卑上聲。非捶、箠上聲。平聲。非擬、蟻、螘叶以。——入作上——國叶鬼。尺、喫、赤、敕叶恥。必、壁、璧、碧、畢、逼叶比。檄叶喜。滌叶體。詰叶豈。北、筆叶卑上聲。忒、匿他美切。曷亨美切。得、德當忒切。

〔去聲〕遂、隧、燧、邃辭醉切。不作墜。瑞、睡師贅切，叶稅。不作墜。罪叶醉。作墜。不戾、唳、沴、捩叶利。作累。不懟叶贅。作類。不係叶戲。作易。不吠叶廢。作未。不壻叶細。作絮。不餽叶貴。作匱。不悸叶貴。作季。不臂叶轡，又叶篦。不作貴。繫、妓、忮、忌、縊叶計。非技，弃易。異、議、誼、義、毅、曳、藝、詣叶意。移去聲。非位、胃、慰、魏、渭、衞叶畏。圍去聲。非治、滯。雉、稚長世切。長試切。非誓、逝叶世，申智切。非人智切。備、倍、焙、婢、被、帔叶背，邦妹切。非備妹切。洎叶技。喙充瑞切。——入作去——默叶昧。役、逆、域、溺叶易。勒、肋、扐、泐離妹切。

魚模

〔平聲〕驢、臚鄖居切，叶廬。非盧。洙、銖繩朱切，叶殊。非珠。痡叶鋪。作波。不墟叶區。作虛。又傴叶於。作歐。不呱叶孤。作瓜。不膴叶呼。作撫。不謀叶謨。尤侯。非浮

叶扶。非尤侯。隅、魚、漁、娛、愚、虞叶于。吾、娛、梧叶吳。—入作平—俗、續叶詞徐切，突、髑、獨、讀、牘、
毒、犢、瀆東盧切，叶都。不作徒。術、蜀、述、贖、屬叶殊。字、僕叶逋。不作蒲。蓄叶杵。逐、軸叶除。叶州。又鵠、鶻、斛叶胡。
育叶於。

〔上聲〕僂叶呂。不作婁。籹叶汝。不作粧。睹上聲。非去聲。牡、某、畝叶母。非尤侯韻。語叶雨。—入作上—不叶補。忽、惚、笏叶虎。竹、築、囑、燭、粥叶主。撲、暴叶普。拂、髴叶府。俶叶暑。不作俶。縮、蹜、叔、倏、菽、束叶暑。窟、酷、哭叶苦。漉、旭、畜叶許。促、蹙叶取。汨、骨叶古。菊、鞠、局、屈、橘、譎、鞫叶矩。曲、屈、麯叶祛上聲。撮叶磋上聲。肅、宿、粟叶須，上聲。足臧醋切。卒叶祖。

〔去聲〕序、敍、緒叶絮。不作聚。署、曙叶恕。不作聚。杜、肚叶妬。不作渡。聚倉絮切。不作藏絮切。非父、婦、附、輔、鮒、負、腐、祔叶廣去聲。叶扶，去聲。非巨、懼、拒、詎、具叶句。非渠去聲。晤、悟、寤、悞、誤叶汚故切，王互叶戶故切，華遇叶裕。—入作去—物、勿叶務。沒叶暮。綠、錄、籙、陸、戮、律叶慮。玉、欲、浴、育、獄、蓐、郁叶預。于句切。衄叶怒。辱、褥叶如，去聲。

皆來

〔平聲〕稭叶皆，雞鞋切。非敗鞋切。埃、唉叶哀。不作挨。荄叶該。不作孩。纔叶才。不作讒。揣叶楣衰切，又上聲。不作楚委切。—入作平—白叶拜，平聲。巴埋切。非杷埋切。宅、澤、擇池齋切，叶柴。不作才。畫、劃、獲胡乖切，叶懷。

〔上聲〕駭上聲。非去聲。灑叶篩上聲。非洒之商鮓切。—入作上—百、柏、迫、擘叶擺。策、冊、測、柵、側、栜叶叙上聲。革、隔、

格叶皆上聲。責、摘、側、謫、窄、榨、幘叶齋上聲。色、穡、嗇叶篩上聲。率、摔叶升擺切。不作呂。拍、魄、劈叶鋪買切。客、刻叶揩上聲。

〔去聲〕寨、豸叶債。不作在。蠆叶債。非賣，非柴。戒、介、界、芥、解叶皆去聲。不作家去聲。怠、待、代、黛、殆、大、貸、岱、逮叶帶，當賴切。非堂賴切。愛、餲昂蓋切。非航蓋切。艾、礙昂蓋切。—入作去—脈、墨、陌、貊、驀、麥叶賣。恝叶界。搦叶孃帶切，不作捏去聲。厄、額、搕叶厓去聲。

眞文

〔平聲〕湮、禋叶因。不作烟。緡叶民。不作綿。蓁叶秦。不作蓁。嬪叶貧。不作嬪。辰、晨、宸、娠叶陳。不作人。馴叶旬。不作淳。僎叶尊。不作軟。葷叶昏。不作燻。甡叶莘。不作生。莘尸榛切。不作辛。棼、汾叶焚。不作紛。脣、純、蓴、醇池論切。非殊倫切。倫、輪、淪、掄驢敦切。非論之盧敦切。人、仁如眞切。非神之蛇眞切。綸叶倫，又叶關。

〔上聲〕湣叶憫。不作綿。隼叶詢上聲。不作準。蜃叶哂。不作淳。

〔去聲〕燼叶迅。非進上聲。贐叶盡。非進上聲。殉、狥叶詢去聲。不作盡。楯叶順。不作鈍。鈍叶頓。不作遁。忿、憤叶奮。非刎，非問。

寒山

〔平聲〕菅叶奸。不作管。拴、栓、攙叶山，又叶拴。非扇平聲。藩叶旛。不作煩。鬟、圜、環、鐶、寰叶還。袢叶煩。不作判。赸之山切。

〔上聲〕綰叶彎上聲。不作管。晚叶挽。

〔去聲〕岸、㟁昂幹切，叶肝。案、按昂幹切。骯幹切。非餪、撰、譔之慣切。慈慣切。非患、幻、宦、豢黃慣切。汪慣切。非瞷、閒叶諫。作撣。不

耑叶端。作專。不狻叶酸。作悛。不卵郎短切。不作魯。腕叶管，又烏慣切。不作椀。

桓歡

先天

〔平聲〕韆、䙴叶先。作千。不鐫菸宣切。不作煎。旋詞鐫切。不作全。攣驢元切。不作蠻。捐叶員。作涓。不源、原、元叶員。妍、研叶言。

〔上聲〕兗、演、衍、鼴移蹇切。衣蹇切。非遠俞捲切。於捲切。非宛、婉、琬、晼於捲切。不作椀。犬叶萱。上聲。非圈。上聲。畎叶卷。非圈上聲。輦叶撚。作碾。不

碾、撚尼蹇切。殄叶腆。不作田上聲。

〔去聲〕賤、濺、踐叶煎。去聲。非前。去聲。羨桑箭切，又詞箭切。不作賤。硯、諺、彥移見切，又衣見切。願、愿叶院。

蕭豪

〔平聲〕猱挐刀切，叶鐃。不作柔。呶叶鐃。作奴。不嘵叶囂。作鐃。不貓叶毛。作苗。不炮叶袍。作砲。不褒叶包。尤侯韻。非凹叶妖。襖平聲。不作敖、嗷、熬、厫、

鰲、遨、媻訛高切。——入作平——濁、擢、濯離梢切，叶嘲。涸叶豪。着叶潮。昨叶曹。嚼叶樵。

〔上聲〕篠叶小。作條。不謏叶小。作搜。不媼叶襖。作縕。不愀叶悄。秋上聲。非裊、鳥、嬲皎切。——入作上——角、覺、脚叶皎。爵叶勦。索、縿

叶嫂。托、橐、柝叶討。鵠、雀叶悄。錯叶草。約、幄、握叶杳。却、殼、確、恪叶巧。剝、駁叶飽。鑿叶好。捉、琢、啄之卯切。

〔去聲〕掉叶弔。非調，非棹。奪、酵叶叫。不作告。肇叶傲，又作趙。傲、鏊、纛昂告切。茂叶冒，又叶懋。拗幺叫切，叶要。不作奥。——入作去——虐叶要。岳、藥、躍、嶽、鑰、瀹叶耀。溺尼叫切，又叶鳥。

歌戈

〔平聲〕柯、牁叶哥。不作珂。劘叶摩。不作迷。痾叶阿。不作呵。呵呼哥切，叶訶。不作科。迤叶陀。不作拖。訛、蛾、鵝、娥吳哥切——入作平——盒、褐、闔叶何。活、鑊叶和。奪叶多。縛浮波切，又房包切。

〔上聲〕嚲、軃叶朵。不作彈。哿叶哥上聲。不作可。夥叶羅上聲。非火，非庫。我昂哿切。——入作上——渴叶可。闊叶顆。裰、掇叶朵。脫叶妥。藿、豁叶火。潑、朴、粕、璞叶頗。括、聒、郭叶果。葛、割、閣、鴿、蛤叶哥上聲。撥、鉢、跋叶波上聲。

〔去聲〕餓昂個切。臥王過切。些叶梭去聲。又叶寫平聲。

家麻

〔平聲〕騧叶瓜。不作娃。蝸、媧叶瓜，又叶蛙。不作倭。諏叶拏。不作奴。笳、迦叶家，居牙切。非其牙切。——入作平——雜叶咱。煠叶查。狎、匣、狹、峽、洽奚佳切。達、踏、撻當加切。非鐺加切。滑、猾呼佳切。非乎佳切。拔邦佳切。非旁佳切。

〔上聲〕雅、啞移賈切。衣賈切。非洒、傻商鮓切。之叶鮓上聲。不作灑 一入作上一 答、搭叶打。八叶巴上聲。恰强雅切。甲、夾江雅切。煞、殺、霎雙鮓切。撒、薩、颯殺賈切。擦七黠切。

〔去聲〕亞、婭去聲。非上聲。話、畫叶化。非王卦切。荒卦切。夏、下、暇、廈、諕、唬叶罅，奚價切。非移價切。一入作去一 鴨、押、壓羊架切。襪忘罵切。刷雙寡切。

車遮

〔平聲〕呆叶爺。作諧。不耶、揶、琊、鎁叶爺。作牙。不蛇、舌、涉繩遮切。成遮切。非斜詞嗟切。慈嗟切。非茄、伽其爺切。不作加。迦雞爺切。亦作加。瘸集靴切。一入作平一 捷徐靴切。齊靴切。非協、挾、俠、叶希爺切。移爺切。非疊、迭、牒、喋、蝶、垤、絰、凸叶爹，多呆切。非陀呆切。別邦爺切。旁爺切。非颯叶哲平聲。叶徹平聲。非

〔上聲〕野、也、冶叶爺上聲。不作陰聲。一入作上一 輟叶拙上聲。叶徹上聲。非

〔去聲〕謝、藉、榭詞借切。慈借切。非夜叶爺去聲，移爺切。非衣爺切。趄青夜切。一入作去一 拽、葉、業、鄴叶夜。爇如月切。時夜切。非揑、捻、孽、囓、踂尼夜切。

庚青

〔平聲〕猩叶生。作星。不蜻叶晶。作星。不騂叶星。作新。不鞓叶廳。作程。不營、塋、螢、熒叶盈。作容。不馨叶興。作欣。不檸叶獰。作楞。不筦叶榮。作窮。不醒

叶成。不作醒。獰叶能。不作寧。貞、楨、禎叶征。不作眞。扃居名切。非居容切。繩蛇征切。不作成。仍而爭切。不作成。鐺叶錚，又叶當。丁叶爭，又低零切。檠叶盈，又叶容。冥叶明。不作上聲。庚、鶊、賡、更、羹、耕叶京。鏗、硜、坑叶輕。迎、凝叶盈。莖、恆、衡叶刑。盟叶明。寧、嚀尼經切。

〔上聲〕梗、哽、鯁、耿叶景。頃叶卿上聲。非叶穹上聲。境叶景。不作敬。稟叶丙。不作賓上聲。病、並。凭叶併，邦命切。非旁命切。

〔去聲〕勁、獍叶敬。不作競。塍叶應。不作胤。剩、乘叶盛。不作鄭。佞、甯、濘叶寧去聲。硬魚佞切。

尤侯

〔平聲〕疣叶尤。不作留。矛、眸、侔麻彪切。非麻掊切。柔、蹂、揉如州切。不作紬。遒叶囚。不作油。囚慈秋切。非詞秋切。涪房鳩切，非培，非掊。掊、抔、裒蒲侯切。非婁。區叶歐，又叶軀。

〔上聲〕陡叶斗。灸叶九。蔀叶剖。不作部。牖、莠、誘叶有。非去聲。耦、偶、藕魚口切。杻、紐、忸。鈕尼久切。

〔去聲〕幼、宥、囿叶古，移究切。不作衣究切。袖叶囚去聲。非叶秀，陽聲。售叶受。不作胄。〔入作去〕褥、肉叶柔去聲。

尋侵

〔平聲〕尋、鐔、鬵詞侵切。非慈侵切。駸叶侵。非浸平聲。壬如金切。吟、唫、崟叶淫。

〔上聲〕諗叶深上聲。非任上聲。您叶飲。

〔去聲〕甚叶深去聲。不作任。闖欺禁切。非叶僭去聲。沁叶侵去聲。恁叶吟去聲。讖初禁切。

監咸

〔平聲〕弇叶堪。不作渰。龕叶堪。不作酣。鼸叶憨。非攙閉口。巖、喦叶咸。耽、眈、酖叶擔。非端字閉口。曇、潭叶談。不作摶字閉口。

〔上聲〕黯衣減切，叶掩。非暗上聲。壈叶覽，不作凜。俺烏敢切。

〔去聲〕蘸、站、湛知濫切。不作暫。暫茲監切。非慈監切。檻、轞、艦叶陷。非欠上聲。瞰、闞溪監切。不作勘。

廉纖

〔平聲〕髯仁占切。不作蟾。蟾池占切。不作髯。殲叶尖。不作纖。燖詞纖切。非慈纖切。嚴、閻叶炎。帘叶廉。拈、粘、鮎尼兼切。

〔上聲〕臉叶撿，又叶斂。

〔去聲〕漸叶潛去聲。不作燖去聲。贍傷占切。非攮占切。簟叶玷。不作殿字閉口。驗叶豔。念尼劍切。

入聲正訛考宗洪武韻正南曲字面

嘗考平上去三聲，南北曲十同八九，其逈異者，入聲字面也。茲採詞隱正吳編入聲字眼，重增較辨，續列北曲正訛考之後，於是南詞舛音，釐且過半矣。

齊微

寂、籍、瘠前歷切。非夕。夕、汐、席詳亦切。非疾。疾、蒺、嫉昨悉切。非集。集秦入切。非習。習、襲席入切。非集。詰叶乞。非汲，非結。訖叶吉。非乞。迄、汔叶瘁。非乞。隟、郄、谻乞逆切。非乞。吃叶吉。非喫。郅、蛭、銍、厔叶質。非垤，非直。馹、衵叶日。非亦。逸、佚、泆、軼、佾、鎰弋質切。非揖。蹠、摭、陟叶隻。非蟄，非涉。埸叶易。非場。闃肸逆切。非肸。肸黑乙切。非闃。的叶嫡，亦作底。不作低。逖、倜叶剔。非狄，非紬。酈、礫、轢、櫟叶力。非利，非㮚。測、惻初力切。非粗力切。匐、蔔步黑切，又叶伏。非僕。或、惑獲北切。非斛。國古或切。非骨。謐叶密。暱尼質切。匿、惄、溺女力切。覡刑狄切。纆叶墨。彳叶斥。

魚模

突吐納切。非特。吶、訥奴骨切。非納。髑叶獨。非濁。沃叶屋。非渥。觳叶谷。非斛。鵠、縠叶斛。非谷。嚳叶酷。非谷。僕、暴、瀑、樸、蹼步木切。非薄。濮叶卜。非僕，非薄。鶩叶木。非務。族昨木切。非俗。俗、續松玉切。非族。玉魚欲切。非預。淑、倏、俶、束叶叔。非孰，非旭，非椒，非朔。蠋叶孰。非燭。彧叶郁。非役。縮、蹜所六切。非朔。逐、躅直六切。非濁。軸、妯、舳叶逐。非局。術、朮、述、秫、沭食律切。非直律切，又非鄭，非沐。怵叶出。非尺。恤、卹、戌雪力切。非昔。律、繂劣戌切。非力。勿、沕、物文拂切。非佛。咈、佛、怫符勿切。非弗，非物。倔、崛、掘渠勿切。非撅。屈窮屈之屈，曲勿切。非闕。屈地、屈姓之屈，九勿切。蔌、樕、謖叶速。蓄昌六切。非旭。斸、筑叶竹。忸女六切。捽卽律切。崒、誶昨律切。咄當沒切。綷叶拂。非勃。

皆來

舶叶白。非泊。宅、澤、擇、翟直格切。賊，非敵。非拆、策、柵、坼恥格切。此格切。非擘博厄切。非拍。幗、摑、虢、馘古伯切。非剨。窄、責、嘖、幘、簀、迮、舴、蚱、摘、謫、側、仄、昃、叧、磔爭格切。則，非桀。非

蕭豪

樂、躍、瀹、籥、淪、鑰、虐、瘧、礿弋灼切。牙入聲。非灼、勺、酌、妁、斫、焯職略切。張入聲。非略、掠力灼切。良入聲。非約乙却切。央入聲。非謔許却切。香入聲。非削息約切。相入聲。非爵、爝、雀即約切。將入聲。非綽、婥尺約切。昌入聲。非却、卻、殼、慤、確乞約切。腔入聲。非鑠、爍式灼切。商入聲。非若、箬、弱、蒻、芍如灼切。穰入聲。非鵲、碏七爵切。非削。嚼、嚼疾爵切。墻入聲。非臛、矱烏郭切。非蒦。穫、鑊胡郭切。非斛。霍、藿、癨忽郭切。非壑。壑、郝黑各切。非翯。礴、剝、駁伯各切。非卜。朴、璞、鏷匹各切。非撲。鶴、貉、涸曷各切。非鄂。鄂、諤、愕、鍔、萼、鱷五各切。非鶴。擢、催、珏、脚、蹻叶角。姜入聲。非齪測角切。卓、捉、涿、啄、琢、斲竹角切。非竹。濁、鐲、濯、擢直角切。非軸。柞叶怍。非乍。浞、鷟食角切。槊叶朔。醵、噱極虐切。強入聲。非邈叶莫。非眇。學轄覺切。非岳。

歌戈

豁呼括切。括、聒、适、栝古活切。非刮。斡烏活切。烏滑切。非頞叶遏。昧、眜叶末。非妹。榼、磕、溘克合切。非合。

家麻

轄、黠胡八切。猾、滑戶八切。捺乃八切。闥、撻、獺他達切。剌、辣郎達切。蹋、沓叶踏。達堂滑切。刮古滑切。刷數滑切。非攝。伐、閥、筏、罰房滑切。搯宗滑切。夾、袷、郟、甲古洽切。非刼。恰、帢、掐苦洽切。非怯。插、鍤測洽切。霎、歃、箑色洽切。劄竹洽切。察、刹初戛切。非粗戛切。殺、煞山戛切。非三戛切。薩、撒桑轄切。非蘿轄切。戛、揳、秸吉黠切。軋乙黠切。瞎許轄切。非希葉切。雜昨答切。納、衲奴答切。嗒叶塔。押、壓、鴨乙甲切。霅直甲切。法方甲切。妲、怛當拔切。髮、發方伐切。韈無發切。乏扶踏切。洽、祫、狹、峽、狎、柙胡夾切。非葉。

車遮

臲、齧、臬、闑、隉、捏叶孽。非業。聶、鑷、躡、囁、涅、捻尼輒切。非孽。業、鄴魚怯切。非孽。絜、頡、纈、擷胡結切。非業。拙、棁、輟、惙朱劣切。非折，非歠。歠昌悅切。非輒。輒、慴、懾、讋質涉切。非歠。轍、澈直列切。非掣。屑、薛、楔、紲、褻、洩、紲先結切。非雪。闋叶缺。非喫。捩叶列。非利，非累。穴胡決切。非月。劣、埒力輟切。非列。爇如劣切。非熱。絕情雪切。非截。設式列切。非說。揲、涉食攝切。叶舌。睫叶接。非捷。捷疾葉切。非絕。協、叶、勰、挾、脅、俠胡頰切。非葉。鷩叶鱉。謁、暍叶噎。非曷。蹶叶厥。蜇叶哲。跌杜結切。嚙、孽、齸弋涉切。跲極曄切。咕叶帖。喋、蹀、跕叶疊。頰、莢、鋏叶劫。篋、愜叶怯。屧叶燮。

中原韻字面有同音而舐舌、穿牙、鼻音、開口、閉口、撮口，唱法種種各別。如撮口爲住，嘻口則爲治。舐腭爲親，收鼻則爲清，開口爲安，閉口則爲庵，扯口爲見，張喉則爲澗，穿牙爲爭，開牙則爲增；薩之殺賈切，此係引喉字面而出口輕；殺之雙鮓切，此係送氣字面而出口重。他如查撾、桓丸、殊儒，火虎之類，分別最微，難以枚舉。今摘其概，分韻列左：

東鍾

中非宗。中、鐘、終、忠、衷、螽、之戎切。宗、蹤、鬷、椶、鬉、茲鬆切。

容非雄。容、融、庸、榮、移濃切。雄、熊、攜吝切。

雄非雍。雍、邕、衣容切。

充非匆。充、冲。衝、椿、憧、初戎切。匆、聰、驄、葱、蔥、粗叢切。

衆非糉。衆，叶中去聲。糉、縱、𧧻送切。

江陽

房非忘。房、防、抹邦切。忘、亡、無邦切。

徨非王。徨。凰、惶、黄、胡光切。王、吳光切。

蕩非盪。蕩、徒浪切。盪、他浪切。

●雙非桑。○

○●牕非倉。

○椿●非臟。

○床非藏。

自雙字至末，上一字俱撮口帶穿牙，故左右各註●。

支思

之非知。

試非世。　世、勢，同音。

志非智。　自知字至末下一字，俱齊微韻，收噫音。

齊微

微非肥。　微、維、惟、薇，無非切。肥、淝、扶非切。

奚非夷。　奚、攜、弦雞切。夷、移、儀、怡，盈雞切。

誰非甤。　甤、緌、兒追切。

垂非摧。　摧、慈隨切。

銳非碎。　碎、祟、歲、桑醉切。

遂非墜。　遂、粹、邃、燧、詞醉切。墜、直睡切。

○爽非傸。

眵非癡。　眵、媸、差、同音。癡、笞、螭、魑、同音。

市非誓。

回非爲。　回、迴、徊、胡歸切。爲、危、違、圍、吳歸切。

隨非誰。　隨、詞追切。誰、時追切。

甤非垂。　垂、持追切。

稅非銳。　稅、帨、睡、瑞、師贅切。銳、枘、芮、而贅切。

醉非贅。　醉、檅、遂切。贅、綴、之睡切。

魚模歌戈

初●非麤。初、芻、窗疎切。麤、倉蘇切。
嵯非瘥。瘥、藏棱切。
扶非無。扶、符、芙、房逋切。無、毋、亡逋切。
虎非火。虎、滸、荒古切。火、花果切。
胡非何。何、河、杭哥切。
可非苦。可、叶珂上聲。苦、匡五切。
戈非姑。姑、孤、沽、辜、瓜胡切。
珂非枯。枯、空乎切。
故非過。故、顧、固、錮、光互切。過，叶戈去聲。
疎●非蘇。
阻●非祖。
所●非瑣。自疎字至末上一字，俱穿牙，故右記●。

麤非嵯。嵯、倉棱切。
於非于。於、迂、依居切。于、魚、余、予、移居切。
殊非如。殊、紬朱切。如、儒、人朱切。
吳非胡。吳、王姑切。胡、乎、壺、湖、華姑切。
何非和。和、華戈切。
哥非戈。哥、歌、岡和切。戈、過、瓜和切。
科非珂。科、窠、匡和切。珂、康和切。
賀非戶。賀、叶何去聲。戶、叶胡去聲。
過非箇。箇、個、叶哥去聲。
鉏●非殂。鉏、雛、鋤、同音。
數非素。素、塑、訴、愬、愫、同音。

皆來

○衰●非篩●。

○差●非猜。

○揣●非採。

○帥●非賽。自衰字至末上一字，俱穿牙，故右記●。賽、塞、同音。

篩●非腮。

柴●非才。柴、儕、豺、同音。才、纔、材、裁、財、同音。

齋●非哉。哉、災、栽、同音。

眞文

○諄非眞。諄、肫、屯、迍、衠、同音。眞、珍、同音。

○荀非新。荀、詢、恂、同音。新、辛、薪、同音。

○脣非陳。脣、純、醇、淳、同音。陳、塵、臣、同音。

○春非嗔。春、椿、同音。嗔、瞋、同音。

○尊非榛。尊、樽、遵、同音。榛、臻、蓁、同音。

○准非軫。軫、診、紾、同音。

○峻非信。峻、濬、同音。信、迅、訊、同音。

○顚非愼。自顚字至末上一字，俱撮口，故左邊記○。愼、腎、同音。

○俊非進。俊、駿、同音。進、晉、同音。

寒山

雁非燕。雁、移澗切。燕、宴、衣見切；出先天。

●盞非趲。

●痲非散。自盞字至末上一字，俱穿牙，故右記●。

萬非飯。萬，忘扮切。飯、範、犯、防絆切。

●山非跚。山、跚、同音。

桓歡

桓非丸。桓、華官切。丸、完、紈、垣、吳官切。

換非玩。換、黃貫切。玩、翫、浣、王貫切。

篡非爨。篡、初患切。爨、倉算切。

幔非慢。

先天

賢非言。賢、弦、絃、奚堅切。言、筵、妍、研、鉛、移堅切。

廛非傳。○傳、船、撮口。

□漸非羨。漸、出㾞切。羨、詞箭切。

○全非前。完、泉、才宣切。前、錢、齊先切。

○旋非涎。涎、徐煎切。

○痊非千。痊、筌、同音。千、遷、同音。

○喘非闡。

○轉非展。轉、囀、同音。

○篆非纏。

自旋字至末上一字，皆撮口，故左記○。

蕭豪

然非廛。然、如邅切。廛、纏、禪、嬋、池然切。

賤非□漸。賤、叶箭。漸、叶潛去聲。

玄非元。玄、懸、奚元切。元、圓、猿、緣、于涓切。

前非旋。旋、詞鐫切。

○專非顫。專、磚、同音。

○選非鮮。

○宣非先。

○院非縣。院、願、同音。

○戀非練。練、煉、同音。

嘲非昭。昭、招、同音。

抄●非操。

哨●非噪。噪、燥、同音。

爪●非早。爪、抓、同音。

巢●非曹。

梢●非騷。梢、筲、同音。騷、搔、臊、同音。

炒●非草。自嘲字至末上一字，俱穿牙，故右記●。

家麻

鴉非牙。鴉、衣加切。牙、移加切。

巴非葩。巴、邦麻切。葩、滂麻切。

咱非查●。咱、茲沙切。查、齇、之沙切。

查●非撾●。撾、莊瓜切。

訝非下。訝、迓、亞、衣架切。下、夏、廈、奚架切。

殺●非薩●。殺、煞、雙鮓切。薩、殺賈切。

車遮

伽非迦。伽、茄、其爺切。迦、雞爺切，又叶加。

輒非徹。輒、張蛇切，叶遮。徹、掣、澈、昌蛇切。

●爇非熱。爇、如月切。熱、仁蔗切。

●絕非截。截、睫、捷、婕、同音。

庚青

●生非僧。生、甥、笙、尸爭切。僧、思曾切。

●爭非增。爭、箏、之生切。增、茲僧切。

行非盈。行、刑、形、奚精切。盈、迎、營、縈、移耕切。

影非郢。影、衣景切。郢、羊景切。

△貞非眞。

△英非因。

△升非申。

△稱非嗔。

△橫非竑。

△興非欣。

△星非新。

△冰非賓。

△扃非君。

△崩非奔。

△驚非巾。

△青非親。

△烹非噴。

△靈非隣。

△瓊非裙。

△亨非哏。

△平非貧。

△擎非勤。

△精非津。

△明非民。

△萌非門。

△轟非昏。

△仍非仁。

△嬴非銀。

▲棚非盆。

▲成非塵。

▲情非秦。

▲繩非神。

△景非緊。　△影非引。　△烱非窘。　△整非軫。

△茗非閔。　△井非儘。　△映非印。　△正非鎮。

△另非吝。　△興非釁。　△稱非趂。　△性非信。

△孟非悶。　△病非鬢。　△淨非盡。

自貞字至末上一字，出本韻，收鼻音，故左旁記△。下一字，出眞文韻，應收舐腭音。

尤侯

搜非收。搜、蒐、之鄒切。收、賒周切。

紬非愁。紬、儔、裯、酬、長柔切。愁、鋤搜切。

走非肘。走、茲叟切。肘、叶周上聲。

叟非守。叟、桑走切。守、首、叶收上聲。

獸非瘦。獸、狩、叶收去聲。瘦、叶搜去聲。

瘦非漱。漱、嗽、桑奏切。

奏非皺。奏、茲后切。皺、縐、莊瘦切。

尋侵

□森非孫。□涔非存。□鍼非眞。□吟非寅。
□金非斤。□琴非勤。□侵非親。□沉非陳。
□深非申。□稔非忍。□音非因。□審非哂。
□心非辛。□錦非緊。□歆非欣。□任非認。
□林非鄰。□蔭非印。□浸非進。

巳上上一字，出本韻，閉口，故左旁記口。下一字，出眞文韻，不閉口，通韻皆然。

監咸

□菴非安。□咸非言。□擔非單。□藍非闌。
□監非間。□談非壇。□貪非灘。□岩非顏。

□酣非邯。　□覽非懶。　□南非難。　□膽非癉。
□減非簡。　□勘非看。　□坎非侃。　□陷非限。
□斬非盞。　□濫非爛。　□賺非綻。　□鑑非澗。
□暗非按。　□探非炭。

已上上一字，出本韻，閉口，故左旁記口。下一字，出寒山韻，不閉口，通韻皆然。

廉纖

□詹非氈。　□淹非烟。　□兼非堅。　□纖非先。
□僉非千。　□甜非田。　□尖非煎。　□蟾非纏。
□拈非顛。　□鹽非延。　□謙非牽。　□潛非前。
□添非天。　□嫌非賢。　□鉗非虔。　□臉非輦。
□簾非連。　□掩非偃。　□粘非年。　□撿非蹇。

□險非顯。　□艷非礆。　□忝非腆。　□欠非撁。

□點非典。　□劍非見。　□諂非闡。　□僭非箭。

□塹非倩。　□占非戰。

巳上上一字，出本韻，閉口，故左旁記口。下一字，出先天韻，不閉口，通韻皆然。

異聲同字考

中原韻有一字幾音者，如兩聲並收，則妻之叶平又叶去，載之叶去又叶上是也；三聲並收，則跪字去字之叶平叶上又叶去是也。兩韻俱收，則復之叶甫、又房搆切，車之叶居、又昌蛇切，那之叶娜、又奴嫁切是也；三韻並收，則涯之叶移、叶牙、又叶崖，大之叶惰、叶帶、又堂那切是也。陰陽並收，則絆之叶扮、又叶辦，華之叶花、又胡瓜切，在之叶再、又叶才去聲是也。巳上諸字，但從平上去三聲中略略點出，不更詳載，惟在入聲尤爲不少。今摘其概，分韻列左，唱者須審平仄陰陽，隨宜參用，庶諧聲律。

支思

則叶子，又叶茲美切。塞叶死，又叶賽。析叶思，又叶喪擠切。

齊微

墨忙背切，又叶賣。嚇叶黑平聲，又叶血，又奚價切。刺叶七，又叶倉洗切，又叶次，又叶辣去聲。剋叶康黑切，又叶揩上聲。密忙背切，又忙閉切。

魚模

數叶疎上去二聲，又叶聲卯切，又叶聚。佛房夫切，又房波切，又浮波切。核胡姑切。又叶黑平聲。屈叶矩，又丘兩切。竹、粥、祝、燭叶主，又叶肘。宿叶須上聲，又叶秀上去二聲。畜叶杵，又叶許。觸叶杵，又叶楚。撲叶普，又巴毛切。卒叶祖，又叶粗上聲，又從蘇切。六、陸叶慮，又叶溜。倏叶暑。又叶收。出叶杵，又充蠕切。

皆來

魄鋪買切，又叶對。劈鋪買切，又鋪米切。客叶揩上聲，又丘也切。索叶鎖上聲，又叶嫂，又思寡切。額叶崖去聲，又叶夜。

蕭豪

度多勞切，又叶渡，又東豩切。薄巴毛切，又叶波，又包播切。鐸多勞切，又東豩切。博叶巴，又叶普。縛房包切，又浮巴切。鶴叶豪，又叶何。卓之卯切，又之寡切。作叶早，又叶做，又叶左。閣、各叶杲，又叶哥上聲。惡叶襖，又汪敲切，又叶傲，又叶烏，又叶阿上聲。約叶耀，又叶奮。樂叶耀，又叶澇，又叶姚，又叶耀去聲。幕、漠、寞、莫叶冒，又叶磨。洛、落叶滂，又叶羅去聲。若叶饒去聲，又叶惹，又仁蔗切。弱叶饒去聲，又讓播切。剖滂卯切，又滂九切。雀叶勦，又叶悄。學叶耀，又奚交切。錯叶草，又叶醋，又叶搓上聲。

歌戈

合叶何，又叶哥上聲。鑿叶槎，又慈驕切。勃、渤叶波，又邦麻切。搏叶波上聲，又徒[illegible]切。抹叶磨，又叶罵。諾叶糯，又叶鬧。

家麻

殺雙鮓切，又雙債切。雪雙鮓切，又須也切。撒殺賈切，又昌偌切。

車遮

折[illegible]遮切，又叶者。炙叶樜，又叶九，又張恥切。饐衣結切，又叶異。

尤侯

熟、孰、淑商由切，又[illegible]朱切。逐、軸直由切，又長如切。叔叶收，又叶手，又叶晝。讀叶豆，又叶都。

文同解異考

韻中有一字兩三音而解釋各別者，在南曲入聲，則蕭索之索，當叶搡，索取之索，當叶嗇；數目之數，當叶疏，頻數之數，當叶朔；睡覺之覺，當去聲，知覺之覺，當入聲，故『覺來時』則叶叫音，『漸覺帶圍寬褪』則叶角音。至平上去三聲，則北之合於南者什九，乖於南者什一。今從中原韻摘其大概列左，雖便北亦兼便南也。唱者宜按本曲文理，酌參出字，庶聲情中亦見詞情耳。

屈信之信，叶申。　信義之信，叶迅。

造作之造，叶皁。　造就之造，叶糙。

矛盾之盾，叶忍。　甲盾之盾，叶遁。

讀書之讀，叶都。　句讀之讀，叶豆。

窒塞之塞，叶死。　邊塞之塞，叶賽。

朝夕之朝，叶招。　朝廷之朝，叶潮。

馮婦之馮，叶逢。　馮河之馮，叶平。

女紅之紅，叶恭。　紅紫之紅，叶虹。

戕害之戕，叶墻。　戕牁之戕，叶臧。

嗚戲之戲，叶呼。　游戲之戲，叶餼。

貳參之參，叶三。　參商之參，叶參。

繁纓之繁，叶盤。
乾坤之乾，叶虔。
徵聘之徵，叶征。
哽咽之咽，叶也。
奇耦之奇，叶幾。
屯蹇之屯，叶諄。
荑稗之荑，叶題。
肫懇之肫，叶諄。
晷刻之刻，叶揩上聲。
盛受之盛，叶成。
隆殺之殺，叶曬。
齋衰之衰，叶崔。
委蛇之蛇，叶移。
依藉之藉，叶榭。
傾倒之倒，上聲。

繁瑣之繁，叶煩。
乾燥之乾，叶干。
角徵之徵，叶止。
咽喉之咽，叶烟。
奇異之奇，叶其。
屯聚之屯，叶豚。
芟荑之荑，叶夷。
睡肫之肫，叶敦。
鏤刻之刻，康黑切。
盛衰之盛，讓正切。
生殺之殺，雙詐切。
盛衰之衰，舒歪切。
龍蛇之蛇，繩遮切。
狼藉之藉，精妻切。
顛倒之倒，去聲。

決斷之斷，當亂切。
倩女之倩，叶茜。
屈原之屈，叶矩。
般若之若，叶惹。
降服之降，叶楊。
母止之母，叶無。
罷倦之罷，叶琶。
推原之推，叶吹。
夫妻之夫，叶膚。
曾子之曾，叶增。
花心輕折之折，叶者。
封禪之禪，叶擅。
商賈之賈，叶古。
裸裎之裸，叶羅上聲。
星宿之宿，叶秀。

斷絶之斷，當亂切。
倩托之倩，叶靑去聲。
屈折之屈，叶袪上聲。
若何之若，叶饒去聲。
升降之降，叶江去聲。
父母之母，叶模上聲。
停罷之罷，叶杷去聲。
推遜之推，叶退平聲。
發語詞之夫，叶扶。
曾經消受之曾，叶層。
折了氣分之折，叶蛇。
參禪之禪，叶廛。
姓賈之賈，叶家上聲。
裸獻之裸，叶官去聲。
旅宿之宿，叶須上聲，又叶羞上聲。

解語之解，叶械。解散之解，叶皆上聲。
解元之解，叶皆去聲。
差遣之差，叶釵。差誤之差，叶叉。
差等之差，叶媸。
否塞之否，叶痞。可否之否，叶甫。
臧否之否，方久切。
披靡之靡，叶迷。奢靡之靡，叶梅。
靡不有初之靡，叶每。
燔炙之炙，張恥切。鍼灸之灸，叶九。
膾炙之炙，叶樜。言行之行，叶杏。
行走之行，叶刑。
行行之行，叶杭去聲。行列之行，叶杭。

音同收異考

嘗就十九聲韻，閒中聊一題評；東鍾桓歡，無啓齒張牙之字；江陽家麻，少含脣斂舌之音；歌戈似與模韻相通，但滿呼半吐殊唱；模韻滿呼，歌戈半吐。齊微雖與魚音若近，奈撮脣嘻口殊聲；魚韻撮脣，齊微嘻口。庚青諸字，舌不舐腭；眞文一韻，鼻鮮舒音；皆來莫太張牙喊，疑犯家麻口法；先天若過開喉唱，愁他像却寒山；支思韻內，難求嘹嚦之聲；蕭豪韻中，不發沉幽之韻；車遮尤侯與寒山，何曾撮口出字；監咸廉纖與尋侵，勿言開嘴收音；故東如舐腭，與敦相彷；江不收鼻，家字何分；齊收于，聽去半疑徐字；支收噫，唱來全是知音；桓太張喉，乃訛還字；模如撒口，遂與麻同。韻韻各成口法，聲聲堪着推敲。至於出口一而含舒略判，收音等而輕重微懸，則如盧不同羅，祖非類左，誰辨歌戈模韻之攸分；奸固非堅，晏亦非燕，孰解先天寒山之迥別。音判忽微，字難枚指，詳拈後幅，用醒來茲。

〔模韻陰平〕此後全韻唱法皆滿口

姑、孤、辜、沽、觚、箍、鴣、蛄、菰、呱、罛。

都、闍。

嗚、烏、汙、杇、洿、污、惡。

呼、滹、戲、謼、膴。

蘇、甦、酥、蘇、穌。梳、疎、疏、蔬。

鋪、誧、痡。

〔歌戈陰平〕此後全韻口法俱半開

歌、哥、柯、牁。戈、過、鍋。

多。

窩、倭、渦、踒、堝、錗。阿、痾、絧、屙。

呵、訶。

莎、莏、唆、睃、梭、娑、挲、挱、莎、

坡、玻。

枯、刳、恗。
粗、麤、麄。　初、芻。
逋、餔、晡。

〔模韻陽平〕

模、謨、謀、摹、摸、橅。
徒、圖、屠、荼、途、塗、酴、瘏、駼、菟。
奴、孥、笯、駑。
盧、蘆、艫、顱、轤、鱸、瀘、爐、罏、壚、纑。
吳、蜈、珸、鋘、吾、梧、浯、鋙、娛、鼯。
胡、湖、糊、壺、瑚、狐、弧、乎、葫、餬、瓠。
殂、徂。　雛、鉏、鋤。
蒲、匍、酺、脯、蒱、莆。

〔模韻上聲〕

祖、組、珇。　阻、俎、詛、齟、岨。
數、所。

科、窠、蝌、稞。　軻、珂。
磋、瑳、蹉、搓、瘥、鹺、嵯、傞。
波、嶓、番、玻。

〔歌戈陽平〕

磨、摩、魔、麽、劘、䃺。
駝、陀、鼉、跎、酡、馱、鮀、沱、迤、拕、詑。
挪、儺、那、挼、捼。
羅、蘿、籮、囉、鑼、螺、騾、欏、羸、邏、蠡。
蛾、哦、娥、峨、鵝、俄、莪、訛、譌、囮、吪。
和、禾、噕。　河、何、荷、苛、菏。
矬、醝、鹺、齹、蒫、瘥。
婆、皤、鄱、膰、番。

〔歌戈上聲〕

左。
鎖、瑣、麲、揁、𡎺。

堵、覩、賭、土。
土、吐、稌。
魯、櫓、虜、鹵、滷、擄、艪、擼。
虎、滸、琥、戽。
古、蠱、罟、鼓、瞽、股、羖、賈、盬、詁、估。
補、圃、譜、浦、鵏。
五、午、仵、忤、伍、迕、塢、鄔。
普、譜、溥、浦。
苦、楛、簭。
母、姆、牡、某、姥、畝、拇、莽。
弩、努、砮。

〔模韻去聲〕

渡、度、鍍、敷、土、杜。
兎、土。
數、疏。 素、訴、塑、泝、遡、嗉、愬、愫。

朵、趖、垜、嚲、躲、鬌、哆、埵、跢、鬌。
妥、袉。
火。
裸、蠃、攞、蠃、邏、蠡、儸、䯬、蓏、斫。
果、裹、裹、菓、餜。
跛、跛。
我。 婀。 荷。
頗、叵。
可、軻、坷、舸。 顆、堁。
嬤、懡。
娜、攮。

〔歌戈去聲〕

大、惰、墮、馱、舵、癉、垛、剁、鬌。
唾。
些。

措、錯、醋、厝。
暮、募、墓、慕、莫。
路、潞、鷺、輅、露、賂、璐。
故、錮、固、顧、雇、痼、詁。
怒。
戶、扈、互、怙、岵、祜、沍、護、戽、瓠。
誤、悞、悟、寤、汚、晤、忤、惡。
鋪、舖、誧。
布、怖、佈、抪。
蠹、妬、杜、肚。
做、祚、胙、詛、作、助、阼。
庫、袴。

銼、挫、剉、莝、磋、矬、蹉。
磨、麽。
邏、摞、囉、攞。
箇、个。過。
糯、懦、輭、柰、那。
賀、荷、櫝。禍、和、盉。
臥、汚、侉、涴。餓。
破。
播、簸、譒。
剁、哆。
佐、左、坐、座。
課、敤。

已上諸字，惟兩韻同音，斯上下分記。他如腐、租、赴、部、甫、舞、無、扶、務、楚等字，則獨收模韻，俱應滿口出。更有拖字、貨字等類，乃獨屬歌戈，則又不須滿口唱矣。

〔寒山陰平〕此後通韻字眼，俱張喉闊唱。

〔先天陰平〕此後通韻字眼，但扯口，不張喉。

姦、奸、間、艱、菅。
慳。
黰、殷。
〔寒山陽平〕
嫺、閑、鷴、癇。
顏。
〔寒山上聲〕
簡、揀、柬。
眼。
〔寒山去聲〕
澗、間、諫、覸、瞯。
限、閬、臬。
雁、贗。
晏、鷃。
堅、肩。
牽、愆、騫、汧、岍、褰。
煙、燕、臙、咽、嫣、焉、鳶、閼。
〔先天陽平〕
賢、弦、絃、舷、蚿。
延、筵、埏、蜒、言、鉛、研、妍、沿、綖、焉。
〔先天上聲〕
蹇、繭、筧、謇、謇、挸、攓、攆、棄。
偃、堰。
〔先天去聲〕
見、建。
晛、見。
硯、諺、彥、喭、唁。
燕、讌、讌、宴、嬿、醼。

寒山一韻，類桓歡者過半，類先天者什僅二三。但桓歡半含脣，寒山全開口，卽如班之有搬，摯之有濕，粲之有窴，慣之有賈，明者自能釐剖，無煩贅列。惟先天字眼，最與寒山涓濫，故特摘出記之。

〔監咸陰平〕此後通韻，俱張喉出字。

監、緘、椷。

湌。

嵌、鵮。

〔監咸陽平〕

咸、醎、銜、函、喃、鹹、諴。

岩、巖、喦。

〔監咸上聲〕

減、鹻。

喊。

黯、黤。

〔監咸去聲〕

陷、餡、檻、轞、艦、脂、臽、錎。

〔廉纖陰平〕此後通韻，俱扯口出字。

兼、縑、蒹、鰜、鶼。

醃、閹、懕、腌、稖。

謙。

〔廉纖陽平〕

嫌。

鹽、炎、閻、簷、嚴、櫚。

〔廉纖上聲〕

撿、臉、瞼、簡。此字避諱，借用。

險、嶮、玁、譣。

掩、奄、唵、黶、黲、壓、湆、揜、埯、晻、罨。

〔廉纖去聲〕

豔、焰、驗、釅、灩。

欧、鷗。 欠、芡、歉。

鏨、鑑。 劍。

淹。 厭、饜。

昔詞隱謂廉纖即閉口先天，監咸即閉口寒山。若非聲場鼻祖，焉能道此透闢之言乎。夫先天口氣，既異寒山，則廉纖唱法，自殊監咸，故扯口張喉，仍上下附鈐於此。

陰出陽收考

中原字面有雖列陽類，實陽中帶陰，如絃、迴、黃、胡等字，皆陰出陽收，非如言、園、王、吳等字之爲純陽字面，而陽出陽收者也。蓋絃爲奚堅切，迴爲胡歸切，上邊胡字，出口帶三分呼音，而轉聲仍收七分吳音，故呼不成呼，吳不成吳，適肖其爲胡字；奚字出口帶三分希音，轉聲仍收七分移音，故希不成希，移不成移，亦適成其爲奚字。夫切音之胡奚，業與吳移之純陽者異其出口，則字音之絃迴，自與言園之純陽者，殊其唱法矣。故反切之上邊一字，凡遇奚、扶、以及唐、徒、桃、長等類，總皆字頭則陰，腹尾則陽，而口氣撇噎者也。今除口生字眼，間有不錄外，餘並列左用備稽覽焉。

鞋、諧、骸奚皆切。絃、弦、賢奚堅切。霞、遐、瑕奚加切。下、暇、夏、廈、罅、謼、嚇奚價切。行、刑、形、恒、衡奚經切。杏、幸、倖、脛、行奚敬切。咸、鹹、函、銜奚監切。轞、陷、檻、餡奚監切。嫌奚兼切。閑、嫺奚間切。玄、懸奚元切。

雄、熊奚容切。巷、項、向奚降切。懈、械、邂奚介切。縣、現奚見切。效、効、校奚教切。限奚澗切。學奚交切。狎、轄、峽、洽、匣、俠、狹、柙奚佳切。

奚、攜、兮弦雞切。

同、僮、童、銅、瞳、桐徒龍切。藤、騰、疼、滕徒楞切。唐、堂、塘、膛、糖、棠、螳徒郎切。臺、擡、苔徒來切。

桃、逃、陶、咷、淘、萄徒勞切。頭、投徒婁切。潭、談、譚、曇徒藍切。團、摶、剸徒欒切。甜、恬徒廉切。檀、壇、彈徒闌切。洞、慟、動徒弄切。徒、圖、屠、途、荼、酴、塗唐盧切。田、塡唐連切。迤、陀、跎、酡、沱、駝、鼉唐羅切。

度、渡唐路切。

回、迴、徊、或、惑胡歸切。紅、虹、弘、橫、鴻、洪、宏、紘胡工切。黃、皇、凰、簧、惶、遑、徨、蝗胡光切。懷、淮、槐、畫、獲、劃胡乖切。華、驊胡瓜切。還、環、鬟、闤胡關切。莞胡管切。晃、幌胡謊切。會、慧、惠、恚胡貫切。混、溷胡困切。鵠、斛、鶻、核胡姑切。

胡、瑚、湖、壺、狐、乎、葫、弧華姑切。魂、渾華昆切。和、禾、活華戈切。桓華官切。戶、護、互、扈、秸、怙華故切。

壞黃怪切。換黃貫切。患、幻、宦、豢黃慣切。禍、和黃臥切。

房、防扶邦切。馮、縫、逢扶崩切。肥、淝扶非切。焚、棼、墳扶奔切。煩、帆、蘩、蕃、樊、繁扶班切。

扶、夫、符、芙、浮房逋切。飯、範、梵、犯、販房絆切。復、伏、袱、服、佛房夫切。

杭、航、行何岡切。憾、撼、頷何禫切。含、邯何甘切。寒、韓何干切。痕何根切。豪、毫、壕、嚎、號、濠、鶴、涸何高切。

孩、頦何孩切。侯、喉、猴、篌何勾切。旱、悍、汗、翰、捍、瀚何幹切。恨何艮切。

何、荷、河杭哥切。號、皓、浩、昊杭告切。害、嗳杭蓋切。賀、荷杭个切。后、候、逅、厚、後杭構切。盒、合、盍、闔、

褐、嗑杭哥切。

迢、髫、齠、蜩、苕、調、條田聊切。

停、亭、廷、庭、蜓、霆、婷題零切。

題、啼、蹄、提傳離切。

長、腸、場、尚、償、嘗、常、裳池傷切。陳、臣、塵、辰、晨、宸、娠池人切。脣、純、蓴、淳、醇、鶉池論切。

呈、澄、程、酲、成、乘、丞、承、誠、城、盛、懲、裎、瞪池繩切。虫、慵、崇、重池戎切。垂、陲、

錘、鎚、椎、槌池追切。宅、擇、澤、柴、豺、儕池齋切。廛、禪、纏、嬋、蟬池然切。朝、潮池饒切。橙、棖池生切。傳、

船、椽池專切。蟾池髯切。沉、沈、湛池深切。着池燒切。

除、滁、廚、蹰、儲、篨遲如切。

窮、蛩、璚、邛其容切。求、毬、仇、裘、虯、逑、蟉其由切。競其硬切。乾、虔其言切。喬、僑、橋、蹻、翹其交切。

勤、芹、懃其寅切。傑、桀、竭、茄、伽其爺切。擎、檠、鯨、黥其行切。琴、禽、擒、噙其吟切。鈐、鉗、黔、箝、

拑其鹽切。

叢、叢、從慈松切。藏、臟慈喪切，又平聲。囚、遒、酋慈秋切。才、纔、財、材、裁慈腮切。樵、譙、燋、瞧、憔慈清切。摧慈灰切。昨慈臘切。

慈、磁、瓷、茨齊茲切。秦、蓁齊津切。墻、戕、檣、嬙、薔齊將切。匠齊相切。情、晴齊星切。前、錢齊先切。齊、臍前西切。

琶、杷、爬旁麻切。蒲、酺、葡、匍、莆、脯旁模切。婆、皤、鄱旁磨切。

旁、龐、傍、徬、螃、膀蒲忙切。蓬、篷、彭、朋、膨、鵬蒲蒙切。裴、陪、培、皮蒲梅切。盤、槃、磐、弁蒲瞞切。

頻、嬪、蘋、嚬、貧昆民切。平、評、憑、馮、萍、缾、凭、屏昆明切。

琵、脾、疲、羆、罷、鼙、枇平迷切。

強渠良切。葵、逵、馗、夔渠回切。拳、權、蜷渠元切。郡渠運切。群、裙渠雲切。瘸、撅、掘、鐍渠靴切。狂渠王切。渠、癯、瞿、蕖、臞、衢、劬、蘧求於切。

存、蹲藏尊切。誚藏笑切。就、鷲藏秀切。慙、蠶藏含切。殂、徂藏蘇切。曹藏勞切。殘徂閑切。攢徂丸切。曾、層、贈、嶒徂僧切。鋤、鉏、雛蟲疏切。

孱、潺、僝鋤攙切。茶、槎、搽鋤加切。愁鋤搜切。岑、鐕、諶、忱鋤森切。讒、攙、饞鋤咸切。巢鋤嘲切。

紬、稠、籌、讎、酬、儔、疇、躊、綢長柔切。陳長認切。鄭長剩切。軸、逐長如切。

池、馳、墀、篪、持、遲、蜘陳知切。

其、奇、騎、期、綦、麒、旂、耆、岐、騏棨移切。

術、贖、屬、述、蜀、朮、淑、熟、孰、殊、茱、洙、銖、殳（紬朱切。）實、石、十、什、食、蝕、拾、
殖、植（紬知切。）蛇（紬遮切。）
繩（蛇征切。）神（蛇眞切。）時（蛇之切。）
受、授、綬、售、壽（神呪切。）
誰（時遺切。）
全、泉（才宣切。）

方音洗冤考

嘗考寧、年、娘、女數音，其字端者舌舐上腭而出，吳中疑爲北方土音，所唱口法，絕不相侔，幸嗣體追始正韻，直窮到底，奴經一切，昭然左證，而土音之嘲始解。再考昂、訛、遨、傲等字，實與杭、和、豪、浩同聲，乃吳人汨於方語，口法亦大逕庭，若無中原韻吳岡、吳歌兩切，發明原始，則昂遨字音，竟成終古疑案（前二項，說詳俗訛囫革篇。）此外尚有堪商者：如忘、無、文、萬、諸字，中土呼爲王、吳、渾、患，吳下音同房、扶、焚、範，此笑彼爲土語，彼嗤此爲方言。細查諸切，則文爲無奔，萬爲忘扮；及考無忘切脚，則忘字旣切無邦，無字又切忘逋。他如望、武、晚、問等字，亦即就此數字之內，交相反切，而字母源流，竟無可考，使無之切脚，或是房非忘，忘之切

腳，或是扶非無，則吳中持說，豈不獨勝？蓋房扶二音，北亦同南者也。又使無之切腳，或是王非忘，忘之切腳，或是吳非無，則北人挾理，豈不偏長。蓋王、吳二字，南不異北者也。今諸切之中，隻字不涉房扶，亦少王、吳字樣，獨此忘、無兩音，南北各操一是，又無有如奴經吳岡之切，足破寧昂訛謬者，爲今日堪憑之公案，以故北既無以難南，南亦不能服北，而方音正音，終成聚訟者此耳。愚竊謂音聲以中原爲准，實五方之所恪宗 今洛士吳中，明明地分隅正，且同是江以南，如金陵等處，凡呼文、武、晚、望諸音，已絕不帶吳中口法，其他近而維揚皖城，遠而山陝冀燕蜀楚，又無處不以王、吳之音呼忘、無之字，則統計幅幀，宗房、扶音者什一，宗王、吳音者什固八九矣。又韻中晚、挽二字，同收一處，並無兩音，若晚字應作煩字上聲唱，則挽字亦不應唱灣字上聲，乃今人晚則偏執南音，挽則仍效北人口吻，豈非自相矛盾乎？試舉『風靜簾閒』曲中，如『晚粧殘』，與『亂挽起雲鬟』，方且兩字併歸一曲，則遂以挽唱晚，將以晚唱挽乎？抑將以韻內同音之字，妄判兩截之音乎？況忘、房、無、扶訛則可以俱訛，何北人房扶二字，絕不呼王吳兩音而口法仍同吳地。又除此數字交相反切外，韻中切腳，奚啻百千，並無有涉着忘無文萬字樣者，則數字豈非另成一類之音韻哉？夫北韻中物字必叶務，而務音實叶護，故王敬夫著南詞，聞嘗以物作護，乃王元美譏其南北溷淆者，蓋以入聲作去，惟北詞有之，今施之南調，故嫌背律。然則元美但謂護非南音，未嘗謂物非護音，而護非北音也，即務可以推無武，而兩先生非今日盟府乎？方今俗音，久汩乎俗耳。凡『望蒲東』，與『晚風寒峭』諸曲，人皆自負翻改北訛，共還大雅，而區區矯時之論，何當衆楚之咻；又無奈切脚盡彼此交互，竟無有明白顯易如吳閶奴經兩切者，一喚醒今時迷瞶，乃至音義鮮憑，無徵不信，井蛙之聒，牢不可破，堪歎也夫！抑北人微字必讀圍，未字必讀慧，並飛、肥、尾、沸諸音，亦大與吳中不等。及考各韻書切脚，則旣以非切微，又復以微切非，彼此交互，字字皆然，乃查三十六母中，非微二字，廣韻舊屬羽音，而韻會嫌其未協，特以宫音隸之。夫羽爲撮口聚，南北非微口法，皆可摹肖，若宫爲舌居中，則吳中口氣，絕無干涉，而惟北方之呼圍呼慧，恰覺相諧。且廣韻切父爲扶雨，切母爲莫厚，切婦爲房九等類，其間字音乖舛，不殊四聲類譜，故韻會之以宫換羽，倘亦嫌其未諧中土聲韻乎？迄今集成各韻書，並守宫音之舊焉。更閱三十六切中，有匪微匪分番非之切。細按非字，若照北音切去，則分番轉音，頗頗調洽，若作吳音口法，復以撮口聚調之，則番字差覺勉强，此亦北是南非之一證也。况皇極圖韻，原以非微二母收列灰韻之中，則北方圍慧諸音，豈是漫無足據？但中原韻有一二切脚似涉兩岐，故猶未遽以吳人之呼微非者，概例吳儂土音。雖洪武正韻補箋，亦謂非微等字中原韻向固入灰，然余實未考明，姑置闕疑之數云。

計錄忘無字類叶切於後

忘、亡無邦切。網、罔、輞、魍、惘、誷無榜切。望、妄無放切。文、紋、聞、蚊無奔切。武、舞、鵡、侮、廡、碔、珷（叶無上聲）、無、蕪、巫、誣、亡、毋、无（忘逋切）、物、勿（叶務，忘布切）、務、霧、鶩、戊、婺、鍪、鶩（忘布切）、刎、吻、脗、抆（叶文上聲）、問、紊、汶、聞、璺（叶文去聲）、晚、挽、娩（忘板切）、萬、蔓、曼（忘扮切）、襪、韈（忘罵切）。

附錄寧娘字類叶切於後

寧、嚀（尼經切）、儜、寧、濘（叶寧去聲）、娘（尼姜切）、釀、仰（尼降切）、尼、泥、呢、怩、鬻（濃雞切）、你、旎、禰、檷（寧已切）、彌、膩、寧（寧計切）、女（尼矩切）、年（尼堅切）、撚、碾、輾、讞、趁、蹍（尼蹇切）、拈、鮎、粘、黏（尼兼切）、念、鯰（尼劍切）、鳥、裊、嫋、褭、嬝、儂（尼皎切）、溺（尼叫切）、橷、狃、紐、鈕、忸（尼久切）、揑、聶、躡、鑷、嚙、臬、櫱、捻、孽、齧（尼夜切）、匿（女計切）。

附錄昂敖字類叶切於左

昂、卬、駉（吳岡切）、敖、嗷、厫、獒、遨、熬、鰲、嶅、翱、螯、鷔（訛高切）、傲、奡、鏊、旐、肇（昂告切）、訛、蛾、哦、峨、鵝、俄、莪、吪、鈋（吳哥切）、我（昂舸切）、臥、涴、汚、倭（王過切）、餓（昂个切）、吳、梧、吾、蜈、鋘、珟、浯、娛，齬、鋙（王姑切）、誤、悟、晤、寤、汚、忤（王故切）。

嘗考韻學集成載威字爲於非切。夫威乃灰韻之字也。以非切威，則非字口法，符北不符南可知，非字韻音，入灰不入齊可知。若以南人口氣切於非二字，則威字當與衣字同音，有是理哉？即此於非之切威，而凡無非之切微，與扶非之切肥，其音韻口氣何不可一例相準，況威切於非，再査廣韻詩韻，亦有同然者。然則非微二母，自昔人造韻，與今人集韻，並有取用北音者矣，又何疑予創說也哉。

律曲前言

凡曲須要唱出各樣曲名理趣，宋元人自有體式。如玉芙蓉、玉交枝、玉山供、不是路、要馳驟；鍼線箱、黃鶯兒、江頭金桂，要規矩；二郎神、集賢賓、月兒高、念奴嬌序、刷子序，要抑揚；撲燈蛾、紅繡鞋、麻婆子，雖疾而無腔，然而板眼自在，妙在下得勻淨。

生曲貴虛心玩味，如長腔雖要流活，不可太長。短腔雖要簡捷，却忌太短。至如過腔接字，乃關鎖之地，有遲速不同，要穩重嚴肅，方無佻軼之病。

五音以四聲爲主，四聲不得其宜，則五音廢矣。平上去入，逐一考究，務得中正，如或苟且舛誤，雖具遶梁，終不足取。其或上聲扭做平，去聲混作入，交付不明，皆做腔賣弄之故，知者辨之。

凡人聲音不等，各有所長。有川嗓，有堂喉。皆合簫管 有唱得雄壯的，失之村沙；唱得蘊拭的，失之乜斜；唱得輕巧的，失之寒賤；唱得本分的，失之老實；唱得用意的，失之穿鑿。

清唱俗謂之『冷板櫈』，不比登場演劇，藉金鼓以藏拙，全要閒雅整肅，清俊溫潤。其有專於磨擬腔調而不顧板眼，又有專主板眼而不審腔調，二者病則一般。惟腔與板兩工者，乃爲上乘。

北曲以遒勁爲主，南曲以宛轉爲主。北曲字多而調促，促處見筋，詞情多而聲情少。南曲字少而調緩，緩處見眼，詞情少而聲情多，故有磨調、絃索調之分焉。

曲有格調：抑揚頓挫，頂疊垛換，縈紆牽結，敦拖嗚咽，推題丸轉。

曲有節奏：停聲，待拍，字眞，句篤，依腔，貼調，偷氣，取氣，換氣，歇氣，就氣。

曲有三絕：字淸爲一絕，腔純爲二絕，板正爲三絕。

曲有五難：開口難，出字難，過腔難，低難，轉收入鼻音難。

曲有兩不辨：不知音者不可與之辨，不好者不可與之辨。

聽曲不可喧譁，聽其吐字板眼過腔得宜，方可辨其工拙，不可以喉音淸亮，便爲擊節稱賞。

初學曲先須引發其聲響，次辨別其字面，又次理正其腔調，不可混雜强記，以亂規格。如學集賢賓，只唱集賢賓，學桂枝香，只唱桂枝香，久久成熟，移宮換呂，自然貫串。

曲品尤宜端重，不可合眼、搖頭、咂唇、歪口、囊鼻、昂首、咳嗽。又或高低輕重，添減太過，所謂撒錢聲，拽鋸聲，貓叫聲，種種惡態，切須避之。必出口若游雲之飛太空，悠悠揚揚，發於自然，此皆天生正音，總之可以解煩釋悶，和悅性情，故曰『一聲唱到融神處，毛骨蕭然六月寒』。是前人渺論，學者須要識得。

亨屯曲遇

昔王伯良論曲亨屯曰：汪悬叟之志牡丹也，有榮辱藉焉。夫曲曷嘗不藉所遇以爲幸不幸哉？遇則亨，不遇則屯者也，偶次其事數十則，以當好事者一噱。

曲之亨：華堂。青樓。名園。水亭。雪閣。畫舫。花下。柳邊。佳風日。清宵。皎月。嬌喉。佳拍。美人歌。孌童唱。名優。姣旦。名士集。座有麗人。佳公子。知音客。鑒賞家。詩人賦贈篇。座客能走筆立度新聲。閨人繡幕中聽。玉卮。美醞。佳茗。好香。珠箔障。繡履點拍。倚簫管。配絃索。主婦不惜纏頭。斷僕勤給事。精刻本。新翻艷詞出。

曲之屯：釀錢。和爭。公府會。家宴。酒樓。村落。炎日。淒風。苦雨。老醜優伶人。唱猥詞。沙喉。訛字。錯拍。刪落。傖父與席。下妓侑尊。新蒭酒敗喉。惡客鬧座。客至犬嗥。酗酒人罵座。席上行酒政。將軍作調笑人。三腳貓人妄譏彈。小兒啼。村人喝采。主人惜燭。家僮告酒竭。

〔註〕原書各卷卷首均題：『松陵適軒主人沈寵綏君徵甫著』。

續序

聲音之學，不由師傳則獨悟惟艱哉。然而有口者任歌，有耳者任節，雖吳札、晉曠之能事，胥此萃焉。古者登歌在上，匏竹在下，貴人聲焉，耳非是則無以召休祥而感靈祇。後世雅閼淩澌，工師徒記其鏗鏘鼓舞而不能明其義，儒者又深求之殘編遺器而未始審其音，嘗考『皇極音韻』之說，其原委不猶哲哉。蓋聲以律天而主陽，音以呂地而主陰，聲有平、上、去、入之辨而翕闢因之，音有開、發、收、閉之辨而清濁分之，總之爲十二圖，縱三、横四，以字記數，而變不可勝窮。標幼侍先君子側，聞緒論，每慨正始淪缺而詞曲宮調猶存，復古之功，端在于斯。顧北曲九宮十三則，皆總章北里遺音，元人珥筆者多，素嫻律呂妙協宮商；南之九宮，原不入調，詞人就板牽合尤甚。故釐正以北音爲首。恒病偶詞者類不解律，而按曲者又不識字，爰著度曲須知爲詞家秉金科，絃索辨訛爲時師懸玉律。二書成，天下始知有聲音之正事，豈微妙哉。先君子讀書賞音，雅有神解，嘗得檇李陳子四聲經緯圖，爲之反覆紬繹，以韵儷母，適得翻切天然諧合之妙，雖爲此圖者，亦未能洞曉本末至此也。乙酉歲，手著中原正韻一書，未竣，會避兵搶攘，齎憤永昔，於乎恨哉　予小子，慧業復短，精微莫究，洊遭溼餘，手澤僅存，恐久遂湮沒，讀禮之暇，稍稍捃拾散亡，校理前緒，非敢妄贊一詞，庶幾備陳三篋，並述所聞於簡端，用志棘人孺慕之痛云。

己丑仲春男沈標百拜謹識。（沈標字廉夫）

度曲須知校勘記

本編所重印的度曲須知，是據明崇禎原刻初印本重印，並附以重印本沈標續序。原刻似有數字誤刻，舉出如下，以供參考。

〔一〕『噫、於不相棄』，似應作『噫、于不相棄』。

〔二〕『必撮口呼唱』，似應作『必不撮口呼唱』。

〔三〕『至所記鼻音爲第三之一者』，似應作『至所記鼻音第爲三之一者』。

〔四〕『獨維遺兩字之呼作圓音』，似應作『獨維、違兩字之呼作圓音』。

〔五〕『先天之於鵤元』，似應作『先天之於鵤元』。

中國古典戲曲論著集成（六）

中国戏曲研究院 编

CHINA THEATRE PRESS
中国戏剧出版社

中國古典戲曲論著集成 六

目錄

遠山堂曲品

明·祁彪佳著

遠山堂曲品提要

遠山堂曲品，明祁彪佳著。祁彪佳字虎子，一字幼文，又字宏吉，號世培。浙江山陰人。生於一六〇二年（明萬曆三十年）。一六二二年（天啓二年）得進士，除興化推官。一六三一年（崇禎四年）擢御史，后巡按蘇松。因爲執法嚴竣，不畏權横，受到周延儒的排斥，退居家中達八年之久。崇禎末再起官，又因力劾吳昌時，改官南京。甲申變後，力圖抗清，也處處受到奸臣的阻撓。潞王監國時，任蘇松總督，正在計劃舉兵抗敵之際，而清兵已大舉南下。事不可爲，遂在乙酉閏六月初六日晨，自沉在寓山花園的池中，殉國而死。

祁彪佳的著述很多，主要的有祁忠敏公日記、祁忠惠公遺書等。在戲曲方面，曾作有玉節記（一作全節記）傳奇，譜蘇武故事，而更重要的，却是遠山堂曲品和劇品。劇品全稿今存，曲品則有殘缺。

遠山堂曲品，是就呂天成曲品加以擴展的。體例大致同於呂書，而分爲妙、雅、逸、艷、能、具六品；此外又有雜調一類，專收弋陽諸腔劇本。呂品所收的不到二百種，祁品只此殘稿，已達四百六十六種；又呂品評語，多偏於讚揚，祁品則忏己見以論優劣，不失之空泛，也較呂書爲勝。

祁彪佳的父親，卽明代名藏書家澹生堂主人祁承爜。澹生堂藏書中，戲曲一類很是豐富，傳到祁彪佳時，又不斷增益，曲品、劇品的寫成，和這一批藏曲是有極大關係的。

遠山堂曲品，現存有下列各種版本：

（一）　明遠山堂藍格稿本。

（二）　明啓元社黑格鈔本。

（三）　西廂記與白蛇傳附錄本　此本係簡錄啓元社鈔本。西廂記與白蛇傳，黃裳著，一九五二年上海出版公司初版。（再版本抽去附錄部分。）

（四）　遠山堂明曲品劇品校錄本　黃裳校錄，一九五五年上海出版公司出版。

曲品敍

予素有顧愱之僻，見呂鬱藍曲品而會心焉。其品所及者，未滿二百種；予所見新舊諸本，蓋倍是而且過之。欲嘖評於其末，懼續貂也，乃更爲之，分爲六品；不及品者，則以雜調黜焉。品成作而嘆曰：詞至今日而極盛，至今日而亦極衰。學究、屠沽，盡傳子墨；黃鍾、瓦缶雜陳，而莫知其是非。予操三寸不律，爲詞場董狐，予則予，奪則奪，一人而瑕瑜不相掩，一帙而雅俗不相貸，誰其能幻我以黎丘哉。然陽春調寡，巴人之和者衆，必且不自安其位，齊起而爲楚咻，予舌危，予筆且爲南山之移矣。不知夫予之品也，愼名器，未嘗不愛人材。韻失矣，進而求其調；調譌矣，進而求其詞；詞陋矣，又進而求其事。或調有合於韻律，或詞有當於本色，或事有關於風敎，苟片善之可稱，亦無微而不錄。故呂以嚴，予以寬；呂以隘，予以廣；呂後詞華而先音律，予則賞音律而兼收詞華。要亦以執牛耳者代不數人，慮詞幟之孤標，不得不奬詡同好耳。世有知者，吾言不爽易也。如或罪我，吾亦任之。

曲品凡例

一、品中皆南詞，而西廂、西遊、凌雲三北曲何以入品？蓋以全記故也。全記皆入品，無論南北也。

一、文人善變，要不能設一格以待之。有自濃而歸淡，自俗而趨雅，自奔逸而就規矩。如湯清遠他作入『妙』，紫釵獨以『艷』稱；沈詞隱他作入『雅』，四異獨以『逸』稱。必使作者之神情，與評者之藻鑑，相遇而成莫遁之面目耳。

一、呂品傳奇之不入格者，擯不錄，故至具品而止。予則槩收之，而别爲雜調。工者以供鑒賞，拙者亦以資捧腹也。

一、詞曲一經改竄，便與作者爲二。有因改而增其美，如李開先之寶劍列『能』，陳禺陽之靈寶刀列『雅』是也。有因改而失其眞，如高則誠之琵琶列『妙』，蓮池師之琵琶列『雅』是也。故凡删改原本數折已上者，别自著評，各爲標目。

一、音律之道甚精，解者不易。自東嘉決中州韵之藩，而雜韵出矣。自人誤認中州韵之分三聲，而南調亦以入聲代上去矣。才如玉茗，尙有拗嗓，況其他乎？故求詞於詞章，十得一二；求詞於音律，百得一二耳。品中雖間取詞章，而重律之思，未嘗不三致意焉。

一、才人名妓，詞壇之所艷稱。作者每竊其名以覆短。如盧次楩之想當然，韋長賓之箜篌，馬湘蘭之三生，梁玉兒之合元，考其眞姓名而不可得。未能闕疑，姑以從俗。

一、作者如林，大江以南，尤標赤幟。予耳聞旣陋，交臂尙寡，故有有姓而無名，有姓名而無別號，有名號而無居地，尙望同志者有所見聞，詳以告我。

一、姓字之下繫以傳奇，皆予所已見者。如顧道行之風教編，鄭虛舟之大節，皆以未見，故不敢雷同呂品。且有因傳奇湮沒，遂不得表著其姓字，可慨矣。是以旁搜廣羅，不啻饑渴。

遠山堂曲品

明·祁彪佳著〔註〕

逸品

博笑　沈璟

詞隱先生遊戲詞壇，雜取耳談中可喜、可怪之事，每事演三四折，俱可絕倒。

四異　沈璟

巫、賈二姓，各假男女以相賺，賈兒竟得巫女。吳中曾有此事，惟談本虛初聘於巫，後娶於賈，係是增出，以多其關目耳。詞之穩協，不減他作；至於脫化，乃更過之。淨、丑白用蘇人鄉語，諧笑雜出，口角逼肖。

二淫　呂天成

不知者謂呂君作此，實以導淫，非也。暴二姱之私，乃以使人恥，恥則思懲矣。搆局攢簇，一部左史，供其謔浪，而以淺近之白，雅質之詞度之。此鬱藍遊戲之筆。

西樓　袁晉

寫情之至，亦極情之變；若出之無意，實亦有意所不能到。傳青樓者多矣，自西樓一出，而綉襦、霞箋皆拜下風，令昭以此噪名海內，有以也。

櫻桃夢　陳與郊

炎冷、合離，如浪翻波疊，不可摸捉，乃肖夢境。邯鄲之妙，亦正在此。先生此記，盡洩其慨世之語，而其才情宕逸，沓不可一世；乃其守律正音，則居然老宿也。記中櫻桃園之事，出艷異編，李丹已採入矣。

鸚鵡洲　陳與郊

此即元兩世姻緣劇，但其傳玉簫處，從雲溪友議來，較劇更詳。傳玉環者，以此女爲妓，寃矣。此記逸藻翩翻，香色滿楮，襯以紅牙、檀板，則繞梁之音，正恐化彩雲飛去耳。禺陽自謝爲：「寫之無逸景，用之無硬事，鋪之無留情。』乃世之評者云：「局段甚雜，演之覺懈，是才人語，非詞人手。」是耶？非耶？

玉麈　祁豸佳

短犢轅、玉麈尾，風流佳話，不謂遺之至今，乃供止祥摹寫！烟姿玉骨，隱躍詞中；香色聲光，絪緼言外。

花筵賺　范文若

洗脫之極，意局皆凌虛而出，眞是『語不驚人死不休』。溫之癡，謝之顚，此記之空峭，當配之爲三。

東郭　孫鍾齡

掀翻一部孟子，轉轉入趣。能以快語叶險韻，於庸腐出神奇，詞盡而意尙悠然。邇來作者如林，此君直憑虛而上矣。

睡鄉　孫鍾齡

孫君聊出戲筆，以廣齊諧。設爲烏有生、無是公一輩人，啼笑紙上，字字解頤。詞極爽，而守韻亦嚴。

夢境　蘇元儁

傳黃粱夢多矣，惟此記極幻、極奇，盡大地山河、古今人物，盡羅爲夢中之境。呂仙得太陰相助，一戰入利名關，四十年窮通得喪，止成就得雪下一餒夫耳。嗟哉！世人乃逐逐愿囈乎？

白練裙　鄭之文

豹先爲孝廉時，遊秦淮曲中，遂搆此記，備寫當時諸名妓，而已仍作生，且以刺馬姬湘蘭，並諷及王山人百谷。俄爲大司成所訶，僅半本而止。

蕉帕　單本

槎仙生而不好學，故詞無腐病；生而不事家人產，故曲無俗情；且又時以衣冠優孟，爲按拍周郎，故無局不新，無詞不合。龍驤、弱妹諸人，以毫鋒吹削之，遂令活脱生動。此君於詞曲，洵有天才。

露綬　單本

全是一片空明境界地，卽眼前事、口頭語，刻寫入髓，決不留一寸餘地，容別人生活。此老全是心苗裏透出聰穎，眞得曲中三昧者。舊本佩印之傳朱翁子，何足道哉！

獅吼　汪廷訥

初止一劇，繼乃雜引妬婦諸傳，證以內典，而且曲肖以兒女子絮語口角，遂無境不入趣矣。曲、白恰好，逈越昌朝他本。

蝴蝶夢　謝弘儀

寤雲功成而不居，在世出世，特爲漆園吏寫照。舌底自有青蓮，不襲詞家淺瀋，文章之府，將軍且橫槊入矣。

杏花　胡遵華

爲士子傳一段感憤不平之槩，遂有疑鬼疑神，不可方物之極思，眞堪搔首青天，俯視一世。乃其詞一遵詞隱功令，又何其婉而切也！

想當然　盧柟

相傳爲盧次楩所作，譚友夏批評，然觀其詞氣，是近時人筆，即批評亦未屬譚。劉一春事，本之覓蓮傳，此於離合關目，亦未盡恰，但時出俊爽，才情迫露。

玉鏡臺

玉鏡臺故事，凡三〔一〕傳。其在花筵賺〔二〕，尚矣。此本與孫君作爭衡，雖孫之韻律較勝於此，而此中佳句，亦自不乏。

青雀舫　徐陽輝

陳眉公曰：『名妓翻經，老僧釀酒，將軍翔文章之府，書生踐戎馬之場，雖乏本色，故自有致。』

此數語爲古今鬪大戲場，玄輝、林宗，遂借之爲鉗鍾捧喝矣。疎疎散散，靈氣統於筆墨，若無意結搆，而湊簇自佳。

風流院　　朱京藩

春波影傳小青而情鬱，鬱故嫵媚百出；風流院演爲全本而情暢，暢則流於荒唐，故有所謂窈窕仙子，幽囚落花檻中者。且傳得湯若士粗夯如許，大煞風景。至其詞，時現快語，不得以音韻律之。

半𦈡　　朱京藩

以非烟之不終合也而合之，差快人意。詞極輕爽，正於疎處更見才情。然較之風流院，此亦可爲應規入矩之作。

彈指清平　　陳情表

聖鑑不得志於時，此記多寄其感慨。而珠娘、檀娘婉媚之態，令人魂消。至其超軼處，自行自止，驚破世眼，當別設一格以待之。

當壚　陳貞貽

傳長卿者多矣，惟驌驦裘能集衆長，此亦足分半席。雖音律尙疎，好句多爲疵掩，而筆性遒上，如謝家子弟，縱復不端，正爽爽有一種風氣。舊本入買臣妻生離，爲文君對症，近以賓勝，去之。

廣爰書　三吳居士

不盡組織朝政，惟以空中點綴。謔浪處甚於怒罵。傳崔、魏者，善摭實無過淸涼扇，善用虛無過廣爰書。

秦宮鏡　白鳳詞人

傳崔、魏者，詳核易耳，獨此與廣爰書得避實擊虛之法，偏於眞人前說假話。內如『儒襪』、『祠沸』數折，尤爲趣絕。

艷品

紫簫　湯顯祖

工藻鮮美，不讓三都、兩京。寫女兒幽懽，刻入骨髓，字字有輕紅嫩綠。閱之不動情者，必世間癡男子。先生亦自知之矣。向傳先生作酒、色、財、氣四劇，有所譏刺，是非頓起；作此以掩之，又爲部長吏抑止，僅成半帙而罷，然已得四十三齣。十郎塞上初歸，會於牛、女之夕，亦可作結體，正不忍見小玉憔悴一段耳。顧知音者亟附紅牙。

紫釵　湯顯祖

先生手筆超異，即元人後塵，亦不屑步。會景切事之詞，往往悠然獨至，然傳情處太覺刻露，終是文字脫落不盡耳，故題之以『艷』字。

紅渠　沈璟

此詞隱先生初筆也。記中有十巧合，而情致淋漓，不啻百轉。字字有敲金戛玉之韻，句句有移宮換羽之工；至於以藥名、曲名、五行、八音，及聯韻、疊句入調，而雕鏤極矣。先生此後一變爲本色，正惟能極艷者方能極淡；今之假本色於俚俗，豈知曲哉！

三星　呂天成

煙鬟閣主人，色天散聖也。此記以自寫其壯懷，備極嬿婉歡笑之境；而赤虹、紫電，噴薄紙上，自是詞場大觀。

戒珠　呂天成

勤之每下筆，藻采飈發，傾倒胸中二酉。如此記傳王、謝風流，收羅一部晉史。語以駢偶見工；局以熱艷取勝。

藍橋　呂天成

於離合悲歡、插科打諢之外，一以綺麗見奇。字字皆翠琬金鏤，丹文綠牒，洵爲吉光片羽，支機七襄也。直堪對壘曇花；且能壓倒玉玦。

金合　　呂天成

盧子良薄神仙而欲作人間宰相，卒不免風雪長安。以此爲張無頗遊仙對證，名根安得不淡！『水晶宮』一段，光景奇幻，閱之令人目眩。

神女　　呂天成

此勤之未解音律時之作。沈詞隱評之，謂：『東隣客舍，曲有情境，而音律尚墮時趨。』乃其才情富麗，每一詞如萬綉齊張，亦堪配騷，亦堪佐史。

玉合　　梅鼎祚

駢驪之派，本於玉玦，而組織漸近自然，故香色出於俊逸。詞場中正少此一種艷手不得，但止題之以艷，正恐禹金不肯受耳。

曇花　　屠隆

先生闡仙、釋之宗，窮天蟠地，出古入今。其中唾罵奸雄，直以消其塊壘。學問堆垛，當作一部類書觀，不必以音律節奏較也。

玉玦　鄭若庸

以工麗見長，雖屬詞家第二義，然元如金安壽等劇，已儘塡學問，開工麗之端矣。此記每折一調，每調一韻，五色管經百鍊而成，如此工麗，亦豈易哉！

箜篌　韋宓

組織藻繪，不見雕鏤之痕。『初陽處處蒲萄綠，零露枝枝纓絡珠』，吾當舉以贈此詞。乃以才人艷筆，而曰乩仙之作，豈仙人亦襲一二人間語耶？吾友葉瑛石目擊乩筆若飛，片刻成數紙；彷彿其才致，云『大類徐文長』。然此曲以較四聲猿，尚遜其奇快。

雙合　王澹

澹翁饒有才情，閑於法而工於辭，雖纖穠之中，不礙雅則，但人面桃花，情長而景短，引入他事，慮其蔓衍，不引入，又慮寂寥，所以此曲終未得爲大觀也。女殤在崔舍人從戎先，及其凱旋，自云已歷半載，而情感復生，乃其死方三日之內，是其粗處。

紫環　　陳汝元

內傳麗雲入宮、出宮，瑤娘失偶、得偶，不必作意紐合，自是大家舉止，饒有豐韻。若其霞明霧湧之詞，是主人剩技耳。

金蓮　　陳汝元

記蘇長公，此可稱實錄。然亦有附綴以資諧笑，如鮑不平之雪憤是也；亦有省削以爲貫通，如賜蓮之在廷對、焚券之在瓊崖、再謫之後即內召入直是也。至於韻金屑玉，以駢美而歸自然，更深得鍊字之法。

太霞　　陳汝元

函三主人作此侈杜將軍閥閱功名之盛，卒之默契玄詮，以證仙終。其稱全者，即杜也；太霞者，將軍集名也。眉公評之以『駢麗精整，雄奇變幻』，足爲此曲定論。

天函　文九玄

爲汪昌朝作譜，極意敷詞，粗見亹亹。但其談玄晰理處，未免改鼠爲璞、呼驢作衛耳。以其所入北詞，皆妙選舊人者，故入艷品。

紈扇　謝廷諒

爲申伯湘作譜。或曰『其自況也』。一意塡詞，雖綺麗可觀，而於闔闢離合之法，全是瞶瞶。

鈿盒　戴應鰲

所傳皆天寶以後事。縱筆於綺麗之場，用唐律供其揮灑。末以遊仙結明皇，便無驚鴻記情終之恨矣。但字雕句鏤，微少天然之趣。

陰德　王㑺

記竇諫議積德累行，五子駢第，身都諸福，而卒列名丹臺。此與俗本五桂、全德絕不同。詞意甚古，賓白則出入經史，字字典雅，可想見其胸中武庫。

能品

牧羊

此等詞，所謂讀之不成句，歌之則叶律者。故南曲全譜收其數調作式。

羅囊

高漢卿之於繼母，酷肖鸞釵；其後立節於異域，又似懷春雅集所稱蘇道春者。詞雖有雜韻，而質甚古。

銀瓶

不傳鄭公淸之訓理宗於潛邸事，而獨傳其少年瑣尾之狀。穩熟輕脫，是極利於場上者。

尋親

詞之能動人者，惟在眞切，故古本必直寫苦境，偏於瑣屑〔三〕中傳出苦情。如作尋親者之手，斷是荆、殺一流人。惜兩加改削，訛處遂多。

瓊臺

吳彩鸞瓊臺仙女，下嫁文簫，其意境俱無足取，但頗有古曲典型。

茶缸　存〔四〕

三生記所傳蘇小卿，是馮魁負雙生者，此則反是。曲有古意，當位置於尋親、八義之間

孤兒

此古本八義也，詞頗古質；雖曲名多未入譜者，然與今信口之詞，正自不同。後如徐叔回等所改八義諸記，皆本於此。惜今刻者、演者，輙自改竄，益失眞面目矣。

雙盃

張廷秀累遭困辱，易邵姓顯達。相傳爲浙中一大紳，然實無此事也。近日詞場，好傳世間詫異之

事，自非具高識者不能，不若此等直傳苦境，詞白穩貼，猶得與荆、劉相上下。

斷髮

李德武婦節孝，可以垂之彤管；匿李密事，亦必有所據。惜作記者猶不脫寒酸態耳。詞甚工整，且能守律，當非近日詞人手筆。

漁樵

楊太僕義臣先機而隱，復讎而遁，記之者燦若列眉，當是隋唐間第一佳傳。但調有錯雜，而東鍾與庚青，魚模與尤侯，兩韻混用，難以經有識者。

金丸

鍊局鍊詞，在尋常繩規之内；惟『拷問』南北曲，叶支思一韻，古雅絕倫，或即元人抱粧盒劇中語耶？聞作此於成化年間，曾感動宮闈。

躍鯉

任質之詞，字句恰好；卽一節生情，能展轉寫出。

精忠

雖庸筆，亦不失音韻。『金牌宣召』一折，大得作法。惜閒諢過繁。末以冥鬼結局，前既枝蔓，後遂寂寥。

鸞釵

王元美評幽閨有三短，終本不令人墮淚，其一也。若此記，點點是淚矣。蓋繇作手輕熟，故轉折不費力，而科諢無不妙合。傳爲吳下一優人所作。

四豪

記孟嘗、春申、信陵、平原四公子。首之以周天王之分封，合之以邯鄲解圍，中分記其事，各五六齣，如四節例。構局頗佳，但塡詞非名筆耳。

赤松

全以簡練爲勝，遂使一折之中無餘景，一語之中無餘情。且有蹈襲千金處，『夜宴』曲更不宜全抄。

赤鯉

劉司獄以逸囚被譴，歷種種苦趣。即記中所載，亦是有氣誼漢子，但爲僧不了，奈何！傳者照應精密，每於俗境，更見雅詞，斷非近日詞人手。

百順

記中述王公旦立朝大節，及丁謂搆寇公事。一覽朗徹，詞章爛然。

花園

其事大類釵釧、風箏。詞之撰造處，設色亦濃。但訛字幾不可辨，當取定本較正之。類風箏者，是周錫珪所作苦風箏，非近日李笠翁之風箏誤也。孫晉識

合縱

雜入張儀一事，較金印稍詳。曲有數語襲金印者。雖其他稍遜之，而時出本色，令人會心。

金雀

輕倩之詞，利於搬演，不耐咀嚼。『安仁擲果』一段，正可想見當年。

金釧

金時之狎劉小桃，似玉鐲所載王順卿事。守律之詞，粗見亹亹，但不堪縱觀耳。

四友

以羅疇老之蘭、周茂叔之蓮、陶淵明之菊、林和靖之梅，合之爲四友。於四賢出處，考究甚確；但意格終乏瀟散，故不得與四節並列。

珠衲

作者刻意求新，亦輕脫，亦纖巧，但詞局猶落小乘耳。趙旭初遇仁宗時，止與以一緘，令兩承局挾之至西川，第云引其干謁；及至而迎者滿道，承局始告之故；出其緘，則安撫文憑也；趙且驚且喜。倉卒間易貧士爲貴人，此是絕妙之境，記中何以不及？

摘纓

止就絕纓一事，敷衍成曲，雖乏婉轉之致，猶不致於龐雜。

錢神

直刺時事，毫無忌諱，遂有以縉紳大老橫罹粉墨者。詞亦不俗，但俱是拗嗓。

五福

韓忠憲事功甚盛，此獨取其還妾一事。先後貫串，頗得搆詞之局。詞有叶處，亦有用韻不穩處，若出兩手。

完貞

記王順卿全彷原傳。說白極肖口吻，亦是詞場所難。較玉鐲稍勝之。

百花

內傳元時安西謀逆，江女右花、江生六雲以被擒爲內應；而安西之百花郡主，卒與六雲偕合巹。結構亦新，但意味尙淺。

雙釵

格局大類紫環，此則反以淺近勝之。胡僧之舞天魔，最可觀。記中以押衙之槩，屬之劉福通，何也？

平湖

聶、戴二公，皆豫章人，萬曆間成進士。此何以入之戲場？蓋餘杭丁姓者，以豪貴佔南湖，唐煜、費俊諸鄉民與之爲難，賴二公得平，遂作是記，亦去思意耳。事情了徹，一覽易竟。

運甓

詞氣宏斂。陶士行之忠孝，凜然當場。惜塡詞過繁，未免收處有病。

三益

以三益、三損爲朋友者箴，取境不入惡俗。人以粗淺故棄之，予以粗淺故收之。

平妖

永兒、王則之亂，記之井然有緒。然終是神頭鬼臉，景促而趣短。

西洋

鄭和歷使西洋諸國，凡十數年而後報命，此在永樂間，可謂中璫之表表者。作手似與三遂記同，總是鋪敍爲詞，不知本色當行之道者。

玉掌

一涉仙人荒誕之事，便無好境趣。第以筆下設色亦濃，故勉收之。

古劍

紅絲、四義，僅以傳郭代公耳，此兼傳李多祚。頗有豪俠之槩。但演之場上，有不合處，第可爲知者道也。

絳雪

李愬雪夜擒吳元濟，向未有記之者，記之自此始。且以張雲容、蕭鳳臺爲開元時宮人，因服絳雪丹返魂，爲薛昭、李愬之配，有此一段風韻，便自可觀。

金花

作者目中，止識數字，便欲掉弄筆端；雖淺淺鋪敍，而優人已有歌舞之矣。其事大類木蘭女，以女僞男，不免涉近日之俗套。

還帶　沈練川

裴晉公生平事功，表表唐史，還帶其末節耳。是記雖無雋冷之趣，而局面正大，詞調壯練，其金印、孤兒之亞流乎？

雙雄　　馮夢龍

此馮猶龍少年時筆也，確守詞隱家法，而能時出俊語。丹信爲叔三木所陷，幷及其義弟劉雙；而劉方正者，不惜傾貲救之。世固不乏丹三木，亦安得有劉方正哉！姑蘇近實有其事，特邀馮君以粉墨傳之。

旗亭　　鄭之文

董元卿遭胡金之亂，得遇隱娘，旣能全元卿於宋，復能全己於元卿，隱娘之俠，高出阿兄上矣。區區衲中之金，何足窺此女一班哉！曲亦爽亮，但鋪敍關目，猶欠婉轉；後得淸遠一序，殊爲增色。

芍藥　　鄭之文

壚儲之婦，能賞其文於未第之先，闤闠中如此具眼，不愧『女狀頭』之號矣。登第、成婚，俱是順境，無他曲酸苦之態；詞之秀逸，亦雅足配之。鄭君詞曲，可稱文人之雄；所少者，曲折映帶之妙耳。

孝感　王淡

吐詞豐蔚，守律亦嚴。但爲許君作傳，欲盡傳其生平，而并以貫諫，自不能有一段凌空出奇之妙矣。

長生　汪廷訥

汪𪎁使奉呂祖惟謹，一日忽夢若以玄解授之者，乃敍其入道成仙，以至顯化濟世之事。井然有條，詞亦濃厚可味；但於結構之法，不無稍疎。

威鳳　汪廷訥

記韓生闖牆之變，曲盡慘苦。搆詞雖未超軼，亦自有大雅體裁。

彩舟　汪廷訥

江生、吳女旣私合舟中矣，吳太守無可奈何，遂令僞爲溺者，遽認作故人之子，許諧婚焉。此段情事可搴，但舟次數數往返，記凡八齣，未免入閨情之套。

義烈　汪廷訥

張元節一人逃死，禍及萬家。迨其後黨錮之禁雖解，而終以賢奸互擊，漢祚隨盡。藏身之智固巧，謀國之才却踈，故記此者，如天寶父老談喪亂，語至暢盡，感慨隨之。

投桃　汪廷訥

作手猶未脫俗，惟守律甚嚴，不愧詞隱高足。投桃傳情，亦小有致。

二閣　汪廷訥

鬱藍生傳此爲畫扇，翩翩逸韻，是少年場中得意之語。昌朝此記，雖雅有裁鍊，但於二閣初之失和，繼之合歡，俱不能刻入深情，覺未大快人意。

三祝　汪廷訥

范文正父子事功文章，旣表表一代矣，至敎倫尙義，此記能闡其微。

種玉　汪廷訥

霍休文一平陽小吏，而有去病霍光以爲之子，尙復何求！曲中於休文身上，全無發揮，不過現成得妻子、受祿蔭耳。調有倩語，局亦簡緊。經梅花墅改訂者，更勝原本。

飛魚　汪廷訥

漁隱子垂釣溪頭，不過一渺小丈夫耳；及見棄於楊翁，有意外之得，遂據貲自雄，結客破賊，以豪俠終，豈不可垂之青翰！爲我明一奇事，所以清遠道人作序嘉賞之。

同昇　汪廷訥

無無居士，昌朝自稱也。借潘太史習林居之樂，悟三教合一之理，大概卽天函記中意耳。乃以顓二陽爲生，而盛述其家慶，末第與居士略一暎帶，終覺氣味寞索。

天書　汪廷訥

記孫、龐事，不肯襲元劇中語，亦堪自家生活。但北詞多譌，是以昌朝再訂之，而後付梓。

北亭　王元壽

此記作在李丹之前，而境界多相似。波斯仙叟之贈金，則又似小說所載杜子春事。李丹之王敬之，提醒以裴信玄；此記之李令伯，提醒以盧二舅。學仙者豈不能如禪家直截機鋒，而必令魔內生魔，方以道證道耶？令伯爲田水月所困，則伯彭乃自寄其所慨耳。

玉馬墜　王元壽

玉馬墜原有傳記。乃若黃損以追尋素玉，轉展困苦，正堪爲癡情者解嘲。然非我輩有情，不能道此。

一輪畫　王元壽

陳建伯自是多情者，與綠翹作合一段，絕得稔色之趣。但其後巧遇之處，反欠恰合。

擊筑　王元壽

高漸離不死，而始皇卒以荆卿死，快極！快極！傳之者，激烈中轉爲悠揚之韻，覺滿紙蕭瑟，令人泣下。

紫騮馬　王元壽

取意於王煥百花亭劇。乃其失婦、得婦處，別搆一局，自是文人流利之筆。此伯彭得意作也。

將無同　存　王元壽

匠心獨搆。談生、賈妹，皆無是公也，故名其曲曰將無同。風流自賞，如昔人評謝康樂詩：『似東海揚帆，風日流麗。』

中流柱　王元壽

傳耿樸公強項立節，而點綴崔、魏諸事，俱歸之耿公，方得傳奇聯貫之法。覺他人傳時事者，不無散漫矣。

紫綬　王元壽

記文姬保孤事，有陸無從、欽虹江各出其長。近日馮猶龍删合之，足稱合作。伯彭此記，於李燮傭工處，描寫苦狀，閱之令人酸楚；且陳列條暢，竟可與欽、陸二先生爭勝。

石榴花 存

王元壽

伯彭喜爲兒女子傳情，必有一段極精警處，令觀場者破涕爲歡，若此記羅惜惜尋花下之盟，竟致悞約是也。然結末只宜收拾全局，皆叠起峯巒，未免反致障眼，如惜惜之悞謁，非乎？

莫須有 存

王元壽

雜取博笑記中事，串入於巫嗣眞一人，巧笑叠出，想見其胸有成竹，非徒資謔浪於他人者。

寶碗

王元壽

伯彭諸詞，帶有一種秀媚之致，全似翩翩少年。此記首尾關鍵，俱爲濯錦小兒所播弄，較他曲更覺輕洒。

領春風

王元壽

爲柳耆卿寫照，風流不減當年。可與周禹錫之宮花爭道而馳。

（原稿此處粘有一紙條，上寫：『宮花惟首列詞則內有之，目錄不載，品內亦不及，似漏。』）

鬱輪袍　王元壽

大意本王辰玉劇。『應試』一折，全用劇中之曲。『萬戶傷心』之咏，乃仍之奪解者；但王推冒試、王球復冒婚，則伯彭意爲之，恐閨門太寥落耳。然末段似多一二轉，於煞局有病；至若詞之清新，當爲諸本最。

鴛鴦被　王元壽

取意於錯送鴛鴦被劇，而穿插別一情境。朱次柟投之江上，反以登山破賊，及得第處乃從辨卷來，事俱可詫；但每從一被上生出情致，正自不必。

題燕　王元壽

劉方、劉奇事，自葉桐栢作劇之後，已再見於黃履之之雙燕記矣。此記插入妓女夜來，而二劉顚連之狀，層疊點綴，令觀者轉入而轉見其巧。

異夢

王元壽

無端渭塘一夢，王生幾遭縲絏。顧女兩厄於奸人，其魘夢耶？賴有李中丞、吳學士，成名成婚，方不負碧甸環之約耳。此曲排場轉宕，詞中往往排沙見金，自是詞壇作手。

鸞書錯

王元壽

向有錢秀才錯配鳳鸞儔一傳，奇姻已出人意外。今之錯中更錯者，則伯彭之巧思耳。

梨花

王元壽

紅梨花傳奇有兩種，皆本之元人三錯認劇。此記結構稍幻，而三婆說鬼一段，情趣少減；惟後之再遇金蓮，覺有無限波瀾。

靈寶符

王元壽

予向閱元人看錢奴、來生債二劇，喟然異之曰：『是可以砭錢虜矣！』乃摭爲傳，寄示伯彭。不一月而新聲遂爾遶梁，北詞之雄，南詞之婉，兼極其致。

玉扼臂　王元壽

取汪昌朝所傳韋將軍聞歌納妓劇，而雜之以虎易美姝〔五〕事。其中以豪俠肝腸，不乏麗情婉轉，是作者傳神處。

空緘　存　王元壽

劉元普之仗義，奇矣；李伯承一不識面之交，以空緘托妻子，奇更出元普上。此記貫串如無縫天衣，詞曲中忠、孝、節、俠，種種具足。此與紫綬，皆伯彭有關世道文字也。

紫綺裘　王元壽

田夫人幽配崔煒，事極詭異。記中崔子以好施受福，任賊以撲滿招尤，作者欲以惕世也。

紫臺怨　存　王元壽

向見元人漢宮秋劇，覺染指一臠，猶有餘味。伯彭以工詞麗響，爲明妃寫照。後之紫臺相合也，更足以消磨青塚之幽恨矣。

孝泉　陳□

海樵，越之高士。其傳姜詩也，不無道學氣。以之登場歌舞，似遜躍鯉一籌。

檀扇　史槃

叔考諸作，多是從兩人錯認處搏捖一番。一轉再轉，每於想窮意盡之後見奇。幸其詞屬本色，開卷便見其概，不令人無可捉摹耳。

青蟬　史槃

海公子盜池生書物，乃爲金媚娘所易，竟達空函。絕處逢生，取境甚巧。末段反覆說明，詞、白絕無重複，深得詞隱作法；但青蟬、鵜釵，每從此一物轉摺，覺布置過繁，閱者費解。

雙鴛　史槃

曲多兒女離合之事，而無駢語、澁語，易諧里耳，故叔考一記出，優人爭歌舞之。如李郃宛轉作劉賚之合也，有意想不到處，想叔考胸中有九曲珠，故多巧乃爾。

唾紅　史槃

叔考匠心創詞，能就尋常意境，層層掀翻，如一波未平，一波復起。詞以淡爲眞，境以幻爲實，唾紅其一也。

朱履　史槃

畫粲主人云：『近日富春實有其事，而借南宋時人以譜之者。』備諸苦境，刻肖人情。但菊花莊殺仇已後，頭緒太煩；細繹之，乃見貫串之巧。

鵜釵　史槃

此記波瀾，只在荆公悞認宋廣平爲康璧耳，搬弄到底，至於完姻之日，欲使兩女互易，眞戲場矣。柳汎若桃鬬一段，大有逸趣；但葦安石之搆國香〔六〕，境界叠見，其中宜删繁就簡。

合紗　史槃

傳兒女子情者，須婉轉，尤須灑脫。若合父、母、兄、妹、門生、故友，盡人而商量一紗，雖奇姻巧湊，不無反爲情累乎？叔考於曲道稱大匠，此處猶不無傷指之慮。

瓊花　　史槃

於梵貝中標出慈雲一事，可以仰配雙修，抹殺妙相矣；但語過率眞，未是叔考得意之作。

櫻桃　　史槃

丘素平櫻桃之盟幾敗矣，而作之合者，乃在黃巢。此君作賊，猶不失英雄本色。後以死丁香易生愛娟，鑿空出奇，大可捧腹。

孿甌　　史槃

於錯處見境，爲沈爲彭，幾令人莫可端倪，而巧笑於中疊出矣；但關鍵原佳，二甌反覺爲贅物。

夢磊　　史槃

文景昭富貴姻緣，俱得之於石，故夢中白玉蟾以『磊』字授之，其中結構，一何多奇也！但劉以司農而夜送女於文生旅邸，與檀扇之以甥女私慰凌生，皆非近情之事。

雙串　史槃

大荒此記，操縱合法，韻度俱勝。叔考少加損益，便有史叔語氣矣。

忠孝　史槃

傳沈公靑霞著，叔考難兄有璧香記，初以宮商相舛，乃盡更之，沈公浩氣丹衷，恍忽如見，故叔考作此，亦遂有冠冕雍容之度矣。

雙忠　姚茂良

傳張、許事，詞意剴切，可以揭忠義肝腸。但睢陽已陷之後，必傳大創安、史，收復兩京，方爲二公吐氣；乃以陰魂聚首，結局殊覺黯然。張之母、妻，亦何必同遊地下也？且後半詞亦不稱。

伍倫　丘濬

一記中盡述伍倫，非酸則腐矣；乃能華實並茂，自是大老之筆。或謂：『文莊有鍾情麗集〔七〕，自述少年所遇。或有譏之者，遂令門客促成此記，以節孝掩風情耳。』（原稿此處粘有一紙條，上寫：『相傳丘文莊之少也，其父爲之求配於土官黎氏，黎誚之曰：「是兒豈吾快壻耶！」不許。公爲鍾情麗集，言黎女失身辜輅。辜輅者，廣人呼狗音。他日黎得之，以百金囑書坊毁刻，而本已傳遍矣。』）

寶劍

李伯華

中有自撰曲名。曾見一曲採入於譜，但於按古處反多訛錯。且此公不識練局之法，故重複處頗多。以林冲爲諫諍，而後高俅設白虎堂之計，末方出俅子謀冲妻一段，殊覺多費周折。李自負在康對山、王渼陂之上，問王元美：『此記何如琵琶？』王謂：『公辭之美，不必言，第令吳中敎師十人唱過，隨腔字字改妥，乃可耳。』李拂然罷去。尙有登壇一記，未見。

嬌紅

沈壽卿

盧伯生爲申、嬌作傳，中有種種情態可摹。沈翁之詞，能斬絕葛藤，雖近於古，然不無淺促之憾矣。

龍泉　沈壽卿

節、義、忠、孝之事，不可無傳。沈君手筆，絕肖丘文莊之五倫記。

紅葉　祝長生

此記守韻甚嚴，而葩藻之詞，如三峽波濤，隨地委折。但于祐拾葉在未第時，無一種軒舉之氣，所以終遜題紅一籌。

清涼扇　王應遴

此記綜覈詳明，事皆實錄。妖姆、逆璫之罪狀，有十部梨園歌舞不能盡者，約之於寸毫片楮中，以此作一代爰書可也，豈止在音調內生活乎！

蛟虎　黃伯羽

黃伯羽取周孝侯除三害事，有合於過勿憚改之義，作者思深矣。孝侯死於王事，此故生之。鋪敘亦當，但氣色不振耳。

四喜　謝讜

傳二宋事。作手雖平，詞亦明麗。但小宋既有宮人瓊英，又何必增紅樓靑霞也？小宋張燈宴客，大宋詰問鹽齏時語，此段正當補入。

合釵　秦鳴雷

調不傷雅，而能入俗。淸風亭遇子〔八〕一齣，宛然當年情景。弋優盛演之。後半稍淺略，爲強弩之末。

紅拂　張太和

湯海若序此記云：『紅拂已經三演：在近齋外翰者，鄙俚而不典；在冷然居士者，短簡而不舒；今屛山不襲二家之格，能兼諸劇之長。』然呂鬱藍謂其『通篇不脫俗氣』，當亦不能爲屛山諱。

玉簪　高濂

幽歡在女貞觀中，境無足取。惟着意塡詞，摘其字句，可以噬玉生香；而意不能貫詞，便如徐文長所云「錦糊燈籠，玉鑲刀口」，討一毫明快不得矣。

節孝　高濂

陶元〔九〕亮之歸去辭，李令伯之陳情表，皆是千古至文，合之爲節孝，想見作者胸次。但於二公生平概矣，未現精神。且賦歸十六折，而陶凡十五出；陳情十六折，而李凡十三出：不識場上勞逸之節。

玉香　程文修

此卽天緣奇遇傳也。其詞不能別有巧構，而朗朗可歌。但爲子輸妻者，玉勝而下，尙四五人，不特場上不可演，卽此記之後，亦收煞不盡，不能不舉此遺彼矣。尙有傳此名玉如意者。

呼盧　全無垢

傳宋武微時至發跡，後以臣節終之，恰得結體。組織富麗，稍欠輕脫，且白之閒語亦多。

題橋存　陳濟之

此於長卿記傳之外，無所增飾，覺情致尙少婉曲。然搆詞不輕下一語，雖未能琢宮敲羽，亦自華整可貴。

錕語　兩宜居士

敍事有條。此與斬祛之記晉文，各得明暢之旨。但如老農圃談稼穡，雖皆實際，却多俚詞。

奪解　秋閣居士

王辰玉作劇，以鬱輪袍爲王摩詰諱。余以爲此是文人不羈處，非熱心功名，不必諱也。但此記又嫌其太直截耳。以王爲李林甫婿，恐是附會。

合璧　王恒

寫事必暢其本末，詞亦朗朗如日月之入人懷，但覺才情少減。解大紳之脫獄，作者飾之以爲結局耳。

雙環　鹿陽外史

記木蘭從軍事，全不蹈徐文長一語。鋪敍戰功，爛然生色；但於關情之處，轉覺未盡。

玉鏡臺　朱鼎

玉鏡臺故事，元劇絕有摹擬。此不及風情，而惟鋪敍太眞事蹟，於緊切處反按以極緩之節，不逮孫、范兩君及淸阮堂之作遠矣。

金魚　吳鵬

此記傳韓君平非不了徹，但其氣格未高，轉入庸境，益信玉合之風流蘊藉，眞不可及也。鬱藍生論詞才、詞學，而歸之詞品，信然。

練囊　吳大震

傳章臺柳，插入紅線，與金魚若出一手。自玉合成而二記無色矣。

龍劍　吳大震

傳哼承恩事。作者未識裁鍊之法，故喧而未雅。以魏公學曾爲生，殊無事功可見。中間如蕭、麻諸帥，米、梅諸公，忽隱忽現，雜出不倫。曲白雖工，未足樹詞壇之幟也。

純孝　張從德

董叔達斬仇人之頭，歸報其母，遂以奇孝證爲正神，遍見夢於其裔孫。按事塡詞，殊不嫌其平實。

錦帶　楊夷白

詞章斐然，第苦不得佳境。中如喬招討之背約，馬當戶之奪婚，卽作者或以意創，終似近於蹈襲。

節俠　許三階

傳裴伷先伯任在武后朝，大有丈夫本色。語多藻麗，從組織得之。

龍膏　楊夷白

楊君見呂鬱藍金合，謂龍宮近怪，乃易龍女爲元載女。艷異遠遜呂作，而色澤亦自不減。閒半出之王伯彭手。

紅絲　許三階

郭代公之生平，四義傳之鄙而雜。此以採絲爲婚姻之始，驅虜爲功名之終，結構殊恰。詞有新創之五色絲、桃葉歌、鳳樓十二重等調。在許君工於音律，必有當於抗墜掩抑、頂疊闗轉之法。

龍綃　黄惟楫

黄山人在王新建座上，作此爲新建壽，三日而成，又五日而伶人遂歌以侑觴。鬱藍云：『舊有傳書記，姑蘇周侍御亦撰其傳，皆不及此。』乃此記猶未能免俗。安得奇幻之筆，令人驚魂蕩魄耶？內雲華怨、黄鶯尾二調，不載譜，不知何所本也。

遇仙　心一子

塡詞打局，皆人意想所必到者。然語不荒，調不失，境不惡，以此列於詞場，亦無愧矣。

杖策　涵陽子

鄧禹杖策謁光武，爲中興名佐，封侯時方二十四歲。此記半雜以家人離合之情，不使有偏喧寂。

但作手頗平，通本不脫學究氣習。中以鄧爲梅福壻，不知梅壻乃子陵也。

玉玦

泰華山人

馮玉玫之節，不可以不傳。若王仲良，不過因仙人指度，僥倖成功耳。詞亦奔流滔滔，但乏委曲。

合劍

泰華山人

載唐、隋事，一味鋪敍，詳略失宜。但其中以北朝天子配南二郎神，北倘秀才配南甘州歌，北醉太平配南宜春令，北駐馬聽配南駐馬聽，南北各配四五調，歌之頗叶，似可採以爲式。太宗爲生，不與旦對，結尾以十八學士各陳治道，亦見作者之非庸蕪。若節取『晉陽起兵』、『娘子軍功』、『禁門喋血』錯綜演之，當不失爲善曲。

釵釧

月榭主人

皇甫嵩受欺於韓時忠，身幾不免，可爲密事告友之戒。獨惜史女碧桃，計贈完姻，無愧女俠；而幾爲奸輩所窘，倘非遇張侍御，已作河伯婦矣，可傷哉！此曲詞調朗徹，儘有本色，是熟於科諢排場者。舊有『賊殺侍婢』一段，今稍易之矣。

玉杵　楊文炯

文彩翩翩，是詞壇流美之筆。惜尙少伐膚見髓語，而用韻亦雜。若與鬱藍之藍橋較才情，此曲當退三舍；然律以場上之體裁，吾未敢盡爲藍橋許也。

漑園　趙於禮

此以王孫賈爲生，插入『齊世子灌園』一段。於覆齊、復齊處，言之獨詳，而賈績之可紀者，轉覺寥寥，是爲客勝於主。

畫鶯　趙於禮

丘文莊公自述少年所遇，鍾情麗集遂飾爲辜生輅事。傳之應規入渠，似古之爲曲者。

丹管　汪肇郃

汪宗姬，詩人也，故其爲詞多風雅。李斌之拜官，用孟東野故事；後以羈旅而仗劍刺賊，差快人意。

姻緣 存　馮之可

此與分釵，俱傳賈雲華、魏寓言事。惟雲華之死而復生，稍異於彼。詞似非近時人作，而曲有全抄明珠，何也？

白璧　黄廷俸

張儀蒙盜璧之疑而以舌在自解，及蘇秦之籠絡儀處，確是一本佳傳，惜演之猶未暢快。然詞近本色，白亦恰當，可取也。

西廂　李□□日華

觀其中不涉實甫處，亦儘自攄造撰，何必割裂北詞，致受生吞活剝之誚耶？然此實崔時佩筆，李第較增之。人知李之竊王，不知李之竊崔也。

紅梅　周□□儀玉

手筆輕倩，每有秀色浮動曲白間，當是時調之雋。裴舜卿無端一遇，遂冒門壻拒似道之聘，倘非李惠娘以幽歡解免，舜卿危矣。書生乘興之事，其可再乎！

軒轅　王濟

意調若一覽易盡，而構局之妙，令人且驚且疑；漸入佳境，所謂深味之而無窮者。詞甚輕快，雖偶有數字不叶，亦無愧於大雅。但鄭仲經邂逅結姻，崔夫人終不說出心許之故，豈擇壻者輕率至此哉？

珍珠衫　柳□□

此易蔣興哥爲王士英。『詭姦』一節，皆六婆爲之，而巧兒卒以貞終。然末段收煞，殊少精神。

翡翠鈿　柳□□

邇來詞人，每喜多其轉折，以見頓挫抑揚之趣。不知轉折太多，令觀者索一解未盡，更索一解，便不得自然之致矣。如此記『擇壻』一段，自饒雅韻；而韋祥之奪婚，頭緒過繁，大有可删削處，然柳君之詞，皆輕倩圓軟，殊不易得。

橘浦　　許自昌

余閱黄山人所撰柳毅傳奇，嫌其平衍，乃此又何多駢枝也！於傳書一事，情景反不徹。詞喜用古，而舌本艱滯，反爲累句。惟錢塘君數北調，有豪舉之致，故拔入能品。

水滸　　許自昌

記宋江事，暢所欲言，且得裁剪之法。曲雖多稚弱句，而賓白却甚當行，其場上之善曲乎？

檢書　　王元功

用調恰當，無一可刪處，演之儘可悅目。但耳子爲女，賈女作男，止入傳奇纖巧一道耳。輕烟爲廣陵之妓，安能遽逸至滇中作賊？賈女亦安能以紅粉戴鍪鍪，從戎對壘哉？

水滸　　王元功

此梅花主人改訂者，曲白十改八九，穉弱亦十去八九矣。前本用犯調，有不便於歌者，今取調極穩；前本宋江有妻似嘖，今并去之；惟下韻仍雜，不能爲全瑜耳。

保主　王元功

趙子龍爲生。傳事能不支蔓。但曲有繁簡之宜，未必一簡便屬勝場。如此記，每一人立脚未定，便復下場，何以聳觀者耳目？

看劍　王元功

格善變，詞善轉，便是能手。此記生、旦通本不脱豪俠之氣，而始終作合者，乃在一黎女，大奇！大奇！其間聚散，原不關一劍，此中似可省一二轉摺。

靈犀佩　王元功

大凡情緣一起，必有一種大不快人意處，爲之顛倒，爲之齟齬，方見吾輩獨有所鍾。乃蕭鳳侶但繋情於賽湘靈，而并以得梅瓊玉，無情有情，其何以解？至於兩魂互换，各不相認，似涉于穉。

瑪瑙簪　王元功

無功諸作，一以曲折爭奇。阿兄伯彭有將無同記，此略取其意，惟卞生之遇薄女不同耳。無功喜傳女俠，故紅俠中每有技擊者。

弄珠樓　王元功

輕描淡染，不欲一境落於平實。但姓名之錯認，創於拜月，遂多爲不善曲者所襲。無功今之作手，何不別尋結搆耶？

種玉　王元功

此梅花主人改訂者，簡鍊過原本，一洗脂粉之病。

花亭　王元功

此無功改百花本也。彼以鄒化爲生，此以江六雲爲生。情節亦不無稍異。

金鼑　王韶

譜楊恆陷虜事。事在天順間，大類蘇子卿。情境淺促，一過便嫌易盡。然亦輕脫，故取之。

八翼　何斌臣

爲陶士行作記，而攢簇江左風流之概。詞甚整麗，有鳴珂佩玉之度，當不得以板實少之。

女狀元　何斌臣

爲女狀元增一弟純嘏，蓋以結周女嬌鳳之配耳。就徐劇略演之，爲齣止十八。其中數折，不失文長本色。

凌雲北　韓上桂

曲藻云：『北字多而調促，促處見筋；南字少而調緩，緩處見眼。北則辭情多而聲情少，南則辭情少而聲情多。』故自南辭易諧於耳，而北音亡矣。天遊子力返於古，爲司馬長卿作北曲，詞不易宮，宮不易調，入明以來，僅見於此。但其爲詞有蕪雜處，而流利覺少；且一折中用兩人唱，亦非舊式。

躍劍　潘□□

作法撤脫，且能即景會情。以曲打科，以白引曲，遂爾轉摺生動，勝蛟虎記多矣。

合元　梁玉兒

此即文長女狀元劇所演者。閨閣作曲，終有脂粉氣；然其艷香殊彩，時奪人目。紅兒、雪兒，玉孃以一人兼之矣。

採眞　包胤祺

傳仙鬼者多矣，靈奇怪異，已透露幾許聰明。此記取境猶平，但喜其輕脫如弄丸，洵翩翩裘馬中語也。獨自怍假符召鬼，桃妖反借之以愚趙生，此段致趣不乏。

金合　存　程守兆

程君工於曲，而科諢之妙，猶未深曉，故少洗脫之工，便覺意爲詞掩。梁伯龍紅線劇，不減梅叔之崐崙奴；此與李旣明所作，俱不足爲伯龍註脚。

鴛簪　王國柱

李節鎮器重歐生，遂有要姬之贈，不必俟紅拂夜奔、磨勒宵竊，其賢於楊越公、郭汾陽遠矣。乃歐生之所以報之者，亦在崔、李二君上。

海棠詩　王國柱

是時曲氣格，但兩金生綰合處，不至如他曲之枝節耳。文氣大概疎爽，惜詞有失韻處。

碧珠　王國柱

周惟光排陷趙懷之，懷之因居於龍宮者六載，絕似袁凫公之竇娥寃、沈寧菴之合衫記。曲用雜韻，爲近日錮疾；獨此一曲之中換兩韻，似尤礙口。

德政篇　徐應乾

弘農之渡虎，中牟之驅蝗，潮州之馴鱷，被之絃歌，足爲治譜；至廣寧遷烏，則徐君自道也。

兩詩　徐應乾

徐君官醫巫，以強項爲當事所扼，乃直記其事；而盛斥李寧遠、趙中丞，快其胸臆，不顧悠悠之有口也。

籌虜　徐應乾

邊臣啓釁促彊，卒貽遼左十餘年不結之局。非君一片熱腸，安能寫得明透如許！

扊扅　徐應乾

百里事，於此凡三見矣。此記清婉不及張伯起作，而氣昌詞暢，以視端平川者，追過之。

三遷　徐應乾

劇場意欲纖，格欲變，詞欲淡而雅，於泰山巖巖之氣象，自不相肖。

汨羅存　徐應乾

聞友人袁凫公有汨羅記，極狀屈子之忠憤，記成乃爲秦灰，不可得見，惟散其事於神女、雙棲記中。孔坪爲此，歷歷敍致，已是暢其所欲言。

雙梅　史載言

此記合筍處，只在李清臣認水女爲韓億娥，月仙認士簡爲清臣。其間詞意關生，轉轉不窮，酷似阿翁所作。

合璧　許次紓

以李、杜爲雙璧，傳天寶韻事，不一而足。其爲詞也，如宋人玉葉，幾奪天巧，惜聯合未見精神。

金合存　李旣明

此亦傳紅線事，而與程君所作異。語俱獨造，多有初讀之不解，再讀之後知其博奧者，當於傳奇中別設一格以待之。

畫竹　李旣明

南詞一派，西北不傳。少谷爲此記，殊無合處；但用句古奧，可想見其武庫一班。記趙子昂而及唐、林二義士，滿眼皆亡國之慘。

放蛟　　　　　　　　　　　　　　　　　　　　樵風

樵風主人採剪燈餘錄、野史纍談，搆蟠龍、放蛟二記，音調多不叶；而此之詞章燁燦，能用故典，差勝蟠龍。

砥瀾　存　　　　　　　　　　　　　　　　　　章□□

蕭夢白之狎輕霞，似綉襦，其後又似玉玦；張奇客之援夢白，似西樓，其後又似龍膏；趙鄭州之穽輕霞，似霞箋；王雲英之報鄭州，似百花。雖無境不襲，無語不因，而取境既近人，搆詞亦諧世，便爲場上之善曲矣；惟是時時以北曲散用一二支，似於韻律有礙。

八義　　　　　　　　　　　　　　　　　　　　徐□□　叔回

傳趙武事者有報寃記，又有接纓記，此則以八義記名。記中以程嬰爲趙朔友，以嗾犬在宣孟侍宴之際，以韓厥生武而不死於武，以成靈壽之功，皆本於史傳，與時本稍異。運局搆思，有激烈悶暢之致，尙少淸超一境耳。

投筆　華山居士

詞雖平實，局亦正大。投筆出關處，想見古人慷慨之概。『無語倚南樓』一曲，歌者盛習之。

斬祛　汪景旦

敍晉文去國、復國之事，灑灑可觀。長舌階厲，斯可以戒矣！詞甚古質，與合劍記若出一手。

增壽　覺非子

記載陸君九淵有妹桂華，指腹結姻於許文德。陸以忤權使元。桂華遭吳曦〔一〇〕之亂，周嫗轉鬻之德化令鍾離君。鍾離知桂華即前令女也，善視之與己女蘭英等。許君初聘英，繼聞鍾離之義，改聘令女，而不知令女卽指腹之桂華也。遂以蘭英歸陸君，兩家世稱姻婭。鍾離好義，獲增祿壽，因名之爲增壽記。是記體格大類香囊，而頭緒過煩，閱者不易解，故爲縷述之如此。

長鋏　龍門山人

儘馮驩之事，一往敍述，乃其中敗筆不少。閱此，始知車柅齋彈鋏之妙。

三綱　孫一化

田嘉谷遇儉歲，受孫瑺之賑得活，後以征哱功，父子建節，故作此記。前半多以媚瑺，詞雖明爽，無足取也。

興吳　吳於東

孫武子以十三篇興吳，吳幾霸矣。功成身隱，蓋不欲爲胥江之怒濤耳。此記考據甚確，的可以傳。

禪眞　徐胤佳

俗有禪眞逸史，爲僧林澹然傳也。此以澹然三弟子爲主，而終以禪悟證入。中亦具有俠概，但詞致不長，未耐咀嚼。

合衫　周繼曾

作此專以供之場上，故走筆成曲，不暇修詞。其事絕與芙蓉屏相肖，但此羅衫會合處，關目稍緊耳。

燕子樓

竹林逸士

關盼盼不從張本立死，蓋不欲張公有重色之名耳。乃白香山以『歌舞教成心力盡，一朝身去不相隨』之句以促其死，故盼盼臨訣，有所云『兒童不識冲天物，漫把香泥汚雪毫』，豈若此記傳出盼盼皎日之心！卽所傳皆合歡，而殉節之意自在。白公不能知盼盼，作者顧知之矣。

飲泉

寒潭主人

以陳仲子爲生，用齊人、盜蹠一輩點綴其間，雖不能搏挖肖物，亦小有韻致。北人能南詞，足爲空谷之音。

三槐

王伯原

此以王公旦爲生者。惟眞宗賜美珠一奩事係實錄，他皆撫揑，不足爲王公重。詞能近人，故收入能品，亦才難之思耳。

忠孝　趙闇如

傳吳公百朋一生宦譜，段段襯貼忠、孝二字，所以絕無生趣；然曲白莊麗，宜演之喜慶筵前。

三妙　若水居士

三妙原有一傳，此記白皆傳中語耳。寫閨情而乏婉轉之趣，蓋作者能塡詞不能搆局故也。

昇仙　黃粹吾

『情緣盡處，立地成佛。』以此爲西廂註脚，亦是慧眼一照。但鶯娘千古艷香，忽然消滅，其如色界之寂寞何？且成佛又何必在紅娘後也？

雙紅　更生子

紅線、崑崙，俱有佳劇。穿插兩事，卽敷以劇中之詞，雖未能大有錘鑪，却自婉麗可玩。

南樓夢　馮延年

此卽劍俠除倭劇所演者。生不與旦配，張子文不以功名終而爲海外王，友人嚴有秋夫婦且以同溺爲水仙，皆傳奇未闢之境也。但詞多寫景，遂未入情，至有一二學步臨川者，轉覺才情不露。

青　螺　　程從周

謝端卿得一青螺，乃化作美女，日爲謝設饌，在詭異中兼有逸趣，然不堪作曲也。此記插合而成，如病措大習白猿公術，操舞如度，擊刺未堪。

綠華軒　　□□□仲仁

和生陷身匈奴，卒投賊以殺賊，功成而名不居，不識縫掖中乃有能出奇若此者。作者刻意求新異，亦刻意求華整，故自佳。

懷　春　　王□□五完

此亦傳蘇道春者，位置亦自楚楚，但用韻頗雜；而鍊字琢句之工，不及忠節多矣。

合　襟　　王　洙

覆楚、復楚，事有可紀。疎者下紅，元劇中已絕摹其狀矣。此記韻律有錯處。着意修詞，遂多浮蔓，如昔人所謂『滿屋是錢，但欠索子』耳。

詩會　　聞王

向傳：有士人妻爲姑所迫，從商舶過金山，題詩以明志者。此君記之亦明簡，而一覽之後，絕無餘韻。

大刀　　夏□□

劉將軍綎平番征倭，厥功懋著。其後死事於遼陽三路之役，識者惜之。此敍其戰蹟，以將軍之子劉佶破虜終焉。其詞之受病處不一，若水底魚調凡十數用，及温綸五六頒，皆可摘之瑕也。

鹽梅　　青山高士

搆思曲折，極欲超出俗套，但其中如宋道光已登賢書，復改青衣之飾，人情乎？迨後王勝兒僞爲男粧，亦覺饒舌，總是未當家處。

雙燕　黄中正

劉爾正以探叔失水，投劉珍爲子；方一娘亦因流離相托，遂以結姻。局段無奇，且乏逸趣。閩人少知音者。塡詞不甚失律，僅見之黄君耳。

金牌　陳衷脈

精忠簡潔有古色，而詳覈終推此本。且其聯貫得法。武穆事功，發揮殆盡。

合屏　張其禮

芙蓉屏之記崔俊臣也，簡而雋，此少遜也。惟此關目更自委婉。

翠鈿　何樑

赤繩之繫，月下老指點韋固，卒諧合於十年後，以爲傳奇足矣，乃益之以兄韋閫，頭緒紛然，遂有不能舒轉處。

飛丸　　秋郊子

易完虛幾死於嚴世蕃，略見之鳴鳳記，但傳解免者爲陸姑事；而此以出之世蕃女，卒與諧婚，未知是否。曲能以駢麗勝，但賓白不當家，遂有如里老罵座，村巫降神者。

玉掌

一涉仙人荒誕之事，便無好境趣；第以筆下設色亦濃，故勉收之。

犀軸

是記成於逆璫亂政時，借一沈青霞以愧世之不爲青霞者。雖不能協律比聲，是運斤之技，亦可稱鐵中錚錚。

髯虎

向見俗優演高唐記，亦是傳朱仝、雷橫者，穢雜無足比數。此猶稍知節奏，故不以韻病、詞病輒棄之。

去思　沈應召

王公鈇〔二〕令姑熟，保境禦寇，倭賊呼之爲『王鐵面』。華蕩之役，卒以身殉，惜哉！姑熟志去思焉，遂有是記。詞白嚴整，意境俱愜，令閱者忽而擊案稱快，忽而慷慨下泣。事當與五倫、龍泉伍，而詞更勝之。

灌城　□□□隱求

記寧夏哱賊事，有賜劍、龍劍二記。賜劍卑卑不足道，龍劍亦嫌其麤雜。此等意境，安能求其委折？得暢達如此記，足矣。

香羅　張應昌

香羅之合，香羅之分，香羅之分而再合，俱不脫時曲科臼；然自是委婉近人，玩之亦復不厭。中有全抄沈青門咏月詞，殊覺無謂。

麟遊　金三秉

穆生去醴，白生守墓，申生傳經；一則存孤，一則恤死，一則救婺，君臣朋友之倫，始終無憾。其曲之有關倫化者，倘得筆力爽俊，北曲再加工整，便可與浣紗爭雄。

請劍　穆成章

記魏璫事，詳覈不能過他本，而輕圓軟熟，罕見其儔。

雙鏡　穆成章

范鰍兒原有雙鏡再合之傳，不謂岳侯八日洞庭之捷，亦爲范作姻緣帳也。此記簡淨得法。或以爲下筆不能用一句學問，不知詞壇中即有學問，無所用之。

雙星存　穆成章

以杜預爲牛星降生，已涉悠謬。且爲預之生也，關公欲生之以滅魏、破吳，豈知玉壘錦江先殘破於鍾、鄧乎？內全抄漁陽三弄一齣，尤屬無謂。

不丈夫　高汝拭

此記與冰山最早出，韻調雖訛，結搆少勝；但四諫官頭緒不清；且楊氏一家，何必盡死？

回天　水髯逸史

記楊中丞死諫事，不入里閭影響之談。詞能守律，故才雖不逮，而亦煥然有章。

題扇　任皡臣

俞柳園之狎妓，作者自謂巧創，實不能出西樓、霞箋之範。惟後來徂擊海賊，大有英雄氣味。詞亦時作俊語。

浮鷗　翀圓生

范少伯亡吳、霸越，浣紗記之詳矣。此續之以泛湖，至於賓仙，英雄回首，令人不勝興亡之慨。詞情實奥，但科諢稍未諧耳。

合義　初陽子

桐栢先生記之爲寶鈴，正是此事。此記效顰而不益其醜，夫亦婢子堪作夫人耶？

合珠　　陳顯祖

楊大中事，有寶簪記，吾以瑣雜故斥之。此君能用實不能用虛，能用多不能用寡，第謂之稍勝寶簪可也。

具品

新金印

此俗優所演者，較原本十改五六。一經抹塗，色澤大減。另名爲新金印記。燕石、良玉，固自有別也。

三關

吾嘗欲以元人私下三關、昊天盜骨二劇合爲南曲，而難之；若此，則又易易耳。

四德

馮商還妾，沈壽卿有三元記。今插入三事，改爲四德。然談苑醍醐稱：『馮京常過外兄，見其侍妾，詢知同年某人女，亟請嫁之。』未載京父名。所謂還妾者，或卽此附會耳。

葵花

前半全襲琵琶。後半孟日紅被毒，竟入荒誕。作者之胸次眼界，只如是耳。

四美

蔡爲端明學士守温陵，原未作狀頭，傳者之訛也。作者自謂十分點綴，終是庸俗，惟較之荒謬者略勝耳。

金貂

敬德初爲劉武周將，太宗遣任城王道宗諭之，乃舉地降，是道宗固汲引敬德者也，乃以位次故毆道宗，敬德誤矣。記中乃以爲援薛仁貴故，不知仁貴將兵擊高麗在貞觀十九年，敬德之忿爭在貞觀六年，邈不相及也。惟史稱敬德「晚年悔過韜戢，謝絕賓客」，則是記所爲漁樵之樂，其所固有耶？

三桂

詞亦朗然可觀。但以老夫狎一青衣，境界庸俗，無堪賞心耳。

五桂

搬出滿腔書袋，卽一『腐』字不足盡之。內有自撰曲名，可笑。

蟾蜍

湘子於筵前頃刻開牡丹，有『雲橫秦嶺』、『雪擁藍關』之句，曾見之於外紀。及考太平廣記，韓昌黎謫潮州，行次商山，有雲水迎立馬首送至鄧州者，蓋其甥而非姪也。此湊集孟郊、賈島諸人，而未得作法，故聯合無情。惟記中以諫佛骨表爲曲，亦自朗徹可觀。

鸚哥

蘇妃事，殊不經。其詞亦明順。但立格已墮落惡境，卽實甫再生，亦無如之何矣。

月桂

桂仙下嫁言生，此是古辰鈎月劇。劇詞極綺麗，此記第寥寥數語耳。

糕樓

陳宜中之事近眞。離合處逐節敷衍，絶無情景。鄭虎臣之殺賈似道也，何不傳出令觀者稱快？

南華

記漆園吏尚不及玉蝶，則其鄙陋更可知矣。

還魂

俗本有高文舉，此傳之稍近於理。初尤疑其爲古曲，迨後半散雜，遂不足觀。

錦蘇鞋

初以錦蘇鞋之名類古曲，亟購〔三〕得之，則是記竹太以征播陷彼中，妻受侮於都藝，蓋俗境也。其村兒未窺音㵾者耶？

舉鼎

此古本也，詞不大失，然終非深解音律者。史傳所記伍員事，絕不一及，惟以己意續之，眞是點金爲鐵手。

春秋

曲有麗語，亦能守律；但纍千百言，無一着癢處。且張知事於官衙狎一妓女，有何趣味而傳之乎？如此記四五種，自開場以至終本，所演之境，所說之白，皆與時曲迥異，半不可解，意其曲之最古者耶？然何以荆、劉一派，至今能入時眼？此或作者鄉士所習？抑其有參軍打磕爪者，其古院本式耶？

綈袍

詞氣庸弱，失韻處不可指屈。何不取元人誶范叔劇、太史公范雎傳，合訂之爲善本？

草廬

此記以臥龍三顧始，以西川稱帝終，與桃園一記，首尾可續，似出一人手。內黃鶴樓二折，本之碧蓮會劇。

桃園

三國傳中曲，首桃園，古城次之，草廬又次之；雖出自俗吻，猶能窺音律一二。

七勝

孔明七勝孟獲，事故可傳。此曲演出熱艷，亦可免於荒俚。

試劍

取先主東吳聯姻一事，僅能鋪敍已耳。

試劍

此以劉先生主爲生者。雜取諸境，便如屠沽小肆，强作富人紛紜，殊增厭賤；不若趙雲作生之試劍，猶得附於簡潔。內一折，全抄碧蓮會劇。

咬臍

別設科目，絕不類白兔記。乃彼卽口頭俗語，自然雅致；此則通本調文，轉覺不文：故知運筆爲詞場第一義。

恩榮

陳希夷對鏡撚鬚曰：『非帝則仙。』及其道成，不啻蘧廬視帝王矣；而作者加以人間之富貴，何淺之乎窺希夷哉！

丹忠

郭汾陽奮迹行伍，收復兩京，爲唐名臣，惜此記傳之不盡。套局既多，實譜轉覺寥寥。惟曲有爽語，少敗筆，聊可掩其搆局之病。

鸞刀

以盧俊義爲記，能彷彿水滸筆意，便爲高手，其如作者之庸庸何！

青樓

竊宋江一事，全無作法，止是順文敷衍。猶稍勝於荒俚者。

紅　鞋

秀英爲董賢女，必自佳麗，固宜馬君卿之鍾情。記中『强婚被難』一段，亦有可觀；然淺近易盡，聊以諧里耳可也。

紅　杏

袁女、方女作黎丘之幻，傳奇多有此套，此則更爲下里之音耳。

四　恩

高雲受陷於妻舅，獲報於平日施恩之人，亦可堅世之好倴者。錢氏育孤而未識其夫，高天祥登第而不認其父，相逢時一段，錯愕情景，稍堪解顔。

玉　杵

藍橋玉杵事，呂棘津、龍朱陵皆有藍橋記，楊星水亦有玉杵記。此嚽出逐壻、溺女，後始會藍橋之杵，饒舌甚矣。詞中往往披沙見寶。而韻曲多訛，幾不可讀，良以無善本故也。

萬全

傳陳相國循、高相國谷，掇拾遺事，至於不經。此等識見，欲以作者自命，難矣！

西湖

秦一木僞爲傭書，求配段女，本之唐解元伯虎事，又與俗演桃花記同。內惟段女終不苟合一節可取。曲不能守韻，白復多老頭巾語。

金牌

暢延昭事，三關及此凡兩見矣。取境不同，而庸俗則一。

鴛鴦

王邦臣經商荆楚，受一妓所贈，得免於流離，後卒以巡方解妓禍，遂爲二室。傳之絕無景色，第節取其明暢之詞可也。

寶釧

前半全襲釵釧。後以諸神誅妖僧，而必彙戲場之赤面者七人，以實『七紅』之名，即此可見其取鄙之俗。

白袍

詞之明者半，俚者半。俚語奮一二於齒牙，便覺舌本强澁。元有比射轅門劇，是亦傳薛仁貴者，今爲村兒塗塞，令人無下手處矣。

高士　汪廷訥

此記本以讚無無居士者，乃借發於水、光、馮、閎諸生。僅能敷衍，殊無曲折之趣。中以海闊黎一段，引爲武教事，必有所感而發者。張靈墟序稱：『好事作以媚昌期，非昌期筆也。』

蟠龍　□□□樵風

詞壇之解音者，必非俗筆，是以審律諧聲，吾無望於此輩矣。江生縉事，出剪燈繅說。月娥詭男免難，眞無愧女史之稱。

胡笳　黄粹吾

琵琶之妙，在不拾中郎一事，能於空處現神情。此記以蔡琰結局，遂稱續琵琶記。白倶學究語，曲亦如食生物不化，是何等手筆，乃敢續琵琶乎？

折桂　□□□秦淮墨客

此亦傳梁太素者。母與孫係添出。雖其中點綴一二，終是庸筆所爲。以視題塔一記，何異蜣轉之於蘇合也！

全德　汪拱怒

此第記竇禹鈞初生儀、儼諸子事，非五桂記也；雖欲竊陰德之緒餘，而未免入俗。

鑲環　翁子忠

卽藺相如懷璧一事，大有俠烈之致可傳，何必增出閨闈，反入庸俗！

八德

陳世寶

傳王曾父、母、兄、弟，板實敷衍。曲止數調，叠用之，亦能守韻；惜作者眼界不寬，手筆入俗。

陰抉[一三]

□□□青霞仙客

前半與精忠同。後半稍加改撰，便削原本之色。不識音律者，誤人一至於此！

十全

王□□玉門

王玉門欲擬一家之言，詭爲富長春作記，而記中乃節節沿襲。即其詞非不腴美，終不脫『肥』、『癡』兩字。

分釵

謝天瑞

記賈雲華毀容立節，境入平庸。且悔姻、分釵在魏寓言登第之後，尤不近情。

忠烈　謝天瑞

傳蘇道春者凡三，以此爲最下；然盡去風情，獨著忠烈，猶不失作者維風之思。

靖虜　謝天瑞

祖士雅擊楫渡江，劉越石聞雞起舞，千古而下，想像英雄；乃閱及此記，反見索寞。

狐裘　謝天瑞

記孟嘗君事，平鋪直敍，詳略尙未得法。末入子之篡燕一段，全不關合孟嘗。

劍丹　謝天瑞

畫工畫鬼魅易，若詞家反難之。蓋如元曲所稱爲『神頭鬼臉』者，易涉於俚。至此記載八黑誅妖，以並寶釧之『七紅』，尤爲鄙俗可笑。

麥舟　謝天瑞

不傳范文正公生平大節，第加以信讒逐妻，紛紜詬誶之狀。閱此鄙語，不能終篇。

玉佩　彭□□南溟

彭將軍序云：『萬曆三年，有仙人自稱徐庶乞封號，上封爲散誕神仙。』故此記以飛昇終元直。然其事多屬妄傳，不若十孝記載元直仍佐先主，曹瞞被擒，大快人意。

雙俠　彭□□南溟

王伯彭傳荆卿，而俠烈之概，英英千古；乃此傳聶政，覺舉體沓拖，少一段龍威虎振意氣。

四義　彭□□南溟

郭元振有紅絲一記，足傳之矣。此亦述其生平，而飾以酒、色、財、氣四孽，是何見解！

遺香　彭□□南溟

以封、花、月爲姓，亦子虛、無是公之意耳。獨芳英陷身於虜，能生全嬌香，而卒以死報月生，不愧奇女子。彭將軍四記，惟此稍可觀。

犀佩　卽玉章　胡文煥

士人妻題詩金山，有詩會記：俠士於金虜營中攜南官歸，有旗亭記。此合傳之，第供搬演，不耐咀嚼。

餘慶　胡文煥

以餘慶名其記，想見作者一副諧媚肺腸，不覺入於鄙俗，故傳奇爛套，不收盡不已。

奇貨　胡文煥

陽翟大賈，以呂易嬴，當以雄豪突兀之詞傳之，乃平庸若此耶？呂鬱藍欲記此爲玉符，不果。

三晉　胡文煥

羅括趙簡子事，惟『腐』、『淺』、『庸』、『陋』四字耳。

三節　許以忠

遼陽之役，高叓白仗節死難，且有義僕如高永者，至今凜然有生氣。但附之以王君日宣，而許君亦强預其內，反遺不覈之誚。許君能作駢語，其爲詞何多陋耶？

寶帶

夏邦

以小旋風爲生，而添揑寶帶結姻一事。他人一語可了者，此數十語不了。取境旣俗，出吻亦庸。

驪山

周景王太后遊驪山，爲犬戎所困。邢芳遇禦之被圍，後以讒搆幾不免。而躍馬持戈，援芳遇父子者，遇之妹淑眞也。牽演冗長，殊無節奏。北調尤多舛譌。

底豫

鄭元禧

止熟一部四書，便欲作曲，何言之易也！古帝王聖賢，原有厲禁，不入氍毹場中，此記宜亟毀之。

御帶　謝恩

楊思義救猿獲帶，許玄祐已採入橘浦記中。此記不甚支離，猶得傳奇之法。

妬婦記　釋湛然

湛然大師以婦人悍妬，多入三塗，遂取房玄齡事，諱其名爲白心室。雖大師一片婆心，亦未免老僧饒舌。

完扇　□□□寄鳴道人

賀君狎妓秦小鳳，爲劉亮所搆。亮以從倭爲俘，小鳳卒歸賀。其中奓成者，裴子益也。此似近時事。所云寄鳴道人，或賀自謂乎？

鴛鴦　謝惠

吳廷璋得兩嬌爲室，以趙文兕之搆，流離者二十年，有二子而幾不能認，頗盡傳奇離合之致；乃其以俗吻搆之，如桓宣武似劉司空，無所不可恨。

玉蝶　　謝惠

如此鈍根，乃以作曲，正似酒肉傖父學王、謝衣冠耳。漆園吏嘆髑髏數折，雖襲之雲萊道人者，終不能掩其他曲之陋。

釵魚　　沈惟生

花生之狎妓秀英，必盡入餘唾，乃能勉强成曲，作者亦何自苦乃爾！

藍田　　龍□□渠翁

記楊伯雍種玉事，氣味古朴，與屐屧相類。

分釵　　張□□瀨濱

伍生篋中金釵，爲神人授之二蘭。後相值貞女祠，往來酬和，卒兩諸之。此與春秋、藍田諸記，皆別設科諢，絕非近日所演者。情境俱夢夢，詞如囈語不休，忽然而止，雖其藻麗迥非凡筆，然不可語曲也。

屓屭　　端鏊

吾以爲別有結搆，爲百里奚寫照耳；若只此敍述，何須學邯鄲之步！

鸞條　　□□□瀫南子

記王爽、韓琦自爲諸生時，各狎一妓，牽纏到底。吾不知作者何所取義，而蹈襲庸腐至此也。

完趙　　朱道明

趙氏一門疫死，兩孀從容殉義，可以泣鬼神而貞金石矣，但其詞非人所樂觀。

負劍　　程良錫

作者不明音律，半用北調，效顰西廂，遂爲襯字所誤；雖運詞駢麗，亦不足觀也已。

玉魚　　湯家霖

傳郭令公，前半全襲琵琶。後半雖多實蹟，總如肓賈人張肆，卽有珍玩，位置雜亂不堪。

寧胡　陳宗鼎

記王嬙事，頗覈；記匡衡事，反涉於誕。暢達之詞，第未瑩徹；且音調不明，至有以引子作過曲者。

華蓋　潘□□

記此欲爲三元記正訛，亦第窺其家庭一班，於商文毅公事功節義，尙不免望洋耳。

西遊　陳龍光

將一部西遊記，板煞塡譜，不能無其所有，簡其所繁，祇由才思庸淺故也。

玉鐲　李□□玉田

不謂鄭元和之後，復有王三舍；而此妓之才智，較勝李娃；卽所遇苦境，亦遠過之；惜傳之未盡耳。

聚星　張子賢

盧俊義始末，已有鸞刀記。此惟盧妻投菴一段，與鸞刀稍異耳。兩曲皆出庸手，此則似又遜之。

玉釵　□□□心一山人

何文秀初爲遊冶少年，後來備嘗諸苦。寫至情境眞切處，令人悚然而起。若於結構處敷以新詞，當成佳傳。

玉釵　陸□□江樓

記蒯剛謀佔紫芝園，轉展計陷，閱之如嚼蠟。曲亦有不可讀者。惟後段安丙擒吳曦事，傳之詳明，若出兩手。首折以過曲出場，亦奇。

鳳簪　李陽春

記何文秀，猶之玉釵也，不若彼更敷暢。

進瓜　王□□昆玉

從西遊記截出一段。曲亦襯貼。李翠蓮借魂成婚，恰得結體。

玉蝶　戴之龍

裴得道酷信丹鉛之術，至子女流離，家破而身幾不免。此必作以諷刺人者。當與之熟講排場，令深曉科諢之法，方可令此君塡曲。

錦囊　渾然子

安定周邂逅鄰舟之女，金太守竟以神擁信之。安理爲逆奴所搆，都憲兄不能庇其一弟：皆出情理之外。

白鶴　王鐵

徐二孺幼慕遊仙，得一雛鶴蓄之，鶴啣珠以謝而去。自是爲紫虛玄女所引，遍歷仙、魔諸境，遂證上昇。此必腐儒作此以佞求仙者。

脫穎　□□□漢上公

以毛遂爲生，中入相如完璧、平原殺姬事。局段散漫，賓白全抄左、國語，使歌者如吃人作期期聲。

金環　□□□木石山人

海忠介亮節宏謨，自廣文以至總憲，百折不變，被之絲管，有裨世教；但母妻流離，本傳所未有，亦何必重誣之也！

雲臺　蔣俊卿

傳東漢初興事。粗知腔調，終是庸筆。中以四清江引配四朝元，前後語相接，亦他本所未見者。

玉丸　朱期

作南傳奇者，搆局爲難，曲白次之。此記局既散漫，且詞不達意；意既蒙晦，而詞遂如擂木鐘，扣石鼓，雖塡得暢滿，亦何益哉。玉丸之遇，萬山以自況者。廣江故有曲派，吾未敢爲此君許也。

蓮囊　陳顯祖

關白之役，戡定之者，劉、李諸帥也。徐嘉不過側名偏裨耳，亦何足齒。中記沈惟敬以通款悞石大司馬，自是實譜。

覓蓮　鄒逢時

此道明暢者，類涉膚淺；婉曲者，偏多沉晦；卽使詞意篌湊，又易入於小乘：所以識者致嘆於當行之難也。若此記，全不脫劉一春本傳，科諢尙不識，又安能求其詞采乎！

湘湖　丁鳴春

何競力報父仇，矔鄒令之目，張宗子收之義烈傳中，有以也。此記事詳而覈，末段則不無駢枝可删。

雷峯　陳六龍

相傳雷峯塔之建，鎭白娘子妖也。以爲小劇，則可；若全本，則呼應全無，何以使觀者着意？且其詞亦欲效顰華贍，而疎處尙多。

普化　程九鳴

未窺音律之藩，强作解事。其記呂祖，蓋皆欲正長生之訛也，而不知運局搆思，遠遜長生矣。

玉花　黄日

作者欲以通本按一歲之景，如前三折卽入初春，而不用花柳鶯燕之語，似工於詞者矣；乃何以俗腐轉甚，散漫尤多也？閩中向無曲派，此等醯雞之見，原未識甕外事耳。

還金　吳文義

劉道卿還金納妾，亦是丈夫尋常事，何必記之。況卑瑣若此，又何足爲其事重！此君尙有李綱掛印記、卜式合錢記，未見。

遠帆樓　　□□□閒閒子

此即珍珠衫傳，惟會合稍異。其中俊句不乏，惜安頓無法，蓋繇作者尚未夢見音律，漫然揺管耳。

賜劍　　陳德中

以李將軍如松爲生，所傳止寧夏哱贼一事。頭緒紛如，全不識構局之法，安得以暢達許之。

金盃　　葉泰華　吴懷綠

于忠肅公昭代偉人，事功方勒鐘鼎，而傳之者乃掇拾一二鄙褻之事，敷以俚詞，令人肌栗。

雙麟　　沈棹

記成仁以二子成名，俗筆所作，第可爲優人貢諛耳；但其中抗節虜庭，大義凛凛，猶足爲世敎之資。

香毬　金懷玉

江子以把釣誤入徐舟，徐夫人忽有婚姻之約，老婦粗率，一何至此！記中備江秩之狀，堪爲敗家子下一針砭。

寶簪即合簪　金懷玉

小說中有楊大中事，此易其名爲楊充；於二子認父處，亦具梗概，但瑣雜不堪耳。

望雲　金懷玉

演狄梁公事甚備，可以文金君他作之陋；然以言乎還淳返雅，則未也。

完福　金懷玉

事出意創，於悲歡兩境，俱無入髓處。謬以黃香爲仙姬之子，不知金君何所爲而搆此思。

妙相　金懷玉

演說因果，止堪入村姑、牧豎之耳。內多自撰曲名，且以北曲犯入南曲，大堪噴飯。

摘星　　金懷玉

霍仲孺傳，已有種玉記揚其世美。懷玉效之，轉覺寒酸淡薄。

綉被　　金懷玉

東漢王忳遇金彥於旅邸，邂逅托以生死，忳卒葬彥而却其金，蓋大節也，柰何以鄙褻傳之，令觀者如墮雲霧中！

八更 即鑿壁　　金懷玉

詞曲不能工美，得一明暢者足矣；然非筆力推敲得出，明暢亦自不易。若此等曲，如衣敗絮行荆棘中，觸處是礙。傳匡衡而引入孝婦之寃，何也？

桃花　　金懷玉

腐塾習氣，時時露出。文章惟俗字不可醫，正謂此等手筆耳。傳崔護僞作備書，如唐伯虎之於華學士，乃復造爲指腹分襟之說，益其俗矣！

三槐　金懷玉

王景叔父子功業，搬演殆盡，而能貫串有條，一洗諸作庸陋之習。金翁晚年爲詞，幾幾進乎技矣。

冰山　陳開泰

傳時事而不牽蔓，正是鍊局之法；但對口白極忌太文，便不脫學究氣。崔作小生，是何多幸也？

弒隼　王玄暐

爲耿朴公作記，雖不及中流柱本，而繩趨尺步，猶不入於荒穢。但論詞以律爲主，此記韻多訛錯，毛師之北詞尤甚，故幾欲收之，幾復置之。內傳吳中翰懷賢因耿公慘死，覓出之記載之外。

嗚冤　盛於斯

此記魏璫，而以胡給諫天岳爲生者。韻律全疎，傳事亦多未覈。此記成而給諫以乘箕去。中之以證仙結局者，豈先爲之兆耶？

過眼浮雲

□□□鵬鷃居士

作者刻意求新，故首折卽用魏璫以破衣出。乃貫串無法，目中不識九宮十三調爲何物，語竟不可讀，而況歌之乎？

寃符

□□□陽明子

此記全以傳劉侗初，而間入吳養春一案，當是老學究於三家村講天話耳，不然何鄙俚至此！記魏璫者若此記，風斯下矣。

磨忠

□□□閣甫

作者於崔、魏時事，聞見原寡，止從草野傳聞，雜成一記，卽說神說鬼，去本色愈遠矣。調多不叶，何以稱曲！

金盃　□□□春懷

此邵春懷爲其先邵世榮所作。世榮有功於明興，榮之內弟胡大海爲佐命勛臣，榮之弟世芳以早悟從周顛仙遊，此於史傳皆無可考。卽此記亦未能闡揚，僅可記諸人姓名耳。

椎秦　王萬幾

略窺史書，便爲子房作傳，殊不及舊本赤松記頗得詞家之法。

雙鳳　陸華甫

趙范、趙葵當金虜猖獗時，以兩書生而擒李全，走楊姑，收棗陽之捷，眞不愧『雙鳳』名矣。詞多北音，故覺音韻不叶。

雙喜

此等境界，此等語意，纔一經眼，便如嚼蠟；若復把玩，不禁肌粟。

孤忠

聊述魏璫時事，雖不妨翻實爲虛；然如此不倫，終涉惡道。

千祥

粗曉音律，便欲拈毫。記中以賈年少父子守長沙爲豔稱，而不知以地處卑濕，恐不得活。賈方賦鵩自悲，何豔之之有！

雜調

三元 即斷機

傳商文毅全不覈實。將自擬彩樓之傳文穩乎？然境入酸楚，曲無一字合拍。

珍珠

此卽高文舉還魂記也。還魂原本固不佳，此猶不得與之並列。

香山

詞意俱最下一乘，不堪我輩着眼。

古城

三國傳散爲諸傳奇，無一不是鄙俚。如此記通本不脫新水令數調，調復不倫，眞村兒信口胡嘲者。

雙璧

焦文玉生三子，妻一乳得二，妾出者一。文玉以仗鉞征虜，困於祈連山十六年，而三子之以被寇散失者，竟以文武登科，救玉得完聚焉。作者有意搆局，終未大雅，而又無奈其不識音律何也。

征遼

此即删改之白袍記，較原本更爲可鄙。

昇仙

傳湘子，不及蟠桃記。若删其俚調，或可收之具品中。

射鹿

曹操之殺董妃，令人憤；馬超之敗阿瞞，令人喜。惜搆詞錯雜，遂不足觀。

鹿臺

文理荒謬，腔拍全疎，第可供窺壁掛籬之觀耳。

勸善

全不知音調，第效乞食瞽兒沿〔一四〕門叫唱耳。無奈愚民佞佛，凡百有九折，以三日夜演之，鬨動村社。

金臺

閱此曲，如對傖父語種種粗率。樂毅可作佳傳奇，決不堪着此等俚句。

韓朋 即十義

李、鄭救韓朋父子，程嬰、公孫之後，千古一人而已，惜傳之尚未盡致。中惟『父子相認』一齣，弋優演之，能令觀者出涕。

和戎

明妃青塚，自江淹恨賦而外，譜之詩歌，嫋嫋不絕。乃被濫惡詞曲，占此佳境，幾使文人絕筆，惜哉！

感虎

記孫山純孝感虎，雜以征倭一事。滿紙荒穢，令人憤懣欲絕。內疊用五聖林梢月歌，皆土語也，尤可笑。

賽伍倫

此熊概子孫爲其祖記復姓事。乃顛倒錯亂，無復文理，將以此爲其祖榮乎？

麒麟

搬盡一部論語，乃益其惡俗鄙俚。侮聖者非法，此眞詞壇之罪人也。

赤　符

作者眼光出牛背上，拾一二村豎語，便命爲傳奇，眞小人之言哉。

金鳳釵

記魏鵬事，無姻緣、分釵拒婚之苦，乃其詞理荒謬，則不及二記遠矣。

白　蛇

翁子忠

此記孝友足法，但以救蛇而得果報，反近於誕，不若鸞釵之直截而復悽婉也。曲較鸞釵十改五六，便不通矣。

跨　鶴

古時月

傳胡靈臺授徒講學，終於登仙。此必老腐村塾，聊口嘲以自况者。詞之穢惡至此，令人字字欲嘔。

偸桃　吳德修

東方曼倩以滑稽玩世，傳有西王母『此兒三偸吾桃』之語，故是一段佳話，惜此記鄙俚不文。安得卽借東方之舌，巧傳出當年生面乎？

赤壁　黃瀾

傳子瞻事，葉桐栢有玉麟，陳太乙有金蓮，及俗本有麟鳳記。此拾舊曲餘唾以成者，內有全抄四節數齣，及誤以詩餘題爲詞，俱可捧腹。

三聘　胡湛然

作者胡靈臺，吾不知何如人。觀其所爲傳奇，掇拾帖括，俗氣塡於膺髓。是迂腐老鄉塾而强自命爲顧曲周郎者。以伊尹三聘入曲，豈得有佳境！

荆州　金成初

關公之傳，有桐栢先生壯調宏詞，眞足配銅琵琶鐵綽板。若大江東及義勇辭金二劇，則具體而微耳。此記不知何調爲南北，又何必問其工拙也。

還魂　□□□欣欣客

內傳包文拯勘曹國舅，似從元劇生金閣、魯齋郎諸曲生發者。中如活袁文正以温涼帽封以五霸諸侯，眞可噴飯。

藏珠　魯懷德

妬妻欲殺妾子，須寫出一段毒腸，令人可以切齒，乃足警世之爲悍婦者。此記差能敷衍，不及清風亭遠矣。

孝義　汪湛溪

記閔子騫事。尚未能拾人殘瀋，又奚堪自家生活。

羅帕　席正吾

其事大類小說之簡帖僧。作者一味粗率，亦繇不知音律之故。

剔目　　鄭汝耿

此龍圖公案中一事耳。包公按曹大本，反被禁於水牢，此段可以裂眦。

牡丹　　鄭國軒

金牡丹爲魚妖所混，幾不可辨，此境地之最惡者。雖然，楳仙以此演蕉帕，遂爲佳曲。顧其運掉何如耳。

胭脂　　童養中

傳郭華者，元有留鞋劇，亦曾見之於小說，但郭不得活，而有遺腹一子，與此記稍異耳。詞句長短尙不識，吾何以觀之哉！

雙節　　張□□竹亭

杜若芝原聘秦女淑貞，又狎一妓陳可藺。杜以鬻販被騙，二女皆爲矢節，因以雙節名之。亦有數調明處。

昇仙　□□□錦窩老人

湘子經三演。別一本以昇仙名者，原不足觀；而此則荒穢特甚，卽憲宗自稱憲宗，文公自稱文公，可概見矣。

雷鳴　許宗衡

初讀之，亦似有成句之語；再閱數折，見其用調錯落，出句復多荒謬，知作者無可浣之肺腸矣。

易鞋　董應翰

大意與湼川之分鞋不遠，但音調旣疎，搆詞轉多俗語。

釵書　葉偉

龍女配陳子春生三子，乃天、地、水三官，一何荒唐也！此等惡境，正非意想可及。

綉衣　暫廷熙

襲琵琶之粗處，而略入己意，便荒謬不堪。此等詞皆梨園子弟自製者。在元之娼夫詞，幾與王、馬諸公爲敵，今竟絕響矣。

瓦盆　葉碧川

竊元人盆兒鬼、陳州糶米二劇，爲包公作傳。末及李宸妃誕仁宗一事，與金丸不類。聞已別有全曲矣。此記種種穢惡，直是一字不通耳。

征蠻　葉碧川

傳裴忠慶重贅盧氏，致妻瑣尾流離。拾各傳奇惡套，聊以塞白，不足言曲也。

英臺 即還魂　朱少齋

祝英臺女子從師，梁山伯還魂結褵，村兒盛傳此事。或云即吾越人也。朱春霖傳之爲牡丹記者，差勝此曲。

金釵　朱少齋

全效釵釧，何穢惡至此！

破鏡　朱少齋

朱弁之忠，玉英之節，柰何以俚語辱之，一至於此！

躍鯉　顧覺宇

此即躍鯉原本，經村塾改擴者。

綈袍〔二三〕　顧覺宇

改原本十之七八，益荒不堪矣。

織錦　顧覺宇

搜神記稱：『董永父亡無以葬，乃自賣爲奴。主知其賢，與錢千萬，遣之。永行，三年喪畢，欲還詣主供奴職。道逢一婦人，曰：「願爲君妻。」遂與俱至主家。曰：「永雖小人，蒙君恩德，誓當服勤以報。」主曰：「婦人何能？」曰：「能織。」主曰：「必爾者，但令君婦爲我織百縑。」於是永妻織十日，而百緋具焉。』閲此，知遇仙之非誣也。但此以仲舒爲永子，則謬矣。

玉鈎

王公禕〔一六〕於明興初，與劉、宋諸公首先歸附，以文學重一時，死節雲南，名與天壤仝敝。作者亦知傳此殊勝淫詞，柰文理全荒何！

雅品殘稿〔一七〕

玉環

韋臯、玉簫兩世姻緣，不過前後點出，而極意寫韋之見逐於婦翁，作者其有感而作者耶？

台鏡

傳樂昌鏡之分合也。

分鏡

又一本。□□□

綉繻

聞有演玉玦而青樓絕迹，諸妓醵金搆此曲，爲紅裙吐氣，爲蕩子解嘲。

霞箋

傳青樓者，唯此委婉得趣，至西樓更大暢，此外無餘地容人站脚矣。

五全

葉李彈劾賈似道，已見之于望春樓，此稿傳之而更暢。似道失意時描寫詳盡，可爲奸邪金鑑。

茜囊

傳奇中未有傳以博賽破家者，有之自王東（？）門（？）始。初之豪奢，末之窮困，寫出畢肖。

犀合

舊有唐伯亨傳奇，此仿之爲是記。記中有八不知之巧，而歸結於一合。

墜釵

興娘、慶娘，生生死死，皆因情至，轉訝盧二舅炳靈公之婉轉成就□以踐「妹兒收得姊兒田」之讖。

豈神仙亦不斷情累乎？

十孝

沈□□闡發古孝子事，每事三折，令人于（？）親（？）猛然驚醒。先生不特有功於行孝也巳。

分錢

楊廣文之雁魚錦，賈氏之四朝元，楊長文之入破、出破，皆先生傚琵琶處，蓋欲人審韻諧音，極力返於當行本色耳。

雙魚

取『全州佳偶』事，雜之薦福碑劇中，寫書生淪落之狀，全（？）令人神魂慘淡。

合衫

取元人公孫合衫劇參錯而成，極意摹古，一以淡而眞者，寫出怨楚之况。

義俠

此記於武松俠烈之概、潘金蓮淫奔之狀，宛轉寫出。

鴛衾

富（？）翹之事，聞吳中實有之。桐柏生團花鳳、碧玉釵二劇，皆取於此。

桃符

演後庭花劇爲南曲。曲第二十八折，已覺有無限波瀾矣。聞舊有劉天義傳奇，今不存。

分柑

男寵只方諸生男皇后一劇，自來無全本。拈毫撥弄，備極謔浪之態。但爲樂未久，而輒爲董（？）據（？）負心，受諸凄冷，覺懽場太短耳。雖狀（？）雌雄雙飛，竟奪人國。原生以此破家，又何足責哉。

鑿井

『鑿井得銅、買奴得翁』，原是古語。今人以『求友得婦、依主得兄』一股，遂成佳傳。

珠串

崔孺都押一青衣，賦『侯門如海』之句，自是詩中佳話。今得于節鎮者作其合，大可快心。崔妻磨折於伯母，雖未脫套，而描寫婦人反唇之狀，非先生妙筆不能。

奇節

一本分作二事：權皐以計避祿山而竟得生，買直言飲藥□有父命而卒不死，眞可謂節之奇者矣。二事皆出正史，傳之者情與景合，無境不肖。

結髮

此鬱藍生作傳，先生譜之者。中間狀白叟之負義、鶯娘之守盟、蕭生之異遇，一轉一折，神情俱現。

埋劍

郭飛卿陷身蠻中，吳永固以不識面之交，百計贖出，可謂不負生友。飛卿千里赴奠，移恤永固之子，可謂不負死友。世有生死交如此，洵足傳也。

連環

元有奪戟劇，云貂蟬小字紅昌，原爲布配，以離亂入官，掌貂蟬冠，故名；後仍作王司徒義女，而連環之計，紅昌不知也。

千金

紀楚、漢事甚豪暢，但所演皆英雄本色，閨閣處便覺寂寥。

四紀

一紀四起是此始。以四名公配四景。沈練川作此壽鎭江楊相公者。

明珠

記王仙客、劉無雙。文人之情，才士之致，具見之矣。

陸采西廂

天池以李日華西廂翻北爲南，剽竊爲詞，氣脈未貫，握管作此，不涉王實甫一字，但韵褉耳。

李丹

劉慈水閲擲李事，寄之鬱藍生作記，二十日而成，鬱藍尚自遜爲握管未疾也。

神鏡

劍俠特盛於唐，而所載紅線、隱娘尤奇秘可喜。至金生以神鏡合隱娘，正是天然傳奇。此記作得靈怪，又能於場上見搆局之佳。曲白流暢，是鬱藍另一作法。險韵亦不重押，十九韵内而陳（？）明又即用前韵所未及押者，更别闢法門。

雙棲

此神女改本也。與前絕不同。以騷、雅供其筆端，覺汨羅江畔，暗雨凄風，黃陵廟前，暮色斜照，恍忽如見矣。

神劍

以王文成公道德事功，譜之聲歌，令嚬笑皆若識公之面，可佐傳史所不及。曲白工麗，情境宛轉。

〔註〕原稿無書名標題及著者署名。

遠山堂曲品校勘記

本編所重印的遠山堂曲品，以明遠山堂藍格殘稿本作底本；序文及凡例，據遠山堂明曲品劇品校錄本補入。原稿可能還不是定稿，因此還有一些錯字，未及校改。劇名、人名，援例不在這裏訂正，僅將評語中所已代改及擬改各字，並存在的問題，分別註出。

〔一〕『三』字原缺。據下文文義，似當作『三』。

〔二〕『花筵賺』，原作『花門賺』。上文花筵賺原也作花門賺，後改『門』爲『筵』。此處當是未及改正。

〔三〕『瑣屑』，原作『琑屑』，『琑』字當是誤筆。

〔四〕原稿有一些曲目下面註有『存』字，恐係後人所註。

〔五〕『美姝』，原作『美妹』，誤。

〔六〕『香』字原缺，據鸚釵傳奇補。

〔七〕『鍾情麗集』，原作『種情麗集』，誤。

〔八〕『子』字原缺，加補。

〔九〕『元』，原作『文』，誤。

〔一〇〕『吳曦』，原作『吳羲』，誤。

〔一一〕『王鈇』，原作『王鉄』，誤。

〔一二〕『購』，原作『搆』。

〔一三〕據舶載書目有『新編神全菽雷岳電執仇武穆陰抶東窗記』疑即此劇。『陰抶』恐是『陰報』之訛。

〔一四〕『沿』，原作『浴』，當是誤筆。

〔一五〕『綈袍』，原作『梯袍』，誤。

〔一六〕『禕』，原作『偉』，誤。

〔一七〕黃裳遠山堂明曲品劇品校錄云：『曲目三十一種，寫在一張紙上，夾在曲品原書中間。〔按：此書現經重裝，此頁附在卷尾。〕這裏都是曲品中未錄之目。據凡例：「沈詞隱他作入『雅』，獨四異以『逸』稱」，大抵即是「雅品」的逸文。是否「雅品」全目都在這裏，也很難說。凡例又一條說：「高則誠之琵琶列『妙』，蓮池師之琵琶列『雅』。」這裏並無琵琶一目，則「雅品」亦非完璧。』其說是。但題爲『曲品逸文』，似未妥，今改題爲『雅品殘稿』。此葉原稿，字極小而更潦草，很難全部辨認。凡一時還未能認清的字，以口代之，這並不是原稿缺字。已辨而未敢確定的字，下加（？）號。

遠山堂劇品

明・祁彪佳著

遠山堂劇品提要

遠山堂劇品，明祁彪佳著。著錄明人雜劇的專書，僅有這樣一部稿子（其中元雜劇佔極少數）。體例和曲品相同，計有：妙品二十四種，雅品九十種，逸品二十八種，艷品九種，能品五十二種，具品三十九種，共二百四十二種。雖然還不能說是搜采靡遺，但已可稱爲蔚然大觀了。

遠山堂劇品，現存有下列兩種版本：

（一）明遠山堂藍格原稿本。

（二）遠山堂明曲品劇品校錄本。

遠山堂劇品

明·祁彪佳著〔註〕

妙品

苦海回頭 北四折

周藩誠齋

境界絕似黃粱夢，第彼幻而此眞耳。及黃龍證明，鍾離呼寐，則無眞、幻，一也。周藩之闡禪理，不減於悟仙宗，故詞之超超乃爾。

繼母大賢 北四折

周藩誠齋

賢者繼母，傳之有關風化。其詞融鍊無痕，得鏡花水月之趣。然元人多於風簷中作劇，故至第四折往往力弱；周藩至此，亦覺筆陣少減，何耶？

團圓夢　北四折　周藩誠齋

只是淡淡說去，自然清與景會，意與法合。蓋情至之語，氣貫其中，神行其際。膚淺者不能，鏤刻者亦不能。

香囊怨　北四折　周藩誠齋

按律之曲，精到者又恐筆鈍耳。此劇毫鋒銛利，以現成語簇出新裁。元人『韋曲』之調，當無能出其右者。

烟花夢　北四折　周藩誠齋

一劇中境界凡十餘轉，境本平常，詞則珠圓玉潤，咀之而味愈長。內多用異調，且有兩楔子，皆元人所無也。

復落娼　北四折　周藩誠齋

何句是痛駡。駡得快時，不知其爲文字矣，但見金兒一輩人，嗁笑紙上，即閱者亦恍然置身戲場中。

花裏悟眞如北四折　周藩誠齋

向詞曲中談禪，遂令子夜、紅兒爲散花天女。此劇於證果、妙湛則盡矣，於哈元善略欠發揮；惟茶三婆一折，於閒中見景，是作手高絕處。

風月姻緣北四折　周藩誠齋

酷似元劇中語，恐亦未免蹈元人之谿徑。惟其氣韻高爽，胸有成竹，便能自我作古，卽以元人擬之，作者不屑也。末以番語入曲，尤爲奇絕。

漁陽三弄北一折　徐渭

此千古快談，吾不知其何以入妙，第覺紙上淵淵有金石聲。

翠鄉夢南北二折　徐渭

邇來詞人依傍元曲，便誇勝場。文長一筆掃盡，直自我作祖，便覺元曲反落蹊徑。如收江南一詞，四十語藏江陽八十韻，是偈，是頌，能使天花飛墮。

雌木蘭北一折　徐渭

腕下具千鈞力，將脂膩詞場，作虛空粉碎。湯若士嘗云：『吾欲生致文長而拔其舌。』夫亦畏其有鋒如電乎？

女狀元南北五折　徐渭

南曲多拗折字樣，卽具二十分才，不無減其六七。獨文長奔逸不羈，不骫於法，亦不局於法。獨鶻決雲，百鯨吸海，差可擬其魄力。

曲江池北四折　楊誠齋

才膽横軼，猶不及石君寶劇；而推敲點染，已極精工，是法勝於才者。一曲兩唱，一折兩調，自此始。

鬱輪袍北五折　王衡

或云：『王辰玉既奪解，忌之者議論紛起。此眉山人作之以解嘲者。』罵得痛快處，第恐又增一翻感慨。急須文殊大士當頭棒喝，方證無字禪。

眞傀儡北一折　　陳繼儒

境界妙，意致妙，詞曲更妙。正恨元人不見此曲耳。詢之識者，始知是眉公在王辰玉座上所作。

崑崙奴北四折　　梅鼎祚

閱梅叔諸曲，便覺有一種嫵媚之致。雖此劇經文長删潤，十分灑脫，終是女郎之唱曉風殘月耳。

霸亭秋北一折　　沈自徵

傳奇取人笑易，取人哭難。有杜秀才之哭，而項王帳下之泣，千載再見；有沈居士之哭，即閱者亦唏嘘欲絕矣。長歌可以當哭，信然。

鞭歌妓北一折　沈自徵

裴尙書擧舟贈張本立，即鞭笞奴妓之偃蹇者，了無愧色。此其寄牢騷不平之意耳。劇中妙在深得此意。不然，與小人得意、一旦誇張者何辨！

簪花髻北一折　沈自徵

楊升菴戍滇時，每簪花塗面，令門生舁之以遊。人謂於寂寥中能豪爽，不知於歌笑中見哭泣耳。曲白指東扯西，點點是英雄之淚。曲至此，妙入神矣！

驀忽姻緣北四折　凌濛初

熟讀元曲，信口所出，遒勁不羣。如此妙才，惜其不作全記，今止獲一臠耳。向日詞壇爭推伯起紅拂之作，自有此劇，紅拂恐不免小巫矣。

莽擇配北四折　凌濛初

眉公常恨以南曲傳髯客，如雷霆作嬰兒啼。乃以紅拂之俠，使歌纖調，亦是詞場一恨事。初成以慷慨記之，且妙有蘊藉，每見其勝衛公一籌。

顛倒姻緣 北四折　　凌濛初

凌波舊有桃花莊劇，以韻調未諧而中廢。及晤陳眉公，言：『微之會眞記，張負崔也。欲傳此張女以崔舍人死，死而復生，蓋報張也。』凌大然之，因擴舊作一新之。人面桃花，崔、張卒以合巹，張負崔，崔何嘗負張哉。

穴地報仇 北四折　　凌濛初

且歌且泣，情見乎詞。豫讓報仇而死，蘇不韋報仇而生：忠臣孝子，亦有幸有不幸耳。

獨樂園 北四折　　蘇　濬

妙在從君實口角中討出神情。此於移商換羽外，別具錘鑪；卽在元曲，亦稱上乘。

雅品

八仙慶壽北四折　周藩誠齋

境界是逐節敷衍而成，但仙人各自有口角，從口角中各自現神情，以此見詞氣之融透，字字發光明藏矣。

夜半朝元引北四折　周藩誠齋

元人於青樓諸曲，無不極摹擬之妙，故此劇於『遯入華山』一折，洗刷更自瑩淨；『遊仙』三折，大略點綴，不失先輩矩範。

辰鈎月北四折　周藩誠齋

吳昌齡有辰鈎月劇，周藩踵之，以桃妖代嫦娥。其序云：『太陰至精之正氣，不可誣以幽會之事，故耳風、花、雪、月，必點綴出相，見作者之苦心。』

三度小桃紅 北四折

周藩誠齋

作手能闢闢者，自於尋常科臼翻出新彩。如此劇，二聖以音樂着魔，卽從音樂喚醒，便覺從來傳仙佛濟度者，同癡人說夢矣。

義勇辭金 北四折

周藩誠齋

不但關公之義勇，千古如見，卽阿瞞籠絡英雄之技倆，亦現之當場矣。每恨關公未有佳傳，得此大暢。

喬斷鬼 北四折

周藩誠齋

本尋常境界，而能宛然逼眞，敷以恰好之詞，則雖尋常中亦自超異矣。

豹子和尚 北四折

周藩誠齋

元人多喜製水滸傳詞，然皆非羅貫中所作。周藩亦戲撰豹子和尚一劇，雖極意摹元，而實自得三昧之妙。

福祿壽 北五折　周藩誠齋

鍾馗之語帶趣，想其作軀老俱在畫圖中。以俗境而獨入雅道，蓋繇韻勝其詞耳。

獲騶虞 北四折　周藩誠齋

永樂間騶虞出於中州神后山，周藩作樂府以頌其盛。詞如朱瑟冰絃，可以薦之明堂清廟。

海棠仙 北四折　周藩誠齋

太行之陽，有海棠嶺者，開時萬花如繡。周藩移數本植苑中，既從而歌咏之，又製爲新聲，蓋欲高燒銀燭之時，不令紅粧寂寞耳。南極作壻，西母爲媒，韻致絶勝。

靈芝慶壽 北四折　周藩誠齋

慶賀之曲，以工整爲佳。既工整矣，又不板實，則如河嵩神〔一〕劇之獨步詞壇，復何疑哉。

黑旋風仗義疎財 北四折　周藩誠齋

粗豪之曲，而獨於假新婦處冷然人趣。即如貨郎數調，反令元人望後塵矣。北詞五折，兩人唱，此變體也。

甄月娥春風慶朔 北四折　周藩誠齋

范希文亦作是語乎？試觀希文『都來此事，眉間心上』之詞，則亦一往有深情者。周藩作妓曲，無不極才情之變，此猶少遜之，而渾樸典雅，自非今人可及。

新豐記 北四折　周藩誠齋

詞意條暢，一洗油腔陋習。但馬周窮困之狀，描寫未盡，轉覺乏慷慨之概。

金環記 北四折　周藩誠齋

劉意擬西廂，亦有肖形處。然一經摹擬，便不及西廂遠矣。

降獅子 北四折　周藩誠齋

雖是靈鷲峯頭一件可傳之事，畢竟境界淺促。

常椿壽北四折　楊誠齋

紫陽之度椿，與純陽之度柳相似。惟谷子敬劇，局更變幻，詞則相伯仲耳。楊先生自云：『南游江、漢，北歷沙漠，曾遇眞人指授金丹秘訣。』故傳仙宗者凡四劇，詞源不竭，神色愈旺，蓋繇其妙理具足，故能闡發無餘。

十長生北四折　楊誠齋

十長生每折卽一齊列出排場，尙有板實之議。然搆詞之工，幾能化雕鏤爲淡遠矣。詞中必點綴十物，各還以切貼之語，此北詞之定式也。

蟠桃會北四折　楊誠齋

誠齋向有南呂一曲，値其初度，因足成之。煉氣養神之訣，至第二折已津津道盡，但一味塡詞，覺詞溢於格。

神仙會南北四折　楊誠齋

純陽之度蟠桃仙子，卽在『章曲』之中，故諸調更多佳句。北調中間用南調，調必用四，或兩之，此創格也。山花客，南曲譜無此調。卽數南調，亦斷非近日詞人之筆。

沽酒遊春 卽曲江春　北四折　王九思

王太史作此痛罵李林甫，蓋以譏刺時相李文正者，卒以此終身不得柄用。一肚皮不合時宜，故其牢騷之詞，雄宕不可一世。

醉寫赤壁賦 北四折

北劇每就諺語、俗語取天然融合之致，故北調以運筆爲第一義。運掉未靈，便不能以我用古，不免堆積泛濫之病矣。此劇設色於濃淡之間，遣調在深淺之際，固佳矣；惜赤壁之游，詞中寫景而不寫情，遂覺神色少削。

單刀會 北四折

其意致自與常調逈別，此必是元人所作。『大江東』一折，可以正今日歌者之訛。

豫讓吞炭 北四折

忠臣、義士之曲，不難於激烈，難於婉轉，蓋有心人決不作鹵莽語。此劇極肖口吻，遂使神情逼現。

猿聽經 北四折

微有致趣，但於禪宗尚未透徹，故頓悟處未覺快心。

鎖魔鏡 北四折

二郎神醉中射破鎖魔鏡，致逸兩魔，後同哪吒收縛。此等意想，大有元人之韻；但詞氣少欠振拔，用韻亦有雜者。

藍采和 北四折

度脫藍采和，境界平常。詞於淡中着色，有不衫不履之趣。

中山狼北四折　　康海

中山狼一事，而對山，禺陽、昌朝三演之，良繇世上負心者多耳。曲有渾灝之氣，白多醒豁之語，位置於元劇，在硃砂擔、喬踏碓間。三劇中，以此爲最。

玉殿傳臚卽不伏老　北五折　　馮惟敏

偶閱俗演梁太素曲，神爲之昏。得此劇，大爲擊節。近有題塔記，能暢寫其坎坷之狀，而曲之精工，遠不及此。

洞天玄記一名證有爲太平仙記　北四折　　楊慎

所陳者吐納之道。詞局宏敞，識者猶以咬文嚼字譏之。王鳳洲曲藻云：『升菴詞流膾炙人口，頗不爲當家所許。蓋楊本蜀人，故多川調，不甚諧南北本腔也。』

高唐夢南一折　　汪道崑

名公鉅筆，偶作小技，自是莊雅不羣。他人記夢以曲盡爲妙，不知高唐一夢，正以不盡爲妙耳。

五湖遊南北一折　汪道崑

五湖之游，是英雄退步，正不可作寂寞無聊之語。此劇以冷眼寫出熱心，自是俗腸針砭。

遠山戲南一折　汪道崑

他人傳張夫人，不免嫵媚，此則轉覺貞靜。所以遠山一畫，樂而不淫。

洛水悲南一折　汪道崑

陳思王覿面晤言，却有一水相望之意，正乃巧於傳情處，只此朗朗數語，擺脱多少濃鹽赤醬之病。

紅線北四折　梁辰魚

秀婉猶不及梅叔崑崙劇，而工美之至，已幾於金相玉質矣。

無雙傳補南一折　梁辰魚

伯龍心遜天池明珠之作，而獨於王之會採蘋也，以爲詳略未當，增五百餘言，仍是浣紗整麗之筆。

正本扶餘國 北四折　　凌濛初

凌初成既一傳紅拂，再傳衛公矣，茲復傳虬髯翁，豈非才思鬱勃，故一傳、再傳至三而始暢乎？丰骨自在，精神少減，然鼓其餘勇，猶足敵詞場百人。

禰正平 北一折　　凌濛初

漁陽弄之傳正平也以怒罵，此劇之傳正平也以嘻笑，蓋正平所處之地、之時不同耳。

劉伯倫 北一折　　凌濛初

初成自號酒人，欲與伯倫爲爾汝交。醒眼、醉眼，俱橫絕千古，故能作如是語。

淮陰侯 南北四折　　陳與郊

曲第四折，已悉淮陰生平大概，可以補千金之未盡者矣。詞近自然，若無意爲詞，而詞愈佳。

王昭君南北一折　陳與郊

明妃從來無南曲。此劇僅一齣，便覺無限低廻。內有一二語，取之元人漢宮秋劇。

蔡文姬南一折　陳與郊

略具小境。以此入塞，配昭君出塞耳。胡笳十八拍，何不一併演之？

義犬記南北五折　陳與郊

先生林居時，大不得意，作此以愧門牆之負心者。葫蘆先生一段，窮極世態，乃王辰玉所作，先生第引入之耳。

中山狼南北五折　陳與郊

借中山狼唾罵世人，說得透快。當爲醒世一編，勿復作詞曲觀也。

北邙說法南北一折　葉憲祖

實地說法，不作空虛語。合律之曲，正以不露才情爲妙。

團花鳳 南北四折

葉憲祖

其事彷彿鴛衾，而符女之認鳳釵，關目更妙。讀三寄生草曲，如聞逸天鶴唳。

罵座記 北四折

葉憲祖

灌仲孺感憤不平之語，檞園居士以純雅之詞發之，其婉刺處有更甚於快罵者。此檞園得意筆也。第四折前後兩調，各出一宮，可分爲二折。第三折止可作楔子耳。

寒衣記 北四折

葉憲祖

傳兒女離怨之情。深情以淺調寫之，故能宛宛逼肖。檞園精工音律，於此劇北調，尤見其長。

易水離情 即易水寒 南北四折

葉憲祖

荆卿挾一匕首入不測之強秦，卽事敗身死，猶足爲千古快事。桐栢於死者生之，敗者成之，荆卿今日得知己矣。

渭塘夢　南四折　葉憲祖

桐栢之詞以自然取勝，不肯鐫琢。如此劇，乃其鐫琢處漸近自然，則選和練妙，別有大冶矣。夢中得物極奇，王伯彭已演爲異夢記。

會香衫　北二劇共八折　葉憲祖

此卽蔣興哥重會珍珠衫傳也。上劇止奸尼嫌衫一節事耳，未盡者以次劇繼之。元人原有此體，如西廂之分爲五劇是也。桐栢邇來之詞，信手拈出，俱證無礙維摩矣。

碧玉釵　南四折　葉憲祖

爲團花鳳翻一重境界。後之歡遇也，與彼劇絕不相肖，而繁簡短長，各有佳處。

玳瑁梳　南八折　葉憲祖

鬱藍生何所見，而謂嫡之妬妾也可解，妾之妬妾也不可解？乃摭爲傳，寄槲園度以淸歌。纖纖圖扇之怨，固自取之，卽葬華亦終覺不快。惟靜妹以後進奪寵，大解人意。

鴛鴦寺冥勘陳玄禮 南北四折

葉憲祖

北詞一折，幾於行雲流水，盡是文章矣。馬嵬埋玉，此是千秋幽恨。槲園欲爲千古洩恨耶？然古檄生之腐亦自不可少。

芙蓉屏 南四折

葉憲祖

今已有譜爲全記者矣，乃槲園以四折盡之，不覺情景之局促，則繇其宛轉融暢，詞意具足耳。

琴心雅調 南八折

葉憲祖

而長卿之事，乃陳其概。甑其局段，是全記體，非劇體，故必八折，

三義成姻 南北四折

葉憲祖

近黃履之已演爲雙燕記，王伯彭已演爲題燕記。豈弄丸之手不以繪琢爲工乎？再得詞情紆宛，則兼善矣。詞律嚴整。

桃花源　南北四折　葉憲祖

傳之飄洒有致。桃源一逕，宛在目前。覺許時泉之一折，不免淺促。

龍華夢　南北四折　葉憲祖

白娟娟之夢，至獨孤生於龍華寺目擊之；及獨孤歸，而娟娟之夢未已也。異哉！南柯、邯鄲之外，又闢一境界矣。

賀季眞　北一折　葉憲祖

同一超世者也，不遇時，則爲淵明之三逕、五柳；遇時，則爲季眞之一曲鑑湖。故傳季眞之詞，有閒適意而絶無感慨。

死生緣　北四折　葉憲祖

此卽小說中金明池吳倩逢愛愛也。頭緒甚繁，約之於一劇而不覺其促，乃其情語婉轉，言盡而韻有餘。

巧配閻越娘 南北二劇共八折 葉憲祖

郭、史爲五代間霸主能臣，檞園主人傳以新聲，滿紙是英雄俠烈之概。八折分二劇，如會香衫式，而此更雜以南曲一折。

福先碑 北三折 卓遠之

以皇甫生之狂，因宜寫以豪爽之調，如萬斛泉源，滚滚不竭，眞才人語也。

男王后 北四折 王驥德

取境亦奇。詞甚工美，有大雅韻度。但此等曲，玩之不厭，過眼亦不令人思。以此配女狀元，未免有天巧人工之别。

棄官救友 南北四折 王驥德

石中郎以忠致其君，穆考功以義全其友，鄭夫人以節報其夫：此等事，在眼前已邈焉若千古矣。方諸爲穆內史慷慨歌之，原不欲以詞藻見奇，固自灑灑可觀。南曲向無四出作劇體者，自方諸與一二同志創之，今則已數十百種矣。

倩女離魂南四折　王驥德

方諸生精於曲律，其於宮韻平仄，不錯一黍。若是而復能作本色之詞，遂使鄭德輝離魂北劇，不能專美於前矣。白香山作詩，必令老嫗能解，此方諸之所以不欲曲爲案頭書也。

兩日雙環南四折　王驥德

天然情景，不假安排，而別離會合，事事巧湊。然其詞備別離之苦，即會合終是不快，奈何！

金屋招魂南北四折　王驥德

方諸生遵詞隱功令，嚴於法者也，而曲猶能婉麗如許，蓋其詞筆天成，豈盡繇推敲中得耶。此劇雖不足寫李夫人之生面，而『姍姍』一歌，幾於滿紙是淚矣。

秀才送妾南八折　呂天成

輟耕錄載：『維揚秀士爲部主事致一妾，自邗關達於燕邸。時天漸暄，多蟲蚋，乃納之帳中。部主事初疑之，旣而謝曰：「君眞長者也！」相與痛飲盡歡而散。』劇中水仙作合，以配於焉支公主，則勤之增之。以爲柳下、叔子之輩，必獲美報若斯耳。

兒女債 南北四折　呂天成

向見有傳子平二折，第碌碌完兒女債耳，閱之殊悶。勤之盡易前二折之詞，而於禽子夏北調，大闡玄機，有眼空一世之想。末折變幻，尤足令癡人警醒。乃知向所見，非全劇也

勝山大會 南北四折　呂天成

此必實有其事。鬱藍以險韻譜之，意想無出人頭地；若詞之瑩潤，則非作家不能。

夫人大 南北四折　呂天成

此勤之初筆也。塡竇梁冀、孫壽事，及友通期冥訴，而冀、壽卒無恙，何耶？詞惟濃麗而已。

櫻桃園 南四折　王　淡

張玉華蕭寺孤魂，歐陽生爲結緣於櫻桃花下，自是寒食東風，不至抱梨花之泣，以得雋報張生，

宜矣。澹居士詞筆老到，不輕下一字，故字句俱恰合。

崔氏春秋補傳北四折　屠　峻

傳情者，須在想像間，故別離之境，每多於合歡。實甫之以驚夢終西廂，不欲境之盡也。至漢卿補五曲，已虞其盡矣。田叔再補出閣、催粧、迎奩、歸寧四曲，俱是合歡之境，故曲雖逼元人之神，而情致終遜於譜離別者。

梧桐雨南一折　王　湘

傳此欲與白仁甫北劇爭勝，恐亦未免少遜之。然南曲得如此輕脫，不啻一毫穠纖，固亦不易。

鑠骨菩薩北三折　余　翹

菩薩憫世人溺色，即以色醒之，正是禪門棒喝之法。聿雲闢度門於戲場，大暢玄風，不第詞筆之俊麗也。

救精忠北四折　祁麟佳

閱宋史，每恨武穆不得生。乃今欲生之乎？有此詞，而檜、卨死，武穆竟生矣。

紅粉禪 南北四折　　祁麟佳

紅裙闘著，仕女參禪，並列詞中。出以娟秀之調，如一枕松風，沁人心骨。

慶長生 北四折　　祁麟佳

太室作此以壽母，一幅神仙逍遙圖，若小李將軍寸人豆馬，毛髮生動。

錯轉輪 北四折　　祁麟佳

水判之語雄，王生之語婉。雄則近怒，婉則近喜。至於擬獄數段，有痛罵處，有冷嘲處，令人忽怒忽喜，以是見文人之舌，不可方物乃爾。

死裏逃生 南北四折　　孟稱舜

子若作南曲，尙能鬆秀如此，橫行詞壇，當無敵手。闍黎面孔，已被此劇剝盡，是文之以怒罵當嘻笑者。

殘唐再創即英雄成敗　北四折　孟稱舜

爲落第士子吐氣，篇中俱是憤語。作手輕倩，元人之韻，呼集筆端。

眼兒媚北四折　孟稱舜

陳教授多情至此哉，可爲牡丹亭之陳教授解嘲矣。詞如鳥語花笑，韻致娟然。

逍遙遊南北一折　王應遴

於尺幅中解脫生死，超離名利，此先生覺世熱腸，竟可奪南華之席。

蘇臺奇遘北六折　史槃

叔考見孟子若有伯虎劇，遂奮筆爲之，直欲壓倒元、白耳。北調六齣始此。

城南柳北一折

不過竊元劇之緒餘耳，而詞能鎔鑄，便堪自家生活。

羅浮夢 北一折　　徐□□號羽化

句中冷然有致，詞甚雅，或不妨韻雜。

春風弔柳七 南一折　　鄒式金

予常譜韻事，以『弔柳七』爲第一。得此數語，婉轉令人魂消欲死。

椽燭修書 南一折　　鄭瑜

宋子京燃椽燭，擁歌姬，修潤唐書，是一番極富麗景象。詞亦華美稱之。

朱翁子 南九折　　陳□□

此從當爐記摘出者。以朱翁子入長卿似嚽，不若別自爲一傳。

逸品

雙鶯傳 南八折　袁于令

逸韻遄飛，妙在於多情之面目，得豪俠肝腸。紅粉中有如此賞識，二生爲之死可也。金閶一醉，又何足以酬兩姬。

僧尼共犯 北四折　馮惟敏

本俗境而以雅調寫之，字句皆獨創者，故刻畫之極，漸近自然。此與風情二劇，並可作詞人諧謔之資。

耍風情 南北四折　呂天成

傳婢僕之私，取境未甚佳，而描寫已逼肖矣。披襟讀之，良爲一快。

纏夜帳 南四折

呂天成

以俊僕狎小鬟，生出許多情致。寫至刻露之極，無乃傷雅？然境不刻不現，詞不刻不爽，難與俗筆道也。

海濱樂 即齊東絕倒 南北四折

呂天成

傳虞舜竊負瞽瞍，爲桃應實謊，爲咸丘蒙附會，錯綜唐、虞時人物事蹟，盡供文人玩弄，大奇大奇！

姻緣帳 南北四折

呂天成

瑤鑁仙何預人事，而喋喋爲閨閣饒舌？疎者令之親，懽者動以怒；畢竟疎者不終疎，懽者乃終懽，兒女之情，固如是耳。瑤鑁仙何事而饒舌哉？

一文錢 南北六折

陽初子

世間能大富人，決非凡輩。不必假盧至散財破慳，吾已知臭員外具有佛性矣。此劇南曲較勝北曲，白更勝於曲；至搆局之靈變，已至不可思議。

空堂十舉觴北一折

鄒兌金

張幼于爲吳中第一狂士，記其空堂自觴，却與唐子畏、祝希哲千里對面，醉語、夢語，無不是醒語、化語。恿公云：『作者其青蓮、坡老之裔孫，若士、文長之季孟耶？』

城南寺北二折

黄家舒

杜牧之狀元入城南寺，遇入定僧，問其姓名，不對。杜詰之：『汝知狀元否？』僧云：『不知。』杜故有『禪師都未知名姓，始識空門意味長』之句。黄君發之於詞，讀一過，令人名利之心頓盡，其以詞證禪者耶？

春波影北四折

徐翽

此等輕逸之筆，落紙當有風雨聲。小青得此，足爲不死。塡詞若野君〔三〕，再於韻律著意，則駸駸直追元人而上矣。

絡冰絲 南北一折　　徐翽

奇事也，而以休文之情語度之，鮫人之淚，瑩瑩綽絡矣。

耍梅香 南北四折　　葉憲祖

淫奔之狀，摹擬入神，當令西廂拜下風。作者必有所刺。

花前一咲 北五折　　孟稱舜

唐子畏以傭書得沈素香，此正是才人無聊之極，故作有情癡。然非子若傳之，已與吳宮花草同烟銷矣。此劇結胎於西廂，得氣於牡丹亭，故觸目俱是俊語。

桃花人面 北五折　　孟稱舜

作情語者，非寫得字字是血痕，終未極情之至。子塞具如許才，而於崔護一事，悠然獨往，吾知其所鍾者深矣。今而後，崔舍人可以傳矣；今而後，他人之傳崔舍人者，盡可以不傳矣。

花舫緣 北四折　卓人月

此卽子若傳唐子畏原本，易傭書爲奴，易養女爲婢。調中別出佳句，欲與孟劇較勝，而丰韻正自不減；乃其叶調之嚴整，更過於孟；而用韻少雜，則二劇同之。

喬坐衙 北一折　張岱

一日壽張大尹，便博得宗子一傳；二十年宰相，反乞不得崔舍人半紙諛墓文。此何以故？明眼人自當知之。文心之靈轉不必言，至於選韻諧音，又何以累黍弄丸，巧妙若是也！慧業文人，纔一游戲詞場，便攜奪王、關之席。

紅紗 北一折　來集之鎔

痛罵糊塗主司，或哭或笑，豪氣拂拂紙上。閒來君方少年，何憤懣乃爾？

碧紗 北四折　來鎔

王播當不得意時，寄食僧寮，止數莖木蘭花稱相知友。天之困文人，乃至此哉！迨至碧紗籠蓋，聲光熠燿，癡人方歎羡不已，不知元成記此正爲之痛哭耳。

閒看牡丹亭 南一折

來鎔

徐野君春波影有『小青翻閱牡丹亭』一境，元成爲再記數語，無字不令魂斷。

鈍秀才 南北八折

陳情表

聖鑒不得志於時，借鈍秀才舒自己胸臆。天才豪放，不一語入人牙慧，當是臨川後身，不得復繩以韻律。

有情癡 北一折

徐元輝

點醒處機鋒頗利，絕似葫蘆先生。至於玉娘、玉郎當面煞風景，尤爲癡情者頂門一針。

眉頭眼角 南北四折

祁豸佳

叠龍耳之舉動神情，無不逼肖。詞情宕逸，出人意表。齊班生不知何許人，有此劇可不朽矣。

鬧風情南一折

姚江之館師何罪，而辱之一至於此？巧處不乏，但少天然之趣。

餘慈相會南一折　　顧思義

從錦箋中之『爭館』討出神情，鄉語酷肖；而曲之致趣，亦自亹亹。

穀儒記南一折

銅臭之子，濫預衣冠，趣士爲文以誚之；不足，又從而歌咏之，令人絕倒。

喝采獲名姬北五折

王渙之酒樓事，秋閑居士已拈入奪解中。此劇於嘯咏處，豪爽絕人。恆居士自許：『我輩塡詞，如俠客證禪，終帶一分睚眦殺人氣。』其眞文人吞吐古今之筆乎？

玉珍娘北一折　　朱京藩

朱君於劇中直自敍其姓名，而寫其一段淋漓感慨之致。王珍娘直寄情耳，非繫情也。

文長問天北一折　　蘆玄

牢騷怒罵，不減漁陽三弄。此是天孫一腔磈磊，借文長舒寫耳，吾當以斗酒澆之。

艷品

踏雪尋梅北四折　周藩誠齋

以殊艷之詞，寫出淡香疎影，而艷不傷雅，以是見文章之妙。但孟浩然以『不才明主棄』之句，終身放逐，何必拜官天祿，乃爲文人勝事乎？

賽嬌容北四折　周藩誠齋

文人學士有歌舞四時花木者，不若花木之自爲歌舞，此周藩所以爲花木歌舞之也。此劇但以詞勝，故工整獨至；然須用狙子十五六人，場上竟不可演。

牡丹品北四折　周藩誠齋

按譜選詞，蓋名花之勝，而少欠虛景。至組織〔三〕樂府名，無一不巧，無一不恰，蓋已極人工矣。

牡丹仙 北四折　　周藩誠齋

六一先生曾作洛陽風俗牡丹記，誠齋卽以此記作劇。其摹描處，如目擊東都花事之盛。第於永叔欣賞之意，稍未暢耳。

牡丹園 北五折　　周藩誠齋

周藩三傳牡丹，以美人配名花，飄飄欲仙，綴詞如綉，繁英嫩蕊，零落滿楮。

紅蓮記 北四折　　陳汝元

東坡爲五戒後身，僅見之小說，亦因坡公爲夙慧，想當如是耳。紅蓮事，葉美度已採入玉麟記中。太乙傳此，藻艷俊雅，神色俱旺，且簡略恰得劇體。

度柳翠 北四折　　李磐隱

柳翠事，已經三演。此劇芳華不及王實甫，俊爽不及徐文長，然較王劇稍覈，較徐劇稍備，而字句亦極琢鍊之工。

暗掌銷兵 北四折　胡汝嘉

詞華充贍，斷透露得俊爽之氣，否則一腐草堆矣。傳紅線之俠，不讓梁伯龍，但彼之擺脱稍勝之。

鴛鴦錦 南北四折　祁駿佳

新歌初轉，艷色欲飛。以虎易美姝，沈詞隱曾採之博笑內，較不若此劇之豪暢。

能品

陶彭澤北四折

田子藝止數語耳，此則寫來酣暢。然北韻甚嚴，不宜失叶。

武松打虎北四折

北調。雖無警句，亦無蕪語。然自詞隱之義俠一出，而此劇削色多矣。

九曲明珠南北九折

陳六如

吳文滋得一妓，爲其負心，中道棄捐，陳六如代搆此劇，舒其鬱憤之氣。其如閱者之煞風景何？

琪園六訪南北六折

詞不乏纖麗，若去其駢白，更覺當行。

六訪中，惟錯訪、病訪最有情景，曲亦具相思、相見之大概。他調尙未能洗俗還雅，用韻更雜。

相思譜 南北九折

其語意大略在覺公西樓中打出，亦娟秀動人。但我輩有情，自能窮天罄地，出有入無，乃借相思鬼、絪緼使作合，反覺着迹耳。

脫囊穎 南北四折　徐元輝

平原之殺愛妾也，爲其見跛者一笑耳，乃卽以毛遂無跛，無乃蛇足乎？然映出脫穎一段，亦自有致。調有高爽之句，但第三折調不全，何不盡改爲北？

西樓夜話 南四折　葉憲祖

越中舊有郭鎭撫一記，惜無善本。桐栢第記其淫縱一段耳，可以插入原記，非劇體也。

媸童公案 南北八折　吳禮卿

孌童之曲，男后奇矣，至分柑而暢；此亦可見一班。曲不無失韻處。眞子方泣前魚，遂尙經雉歎場，止爲孽債耳。作者喚醒之思深矣。

吳仁仲

此亦作意搆曲者，惜轉筆未快，故生動處覺少。鈎弋既爲李夫人後身，何爲復有留子奪母之事？

再生緣 北四折

以雅謔供壽筵，便不入俗。東方朔之北調足矣，何必又用南調。

東方朔 南北一折

傳事不沾滯。南劇有此，亦可觀。揭陽鎮一折，不能收局，豈有遺脫之故耶？

宋公明 南北四折

此亦非羅貫中傳內所載。鋤強抑暴，自是英雄本色。曲未峻拔，且須較正其訛。

黃花峪 北四折

功臣宴 北四折

曲有訛處，襯字亦太多。然而出口鬆利，下韻輕穩，亦是詞壇不易得者。

黃鶴樓 北三折

淺近亦是詞家所許，但韻致不遒上耳。北詞有一定之式，後二折删去數套，當不得爲全調。

西天取經 北四折

番語入詞，亦疎散不俗。曲有未叶處，已經函三館主人訂正。

氣伏張飛 北四折

有數語近元人之致，惜有遺訛。

秋夜梧桐雨 南北□折

此與王湘梧桐雨一折，總不及元白仁甫劇。馬嵬之死，較他記獨備。邢眞人遇太眞於蓬萊，而長生殿中竟不復明皇命，何以結果？

都中一笑 南北三折　　楊伯子

狀燕市之騙局，可博一笑；但作者筆不超異，故詞無聳目處。

青樓夢覺 南六折

逢杜史至，其後乃始覺夢，然則杜史亦身在夢中久矣。此夢何難早覺？有識者直無夢可也。

中山救狼 南北六折　　汪廷訥

中山狼，陳記之而簡，康記之而暢，不必更問環翠之子墨矣。且若狼，若杏，若老牛，作人語猶可，以之唱曲，太覺不像。遇青黎丈人，寥寥數言，亦未發揮負心之態。

青梅佳句 南北六折　　汪廷訥

詭男爲客 南六折　　汪廷訥

全普菴監贛郡，日借花酒自娛。劉婆惜以無意得之，更爲花酒增勝。聞已有演爲全記者矣。

昌朝搜羅古今，於凡可爲勸、可爲戒者，俱入之傳奇。如黄善聰以女子客處，能全身於始，可以爲勸之一也。惜其作法不撇脱，造語未尖新。此必於善聰與李子同處時，極力摹擬，乃見善聰有潔身之智。

捐奩嫁婢 南八折　汪廷訥

鍾離令捐奩嫁亡令之女，傳之可以範世；但須在令女身上發揮一段孤悽光景，方見捐奩者之高義。此第於兩姓結姻處鋪敍一番，其打局是全記體。

廣陵月 即聞歌納妓 南北七折　汪廷訥

張永新隔簾以小豆記曲，能正李龜年音韻之訛，此在天寶間確爲可傳之快事，但其後離合情境，無足驚喜耳。

太平樂事 北一折　汪廷訥

於燈市中搬演貨物，亦足點綴太平。曲多恰合之句，但無深趣耳。

小春秋南五折

諧語亦堪解頤。但曲本平實，便覺趣味不長。

夫子禪南北八折　　葉汝薈

還來選佛場中，反令世人顚倒沉溺，乖菴憫然憫之，俾僧伽醜態，盡現當場，足爲瞑眩之藥。

泣魚固寵南一折

事儘有逸致，傳之尙未委婉，詞亦多堆積之病。末逢二姬，何不留以掃龍陽之興耶？

雪浪探奇南一折　　金粟子

坡仙知定武軍時，得雪浪石，爲之製銘咏詩，又以名其齋。金粟採之作南曲一折，蓋常調也。

衍莊北一折　　治城老人

長嘆數調，於生死關頭，幾於勘透矣。而脫離之道安在，當問之雲來道人。

三卜眞狀元南北六折　史槃

是劇也，一以見黃懷寧循良之徵，一以見劉殿元積厚之報。其爲詞不涉誇張，自得頌述之體。

清涼扇餘南北四折　史槃

此於王雲來清涼扇之外，別搆四折。內錢嘉徵面斥陸萬齡一折，絕有生色。

地獄生天南北五折　散木湛然禪師

老僧說法，不作禪語而作趣語，正是其醒世苦心。詞甚平，然無敗筆。

歸去來辭南一折　田藝衡

隱括歸去來辭。只此數語，亦自不俗。

五獄遊南北二折

北調高爽，想見向子平胸次。後段止見其碌碌完兒女債，而五獄之遊，絕不演出，何以爲子平也？

鼓盆歌 南北四折

雖未見超異，而語中轉摺，全不費力，是時時拈音律者，第限於才耳。劇中既多北詞，不宜雜以南曲；且以北醉春風在上小樓後，亦非是。

折梅驛使 北一折

隴頭梅信，以詩料作詞譜，惜未有冷月疎籬之致，與梅魂映帶。離亭煞後，不宜綴以刖宮之鬼三台、油葫蘆四曲。

青樓訪妓 南一折

此似王生偶有所遇，聊以紀一時之勝耳。趣雖短，詞亦暢。

問貍倩諧 南北八折

錢　珠

幫閒乃作巨盜乎？鬱藍之雙閣已道破矣。此劇雖極意謔浪，終似奴婢學夫人。

五老慶賀南北一折　黄中正

合毦先生、跎大人、贆道者、跛山翁、吃處士爲五老，蓋以去聽塞明，正攝生之善道耳。詞未融脱。

分錢記南七折

此是未了傳奇，非劇體也。鄭生狎朱温子名友珪者，田令孜從中幫襯，極寵陽之態，此必有所指。

善戲謔南二折

却要之謔四子，眞謔也。乃其爲詞，全不入趣，且多不叶處；惟風始四語，恰合可觀。

女豪傑南北四折　諸葛味水

諸葛君以俗演斬貂蟬近誕，故以此女修道登仙，而於蔡中郎妻、牛太師女相會，是認煞琵琶，正所謂弄假成眞矣。乃其爲詞儘可觀。

偸桃獻壽 北四折　　楊維中

未得北詞之致，聊敷衍以供壽筵耳。

蟠桃記 南北七折　　王淑忭

捃摭坎離之要，自謂窺仙宗涯埃，然於構詞一道，未能不讓他人也。

竹林小記 南北十一折

腔調不明，南北錯雜。以嵇叔夜挾妓登仙，亦未盡竹林諸賢之趣。惟其文彩燁然，儘堪藻飾。

小靑傳 南北六折　　胡士奇

春波影一劇已傳靑娘神色，他卽極意摹寫，終非鏤月手。若此數折則僅以鋪敍了事，且詞多不叶。

裴渭源 北一折　　李大闓

渭源令裴倫，一門死難，大節凜然，不必如詞中之饒舌。

白鹿洞 南一折　李大蘭

白鹿洞闡教數語，不減當年面命。尊儒闢佛，正非精於佛者不能。不意道學乃出之詞曲。

華陽叟 南北一折　李大蘭

華陽叟生於宋仁宗時，至洪武而閱歲凡三百四十五矣，乃其得悟處，非以二氏之教，則又何必現天堂、地獄之二境哉。

訪師論道 南北一折　李大蘭

西緒禪師揮麈而談，旣不援儒入釋，亦不推釋附儒，自有一種眞精進、大慈悲處，此劇闡發甚精。

老歸正道 北一折　李大蘭

李先生諸劇，大率崇儒黜釋，又不若德公之逃釋爲儒，覓眞絕路頭也。佛法不明，多因說佛者，故詞中以之寄慨。

具品

可破夢 南北六折　　鐸夢野人

略見大意，終未透發，且亦何必從還閫時起也？曲多訛韻，白有數語可取。

柳浪雜劇 南北十折　　醒狂散人

以俗筆爲之，雖極摹寫，終非雅謔。惟再醮、督妓二曲，少有餘韻。偸期內數語可觀。至若變譴懼內諸折，不如他曲遠矣。

男風記 南北三折

桂花風 南北六折　　胡文煥

數寄生草曲，雖覺色相太露，然正自不妨，惟嫌其他調不精切耳。

此等話頭，雖不妨出相，然亦終非雅譚。

斬貂蟬 北五折

莊岳委談云：『斬貂蟬不經見，自是委巷之談。然關公傳注稱：「關公欲娶布妻，啓曹瞞。曹疑布妻有殊色，因自留之。」則非全無謂也。』

關岳交代 南北四折　凌星卿

關壯繆、岳武穆生平，大略相類；但謂其一爲天尊，一爲天將，交代如人間常儀，則見屬俚穉。惟勘檜、鬲一案，或可步曇花後塵。

小雅四紀 南北四折　程士廉

四時之樂，何必在酒，乃每曲以酣飲絕勝乎？訪戴一出，略有點綴，終不得爲俊雅之調。

一麟三鳳 南北一折　陳淸長

作詞以媚人者，詞必不佳。所述皆富貴繁華之境，亦不能佳也。

舉烽取笑 南一折

此事宜有佳劇，蓋幽王亦自絕癡情者。舉烽猶不失韻事，柰作手之庸庸何！

園林午夢 北一折

崔之長恨傳，曷若李娃？何必呶呶！詞甚寂寥，無足取也。

遊觀海市 北四折

儘能搬弄學問，但用調不全，下韻不叶。

孝感幽明 南四折

樵風

漁父之孝，事可以風。惟是調多散雜不倫，不足爲其事重也。

劍俠完貞 南北七折

樵風

飛飛之援女子也，亦劍仙中之可傳者。作者氣格卑下，焉得有佳詞乎？

參禪成佛　南北六折　樵風

樵風於禪宗，原不深究；以口頭語湊集成詞，調既不諧，理亦未徹。

宦遊濟美　南北四折　樵風

作此以佞戴君。滿紙是塞白之語，索然無一毫趣味。

玻璃鏡　南北四折　王素完

偶爲張刺史記此一事耳，而穿插俱不合拍，且音韻全疎，安能免俗！

黃粱夢　北四折

北曲不可犯調，蓋一調中有前後緊慢之不同也。況此劇用韻更雜。傳黃粱者已窮奇極巧，安所取於是哉。

秦樓簫史　南一折

蹈襲成曲。惟兩簫詞冷冷飄洒，想別有所本。

竹林勝集南一折

如此雅集，而腐爛板實，豈不令竹林諸公笑人！以水底魚作結曲，亦非是。

截髮留賓南一折

賢哉陶母，一事可傳。何和陽已採入八翼記中。

魯男子南一折

擒筆效顰，故庸庸若此。

銅雀春深南一折

二喬數語，殊無情致，遂使雀臺之春，寂寞千載。

相送出天台南一折

集唐律成曲，如食生物不化。

逢人騙北一折　張大諶

取境俗，故詞亦粗夯如此。

五老慶庚星南一折　高□□

語既寥寥，趣復不長。

誅雄虎北一折　張大諶

俠士一言相許，不惜頭顱，此劇略見大意。每曲換一韻，非法。

三難蘇學士南四折　張大諶

他人記長公，皆以其嘻笑敏捷，以故反之，然不至庸拙如作者。

報恩虎南四折　張大諶

報恩虎可作中山狼針砭。然此正言之，又不若中山狼劇反言之。

庳國君北一折　　李槃

以象之爲弟，乃傳其恭順如許，戲場中安容道學套頭。

獨居教子北一折　　李槃

塗山夫人教其子啓。寥寥數語，闡發未透。

夏六賢北一折　　李槃

少康一旅，以六賢復國，入之傳奇，有何景趣！

周文母北一折　　李槃

太姒之賢，卽葛覃、麟趾之咏尙不能盡，乃此尋常口頭語，何足垂訓！

趙宣孟北一折　　李槃

趙宣孟以公族大夫讓其異母弟趙括，詞中敍述亦達。

魯敬姜　北一折　李槃

傳敬姜之貞靜，卽寸幅中，儼見閨門雍肅之象。

首陽高節　北一折　李槃

採薇一歌，淸風千古，譜之爲詞，何尋常乃爾！

王開府　南一折　李槃

王頒佐隋破陳，灰後主之骨，爲父僧辨復仇。其事非人所忍觀，記之何爲！

孝義記　南六折　謝天惠

記張克諧兄弟之孝。遇盜處，有似趙禮讓肥。詞皆俗腐口吻。

善惡分明　南七折　謝天惠

坐懷不亂，事足描寫。乃插入盜跖而各與以報應，何支離耶。

同心記 南北五折

嫂姦姑事，四異、雙串已極其致。此劇粗具情節，曲、白無一可取。

〔註〕書名標題及著者署名，原無。

遠山堂劇品校勘記

本編所重印的遠山堂劇品，是用明遠山堂原稿本做底本。其中有三處顯然是筆誤的，已代爲改正，但仍加註明。

〔一〕『河蒿神』，原作『何蒿神』。

〔二〕『野君』，原作『野客』。

〔三〕『組織』，原作『組識』。

曲品

明·吕天成著

曲品提要

曲品二卷，明呂天成著。呂天成，原名文，字勤之，號棘津，別號鬱藍生。浙江餘姚人。萬曆間諸生，工古文詞。他的祖母孫氏，喜好收藏戲曲，因此他從小得博覽各家作品；又得到外祖孫月峯和舅父孫如法的指授，兼長於曲學及聲韻。後來和沈璟、王驥德爲友，更精於曲律。他的戲曲作品，有神女、雙棲、金合、戒珠、李丹、神鏡、雙閣畫善、四相、四元、二嫿等傳奇，稱爲烟鬟閣十種；又雜劇齊東絕倒、秀才送妾、勝山大會、夫人大、兒女債、耍風情、纏夜帳、姻緣帳等八種，都爲當時曲家所推崇，但均無傳本。今所傳世的，止有紅靑絕句一卷，小說數種和曲品。

曲品自序作於一六一〇年（明萬曆三十八年），書成後又續有增補，有湯顯祖於一六一三年（萬曆四十一年）所寫成的邯鄲記可證。又王驥德曲律雜論第三十九中說：『勤之風貌玉立，才名藉甚，靑雲在襟袖間，而如此人曾不得四十，一夕溘逝，風流頓盡。』曲律末尾數章，成書約在一六二三年到一六二四年（天啓三、四年間），則呂天成的卒年，大約不出一六一三——二四年之間。上推其生年，約在一五七五年至一五八二年（萬曆三年至十年）左右。

曲品不僅是一部評論明代戲曲作家、作品的著作，而且也是現存最早的一部傳奇作家略傳和目錄。書中記載了戲曲作家九十八人，散曲作家二十五人，戲曲作品一百九十二種。（上卷專評作家，下卷專論作品。）凡是明代嘉靖以前的作家、作品，分爲神、妙、能、具四品；隆、萬以來的作家、作品，分爲上上、上中、上下、中上、中中、中下、下上、下中、下下九品。品評雖不盡恰當，但提供給我們作爲研究材料，却是豐富而珍貴的。從這裏可以知道許多不見於他書記載的作家和許多已佚作品的內容。

曲品原有明萬曆間刻本，但已不傳。後來傳世的祇有幾部鈔本，都是和高奕的新傳奇品、無名氏的古人傳奇總目混合在一起。由此可知這幾部鈔本，最早也是出自同一來源的。

近年重印的曲品，有五種本子：

（一）暖紅室刻本　劉世珩刻。有清末民初初印本及一九三五年上海來青閣重印本。

（二）吳梅校本　一九一八年北京大學初版本，一九二二年再版本。

（三）曲苑本。

（四）重訂曲苑本。

（五）增補曲苑本。

以上五種版本，都是同出於曾習經見到的一部舊鈔本。曾習經傳鈔了一份，劉世珩又從曾鈔本轉錄了一份。王國維、陳玉祥據劉鈔本加以校訂，即是曲苑所用的底本。劉氏參照王、陳校本，又加重訂，這卽是暖紅室所用的底本。吳梅校本，則是據暖紅室刻本加以補校的。

由於曲品下卷中有舊傳奇品及新傳奇品兩部分，而高奕的著作也名曰新傳奇品，這其間不免有些混淆；而古人傳奇總目又不詳作者，也夾雜在其間；同時舊鈔原本的裝訂又前後錯亂：於是引起各家校訂的分歧。舊鈔本把古人傳奇總目列爲曲品中卷，把曲品分割作兩截，這從序文及內容，很可以辨明其誤。王國維、陳玉祥校訂時，一仍其舊，已是疏忽。劉世珩把曲品恢復了原來面目，可稱卓見；但又勉强把古人傳奇總目配作高奕新傳奇品的上卷，並且改題爲『傳奇品』，却是武斷從事了。

現在我們把呂天成曲品兩卷作爲一書，把高奕新傳奇品另作一書，不使再扯在一起。至於古人傳奇總目，則另附錄在新傳奇品之後。

曾鈔本所據的舊鈔本，現在不詳下落。其餘還有幾部舊鈔本，也未得見。北京大學圖書館藏有黑格鈔本一份，書口有『淸河郡』字樣，鈔寫錯字不少，但有些地方，可以證補曾鈔一系列各本的訛誤。淸河郡，不詳何人。鈔本紙色很舊，凡『玄』字都改寫爲『元』，故其鈔寫年代，約在淸代康熙以後。

曲品自序

予舞象時卽嗜曲，弱冠好塡詞。每入市見傳奇，必挾之歸。笥漸滿。初欲建一曲藏，上自前輩才人之結撰，下至腐儒教習之攢簇，悉搜共貯，作山海〔一〕大觀。旣而謂：『多不勝收。彼攢簇者，收之汚吾篋。』稍稍散失矣。壬寅歲，曾著曲品，然惟於各傳奇下著評，語意不盡〔二〕，亦多未得當。尋棄之。十餘年來，頗爲此道所誤，深悔之，謝絕詞曲，技不復癢。今年春，與吾友方諸生劇談詞學，窮工極變，予興復不淺，遂趣生撰曲律。旣成，功令條教，臚列具備，眞可謂起八代之衰，厥功偉矣！予謂曰：『曷不舉今昔傳奇而甲乙焉？』生曰：『褎之則吾愛吾寶，貶之則府怨。且時俗好憎難齊，吾懼以不當之故而累全律，故今曲律中略舉一二而已。』予曰：『傳奇侈盛，作者爭衡，從無操柄而進退之者。矧今詞學大明，妍媸畢照，黃鐘、瓦缶，不容並陳，白雪、巴人，奈何混進？子愼名器，予且作糊塗試官，冬烘頭腦，於曲場張曲榜，以快予意，何如？』生笑曰：『此段科場，讓子作主司也。』歸檢舊稿猶在，遂更定之，倣鍾嶸詩品、庾肩吾書品、謝赫畫品例，各著論評，析爲上、下二卷，上卷品作舊傳奇者及作新傳奇者，下卷品各傳奇。其未攷〔三〕姓字者，且以傳奇附；其不入格者，擯不錄。世有知我，按品取閱，亦已富矣；如有罪我，甘受金谷之罰。雖然，古本多湮，時作紛出，管窺蠡測，何能〔四〕周知？所望同調者出家藏示茂製以啓予，是亦詞社之幸也。

萬曆庚戌嘉平望日，東海鬱藍生書於山陰樛木園之烟鬟閣。

餘姚呂天成，著有越團紀。〔五〕

曲品 卷上

明·呂天成著〔六〕

自昔伶人傳習，樂府遞興。爨段初翻，院本繼出；金、元創名雜劇，國初演作傳奇。雜劇北音，傳奇南調。雜劇折惟四，唱止一人；傳奇折數多，唱必勻派。雜劇但摭一事顛末，其境促；傳奇備述一人始終，其味長。無雜劇則孰開傳奇之門？非傳奇則未暢雜劇之趣也。傳奇既盛，雜劇寖衰，北里之管絃播而不遠，南方之鼓吹簇而彌喧。國初名流，曲識甚高，作手獨異，造曲腔之名目，不下數百；定曲板之長短，不淆二三。作見寧不駭疑，習久自當遵服。所謂『規矩設矣，方員因之』。數其人，有大家、名家之別；按其帙，有極老、半舊之分。賞其絕技，則描畫世情，或悲或笑；存其古風，則湊拍常語，易曉易聞。有意駕虛，不必與實事合；有意近俗，不必作綺麗觀。不尋宮數調，而自解其弢；不就拍選聲，而自鳴其籟。質樸而不以爲俚，膚淺而不以爲疎〔七〕。商彝、周鼎，古色照人；玄酒、太羹，眞味沁齒。先輩鉅公，多能諷詠；吳下俳優，尤喜掇串。予雖不遵古而卑今，然須溯源而得委，倣之詩品，略加詮次，作舊傳奇品。

古帙雖多，作者泯沒，略舉三四，以槩其餘。〔八〕

永嘉高則誠，能作爲聖，莫知乃神。特創調名，功同倉頡之造字；細編曲拍，才如后夔之典音。志在筆先，片言宛然代舌；情從境轉，一段眞堪斷腸。化工之肖物無心，大冶之鑄金有式。關風教特其粗耳，諷友人夫豈信然？勿亞於北劇之西廂，且壓乎南聲之拜月。

右神品

常州邵給諫，既屬青瑣名臣，乃習紅牙曲技。調防近俚，局忌入酸。選聲儘工，宜騷人之傾耳；採事尤正，亦嘉客所賞心。存之可師，學焉則套。

烏鎭王雨舟，人以曲稱，曲緣事重。頗知鍊局之法，半寂半喧；更通琢句之方，或莊或逸。我欽高手，世想令名。

右妙品

沈鍊川名重五陵，才傾萬斛。紀游適則逸趣寄於山水，表勳猷則熱心暢於干戈。元老解頤而進卮，詞豪擺指而擱筆。

武康姚靜山，僅存一帙，惟覩雙忠。筆能寫義烈之剛腸，詞亦達事情之悲憤。求人於古，足重於今。

右能品

李開先銓部貴人，葵邱隱吏。熟贍北曲，悲傳塞下之吹；間著南詞，生扭吳中之拍。才原敏贍，寫寃憤而如生；志亦飛揚，賦逋囚而自暢。此詞壇之飛將〔九〕，曲部之美才也。

沈壽卿〔一〇〕蔚以名流，雄乎老學。語或嫌於湊揷，事每近於迂拘。然吳優多肯演行，吾輩亦不厭棄。

邱瓊山大老雖尊，鴻儒近腐。閒情賦罷，元亮原是趣人；雙文句删，微之且爲薄倖。乍辭講幄，聊譜家詞。造揑不新，知老輩之多鈍；莊諧並寫〔一一〕，庶末俗之可風。

右具品

傳觀傳奇，近時爲盛。大江左右，騷、雅沸騰；吳、浙之間，風流掩映。第當行之手不多遇，本色之義未講明。當行兼論作法，本色只指填詞。當行不在組織餖飣學問，此中自有關節局概，一毫增損不得；若組織，正以蠹當行。本色不在摹勒家常語言，此中別有機神情趣，一毫妝點不來；若摹勒，正以蝕本色。今人不能融會此旨，傳奇之派，遂判而爲二：一則工藻繢少擬當行，一則襲樸澹以充本色。甲鄙乙爲寡文，此嗤彼爲喪質。殊不知果屬當行，則句調必多本色；果其本色，則境態必是當行。今人竊其似而相敵也，而吾則兩收之。即不當行，其華可擷；即不本色，其樸可風。進而有宮調之學。類以相從，聲中緩急之節；紛以錯出，詞多皦戾之音。難欺師曠之聰，莫招公瑾之顧。按譜取給，故自無難；逐套注明，方爲有緒。又進而音韻〔一二〕平仄之學。句必一韻而始協，聲必迭置而後諧。響落梁塵，歌翻扇底。昧者不少，解者漸多。又進而有八聲陰陽之學。吹以天籟，協乎元聲。律呂所以相宜，神人用以允翕。抑揚高下，發調俱圓；清濁宮商，辨音最妙。此韻學之鉅典，曲部之秘傳，柳城啓其端，方諸闡其致。必究斯義，厥道乃精；考之今人，褒如充耳。廣陵散已落人間，霓裳曲重翻天上。後有作者，不易吾言矣。嗟乎！才豪如雨，持論不得太苛；曲廣如林，掄收何忍過隘？僭分九等，開列左方。入吾品者，可許流傳；軼吾品者，自慚腐穢。作新傳奇品。

湯顯祖海若〔一三〕。臨川人。

沈璟寧菴。吳江人。

右二人，上之上。

沈光祿金、張世裔，王、謝家風，生長三吳歌舞之鄉，沈酣勝國管弦之籍。妙解音律，花、月總堪主盟〔一四〕，雅好詞章，僧、妓時招佐酒。束髮入朝而忠鯁，壯年解組而孤高。卜業郊居，遯名詞隱。嗟曲流之汎濫，表音韻以立防；痛詞法之蓁蕪，訂全譜以闢路。紅牙館內，謄套數者百十章；屬玉堂中，演傳奇者十七種。顧盼而烟雲滿座，咳唾而珠玉在豪。運斤成風，樂府之匠石〔一五〕；游刃餘地，詞壇〔一六〕之庖丁。此道賴以中興，吾黨甘爲北面。

湯奉常絕代奇才，冠世博學。周旋狂社，坎坷宦途。當陽之謫初還，彭澤之腰乍折。情癡一種，固屬天生；才思萬端，似挾靈氣。搜奇八索，字抽鬼泣之文；摘豔六朝，句疊花翻之韻。紅泉秘館，春風檀板敲聲〔一七〕；玉茗華堂，夜月湘簾飄馥。麗藻憑巧腸而濬發，幽情逐彩筆以紛飛。蘧然破噩夢於仙禪，皭矣銷塵情於酒色。熟拈元劇，故琢調之妍媚賞心；妙選生題，致賦景之新奇悅目〔一八〕。不事刁斗，飛將軍之用兵；亂墜天花，老生公之說法〔一九〕。原非學力所及，洵是天資不凡。

此二公者，懶作一代之詩豪，竟成千秋之詞匠，蓋震澤所涵秀而彭蠡所毓精者也。吾友方諸生曰：『松陵具詞法而讓詞致，臨川妙詞情而越詞檢。』善夫，可謂定品矣！乃光祿嘗曰：『甯律協而詞不工，讀之不成句，而謳之始叶，是曲中之工巧。』奉常聞之，曰：『彼惡知曲意哉！予意所至，不妨拗折天下人嗓。』此可以覩兩賢之志趣矣。予謂：二公譬如狂、狷，天壤間應有此兩項人物。不有光祿，詞硎不新；不有奉常，詞髓孰抉？倘能守詞隱先生之矩矱，而運以清遠道人之才情，豈非合之雙美者乎？而吾猶未見其人；東南風雅蔚然，予且旦暮遇之矣。予之首沈而次湯者，挽時之念方殷，悅耳之教甯緩也。略具後先，初無軒輊。允爲上之上。

陸　采天池。江都人。　　張鳳翼靈墟。長洲人。

顧大典道行。吳江人。　　梁辰魚伯龍。崑山人。

鄭若庸虛舟。崑山人〔三〇〕。　梅鼎祚禹金。宣城人。

卜世臣藍水，一字大荒。〔三一〕秀水人。　葉憲祖〔三二〕桐柏。餘姚人。

右八人，上之中。

天池湖海豪才，烟霞仙品，壯託元龍之傲，老同正平之狂。著書而問字旗亭，度曲而振聲林木。於公車。

豔墟烈腸慕俠，雅志采眞，汪洋挹叔度之波，軒爽驚孟公〔三三〕之座；稽古搜奇於洞壑，養親絕意於公車。

蓮行俊度獨超，逸才早貴，菁華綴元、白之豔，瀟灑挾蘇、黃之風。曲房姬侍如雲，清閣宮商和雪。

伯龍負薪吳市，儲史仇池。相如之病茂陵，王粲之客荆楚。麗調喧傳於白苧，新歌紛詠〔三四〕於青樓。

虛舟落拓〔三五〕襟期，飄飄踪跡。侯生爲上座之客，郄郎乃入幕之賓。買賦可索千金，換酒須酣一石。

禹金名家冑胄，樂苑鴻裁。貢金同賈誼之入秦，作客似陸機之遊洛。著述不遺鬼、妓，交游幾遍公、卿。

大荒博雅名儒，端醇吉士。張衡之精巧絕世，荀爽之俊美無雙。躭奇蘊爲國珍，按律蔚爲詞匠。

桐柏南宮妙選，東海英流。曼倩俳儻而陸沈，季子揣摩而脫穎。掀髯共推咳唾，折齒不廢嘯歌。此八君者，或爲山人先達，或爲先輩諸生。綺思靈心，各擅風流之致；寄悰賦感，共標游戲之奇。如張，如鄭，尤所服膺；如卜，如葉，素相友善。尤爲上之中。

屠　龍赤水。鄞縣人。　汪廷訥昌期。休寧人。（按曲錄作昌朝。）〔二六〕

龍　膺朱陵。武陵人。　鄭之文豹先。南城人。

佘　翹聿雲。銅陵人。佘原作余，誤。〔二七〕　馮夢龍子猶。吳縣人。

右六人，上之下。

屠儀部逸才慢世，麗句驚時。太白以狂去官，子瞻以才蜚譽。偃忞於孌姬之隊，驕酣於仙佛之宗。

汪鹺使家習惠仁，生多智慧。向平遊嶽而遺累，郭璞餐霞而懷仙。涌源之鷟沸多奇，別墅之逍遙獨勝。

龍副憲佛根無染，仙骨不羈。文淵著績於烽烟，長源陶情於籤軸。雅韻炊金饌玉，新裁繡口錦心。

鄭進士月露才華，風流雅格。少陵耋英於粉署，摩詰標題於京曹。以其一片烈腸，雅負千秋俠骨。

此四君者，藝苑之名公，詞場之俊士。卽此小技，足徵大才。允爲上之下。

戴子晉金鏳。永嘉人。　　車任遠梲齋〔二八〕。上虞人。

顧希雍懋仁。崑山人。　　顧仲雍懋儉。崑山人。

祝長生金粟。海鹽人。〔二九〕　　周□□螺冠。□□人。〔三〇〕

右六人，中之上。

戴則綽有雅致，宮韻獨諳。

車則蔚有才情，結撰亦富。

二顧，蓋文士而抱坎壈之悲，書生而具英雄之概者。

祝不知其行藏，亦是流麗之才，工美之筆。

周叟著述俱侈，吟咏頗饒，放乎葛天、無懷，解乎南華、道德。

此六君者，俱非凡俗。允爲中之上。

沈鯨涅川。平湖人〔三一〕。　　黃伯羽鈞叟。上海人。

陸弼無從。江都人。　　謝讜海門。上虞人。

秦鳴雷華峯。天台人。〔三三〕　　謝廷諒九紫〔三二〕。湖廣人。

陳與郊禺陽。錢塘人。　　陳汝元太乙。會稽人。

張太和屏山。錢塘人。

許　潮時泉。靖州人。〔三四〕

錢直之海屋。會稽人。

章大綸金庭。錢塘人。

右十二人，中之中。

涅川長於鍊境。

釣叟妙於選題。〔三五〕

無從詩酒文豪。

海門高曠之吏。

華峯以狀元而樂歸隱。

九紫以郎署而賦薄遊〔三六〕。

禺陽給諫，富而好文。

太乙知州，貧而嗜古。

屏山才華頗邑。

時泉組織儘工。

海屋〔三七〕博雅宿儒。

金庭倜儻名士。

此十二君者，觀其詞學，俱錚錚者也。允爲中之中。

高　濂瑞南。錢塘人。

程文修仲先，一字子叔〔三八〕。仁和人。

金無垢遁菴。鄞縣人。〔三九〕

吳世美叔華。烏程人。〔四〇〕

陸濟之利川。無錫人。〔四一〕

楊柔勝新吾。武進人。〔四二〕

張□□午山。□□人。〔四三〕

庚生子〔四四〕

盧□□雀江。無錫人。〔四五〕

兩宜居士

右十八人，中之下。

高瑞南才譽騰於仕籍。

吳叔華逸藻出於世家。

其餘諸賢，不悉其人，但觀詞采，懸想才情，亦有學有識，可詠可歌。允爲中之下。

秋閒居士〔四六〕

王　錟劍池。錢塘人。

王　恒貞伯。杭州人。〔四七〕

端　鏊平川。□□人。〔四八〕

鹿陽外史〔四九〕

朱　鼎永懷。崑山人。〔五〇〕

吳　鵬圖南。宜興人。〔五一〕

吳大震長孺。徽州人。〔五二〕

張從德同谷。海寧人。（按曲錄作從懷。）〔五三〕

楊　珽夷白。錢塘人。〔五四〕

王□□玉峯。松江人。〔五五〕

黃惟楫說仲。台州人。〔五六〕

楊家霖瑞甫。錢塘人。〔五七〕

季陽春鬭賓。永嘉人。〔五八〕

右十四人，下之上。

劍池校曲巧多，久沈酣於音藏。

永懷談詞侶盛，方鼓吹於騷壇。

長孺文字之豪，寄牢騷於客舫。

說仲尚書之裔，推競爽於侯家。

餘人亦自斐然，各帙有足取者。允爲下之上。

心一子杭州人。

顧　瑾懷琳。雲間人。按曲錄或云杭州。〔五九〕

涵陽子東嘉人。

秦華山人

月榭主人〔六〇〕

陸□□江樓。杭州人。〔六一〕

朱　期萬山。上虞人。〔六二〕

朱□□玉田。汀州人。〔六三〕

楊之炯星水。餘姚人。

張景嚴瀨賓。溧陽人。〔六四〕

趙於禮心雲。上虞人。（按曲錄作心武。）〔六五〕

鄒逢時海門。餘姚人。〔六六〕

右十二人，下之中。

別號莫稽，諸人未識。朱乃世家介子，終困志於卑官。楊亦〔六七〕宦族清流，猶釣奇於髦士。趙以宿儒而游翰墨。鄒以野客而習聲歌。各有片長，共宜拔錄。允爲下之中。

汪宗姬師文〔六八〕。徽州人。

金懷玉爾音〔六九〕。會稽人。

沈　祚希爾。溧陽人。

馮之可易亭。彭澤人。〔七〇〕

謝天佑愚山。杭州人。

黃廷俸君選。常熟人。〔七一〕

胡文煥全菴。杭州人。〔七二〕

吾國璋邱瑞。杭州人。〔七三〕

朱從龍春霖。句容人。〔七三〕

龍渠翁渠翁，佚其名。安慶人。〔七四〕

右十人，下之下。

汪爲新安素封之嗣，游太學而契結公卿。

金乃稽山學究之翁，棄青衿而陶情詩酒。

其餘諸子，俱所未知。吾聞瓦缶之音，難與黃鐘比律；林石之卉，詎堪金谷〔七五〕爭奇。然綿響適聽，野葩寓目，徵歌按拍，覺雞肋之難捐；藏垢納汙，豈溪毛之不薦？允爲下之下。

不作傳奇而作南劇者：

徐　渭天池。山陰人。

汪道崑南溟。歙縣人。

以上二人，俱上品。

徐山人玩世詩仙，驚羣酒俠。所著四聲猿，佳境自足擅長，妙詞每令擊節。

汪司馬一代鉅公，千秋文侶。所著大雅樂府，清新俊逸之音，調笑詼諧之致。餘雖染指於斯道，未肯爭雄於箇中，然片臠味長，一斑各見。允爲上品。

不作傳奇而作散曲者：

周憲王有燉，字〔七七〕誠齋。

王九思渼陂。鄠縣人。〔七八〕

陳　鐸秋碧。南京人。〔七九〕

楊　慎升菴。新都人。〔八〇〕

康　海德涵。武功人。〔八一〕

常　倫樓居。沁水人。〔八二〕

顧夢圭雍里。崑山人。〔八三〕

唐　寅六如。吳縣人。〔八四〕

祝允明枝山。長洲人。〔八五〕

劉□□能田。山東人。〔八六〕

金　鸞白嶼。應天人。〔八七〕

李日華實甫。吳縣人。〔八八〕

虞□□竹西。崑山人。〔八九〕

沈　仕青門，一字野筠。仁和人。〔九〇〕

張文臺隱君。直隸人。〔九一〕

周□□秋汀。直隸人。〔九二〕

陸之裘南門。太倉人。〔九三〕

陶□□陶區。直隸人。〔九四〕

馮惟敏海浮。臨朐人。〔九五〕

王世貞鳳洲。太倉人。〔九六〕

秦時雍復菴。亳州人。〔九七〕

吳　欽武進人。〔九八〕

殷　都無美。嘉定人。〔九九〕

沈　璟定庵。吳江人。〔一〇〇〕

陳所聞藎卿。江寧人。〔一〇一〕

以上二十五人，俱上品。

周憲王色天散聖，樂國飛仙。嗣出天潢，才分月露。

王渼陂秦韻鏗鏘。陳秋碧南音嘹喨。〔一〇二〕
楊狀元美才甘放。康翰林絕技矜莊。〔一〇三〕
常樓居藝林掞藻。顧雍里名族標英。
唐解元巧擅解衣。祝山人神凝灑翰。
劉龍田風成束晢。金白嶼響振江南。
李實甫斗胆翻詞。虞竹西柔腸度曲。
沈野筠丹青入道。張隱君浮白采直。
周家郎顧誤名高。陸氏子聞奇譽美。
陶先生元襟蕭洒。馮侍御綺筆鮮妍。
王司寇當代宗工。秦大夫中原儒雅。
吳居士會心絲竹。殷部郎觸目琳瑯。
沈僉憲清望斗山。陳散人高蹤烟壑。

蓋諸公多濬文章之派，並揚詞曲之波，歌套數洋洋盈耳之歡，唱小令嗚嗚沁心之妙。篇章應不朽，姓字必兼存。尤爲上品。

曲品　卷下

傳奇定品，頗費籌量，不無褒貶。蓋總出一人之手，時有工拙；統觀一帙之中，間有長短。故律以一法，則吐棄者多；收以歧途，則闌入者雜。其難其愼，此道亦然。我舅祖孫司馬公謂予曰：『凡南劇，第一要事佳，第二要關目好[一〇四]，第三要搬出來好，第四要按宮調[一〇五]、協音律，第五要使人易曉，第六要詞采，第七要善敷衍——淡處做得濃，閑處做得熱鬧，第八要各角色派得勻妥，第九要脫套，第十要合世情、關風化。持此十要以衡傳奇，靡不當矣。』但今作者輩起，能無集乎大成[一〇六]，十得六者，便爲璣璧；十得四五者，亦稱翹楚；十得二三者，即非碔砆。具隻眼者，試共評之。括其門數，大約有六：一曰忠孝，一曰節義，一曰風情，一曰豪俠，一曰功名，一曰仙佛。元劇門類甚多，南戲止此矣。

舊傳奇作者姓名，或不可考。合入四品，不復分別。

神品一

琵琶　蔡邕之託名無論矣，其詞之高絕處，在布景寫情，眞有運斤成風之妙。串插甚合局段，苦樂相錯，具見體裁。可師，可法，而不可及也。詞隱先生嘗謂予曰：「東嘉妙處全在調中平、上、去聲字〔一〇七〕用得變化，唱來和協。至於調之不倫，韻之太雜，則彼已自言，不必尋數矣。」萬物共褒，允宜首列。高則誠所〔一〇八〕作。

神品二

拜月　云此記出施君美筆，亦無的據。元人詞手，製爲南詞，天然本色之句，往往見寶，遂開臨川玉茗之派。何元朗〔一〇九〕絕賞之，以爲勝琵琶，而談詞定論則謂次之而已。

妙品一

荆釵　以眞切之調，寫眞切之情，情、文相生，最不易及。詞隱稱其「能守韻」。然則今本有失韻者，蓋傳鈔之僞耳。眞當仰配琵琶而鼎峙拜月者乎？寧獻王作〔一一〇〕。

妙品二

牧羊　元馬致遠有劇。此詞亦古質可喜，令人想念子卿之節。梨園演之，最可玩。馬致遠作〔一一一〕。

妙品三

香囊　詞工，白整。儘塡學問。此派從琵琶來，是前輩最佳傳奇也。邵給諫作〔一一二〕。

妙品四

孤兒　事佳，搬演亦可。但其詞太質，每欲如殺狗一校正之，而棘於手，姑存其古色而已。即以趙武爲岸賈子，正是戲局。近有徐叔回所改八義，與傳稍合，然未佳。

妙品五

金印　季子事，佳。寫世態炎涼曲盡，眞足令人感喟發憤。近俚處，具見古態。今有張儀而改名縱橫者，稍失其舊矣。蘇復之作〔一二三〕。

妙品六

連環　詞多佳句，事亦可喜。原有奪戟劇，亦妙。王雨舟作〔一二四〕。

妙品七

玉環　此槩括元兩世姻緣劇，而於事多誤。想作者有憾於外家耳。陳玉陽作鸚鵡洲記，方是實錄。

能品一

白兔　詞極古質，味亦恬然，古色可挹。世稱蔡、荆、劉、殺，雖不敢望蔡、荆，然斷非今人所能作。

能品二

殺狗　事俚，詞質。舊存惡本，予爲校正。詞多有味〔一二五〕。此眞寫事透徹，不落惡腐，所以爲佳。徐仲由作〔一二六〕。

能品三

教子　古本儘佳，今已兩改。眞情苦境，亦甚可觀。

能品四

綵樓　作手平平，稍入酸境，且是全不核實。古人好詼諧如此。然亦古質可取。呂文穆原有屋山，爲僧所敬禮〔二七〕，何必以王氏紗籠詩强誣之？

能品五

四節　淸倩之筆，但賦景多屬牽强。置晉於唐後，亦嫌顚倒。此作以壽鎭江楊相公。初出時甚奇，但寫得不濃，只略點大概耳，故久之覺意味不長。一記分四截，是〔二八〕此始。

能品六

千金　韓信事，佳。寫得豪暢。內插用北劇。但事業有餘，閨閫處大寥落，且旦是增出。只入虞姬、漂母，亦何不可？

能品七

還帶　裴晉公事，佳。鋪叙詳備。但周女何苦作嫠婦，纏繞人家？當作閨女。周叟出獄，送女謝裴，而裴不納。女竟不嫁，後陪夫人入京，年且長矣，夫人苦勸裴留之，而生幼子譔，爲宣宗朝學士。入此一段姻緣，則各有結局。以上三本，俱沈練川作。

能品八

金丸　元有抱妝盒劇。此詞出在成化年，曾感動宮闈。內有佳處，可觀。

能品九

精忠　此岳武穆事。詞簡淨。演此令人眥裂。予欲作一劇，不受金牌之召，直抵黃龍府，擒兀朮，返二帝，而正秦檜法，亦一大快事也。

能品十

雙忠　此張、許事，境慘情悲，詞亦充暢。其調有採人譜者，予曾爲校正。以上三本，武康姚靜山所作。〔二九〕

能品十一

斷髮　事重節烈。詞亦佳，非草草者；且多守韻，尤不易得。

具品一

寶劍　傳林冲事，亦有佳處。自撰曲品名亦奇。此公熟於北劇，作此記，謂弇州曰：『何似琵琶？』答曰：『但當令吳下老曲師誳之，乃可。』以上二本〔三〇〕，章邱李開先作。

具品二

銀瓶　事以俚瑣，而吳下盛演之。內二犯江兒水作南詞，最是，可以正今曲之誤也。鄭清之訓理宗於藩邸，有功，此事宜入。

具品三

嬌紅　此傳盧伯生所作，而沈翁傳以曲，詞、意俱可觀。以申、嬌之不終合也而合之，誠快人意。第傳中有嬌之妬紅、紅之汙嬌、生之感鬼、嬌之遠別種種情態，未經描寫，亦堪恨恨。

具品四

三元　馮商還〔二二〕妾一事，儘有致。近插入三事，改爲四德，失其故矣。

具品五

龍泉　情節闊大，而局不緊，是道學先生口氣。以上三本，俱沈壽卿所〔二三〕作。

具品六

投筆　詞平常，音不叶，俱以事佳而傳耳。何不只用曹大家〔二三〕？與任尙書事，猶無謂。

具品七

五倫　大老鉅筆，稍近腐。內送行『步躡雲霄』曲，歌者習之。或謂此記以蓋鍾情麗集之愆耳。

以上二本，邱瓊山所作。〔二四〕

新傳奇品〔二五〕每一人以所作先后爲次，非有甲乙也。

沈寧菴所撰傳奇十七本。

紅蕖　著意著詞，曲白工美。鄭德璘事固奇，無端巧合，結撰更宜。先生自謂：字雕句鏤，正供案頭耳。此後一變矣。

埋劍　郭飛卿事，奇。描寫交情，悲歌慷慨。此事鄭虛舟採入大節記矣。大節記以吳永固爲生〔一二六〕。

十孝　有關風化，每事以三齣，似劇體，此自先生創之。末段徐庶返漢、曹操被擒，大快人意。

分錢　全效琵琶，神色逼似。第一廣文不能有其妾，事情近酸，然苦境亦〔一二七〕可玩。

雙魚　書生坎坷之狀，令人慘動。雜取符節事、薦福碑劇〔一二八〕中北調，尤佳。

合衫　苦處境界，大約雜摹古傳奇。此乃元劇公孫合汗衫事，曲極簡質，先生最得意作也，第不新人耳目耳。余特爲先生梓行於世。

義俠　激烈悲壯，具英雄氣色。但武松有妻，似贅〔一二九〕。葉子盈添出，無緊要。西門慶鬥殺。先生屢貽書於余，云：『此非盛世事，秘勿傳。』乃半野商君得本，已梓，吳下競演之矣。

鴛衾　聞有是事。局境頗新，妻之掠於忭也，章臺柳也，含譏無所不可。吾友桐柏生有鳳、鈫二劇，亦取之。

桃符　卽後庭花劇而敷衍之者。宛有情致，時所盛傳。聞舊亦有南戲，今不存。

分柑　男色爲佳曲。此本詭態疊出，可喜。第情境尚未激暢〔一三〇〕，不若譜董賢，更善也。

四異　舊傳吳下有嫂奸〔一三一〕事，今演之，快然。丑、淨用蘇人鄉語，亦足笑也。

鸞井　事奇，湊拍〔一三二〕更好。通本曲腔名，俱用古戲名〔一三三〕串合者，此先生長技處也。

珠串　崔郊狎一青衣，賦『侯門如海』詩，事足傳。寫出有情景〔一三四〕。第其妻磨折處，不脫套耳。

奇節　正史中忠孝事，宜傳。一帙分兩卷，此變體也。

結髮　是余所作傳，致先生而譜之者。情景出折，便覺一新。

墜釵　興、慶事，甚奇，又與賈女雲華、張倩女異。先生自遜，謂『不能作情語』，乃此情語何婉切也！

博笑　體與十孝類。雜取耳談中事譜之，輒令人絕倒。先生游戲，至此神化極矣。

湯海若所著傳奇五本。〔一三五〕

紫簫　琢調鮮美，鍊白駢麗。向傳先生作酒、色、財、氣四犯，有所諷刺，是非頓起，作此以掩之，僅成半本而罷。覺太曼衍，留此清唱可耳。

紫釵　仍紫簫者不多，然猶帶靡縟。描寫閨婦怨夫之情，備極嬌苦，直堪下淚，眞〔一三六〕絕技也！

還魂　杜麗娘事，甚奇。而著意發揮，懷春慕色之情，驚心動魄。且巧妙疊出，無境不新，眞堪千古矣。

南柯夢　酒色武夫，迺從夢境證佛，此先生妙旨也。眼闊手高，字句超秀。方諸生極賞其登城北調〔一毛〕，不減王、鄭，良然！良然！

邯鄲夢　窮士得意，興盡可仙。先生提醒普天下措大，功德不淺。卽夢中苦樂之致，猶令觀者神搖，莫能自主。

以上俱上上品

陸天池所著傳奇二本。

明珠　無雙事，奇。此係天池之兄給諫陸粲具草，而天池踵成之者。抒寫處有景有情，但音律多不叶，或是此老未精解處。然其布局運思，是詞壇一大將也。

南西廂　天池恨日華翻改紕繆，猛然自爲握管，直期與王實甫爲敵。其間俊語不乏。嘗自詡曰：『天與丹青手，畫出人間萬種情。』豈不然哉。願令梨園亟演之。

張靈墟所著傳奇六本。

紅拂　此伯起少年時筆也。俠氣辟易，作法撇脫，不粘滯。第私奔處未免激昂，吾友槲園生補北詞一套，遂無憾。樂昌一段，尚覺牽合。娘子軍亦奇，何不插入？

祝髮　伯起以之壽母，境趣凄楚逼眞。布置安插，段段恰好，柳城稱爲七傳之最。但事情非人所樂談耳。

竊符　前半眞，後半假，不得不爾。女俠如此，固當傳。

灌園　有風致而不蔓，節俠具在。上虞趙武作溉園，遠不逮矣。

扊扅　此伯起得意作。百里奚之母，蛇足耳。張太和亦有記，別一體裁，而多剿襲。

平播　伯起衰年倦筆，粗具事情，太覺單薄。似受債帥金錢，聊塞白雲耳。

顧道行所著傳奇四本。

青衫　元、白好題目。點綴大概亦了了。仿佛四節記。

葛衣　此有爲而作，感慨交情，令人嗚咽。婦人牲似落套，然無〔二三〕可奈何。

義乳　李善事出後漢書，事眞，故奇。且以之諷人奴，自不可少。

風教編　一記分四段，仿四節體。趣味不長，然取其範世。

梁伯龍所著傳奇一本。

浣紗　羅織富麗，局面甚大，第恨不能謹嚴。中有可減處，當一删耳。他作有紅線劇及江東白苧散詞，俱佳。

鄭虛舟所著傳奇二本。

玉玦　典雅工麗，可咏可歌，開後人駢綺之派。每折一調，每調一韻，尤爲先獲我心。

大節　工雅不減玉玦。孝子事業有古曲，仁人事今有五福，義士事今有埋劍矣。

梅禹金所著傳奇一本。

玉合　許俊還玉，誠節俠丈夫事，不可不傳。詞調組詩而成，從玉玦派來，大有色澤。伯龍極賞之。恨不守音韻耳。金魚記當退三舍。又曾著玉導，家君謂之曰：『符郎事巳引入雙魚。』遂止。

卜大荒所著傳奇二本。

冬青　悲憤激烈，誰謂腐儒酸也？音律精工，情景眞切。吾友張望侯曰：『檇李屠憲副於中秋夕帥家優於虎邱千人石上演此，觀者萬人，多泣下者。』方諸生曰：『大爲義士吐氣。但當時葬骸事，實吾邑王監簿名英孫號修竹者爲之。若唐玉潛、林景曦及謝皋羽、鄭樸翁諸人，皆王門下館客耳。蓋王係國戚，又世家也，挺身欲前，慮事洩罹禍，遂捐重貲，募里中人，挾唐、林二士經紀其事。王因自諱，人遂譌傳。』今已漸白。雜見王家乘及元孔希魯子當趙所跋謝皋羽冬青樹引，入季長洲辨義錄。近張太定修會稽新志中，載唐、林四絕句詩，乃王修竹倡之而諸君屬和者。王詩極慷慨淋漓，可爲墮淚。王亦才士，有修竹集，林有霽山集，其中倡和諸篇，皆大略可見。不然，林一羈客，唐一窮學究，非有力者爲執太阿，安所得措其手於逆髡烈焰之中，而保冬青卒無恙耶？惜不繳惠卜君一洗發之也。

乞麾　發揮小杜之狂，恣情酒色，令人頓作冶遊想。吾友方諸生曰：『其詞駢藻鍊琢，摹方應圓，終卷無上去疊聲，眞是竿頭撒手，苦心哉！』小杜風流楚楚，其鍾情蟚女，注目紫雲，固豪士本色。每讀『兩行紅粉』及『綠葉成陰』之句，輒柔腸欲絕。今記中乃兩全之，良是快事。第牧之人試吳武陵〔一三九〕，袖阿房宮賦謁主試，崔郾薦至第五，不得，勃然取其賦去，竟得異等，此大可爲世之薦士者風，何不譜作實錄，而他有所摭？又牛奇章鎮維揚，每夕〔一四〇〕令街卒衛杜書記夜游，報帖盈篋，其憐才繾綣，可令千古英雄雪涕，令橫羅粉墨，毋乃寃乎？宴分司御史者是李聽，記作李聽，恐是刻本之誤，更須查定耳。

葉桐柏所著傳奇五本。

玉鱗　三蘇事，舊有麟鳳記，極輕倩。美度初〔一四一〕爲之删定，遂盡易其舊。詞致秀爽，尤宜喜筵。

雙卿　本傳雖俗，而事奇，予極賞之，貽書美度度以新聲，浹日而成。景趣新逸，且守韻調甚嚴，當是詞隱高足。

鸞鎞　杜羔妻寄外二絶，甚有致。曲中頗具憤激。唐時進士題名後，可以遍閱諸妓。必作羔醉眠青樓之狀，而其妻『醉眠何處』之句，猜來有情耳。插合魚玄機事，亦具風情一班。温飛卿最陋，何多幸也！

四豔　選勝地，按節氣，賞名花，取珍物，而分扮麗人，可謂極排場之致矣。詞調俊逸，姿態橫生。密約幽情，宛宛如見，郤令老顛沒法耳。

金鎖　元有竇娥寃劇，最苦。美度故向此中寫出，然不樂觀之矣。

以上上中品

屠赤水所著傳奇三本。

曇花　赤水以宋西甯侯𫫇戲事敗官，故託木西來以頌之，意猶感宋德。或曰：『盧相卽指吳縣相公，孟豕韋卽指糾之者。』才人喪檢，亦常事，何必有恚心耶？其詞華美充暢，說〔一四二〕世情極醒，但律以傳奇局，則漫衍乏節奏耳。

修文　赤水晚修仙，爲黠者所弄，文人入魔，信以爲實。然以一家夫、婦、子、女，託名演之，以窮其幻妄之趣，其詞固足採也。

彩毫　此赤水自況也。詞采秀爽，較曇花爲簡潔。

汪昌期所著傳奇九本。按曲錄作『昌朝』。〔一四三〕

高士　此初試筆也，音律雖草草，似有所刺。內用海闍黎一段，可疑。

天書　孫、龐有元劇，此記亦斐然。雖見『弋陽腔』演之，亦頗激切。

長生　汪奉先遂爲純陽一闡發，甚暢。第雜以曇花。

獅吼　懼內從無南戲〔一四四〕。汪初製一劇，以諷枌榆。旋演爲全本，備極醜態，總堪捧腹。末段悔悟，可以風犿幃中矣。

投桃　潘用中事見小說，予初欲譜之。今汪此記，甚有情趣，且知守韻律，尤爲可喜。

二閣　予曾爲雙閣畫善記，卽此朱生事也，不意汪亦爲之。予雜取紈袴子半入之；汪則惟詠梅、雪，更覺條暢。

同昇　此似頌一友者，而已附入之。詞采甚都，但事情不奇耳。

三祝　范文正父子事，可以訓俗。此記摭事甚侈，而詞亦富贍；若演行，猶須一删。

種玉　吾越金叟撰摘星記，即霍仲儒事。此記略具幽情，兼揚將相之業，勝摘星多矣。

龍朱陵所著傳奇一本。

畫橋　龍公才甚敏而綺。具草時，以稿示家君，云：『爲母壽也。』詞白極琢麗。吾邑楊生玉杵，何足齒哉！

鄭豹先所著傳奇三本。

白練裙　鄭爲孝廉時，風流瀟灑，於秦淮曲中說剌老妓，戲成白練裙。俄爲大中丞所訶，遂不行。曲未入格，然詼諧甚足味也。

旗亭　臺元卿遇俠事佳，曲多豪爽。湯海若爲之序。

芍藥　盧儲文爲賞閨閣，可羨可敬。鄭公恨不遇耳。詞多俊語，海若甚賞之。

佘聿雲所著〔一四二〕傳奇一本。

疊江　樊若水事，奇。全守韻律，而詞調俱工，一勝百矣。倘有賜環記，未見。其瑣骨菩薩，亦通。

馮耳猶所著傳奇一本。

雙雄　聞姑蘇有是事。此記似爲人洩憤耳。事雖卑瑣，而能恪守詞隱先生功令，亦持敎之杰也。

以上上下品。

戴金蟾所著傳奇二本。

靑蓮　紀太白事，簡淨而雅，不入妻子。其〔一四六〕脫灑。彩毫雖詞藻較勝〔一四七〕，而節奏合拍，此爲擅場。派從玉玦來。音律工密，尤可喜。

趺鞱　事鄙俚，而以秀調發之，迥然絕塵。似爲賈人。

車柅齋所著傳奇二本。

四夢　高唐夢亦具小境〔一四八〕。邯鄲、南柯二夢，多工語。自湯海若二記出，而此覺寥寥。蕉鹿夢甚有奇幻意，可喜。

彈鋏　車君自況。情詞具佳。方諸生以其少天趣，短之。杭人謝天瑞有狐裘記，以孟嘗君爲生，然甚猥瑣，不及此。

顧懋仁所著傳奇一本。

五鼎　主父恩仇分明，寫出最肖；且不與生叶，甚〔一四九〕新。然五鼎欠發揮，徒寄之一言耳。

顧懋儉所著傳奇一本。

椒觴　陳元亮事眞，此君似有感而作。梁伯龍極賞之。是甚有學問者。

祝金粟所著傳奇一本。

紅蕖　韓夫人事，千古奇之。此記狀之得情，且能守韻，可謂空谷足音。吾友玉陽生有題紅蕖，遠勝之。然正不必一律論也。

周螺冠所著傳奇一本。

錦箋　此記鍊局遣詞，機鋒甚迅，巧警會心。向云經諸名士而成，今而知螺冠獨擅其美。

以上中上品

沈湼川所著傳奇四本。

雙珠　王楫事眞，第後半妻子再生，子回得第，補出。情節極苦〔一五〇〕，串合最巧，觀之慘然。

分鞋　程君事載輟耕錄。女子如此，賢哉！此記寫之甚暢。

鮫綃　魏必簡事似有之。情景亦苦切。臥草中而相士至，幸以解難，亦新。

青瑣　古有懷香記，不存。賈午事不減文君，此記狀之，甚婉曲有景〔一五一〕。後二本，或云非湼川作。

黃釣叟〔一五二〕所著傳奇一本。

蛟虎　周孝侯除二害，甚奇，可以範俗。詞亦近人。

陸無從所著傳奇一本。

存孤　李文姬、王成事甚奇，詞亦雅，且有風致，但稍淺略，未得暢耳。其序似天池舊有稿而無從演之者。

謝海門所著傳奇一本。

四喜　二宋事佳。詞亦工美。上虞有曲派，此公甚高。

秦華峯所著傳奇一本。

清風亭　事必有據。世之妬妻欲殺妾子者多矣，此卷仗君提醒。俗有申湘藏珠，亦如此，而調不稱。

謝九紫所著傳奇一本。

紈扇　才人筆，自綺麗。記申伯事，似況也。局段未見謹嚴。

陳禺陽所著傳奇一本。

鸚鵡洲　記南康事，多綺麗。第局段甚雜，演之覺懈。是才人語，非詞人手。又爲云長公作一劇，未見刻本。

陳太乙所著傳奇二本。

金蓮　撫三蘇事，得其概。末添抱不平，正是戲法耳。詞、白俱駢美。

紫環　事亦佳，尚未脱套。觀其白工，正非草率者。

張屏山所著傳奇一本。

紅拂　伯起以簡勝，此以繁勝，尚有一本未見。此記境界描寫甚透，但未盡脫俗耳。湯海若極賞其梁州序記〔一五三〕中句。記序云：『紅拂已經三演，在近齋外翰者，鄙俚而不典；在冷然居士者，短簡而不舒；今屏山不襲二格，能兼雜劇之長。』

許時泉所著傳奇一本。

泰和　每齣一事，似劇體，按歲月，選佳事，裁製新異，詞調充雅，可謂滿志。

錢海屋所著傳奇一本。

忠節　此小說中懷春雅集也，風情而近古板者。此君學甚富，每以古人姓名叶韻，不一而足，亦是別法。

章金庭所著傳奇一本。

符節　汲黯人品好，使事亦佳。描寫田、竇炎涼態，曲折畢盡，的是名筆，但稍覺客勝耳。吾友葉美度有灌夫罵座劇，相似。

以上中中品。

高瑞南所著傳奇二本。

玉簪　詞多清俊。第以女貞觀而扮尼講經〔一五四〕，紕繆甚矣。

節孝　陶潛之歸去，李密之陳情，事佳。分上、下帙，別是一體。詞隱之奇節亦然。

程子叔所著傳奇二本。

望雲　載狄梁公事，俱核。詞亦斐然。吾越金叟亦有望雲一記，調雖不佳，而中有二張召幸、對博賭裘、懷義爭道、三思遇妖諸事，演之可觀，惜此未曾博收之。

玉香　此劇〔一五五〕天緣奇遇傳而譜之者。人多，攢簇得好，情境亦了了，固是佳手。別有玉如意，亦此事，未見。

金道遙所著傳奇一本。

呼盧　劉寄奴事，眞人傑，踪跡果奇。此記據實敷衍，亦快人意。

吳叔華所著傳奇一本。

驚鴻　楊、梅二妃相妬事，佳。詞亦秀麗。第以國忠相而後進太眞，於事覺顚倒耳。

陸濟之所著傳奇一本。

題橋　相如事，此記最典實。文君有姨，似蛇足。吾友葉美度有琴心雅詞八齣，甚佳。

楊新吾所著傳奇一本。

綠綺　詞有佳處。茂陵女作妓，點綴亦好，無妨。以文君爲處子，正不必。至於投菴，則套矣。

張午山所著傳奇一本。

雙烈　傳韓蘄王事，英爽生色。但前段梁公之母作梗，近套，且〔一五六〕無味，必當刪之。

庚生子所著傳奇一本。

歌風　高帝微時，甚奇。其父母俱慶，爲天子尊親之極。此記蔚有才氣。其項王自刎時數語，尤堪擊節。

盧鶴江所著傳奇一本。

禁烟　介之推忠而隱者，人品最高。此記摹寫俱備，但摭晉重耳事甚詳，嫌賓太盛耳。末用八仙，則可笑矣。

兩宜居士所著傳奇一本。

鋸鋙　此以重耳爲生者，發揮明盡，觀者洞然。古尚有斬袪一記，未見。

以上中下品。

湯賓陽所著傳奇一本。

玉魚　郭汾陽宜譜曲。此記著意鋪張，甚長。但前段摹倣琵琶，近套，可厭；後半皆實錄也。劇

去父母爲快。〔一五七〕

秋閣居士所著傳奇一本。

奪解　鬱輪袍事。王辰玉撰劇，甚佳。此記詞采亦可觀，但坿會爲李林甫壻，不妙。境界略似明珠。其中幽情，何必捏出？且大都採嬌紅傳中語，亦可厭。惟酒樓聞伶人歌〔一五八〕時，插入甚好。

汪劍池所著傳奇一本。

春蕪　宋玉事，予曾作神女、雙棲二記。串插有景，然何必禪寺也？間〔一五九〕爲一友賦幽香者。

王貞伯所著傳奇一本。

合璧　此記解大紳事。詞亦佳，但欠脫套。

端平川所著傳奇一本。

屐屧　此記在伯起前。叙事頗達，第嫌用禪寺爲套耳。

鹿陽外史所著傳奇一本。

雙環　此木蘭從軍事，今增出婦翁及夫壻，串插可觀。此是傳奇法。詞佳。

朱永懷所著傳奇一本。

玉鏡臺　此君與二顧同盟，而才不逮。紀溫太眞事，未暢，粗具體裁而已。元有此劇，何不仍之？

吳圖南所著傳奇一本。

金魚　此卽韓君、柳姬事。自玉合出，而吳本無色，然亦可行。

吳長儒所著傳奇二本。

練囊　亦賦章臺柳也。聞與張仲豫共成之者。事未脫套，而詞亦有可觀處。入紅線，似突然。

龍劍　此平寧夏哱賊事也。爲魏公洗垢，正宜收。

張同谷所著傳奇一本。

純孝　董黯孝甚著，今已爲神矣，慈谿以此得名。詞頗眞切。

楊夷白所著傳奇二本。

龍膏　此張無頗事，往余譜金合記〔一六〇〕，此君見之，謂龍宮近怪，易爲元載女。是亦一見也，然非本傳矣。

錦帶　余述事，乃假託。詞亦具有情致。

王玉峯所著傳奇一本。

焚香　王魁負桂英，做來甚悽楚。別有三生記，則合雙卿而成者。茶船事〔一六一〕則載雙卿事，詞不及此。

黃說仲所著傳奇一本。

龍綃　此柳毅傳書事。事佳〔一六二〕，詞亦可觀。蓋山人在新建座上所成者。舊有傳書記。近有姑蘇周侍御亦撰此，詞多近俚，不逮矣。

以上下上品。

心一子所著傳奇一本。

遇仙　董永事。詞亦不俗。此非『弋陽』所演者。

顧懷琳所著傳奇一本。

佩印　朱買臣史傳本是極好傳奇。此非近俚。且插入霍光〔一六三〕，時代亦糾繆。

涵陽子所著傳奇一本。

杖策　鄧禹年少封侯，千古快事。嚴陵、梅福插入，亦好。此以鄧爲梅壻，不知嚴爲梅壻耳。詞亦未工。

秦華山人所著傳奇一本。

合劍　此是李世民爲生，尉遲敬德爲小生者。內載『起兵晉陽』及『喋血禁門』事，甚詳悉。而煬帝之淫奢，娘子軍之戰功，俱可觀。惟詞曲未稱。

月榭主人所著傳奇一本。

釵釧　皇甫吟事，非假託者。詞簡而明。觀此本，爲密事告友之戒。

陸江樓所著傳奇一本。

玉釵　此記李元壁忠節事。內有佔紫芝園一節，必有所指。安內擒吳曦事插入，亦好。至其詞，不過常人手筆。

朱萬山所著傳奇一本。

玉瓦　此即君自況也。別有傳奇，亦平暢。

朱玉田所著傳奇一本。

玉鐲　此記王順卿麗情重會事。閩人能南詞，亦空谷之音也。

楊星水所著傳奇一本。

玉杵　此合裴航、崔護。選事頗佳，而詞多剿襲。

張瀨賓所著傳奇一本。

分釵　伍生、二蘭事，必有託也。內曲數套可謳。

趙心雲所著傳奇二本。

漑園　卽齊王法章事，而此以王孫賈爲生。然是庸筆，意致可取。

晝鶯　此鍾情麗集辜輅事，乃邱文莊所撰少年遇合事也。此〔一六四〕事可傳，而發揮未透暢。

鄒海門所著傳奇一本。

覓蓮　照劉一春本傳譜之，亦悉，而詞采未鮮。

以上下中品

汪宗姬所著傳奇一本。

丹管　詩人作詞，不文而近俚，何也？

沈希福所著傳奇一本。

指腹　賈雲華還魂事，佳。有舊傳奇，未見。此詞白尚近俗。

馮易亭所著傳奇一本。

護龍　此曇陽子事。當巧狀其靈幻之態，而詞乃庸淺，姑以事存之。

謝思山所著傳奇二本。

孤裘　此〔一六五〕孟嘗君事，叙得暢，但不能脱套耳。

靖虜　祖生擊楫事佳，而詞多俗。

黄君選所著傳奇一本。

白璧　張儀事佳，而調平平。

胡全菴〔一六六〕所著傳奇三本。

奇貨　呂不韋事佳，恨不得名筆一描寫之。予擬作玉符，未果。

犀珮　此採士人妻題金山寺詩，及山東俠士攜南宫歸二事合成。生名符基，則『無稽』之意也。

搬出亦奇。

三晉　趙簡子事佳，亦恨不得名筆。

吾邱瑞〔一六七〕所著傳奇一本。

合釵　卽明皇、太眞事，而詞不足。內遊月宫一齣，全鈔彩毫記，可笑。

龍渠翁所著傳奇一本。

藍田　此楊雍伯種玉事，事甚奇，而調甚庸淺。〔一六八〕

朱春霖所著傳奇一本。〔一六九〕

牡丹記　此祝英台事，非舊本也。詞、白腐陋，止宜俗眼。

金懷玉所作傳奇九本。

香裘　江秘事，亦有趣。狀敗家子處，堪儆俗。詞則不可道也。

寶釵　此耳談中楊大中一段，甚奇，搬出亦可。

望雲　詞未佳，遠遜程叔子所作。然其紀梁公妙事殆進，演甚好。

完福　此吉慶戲，俗境也。王生事，不核。

妙相　全然造出。俗稱爲『賽目連』，閧動鄉社。

摘星　霍仲孺事佳，而才不逮。今已爲種玉所掩。

繡被　此紀東漢〔一七〇〕王忳事，而失其實，不足道也。

八更　紀匡衡事，而絕不相蒙，何也？豈以琵琶誣蔡故耶？

桃花　崔護事佳，而改造失眞；且境態不妙，何以曲爲？與俗本西湖記一類。

以上下下品。

作者姓名有無可考，其傳奇附列於後：

繡繻　元有花酒曲江池劇。此作照汧國夫人本傳而譜之者，情節亦新。詞多可觀，雖不逮玉玦，而亦非庸品。嘗聞：玉玦出而曲中無宿客，及此記出而客復來。詞之足以感人如此。鄭虛舟作〔一七一〕。

右附上下品。

鳴鳳記　紀諸事甚悉，令人有手刃賊嵩之意。詞調儘鬯達可詠，稍厭繁〔一七二〕耳。江陵時亦有編鸞筆記，即此意也。王鳳洲作〔一七三〕。

右附中上品。

百順　王曾無子而有子，可喜。詞亦充贍。紀丁、寇事，可觀。

合鏡　特傳樂昌一事，亦暢；但云作越公女，反覺不情。別有一本，儘通。

四豪　如四節例，分信陵、孟嘗、平原、春申作四段，而首尾以朝𠈀會合。各採本傳事點綴，的是可傳。尚欠工美。

霞箋　此即心堅金石傳，死者生之，分者合之，是傳奇體。搬出甚激切，想見鍾情之苦。但覺草草，以才不長故。

赤松　留侯事絕佳，寫來有景。但不宜鈔千金記中夜宴曲。且此何必夜宴也？如許事而遺調不煩，亦得簡法；倘更以詞藻潤之，足壓千金矣。

五福　韓忠獻公事，揚厲甚盛。還妾事，已見鄭虛舟大節記中。

右附中中品。

雙紅　此合紅綃、紅線而成，亦佳，但詞多剿襲。

離魂　倩女事佳，方諸生有南調劇，甚佳〔一七四〕。此係明州新編者，亦可觀，而詞未善。

犀合　內弟與姊夫之妾通，而謀殺姊夫及姊，可畏哉！事新，詞亦平雅〔一七五〕。

五福　徐勉之事。積德似竇禹鈞，境界平常。似人特作此以媚富翁者。

右附中下品。

黑鯉　劉司獄必當日有是事。詞亦平通。

綈袍　應侯事佳，搬出宛肖。元有拷須賈劇，何不插入？

右附下上品。

鑲環　藺相如使秦事，甚壯；與廉頗友，更有味；但云爲平原君壻，可笑。筆亦未能超脫〔一七六〕。

金臺　樂毅事佳，而筆嫌俗。

空篌　此乩仙筆也。彼謂『自況』，詞亦駢美，但時有襲句，豈仙人亦讀人間曲耶？或云乃越人證聖成生作。

右附下中品。

曲品校勘記

本編所重印的曲品，是用暖紅室、吳梅、曲苑、清河郡四種本子綜合彙訂的，各本還有些不同之處，仍分別注出；顯然的訛字衍文，則不一一列舉。

〔一〕『山海』，曲苑本及清河郡本均作『江海』。

〔二〕『不盡』，曲苑本作『未盡』。

〔三〕『未攷』，曲苑本作『未致』。

〔四〕『何能』，曲苑本作『可能』。

〔五〕『餘姚呂天成』云云一行，僅曲苑本有。

〔六〕暖紅室本上卷下卷卷首均題（1）『彙刻傳奇附刊第二種』。（2）『東海鬱藍生撰　瑯琊方諸生閱』。（3）『夢鳳樓、暖紅室刊校』。吳梅校本上卷無（1）（3），改題『長洲吳梅校』；下卷無（1）。曲苑本及清河郡本僅有（2）。

〔七〕『質樸……膚淺……』兩句，清河郡本作『極質樸……極膚淺……』。

〔八〕『古帙……』一段另起，獨見於清河郡本。

〔九〕『飛將』，清河郡本作『雄將』。

〔一〇〕曲苑本沈壽卿上衍一『堂』字。

〔一一〕『莊諧並寫』四字，曲苑本缺。

〔一二〕『音韵』，從清河郡本。它本皆作『韵音』。

〔一三〕『海若』，暖紅室本及吳梅本均作『晦若』，註云：『按今皆作海若』。

〔一四〕『主盟』二字，從清河郡本，它本皆作『主持』。

〔一五〕『樂府之匠石』一句，曲苑本缺。

〔一六〕『詞壇』，清河郡本作『詞部』。

〔一七〕『敲聲』，同上作『敲金』。

〔一八〕『悅目』，同上作『觸目』。

〔一九〕『說法』，同上作『談法』。

〔二〇〕『崑山人』三字，曲苑本、清河郡本無。

〔二一〕『一字大荒』四字，曲苑本、清河郡本無。又清河郡本列卜世臣於梅鼎祚之前。

〔二二〕『葉憲祖』，從清河郡本。它本皆作『葉祖憲』，似誤。暖紅室、吳梅兩本有註云：『按曲錄作憲祖。』

〔一三〕『孟公』，清河郡本作『孟光』，下有朱筆註云：『光，一作嘉』。

〔一四〕『紛詠』，從清河郡本。它本皆作『分詠』。

〔一五〕『落拓』，從清河郡本。它本皆作『流拓』。

〔一六〕（按曲錄作昌朝）註，僅暖紅室、吳梅本有。

〔一七〕佘翹……，從暖紅室本。吳梅本同。曲苑及清河郡本均作：『余聿雲池州人。』

〔一八〕『梲齋』，吳梅本同。清河郡本作『祀齋』，曲苑本作『祝齋』。

〔一九〕『金粟。海鹽人。』吳梅本同，曲苑本作『金粟』；清河郡本作『金粟人』，又此條列顧仲雍前。

〔二〇〕周□□……，吳梅本同。曲苑本作『周□□螺冠』，清河郡本又少『螺冠』二字。

〔二一〕『平湖人』三字，曲苑、清河郡兩本均無。

〔二二〕曲苑、清河郡兩本，秦鳴雷在謝讜之前。

〔二三〕『九紫』，各本皆誤作『九棠』，今據謝廷諒縫掖集改正。

〔二四〕曲苑、清河郡兩本，許潮均在張太和之前。

〔二五〕『涅川……鈞叟……』二句，清河郡本作：『涅川、鈞叟，一長於錬境，一妙於選題。』

〔二六〕『薄遊』，曲苑本作『薄選』。

〔二七〕『海屋』，曲苑本作『直之』。

〔三八〕『一字子叔』四字，曲苑本、清河郡本均無。

〔三九〕金無垢，曲苑、清河郡本列程文修之前。

〔四〇〕吳世美，同上均列第六。

〔四一〕陸濟之，曲苑本作『陳濟之』。『利川』二字，曲苑、清河郡本均缺，次序列第四。

〔四二〕楊柔勝，曲苑、清河郡兩本列第七。

〔四三〕張□□午山……，同上兩本作『張午山』，列第五。

〔四五〕盧□□雀江……，同上兩本作：『盧雀江，無錫人。』列第八。

〔四四〕庚生子，同上兩本列第九。

〔四六〕秋宿居士，同上兩本列第三。

〔四七〕王恆，同上兩本列第四，無『杭州人』三字。

〔四八〕端鏊，同上兩本列第五，無『口口人』。

〔四九〕鹿陽外史，同上列第六。

〔五〇〕朱鼎，同上列第七。

〔五一〕吳鵬，同上列第八。

〔五二〕吳大震，曲苑、清河郡兩本列第十一。

〔五三〕張從德，同上列第九，無『海寧人』及『按曲錄作從懷』。

〔五四〕楊珽，同上止作『楊夷白』，列第十二。

〔五五〕王□□……，同上止作『王玉峯』，列第十。

〔五六〕黃惟楫，同上列第十四。

〔五七〕楊家霖，同上列第一。

〔五八〕季陽春，同上列第十三。

〔五九〕顧瑾……，同上兩本止作：『顧懷琳雲間人。』

〔六〇〕月榭主人，同上兩本列第八。

〔六一〕陸□□……，同上兩本止作『陸江樓杭州人』，列第五。

〔六二〕朱期，同上兩本列第六。

〔六三〕朱□□玉田……，同上作『李玉田汀州人』，列第七。

〔六四〕張景嚴……，同上兩本作『張瀨賓溧陽人』。

〔六五〕趙於禮……，同上兩本止作『趙心雲』。

〔六六〕鄒逢時……，同上兩本止作『鄒海門』。

〔六七〕『亦』字，從清河郡本。它本皆作『乃』。

〔六八〕『師文』二字，曲苑、清河郡本無。

〔六九〕『爾音』二字，同上兩本無，列第九。

〔七〇〕馮之可……，同上兩本列第二，『易亭』，曲苑本作『易堂』。

〔七一〕黃廷俸……，同上止作『黃廷俸』，列第四。

〔七二〕胡文煥，同上列第六。

〔七三〕吾國璋……，同上止作『邱瑞吾』，誤。

〔七四〕龍渠翁……，同上止作『龍渠翁』，列第十。

〔七五〕朱從龍，同上列第七。

〔七六〕『金谷』，從清河郡本。乞本均作『金石』。

〔七七〕曲苑、清河郡兩本均無『有傚，字』三字。

〔七八〕王九思，清河郡本列第三。

〔七九〕陳鐸，同上本列第二。

〔八〇〕楊慎，同上本列第五。

〔八一〕康海，同上本列第四。

〔八二〕常倫，曲苑本列第八，清河郡本列第九。

〔八三〕顧夢圭，曲苑本列第七，清河郡本列第六。

〔八四〕唐寅，曲苑本列第十二，清河郡本列第十三。

〔八五〕祝允明，曲苑本列第六，清河郡本列第七。

〔八六〕劉□□能田……，曲苑本列第九，清河郡本列第八，均作：『劉龍田山東人。』

〔八七〕金鑾，曲苑本列第十三，清河郡本列第十二。

〔八八〕李日華，曲苑本列第十九，清河郡本列第十八，均無『實甫』二字。

〔八九〕虞□□竹西……，曲苑本列第十八，清河郡本列第十九，均作：『虞竹西崑山人。』

〔九〇〕沈仕，據吳梅本，各本均誤作『沈任』。曲苑本列第十六，清河郡本列第十七，均無『一字野筠』四字。

〔九一〕張文臺，曲苑本列第二十二，清河郡本列第二十三，均無『隱君』二字。

〔九二〕周□□秋汀……，曲苑、清河郡兩本均列第二十四，作：『周秋汀直隸人。』

〔九三〕陸之裘，曲苑本列第十一，清河郡本列第十。

〔九四〕陶□□陶區……，暖紅室本、吳梅本『陶區』均作『縣區』，曲苑本、清河郡本均作『陶具區直隸人』，列第二十五。縣區、具區，皆誤。

〔九五〕馮惟敏，曲苑本列第十，清河郡本列第十一。

〔九六〕王世貞，曲苑本列第十五，清河郡本列第十四。

〔九七〕秦時雍，曲苑本列第十四，清河郡本列第十五。

〔九八〕吳欽，曲苑本列第十七，清河郡本列第十六。

〔九九〕殷都，曲苑本列第二十一，清河郡本列第二十。

〔一〇〇〕沈璟，曲苑本列第二十，清河郡本列第二十一。

〔一〇一〕陳所聞，曲苑本列第二十三，清河郡本列第二十二。

〔一〇二〕清河郡本，王評列陳評之下。

〔一〇三〕同上，楊評在康評之下。

〔一〇四〕『闕目好』，從清河郡本。它本均作『悅目』。

〔一〇五〕『宮調』，從清河郡本。它本均作『宮商』。

〔一〇六〕『能無集乎大成』，疑當作『無能集乎大成』。

〔一〇七〕『字』字，從清河郡本。它本均無。

〔一〇八〕『所』字，同上。

〔一〇九〕『何元朗』，從曲苑本及吳梅本，它本『朗』皆誤『郎』。

〔一一〇〕『寗獻王作』四字，曲苑、清河郡兩本均無。

〔一一一〕『馬致遠作』四字，同上。

〔一一二〕『邵給諫作』四字，同上。

〔一一三〕『蘇復之作』四字，同上。

〔一一四〕『王雨舟作』四字，同上。

〔一一五〕『詞多有味』四字，從清河郡本。它本均無。

〔一一六〕『徐仲由作』四字，曲苑、清河郡兩本均無。

〔一一七〕『體』字，從清河郡本。它本均無。

〔一一八〕『是』字，同上。

〔一一九〕『以上三本』四字，曲苑、清河郡兩本均無。『所』字據清河郡本，它本無。

〔一二〇〕『以上二本』四字，同上兩本無。

〔一二一〕『還』字，各本均作『遠』，應誤。

〔一二二〕『所』字，據清河郡本。它本均無。

〔一二三〕『曹大家』，各本均作『曾天家』，應誤。

〔一二四〕『以上二本』四字，曲苑本、清河郡本均無。『所』字據清河郡本，它本無。

〔一二五〕『品』字，暖紅室、吳梅兩本均無。

〔一二六〕『生』字，從清河郡本。它本均作『主』。

〔一二七〕『亦』字，清河郡本無。

〔一二八〕『劇』字，據清河郡本。它本無。

〔一二九〕『嚽』字，各本原均作『慠』，應誤。

〔一三〇〕『激暢』，清河郡本作『徹暢』。

〔一三一〕『嫂奸』，暖紅室及吳梅兩本均作『搜奸』。

〔一三二〕『溱拍』，清河郡本作『溱泊』。

〔一三三〕『古戲名』，各本均作『古戲及』，應誤。

〔一三四〕『情景』，清河郡本作『情境』。

〔一三五〕『海若』，暖紅室、吳梅兩本均作『晦若』，並註云：『按今皆作海若。』又『傳奇』二字，曲苑本無，此本以下各人名下均無『傳奇』二字。

〔一三六〕『眞』字，據清河郡本。它本無。

〔一三七〕『北調』，同上本作『北詞』。

〔一三八〕『無』字，同上本無。

〔一三九〕『吳武陵』，從清河郡本。它本均作『武陵』。

〔一四〇〕『每夕』，暖紅室、吳梅兩本均誤作『多』。

〔一四一〕『初』字，據清河郡本。它本無。

〔一四二〕『說』字，同上。

〔一四三〕『按曲錄』云云註，曲苑及清河郡本無。

〔一四四〕『南戲』，從清河郡本。它本『戲』均作『劇』。

〔一四五〕『著』，清河郡本以下或多作『作』，均旁加『·』爲識，不再一一註出。

〔一四六〕『其』字，疑當是『甚』字。

〔一四七〕『較勝』，從清河郡本。它本均作『較遜』。

〔一四八〕『境』字，同上。它本均作『景』。

〔一四九〕『甚』字，同上。它本均作『最』。

〔一五〇〕『第後半妻子再生，子回得第，補出。情節極苦』數句，曲苑及清河郡本作：『第後半妻子回生，子回（回字曲苑本無）得第，補出。再情節極苦。』

〔一五一〕『景』字，清河郡本作『境』。

〔一五二〕『黃釣叟』，曲苑、清河郡兩本均作『黃伯羽』。

〔一五三〕『記』字，疑當是『曲』字。

〔一五四〕『講經』，清河郡本作『講佛』。
〔一五五〕『劇』，疑當作『據』。
〔一五六〕『且』字，清河郡本作『亦』。
〔一五七〕『剷去父母爲快』，據清河郡本。它本均無。
〔一五八〕『歌』字，同上。
〔一五九〕『間』字，疑當是『聞』字。
〔一六〇〕『金合記』，原均作『金谷記』，誤。
〔一六一〕『事』字，疑是衍文。
〔一六二〕『此柳毅傳書事』句中『此』字，『事佳』句中『事』字，均從清河郡本。它本無。
〔一六三〕『霍光』，原各本均作『霍山』，應誤。
〔一六四〕『此』字，據清河郡本。它本無。
〔一六五〕『此』字，同上。
〔一六六〕『胡全菴』，暖紅室、吳梅兩本作『胡金庵』，誤。
〔一六七〕『吾邱瑞』，曲苑、清河郡兩本作『邱瑞吾』。誤。
〔一六八〕此段中『此』、『甚』二字，從清河郡本。它本無。

〔一六九〕『一本』，從清河郡本。它本均作『九本』，蓋因此處均缺牡丹記及金懷玉兩行，『九本』乃金懷玉作品數目，誤寫在朱春霖名下。

〔一七〇〕『東漢』，各本均作『東俟』，應誤。

〔一七一〕『鄭虛舟作』四字，清河郡本原無，後朱筆添註。

〔一七二〕『厭繁』，清河郡本作『嫌繁』。

〔一七三〕『王鳳洲作』四字，清河郡本原無，後朱筆添註。

〔一七四〕『甚佳』，同上作『甚妙』。

〔一七五〕『雅』字，從清河郡本，它本無。

〔一七六〕『筆亦未能超脫』　清河郡本作『作者筆不超脫』。

新傳奇品

清·高奕著

新傳奇品提要

新傳奇品，清高奕著。高奕字晉音，一字太初，浙江會稽人。生平事蹟待考。所作戲曲有春秋筆等十四種。

新傳奇品繼呂天成曲品而作，著錄了明代及明末清初二十七家的作品。評語不如曲品之詳，但所錄傳奇達二百〇九種，並且不與曲品重複，可以補曲品之不足。和兩者雖然多所重複，但也有兩古人傳奇總目，著者未詳。一向附在曲品和新傳奇品之間。書之中所未收的作品。今附錄在新傳奇品之後。

王國維、陳玉祥、劉世珩三家曲品跋文，也附在後面，備供參考。

關於新傳奇品和古人傳奇總目的版本，詳見曲品提要。

新傳奇品序〔一〕

傳奇至於今，亦盛矣。作者以不羈之才，寫當場之景，惟欲新人耳目，不拘文理，不知格局，不按宮商，不循聲韻，但能便於搬演，發人歌泣〔二〕，啓人豔慕，近情動俗，描寫活現，逞奇爭巧，即可演行，不一而足。其於前賢關風化勸懲之旨〔三〕，悖焉相左；欲求合於今，亦已寥寥矣。余欲一一品定，以紀一時之盛，奈聞見未廣爲憾耳。偶檢笥中所藏傳奇數百種，自明迄今，考其姓氏，細加評定〔四〕，識以一二語，足以想見其人矣。此亦善與人同之意，非有心去取也。至其文理、宮調、格式、聲韻、風化、勸懲之義，惟於本傳奇咏之可也，亦不敢贅。此但取現在所見聞者記之云爾。

山陰高奕晉晉氏書

新傳奇品〔五〕

阮大鋮金陵人。道學面君，步履不妨。所著傳奇五本〔六〕。

雙金榜　春燈謎　牟尼合　忠孝環　燕子箋

吳駿公太倉人。女將征西，容嬌氣壯。所著傳奇三本。

通天臺　臨春閣　秣陵春〔七〕

盧次楩大名人。蜃樓雜沓，氣勢橫生。所著傳奇一本。

想當然

沈寧菴吳江人，即詞隱先生。冠冕佩玉，揖讓明堂。所著屬玉堂傳奇廿一本。〔八〕

翠屏山　望湖亭　一種情　著英會等。

單槎仙會稽人。新妝越女，粉媚脂香。所著傳奇二本。

蕉帕記　露綬記〔九〕

吳石渠宜興人。道子寫生，鬚眉活現。所著粲花館主人傳奇五本。

畫中人　療妬羹　綠牡丹

范香令松江人。博山堂。琪花瑤草，餘香襲人。所著傳奇五本。〔一〇〕

花筵賺　鴛鴦棒　倩畫圖　勘皮靴　夢花酣

袁令昭吳縣人。劍嘯閣。〔一一〕海鶴鳴秋，聲清影淡。所著劍嘯閣傳奇五本。

西樓記　金鎖記　玉符記　珍珠衫　鷫鸘裘

馬亘生吳縣人。五陵年少，白眼調人。所著傳奇三本。

梅花樓　荷花蕩　十錦塘

劉晉充吳縣人〔一二〕。山中敲響，應聲徐來。所著傳奇三本。

羅衫合　天馬媒　小桃園

薛既揚吳縣人。鮫人泣淚，點滴成珠。所著傳奇六本。

書生願　醉月緣　戰荆軻　蘆中人　昭君夢　狀元旗

李玄玉吳縣人。康衢走馬，操縱自如。所著一笠菴傳奇三十二本。〔一三〕

一捧雪　人獸關　占花魁　永團圓　麒麟閣　風雲會　牛頭山　太平錢　連城璧　眉山秀

昊天塔　三生果　千忠會　五高風　兩鬢眉　長生像　鳳雲翹　禪眞會　雙龍佩　千里舟

洛陽橋　虎丘山　武當山　清忠譜　挂玉帶　意中緣　萬里圓　萬民安　麒麟種　羅天醮

秦樓月

馮猶龍吳縣人。墨憨齋[一四] 芙蓉映水，意態幽閒。所著墨憨齋傳奇三本。

萬事足　風流夢　新灌園

葉稚斐吳縣人。漁陽三撾[一五]，意氣縱橫。所著傳奇八本。

琥珀匙　女開科　開口笑　三擊節　遜國疑　英雄槩　八寶飛　人中人

朱良卿吳縣人。八音鏦鳴，時見節奏。所著傳奇二十五本。

太極奏　玉素珠　軒轅鏡　蓮花筏　吉慶圖　飛龍鳳　錦雲裘　瑞霓羅　御雪豹　石麟鏡

九蓮菴　纓絡會　賚神龍　萬花樓　建皇圖　乾坤嘯　豔雲亭　奪秋魁　萬壽覩　雙和合

壽榮華　五代榮　寶曇月　牡丹圖　漁家樂

邱嶼雪常熟人。入薄后廟，綺麗[一六]滿身。所著傳奇八本。

虎囊彈　黨人碑　百福帶　幻緣箱　歲寒松　御袍恩　鬧勾欄

朱素臣吳縣人。少女簪花，修容自愛。所著傳奇十四本。[一七]

振三綱　一著先　錦衣歸　未央天　狻猊璧　忠孝閭　四聖手　聚寶盆　十五貫　文星現

龍鳳錢　瑤池宴　朝陽鳳　全五福

畢萬侯吳縣人。白璧南金，精彩眩目。所著傳奇六本。

紅芍藥　竹葉舟　呼盧報　三報恩　萬人敵　杜鵑聲

李笠翁錢塘人。桃源嘯傲，別有天地。所著傳奇九本。

奈何天　比目魚　蜃中樓　風箏誤　慎鸞交　凰求鳳　巧團圓　玉搔頭　美人香即憐香伴〔一八〕

周果菴　老僧談禪，眞諦妙理。所著傳奇十二本。

太白山　竹灑籬　八仙圖　火牛陣　竟西廂　福星臨　指南車　綠袍贈　萬金資　鏡中人

金橙樹　玉鴛鴦

張心其吳郡人。去病用兵，暗合孫、吳。所著傳奇十六本。

如是觀　醉菩提　海潮音　釣魚船　天下樂　井中天　快活三　金剛鳳　瀨鏡緣　芭蕉井

喜重重　龍華會　雙節孝　雙福壽　讀書聲　娘子軍

高晉音會稽人。淸修潔操，不入世氣。所著傳奇十四本。

春秋筆　雙奇俠　貂裘賺　千金笑　聚獸牌　錦中花　擘香園　古交情　四美坊　眉仙嶺

如意册　風雪緣　固哉翁　續靑樓

盛際時吳郡人。珍奇羅列，時發精光。所著傳奇四本。

人中龍　飛龍蓋　胭脂雪　雙虬判

史集之吳郡人。倜儻不羈，笑傲一世。所著傳奇二本。

清風寨　五羊皮

朱雲從吳郡人。駿騎嘶風，馳驟有矩。所著傳奇十二本。

靈犀鏡　齊眉案　照膽鏡　人中虎　石點頭　別有天　龍燈賺　赤龍鬚　兒孫福　小蓬瀛〔一九〕

兩乘龍　萬壽鼎

陳二白長洲人。閨女靚妝，不增矯飾。所著傳奇三本。

雙冠誥　稱人心　彩衣歡

陳子玉吳縣人〔二〇〕。盆花小景，工致自佳。所著傳奇三本。

三合笑　王殿元　雙喜緣

王香裔　空谷幽蘭，清芬自遠。所著傳奇二本。

非非想　黃金臺

附錄

古人傳奇總目〔二一〕

琵琶　高則誠作。〔托蔡邕事。〕〔二二〕

鳴鳳　王鳳洲作。（楊繼盛事。）〔二四〕

荊釵　丹邱生作〔二五〕。〔王十朋事。〕

繡襦　鄭虛舟作。〔鄭元和事。〕

幽閨　施君美作。〔蔣世隆事。〕

西廂　陸天池作。〔張君瑞事。〕

白兔　（無名氏作。）〔劉知遠事。〕

躍鯉　（陳羆齋作。　姜詩事。）

千金　沈練川作。〔韓信事。〕

鮫銷　月榭主人作。（皇甫吟事。）

紅拂　張靈墟〔二五〕作。〔李藥師事。〕

百順　（無名氏作。　王曾丁寇事。）

水滸　梅花墅作。〔梁山泊〕（事）。

雙珠　沈鍊川作。〔王楫父子〕（事）。

連環　王雨舟作。（王允、董卓事。）

驚釵　（鄭國軒作。　劉漢卿事。）

香囊　邵給諫作。〔張九成事。〕

雙紅　（紅綃、紅線事。）

節孝　馬瑞隴〔二六〕作。（陶潛、李密事。）

還帶　沈練川作。（裴晉公事。）

浣紗　梁伯龍作。〔范蠡事。〕

金丸　姚靜山作。（抱妝盒事。）

八義　徐叔回作。〔趙氏孤兒事。〕

金鎖　袁于令作。（竇娥事。）

西樓　袁于令作。〔于叔夜〕（事）。

四景

尋親　（周羽事。）

五福　鄭虛舟作。（韓忠獻事。）

金雀　（無名氏作。潘岳事。）〔二七〕

雙孝

焚香　王玉峯作。〔王魁、桂英事。〕

千祥

明珠　陸天池作。〔江采蘋事。〕

綵毫　屠赤水作。（李白事。）〔二九〕

牧羊　馬致遠作。〔蘇武〕「事」。〔三〇〕

金印　蘇復之作。〔蘇秦事。〕

葛衣　顧道行作。（劉孝標事。）

桃符　沈寧菴作。（包拯事。）

鮫綃　沈璟川作。（魏必簡事。）

紅梨　陽初子作。（〔趙汝洲〕事。）

種玉　汪昌期作。（何仲儒事。）

虎符　張鳳虛作。（如姬事。）

夢磊　史叔考作。（文景昭事。）

鶼釵

雙雄　馮耳猶作。

玉環　（無名氏作。〔韋〕皋事。）

羅衫

紫簫　湯海若作。（李十郎事。）〔二八〕

麒麟

異夢

寶劍　李開先作。（林冲事。）

七國（汪昌期作。）〔孫、龐〕

義俠　沈寧菴作。〔武松〕「事」。

玉簪（高瑞南作。〔潘必正〕（事）。

合釵　吾邱瑞作。（明皇、太眞事。）

題門（崔護事。）

殺狗（徐畛作。）

投梭〔謝鯤〕事。

五倫　邱瓊山作。

紅梅　周夷玉作。（裴禹事。）

情郵（吳石渠作。劉乾初事。）

瑞玉（袁韞玉作。周忠介事。）

紫釵　湯海若作。〔紫簫改本。〕

蟠桃

吐絨

精忠　姚靜山作。〔岳〕「武穆事。」

南柯　湯海若作。〔淳于棼〕（事）。

雙忠（姚茂良作。張巡、許遠事。）〔三〕

西園　吳石渠作。（張繼華事。

黑鯉　劉司獄事。

曇花　屠赤水作。〔木清泰〕（事）。

東郭（汪道昆作。）〔齊人妻妾事。〕

金花

投筆　邱瓊山作。

錦囊

銀瓶　沈壽卿作。

獅吼　汪昌期作。（陳慥事。）

懷香（陸天池作。）〔賈氏韓壽事。〕

三元　沈壽卿作。馮商（事）。

露綬　單槎仙作。

衣珠

三桂

玉玦　鄭虛舟作。（鄭元和事。）

錦箋　周螺冠作。（梅玉、淑娘事。）

玉合　梅禹金作。許俊事。

題橋　陳濟之作。「司馬」相如事。

硨礫

埋劍　沈寧菴作。郭飛卿事。

義乳　顧道行作。李善事。

天書　汪昌期作。孫、龐事。

分柑　沈寧菴作。（彌子瑕事。）

分書　沈寧菴作。

珠串　沈寧菴作。崔郊事。

雙魚　沈寧菴作。符郎事。

博笑　沈寧菴作。（與十笑類。）

綵樓（呂蒙正事。）

花園

驚鴻　吳叔華作。〔江采蘋〕（事）。

龍泉　沈壽卿作。

灌園　趙心雲作。〔法章〕（事）。

青樓

舉鼎　邱瓊山作。

竊符　張靈墟作。（卽虎符事。）

羅囊　邱瓊山作。

扊扅　張靈墟作。百里奚事。

十孝　沈寧菴作。（每事三折。）

大節　鄭虛舟作。

題紅　祝金粟作。韓夫人事。

玉麟　葉桐柏作。三蘇事。

四異　沈寧菴作。

合衫　沈寧菴作。（元劇公孫合汗衫事。）

祝髮　張靈墟作。

鴛衾　沈寧菴作。閒有是事。

斷髮　李開先作。

鑿井　沈寧菴作。

嬌紅　沈壽卿作。（申純事。）

結髮　沈寧菴作。

青蓮　戴金蟾作。李白事。〔三二〕

高士　汪昌期作。

彈鋏　車祝齊作。（馮驩事。）

二閣　汪昌期作。朱生事。

分鞋　沈逌川作。程君事。

藍橋　龍朱陵作。（裴航事。）

平播　張靈墟作。

量江　余聿雲作。樊若水事。

四豔　葉桐柏作。（分春、夏、秋、冬四事。）

奇節　沈寧菴作。

長生　汪昌期作。（呂純陽事。）

還魂　湯海若作。〔牡丹亭柳生。〕

同昇　汪昌期作。

紅蕖　沈寧菴作。鄭德璘事。

旗亭　鄭豹先作。薑元卿事。

三祝　汪昌期作。范文正父子事〔三三〕。

金蓮　陳太乙作。三蘇事。〔三四〕

芍藥　鄭豹先作。（盧儲文事。）

忠節　錢海屋作。

鞦鞈　戴金蟾作。

玉香　程叔子作。

五鼎　顧茂仁作。（主父偃事。）

雙烈　張午山〔三五〕作。韓蘄王事。

冬青　卜大荒作。(唐玉潛、林景曦事。)
四夢　車袥齊作。(高唐、南柯、邯鄲、蕉鹿四事。)
雙卿　葉桐柏作。
椒觴　顧茂倫作。「陳(元)亮事。」
修文　屠赤水作。(李賀事。)
蛟虎　黃伯羽作。「周孝侯事。」
投桃　汪昌期作。潘用中事。
存孤　陸無從作。李文姬事。
龍綃　黃說仲作。柳毅事。
奪解　秋閣居士。鬱輪袍事。
龍膏　傷夷白作。張無頗事。
雙環　鹿陽外史「作」。木蘭事。
遇仙　心一子作。藍永事。
龍劍　吳長儒作。(平呼賊事。)
紈扇　謝九紫作。申伯溦事。

青瑣　沈碧川作。賈午事。
鋸鋙　兩宜居士作。(公子)重耳事。
青衫　顧道行作。(元稹、白居易事。)
春蕪　汪劍池作。宋玉事。
乞麾　卜大荒作。(杜牧之事。)
金魚　吳圖南作。韓君平事。
鸞鎞　葉桐柏作。(杜羔事。)
純孝　張同谷作。薑詩事。
四喜　謝海門作。二宋事。
丹管　汪宗姬作。
紫環　陳太乙作。
狐裘　謝恩山作。孟嘗君事。
符節　章金庭作。汲黯事。
奇貨　胡全菴作。呂不韋事。
呼盧　金追遙作。劉寄奴事。

錦帶　楊夷白作。余述事。

秦和　許時泉作。（每折一事。）

佩印　顧懷琳作。朱買臣事。

望雲　程叔子作。狄梁公事。

杖策　涵陽子作。鄧禹事。

綠綺　楊新吾作。（卓文君事。）

玉丸　朱萬山作。此君自況。

禁烟　盧鶴江作。（公子）重耳事。

分釵　張瀨賓作。伍生，二蘭事。

玉鐲　李玉田作。王順卿事。

妙相　金懷玉作。目連事。

畫鶯　趙心雲作。（孛輅事。）

八更　金懷玉作。匡衡事。

指腹　沈希福作。賈雲華事。

霞箋　（翠眉娘事。）

藍田　龍渠翁作。楊雍伯事。

歌風　庚生子作。漢高祖事。

寶釵　金懷玉作。楊大中事。

玉魚　楊賓陽作。郭汾陽事。

摘星　金懷玉作。霍仲儒事。

合璧　王貞伯作。解大紳事。

桃花　金懷玉作。崔護事。

練囊　吳長儒作。章臺柳事。

合劍　秦華山人〔三六〕。李世民事。

四豪　〔戰國四君〕（事）。

卧冰　（王祥事。）

玉釵　陸江樓作。李元璧事。

紅絲

玉杵　楊星水作。裴航裕護事〔三七〕。

犀合　（唐伯亨事。）

靖虜　謝恩山作。祖生事。

赤松　留侯事。

犀珮　胡全菴作。（符基事。）

綈袍　應侯事。

牡丹　朱春霖作。祝英台事。

箜篌　乩仙筆也。（盧、李二生事。）

完福　金懷玉作。王生事。

神鏡　呂天成作。

繡被　金懷玉作。王忳事。

江流

金滕　喬夢符作。

金臺　樂毅事。

菱花

張叶　古傳奇。

覓蓮　鄒海門作。（劉一春事。）

鑲環　藺相如事。

護龍　馮易亭作。盧陽子事。

蕉帕　（單槎仙作。）

白璧　黄庭傳作。張儀事。

四節　沈練川作。

三晉　胡全菴作。趙簡子事

東牆

香裘　金懷玉作。江泌事。

鴛簪

五福　徐勉（之）事。

離魂　倩女事。

王煥　古傳奇

南樓

此書誤字纍纍，文又拙劣，然無名氏傳奇彙考、江都黃文暘曲目，多取材於此。蓋著錄戲曲之書，除元鍾醜齋錄鬼簿、明寧獻王太和正音譜外，以此爲最古矣。內曲品三卷，鬱藍生撰；其新傳奇品五頁，則高奕所續成，此本誤編在中卷之下，下卷之上；卷末之新傳奇品，當入曲品下卷。鬱藍生與陳玉陽、葉桐柏同輩，乃明萬曆間人；奕已入國朝，新傳奇品序中自云『高奕爾音〔三八〕甫』，傳奇彙考則云『奕字太初』，則『爾音』〔三九〕其別字也。光緒戊申冬月，假此本手錄一過，並爲校補數處。海甯王國維書。

鬱藍生曲品三卷，搜羅頗富，評隲亦尙詳細，知其於此道塙有心得，非苟爲雌黃褒貶者。惟詞意淺俚，未能精緻透達，且譌字晦句，層出迭見，或係鈔胥者之誤。海寧王君先爲補校數處，予亦假鈔一過，又爲之改正數十字；尙有未能臆揣者，再待考正。至高奕所續之新傳奇品五頁，則移附於三卷之後。第奕既爲小敍矣，而其所著之傳奇十四種，又自加評讚，則又何說？亦須考正，以釋其疑。宣統紀元己酉仲夏，吳下陳玉祥三儂識，時館京邸天祿西堂。

曲品二卷，前題『東海鬱藍生譔，琅琊方諸生閱』。傳奇品二卷，署『高奕晉音銓次』，揭陽曾蟄庵參議習經昔見於廠肆，手錄藏之，不知其爲誰氏本也。余按：沭伯明自晉南詞新譜載古今入譜詞曲傳劇總目，有呂棘津神鏡記。下注：『名天成，字勤之，別號鬱藍生，姚江人。著烟鬟閣傳奇十種。』與所序尾題『烟鬟閣』正合。方諸生乃王伯良驥德之別稱。呂序作於明萬曆庚戌，與伯良爲同時人。高奕又字爾音，則已入本朝矣。近海甯王靜庵學部國維譔曲錄，余告以前從曾蟄庵處鈔得此本，因假去校補數處，定爲三卷，以傳奇品爲中卷，而以誤列下卷之上高晉音之新傳奇品爲下卷。鬱藍生自序，明言倣鍾嶸詩品、庾肩吾書品、謝赫畫品例，各著論評，析爲上、下二卷，上卷品作舊傳奇及作新傳奇者，下卷品各傳奇，其未考姓氏者且以傳奇附，其不入格者擯不錄。上、下卷又各系小序，以神、妙、能且上、中、下諸品次之。今仍作二卷，還其舊觀，並以正靜庵之失。高晉音所編古人傳奇總目、新傳奇品，別爲傳奇品二卷，以古人傳奇總目爲上卷，新傳奇品爲下卷，亦庶與序言『但取現在所見聞者記之』之語合焉。晉音傳奇品，取之明人及國初作者，蓋檢笥中所藏傳奇數百種，考其姓氏，細加評定，識以一二語，非有心去取也。故於吳梅村僅取秣陵春一種，而通天台、臨春閣二種未載。余爲補之。至吳石渠之五種，舊知爲綠牡丹、療妒羹、畫中人、情郵記、西園記，今晉音新傳奇品有石渠之花筵賺、鴛鴦棒、倩畫圖、勘皮靴、夢花酣，覈其名義，花筵賺疑卽綠牡丹之一作；以下諸名，兩兩相比，義無不合。或以此爲范文若譔，與靜庵曲錄直指晉音隸入石渠爲誤，似未知古人一書兩名及兩人共譔一書，疑以傳疑，因兩著姓氏之例，故余一仍其舊，而稍參鄙說於此〔四〇〕。靜庵謂爲晉音續成此品，其說亦非也。晉音復以自著傳奇十四種攙入，且加評語，余友元和陳三儂疑之。余謂：此是國初人習氣，如王丹麓今世說列入己事，言之津津，有似他人稱賞之語，了不爲怪，其於晉音何尤？二書俱無刻本，文詞謇澀，略有譌脫，因稍加諟正，刊之以附余彙刻傳奇後，使海內達者知靜庵曲錄亦有所自更，冀鬱藍生之姓氏漸箸於士大夫之口，故樂爲擁彗遲其遐躅也。宣統二年太歲在庚戌孟夏月朔，貴池劉世珩識於京邸一印一硯廬。

新傳奇品校勘記

〔一〕暖紅室本、吳梅校本均無『新』字。

〔二〕『歌泣』，清河郡本作『哭笑』。

〔三〕『旨』，曲苑本作『音』，誤。

〔四〕『評定』，清河郡本作『品定』。

〔五〕暖紅室本此卷首題『傳奇品卷下』，『彙刻傳奇附刊第三種』。『山陰高奕晉音氏』，『新傳奇品』。『夢鳳樓、暖紅室刊校』。吳梅校本同。曲苑及清河郡本止題『新傳奇品』。

〔六〕『本』，清河郡本及曲苑本均作『種』。

〔七〕清河郡本及曲苑本均作『一本，秣陵春』。

〔八〕『吳江人，即詞隱先生』，清河郡本作『吳江人，詞隱生』；『廿一本』，清河郡本作『十七本』。

〔九〕此行清河郡本空。

〔一〇〕以上兩行，除清河郡本外，均缺。

〔一一〕『劍嘯閣』三字，清河郡本有，它本缺。後『西樓記』等一行，清河郡本空。

〔一二〕「吳縣人」三字，清河郡本缺。

〔一三〕各本俱作「三十二本」，但均著錄三十本。清河郡本作「三十一種」，著錄在洛陽橋下多虎丘山一種；又於永團圓旁有墨筆小註一行，云：「此與李意中緣，爲李笠翁一種曲。」又於意中緣旁註云：「此六十種曲之一。」均似後人所添，疑字句亦有誤。

〔一四〕「墨憨齋」三字，獨清河郡本有。

〔一五〕「鍋」字，清河郡本作「鼓」，曲苑本作「歌」。

〔一六〕「綺麗」，清河郡本作「靡麗」。

〔一七〕「十四本」，清河郡本作「十三本」，但目仍列十四種。

〔一八〕清河郡本美人香列在蜃中樓下。

〔一九〕清河郡本小蓬萊在石點頭下。

〔二〇〕「吳縣人」三字，曲苑本缺。

〔二一〕暖紅室本此卷首題(1)「傳奇品卷上」，(2)「彙刻傳奇附刊第三種」，(3)「山陰高奕晉晉氏」，(4)「夢鳳樓、暖紅室刊校」，(5)「古人傳奇總目」。吳梅校本無(2)，(4)改題「長洲吳梅校」。

曲苑本及清河郡本止題「曲品卷中」「古人傳奇總目」。

〔二二〕凡清河郡本原無，後以朱筆添註者，加〔　〕號以識別。下倣此。

〔一三〕『張靈墟』，從清河郡本。它本均作『張靈虛』。

〔一四〕凡曲苑、清河郡本所無，加（　）號以識別。下倣此。

〔一五〕曲苑、清河郡本作『柯丹丘作』。

〔一六〕『馬瑞蘭』，清河郡本作『馬瑞南』。

〔一七〕曲苑、清河郡兩本均作『山濤』。

〔一八〕同上兩本均作『李益』。

〔一九〕曲苑本作『李白』，清河郡本作『李太白』。

〔二〇〕清河郡本獨無的字，用「　」號來識別。下倣此。

〔二一〕清河郡本作『張、許事』。

〔二二〕同上作『紀太白事』。

〔二三〕同上作『范文正事』。曲苑本無。

〔二四〕同上作『撫三蘇事』。

〔二五〕『張午山』，清河郡本『午』字朱筆改。原及各本均誤作『屛』。

〔二六〕『人』字從清河郡本。它本皆作『民』，誤。

〔二七〕從清河郡本。它本均作『裴航事』。

〔三八〕〔三九〕　按：今各本均不見『爾音』字樣，而作『晉音』，『爾音』當是誤筆。

〔四〇〕　據清河郡本，劉氏此說已完全不能成立。